國家古籍整理出版專項經費資助項目

閩海文獻叢書第二輯

叢書主編 陳慶元

徐熥集編年校箋

〔明〕徐熥 著 陳慶元 陳煒 校箋

上

廣陵書社

圖書在版編目（CIP）數據
徐熥集編年校箋 / （明）徐熥著 ； 陳慶元，陳煒校箋. -- 揚州 ： 廣陵書社，2024. 12. --（閩海文獻叢書 / 陳慶元主編）. -- ISBN 978-7-5554-2497-0
Ⅰ. I214.82
中國國家版本館CIP數據核字第2024QQ3938號

書　　名　徐熥集編年校箋
著　　者　〔明〕徐　熥
校　　箋　陳慶元　陳　煒
責任編輯　王浩宇　郭玉同
出 版 人　劉　棟

出版發行　廣陵書社
揚州市四望亭路 2-4 號
郵編　225001
電話 （0514）85228081（總編辦）
85228088（發行部）
http://www.yzglpub.com
E-mail:yzglss@163.com

印　　刷　無錫市海得印務有限公司
裝　　訂　無錫市西新印刷有限公司

開　　本　889 毫米 × 1194 毫米　1/32
印　　張　66.25
字　　數　1547 千字
版　　次　2024 年 12 月第 1 版
印　　次　2024 年 12 月第 1 次印刷
書　　號　ISBN 978-7-5554-2497-0
定　　價　560.00 元（全 3 册）

前言

謝章鋌論晚明閩詩，徐曹謝并稱。徐，徐熥、徐𤊹兄弟；曹，曹學佺；謝，謝肇淛。今人斷代詩歌史著作，晚明徐曹謝亦一并論述之，常常獨占一章或一節的篇幅。徐曹謝四人，徐熥年齡較長，謝肇淛次之，徐𤊹再次，曹學佺年紀最輕；徐熥、徐𤊹兄弟稱『二徐』。徐熥（一五六一——一五九九），字惟和，閩縣（今福建福州）人。萬曆十六年（一五八八）舉人，著《幔亭集》二十卷，輯《晉安風雅》十二卷。

一

徐氏本徐州下邳人，故徐熥自稱東海徐生。唐穆宗時有徐晦者任閩都團練觀察使，家連江之徐龔。宋代，徐氏遷至懷安縣（明萬曆初省，并入侯官縣）荆山（今荆溪，屬閩侯縣），遂稱荆山徐氏。明初，徐熥先祖一支遷至臺江（今福州臺江區）。臺江是水陸交通要道，商貿雲集。成化年間前後，徐熥曾祖徐鏗，以臺江人尚紛華，不利子弟專心讀書爲由，遷入城内鼇峰坊，延續至徐熥及其子孫後代。徐熥舊居的大體位置，在今于山北麓觀巷坡上。爲了經商的便利，徐氏由荆山遷臺江；爲了子孫的讀書教育、科舉功名，又由臺江遷至人文荟萃的鼇峰坊。徐氏家族的遷徙路綫，反映了一個家族由農而商，再由商而儒的變遷。

荆山徐氏，没有很深的文化根基，它不像林浦林氏、義溪陳氏那樣，科甲連芳，世代簪纓。明代福建某些文化家族的崛起，往往依靠家族經營商貿起家，侯官洪山曹學佺之祖東渠、父汲渠都是往來江浙一帶的商賈，積纍了相當的財富，求田問舍，全力培養子弟讀書，曹學佺及弟曹能證，都是詩人，曹學佺連中縣府道『三元』，最後還以二甲及第。同安浯洲平林蔡氏，世代鹽籍，積十數代的努力，才培養出蔡貴易、蔡守愚、蔡獻臣和蔡國光數位進士，成就了僻在海島的科舉連綿數代的文學世家。徐熥之祖徐演，崇尚儒術，有子六人。徐演知道以其單薄的家境，供養六子全都走科舉功名之路是不可能的，于是，兄弟合力供給徐棉；徐棉不負家族重望，終于在嘉靖四十四年（一五六五）成爲歲貢，隆慶間，授江西南安府儒學訓導，萬曆初擢廣東茂名縣儒學教諭，萬曆四年（一五七六）爲永寧知縣，有《徐令集》。從科舉制度和仕歷看，歲貢、偏僻小縣知縣，名級比較低微，但對荆山徐氏來説，却是重大突破，徐熥、徐𤊹兄弟也就可以稱得上出身于讀書人家了。徐熥科舉止步于舉人，荆山徐氏科舉興于徐棉、止步徐熥，兩代而終。但是，徐氏自徐棉，傳至徐熥、徐𤊹，往下延續到𤊹幼子延壽、𤊹嫡長孫鍾振，連綿百年，一族四世能詩，成爲名副其實的閩中文學世家。徐熥、徐𤊹承上啓下，是徐氏文學家族發展最重要的一代。

徐熥在世僅三十九年。徐熥孩童時隨父宦游廣東茂名、江西永寧，萬曆七年（一五七九），童生考第七名，當年參加鄉試不利；萬曆十年（一五八二）再試、十三年三試，皆不利，直到十六年方中式，其時已經二十八歲。緊接着，徐𤊹于萬曆十七年、二十年、二十三年、二十六年四次上京會考，其中萬曆二十年一科因此前父卒、訃至京師，徐𤊹南返奔喪，未參加會試，其餘三次均落第。從十九歲鄉試，到三十八歲會試，前後二十年，幾乎是徐𤊹成人之後的全部人生經歷。當然，多年奔波于京華道上，增加了不少閲歷和見聞，交結了許多朋友，也不能説没有收獲。縱觀徐𤊹的閲歷和行踪，其實非常簡單，三游武夷山，兩次游邵武，一兩次游永泰方廣岩、往福清石竹山祈夢，去世那年夏天到古田縣，病歸，不久即逝。這就是詩人徐𤊹很普通的一生。

歸結起來，徐𤊹一生有三奇。徐𤊹喜稱鄭善夫，詩書均學善夫。善夫生于成化二十一年（一四八五），卒于嘉靖二年（一五二三）十二月二十八日（公曆一五二四年二月二日），字繼之，閩縣人。弱冠舉弘治乙丑十八年（一五〇五）進士，授户部廣西司主事，正德中，改禮部祠祭，以諫南巡受杖，乞歸。嘉靖初，官至南刑部郎中、轉吏部。善夫往游武夷，風雪絶糧，染病歸省城，旋卒，年三十九；徐𤊹往游古田，病，歸省城，旋卒，年亦三十九，一奇也。徐𤊹喜武夷，尤喜幔亭，故取幔亭爲號，并名其集。武夷山爲道家第十六洞天，充滿仙道之氣。徐𤊹《武夷十咏·徐仙岩》：『碧嶂千尋骨一函，當年曾此脱塵凡。重來忽記前身果，笑指飛升舊日岩。』徐仙岩，又稱仙蜕岩，在一曲大王峰東，相傳爲宋代邵武徐熙春坐化之處，明代遺蜕尚存。徐𤊹詩忽然記起徐熙春是其前身，故鄧原岳《哭徐惟和十二首》，其七云：『當年三謁武夷君，夢入峰頭鸞鶴群。便學徐仙同坐化，罡風吹散幔亭雲。』（《西樓集》卷十），徐仙與徐熥同姓，不幸，徐熥詩成了詩讖，二奇也。徐熥同肩本畯倡修先賢祠，擬祀福州歷代知名文士，萬曆二十六年（一五九八）冬，祠落成，徐熥作《高賢祠成答屠使君四首》，其一：『預知百歲後，同得此中游。』（《幔亭集》卷六）預知自己將游其中，不幸旋即被其言中，次年，他和陳椿成了當世第一批入祠者，三奇也。所謂三奇，當然都是命中的偶然巧合，但是，徐熥過早離開人世，的确讓人嘘唏，以上爲陳鳴鶴《徐熥傳》所述。熥卒，知與不知都爲之流涕，感到惋惜。

二

惋惜徐熥壯年早逝，有兩個重要原因。一是徐熥廣交游，據徐𤊹《先兄墓碑陰交游題名記》，外省籍重要人士有八十七人，本省本地更不知多少。徐熥誠懇待人，急人之困，傾囊相助，門前履常滿，座上客不空，明顯超出家庭的經濟承受能力，故時有『窮孟嘗』之稱。加上四次北上，超常的開支，徐棉有限的積蓄被他開銷殆盡，徐熥卒後，徐𤊹持家，捉襟見肘，左支右絀，難于招架，這當然是後話了。

其次，是徐熥的文名。徐熥科舉仕途，談不上輝煌，然其制義却爲坊間所重。熥卒後，徐𤊹從《慶曆增删》等搜集到徐熥制義數篇。徐棉喜積書，徐熥、徐𤊹兄弟亦喜積書，徐熥卒後，徐𤊹整理徐氏藏書，達到七萬多卷。徐𤊹後來成爲著名藏書家，徐棉、徐熥功不可没。徐熥不僅積書藏書，還精于考證。徐氏家藏《高秦仲山水圖》，徐熥兄弟斷定高秦仲非高棅，然長期無法判斷高秦仲爲何人。一日，徐熥從《長樂縣志》和王恭《白雲樵唱集》中《題〈高淮水墨扇〉》一詩，考得高秦仲即永樂間長樂高淮，『十年之疑，一夜而釋』[一]，快意當前！

文淵閣《四庫全書》收録明代閩人詩文別集，《幔亭集》是最晚的一部。沈德潛編《明詩別裁集》，萬曆至明亡的詩人，徐熥入選的篇數排在第三位；晚清汪端編《明三十家詩選》，徐熥、徐𤊹都入正選，足見徐熥的詩文成就在明代文學史上有一席地位。明清鼎革之初，周亮工入閩，欣賞徐熥七律。沈德潛非常重視徐熥的七絶，以爲有類唐代王江寧（昌齡）。陳田《明詩紀事》，特拈出徐熥的七古《帝京篇》，汪端則以爲徐熥兼工諸體。比較其弟徐𤊹，徐熥詩多了些許情采，少了些應酬。順便説一句，伯優于仲，還有一個原因，徐熥詩經過徐𤊹删汰，不存少作，留其菁華，集所存詩起始時間大致在徐熥中舉前後，而徐𤊹却敝帚自珍，存録部分二十歲左右的作品，擇取欠精。徐𤊹懂得爲其兄藏拙，而自己却貪多務得，多少損害了詩名。這一教訓對我們今天編集，亦有所啓示。

徐熥詩歌成就的進一步分析，請參見拙文《晚明詩人徐熥論》、《徐熥年譜》前言，廣陵書社，二〇一四年）。這裏，我們補充談談徐熥文學創作題材的開拓。

福建福州、莆田、泉州、漳州等地盛産荔枝，宋代蔡襄撰《荔枝譜》。徐𤊹有感于蔡譜過于簡略，重編另一部《荔枝譜》，合蔡譜名爲《荔枝通譜》，萬曆二十五年（一五九七）屠本畯爲之授梓。徐

[一]《高秦仲山水圖》，《幔亭集》卷十九。

譜收録自己所撰《荔枝雜咏四十首》。徐𤊹幾乎將荔枝品名寫盡。徐熥則另起爐竈，以詞的形式別作《浪淘沙·荔枝八首》，其五云：

十里錦雲鄉，傅粉凝妝。紅裙争看緑衣郎。黑葉梢頭朱柿小，玳瑁丁香。延壽品非常，尤勝陳江。綉鞋一種記閩娘。風送瑞堂香百步，結緑硫黄。

詞中『粉（紅緑）』『紅裙』『緑衣』『黑葉』『朱柿』『玳瑁』『丁香』『延壽』『勝陳江』『綉鞋』『瑞堂』『香百步』『硫黄』都是荔枝品名，品名見蔡譜和徐譜，品品有來歷、有出處，鑲嵌入詞，自然無痕，這類詞雖然是游戲之作，却值得玩味，讀者不能不佩服其高妙。

《幔亭集》卷十七有《絳囊生傳》和《十八娘外傳》兩篇傳記，其實這兩篇傳，是兩篇題材十分特别的小説。荔枝，外觀有如絳色之囊，絳囊傳，即荔枝傳，絳囊之後加一『生』字，將荔枝擬人化。《絳囊生傳》，是一篇擬人化的荔枝史傳。相較于《絳囊生傳》，《十八娘外傳》有若干情節。十八娘，荔枝品名，蔡襄《荔枝譜》第七：『十八娘荔枝。色深紅而細長，時人以少女比之。俚傳閩王王氏有女第十八，好噉此品，因而得名。其冢今在城東報國院，冢旁猶有此樹云。』徐熥自稱『東海生』，假寐，夢入十八娘樓閣，由緑紗侍兒導引見十八娘，（緑紗，荔枝品名。）隨後，江家、周家、陳家三姬至。江衣緑、周衣紅、陳衣紫，分别諧荔枝品名江家緑、周家紅、陳家紫。于是，十八娘與三姬分别吟詩。臨别，十八娘贈東海生紅綉鞋一雙，江姬出麝囊一函，周姬出真珠一顆，陳姬出紫瓊一枚，綉鞋、麝囊、真珠、紫瓊，均荔枝品名。『生蘧然驚覺，惟見荔枝垂熟，繁星離離。詢其旁，果有十八娘冢云。』文後綴以作者詩作。小説巧于構思，文中詩詞雅致。東海生，十八娘，有才子佳人名聲，但作者筆墨遠離司空見慣的才子佳人的邪斜和纏綿，乾净高雅，小説中別立一品。

《金鳳外傳》，爲陳金鳳立傳，實爲一篇描寫宫廷淫穢故事的小説。陳金鳳，唐末福唐（今福清）人。福建觀察使陳岩妾陸氏與侯倫之私生女。開平三年（九〇九），爲王審知選入後宫，召爲才人。王延鈞即位，立爲皇后。永和元年（九三五），被殺。徐熥卒後，萬曆三十二年（一六〇四），徐熥、徐𤊹友王宇説，高蓋山農家掘地發現一篇古文書，漫漶難識，便與徐𤊹一起參證，遂成《金鳳外傳》一文。《金鳳外傳》和王宇的識語見徐𤊹纂輯的《榕陰新檢》卷十五。《榕陰新檢》是徐纂輯的一部筆記小説，刻于萬曆三十四年（一六〇六）。那麽，《金鳳外傳》修訂的第一作者就是王宇，徐𤊹是第二作者，似無疑義。但是，約五十年之後，徐𤊹的小兒子（生于萬曆四十二年，即公元一六一四），却對入閩的官員周亮工説，《金鳳外傳》的作者是徐熥。

《金鳳外傳》的作者到底是誰？古文書之説是站不住脚的。王宇將《金鳳外傳》與《飛燕外傳》《南部新書》兩部宫廷淫穢小説并提，《飛燕外傳》《南部新書》兩部小説爲後人假托無疑，將《金鳳外傳》與這兩部小説并提，在邏輯上也就承認《金鳳外傳》掘地而得之説没那麽回事。其次，既然相與參訂，爲什麽又寫了一篇題《陳后金鳳外傳》對《金鳳外傳》提出十條質疑？無异于自己打自己的臉。我們的看法是，《金鳳外傳》爲徐熥所作。徐熥愛奇，既然能寫《十八娘外傳》，也就能作

《金鳳外傳》。其次，徐𤊹爲徐熥集删其『太甚』者，所謂『太甚』，就是太過分，此篇涉及宫闈穢事，屬于『太甚』者，故删去，爲其兄藏拙。再次，纂輯《榕陰新檢》，廣搜奇聞异事，故將此編納入，然而又不想給徐熥辱没其斯文，故找來王宇作僞。此事家人盡知，傳至延壽，延壽與周亮工關係至密，故透露作者爲伯父徐熥。

《金鳳外傳》爲徐熥所作，説明徐熥不但工詩詞古文，對小説創作也有興趣。

三

徐熥一生的另一文學成就，是纂輯詩歌總集《閩中風雅》。晋安，晋泰康間所設郡，福州之别稱；秦設閩中郡，故晋安又稱閩中。此書是一部區域詩歌總集；非晋安作者詩，則不録[一]。前于徐熥，閩中詩歌總集，有袁表、馬熒合編的《閩中十子詩》，時間限于洪永之世，詩人限于十位才子。與徐熥同時代的鄧原岳，輯《閩中正聲》，此書選詩過少，且不選在世者之詩。《閩中風雅》七易寒暑而成，陳薦夫協助編纂。陳薦夫序作于萬曆二十六年（一五九八），此書的刊刻當亦在此時或稍後。《晋安風雅》十二卷，收福州詩人二百六十多人之詩，按樂府、古詩、律、絶編排，書前

［一］當時福寧州游仲卿曾致書徐𤊹，責問説《晋安風雅》不選其父游朴詩歌。徐𤊹回信説：『其所選《風雅》一書，但限以福州十邑，而秦川例在鄰□，故弗録，非弗知而弗録也。』（《寄游文學書仲卿》，《紅雨樓集·鼇峰文集》册七，《上海圖書館未刊古籍稿本》第四四册，第一二—一三頁），福州十邑，明萬曆福州府所轄十縣：閩縣、侯官、長樂、連江、古田、福清、長泰、閩清、羅源、永福。

有凡例、詩人爵里簡介。選詩的第一步工作是搜集文獻，『或搜芳于蠹魚之口，或訪玉于敗書之肆；或展轉關借』。其次是精心抉擇，『有籍甚當年，而片言無採；埋聲曩代，而連篇可傳』。選詩標準有以下數條：第一，『人無存歿』[一]，在世者之詩亦存。第二，『身無顯晦』，徐熥補充説明道：『雖有梁、竇之權，不敢濫厠片語，爲雅道蝥賊。』[二]當時可能有詩很差、地位却顯赫者求入選其詩，遭到徐熥拒絶。第三，選詩注重『情采折中、聲調爾雅』，即詩必須較有真情實感，較有文采；詩聲調合律，圓穩雅致。第四，『體成一家』，詩有特色，能自成一家。第五，關注詩歌世家，選一族父子兄弟群從之詩。

徐熥把明代晉安詩歌史分成四個階段：一、洪武、永樂之世；二、成化、弘治以降；三、正德、嘉靖之世；四、隆慶、萬曆之際。每一個階段都有自己的代表詩人：洪永之世，林鴻、高棅等『十才子』，以及羅泰、鄭迪、趙迪、林敏、鄧定。成弘以降，林瀚，閩縣人。瀚之子庭㭿、庭機，庭機之子燫。陳煒，閩縣人。群從：煒弟爟，煒從兄弟焯、焞、烓，烓子暹，煒孫全之。以及林廷選、許天賜等。正嘉之世，則鄭善夫、高瀔、傅汝舟，以及郭波、林春澤、林炫、張經、龔用卿、劉世揚，以及袁表、馬熒。隆萬之際，即當世之詩，徐熥序没列出名單，根據他的詩文，應當有這些人：趙世顯、謝杰、謝汝韶、鄧原岳、陳仲溱、陳鳴鶴、謝肇淛、徐𤊹、曹學佺等。四個階段的詩，各有各的特點，洪永『一洗

[一] 陳薦夫《閩中風雅序》，《閩中風雅》卷首。
[二] 徐熥《閩中風雅序》，《閩中風雅》卷首。

元習」「復還正始」，成弘「贊揚詞旨」「賡歌太平」，正嘉「闡中雅道，遂曰中興」「區別體裁，精研格律」，隆萬「抱玉聯肩、握珠者踵武」，呈現彬彬之盛的局面。

那麼，徐熥選輯《晉安風雅》的真正動機何在？《晉安風雅》書名有「風雅」二字，徐熥把自己的書堂也名爲「風雅」，本身很有深意。陳薦夫作《六子詩》，六子者，陳椿、陳鳴鶴、徐熥、徐𤊹、陳邦注、陳价夫，合薦夫本人爲「七子」。謝肇淛作《五子篇》，「五子」者，陳椿、趙世顯、鄧原岳、陳薦夫、徐熥，合自己爲「六子」。無論「七子」還是「六子」，都是晉安詩壇陣容强大的宣示。徐熥在《黄斗塘先生詩集序》一文中說：「鄭吏部繼之，與北地、信陽諸君，旗鼓中原，一洗陋習，而雅道復振。」[一]總結明興以來晉安詩歌發展的經驗教訓，徐熥認爲鄭善夫詩與李夢陽、何景明等棋逢對手，他是晉安繼洪永之後的唯一一位能與中原争旗鼓的詩人。隆萬之際詩人衆多，「超軼前之詩，縱横當代者矣」，已然具備重振風雅、與中原争旗鼓的可能，晉安詩人責任重大，應當努力！清人修《明史》，其《文苑傳》有一段話叙述萬曆中期晉安文壇的概況，用「風雅復振」四個字概括，當受徐熥輯纂《晉安風雅》和鼓吹「雅道復振」之啓示。

四

徐熥生前刻過自己的集子：

[一]《幔亭集》卷十六。

拙集灾木已久，未得就斧記曹，今敬往一帙，正所謂悔其少作者，惟無靳彈射。幸甚！仲弟《紅雨樓集》一部、《閩畫記》一部、《荔枝譜》一部、《田園雅興》一帙，季弟《制義》一部，統塵巨觀。〔一〕

此篇寄徐桂書作于萬曆二十六年（一五九八），「灾木已久」，至少應在三年以上。徐熥寄給徐桂一堆書中，包括弟徐𤊹的《紅雨樓集》，《紅雨樓集》是徐𤊹早期的詩文集，萬曆二十二年刻于金陵，我們推斷徐熥的詩文集當與徐𤊹的同時同地刻，刻後至寄送徐桂之時已經有五年之久，故曰「灾木已久」。根據徐𤊹的詩文集名「紅雨」，徐熥當時詩文集可能已經有「幔亭」之名。此集没有流傳下來，因此，集子的卷數、規模也就無從考證。

萬曆二十七年八月，徐熥卒。卒後，弟徐𤊹便着手爲熥編選詩文集。十二月，徐𤊹在建津，檢校徐熥詩，着手編其集，作《興國寺檢編幔亭集撫卷凄然感而有作》：

客堂寒夜檢遺篇，名在人間骨在泉。半世窮愁緣著述，千秋詞翰合流傳。夢中永絶生花筆，篋裏誰分殺竹錢。挑盡孤燈揮泪眼，一番吟咏一潸然〔二〕。

〔一〕《寄徐茂吴司理》，《幔亭集》卷二十。
〔二〕《鼇峰集》卷十四。

此詩主要抒發對亡兄的思念追憶之情，但從中我們可以知道，流傳的《幔亭集》係徐𤊹所編，而且是在徐熥過世當年已經着手。

徐𤊹擬刊刻《幔亭集》，苦于清貧無資。萬曆二十八年夏，他作書與曹學佺，委婉與之協商，云：『兹者録出古近體十四卷、文六卷，伯兄生平事業，都在于此。若湮而弗得傳，九原之目未瞑。交游之中莫逆者，無如足下。當爲伯兄善圖之，尤所願望耳。』[一]似乎没有得到曹學佺明确的回應。是歲秋冬，清流王若慨然充任其事。徐𤊹又云：『伯兄遺稿，承教之後，搜輯諸集，删其太甚者，猶存古近體詩二千餘首，雜文二百餘篇，分爲十六卷。有清流王生名若者，捐金授梓，業已梓成。』[二]王若，清溪（今福建清流）人。布衣。家境殷富，慕司馬相如爲人，字相如，園林沿襲司馬相如稱『文園』。王若負奇氣，變姓名，創奇服，散財結客，海内稱俠。有《文園集》《漁滄社集》。王若與閩中詩人的交往，始于青年詩人林光宇。林光宇（一五七七—一六〇四），字子真，侯官人。光宇恃情傲物，與曹學佺同受知于侯官令周兆聖，有《情痴集》《林子真詩》。林光宇父宦游清流，光宇隨侍，遂結識王若。光宇介紹王若入閩中詩社，與徐熥等酬唱，徐熥作《王相如文學千里來訪詩以贈别》。徐𤊹云：『清流有王生若者，少年任俠，好行其德，且喜聲詩，先兄遺稿乃其所梓行也。』[三]《幔亭

[一]《寄曹能始》，《紅雨樓集·鼇峰文集》册三，《上海圖書館未刊古籍稿本》第四二册，第三二二頁。
[二]《寄鄧汝高學使》，《紅雨樓集·鼇峰文集》册三，《上海圖書館未刊古籍稿本》第四二册，第三二八頁。
[三]《寄屠田叔太守》，《紅雨樓集·鼇峰文集》册三，《上海圖書館未刊古籍稿本》第四二册，第三〇三頁。

集》刊刻一時没有着落，王若捐金授梓。受刻資所限，先刻詩：『先兄生平所著詩，汀州王生請行于世，十之七耳。餘悉冗雜平淡，不災之木。其所著文四卷，嚮經明公巨眼品騭，苦乏梓錢，不能一并流布。今往詩集一部，伏乞教正。』[一]詩已經流傳了，後來再補刻文。因此，流傳的《幔亭集》便有十五卷本和二十卷本兩種，名雖兩種，足本只有二十卷本一種。

《幔亭集》刻就之後，徐𤊹覺得不够精粹，二千首詩仍嫌太多，丁是又謀于曾爲福建轉運副使的屠本畯：『先兄生平詩草撰述頗多，蓋棺之後，某爲删潤，十去其四，而簡帙猶爲重大，即敝鄉家置一部爲難，况能傳布海内乎？承教嚴選，寔獲我心。明公若不惜針砭，爲選二册，第盡去應酬，獨存近古者，則惟和白骨可肉矣。』[二]如果這個計劃得以施行，『二册』之本就成了《幔亭集》精選本了。

王若助《幔亭集》付梓，分兩次刻成，先刻詩詞十五卷，此十五卷本流傳在先；繼刻文五卷，合詩詞計二十卷一起流傳。我們不清楚四庫館臣是否只見到十五卷本，故選此本入四庫；抑或是見到二十卷本，認爲文多非實用，故捨弃不録。如果立足于文學，徐熥之文亦有可采之處，《緑玉齋記》作于首次下第歸家，于父紅雨樓後再建一小樓，『山中樹木雖富，惟竹最繁，素笋彤竿，扶疏掩映，窗

[一]《寄屠田叔》，《紅雨樓集·鼇峰文集》册三，《上海圖書館未刊古籍稿本》第四二册，第三三二頁。

[二]《寄屠田叔》，《紅雨樓集·鼇峰文集》册三，《上海圖書館未刊古籍稿本》第四二册，第三五〇—三五一頁。

扉不扃，枕簟皆緑，清風時至，天籟自鳴，故名以「緑玉齋」云』[一]。作者藉建緑玉齋表達下第之後的複雜情感。《游武夷山記》分爲四題，實爲一篇。如果合謝肇淛、曹學佺不同時期所作的同題之文而觀之，則謝以奇勝，曹以簡練稱，徐則細膩可供玩味，各有所長，同爲游武夷山之佳製。題跋之文，言簡意賅，考證精審，當世學人馬泰來先生，將其與徐㶿題跋同等看待，編入《新編紅雨樓題記·徐氏家藏書目》一書，很有見地。

《幔亭集》刻後有無再刻？一段時間我們一直以爲《幔亭集》只有一刻。寄存臺北的原北平圖書館甲庫本公開之後，我們讀到徐㶿孫徐鍾震所作《重刻〈幔亭集〉跋》：

先伯祖幔亭孝廉詩文共廿餘卷，清流王相如先生心懷挂劍，念切典型，損資授梓，廣傳海内已廿有餘秋矣。咏五字之長城，鷄林增價；竭半生之辛苦，騷坫名垂，允矣！上繼前賢，下開作者，睹今日風雅之盛，寔當年倡始之功。其板舊置蔣氏家塾，丙子火灾，灰燼之餘，半爲群不逞搶掠，被時出贖帖，重價收回，蓋以林用始所收者見贈，尚不及十之三四。悵先業之失傳，恨綿力之寡助，棗梨雙費，不敢以月計，而以歲計。癸未仲冬，始克竣工，而先祖又復先爾捐弃，何不朽大業摧喪一至是哉！憶杜子美云：『詩是吾家事。』某纍世耽詩，未敢失墜，敬重刻是篇，與先祖《鼇峰集》并行于世。世有知音，九原可作，其以視華亭之競爽、陳郡之金昆，果何如也

[一]《緑玉齋記》，《幔亭集》卷十七。

哉！謹識歲月以垂後云。崇禎癸未冬十一月望前二日。(《雪樵文集》不分卷)

此跋大意謂,《幔亭集》板寄在蔣子才宅,崇禎九年丙子(一六三六)蔣宅火,板僅存十之三四,徐𤊹謀爲補刻,無奈綿力寡助,缺少資費,崇禎十五年冬,徐𤊹卒,次年,即崇禎十六年方才刻成。嚴格説,此刻爲補舊板,非全部重鐫。據鍾震《跋》,新鐫當在十之六七。既然有新鐫的部分,和原刻就可能有這樣或那樣的差别,哪怕差别細微。

五

這次點校,我們搜集了《幔亭集》五種本子:

一、寄存臺北的原北平圖書館甲庫藏本,簡稱『甲庫本』,爲本次點校選用的底本。

二、美國國會圖書館藏縮微膠卷,簡稱『縮微膠卷』。

三、中國國家圖書館藏鄭振鐸題跋本,簡稱『鄭跋本』。

四、福建師範大學藏配鈔本;刊刻部分稱『福建師大本』,鈔本部分稱『鈔本』。

五、文淵閣《四庫全書》本。

縮微膠卷與甲庫本,都是二十卷本,經核,爲同一本,疑縮微膠卷拍自甲庫本。理由有二:一、版式同,文字同;二、甲庫本缺卷九第三頁、第四頁兩頁《鄭邦衡以書見貽兼惠玉章詩扇賦此答贈》等六篇，縮微膠卷同樣缺此兩頁六篇。

福建師範大學藏配鈔本。此本刊刻部分缺第四卷、第八至十卷、第十六至二十卷，計缺九卷。所缺九卷配以鈔本。然第十六至二十卷補鈔部分，各卷仍然有缺，如第十六卷《序文》，缺《游山集序》《送金山持心上人序》《贈歌者周文成詩序》；第十七卷缺《福寧州刺史史公膺薦序》《送黄博士致仕還劍津序》，以及《雲溪劉翁七十壽序》至《丁母李孺人壽序》九篇，第十八至二十卷亦有缺。嚴格說，福建師範大學藏配鈔本不是一個佳本。二〇〇五年，廣陵書社影印出版這個本子，可以暫時彌補文淵閣《四庫全書》本有詩詞而無文的缺憾。配鈔本卷十六至卷二十這五卷，各卷卷端都有目録，而甲庫本只有總目録，各卷卷端無。

文淵閣《四庫全書》本十五卷，缺的是文的部分，而且部分文字四庫館臣有所改篡。

以上所有版本，都不附徐鍾震跋，那麽，甲庫本、鄭跋本、福建師大本是初刻本還是補刻本，如何斷定？還有，鈔本和文淵閣《四庫全書》本鈔自初刻本還是補刻本？經過仔細比對，得出的結論是：甲庫本（縮微膠卷）是初刻本，鄭跋本、福建師大本是補刻本，鈔本和文淵閣《四庫全書》本鈔自初補刻本（文淵閣《四庫全書》本有改篡，下文另述）。其理由如下：

一、謝肇淛《方廣岩志》引用的徐熥詩出自甲庫本。謝肇淛《方廣岩志》載徐熥《方廣岩》詩：『古樹猿驚樵子過，石關犬吠野僧歸。』『石關犬吠』四字，甲庫本作『石門犬吠』（《幔亭集》卷七），而鄭跋本作『寒林龐吠』（福師大本同，文淵閣《四庫全書》本作『寒林厖吠』）。謝肇淛卒于天啓四年（一六二四），補刻本成書于崇禎十六年（一六四三），謝肇淛《方廣岩志》所引必定是成書于萬曆二十九年（一六〇一）初刻本。

二、王應山《閩都記》引徐熥詩爲甲庫本。王應山《閩都記》卷五《郡城東南隅》載徐熥《春日居法雲蘭若四首》，其二：「雨翳鐘聲過院冷，風傳鶯語出林遲。」甲庫本同。「鐘聲」，鄭跋本作「鯨音」（鈔本、文淵閣《四庫全書》本同）。王應山生于正德十六年（一五二一），萬曆三十年（一六〇二）八十二歲尚在世，得見徐熥《幔亭集》初刻本，亦即甲庫本；即便王氏長壽百歲，亦不可能見到補刻本。

以上以晚明閩人引徐熥詩論證甲庫本爲初刻本、鄭跋本爲補刻。甲庫本與鄭跋本頗有异文，簡單歸納如下：

一、鄭跋本改正甲庫本若干錯訛。甲庫本《征婦怨》：「死生消息總難如，欲往招魂又自疑。」（《幔亭集》卷三）「如」字誤，鄭跋本改作「知」；福建師大本、文淵閣《四庫全書》本作「知」。甲庫本《苦雨三首》其二：「竟月雲陰合，千峰兩脚連。」（《幔亭集》卷五）「兩」字誤，鄭跋本改「雨」；福建師大本、文淵閣《四庫全書》本作「雨」。甲庫本《讀禮感懷四首》其二：「何事當年便絶裾，誤人應是薦賢書。」「裾」字誤，鄭跋本改「裾」；福建師大本、文淵閣《四庫全書》本作「裾」。

二、鄭跋本修改甲庫本若干對仗不够工整的句子。甲庫本《贈黄道晦隱君二首》其一：「千頃滄江同鶴釣，一犁春雨帶經鋤。」（《幔亭集》卷七）「同鶴」，鄭跋本改「移艇」（福建師大本、文淵閣《四庫全書》本同），以「移艇釣」對「帶經鋤」，較之「同鶴釣」對「帶經鋤」爲佳。甲庫本《方廣岩》：『上方葉落暮山冷，半嶺日斜殘雪飛。』（《幔亭集》卷七）『葉落』，鄭跋本改『雲起』；福建師大本、文淵閣《四庫全書》本同，以『雲起』對『日斜』，比『葉落』對『日斜』爲佳。甲庫本《陳惟秦爲其先人營葬久居永南山寄訊》：『夜静幾迴虚朗月，竹中長日賦停雲。』『夜静』，鄭跋本作『花下』（鈔本、文淵閣《四庫全書》本同），以『花下』對『竹中』，較『夜静』對『竹中』爲佳。甲庫本《同强善長包蒙吉計徐仲嘉徐子晋斯學上人集寶林寺鏡公房時蒙吉來自東甌仲嘉歸自燕趙》：『孤雲静結人天果，朔氣寒生佛座花。作客畏聞燕地雪，逢人先問赤城霞。』（《幔亭集》卷八），後一個『人』字改『君』，避免一詩出現兩『人』字。

三、鄭跋本所改訂的詞彙，詩句或更貼近詩題。甲庫本《送林觀察備兵金衢》：『一門劍履中原少，百萬橐鞬越絶多。』（《幔亭集》卷八）『中原』，鄭跋本改爲『閩中』（鈔本、文淵閣《四庫全書》本同）；『萬』，鄭跋本改爲『將』。按：林觀察由閩備兵金衢，以『閩中』對『越絶』，較『中原』對『越絶』爲佳；以『百將』對『一門』，亦佳于『百萬』對『一門』。甲庫本《寄劉季德》：『九曲烟霞歸草屬，五羊山水寄金徽。』（《幔亭集》卷七）『九曲』，鄭跋本改爲『九鯉』（福建師大本、文淵閣《四庫全書》本同），劉季德嶺南人，劉由閩歸嶺南，九鯉（在仙遊）是途經之地，『九曲』在閩北武夷山，雖同爲名勝，『九鯉』二字較『九曲』貼切。

徐𤊹藉補刻的機會，對徐熥詩作了修訂，因此甲庫本與鄭跋本存在不少异文。徐𤊹對聲律要求甚嚴，且喜改他人詩文，從客觀效果看，多數改得比較好。從文字優劣看，甲庫本爲初刻本，鄭跋本爲補刻本無疑。

從以上分析引證，我們還可以得出另一個結論：福建師大本同鄭跋本，也是補刻本；鈔本、文淵閣《四庫全書》本鈔自補刻本。

《四庫全書》本，凡遇『胡』字，除了作爲疑問詞的『胡爲』之『胡』、作爲用具的合成詞『胡床』之『胡』外，幾乎全遭改篡；『虜』字也多遭改篡。《紀事》其三『胡笳羌管總悲凉』，『胡笳羌管』改爲『霜天笳管』；其四『南憂倭虜北防胡』，改爲『欃槍夜望躬天狼』。《青冢》『絕代嬌姿遠嫁胡』，改爲『誤殺嬋娟是畫圖』。《温泉宫》『難洗胡兒戰血腥』，『胡兒』改爲『漁洋』。《老將行》『黠虜今年來犯邊』，改爲『鋒鏑今年去備邊』；『雄心誓欲吞胡羯』，『吞胡羯』改爲『探虎窟』。《古戰場》『手執長殳身破虜』，『身破虜』改爲『腰大斧』。『清』字有時也遭忌，《題周朝寀轉運三代榮封册》『清朝冠蓋擅羊城』，『清』字被改爲『熙』。不一而足。通過比對，再一次證明，一部著作，除非没有他本可用，萬不得已才用《四庫全書》本。《四庫全書》本不可作爲點校底本，即便作參校本，其實亦無益。本書使用《四庫全書》本大體只有兩種場合：一是證明鈔本與《四庫全書》本爲同一源流，二是爲了揭示《四庫全書》本的改篡，以引起讀者的警惕。

文淵閣《四庫全書》本是不是一無是處？就《幔亭集》而言，文淵閣《四庫全書》本幫助我們釐清它與鈔本是同一版本源流，同出于補刻本；鄭跋本、福建師大本是初刻本，此其一。其二，《四庫》館臣畢竟是飽學之士，校書有其嚴謹之處。初刻本，即甲庫本《題吴翰小像》，文淵閣《四庫全書》

本作《題吴元瀚小像》，甲庫本奪一『元』字，文淵閣《四庫全書》本補上，避免詩題的殘缺。吴文潛，字元瀚，無論初刻還是補刻本，『元瀚』『元翰』混用，文淵閣《四庫全書》本統一作『元瀚』，是。陳椿，字汝大；鄧原岳，字汝高。陳鳴鶴，字汝翔。初刻及補刻『汝大』與『女大』、『汝高』與『女高』、『汝翔』與『女翔』混用，閩音『汝』『女』同音，晚明閩人集亦常混用，文淵閣《四庫全書》本統一作『汝大』『汝高』『汝翔』。初刻、補刻『叔達』與『尗達』，『田叔』與『田尗』亦混用，文淵閣《四庫全書》本統一作『叔達』『田叔』，都是較好的例子。

《晉安風雅》十二卷，徐熥生前刻竟，僅一刻。我們經眼的有日本内閣文庫藏本和福建師範大學圖書館藏本，兩種藏本本應不存在差别，仔細比對，仍然發現有不同之處。古代書籍刷版，一片板損壞，可以隨時抽换；增加一篇序言，可以在卷首加刻一版或若干版插入。正文頁碼，各卷獨立爲一個單元，全書頁碼不連續，某卷之末增加一頁或若干頁，不存在全書重新編排頁碼的問題。徐𤊹爲他人編集，不僅爲人删削篇幅，有時亦操刀對作品改易，好像也未發生過什麽争執。他經手參與編纂之書，主要輯纂者過世之後，他甚至還可以自作主張做些增益。林嘉，閩縣人，上饒縣主簿，王應山輯《閩都記》付梓前，徐𤊹將林嘉詩一首臨時增入：『近吾郡太尊，爲先輩王静軒梓《閩都記》一部，皆題咏吾郡山川寺院之詩。弟已采兄《越王臺懷古》一首補入，不日印行。』[一]臨時增益

[一]《答林天會》，《紅雨樓集·鼇峰文集》册六，《上海圖書館未刊古籍稿本》第四三册，第三三一—三三二頁。

在付梓前，補救及時。徐𤊹又答應林天會將其詩補入《晉安風雅》：『向年先兄選刻《晉安風雅》，而丈詩未行，遂不及預。弟當拔其尤者補入，定不負仁兄惓惓也。』[一]則補入在集子已經刻印之後，説明集子雖然已經定本付梓，甚至輯纂者已經不在人世，昔日參與編輯的親友想做點改動也并不難做到。檢《晉安風雅》日本内閣文庫及福建師大兩種本子，我們没找到林嘉的目録和他的詩，可能抽補在技術上存在困難，工程量稍大，或其他原因，但至少説明，徐𤊹的規劃是可以施行的。現在，我們可以看看《晉安風雅》底本（日本内閣文庫本）了，底本没有安國賢詩，而福建師範大學藏本溢出安氏七言古詩一首（卷四）、五言律詩四首（卷六）、七言律詩七首（卷九）、五言絶句一首（卷十）、七言絶句六首（卷十二）。

《晉安風雅·詩人爵里詳節》按詩人生年前後排序，曹學佺列于末位（淄道女流不計）。《詩人爵里詳節》無安國賢之名，而正文安國賢則排在曹氏之後，説明安氏年紀輕于曹氏。萬曆十九年（一五九一），曹學佺參加鄉試，受安都尉敬齋賞識，因此結識其子安國賢，相邀入社。那麽，有没有可能《晉安風雅》初刻有安國賢詩，徐熥卒後，被徐𤊹删去？回答是不可能。檢《幔亭集》無一首與安氏酬唱贈答之詩，文也没有任何記載，至少説明，安國賢詩未受徐熥青眼，故未能選其詩入集。《晉安風雅》作者中，年紀最輕的作者，除了曹學佺外，還有 位與曹學佺年紀相同而卒年甚早的王

[一]《答林天會》，《紅雨樓集·鼇峰文集》册六，《上海圖書館未刊古籍稿本》第四三册，第三七〇頁

叔魯(一五七四—一五九三)。《幔亭集》中，與徐熥酬唱年紀最輕的是林光宇(一五七七—一六〇四)，光宇詩，曹學佺評價甚高，亦未入選《晉安風雅》，似透露這麽一個信息，年紀過輕的詩人作品不選。因此，徐熥不選安國賢的詩，可能安氏其時年齡較小，徐熥編《晉安風雅》時他的詩成績也并不突出。徐熥卒後，徐𤊹補入安氏作品，排除交情的原因，徐𤊹認爲安氏作品足以入作者之林，故加采擇。

箋注及附録等問題，參見《凡例》。

陳慶元

二〇二四年二月十四日

凡例

一、書名《徐熥集編年校箋》，分上中下三編。上編：徐熥所著《幔亭集》；中編：徐熥纂輯之《晋安風雅》；下編：附録。

一、此次點校，《幔亭集》以寄存臺北的原北平圖書館甲庫藏二十卷本（簡稱『甲庫本』）爲點校的底本，以國家圖書館藏鄭振鐸題跋十五卷本（簡稱『鄭跋本』）、福建師範大學圖書館藏（簡稱『福建師大本』）配鈔殘本（簡稱『鈔本』）爲參校本。文淵閣《四庫全書》十五卷本（簡稱『文淵閣《四庫全書》本』）不當作參校本，考慮到事關版本系統及館臣校改、臆改諸問題，亦列入參考範圍。

一、《晋安風雅》僅有一刻，然成書之後，不止一刷，有抽改，校記加以説明。以日本内閣文庫藏本爲底本，簡稱『日本内閣本』，參校福建師範大學圖書館藏本，簡稱『福建師範大學藏本』。

一、書中目録和内文間或存在不一致處，通常以内文爲準；如内文有誤，則另作説明。

一、書中人名存在因爲以諧音另書寫他字的情況，如『汝大』『汝翔』作『女大』『女翔』，一仍其舊，校記適當加以説明。

一、本書爲『編年校箋』體。原書以詩體分類編排，本書一仍其舊。詩文之下先『編年』、次『箋』、再次『評』、再次『附』，校記置于頁旁，便于閲讀。樂府詩大多無編年；少數作品無法編年，暫付闕如。

一、《晋安風雅》爲地域詩歌總集，不箋釋。

一、箋之部，箋釋人名、地名、年號等，一般語詞不箋注。卷一『樂府』不出箋注。由于歷代區劃變更的原因，地名書證儘可能使用明人著作，如李賢《大明一統志》，以及與徐熥同時代的王應山《閩都記》、曹學佺《大明一統名勝志》等。

一、人名、地名、年號不重複箋釋，後卷再次或多次出現，注明詳某卷某篇；同卷不重複出注。

一、作品之下間附同時酬唱或相關作品文獻。

一、附録五種：一、徐熥傳記；二、哀祭詩文；三、序跋提要；四、集評；五、徐熥簡譜。

總目録

目録

上編：幔亭集

幔亭集卷之一

幔亭集卷之二

五言古詩

幔亭集卷之三

七言古詩

幔亭集卷之四

五言聲詩

幔亭集卷之五

五言律詩

幔亭集卷之六

五言律詩

幔亭集卷之七

七言律詩

幔亭集卷之八

七言律詩

幔亭集卷之九

七言律詩

幔亭集卷之十

五言排律

幔亭集卷之十一

五言絶句

幔亭集卷之十四

七言絶句

幔亭集卷之十五

詩餘

幔亭集卷之十六

序文

幔亭集卷之十七

序文

記

傳

碑銘

幔亭集卷之二十

書牘

幔亭集佚詩佚文

幔亭集佚詩

中編：晉安風雅

晋安風雅卷之二

五言古詩

晉安風雅卷之三

七言古詩

晋安風雅卷之四

七言古詩

晉安風雅卷之五

五言律詩

晉安風雅卷之七

五言排律

晉安風雅卷之八

七言律詩

晉安風雅卷之九

七言律詩

晉安風雅卷之十

五言絶句

晋安風雅卷之十一

七言絶句

晋安風雅卷之十二

七言絶句

下編：附録

附録一　徐熥傳記

附録二　哀祭詩文

附録三　序跋提要

附録五　徐熥簡譜

參考文獻

上编：幔亭集

幔亭集卷之一

閩中徐　㷆惟和著
友人陳薦夫幼孺選
王　若相如編

古樂府

飛龍篇

海上三神山，中爲仙人居。金樓高崔嵬，玉堂結綺疏。朝乘飛龍去，翺翔登鼎湖。騁風周八極，飄飄凌紫虛。安期同遨游，八公相爲徒。看日扶桑巔，采藥崑崙區。桑田有變遷，人世多榮枯。安得乞靈藥，蜕此凡濁軀。一朝生毛羽，白日升天衢。

【附】鄧原岳《飛龍引》：『壯志隘九垓，塵壒詎足羈？白日駕飛龍，乘雲隨所之。朝游蓬萊島，暮宿青海湄。海水浩茫茫，下有仙人居。飲我白石髓，贈我瓊樹枝。服食壽長生，遠與汗漫期。笑彼尺蠖徒，悠悠那得知！』（《西樓集》卷一）　謝肇淛《飛龍篇》：『若木焕東海，神光被四陲。天門開黄道，潛龍乘時飛。重淵葆陽德，昌運生靈輝。矯首太乙居，縱轡金光扉。彤雲颷

回飆，照耀六銖衣。斗樞西北旋，華蓋翼紫微。天下當文明，湛露隨陽晞。』（《小草齋集》卷四）

秋風辭

秋風摇落兮草木變衰，白雲繚繞兮鴻雁聲悲。蘭爲佩兮芙蓉爲裳，彼君子兮天一方。鼓桂櫂兮度横塘。明星爛兮露爲霜，歌聲沸兮夜未央。誓與君兮永不忘，人生歡會兮安可常。

悲愁歌

我之生兮在深宫，嗟薄命兮事遠戎。烏孫老兮語不通，胡[一]塵起兮多悲風。望故土兮心忡忡，羡黄鵠兮汨無窮。

【附】徐𤊹《悲愁歌》：『我所托兮深宫門，何期遠去兮嫁烏孫。烏孫老兮難爲言，胡沙暗兮胡風酸。仰看黄鵠兮能飛翻，回思故國兮長驚魂。』（《鼇峰集》卷二）

戰城南

戰城南，死城北，枯骨纍纍弃路側。爲我謂烏，游魂不歸。臭腐將焉用，飼汝安足悲。陰雲漠漠，寒雨瀟瀟。黄昏古城下，新鬼聲號咷。陽九厄，戰城南，空裹革。七尺微軀我不惜，老死蓬蒿竟何益。願爲忠臣，忠臣誠可爲。茫茫穹廬，掩骼爲誰。

【附】王應鍾《戰城南》：『本是幽井俠，投身嚮武威。城南方接戰，郭北解長圍。突陣憑驍

[一] 胡，文淵閣《四庫全書》本改篡爲『征』。

騎，衝鋒貫鐵衣。丈夫元許國，出入敵如飛。』（《晋安風雅》卷五）　鄧原岳《戰城南》：『戰城南，走城北，城南雲黄城北雲黑。天蒼蒼，野茫茫，生不願封侯，但願歸故鄉。』（《西樓集》卷一）　謝肇淛《戰城南》：『戰城南，死城南，白骨如麻，烏啼其間。爲我謂烏：「腐肉何知？馬革未得裹，不如充子饑。」青海何冥冥，飛沙曀白日。新鬼無姓名，舊鬼不得食。念爲忠臣，忠臣安可爲？但見爺娘送子行，不見爺娘收子尸。』（《小草齋集》卷二）　陳鳴鶴《戰城南》：『戰城南，死郭北。于首已去頸，刿手尚攻賊，朽骨肓肌安可得！生不諧素心，死即烏鳶食。馬革裹尸竟何益，區區腐肉何足惜！』（《泡庵詩選》卷三）　林光宇《戰城南》：『戰城南，戍城北。番不得休，勞不得息，唯敵是求。何□作慝，男兒伏劍出門去，生當封侯死廟食。爲我謂烏爾何愚，我身非直七尺軀，安得銜去哺爾雛，啞啞哀叫胡爲乎！』（《林子真詩》不分卷）

落葉哀蟬曲

西風兮吹襟，蟬聲兮滿林。古砌静而落葉，凄然感乎予心。憶美人于閨房兮，方斂袂而沉吟。

【附】徐𤊹《落葉哀蟬曲》：『葉落兮紛飛，蟬鳴兮哀悲。綺窗寒而涔寂，西風吹乎床帷。懷盈盈之好女兮，益動中心之凄其。』（《鼇峰集》卷二）　林光宇《落葉哀蟬曲》：『蘭缸兮若昏，椒房兮不温。鸞珮□其來止，玉體襲于芳魂。何凉風之激水兮，感翔離以飛翻。』（《林子真詩》不分卷）

野田黃雀行

朝來步野田，田中有黃雀。翩翩飛且鳴，飲啄亦自若。何期俠少年，遽爾加矰繳。置之樊籠中，縶以黃金絡。微物有至性，安能事束縛。悲鳴念故群，所志在林薄。感此宗廟犧，嘆彼華亭鶴。何如辭網羅，高翔在寥廓。

【附】謝肇淛《野田黃雀行》：『野田有黃雀，高飛何翩翩。中道遇搏擊，翅折落九天。少年喜得雀，炙之登玉盤。人生苦如寄，憂患何相煎。』（《小草齋集》卷二）

飲馬長城窟行

飲馬長城窟，水深没馬腹。朝發祈連山，暮宿太原谷。男兒事格鬥，安能諱殺戮。昨日新戰敗，死者什五六。殘血吹腥風，尸骸路相續。身死自不悲，所痛在骨肉。嗟哉杞梁妻，哀哀城下哭。

【附】謝肇淛《飲馬長城窟》：『飲馬復飲馬，來去長城下。胡風吹白沙，愁雲連荒野。去年城朔方，今年戍隴北。草枯戰馬死，城邊堆白骨。生子莫生男，壯出老不還。生子莫生女，哭夫又哭子。昨夜見軍帖，匈奴圍馬邑。健兒盡出門，婦女炊軍食。軍中三五日，征人無消息。賤妾何聊生，從君裹馬革。』（《小草齋集》卷二）　陳鳴鶴《飲馬長城窟》：『樓外千峰遠橫黛，樓中乍暖圍香靄。常嗟別路柳條枯，不覺還生幾莖在。東風搖動吹向儂，捲起離腸一時碎。長城歲歲東風寡，但候雪消堪飲馬。貂鼠爲廬馬上眠，胡沙刮面漫漫夜。眼合魂歸錦帳中，眼開泪滴長城下。床頭恨殺東鄰鷄，一生夢裏爲君妻。』（《泡庵詩選》卷二）　林光宇《飲馬長城窟行》：『窮塞絶陽精，青冢成皜皜。毳幕數遷移，蕃騎逐水草。壯士在功名，咫尺蕭關道。思歸妝鏡中，年年看春老。』（《林子真詩》不分卷）

銅雀妓

日暮西陵望，但見蒿與萊。悲風起四野，歌舞有餘哀。漳河流不返，繐帳空塵埃。荒臺久寂寞，雄圖安在哉！

【附】袁表《銅雀臺》：『憶昔侍重幃，臨觴試舞衣。蛾眉長宛轉，玉座有光輝。一旦聞遺令，高臺空翠微。如何陵上陌，歲歲識春歸。』（《晉安風雅》卷六）　郭文涓《銅雀臺》：『銅雀臺荒漳水濱，滿汀蒲柳亂河津。古原寂莫丘烟暮，廢冢凄涼野草春。一代玄宮狐兔迹，千秋黄土綺羅塵。西陵尚挂松楸月，不照當時歌舞人。』（《晉安風雅》卷六）　鄧原岳《銅雀臺》：『羅衣今寂莫，繐帳委塵埃。陵寢空相望，君王不復來。雲寒依别殿，月冷鎖荒臺。玉貌朝朝落，凄涼遺令開。』（《晉安風雅》卷六）　陳鳴鶴《銅雀妓》：『狐狸啼空梁，層臺翳芳草。春陽詎能持，妾貌不長保。昨日競新聲，今日成醜老。長袖試婆娑，泪灑西陵道。』（《泡庵詩選》卷二）　陳鳴鶴《銅雀妓》：『不受生前寵，偏爲死後期。寸心灰寢處，□然□空帷。舞惜行雲態，欲翻《薤露》詞。西陵看不見，□斷日斜時。』（《泡庵詩選》卷四）　陳鳴鶴《銅雀妓》：『朝上銅雀臺，夕弄管弦哀。灑酒望陵樹，悲風千里回。飛縵絓青漢，舞袖空徘徊。君王不可見，玉座成蒼苔。』（《晉安風雅》卷一）　陳薦夫《銅雀臺》：『高臺晨望罷，陵樹幾回新。舞退羅衣色，歌殘繐帳塵。雲迷漳水暮，草暗鄴城春。縱有悲歌者，應非昔日人。』（《晉安風雅》卷六）　康彦登《銅雀臺》：『瓦落臺空野草愁，綺羅香輦但荒丘。二喬不鎖東風妒，遺恨漳河水自流。』（《晉安風雅》卷十二）　徐𤊹《銅雀妓》：『墓田秋寂寞，銅雀暮凄涼。繐帷羅綺變，西陵松柏蒼。落月隨歌吹，斜陽照泪光。含悲佇美目，空施六尺床。』（《鼇峰集》卷二）

羽林郎

昔有羽林郎，持戟出未央。揮鞭過酒肆，招摇都市傍。酒家女二八，顔色耀春芳。黄金爲條脱，白玉爲耳璫。越羅裁中裙，齊紈製下裳。服飾既璀璨，膏沐尤馨香。不意冶游子，停驂登我堂。銀鞍耀紅日，韎韐何輝煌。提壺索美酒，岸幘據胡床。金刀膾鮮鯉，烈火炮羔羊。酒盡出門去，嬋媛結衷腸。已去復再返，解贈紫羅囊。君心一何苦，君情一何長。婦人貴遠别，持此非所當。還君紫羅囊，妾非青樓倡。

【附】徐𤊹《羽林郎》：『新淬鵜膏一劍霜，權奇良馬紫絲繮。錦街十二閑游冶，抛落金丸滿地黄。』（《鼇峰集》卷二十四）

車遥遥

車輪何遥遥，出門不顧返。輪豈不能迴，君心自難挽。聽此轔轔聲，一聲一以遠。看此兩行轍，能令歡愛斷。如何馭者手，不肯須臾緩。敢望君心回，但願車輪爛。

【附】鄧原岳《車遥遥》：『丈夫逐邊勛，遠行不顧身。公家有程役，出戍河陽津。河水聲濺濺，朔風吹黃塵。去者日已遠，離思難重陳。不如道傍花，猶得隨車輪。旅雁哀失群，鷄鳴悲蕭晨。生死當决絶，蛾眉恨誰伸。』（《西樓集》卷一）　徐㘱《車遥遥篇》：『車遥遥兮馬駸駸，思君子兮情不禁。仰睇銀漢傷我心，迢迢南北商與參。車聲轔轔聽漸遠，妾心日逐車輪轉。』（《鼇峰集》卷二）　陳鳴鶴《車遥遥》：『車遥遥，馬夙駕，金星明，别鄰舍。僕夫唯唯衢路傍。殘月昤曨照，弃柘不忍别。重行行，亦知難，□留且復展離情，踟蹰復踟蹰，掩袖相嗟吁。贈君盤龍之寶鏡，照乘之明珠。寶鏡照妾貌，與君□長途。明珠比妾心，吐曜終不殊。君其慎眠食，□載亦須臾。』（《泡庵詩選》卷三）　林光宇《車遥遥篇》：『車遥兮馬馮馮，追思君兮爲不可從。君在秦兮妾在楚，路阻修兮空延佇。見烏比翼共翱翔，爲獨我兮兩分張。』（《林子真詩》不分卷）

門有車馬客行

門有車馬客，來從故鄉陌。乍見雖可歡，道舊反不懌。試問舊親賓，存亡异疇昔。别時諸兒童，于今皆半百。今時諸壯夫，多非故相識。舊人居新墳，新人居舊宅。里社既荒凉，市朝多變易。纍纍丘壟間，鬱鬱生松柏。離别纔幾時，光陰如此迫。静言思故鄉，含情泪沾臆。

【附】徐㘱《門有車馬客行》：『門有車馬客，去去臨廣陌。言念遠行人，憂心忽如惄。廿載離故鄉，踪迹隔南北。殷勤向客語，未語先嗚咽。親知零落盡，城郭屢遷易。廬舍成丘墟，田園半藜藋。昔日美朱顔，今朝嘆頭白。浮生嗟隙駒，世路傷逼仄。念君久不歸，百感填胸臆。』

白馬篇

（《鼇峰集》卷二）

誰家冶游子，捐軀事戎行。白馬黄金羈，驅馳赴朔方。兜鍪既焜耀，寶劍生光芒。良弓懸韎韐，激矢藏縹囊。仰天射梟雁，俯身射豺狼。膂力已絶世，捷黠誰能當。邊風方慘冽，壯士臨風僵。躍馬入重闈，生擒左賢王。丈夫思報國，安肯思故鄉。裹尸誠所願，毋然悲死傷。

【附】謝肇淛《白馬篇》：『白馬玉花鬘，錦韉金玲瓏。碧踠汗流血，振鬣嘶霜風。五陵少年兒，蹀躞長楸中。顧影自矜炫，指眄生豪雄。左抽金僕姑，右彀烏號弓。回頭殪飛兔，翻身貫雙鴻。百返無纖塵，馳騁若乘空。行人争道好，頫仰無驕容。一朝軍書下，投名甘泉宫。天子賜顔色，幕府推前鋒。飛泉出疏勒，鳴劍馳山戎。誓雪百王耻，不數全師功。安能守妻子，雙鬢坐飛蓬？』（《小草齋集》卷四）　徐𤊹《白馬篇》：『白馬奔如風，銀鞍瑩如雪。百金妝連錢，萬里騁蹄齧。馬上幽并兒，少年事游俠。雕弓挽長虹，寶刀耀明月。平生膽氣雄，千秋留俠骨。』（《鼇峰集》卷二）

君馬黄

君馬黄，臣馬赤。君馬馳驅，臣馬辟易。君馬登天閑，臣馬伏槽櫪。二馬同行，一馬太息。

【附】鄧原岳《君馬黄》：『君馬黄，臣馬黑。君馬驕嘶，臣馬辟易。君馬行，臣馬却。君馬絶塵，臣馬逼仄。與君息駕崑崙顛，一日凌風游八極。』（《西樓集》卷二）　陳薦夫《君馬黄》：

『君馬黄，臣馬玄。臣馬頹唐不行，君馬被服鞍氈。君馬困槽櫪，臣馬終天年。』(《水明樓集》卷一）　謝肇淛《擬漢鐃歌十八首·君馬黄》：『君馬黄，臣馬蒼，二馬同逐出東方。君馬白，臣馬黑，二馬同逐出南陌。狐狸在梁龍在野。牛虎觸鬥死，野雀飛不下。以陰以雨，于何去女？』(《小草齋集》卷二）　徐㶿《君馬黄》：『君馬黄，臣馬斑，二馬相逐臣馬閑。君馬轡沃若，臣馬鐙彎環。臣馬蹀躞賀蘭下，君馬騰躍瑶池間。二馬相顧長嘆息，秋風苜蓿嘶天閑。』(《鼇峰集》卷二）

臨高臺

臨高臺，望故鄉。下有流水流湯湯，群草委腓萬木黄。翩翩南雁來迴翔，攬衣起彷徨。美人不見兮，斷我衷腸。

【附】謝肇淛《擬漢鐃歌十八首·臨高臺》：『臨高臺，高臺高以軒。上有日月之長天，下有大海迴波瀾。桂甍裝黄金，錯之白玉欄。飲此旨酒香且寒，令我皇帝三萬年。』(《小草齋集》卷二）

怨歌行

當時匣中銅，于今翳塵土。當時篋中絲，于今無寸縷。磨鏡休使光，繰絲休使長。鏡光驚貌換，絲長嫌緒亂。對鏡與治絲，兩者俱腸斷。

【附】徐㶿《怨歌行》：『郎隔荷花内，妾隔荷花外。安得秋風生，一夜荷花敗。』(《鼇峰集》卷二）

江南弄

冰肌皓魄紅羅襦，鬱金裙帶懸流蘇。蓮舟蕩漾臨澄湖，臨澄湖，連臂歌。歡不來，將奈何。

【附】林光宇《江南弄》：『四山白氣起接天，落日斜映水含烟。江上女郎弄澄碧。葦帆□使一片席。吴歈嬌按江南拍，道字不正復無力。霧鬟花勝自□刻，芙蓉當秋失顔色。』（《林子真詩》不分卷）

龍笛曲

于闐玉管流哀音，餘音寥亮水龍吟。調繁指弱憂思深，憂思深，涕泛瀾。懷遠道，摧清顔。

【附】徐𤊹《龍笛曲》：『紫璚截管吹重淵，半空驚起群虬眠，龍王噴霧飛蒼烟。飛蒼烟，落青雨。弄參差，調律吕。』（《鼇峰集》卷二）

采蓮曲

蘭舟容與過横塘，步摇驚起雙鴛鴦。羅裙帶濕生濃香，生濃香，紅汗滴。坐中流，奏龍笛。

【附】林世璧《采蓮曲》：『碧浦明新月，清溪照落霞。美人移桂棹，江上采蓮花。灼灼丹葩艷，田田緑葉斜。只愁秋露冷，零落惜年華。』（《晋安風雅》卷六）　袁表《采蓮曲》：『妾家大堤北，郎住大江潯。試問横塘水，沿洄信幾深。看妝愁葉亂，蕩槳愛花陰。采罷初回楫，娟娟月滿林。』（《晋安風雅》卷六）　佘翔《采蓮曲四首》，其一：『雲鬟初綰玉搔頭，湖上相將弄小舟。纖手接來花并蒂，半含歡笑半含愁。』其二：『荷葉離離帶暖風，香生菡萏玉顔紅。嬌歌一曲鴛鴦起，多少殘霞落水中。』其三：『晚風吹棹夕陽邊，花媚羅裙倍可憐。忽見西陵生片月，弄珠神女下長川。』其四：『采芳越女鬥娥眉，顔色如花鏡裏窺。蓮子摘來心自苦，更饒不斷藕中絲。』（《薜荔園詩集》卷三）　鄧原岳《采蓮曲》：『芳心那可問，閨思不勝愁。欲采芙蓉寄，清江碧水流。丹葩明桂楫，緑葉漾蘭舟。只恐花零落，凄凉易及秋。』（《西樓集》卷四）　謝肇淛《采蓮曲》：『美人采蓮惜蓮子，茜帶羅裙蘸秋水。蘭舟蕩入淺深叢，欲睡鴛鴦忽驚起。小枝出水初破紅，老干低頭房半空。容華轉眼不自保，芳心無力隨西風。西風嫋嫋寒日墜，緑衣零落明珠碎。相看惆悵躅蹄歸，一片愁雲送殘黛。』（《小草齋集》卷九）　董養斌《采蓮曲二首》，其一：『湖上采蓮花，花比儂顔色。誰是賞花人，臨風空嘆息。』其二：『纖手弄清漪，瓊珠濺蓮葉。鴛鴦葉底游，雙雙妒殺妾。』（《晋安風雅》卷十）　謝肇淛《采蓮曲二首》，其一：『采蓮復采蓮，蓮葉大如斗。上有百子房，下有同根藕。』其二：『郎莫采蓮花，儂莫采蓮子。子去只空房，花落隨流水。』（《小草齋集》卷二十五）　陳鳴鶴《采蓮曲》：『江南七月江水碧，江上蓮花高幾尺。誰家女兒十五餘，蕩入花間歌拍拍。含嬌道字半吴音，哀響遏雲雲欲沉。捲紅袖，舒翠娥，鼓桂楫，漾微波，鴛鴦飛處蓮子多。采蓮不采藕，藕絲將如何？』（《泡庵詩選》卷三）　徐𤊹《采蓮曲》：『荷花艷艷葉田田，十五女兒歌采蓮，玉腕羅裙移畫船。移畫船，出芳沼。鱗帶長，鳳鞋小。』（《鼇峰集》卷二）　徐𤊹《采蓮曲二首》，其一：『郎解清歌妾解謳，涉江同泛木蘭舟。蓮花好采郎休采，恐采花多傷并頭。』其二：『江上風來江

外香，荷花如面葉如裳。迴船忽見郎船過，只采荷花不采郎。』（《鼇峰集》卷二十四）

游女曲

羅衣半褪飄金縷，約束纖腰五雜組。日暮采芳臨洛浦，臨洛浦，鮮明珠。望交甫，心踟躕。

【附】徐𤊹《游女曲》：『傾城少女矜顏色，風前逸態嬌無力，錦帶飄香出城北。出城北，結同心。愁漢廣，怨河深。』（《鼇峰集》卷二）

朝雲曲

朝雲日日陽臺上，晻曖迷茫開綺帳。襄王一去勞相望，勞相望，夢難醒。湘水緑，湘山青。

【附】徐𤊹《朝雲曲》：『吴人怨結湘江水，朝暮雲光結成綺，夾襭花裙紛旖旎。紛旖旎，有光輝。巫夢杳，楚夢飛。』（《鼇峰集》卷二）

鳳笙曲

纖指按節玉參差，櫻唇緩吸聲遲遲。吹儂無限心中悲，心中悲，望遠情。何時吹，雙鳳鳴。

【附】徐𤊹《鳳笙曲》：『天上月明聞炙簧，入雲絶調諧宫商，玉宸近聽聲飄揚。聲飄揚，韵響應。魏夫人，王子晋。』（《鼇峰集》卷二）

春日白紵曲

辛夷半落桃花開，金羈寶瑟上春臺。佳人倦倚闌干曲，兩兩黄鶯飛相逐。

夏日白紵曲

緑池風來菡萏香，臨流照影見妍妝。隔花忽聽郎歌調，自取齊紈障巧笑。

秋日白紵曲

庭槐初落秋氣深，月中玉腕搗清砧。東家倡婦恣行樂，酒闌更説羅衣薄。

冬日白紵曲

玉肌起栗寒相侵，金壺美酒對君斟。麝蘭香氣羅衾滿，夜長轉覺氍毹暖。

烏栖曲

其一

高樓四面栽楊柳，白馬驪珂塹回首。玉壺美酒任君沽，妾身十五已當壚。

其二

微滅銀燈隔重幔，宛轉嬌聲恣啼唤。不辭今夕盡風流，只愁明日見君羞。

其三

帳中弱態含嬌嫵，一夜爲雲更爲雨。汝南鷄啼天未明，與君還盡片時情。

其四

月銜半嶺燈將滅，羅衫掩泪送君别。入門獨自剔殘燈，尋思無限夜來情。

【附】謝肇淛《烏栖曲四首》，其一：『木蘭作舟青絲纜，北斗闌干夜欲半。江頭蓮子初作花，美人月中來浣紗。』其二：『七寶流蘇鴛鴦帶，金鴨沉香繞簾外。九微燈影隱銀屏，玉枕雲鬟人未醒。』其三：『蒲萄新釀凝香碧，素手調笙簧初炙。吹氣如蘭宛轉歌，烏栖月出郎柰何。』其四：『露桃枝梢月如鏡，帳角明珠光不定。金釭澄澄花蓓蕾，文襦寶袜爲君解。』（《小草齋集》卷二）

塞上曲

將軍出北平，匈奴爭遁走。鼓振天地昏，令出風雷吼。邊霜裂旌旗，塞月寒刁斗。繫虜[一]受降城，屯兵井陘口。歸來見至尊，自獻單于首。

【附】林世璧《塞上曲》：『烽火照關西，邊聲夜慘凄。朔雲連陣捲，胡馬逐風嘶。轉戰清沙漠，休兵罷鼓鼙。長城千里月，一道凱歌齊。』（《晉安風雅》卷六）　鄧原岳《塞上》：『九月塞草衰，秋高風逾厲。中夜聞舉烽，胡塵忽而至。結束行負戈，甲光爛照地。嚴霜侵人骨，寒泉漾殘骴。男兒志裹革，生死心不二。按劍髮衝冠，瞋目血流眦。殺人豈顧身，偉哉漁陽騎。』（《西樓集》卷一）　徐𤊹《塞上曲》：『絶塞悲風酸，僵凍邊城卒。青海朔氣騰，厲霜脆毛髮。瘦馬嘶暗沙，斷角咽殘月。華陰飾寶劍，殺人五花没。金旗濕霧重，旄頭濺鮮血。征婦猶望夫，饑鳶厭枯骨。』（《鼇峰集》卷二）

[一]　虜，文淵閣《四庫全書》本改纂爲『俘』。

白頭吟

貌如雨中花，節似霜中柏。貌改節不移，別君意凄惻。一解。
妾心如女蘿，君情如飛絮。蘿生空纏綿，絮飛何處去。二解。
嫁君當紅顔，辭君當白首。請君看鏡中，雙鬢何如舊。三解。
死樹難再榮，死灰難再熱。寄語新歡人，莫遣頭如雪。四解。
含悲下中堂，此情空脉脉。君心能再回，白頭應再黑。五解。

【附】鄧原岳《白頭吟》：『凄凄復凄凄，掩袂長太息。一奏白頭吟，悲來泪沾臆。當時許妾偕老期，楊柳春風嬌自持。尋常對面生荆棘，羅襦玉珥不相宜。妾心如明月，君情若流水。君情翻覆不可知，新人容華那足恃。』（《西樓集》卷二）　徐熥《白頭吟》：『妾心瑩如鏡，君心冷如鐵。兩心不相許，故此永訣別。一解　决別空彷徨，含啼下中堂。爲君剪青鬢，爲君洗紅妝。二解　東林亦有鳥，西林亦有鳥。雙宿復雙栖，雙飛何矯矯。三解　嗟嗟復嗟嗟，相隔天一涯。逝水不西去，菖蒲難見花。四解　今朝情好違，昔日恩意斷。臨別牽君衣，去去心腸爛。五解』（《鼇峰集》卷二）

搗衣篇

皎月入房帷，凉風吹衣襟。游子遠行役，少婦鳴清砧。良夜既以永，懷人益以深。孤鴻唳天際，促織吟堂陰。余亦别家久，涕泣不能禁。

【附】謝肇淛《擣衣篇》：『畫梁燕去流螢稀，風吹紙窗黄葉飛。征人塞上無消息，少婦閨中獨擣衣。擣衣復擣衣，簾卷空階夜静時。摧藏乍向風前起，宛轉初從月下移。犀紋石燥光如琢，細腰桐杵來香閣。素腕參差高復低，翠袖纏縈止還作。繁聲急調轉分明，欲遲更速如有程。凄凄似迸柔腸碎，隱隱疑聞長恨聲。夜闌露冷羅衣濕，徙倚長楹懶無力。天邊時見孤鴻飛，砌畔惟聞草蟲泣。鴻飛蟲泣倍關心，怨妾思君涕不禁。思君遠塞勞同杵，怨妾空房冷似砧。熏香熨帖金刀落，長短腰圍自斟酌。燭暗翻愁綫脚斜，邊寒但恐綿胎薄。衣成將寄玉門關，知在千山更萬山。行人不信相思意，衣上啼痕點點斑。』（《小草齋集》卷九）

妾薄命

南國有佳人，容華世莫比。嫁與東鄰兒，願言結生死。良人輕别離，匆匆辭故里。朝醉閶闔門，暮宿長安市。新愛移平生，恩情付流水。欲促遠人歸，裁書寄雙鯉。遺之同心結，兼以合歡被。人匪金石堅，容顔何足恃。天涯君不歸，河清難再俟。

【附】陳鳴鶴《妾薄命》：『君不見池上冰，朝來解散夜稜層。君不見隴頭梅，今年零落明年開。天行尚自有回轉，不信君心不復變。嫁君并嫁心，娶妾但娶面。惟願妾面變如故，君心依舊重相顧。妾薄命，紅妝一謝永難靚。』（《泡庵詩選》卷三）

有所思二首[一]

其一

徙倚向花叢，羅衣濕清露。烏鵲隱茂林，寒蟬抱高樹。焚香理素琴，聊以抒心愫。美人期不來，中宵泪如注。

其二

月色滿花陰，花陰空佇立。何以贈所歡，悲歌聊當泣。啾啾階蛩吟，喔喔鄰鷄急。幽會杳無期，空令長太息。

【附】謝肇淛《有所思》：『有所思，乃在南山之阿，東海之涯。海水何漫漫，日莫風以寒。有所思，所思無窮期。流黄不得抛，不如搥碎之。月出東方，日没于西，思君君不知，不如割置之。』（《小草齋集》卷二）　林光宇《有所思》：『去年折蓮灑君酒，今年折蓮空在手。江頭悵望無歸船，抛入中流尋舊藕。臨水看妾容，憔悴如枯柳。嫩蕊穠華滿洛陽，誰云不待天上郎。郎將馬足踏春日，妾獨娥眉飄秋霜。碧窗皓月玉簫聲，引爲孤鳳愁中聽。幽願驚起倚金屏，千丈天河寒□星。妾情宛轉比縈繁，曉香吹落茱萸露。明滅銀釭照夢醒，烏鵶啼斷門前樹。濕絲牽井鳴噦噦，古菱匣底開塵翳。嬌態不識道里長，妝罷緘書問夫婿。』（《林子真詩》不分卷）

[一] 二首，底本無此二字，據目録補。

幔亭集卷之二

閩中徐　熥惟和著
友人陳薦夫幼孺選
王　若相如編

五言古詩

擬古五首[一]

其一

把袂登河梁，秋風慘行色。去去天一涯，此心長惻惻。酒殽紛錯陳，哽咽不能食。思君有夢魂，從君無羽翼。浮雲方西馳，羲輪忽已匿。微欵俱未伸，相持空太息。會面未有期，功名當努力。

其二

落日不迴照，頽波無西流。人生處世間，倏忽如蜉蝣。百年傷局促，其憂乃千秋。一朝時命盡，溘

[一] 五首，底本無此二字，據目録補。

風起松楸。纍纍丘土中，誰辨王與侯。貴亦不必喜，賤亦不必憂。聖賢多微言，達者聃與周。斗酒相娛樂，虛名安足謀。

其三

閨房何凄清，思君意如搗。追恨當別時，光景太草草。愁歎積胸臆，恍惚不能道。別君未須臾，依然結懷抱。安得迴君車，與君再傾倒。

其四

徙倚高樓上，西北多浮雲。浮雲望不極，妾泪徒紛紛。丈夫忠報國，仗劍遠從軍。十年遼水上，生死不相聞。

其五

洛陽有异卉，灼灼生路傍。顏色如朝霞，百步聞馨香。五陵多游冶，觀者如堵墻。竟日歡不足，秉燭飛羽觴。凉秋降白露，氣序回清商。嗟哉此异卉，倏忽無輝光。容華不足恃，歡愛靡故常。因之感薄俗，意緒重慘傷。

【箋】羲輪　日車。羲，日馭，爲太陽駕車者。

五陵　漢代五座皇帝陵墓，在今陝西咸陽。

【附】徐𤊹《擬古》，其一：『杪秋天氣肅，道路阻且長。君爲萬里別，歡會不可常。君懷既凄惻，我亦重慘傷。振衣登高臺，流水何湯湯。車塵去漸遠，涕下沾衣裳。』其二：『游子畏行役，北方風氣悲。行行萬餘里，顔色無光輝。悠悠歲月徂，此身未得歸。奮飛無羽翼，日暮空相思。』其三：『予生厭浮華，所好在山林。春風吹嘉樹，玄雲翳層岑。鳥飛何翩翩，鶴鳴發哀音。灼灼桃李花，悠悠感我心。眷此易銷落，青山合招尋。人生貴行樂，無庸嗟陸沉。幽居人迹稀，誰可與言者。欲濟苦無舟，欲行無車馬。獨賦采薇歌，偃仰南山下。孤雁飛冥冥，北來栖曠野。日暮心苦悲，憂思何由寫。』其四：『行行出東門，遥望東南陌。斗酒論衷懷，故人從此隔。送君渡長河，河水清且深。臨流氣欲結，涕泣不能禁。』其五：『世務何錯迕，人心變古今。幽潛在林丘，自謂勝榮名。榮名有時盡，但願適我情。清晨藝禾黍，日仄卧中庭。楓林耀紅日，衆鳥喈喈鳴。逍遥田野中，便足終餘生。』（《鼇峰集》卷四）

感遇二首〔一〕

其一

山居絶塵鞅，衆慮寡所營。長嘯谷聲應，撫琴薰風生。雲流古洞濕，雨過寒潭清。年光自代謝，草木隨枯榮。且盡杯中酒，遑圖身後名。

其二

出門盡秋色，策杖登寒山。雲來幽徑迷，風急衣裳單。林深豺虎嘷，洞古虬龍蟠。路遠人烟絶，日

〔一〕二首，底本無此二字，據目録補。

昃不得餐。蒿藜蔽田野，中心自悲酸。嚱吁望絶巘，始知行路難。不如歸林卧，長嘯賦猗蘭。

【附】陳椿《感遇》：『朝登北邙坡，載道摧枯松。參差見古墓，寂寞寒烟中。荒隧隱殘碑，傍多狐兔蹤。泉臺閉白日，陰壑來悲風。感此長太息，泪下紛無從。城中多甲第，旦夕鳴歌鐘。』（《晉安風雅》卷二）　謝肇淛《感遇四十首》其一：『太極本一氣，先天祕其守。陰陽運無倪，橐籥成萬有。太道寂無言，色象争紛糾。焉能使我心，沉冥坐離垢？』其四十：『微陽未東作，星與月争光。元運墜于地，千載何其長？野狐竄荒郊，鴟鴞鳴我梁。撫劍中夜起，攬衣行徬徨。欲鼓朱絲弦，繁音亂宫商。弦斷調亦絶，颯颯風吹霜。大雅苟不作，河漢徒相望。』（《小草齋集》卷五）

咏荊軻[一]

荊卿一劍客，擊筑游燕都。許身太子丹，生死誓不渝。丈夫報知己，何惜此微軀。悲歌度易水，慷慨自驅車。匕首中銅柱，非由劍術疏。報秦雖不濟，千載仰雄圖。

【箋】荊軻　戰國末期刺客。應燕太子丹之托刺秦王，事敗被殺。見《史記·刺客列傳》。

易水　流經河北。

○李賢《大明一統志》卷二《京師·保定府》『易水』條：『在安州城北，自府境曹河、徐河、石橋河、一畝泉河、滋河、沙河、鵶兒河、唐河諸水，至此合流爲易水。又至雄縣南爲瓦濟河，過直沽入于海。《史記》

[一] 咏荊軻，底本目録作『咏史』，改目録爲『咏荊軻』。

燕太子丹使荆軻刺秦王，送至易水，歌曰：「風蕭蕭兮易水寒，壯士一去兮不復還。」』

薤露

日出何杲杲，薤露不長保。人生在世間，豈能長壽考。穰穰陌上塵，離離墳畔草。殤子與彭籛，胡然較遲早。瞻彼薤露晞，感嘆傷懷抱。

咏懷

歲序如轉轂，一去無還期。形容久不逮，臨鏡始嘆悲。悠悠夢寐間，覺寤何其遲。處世三十年，履歷多險巇。世事古猶今，此意當自知。奈何微脆軀，與俗争奔馳。奔馳覺生累，守静性可怡。老莊有明訓，役役將何爲。

【編年】萬曆十八年庚寅（一五九〇）。

與陳汝大鼇峰宴集

其一

四郊散秋色，層臺結夕陰。孤磬出叢薄，倦鳥投故林。殘霞落酒杯，微月照衣襟。良朋式至止，臨風諧賞心。既蠟阮生屐，復爲梁父吟。嗒然發長嘯，天外有餘音。

其二

振衣陟鼇頂，石磴何嵬峨。松陰如車蓋，亭亭山之阿。深岩逗秀色，古樹垂女蘿。醉來窮幽壑，勃窣經危坡。孤鴻唳天際，野鳥當筵歌。人生寡良和，不飲將如何。

【編年】萬曆十九年辛卯（一五九一）。

【箋】陳汝大　即陳椿。汝大又作女大。

○陳鳴鶴《東越文苑》：『陳椿，字汝大，閩縣人。父曰子文，爲湖廣憲副。椿少爲博士弟子，治博士家言。及父卒，椿擇葬地，乃治形家者言。精于青鳥之術。居有頃，母得滯病，椿復治黄帝、扁鵲之言，爲母診病，病良已。椿忽自悟，曰「醫之所及，歲不能至百，不足治，治服形度世之言。」于是，椿所治凡數百萬言，無所不見。乃發而爲詩，遂臻其妙。年六十六卒，所著有《景于樓集》八卷、《養生悟言》三十卷，《竹軒雜録》十卷。椿之卒，巍然柴坐，左右手翼如。或曰：「此形解也。」然不可知。』

○謝肇淛《陳女大先生六十序》：『女大少年時，俯首受博士業，伊吾六籍間，腹便便如笥，然數奇，上公車往往報罷。久之，自厭弃去，始學爲四聲，滮漫旁摭，自柏梁以及長慶，靡所不有，而以氣格爲宗。每遐曠流攬，吊往怨遥，俯仰千古，凄然孤嘯。其聲悲壯哀適，旁若無人也。』（《小草齋文集》卷二）

○郭柏蔚按：『陳椿，萬曆中庠生，所著《景于樓集》八卷，爲徐㶿所選，先生亦手自參校。陳元凱、曹能始爲之序。』（《東越文苑》卷六）

○陳勛《景于樓集序》：『女大先生藏山之業既成，徐惟起、袁無競爲選其古風、歌行、近體詩，而先生亦手自參校，簡其上駟，列爲八卷……愚嘗觀閩中先進之詩，其聲必出于唐，鮮或雜而爲他，蓋風氣實然。繼之先生始以异才絶力，遵軌杜陵，逼其神髓。嗣響彬彬，哲匠不之，景從諸鉅公間作，斟酌盛唐名家，而冲融雄渾，殆得其宗。邇日群公超乘而興，雙甄所指開元、大曆之壘，無不劘于是。閩中之詩雄海内矣，卓然與有唐同風，而女大先生年稍尊，早與袁先生上下切劘，功力悉敵，晚在諸君社中稱祭酒……先生妙契玄理，人不得而窺也。而神明澡練，胸栖清氣，觀于其詩，有晶潤而沆瀣流、蕭冷而天籟發者。則出于機，先生亦有不得秘者乎？』(《陳元凱集》卷二)

鼇峰　即鼇頂峰，在福州九仙山(于山)頂。

〇李賢《大明一統志》卷七十四《福州府》『鼇峰』條：『在九仙山。舊有嘉福寺，宋狀元陳誠之讀書于此。王逵詩：「眼看滄海近，身與白雲高。回影連三島，盤根壓六鼇。」』

〇王應山《閩都記》卷四《郡城東南隅》『九仙山』條：『初名于山，高一百十五步，周回三百十一步。與烏石山對峙，爲一郡之勝。相傳何氏兄弟九人修煉于此，因名「九仙」。《閩中記》云：「越王無諸九日宴集玆山，有大石樽尚存。」又名「九日山」。山周遭有煉丹井、平遠臺、浴鵶池。四徹亭，唐元和中建。慶曆中，沈邈更名，今廢。鼇頂峰，宋狀元陳誠之讀書處，舊爲嘉福院。躡數十級以登，千峰萬井皆在履舄之下。』

【附】佘翔《飲鼇峰亭》：『汗漫相逢秋色深，興來高閣共登臨。雲開睥睨群峰出，日隱松杉獨鳥吟。流水樽前調綠綺，寒花籬畔散黄金。嬋娟一片城頭月，相對狂歌思不禁。』(王應山《閩都記》卷四《郡城東南隅》)　陳椿《登攬鼇亭》：『鼇頂峰頭夜雨晴，峰前伐木響叮叮。游人坐愜乘春興，鳴鳥偏多舊友情。梵界雲來天欲曙，海門潮動月初生。不須秉燭緣歸路，入夜燈光遍冶城。』(王應山《閩都記》卷四《郡城東南隅》)　徐𤊹《秋日同陳汝翔陳伯孺惟和兄集陳汝大于山草堂》：『蔣生三徑荒，今日過求羊。一榻蘿陰合，滿階梧葉涼。晚楓當户赤，殘菊映衣黄。客散柴門寂，鳥聲喧夕陽。』（《鼇峰集》卷十）

游圓峰閣[一]

古閣枕溪濱，年代已湮没。山勢何嶙峋，溪聲無停歇。老樹倚雲根，寒泉溜山骨。我來陟孤岑，石徑蒼苔滑。朝餐嶺上霞，夜潄波心月。處處烟景移，步步清興發。臨風開素襟，空山坐超忽。

【箋】圓峰閣　在福州城西。

〇王應山《閩都記》卷二十一《郡西侯官勝迹》『圓峰閣』條：『在唐舉山，又名圓通。一峰聳秀，臨于江滸，建閣其上，祀馬仙。』

【附】謝肇淛《圓峰閣謁馬仙祠》：『危峰俯控碧溪横，紺殿高標接太清。樹杪雲沉千嶂色，窗前風咽亂濤聲。道人禮斗書丹籙，里婦祈靈乞化生。鸞鶴不歸春寂寂，白沙如雪暮帆平。』（《小草齋集》卷二十三）徐𤊹《登圓峰閣》：『衆峰環古閣，遠在碧雲端。枯木淡秋色，怪禽啼暮寒。平沙晴漠漠，流水夕漫漫。漸覺塵踪滅，孤鐘聲欲殘。』（《鼇峰集》卷十）徐𤊹《登圓峰閣》：『江干聳杰閣，絶磴迴圓峰。平沙積雪霰，空翠攢芙蓉。枯厓藥草長，欹石莓苔封。秋聲響露葉，夕靄昏雲松。仙姬出何代，禖祀香烟濃。幽僻寡塵鞅，歷覽稀人踪。憑欄縱遠目，

[一]《游圓峰閣》，王應山《閩都記》卷二十一《郡西侯官勝迹》載此篇作《游圓通閣》。

斜日鳴孤鐘。』（《鼇峰集》卷五）按：此詩作于熥卒後。

東際亭晚眺

虚亭蒼翠間，烟霞變奇景。微鐘起梵音，空潭自清影。行來竹靄深，坐久松風静。冥然道心生，倏爾塵緣屏。吟眺猶未闌，殘陽在西嶺。

【箋】東際亭　在福州鼓山下。

○陳宏己《游鼓山記》：『石鼓山，出城東三十里，其絶頂去地又十五里而遥……始出東際亭，就輿，緣石磴上，可百步，入山漸深，山泉彌漫石面，作數百匹練。』（黄任《鼓山志》卷八）

【附】徐𤊹《東滌橋晚坐》：『石橋行客少，流水自潺湲。松鼠驚寒出，林鵶當暮還。潭光翻古寺，月影冷秋山。坐久塵緣息，鐘聲杳靄間。』（《鼇峰集》卷十）　曹學佺《東際亭》：『此際將登嶺，深林待日迴。却于山寺外，便有野亭開。静聽泉吟石，閑隨鳥步苔。半岩僧已下，聞客喜歸來。』按：此詩作于熥卒後，録以備考。

擬登天台山

晨興理輕苿，捫蘿登嶕嶢。荒榛隱烟霧，絶巘摩穹霄。泉聲灑飛瀑，山容建霞標。下有百丈潭，泠泠喧石橋。涼燠异岩壑，雨暘變昏朝。遐矚發清曠，溽暑生涼飆。偓佺詎云遠，羨門猶可招。騁此物外觀，聽彼雲中謡。微風奏天籟，淡雲綴輕綃。結根比華岱，幽邃同中條。高情豁然暢，塵襟亦已消。安得遇至人，與之同逍遥。

【箋】天台山　在浙江台州。

○李賢《大明一統志》卷四十七《浙江・台州府》『天台山』條：『在天台縣西一百一十里。道書：是山上，應台星超然秀出，有八重，視之如一帆，高一萬八千丈，周迴八百里，山去天不遠。路由福溪，水險而清，前有石橋，廣不盈尺，長數十丈，下臨絶澗，惟忘其身，然後能濟。濟者梯岩壁，援藤葛，始得平路，見天台山蔚然奇秀，雙列于青霄上，有瓊樓、玉闕、天堂、碧林、醴泉，仙物畢具也。』

【附】鄧原岳《擬登天台山》：『南泛福溪水，北眺天台山。仙靈杳何許，珠條猶可攀。側身度石梁，巨石正當關。瓊樓與玉闕，乃在白雲間。呼吸通帝座，卜視空人寰。赤城色如赫，瀑布流潺湲，欲結山水緑，未覺途路艱。尚想寒山子，騎雲相往還。』（《西樓集》卷一）　陳鳴鶴《擬登天台》：『昔余慕岩栖，結念懷幽异。覽籍契天台，兹游愜所志。千圻何崔嵬，裹糧陟深邃。飛瀑響重岑。鼓吹聲逾濞，矯足度石梁。超懭情彌至，魯丘信如帆。瞰海風潮駛，赤城熚以舒。百越重延跂，林陬無雜囂。洞壑有靈□，登□窮西暉。旋台冀可值。願言凌紫虛，人間□□□。』（《泡庵詩選》卷二）　徐𤊹《擬登天台山》：『巍巍天台山，乾坤幻靈迹。一萬八千丈，去天不盈尺。雲漢低可捫，星辰近堪摘。明霞起建標，孤城望彌赤。水聲迅泝澌，嵐光變朝夕。瓊樓耀排空，玉闕爛燭日。飛梁亘絶澗，扳躋怖魂魄。高峰等培塿，巨海類川澤。碧林黝以深，中有仙人宅。一入蓬壺游，邈與塵世隔。逝將屏世緣，永矣了黃白。』（《鼇峰集》卷四）

春泛若耶

春風散藻景，山水動微暄。桂櫂泛蘭渚，摇摇過前川。汀花媚幽壑，岸柳垂輕湍。環洲屢迴複，雜樹何繽紛。微波生鏡湖，疏鐘來雲門。揚帆意超忽，泝流情孤騫。逆楫芰荷脆，隨波蘭芷繁。和風駐瑶瑟，落日沉金尊。山川緬如故，疇昔誰能存。佳境豈易覿，幽懷願無諼。

【箋】若耶　即若耶溪，在浙江紹興。

○酈道元《水經注·漸江水》：『若耶溪，《吴越春秋》所謂歐冶涸而出銅，以成五劍。溪水上承嶕峴麻溪。溪之下，孤潭周數畝，甚清深。有孤石臨潭，乘崖俯視，猨狖驚心；寒木被潭，森沉駭觀。』

○李賢《大明一統志》卷四十五《浙江·紹興府》『若耶溪』條：『在府城南二十五里。與鏡湖合。西施采蓮，歐冶鑄劍于此。唐徐海游此，嘆云：「曾子不居勝母之里，吾豈游若耶之溪？」因改五雲溪。』

【附】陳椿《春泛若耶》：『清谿春澹蕩，好泛扁舟去。夾岸摇緑蘿，長天亘烟樹。微聞鼓棹聲，莫辨浣紗處。日暝尚忘還，悠然愜真趣。』（《景于樓稿》，曹學佺《石倉十二代詩選·社集》）　鄧原岳《擬春泛若耶溪》：『泛泛溪上舟，茸茸溪畔草。春風吹微波，淡雲綴晴昊。魚行若乘空，縈溪翠如掃。鏡湖既已湮，蘭亭亦枯槁。對景且自怡，欣然豁幽抱。』（《西樓集》卷一）　陳仲溱《春泛若耶》：『霽色媚春熙，春懷自濃郁。蘭澆[一]泝幽溪，蕩漾豁心目。

[一]　澆，當作橈。

涓涓翠欲浮，皎皎清可掬。溪響衆壑奔，波迴萬峰矗。老樹夾蒙蘢，幽花遞環復。嚶嚶谷鳥鳴，隱隱山禽伏。朝暮射的風，來去樵夫速。聊此愜幽懷，豈必羨濠濮。』（《響山集》，曹學佺《石倉十二代詩選・社集》）　徐𤊹《春泛若耶》：『晨興泝龍門，暮止耶溪宿。樵風送輕橈，南北往來速。千岩高嵯峨，萬壑屢迴複。春色遍平蕪，烟光散林麓。草木何蒙茸，雲霞遞興蔚。斜陽逗遠村，野燒明空谷。客子臨清流，朝莫恣所欲。若際秋冬時，幽懷詎云足。』（《鼇峰集》卷四）

懷陳平夫

別子雖未久，念子意何深。攬衣立階除，凉風吹素襟。殘鐘度微月，天籟雜悲吟。盈盈一水隔，悠悠千里心。空山白雲滿，六溪何處尋。

【箋】陳平夫　即陳邦注，閩縣人。

○徐𤊹《詩人爵里詳節》：『陳邦注，字平夫，閩縣人。朝錠之子。萬曆中布衣，有《釣磯集》。』（《晋安風雅》卷首）

○徐𤊹《釣磯集序》：『余雅知平夫之能詩也。然平夫隱居義溪，足迹不入城市，……年來遂結社爲詩，倡和不絶。平夫意氣高雅，弗諧于俗，與人交有古風。家世貴顯，而清約如寒士，諸所莫逆，無非賢豪長者。平夫性雖骯髒，又善自下。』（《幔亭集》卷十六）

○郭柏蒼《全閩明詩傳》卷三十：『陳邦注，字平夫，閩縣人。烓曾孫，達孫，朝錠子。价夫、薦夫從兄。

萬曆中布衣，有《釣磯集》。』

六溪　在福州之義溪。陳邦注住六溪。趙世顯有《平夫期自六溪移竹植小園竟成烏有詩以促之》（《芝園稿》卷十一）。

【附】謝肇淛《懷陳平夫伯孺幼孺》：『我落江湖汝索居，别來三鳳近何如？青山長對高人榻，窮巷應多長者車。洞裏水簾和月捲，磯頭石髮帶雲梳。武夷半壁堪藏史，知爾窮愁有著書。』（《小草齋集》卷十八）按：此詩非同時作。

寄題林晉伯别墅

夫子且遁世，結廬居青門。鳴泉瀉懸崖，山光當層軒。澹澹雲影疏，謖謖松聲繁。林密失寒燠，山深忘朝昏。薄田足禾黍，幽澗多芳蓀。柴門瞰清溪，一徑通花源。時時命小舟，去去過前村。愜此丘中賞，忘彼朝市喧。伊余秉微尚，委懷在丘園。安得相比鄰，長嘯醉區樊。

【箋】林晉伯　布衣。餘俟考。

【附】梅守箕《林晉伯園亭》：『郊原栖息處，曠室有深情。山澤區以會，結構閑且清。規池源溜净，叠池苔紋生。荔圃嘉蔭結，蕉徑森風鳴。遥峰來遠翠，近流漱微聲。霜月澹碧海，暮烟噓寒城。疏花摇水練，澄霽開雲屏。憑欄一以眺，心目迥以迎。即境以爲寂，會意聊獨扃。圖書信雲樂，杯酒猶可傾。筆床倚爐直，琴幾對山横。既愜三益望，寧慮四難并。』（《梅季豹居諸二集》卷三）按：此詩非同時作，録以備考。

登鼓山大頂

曉望岃崱峰，振衣涉蓁莽。樹色遠葱蘢，練瀑空中響。峭壁插蒼穹，丹崖懸百丈。鬼斧鑿鴻濛，玄岩閟罔兩。我來叩崆峒，素心懷孤往。蘿蔓刺衣裾，烟霞隨屧杖。倚石漱清流，頓令神骨爽。薄暮日漸暝，月印蒼苔上。忽聞天籟鳴，泠泠愜心賞。願言脱塵纓，不復緇世網。

【箋】鼓山　在福州東郊，海拔九百餘米。舊傳登鼓山絶頂，可望見琉球。

○王應山《閩都記》卷十二《閩縣》『鼓山』條：『距郡城十五里而遥，延袤數里，其高入雲表。山之巔有巨石如鼓。峰、巒、岩洞，不可指數。或云：風雨大作，其中簸蕩有聲如鼓，故名。』

○（萬曆）福州府志》卷四《山川》『鼓山』條：『去城三十里而近，延袤數十里。郡之鎮山也。巔有石如鼓，其峰曰「大頂峰」，一曰「岃崱」，登之可望海。』曹學佺《西峰宁説》卷二十二『福建福州府』：『福州城外亦有三山，曰「左旗」「右鼓」與「昇山」也。鼓山之頂，巨石如鼓，雲雨將興，石鼓是鳴。山中之景以涌泉寺爲最勝，岃崱峰爲最高。每登其頂，正東可望琉球，青蒼一點，晃漾波濤中。宋郡守趙汝愚詩有「江月不隨流水去，天風直送海濤來」之句。朱晦翁刻「天風海濤」四字于巨石上。』

岃崱峰　鼓山主峰，又名大頂峰。

【附】謝肇淛《九日登鼓山絶頂》：『咫尺清都近可攀，濤聲秋色老空山。蟻封隱見圍千雉，螺髻微茫指百蠻。絶壁刺天無鳥度，半岩采藥有僧還。東南霸業蕭條盡，流水荒臺石蘚斑。』（《小草齋集》卷十八）按：此詩非同時作。　徐𤊹《登大頂峰》：『孤峰岃崱勢稱雄，長嘯憑高盼遠空。石壁吐雲盤鷲嶺，海門浴日射鮫宫。七閩井邑三山險，萬里梯航百粤通。俯仰昔賢登覽地，濤聲依舊送天風。』（《鼇峰集》卷十七）

贈陳价夫薦夫

明珠無連胎，奇卉寡并蒂。物類有如此，無乃造化忌。夫何六溪中，産君兄與弟。意氣傾時流，詞華振當世。顧盼生雄姿，中原敢凌厲。探討無勌勤，玄心已超詣。二陸久不興，芳名爾當繼。

【箋】陳价夫　即陳藩，字价夫（據陳薦夫《先茂才行狀》，《水明樓集》卷十三），以字行；又字伯孺。薦夫兄。

○徐熥《伯孺像贊》：『有虎頭之技，無一者痴；有梁鴻之遇，不五其「噫」。行乎不甂，言也無卮。力田而不逢時，處世而能委蛇。樂莫樂兮，吹塤吹篪。百世而下所稱不朽者，予既已知之矣。我其君之惠子，而君其我之鍾期。』（《幔亭集》卷十九）

○《〔乾隆〕福州府志》卷六十《人物》『文苑』：『陳价夫……閩縣人，价夫少爲諸生，踏省門，不見收，遂隱居賦詩以自娱。其爲人長者，鄉里婦孺皆知其名……桐城阮自華《贈价夫》詩云：「伯孺佳公子，簞瓢居陋巷。短衣才及骭，吾視天夢夢。」』

○郭柏蒼《全閩明詩傳》卷三十一：『陳价夫，字伯孺，達孫，輔之子，弟薦夫，從弟邦注，閩縣人。萬曆間諸生。有《招隱樓稿》《天越游草》。』

陳薦夫　即陳邦藻，字薦夫（據陳薦夫《先茂才行狀》，《水明樓集》卷十三），以字行；又字幼孺。价夫弟。

○曹學佺《水明樓集序》：『予友陳幼孺，少孤而貧，三十始爲諸生，領鄉書，應試南宮，不第而歸。貧益甚，至喪厥明。末年病嘔而死其所。爲養生之資、飲食男女之用，約而且廢矣。獨于詩之道，負俊才而專一志，質癯而腹腴，語險而法中。雖目不涉詩書，迹不交山水者十有餘載，然下帷之夫駭其博雅，好游之士推其韵致矣。倘所謂閉門造車、出門合轍者耶！』（《水明樓集》卷首，又《石倉文稿》卷一）

○《〔萬曆〕福州府志》卷六十二《人文志》：『陳薦夫，能爲六朝文，其詩工麗情至，近體多出中晚格。舉甲午鄉薦，未第卒。』

○《〔乾隆〕福州府志》卷六十《人物》『文苑』：『薦夫，中萬曆庚子（按：當作甲午，詳上）鄉榜，三上春官不第，病目雙瞽。兄弟自相倡酬，桐城阮自華……《贈薦夫》詩云：「孝廉宿憤世，遁景栖深宮。親朋希得見，杯酒將誰同？」』

○郭柏蒼《全閩明詩傳》卷三十六：『陳薦夫，名邦藻，字幼孺，輔之子，价夫弟，閩縣人。萬曆二十二年舉人，有《水明樓集》。』又：『薦夫卒年五十一，生于嘉靖庚申，卒于萬曆庚戌。』

六溪　陳氏仕六溪，詳卷二《懷陳平夫》。

二陸　晉陸機、陸雲齊名，號『二陸』。

劍浦送顧世卿

行行出劍津，送君還東吴。未能展嬿婉，别離在須臾。含涕牽君衣，相視意踟躕。我無雙飛翼，何由與君俱。君行登青雲，我尚蟠泥途。相隔天一方，道路阻且迂。會面雖有期，祇恐容華殊。悲風振原野，怪鳥争哀呼。送君從此去，回首日雲晡。

【箋】劍浦　劍浦驛，在今南平市延平區。

○曹學佺《西峰字説》卷二十二『福建·延平府南平縣』：『南唐改州爲劍州，而縣曰劍浦。元大德中改爲南平縣，而劍浦乃爲驛。』

劍津　在今南平市延平區，建溪與富屯溪合流處。

○《晉書·張華傳》：『華大喜，即補（雷）焕爲豐城令。焕到縣，掘獄屋基，入地四丈餘，得一石函，光氣非常，中有雙劍，并刻題，一曰「龍泉」，一曰「太阿」……遣使送一劍并土與華，留一自佩……華誅，失劍所在。焕卒，子華爲州從事，持劍行經延平津，劍忽于腰間躍出墮水。使人没水取之，不見劍，但見兩龍各長數丈，蟠縈有文章，没者懼而反。須臾，光彩照水，波浪驚沸，于是失劍。』

○李賢《大明一統志》卷七十七《福建省·延平府》『劍津』條：『在南平縣治東。建寧、邵武二水合流之所。晉雷焕得二劍于豐城，以一與張華，留一自佩。華死，失劍所在。其後焕子佩劍渡延平津，劍躍入水，化爲龍，因名「劍津」，亦名「劍潭」。』

○何喬遠《閩書》卷十八《方域志》『南平縣』：『劍津，又名龍津。府城東南，建寧、邵武二水合流之所。』

○曹學佺《西峰字説》卷二十二『福建·延平府南平縣』：『劍潭，一名劍津，在城東南。』

顧世卿　顧大典子，吴人。

晚渡淮水

孤帆涉淮水，天氣苦寒冱。積雪明長崖，斜陽横古渡。漁燈隔浦來，人烟數家聚。前途多風塵，故山隔雲樹。栖栖問去津，悠悠嘆行路。遠涉猶未窮，徘徊日將暮。

【箋】淮水　淮河。

田家雜興

春風動郊墟，村村事農務。桑柘蔭比鄰，鶬鶊鳴高樹。訪舊入城稀，持饁歸田暮。鷄犬識井閭，牛羊諳村路。此中寡所營，悠然有真趣。

【附】徐𤊹《春日田家》：『春風吹郊墟，夜雨灑茅屋。輕雷起群動，檐間鳴布穀。草木欣向榮，桃李披籬曲。河柳漸舒條，柔桑變新緑。野老親荷鋤，兒僮貫樵牧。鷄豚歸暮烟，牛羊曬晴旭。糗糒既得飽，韋布還自足。逍遥七十年，豈識榮與辱。堪嘆紅塵中，車馬空馳逐。』（《鼇峰集》卷四）按：據首句，或與𤊹同時作。

憩轉華庵〔一〕

精廬傍人境，虚寂無垢氛。食施隔林鳥，衲挂前山雲。池光既澄潔，香氣尤氤氲。獼猴識戒律，狸犬嫌腥葷。談深不顧返，西嶺將斜曛。終當遠城市，高卧辭人群。

〔一〕《憩轉華庵》，王應山《閩都記》卷十九《湖西侯官勝迹》引此詩。

【箋】轉華庵　在福州城西。

○王應山《閩都記》卷十九《湖西侯官勝迹》『轉華庵』條：『在石山嶺。萬曆間建。』

【附】徐𤊹《憩轉華庵》：『紅塵隨處有，獨不到祇園。補□移花種，編籬拗竹根。小龎眠刹影，馴雀飲池痕。何以銷長日，清涼世外言。』（《鼇峰集》卷十）

對月遲王元直不至

孤館寂無人，寒威滿林樾。天長雁影遲，露冷蛩聲歇。當尊翠靄深，倚杖蒼苔滑。故人期不來，惆悵花間月。

【箋】王元直　即王繼皋，字元直，太學生。

【附】徐熥《王元直像贊》：『其貌仙仙，其性翩翩。才若涌泉，而辯若河懸。既怡情于典籍，亦嘯傲乎雲烟。香在荀令君既出門之後，神在衛洗馬未渡江之先。雖當弱冠之年，能與長者而周旋。盻睞者青眼，結交者白蓮。若郎君者，可謂魁然者矣。』（《幔亭集》卷十九）　徐𤊹《王元直像贊》：『在前者珠玉耶，觸目者琳瑯耶？吾愛汝者，弱冠能文童耶，既擲果于路傍耶？更入户之生香耶，吾將結客少年場耶？不意天壤之末，乃有此王生耶！』（《紅雨樓集·鼇峰文集》册十二，《上海圖書館未刊古籍稿本》第四五册，第二七五頁；以下引《紅雨樓集·鼇峰文集》簡稱《紅雨樓集》，引《上海圖書館未刊古籍稿本》簡稱《上圖稿本》）

春日山居招袁無競

晨起倦簪沐，便覺日停午。梁間燕哺雛，竹外鳩呼雨。碧蘚盈階除，幽花映窗户。裁詩招所歡，愁心繞烟樹。

【箋】袁無競　袁敬烈（一五七三—一六〇四），字無競。太守袁表之子。

○郭柏蒼《全閩明詩傳》卷四十：『袁敬烈，字無競，表子，閩縣人。萬曆中庠生，有《卧雪齋集》。』

○郭柏蒼《柳湄詩傳》：『無競家有開美堂，與趙仁甫結芝社。曹能始挽詩曰：「少小負詩名，才高阻一鳴。數符顔氏子，業止漢諸生。」是無競卒年三十二也。』（《全閩明詩傳》卷四十引）

送鄭業師之漢陽

春風吹柳枝，處處鳴鶗鴂。七十四老翁，猶作天涯別。若比少壯游，此情倍嗚咽。貧來褐不完，老去頭如雪。游非尚子懷，辯豈君卿舌。出門靡所甘，苦爲饑寒迫。湘江道路長，楚水烟波闊。兹行毋滯淫，門人望回轍。

【箋】鄭業師

○徐𤊹《壽李隱君八十有三序》：『當余少時，執經鄭夫子之門。』（《幔亭集》卷十七）

漢陽　今湖北武漢。

○李賢《大明一統志》卷五十九《漢陽府》『漢陽縣』條：『附郭。本漢安陸縣地，屬江夏郡。東晋于臨嶂山置沌陽縣，後廢。隋開皇末置漢津縣，屬復州。大業初改曰漢陽，屬沔陽郡……元爲漢陽府治。本朝因之。』

【附】徐𤊹《送鄭先生之漢陽》：『垂老無家別故鄉，薄游千里只空囊。楚江風浪孤身客，何日飄零到漢陽。』（《鼇峰集》卷二十四）

懷陳履吉久居山中

聞君居荒村，寥寥誰與侶。田叟時往還，樵夫或共語。吟思倚杖時，釣憶臨流處。高懷絶世氛，閑心寄烟渚。此别已徂秋，凉風滿庭樹。

【箋】陳履吉　即陳益祥（一五四九—一六〇九），字履吉，侯官（今福州）人。

〇徐熥《詩人爵里詳節》：『陳益祥，字履吉，侯官人。萬曆中監生。有《草集》。』（《晋安風雅》卷首）

〇徐𤊹《筆精》卷八『山林公案』條：『友人陳履吉云：「山中何景最奇？曰：雨後，露前，花朝，雪夜。何事最奇？曰：釣同鶴守，果遣猿收。」』

〇謝肇淛《陳履吉傳》：『陳履吉者，郡之侯官人也，名益祥。其先世自宋之季聚族而居柯山十葉矣。父奎，任嶺南觀察使……五歲能屬對，十歲能文。觀察守恒山，時督學使者方較士，履吉闌入，試第一。使者愛其髫秀，欲登之，固辭不可，遂逃歸。稍壯，益習古文詞，泛濫二氏百家及丹鉛星命醫卜之學，靡不攻也。又能爲詩，自漢魏至于大曆、長慶，肆意搜獵，于是名鵲起諸生中，天下知名士皆延頸願交履吉矣。然履吉數奇，上公車輒躓，入南雝戰復弗捷，乃發憤盡取所治博士業焚弃之，一意力田，事家人産。性酷耽山水，聞一丘壑奇絶，必躐險千里而致之，曳草屩，負糗糒，重繭龜坼不少息。嘗慕永陽方廣之勝，坐卧其中累歲，復于其傍辟得二岩石，一曰「懸漢」，一曰「九天」，皆斬藤刈棘，越重岡，穿石罅，梯雲捫井，棧道百折而後至。履吉身操鉗錘，與傭保雜作于虎窟狐場間，餐風眠露者三晦朔云……履吉生平著述無慮十餘萬言，有《采芝堂集》二十卷行于世。』（《小草齋文集》卷十一）

○郭柏蒼《全閩明詩傳》卷三十一：『《晉安風雅》云，益祥有《草集》。殆即《采芝堂集》。』

【附】陳益祥《守雪村莊寄徐惟和》：『蕭蕭平楚散萋烟，四塞凝寒釀雪天。留得宿酲差暖夜，憑將多病壓灾年。爐添榾柮呼兒向，窗入梅花伴客眠。却憶沙村徐處士，幾時携酒重談玄。』（《陳履吉先生采芝堂文集》卷九）按：此詩非同時作，録以備考。

懷沈從先

與君未傾蓋，吴門費相尋。十日不能得，嗟哉誰知音。故人不我弃，題書貽空林。感此歲月异，傷兹年鬢侵。寥寥千古意，悠悠萬里心。花殘吴苑暮，月落楓橋陰。望君不可見，思君空自深。

【編年】萬曆十九年辛卯（一五九一）。

【箋】沈從先　即沈野，吴縣（今江蘇州）人。

○徐𤊹《先兄墓碑陰交游題名記》：『處士沈野，字從先，吴縣人。』（《紅雨樓集》册九，《上圖稿本》第四四册，第四一一一頁）

○徐熥《沈從先詩序》：『辛卯歲，余有燕之役，至吴門而病不知人者數日。然神雖昏憒，而心念從先不置，時時從床第間問沈郎無恙乎，索十日不得，竟去矣。』（《幔亭集》卷十六）

○錢謙益《列朝詩集小傳》丁集下『沈布衣野』：『爲人孤僻寡合，不能治生，僦廡吴市傍，教授里中，下簾賣藥，雖甚饑寒，人不可得而衣食之也。曹能始見其詩，激賞之，延至石倉園，題其所居之室曰「吴客軒」。好飲，每夜半大呼索酒。矜重其詩，徘徊吟賞，自能始、徐興公兄弟外，不輕示一人。能始常嘲之曰：「半夜號咷常索酒，一生毷氉自圈詩。」亦想見其風致也。有《卧雪》《閉户》《燃枝》《榕城》諸集。王伯縠、徐惟和及能始叙其詩。』

吴苑　即長洲苑，吴王園苑。○李賢《大明一統志》卷八《中都·蘇州府》『長洲苑』條：『在太湖北岸。吴王闔閭游獵處。』

楓橋　在蘇州城西。○李賢《大明一統志》卷八《中都·蘇州府》『楓橋』條：『在府城西七里，面山臨水，可以游息。南北往來必經于此。』

【附】姚旅《露書》卷三《韵篇》上：『姑蘇沈野作《寒食》詩：「厨下由來烟火斷，不知寒食是今朝。」徐熥賞其語，往訪之。及進閶門，重門已閉，進退不得，因于檐下坐一夜。沈因是得名。』

答葛震甫

閩海與吴門，相隔幾千里。君雖吴門居，又隔洞庭水。不知賤子名，何由入君耳。雲中有片鴻，江頭足雙鯉。投來皆璚瑶，報之愧蘭芷。臨風懷美人，感嘆胡能已。

【箋】葛震甫　即葛一龍，吴縣（今江蘇蘇州）人。

○錢謙益《列朝詩集小傳》丁集下『葛理問一龍』條：『一龍，字震甫，吴之洞庭人。山中多富室，習爲行賈，而震甫以讀書好古，盡破其産。入貲爲郎……除雲南布政司理問。及之官，詳視緩步，盤辟爲禮頌，上官皆目笑之。居無何，謝病歸，卒于崇禎庚辰，年七十有四。』

慰佘宗漢喪子

一官不稱意，拂衣游五湖。書空羞咄咄，對酒呼烏烏。行年已半百，有子啼呱呱。丈夫耻内顧，仗劍遵長途。及君還故里，歲月已云狙[一]。此兒風格异，蹀躞稱家駒。膝前還復著，鯉庭時能趨。昨日致書來，云君殞其雛。知己爲痛悼，坐客同嗟吁。有生本非有，無生亦非無。達生乃賢者，西河非吾徒。君今喪子後，還如無子初。金石有銷鑠，況此脆弱軀。古人齊彭殤，此意良非迂。造化誠小兒，無爲此拘拘。

【箋】佘宗漢　佘翔，字宗漢，莆田人。

○梅守箕《懷舊詩·佘宗漢》其《序》：『（宗漢）既以島夷之亂，不成家。令全椒，又以直爲罪，落落江上。』（《梅季豹居諸集》甲乙卷二，萬曆刻本）

○鄭王臣《蘭陔詩話》：『宗漢作宰全椒，有异政。與御史左，弃官去爲汗漫之游。王元美爲司寇日，欲爲立傳，謝曰：「須公還山時也。」元美贈以詩云：「十八娘紅産荔支，蠣蚄舌嫩比西施。更教何物詩三絶，爲有佘郎七字詩。」晚年詩律益進，王百谷寄以詩云：「題詩千里問桑蓬，青雀西來信忽通。郢客陽

[一] 狙，當作『徂』。

春元和寡，絳人甲子偶相同。麒麟莫道生偏晚，鸚鵡争誇老更工。曾赴瑶池春燕否，蟠桃可及荔支紅？」時宗漢、百谷俱年七十，宗漢性和易，里中少年召之飲無不□，人比之陶靖節。談論玄達，于物無所臧否，又似阮嗣宗。斯足概其爲人矣。』（《莆風清籟集》卷二十五『佘翔』條）

五湖　詳卷七《送江太守兵備三吴》『震澤』條。

哭林遜庸先生

先人同時交，什九泉下塵。遺老獨有君，倏然返其真。君今歸黄壚，不患無所親。世上少相識，泉下多故人。生交有聚散，死交千萬春。死者足相樂，生者徒悲辛。

【編年】萬曆二十二年甲午（一五九四）。

【箋】林遜庸　即林庸勛。庸勛，字平野，號遜庸，長樂人。唐思想家林慎思後人。舊有閩郡世家，首推長樂林氏之説。

【附】徐𤊹《哭林遜庸業師甲午》其一：『父客日凋零，門生失典刑。九原歸一旦，八十過三齡。人歲月誰能駐，泉臺定不醒。侯巴徒有泪，濕盡太玄經。』其二：『死去黄泉遠，生來白屋貧。人間孤憤客，地下苦吟身。猿語悲殘夜，鵑聲咽莫春。山丘零落後，凄絶舊門人。』（《鼇峰集》卷十）

喜微師自水西歸

開士從何來，云自山中歸。去住無定踪，有如閑雲飛。隨方皆净土，何處非禪機。城市雖紅塵，不染静者衣。

【箋】微師　又稱微公、觀微上人，詳卷五《元直秀才觀微上人過宿》。

水西　在福州烏龍江之西。

○王應山《閩都記》卷十九《湖西侯官勝迹》『峴山』條：『峴山，在旗山之南，一名水西，有南嶼、北嶼。』

○林其蓉《閩江金山志》：『至旗尾曰「南嶼」，稱「水西林」。明太守春澤壽一百四歲，世居于此。門前有世進士棹楔。有石松寺，及泰山廟，有峴山，又有壚峰。多奇石，風景絶勝。』

【附】徐𤊹《與微師夜坐》：『佛燈無燄佛香殘，讀罷楞伽夜已闌。趺坐蒲團心似水，竹中風雨磬聲寒。』（《鼇峰集》卷二十四）

賦得華林暮雪

屏山何逶迤，精廬依北郭。日暮寒風生，曠野同雲作。俄看雪片繁，漸覺禪衣薄。瑶華結珠旛，玉屑飄金鐸。跏趺雙樹林，疑是天花落。

【箋】華林　即華林寺，在福州城北。

○王應山《閩都記》卷八《郡城東北隅》『華林寺』條：『舊名越山吉祥院，無諸舊城處。晋太康三年遷新城，遂虚其地。宋乾德三年，吴越錢氏臣鮑修讓爲郡守，始創寺。後增數寺，并入華林西廊。有轉輪經藏，今圮。東廊有文昌祠、普陀岩。正殿之後爲法堂。法堂西祖師殿，以越王山爲斧扆。』

【附】徐𤊹《華林寺》：『越山一片削芙蓉，同扣禪扉紫翠重。茶竈遠携燒落葉，蒲團分坐選深

松。危城半倚高低石，宿靄全迷縹緲峰。爲惜春光今日盡，淹留應到夕陽鐘。』（王應山《閩都記》卷八《郡城東北隅》）

望月有懷唐宗貞陳彥宗

微月入庭除，疏松散清影。山深嵐翠濃，露落衣裳冷。當時月下人，踪迹同萍梗。對月思所歡，此情空耿耿。

【箋】唐宗貞　疑爲莆田人。俟考。

陳彥宗　莆田人，秀才。徐熥有《與陳彥宗秀才》（《幔亭集》卷二十）。

劍浦送康元龍游吴

余自吴門歸，君望吴門去。來往本無期，延津忽相遇。一望故山雲，一問他鄉路。語罷各分離，愁心滿烟渚。

【編年】萬曆二十六年戊戌（一五九八）。

【箋】劍浦　詳卷二《劍浦送顧世卿》。

康元龍　即康彥登。彥登，字元龍，莆田人。諸生。有《代奕編》《朔方游稿》。

○鄧原岳《康元龍詩集序》：『自鄭吏部布侯于杜陵，吾鄉人視爲嚆矢，一時翕然從之。第天質不同，波流遂遠。初沿開元，終入長慶，辭達爲宗，愈墮惡道，傳播四方，見者嘔噦，則何以杜吴子之口也？反正之功，始于袁舍人，而風雅之變，盡于幾日。即余二三兄弟，極力模古，非大曆而上不譚，乘方張之勢，用不盡之鋭，所至分曹授簡，海内争下之矣。後來之秀厥有元龍。元龍本以程書著名，僅出其餘而及聲詩，大有唐風。計元龍之爲詩，讒一染指，參之吾黨，具體而微，其意常有囁嚅而不肯出者，一發篋而示吴人，吴人輒左其祖，藉令需之异日，當元龍之業成，懸之國門，安知不有好事如浦長源者走千里頫首而稟繩累者乎！則閩山川且徼寵于元龍，非獨不佞已！』（《西樓集》卷十二）

○鄭王臣《蘭陔詩話》：『元龍有才藻，慷慨負氣，一言不合輒拂袖去。作詩好改竄，不成篇即弃去。早歲而卒。嘗寓居侯官，徐興公梓其詩入《晋安風雅》中。』（《莆風清籟集》卷二十九『康彦登』條引）按：徐興公當作徐惟和。《晋安風雅》爲熥所編選，鄭氏誤記。

○《〔乾隆〕福州府志》卷六十《人物》『文苑』：『康彦登，字元龍，閩縣諸生。爲人慷慨負氣，一言不合，輒拂袖去。嘗游歷邊塞，無所遇，有《朔方游稿》。年三十八，貧困以死。賦詩好自改竄，不成篇輒弃去。萬曆間，稱「福州七才子」，彦登其一也。』

○郭柏蒼《全閩明詩傳》卷三十八：『康彦登，字元龍，彦揚兄，侯官人，莆田籍。萬曆間庠生，有《代奕編》《朔方游稿》。』

【附】陳薦夫《送康元龍之白下》：『頻年飄泊正相悲，又是天涯嘆别時。京口帆衝殘雪響，石頭船觸斷冰遲。朱門有路難投謁，白社無媒只贈詩。但遇平原君可綉，不愁離緒不成絲。』（《水明樓集》卷五）

徐𤊹《困關送康元龍之秣陵》：『分手關門别路遥，夕陽亭北馬聲驕。蘆花暮雪清溪渚，楊柳春烟白板橋。客泪數行燈下盡，鄉愁一片酒中消。王孫遠道歸何日，芳草萋

萋夢六朝。』(《鼇峰集》卷十四)

聽陳振狂彈琴因懷劉道子

夜坐松桂叢，孤琴理殘月。流泉澄幽陰，微風助清越。愁因寄指深，興以餘音發。悠然山水心，懷人向天末。

【箋】陳振狂　即陳宏己，閩縣人，庠生。

○徐熥《詩人爵里詳節》：『陳宏己，字振狂，閩縣人。萬曆中庠生。有《蘆中》《馬東》諸集。』(《晋安風雅》卷首)

○郭柏蒼《全閩明詩傳》卷三十七：『陳宏己，字振狂，閩縣人。萬曆中諸生。有《蘆中》《馬東》諸集。』

○曹學佺《陳振狂詩集序》：『予友陳振狂，自少稱詩，好新意，嚴對待，及老而彌精，自負其才略，常憤以爲詩無用于世，欲謝絶之；而性情所近，又往往以所欣惡者而泄之于詩。于古人之中尤宗少陵，其所醉心得少陵之幽且遠者，不與世之好少陵同。振狂詩，篇篇有意，而字句不苟用，于五言《選》體少讓，曰：「非其所習也。」予詩初脱稿，好與振狂定之，振狂咀嚼吟咏如己作，能發予之意。振狂以爲善，則予壯膽；以爲不善，則當割愛矣。予于古人詩有泛愛之弊，不能如振狂專，間有稍近少陵處，振狂必擊節曰：「少陵！少陵！」』(《石倉文稿》卷一)

○郭柏蒼《柳湄詩傳》：『宏己隱于福州南臺之倉山下洲，築三弃堂、吸江亭，與陳椿、葉向高、徐熥、徐𤊹、曹學佺多有贈答。琤琤自好，人品、詩品爲名公所推重。題《無諸王廟楹帖》云：「犄漢角秦逐鹿中

原餘舊址，封閩霸越釣龍千古有高臺。」其扁至今尚存。』（《全閩明詩傳》卷三十七引）

劉道子　疑爲嶺南人。熥有《題劉道子畫果二首》（《幔亭集》卷十四）。

【附】謝肇淛《後五子篇·陳山人振狂》：『陳生雅好修，軒軒朝霞舉。弱冠攻古文，不應辟公府。力探驪龍穴，恥與下駟伍。一鳴每驚人，胸臆行萬古。竦如白角鷹，凌霜刷勁羽。中年厭貧賤，操策逐市估。憤世故放言，獨行凉踽踽。龍德潛不拔，鳳衰時見侮。不朽在名山，嗤彼附雲侶。』（《小草齋集》卷六）　徐熥《陳振狂像贊》：『家處龍江，人號鹿散。隱居放言，世或以爲誕；貧賤肆志，世或以爲慢。袍敝而無裏，甑塵而不爨。鹿豕與游，馬牛可喚。落魄兮半生，狂吟兮達旦。有盡者四大之微軀，不朽者千秋之詞翰。誰乎貌此丹青，余也不覺歡喜而贊嘆。』（《幔亭集》卷十九）

南嶼田家

其一

緑水蔭柴門，蒼山繞茅屋。老樹鳴春鳩，頹垣眠小犢。鵝鴨自成群，兒童戲相逐。游從里社歸，税藉農桑出。榮辱非所知，飽暖願已足。羲皇世代遐，此地傳遺俗。

其二

空山布穀鳴，春風散墟落。夫妻同荷鋤，南畝事東作。衡門隱者居，斗酒田家樂。閑惟念子孫，老不知城郭。安能受一廛，鼓腹同耕鑿。

【箋】南嶼　在福州水西。○王應山《閩都記》卷十九《湖西侯官勝迹》「峴山」條：「在旗山之南。一名水西，有南嶼、北嶼……南嶼在合山橋之南，與旗山隔江。」

宿雲窩贈林熙吉

吾黨有一士，結茅峴山麓。庭前羅异卉，屋後繞修竹。托迹在岩丘，結交盡麋鹿。水石同弟昆，農桑課童僕。時爲梁父吟，閑取離騷讀。服食慣參苓，往來狎綺角。能忘朝市喧，不與世情逐。誰知錦水濱，却有愚公谷。襆被時一來，同抱孤雲宿。

【箋】雲窩　在福州水西錦溪水濱，林應憲結茅處。

林熙吉　即林應憲，字熙吉，人瑞翁林春澤子，應起弟，侯官人。工書。

峴山　詳卷二《喜微師自水西歸》。

【附】徐熥《林熙吉像贊》：「貞不絶俗，介而能通。文稱吐鳳，書若驚鴻。禪問南宗，悟佛教之真空。道契鴻蒙，守老氏之玄同。君其無忝于人瑞翁。」（《幔亭集》卷十九）　鄧原岳《春暮過熙吉雲窩二首》，其一：「蕭然春復暮，短策叩雲窩。掃徑花從落，焚香客任過。山深嵐翠重，天暝竹烟多。少小歡娱地，于今鬢已皤。」其二：「結廬人境外，歲月且婆娑。江水春來碧，山光雨後和。鳴琴花欲舞，對酒鳥能歌。每擬高人傳，應憐大小何。」（《西樓集》卷三）

懷陳惟秦

相思一何深，相別一何久。條風吹蘼蕪，新火鑽榆柳。春光漸以闌，莫負尊中酒。

【箋】陳惟秦　即陳仲溱，懷安（今福州）人。

○徐熥《詩人爵里詳節》：『陳仲溱，字惟秦，懷安人。萬曆中布衣。有《陳惟秦詩》。』（《晉安風雅》卷首）

○徐熥《陳惟秦詩序》：『余……往還最歡者，莫如陳生惟秦。惟秦居南郊之柯嶼，去城三十里而遥。每入城便宿余家，濁醪相命，脱粟共飽，或匝月經旬始別去。而惟秦興復不淺，或出游，未嘗以倦自免。或分題探韵，客猶謙讓未遑，惟秦已囁嚅喉吻間矣。或秉燭夜談，不漏沉不寢。即余先寢，寢而後寤，猶聞惟秦呻吟窗壁間也，其嗜學苦吟類如此。其所爲詩，不喜蹈襲人語，皆嘔心劌肝爲之，而卒不盭于法。』（《幔亭集》卷十六）

○《〔乾隆〕福州府志》卷六十《人物》『文苑』：『陳仲溱，字維秦，侯官人。性拙直，寡言笑，與人交接，言辭少拂，即掩耳而去。詩苦求工，不愜意不止。每出其詩示人，以手按紙，手顫口吟。人或誦其詩，口喃喃與相應和，其自喜如此。』

【附】徐𤊹《陳惟秦像贊》：『其貌甚癯，其中甚腴。落落穆穆，徐徐于于。洞徹五宗，已窺正印；陶鈞六藝，別鑄洪爐。長齋也，唐之蘇晉；著論也，漢之王符。且譚高白馬，而術善青烏。憶與君之締結，在神皇之十六載。』（《紅雨樓集》册十二，《上圖稿本》第四五册，第三〇八頁）

題王玉生山水

輞川迹已陳，千載寡奇筆。王生嗣其徽，少負山水癖。寸穎幻烟霞，尺素生泉石。古木蔭溪湄，虛亭倚山隙。一徑轉危岡，兩岸分泉脉。澮澮柘林黄，蕭蕭楓樹赤。岩壑互向背，雲陰變朝夕。人境信有之，願言卜丘宅。

【箋】王玉生　即王崑仲，閩縣人。能詩善畫。

○徐熥《詩人爵里詳節》：『王崑仲，字玉生，閩縣人。萬曆中禮部儒士。』（《晋安風雅》卷首）郭柏蒼《全閩明詩傳》卷三十一：『崑仲好游覽，善圖繪，徐熥、徐㶿輩時與往來，凡登高送遠，酌酒評詩，昆仲多與焉。』

○徐熥《王玉生山水卷》：『往辛卯歲，玉生爲余作此長卷，窮工極變，可謂精絶。然筆氣較之今日，似猶不逮。』（《幔亭集》卷十九）

輞川　此處指王維。維善畫，有别業在輞川。

○李賢《大明一統志》卷三十二《陝西布政司・西安府》『輞川别業』條：『在藍田縣西南輞谷。唐王維置别業于此。其游止有孟城坳、華子岡、茱萸泮、辛夷塢、木蘭柴等二十景。』

【附】徐㶿《王玉生贊》：『顧曹衛陸，世遠吾不得而見之矣；荆范馬夏，吾亦鮮睹其素以爲絢矣。古人不作，君能繼而禪之矣。六法三品，君能曲盡其變矣。名不脛而走天下遍矣，目閃閃若巖電矣。是爲吾友，墻東居士之生面矣。』（《紅雨樓集》册十二，《上圖稿本》第四五册，第三

○○頁）

猛虎行[一]

上山采蘼蕪，下山采蘼蕪。采采猶未已，白日將崦嵫。歸來逢猛虎，咆哮當路隅。彷徨何所之，林莽多人居。豈無桑間人，輕薄同秋胡。此身雖可噬，此節安可渝。甘心飼猛虎，矢志同羅敷。

【附】林光宇《猛虎行》：『猛虎不處卑勢，君子惡居下流。下流無清日，一敗百難收。景光如電迅，富貴若雲浮。□□有時既，受病了千秋。生身原不貲，何必在外求。輕世而肆志，古人以自由。有激龍門子，故于貧賤羞。爾其礪金質，無作繞指柔。』（《林子真詩》不分卷）

寄林去疾

相聞十載餘，相隔三百里。君瞻鼇頂雲，我夢鯉湖水。何以贈所歡，因風寄蘭芷。

【箋】林去疾　即林兆綸，字去疾，莆田人。曹學佺采其詩入《石倉十二代詩選》。

鼇頂　鼇峰頂。

鯉湖　即九鯉湖，在仙遊。徐霞客謂至閩必游地之一。

○《〔乾隆〕仙遊縣志》卷四《地輿志》『山川』下：『九鯉湖，在縣東北五十里，群山迴合，前峙後邑，湖瀦其中。漢元狩間，何氏兄弟九人煉石湖上，丹成以食鯉，鯉變而朱，兩側有翅，昂首噴沫便招風雨，湖水爲溢。一日，鯉數躍欲飛，九人者知冲舉期至，遂各乘其一而升。』

［一］《猛虎行》，集有兩首《猛虎行》，另一首五言見卷三。

酬陳汝大

曰余少骯髒，寢迹山澤間。世路罕所營，翰墨聊爲歡。結交二三子，氣味芬若蘭。道誼互相砥，文章時往還。所嗟非比鄰，别易會良難。君其勖諸子，令名當自完。繼之既以逝，大雅聲云殘。吾黨嗣遺音，矢志迴狂瀾。旗鼓漸以振，逸軌尚可攀。景光幸自愛，勉旃毋多譚。

【箋】陳汝大　即陳椿，詳卷二《與陳汝大鼇峰宴集》。

繼之　鄭善夫，字繼之，閩縣人。弱冠舉弘治十八年（一五〇五）進士，授户部廣西司主事，正德中，改禮部祠祭，以諫南巡受杖，乞歸。嘉靖初，官至南刑部郎中、轉吏部，卒年三十九。有《鄭少谷先生全集》。

○《明史·文苑傳二》：『閩中詩文，自林鴻、高棅後，閲百餘年，善夫繼之。迨萬曆中年，曹學佺、徐𤊹輩繼起，謝肇淛、鄧原岳和之，風雅復振焉。』

寄李惟實

嶺南多畸人，李君稱俶儻。神鋒既俊逸，胸懷尤爽朗。弱冠奮青雲，聲華滿天壤。詩宗大曆前，文軼班揚上。足迹半四方，游道漸以廣。傾蓋在都門，投分慰心賞。敝帚安足珍，乃獲千金享。易水賦離歌，中心發悲愴。歸卧空山中，猶作真人想。

【箋】李惟實　即李元暢。參見卷二十《寄劉季德秀才》。

○徐𤊹《先兄墓碑陰交游題名記》：『鄉進士李元暢，字維（惟）實，茂名人。』（《紅雨樓集》册九，《上圖稿本》第四四册，第四一四頁）按：惟實暴卒于萬曆二十年（一五九二）。

大曆　唐代宗李豫年號，公元七六六——七七九年。

易水　詳卷二《咏荆軻》。

貽陳女翔[一]

柯嶼山水奇，之子鍾靈秘。吾黨推白眉，詞壇標赤幟。衡門可栖遲，丘園還自賁。服食采三秀，衣裳裁薜荔。天倪既已和，純白無不備。但作禰衡狂，不下楊朱泪。暌違日以長，臨風思把臂。

【箋】陳汝翔　即陳鳴鶴，字汝翔，懷安縣（今福州）人。弃舉子業，與徐熥兄弟、謝肇淛攻聲律，凡三十餘年，有《泡庵詩選》《晉安逸志》《閩中考》《東越文苑傳》。

○徐熥《詩人爵里詳節》：『陳鳴鶴，字汝翔，懷安人。萬曆中庠生。有《泡庵詩選》。』（《晉安風雅》卷首）

○徐熥《陳汝翔泡庵詩序》：『友人柯嶼陳汝翔者，迹混世緣，心通内典，禪能參乎一指，識已絶夫六根……熥與汝翔，三山結社，久爲五字之交；萬劫同修，期面九年之壁。悟兹泡影，便可明心。』（《幔亭集》卷十六）

○《〔乾隆〕福州府志》卷六十《人物》：『陳鳴鶴，字汝翔，閩縣人。弃舉子業，與徐熥、徐㶿、謝肇淛共攻聲律。有詩曰《泡庵集》，熥選定焉。』

〔一〕女，目録作『汝』。鄭跋本、福建師大本作『女』。文淵閣《四庫全書》本作『汝』。

柯嶼　在福州南郊。

○徐熥《陳惟秦詩序》：『惟秦居南郊之柯嶼，去城三十里而遥。』（《幔亭集》卷十六）

彌衡　東漢名士，字正平，平原郡（今山東臨邑縣）人。

楊朱　字子居。戰國魏（一説秦）思想家、哲學家。

【附】陳鳴鶴《寄惟和》其一：『七載謁明主，憐君多苦辛。馬蹄穿白雲，人面障黄塵。尺素報山客，刀圭養谷神。始知金殿裏，曼倩可容身。』其二：『江上别游子，長居太乙壇。河車通土釜，雷火劈泥丸。兩鬢都無改，三花盡可飡。相思同入定，相見總非難。』（《泡庵詩選》卷四）

按：此組詩作于萬曆二十二年（一五九四）熥北上時。

酬陳伯孺春日見訪之作

予寧不得意，幽居嗟陸沉。稚子門外呼，有客來相尋。論心意已愜，握手情何深。新詩餘萬言，居然正始音。談深梅雨歇，坐久春鳩吟。日暮别我去，悵然勞此心。

五君咏五首[一]

陳汝大

汝大長者流，涉世嗟不偶。玄牝有精詣，黄庭能自守。混迹居泥途，飄然出塵垢。作賦餘萬言，讀

[一] 五首，底本無此二字，據目録補。

書窮二酉。振響主詞盟，伊余忝其後。非博生前名，所志在不朽。

【箋】陳汝大　即陳椿，詳卷二《與陳汝大鼇峰宴集》。

二酉　即大酉山、小酉山，合稱二酉，在今湖南懷化。傳説爲昔人避秦藏書讀書之所。

○李賢《大明一統志》卷六十五《湖廣·辰州府》『大酉山』條：『在府城西北四十里，道書爲第二十六大酉華妙洞天。』又『小酉山』條：『在府城西北五十里。山下有石穴，其中舊有書千卷，相傳昔人避秦，隱學于此。梁湘東王繹賦云：「訪酉陽之逸典」謂此。』

【附】陳薦夫《六子詩·陳汝大》：『汝大本修能，姱節復無比。握手見丹衷，微言動傾耳。麗藻掞春華，清心映秋水。刻意絶陳言，虚懷故開美。以兹富奇辭，往往絶常理。青鳥有遺經，頗暢幽玄旨。博物非外求，聊以觀吾始。』（《水明樓集》卷一）按：《六子詩》分咏陳椿（汝大）、陳惟秦（汝翔）、徐熥（惟和）、徐（惟起）、陳邦注（平夫）、陳价夫（伯孺）六人。謝肇淛《五子篇·陳文學汝大》：『風雅久淪落，里耳悦土缶。驪珠得者誰，造物固不苟。吾黨二三子，芃芃皆新標。討論探元聲，鑪錘妙匠手。是時推白眉，陳君爲祭酒。冥搜入毫芒，萬象羅窗牖。一出驚人句，勢若獅子吼。壇坫課功令，滿座皆緘口。晚來耽玄寂，意氣渝不偶。古道希復行，惜哉吾益友。』（《小草齋集》卷六）按：謝肇淛《五子篇》咏陳椿（汝大）、趙世顯（仁甫）、鄧原岳（汝高）、陳薦夫（幼孺）、徐熥（惟和）五人。

陳汝翔

汝翔好奇古，遁迹在柯嶼。詞藻何離離，才情尤楚楚。能追正始音，不作齊梁語。臭味既已同，素心自相許。暌乖勞我思，山中正延伫。

【附】陳薦夫《六子詩·陳汝翔》：『汝翔倜儻士，結屋柯山麓。希軌上世人，形骸皆土木。著書摛窮愁，因之廢櫛沐。既推孟嘗産，應甘仲由菽。憤世日放懷，時時是衷曲。能爲魏晋言，詞林競推服。屈首諸生間，顧影良已促。懷哉捧檄心，俯仰豈所欲。』（《水明樓集》卷一）謝肇淛《後五子篇·陳文學汝翔》：『汝翔才浩瀚，其學富五車。性耽讀史書，裁剪成瑶華。下筆累千言，放蕩無津涯。高如娥眉峰，雪際吐蓮花。近代歌行手，局促無名家。得爾還舊觀，燦如光明沙。老來困儒冠，寒江侣魚蝦。奇字不見賞，舉世無侯芭。久要當勿忘，與子盟蒹葭。』（《小草齋集》卷六）

陳平夫

平夫貌不揚，意氣何卓犖。耻抱齊門竽，甘作荆山璞。詩解匡生頤，談折充宗角。一飲動百巡，賢聖分清濁。古道信寡諧，正音久遼邈。努力崇令名，典籍有先覺。

【箋】陳平夫　即陳邦注，詳卷二《懷陳平夫》。

匡生　即匡衡，字稚圭，東海承（今山東蒼山蘭陵鎮）人。西漢丞相，經學家。

充宗　即五鹿充宗，複姓五鹿，名充宗，代郡（今河北蔚縣代王城）人。西漢大臣、學者，治《齊論語》、梁丘《易》。

【附】陳薦夫《六子詩·平夫兄》：『大兄性豪爽，不滓泥與淖。平生群從中，束發頗同調。孱然五尺軀，矜莊成峻峭。應對時復忘，瞪目但清嘯。才思顧便捷，神情亦要妙。映竹洛中吟，臨流東海釣。永言遺世心，豈恤俗士笑。』（《水明樓集》卷一）

陳伯孺

伯孺秉异姿，弱冠富經籍。拓落守太玄，异同辨堅白。作賦已馳名，耽奇自成癖。丹青發妙賞，磊磊生泉石。把臂結詞盟，微悰永無斁。

【箋】陳伯孺　即陳价夫，詳本卷《贈陳价夫薦夫》。

太玄　《太玄經》，又作《太玄》《玄經》，西漢揚雄作。

【附】陳薦夫《六子詩·伯孺兄》：『天乎余何辜，少小遭閔凶。寡母提二孤，慟絶無生容。伯也有至性，鞠子哀余躬。勞苦每獨先，饑寒時與同。弱冠涉文藝，名理豁然通。聲詩有頓悟，掃素無良工。曰余鶩鈍資，諄諄爲發蒙。行誼日提挈，名節相磨礱。嗟哉吾何執，奉以慎厥終。』（《水明樓集》卷一）　謝肇淛《後五子篇·陳秀才伯孺》：『伯子貌恂恂，言若不出口。下帷苦鑽研，萬象無不有。始知冥搜力，足以勝師友。典則沿漢魏，高與曹劉偶。才敵大曆先，意薄長慶後。龍淵韜重匣，奇光泛左右。慘澹苦微吟，盤薄出妙手。坎壈纏逢掖，噂𠴲苦疾首。大音知者希，吾道良不朽。』（《小草齋集》卷六）按：謝肇淛《後五子篇》咏陳鳴鶴（汝翔）、陳宏己（振狂）、陳价夫（伯孺）、徐㶿（興公）、曹學佺（能始）五人。

陳幼孺

薦夫意氣豪，逢人作白眼。冥心契道詮，矢志稽墳典。伯仲既齊名，雄[一]才良不忝。大雅久沉淪，俯仰知音鮮。凌厲向詞壇，片語人矜善。結志在千秋，令名爾當勉。

【箋】陳幼孺　即陳薦夫，詳本卷《贈陳价夫薦夫》。

〇徐熥《幼孺像贊》：『爾之貌則癯，爾之心則慧。五字而萬古斯傳，片語而千人自廢。不知者或謂巧累而俊傷，其知者自能調同而神契。貧不免負薪，名豈緣擢桂。其目之閃閃而眈眈也，非虎視乎詞壇，則睥睨乎一世。』（《幔亭集》卷十九）

【附】謝肇淛《五子篇·陳孝廉幼孺》：『幼孺生知資，一語便破的。弱冠窺風騷，頓悟不終日。時從野徑外，却歸大道域。浸淫及中晚，茹英醱其液。情深語瑰奇，往往似長吉。幸上公車書，翻嬰左丘疾。瞢騰一室間，聲入便能憶。偏師攻長城，所向無堅敵。君平既弃世，牢騷天地窄。哀哉七尺軀，青蠅爲吊客。』（《小草齋集》卷六）

[一] 雄，鄭跋本、福建師大本、文淵閣《四庫全書》本作『君』。

赴京道中寄惟起惟揚二弟四首[一]

其一

我行值炎暑，倏忽還徂秋。眷言念同氣，愵然生百憂。馳暉不可駐，逝水無停流。感茲歲月駛，悵以道路修。悲端起中夜，夢寐居林丘。

其二

林丘渺何許，遠在鼇峰麓。參差多岩巒，蒙籠匿花竹。遺踪追考槃，高吟動淇澳。一落塵網中，與世相徵逐。俯仰思故園，淒風滿愁目。

其三

愁目不可極，悵望心魂驚。仳離足感嘆，况乎骨肉情。愁多無定緒，路遠難計程。危時幽憤積，逆旅孱軀輕。凉風天際來，嚦嚦哀鴻鳴。

其四

鴻鳴一何哀，客心一何苦。昨發瀫溪濱，今宿桐江滸。平沙翻鷺颸，崩崖蕩零雨。中宵蚊蚋喧，白晝馮夷舞。嗟哉行路難，含悲望鄉土。

【編年】萬曆二十二年甲午(一五九四)。

[一] 四首，底本無此二字，據目録補。

【箋】惟起　即徐𤊹（一五七〇——一六四二），熥弟。

○《明史·文苑傳二》：『閩中詩文，自林鴻、高棅後，閱百餘年，善夫繼之。迨萬曆中年，曹學佺、徐𤊹輩繼起，謝肇淛、鄧原岳和之，風雅復振焉……𤊹，字興公，閩縣人。兄熥，萬曆間舉人。𤊹以布衣終。博聞多識，善草隸書。積書鼇峰書舍至數萬卷。』

○《（乾隆）福州府志》卷六十《人物》『文苑』：『徐𤊹，字惟起，博學工文，與兄熥齊名，善草隸書，詩歌婉麗。萬曆間，與曹學佺狎主閩中詞盟，後進皆稱「興公詩派」。性嗜古，聚書至萬卷。所居鼇峰麓，客從竹間入，環堵蕭然，而牙籤四圍，縹緗之富，卿侯不能敵也。其考據精核，自樂府，至歌行及近體，無所不備。著有《徐氏筆精》《榕陰新檢》《紅雨樓集》《鼇峰集》。』

郭柏蒼《全閩明詩傳》卷四十：『徐𤊹，字惟起，一字興公，棉子，熥弟，延壽父，鍾震祖，閩縣人。萬曆間布衣。有《鼇峰集》。』

○郭柏蒼《柳湄詩傳》：『𤊹，少就童試，見唱名擁擠，即弃舉子業。善隸書，能山水。初與趙世顯、鄧原岳、謝肇淛、王宇、陳价夫、陳薦夫結社芝山。晚與曹學佺狎主閩中詞壇，人稱「興公詩派」。學人緇流，以徐先生稱許爲聲價，曹能始贈詩云：「應有好緣供贊嘆，更無名士不周旋。」乃實録也。著《榕陰新檢》《榕陰詩話》《徐氏筆精》《續筆精》《荔枝譜》《竹窗筆記》《竹窗雜録》《閩畫録》《紅雨樓集》《鼇峰集》，所刻書如《律髓別紀補遺》《唐雅》之類凡十餘種……所藏書多宋元秘本，有宛羽樓、緑玉齋、汗竹齋藏書印。』（《全閩明詩傳》卷四十引）

惟揚　即徐熛（一五七六—一六三一），熥、𤊹弟。邑庠生。

○《荊山徐氏族譜》：『（徐熛）生嘉靖四十五年（一五六六）丙寅九月二十一日子時，萬曆四十八年庚申（一六二〇）四月亥時，壽五十五。葬祖墳左畔。』

○按：徐𤊹生于隆慶四年（一五七〇），熛生年不可能早于此年，《族譜》誤。據𤊹《祭謝氏姊文》：『維崇禎四年四月廿八日……己亥伯兄又逝矣……去年秋，長女適彦氏，病卒。未幾，季弟惟揚又逝矣。𤊹獨與老姊無恙，差自慰矣。不意姊復捨我而和長往耶！四十年來，哀疚頻仍，骨肉凋零殆盡，自秋徂夏，僅半載。』（《紅雨樓集》册十，《上圖稿本》第四五册，第一〇三—一〇四頁）

○按：祭文作于崇禎四年（一六三一），則熛卒于是歲。如卒年五十五不誤，則生于萬曆四年（一五七六）。曾讀書于法雲寺，熥爲之作《題惟揚弟法雲寺書舍》（《幔亭集》卷八）；又與王宇等五人讀書于釣龍臺，熥爲之作《龍臺聚業序》（《幔亭集》卷十六）。

考槃　《詩經・衛風》篇名。此詩描寫隱士于山澗結廬獨居的自得之樂。

淇澳　《詩經・衛風》篇名。

瀔溪　即瀔水，衢江，古稱瀔水，又稱信安溪、信安江，錢塘江主要支流。

○李賢《大明一統志》卷四十五《浙江・衢州府》『信安溪』條：『在府城西二里，一名「西溪」，環城西北東流入龍游縣界，號「盈川溪」。至縣北五里，又名「瀔溪」，東流與東陽江合。』

桐江　又名桐溪，在浙江桐廬。

○李賢《大明一統志》卷四十一《浙江·嚴州府》『桐江』條：『在桐廬縣北三里，亦名桐溪，源出天目山，流入浙江。』。

赴京酬陳汝大見送之作

羲輪轉南陸，天氣何鬱蒸。駕言出江汜，婉孌辭良朋。握手長太息，涕下同沾膺。伊余下乘資，致遠胡能勝。臨觴發麗藻，要我以飛騰。匪惟繾綣篤，徒令感嘆增。小石無完璞，勺水無堅冰。既愧明德茂，敢期勛業弘。三復君子言，旦夕懷冰兢。芳規在往哲，努力將憑陵。

【編年】萬曆二十二年甲午（一五九四）。

【箋】陳汝大　即陳椿，詳卷二《與陳汝大鼇峰宴集》。

答袁無競

乍别已不歡，久别情轉惡。凄凄零雨濛，鬱鬱炎蒸爍。遵途憂風波，對境懷丘壑。濡毫無妙理，把酒强爲樂。遐心寄蘭荃，秋陰生杜若。緬懷揮袂初，風景宛如昨。遠道佇徽音，高標憶河朔。

【編年】萬曆二十二年甲午（一五九四）。

【箋】河朔　泛指黄河以北的地區。

苕溪送元直南還

送客情已悲，何當更送汝。送汝情已悲，何當在逆旅。此情各自知，臨行復何語。握手立須斯，相看泪如雨。

【編年】萬曆二十二年甲午（一五九四）。

【箋】元直　即王繼臯，詳本卷《對月遲王元直不至》。

苕溪　發源天目山，流經杭州、湖州，注入太湖。

○李賢《大明一統志》卷三十八《浙江・杭州府》『苕溪』條：『在餘杭縣治前。《圖經》云：「發源天目山，由于潛、臨安東流，至餘杭經錢唐入湖州，而匯于具區。故老相傳，夾岸多苕花，每秋飄散水上如飛雪，因名。」』

元直　即王繼臯，詳卷二《對月遲王元直不至》。

長安書懷孟郊體[一]

燭滅方知黑，其明同瞽師。脉絶方知死，安得稱良醫。文章屢弃置，猶有俗所嗤。彈射豈不精，所惜覺悟遲。得失論工拙，勝負分雄雌。世無鮑叔才，此意誰能知。家山八千里，策馬燕風悲。中情徒鬱結，冷泪空雙垂。

【編年】萬曆二十二年甲午（一五九四）。

【箋】長安　借指明代都城北京。

孟郊體　又稱孟東野體，見嚴羽《滄浪詩話・詩體》。

[一] 體，目録無此字，據此詩題補。

鮑叔　即鮑叔牙。

喪車行

歲序當杪冬，鷄鳴聞巷哭。填衢廣柳車，載道殘魂木。哀哀薤露聲，炯炯方相目。骨肉有餘悲，親朋寡顰蹙。當其在世時，營營苦不足。百年同隙駒，一夢同蕉鹿。靈爽歸山丘，枯髏別華屋。城郭不相容，弃之邙山麓。

【編年】萬曆二十二年甲午（一五九四）。

【箋】薤露　挽歌，樂府詩題。

蕉鹿　柴草，指夢幻。蕉，通『樵』。

○《列子·周穆王》：『鄭人有薪于野者，遇駭鹿，禦而擊之，斃之。恐人見之也，遽而藏諸隍中，覆之以蕉，不勝其喜。俄而遺其所藏之處，遂以爲夢焉。』

初夏邀黄仲高孝廉張孺愿太學錢叔達[一]山人張公魯徐仲和秀才及社諸子集澄瀾閣

良辰集群彦，蹔謝區中緣。駕言出西郭，飛觴湖水壖。澄瀾敞高閣，峰陰流綺筵。丹嶂互隱伏，粉堞相迴旋。依岸垂柳密，出水新荷圓。珍禽響叢薄，錦鱗沉深淵。芳思結瑶草，清音鳴朱弦。願以桂

［一］叔，目録作『朩』，目録據正文改『叔』。鄭跋本、福建師大本、文淵閣《四庫全書》本作『叔』。按：全書『朩達』統一作『叔達』，以下不再出校記。

楫泛，同將蘭茝搴。風和嵐翠燠，日落暮景延。幽賞既已愜，旅懷由茲宣。白駒聊可縶，奉君終歲年。

【編年】萬曆二十二年甲午（一五九四）。

【箋】黄仲高　即黄景莪，鄞縣（今浙江寧波）人。

○徐𤊹《先兄墓碑陰交游題名記》：『鄉進士黄景莪，字仲高，鄞縣人。』（《紅雨樓集》册九，《上圖稿本》第四四册，第四一三頁）

張公魯　甬東（今寧波）人。

徐仲和　錢塘（今浙江杭州）人，秀才。

○按：卷九有《同黄仲高張孺愿錢叔達張公魯陳女大陳女翔陳惟秦王玉生陳幼孺王粹夫顔廷愉曹能始興公弟雨中集萬歲寺即席送徐仲和歸錢唐》。

張孺愿　即張邦侗，字孺愿，號越門，時徹（一五〇〇——一五七七）子，鄞縣（今浙江寧波）人。以父蔭官光禄署丞，有《儲草》。

○徐𤊹《先兄墓碑陰交游題名記》：『光禄寺署正張邦侗，字孺愿，鄞縣人。』（《紅雨樓集》册九，《上圖稿本》第四四册，第四一三頁）按：張邦侗入閩，有《廣玉壺冰》，熥爲之序，詳本書卷十六。

錢叔達　即錢行道，字叔達，吴興（今浙江湖州）人。萬曆中布衣，後薙髮爲僧。有《閩游草》。

○徐熥《閩游草序》：『錢叔達，吴興人也。家故貧，而二親髮且種種，無可以爲養者。叔達天性至孝，

日糊其口于四方。筆耕舌耨以供菽水，而猶時時不給也。』（《幔亭集》卷十六）

○徐熥《錢叔達像贊》：『長不逾七尺，而金相玉質；年已滿四十，而修眉白皙。玄契混沌之宗，禪入維摩之室。書法永和，詩宗大曆。清嘯入雲，紫簫裂石。動操兮流水高山，坐隱兮蒼苔翠薜。雖腹笥五車，而家徒四壁。但能一語千秋，何論三旬九食。咦，曾生所貌者，君之形；徐生所贊者，君之神。得其神，忘其形，然後知粉澤之爲幻，而皮相之非真也。』（《幔亭集》卷十九）

澄瀾閣　在福州西湖。

○王應山《閩都記》卷十八《城西湖濱勝迹》『澄瀾閣』條：『在荷亭之東。國朝萬曆五年，按察使徐中行建。户部尚書馬森撰《記》。初，宋守趙汝愚浚治西湖，沿威武堂故址，改西湖樓爲澄瀾閣。拓城以後，閣毁址失。徐公市濱湖池館，建閣其上。由荷亭造二木梁，躡數十級以登，仍趙忠定舊名，屬嶺南黎民表隸書之。其下爲堂，以資宴游。十六年，知府江鐸重修。』

送黄明立北上

路遠無倦蹄，天長無倦翼。千里始停御，九萬方一息。未騁康莊途，終當受銜勒。未能摶扶摇，安得惜羽翮。之子驃褭姿，兼負鵾鵬力。行將垂青雲，非久困槽櫪。一去登天閑，且向南冥適。飛騰自有期，臨岐免凄惻。

【編年】萬曆二十五年丁酉（一五九七）。

【箋】黄明立　即黄居中，晋江人。萬曆十三年（一五八五）舉人。積書數萬卷，築千頃堂儲之。有《千頃齋集》。子虞稷據父所傳書及書目，撰成《千頃堂書目》。居中曾爲徐𤊹刻《筆精》。

○朱彝尊《静志居詩話》卷三十一：『黄居中，字明立，晋江人。萬曆乙酉舉人，自上海教諭遷南京國子監。有《千頃齋集》。監丞鋭意藏書，手自抄撮，仲子虞稷繼之。』

○郭柏蒼《全閩明詩傳》卷十五：『黄居中，字明立。虞龍、虞稷父。晋江人……錢受之云：明立專勤學古，得异書，必手自繕寫。僑居金陵，八十餘，猶篝燈誦讀，達旦不倦。古稱老而好學，斯無愧焉。』

【附】徐𤊹《送黄明立北上》：『六月苦行邁，駕言游燕都。炎風自南來，鞍馬紛長途。解劍贈行色，臨發還躊躕。川程阻且修，中情浩難舒。置酒不能御，日落城南隅。雲路豈在遠，期爾騰天衢。』（《鼇峰集》卷四）

下第述懷

匠石屢不顧，定匪明堂材。淵客屢不采，定匪明月胎。十年三弃置，中情空自哀。傷哉吾道非，豈乏干時媒。嘆彼行役苦，畏兹年鬢催。進退兩躑躅，坐立空徘徊。升斗豈吾志，結念居南陔。

【編年】萬曆二十六年戊戌（一五九八）。

【箋】十年三弃置　萬曆十七年（一五八九）、二十三年、二十六年，熥三上春官下第，故云。萬曆二十年壬辰科，因父卒未參加會試。

游鉛山觀音洞

高秋出郭門，名區訪靈鷲。徑路既逶迤，林巒錯如綉。怪石競瑰琦，奇峰自輻輳。玲瓏似雕鏤，硆岈欲争鬥。倚伏形體殊，剥蝕膚理皺。中有大士岩，丹梯轉深竇。竅從混沌開，屋以穹窿覆。諸厓地脉藏，一隙天光漏。巍巍逼蒼旻，陰陰失清晝。澄泓岩罅停，琮琤石齒溜。寧云蓬島遥，應笑華陽陋。造化播神奇，此理胡能叩。低迴及晻崦，嵐翠生懷袖。

【編年】萬曆二十六年戊戌（一五九八）。

【箋】鉛山　今屬江西。

○李賢《大明一統志》卷五十一《廣信府》『鉛山』條：『鉛山縣，在府城南八十里。本唐撫、建二州地，後析上饒、弋陽五鄉置爲場。南唐始置鉛山縣，屬信州，以山産銅、鉛，故名。宋初，以縣直隸京師，後復隸信州。元陞爲州。本朝復爲縣。』

觀音洞　在江西鉛山。

○張燮《游鉛山觀音岩記》：『比至寺，庭列寶坊，大書「仙岩洞天」四字。梵王宫凡數層，法雲清曠間有一小樓，憑之有天際之想焉。僧寮導余穿徑，數轉，高低而入，行抵一洞，上覆巨石，碕大士像高懸，則岩所由名也。洞之西偏，下半空洞其外，平連滄潭，環以碧石欄干，據欄張目，石隙中乃覺漭沆無際，仰幕石而俯臨淵，可謂大奇。』（《霏雲居集》卷三十九）

【附】曹學佺《游鉛山觀音洞》：『洞門通窈窕，神技禪雕縷。大士來西土，層巒出太湖。夕陽歸樹遠，秋水響潭孤。寂静蒼苔徑，應堪坐結趺。』（《挂劍篇》）按：此詩非同時作，録以備考。

桑溪禊飲詩二首[一]

其一

春風載柔，遵彼長林。我有旨酒，與子同斟。幽懷既愜，玄想彌深。悠悠逝波，寔愴我心。

其二

暮春有餘閑，出郊騁游目。桑溪激清湍，澄泓遞洄洑。微暄起川涘，輕陰垂灌木。群賢互箕踞，浮觴泝溪曲。周遭信堤岸，斟酌勞童僕。石矗防仄傾，流駛慮顛覆。幽賞豁塵襟，餘薌散春服。尊罍猶未罄，羲輪欲迴轂。俯仰成古今，動静悟往復。誰哉契我心，蘭亭有高躅。

【編年】萬曆二十七年己亥（一五九九）。

【箋】桑溪　在福州獵嶺下，相傳爲閩王修禊處。

○王應山《閩都記》卷十一《郡東閩縣勝迹》『曲水』條：『在桑溪上流，登雲路之下，有茂林修竹之勝。相傳閩越王流觴之所。宋郡守有禊游亭，今廢。』

○何喬遠《閩書》卷二《閩縣》『桑溪』條：『在獵嶺下，以傍有桑園名。越王無諸，嘗流觴于此。』

○陳薦夫《桑溪修禊詩序》：『桑溪在閩郡東，故王無諸禊飲之所，惟和考《郡志》得之。日在上巳，約同社流觴，遠循舊事。人賦四、五言各一章。爲圖而系之。』（《水明樓集》卷一）

[一]《桑溪禊飲詩二首》，王應山《閩都記》卷十一《郡東閩縣勝迹》引其一。

○徐熥《桑溪禊飲序》：『東郊桑溪，距閩城十里而近，故王無諸流觴之所也……萬曆己亥，祓除之日，和風初扇，晴旭乍開，遂集諸賢禊飲其上。泉聲琮琤，石勢盤曲，蒼林葱蒨，黄鳥嚶鳴，草色疊爲裀氈，松籟韵爲弦管。或踞磐石之次，或席叢薄之陰，列坐不拘，浮觴無算。臨流泚筆，酒再詩成，以咏以遨，窮日而反。搜先代之遺墟，躡會稽之芳躅。歐閩至今二千餘歲，寥寥今昔，來者爲誰？王子玉生即景繪圖，余叙其概。倡和諸什列于左方。』（《幔亭集》卷十六）

【附】陳价夫《桑溪禊飲》：『茂林修竹，清流急湍。春禽弄波，晴翠映瀾。千載一集，兹游實難。觴來勿辭，請君飲盡。』（《閩都記》卷十一《郡東閩縣勝迹》）　陳薦夫《桑溪禊飲》：『泛泛清漪，盈盈羽觴。臨流不接，凝思未遑。情怡曲渚，目睇連崗。逝川閱水，感念前王。』（《水明樓集》卷九，又《閩都記》卷十一《郡東閩縣勝迹》）　陳薦夫《桑溪修禊詩》：『東風扇陽和，景物相鮮新。緬想修禊期，往迹今已陳。東郊有遺趾，張飲傳甌閩。如何千載後，寥寥無斯人。伊余异代士，攬古彼荆榛。言尋二三子，却過桑溪濱。飛觴泛流花，傍岩鋪苔茵。盤開漾輕鳧，杯行雜游鱗。稍覺俯仰闊，漸與形骸親。沂上服已裁，滄浪纓未塵。念兹足奇勝，千古當斯辰。』（《水明樓集》卷一）　徐𤊹《桑溪禊飲》：『和氣滿六合，萬彙敷春陽。時禽忽變聲，草木柔且長。祓除出東郭，同志相携將。茂林蔭長坂，喬松被崇岡。朝陽照我衣，惠風吹我裳。行行抵林麓，山水含蒼茫。桑溪夾叢薄，淺瀨鳴湯湯。奔泉漱石齒，殘溜衝溪光。細草承列坐，餘花逐浮觴。佳景蚜幽悰，臨淵羡濠梁。觀瀾恣意樂，盥濯隨徜徉。微尚既云合，心賞于焉償。嘯咏遵遺俗，游豫思先王。山川宛如昔，陵谷嗟匪常。古人不可作，俯仰成悲凉。寥寥千載外，誰當嗣其芳。』（《龍峰集》卷四）　曹學佺《桑溪禊飲》：『行行東郊，深無人烟。言登崇崗，仍趨平田。雙溪同源，其流濺濺。天成之溝，因之周旋。賓朋來斯，居同衿連。流觴何遲，隨人而遷。遐思前人，由之無愆。』（《閩都記》卷十一《郡東閩縣勝迹》）

題陳伯孺畫

群山既葱蘢，諸溪何蜿曲。孤亭倚高岡，人家蔭喬木。蒼松盤路岐，危橋度空谷。地僻無冬春，山深絶寒燠。乘閑問友生，策蹇勞童僕。步步出烟雲，悠悠入花竹。潺湲滿清聽，空翠生巾服。閑身寄林丘，野性諧麋鹿。瞻彼城市中，風塵空碌碌。

【編年】萬曆二十七年己亥（一五九九）。

【箋】陳伯孺畫　陳价夫善畫，尤善畫蘭。《幔亭集》題其畫者有：卷三《題陳伯孺效漫士山水小景》、卷十二《題伯孺畫小景》、卷十四《題陳伯孺墨梅》《題公洛所藏伯孺畫小景》《題伯孺山水》《伯孺作溪樓聽雨圖見貽詩以酬之》。

○陳伯孺《題王敬之滋蘭百咏》：『予常癖喜圖蘭，自度不能過人，而濡毫不已。』（《招隱樓集・題跋》）

○陳伯孺《題王晋之所畫蘭册》：『予素喜畫蘭，學之數載，不能工，僅形似爾。』（《招隱樓集・題跋》）

幔亭集卷之二終

幔亭集卷之三

閩中徐　熥惟和著
友人陳薦夫幼孺選
王　若相如編

七言古詩

帝京篇

文皇定鼎都燕薊，三輔黄圖誇壯麗。九重宫闕何嵯峨，百二山河咸拱衛。五鳳高樓逼太清，六龍御宇泰階平。曈曨曉日升金闕，縹緲紅雲擁玉京。玉京金闕倚天開，隱隱鑾輿複道來。雲迷翠幰依龍衮，露滴金莖泛羽杯。平明長樂鐘聲響，九天日月開仙仗。豸史臺中曉聽烏，虎賁階下朝鞭象。月照彤墀環珮齊，風生青瑣旌旗颺。高臺突兀比章華，上苑紆迴同博望。我家京洛何煌煌，山河錦綉軼隋唐。辮髮文身俱稽顙，雕題黑齒盡梯航。三載公車計偕吏，嚴樂鄒枚乘傳至。黄紙承恩金馬門，緑衣錫宴慈恩寺。敕賜當街上五花，金鞭絡繹更堪誇。市中春色濃如錦，身上宫袍爛似霞。妝臺舞榭層雲裏，粉白蛾黄兼皓齒。怙寵翻令女伴憎，承歡却得天顔喜。更有中涓美少年，朱顔白晳珥貂蟬。當筵解唱霓裳曲，出直長揮碧玉鞭。一代豪華稱戚里，回天轉日誰能比。薄暮酣歌閶闔門，平明取醉新豐市。繁華三五上元燈，蜀錦吴綾結作棚。任從玉漏催銀燭，不顧銀河轉玉繩。馬上佳人金絡索，筵前公子玉壺冰。懸得華燈燈七寶，構成綺閣閣千層。中宵露冷羅衣濕，姣童兩兩當筵立。夜永寧愁鳳腦殘，寵移豈顧龍陽泣。侯家綉柱玉盤龍，朝朝鼎食奏歌鐘。翠翹金鳳三千隊，畫閣雕闌十二重。綉枕春宵開菡萏，羅幃夜月絢芙蓉。五侯七貴豪華客，油壁香車過柳陌。花前調笑片時春，百萬黄金輕一擲。春風日日恣遨游，北里南鄰樂未休。玉顔到處堪迴轍，珠箔誰家不上鈎。青錢多買醉，紅袖暗藏鬮。投來青玉案，費盡錦纏頭。蹁躚紅袖人如玉，艷舞嬌歌歡不足。琥珀深杯醉玉樓，珊瑚寶樹羅金谷。灼灼桃花兩頰紅，娟娟柳葉雙眉緑。愁縈弱水遠重重，夢繞巫山高六六。王孫公子好游閑，往來射獵向西山。驅將鷹犬垂鞭去，射得狌狸帶箭還。九衢三市相迤邐，車塵白日連天起。六郡良家盡錦衣，四方賈客多紈綺。錦衣紈綺競豪奢，結俠追歡意氣賒。論交半是蕭朱輩，托命多于趙李家。華堂宴會春風繞，一派弦歌聲嫋嫋。香氣頻聞寶鴨薰，漏聲忘却銅龍曉。春來春去自年年，聽盡笙歌與管弦。但知芳草春風滿，誰識鶯花歲序遷。自古奢華豈能久，轉眼紅顔成白首。往日堂前羅异花，于今門外生衰柳。世事悠悠未可知，桑田滄海須臾期。金張許史今何處，富貴驕奢空爾爲。

【編年】萬曆十七年己丑（一五八九）。

【箋】文皇　即明成祖朱棣，永樂元年（一四〇三）至二十二年在位。

三輔黄圖　書名。通常認爲東漢無名氏撰。三輔，漢京畿稱「三輔」。
○李賢《大明一統志》卷三十二《陝西·西安府上》「建置沿革」條：「（漢）武帝改京兆尹與左馮翊、右扶風爲三輔。」
博望　博望苑，故址在陝西西安。
○李賢《大明一統志》卷三十二《陝西·西安府上》「博望苑」條：「在府城北五里，漢武帝爲戾太子築，使通賓客。」
嚴樂鄒枚　西漢文學家嚴安、徐樂、鄒陽、枚乘。
慈恩寺　在今陝西西安。
○李賢《大明一統志》卷三十二《陝西·西安府上》「慈恩寺」條：「在府城南曲江池側。唐高宗爲文德皇后建。」
霓裳曲　即《霓裳羽衣曲》，唐代宫廷樂曲。
戚里　帝王外戚居住之處。
閶闔門　京都宫門名。
新豐　在今陝西臨潼。
○李賢《大明一統志》卷三十二《陝西·西安府上》「新豐城」條：「在臨潼縣東一十五里，漢高祖因太上皇思故豐里，乃置此縣。徙豐人實之，故曰「新豐」。并移枌榆舊社、街衢，棟宇一如豐里舊制，雖鷄犬混放，亦知其家焉。』

龍陽　龍陽君，戰國魏人，以色寵于魏王。見《戰國策·魏策四》。後用以稱男色。

北里　唐代妓院所在地。

金谷　金谷園，晋石崇園林，在河南洛陽。

○李賢《大明一統志》卷二十九《河南·河南府上》『金谷園』條：『在府城西一十三里，地有金水自太白原南流，經此谷。晋石崇因川阜造園館，崇自作《詩序》，有清凉臺，即崇妾緑珠墜樓處。』

巫山　即巫峽。主峰在四川奉節縣。

○李賢《大明一統志》卷七十《四川·夔州府》『巫峽』條：『在巫山縣東三十里，即巫山也。與西陵峽、歸峽并稱三峽。』

六郡　指漢代隴西、天水、安定、北地、上郡、西河六郡。

蕭朱　西漢蕭育、朱博。兩人爲好友，後有隙，遂成仇人。

趙李　指漢代趙季、李款。趙季、李款多畜賓客，以氣力漁食閭里。

金張許史　金，金日磾；張，张安世：皆西漢時顯宦。許，許伯；史，史高：皆漢宣帝時外戚。後世借以指豪門權貴。

【評】陳田《明詩紀事》庚籤卷二十五『吴兆』條：『非熊以《秦淮鬥草篇》得名，萬曆末詩家長篇如徐興公《玉主行》、鄭翰卿《半生行》、林初文《蛾眉篇》、徐惟和《帝京篇》，俱有盛名。』

【附】鄧原岳《帝京篇》：『由來佳麗地，自古帝王居。日月皇圖在，山川霸氣餘。九重宫闕連雲起，萬户千門春旖旎。高栱横分薊北霞，遥堤直引西山水。西山水作東南流，百道飛來擁上游。鈎陳象映雙龍闕，閶闔天開五鳳樓。椒房馥郁妝臺晚，金屋逶迤宫漏遠。香奩種柳柳千條，玉巵滋蘭蘭九畹。王侯甲第大市街，左揮右霍山可排。曲宴朝朝銀作箔，華宴夜夜翠爲釵。平陽戚里傍朱門，結客邀賓車馬喧。片語承恩真自幸，一朝得勢更誰論。北苑花新發，南鄰草正菲。鳴騶馳道出，列騎灞亭歸。南鄰北苑香塵滿，紫陌青樓春夢斷。王孫錦帶忽如雲，倡婦羅衾誰獨旦。王孫倡婦鬥豪奢，醉舞酣歌日未斜。東江巷口花争折，西集門邊酒可賒。對酒看花雨不厭，芳魂憶得春風面。但將歌舞娱少年，肯信光陰逐飛電。春花春草總堪憐，莫雨朝雲亦悃然。帝京風景長如此，易水蕭蕭楊柳烟。』（《西樓集》卷二） 陳薦夫《帝京篇》：『天朝形勝歸西北，易水長城輕四塞。文皇定鼎二百秋，壅閼匈奴奠宸極。金臺黍谷舊封疆，紫寒逶迤亘朔方。忼慷風謡皆節俠，環雄山水并金湯。星分箕尾當中宿，幽冀燕山勢居首。天道還以西北成，地形解掣東南肘。倒馬偏頭復雁門，材官騎士列雲屯。七鎮北連窺冒頓，三關西望控烏孫。峨峨中極紅雲上，八座三台共瞻仰。玉宇珠宫窅欲迷，瑶臺貝闕環相向。雉堞遥遥烏外斜，鳳樓兩兩花間望。長樂鐘聲發曉暾，未央柳色揺春浪。上將臺中擁虎符，千官闕下隨鵷仗。太乙鈎陳拂玉墀，泰階平蕩世清夷。航海梯山通絡繹，穿胸交趾貢珍奇。羽林衛士森貔虎，十二團營閱神武。號令宫前殺愛姬，旌旗塞北收降虜，朝罷春風散錦衣。輕車如電馬如飛，公子輿臺妝璹瑁，將軍騶從履珠璣。朱門甲第連雲起，碧瓦金甍照秋水。狎客筵前輕薄兒，名姬帳裏邯鄲妓。周道悠悠金馬門，詞臣載筆立璚軒。天祿校書頻稱旨，明光起草動承恩。承恩稱旨人空羨，班馬鄒枚今再見。内監時時賜錦袍，西園夜夜陪清宴。宫宴宫袍藉寵光，綠衣年少杏林郎。宵來待詔趨青瑣，醉裏題詩依玉堂。玉堂粉署多清暇，轉憶都門游俠者。縱博傾貲談笑間，報仇擊劍睚眦下。倡女叢中信宿留，王公坐上尋常馬。十千美酒醉銅街，二八當壚粉黛低。翡翠樓前嘶駐馬，芙蓉帳底夢回鷄。斷鷄嘶馬聲如許，夜夜行雲更行雨。蕩子誰能却憶家，羈人轉覺心無主。帝都全盛事繁華，超軼隋唐度漢家。陳咸矯首思京國，失路無媒枉自嗟。』（《水明樓集》卷二）　徐𤊹《帝京篇》：『皇家宫闕紅雲裏，複道層甍稱透邐。帶礪山河形勢雄，烟花錦綉多佳麗。御爐香氣透璚宫，長樂殿前鳴曉鐘。三衢九陌祥光繞，萬户千門瑞氣濃。瑞氣祥光浮萬象，鳳掖鸞墀環珮響。焕爛晴霞散玉階，曈曨旭日升金掌。積雪輕烟帶曙暉，萬條垂柳影依微。西園廣布鴛鴦幔，北里齊開翡翠幃。西園北里連東院，朝元閣達明光殿。内監三千試舞衣，嬌娃二八調歌扇。舞衣歌扇立瓊軒，一曲霓裳侍至尊。脂粉鉛華期怙寵，明眸皓齒待承恩。六宫怙寵承恩澤，臂上輕紅消蜥蜴。玉指調弦曉達昏，金針刺綉宵爲日。五侯七貴何紛紛，甲第朱門高入雲。吴謳楚舞年年樂，簫鼓笙竽夜夜聞。九天日月開黄道，畫省金扉接青瑣。絲綸爟爍燭三台，劍履尊嚴歸八座。八座尊嚴更九卿，鳴珂佩玉兩班行。雕梁碧瓦雙龍闕，金市銅街五鳳城。鳳城龍闕高無極，翰苑文章亘天日。終王屈宋輒銜官，楊馬鄒枚常避席。上苑黄鸝啼杏花，春風三月綺如霞。錦衣緑綬青雲客，玉勒銀鞍白鼻騧。羽林年少風流者，蹴踘樗蒲縱游冶。朝出鞲鷹紫陌中，暮歸刷馬紅樓下。紅樓百萬大堤娼，娟娟綉縠雙明璫。蟬鬢妖嬈雲共薄，孤鸞皎潔月同光。妖嬈皎潔何須羨，行雨行雲情不淺。銀燭光中啓合懽，瑶箏聲裏開華宴。乘醉酣歌夜未闌，羅襦綉帶怯春寒。帳下新詞金縷曲，筵間珍味水晶盤。筵間帳下紛羅綺，月下風前鬥嬌美。兩兩鸞皇翼并栖，雙雙菡萏枝連理。兩兩雙雙樂若何，歡娱調笑意偏多。柘枝翹袖爲君舞，遏雲振木爲君歌。歌舞爲君歡不足，猶買嬌嗔貯金屋。十千美酒醉新豐，三斛明珠换歌曲。滿眼繁華空復情，金張許史意縱横。可憐羈客思田里，愁聽行人説帝京。帝京往事那堪數，立馬燕山更懷古。軒轅昔日有高臺，鄒衍當年此吹黍。荆軻市上别燕丹，俠氣憑陵髮指冠。哀筑悲歌聲寂寞，西風易水至今寒。古往今來祇如此，哽咽躊躇不能語。草野無言達聖聰，布衣何計朝天子。燕昭臺上暮雲浮，燕昭臺下水空流。黄金駿骨誰能市，落魄人間空自愁。』（《晉安風雅》卷四）

聽鶯曲

條風淡蕩春將半，倚欄忽聽鶯聲亂。隔竹綿蠻别樣啼，繞林睍睆相呼唤。相唤相呼不住聲，聲聲偏動冶游情。王孫載酒青樓醉，美女尋芳紫陌行。青樓紫陌春風遍，一種嬌聲千萬變。彷佛秦箏出谷聞，依稀羌笛隨風囀。秦箏羌笛韵悠揚，幾處歡娱幾斷腸。閨中少婦悲征戍，路上行人憶故鄉。故鄉眇何許，鶯聲何太苦。征戍隔遼陽，聞鶯空自傷。鶯來鶯去自年年，聽此啼聲倍可憐。百年愁鬢聲中改，九十春光舌上遷。莫嘆韶華如轉轂，愛鶯且賦聽鶯曲。但得長聞柳外聲，何辭頻進杯中醁。

【附】鄧原岳《聞鶯曲》：『楚江新柳緑如染，三月花飛春荏苒。芳林處處語流鶯，龍烟罩日晴光艶。日出烟銷莫復朝，青樓紫陌景初調。凌晨霧裡音猶澀，停午風前韵轉嬌。嬌啼宛囀聲聲好，憐春强半爲春惱。思婦心傷隴水邊，行人斷腸關山道。却憶鄉園春暮時，小堤流水柳摇絲。千聲坐對春風軟，百囀驚看春日遲。而今老作瀟湘客，客路逢春更蕭瑟。潦倒詎堪醉一尊，風塵何處尋雙屐？春去春來草又青，鶯聲漸老柳漂零。不知馬上流連處，何似山中自在聽。』（《西樓集》卷二）按：此篇非與熥同時作，録以備考。　徐𤇍《聽鶯曲》：『九仙臺下春光早，楊花開遍東風掃。忽報枝頭囀曙鶯，相求相喚聽偏好。一日啼將幾萬聲，綿蠻睍睆若爲情。七弦秦女銀筝響，半部孫登鼓吹鳴。鼓吹銀筝聽不了，一聲叫破千家曉。雲外流商更激揚，風前刻羽尤縹緲。刻羽流商韵太長，依稀隔水奏笙簧。驚迴少婦閨中夢，攪斷羈人客裏腸。羈人少婦愁難訴，何事嚶嚶鳴不住。春色長于舌上殘，韶華都在聲中度。感此流鶯黯自傷，人生能得幾春光。何如載酒尋花陌，長日流鶯過柳塘。』（《鼇峰集》卷七）

送遠曲

津亭下葉紛如雨，客子遠游何處所。悠悠一别無還期，相對悲啼不能語。此去山中經幾萬，勸君惟有加餐飯，須臾分手各東西，猶聽前林征馬嘶。

【附】謝肇淛《寄遠曲》：『桃花水緑湘江柳，朝發嘉陵暮漢口。女兒能唱黄竹歌，香風新送宜城酒。柳絲繫郎郎不歸，眼見楊花樓外飛。青樓美人慣歌舞，十指未解縫春衣。雨鬢烟鬟澀不理，闌干十二苔花紫。空將泪眼卜金錢，錦纜脂車年復年。車聲到門犬吠客，山上朝雲化成石。』（《小草齋集》卷十一）按：此詩恐非同時作。

别離曲

絲繮白馬黄金勒，僕御門前苦促逼。叮嚀握手蹔躊躕，欲住須臾竟不得。心知此别無還期，猶問君歸是幾時。心知此别書難寄，猶問征鴻何日至。爲君整轡君上鞍，頻頻勒馬回頭看。無情馬足如飛電，路轉橋回君不見。歸來妝閣雙泪垂，此身誤嫁游俠兒。

【附】林世璧《古别離》：『送君江水頭，愁見江水流。江水流無盡，思君無日休。』（《晉安風雅》卷十）　陳鳴鶴《古别離》：『鷄啼東方明，僕夫夙嚴駕。黯然惻以凄，堂上揖鄰舍。遠别或經年，近别歷春夏。去去難重陳，殘月照桑柘。』（《晉安風雅》卷二）　陳仲溱《古别離》：『纖手拂寶鏡，掩泪理秦箏。秦箏不成調，寶鏡爲誰明。以兹感嘆别離緒，哽咽吞聲不得語。鴛被同歡未浹旬，馬頭一去經徂暑。暑往寒來魚雁稀，將軍何日解重圍。朔雪胡風悲凛冽，隴雲岱月望依微。望斷關山情反覆，空閨仍伴殘燈宿。幾番玉箸枕邊流，九曲迴文夢中續。飲泪緘書泪更垂，憑風遠寄到天涯。君身自許封侯貴，妾命何當輕薄兒。輕薄别離何太苦，胡笳聲慘編行伍。古來白骨委沙場，幾曾金印歸鄉土。朱顔忽似木槿花，朝榮夕瘁堪咨嗟。却羡東鄰夫婦好，年年歲歲不離家。』（《晋安風雅》卷四） 陳薦夫《古别離》：『身爲燕趙客，仗劍去十里。堂上别親賓，羞對兒女子。』（《晋安風雅》卷十）

寄衣曲

流黄機上鴛鴦錦，明滅疏燈照孤枕。空閨冷月自娟娟，絶塞金風何凛凛。起視明河漏已殘，沙場遥望路漫漫。羅幃錦帳人何在，毳幙氈裘地更寒。手剔殘燈取刀尺，製得征衣寄征客。去年寄去無回音，此日無由識寬窄。寬窄如今未可知，幾回欲剪又遲疑。金刀未下腸先斷，弱綫初縫泪自垂。泪垂點點俱成血，污在征衣不能滅。殷勤爲拭衣上痕，恐令孤客添愁絶。掩泪裁衣遠寄將，妾身不及此衣裳。衣裳猶得親君體，賤妾空居天一方。

【附】陳鳴鶴《寄衣曲》：『秋風忽振條，樹上鳴鶗鴂。胡沙吹玉關，窮陰先積雪。邊人馬上魂，深閨眼中血。征衣中夜裁，燈光半明滅。但得尺寸功，不惜經年别。』（《泡庵詩選》卷二） 徐𤊹《寄衣曲》：『凄凉古壁蟲聲亂，起視明河夜將旦。颯颯商飆入綺窗，偏能吹我離魂斷。密縫征客寒衣裳，一針一綫迴肝腸。寒衣寄到猶沾濕，是妾當時泪痕滴。』（《鼇峰集》卷七）

汲井曲

銀床斜壓梧桐井，牽動殘絲五色綆。臂捲羅綃寶釧高，波凝玉乳金瓶冷。沈沈鴨緑浸鴉黄，轆轤一聲愁斷腸。碎光摇動闌干濕，草根滴露陰蛩泣。

秋夜曲

畫幕含春度清吹，高燒絳蠟金盤膩。銅龍滴露夜聲沉，老兔崩雲秋影墜。銀箏斷續檀槽語，紫霧迷濛罩金鏤。蟬衫麟帶委羅屏，枕花濕透巫峰雨。牽絲曉井啼烏急，寒螿吊月香蘭泣。紅光漸射菱花臺，又拂嬌蛾寫春碧。

【附】陳价夫《秋夜詞》：『殘燈隱壁秋魂苦，榕葉翻風桂花雨。誰遣哀蛩上井欄，陳根一一悲相語。崩雲漏兔宵中白，皺縠窗烟鏁寒碧。銅龍咽盡東方高，浮塵穰穰城西陌。』（《晋安風雅》卷四）

老將行

老夫元是良家子，少年流落戎行裏。能將一劍浄胡[一]塵，幾入重圍身不死。纍纍金印肘間懸，塞上馳驅五十年。已羨功勳載盟府，久看姓字書燕然。一朝謝病歸岩壑，門外蕭條可羅雀。身經百戰未龍鍾，猶向人前誇矍鑠。寶劍年多鋒鍔銷，櫪中老驥鳴蕭蕭。戎衣挂壁成塵土，舊日紅旗顔色凋。一自投閑經幾載，請纓壯志還應在。遥望沙場願裹尸，猶思銅柱標炎海。黠虜今年來犯邊[二]，連營烽火通甘泉。多少材官俱束手，無人賈勇能登先。將軍聞此氣勃勃，目眦裂盡冠衝髮。

[一] 胡，文淵閣《四庫全書》本改篡爲『烟』。
[二] 黠虜今年來犯邊，文淵閣《四庫全書》本改篡爲『鋒鏑今年去備邊』。

便往投書獻至尊，雄心誓欲吞胡羯〔一〕。據鞍顧盼出轅門，垂老還堪報主恩。但令此去清沙漠，不管金鎗臂上痕。

【箋】燕然　燕然山，即今蒙古國境内杭愛山。漢和帝永元元年（八九），車騎將軍竇憲，以執金吾巡禦朔北，大破匈奴于燕然山。

○班固《封燕然山銘》：『躡冒頓之區落，焚老上之龍庭。將上以攄高、文之宿憤，光祖宗之玄靈；下以安固後嗣，恢拓境宇，振大漢之天聲。兹可一勞而久逸，暫費而求寧也。乃遂封山刊石，昭銘盛德。』（《昭明文選》卷五十六）

銅柱　東漢伏波將軍馬援征交趾，立于漢極南邊界。

○范曄《後漢書·馬援傳》李賢注引《廣州記》：『援到交阯，立銅柱，爲漢之極界也。』

甘泉　西漢宫名，又名雲陽宫。

○李賢《大明一統志》卷三十二《陝西·西安府上》『甘泉宫』條：『在涇縣甘泉山。本秦林光宫，漢武增廣之，又名雲陽宫。』

【附】謝肇淛《老將行》：『男兒猿臂赤虬鬚，生長西邊心滅胡。身騎八尺忽雷駁，自將三千落雁都。少時不肯事筆研，腰挂雙弧鐵絲箭。親從玄女授陰符，羞向猿公鬥飛劍。仰天大叫絶

〔一〕吞胡羯，文淵閣《四庫全書》本改篡爲『探虎窟』。

胡纓，手拓弓弦霹靂聲。山頭搏虎歃血飲，眼中狐兔無縱横。一朝羽林報姓字，殿前帶甲宫前睡。扈駕時從馳道行，射聲每向雲霄墜。單于祭馬軍書驚，烽火夜照甘泉明。詔書催發漁陽騎，車駕親巡細柳營。明珠勒馬黄金甲，牙旗欲動角聲發。馬革誰憐報主心？豹頭自負封侯骨。戟門號令肅寒霜，刁斗嚴更懸秋月。朔氣連朝作雪飛，邊風一夜吹冰合。孤軍轉鬥三千里，陰山水黑燕支紫。已報前軍得左賢，更催偏將追驕子。白狼河斷暮圍張，疏勒泉飛士氣强。草裹殘胡半生死，山前落日何蒼黄？胡沙浄盡無牧馬，全軍奏凱長城下。身避大樹不論功，車藏薏苡誰知者？幕府軍功上不時，朝對金門夕罷歸。百年壯志衽金革，十載還家尚布衣。弃置悠悠那復道，東西烏兔催人老。絮袍帶血夜聞腥，脛骨傷瘢半枯槁。穿楊技在眼將花，破竹心灰鬢如草。威名猶足怖胡雛，末勢那能穿魯縞？里兒惡少欺衰翁，出入攘臂路岐中。天子不召雲中守，廷臣但數貳師功。故人書信經年絶，老婦寒機終夜空。荒徑不知春草緑，茅茨長對夕陽紅。昨聞羽檄飛幽薊，十萬材官縮如蝟。老驥寧無千里思？太阿空有雙龍氣。鵩鵜膏寒淬欲飛，燈前拊視泪沾衣。但願時平長不用，日卧南山賦采薇。』（《小草齋集》卷八）

北邙行

洛陽城外邙山麓，舊鬼哀呼新鬼哭。黄昏髑髏作人語，白晝烏鳶攫人肉。新墳古冢争嵯峨，世間人少北邙多。北邙山中松柏樹，聽盡車前薤露歌。人生處世多辛苦，賢愚貴賤同坏土。不如歸去學還丹，丹成白日生羽翰。

【箋】北邙　北邙山，在河南洛陽。

○李賢《大明一統志》卷二十九《洛陽府》『北邙山』條：『在府城北一十里。山連偃師、鞏、孟津三縣，綿亘四百餘里。東漢諸陵及唐宋名臣墳多在此。晉張協《賦》：「地勢窳窿，丘虚陂陀，墳隴㟪疊，棊布星羅。」』

薤露　詳卷二《喪車行》。

【附】陳薦夫《北邙行》：『洛陽城東北邙路，纍纍白骨多于土。今人冢壓古人墳，富貴榮華不可問。素車白馬賓從散，螻蟻烏鳶分强半。寒狐盜着冢中衣，饑鶻搏將盂裏飯。白楊蕭颯風霜老，旒旐飄零弃衰草。野鳥諳歌《薤露》聲，寧知此曲傷懷抱。何年碑字尚熒熒，磨以新墳改勒銘。山鬼讀碑剔燐火，漆燈歲久那能明。城中居人聚如蟻，十九身歸北邙裡。今人争吊昔時人，昔人昔日曾如此。北邙抔土無寸閑，得葬北邙人亦難。君不見腥風血雨沙場客，欲向此中那可得！』（《水明樓集》卷二，又《晉安風雅》卷四）　徐𤊹《北邙行》：『洛陽城北多丘墓，夜雨瀟瀟白楊樹。新墳古冢争嵯峨，白骨纍纍總無數。地下多于地上人，喪車來往聲轔轔。素旗影滅挽歌散，長夜豈能應再晨。誰家翁仲眠烟霧，龜趺半折碑傾仆。年深祭掃無子孫，紙錢不到黄泉路。滿城車騎何匆匆，誰能免到此山中。螻蟻强半烏鳶半，更有野狐巢殯宫。欲知富貴成何事，請君出門看此地。此地迴看心膽寒，不歸此地應不難。君不見神仙玉檢藏遺蜕，不用金槌葬玉棺。』（《鼇峰集》卷四）

結交行

酌君金兕觥，聽我結交行。今人結交只結面，三杯濁酒傾生平。酒酣拔劍多意氣，死生患難毋相弃。出門酒醒各東西，此情便已生同异。結交難，重可悲，人情反覆誰能知。笑談各已藏矛戟，對面真如隔九疑。君不見陳餘與張耳，當年刎頸徒爲爾。又不見鮑叔與夷吾，千載相知能有幾。仇隙多生謔浪間，睚眦起在刀錐裹。翟公賓客竟如何，一旦門前張雀羅。田文座上客常滿，一朝失勢皆分散。結交行，難重陳，世途處處皆荆榛。今朝相對且飲酒，明日悠悠行路人。

【箋】陳餘與張耳　陳餘、張耳，秦末大粱（今河南開封）人，兩人結爲刎頸之交，後反目成仇。見《史記·張耳陳餘列傳》。

鮑叔與夷吾　鮑叔，即鮑叔牙，詳卷二《長安書懷孟郊體》。夷吾，即管夷吾，字仲，名夷吾，人稱管子，潁上（今屬安徽）人，春秋時期政治家。

○司馬遷《史記·管晏列傳》：『管仲夷吾者，潁上人也。少時常與鮑叔牙游，鮑叔知其賢。管仲貧困，常欺鮑叔，鮑叔終善遇之，不以爲言。已而鮑叔事齊公子小白，管仲事公子糾。及小白立爲桓公，公子糾死，管仲囚焉。鮑叔遂進管仲。管仲既用，任政于齊，齊桓公以霸，九合諸侯，一匡天下，管仲之謀也。』

翟公　西漢官員。下邽（今陝西渭南市）人。

○司馬遷《史記·汲鄭列傳》：『始翟公爲廷尉，賓客闐門；及廢，門外可設雀羅。翟公復爲廷尉，賓客欲往，翟公乃大署其門曰：「一死一生，乃知交情；一貧一富，乃知交態；一貴一賤，交情乃見。」』

田文　即孟嘗君，戰國四公子之一，以愛客著稱。

【附】徐𤊹《結交行》：『人言結交難，誰知結交易。結交肯以類相從，何患中途頓抛弃。貴客羞同賤士親，富人懶與貧兒契。高車駟馬耀鄉閭，梁竇貴介争奔趨。舊時肝膽山林友，轉盼視之成越胡。陳紅朽貫雄州里，程陶富室争依倚。生平窮困幾朋儕，反面看之冷于水。勸君以類結知交，更無同异輕相嘲。君不見雷陳交誼重意氣，千古人傳如漆膠。』（《鼇峰集》卷七）　林光宇《結交行》：『有手不鼓鍾期琴，茫茫知己空爾音。有心不許延陵劍，冥冥良□伊誰念。請君但記結交情，莫使桃哀專得名。陳餘張□多翻覆。泜水今猶嗚咽聲。結交行，面不同，人心回互更無窮。輕輸情實□相賣，不投好尚徒自工。君不見翟公爲廷尉，門前衆賓還意氣；又不見，蘇季佩黄金，膝行不□仍前倨。丈夫貴賤會有時，任爾世情自來去。自去自來奈爾何，同行對面隱干戈。一行一步轉凄惻。畏途裹足防荆棘，結交行，難□陳，深山鹿豕可爲鄰，相□塵壒誰知己，滿目風波愁殺人。』（《林子真詩》不分卷）

猛虎行

樵采當荒郊，林皋猛虎聲咆哮。欲往避之，日在崦嵫。曠野啼鵰鶚。四顧徬徨而股栗，猛虎張頤展爪攫人食。余告虎：『吁嗟麟兮，不食生物，踐生草爾。虎白額斑貍而黑文貌，豈不如麟，胡爲不仁而攫我？』猛虎前致詞：『我虎居深村，饑來啗牛羊。牛羊啗不足，方思啗人肉。人居城市與人伍，攫食同類何可數？』誰言虎猛能咥人，世人之猛過于虎。

【附】謝肇淛《猛虎行》：『饑不餐猛虎餘，寒不栖野雀窠。白日載馳暮，志士可奈何？』（《小草齋集》卷二）　謝肇淛《猛虎行》：『風吹寒楚凄凄，日暮百獸辟易。猛虎當路，鷄犬不敢啼，居人堅拒户，村中無豚犢，草間絶狐兔。悲哉猛虎，徘徊拗怒，目光掣電牙歕血，踞地一吼山石裂。酋耳不來，麟足左折，天公遣汝爲民孽。君不見泰山下北平城，朝朝暮暮聞哭聲。又不見海南殺氣飛騰騰，不見猛虎見蒼鷹。猛虎尚可，蒼鷹殺我。』（《小草齋集》卷八）　陳鳴鶴《猛虎行》：『行行且止，前有猛虎，磨牙鋸齒，黄熊老貛置滿前，大者傷，小者死，掉尾揚揚哺其子。老翁啼路岐，二子過虎，虎食之。爲我謂老翁，張爾弓，揮爾矟，虎可斮。吁嗟！虎猶可斮。江邊逢射工，含沙射人人不覺。』（《泡庵詩選》卷三）

俠客行

兩人市中相耳語，欲報深讎誰敢去。壯士聞之氣鬱陶，平生俠烈同荆高。髮上指冠泪如雨，借問君讎在何許。一劍朝辭都市傍，素車直指邯鄲路。刺殺讎人函首歸，争看頸血猶沾衣。主人欲奉千金報，問以姓名終不告。辭君躍馬出都門，君但報讎毋報恩。

【附】陳鳴鶴《俠客行》：『少年耻學劍，氣使諸侯王。千里争爲死，戲殺羽林郎。披面與抉眼，此事亦尋常。薄暮宿張掖，平明立未央。杯酒感知己，刎頸都市傍。』（《晉安風雅》卷二）　鄧原岳《俠客行》：『結客不交游冶郎，使酒不挾邯鄲倡。一片雄心貫白日，披肝瀝膽天茫茫。尋常殺人只寸鐵，杯酒殷紅化爲血。壯士借名仍借軀，不似君卿但唇舌。』（《西樓集》卷二）　佘翔

《俠客》：『都市知名姓，横行借報仇。酣歌易水去，那問大刀頭。』（《薜荔園詩集》卷一） 陳薦夫《俠客行》：『凛然三尺劍，藴義生凄風。疾走遍八紘，而無尺寸功。東出韓相府，西入吴王宫。王宫高且深，疾風厲而苫。豈謂獨愛身，傷哉無所取。相遇知者艱，投劍空自舞。旁人涕泗繁，壯士神氣沮。一旦遇知己，斟酒良久語。何論能殺身，吐氣忽如雨。試礪尺八鐵，觴酒留自祖。飲此登前途，願爲知己死。』（《水明樓集》卷一，又《晋安風雅》卷二） 徐𤊹《俠客行》：『長安豪客命如葉，一死應同暫離别。手中白刃凛秋霜，數載報仇鋒盡折。偶逢邯鄲年少郎，千錢買酒醉壚傍。片言相合酬知己，刎頭皮面尋常爾。』（《鼇峰集》卷七）

去婦詞

紅妝洗盡顔憔悴，一片愁心幾行泪。良人重色輕别離，舊日恩情頓相弃。含悲含怨出深閨，宛轉躊躕更慘凄。枝頭菡萏分連理，枕上鴛鴦散并栖。鴛鴦菡萏歸何處，十載綢繆今别去。往事翻同墜井瓶，餘生却類飄風絮。憶昔當年初嫁君，明璫翠袖紅羅裙。帳開綺閣連宵月，夢繞巫山一段雲。荏苒光陰如轉轂，人情日久多翻覆。薄命從來怨玉顔，嬌姿一旦辭金屋。萬轉千迴不下堂，悲啼那忍别姑嫜。君恩似水終難返，妾意如膠詎敢忘。心知别去難重見，手把君衣苦留戀。此生無計入君家，芳魂願化孤飛燕。

築城詞

丁夫抱杵城頭築，朱顔少婦城邊哭。哭聲未絶城已崩，無數丁夫遭殺戮。殺戮丁夫就此埋，半爲黄土半人骸。長城未畢山東亂，四海紛紛歸楚漢。吁嗟吕政胡爲乎，亡秦未必真强胡[一]。

【箋】吕政　即秦始皇嬴政，又稱祖龍、吕政。

古戰場

漢家將軍猛如虎，手執長殳身破虜[二]。白首從征恨數奇，可憐性命輕如羽。鼓聲死兮弓絶弦，狼奔鼠竄無行伍。良家百萬試鋒鋩，枯骨如山委黄土。燐火星星點白楊，黄雲漠漠依邊樹。千載猶聞戰血腥，夜深不禁啼猿苦。魑魅山魈當路號，哀聲長亂黄昏雨。游魂難返玉門關，怨魄年年成杜宇。

【箋】玉門關　在今甘肅敦煌市。

○李賢《大明一統志》卷三十七《陝西·陝西行都指揮使司》『玉門關』條：『在故瓜州西北一十八里，漢霍去病破走月支，開玉門關。』

【附】鄧原岳《擬過古戰場》：『平原一望思堪迷，沙漠無人去鳥低。殘壁如聞山鬼哭，荒營惟有野狐啼。秋風處處摧楊柳，夜雨年年長蒺藜。白骨孤鬼多和恨，烽烟還照薊門西。』（《西樓集》卷六）　陳鳴鶴《古戰場》：『連天殺氣阨黄雲，鬼哭啾啾奈可聞。日莫亂鴉争白骨，不知誰是故將軍。』（《泡庵詩選》卷六）　徐𤊹《古戰場》：『猛將提戈朝出師，陰風漠漠揚旌麾。連天殺氣衝關塞，愁絶沙場征戍兒。陰山十月愁雲黑，鬢染繁霜絲盡白。一時軍敗共奔

[一]　未必真强胡，文淵閣《四庫全書》本改篡爲『乃在廢扶蘇』。

[二]　身破虜，文淵閣《四庫全書》本改篡爲『腰大斧』。

騰，六郡良家死兵革。髑髏如雪積成丘，戰血腥臊作水流。千年怨魄栖何處，長伴黄昏泣素秋。家家戍婦搗衣往，萬里無人色凄愴。夜深剪紙哭招魂，多少游燐出林莽。』（《晋安風雅》卷七）

古别離

君身如車輪，去去無迴轍。妾淚如井泉，涓涓滴不竭。歡愛能幾時，傷哉此離别。蕭蕭征馬向人嘶，欲别未别心慘凄。深閨不識天涯路，但向門前看馬蹄。送君試折長堤柳，立馬躊躕豈能久。明年柳發今年枝，還記今年送别時。

【附】鄧原岳《古别離》：『飄風自何來，吹我連理花。隨風倏相失，各在天一涯。挽君衣，酌君酒，君今忽作萬里行，賤妾深閨難獨守。控君馬，加君鞭，丈夫意氣在四海，别離豈爲婦女憐！出家不如在家好，執别河梁何草草。但將相思寄夢魂，與君同上關山道。』（《西樓集》卷二）　謝肇淛《古别》：『金鞭寶馬玉蘭舟，折盡垂楊送遠游。芳草遥迷秦苑暮，猿啼多傍楚山秋。佳人有泪留湘水，壯士無情怨隴頭。西去夕陽東逝海，月明長照望鄉樓。』（《小草齋集》卷二十）　陳鳴鶴《古别離》：『鷄啼東方明，僕夫夙嚴駕。黯然惻以凄，叮嚀語鄰舍。遠别或經年，近别歷春夏。去去難重陳，殘月照桑柘。』（《泡庵詩選》卷二）　陳鳴鶴《古别離》：『錦幕嬌娥冰雪姿，托身長安輕薄兒。謂言白首共生死，寧知年少輕别離。啼哽咽，驪駒一字一斷絶。請君看取衣上痕，爲君雙泪都成血。人生百歲能幾何，老大龍鍾强半過。二十餘年兩童稚，昨日已去來無多。與君歡會歲未晚，里門一去何時返？尊章對面不敢言，但言客路加餐飯。身爲君辦裝，心爲君斷腸。馬首無情不回顧，月明今夜宿他鄉。君有廩中麥，妾有機上帛。同居笑語樂有餘，奚必他鄉長作客？歸來他日齒髮疏，縱使封侯竟何益？人言君是千里駒，嫁君却在天一隅。不如田舍家人子，閨中擊鼓吹笙竽。』（《泡庵詩選》卷三）　徐𤊹《古別離二首》，其一：『銀瓶繫在青絲綆，一朝絲斷沉金井。豐城寶劍光有神，一朝飛失延平津。銀瓶寶劍不相顧，君今此別何時遇。縱欲沙場一夢君，夢魂那識沙場路。掩袂牽衣重怨嗟，爲君臨鏡洗鉛華。勸君此別休太久，寂寞高樓難獨守。』其二：『征夫鞍馬去太速，愁緒如絲縈馬足。回頭忽聽車轔轔，妾身不及車邊塵。贈君三尺紅羅巾，解從妾體纏君身。泪痕濕透無光彩，不似從前顏色新。門前辛苦與君別，轉眼西風又蕭瑟。恐君路遠衣裳單，又向窗間事刀尺。』（《鼇峰集》卷七）

征婦怨

今年賊陷臨洮府，殺死官軍何可數。征夫塞外骨成山，少婦閨中泪如雨。死生消息總難如[一]，欲往招魂又自疑。機中幾度聞嘶馬，又恐夫歸投杼下。

【附】徐𤊹《征婦怨》：『夫婿久從征，西風寒絡索。惆悵立空階，飛螢點羅幕。』（《鼇峰集》卷二十二）

[一] 如，鄭跋本、福建師大本、文淵閣《四庫全書》本作『知』。

廢居嘆

東鄰敗屋西鄰鎖，殘柳蕭蕭燃鬼火。昔日繁華今日衰，空堂白晝居狐狸。子孫流落不知處，歲久荒涼誰敢住。井涸池枯竈絶烟，寒蛩四壁啼秋雨。當時宅中歌舞人，十今已化北邙塵。

【箋】北邙　詳卷三《北邙行》。

【附】鄧原岳《廢居嘆》：『誰家古宅大道邊，敗垣廢井生秋烟。花開花落長太息，春去春來空自憐。當時富貴盛豪華，綉户雕楹堆綺霞。急管嬌歌日向暮，朱弦寶瑟漏初斜。世間反覆無不有，白衣倏忽成蒼狗。秋雨何堪燕雀栖，夜深但見狐狸走。君不見咸陽宫闕化成灰，瓊樓金屋亦蒿萊。只今唯有秦時月，夜夜清光照緑苔。』（《西樓集》卷二）　陳薦夫《廢居嘆》：『倚榭嘯封狐，空梁啼夕烏。草長玉階没，苔生金井枯。何年甲第繁華處，舊日親賓驚怪去。東鄰老父對客悲，曾見丁鄰歌舞時。』（《水明樓集》卷二）　徐𤊹《廢居嘆》：『蕭條門巷無人掃，寂寞閑庭長芳草。古井寒蛩泣慘凄，空梁更有烏夜啼。昔日繁華入珠履，今日經行躡荆杞。後園試看芙蓉池，一夕秋風花盡死。』（《鼇峰集》卷七）

古怨

當時初嫁君，貌比楊花好。今日與君離，貌比楊花老。楊衰能再榮，妾貌終枯槁。君如記妾舊容華，但看明年楊白花。

【附】陳薦夫《擬古怨》：『涉江采蘅杜，出江逢君子。既無歡愛情，徒然抱心素。蘼蕪晚失時，紈扇秋如水。促織鳴床前，螻蛄哀砌底。寒霜凋空林，凉月皎沙渚。遺思結晨燈，淫神亂秋杵。失意既無當，惠妍良獻醜。』（《晉安風雅》卷二）

緑珠詩

盤龍洞口雙蛾翠，玉唾流香脂粉膩。三斛明珠艷質歸，千重錦障秋波媚。玉笛聲寒響斷雲，凰釵蛟佩舞明君。光生鳳蠟春厨暖，香屑龍鑪夜閣熏。曲曲鸞喉歌懊惱，紅顏不向青銅老。寶砌苔痕蝕百花，名園梓澤生秋草。一死難酬衛尉恩，鬢雲斜墜玉鈎翻。碧莎黄土碎香骨，朱樓白日啼妖魂。澗中金水流嗚咽，半寸珊瑚千點血。麝氣春凝柳絮風，珮聲夜泣梨花月。

【箋】緑珠　晉石崇妓人。

○干寶《晉紀》：『石崇有妓人緑珠，美而工笛，孫秀使人求之。崇别館北邙下，方登凉觀，臨清水，使者以告。崇出其婢妾數十人以示之曰：「任所以擇。」使者曰：「本受命者，指緑珠也，未識孰是？」崇勃然曰：「緑珠，吾所愛，不可得也！」使者曰：「君侯博古知今，察遠照邇，願加三思。」崇不然，使者已出又反，崇竟不許。』（《世説新語》卷三十六引）

○按：孫秀收石崇，緑珠墜樓死。

衛尉　指石崇，字季倫，南皮（今屬河北省）人。西晉文學家。在洛陽造金谷園。

【附】陳仲溱《緑珠怨》：『歌舞繁華樂未休，消殘紅粉恨悠悠。明珠縱是餘三斛，難買須臾不墜樓。』（《晉安風雅》卷十二）　陳价夫《緑珠詩》：『細腰鬒髮春風質，金谷園中夜爲日。

滿堂珠翠羅紅妝，一曲迴風頓相失。春慵醉夢起來遲，嬌嗔碎却珊瑚枝。恩深不遣出行酒，二十四朋那得知。伶倫細管于闐玉，暗度新聲斷腸曲。衛尉瓊筵飲未闌，趙王甲士來何促。玉笛重吹作楚聲，清商宛轉若爲情。自慚尤物增君累，却悔從前獨顯名。樓頭半晌飛塵内，三斛明珠一時碎。春草無青恨血殷，玉魂已冷餘香在。紅殘翠歇朱闌下，不愧當時三斛價。至今光彩未全銷，尚有游燐出深夜。』（《晉安風雅》卷四）　徐𤊹《緑珠詩》：『鳳凰釵股蛟龍佩，蘭麝氤氲散香靄。腰支一束舞明君，眉彩雙痕低粉黛。主家金谷在河陽，朱門戚里紛相當。羅幃綺帳咽絲竹，幽房曲榭塗椒香。步幛連開五十里，錦光奪却王家紫。昭華玉管弄參差，吹落梅魂嬌不起。清歌惱懊繞粱塵，月燕珊瑚枝上新。數百侍兒誰第一，芳名先動趙王倫。凉臺縹緲清流潔，翠斝清尊歌未歇。收兵忽至如雲屯，掩面辭君悲訣絶。樓上翻身冰骨灰，玻瓈折斷蕙蘭摧。妖血涓涓化空碧，香魂片片隨飛埃。明珠三斛抛難顧，樓影荒凉烟雨暮。千載精靈不可尋，秋郊絡緯啼宵露。』（《鼇峰集》卷七）

代閨人答輕薄少年

妾本燕趙姿，委身事君子。憶昔深閨私語時，指天誓日同生死。一朝執戟赴長安，彼此恩情隔萬山。經年去住無消息，何處留連不肯還。聞君日日耽游冶，蹴踘鬥鷄兼走馬。醉裏常抛金彈丸，往來碎却珊瑚把。自矜豪俊又繁華，百萬黄金散狹邪。昨宵趙女顔如玉，今日燕姬色似花。如花似玉争歌舞，歡娱豈識凄凉苦。樓上朝朝望白雲，枕邊夜夜啼紅雨。流年青鬢嘆蹉跎，冷落深閨可奈何。

捲簾忽聽鶯聲老，又是春光一度過。

【箋】燕趙　《古詩十九首·東城高且長》：『燕趙多佳人，美者顔如玉。』

【附】徐㶿《代閨人答輕薄少年》：『妾本鸞鳳姿，生小在閨閣。豈意容華輒誤身，嫁得郎君固輕薄。闘弓勒馬出長安，錦障絲鞭玉作鞍。千錢一醉新豐市，射鳥落盡黄金丸。相望迢迢隔河漢，枕邊空嘆韶光换。雁素魚書久未通，深閨夜夜柔腸斷。顧盼東園桃李花，倏然風起落誰家。少年輕薄有如此，清泪潺湲濕絳紗。』（《鼇峰集》卷七）

王震甫以王叔明山水見貽答謝

王生嗜古元成癖，古今圖畫如山積。壁上時時烟霧飛，案頭隱隱生泉石。吾聞勝國有王蒙，丹青綽有巨然風。幽溪細路已盤曲，烟嵐樹木何菁葱。此圖珍秘幾年所，廉者不求貪不與。知余夙有卧游情，一旦披圖便相許。奚奴捧送神飛翻，山齋賞鑒忘朝餐。焚香再拜謝君賜，照乘明珠未是恩。

【箋】王震甫　集有卷三《蜀道難送王震甫之臨邛省刺史兄》、卷十一《寄王震甫》。

王叔明　即王蒙，字叔明。

○陳田《明詩紀事》甲籤卷十八：『蒙字叔明，吴興人。元末官理問。洪武初，爲泰安知州。坐胡黨死。』又引王達《聽雨樓諸賢記》：『王蒙，字叔明，號黄鶴山樵。趙松雪之外孫。素好畫，得外氏法，然不求妍于時，惟假筆意以寓其天機之妙。』

題賓月樓空江秋笛二卷後

余偶得前輩陳伯煒、鄭孟宣家藏二卷，皆洪、永中海内名公之筆，剥落者過半矣。然殘金斷璧，自足爲寶，乃合裝一卷而作此歌。

爨下有焦桐，柯亭有枯竹。何期得遇蔡中郎，一取爲琴一爲笛。中郎已死知音稀，每有奇物誰能知。汩没泥沙弃水火，令人往往心傷悲。國初至今二百載，其人與骨今安在！二圖淪落在人間，墨迹依稀猶未改。吾鄉陳伯煒、鄭浮丘，兩人前輩稱風流。坐賓樓上三更月，吹笛空江萬籟秋。名公詩句題應遍，畫圖瀟灑尤堪羨。恍若笛聲江上聞，尚疑月色樓頭見。當年弃置廢簏中，蠹魚蝕盡塵埃蒙。余偶得之發大叫，心顔怡悦開雙瞳。吁嗟乎，奇物顯晦自有數，豈但柯亭之竹嶧山桐。

【箋】賓月樓卷　明永樂陳輝題咏詩卷。

○徐㶿《賓月樓卷》：『陳伯煒先生名輝，爲宋儒北山先生孔碩、忠肅公韋華之裔也。登永樂乙未進士，官廣東按察副使。有詩名，尤善草書。家在于山之麓。忠肅有園，居法海寺左，至今名花園。有樓曰「賓月」，國初名公多爲咏題……歷今二百餘年，故居易主，試問先代遺迹，誰有俯而吊之者？而斷箋遺墨，猶令人愛慕如此，善夫摩詰輞川之詩曰：「來者復爲誰？空悲昔人有。」至哉言也！天啓丙寅初夏，重爲裝裱，漫識于後。』（沈文倬《紅雨樓序跋》卷二，第七七頁）

○謝肇淛《賓月樓卷跋》：『吾鄉先輩陳伯煒作賓月樓，一時名士俊先題咏，匯成卷帙。數傳之後，蠹蝕過半。徐唯和從市肆購得之，喜不自勝，爲作歌紀其事。唯和没，卷歸興公。每與諸同好展閲，先輩典刑宛然在目也。國初至今二百餘載，即樓臺歌舞皆屬烏有，而殘編遺墨乃令人寶若拱璧，信知不朽之事不在彼而在此。居諸悠悠，良堪嘆息。』（《小草齋文集》卷二十四）

空江秋笛卷　明永樂鄭定題咏詩卷。

○徐𤊹《空江秋笛卷》：『吾鄉鄭浮邱先生字孟宣，善擊劍，工古篆草書，陳友定辟爲記室，友定敗，亡命交廣間，久之，還居長樂。高皇帝末年，征授延平訓導、國子助教。著詩數卷曰《澹齋集》，多軼弗傳。《空江秋笛卷》則官助教時，乞名公所咏題者也……向余兄惟和得之，以陳伯煒《賓月樓》合爲一卷，作歌題其殿。又逾三十餘秋，裝潢未善，余今分而爲二，正所謂離則雙美者也。天啓六年丙寅初夏，三山徐𤊹興公識于汗竹巢。』（沈文倬《紅雨樓序跋》卷二，第七五—七六頁）

陳伯煒　即陳輝，閩縣人。

○徐熥《詩人爵里詳節》：『陳輝，字伯煒，閩縣人。永樂十三年進士。官至廣東副使。有《存庵集》《琴邊清唱》。』（《晉安風雅》卷首）

鄭孟宣　即鄭定，閩縣人。『閩中十才子』之一。

○陳鳴鶴《東越文苑》卷六：『鄭定，字孟宣。善擊劍，工古篆、隸書。陳友定辟爲記室。友定敗，鄭定浮海，亡在交廣間。久之，稍還，遂居長樂。高皇帝末年，征授延平訓導，歷國子助教。有《澹齋集》。』

蔡中郎　蔡邕，東漢末年文學家、音樂家。字中郎，文姬父。著有《蔡中郎集》《琴操》等。

柯亭之竹　相傳蔡邕避地江南，宿于柯亭。柯亭之觀，以竹爲椽。蔡邕仰而眄之曰：『良竹也。』取以爲笛，奇聲獨絶。

○南朝梁蕭衍《咏笛》：『柯亭有奇竹，含情復抑揚。』

嶧山　又名鄒嶧山、鄒山，在鄒城縣（今屬山東）。

○唐宋之問《放白鷴篇》：『琴是嶧山桐，鳥出吴溪中。』

○李賢《大明一統志》卷二十三《山東·兗州府》『嶧山』條：『在鄒縣東南二十五里，一名鄒嶧山。《禹貢》：『嶧陽孤桐。』

【附】徐𤊹《空江秋笛圖》：『寒蘆槭槭滿秋江，短笛隨風自有腔。律吕參差吹落月，商聲一夜到船窗。』（《鼇峰集》卷二十五）

贈歌者

習家池上春晝長，主人愛客飛羽觴。梨園子弟紛成行，少年白皙稱陳郎。何晏之粉荀令香，技掩秦青音繞梁。翩翩廣袖能迴翔，修眉高髻内家妝。月中一曲舞霓裳，輕敲檀板按宫商。頓令四座生輝光，蘇州刺史空斷腸。奈何與子非一鄉，安得相從樂未央。人生及時須徜徉，莫令兩鬢生秋霜。

【編年】萬曆十九年辛卯（一五九一）。

【箋】歌者　詩稱其爲『陳郎』。𤊹別有《歌者陳郎戲作胡姬妝即席調贈》（《幔亭集》卷五）

習家池　又名高陽池。其地在今湖北襄陽鳳凰山南麓。

○李賢《大明一統志》卷六十《湖廣·襄陽府》『習家池』條：『在府城南八里。後漢習郁嘗穿此池，依范蠡養魚法，中築釣臺。臨歿，謂其子曰：「改葬我近魚池。」後山簡鎮襄陽，每出游多之池上，置酒輒醉，名之曰「高陽池」。』

何晏　魏玄學家，美男子。字平叔，宛縣（今河南省南陽）人，皮膚白皙。

○劉義慶《世説新語·容止》：『何平叔美姿儀，面至白，魏明帝疑其傅粉。正夏月，與熱湯餅。既噉，大汗出，以朱衣自拭，色轉皎然。』

荀令　即荀彧，東漢末年政治家，人稱荀令。字文若，潁陰（今河南許昌）人。荀身有异香，至人家，其坐處三日留香。

秦青　先秦歌者，相傳其歌聲足以繞梁三日。

【附】徐𤊹《田將軍席上戲贈歌者》：『年少傾城説子都，出身曾是霍家奴。不知末路行難得，更向尊前唱鷓鴣。』（《鼇峰集》卷二十四）按：此詩疑非同時作。

題王崑仲畫障

寒流瀰瀰瀉石壁，嚴霜剥樹枯幹瘠。鬼斧劚石江滸蹲，怒蛟吹水奔濤逆。鼪鼯狐魅晝攫人，叢林灌木無行迹。我覽生綃毛骨寒，披索枯腸動吟魄。

【箋】王崑仲　詳卷二《題王玉生山水》。

采真篇送林叔度游雁宕

壺山烟客持玄籙，凌辰御氣仙山麓。星冠七葉芙蓉顏，螭衣霞佩仙家服。辭家將作采真游，雁宕山中訪靈族。踏斷遥空一綫虹，歷遍洞天三十六。雲爲御兮風爲車，駕青虬兮參白鹿。蓬瀛弱水豈微茫，圓嶠方壺堪借宿。祇從縣圃饌瑶芝，不向人間希辟穀。知君名姓注仙班，聊贈雲璈歌一曲。

【箋】林叔度　林祖恕，字叔度，莆田人。有《山居集》。與吴元瀚（即吴文潛）合刻《閩中二子詩》，曹學佺爲之序，見《石倉文稿》卷一。

雁宕　又作雁蕩，即雁蕩山。

○李賢《大明一統志》卷四十八《温州府》『雁蕩山』條：『在樂清縣東九十里。此山天下奇秀，谷邃峰叠，行者不能遍。分東西谷，列十八寺，始有駐足之地。山中景致非一，王十朋詩：「雁山門户從此入，南北兩峰相對高。」』按，又有南雁蕩山。又：『在平陽縣西南一百里，山有明王峰，峰頂有池，五代時僧願齊尋訪名山，至此曰：「此山水盡處，龍雁所居，豈非西域書所謂諸矩羅震旦，雁蕩龍湫者耶？」因結茅其間。』

壺山　即壺公山，在今莆田市。

○李賢《大明一統志》卷七十七《福建·興化府》『壺公山』條：『在府城南二十里，高聳百餘仞，絶頂有泉出石穴中，其脉通海，視潮盈縮。』

圓嶠方壺　傳説中的神仙方士居住之地。

雲璈　一種打擊樂器。

【附】徐㶿《送林叔度之甬東》：『春深柳可攀，送客出鄉關。尊酒故人泪，恐傷游子顔。潮聲

兩浙水，雲影四明山。莫謂風塵隔，相思魂夢間。』(《鼇峰集》卷十)

送柯秀才還莆

逢君何太遲，別君何太早。朝發越王城，暮指壺公道。壺公山色凌青天，雲霧蒼茫暗玉鞭。匣裏祇存馮子鋏，杖頭猶挂阮生錢。餘錢歸去堪沽酒，醉後新詩三百首。賦才元不讓三都，何恤紛紛譏覆瓿。人生知己古稱稀，此去何人薦陸機。秋風已就圖南翮，看汝扶摇天際飛。

【箋】莆　莆田，今屬福建。

○李賢《大明一統志》卷七十七《興化府》『莆田縣』條：『附郭。本晉晉安縣地。隋析置莆田縣，尋廢，入南安縣，屬泉州。唐武德中復置，宋元仍舊，本朝因之。』

越王城　在福州城内越王山。

○李賢《大明一統志》卷七十七《福建·福州府》『越王山』條：『在府城内，一名「平山」。即閩王無諸舊城處。』

壺公　壺公山，在莆田。

○李賢《大明一統志》卷七十七《福建·興化府》『壺公山』條：『在府城南二十里，高聳百餘仞，絕頂有泉出石穴中。其脉通海，視潮盈縮，中有雙蠏，禱雨見之即應。山有磐陀石，法流泉、濯纓沼、石壁峰、碧溪灣、虎溪岩，稱五奇。舊志：昔有人遇老翁于此，忽見宮闕，似非人間。翁曰：「此壺中日月也。」後人因名「壺公山」。』

馮子　即戰國齊人馮諼。

○《戰國策・齊策四》：『齊人有馮諼者，貧乏不能自存，使人屬孟嘗君，願寄食門下……左右以君賤之也，食以草具。居有頃，倚柱彈其劍，歌曰：「長鋏歸來乎！食無魚。」』

阮生　指魏阮籍。阮籍，字嗣宗，陳留尉氏（今河南開封）人，『竹林七賢』之一，官步兵校尉，故稱『阮步兵』。

三都　《三都賦》，晉左思作。

陸機　晉文學家。字士龍，華亭（今上海松江）人。與弟陸雲齊名，稱大小陸。

述游篇

去年仲冬束行李，掩泪辭親赴燕市。今年五月將中旬，方能稅駕歸田里。中間辛苦難具陳，萬里風波愁殺人。從來痛定纔思痛，回看往事徒沾巾。閩溪山水何太惡，水似瞿塘山劍閣。仙霞嶺上氣不平，黯淡灘頭膽將落。浙中水淺舟易膠，蒼頭牽纜如傴僂。一日才行十數里，舲前兀坐空百憂。歲除才到雲陽下，縣官正閉奔牛垻。停舟三日不得行，關吏相逢便相吒。揚子長江天際流，江豚吹浪神鼉浮。長年捩舵神色喪，可憐身世同輕漚。黃河之水名九曲，由來舟楫愁傾覆。石尤風急水奔騰，隔江少婦將兒哭。北方景物更荒凉，滿目黃沙古戰場。瘦馬驅馳髀肉損，酸風射眸肢體僵。馳馬衝寒過涿鹿，四郊倏忽飛滕六。千山萬徑少人行，暮抵良鄉無處宿。長安上策不見收，百金用盡存貂裘。難從北闕操齊瑟，猶戴南冠學楚囚。男兒致身苦不早，驅車復出長安道。風景蕭條倍去時，塵土侵人顏易老。三吳兩浙競繁華，此際令人轉憶家。歸家幼子牽衣泣，鬢衰面黑咸咨嗟。奔走天涯過半載，歲月無情不相待。人生得志在丘園，何必飄零寄湖海。行路難，空悲酸，世情反覆同波瀾。有璞莫向王庭獻，有鋏莫向侯門彈。笑殺劉蕡空不第，且將高卧學袁安。

【編年】萬曆十七年己丑（一五八九）。

【箋】去年仲冬　熥萬曆十六年中舉，十月北上會試，次年春下第。

瞿塘　瞿塘峽，長江三峽之一，位于今重慶市奉節。

○李白《長干行》：『十六君遠行，瞿塘灩澦堆。』

劍閣　又稱劍門關，在今四川劍閣縣。

○晉張載《劍閣銘》云：『一人荷戟，萬夫趑趄。』李白《蜀道難》：『一夫當關，萬夫莫開。』

仙霞嶺　福建浦城與浙江交界之山嶺。

○李賢《大明一統志》卷四十三《浙江省·衢州府》『仙霞嶺』條：『在江山縣南一百里。宋史浩帥閩過此嶺，募人以石甃路三百六十級。』

○徐𤊹《吳游記》：『仙霞關，崇山峻嶺，茂林修竹，飛鳥決眦，層雲蕩胸。關內，即七閩界。』（《紅雨樓集》册九，《上圖稿本》第四四册，第三九八頁）

黯淡灘　在今南平市延平區東。

○《〔順治〕延平府志》卷二《方輿志》『東溪諸灘』條：『其中黯淡一灘，古稱最險。宋天聖中，郡守劉滋開其港道。』

雲陽　即丹陽(今屬江蘇)。

○李賢《大明一統志》卷十一《直隸·鎮江府》『丹陽縣』條:『在府城東六十四里,本秦雲陽縣。始皇鑿北岡使其阿曲,改名曲阿縣……(唐)天寶初改名丹陽縣。宋元仍舊,國朝因之。』

涿鹿　涿鹿縣,今屬河北省。

良鄉　今屬北京房山區。

○李賢《大明一統志》卷一《京師·順天府》『良鄉縣』條:『在府西南七十里。春秋時燕中都地。漢爲良鄉縣。』

劉蕡　即劉蕡,唐代政治家、詩人。字去華,昌平縣(今屬北京)人。大和二年(八二八),舉薦賢良方正,劉蕡上《對賢良方正直言極諫策》,受壓制。有應試者曰:『劉蕡下第,我輩登科,實厚顔矣。』

袁安　東漢名臣。字邵公(一作召公),汝陽(今河南商水)人。袁安未仕前,洛陽大雪,人多出乞食,安獨僵卧不起,洛陽令見而賢之,舉爲孝廉。

石溪歌贈林隱君

南劍有溪名君竹,修竹蒼蒼溪水緑。中有幽人號石溪,誅茅壘石溪之曲。溪流日夜聲潺湲,幽人嘯傲石溪間。石可枕兮溪可漱,富貴浮雲真等閑。幽人今年八十幾,足迹何嘗到城市。白岩嘯月遇崆峒，青嶂眠雲夢黄綺。憐余本是武陵人，欲向溪頭一問津。桃花好逐溪流出，世上如今不是秦。

【箋】林隱君　名不詳，號石溪，劍津（今福建南平市延平區）人。

南劍　延平府，宋稱南劍州。治今南平市延平區。

○李賢《大明一統志》卷七十三《福建·延平府》「建置沿革」條：「……置延平軍。五代時改軍爲延平鎮，尋于鎮置鐔州。南唐改置劍州，宋太平興國中因利州路亦有劍州，改曰「南劍州」。」

君竹　延平府溪名。

黄綺　漢初商山四皓夏黄公、綺里季的合稱。指隱于山中的長者。

瞻鳳歌爲張叔弢賦

叔弢父號鳳山。鳳山者，長溪之山也。嘗繪圖以當卧游。及父卒，而圖亦失去者二十載。叔弢後復得之，携入燕吴楚越間，求名公長者紀其事以致追挽之意。濫及小子熥，熥不敢辭也，爲作《瞻鳳歌》。

長溪山水奇，鳳山幻靈境。重岡叠嶂自迴環，萬壑千岩相掩映。中有畸人號鳳山，時時長嘯此山間。彩雲明滅元堪睹，梧竹蕭森更可攀。一朝跨鳳歸仙府，丹崖翠壁空塵土。遼鶴千年去不歸，慈烏夜半啼聲苦。篋裏惟存一畫圖，忽然飛去胡爲乎？延津無處重尋劍，合浦何期更得珠。帝憫諸孤懷怨慕，五丁曾遣相呵護。神物由來不久湮，珠還劍合仍相遇。張生得此喜還悲，陟岵興歌泪滿頤。幾迴欲擬招魂賦，到處曾求薤露詩。此物遺亡二十載，迄今精爽還應在。千仞猶疑覽德輝，九苞彷佛增文采。諸子山中日夜號，鳳山依舊倚天高。不須人世悲麟喪，還羨君家有鳳毛。

【箋】瞻鳳歌

○徐熥《與張叔弢博士》：『花朝日，曾作書報記曹。而鼇峰之巔有峰，如迴雁者，遂不得繫其足，故寢閣至今耳。《瞻鳳》詩，先以數首塞命，尚有二三作者，但册子已盡。而不佞麻衣如雪，不堪當羊欣白練。徼諸君書以寄足下耳。』（《幔亭集》卷二十）

張叔弢　張大光，字叔弢，長溪（今福建福安）人，官羅浮令、夜郎刺史。曾校訂陳鳴鶴《泡庵詩選》《田家儀注》，并爲《田家儀注》作序。

長溪　福寧州治，今福建霞浦縣。

○何喬遠《閩書》卷三十七《建置志》『福寧州』條：『城在龍首山下，晋置温麻縣治于四十一都。温麻，屯名也。唐改置長溪縣，在今所。其溪源來自浙江慶元嶺下，又來自壽寧縣大蜀山，又來自政和西門内門嶺，皆流下福安、寧德入海。彼時縣治未置，溪流俱在封域中山岡紆迴約五六日程，然後趨海，溪所以名「長」矣。』

鳳山　疑爲『丹鳳山』，在霞浦縣。

○《〔民國〕霞浦縣志》卷四《山川志》『丹鳳山』條：『爲五十一都文星明村之後山。形家以其形似丹鳳銜書，故名。登高左右望，雖内外海俱在目前。』

延津　即劍津，詳卷二《劍浦送顧世卿》。

合浦　合浦縣，今廣西北海市轄縣。

○《後漢書·循吏傳·孟嘗》：「（合浦）郡不産穀實，而海出珠寶，與交阯比境……嘗到官，革易前敝，求民病利。曾未逾歲，去珠復還，百姓皆反其業。」

陟岵　《詩經·魏風》篇名。

招魂賦　《招魂》，《楚辭》中的一篇，戰國宋玉所作。

薤露　詳卷二《喪車行》。

王生行

王生少負耽奇癖，落魄風塵人不識。衹從湖海恣遨游，羞向人前嗟厄塞。胸中神識一何奇，儒雅風流應在兹。篆隸由來追史籀，時時復作無聲詩。城西一室大如斗，室中奇物無不有。花鳥圖書可自娱，樽罍彝鼎傳來久。賞鑒能同張茂先，翩翩意氣更堪憐。胡琴劈碎寧論價，古劍酬人不計錢。與余傾蓋稱莫逆，問奇肯過揚雄宅。竹裹酣歌任往來，花間嘯傲忘朝夕。朝夕相從酒一樽，交情如此君毋諼。但能博物復飲酒，世事悠悠安足論。

【箋】王生　即王昆仲，詳卷二《題王玉生山水》。

張茂先　即張華，字茂先。晋詩人，博物家。

揚雄　漢代賦家。

赤岩吟爲大田令謝君賦

劍潭之東多石壁，四面巉屼如火赤。開闢至今千萬年，岩前蓊鬱皆蓬藋。上有嵯峨萬仞之丹梯，下有潺湲千頃波流碧。山魈罔兩盤其中，虎豹豺狼據爲宅。任是樵蘇日往來，豈識岩中有奇迹。岩中奇迹人不知，可憐空使山靈悲。誰能鑿破混沌竅，攀蘿附葛相追隨。謝君本是探奇客，年少鳴琴辛岩邑。每學盧敖汗漫游，登臨折盡東山屐。披蓁燃炬入岩中，猛獸山妖都辟易。萬年靈秘一朝開，懸岩絶壁何奇哉！一聲長嘯翠微頂，頓使延平潭裏白日生風雷，構將臺榭連雲起，浮屠屹立層霄裏。獨向岩前望九垓，百二關河如黑子。吾聞神州三十六洞天，此赤岩兮胡爲乎不傳？徐生披圖學宗炳，案頭隱隱生雲烟。願得借君一葦過劍浦，題詩刻石岩之巔。岩巔墨迹永不毁，鄒嶧之碑乃可擬。吁嗟乎，山川顯晦自有時，世間何物無知己。

【箋】赤岩　在大田縣。

○何喬遠《閩書》卷十九《延平府》「赤岩」條：「與白岩對峙，二山俱以色名。」

大田　明屬福建延平府，今屬泉州市。

○何喬遠《閩書》卷十九「延平府」：「大田縣，在郡西南……本尤溪縣地。皇朝嘉靖十四年，府判林元倫提兵平尤盜，行經其處，以其介于延、漳、泉三府之交，深阻可窟穴，而大、小田爲劍、尤諸邑衝，扼吭拊背，置邑爲宜……置縣焉。」

謝君　即謝與思，字見齊，一字方壺，番禺（今廣州）人，萬曆八年（一五八〇）進士。授諸暨知縣，調大田縣（今屬福建）知縣。爲蜚語所中，貶秩。有《抱膝居存稿》。

劍潭　又名劍津、延津，詳卷二《劍浦送顧世卿》。

盧敖　號雍熙，居范陽（今河北省定興縣）。秦始皇召爲五經博士。好遨游。

宗炳　南朝宋畫家。字少文，涅陽（今河南鎮平）人，居江陵（今屬湖北）。嘗將游歷所見景物，繪于居室之壁，自謂：『澄懷觀道，卧以游之。』著有《畫山水序》。

鄒嶧　即嶧山，詳卷三《題賓月樓空江秋笛二卷後》。

賦得易水寒送人游燕

燕山嵯峨易水流，北風吹水聲颼颼。荆卿驅車不顧返，仗劍欲報燕丹讎。可憐燕耻猶未雪，壯士衷腸空激烈。千年往事水猶寒，蕭蕭壯髮能衝冠。憐君故是荆卿比，翩翩俠氣横燕市。擊筑還過易水濱，一聲長嘯悲風起。

【箋】易水　詳卷二《咏荆軻》。

荆卿　即荆軻，詳卷二《咏荆軻》。

燕丹　即燕太子丹，姬姓，燕氏，名丹，燕國薊城（今北京市房山區）人，戰國時燕國太子。太子丹曾遣派荆軻刺殺秦王嬴政，事敗。

【附】徐𤊹《送人游燕》：『春深殘絮飛如雪，林杪殘聲聽題鴂。把酒江頭送遠人，斜陽影裏難爲别。此去遥遥路八千，孤身仗劍入幽燕。荆軻已死燕丹滅，惟有易水流濺濺。莫道相知今已寡，此行正過金臺下。駿骨難售休嘆嗟，昭王定購千金價。市上行歌酒半醺，中原俠客多如雲。往事凄涼那足問，千年但憶樂將軍。』（《鼇峰集》卷七）

過鄧汝高別墅

一區別墅東山曲，幾片青山隱茅屋。門前垂柳覆清溪，屋後長松亞修竹。寂寂衡門無俗喧，主人留客烹鷄豚。衣冠樸素禮真率，依稀如入桃花源。彈棋擊劍復飲酒，世上浮名竟何有。君今踪迹已青雲，我也棲遲甘白首。與君相對歡且悲，人生會合能幾時。恐君作吏風塵去，此地開尊更有誰。

【編年】萬曆二十年壬辰（一五九二）。

【箋】鄧汝高　即鄧原岳（一五五五—一六〇四），字汝高，號翠屏，慶宲父，爾纘祖，閩縣人。萬曆二十年進士，官至湖廣副使。萬曆中年，原岳與徐𤊹、謝肇淛同振閩中風雅。謝肇淛以爲嘉隆以後閩中詩以鄧氏爲冠。有《西樓集》《閩中正聲》。

○徐𤊹《詩人爵里詳節》：『鄧原岳，字汝高，閩縣人。遷之子。萬曆二十年進士。任湖廣參議。有《搔首》《北征》《帝京》《于役》《碧鷄》諸集。』（《晉安風雅》卷首）

○鄧原岳《閩詩正聲序》：『自新寧高廷禮選《唐詩正聲》行于世，學士誦之勿絶。楊用修以爲出于閩人，弗善也。蓋至于今，選者日益衆，其取旨日益盭，于是識者始服廷禮之鑒，而信其持論。廷禮之言曰：詩者，聲之成文者也。情感于物，發而爲聲；忠厚和平，可以被律吕、中金石，乃謂之「正聲」。一切憑陵、忿詈、跳浪而不本于情，則姦之屬也。余閩中之詩，唐世僅僅已。其在國朝，大較可得而言，洪永之問，專譚興趣，則林膳部、王典籍名其家。弘正之時，氣格爲宗，則鄭吏部擅其譽。至隆萬以來，人操風雅，家掇菁華。道古本之建安，掞藻旁及三謝，取裁準之開元，寄情沿乎大曆。典刑具存，風流大鬯，一代聲詩于斯爲盛矣。余不佞尚論先哲，文獻足徵，取其合者編爲是集，大抵本高氏之旨，以備一方之風而已。既成，乃弗能當也。夫副墨托之藏山，成書或以飼蠹。秘者弗傳，傳者弗廣，窺半豹先失全牛，疏漏之誚寔所不免。雖然，舉而所知，以俟君子；拾遺補闕，宜不乏人，則不佞以此逃罪矣。』（《西樓集》卷十二）

○謝肇淛《鄧汝高傳》：『汝高名原岳，閩人也。先世處士定者有詩名，與十子頡頏。父别駕，遷博學，能文章。其得汝高也，季而穎，固心异之矣。及長，美髯白皙，望之如神仙焉。最攻舉子業，戰輒屈其長老，又攻古文詞也。初爲詩學鄭吏部，已又學七子。比從余輩游，始幡然悟，盡焚弃其宿業。每一詩出示人，人驚詫非汝高筆也。既乃思日攻苦，神日王，所爲詩日益進。今前後所著述俱在，大率《北征》勝《搔首》，《于役》勝《帝京》，至《碧鷄》《鄂渚》《浮淮》，漸入神境矣。汝高三十一舉于鄉，越七年而成進士，授計部郎，出視滇學，拜楚參藩，督餉渡淮，以病丐歸。歸十五日而卒，僅五十歲耳。爲郎一，榷關一，搜粟一，督下糧一，典粤試一，督通州倉，視學歷滇四，封者再，藩楚一，督鹺一，攝荆西道一，攝江防一，視觀察使篆一，監試楚闈五，佩藩臬印。』（《小草齋文集》卷十一）

○《〔萬曆〕福州府志》卷六十二《人文志》：『鄧原岳，字汝高，閩縣人。美須髯，玉立。爲文章，規矩秦漢；詩以氣格勝，而卒歸之盛唐。原岳舉萬曆壬辰進士，授户部郎，典粤試，督滇學，晋、楚參潘，所在文彩著稱。卒年僅五十，有《西樓集》行于世。』

○郭柏蒼《全閩明詩傳》卷三十三：『鄧原岳，字汝高，定八世孫，遷子，慶寀父，閩縣人。萬曆二十年進士。授户部主事，歷員外郎中，出爲雲南提學僉事，終湖廣按察副使。有《西樓存稿》。』

○郭柏蒼《柳湄詩傳》：『原岳身長玉立，人皆憚其方峻。萬曆二十五年主廣西試。其詩與曹、謝、安、陳、二徐并著，時稱「七子」。「七子」詩以陳薦夫、徐熥、曹學佺爲最，鄧原岳、安國賢次之，謝肇淛、徐𤊹又次之。卒年五十。後十年其子慶寀合《騷首》《北征》《帝京》《丁役》《碧雞》諸集匯梓之，名曰《西樓存稿》，蓋指原岳少壯讀書之處，以識永思也。』（《全閩明詩傳》卷三十三引）

別墅　鄧原岳別業在福州東郊，號竹林山莊、竹林草堂。

○鄧原岳《燕市七歌效杜同谷體》其六：『我有古宅在竹林，蒼梧翠柏高十尋。』（《西樓集》卷二）

○鄧原岳《行卷小序》：『余既歸自長安，則謝客之竹林舊里，携筆床茶竈往也。庶幾有賢豪命駕者乎，則把臂入林耳。』（《西樓集》卷十二）

○郭柏蒼《柳湄詩傳》：『鄧定築耕隱堂在東郊竹嶼，原岳仍其地成竹林草堂。』

【附】徐𤊹《宿鄧汝高竹林山莊》：『精廬遥結翠微間，借得雲囱一夕閑。流水斷橋通古路，斜陽殘磬下空山。犬聲似豹聞茅舍，螢火隨人入竹關。桑柘滿村堪寄隱，與君吟卧却忘還。』（《鼇峰集》卷十三）

寄閔壽卿山人

去歲逢君浮玉山，江風颯颯吹離顏。今歲重過揚子渡，烟波咫尺難相遇。鐵甕城頭一喚君，江聲洶涌那能聞。寸心强對南徐月，雙眼徒瞻北固雲。此生應嘆交歡淺，日日思君長展轉。幾回飛夢到君傍，江水茫茫空斷腸。

【編年】萬曆二十年壬辰（一五九二）。

【箋】閔壽卿　即閔齡，曾隱于武夷山。

○徐𤊹《先兄墓碑陰交游題名記》：『處士閔齡，字壽卿，歙縣人。』（《紅雨樓集》册九，《上圖稿本》第四四册，第四一二頁）

○徐熥《蓬累游序》：『憶余辛卯之役，與壽卿邂逅金山，出一漚集見示，則嘔肝剔腎爲之。步驟古人，不失尺寸，余謂君青華之士耳。甲午之歲，又遇君于秣陵，讀所謂《華陽編》者，其所撰述在有意無意之間，乃與余所抵掌者，皆性命玄同之旨，余始信君爲有道之士也。』（《幔亭集》卷十六）

○徐熥《寄閔壽卿》：『浮玉停橈，遂成彦會。恨晷刻未淹，長年促發。竟不得襆被山中，聽夜半濤聲，至人耿耿耳。足下高卧烟霞，枕流漱石，千秋萬世，焦、閔同稱，良足愉快。不肖長安聞訃，號慟奔歸。再渡揚子時，風波澎湃，翹首玄亭，徒增于邑。漫賦一章，并前分題之作寄去。』（《幔亭集》卷二十）『漫賦一章』，即此編。

○按：閔齡與佘和叔道人隱于武夷山。閔齡號『九曲漁父』，和叔號『三十六峰樵者』。兩人詩之合集曰《同亭詩蛻》，詳卷十六《同亭詩蛻序》、徐𤊹《鼇峰集》卷十《閔壽卿佘渾然同隱武夷一號爲九曲漁父一號爲三十六峰樵者》。

浮玉山　在浙江湖州。

○李賢《大明一統志》卷四十《浙江·湖州府》「浮玉山」條：「在府城南七里玉湖中，巨石如積，坡陀磈磊，不以水盈縮爲高卑，故名。」

鐵甕城　在江蘇鎮江。

○李賢《大明一統志》卷四十《直隸·鎮江府》「鐵甕城」條：「吴孫權所築。周圍六百三十步。唐乾符中，周寶爲潤帥，又築羅城二十餘里，號『鐵甕城』，言其堅也。」

南徐　鎮江別稱。

○李賢《大明一統志》卷四十《直隸·鎮江府》「郡名」條：「南徐，劉宋名。」

北固　在江蘇鎮江。

○李賢《大明一統志》卷十一《直隸·鎮江府》「北固山」條：「在府治北，下臨長江，其勢險固。梁武帝嘗登此山。又名北顧山。」

破鏡行爲陳大賦

美人有寶鏡，價值千黃金。曾與郎君同照影，又與郎君同照心。一朝分散如萍梗，此心雖同不見影。金刀剖處鸞鳳分，十年踪迹不相聞。可憐兩人持一片，此生何處重相見。勸君對此休自悲，神物會合終有時。

【箋】陳大　即陳翰臣(?—一五九九),字子卿,言孫,經邦子,莆田人。萬曆十三年(一五八五)舉人。

【附】陳鳴鶴《破鏡行》:『上清仙子盤龍魄,蒼玉匣中水花碧。白旃刮霧薪火齊,霜月寒潭天一尺。提携鬼哭牛渚磯,釵頭鼎足黄金畫。千回送人泉下死,今日爲君剖菱蕊。老鳳孤飛兔影嗟,霹靂一聲分萬里。采繽綉作春風面,豐隆抱天天亦瞑。感君心事玉輪光,千年泪濕青銅片。』(《泡庵詩選》卷三)　陳薦夫《破鏡行爲陳子卿賦》:『樂昌寶鏡青銅面,閃爍光圓才一片。憶從生少遇君時,君情摇蕩妾憨痴。時時并臂迫肩立,持照青閨雙黛眉。銀箏斷風瓶入井,金縷雙鸞不交頸。空持一半表相思,南北分形更分影。身不及青蚨血,但使菱花空瓦裂,何因綉閣匣中銅,得似延津波下鐵。』(《水明樓集》卷二,又《晉安風雅》卷四作《破鏡行爲陳大賦》卷三)　徐㶿《破鏡行爲陳子卿賦》:『匣中古鏡精光滿,剖贈情人腸欲斷。一朵菱花兩地分,雙飛彩鳳俄分伴。影如缺月閉寒陰,一片還能照兩心。此心自保不離异,只恐容華難久恃。開奩長抱樂昌悲,難買他年再合時。』(《鼇峰集》卷七)

冬夜同女翔振狂在杭集女大山齋

玉衡指東露華冷,朔飇暗度梧桐井。張檠亂攄開雙頤,銅龍咽漏宵將丙。僕御執炙兼進卮,筋力跛倚神俱疲。客眸耿耿若岩電,搜腸嘔肝斷鬚髭。五人同騁談天口,隔墉魑魅踉蹌走。揮手出門天宇昏，沿衢木柵懸燈守。嚴霜砭肌心惻淒，轆轤聲斷金井西。解衣匍匐登床睡，四鄰咿喔啼天鷄。

【箋】在杭　即謝肇淛（一五六七—一六二四），字在杭，汝韶子，長樂人。徐熥姐適汝韶爲繼室。萬曆中與鄧原岳、徐熥倡振閩中風雅。與徐𤊹結『紅雲社』。萬曆二十年（一五九二）進士，官至廣西左布政使。有《小草齋集》《小草齋文集》《五雜組》《小草齋詩話》等。

按：今傳明刻本《小草齋集》三十卷，《續集》三卷。

○《〔乾隆〕福州府志》卷五十三：『謝肇淛，字在杭。萬曆壬辰進士。初爲杭州司理，歷職方郎，以艱歸。補北屯司，管庫無私，值大旱，疏陳冗費諸弊數千言……神宗優之。出督北河，福潘之國，青雀黃龍之舸千二百有奇，肇淛操小艇前驅，繕浚多方，水道無阻，衆以不嘩。歷官至粵西布政。安氏亂，鄰警告急，肇淛置官增戍，繕備益兵，散遣募卒，不爲粵擾，粵人德之。增鹽引，急宗禄，抑土司，服猺獞，鑄鐵征商，抵派加餉，皆碩畫也。肇淛于學無所不窺，爲文豐蔚軒霽，古文詩歌，早年傳佈江左。所著有《小草齋集詩》二十卷，文三十卷，雜著、雜録數十萬言。』

○郭柏蒼《柳湄詩傳》：『肇淛，徐棉外孫。風格峻整，推賢樂善，清奇好古，尤多著述，詞清而雅，義博而顯，爲世所重。著《小草齋》《游燕》《下菰》《鑾江》《居東》諸集，又《小草齋詩話》《五雜組》《文海披沙》《北河紀録》共數十萬言。』（《全閩明詩傳》卷三十二引）

女大　即陳椿，詳卷二《與陳汝大鼇峰宴集》。

【附】徐𤊹《謝在杭像贊》：『彼美大夫，龍之駒，鳳之雛，而文采甚都。既腹堪爲經笥，復腕善乎操觚。視軒冕其若弃，惟竹素之與俱。覺芳蘭兮竟體，悦静女兮其姝。洵謝庭之玉樹，真得父之膏腴者乎！』（《紅雨樓集》册十二，《上圖稿本》第四五册，第二七九—二八〇頁）

贈胡外史

錢唐風景真奇絶，吴山蒼翠湖光白。山川靈秀萃何人，之子飄然自高格。生來踪迹壓塵埃，湖海狂游亦壯哉。振衣頻陟雲龍頂，仗劍曾登戲馬臺。燕秦楚越行皆遍，又泛扁舟過海甸。九鯉湖邊信短笻，武夷山上開華宴。游興年來尚未央，温陵劍水復清漳。三秋石鼓簪黄菊，五月楓亭摘荔香。羡君懷抱何瀟灑，知君不是悠悠者。世路由來遇合難，風塵莫怨知音寡。伊余癖性好遨游，與子交歡幾度秋。春風竹外頻來往，夜月花間遞唱酬。唱酬來往情偏好，漫把交情同草草。囊裏無錢休嘆嗟，尊中有酒須傾倒。胡生胡生何太奇，余每談詩君解頤。自堪意氣稱吾黨，不但前身是畫師。

【箋】錢唐　即錢塘（今浙江杭州）。

○李賢《大明一統志》卷三十八《浙江·杭州府》『錢塘縣』條：『附郭。秦置錢塘縣，屬會稽郡。漢爲會稽西部都尉治所。東漢，縣省。晋復置，屬吴郡。陳于此置錢唐郡，隋爲杭州治，唐改唐爲塘。宋元仍舊，本朝因之。』

胡外史　即胡時驥，錢塘畫師。

吴山　在杭州。

○李賢《大明一統志》卷三十八《浙江·杭州府》『吴山』條：『在府治東南。吴真人憐子胥以諫死，立祠其上。又名胥山。上有寺觀。左臨大江，右瞰西湖，爲一郡勝概。』

○田汝成《西湖游覽志》卷十二《南山城内勝迹》『吴山』條：『春秋時，爲吴南界，以别王越，故曰「吴山」。或曰：以伍子胥故，訛「伍」爲「吴」，故郡志亦稱「胥山」。在鎮海樓之右。蓋天目爲杭州諸山之宗，翔舞而東，結局于鳳凰山，其支山左折，遂爲吴山。』

雲龍　雲龍山，在江蘇徐州城東南。

○李賢《大明一統志》卷十八《徐州府》『雲龍山』條：『在州城東南二里，時山人張天冀所居。』

戲馬臺　在江蘇徐州。

○沈約《宋書·孔季恭傳》：『宋臺初建，令書以爲尚書令，加散騎常侍，又讓不受，乃拜侍中、特進、左光禄大夫。辭事東歸，高祖餞之戲馬臺，百僚咸賦詩以述其美。』

○李賢《大明一統志》卷十八《徐州府》『戲馬臺』條：『在州城南。項羽嘗戲馬于此，故名。劉宋武帝在彭城，九日登此臺。後爲臺頭寺，有塔存焉。』

九鯉湖　在仙遊，詳卷二《寄林去疾》。

武夷山　在崇安縣（今武夷山市）南。

○李賢《大明一統志》卷七十六《福建·建寧府》『武夷山』條：『在崇安縣南三十里。周迴百餘里，其峰巒大者三十六。道書謂爲第十六洞天。相傳嘗有神降此，自稱武夷君。又《列仙傳》：籛鏗二子，長曰武，次曰夷，因以爲名。二説不同。朱熹《序》有云：武夷之名，著自漢世，祀以乾魚，不知果何神。山有枯木查，插石罅間，以度舟船棺柩之屬。柩中遺骸外，列陶器，尚皆未壞，頗疑前世道阻未通，川壅未決時，蠻俗所居，而漢祀者即其君長，蓋亦避世之士，爲衆所臣服，而傳以爲神仙也。』

温陵　泉州别名。

○李賢《大明一統志》卷七十五《福建·泉州府》『郡名』條：『圖經其地少寒，故曰「温陵」。』

劍水　即延津，詳卷二《劍浦送顧世卿》。

清漳　指漳州一帶。

石鼓　指福州鼓山。

楓亭　楓亭驛，在仙遊。以盛產荔枝聞名。

○《〔弘治〕興化府志》卷八『楓亭鋪』條：『在連江里楓亭驛東百步許，去仙遊縣五十里，去府城六十里。』

○楊正泰《〈明會典〉所載驛考·福建》『楓亭驛』條：『屬興化府仙遊縣。元站，明改驛。在今福建仙遊縣東南楓亭。』（《明代驛站考》二）

【附】徐㶿《贈胡畫史時驥》：『錢塘江上有狂客，八九胸中吞夢澤。足遍雲天二十年，名山到處携孤策。袖裏霜毫僅一枝，真山真水縱紛披。興來一飲能數斗，醉後常稱老畫師。飄然作客榕城裏，看盡閩中好山水。武夷溪口乞丹砂，赤鯉湖頭采瓊蕊。與我相逢開素顔，解衣盤礴多餘閑。萍踪他日各南北，好寄相思水墨間。』（《鼇峰集》卷七）　徐熥《胡外史像贊》：『悠

悠忽忽，落落穆穆。宜置丘壑，解衣盤礴。是謂西湖之狂客。』（《幔亭集》卷十九）

贈王少文

王生今年纔十幾，籍籍香名滿人耳。已詫文章瀉大河，更誇神骨澄秋水。目下三行腹五車，志如鴻鵠書龍蛇。遨游竟日車多果，爛熳千言筆有花。羨子襟懷何卓犖，羨子高談何岳岳。五色爭看鸞鷟文，片言能折充宗角。日來相見即相歡，同心臭味如金蘭。高才豈復論長吉，年少還應陋子安。莫笑相逢頻倒屣，如此寧馨誰可擬。堪嘆茫茫宇宙間，眼中之人惟有爾。

【箋】王少文　即王叔魯，王昆仲從子，閩縣人。

○鄧原岳《王叔魯傳》：『王叔魯者，閩人。先名元，字學曾。改今名。更字少文云。其先故多顯者，曾祖士昭，以名進士爲參政，有聲。叔魯之爲兒時，不好弄，五歲，就外傅，日記千言。七歲工聲偶，每客至，命之屬對，行觴輒應聲而就，客大喜，無不爲飲至醉者。而葉兆中太守尤奇愛之，謂其父亨仲是兒了了，且大而宗。十二學書，摹仿《聖教》，十得其六七。十八隸學宫，于是楚黄耿子健先生寔收之，拔置高等。叔魯雅不喜博士業，所爲制義若不經意得者，然老文學讀之至咋舌，嘆曰：「安得作爾馨語！」一二曹偶爭，願交叔魯矣。已從徐熥兄弟游，熥兄弟善詩，則叔魯亦善詩。其從父昆仲善繪事，則叔魯亦自以其意作山水，寫生出其表也。又時製占印章，鎸刻精妙，即名其家者，皆愧恨以爲不及。其人玉立，英英獨照，于人交恂恂如也，口不挂臧否，而引大義責人，有古烈士之風。性尤篤孝，侍母疾，竟病不解帶。居喪，擗踴而復蘇，每號慟，路人爲之酸鼻。父坐此，不更娶，鰥居終身。家故貧，環堵而居，叔魯于于安之。

焚香燕坐，左右圖書數卷，佳客過從，揮麈而譚，仙釋之緒，纚纚不休。居恒善病，貌臞然不勝衣。又性好客，朝夕應接，常若不及。父始禁其往來，而叔魯已坐羸疾，不可爲矣。方叔魯病時，而從林氏學養生家言，終日兀坐，習吐納之法，不大驗，日就尫瘵。叔魯亦自知其必死，賓客問疾，譚吐如平時。忽一日，語其父曰：「父幸自愛，兒去矣。」擊木魚數聲而逝，年僅二十，未有室也。卒之日，吊客雲集，皆行哭失聲，同時而哀挽者二十餘人。不佞自長安歸，叔魯已卧病，故余不得交叔魯，及讀徐熥《哀辭》而憐之，更爲之慟。夫叔魯一少年，而負盛名，奪造化所忌，古稱丈夫。蘭摧玉折，悲夫！』（《西樓集》卷十四）

○郭柏蒼《全閩明詩傳》卷四十一：『王叔魯，字少文，閩縣人。萬曆中庠生，有《石火篇》。』

○徐㶿《竹窗雜録》：『友人王叔魯，幼有异質，喜爲詩，舉清逸雅淡類其爲人。年僅二十卒。』（《全閩明詩傳》卷四十一引）

充宗　即五鹿充宗，詳卷二《陳平夫》。

長吉　李賀，字長吉，福昌（今河南宜陽）人。唐朝詩人。

子安　王勃，字子安，龍門（今山西河津）人。唐朝詩人。『初唐四杰』之一。

【附】徐㶿《玉山道中寄懷少文》：『少年詞客如雲起，王郎氣味同蘭芷。朝夕相從情太深，何期一旦違千里。三楚風高秋漸分，馬頭落葉豈堪聞。他鄉笑語誰知己，遥夜夢魂惟對君。何事長爲遠游客，書劍飄零歸未得。一任黄金槖裹虚，誰知壯士無顔色。今去山川尚不休，此心空動别離愁。故園雪後梅花發，遲我衡寒并臂游。』（《鼇峰集》卷七）　徐㶿《宿蘭溪寄懷少文子真》：『滿溪蘭蕋亂芬芳，回首閩山道路長。寄遠愧無青玉案，懷人空對郁金香。寒鷄四野啼秋月，南雁孤飛叫夜霜。莫謂少年能作客，風塵容易老潘郎。』（《鼇峰集》卷十三）

九日懷惟起弟客吴

去年九月客吴門，憶汝淒涼欲斷魂。今年汝作吴門客，一望關河千里隔。我家兄弟大參商，歲歲年年俱异鄉。夢迴閩海風塵遠，目極吴門匹練長。秋風颯颯秋光老，登高望遠傷懷抱。天涯游子滯還期，籬下黄花爲誰好。

【編年】萬曆二十年壬辰（一五九二）。

【箋】九日懷惟起弟客吴　徐熥于是歲六月十三日，往吴中爲父棉乞《墓志銘》，九月十三日歸家。九月九日，已先至建溪。書信往返不便，熥仍懷其客于吴［據徐熥《吴中記》（《紅雨樓集》册九，《上圖稿本》第四四册，第三九八頁）］。

蜀道難送王震甫之臨邛省刺史兄

蜀都本是蠶叢域，古來元不通中國。秦帝金牛計太奇，五丁費盡開山力。鬼斧神功山爲開，懸崖絶壁真奇哉。灔澦瞿塘水勢猛，波流日夜聲喧豗。中有畏途稱劍閣，羊腸鳥道山形惡。天梯石棧度偏難，鬼見爲愁蛇爲却。猿狖呼群接臂行，山魈野魅作人聲。愁雲慘淡日無色，行人此際難爲情。蜀道之難已如此，臨邛險惡尤無比。風俗由來似吐番，州城半繞平羌水。君家伯氏賢大夫，五馬蹀躞專城居。幾度經過九折坂，寧爲叱馭無迴車。閩蜀山川何隔越，尋兄萬里堪愁絶。七首長飛象耳雲，馬頭幾看蛾眉月。于今西北正烽烟，羌笛胡笳聽慘然。中宵起坐腸空斷，客路思家泪欲漣。蜀道之難應莫嘆，長途惟有加餐飯。鵜鴂原上正相思，勸君休起鄉關恨。

【編年】萬曆二十年壬辰（一五九二）。

【箋】王震甫之臨邛　同行者有其侄王孔振。入蜀事參見卷六《哭王孔振客死瀘州》。臨邛，即邛縣，在四川。

○李賢《大明一統志》卷七十二《四川·嘉定州》『邛縣』條：『在州西四百二十里，秦爲蜀郡臨邛縣地……唐初析雅州置邛州……本朝洪武九年改州爲縣。』

蠶叢　又稱蠶叢氏，相傳爲蜀王的先祖，教人蠶桑。

劍閣　又稱劍門關，詳卷三《述游篇》。

灩澦瞿塘　詳卷三《述游篇》。

吐番　古代藏族在青藏高原建立的政權，都城在今西藏拉薩市。

平羌水　又名洪雅江或青衣水，即古大渡水。

○李吉甫《元和郡縣志》卷三十二『雅州嚴道縣』條：『平羌水經縣東二里。』又『眉州洪雅縣』條：『青衣水一名平羌水，經縣南一里。』

○李白《峨眉山月歌》：『峨眉山月半輪秋，影入平羌江水流。』

九折坂　又稱『邛崍坂』『邛道』，在今四川滎經縣西南大相嶺山南坡。

象耳　古地名。其地在今四川眉山市。

【附】陳鳴鶴《峨眉山歌送王震甫之臨邛省兄太守獻甫》：『君不見，峨眉山，一百一十二石龕。青冥跨鶴所不到，白日騎羊非浪談。狨啼鬼嘯客行絶，叠嶂層岩明積雪。峨眉西下向臨邛，長坂崎嶇乃九折。此去知君幾斷魂，悠悠心戀鶺鴒原。孤舟夜宿瞿塘月，三峽時聞鳥道猿。數千里外峨眉遠，十二灘頭虎鬚噴。崖張壁立赴西川，歷井捫參如上天。君家大謝駕五馬，蒙山遠在峨眉邊。郡齋無事正蕭索，春草池塘夢惠連。』（《泡庵詩選》卷三）　陳薦夫《送王震父之臨邛省兄》其一：『共是悲秋日，那堪此別君。流澌巴水雪，積雨劍門雲。鳥道何時絶，猿聲不可聞。遥知春草夢，夜夜慰離群。』其二：『君去欲何之，臨邛天一涯。魚嘗丙穴味，書訂西岩奇。問俗文翁化，齋居謝朓詩。王尊曾此去，莫起故園悲。』（《水明樓集》卷三）　徐𤊹《賦得蜀道難送王震甫同侄孔振入蜀省刺史兄》：『吾聞山川奇絶稱蜀都，蠶叢之路何崎嶇。懸崖峭壁百萬狀，過客無不長嗟吁。七盤峻嶺千重棧，三峽奔流九折坂。半夜鵑啼别泪滋，一聲猿嘯人腸斷。大江渺渺過平羌，山聳峨嵋更莽蒼。行人足迹所不到，妖魑野魅争趨蹌。蜀道之難已如此，嗟君此别催肝腸。君今去作臨邛客，到處探奇經古迹。丞相祠堂不可尋，子雲舊宅成陳迹。卓女爐頭安在哉？襄陽雲雨只空臺。行藏好向君平卜，詞賦誰當太白才。跋涉風塵休禪遠，蒙山高頂茶香暖。君家大陸正看雲，况復兹行同小阮。把酒臨岐日欲殘，馬頭西望劍光寒。天涯骨肉能相聚，不必嚱吁蜀道難。』（《鼇峰集》卷七）

送陳明府應召之京

冶城八月秋風起，仙吏驅車入帝里。白叟黄童擁道周，攀轅卧轍情無已。一官閩海幾年餘，漢室循良更孰如。魯恭政簡能馴雉，羊續官清不受魚。聲名久已聞天子，璽書召對明光裏。滿縣穠桃爛似霞，半肩行李清于水。新秋乘傳到長安，五色花驄獬豸冠。幾多狐鼠争投竄，當道豺狼膽自寒。酌君酒，與君别，寇君難借空嗚咽。至尊垂拱問蒼生，但道江南民力竭。

【編年】萬曆二十年壬辰（一五九二）。

【箋】陳明府　即陳惇臨，字彦莊。潮陽（今廣東潮州）人。萬曆十四年進士。授閩縣令，治行第一，拜留臺御史，官至廣西副使。

冶城　閩縣别稱，今福州。

○李賢《大明一統志》卷七十四《福建·福州府》「閩縣條」：「附郭。本漢冶縣，屬會稽郡。又改名東冶縣，漢末改爲東侯官。」

寇君　即寇恂，東漢開國功臣之一。恂，字子翼，昌平（今屬北京）人。寇恂治潁川有政績，百姓請求再借寇君留任一年。後世挽留地方官員謂「借寇君」「借寇」。

江上答客傷王少文

去歲江頭同送客，江水茫茫江月白。今歲江頭逢客歸，問君動定空沾衣。别去光陰才纔一載，可憐世事須臾改。當日江間折柳人，于今枯骨知何在。客子聞言雙泪垂，君亡不待余歸時。訪君不入君華屋，日伴孤猿墳上哭。

【編年】萬曆二十一年癸巳（一五九三）。

【箋】王少文　即王叔魯，詳卷三《贈王少文》。

○徐熥《王少文誄》：『萬曆二十一年三月二十七日壬午，友人王少文年甫二十，以疾卒于鳳池里之故第。嗚呼哀哉！年之不永，命也如何？昔伯牙輟流水于鍾期，浚冲嘆河山于嵇、阮。情之所鍾，千古同痛。余也懷倚玉之摽，抱焚芝之嘆，托《招魂》之誼，附絮炙之情，抒悲惋于一時，章盛美于來禩。』（《幔亭集》卷十八）

【附】徐𤊹《哭王少文二首》，其一：『戴角鮮上齒，英雄苦無年。人生根蒂淺，匪如金石堅。良友忽云殁，洒泪徒涓涓。追尋易簀言，沉痛心憂煎。哽咽不能道，悲風聲淒然。相期固膠漆，何忍歸九泉。紅顔委黄土，旅葬悲荒阡。山鬼吊空壁，暗蟲吟秋烟。死者不復知，生者徒哀憐。知音窅何許，三嘆鍾期弦。』其二：『交情生死分，一別變寒燠。滿眼人俱存，胡君獨不禄？爲君洒泪盡，不能復成哭。大暮永無晨，懊恨詎云足。淒惻入君門，事事堪愁目。主人悵不見，含哀問童僕。達生非蒙莊，悲感亂心曲。壽命嗟太促，倏忽同浮雲。千載金石交，何期中路分。北邙松柏樹，風露淒荒墳。昔爲鸞鶴侶，今爲狐兔群。幽魂去窅窅，吊客徒紛紛。山陽一聲笛，斷腸應爲君。』（《鼇峰集》卷四）　徐𤊹《送王少文槀葬西郊》：『一去黄泉路不通，白楊時動隴頭風。從今再過西郊道，荒草無情長殯宫。』（《鼇峰集》卷二十四）　徐𤊹《春日過少文殯宮》：『每過西郊路，難禁涕泪零。墳邊青草色，又見一回青。』（《鼇峰集》卷二十二）徐𤊹《懷友詩・王少文秀才》：『黄泉長不醒，已歷八春秋。未立名千古，徒存土一丘。松楸無子哭，遺草有人收。忽檢當年札，凄然起百憂。』（《鼇峰集》卷十）徐𤊹《重過洪江懷王少文》：『去年送我碧江頭，我自傷心君自愁。今日重來君不見，西風摇落水東流。』（《鼇峰集》卷二十四）

七夕曹能始宅上觀妓

凉風吹動黄姑渚，正值牽牛逢帝女。一年佳會阻星河，數刻交歡罷機杼。主人留客當今宵，鳴箏少婦紅羅綃。嬌聲宛轉鸞凰曲，媚眼低回烏鵲橋。引羽流商歌欲緩，玉繩漸落明星爛。履墜簪遺樂未休，鐘沉漏盡愁將旦。臨别殷勤贈七襄，秋宵雖短此情長。燭龍已駕扶桑曉，天上人間兩渺茫。

【編年】萬曆二十一年癸巳（一五九三）。

【箋】曹能始宅　曹學佺，字能始，一字尊生，號雁澤，侯官洪江人。萬曆二十三年進士。官至廣西副使。萬曆後期至崇禎，與徐𤊹主閩中詩壇數十年。有《石倉集》《石倉十二代詩選》《輿地名勝志》等。曹學佺父園名西園，曹能始早年之宅，當在西園。

○《明史・文苑傳四》：『曹學佺，字能始，侯官人。弱冠舉萬曆二十三年進士，授户部主事。中察典，調南添注大理左寺正。居冗散七年，肆力于學。累遷南京户部郎中，四川右參政、按察使。蜀府毁于火，估修資七十萬金，學佺以《宗潘條列》却之。又中察典，議調。天啓二年起廣西右參議。初，梃擊獄興，劉廷元輩主瘋顛。學佺著《野史紀略》，直書事本末。至六年秋，學佺遷陜西副使，未行，而廷元附魏忠賢大幸，乃劾學佺私撰野史，淆亂國章，遂削籍，毀所鏤板。巡按御史王政新，以嘗薦學佺，亦勒閑住。廣西大吏揣學佺必得重禍，羈留以待。已，知忠賢無意殺之，乃得釋還。崇禎初，起廣西副使，力辭不就。家居二十年，著書所居石倉園中，爲《石倉十二代詩選》，盛行于世，嘗謂「二氏有藏，吾儒何獨無」，欲修儒藏與鼎立。采擷四庫書，因類分輯，十有餘年。功未及竣，兩京繼覆。唐王立于閩中，起授太常卿。尋遷禮部右侍郎兼侍讀學士，進尚書，加太子太保。及事敗，走入山中，投繯而死，年七十有四。詩文甚富，總名《石倉集》。萬曆中，閩中文風頗盛，自學佺倡之，晚年更殉節著云。』

○徐延壽《大宗伯曹能始先生挽章一百八十韻·序》：『歲丙戌九月十八日辰時，福京城陷，大宗伯能始曹先生殉節于西峰里第。次歲丁亥正月廿有八日，始移柩湖濱。通家子徐延壽即次拜奠，賦挽章一百八十韻，且繫之以文。』詩云：『溯自公生日，明興泰昌運。公生于萬曆甲戌歲。才華推鄴郡，家世本平陽。曹之先出于平陽郡。靈孕三山秀，公侯官籍。人稱百谷王。石麟詩穎悟，綉虎擅文章。蚤識丰姿美，少美容姿。能知禮義防。戲諫陳俎豆，愷悌重珪璋。氣備四時足，名留千古芳。威儀恒抑抑，雅量若汪汪。味可勝蘭芷，材堪比豫樟。登朝纔弱冠，辛卯科，年十八舉于鄉。獻賦有長楊。每夢花生筆，争看果擲箱。曲江開燕醉，乙未科登進士，年二十二。天路快龍驤……就義何堅忍，輕身本慨慷。死難于城西里第。同年齊孔聖，卒年七十三。視死等彭殤。纊屬猶瞋目，繯投易絶吭。雉經于佛前。』（鈔本《尺木堂集·五言排律》）按：徐延壽，字存永，熥子。據序及詩，曹學佺生于明萬曆甲戌歲（一五七四），卒于清順治三年丙戌（一六四六）九月十八日，福京城陷，年七十三。《明史》言七十四，誤。殉節于西峰里第，而非《明史》所言「走入山中」。

【附】徐𤊹《七夕曹能始席上觀伎》：「商飆蕭瑟露霏霏，銀燭花偏月影微。桃葉傳情金縷曲，拓枝翹舞越羅衣。橋邊帝女逢河鼓，洛上陳王愛宓妃。檀板夜深聲更急，肯將佳會讓支機。」（《鼇峰集》卷十三）

建溪逢游宗振

與君神交今十載，彼此飄零隔湖海。擊筑應難逢漸離，鼓刀何處尋朱亥。余也今年過建溪，君方彈鋏居城西。客裏相逢發長嘯，飄飄吐氣凌虹霓。憐君橐中無所有，猶解餘錢去沽酒。肯將踪迹落紅塵，自許交情同白首。世事悠悠嘆二毛，燈前相對兩綈袍。須臾酒盡東西去，江上潮平月正高。

【編年】萬曆二十二年甲午（一五九四）。

【箋】建溪　上接崇陽溪，由南平市建陽區流經建甌，至南平市延平區注入閩江。建溪水驛，在今南平市建陽區。

○祝穆《方輿勝覽》卷十一《建寧府》「建溪」條：「源出武夷，至城外合東溪。」

○楊正泰《〈明會典〉所載驛考·福建》「建谿水驛」條：「屬建寧府建陽縣。洪武二年（一三六九）改東陽站置。」（《明代驛站考》二）

游宗振　游士豪，字宗振，莆田人。

○鄭王臣《蘭陔詩話》：「宗謙、宗振兄弟俱有詩名，足迹半天下。嘗有詩云：「老憶弟兄馳遠道，貧愁

妻子畏還家。」遺集不傳，僅從徐興公《律髓》中録得四首。』（《莆風清籟集》卷二十六「游士豪」條引）

按：士豪爲莆田「五游」之一。「五游」即日益、及遠、子騰、元藻、士豪。

漸離　即高漸離，戰國時燕國人。善擊筑，傍若無人。

朱亥　戰國時魏國人，隱于市井中，有勇力，早年爲大梁（今河南開封）屠夫。因侯嬴的推薦，遂成信陵君座上客，在「竊符救趙」中起重要作用。

同游宗振陳伯岑集陳季迪齋中

六月溪行苦煩暑，日暮維舟向江渚。乘興行歌訪故人，科頭跣足花間語。花間相對忘主賓，歡呼無异平生親。今朝潦倒齋頭客，明日飄零江海人。

【編年】萬曆二十二年甲午（一五九四）。

【箋】宗振　即游士豪，詳卷三《建溪逢游宗振》。

陳季迪　建甌人，舉人。徐𤊹有《同陳季迪方伯崑集丹青閣》（《鼇峰集》卷十）。

○梅守箕《報陳季迪》：『余爲閩中客，閩士亦云珍。』（《梅季豹居諸二集》卷三）

溪　建溪，詳卷三《建溪逢游宗振》。

【附】陳鳴鶴《訪陳季迪》：『茅齋開曲巷，不异草玄廬。彝鼎辯周鼠，圖畫校魯魚。曙聲鶯睍睆，爽氣竹蕭疏。所恨相知晚，頻□□□居。』（《泡庵詩選》卷四）

西甌道中寄答伯孺病中見送之作

故人卧病空皮骨，精氣銷忘神恍惚。枕上猶于筆硯親，題詩送我游京闕。詩來字字皆悲辛，半嗟疾病半嗟貧。况兼離别情思惡，空令游子重傷神。三疊離歌聲太苦，幾度哀吟泪如雨。君方貧病類相如，我也飄零同主父。行色匆匆一夢間，無由賦别六溪灣。空流萬里窮交泪，未識經春衰病顔。一别山川成隔越，懷人長對天邊月。于今枚叔更何人，能向君前談七發。

【編年】萬曆二十二年甲午（一五九四）。

【箋】西甌　甌寧縣，建寧府附廓縣之一（另一爲建安縣），今建甌市。

相如　司馬相如，字子卿，漢辭賦家，有《子虛賦》《上林賦》。

主父　主父偃，臨淄（今屬山東）人，複姓主父，名偃，西漢政治家、學者。早年漂泊不定，後被武帝重用，被讒處死。

六溪　陳氏住六溪，詳卷二《懷陳平夫》。

枚叔　即枚乘，西漢辭賦家，《七發》爲其代表作。

西湖飛來峰歌

我生性愛游名山，黄冠布褐常躋攀。一丘一壑稍險怪，往往大嘯開心顔。此峰幽邃稱奇絶，何處飛來忘歲月。自是神靈運化工，誰將鬼斧施剞劂。山形突兀又玲瓏，懸崖陰洞遥相通。紅泉滴瀝歸深澗，碧磴岧嶢接太空。森羅青碧如屏障，窱窅縈紆非一狀。岩下時喧萬壑聲，石間盡刻諸天像。

翠色遥飛九里松，白雲長出兩高峰。冷泉露下澄清溜，靈隱風高送暮鐘。我到山中歇還涉，駭目驚心勞應接。奇迹應誇天下無，仙都自與塵凡别。洞門吟眺欲斜暉，坐破蒼苔未忍歸。幾片寒雲生杖屨，半林微月照僧衣。殷勤記取歸時路，日暮雲深不知處。由來造化妒神奇，只恐飛來又飛去。

【編年】萬曆二十二年甲午（一五九四）。

【箋】西湖　杭州西湖。

○李賢《大明一統志》卷三十八《浙江·杭州府》『西湖』條：『在府城西。周回三十里，其源出于武林泉，山川秀發，景物華麗，自唐以來爲東南游賞勝處，舊稱西湖有十景。』

飛來峰　在西湖畔。

○李賢《大明一統志》卷三十八《浙江·杭州府》『飛來峰』條：『在府城西二十里。晏殊《地志》：「晋咸和中，西天僧慧理登此山嘆曰，此是中天竺國靈鷲山之小嶺，不知何年飛來。因號其峰曰飛來。一曰鷲嶺。」宋梅詢詩：「竺慧指此峰，飛來自靈鷲。猿鳥曾不知，烟嵐尚依舊。興亡謾千古，天地豈關紐。祇恐舟壑移，他年却西走。」』

九里松　在西湖畔。

○田汝成《西湖游覽志》卷十《北山勝迹》『九里松』條：『唐刺史袁仁敬守杭，植松以達靈竺，凡九里，左右各三行，每行相去九尺，蒼翠夾道。』

兩高峰　南高峰、北高峰。

○李賢《大明一統志》卷三十八《浙江·杭州府》『南高峰』條：『在府城西一十二里，上有古塔，下有石屋。《杭郡賦》：「南北高峰，獨秀群嶺之表。」』又『北高峰』條：『在府城西北二十三里。上有塔，高七層。』

○田汝成《西湖游覽志》卷十《北山勝迹》『北高峰』條：『石磴數百級，曲折三十六灣，上有華光廟，以奉五顯之神。』

冷泉　在靈隱寺前。

○李賢《大明一統志》卷三十八《浙江·杭州府》『冷泉』條：『在武林山。蘇軾詩：「靈隱寺前天竺後，兩澗春淙五靈鷲。不知水從何處來，跳波赴壑如驚雷。無情有意兩莫測，肯向冷泉亭下相縈迴。」』

○田汝成《西湖游覽志》卷十《山北勝迹》『冷泉亭』條：『唐刺史元藇建，舊在水中，今依澗而立。「冷泉」二字，乃白樂天所書……白樂天《記》略云：「……夏之日，風冷泉渟，可以蠲煩析酲，起人幽情。」』

靈隱　在杭州名寺。

○李賢《大明一統志》卷三十八《浙江·杭州府》『靈隱寺』條：『在武林山。晉咸和初建寺。有觀風、虚白、候山、見山、冷擴五亭。唐白居易所謂「五亭相里」，即此寺。外夾道有九里松，唐郡守袁仁敬所植。』

【附】謝肇淛《偕鄭翰卿游飛來峰得庵字》：『躡屐恣幽探，捫蘿意未酣。青山不飛去，雲木鬱相參。磴斷緣晴壁，泉飛倒碧潭。洞空秋乳凈，塔古暮烟含。桂子香龍澗，苔花老佛龕。鶴唳松外嶂，僧定竹中庵。已盡王猷興，還從惠遠談。醉歸山路寂，閑唱望江南。』（《小草齋集》卷十六)按：此詩非同時作，録以備考。

靈隱寺尋耶溪上人

浮玉山中曾把臂，風景依稀如隔世。常嘆空門無定踪，此生何處求真諦。秋風一棹過錢唐，聞説吾師在上方。扶杖入山急相訪，靈隱寺中松隱堂。方鞋破衲出相見，怪我年來華髮變。相逢不作世間言，指點前山雲幾片。半榻跏趺雙樹邊，笑談隱隱生雲烟。論交共結三生約，出世同參一指禪。新詩别後多如此，總是禪機非綺語。勝地何須論虎溪，高風不用推支許。須臾殘照下雷峰，送客松關第幾重。悠悠此别何時遇，愁聽雲堂薄暮鐘。

【編年】萬曆二十二年甲午(一五九四)。

【箋】靈隱寺　詳本卷《西湖飛來峰歌》。

耶溪　即若耶溪，詳卷二《春泛若耶》『若耶』條。

浮玉山　在浙江湖州，詳卷三《寄閔壽卿山人》。

錢唐　即錢塘江。

虎溪　當指廬山東林寺前之虎溪。相傳晋慧遠居此，送客不過溪。

支許　支遁、許詢，東晋玄言詩代表詩人。支遁，字道林，世稱支公、林公，别稱支硎；本姓關。陳留(今河南開封)人，或説林慮(今河南林州)人。高僧。許詢，字玄度，小字阿訥，山陰(今浙江紹興)人。東晋徵士。

雷峰　在杭州西湖南山。

〇李賢《大明一統志》卷三十八《浙江·杭州府》『雷峰塔』條：『在西湖南山之南皮園，吴越王錢氏所建，尚存。』

〇田汝成《西湖游覽志》卷三《南山勝迹》『雷峰』條：『雷峰者，南屏山之支脉也。穹隆迴映，舊名中峰，亦曰迴峰。』

飲黄白仲娑羅館兼柬屠緯真使君

主人避客栖空谷，長日柴門稀剥啄。我來欲證大因緣，袖中片刺煩童僕。倉皇倒屣出相迎，青眼相看無世情。狂來叱咤千夫廢，醉後雄談四座驚。吾曹本是玄都客，當日同因酒過謫。行滿何須戀世緣，功成依舊歸仙籍。色相由來非我身，凡夫誰識有真人。片時結構成爐鼎，一粒玄珠守谷神。仙師授我還丹秘，逢人豈敢輕開示。能將神氣返虚空，自有靈光照天地。黄白仲，屠緯真，暫時踪迹落紅塵，何時打得虚空碎，同出青天駕鶴輪。

【編年】萬曆二十二年甲午（一五九四）。

【箋】黄白仲　即黄之璧，上虞（今屬浙江）人。

〇徐㶿《先兄墓碑陰交游題名記》：『處士黄之璧，字白仲，上虞人。』（《紅雨樓集》册九，《上圖稿本》第四四册，第四一三頁）

娑羅館　屠隆室名。娑羅，植物名，梵語音譯，即柳安，常緑喬木。屠隆著有《娑羅館逸稿》《娑羅館清話》。

屠緯真　即屠隆，字長卿，又字緯真。

○錢謙益《列朝詩集小傳》丁集『屠儀部隆』條：『隆，字長卿，鄞縣人。萬曆丁丑進士，除潁上知縣，調青浦，升禮部主客主事，歷儀制郎中。長卿令青浦，延接吳越間名士沈嘉則、馮開之之流……長卿既不仕，遨游吳越間，尋山訪道，嘯傲賦詩，晚年出盱江，登武夷，窮八閩之勝。阮堅之司理晉安，以癸卯中秋，大會詞人于烏山之淩霄臺，名士宴集者七十餘人，而長卿爲祭酒，梨園數部，觀者如堵。』

○郭柏蒼《全閩明詩傳》卷三十二：『按：屠隆曾入閩，居烏石山半嶺園。』

按：卷首《徐熥亭先生集序》署『東海屠隆緯真』；徐㶿有《屠緯真先生爲先兄序感而賦答》（《鼇峰集》卷十），知屠隆一字緯真。

吳門尋沈從先不遇

當年踏遍吳門路，十日尋君不知處。年來踪迹雖相聞，鄰人又道移家去。閶闔城中多路岐，异鄉客子那能知。東尋西訪竟不得，惟有殘月相追隨。幾迴欲向朱門問，知君不與朱門近。欲向紅塵問故人，知君寄迹非紅塵。行盡朱門兼白屋，夜深空作窮途哭。出城昏黑迷歸舟，滿天風露江干宿。

【編年】萬曆二十二年甲午（一五九四）。

【箋】沈從先　即沈野，詳卷二《懷沈從先》。

○徐熥《沈從先詩序》：『明年仲弟興公入吳，始得造從先之廬而禮焉。歸識其處，曰某鄉某巷，圭竇蓽門，有廡下風氣者是已。今年余復過吴閶，日已晻曖，入尋從先所居，則鄰人云已徙去。踉蹌出閶闔門，覓舟不得，所與偕者王生元直，露宿江干，達旦竟去矣。』（《幔亭集》卷十六）

閶闔城　蘇州城。

七夕詞

遥天萬里銀河碧，雙星却笑孤眠客。玉露金風半夜寒，羅襦綉暮千山隔。天上人間共此宵，天孫翻近美人遥。應知樓上蛾眉女，妒殺空中烏鵲橋。

【附】徐㶿《七夕詞》：『河邊欲赴佳期約，雲錦支機暫抛却。未飲瓊漿玳瑁筵，先已迴尊謝烏鵲。相逢初叙去年情，臨别還期隔歲盟。兩情歡洽不能盡，回首東方生啓明。』（《鼇峰集》卷七）

題畫馬扇面贈陳幼謙

真龍産自于闐國，促腕高蹄稱汗血。顧影驕嘶赤電生，過都歷塊紅塵滅。此物何年入漢家，番酋作貢過流沙。天閑不羡乘黄選，内廄寧論白鼻騧。扇頭一見生驚詑，貌出權奇更高價。已識雄姿勝渥窪，况看妙手驚曹霸。吁嗟此馬今豈無，安知櫪下非神駒。九方不作孫陽死，世上于今只按圖。

【箋】于闐國　西域佛教王國，唐代安西都護府安西四鎮之一，在今塔里木盆地南。

流沙　泛指西域地區。

乘黄選　泛指御馬、良馬。

○《管子·小匡》：『地出乘黄。』尹知章注：『乘黄，神馬也。』

白鼻騧　泛指良馬。

○李白《白鼻騧》：『銀鞍白鼻騧，緑地障泥錦。』

渥窪　水名。在今甘肅敦煌陽關鎮，傳説神馬産于此處。

曹覇　唐代畫家。譙縣（今安徽亳州）人，曹操後裔。

孫陽　即相馬之伯樂。

○《楚辭・東方朔〈七諫〉》：『驥躊躇于弊輂兮，遇孫陽而得代。』王逸注：『孫陽，伯樂姓名也。』

孝友堂慈竹歌爲張文學[一]賦

主人家在苕溪曲，不種奇花種修竹。客來看竹問何名，主人竹下吞聲哭。自言此竹生質奇，不産終南非嶰谷。物性能同慈母心，龍孫愛護知寒燠。誰移此竹種庭階，老母當年手自栽。已看翠色凌萱草，自有清陰覆緑苔。老母辭堂今幾載，此竹青青猶未改。黄土年來上板輿，紅塵久已生萊彩。可憐母逝竹空存，見竹還思[二]慈母恩。主人一語一嗚咽，座客聞之皆斷魂。從今品竹修新譜，不獨湘江有泪痕。

【編年】萬曆二十二年甲午（一五九四）。

【箋】張文學　即張睿卿，字稚通，號心岳，歸安（今浙江湖州）人。博雅豪邁，游歷山川，以著

[一] 文學，福建師大藏本作『稚通』。

[二] 還思，福建師大藏本作『還思』，甲庫本誤作『還恩』，據師大藏本改。

書爲樂。有《峴山志》。

苕溪　詳卷二《苕溪送元直南還》。

終南　終南山。

嶰谷　詳卷三《孝友堂慈竹歌爲張文學賦》。

題顧長卿小影

郎君年少稱高格，髮未勝冠纔覆額。同詩秀骨邁凡兒，已有雄文驚座客。此日重披舊畫圖，神情雖是容華殊。揮毫寫照方童稚，轉眼相逢成壯夫。悠悠歲月催人老，人生顔色難長好。休將青鬢度年華，自致雲霄須及早。

【箋】顧長卿　顧大典子，世卿兄，吴江（今江蘇蘇州）人。

分得黄金臺送屠田叔轉運使京

燕山日落悲風起，百尺高臺留故址。滿地狐踪丘隴間，千金馬骨荆榛裏。至今行客説燕昭，愛士高風久寂寥。侵階碧草空留色，翳土黄金已盡銷。我家定鼎都燕薊，正是黄金臺上地。萬里星槎上漢來，諸侯露冕朝天至。臺前賢士集如雲，柱笏彈冠謁聖君。陽氣自生吹黍谷，英雄豈説樂將軍。屠君擁傳辭閩海，自有高才輕郭隗。休嘆鹽車上太行，何須吊古登寒壘。至尊仄席正求才，太室明堂日日開。白璧虞卿先拜賜，黄金寧用築空臺。

【編年】萬曆二十四年丙申（一五九六）。

【箋】黃金臺　故址在今北京市。

○李賢《大明一統志》卷三十八《京師・順天府》「黃金臺」條：「在府東南一十六里，又一曰「小黃臺」，在府東南一十五里。按：燕昭王于易水東南築黃金臺延天下士，後人慕其好賢之名，亦築臺于此，爲京師八景之一，名「金臺夕照」。」

屠田叔　屠本畯（一五四二—一六二二），字田叔，晚號豳叟，自稱憨先生。鄞縣（今浙江寧波）人。以父蔭，官太常典簿，歷福建轉運同知，分司公署在古田縣水口。轉知辰州。工詞曲。與徐熥、徐𤊹兄弟等倡酬；與徐熥倡立福州高賢祠。有《屠田叔詩草》《閩中海錯疏》等。曾爲徐熥《幔亭集》題詞。

○徐𤊹《先兄墓碑陰交游題名記》：「辰州知府屠本畯，字田叔，鄞縣人。」（《紅雨樓集》册九，《上圖稿本》第四四册，第四一〇頁）

○朱彝尊《静志居詩話》卷十七「屠本畯」條：「屠本畯，字田叔，鄞人。尚書大山之子，承廕，官太常寺典簿，歷南禮部郎中，出爲兩淮運司同知，移福建運使。有《屠田叔詩草》。田叔好詼諧，詩多不拘格律，晚節歸山，愛客益甚。」

○《（乾隆）古田縣志》卷五：「（本畯）吟咏自適，富于著述。興剏圃，立社學，恂恂若經生。擢辰州太守去，立祠以祀，蓋思公而慕其雅云。」

使京　屠本畯入京備選。

○徐熥《送屠田叔運丞使京詩序》：『熥等惜君之别，贈人以言，即景繪圖，縮江山于片楮；分題刻韵，獻章草澤之狂歌。霄漢不相聞，敢效鷄壇之祝。雲山一别，徒與驪唱之悲；萬里之行，自此始矣。千秋之誼，何日忘之！』（《幔亭集》卷十六）

燕山　燕山山脉，位于北京西北，迤邐而東。

○李賢《大明一統志》卷三十八《京師·順天府》『燕山』條：『在玉田縣西北二十五里，自西山一帶迤運東來，延袤數百里，抵海岸。宋蘇轍詩：「燕山如長蛇，千里限夷漢。首銜西山麓，尾挂東海岸。」』

燕昭　即燕昭王。

郭隗　戰國燕縱横家，以古人千金買骨事，勸燕昭王建黄金臺，廣納賢才。

虞卿　戰國時期名士，虞姓，名不詳。游説諸侯，趙孝成王封爲上卿，故稱虞卿。

【附】陳仲溱《賦得姑蘇臺送屠田叔司農之京》：『姑蘇高臺接天起，輝煌半照西江水。虹梁綉柱邇銀河，綺鳳盤龍映蘭戺。珠箔雙鈎乍捲風，流蘇百結綴簾櫳。銅龍緩咽宵方半，銀燭高燒曲未終。就中殊色浣紗女，傾國傾城嫣笑語。粉黛奩前試巧妝，纖腰掌上誇輕舉。妙舞嬌歌樂未休，翠華馳道侍宸游。走狗幾迴過茂苑，鬥鷄隨復向長洲。鬥鷄走狗笙歌沸，鳥旐龜旟紛列隊。内監驚傳鳳輦歸，中宫争看龍顔醉。醉上姑蘇百尺臺，隔江遥見越兵來。沉檀委地皆塵土，羅綺薰天散作灰。世事興亡如轉轂，臺前已見游麋鹿。寶鏡空顰西子眉，屬鏤枉抉東門目。霸業蕭條世代非，山川曾見破吴歸。荒臺幾度銷金鏃，義士誰人更錦衣。君今正過姑蘇路，水殿荷花總非故。半夜雲歸響屧廊，中天月照楓橋樹。楓落烏啼易感傷，懷人吊古共凄涼。此時定有吴都賦，好托西風遠寄將。』（《晉安風雅》卷四）　鄧原岳《賦得苧蘿村送屠田叔轉運便道歸越》：『若耶溪上春風暖，草軟花嬌香不斷。芳魂艷質擅風流，落日孤苧蘿村短。美人粉黛殊可憐，清歌妙舞春風前。宛轉蛾眉貯金屋。越宫吴苑争嬋娟。興亡報復一回首，富貴繁華亦何有！賂屧廊蕪柳已摧，鬥鷄陂毁苔應厚。使君好古復好奇，浣紗遺迹君自知。但駕扁舟尋范蠡，不妨藻句吊西施。』（《西樓集》卷二）　陳鳴鶴《社中分賦得淮陰市送屠田叔轉運之北京兼呈沈相公》：『層濤叠浪淮水西，鷓鴣格磔市中啼。雄心不惜袴下死，至今劍氣凌虹霓。袴下橋邊水花碧，橋上行人長太息。一飯難逢擊絮人，千金空有垂綸客。千金一飯那足齒，割肝輸膽爲知己。重瞳不識戲下郎，何况閭閻少年子。往事悠悠春夢殘，荒城寂寂秋風寒。南昌亭長不好客，三尺魚腸行路難。憑君此地莫停轂，漢室高壇今正築。相國應須笑酇侯，王孫去後方追逐。』（《泡庵詩選》卷三）　陳薦夫《賦得戲馬臺送屠使君之京》：『吕梁洪下黄河曲，河水茫茫山簇簇。驚濤濁浪捲彭城，烟火蕭條幾家屋。河上層臺土半傾，離離秋草接雲平。沐猴人去無消息，逐鹿場空只戰争。當年霸氣紛馳騖，此是都門盤馬處。磴道疏龍枉自高，何曾極目遑西顧。銀鞍玉勒錦纓繁，驅出大閑影欲翻。帳下美人嬌一笑，千群汗血盡承恩。炎矩西來雲棧絶，臺上經年久離别。名駒鐵騎逐戎行，不到臺前重簡閲。軍中夜半楚歌聲，吹散雄心作怨情。此日黑騅猶是戲，驕嘶欲逝不成行。往來陳迹成今古，幾百年來經宋武。九日離筵倒緑尊，千秋霸業餘黄土。黄土無情暈碧花，臺前駐馬久咨嗟。空悲歲月隨河水，不見山川屬漢家。河流瀰瀰風雲散，此去知君腸欲斷。懷古偏當客路中，思鄉并在荒臺畔。使君名宦自無媒，却恨觚生困草萊。若過當年曾戲處，定收駿骨上金臺。』（《水明樓集》卷二）

徐𤇆《分得荆軻市送屠田叔使君之京》：『燕山峨峨勢雄峙，山下鳴鳴流易水。貫日長虹白氣昏，千年尚説荆軻市。荆軻市上别燕丹，怒髮蕭蕭上指冠。日暮驅車登祖道，西風吹起筑聲寒。擊筑頻酣燕市酒，相看泣下同携手。將軍一命等鴻毛，壯士千金求匕首。欲别翻爲變征歌，黄雲慘淡陰風多。衣冠變白過平谷，頸血流紅出玉河。舞陽同載咸陽出，俠氣感天天雨粟。殿前倚柱笑不休，豈是平生疏劍術。此地猶傳刺客名，古碑磨滅苔花青。樵蘇半上燕王冢，野火燒殘督亢亭。使君乘傳從兹去，策馬幽州城下路。趨朝曉起綴鵷鸞，懷古秋深感狐兔。幽并自古多壯夫，不知還有荆軻無。俠游市上酣歌日，肯憶當年舊酒徒。』（《鼇峰集》卷七）

袁敬烈《賦得幔亭峰送屠使君之京》：『武夷峰巒三十六，中有幔亭何矗矗。石壁丹梯駕紫烟，金箱玉笈藏仙籙。人傳仙子會蓬瀛，彩屋虹橋非世情。不知幾度曾孫老，明月猶聞笙鶴聲。于今三月桃花落，霞褥雲裀綺相錯。游人誤入武陵源，渡口漁舟何處泊。漁郎日暮引歸舟，一聲鐵笛林泉幽。瓊枝瑶草交明媚，九曲清溪相映流，使君持節趨京邑，此地經過探舊迹。醉後濡毫賦采真，一時題遍峰頭石。』（《晋安風雅》卷四）

題劉松年溪閣納涼小景

誰家亭館臨溪渚，四面蒼崖夾平楚。樹色溪聲白晝寒，行天赤日無炎暑。賓主相看禮數忘，筆床茗碗對罏香。圖中清福難消受，願借虛亭半日涼。

【編年】萬曆二十四年丙申（一五九六）。

題高漫士晚閣溪雲圖

主人愛溪還愛雲，去年走謁武夷君。九曲溪流太清泚，千峰雲氣何氤氲。幔亭得預曾孫宴，歸帶白雲千萬片。天風倏忽下蓬瀛，吹散長空成組練。漫士何年寫此圖，一溪雲氣長模糊。恍疑接笋峰前見，還記天游頂上居。一别溪頭峰六六，經年不舉看雲目。願學宗生作卧游，畫圖一見心能足。

【編年】萬曆二十四年丙申（一五九六）。

【箋】高漫士　即高棅（一三五〇—一四二三），字彦恢，後改名廷禮，號漫士。長樂（今福建福州長樂區）人，洪永之世『閩中十才子』之一，善詩能畫。永樂初以布衣徵爲翰林待詔，遷典籍。輯有《唐詩品彙》。

〇徐熥《詩人爵里詳節》：『高廷禮，字彦恢，初名棅。長樂人。永樂初薦，辟授翰林待詔。卒年七十四。有《木天清氣集》《嘯臺集》，總二十卷。』（《晋安風雅》卷首）

晚閣溪雲圖　此圖未見記載。高棅還有《漢陽雲樹圖》，徐𤊹跋，曹學佺題。

〇曹學佺《題興公跋高漫士漢陽雲樹圖》：『國初高漫士，曾寫漢陽津。玩爾題新句，知爲别故人。烟

光述薄晝，樹色藹長春。浩渺千層浪，何嘗著片塵。」（《西峰六七集詩》）

武夷君　傳説中的武夷山君長。宋祝穆《武夷山記》載，秦始皇二年，皇太姥、武夷君等于幔亭峰大宴鄉人，呼鄉人爲『曾孫』。

九曲　九曲溪。流經武夷山。○李賢《大明一統志》卷七十六《福建·建寧府》『九曲溪』條：『在武夷山中。溪流九曲，繚繞貫于群岫之間。出石鼓渡，合于建溪。』

幔亭　幔亭峰。在武夷山九曲溪一溪。○李賢《大明一統志》卷七十六《福建·建寧府》『幔亭峰』條：『在武夷山中。一名「鐵佛嶂」。秦始皇二年八月十五日，武夷君置酒肴會鄉人于此，建幔亭彩屋，設寶座，施紅雲紫霞褥，呼鄉人爲曾孫。宋白玉蟾詩：「人間幾度曾孫老，惟有青山至古今。」』○徐表然《武夷志略·萬年宫左諸勝》『幔亭峰』條：『與大王峰相去百餘丈，其高稍亞之。頂復平曠，皆仙人故址。又名「鐵佛嶂」。上有宴仙壇。壇前有巨石如香鼎者，尚存。舊《記》云：秦始皇二年八月十五日，玉帝與太姥爲武夷君、魏王子騫輩置酒，會鄉人于峰頂，召男女二千餘人，皆呼爲曾孫。架虹橋，令鄉人跨空，魚貫而上。頂結彩屋數百間，以宴曾孫，設位張樂，極其款厚。酒行畢，命歌師歌以《人間可哀》之曲，云：「天上人間兮，會合疏稀？日落西山兮，夕鳥歸飛。百年一餉兮，志與願違。天宫咫尺兮，恨不相隨。」歌罷，彩雲四合，環珮車馬之音浮空而至。聞空中云：「玉皇、太姥與曾孫别，可再拜，速去。」既下，俄而風雨暴至，虹橋倏爾斷絶。回顧山頂，寂無一物，因名爲「幔亭」焉。其橋板飛插諸岩隙間，有直而若柱笏者，有倒垂而若懸箸者，有如朱拱、如丹桷、如雕欄者，自秦迨今，風雨摧蝕，不朽不墮，常有雲氣伏其中。唐明皇嘗遣使祈禱。」』

接笋峰　在武夷山九曲溪五曲。

○曹學佺《大明一統名勝志·福建》卷八《建寧府·崇安縣》『接笋峰』條：『接笋峰，在隱屏峰右，屏有兩峰相連，西南一石，附于屏，狀如立笋，有斷痕復續者三只，此名「接笋」，餘皆隱屏也。』

○曹學佺《游武夷記》：『出大隱屏以西，登接笋，木梯、鐵纜之路，視上則恐錯趾，視下則恐眩目。千盤而度龍脊，乃有仙弈亭可憩。』（《挂劍篇》不分卷）

天游　在武夷山九曲溪六曲。

○曹學佺《大明一統名勝志·福建》卷八《建寧府·崇安縣》：『天游峰，在（九曲溪）六曲，隱屏平立于前。外高敞而内幽邃。』

六六　武夷山六六三十六峰。

宗生　即宗炳，詳卷三《赤岩吟爲大田令謝君賦》。

題春山積雨圖

元章不作房山死，誰寫雲山縑素裏。耳畔如聞滴瀝聲，眼中似見嵐烟起。濃雲朦朧樹無根，澗水奔流野色昏。竟日風霾渾失晝，行人何處辨孤村。畫圖如此雖堪惜，莫貯囊中珍十襲。只恐時時風雨來，生綃一副淋漓濕。

【編年】萬曆二十四年丙申（一五九六）。

【箋】元章　即米芾。芾，字元章，號襄陽漫士，山西太原人，居江蘇鎮江。宋代畫家。

房山　即高克恭，字彦敬，號房山道人，大都（今北京）房山人。元代畫家。

送閔壽卿隱武夷

世人游武夷，往往思卜宅。一出清溪謝白雲，山靈無計留雙屐。始信人間事可哀，幔亭佳宴不重開。浮生只愛紅塵老，人世難逃白髮催。憐君弃家經幾載，服食還丹顔未改。已識仙都註有名，尚疑遺蜕函猶在。自入閩天誓不還，因緣合在武夷山。獨携一杖千峰裹，閑放孤舟九曲間。此山元是神仙窟，接笋天游雙崒嵂。玉女妝殘峰頂霞，金鷄叫落灘頭月。君今築室此中居，永絶塵緣與世疏。回視形骸同糞土，能將神氣返空虚。我也行年三十幾，半生踪迹多城市。入藥空燒九轉紅，著書枉識關門紫。海外徒聞更九州，此身期伴赤松游。何時重預曾孫宴，同醉仙人十二樓。

【編年】萬曆二十四年丙申（一五九六）。

【箋】閔壽卿隱武夷　閔齡，詳本卷《寄閔壽卿山人》。

○徐熥《蓬累游序》：『徽之布衣閔君壽卿，壯歲學爲詩，詩工矣。已而自悔曰：「此何關于性命，四大既離，五字焉用乎？」遂弃家隱茅山者幾年，又隱金山者幾年。既謂金山爲南北之冲，游屐洊至，酬應爲勞。慕吾閩武夷之勝，裹糧來游，將終老焉。』（《幔亭集》卷十六）

玉女　玉女峰，在九曲溪二曲南。

○曹學佺《大明一統名勝志·福建》卷八《建寧府·崇安縣》：『玉女峰，在（九曲溪）二曲溪南，石色紅潤，有姝麗之態。』

遺蜕　即仙蜕岩，又稱换骨岩，在九曲溪一曲。

○李賢《大明一統志》卷七十六《福建·建寧府》『换骨岩』條：『换骨岩，在武夷山中。半壁有石室，室前有黄心木如橋，上列置蜕函，函中藏仙蜕，皆質小而紅色。世傳方外之士得道尸解者，皆于此换骨云。』

○徐表然《武夷志略·一曲諸勝》『升真洞』條：『即仙蜕岩。可坐數十人。洞中有雷紋甆甕五，以盛仙人蜕骨……傳言昔取仙蜕禱雨，作新函易之，仍返其舊于故處，及取，則仙蜕盡入于舊函中，而新函空矣。』

金鷄　金鷄洞，在九曲溪四曲。

○曹學佺《大明一統名勝志·福建》卷八《建寧府·崇安縣》：『大藏峰，在（九曲溪）四曲，峭壁千仞，下臨深溪，壁上有穴，穴中貯石器，圓者如筥，方者如筐、如杵、如盤。昔聞有鷄鳴于内者，又名金鷄洞。洞下有潭，其深莫測。』

○何喬遠《閩書》卷十五《方域志》『建寧府』：『鷄窠岩，一名金鷄洞，即大藏峰之半壁。上有洞穴，外隘中宏，木篠縱横如構。舊《記》有金鷄鳴此，因名金鷄洞。』

○周亮工《閩小記》卷三『金鷄』條：『武夷接笋道士程應玄者，曾入金鷄下洞，從舟中仰視，洞若不甚深廣，所堆木若有限，比履其所，甚至宏邃。內有三丈餘楠木，上閣仙蜕十三函，每函頭顱一二片，脛骨一二莖，手骨一二節，皆裹以錦帕。一函中有鶴骨，頭與足各一。又有楠木刳一舟，長丈餘，闊三尺，內細香末，并香灰幾滿，而洞中香灰成堆者，亦纍纍然。上金鷄洞視下洞爲小，人不敢到。萬曆丁丑五月，有張富郎者年八十餘，冒險入其中，則見數人鼾睡香灰內，傍有銅磬覆地，富郎翻而視之，磬下一鷄遽展翅鼓扇，香灰眯目，倉皇俯伏，半晌稍息。亟由籃縋下，半空籃掀富郎，墜入舟子懷中。無恙。後年九十終。應玄親見，富郎道其詳；陳司馬又親見應玄，紀其實。』

赤松　赤松子，傳説中神仙人物。

曾孫　參見本卷《題高漫士晚閣溪雲圖》。

【附】鄧原岳《送閔壽卿山人游武夷二首》，其一：『曾向金山結草亭，人間聊復托沉冥。虹橋却赴曾孫宴，一曲游仙夢裏聽。』其二：『十年對客説長生，買各靈山隱姓名。它日丹成在羽翰，蓬萊鸞鶴坐相迎。』（《西樓集》卷十）　陳薦夫有《閔壽卿山人自金山移居武夷》：『真誥遥傳煮石經，十年辛苦注黄庭。鼎携揚子中冷水，榻下群仙大隱屏。碧嶂不須留蜕骨，□爐只待煉元形。功成未必雲窩住，別有虹霓□幔亭。』（《水明樓集》卷五）　徐㶿有《送閔壽卿山人隱武夷二首》，其一：『出家休用買山錢，方外尋真住洞天。芒屩竹笻修净福，藥爐茶竈結清緣。一竿春雨桃花水，雙屐秋峰薜荔烟。玉笥班中新注籍，幔亭寧但十三仙。』其二：『奏罷游仙一曲歌，方袍桐帽入雲窩。竹溪夜泛風吹笛，芝圃朝耕雪滿蓑。峰頂采真呼玉女，洞中行氣引黃婆。碧窗覓我留題處，半壁殘詩翳古蘿。』（《鼇峰集》卷十四）　曹學佺《題閔壽卿黃（按：當作佘）和叔偕隱九曲卷》：『茅結幔亭庵，真詮法理參。駒陰過歲二，徂惑破朝三。長笛試清吹，扁舟時遠探。漁樵各自號，笑語傍溪南。』（《金陵初集》）按：九曲溪，穿流武夷山。

送俞本之山人還金昌

滿徑黃花桑落酒，送客闔門折衰柳。涉世空懷失路悲，干時自乏譚天口。片刺侯門不得通，桂薪玉粒哭途窮。半年逆旅貂裘敝，一劍飄然馬首東。勸君休下楊朱泪，客裏秋風易憔悴。伏枕愁爲越國吟，吹簫歸向吴門醉。此日諸侯厭布衣，可憐窮達世情非。君歸莫嘆行裝薄，多少空囊人未歸。

【編年】萬曆二十四年丙申（一五九六）。

【箋】俞本之　蘇州人。

金昌　蘇州又稱金昌，以其有金昌亭而得名。

○范成大《吴郡志》卷九『古迹』：『金昌亭在昌門……陸龜蒙又謂梁鴻墓在金昌亭下一里，又似在城外。恐在今城有少遷徙耳。』

桑落酒　古代名酒。

○酈道元《水經注·河水四》：『（河東郡）民有姓劉名墮者，宿擅工釀，采挹河流，醖成芳酎，懸食同枯枝之年，排于桑落之辰，故酒得其名矣。』

【附】徐𤊹《送俞本之還吴二首》，其一：『爲儒生計薄，迢遞獨游閩。詎意專城貴，渾忘失路貧。單車尋店客，孤劍度關人。念子漂零意，悲歌難重陳。』其二：『流落天涯遠，棲棲返故園。敝裘寒客路，短刺阻侯門。叠嶂遥驅馬，殘更獨聽猿。贈君絲一縷，歸去綉平原。』（《鼇峰集》卷十）

憶昔行題友人小像

小年携手同行樂，我甫勝冠君總角。歲月悠悠去不還，眼前風景猶如昨。此日看君新畫圖，神情雖是顔容殊。所嗟童稚尚如此，莫怪故人成老夫。我也半生甘落魄，君亦胡爲戀丘壑。高舉猶懷鴻鵠心，待時且作龍蛇屈。舊事經今二十秋，披圖空感昔時游。與君相見且飲酒，莫遣青銅催白頭。

【編年】萬曆二十六年戊戌（一五九六）。

都門送吴允兆還吴興

燕山三月楊柳新，别酒一杯送故人。故人仗劍意慷慨，仰天大笑辭平津。我唱驪駒君駐馬，送君半是窮交者。暮角凄凉起驛樓，春雲慘淡生原野。酒闌歌罷馬頻嘶，千里征途望霅溪。獨有王孫歸未得，天涯空嘆草萋萋。

【編年】萬曆二十六年戊戌（一五九八）。

【箋】吴允兆　即吴夢暘。

○徐𤊹《先兄墓碑陰交游題名記》：『處士吴夢暘，字允兆，長興人。』（《紅雨樓集》册九，《上圖稿本》第四四册，第四一〇頁）

○朱彝尊《静志居詩話》卷十八：『吴夢暘，字允兆，歸安人。有《射堂詩鈔》。』

吴興　湖州舊名吴興。參見卷七《讀禮日謝在杭拜官湖州便道還家見訪賦贈》。

平津　平津侯，漢王侯名。

霅溪　又稱霅川、霅水，流經浙江湖州。○李賢《大明一統志》卷四十《浙江・湖州府》『霅溪』條：『在府治南，以其合四水爲一溪，故曰「霅」……又謂四水激射，霅然有聲，謂之「霅溪」，一名「霅川」。』

【附】徐𤊹《别吴允兆》：『青山長不出，湖海識君遲。願見應多日，論交若有期。歡情殊未已，别緒即相隨。浪訂重逢約，重逢是幾時。』（《鼇峰集》卷十一）按：此詩非同時同地作，録以備考。

出都門答别鄧汝高員外

十年三上長安道，闕下獻書俱不報。拂袖還山别故人，風塵滿目傷懷抱。長安裘馬多輕肥，先達何人憐布衣。惟君慷慨念貧賤，交情如此今人稀。凄凉舊事那堪數，半榻孤燈寒夜雨。載酒曾同醉錦溪，看山猶記眠芳墅。轉盼光陰十載餘，憐余踪迹仍樵漁。空文何以干明主，儒術由來生計疏。余也今年三十幾，依然落魄歸田里。白首何妨老故園，紅塵從此辭燕市。拔劍哀歌日易昏，垂楊未折已銷魂。人生離别足感嘆，窮達悠悠何必論。

【編年】萬曆二十六年戊戌（一五九八）。

【箋】鄧汝高　即鄧原岳，詳卷三《過鄧汝高別墅》。

錦溪　鄧原岳別墅在錦溪。

【附】鄧原岳《送徐七下第還山》：『南宫上書不見收，長安旅食生煩憂。床頭短劍失光彩，浪言詞賦垂千秋。一片寒氊消不得，出門轉覺乾坤窄。英雄致身會有時，莫向青山嗟落魄。』（《西樓集》卷二）按：徐七，即徐熥。

途中感遇效同谷七歌

一歌〔一〕

吾生本是疏狂客，幾迴落魄長安陌。弃置應慚骨相屯，壯年自失干時策。日驅羸馬口微吟，仰天大笑乾坤窄。嗚呼一歌兮歌慨慷，燕山六月飛嚴霜。

二歌

歸舟歸舟黄河曲，揮汗如漿苦炎燠。水淺舟膠不得前，逢人恥作窮途哭。高堂慈母念子深，倚閭此際枯愁目。嗚呼二歌兮歌慘切，仗劍指天天爲裂。

三歌

有弟有弟俱牛衣，家徒四壁常苦饑。燕閩相去道路遠，别來一載音書稀。知汝日夜望我歸，夢魂常

〔一〕一歌，原本無此二字，據『二歌』以下諸歌補足。

繞天涯飛。嗚呼三歌兮歌已短，一領征衣泪痕滿。

四歌

有姊已老有妹貧，平生惟此骨肉親。知余流落兼苦辛，家庭悵望應傷神。廿年踪迹半道路，平生壯志成灰塵。嗚呼四歌兮歌轉澀，猿狖聲哀山鬼泣。

五歌

老妻半世空糟糠，少婦席未暖君床。男年十五女七歲，去年別我俱恓惶。丈夫成名既不早，胡然久居天一方。嗚呼五歌兮歌愈急，朱顏燈下流黄濕。

六歌

有朋有朋多窮交，平生風誼如同胞。揚雲拓落衆所弃，數子不敢輕相嘲。此日飄零勿復道，與君矢志甘衡茅。嗚呼六歌兮歌且緩，伐木聲殘腸欲斷。

七歌

遼左烽烟何太急，四海紛紛飛羽檄。但見縱横豺虎多，何處哀鳴鴻雁集。書生徒抱杞人憂，中宵起舞空悲泣。嗚呼七歌兮歌已終，黄昏曠野凄寒風。

【編年】萬曆二十六年戊戌（一五九八）。

【箋】同谷　即同谷體。杜甫有感遇詩《乾元中寓居同谷縣作歌七首》，七首詩分别爲一歌至七歌，相對獨立，又相互關聯，每詩倒數第二句均爲『嗚呼一（二至七）歌兮歌某某』，後人學杜所作之詩稱『同谷體』。

有弟　仲弟𤊹、季弟熛。

有姊　長姐淑（？—一六三一），陳氏所出，適謝汝韶，生子謝洙。

○謝肇淛《先考奉政大夫吉府左長史天池府君行狀》：『次洙，母徐氏生，適茂才鄭紹卿子邦祥。』（《小草齋文集》卷十七）

○曹學佺《明廣西方伯在杭謝公墓記銘》：『太淑人，君（謝肇淛）之繼母，徐惟和、興公之女兄也。』（《石倉三稿文部》卷七）

有妹　妹潔（？—一六二七），林氏所出，適知縣鄒一麟。按：潔，徐𤊹仲姐。

老妻　鄭氏，庠生鄭仕俊第三女。

○徐熥《先考永寧府君行狀》：『熥字惟和，娶鄭氏。』（《幔亭集》卷十八）

○徐熥《祭外舅鄭茂才》：『熥爲諸生時，翁最憐愛之，謂富貴可立取。翁居鄰棘闈，熥每就試，皆憩翁家，翁爲治供具，寢不能睫，乃三試而三不利，翁反慰藉之。』（《幔亭集》卷十八）

少婦　萬曆二十六年（一五九八）熥納新姬。

○鄧原岳《寄屠田叔辰州》：『得徐惟和凶信……遺孤未壯，生妻孀苦，愛妾去帷。』（《西樓集》卷十八）

男年十五　徐莊（一五八四—一六三三），字則敬，又字存重，號漆園，又號齊周。庠生。聘崖州尉鄭廷用女。

女七歲　坤（一五九二—?）。適程蕃守林春澤子應起男如稷。

【附】鄧原岳《燕市七歌效杜同谷體》：『丈夫生來轗軻身已老，十年三走長安道。欲歸不歸無奈何，黃塵滿面色枯槁。六月炎風飛火雲，五侯官蓋日紛紛。此時跨馬逐官長，令人心折越江濆。嗚呼一歌兮歌始發，兀坐書空愁咄咄。』其二：『東山墓木日已大，一水回環曲如帶。平生魂魄思此山，老樹菁葱聞天籟。悠悠一别今幾時，黃沙碧蘚埋豐碑。山頭杜宇啼紅血，游子天涯知不知？嗚呼一歌兮歌聲急，天陰雨黑愁雲濕。』其三：『有兄有名生計微，薄田不收常苦饑。辛勤憔悴已半百，更兼人事多是非。去年别我芋江上，九月霜前菊初放。今年消息不相聞，使我淒涼坐惆悵。嗚呼三歌兮歌獨苦，荆樹花開飛夜雨。』其四：『婦生六子四子殤，兩雛啾唧何人强。壯夫不作兒女態，但覺中年情易傷。大兒僅能弄紙筆，小兒只解覓梨栗。我今汗漫天一方，向平婚嫁何時畢？嗚呼四歌兮腸九迴，中夜瑟瑟悲風來。』其五：『少年白眼不相下，肝膽稜稜向誰寫。論交却愛高陽徒，風流便結高陽社。邇來握手二十年，一旦分飛北海邊。昨日封書寄遠道，天長地闊心茫然。嗚呼五歌兮懷故人，思繁調短不得伸。』其六：『我有古宅在竹林，蒼梧翠柏高十尋。偶然獨往便經月，焚香趺坐清素心。主人出山忽已久，流水潺潺怨楊柳。長安埃塵幾尺高，笑殺人間牛馬走。嗚呼六歌兮歌欲斷，蟲聲唧唧夜將旦。』其七：『我今行年三十餘，頭顱漸老骨節疏。書生意氣太無賴，手持寸管高稱譽。邯鄲才人厮養婦，蛾眉入宮還見妒。長門虛却千黃金，浪説相如解詞賦。嗚呼七歌兮歌且休，不如歸卧南山頭。』(《西樓集》卷二) 按：此詩疑非同時作。

彭城行

彭城半繞黃河水，楚宮歲久生荆杞。殺氣清秋暗戰場，愁雲白日低殘壘。楚漢當年幾戰争，喑啞叱咤悲風生。楚兵一夕盡歸漢，帳前健兒皆楚聲。烏騅不逝虞姬死，垓下歌聲成變徵。百二關河屬漢家，八千子弟徒爲爾。霸圖百戰總成灰，吊古還勞過客哀。千載沐猴成一笑，年深戲馬留空臺。黃河日夜東流去，荒城寥落悲狐兔。世事興亡一瞬間，英雄枯骨餘丘墓。休將楚漢論雌雄，此地曾聞唱《大風》。試向咸陽城外望，離離衰草滿新豐。

【編年】萬曆二十六年戊戌(一五九八)。

【箋】彭城　今江蘇徐州。

○李賢《大明一統志》卷十八《徐州府》『郡名』條：『彭城，秦名。』

虞姬　秦漢之際項羽愛姬。垓下之圍，項羽爲之作《垓下歌》，泪數行下。

戲馬　戲馬臺，詳卷三《贈胡外史》。

垓下歌聲　指《垓下歌》，秦漢之際項羽作。

大風　《大風歌》，漢劉邦作。

咸陽　咸陽縣，今屬陝西。

○李賢《大明一統志》卷三十二《陝西·西安府》『咸陽縣』條：『在府城西北五十里，本秦舊縣，孝公徙都此。其地在山南水北，皆陽，故名「咸陽」。』

新豐　詳卷三《帝京篇》。

黄節婦復明歌

黄氏母夫亡，守志多辛楚。血泪灑黄泉，泪枯雙目瞽。母目瞽，兒心苦，朝夕吮眸眸未愈。母子精誠良可哀，一朝忽爾雙眸開。母目開，父目瞑，老泪依然滴孤枕。

【編年】萬曆二十六年戊戌（一五九八）。

分得九疑山送屠田叔守辰州

楚都山水稱奇險，突出高峰青九點。天外巫黔路渺漫，峰陰溪澗流深淺。峰峰相間色參差，無數青螺鏡裏窺。變幻烟霞看莫辨，滿天雲雨望堪疑。重華當日巡南服，駐蹕蒼梧窮地軸。一夕龍髯上鼎湖，數聲鸞吹傳空谷。鸞吹龍髯去不還，湘江帝子慘朱顔。愁眉久鎖峰前黛，血泪長留竹上斑。山色含顰望巡狩，時時似聽簫韶奏。飛瀑寒流到處奇，丹崖朱洞天然秀。瀟湘烟月洞庭雲，遠岫聯綿一帶分。鷓鴣夜叫黄陵廟，狐兔秋悲虞帝墳。古迹荒凉不堪語，果有啼烟兼嘯雨。使君剖竹向荆門，正近瀟湘洞庭浦。有時行部擁雙旌，定吊娥皇與女媖。風前好薦瓊芳把，月下如聞環珮聲。九疑峰影何重疊，峰下褰帷勞應接。懷古寧辭駐一麾，搜奇不惜停雙屐。摇摇桂櫂楚江濆，嫋嫋秋風木葉聞。遺我不須搴杜若，騷成隻待寄湘君。

【編年】萬曆二十六年戊戌（一五九八）。

【箋】九疑山　即九嶷山，在湖南永州。

○李賢《大明一統志》卷六十五《湖廣·永州府》『九疑山』條：『在寧遠縣南六十里。晉郭璞云：「其山九谿皆相似。」或云：「九峰參差，互相隱映，望而疑之。」故名峰。』

辰州　辰州府，治湖南沅陵縣。

○李賢《大明一統志》卷六十五《湖廣·辰州府》『建置沿革』條：『漢爲長沙、武陵二郡地……隋開皇中廢郡置辰州。大業初復爲沅陵郡……（唐）乾元初復爲辰州，屬江南道。宋屬荆湖北路，元升爲辰州路，本朝改爲辰州府。』

重華　虞舜的美稱。

蒼梧　今廣西梧州。

○李賢《大明一統志》卷八十四《廣西·梧州府》『郡名』條：『蒼梧，漢名。』

鼎湖　黄帝乘龍升天處，疑爲在今河南靈寶市。

○司馬遷《史記·封禪書》：『公孫卿曰：「黄帝采首山銅鑄鼎于荆山。鼎既成，有龍垂胡髯，下迎黄帝。黄帝上騎，群臣後宫從上者七十餘人。龍乃上去，餘小臣不得上，乃悉持龍髯，龍髯拔墮，墮黄帝之弓。百姓仰望黄帝既上天，乃抱其弓與胡髯號，故後世因名其處曰鼎湖，其弓曰烏號。」』

黄陵廟　在今湖北宜昌黄牛峽南岸。

○李賢《大明一統志》卷六十二《湖廣·荆州府》『黄陵廟』條：『在夷陵州西黄牛峽。相傳神嘗佐禹治水有功。蜀漢諸葛亮建祠茲土，一名黄牛廟。』

虞帝墳　即帝舜陵，在湖南九疑山。

○李賢《大明一統志》卷六十二《湖廣·荆州府》『帝舜陵』條：『在九疑山，一名永陵。太史公云：舜南巡崩于蒼梧之野，葬于零陵之九疑。』

荆門　在今湖北宜都市西北。

○酈道元《水經注·江水二》：『江水又東，歷荆門、虎牙之間。荆門在南，上合下開，闇徹山南，有門像。』

○李賢《大明一統志》卷六十二《湖廣·荆州府》『荆門山』條：『在宜都縣西北五十里大江南，與虎牙山相對。』

娥皇與女英　舜二妃。

【附】陳益祥《賦得芋江曉渡奉送屠田叔使君赴守辰州》：『芋江渡頭霜葉曉，寒流咽帶鴻聲渺。積雨重陰此日晴，練泉百道飛林杪。大夫心符江水清，馮夷鼓柁蛟龍迎。扣舷琅琅吐辭賦，蒼如古瑟操韶韺。石尤風息錦帆駛，波静霞明兩重綺。仰看神女弄珠游，側聽鮫靈剪綃起。别醑未醉芋江濆，離心已入桃源裡。歷馬行春幾縣花，隨車甘雨遍桑麻。宦邸清貧隨白鶴，枕中鴻寶煉丹砂。丹砂煉就三千黍，原是瑶皇□案侣。狂瀾砥柱藐君山，南斗避文回玉杵。二酉探奇快宿心，五溪擁棹曉雲深。朱輪好遂澄清志，流水遥知憶賞音。』（《采芝堂集》卷二）　陳薦夫《鹿門山歌送屠田叔之任辰州太守》：『襄陽東南古蘇嶺，松檜陰森泉石冷。漢水晴多緑一泓，峴山秋老黃千頃。雙雙石鹿峙層巒，□說龐公住此山。壟上釋耕烟漠漠，峰頭采藥雪漫漫。景升即位雄荊楚，欲使鵷鶵甘腐鼠。鴻鵠黿鼉各自安，閑雲孤鶴飄然去，千載芳塵誰與雙。唐家居士後身龐，能將萬有歸空界。盡挈千金沉漢江。後先遺迹相輝映，來者伊誰皮與孟。清簡流風古不磨，翠微精爽今猶競。使君乘傳此經過，懷古情深可奈何。遥屏鳴騶隨谷鳥，先抛錦綉入烟蘿。因聲爲訪山中老，麋鹿高懷徒自保。刺使今非劉景升，遺安莫戀長林草。』（《水明樓集》卷二）　徐𤊹《賦得習家池送屠田叔守辰州》：『君不見晋朝吏部山季倫，風流拜領征南軍。日夕倒載出何許，節鎮襄陽長醉醺。習家荆土稱毫族，雅有園池富花木。接䍦倒着渾不知，騎馬時時出林谷。酒徒偏喜狎高陽，酩酊揮鞭向葛疆。王威不振群寇亂，終歲悠游過醉鄉。生平僻性惟耽酒，池上沉酣輒濡首。兒童歌罷笑不休，相逐攔街齊拍手。使君今去守辰州，竹馬爭迎郭細侯。此地經過堪駐節，躊躇懷古續嬉游。當今皇朝四海一，非如天下分崩日。勸君有酒且盡歡，重問荒池尋舊習。從兹卧治在辰溪，學得山公醉似泥。後世何人修樂府，酉陽添作蹋銅蹄。』（《鼇峰集》卷七）　陳鳴鶴《賦得二酉山送屠田叔守辰州》：『祖龍一炬炙天起，秘籙遺編焰中死。蒼頡臺前鬼不啼，周家柱下空如水。秦山楚山俱寂寞，大酉小酉鄰山郭。帝遣夔靈重束關，千重護擁□書壑。壁中篆籀待時開，肯與閑人讀糟粕。司農使者太乙精，摩研編削是平生。蘭臺秘府意不足，朝探汲冢莫陽明。年來持節煮南海，海□龍宮雠豕亥。一麾更守楚雲西，秦人抱簡還相往。蠟光喬月照蝌蚪，珊瑚交枝金銷鈕。太皞軒轅一片心，今日山中爲君剖。請君細檢碧琅函，信有蛇身聖人否？』（《泡庵詩選》卷二）　王毓德《賦得高唐觀送屠辰州之任》：『君不見，襄王昔幸高唐觀，十二峰巒插霄漢。峰前雲氣黯千重，黛色須臾窮變幻。有情朝暮出陽臺，薦枕時聞神女來。瓌姿瑋態不可悉，宋玉作賦何奇哉！使君剖竹之荆楚，此地行春應吊古。朱輪曉入朝雲祠，畫軾宵過雲夢浦。雲浦氤氳鬱不收，還知太守擅風流。筆端自有千秋賦，豈羡當年宋玉游。』（《晉安風雅》卷四）　王毓德《賦得浙江潮送屠田叔使君》：『銀濤遥矗海門開，天外平驅萬馬來。鰲背曉山晴涌雪，虎林秋月夜聞雷。奔騰不散錢王射，嗚咽猶銜伍相哀。此去停舟應有賦，定知枚叔是仙才。』（《晉安風雅》卷九）

題盛行之畫梅卷

盛君畫梅太奇絶，老幹如龍更如鐵。筆底幽魂冷不徹，滿紙枯株三丈雪。六月披圖身欲僵，一堂坐客皆聞香。就中先輩多評章，佳者長沙之李東陽華亭張駿。當時此物果誰有？楊公成玉揚州守。公也珍之若瓊玖，自謂此圖傳不朽。子孫弃之同敝帚，百年竟落他人手。峽冰林君偶得之，不惟愛梅兼愛詩。猶記當初兵火時，居民鼠竄家流離。書籍圖畫焚無遺，此圖藏之高樹枝。倭奴雖黠那能知，淫雨沾濕寒風吹，鬼神呵護無損虧。吁嗟此圖亦已奇，付與妙手重裝池。千秋萬歲無離披，千秋萬歲無離披。

【編年】萬曆二十六年戊戌（一五九八）。

【箋】盛行之　明代畫家。

畫梅卷　此卷林夷侯藏。

李東陽　李東陽（一四四七—一五一六），字賓之，號西涯，茶陵（今屬湖南）人。茶陵派代表詩人。天順八年（一四六四）進士，授庶吉士，官至吏部尚書、華蓋殿大學士。有《懷麓堂全集》。

張駿　字天駿，號南山，華亭（今上海松江）人。景泰四年（一四五三）舉人，爲中書舍人，直文華殿，以禮部尚書致仕。工書，與張弼齊名，時號『二張』。

楊公成玉　即楊洵，字成玉，濟寧（今屬山東）人。萬曆二十年（一五九二）進士，二十六年任揚州知府。

林君　即林夷侯，福州人。工書，尤善歐體。曾與王宇、徐熛等講業釣龍臺之濱，稱『五子』。

【附】陳薦夫《題盛行之梅雪卷贈林生夷侯》：『古來畫梅誰更絶，玉骨冰姿失孤潔。徒令含笑迎春風，肯與嚴霜鬥奇節。盛君行之厭常品，别作梅花太清澈。淡墨濡成黯黯天，素藤暈出枝枝雪。老幹横梢慘澹中，沙塵簸蕩霜飆烈。展卷驚看不得終，六花勢重銅柯折。一筆斜揮數尺長，玉龍鱗甲逡巡裂。怪石全傾積霰凝，疏篁半死層冰結。揚州太守初得時，東閣行吟詩興熱。玉堂諸老競文章，冥搜秘思乾坤竭。子孫失守百年來，林生輾轉求之切。林生林生奇巖嶂，一枝自許寒林杰。幽芳雅素與花同。恨不得行之爲點綴，丈夫骨氣應自别。瘦勁槎枒要如鐵，君不見，玄宗不放帝青回，蒼虬戰死璚瑶血。』（《水明樓集》卷二） 謝肇淛《爲林生題盛行之畫梅卷》：『行之畫梅真奇絶，千尺玉龍一竿鐵。水精宫冷鶴聲寒，蹴碎羅浮亂峰月。此圖昔贈揚州守，展轉今入林生手。五月江城暑氣微，猶有殘香滿虚牖。卷中詞客盡知名，天花錯落雲縱横。恍憶西湖十年事，夜半孤山頂上行。』（《小草齋集》卷十） 徐𤊹《題盛行之畫梅卷爲林夷侯賦》：『宋廣平，作梅賦，色色風標托佳句。范石湖，著梅譜，種種精神寄村圃。玉態冰姿想像中，難使寒香通肺腑。盛君行之工畫梅，萬條鐵幹毫端裁。不煩春信早相報，煞時全仗隃麋開。一筆掃成千萬葉，披圖四座生寒色。廣陵太守昔曾求，峽永林生今拾得。暗香浮動影横斜，何郎官閣休相誇。更兼題咏各名筆，争言此物堪傳家。吾聞古有廉宣仲，專寫墨梅聲價重。又有楊補之，千金難買圖中枝。盛君筆法真古健，却與二老争雄雌。墨花濃灑驚人目，無數繁香生卷軸。千古珍藏若個宜，賞心自有林君復。』（《鼇峰集》卷七）

題薛晦叔小像

誰將縑素開生面，神骨如冰目如電。童烏文藻自堪誇，洗馬風流今再見。畫史揮毫未入神，十分纔得幾分真。有時鶴氅行微雪，人比丹青更出塵。

【編年】萬曆二十七年己亥（一五九九）。

【箋】薛晦叔　薛瑞光，字晦叔。按：薛瑞光，字晦叔，福清人。畫家。其叔薛夢雷，隆慶五年（一五七一）進士，官至雲南布政使。

○徐𤊹《薛晦叔初度賦祝》：『少年談藝與君游。』薛《答》云：『金蘭夙誼附交游。』（鈔本《鼇峰集》）按：兩詩作于崇禎七年（一六三四），知薛瑞光早歲與徐氏兄弟游。

洗馬　指晉衛玠。

題陳仕卿蕉雨亭

虚亭四面芭蕉緑，疏雨瀟瀟聽斷續。幾點啼殘屋上鳩，數聲滴破隍中鹿。洗盡紅塵翠色寒，美人含泪倚朱闌。題詩好趁初晴後，醉墨淋漓濕未乾。

【編年】萬曆二十七年己亥（一五九九）。

【箋】陳仕卿　即陳公選（一五四四—一六〇二），字仕卿，閩縣人。陳价夫、薦夫從子，而年較長。有《蕉雨亭詩》。

○徐𤊹《〈蕉雨亭詩〉序》：『余既得交二孺，乃因投分仕卿。仕卿爲二孺族子，而齒稍長，嘗困公車不售，弃去治詩，時時追隨從父，賡酬倡和，殆無虚日。結一室于深山之中……余去歲偶爲越東之游，仕卿忽捐賓客。』（《紅雨樓集》册一，《上圖稿本》第四二册，第三一一—三一二頁）

蕉雨亭　陳公選亭名。

○陳薦夫《從子仕卿傳》：『嘗灌園，當午憩蕉陰中，山雨倏來，蕭颯有韵，拄所荷鍤聽之，衣袂忘濕，遂構亭曰「蕉雨」，蓋惟和所題云。自是多觴咏其間，醉輒岸幘豪吟，即不當餘意，雖十竄其稿，弗倦也。』（《水明樓集》卷十三）按：陳存夫『惟和所題云』，即本篇。

【附】陳薦夫《題仕卿侄蕉雨亭》：『仲容入林不種竹，繞砌芭蕉發春緑。空庭晝静山雨來，簌簌千聲碎寒玉。清陰翳翳雨泠泠，疏密同歸葉上聽。樹裏飛泉敲暗緑，林間殘雪破深青。新苞引翠瑩如拭，幾陣黄梅蒼欲滴。微風突送半窗凉，萬斛珠璣灑空□。夢回覆鹿不聞喧，有客冲泥扣蓽門。相對倚闌吟思足，不同深院鑠黄昏。』（《水明樓集》卷二） 徐𤊹《題陳仕卿蕉雨亭》：『幽人本是青山主，愛種芭蕉聞夜雨。翠葉參差點點承，緑苞陰翳聲聲貯。遥隔寒窗響不停，一隻栩栩蝶初醒。枕邊留辦詩中景，不許人間俗客聽。』（《鼇峰集》卷七）

題朱竹

根如赭虬髯，葉如丹鳳尾。有時截作釣鼇竿，珊瑚亂拂桃花水。有時擲杖化爲龍，白日青天赤鱗起。能將紅霧變蒼烟，産在朱明幾洞天。須臾絳節生彤管，只向松間滴露研。

【編年】萬曆二十七年己亥（一五九九）。

【箋】朱竹　此詩題《朱竹卷》，徐熥自藏。

○徐𤊹《筆精卷六『朱竹』條》：『朱竹，古無所本，起于明初。宋仲温有一卷，不知何人筆？高季迪題《水龍吟》云：「淇園丹鳳飛來，幾時留得參差翼。簫聲吹斷，彩雲忽墮，碧雲猶隔。想是湘靈，泪彈多處，血痕都積。看蕭疏瘦影，隔簾欲動，應似落花狼藉。莫道清高也俗。再相逢、子猷還惜。此君未老，歲寒猶有，少年顏色。誰把珊瑚，和烟换去，琅玕千尺。細看來，不是天工，却是那春風筆。」此卷舊爲王太史家物。徐惟和收得之，珍若重寶，自題其後云……伯兄卒，卷售他人。』

○周亮工《閩小記》卷三「朱竹」條：「初但求之楮穎間，頃過劍津西山，數頃琅玕，丹如火齊。」

【附】陳薦夫《朱竹歌》：「湘妃血洗湘山赭，數尺篔簹産平野。火龍吹土破辰砂，燁燁龍孫赤成把。虚心勁節凌紫霞，焰聲戛戛相交加。繁霜積雪不敢壓，點點銷鎔成落花。何人寫此真殊技，解使琅玕成火齊。裁將彤管配朱弦，六月南風享炎帝。」（《水明樓集》卷二）　徐𤊹《題朱竹》：「祝融峰下龍孫夥，幻出琅玕赤如火。瓊幹都經絳雪凝，粉痕盡爲彤雲鎖。秦樓女兒截作簫，吹將赤鳳來丹霄。東風零落拂緗葉，恍彿武陵紅雨飄。天寒日暮佳人倚，翠袖籠寒赭光裏。朱鳥窗前絳節移，石家碪碎珊瑚枝。」（《鼇峰集》卷七）

陳伯孺兄弟水明樓春宵聽雨歌

我家有齋名緑玉，齋前種得千竿竹。君家亦有水明樓，半畝方塘山影流。君頻訪我鼇山麓，我每尋君溪水曲。與君來往十年餘，到此樓中幾迴宿。今春買棹來相尋，峽江風起波濤深。樓中賓主黯相對，四山陰翳生淫霖。檐前坐聽聲聲雨，聊把琴書供笑語。燭盡猶然興未闌，詩成自覺心相許。瀟瀟風雨莫深愁，百尺樓中且暫留。憑君貌出巴山夜，一幅丹青當卧游。

【編年】萬曆二十七年己亥（一五九九）。

【箋】水明樓　陳价夫、陳薦夫兄弟樓名。

○曹學佺《水明樓集序》：「水明樓者，取杜少陵「四更山吐月，殘夜水明樓」之句也。少陵栖□夔峽，無人晤語，中夜懷歸，輾轉不寐，嘗曰：「客睡何曾着，秋天不肯明。」忽然而現此境，成此句，不知其所以然，似鬼似仙，又有似于禪，在人遇之耳。』（《水明樓集》卷首）參見陳薦夫《水明樓答惟和兄弟春宵聽雨歌》。按：陳薦夫集名《水明樓集》。

緑玉　緑玉齋，萬曆十七年（一五八九）徐熥下第，建于九仙山之麓宅之空地。

○《緑玉齋記》：『余家九仙山之麓，……歲己丑，余下第還山，乃易構小齋于山之坪。由園入齋，石磴數十級，曲折逶迤。列種筠竹齋前隙地，護以短墻，翳以蘿蔓。墻下藝蘭數本，置石數片。齋傍灌木環匝，下置石几一，石榻二。夏月坐陰中，鳥語間關，蟬聲上下，足當詩腸鼓吹。齋止三楹，以前後爲向背，中以延客。左右二楹差可容膝，余兄弟讀書其中。無長物，但貯所蓄書數千卷而已。山中樹木雖富，惟竹最繁，素笋彤竿，扶疏掩映，窗扉不扃，枕簟皆緑，清風時至，天籟自鳴，故名以「緑玉齋」云。』（《幔亭集》卷十七）

○徐𤊹《緑玉齋叙》：『何仙效靈，占于山而托迹；野夫招隱，卜山下以栖幽。遂築小齋，聊供偃卧……萬曆己丑秋日，緑玉齋主人題。』（《紅雨樓集》册一，《上圖稿本》第四二册，第四四—四五頁）

峽江　通常指西峽江。在福州東南，兩山夾峽，烏龍江經峽而過。

○王應山《閩都記》卷十三《郡東南閩縣勝迹》『西峽江』條：『兩山夾峽，上納汀、建、延、邵之水，下吞興化、泉、漳之潮汐，闊可數計，其深叵測，中流有石如砥柱，名浮焦。』

【附】徐𤊹《水明樓聽雨短歌》：『池上小樓高幾許，風滿樓中山欲雨。昏黑應從頂上來，八窗頃刻烟如縷。淋漓長日滴聲聲，流入春池漲漸平。幾陣廉纖幾番歇，池水愈清樓欲明。千岩萬壑傾如注，共看嵐光變朝暮。紛紛殘絮貼泥深，片片落花隨水去。任從檐外響瀟瀟，剪燭談心是此宵。不比黄昏人静後，閉門孤坐聽芭蕉。』（《鼇峰集》卷七）。陳薦夫《水明樓答惟和兄弟春宵聽雨歌》：『主人樓居僅如斗，山色溪色無不有。灼灼紅歸隔水桃，盈盈青入垂墻柳。尋常景色艷陽多，何事偏君帶雨過。已似檐前飛宛瀑，更疑軒外落銀河。樓頭孤雨燃孤燭，白晝無何宵不足。響打疏櫺顆顆珠，寒敲碎瓦聲聲玉。與君看畫更題詩，雨裏清閑事事宜。若待晴來堪出户，題詩看畫已無時。』（《水明樓集》卷二）

霞林樵隱爲梁逸人賦

山中一道明霞起，照得林巒色俱紫。初疑晴彩結爲帷，還訝餘光散成綺。林間仿佛見高標，白日青天挂絳綃。梁君霞外神仙客，時向山中稱隱樵。斧柯來往壺公谷，伐得晴霞成幾束。曉起常依洞裏行，夜深祇傍岩邊宿。擔頭挑得赤城歸，却似桃花片片飛。斫來自足山家業，服處真成隱者衣。殷紅滿目看如絢，朝暮陰晴千萬變。此物由來高可飡，願向深林求一片。

【編年】萬曆二十七年己亥（一五九九）。

【箋】梁逸人　福建莆田人，隱者。

壺公　詳卷三《送柯秀才還莆》。

赤城　詳卷三《霞林樵隱爲梁逸人賦》。

【附】陳薦夫《霞林樵隱歌贈梁生》：『莆陽南去多平野，中有霞林出樵者。丁丁腰斧隔林聲，伐得明霞束成把。樵者埋名豈賣樵，誰知俠骨與清標。召來賜爵長安市，歸去霞林懶折腰。荆卿意氣君卿舌，曾北走燕南走越。古畫名書取次求，奇珍秘玩尋常閲。看君隱處滿林霞，莫是桃源二月花。我亦溪頭漁釣者，與君相近欲移家。』（《水明樓集》卷二）徐𤊹《賦得霞林樵隱贈梁逸人》：『幽人結屋壺山下，自號山中一樵者。廿載逃名隱密林，高霞出洞明如赭。無事林間日日看，千重錦綉百重丹。秋來製服青堪剪，日午充饑碧可餐。有時持斧重林人，丁丁劈破桃花色。肩上携歸一抹紅，柯邊帶得餘標赤。樵蘇到處愜幽尋，野性愛霞還愛林。買臣不作王質遠，末俗幾人知此心。東家有客親耕牧，西舍爲漁釣溪曲。何如樵采負薪行，獨把詩書擔頭讀。栖隱霞林道自尊，暫將黑髮賁丘園。山中自得清高趣，莫是梁鴻异代孫。』（《鼇峰集》卷七）

美人買鐵馬歌和幼孺

瑶宫仙子遺環珮，百結流蘇向空墜。半天亂逐片雲飛，無數琅玕一時碎。趙璧隨珠半已殘，重將彩綫串團圞。良工持向街頭賣，臨風忽聽聲珊珊。珊珊送入妖嬌耳，玉笋提携心暗喜。探得青蚨出錦囊，買來挂在雕檐底。一陣微風一陣聲，美人含笑聞琮琤。飄揚祇益春心動，凄切翻令午夢驚。銅壺夜静催銀箭，留得檀郎宿深院。却愛鄰姬睡乍酣，玎璫莫向空中戰。

【編年】萬曆二十七年己亥（一五九九）。

【附】陳薦夫《美人買鐵馬歌》：『明珠瑩玉垂垂結，八角流蘇響凄切。風前雙挂玳梁高，自有宫商按成節。初聞嗚佩委清都，又似飛泉點玉壺。征人曉泪霜天盡，怨女秋魂夜月孤。東鄰竊聽疑璚玖，琮琤握在良工手。少婦帷中溢價酬，雙鬟簾下分番守。但道清和比玉揚，詎知幽怨結玎璫。重門風雨孤燈暗，悔殺黄金買斷腸。』（《水明樓集》卷二）　徐𤊹《和幼孺美人買鐵馬歌》：『流蘇寶蓋牽紅綫，絡出明璫三五片。裝成鐵馬結丁東，嫋嫋清音滿庭院。相戞無端忽自鳴，能調律吕響琮琤。夜分誰到房櫳下，應是風吹斷續聲。佳人獨聽深閨内，凄清簾幕誰相對。頭上頻疑落步摇，耳中但覺添環珮。月上梨花深掩門，聲聲魂斷向黄昏。何當增得千金價，并買黄昏不斷魂。』（《鼇峰集》卷七）

題陳伯孺效漫士山水小景

龍門待詔高廷禮，興到揮毫寫山水。黯淡峰巒朦朧雲，一生學得南宫體。三絶聲名重昔時，畫成題咏墨淋漓。總緣人品壓流輩，以兹并重無聲詩。流傳歲久蟲魚蝕，半尺冰綃難論值。龍門去後墨池乾，畫史誰能繼其迹。陳子灣溪我輩人，應疑待詔是前身。一時詞翰推雙美，點染雲山更有神。滿目烟霞濃復淡，複嶺重岡連斷岸。偏于米老得風神，難與龍門辨真贋。歲月驚看忽十年，燈前隱隱生雲烟。詩成戲筆題其上，留作人間寶墨傳。

【編年】萬曆二十七年己亥（一五九九）。

【箋】伯孺　即陳价夫，詳卷二《贈陳价夫薦夫》。
漫士　詳本卷《題高漫士晚閣溪雲圖》。

米老　即米芾，北宋書法家、畫家。

題馬遠山水

幽人野性耽空谷，一簇葵花數竿竹。磐石嶔崎出澗阿，流泉湍激交林麓。清宵露坐月光遲，稚子支筇背後隨。林下水邊無俗物，既堪圖畫又堪詩。

【編年】萬曆二十七年己亥（一五九九）。

【箋】馬遠　馬遠（一一四〇—一二二五）。字欽山，又字遥父。祖籍河中（今山西永濟）人，居臨安（今浙江杭州）。南宋畫家，善畫山水、人物、花鳥。

【附】陳薦夫《題馬遠畫爲惟和賦》：『泉聲泠泠山月白，翠竹陰交花卉色。泉頭竹外月光中，露坐孤吟有狂客。詩人欲識畫人誰，南渡家風數白眉。方幅精神看不厭，分明遺我畫中詩。』（《水明樓集》卷二）

幔亭集卷之四

閩中徐　熥惟和著
友人陳薦夫幼孺選
王　若相如編

五言聲詩

咏古鏡

青銅留美質，玄錫出良工。剝蝕殉秦冢，悲歡照漢宫。挂壁菱花艷，藏匣桂輪空。佳人時拂拭，莫使素塵蒙。

【附】徐𤊹《咏照鏡》：『臨妝施廣黛，春笋畫雙蛾。菱花雜玄錫，芙蓉映碧波。釵梁金縷鳳，髻影翠盤螺。淡掃翻增媚，斂笑玉顔酡。』（《鼇峰集》卷九）

咏百花畫帳

羅帷圖百卉，宴寢自生香。不羡雕欄[一]艷，猶如金谷芳。嬌枝沾暮雨，弱榦耐秋霜。更有雙連理，夜發合歡床。

【箋】金谷　詳卷三《帝京篇》。

【附】徐𤊹《題牡丹畫帳贈友》：『誰寫天香雪一枝，春風綽約擁嬌姬。花容人面渾相似，明月從教鑒薄帷。』（《鼇峰集》卷二十六）按：𤊹詩題稍异，録以備考。

咏薰爐

範金呈麗飾，長向蘭閨爇。籠袖玉肌温，薰床珠被熱。永夜焰常燃，殘更芬不滅。佳人夢乍醒，枕畔添香屑。

【附】徐𤊹《咏薰爐》：『良夜珊瑚枕，東風玳瑁床。時薰合歡處，長伴温柔鄉。氣助冰肌暖，馨送玉魂香。曉來體芬馥，何殊荳蔻湯。』（《鼇峰集》卷九）

咏美人畫眠

金釵斜欲溜，玉枕倦相依。瞢騰含媚眼，展轉皺羅衣。汗沾香粉膩，幔隔黛痕微。夢只縈閨閣，不逐楚雲飛。

[一] 欄，配鈔本作『檻』。

【附】謝肇淛《美人晝眠》：『金屋春閑綉懶拈，鮫綃輕透遠山尖。釵横時罥烟鬟亂，褥暖微生粉汗沾。爲雨爲雲香冉冉，半愁半醉玉纖纖。日斜花影當窗見，侍女低垂翡翠簾。』（《小草齋集》卷十八）　徐𤊹《咏美人晝眠》：『閨闥東風困，簾櫳春日長。篝紋承碧袖，帳影隱紅妝。錦衾纏翡翠，角枕壓鴛鴦。汗漬潛銷粉，花欹漸褪香。支頤斜珥飾，含眼怯窗光。夫君恐驚覺，低語入蘭房。』（《鼇峰集》卷九）

咏美人理髮

犀梳流半月，蟬鬢亂濃雲。釵梁卸巧飾，膏沐散餘芬。垂肩遮寶珥，委地拂羅裙。新作盤龍結，含笑問夫君。

咏美人觀畫

國色看如畫，丹青疑是真。誰能分麗質，各欲競丰神。江濱有兩艷，下蔡見雙身。只恐朱顔謝，不及卷中人。

【箋】下蔡　下蔡縣，故址在今安徽鳳臺縣。

〇宋玉《登徒子好色賦》：『東家之子，增之一分則太長，減之一分則太短。著粉則太白，施朱則太赤。眉如翠羽，肌如白雪，腰如束素，齒如含貝。嫣然一笑，惑陽城，迷下蔡。』

【附】徐𤊹《咏美人看畫》：『丹青圖玉貌，粉黛映釵梁。兩邊嬌態度，一處鬥容光。真僞應難辨，妖冶共非常。惟有調巧笑，勝却畫中妝。』（《鼇峰集》卷九）

題畫鶴

在陰胎化質，練素寫珍禽。差池出玄圃，凄切逐瑶琴。凝霜時振羽，警露有餘音。乘軒雖竊寵，終銜恩遇深。

題畫鹿

畫圖呈瑞應，靈物著天休。浮江同濯濯，呼侣各呦呦。青莎騰或倚，豐草伏還游。蒼玄幾變色，遐算逾千秋。

賦得欲笑翻成泣

悲欣無定態，啼笑一時并。粉痕歡眼注，鉛水嫵容生。兩犀方奮齒，雙箸忽吞聲。誰云射雉樂，翻作泣鮫情。

七夕咏牛女

銀河低彩幔，珠箔捲針樓。星丸彈靈鵲，雲錦幞牽牛。歡憎今夕促，泪續去年流。何當延兔影，長將鳳駕留。

【附】謝肇淛《牛女詞》：『秋露冷天階，明河如素練。黄姑與織女，歲歲來相見。相見即相離，含情不能語。雙泪落九天，散作三秋雨。』（《小草齋集》卷四） 徐𤊹《七夕詞》：『河邊欲赴佳期約，雲錦支機暫抛却。未飲瓊漿玳瑁筵，先已迴尊謝烏鵲。相逢初叙去年情，臨别還期隔歲盟。兩情歡洽不能盡，回首東方生啓明。』（《鼇峰集》卷七）

美人篇戲贈陳參軍

蘭夢方徵吉，傾城得細君。纖看眉上月，濃愛鬢邊雲。聽琴猜斷索，織錦辨迴文。共誇新婦好，真可配參軍。

【箋】陳參軍　陳濂（？—一六〇九），字道源，惠安人。參見卷六《贈陳道源參軍》；又徐𤓰有《答陳道源參軍》（《鼇峰集》卷十六）。

〇張正聲《惠風姓氏》：『陳濂，字道源，號麟崧。丙辰進士。官參政，性至孝。』（《惠風》卷首）

和陳參軍送客未還閨中有望

別雖無百里，情亦似三秋。薰香虛侍寢，看月怯登樓。心慵朝鏡掩，望切晚妝留。知君南浦泪，不獨送人流。

爲屠田叔太守新姬催妝

燈光滿九衢，弦筦待名姝。羞嗔夫婿促，嬌倩侍兒扶。鬟濃耀寶飾，珮響按羅襦。含顰疑有態，斂色看成都。欲泣聲先顫，將行步復須。梁鶯栖玳瑁，枕怯索珊瑚。除釵勞屢喚，近帳費低呼。情通呈臉暈，語澀静唇朱。蘭膏薰帊閾，香氣郁流蘇。展轉動金釧，綽約見冰膚。使君今有婦，五馬不踟躕。

【編年】萬曆二十七年己亥（一五九九）。

【箋】爲屠田叔太守新姬催妝　屠田叔，即屠本畯，詳卷三《分得黄金臺送屠田叔轉運使京》。

○徐熥《寄屠田叔太守》：『春初以一札，附林書記遠候，既而此生行至姑蔑而返，此書遂復帶歸。使者入閩，得領手教。每一披誦之餘，恍同晤對。至于追叙舊歡，則此心怛然耳。聞君侯以正月之杪，始駕五馬而西，計此時當在洞庭、瀟湘之浦矣。新納小姬，定是佳麗，又寵屬專房，秋娘無妒，簿書之暇，移遠山于眉黛，樂何可云。漫賦《催妝詩》一章，附二三子之後，寄呈博笑。』（《幔亭集》卷二十）按：屠本畯舊姬亡于去歲。新姬，張氏。

【附】陳薦夫《屠辰州納小姬張氏戲寄二十韻》：『緑珠還碧玉，錦瑟復琵琶。羅襪宫鸞淺，香肩綉領斜。名通題後葉，年及破來瓜。腰細輕勝燕，環濃净點鴉。暖融衾裏雪，嬌絢鏡中霞。衣緑名方稱，牽紅禮正嘉。錦絲長步障，油壁短轅車。内傳行相慰，東鄰去不遐。麗華歸綺閣，窈窕出張家。牛怯銀缸滅，徐猥翠幕遮。狂心嫌鄭重，譽口競咨嗟。意得形骸略，恩深寵遇奢。停歡愁夜漏，凝□惜春華。帳底羔羊酒，琴邊小鳳茶。文聲揚皓齒，借手押紅牙。巧笑迎歸院，含情促放衙。宜男□日草，結子异時花。妝省秋娘妒，書從故友誇。温柔鄉足老，判不采辰砂。』（《水明樓集》卷四）　徐𤊹《屠田叔元夕納新姬張氏催妝一首》：『妖嬙年十五，生長越溪濆。傾國求名士，專房屬使君。姓同張静婉，人是薛靈芸。額上新黄試，眉端鬱翠分。鬢絲梳鬖鬡，汗粉膩芳芬。桃葉迎初至，蘼蕪采乍薰。七香行處輦，六幅嫁時裙。菡萏思相并，鴛鴦待作群。婢將奩具啓，奴勸舞衣熏。玉液浮尊合，瑶笙促調紛。金爐龍腦熱，火樹鳳膏焚。鏡帖梅妝巧，脂添杏臉醺。佩寬璫有韵，鉛印枕生紋。四德嬪而婉，三星喜載欣。月櫳迴綽約，斗帳動氤氳。舞燕纖腰轉，嬌鶯細語聞。臂紗鬆繫結，頭錦卸纏文。意會歡娛易，情回應對勤。真堪逢宋玉，寧比配參軍。琴瑟和偏好，衾裯樂未云。高唐今此去，不但夢爲雲。』(《鼇峰集》卷十二)

幔亭集卷之四終

幔亭集卷之五

閩中徐　熥惟和著
友人陳薦夫幼孺選
王　若相如編

五言律詩

出塞曲二首[一]

其一

羽檄交馳急，横戈賦遠征。五更邊地角，雙泪漢臣纓。夜月胡霜影，秋風隴水聲。何時清絶漠，歸去報承明。

其二

窮冬生朔雪，寒色滿交河。絶塞人烟少，荒城戍角多。關山同漢月，部落半羌歌。欲破匈奴膽，君

[一] 二首，底本無此二字，據目録補。

王莫許和。

【箋】隴水　源于隴山（六盤山），注入今甘肅西部静寧之葫蘆河，經秦安流入渭河。

○酈道元《水經注·渭水上》：『渭水又東與新陽崖水合，即隴水也。東北出隴山，其水西流。』

交河　交河故城在今新疆吐魯番市西。

【附】鄧原岳《出塞曲四首》，其一：『羽書初報警，萬騎出居延。列帳朝吹角，移營夜控弦。雁聲沙迹月，馬色柳細烟。怪得前烽黑，單于已近邊。』其二：『孤軍猶轉門，千里赴師期。立馬胡塵暗，磨刀隴水悲。腥風吹虎帳，朔雪壓龍旗。却笑漢飛將，無功緣數奇。』其三：『塞外風霜苦，軍前草木愁。銜枚因渡險，選騎爲防秋。轉戰黑山北，横行青海頭。平生懷壯志，原不取封侯。』其四：『束髪事戎行，威名重朔方。騎將大宛馬，縛取鹿蠡王。日落烽烟黑，天低戰血黄。歸來報于子，并上萬年觴。』（《西樓集》卷四）　顔容軒《芝山社集賦得出塞曲》：『漠漠沙塵萬馬奔，八千貂錦對猿門。笳聲悲壯吹邊月，旂影參差蔽漢屯。北斗曾窺青海外，西風又過白登原。漫云此口無飛將，欲請長纓未敢言。』（《鳴劍集》，曹學佺《石倉十二代詩選·社集》）　謝肇淛《出塞歌》：『九月飛霜榆葉黄，匈奴游騎窺漁陽。天子按劍召頗牧，將軍帶甲辭明光。未央前殿賜金印，旌旗千里三川震。練光夜吼鸊鵜刀，殺氣秋横魚鳥陣。大漠風高日易昏，白沙如雪照營門。馬蹄亂蹴祁連月，鼓角吹開朔塞雲。塞雲邊月雜風雨，虜騎崩騰戰猶苦。先鋒已奪名王旗，後陣連催神臂弩。破竹休教匹馬還，驚看北斗挂南山。姓名盡勒燕然石，魂夢時飛青海灣。青海西頭漢月斜，蓬婆城上咽胡笳。三尺龍泉思報主，匈奴未滅莫言家。』（《小草齋集》卷九）　徐㶿《出塞曲庚寅四首》，其一：『横戈初出塞，虜犯白登城。曉戰風驅鼓，宵征月射營。胡塵凋馬影，邊角雜鴻聲。爲報將軍道，麟臺已勒名。』其二：『交戰陰山北，將軍李左車。鳴金喧塞月，吹角起胡沙。深壘雲爲陣，關河雪作花。直須窮虜穴，壯士莫言家。』其三：『軍中催戰鼓，心膽落胡兒。關月傳刀斗，邊風捲羽旗。沙飛陣不見，霜滑馬難支。報國艱危盡，燕然看勒碑。』其四：『斬得樓蘭首，三軍奏凱還。戰魂争度隴，枯骨亂成山。歲月麾頭落，烽烟戍壘閑。十年遼海上，損盡壯夫顔。』（《鼇峰集》卷十）

陌上桑

賤妾是羅敷，條桑向路隅。捲衣伸玉腕，掩袂謝金夫。幹弱摇絲籠，枝繁罥綉襦。蠶饑歸去急，五馬枉踟躕。

【附】謝肇淛《陌上桑四首》，其一：『鬱鬱陌上桑，皎皎桑間女。含情不自言，東風吹羅紵。』其二：『鬱鬱陌上桑，呢呢梁間燕。夫婿在遠方，珠簾爲誰卷？』其三：『鬱鬱陌上桑，盈盈花間露。故人不如新，新人有時故。』其四：『鬱鬱陌上桑，粼粼水中石。年年湖水清，照人無顔色。』（《小草齋集》卷二）　林光宇《陌上桑二首》，其一：『秉燭理殘妝，涉露持筐出。爲慮桑葉稀，傷絲不成匹。』其二：『晨去暮來歸，乃在三春時。系條采桑葉，辛苦爲誰絲？』（《榕陰新檢》卷十六《詩話》引《竹窗雜録》）

巫山高

宮殿傷蕪没，峰巒入杳冥。猿聲經峽慘，山色近湘青。神女魂何處，襄王夢已醒。朝昏見雲雨，猶自想精靈。

【附】謝肇淛《擬漢鐃歌十八首·巫山高》：『巫山高，不可梯；巴水深，不可厲。山高多荆棘，荆棘罥我足；水深有蛟龍，龍鱗不可觸。美人勞我心，胡獨在空谷？』（《小草齋集》卷二）　徐𤊹《巫山高》：『巫山高出漢，杳靄通荆門。十二峰巒色，猶疑雲雨昏。林密飛春鳥，岩深嘯暮猿。誰作高唐賦，能招神女魂。』（《鼇峰集》卷二）　林光宇《巫山高二首》，其一：『巫山高，愁殺我。十度思歸九不果。』其二：『三峽水上二六峰，千年□空作芙蓉。楚魂栩栩去絶踪，飛雲走雨愁相從。瑶姬夜語□腰宫。空朝空莫摧昔容，玉壺孔裏咽神龍，耳邊鼉鼓聲逢逢。』（《林子真詩》不分卷）

梅花落

繁花生絶塞，春至幾枝空。舞雜梁園雪，飄隨庾嶺風。妝臺香點砌，官閣影辭叢。少婦高樓上，含凄曲調中。

【附】陳鳴鶴《梅花落》：『一夜春風發，吹殘幾樹梅。逐群疑蝶散，點額□蜂來。輕薄依羅袖，芬芳戀鏡臺。年華開且落，夫婿不知回。』（《泡庵詩選》卷二）　徐𤊹《梅花落》：『中庭梅樹好，繁花歷亂生。雪中欣獨潔，霜下羡能榮。胡人吹笛韵，趙女蹋歌聲。故心終不變，應看

結子成。』(《鼇峰集》卷二)

折楊柳

别時曾一折,羌管不堪聽。愁鎖眉同翠,嬌迴眼共青。征途悲雨雪,古驛望流星。却狠飛空絮,隨波化作萍。

【附】鄧原岳《折楊柳》:『榆關人不返,折柳寄相思。恨别三千里,緘愁一兩枝。春歸懷遠道,雁去悵佳期。莫待花如霰,漂零君始知。』(《西樓集》卷四)　陳鳴鶴《折楊柳》:『楊柳拂河橋,春風别路遥。君心花歷亂,妾貌葉蕭條。嫩色鶯邊老,離魂笛裏銷。南枝攀折盡,正好望回鑣。』(《泡庵詩選》卷四)　謝肇淛《折楊柳》:『青樓大道傍,垂柳復垂楊。白馬黄金勒,春風何處郎。柔支縈素腕,香絮裛啼妝。看盡年年别,曲終空斷腸。』(《小草齋集》卷二)　徐㶿《折楊柳》:『春歸楊柳生,堤畔拂盈盈。迎風花撲地,是妾斷腸情。細腰絲共弱,纖手葉同輕。月下相思曲,魂散隴頭聲。』(《鼇峰集》卷二)

關山月

一片關山月,悲歡望不同。穹廬光照海,沙迹影連空。輪滿開秦鏡,弦斜倚漢弓。年年三五夜,魂斷玉樓中。

【附】謝肇淛《關山月》:『掃却黄金階,河漢當窗流。此夜關山月,偏照相思樓。徘徊雲母帳,錯落珊瑚鈎。邊鴻何處度,知向海西頭。』(《小草齋集》卷二)　徐㶿《關山月》:『此夜關

山月，金閨皓魄孤。半規南照漢，千里北侵胡。素華愁賤妾，淡影怨狂夫。最傷同破鏡，雙泪落如珠。』（《鼇峰集》卷二）

隴頭水

秦川分兩水，嗚咽不能休。飲馬水[一]猶凍，磨刀血半流。東西隨隴坂，遠近入邊州。萬古聲無盡，惟添征戍愁。

【附】謝肇淛《隴頭水》：『隴水深無極，頻年嗚咽嗚。秋風吹不盡，都入國西營。關月凄凉色，胡笳斷續聲。秦川不可見，游子若爲情。』（《小草齋集》卷二）　徐𤊹《隴頭水》：『隴水空嗚咽，千年只向東。流歸青海外，聲入玉關中。浴雁照寒月，飲馬帶悲風。望斷秦川路，征人恨不窮。』（《鼇峰集》卷二）

紫騮馬

躞蹀[二]横行意，悲鳴戀主身。金鞭垂漢月，玉勒控胡[三]塵。影絶追奔易，蹄高轉戰頻。不辭流汗血，未可事和親。

[一] 水，鄭跋本、福建師大本作『氷』，詩正文兩『水』字同誤。以下『水』字，鄭跋本、福建師大本凡作『氷』，不再出校。

[二] 躞蹀，文淵閣《四庫全書》本作『蹀躞』。

[三] 胡，文淵閣《四庫全書》本改爲『邊』。

【附】謝肇淛《紫騮馬》：『將軍紫騮馬，蹀躞向安西。花動連錢色，雲浮碧玉蹄。胡沙看欲鬥，漢月照還嘶。百戰歸來日，猶憐錦障泥。』（《小草齋集》卷二）

銅雀伎

銅臺遺令在，玉座主恩非。舊曲流哀管，餘香散舞衣。繐帷空寂寞，羅綺失光輝。日日西陵望，君王歸不歸。

【箋】銅臺　銅雀臺，在今河北臨漳（明屬河南彰德府）。

○李賢《大明一統志》卷二十八《河南·彰德府》『銅雀臺』條：『在臨漳縣治西，魏曹操築，并金虎、冰井三臺，相去各六十步，其上複道、樓閣相通，中央懸絶，鑄大銅雀，高一丈五尺，置之樓頂。』

西陵　此處指曹操葬地。

○曹操《遺令》：『吾婢妾與侍人皆勤苦，使著銅雀臺，善待之，于臺堂上安六尺床，施繐帳，朝晡上脯糒之屬。月旦十五日，自朝至午，輒向帳中作伎樂。汝等時時登銅雀臺，望吾西陵墓田。』

【附】徐𤊹《銅雀妓》：『日暮悲風起，荒臺掩泪登。妝成空自好，歌罷恨難勝。繐帳成塵土，漳河感廢興。昔時人不見，何忍望西陵。』（《鼇峰集》卷十）

送人赴安西

離亭征馬嘶，送子赴安西。後會知何日，前途方鼓鼙。天寒白草瘦，沙闊黄雲低。所惜同心遠，能無心慘凄。

【箋】送人　疑送鄭琰。卷五有《懷鄭四琰客邊》；陳仲溱有《寄懷鄭十四翰卿客邊》（《晋安風雅》卷六）。

安西　指今甘肅玉門、安西、敦煌一帶。

題方廣岩廨院

參禪覓野寺，凉月滿空山。行到叢林裏，溪流隔幾灣。老僧擁衲坐，孤鶴聞鐘還。回首來時路，渺茫烟靄間。

【箋】方廣岩　在今永泰縣。

○王應山《閩都記》卷二十八『郡西南永福勝迹』：『在縣東七里舊保安里。五代漢乾祐二年建寺，後毁。國朝永樂十四年重修。其山峭拔千仞，上有石室，可庇千人。内構室三重，不假片瓦。宋時，黄非熊讀書其中，嘗摭山中十奇，各有詩刻于石。有聯云：「石室雲開，見大地山河，三千世界；水簾風捲，露半空樓閣，十二欄杆。」十奇謂：玉泉洞、瑞松塢、鐘磬石、聽泉岩、瀑布泉、懸岩千丈，散若瑶瓊，響如琴瑟。龍樹岩、靈羊谷、龍尾泉，有石如龍，貫岩洞中，潑潑然僅見其尾，有泉沿尾而下，注于石盆，不盈不涸。望仙臺、清音洞。又有星岩、仙掌、仙樹、仙墻、仙芝、石門、石笋、石竈、石田、石燈、觀音影，咸若天成，靈境奇觀無兩者。岩之路口有井，曰白龍，其泉甘洌，瀹茗號第一泉。萬曆庚寅，林太守春澤子應起，募建空華閣于岩之下。林應憲書「方廣洞天」四大字，刻于石。」

○《〔萬曆〕永福縣志》卷一『紀地』：『……國朝正、嘉間廢。萬曆十八年，僧真潮重建天泉閣于故址。

次年，侯官林應起輩共舍田以供香燈。』

廨院　宋黄非熊建。

○謝肇淛《方廣岩記》卷一《本紀》：『（宋邑人黄）非熊剪荆斫險，攀緣而上，遂興寺僧。營度以臺爲佛殿臺，前架閣三層，左右禪房、法席、齋堂、香積，皆庇岩下而峥嶸壯麗，恍若兜率天都。元人林泉生題其柱曰：「石室雲開見大地山河三千世界，水簾風卷露半天樓閣十二欄干。」……國朝正、嘉間，僧業侵于豪右，山深糧絶，遂各他徙，臺之中央亦崩圮如井，獨高閣巍然，屹立于前。萬曆五年，僧德遠者折其材重建廨院。十八年，新安僧真潮同侯官林應起、陳鳴鶴、閩縣陳价大來游，岩之東隅尚有小樓，壁間皆國朝初諸名公題味，但臺閣崩圮，應起輩不勝滄桑之感，因首倡檀施，真潮普化十方，以十九年建閣五間。今廣西方伯侯官林如楚題其額曰「天泉」。』

塞上逢故人

胡笳聲正喧，一騎向秋原。偶爾聞鄉語，因之傷旅魂。停鞭問姓氏，掩泪叙寒暄。未盡悲歡意，沙場日又昏。

送僧還山

深林長閉關，歲久欲西還。落日人烟少，秋風梵磬閑。錫飛孤鶴外，衲過斷雲間。應嘆無期别，相尋何處山。

【附】徐𤊹《送僧還山》：『忽聞飛錫欲還山，塵世翻憐賦别難。積雪斷橋人迹少，斜陽古木鳥聲殘。空廊夜静孤鐘歇，叠嶂雲深一衲寒。此去萍踪無住着，相思長望路漫漫。』（《鼇峰集》卷十三）按：此詩非同時作。

元夕集宗少府宅二首[一]

其一

勝地春光早，開尊卜夜歡。更深銀燭短，風細玉簫寒。露氣凝疏幌，花陰罩畫欄。六街冶游子，香霧撲雕鞍。

其二

令節逢元夕，春光此地偏。竹枝游女唱，桂酌主人傳。漸覺銀河墜，還驚珠斗懸。悠然歸路晚，萬井散燈烟。

【箋】宗少府　即宗周（一五二八—一五九六），閩縣人。

○徐熥《詩人爵里詳節》：『宗周，字思兼，閩縣人。萬曆中監生，官餘姚主簿，卒年六十九。有《竹林集》。』（《晋安風雅》卷首）

○徐熥《登仕郎姚江簿宗先生墓志銘》：『宗先生名周，字思兼，别號魯山。其先隴西河寧人，爲宋名臣宗澤之後。洪武初，有諱嘉者，占戎籍于閩。……丙子歲，詣闕謁選，得餘姚主簿……先生生于嘉靖戊子年十月二十九日未時，卒于萬曆丙申年二月二十四日巳時，享年六十有九。』（《幔亭集》卷十八）

［一］二首，底本無此二字，據目録補。

○陳衍《閩侯縣志》卷八十九《藝術》上『宗周』條：『畫學沈周，間仿高克恭。』

溪行

空山收晚照，秋色滿川原。砧杵誰家婦，鷄豚何處村。叢林喧怪鳥，絶壁挂孤猿，白髮高堂上，遥遥正倚門。

重宿靈源洞懷珠上人[一]

重借蒲團宿，吾師已度杯。烟霞虚白社，衣鉢入黄梅。猶憶無生偈，空餘般若臺。靈源今夜月，依舊照蒼苔。

【編年】萬曆十五年丁亥（一五八七）。

【箋】靈源洞　在福州鼓山涌泉寺東。

○王應山《閩都記》卷十二《郡東》『靈源洞』條：『在涌泉寺之左。岩嵌怪石，下數十級以入，其中高廣數丈。五代梁徐寅有《十二咏》詩并《記》。』

白社　東晋廬山東林寺白蓮社之簡稱，一名東林社。僧慧遠與慧永、劉程之、宗炳、雷次宗等十八人在廬山東林寺結社，修净土之法，稱『白蓮社』。

送陳平夫歸六溪

送爾出關門，潮生野渡喧。離心數行雁，愁思一聲猿。月暗迷前浦，林疏見遠村。今宵燈影裏，相

[一]《重宿靈源洞懷珠上人》，黄任《鼓山志》卷十一此題下注『丁亥歲』三字。

憶倍銷魂。

【編年】萬曆十五年丁亥(一五八七)。

【箋】陳平夫　即陳邦注，詳卷二《懷陳平夫》。

六溪　陳氏住六溪，詳卷二《懷陳平夫》。

亂後經電白縣有懷故園

一夜攙搶落，東南乍息兵。黄雲依舊壘，白骨委孤城。八口蠻烟路，千家野哭聲。故園殘月影，偏向馬頭明。

【編年】萬曆十五年丁亥(一五八七)。

【箋】電白縣　今廣東茂名電白區。

〇李賢《大明一統志》卷八十一《廣東·高州府》『高州府』條：『電白縣，在府城東北四十五里，本漢合浦郡高凉縣地……(宋)置高州于此，元仍舊，本朝因之。』

樵川道中

停舟當薄暮，古寺報昏鐘。茅店斜臨水，柴門半倚松。雲蘿催暝色，霜葉老秋容。片月飛清影，寒山翠幾重。

【編年】萬曆十五年丁亥(一五八七)。

【箋】樵川　邵武別稱。樵川，一名紫雲溪。

○黄仲昭《八閩通志》卷十《地理·邵武府》「紫雲溪」條：「紫雲溪，在府城北。發源自光澤。西北二溪合流，帶勛、漠諸水至此，東下合郡中渚流，至順昌之富屯，流入劍溪，俗稱名「大溪」。因樵水入焉，又名「樵川」。」

送鄧郡丞擢河東轉運

征馬忽聞嘶，飛花趁馬蹄。一官司斥鹵，萬里隔雲泥。路入滹沱近，城連恒岳低。知君纔駐節，名已震關西。

【箋】鄧郡丞　即鄧于蕃，字白屏，南海（今屬廣東佛山）人。嘉靖三十一年（一五五二）舉人，歷福州同知、河東鹽運同知。

河東　今山西臨汾市。

○李賢《大明一統志》卷二十《山西·平陽府》「郡名」條：「秦名。」

滹沱　即滹沱河，海河水系子牙河上游支流之一，發源于山西省忻州市繁峙縣。

恒岳　五岳之一。北岳恒山，在山西省大同市渾源縣境内。

關西　崤山谷地函谷關、大散關以西地區。

舟次小箬溪遇邵廣文夢弼話别

邂逅白雲邊，停橈一問玄。去沽桑落酒，來醉廣文氈。月色催更柝，霜花壓釣船。相逢俱逆旅，明日各風烟。

【編年】萬曆十六年戊子（一五八八）。

【箋】小箬溪　在今福州西北。○王應山《閩都記》卷二十二《郡西北侯官勝迹》『小箬溪』條：『渡大目溪而西，爲松嶺鋪、白沙新驛、張聖廟、崇壽寺、雙髻峰、湯泉院、梅鋪山、小箬驛、仁溪。』『小箬驛，在小箬溪口，今廢。又大箬，距驛五里，并濱江，多人烟。』

邵夢弼　即邵傅，閩縣人。○徐熥《詩人爵里詳節》：『邵傅，字夢弼，閩縣人。隆慶四年歲貢，官王府教授。』（《晉安風雅》卷首）○郭柏蒼《全閩明詩傳》卷二十九：『（邵傅）有《村巔集》。』

桑落酒　古代名酒，詳卷三《送俞本之山人還金昌》。

劍津夜泛

夕翠飛丹壑，葱蘢色不分。神龍前代化，山鬼隔村聞。零露清殘月，流星入斷雲。溪邊高閣在，何處遇雷君。

【編年】萬曆十六年戊子（一五八八）。

【箋】劍津　即延津，詳卷二《劍浦送顧世卿》。

高閣　指雙溪閣。○李賢《大明一統志》卷七十七《福建·延平府》『雙溪閣』條：『在劍津上。宋陳瓘詩：「歲久謾傳龍變化，潭深誰睹劍鋒鋩。」』

雷君　即晋雷焕。參見卷三《赤岩吟爲大田令謝君賦》『劍津』條。

度何嶺憶家

鄉泪正紛紛，猿聲到處聞。孤峰遥聳翠，怪石自成文。憶弟吟春草，思親指白雲。投繻向關吏，何意學終軍。

【編年】萬曆十六年戊子（一五八八）。

【箋】何嶺　在今南平市延平區。

終軍　字子雲，濟南（今屬山東）人。西漢政治人物。少年好學，十八歲被選爲博士弟子。遺著有《終軍書》。

塔嶺道中[一]

樹老根盤鬱，峰奇勢不齊。單車穿宿莽，雙巘夾清溪。古驛喧猿語，荒郊印虎蹄。王孫歸未得，愁見草萋萋[二]。

【編年】萬曆十六年戊子（一五八八）。

【箋】塔嶺　在古田縣，嶺上有亭。

［一］《塔嶺道中》，《（萬曆）古田縣志》卷十三載此篇作《塔嶺》。

［二］萋萋，王應山《閩都記》卷三十《郡西北古田勝迹》載此篇，《（萬曆）古田縣志》卷十三載作『凄凄』。

○王應山《閩都記》卷三十《郡西北古田勝迹》『塔嶺亭』條：『在周嶺上。西通南平，北往政和，分岐于此。』

○《〔萬曆〕古田縣志》卷二：『塔嶺，在水口之北。嶺上有庵，庵前有塔。亦一奇勝云。』

仙霞曉發

早起肅行役，寒威何太嚴。防身惟短劍，沽酒有長髯。故國山河盡，愁心日夜添。鷄聲催出客，殘月挂茅檐。

【編年】萬曆十六年戊子（一五八八）。

【箋】仙霞　仙霞關。

○李賢《大明一統志》卷四十二《浙江·衢州府》『仙霞關』：『在江山縣南一百里，抵福建界。爲入閩咽喉之地。今置巡栓司。』

○周亮工《閩小記》三『仙霞嶺』條：『閩由浦城往浙，必度仙霞。峻嶺高三百六十級，凡二十八曲，長二十里。宋史浩帥閩過此，始募甃石路，行者便之。』

【附】謝肇淛《五雜組》卷四：『閩中自浙之江山入度仙霞嶺，亦自險絶，北人度，汗津津下矣。余己丑夏下第，適天欲雨，暝雲四合，與徐惟和自絶頂直趨至平地，而後雨作。』按：謝氏所記系次年落第過仙霞的景况，録以備考。

度西陽嶺

絶巘疑無路，披蓁霧裏行。千尋皆鳥道，四壁半猿聲。田父扶犁出，山僧倚錫迎。停驂聊買醉，霜月滿孤城。

【編年】萬曆十六年戊子（一五八八）。

【箋】西陽嶺　在浦城。

○黄仲昭《八閩通志》卷六《地理·建寧府·浦城》『西陽山』條：『在清湖里。相傳西陽太守全景主居此。故名。』

舟次龍丘遇尹光禄留飲賦謝

黑髮朝參懶，聽松枕石眠。胸中才八斗，門下客三千。望氣關常紫，揮毫草正玄。自慚同侶笑，休覓孝廉船。

【編年】萬曆十六年戊子（一五八八）。

【箋】龍丘　在浙江龍游縣。

○李賢《大明一統志》卷四十三《浙江·衢州府》『龍游縣』條：『在府城東七十里，本秦太末縣。東漢末孫吴分置豐安縣，又改太末曰龍丘……（宋）紹興復名龍游。』

西湖立春

春色薄城陰，東風到武林。暖回鄒子律，病作越人吟。兒女他鄉淚，鶯花故國心。西湖有狂客，相對酒杯深。

【編年】萬曆十六年戊子（一五八八）。

【箋】武林　杭州别名。

〇李賢《大明一統志》卷三十八《浙江·杭州府》『郡名』條：『武林，因武林山而名。』

王百谷招飲半偈庵

歲晚過吴市，飄零念此身。投君三指刺，醉我百壺春。名下無虚士，天涯有故人。相逢談半偈，江上月華新。

【編年】萬曆十六年戊子（一五八八）。

【箋】王百谷　即王穉登，吴縣（今江蘇蘇州）人。

〇徐𤊹《先兄墓碑陰交游題名記》：『太學生王穉登，字百穀，吴縣人。』（《紅雨樓集》册九，《上圖稿本》第四四册，第四〇九頁）

〇曹學佺《王百谷詩序》：『游朱門如蓬户，爲文人亦爲長者。其交籍海内人，皆稱其爲廣大教化主，而不知其抗雲之節，嚌吐哺之行，不以其身傀也，如不終日也。』（《石倉五稿·西峰六三文》）按：曹所序爲百谷詩之全集。

〇錢謙益《列朝詩集小傳》丁集中『王較書穉登』條：『穉登，字伯谷，先世江陰人。移居吴門。十歲爲詩，長而駿發，雕香刻翠，名滿吴會間。嘉靖甲子，北游太學……伯谷爲人，通明開美，妙于書及篆隸，好交游善結納，譚論娓娓，移日分夜，聽者靡靡忘倦。吴門自文待詔歿後，風雅之道，未有所歸，伯谷振華啓秀，嘘枯吹生，擅詞翰之席者三十餘年。閩粤之人，過吴門者，雖賈胡窮子，必蹐門求一見，乞其片縑尺素。」

○朱彝尊《静志居詩話》卷十四『王穉登』條：『王穉登，字百穀，一字伯固，長洲人。國子監生。有《晋陵》《金昌》《燕市》《客越》《青雀》《竹箭》《梅花什》《荆溪》《松壇》諸集。伯谷詩亦華整，第嫌肉勝于骨。』

半偈庵　王穉登庵名。

○姚之駰《元明事類鈔》卷二十九『半偈庵』條：『明童子鳴《題土百谷半偈庵》詩：「偈學高僧課，人將大士師。」明徐𤊹《寄百谷詩》：「何日庵前談半偈，一瓶秋水玉蓮花。」』

毗陵舟中

行行驚歲暮，孤棹滯天涯。遠岸經橋合，寒流抱郭斜。何人分竹葉，無使寄梅花。苦爲微名累，蕭蕭兩鬢華。

【編年】萬曆十六年戊子（一五八八）。

【箋】毗陵　今江蘇常州。

○李賢《大明一統志》卷十《常州府》『郡名』條：『毗陵，漢名。』。

南徐除夕

倚棹南徐下，燕山北望遥。客程猶未半，殘歲只今宵。鄉泪當孤燭，愁心逐夜潮。高堂有白髮，何意向雲霄。

【編年】萬曆十六年戊子（一五八八）。

【箋】南徐　南徐州，今江蘇鎮江。

○李賢《大明一統志》卷十一《直隸·鎮江府》『郡名』條：『南徐，劉宋名。』

揚[一]子江望金山寺

纔過揚子渡，便覺氣蕭森。地勢分南北，江流自古今。浪翻塔影動，雲擁寺門陰。未慣風波苦，空餘涕泪深。

【編年】萬曆十六年戊子（一五八八）。

【箋】金山寺　在江蘇鎮江。

○李賢《大明一統志》卷十一《直隸·鎮江府》『金山』條：『在府城西北七里江中。宋周必大《筆録》：此山大江環繞，每大風四起，勢若浮動，名「浮玉山」。唐有裴頭陀于此開山，得金，賜名「金山」。山有裴公洞、龍王池、妙空岩、善財石，山後有孤峰，鶻栖其上，曰「鶻山」。』又『金山寺』條：『在金山。舊名澤心，梁武帝嘗臨寺談水陸會，唐改今名。宋改龍深寺。』

○徐㶿《題金山募緣疏》：『京口金山，在宋季有塔屹峙江心，歲久毀于火。歷數百年，無有興造者。老衲萬緣與其徒持心曾募金巨萬，創成七級塔。功成矣，第佛像未完、廊房未備，猶乏偉觀。』（《紅雨樓集》册九，《上圖稿本》第四四册，第二三七頁）

[一] 揚，此處及正文底本誤作『楊』。

揚子渡　古津渡名。江蘇邗江南有揚子橋，由此南渡京口，爲江濱要津。揚子橋，參見卷十四《揚子橋別馬季聲》。

漂母廟

淮水流無盡，荒城古廟存。何人憐國士，老嫗識王孫。雖有千金報，寧酬一飯恩。平生知己意，難與世人言。

【編年】萬曆十六年戊子（一五八八）。

【箋】漂母廟　在今江蘇淮陰。

○《江南通志》卷四十《淮安府》「漂母廟」條：「在府治望雲門外。」按：據《史記·淮陰侯列傳》，韓信早年寄食人下，有一漂母見信饑，飯信。韓信爲楚王，賜漂母千金。後人爲漂母立廟。

任丘道中

馬足怯春霜，燕山路正長。生涯慚小草，離緒寄哀楊。白骨新丘壟，黄沙古戰場。平安空有信，來往少同鄉。

【編年】萬曆十六年戊子（一五八八）。

【箋】任丘　任丘縣，今河北任丘市。

○李賢《大明一統志》卷二《河間府》「任丘縣」條：「在府城西五十里，本漢鄚縣地，屬涿郡。平帝使中郎將任丘城于此，因名任丘。」

李惟實過集客舍

擊筑過燕市，逢君醉濁醪。龍門叨御李，蟲刻愧投桃。歲月虚長鋏，風塵暗大刀。可憐燈影裏，相對兩青袍。

【編年】萬曆十七年己丑（一五八九）。

【箋】燕市　指北京城。

李惟實　即李元暢，詳卷二《寄李惟實》。

出都門懷程五表兄[一]

獻策不得意，呼童便束裝。人皆悲失路，我獨喜還鄉。拓落嘲玄草，驅馳愧緑楊。歸尋河朔侶，同擘荔枝香。

【編年】萬曆十七年己丑（一五八九）。

【箋】獻策不得意　徐熥會試下第。

游虎丘寺

一棹過蘭若，齋心禮法華。荒墳深據虎，古木亂栖鴉。寶塔凌空迥，幽岩逗月斜。生公講亭在，何處有袈裟。

［一］程五表兄，目録無此四字，據此詩題補。

【編年】萬曆十七年己丑(一五八九)。

【箋】虎丘寺　在江蘇蘇州。

〇李賢《大明一統志》卷八《中都·蘇州府》『虎丘寺』條:『在虎丘山。晉司徒王珣與弟珸捨宅爲之,其寺有生公講堂。昔生公講經于此,無人信者,乃聚石爲徒,講至理,石皆點頭。』

〇謝肇淛《游燕記》:『(萬曆十七年四月)十二日陟虎丘,蒼木夾道,奇巘叠出。入數十步,又爲吴王試劍石,左憨憨泉。又進爲生公講堂、點頭石及千人坐石,石勢嵯岈,而流泉湛然縈其側。後爲劍池,男女遝遝數百人及僧道輩携□□環坐泉石間。』(《小草齋文集》卷七)

生公　晉末高僧竺道生的尊稱。參見上條。

同吴之衛馬雲卿飲張幼于曲水草堂

兩度過吴市,今來得問奇。榻從花下設,人在竹間窺。座客皆黄髮,先生自白眉。名園依曲水,芳宴共題詩。

【編年】萬曆十七年己丑(一五八九)。

【箋】吴之衛　即吴城。長洲(今江蘇蘇州)人。

〇徐𤊹《先兄墓碑陰交游題名記》:『處士吴城,字之衛,長洲人。』(《紅雨樓集》册九,《上圖稿本》第四四册,第四一六頁)

馬雲卿　即馬繼龍。保山(今屬雲南)人。

○陳田《明詩紀事》：『繼龍，字雲卿，保山人。嘉靖丙午舉人，官南兵部員外。有《梅樵集》……田按：梅樵詩流傳僅有鈔本，五七言近體，聲調流美，有彈丸脱手之妙。』（己籤卷八『馬繼龍』條）

張幼于　即張獻翼，長洲（今江蘇蘇州）人。

○徐𤇆《先兄墓碑陰交游題名記》：『太學生張獻翼，字幼于，長洲人。』（《紅雨樓集》册九，《上圖稿本》第四四册，第四〇九頁）

○錢謙益《列朝詩集小傳》丁集上『張太學獻翼』條：『獻翼，字幼于，一名敉。年十六，以詩贄于文待詔，待詔語其徒陸子傳曰：「吾與子俱弗如也。」入貲爲國子生……好游大人，狎聲妓，以通隱自擬，築室石湖塢中，祀何點兄弟以况焉。晚年與王百谷争名，不能勝，頹然自放……萬曆甲辰，年七十餘，携妓居荒圃中，盗逾垣殺之。』

○謝肇淛《游燕記》：『（萬曆十七年四月十三日）時惟和復訪張幼于于赤城山房，余以道遠，弗能從而歸。』（《小草齋文集》卷七）

【附】徐𤇆《題張幼于曲水草堂》：『時名早謝戀丘樊，三徑從無馬足喧。竹影密同張廌宅，桃花深比武陵源。山雲杳靄晴窺榻，池水漣漪曲抱門。傾蓋逢君欣下榻，主人高誼似陳蕃。』（《鼇峰集》卷十二）按：此詩非同時作，録以備考。

諧賞園別顧世卿

共醉尊中酒，驚看别後顔。神龍分劍浦，羸馬出陽關。園似游金谷，人如行玉山。相逢又相别，空有汨潺湲。

【編年】萬曆十七年己丑（一五八九）。

【箋】諧賞園　顧大典之園。

○錢謙益《列朝詩集小傳》丁集中「顧學使大典」條：「（顧大典）家有諧賞園、清音閣，亭池佳勝。妙解音律，自按紅芽度曲，今松陵多畜聲伎，其遺風也。」

○謝肇淛《游燕記》：「（萬曆十七年四月）十六日宿吴江顧先生家。」（《小草齋文集》卷七）

劍浦　詳卷二《劍浦送顧世卿》。

金谷　詳卷三《帝京篇》。

【附】徐𤊹《諧賞園訪顧世卿時長卿以前一日發舟入閩矣悵然有懷》：「烟水吴江曲，停橈一問君。悲歡情不定，懶慢事難聞。梅徑飛殘雪，松窗閉片雲。獨憐于役者，咫尺悵離群。」（《鼇峰集》卷十一）按：此詩非同時作，録以備考。

午日過江郎山

車度蒙茸裏，侵衣樹色涼。土音聞越客，山色見江郎。萍梗悲游子，菖蒲憶故鄉。龍舟何處競，簫鼓斷人腸。

【編年】萬曆十七年己丑（一五八九）。

【箋】江郎山　在江西江山市。

○李賢《大明一統志》卷四十三《江西·衢州府》『江郎山』條：『在江山縣南五十里，俗傳嘗有江氏兄弟三人登山巔，化爲石，故名。山頂有池，産碧蓮、金鯽。』

○謝肇淛《游燕記》：『（萬曆十七年五月）四日發清湖，復望江郎，雲霧晦冥，雷電轟爍，不可逼視。余兩人下輿疾趨，未及旅邸而驟雨大作，濕襜褘如注。』（《小草齋文集》卷七）

○徐霞客《游九鯉湖日記》：『始過江山之青湖。山漸合，東支多危峰峭嶂，西伏不起。懸望東支盡處，其南一峰特聳，摩雲插天，勢欲飛動。問之，即江郎山也。』（《徐霞客游記》）

○徐𤊹《徐氏筆精》卷六《詩話》『江郎石』條：『江郎三片石，相傳有江氏兄弟三人登之化爲石。宋王禹偁詩云：「三茅遺躅在金陵，又見江家有弟兄。謝朓門前春色好，一時分付與岩扃。」余觀江郎之石，高數十仞，非人所化必矣。然《郡國志》亦云江氏兄弟所化，歲漸長，此尤不根也。』

至家

故里經年別，今朝慰依閭。關河空阻絶，歲月易居諸。燕麥埋荒徑，鶯花老舊廬。莫嫌金已盡，還有一囊書。

【編年】萬曆十七年己丑（一五八九）。

【箋】至家　下第後五月至家。

○徐熥《述游篇》：『去年仲冬東行李，掩泪辭親赴燕市。今年五月將中旬，方能税駕歸田里。』（《幔亭集》卷三）

【附】謝肇淛《己丑五月至家二首》：『鳥雀噪柴關，行人萬里還。高堂新白髮，茅屋舊青山。犬吠重來客，花驚久別顔。貧居無不可，且學舞斕斑。』又：『相見兩悲歡，疏籬菊半殘。鬢衰兒不識，舌在婦相看。囊橐餘長鋏，滄洲有釣竿。夢魂驚未穩，猶畏路行難。』按：下第後，熥與肇淛自徐州以下一路同行。

行脚僧

何年辭故院，足迹遍雲天。有寺皆投宿，逢人便結緣。木杯窮歲月，錫杖老風烟。人境元成幻，行藏總是禪。

【編年】萬曆十七年己丑（一五八九）。

【附】陳鳴鶴《贈行脚僧》：『今歲峨眉頂，明年雁蕩間。聞鐘遥問寺，見獵別尋山。有鉢隨緣住，無家何處還。應知身是妄，芒履幾時閑。』（《泡庵詩選》卷四）

旱二首[一]

其一

入秋猶不雨，望已絶三農。處處憂豺虎，村村祭土龍。人情皆閔歲，天意豈乾封。米價騰如此，軍儲不罷供。

[一] 二首，底本無此二字，據目録補

其二

上天未悔禍，四野正皇皇。溪澗水亦涸，桔槔何處忙。誅求今正急，誰敢議開倉。苦乏謀生策，須求辟穀方。

【編年】萬曆十七年己丑(一五八九)。

嵩山寺贈净上人

古寺門空閉，青林紫衲僧。風傳齋後磬，雨暗座前燈。經不念中品，禪能參上乘。夜深談半偈，無愧佛圖澄。

【編年】萬曆十七年己丑(一五八九)。

【箋】嵩山　又名丁戊山，在福州城。

○王應山《閩都記》卷三《城郡東南隅》『丁戊山』條：『名嵩山，又名中山，在郡城之中。隱隆磅礴闤闠間。』按：趙世顯有《嵩山草堂社集》(《芝園稿》卷十四)。

芝山寺逢游元封兼懷宗振

當年曾一面，此夜遇禪居。乍見不相識，驚看鬢漸疏。阿咸元自達，痴叔竟何如。别後餘玄草，毋忘寄敝廬。

【編年】萬曆十七年己丑(一五八九)。

【箋】芝山　越山之支脉。

○《〔萬曆〕福州府志》卷四：『越王之支曰芝山。在城東北，有芝草生之。』

○趙世顯《三山雜咏》：『紫芝山上寺，寒雨五更鐘。起向高樓望，微茫烟樹重。』（《芝園稿》卷二十五）

○曹學佺《西峰字説》卷二十二《福建・福州府》：『（布政）司後堂北有小阜，喬木數株，即晋太守嚴高卜勝處，聳左而卑右，有池一泓，前人建後樂亭于其上，今改名嘉樹軒，或以爲即芝山也。』

游及遠　即游元封。莆田（今屬福建）人。

○鄭王臣《莆風清籟集》卷三十：『元封爲益藩上客，與同里姚園客、吴元翰、黄元幹皆預「金陵詩社」，才名籍甚。百餘年來，諸家詩俱散佚，予廣爲搜訪，各得數十首以傳。庶豊城寶劍不至長没土中也。』

○郭柏蒼《全閩明詩傳》卷三十三：『游及遠，字元封，日益子，子騰父。莆田人。萬曆中布衣。有《小竹林草》。』

宗振　即游士豪，詳卷三《建溪逢游宗振》。

阿咸　即阮咸，詳卷五《芝山寺逢游元封兼懷宗振》。

春興

入春纔數日，春意滿疏林。苔補階前色，禽傳竹外音。山容開曉霽，雲氣散輕陰。虚室無塵想，泠然物外心。

【編年】萬曆十八年庚寅（一五九〇）。

訪瀚上人

遁迹芝山寺，長年不出龕。行深忘色相，客至但和南。傳世燈千劫，隨身經一函。無言即真意，禪理豈須談。

【編年】萬曆十八年庚寅（一五九〇）。

【箋】瀚上人　即釋如瀚，廣東潮陽人。福州芝山寺僧，能詩。

【附】陳薦夫《贈瀚上人》：『一衲敝如此，何年出白雲。法隨根器説，名厭衆生聞。燈火明無盡，風旛寂不紛。東溪禪定處，松月夜分明。』（《水明樓集》卷三）　徐𤊹《懷友詩·如瀚上人》：『浪迹去無踪，空房偃舊松。禪心江上水，旅夢月邊鐘。住選何年寺，行經若個峰。黄梅君故土，仔細辨南宗。』（《鼇峰集》卷十）

溪行晚眺

溪上欲黄昏，潮平浪不翻。鐘聲雲外寺，燈影水邊村。荒坂牛羊下，前林鳥雀喧。桃花最深處，莫是武陵源。

【編年】萬曆十八年庚寅（一五九〇）。

清明客中寄惟起弟

迢遞京華路，風塵多苦辛。可憐三月暮，又負一年春。故里鶯聲老，天涯柳色新。孤燈風雨夜，憶汝倍傷神。

【編年】萬曆十八年庚寅（一五九〇）。

同王玉生惟揚弟登劍州明翠閣因懷宗思兼先生

高閣倚崚嶒，年來幾度登。危欄縈野竹，怪石抱枯藤。上界空香墜，前山翠色凝。因思舊游者，望斷白雲層。

【編年】萬曆十八年庚寅（一五九〇）。

【箋】劍州　詳卷三《石溪歌贈林隱君》。

明翠閣　在今南平市延平區凉傘鋪鳳冠岩峭壁之上。

宗思兼　即宗周，詳卷五《元夕集宗少府宅》。

王臺驛

古驛枕溪流，群山抱驛樓。灘聲寒午夢，鶯語動春愁。芳草王孫路，桃花漁父舟。白雲與流水，相對共悠悠。

【編年】萬曆十八年庚寅（一五九〇）。

【箋】王臺驛　王臺驛，俗傳爲越王葬處，一名王臺館，又名劍谷，在南平市延平區。

○《〔嘉靖〕延平府志·公署志》不分卷：「王臺驛，在天竺里。」

○楊正泰《〈明會典〉所載驛考·福建》「王臺驛」條：「又名王臺館。屬延平府南平縣。洪武初置，正統中毀于寇，景泰中復置，成化十九年（一四八三）復修。在今福建南平市西王臺。」（《明代驛站考》二）

【附】曹學佺《王臺驛俗傳爲越王葬處，一名劍谷》：『仙路來應遠，王臺迹已賒。入春楊柳樹，漬雨杜鵑花。谷口故藏劍，馬頭時轉槎。每逢幽僻處，遲坐日將斜。』（《玉華篇》）按：此詩作于熥卒後，録以備考。

舟行二首[一]

其一

空山駐夕陽，山色更蒼茫。隔岸蘋花白，滿汀蘆葉黄。寒蟬抱樹咽，金氣侵衣凉。此際溪行者，能無思故鄉。

其二

舟行正暮秋，晚眺思悠悠。驛路當溪斷，漁家傍竹幽。山阿全隱寺，石罅亂迴舟。坐聽寒溪水，潺湲日夜流。

【編年】萬曆十八年庚寅（一五九〇）。

秋日同女翔伯孺惟起集女大山齋

高齋秋氣清，殘暑坐來輕。竹外商飈度，松間天籟生。一杯桑落酒，千載薜蘿盟。我輩疏狂甚，誰當嵇阮名。

[一]　二首，底本無此二字，據目録補。

【編年】萬曆十八年庚寅(一五九〇)。

【箋】女翔　即陳鳴鶴。詳卷二《貽陳女翔》。

伯孺　即陳价夫,詳卷二《贈陳价夫薦夫》。

女大　即陳椿,詳卷二《與陳汝大鼇峰宴集》。

桑落酒　古代名酒,詳卷三《送俞本之山人還金昌》。

嵇阮　阮籍、嵇康,魏詩人、文學家,『竹林七賢』人物。

【附】徐𤊹有《秋日同陳汝翔陳伯孺惟和兄集陳汝大于山草堂》:『蔣生三徑荒,今日過求羊。一榻蘿陰合,滿階梧葉凉。晚楓當户赤,殘菊映衣黃。客散柴門寂,鳥聲喧夕陽。』(《鼇峰集》卷十)

劍浦得幼孺書

別君經一年,迢遞各雲天。彼此有消息,全憑書札傳。雁飛九峰外,夢到六溪邊。把臂知何日,開緘空惘然。

【編年】萬曆十八年庚寅(一五九〇)。

【箋】劍浦　詳卷二《劍浦送顧世卿》。

九峰　在今南平市延平區。

○李賢《大明一統志》卷七十七『九峰山』條:『在府城南,九山岧嶤相接,爲郡境諸峰之冠。』

六溪　陳氏住六溪，詳卷二《懷陳平夫》。

病中遲陳道育不至

幽齋啼暮禽，扶病自沉吟。孤燭當殘夜，疏鐘度遠林。月窺松隙小，雲閉竹房深。空有懷人意，杳無車馬音。

【編年】萬曆十八年庚寅（一五九〇）。

【箋】陳道育　即陳陽和，字道育，號元周，福清人。萬曆七年（一五七九）舉人。

○《（乾隆）福清縣志》卷十三《人物志》：『陳陽和，字道育，號元周，湯敬孫。萬曆乙卯鄉薦，授湖廣漢陽教諭……升浙江嘉興府通判。』

贈陳元之刺史

先生宗炳流，山水卧中游。隱矣能自適，澹然何所求。紫雲當日夢，黄菊此時秋。投老六溪上，依稀如十洲。

【編年】萬曆十八年庚寅（一五九〇）。

【箋】陳元之　即陳朝錠，閩縣（今福建福州）人。

○郭柏蒼《全閩明詩傳》卷二十九：『陳朝錠，字元之，閩縣人，烓孫，達子，朝鉅兄，邦注父。以恩貢入成均，中式，隆慶四年順天舉人，善化教諭，升定海知縣，遷崖州知州，改肇慶通判，進永寧府同知，卒年七十二。有《公餘稿》。』

宗炳　詳卷三《赤岩吟爲大田令謝君賦》。

慰陳振狂失釣艇三首［一］

其一

一夜秋江漲，聞君失釣航。聲應停款乃，歌忽罷滄浪。荻岸空殘月，蘆磯但夕陽。溯迴知所去，宛在水中央。

其二

枯纜何時絶，飄然嘆斷蓬。豈知漁父枻，翻作楚人弓。鶴侶今誰載，鷗群舊已空。中宵頻起望，或有石尤風。

其三

青錢費幾緡，買棹作漁人。岸火焚孤纜，秋風罷釣綸。飄零疑海怪，去住聽波臣。不返緣何事，君其問水濱。

【編年】萬曆十八年庚寅（一五九〇）。

【箋】陳振狂　即陳宏己，詳卷二《聽陳振狂彈琴因懷劉道子》。

失釣艇　陳宏己于福州南臺之倉山下洲築廬，有舟艇，失之。

［一］三首，底本無此二字，據目録補。

歲暮懷鄭六初

忽忽歲雲暮，天涯客未還。夢迴瓜步月，人隔秣陵關。驛路梅花瘦，空齋竹影閑。何時理歸棹，相對說青山。

【編年】萬曆十八年庚寅（一五九〇）。

【箋】瓜步　即瓜埠山。

○李賢《大明一統志》卷六《南直隸·應天府》『瓜埠山』條：『在六合縣東三十五里，又名「瓜步」，滁河經此入大江。』

秣陵　今江蘇南京，秦名秣陵。

夜坐

空齋寒似水，獨坐倍凄然。葉響林間雨，風聲竹杪泉。應門雙鶴睡，照佛一燈懸。暝色生蘿徑，飛來絶壑烟。

【編年】萬曆十八年庚寅（一五九〇）。

歲盡

范叔寒如此，其如復逼年。文章能作祟，吾道合迍邅。吏預催官税，門多索子錢。縱然貧到骨，不敢怨皇天。

【編年】萬曆十八年庚寅（一五九〇）。

【箋】范叔　范睢，字叔，戰國魏芮城（今屬山西）人。政治家。

○司馬遷《史記·范睢蔡澤列傳》：『范叔一寒如此哉？』

苦雨三首[一]

其一

淫雨經旬月，蓬嵩掩敝廬。饑烏藏樹杪，行蟻徙階除。天意高難問，交[二]游迹漸疏。山中簑笠在，長日自揮鉏。

其二

竟月雲陰合，千峰雨[三]脚連。田禾爛欲死，平陸潰成川。竹徑坐來惡，寒宵[四]聽可憐。因之廢櫛沐，白日枕書眠。

其三

九夏苦無雨，冬來何太繁。冥冥翻浪急，莽莽塞天昏。野服染[五]松翠，空墻綉蘚痕。山齋幽寂甚，

[一]　三首，底本無此二字，據目録補。

[二]　交，鄭跋本、福建師大本、文淵閣《四庫全書》本作『雲』。

[三]　雨，底本作『兩』，據文意改。鄭跋本、福建師大本、文淵閣《四庫全書》本作『雨』。

[四]　寒宵，鄭跋本、福建師大本、文淵閣《四庫全書》本作『焦房』。

[五]　染，鄭跋本、福建師大本、文淵閣《四庫全書》本作『霑』。

愁緒豈堪論。

【編年】萬曆十八年庚寅(一五九〇)。

約女大女翔振狂惟秦在杭藤山看梅二首[一]

其一

藤山梅萬樹，冬盡一齊開。粉面懷人瘦，香魂入夢來。翠微將失色，玉屑漸成堆。昨得花神檄，遲君共舉杯。

其二

梅塢餘殘雪，疏枝冷不禁。去招梁苑客，同作灞橋吟。十里花爲市，千家玉作林。慎毋披鶴氅，樹裏恐難尋。

【編年】萬曆十八年庚寅(一五九〇)。

【箋】女大　又作汝大，即陳椿，詳卷二《與陳汝大鼇峰宴集》。

藤山　今稱烟臺山，在今福州市倉山區。○王應山《閩都記》卷十四《郡南閩縣勝迹》『藤山』條：『其山一起一伏，如瓜如藤，亘五六里，故名。山多梅花，開時郡人載酒出游。有明真庵在梅塢中。由藤山分派一峰，反顧于後，爲鼇頭山。藤山之東爲下渡，廛居成市。』

[一] 二首，底本無此二字，據目録補。

梅塢　在今福州市倉山區烟臺山，參見上條。

梁苑　又名梁園、兔園，在今河南開封。

○李賢《大明一統志》卷二十六《河南·開封府上》『梁園』條：『在府城東南，一名梁苑。漢梁孝王游賞之所。』

灞橋　又作霸橋，在今陝西西安灞橋區。

○李賢《大明一統志》卷三十二《陝西·西安府上》『霸橋』條：『在府城東南霸水上，漢時送行者多至此折柳送别……《開元遺事》云：迎新送故，至此黯然，故又呼爲「銷魂橋」。』

【附】謝肇淛《報惟和看梅帖二首》，其一：『聞道藤江路，青山十里梅。定當騎馬去，或作隔年回。雪重全難辨，風寒半未開。願陪兔園客，花裏共銜杯。』其二：『春信何太早，江南花亂明。風吹瓊樹遍，人在玉山行。到處香堪飽，歸來夢亦清。只疑殘月落，别是一龍城。』（《小草齋集》卷十二）　徐𤊹《藤山看梅》：『載將竹葉滿青尊，先到藤山第一村。古樹苔深新樹淺，南枝香薄北枝繁。横斜松際霜侵骨，冷落墻陰月斷魂。十里寒芳餐不飽，相携隨意卧雲根。』（《鼇峰集》卷十四）　曹學佺《藤山》：『看花必逐節，節往花自衰。兹物有至性，恒與霜雪偕。而我歲寒友，嘆賞詎相違。一馳尺素約，好事紛然來。渡江戒舟楫，藉草陳尊罍。林攢應無暇，徑曲步屢疑。鴻雁自北至，驚叫聲忽哀。貞心寂何寄，良在擢素枝。』（《藤山看梅詩》不分卷）

按：徐、曹二詩非同時作，録以備考。

同女翔在杭看梅先宿蘆中磯二首[一]

其一

雪後尋梅塢，蘆中問釣磯。榻同陳仲舉，詩得謝玄暉。露氣凝江閣[二]，寒香動翠微。前林春色好，折得幾枝歸。

其二

白龍江上路，五里即梅林。蹔借蘆中宿，同諧物外心。清霜明竹屋，涼月墜花陰。姑射仙人夢，朝來不可尋。

【編年】萬曆十八年庚寅（一五九〇）。

【箋】蘆中磯　陳宏己所住之地，在今福州倉山區。蘆中，即蘆州，又名蘆下。○陳宏己《鼓山游記》：『社友謝在杭同錢塘胡德長過余蘆中磯，約以九日登絶頂。』（黄任《鼓山志》卷八）○王應山《閩都記》卷十三《郡東南閩縣勝迹》『蘆州』條：『在鳳山之南，又名蘆下。宋時陳氏居之，即仁濟侯礦之後，膴仕蟬聯。』

陳仲舉　南朝名士，字德言。武康（今浙江德清）人。

[一]　女，文淵閣《四庫全書》本作『汝』。二首，底本無此二字，據目録補。

[二]　露氣凝江閣，鄭跋本、福建師大本、文淵閣《四庫全書》本作『朔氣凝青幌』。

謝玄暉　謝朓，字玄暉，南齊詩人。

白龍江　即臺江，在福州南臺島北側。

○林楓《榕城考古略》卷下第三：『白龍江，又名臺江。與閩江同源，至洪塘分爲二岐，北行者經釣龍臺爲臺江，納北上衆流，過鼓山，復與南行者合流，匯于馬頭江，以達于海。』

姑射　仙人所居之山；亦指風姿綽約之神仙美人。

○《莊子·逍遥游》：『藐姑射之山，有神人居焉，肌膚若冰雪，綽約若處子。』

【附】謝肇淛《看梅宿陳七蘆中》：『松風吹落日，江上釣磯寒。屐向蘆中買，花先夢裏看。雲陰茅榻静，霜氣薜衣單。明發還携汝，前林雪可餐。』（《小草齋集》卷十二）按：陳七，即陳宏已。

蘆中磯曉起喜女大惟秦至

犬吠蓽門前，遥驚石榻眠。携來雙竹杖，穿破一林烟。袖出梅花譜，囊添麴米錢。歲寒盟不負，同醉白雲邊。

【編年】萬曆十八年庚寅（一五九〇）。

【箋】女大　又作汝大，即陳椿，詳卷二《與陳汝大鼇峰宴集》。

曉起看梅

花神催曉夢，枕上忽聞馨。路指梅林白，尊携竹葉青。蘿衣沾宿露，藜杖帶寒星。積雪看如絮，前村乍杳冥。

【編年】萬曆十八年庚寅(一五九〇)。

【附】謝肇淛《藤山看梅六首》,其一:『曙色乍微茫,江南一路霜。人裁梁苑賦,花學漢宮妝。繁粉面含雲濕,芳魂度月涼。不妨沉醉去,玉屑滿衣裳。』其二:『不識山中路,逢人即問梅。繁枝圍屋隱,老樹壓墻頹。瘦藉輕烟補,開須夜雨催。春光未衰謝,携酒賞千回。』其三:『但得看花地,何須問主人。山中一夜雪,江上隔年春。徑細香難散,寒多色未勻。無端風底急,撩亂白綸巾。』其四:『騎馬訪花神,繁枝照眼新。詩應憐水部,花亦愛山人。夜月迷青嶂,寒江亂白蘋。坐來清到骨,不復夢紅塵。』其五:『山氣曉冥冥,長林玉作屏。半遮流水白,時雜數松青。地主供花酒,人家結竹亭。客來香可醉,盡日不能醒。』其六:『一望白如虹,前山第幾峰。隨風香處處,隔水影重重。短樹堪藏鶴,疏枝欲作龍。羅浮今夜夢,恍在月中逢。』(《小草齋集》卷十二,又王應山《閩都記》卷十四《郡南閩縣勝迹》)

秋夜女大見訪留酌

故人當夜至,倒屣出相迎。坐久詩情發,霜寒酒力輕。殘更聽漸促,微月欲西傾。分手柴門寂,惟聞天籟聲。

【編年】萬曆十八年庚寅(一五九〇)。

哭同年黄紹馨孝廉

同領鄉書者，才名君最先。賦成栖鵬日，筆絶獲麟年。堂有雙黄髮，家無二頃田。交情盡一哭，泪灑寢門前。

【編年】萬曆十八年庚寅（一五九〇）。

【箋】黄紹馨　即黄殷薦，字紹馨。萬曆十六年（一五八八）舉人，與徐熥同榜。

○《〔萬曆〕福州府志》卷四十九『選舉』：『萬曆十六年戊子潘洙榜，府學黄殷薦《春秋》第五人。字紹馨。』

喜林逸民山人再至

相見各歡悲，風光异昔時。如何赤城客，又赴白雲期。情以重來密，詩從别後奇。試看雙鬢裏，添得幾莖絲。

【編年】萬曆十九年辛卯（一五九一）。

【箋】赤城　赤城山，詳卷三《霞林樵隱爲梁逸人賦》。

春日閑居四首[一]

其一

草閣春方暮，樫陰日未斜。蝸涎分斷壁，鶯語共鄰家。曲塢藏修竹，輕雲覆落花。卑栖有至性，長此卧烟霞。

其二

茆屋依青嶂，蒲團坐白雲。新茶燒竹煮，老柏雜香焚。壁古苔紋見，林深鳥語聞。冥心忘早晚，花外已斜曛。

其三

一室通幽徑，群峰列翠屏。空階半夜雨，新竹幾行青。山果猿争拾，岩扉鶴自扃。花間聞剥啄，客借太玄經。

其四

焚香坐翠微，山色入荆扉。日午鳥啼歇，門閑人迹稀。休糧孤鶴瘦，積雨野蔬肥。欲識静中意，白雲天際飛。

【編年】萬曆十九年辛卯（一五九一）。

[一]　四首，底本無此二字，據目録補。

【箋】太玄經　詳卷二《五君咏·陳伯孺》『太玄』條。

宿陳七吸江亭

高談當子夜，人世幾今宵。共步蘆中月，因歌竹外橋。孤琴清澹露，寒磬落歸潮。此地堪栖隱，頻來豈用招。

【編年】萬曆十九年辛卯（一五九一）。

【箋】陳七　即陳宏己。

吸江亭　陳宏己所建亭，在福州南臺。

〇郭柏蒼《柳湄詩傳》：『宏己隱于福州南臺之倉山下洲，築三齐堂、吸江亭，與陳椿、葉向高、徐熥、徐𤇍、曹學佺多有贈答。』（《全閩明詩傳》卷三十七引）

〇陳衍《閩侯縣志》卷十二《園宅》上『吸江亭』條：『在城南。陳山人宏己別業。』

【附】趙世顯《同諸子訪陳七吸江亭》：『乘春過薜荔，把酒坐莓苔。乳燕冲人過，幽花繞澗開。尊前横水石，竹外聳樓臺。攬筆裁新賦，應憐伯玉才。』（《芝園稿》卷五）　徐𤇍《同女翔玉生過振狂吸江亭時振狂自吴歸》：『江上幽偏地，同心小坐宜。薜痕粘徑密，花影壓亭欹。日落魚登市，雲深犬護籬。數甌陽羨名，高誦入吴詩。』（《鼇峰集》卷十）　王若《陳振狂吸江亭》：『亭據全臺勝，門開入海流。山川供醉眼，書卷對歸舟。話語雨侵榻，烹茶火著裘。藤山梅又放，吟篋定淹留。』（郭柏蒼《全閩明詩傳》卷三十八）按：以上三詩非同時作，録以備考。

烏石山贈僧

鷲嶺白雲邊，茆庵只數椽。污泥皆浄土，人境即諸天。山現空中色，花明定後禪。蒲團今已爛，趺坐不知年。

【編年】萬曆十九年辛卯（一五九一）。

【箋】烏石山　亦稱烏山，福州三山之一。

○王應山《閩都記》卷十《郡城西南隅》『烏石山』條：『與九仙山對峙，眉目海上，郡城最勝。烏石秀拔，周回有加于九仙，左弱右强。唐天寶中，敕改爲閩山。宋時又名道山。山有三十六奇……道山亭，在鄰霄臺之東，宋守程師孟建，曾鞏記之，今廢。萬曆初，督學胡定復作道山亭。』

鷲嶺　即鷲山、靈鷲山。在古印度摩揭陀國王舍城東北。泛指建有寺廟之山。

風雨

風雨來何驟，虚堂白晝[一]陰。木摧愁破屋，巢落不歸禽。水入花畦亂，雲埋竹塢深。殘虹開晚霽，飛瀑滿遥岑。

【編年】萬曆十九年辛卯（一五九一）。

[一]　晝，鄭跋本、福建師大本誤作『畫』。

宿林熙工面壁洞二首[一]

其一

精舍錦溪東，依然梵宇同。一燈禪榻寂，孤磬世緣空。花散諸天雨，松生萬壑風。池光與月色，相對意無窮。

其二

古洞傍岩陰，烟蘿一徑深。白雲皆幻迹，碧草自禪心。日午風旛影，月明霜磬音。已空人我相，任是世人尋。

【編年】萬曆十九年辛卯（一五九一）。

【箋】林熙工　林應起，字熙工，侯官人。人瑞翁林春澤之長子，如周（道魯）之父。隱于錦溪面壁洞。熥女徐坤適應起子林稷。

○曹學佺《林道魯先生墓志銘》：『熙工以長子貴，封國子監丞者。早歲蜚聲庠序間，青雲固可立致，自念其家世赫奕，恐招損之誡，忽弃去舉子業，而逍遥物外，耑精内典，人咸訝之，公不言其故，曰：「吾行吾志焉。」』（《西峰古稀集·文部》）

面壁洞　面壁洞，在福州水西南嶼勾漏洞，林應起修身之處。參見卷十六《林熙工面壁洞

[一] 二首，底本無此二字，據目録補。

詩序》。

錦溪　在福州南嶼。錦溪有八景：團青島、積翠臺、五雲岡、七星塢、遷鶯林、宿猿洞、蘿徑門、松風壑。

○王應山《閩都記》卷十九《湖西侯官勝迹》『錦溪』條：『在南嶼，旗山之别渚也。』

○何喬遠《閩書》卷三《侯官縣》『旗山』條：『其形若旗，與鼓山東西遥相望……下有勾漏里。溪流繞前，與現石合，曰「錦溪」。』

【附】陳薦夫《宿面壁洞》：『焚香擁褐宿空壇，三徑蕭疏竹數竿。滿地梅花門不啓，更疑深雪卧袁安。』（《水明樓集》卷八）　徐𤊹《月夜宿面壁洞》：『古洞無塵掩薜蘿，洞門惟許野僧過。夜深法磬聲初定，滿地松花月影多。』（《鼇峰集》卷二十四）　陳鳴鶴《面壁洞贈熙工》：『徑轉纔通客，豁然開洞天。雲歸禪榻裏，花暗佛堂前。居士但趺坐，山童恒晝眠。何須更面壁，覺性本來□。』（《泡庵詩選》卷四）　陳鳴鶴《宿面壁洞》：『隔江遥指水雲邊，松桂陰深别洞天。不爲折蘆來面壁，江南江北但隨緣。』（《泡庵詩選》卷六）　徐𤊹《林熙工贊》：『三千世界，六十春秋。一瓢一衲，一壑一丘。長齋也，皈心佛子；有髮也，混迹緇流。通隱，妙清濁之二致；逃禪，極福慧之雙修。自維摩詰傳雙林，得道之後，居士豈非其儔也歟！』（《紅雨樓集》册十二，《上圖稿本》第四五册，第二九八頁）　曹學佺《題面壁洞》：『主人元好佛，隨地即安禪。法水指明性，山花開净緣。西來應有意，何處一相傳。猶未離文字，題詩在洞前。』（《春別篇》，曹岱華《石倉詩稿》卷十四）按：此詩作于熥卒後，録以備考。

同林熙吉鄧汝高游錦溪竹林[一]

一路盡莓苔，濃陰晝不開。山依迂澗轉，泉逐斷橋來。同坐松間石，還傾竹下杯。隔溪烟磬晚，欲別又遲回。

【編年】萬曆十九年辛卯（一五九一）。

【箋】林熙吉　即林應憲，詳卷二《宿雲窩贈林熙吉》。

竹林　詳卷三《過鄧汝高別墅》。

【附】鄧原岳《同林熙吉熙工王玉生徐惟和興公游錦溪竹林》：『苦愛西溪竹千挺，修篁瑟瑟逗晴暉。石林空翠如烟潤，澗道流泉作雨飛。載酒偶隨芳草去，回車猶惜白雲違。山中桂樹堪招隱，矯首風塵幾是非。』（《西樓集》卷五）　徐𤊹《同林熙吉林熙工鄧汝高王玉生惟和兄集錦溪竹林》：『選勝共班荆，重林暑氣清。短橋通樹色，叢竹隱溪聲。日落鳥雙下，風高蟬亂鳴。悠然歸路晚，正值暮潮平。』（《鼇峰集》卷十）　曹學佺《錦溪》：『溪水明于錦，層波映不窮。山光籠竹滿，樹勢俯泉空。少却陰無日，虛疑響雜風。歸舟如可問，猶待暮潮通。』（《春別篇》）按：此詩作于熥卒後，録以備考。

[一]《同林熙吉鄧汝高游錦溪竹林》，王應山《閩都記》卷十九《湖西侯官勝迹》引此詩，作《游錦溪竹林》。

水西遲陳伯孺不至

之子來何暮，相思獨倚樓。望窮平楚月，魂斷錦溪流。對酒不成醉，看雲何處留。幾迴沙浦上，數盡往來舟。

【編年】萬曆十九年辛卯（一五九一）。

【箋】水西　又稱峴山，詳卷二《喜微師自水西歸》。

送陳十二仲溱歸柯嶼幽居

憐君復失意，别我向南還。落日陽崎渡，春風柯嶼山。馬行青草遠，人語緑楊間。歸去應垂釣，溪流第幾灣。

【編年】萬曆十九年辛卯（一五九一）。

【箋】陳十二仲溱　仲溱排行十二，故稱。陳仲溱，詳卷二《懷陳惟秦》。

陽崎　即陽岐江。

○王應山《閩都記》卷十四《郡南閩縣勝迹》「陽岐江」條：「有江臨江滸。宋釋褐狀元林迥居之。江匯上郡及懷、侯、永福渚山溪水，經西峽與馬江合，入于海。」

柯嶼　詳卷二《貽陳女翔》。

過白雲寺[一]

尋僧到白雲，便覺遠塵氛。古道少人迹，流鶯處處聞。泉聲歸澗寂，山色過橋分。坐聽疏鐘起，空林正夕曛。

【編年】萬曆十九年辛卯（一五九一）。

【箋】白雲寺　在閩清縣。

○王應山《閩都記》卷二十九《郡西閩清勝迹》『白雲寺』條：『在十七都賀權里。山勢高聳，林木翁郁，白雲吐其上，中有仙峰巨石。宋景祐三年建，今爲第一叢林。』

【附】陳鳴鶴《白雲寺曉眺》：『蘭若經過處，溪雲卷石床。楓殘千樹紫，梨熟幾家黄。流水聲兼磬，歸鴻影帶霜。浪游貪佛日，不覺邊斜陽。』（《泡庵詩選》卷四）

送劉季德還嶺南

盡此一杯酒，送君心黯然。魂飛瘴嶺外，路指海雲邊。春老花隨馬，潮平月到船。相思當後夜，閩粵异風烟。

【編年】萬曆十九年辛卯（一五九一）。

【箋】劉季德　即劉克治。順德（今屬廣東）人。

［一］《過白雲寺》，王應山《閩都記》卷二十九《郡西閩清勝迹》引此詩。

○徐𤊹《先兄墓碑陰交游題名記》：『貢士劉克治，字季德，順德人。』（《紅雨樓集》册九，《上圖稿本》第四四册，第四一五頁）按：徐熥有《寄劉季德秀才》《再與劉季德》（《幔亭集》卷二十）。

【附】徐𤊹《送劉季德歸南海辛卯》：『相逢苦不早，相送復沾衣。愁見孤帆影，遥從五嶺歸。青看海氣近，白望瘴烟微。家在羅浮下，秋風獨掩扉。』

送張叔弢博士自永嘉還長溪

青氈坐未暖，白馬東嘉還。夢繞龍湫水，門當太姥山。悲風起渡口，落月傷離顔。一望一惆悵，思君空閉關。

【編年】萬曆十九年辛卯（一五九一）。

【箋】張叔弢　即張大光，詳卷三《瞻鳳歌爲張叔弢賦》。

永嘉　永嘉縣，今浙江温州。

○李賢《大明一統志》卷四十八『温州府』：『附郭。本東漢章安縣東甌鄉，地屬會稽郡。永和中析置永寧縣。吴、晋屬臨海郡，隋初改爲永嘉縣，屬處州，後屬永嘉郡。唐宋爲温州治，元仍舊，本朝因之。』

長溪　福寧州州治。詳卷三《瞻鳳歌爲張叔弢賦》。

○徐熥《與張叔弢博士》：『花朝日，曾作書報記曹……凍石産自永嘉，去長溪猶庭廡間，又爲揚子談經處。幸爲覓數方，不佞當以十五城易之，庶不爲寶山空手哉。』（《幔亭集》卷二十）

龍湫水　在浙江樂清縣雁蕩山。

○李賢《大明一統志》卷四十八《浙江·温州府》『龍湫』條：『在雁蕩山。宋范宗尹詩：「龍湫信奇絶，飛泉落雲間。」』

太姥山　又稱大姥山，在今福鼎縣。

○李賢《大明一統志》卷七十四《福建·福州府》『大姥山』條：『在福寧縣東北望海里，山有三十六峰。王烈《蟠桃記》：堯時有老姆以藍染爲業，後獲九轉丹砂法，乘九色龍而仙。漢武帝時名曰「大姥山」，閩王封此山爲「西岳」。』

懷鄭四[一]琰客邊

仗劍干明主，壯心殊未休。風塵閩海夢，烟月薊門游。相憶坐與卧，去家春又秋。君懷弃繻志，當斬樓蘭頭。

【編年】萬曆十九年辛卯（一五九一）。

【箋】鄭四琰　鄭琰，閩縣人。琰排行第四，故稱鄭四。

○《〔乾隆〕福州府志》卷六十《人物·文苑》：『鄭琰，字翰卿，閩縣人，布衣。任俠，閩中詞館諸公，争延致之，高文典册，多出其手。每閉閣不聽出，琰笑曰：「吾具有鬚眉，安能作三日新婦，悒悒悶死？」遂走之金陵，新安富人吴生以上客禮之，琰醉後謾駡，爲吴所構捕，瘐死。所著有《翰卿詩選》《二陬詩稿》，徐𤊹常稱琰工七言。少游邊疆，集中多悲壯語，有《半生行》，尤膾炙人口。』

［一］鄭四，又作『鄭十四』。陳仲溱《寄懷鄭十四翰卿客邊》（《晋安風雅》卷六）。

薊門　詳卷五《送鄧汝高進士還朝二首》。

【附】陳仲溱有《寄懷鄭十四翰卿客邊》：『孤劍遠横行，凄其游子情。秋風吹黍谷，落日薊門城。黯然魂千里，蕭蕭葉數聲。客心方寂寞，永夜月長明。』（《晋安風雅》卷六）　徐𤊹有《寄鄭琰》：『久客住邊城，時聞隴水聲。朔風沙漠道，夜月海西營。烈燧何曾滅，哀笳不斷鳴。期君破强虜，莫起故園情。』（《鼇峰集》卷十）

送黄博士典試之楚二首[一]

其一

送汝正秋初，河橋柳漸疏。忽飛閩海鷁，去食武昌魚。湖水連官驛，湘雲擁使車。聖朝方急士，早上薦賢書。

其二

萬里楚天色，君行意若何。收將和氏璞，聽遍郢人歌。飄影洞庭盡，馬蹄衡岳多。勝游知有賦，莫惜吊湘娥。

【編年】萬曆十九年辛卯（一五九一）。

【箋】黄博士　即黄中，字印坤，古田人。

[一] 二首，底本無此二字，據目録補。

○徐𤊹《詩人爵里詳節》：『黄中，字印坤，古田人。萬曆中歲貢，官延平府教授。有《江上草》。』（《晋安風雅》卷首）

武昌　今湖北武漢市。

郢　楚國都城，在今湖北江陵西北。

衡岳　衡山，五岳之一，在湖南。

送周喬卿

交歡纔半載，歲晏復離群。馬上程三日，囊中錢幾文。行藏元似寄，世態總如雲。莫笑吾貧甚，梅花可贈君。

【編年】萬曆十九年辛卯（一五九一）。

【箋】周喬卿　周千秋，字喬卿，莆田人，號一丘，如埍子，莆田人。文雅能詩，與謝肇淛友善。晚歲目瞢，入武夷，築室北山碌金岩，静攝數載復明。後其子迎歸養，數載卒。按：參見卷二十《與周喬卿山人》。

【附】謝肇淛《周喬卿像贊》：『爾目蒿如，而非山澤之癯；爾衣褎如，而非逢掖之儒。抱膝高吟，左圖右書。猿鶴之與徒，而鞅掌之與居。人鮮不以爲迂、爲疏、爲愚、爲拘，而吾業已見其大都。要一言以蔽之曰：忠于謀人，而拙于謀其軀。』（《小草齋文集》卷二十三）　徐𤊹《周喬卿像贊》：『蒼乎其容，樸乎其質。既丘壑以置身，復江湖而托迹。茗碗爐香，長吟抱膝。神游象帝之先，詩闖唐人之室。然諾如山，交情若漆。是以與君投分，歷二十五年如一日也。』（《紅雨樓集》册十二，《上圖稿本》第四五册，第二八三—二八四頁）按：兩篇《像贊》作年不詳，附于此。

歌者陳郎戲作胡姬妝即席調贈

漢宮推麗質，結束作胡姬。蔡女還家日，明妃出塞時。狐裘裁袖闊，貂帽壓眉低。不必歌黄鵠，風霜貌不移。

【編年】萬曆十九年辛卯（一五九一）。

【箋】陳郎　卷二《贈歌者》：『梨園子弟紛成行，少年白皙稱陳郎。』疑即其人。

蔡女　指蔡文姬。

建溪中秋懷馬季聲諸子

對景不能歡，鄉心有萬端。青天一片月，白社幾人看。葉落知林瘦，溪深覺夜寒。南飛見烏鵲，何意獨憑欄。

【編年】萬曆十九年辛卯（一五九一）。

【箋】建溪　詳卷三《建溪逢游宗振》。

馬季聲　即馬欻，懷安（今福州）人。

〇郭柏蒼《全閩明詩傳》卷三十二：『字季聲，懷安人。森次子，熒弟。萬曆中諸生。有《漱六齋集》《廣陵游草》。』

○郭柏蒼《烏石山志》卷七《人物》：『欻，字季聲。王世懋爲督學時所以第一人。萬曆中鄉貢，任潮州判官，博覽群書，愛人下士，長聲詩，精八分。』按：馬欻兄馬熒，字用昭，與袁表選刻《閩中十子詩》。

白社　詳本卷《重宿靈源洞懷珠上人》。

關門曉發

關門何處通，路入亂雲中。鷄唱逐殘月，馬蹄隨曉風。泉飛別[一]澗響，葉盡秋[二]山空。感此封疆异，離心誰與同。

【編年】萬曆十九年辛卯（一五九一）。

【箋】關門　疑爲分水關。熥自建溪溯流至崇安（今武夷山市），越分水關進入江西。

九日集張幼于曲水草堂

虛亭來爽氣，秋色滿疏籬。楚客紉蘭佩，吴姬歌[三]竹枝。假山遥對户，曲水暗通池。不負登高興，渾忘故國思。

[一] 別，鄭跋本、福建師大本、文淵閣《四庫全書》本作『秋』。

[二] 秋，鄭跋本、福建師大本、文淵閣《四庫全書》本作『暮』。

[三] 歌，鄭跋本、福建師大本、文淵閣《四庫全書》本作『唱』。

【編年】萬曆十九年辛卯（一五九一）。

寄惟起弟

別來音信稀，憶汝忽沾衣。細雨孤帆遠，長天一雁微。魂隨青嶂斷，夢與白雲違。明歲黄花節，知余歸未歸。

【編年】萬曆十九年辛卯（一五九一）。

滸墅關逢王百谷

才作吴門別，重逢在水涯。青蚨沽緑酒，彩鷁載黄花。坐久潮初滿，談深日易斜。虎丘一片月，相送到京華。

【編年】萬曆十九年辛卯（一五九一）。

【箋】滸墅關　在蘇州，明置榷關于此。

○顧祖禹《讀史方輿紀要》卷二十四《中都·蘇州府》『滸墅』條：『府西北三十里。亦曰「許市」，商民稠密，爲運道要衝……景泰間改置榷關主事于此。』

金昌贈錢功父

半偈庵頭别，春風又幾年。相逢猶問姓[一]，感舊各茫然。爾我形容改，江湖夢寐牽。此心倍悲喜，

[一] 姓，鄭跋本、福建師大本誤作『妵』。

莫怪太留連。

【編年】萬曆十九年辛卯（一五九一）。

【箋】錢功父　即錢允治，長洲（今江蘇蘇州）人。

○徐𤊹《先兄墓碑陰交游題名記》：『處士錢允治，字功父，長洲人。』（《紅雨樓集》册九，《上圖稿本》第四四册，第四一一頁）按：允治父錢穀，參見卷十三《過錢功父懸磬室》。

金昌　蘇州，詳卷三《送俞本之山人還金昌》。

雲間旅情

一帆辭檇李，兩日到雲間。江路依松轉，柴門映竹關。顔隨秋色老，夢逐暮潮還。忽聽華亭鶴，悵然思舊山。

【編年】萬曆十九年辛卯（一五九一）。

【箋】雲間　今上海市松江區。

○李賢《大明一統志》卷九《松江府》『郡名』條：『雲間，因晋陸雲有「雲間陸士龍」之語而名。』

檇李　今浙江嘉興。

○李賢《大明一統志》卷三十九《嘉興府》『郡名』條：『檇李，古地名。』

華亭鶴　華亭，在今上海松江區。

○劉義慶《世説新語·尤悔》：『陸平原（機）河橋敗，爲盧志所讒，被誅。臨刑嘆曰：「欲聞華亭鶴唳，可復得乎？」』劉孝標注引《八王故事》曰：『華亭，吴由拳縣郊外墅也，有清泉茂林。吴平後，陸機兄弟共游于此十餘年。』

京口夜泊遲陳大不至

落日横京口，停雲更黯然。經旬同去住，此夕异風烟。目斷寒蘆外，魂銷孤燭前。榜歌頻起聽，永夜不能眠。

【編年】萬曆十九年辛卯（一五九一）。

【箋】京口　今江蘇鎮江。

○李賢《大明一統志》卷十一《直隷·鎮江府》：『郡名京口，三國吴名。』

陳大　即陳翰臣。莆田人。

○鄭王臣《蘭陔詩話》：『子卿爲高僧心玄轉世。十歲能文，工篆、隷。弱冠舉于卿鄉，入南都。以詩謁王元美，大見稱賞。亨年不永。三山建高賢祠，祀閩中往哲有文詞者，子卿與焉。父肅庵（陳邦經，字肅庵）有詩紀之云：「年來不盡西河泪，爲爾浮名一解顔。」』（《莆風清籟集》卷二十八『陳翰臣』條引）

○郭柏蒼《全閩明詩傳》卷三十一：『陳翰臣，字子卿。言孫，經邦子。莆田人，萬曆十三年應天中式舉人。有《三秀集》《北游草》。』

同彭正休陳子卿游金山遇張函一孝廉閔壽卿山人恩公若公

萬頃江如練，中流涌翠微。浪翻孤塔影，雲戀定僧衣。客路同聲少，空門聚首稀。斜陽各南北，惆悵水烟飛。

【編年】萬曆十九年辛卯(一五九一)。

【箋】陳子卿　即陳翰臣,詳卷三《破鏡行爲陳大賦》『陳大』條。

金山　在今江蘇鎮江,詳卷五《揚子江望金山寺》。

張函一　即張三極。

○徐𤊹《先兄墓碑陰交游題名記》:『教授張三極,字函一,臨清人。』(《紅雨樓集》册九,《上圖稿本》第四四册,第四一四頁)

閔壽卿　即閔齡,詳卷三《寄閔壽卿山人》。

恩公　即釋洪恩,又稱雪浪禪師。

○《四庫全書總目提要》卷一八〇『《雪浪集》二卷』:『釋洪恩,又稱恩上人或恩公,字三懷,上元人,居長干寺,嘗説法雪浪寺,故以名集。』按:徐熥有《壽雪浪禪師九月九日五十初度》(《幔亭集》卷八),詩作于萬曆二十二年(一五九四),逆推禪師生于嘉靖二十四年(一五四五)。

若公　即海若禪師。

同陳子卿過廣陵訪夏玄成吴叔嘉留飲席上分得燈來二字二首[一]

其一

歲晚天涯客，孤舟度廣陵。論交疑是夢，對酒喜如澠。郭静濤聲遠，天寒露氣凝。不愁歸路黑，江上有漁燈。

其二

客路逢知己，飄零未可哀。凍雲依樹合，殘月隔花來。喜對高陽侶，慚非鄴下才。觀濤吾有賦，秉燭爲君裁。

【編年】萬曆十九年辛卯（一五九一）。

【箋】陳子卿　即陳翰臣，詳卷三《破鏡行爲陳大賦》「陳大」條。

夏玄成　廣陵（今江蘇揚州）人。

吴叔嘉　即吴運嘉，長洲（今江蘇蘇州）人。

○徐𤊹《先兄墓碑陰交游題名記》：「處士吴運嘉，字叔嘉，長洲人。」（《紅雨樓集》册九，《上圖稿本》第四四册，第四一一頁）

[一] 二首，底本無此二字，據目録補。

酬陸無從率爾見贈之作

陸氏機雲後，誰當夫子賢。賦能工白雪，官已薄青氈。地僻門如水，庭閑草似烟。蕪城分手處，感激贈新篇。

【編年】萬曆十九年辛卯（一五九一）。

【箋】陸無從　即陸弼，江都（今江蘇揚州）人。

〇徐𤊹《先兄墓碑陰交游題名記》：『貢士陸君弼，字無從，江都人。』（《紅雨樓集》册九，《上圖稿本》第四四册，第四一一頁）

〇梅守箕《懷舊詩·陸無從》題注：『無從最博雅，起江淮之間。貧特甚，而不能事生。賣賦錢亦不能自給。』（《梅季豹居諸集》甲乙卷二）

〇錢謙益《列朝詩集小傳》丁集中『陸徵士無從』條：『弼，字無從，江都人。老爲學官弟子，自髫齔至老，治博士家言，伊吾與吟哦，并日分夜不少廢。又好博涉，多所選述。廣陵爲南北孔道，請絶賓客，結納賢豪長者，其聲甚籍甚。嘗爲詩曰：「匣有魚腸堪借客，世無狗監莫論才。」何元朗激賞之……年七十餘乃卒。無從稱詩，起嘉靖末年，推尊王弇州，幾欲鑄金頂禮；弇州叙平生文字四十餘人，顧不及無從。久之，海内争抨擊王、李，無從亦心動，悔其少作，而迄不能改也。有《正始堂集》。』

陸氏機雲　陸氏爲江南大姓之一。機雲，陸機、陸雲。

蕪城　揚州别稱。

○李賢《大明一統志》卷十二《直隸·揚州府》『蕪城』條：『即古邗溝城。吴王濞故都，後荒蕪。鮑照作《蕪城賦》。』

【附】陸君弼《徐惟和陳子卿兩孝廉過訪時將赴春公試》：『命駕情何至，方舟興不群。人初窺合璧，賦共擬凌雲。木葉蕪城盡，鶯聲易木聞。怪來雙劍氣，常射斗牛殷。』（《正始堂詩集》卷八）

交河早發

京華望不極，曉起戒行程。馬怯霜橋路，鷄殘月店聲。晨光催斷角，暝色破孤城。此際栖栖者，思鄉無限情。

【編年】萬曆十九年辛卯（一五九一）。

【箋】交河　明交河縣，今河北滄州市交河鎮。

○李賢《大明一統志》卷二《河間府》『交河縣』條：『在府城東南八十里，舊爲中水縣地。金始置交河縣，屬獻州。以滹沱、高河二水交流，故名……本朝初因之。』

河間宵征

不盡風塵苦，宵行路更難。清霜蛩語急，斜月馬蹄寒。砧擣閨心碎，笳吹鄉夢殘。驛樓看尚遠，何處解征鞍。

【編年】萬曆十九年辛卯（一五九一）。

【箋】河間　明河間府，治河間縣。

〇李賢《大明一統志》卷二《河間府》『建置沿革』條：『戰國時爲燕、趙、齊三國之境，秦爲鉅鹿、上谷二郡地，漢置河間國……元爲河間路，本朝洪武初改河間府，屬北平布政司。』

憶故園梅花

衰柳長途恨，寒梅故國思。微霜虛竹[一]屋，殘月冷疏籬。隴外人難寄，林中客到誰。藤山歡賞處，又是隔年期。

【編年】萬曆十九年辛卯（一五九一）。

北地

北地非吾土，重游信可哀。鴉聲喧白骨，馬足起黄埃。野曠衰楊柳，田荒變草萊。江南風物好，一望一徘徊。

【編年】萬曆十九年辛卯（一五九一）。

至京

客途勞役息，帝里物華新。馬踏蘆溝[二]月，鶯傳上苑春。曙光開柳陌，雲氣戀楓宸。應待臨軒日，抽毫賦大人。

[一] 竹，鄭跋本、福建師大本、文淵閣《四庫全書》本作『矮』。

[二] 蘆溝，鄭跋本、福建師大本、文淵閣《四庫全書》本作『交河』。

【編年】萬曆十九年辛卯（一五九一）。

【箋】大人　《大人先生傳》，魏阮籍作。

辛卯除夜姑蔑舟中

客路行無盡，終天恨轉深。乾坤烏鳥泪，風雨莫〔一〕猿吟。爆竹催殘臘，梅花憶故林。未能委溝壑，聊慰北堂心。

【編年】萬曆十九年辛卯（一五九一）

【箋】姑蔑　衢州（今屬浙江）。

○李賢《大明一統志》卷四十三《浙江·衢州府》『建置沿革』條：『春秋爲越西鄙姑蔑之地。』

【附】徐𤊹《辛卯除夕是年有先大令之喪》：『日月悠悠感易徂，熒熒燈燭影堂孤。蓼莪已廢哀霜露，椒柏空陳罷歲除。負郭腴田無舊業，滿床手澤有遺書。少孤獨抱終天恨，身上麻衣雪不如。』（《鼇峰集》卷十三）按：此時熥尚在南歸道中。

送郭士龍

送爾不能歌，相看意若何。離心寄雲水，春夢隔關河。草色晴尤碧〔二〕，鶯聲暖漸和。梁間懸榻在，莫惜數來過。

〔一〕莫，鄭跋本、福建師大本、文淵閣《四庫全書》本作『狖』。

〔二〕碧，鄭跋本、福建師大本、文淵閣《四庫全書》本作『媚』。

【編年】萬曆二十年壬辰（一五九二）。

【箋】郭士龍　莆田人。隱士。參見卷七《題郭士龍隱居》。

送葉廷藎

我本倦游者，送君增苦顔。潮聲螺女渡，歸夢壺公山。春色鶯啼外，行程鳥道間。所嗟璚樹遠，何日更追攀。

【編年】萬曆二十年壬辰（一五九二）。

【箋】葉廷藎　莆田人。

螺女渡　在福州南郊螺洲。

○王應山《閩都記》卷十四《郡南閩縣勝迹》「螺洲」條：「在方山北，周迴一江。環洲以居者數千家，司空吴復其著也。」按：其地因「田螺姑娘」傳説而得名，有螺女廟、螺女渡。

壺公山　詳卷三《送柯秀才還莆》。

病中得王少文詩

山樓纔信宿，偃卧各經旬。負此看花約，蹉跎欲暮春。詩從枕上[一]答，神向夢中親。誰復憐同病，相思長苦辛。

[一] 枕上，鄭跋本、福建師大本、文淵閣《四庫全書》本作「愁裡」。

【編年】萬曆二十年壬辰（一五九二）。

【箋】王少文　即王叔魯，詳卷三《贈王少文》。

哭張隱君

先令云亡日，君猶慟哭過。芝焚方自嘆，薤露忽成歌。耆舊鄉中少，交游夢裏多。因之動凄楚，腸斷更如何。

【編年】萬曆二十年壬辰（一五九二）。

【箋】張隱君　即張圻（一五一八—一五九一），閩中（今福州）人。隱士。

〇徐熥《張隱君暨配鄭孺人行狀》：『張隱君者，閩中人也，名圻，字孟京，號少石居士。父羅田令，母唐孺人，以正德戊寅年二月初八日生公……萬曆辛卯年臘月十有一日以微疾而逝。』（《幔亭集》卷十八）

先令云亡　熥父棉卒于萬曆十九年（一五九一）九月。

薤露　詳卷二《喪車行》。

與惟秦夜話因懷惟起客水西

春宵何太短，忽忽已三更。燈散疏林影，蛩傳古砌聲。談深塵慮息，坐久月華生。爲憶溪行者，應含兩地情。

【編年】萬曆二十年壬辰（一五九二）。

【箋】惟秦　即陳仲溱，詳卷二《懷陳惟秦》。

水西　又稱峴山，詳卷二《喜微師自水西歸》。

寒食日熙吉玉生惟秦振狂伯孺少文集緑玉齋

佳節逢寒食，孤齋聚德星。談應同稷下，會可比蘭亭。粥煮楊花白，尊浮竹葉青。春光能有幾，取醉莫教醒。

【編年】萬曆二十年壬辰（一五九二）。

【箋】熙吉　即林應憲，詳卷二《宿雲窩贈林熙吉》。

稷下　稷下學宫。在齊國國都臨淄（今屬山東省淄博）。

蘭亭　在今紹興城西南。

〇李賢《大明天一統志》卷四十五《浙江·紹興府》『蘭亭』條：『在山陰縣西南二十五里，晋王羲之與諸賢會處，有《蘭亭序》。』

緑玉齋　詳卷三《陳伯孺兄弟水明樓春宵聽雨歌》。

〇《陳伯孺兄弟水明樓春宵聽雨歌》：『我家有齋名緑玉，齋前種得千竿竹。』（《幔亭集》卷三）

喜興公弟游方廣岩歸

犬吠竹間扉，游山客乍歸。杖頭嵐翠在，衣上水簾飛。路入羚羊谷，舟停鷗鷺磯。慚余多勝具，此地却相違。

【編年】萬曆二十年壬辰（一五九二）。

【箋】喜興公弟游方廣岩歸　按：此行熥未同行。

石嵩廢寺[一]

寺廢久無鐘，禪關掩萬峰。空廊惟卧虎，弃鉢不歸龍。墻塌埋殘碣，苔深翳古松。倘非樵子引，那識往來踪。

【編年】萬曆二十年壬辰（一五九二）。

【箋】石嵩廢寺　石嵩寺，一名石松寺。

○王應山《閩都記》卷十九《湖西侯官勝迹》：『在三都。宋大中祥符三年建。初名靈鳳。紹興十年，僧天石于石上種松，因易今名。國朝成化九年重建，後多頹廢。萬曆間興復。天石種松三本，自刻石云：「一與寺門作名實，二與山林爲標致，三與一切游人作陰凉。」題詩曰：「偃蓋覆岩石，歲寒傲霜雪。深根蟠茯苓，千古飽風月。」』

【附】鄧原岳《石嵩廢寺》：『古寺荒凉甚，傷心落照前。佛龕留鼠迹，僧舍斷人烟。色相總成幻，桑田殊可憐。只餘洗鉢水，相對亦泠然。』（《西樓集》卷三）　陳薦夫《石松廢寺》：『重來應感舊游非，野寺無人晝掩扉。金界草生迷客路，禪床花落拂僧衣。雲歸塔院寒猨嘯，日入香臺野雀飛。惆悵空門只如此，人生何處是皈依。』（《水明樓集》卷五）　曹學佺《石松寺》：

[一]《石嵩廢寺》，《閩都記》卷十九引此詩，題爲《經石松廢寺》。

『石與松俱好，名之寺更幽。到門山雨下，面壁峽泉流。法磬隨清慮，香臺自遠眸。此生無住著，才得稱心游。』（《春別篇》）按：此詩作于熥卒後，録以備考。

春暮送周喬卿

忽驚春已去，况復送君歸。別意有如此，前途花正飛。蟬聲風外急，山色雨中微。後夜看明月，相思獨掩扉。

【編年】萬曆二十年壬辰（一五九二）。

【箋】周喬卿　即周千秋，字喬卿，號一丘，如塤子，莆田人。文雅能詩。晚歲目瞢，入武夷，築室北山碌金岩，静攝數載復明。後其子迎歸養，數載卒。

送林宗大之玉田

飛花滿驛亭，送子出郊坰。馬影雲邊見，蟬聲雨後聽。沙看兩岸白，山到五華青。試向中宵望，何人是客星。

【編年】萬曆二十年壬辰（一五九二）。

【箋】林宗大　字時中，閩縣（今福州）人。

○徐𤊹《筆精》：『友人林宗大，字時中，邑諸生也。屏居村落，不入城市，好吟咏，人無知焉。獨與余兄弟交最歡。殁後，遺稿散落，偶得數首，亦自有致。《送人尉西蜀》云：「百仞高峰入縣門，官閑何處不君恩。莫將萬里思家泪，落盡巴江一夜猿。」又《范增墓》云：「鴻門玉玦計難行，楚漢雌雄勢已成。何待

彭城方發憤，可知亞父亦虚名。」」（《筆精》卷四《詩評》『林時中』條）

玉田　古田縣別稱。

○黄仲昭《八閩通志》卷二《地理·福州府》『古田』條：『玉田，田中嘗産青玉，故名。』

五華　五華山，又名仙山、大佛嶺，在古田。

○楊德周《玉田識略》卷四《山川題咏》『五華山』條：『在縣西南。五峰連峙，峭拔千仞。亦名仙山。邑人嘗禱雨于此。又名大佛嶺。』

送陳道育下第歸玉融

憐汝復弃置，歸尋海上山。相逢俱落魄，何以破愁顔。古渡衝[一]流外，孤城瘴霧間。離心當此夜，空對白雲閑。

【編年】萬曆二十年壬辰（一五九二）。

【箋】玉融　福清縣（今福建福清市）以有玉融山而别稱『玉融』。

○黄仲昭《八閩通志》（卷五《地理·福清縣》『玉融山』條）：『玉融山，縣之前山也。舊傳山峰第二迭，有石瑩然如玉，故曰「玉融峰」。』

贈隱者

東郊稱大隱，耕鑿古風存。水竹開三徑，桃花自一村。閑心餘白髮，生事寄青尊。愛爾幽栖處，依

[一] 衝，鄭跋本、福建師大本作『舂』。

稀似鹿門。

【編年】萬曆二十年壬辰（一五九二）。

【箋】鹿門　在今湖北襄陽。東漢龐德公携妻子登此山采藥不返。

○李賢《大明一統志》卷六十《湖廣·襄陽府》『鹿門山』條：『在府城東南三十里，舊名蘇嶺，上有二石鹿，因改今名。漢龐德公、唐龐藴、孟浩然、皮日休俱隱居于此。』

贈漁者

不作風塵客，生涯寄釣綸。江湖孤棹遠，烟雨一竿貧。鼓枻同漁父，藏名比富春。武陵溪尚在，爲我問迷津。

【編年】萬曆二十年壬辰（一五九二）。

【箋】富春　富春山，在今浙江桐廬。

○李賢《大明一統志》卷四十一《嚴州府》『富春山』條：『在桐廬西三十里，一名嚴陵山。清岩奇絶，號錦鋒綉嶺。乃漢嚴子陵隱釣處。前臨大江，上有東西二釣臺。』按：『比富春』，言漁者可與隱于富春江釣臺的嚴光相比擬。嚴光，漢會稽（今浙江紹興）人，與光武帝同學。光武即位，拜其諫議大夫。不就，耕釣于富春江。

夢

夢裏交歡者，平生識面稀。贈香疑賈女，解佩似江妃。錦水烟波闊，巫山雲雨微。蘧然驚醒處，清淚滿羅衣。

【編年】萬曆二十年壬辰(一五九二)。

【箋】賈女　指晋代賈充之女賈午。

○劉義慶《世説新語·惑溺》:『韓壽美姿容,賈充辟以爲掾。充每賢會,賈女于青璅中看,見壽,悦之……(壽)遂請婢潛修音問,及期往宿……後會諸吏,聞壽有奇香之氣……充計武帝唯賜己及陳騫,餘家無此香……乃取女左右婢考問,即以狀對。充秘之,遂以女妻壽。』

江妃　江上女神。

○劉向《列仙傳》卷上《江妃二女》:『江妃二女者,不知何所人也。出游于江漢之湄,逢鄭交甫。見而悦之,不知其神人也。謂其僕曰:「我欲下,請其佩。」……遂手解佩與交甫。交甫悦,受而懷之中當心,趨去數十步,視佩,空懷無佩。顧二女,忽然不見。』

巫山　詳卷三《帝京篇》。

江上送惟起弟

别意孤帆遠,行裝一劍貧。何堪哀痛後,復際此風塵。旅館常懷母,長途好愛身。江干一杯酒,相對總沾巾。

【編年】萬曆二十年壬辰(一五九二)。

【箋】江上送惟起弟　徐熥往吴爲父乞銘。

【附】徐熥《别惟和兄》：『昨日離慈母，今朝别阿兄。江干一分手，血泪幾行傾。春草池塘夢，秋風鴻雁情。潮平催解纜，腸斷棹歌聲。』（《鼇峰集》卷十）

送高廣文之蜀二首[一]

其一

金粟臺前别，征帆夕照催。猿聲巫峽聽，馬帳錦城開。閩海風塵隔，巴流日夜迴。此鄉多俊彦，若個子雲才。

其二

蜀道難如此，分携思不窮。秋風登劍閣，夜月度蠶叢。客路憑羸馬，離心寄斷鴻。講堂聞尚在，好去繼文翁。

【編年】萬曆二十年壬辰（一五九二）。

【箋】金粟臺　在福州于山。

○王應山《閩都記》卷五《郡城東南隅》『金粟臺』條：『萬歲寺北，宋守程師孟以塔中閩時所塑金粟如來像，故名。石上刻「金粟臺」三字，元少卿絳篆後，侄積中爲守，繪金粟像于臺側，作小堂安奉。』

巫峽　詳卷三《帝京篇》。

[一] 二首，底本無此二字，據目録補。

錦城　成都别稱。

○李賢《大明一統志》卷六十七《四川·城都府》『郡名』條：『錦城，以蜀有錦官，故名，亦曰「錦里」。』

劍閣　詳卷三《述游篇》。

蠶叢　詳卷三《蜀道難送王震甫之臨邛省刺史兄》。

贈方伯書

風塵初識面，尊酒罄交歡。人已如玄度，才能逼建安。青雲名不薄，白雪和應難。此别何時遇，秋宵夢木蘭。

【編年】萬曆二十年壬辰（一五九二）。

【箋】方伯書　即方承笏，字伯書，沆子，承箎兄，莆田人。萬曆四十一年（一六一三）進士。户總尚書郎。有《湖心亭詩集》。

玄度　即東晋許詢，詳卷三《靈隱寺尋耶溪上人》。

建安　東漢獻帝年號。

木蘭　木蘭溪，在今莆田市。

○李賢《大明一統志》卷七十七《福建·興化府》『木蘭陂』條：『在府城南木蘭山下，其水自泉之德化、永春及仙遊三邑西南而下，合澗谷之水三百有六十，而會流至此。』

得舍弟吴中書

汝别三旬久，家書兩度看。帆前江月迴，馬首嶺雲殘。路遠愁裝薄，秋高怯被寒。孤身千里客，若個勸加餐。

【編年】萬曆二十年壬辰（一五九二）。

【箋】得舍弟吴中書　徐𤊹往吴爲父乞銘，來書。

贈性言上人二首〔一〕

其一

多年坐沃洲，此日伴師游。白社閑中夢，丹楓客裏秋。浣衣江月冷，扶杖嶺雲流。欲證無生訣，萍踪不可留。

其二

南朝四百寺，師在幾招提？法以蓮花悟，詩將貝葉題。游踪閩海曲，歸興秣陵西。相見即相别，秋風惜解携。

【編年】萬曆二十年壬辰（一五九二）。

【箋】性言上人　金陵僧。

〔一〕二首，底本無此二字，據目録補。

題徐氏池亭

其一

名園依北郭，避俗此盤桓。鶴迹留苔徑，鶯聲滿藥欄。池添春雨漲，樓對暮山寒。但得頻投轄，相過意未闌。

其二

桃源何處所，此地即仙家。林密藏春靄，樓虚納晚霞。輕風三徑竹，微月一庭花。宴坐塵心遠，寒塘獨聽蛙。

【編年】萬曆二十年壬辰（一五九二）。

懷惟起弟

遠客憐吾弟，離愁有阿兄。久無鴻雁信，空聽鶺鴒聲。歲月三秋晚，寒温兩地情。山齋長寂寞，日日計歸程。

【編年】萬曆二十年壬辰（一五九二）。

【箋】懷惟起弟　徐熥往吴爲父乞銘，懷之。

碧山庵逢亮上人

清溪帶遠山，曲徑入松關。客以參禪至，僧當乞食還。一瓢秋色澹，孤磬夕陽閑。別去仍回首，禪房雲氣間。

【編年】萬曆二十年壬辰(一五九二)。

送李驛使之官雷陽

驅馬將何適,微官傍海涯。公庭饒蜃氣,墟落半蠻家。路指羊城入,山鄰象郡賒。地偏少束帶,高枕咏皇華。

【編年】萬曆二十年壬辰(一五九二)。

【箋】雷陽　即雷州。

○李賢《大明一統志》卷八十二《廣東·雷州府》『郡名』條:『雷陽,郡在雷水之陽,故名。或又以謂雷聲近在檐宇之間。』

羊城　即五羊城,廣州别名。

○李賢《大明一統志》卷七十九《廣東·廣州府》『五羊城』條:『《寰宇記》云:「在南海縣,城周十里,初有五仙人,騎五色羊,執六穗秬而至,今呼五羊。」』

象郡　今廣西南部一帶,或説包括越南一部分。

○李賢《大明一統志》卷八十三《廣西·柳州府》『郡名』條:『象郡,陳名。』

皇華　《詩經·小雅》篇名。

過挹翠亭

精舍祇園近,翛然遠市喧。山光隔竹少,月色傍花繁。松影摇虚閣,蘿陰翳短垣。小舠時可泛,仿佛武陵源。

【編年】萬曆二十年壬辰（一五九二）。

九日大風雨與黃道晦陳惟秦飲屋後小山

九日忽風雨，登高事已非。秋聲繁灌木，商意薄輕衣。衆壑浮青靄，千峰失翠微。小山培塿甚，吟眺亦忘歸。

【編年】萬曆二十年壬辰（一五九二）。

【箋】黃道晦　即黃子文，字道晦，隱于鄉閭，人稱黃隱君，侯官源溪人。婦鄭氏，徐熥妻之二姐。○《祭外舅鄭茂才》：『次適黃子文。方子文之罹于難也，值婦新喪，室如懸磬，仇家獄吏索人錢若餒虎，親戚交游，無可告者。翁捐二百金爲之居間，事始得釋。』（《幔亭集》卷十六）

屋後小山　福州于山北麓小埠

得朗公詩却寄

真僧雖出世，踪迹尚人群。妙法登壇演，名香入定焚。樓含孤嶂月，衲挂半溪雲。千里封題寄，新詩過所聞。

【編年】萬曆二十年壬辰（一五九二）。

【箋】朗公　嘉興水西寺僧。

哭林文烈二首[一]

其一

十載神交舊，年來倍憶君。每疑音問闊，誰謂死生分。識面真無日，浮生總似雲。難將知己泪，一灑故人墳。

其二

相違三百里，消息太茫然。對月思玄度，披圖憶輞川。訃來當此日，死去自何年。墓木今成拱，纔歌薤露篇。

【編年】萬曆二十年壬辰（一五九二）。

【箋】哭林文烈　林文烈，莆田人。

○《與陳彦宗秀才》：『貴鄉有林文烈者，與僕有十年神交。近鄭性之來，僕猶問其無恙，不知其在鬼籙者幾何年矣。又痛悼者久之。并賦二詩往，足下過其廬時，幸爲徐卿作變徵聲歌之，以當慟哭也。』（《慢亭集》卷二十）按：『賦二詩』，即此。

三百里　福州與莆田相距約三百里。

玄度　即許詢，詳卷三《靈隱寺尋耶溪上人》。

[一] 二首，底本無此二字，據目録補。

輞川　詳卷二《題王玉生山水》。

得寧夏消息二首[一]

其一

叛卒雄心舊，元戎血刃新。中原多戍壘，邊郡半胡塵[二]。時事何旁午，吾生寔不辰。願聞烽火息，老作太平人。

其二

亂離猶未定，百姓夜虚驚。官府勾丁壯，鄉閭練甲兵。笳聲吹隴水，殺氣暗邊城。不識書生輩，何人敢請纓。

【編年】萬曆二十年壬辰（一五九二）。

【箋】寧夏　明代寧夏衛。

○李賢《大明一統志》卷三十七《陝西·寧夏衛》「建置沿革」條：「元置寧夏路，本朝初改寧夏府，後府廢。洪武九年，改置寧夏衛，隸陝西都司，後又增置寧夏前及寧夏左屯、寧夏右屯四衛。」

至日對客

葭管灰初動，殘花滿故籬。誰知開徑日，正是閉關時。短晷閨中綫，生涯鏡裏絲。相逢聊一醉，莫

[一]　二首，底本無此二字，據目録補。

[二]　胡塵，文淵閣《四庫全書》本改爲「征塵」。

問歲華馳。

【編年】萬曆二十年壬辰(一五九二)。

渡峴江訪林熙吉二首[一]

其一

江路當殘雪,斜陽滿客衣。林疏村店出,浪急釣船稀。遠嶼臨流斷,罡風到岸微。炊烟看漸近,何處是漁磯。

其二

青山兩岸闊,一葉度空江。叫雁雲中獨,浮鷗浪裏雙。霜花飄野渡,水氣拍船窗。漁唱來前浦,隨風自有腔。

【編年】萬曆二十年壬辰(一五九二)。

【箋】峴江　福州水西峴山水域。參見卷二《喜微師自水西歸》。

林熙吉　即林應憲,詳卷二《宿雲窩贈林熙吉》。

[一] 二首,底本無此二字,據目録補。

旗山勾漏洞四首[一]

其一

溪山何逶邐，數里入鴻濛。斜日猿聲外，殘雲鳥道中。亂峰諸洞隱，萬竹一泉通。趺坐松間石，塵心覺盡空。

其二

丹成不記年，古洞白雲邊。衆水争趨壑，孤峰欲接天。路危逢亂石，山盡見平田。日暮休歸去，還期遇葛仙。

其三

葛仙何處去，勾漏訪遺踪。陟巘齊攀竹，聽泉獨倚松。石床荒蘚合，丹竈薄雲封。轉入深林外，前山又一重。

其四

仙都在人境，一步一岩巒。怪石各有態，修篁難計竿。松烟燒處暖，蘿磴坐來寒。别去仍回首，餘生幾度看。

【編年】萬曆二十年壬辰（一五九二）。

[一] 四首，底本無此二字，據目録補。按：王應山《閩都記》卷十九引其一、其二兩首。

【箋】旗山　在今閩侯縣烏龍江之西。

○王應山《閩都記》卷十九《湖西侯官勝迹》『旗山』條：『一名翠旗。山巔攲側，其形如旗，與鼓山東西對峙。郭璞《遷城記》云：「左旗右鼓，全閩二絶。」山勢迤邐數里，高數百仞。上有勾漏洞、仙人石、旗尾堰諸勝，梵刹尤多。』按：郭璞《遷城記》爲後人僞托。

○曹學佺《西峰字説》卷二十二『福建福州府侯官縣』：『旗山在郡西，隔洪塘江諸峰，逶迤飛動如旂之風靡也。上有勾漏洞、仙人石。其下爲南北二嶼，而合山橋跨之。』

勾漏洞　在旗山。

○王應山《閩都記》卷十九《湖西侯官勝迹》『旗山』條：『山勢迤邐數里，高數百仞。上有勾漏洞、仙人石、旗尾堰諸勝，梵刹尤多。』

○曹學佺《林道魯先生墓志銘》：『故歐寧縣廣文林公道魯者，予弟能證之兒女姻也。公諱如周，號孫膚，别號勾漏道人。以其家在北嶼旂峰之山下，故有勾漏洞云。北嶼卜勝而居，自宋初奉節令文蔚公始。溪山迴抱，盤礴沉鬱，爲一要區。』(《石倉六稿·西峰六九集文》)按：林如周，林熙工子。

○《游方廣岩記》：『壬辰冬十一月，余與王君玉生謀偕熙上諸子齎糧往。以二十七日，肩輿出洪江，泛舟至南嶼，抵面壁洞，則汝翔先在焉。遂折簡報伯孺、幼孺，以兩人居遠未來，不得發。二十八日，游太平山。二十九日，游勾漏洞，歸，而伯孺兄弟且至。』(《幔亭集》卷十七)

葛仙　晋葛洪，據傳後成仙。

○李賢《大明一統志》卷八十《廣東·惠州府》「葛洪」條：「句容人。聞交阯出丹砂，求爲勾漏令。將子侄俱行，至廣州，爲刺史鄧岳所留，乃止羅浮山煉丹，悠游閑養，著述不輟，自號「抱樸子」，因以名書。後兀然若睡而卒，世以爲尸解云。」

【附】陳鳴鶴《同熙工伯孺游旗山勾漏里訪林煉師竹林》：「勾漏最奇峰，沿溪鳥道通。岩開千竹裏，泉挂亂雲中。靈液分山客，方書教道童。因之留一醉，高卧落松風。」（《泡庵詩選》卷四）　鄧原岳《至旗山聞徐惟和陳伯孺先一日游方廣寄懷一首》：「爾去尋仙入永陽，扁舟不爲歲寒妨。水簾風捲長如霧，石室烟收定有霜。遠磬微茫朝禮塔，殘燈寂静夜焚香。杖藜到處多探歷，囊裏新詩好寄將。」（《西樓集》卷五）

瀨下晚泛

一水平如鏡，西風晚渡時。茅茨燃鬼火，榛莽翳神祠。潮勢衝溪盡，峰形過瀨奇。山川勞應接，進艇不嫌遲。

【編年】萬曆二十年壬辰（一五九二）。

【箋】瀨下　永泰大樟溪瀨名，與赤壁瀨相接。

○《游方廣岩記》卷十七：「十二月初二日，遂登舟，夜泊瀨下。初三日，過赤壁瀨。壁瞰溪濱，高可數十丈，宛若屏障，石皆片坼，重迭相承，若切以刀斧而砌之者。古樹蒙籠其上，下則潭水澄碧，可鑒鬚眉。勝國王總管翰用文者，勒「赤壁」二字于石，故名。」

○曹學佺《永福山水記》：『瀨下有石壁横插溪上，壁下爲潭，上有古松，狀如龍爪。讖云：「天寶石移，瑞雲來期。」即此。王鑿「赤壁」二字。瀨下可抵方廣岩，過瀨下，則通潮汐于江，爲龍潭之路，即東與侯官接者也。』（《石倉文稿》卷三）

○曹學佺《西峰字説》卷二十二《福建・福州府永福縣》『赤壁瀨』：『在方廣岩下溪畔，懸崖壁立如削，上多喬松，與萬領相望，元王翰篆書「赤壁」二字。』

【附】陳仲溱《赤壁瀨》：『客路才經日，舟行入幾重。載流多是石，繞岸半爲松。潭影揺空翠，灘聲急暮春。一樽聊自適，看盡絶奇峰。』（王應山《閩都記》卷二十八『郡西南永福勝迹』）　陳鳴鶴《瀨下晚泊》：『渚白寒潮落，溪回半夕暉。客舟依犬吠，野燒送僧歸。山色幻青靄，人聲隱翠微。回看風浪裏，還有海鷗飛。』（《泡庵詩選》卷四）

登岸

蘭若知何處，躋攀尚數程。逢沙愁瀨淺，登岸得舟輕。古石莓苔色，空林猿鳥聲。除將樵采者，更有幾人行。

【編年】萬曆二十年壬辰（一五九二）。

【箋】登岸　由永泰赤壁瀨登岸。

山行

修竹夾籃[一]輿，嵐光欲染裾。小橋流水急，古路凍雲疏。村屋乘冬結，山田隔歲鋤。空林聞犬吠，不异武陵居。

【編年】萬曆二十年壬辰(一五九二)。

【箋】山行　永福(今永泰)山行。

放船

孤舟迴亂石，流水響潺湲。漁網蒹[二]葭外，人烟竹柏間。斷雲迷晚渚，殘照下秋山。遠寺昏鐘起，樵歌出谷還。

【編年】萬曆二十年壬辰(一五九二)。

【箋】放船　永福(今永泰)大樟溪放船。

贈潮上人

真僧住洞天，苦行已多年。説法苔衣上，安禪瀑布邊。瓢餐千澗月，衲挂半林烟。夜静諸緣息，跏趺久不眠。

【編年】萬曆二十年壬辰(一五九二)。

[一] 籃，底本、鄭跋本作『藍』，據文意改。鈔本、文淵閣《四庫全書》本作『籃』。

[二] 蒹，底本作『兼』，據文意改。鈔本、文淵閣《四庫全書》本作『蒹』。

【箋】潮上人　即真潮上人，永泰方廣岩僧。據謝肇淛《游壽山九峰芙蓉諸山記》（《小草齋文集》卷九），真潮上人與徐、謝頗有往來。

【附】徐𤊹《題潮上人房》：『支公耽寂静，趺坐動經年。相見無言説，觀空心澹然。窗開孤嶂月，檐挂百重泉。余亦冥心者，因師一問禪。』（《鼇峰集》卷十）

贈波上人

隨師居净土，禮佛向空門。夜半磬猶擊，旬中髮幾髡。蒲團同鶴睡，貝葉借猿翻。壁挂袈裟濕，因過雪裏村。

【編年】萬曆二十年壬辰（一五九二）。

别方廣岩

靈境探應遍，言尋舊路歸。殷勤記岩石，惆悵别林扉。出洞寺全隱，下山泉漸微。行行頻矯首，人世到來稀。

【編年】萬曆二十年壬辰（一五九二）。

【箋】别方廣岩　萬曆二十年十一月二十七日出游，十二月初七日入城。方廣岩，詳卷五《題方廣岩廨院》。

○《游方廣岩記》：『壬辰冬十一月，余與王君玉生謀偕熙工諸子齎糧往。以二十七日，肩輿出洪江，泛舟至南嶼，抵面壁洞……二十八日，游太平山。二十九日，游勾漏洞歸，而伯孺兄弟且至。十二月初二日，遂登舟夜泊瀨下。初三日，過赤壁瀨……初六日，別山僧，循舊路歸。至廨院，院不甚宏壯，然香燈清净，盡可焚修。午後登舟，暮至瀨下。時熙工、汝翔、伯孺尚以事留瀨下，余與玉生乘潮平先歸。初七日，昧爽，由楊崎入城。』按：同游者：林應憲、林應起、陳鳴鶴、王昆仲、陳价夫、陳薦夫。

春日曉起

山色猶含瞑，柴門逐曉開。流星墜高柳，濕霧隱殘梅。出谷鶯喉冷，巢林鶴夢迴。無緣獨吟眺，春意滿莓苔。

【編年】萬曆二十年壬辰（一五九二）。

送鄭承武之東魯二首[一]

其一

送君當此去，匹馬向東阿。夜泪燈前盡，春愁夢裏多。亂雲過泗水，斜日下黄河。雖有遠游興，能無思薜蘿。

其二

惜別意何長，鶯聲滿夕陽。殘碑問鄒嶧，遺殿吊靈光。下馬多新店，逢人少故鄉。歸期須及早，莫待寄衣裳。

【編年】萬曆二十年壬辰（一五九二）。

[一] 二首，底本無此二字，據目録補。

【箋】東魯　指山東兖州。

○李賢《大明一統志》卷二十三《山東·兖州》『郡名』條：『東魯，古名。』

東阿　今屬山東聊城市。

○李賢《大明一統志》卷二十三《山東·兖州府》『東阿縣』條：『在州西北七十里。春秋時齊柯邑。漢置東阿縣……宋徙治新橋鎮，屬東平府，金元仍舊。本朝洪武八年還舊治。』

泗水　源出山東泗水縣，流經魚臺縣、徐州市，至淮安市入淮河。

鄒嶧　即嶧山，詳卷三《題賓月樓空江秋笛二卷後》。

靈光　漢代魯靈光殿，漢王延壽有《魯靈光殿賦》。

【附】徐熥《送鄭承武之東魯訪于太史》：『尊酒離亭送遠行，蕭蕭征馬不停聲。春風夜月梁山道，芳草寒雲曲阜城。元禮及門容後進，公孫開閣引書生。莫愁萬里長爲客，到處逢人識姓名。』（《鼇峰集》卷十三）

晚至石竹[一]山

尋真當薄暮，暝色滿松關。絶壁猿聲斷，遥空鶴影還。雲邊春草路，天際夕陽山。應識仙都近，鐘聞杳靄間。

[一] 竹，目録作『竺』，統一作『竹』。

【編年】萬曆二十一年癸巳（一五九三）。

【箋】晚至石竹山　熥此行還作有《石竺山乞靈疏》（《幔亭集》卷十九）。石竹山，又作『石竺山』，在今福清市。

〇王應山《閩都記》卷二十七《郡東南福清勝迹》『石竹山』條：『在永壽里。山形峭拔，有石巍然山巔。漢何氏九仙所游之地，禱夢輒應。相傳有林元光者，修煉兹山，丹成，騎虎上升。今虎溪岩有井，雖旱不涸。宋乾道九年，有大石自移，聲如雷。山有紫雲洞、羅漢臺、普陀岩、靈寶觀、半山亭、紫磨、獅子、象王諸峰之勝。』

〇何喬遠《閩書》卷六《方域志·福清縣》『石竹山』條：『山形峭拔，有石巍然，上粘蛤蜊殼。其産道竹多筍，春夏之交，鄉人于此采筍，欲多則不可得，號清濟筍。又有古藤，高數十丈，結藤子，堅若無患，然圓大如弈棋子，不知何名藤也。有紫雲洞、羅臺、普陀岩、靈寶觀、半山亭，及紫磨、獅子、象王諸峰，何氏九仙所游也。有石曰「天竇」，無患溪之水出焉。又有靈寶觀，以祀林真君亥光。亥光于此山煉丹，丹成騎虎上升。皇朝王世懋《游記》：「閩人祈夢，以秋往九鯉湖，以春往石竹。石竹是九仙離宫，爲行春治所耶。皇朝邑人葉向高爲孝廉時，祈夢，夢人謂之曰：腰系白玉帶。後果驗。」又王世懋《游記》：「山多狙，公來與吏卒争攫果餅，今避人迹，絶矣。」』

〇曹學佺《大明一統名勝志·福建》卷二《福州府·福清縣》：『石竹山，在縣西永壽里。山形陡削，尤宜竹樹。山半有仙人坪，群峰拱衛。坪右有觀音岩。』

【附】袁競烈《晚至石竺》：『玉洞千年古，都消物外情。暝烟孤鶴返，微月夜中清。石磴盤猿穴，松風雜鳥聲。神仙如可問，同此學長生。』（《閩都記》卷二十七）按：疑與熥同時作。

月夜度石梁登摘星臺

四野蒼烟暝，千峰夕照催。踏兹明月影，獨上摘星臺。山自鴻濛剖，人從鳥道來。石梁稱險絶，不用説天台。

【編年】萬曆二十一年癸巳（一五九三）。

【箋】摘星臺　福清石竹山之一景，詳《（乾隆）福清縣志》卷二《地輿志》。○張燮《石竹山記》：『石壁之右取道而上，爲摘星臺。臺之上一石屋，是爲丹竈，林真君玄光煉丹于此，其遺迹也。』（《霏雲居續集》卷三十九）

天台　詳卷二《擬登天台山》。

贈岩[一]上人

昔住毗盧殿，今居石竹山。春雲禪衲暖，夜月梵鐘閑。香積供徂飯，禪房倩鶴關。平生愛空寂，相對欲忘還。

【編年】萬曆二十一年癸巳（一五九三）。

[一]　岩，目録無此字，據此詩題補。

【箋】岩上人　福清石竹山僧。

毗盧殿　佛殿。毗盧，毗盧舍那（亦譯作毗盧遮那）之省稱。

石竹〔一〕山遲陳道育不至

正苦經年别，終違數里程。談應虚玉麈，夢已斷瑶笙。報客空勞鶴，懷人獨聽鶯。一燈松影裏，吟卧若爲情。

【編年】萬曆二十一年癸巳（一五九三）。

【箋】陳道育　即陳陽和，福清人，詳卷五《病中遲陳道育不至》。

讀顧道行先生碑刻

使者登攀處，春風又幾年。詩留孤嶂裏，人老五湖邊。屐齒埋荒蘚，碑棱隱斷烟。摩厓愜幽賞，惆悵隔山川。

【編年】萬曆二十一年癸巳（一五九三）。

【箋】顧道行　即顧大典，吴江（今江蘇蘇州）人。

○徐㶿《先兄墓碑陰交游題名記》：『福建提學副使顧大典，字道行，吴江人。』（《紅雨樓集》册九，《上圖稿本》第四四册，第四〇八頁）

〔一〕竹，底本作『竺』，目録作『竹』，前詩『晚至石竹山』亦作『竹』，據改。

○錢謙益《列朝詩集小傳》丁集中『顧副使大典』條：『大典，字道行，吴江人。隆慶戊辰進士，授會稽教諭，遷處州推官，當内遷，乞爲南稽勛郎中。僉事山東，以副使提學福建，坐吏議罷歸。』按：徐㶿有《故福建按察司提學副使顧公誄》（《幔亭集》卷十八）。

五湖　詳卷七《送江太守兵備三吴》『震澤』條。

【附】顧大典《游石竺山》：『亦是栖真地，雲房終日扃。竹侵幽澗緑，石莠古苔青。飛閣懸疑墜，孤筇振復停。入林依宿莽，抱葉見寒迸。伏磴窺潛鯉，層臺仰摘星。紫雲時拂洞，丹竈尚留亭。旅館宵無寐，塵心夢未醒。還栖歸隱處，一爲叩仙靈。』（《閩都記》卷二十七）按：㶿所讀詩碑當此篇。

東郊晚行

出郭高春後，郊原起夕陰。山山曳殘雨，步步響新禽。老樹莓苔厚，空林紫翠深。招提何處所，雲際有鐘音。

【編年】萬曆二十一年癸巳（一五九三）。

【附】徐㶿《東郊晚行》：『遠岫含殘照，輕雷殷殷來。雲光澹青阜，雨氣熟黄梅。路窄衣鈎蔓，山深屐印苔。遥聞鐘磬發，知是近香臺。』（《鼇峰集》卷十三）

涌泉廢寺二首[一]

其一

古寺荒凉久，凄然感廢興。殘灰六十載，破衲兩三僧。黠鼠據香積，妖狐吹佛燈。黃金重布地，不識有誰能。

其二

净室已丘墟，荆榛久未除。空山樵子路，前代梵王居。石柱頹殘後，金身煨燼餘。披雲尋故址，一步一躊躇。

【編年】萬曆二十一年癸巳（一五九三）。

【箋】涌泉廢寺　鼓山涌泉寺，嘉靖間灾，此時尚未修復。

○黃任《鼓山志》卷二《寺院》『涌泉寺』條：『大雄殿，梁開平二年閩王建……嘉靖壬寅灾。』

○陳宏己《鼓山游記》：『嘉靖初火，今惟餘茅茨數椽，苾蒭一二口，色如菜，無可訪者。』（黃任《鼓山志》卷八）

○曹學佺《北游記》：『明嘉靖壬寅歲六月橋圮，是年鼓山涌泉寺先四月灾，迄至萬曆戊午歲寺始用興復。』（《石倉文稿》卷六）按：涌泉寺于嘉靖二十一年壬寅（一五四二）灾，萬曆四十六年戊午（一六一八）重修，熥已不及見。

[一] 二首，底本無此二字，據目録補。

○徐𤊹《竹窗雜録》『題涌泉寺』條：『林茂之嘗登鼓山，至涌泉寺，寺經野火六十餘載，僅茅茨數椽，游僧一二口而已。題詩云：「何代黄金建講臺，不看全盛獨興哀。斷橋僕澗空秋草，廢礎成砂没古苔。游客暫依殘院宿，伴僧都是别山來。涌泉空自稱靈水，不向當年滅燼灰。」』（《榕陰新檢》卷十六《詩話》引）殘灰六十載　嘉靖二十一年壬寅（一五四二）涌泉寺燬，至徐𤊹所記已經六十二年，六十載，舉其成數。

【附】徐𤊹《涌泉廢寺》：『古寺灰殘久，猶存昔日名。空壇松鼠迹，森木竹鷄聲。釋子樓荒廡，農人耨化城。苔花春雨後，漸向佛頭生。』（《鼇峰集》卷十）　徐𤊹《涌泉廢寺》：『寺經樵火久消亡，古道秋風蔓草荒。廢殿有基崩夜雨，斷碑無字卧斜陽。游人借宿茅茨裏，田父來耕瓦礫傍。試問前朝金布施，老僧垂泪説南唐。』（《鼇峰集》卷十二）　安國賢《涌泉廢寺》：『灰燼前朝刹，山門覆亂藤。碑從叢莽認，路向落花登。松火燒畬客，經文演寺僧。廢興那可問，静對一龕燈。』（《晋安風雅》卷六）

喝水岩贈瓢庵頭陀

何年此卓錫，鍾磬度昏朝。瀑水引歸鉢，茅庵結似瓢。躡雲雙草屩，坐月一團焦。隔寺有禪侶，相尋不憚遥。

【編年】萬曆二十一年癸巳（一五九三）。

【箋】喝水岩　在福州鼓山。

○王應山《閩都記》卷十二《郡東》「喝水岩」條：『有東、西二澗，相傳神宴育經于此，惡水聲喧轟，叱之，西澗乃涸，逆流于東澗云。宋蔡襄書「忘歸石」三字。』

○徐𤊹《竹窗雜録》「喝水岩」條：『唐僧神晏住鼓山涌泉寺，東西有二澗。晏誦經，惡水聲喧轟，叱之，水逆流西澗，東澗遂涸。萬曆初年，蜀僧實珠者始創小庵于洞，爲止宿之處，游人便之。先朝題刻之多，無過此洞者。因僧創庵，亦微損。鑿洞門前一絶句頗有風韵，而年月名字已鑿斷矣。今考《鼓山舊志》，漫録于此：「重岩複嶺鎖松關，只欠泉聲入座間。我若當年侍師側，不教喝水過他山。」』（《榕陰新檢》卷十三『勝迹』引）

【附】謝肇淛《喝水岩》：『不盡看山意，言登喝水岩。千年流不返，遺訣字空緘。瀑共天花落，詩多石壁劖。洞雲團寶榻，山鬼頂經函。覓酒僧能貰，鋪氈草可芟。蜃光疑結綺，嵐氣欲沾衫。隱見雲中樹，微茫海上帆。崖陰啼虎豹，洞古老松杉。怪路樵難下，前峰日半銜。由來丘壑相，從此謝塵凡。』（《小草齋集》卷十六）　徐𤊹《喝水岩夜坐》：『入洞天疑狹，偏逢月在空。步尋林影外，吟傍澗聲中。趺坐僧堪對，頻游侣不同。松風與仙梵，永夜聽難窮。』（《鼇峰集》卷十一）

靈源洞懷振狂在杭

南郭人何處，東山屐已非。春風憶茗水，夜月夢蘆磯。以我招尋慣，如君同調稀。摩挲舊題刻，空見白雲飛。

【編年】萬曆二十一年癸巳（一五九三）。
【箋】靈源洞　在鼓山，詳本卷《重宿靈源洞懷珠上人》。
　　茗水　詳卷二《茗溪送元直南還》。
　　蘆磯　詳本卷《慰陳振狂失釣艇三首》。
【附】謝肇淛《宿靈源洞》：『古洞翠爲屏，山門夜不扃。燈明僧入定，風暗虎聽經。壁上雲根紫，松間鬼火青。禪心誰得解？桂子落空庭。』（《小草齋集》卷十二）　徐𤊹《靈源洞二首》，其一：『際曉陟層巘，亭午憩深洞。境寂林光涵，地幽山氣動。叠石蹲虎豹，積蘚蟠螮蝀。靈淵伏潛蚪，荒池浴瑞鳳。神僧昔住此，説法自驚衆。頗惡奔流喧，叱迴別澗鬨。我來恣遐覽，秋色颯平仲。已遂丘壑懷，美景目可送。探討垂末言，庶爲來者諷。』其二：『古篆鐫嵁岩，兹山咤尤盛。先賢亦樂此，于焉托賦咏。俯仰千百禩，披榛見名姓。縱有王公權，難與蒼蘚競。摩厓自剔拭，成誦互相慶。間誇詩律奇，或賞筆鋒勁。快睹力不疲，夕陽遠山映。燃炬留新題，期與古人并。揆之禪定心，勿吟庶爲正。』（《鼇峰集》卷四）

擬送僧歸日本四首[一]

其一

遠指扶桑外，龍宫是紺園。慈航尋海舶，晨磬待朝暾。已悟西方教，漸通中國言。懸知無佛處，師去定稱尊。

其二

遥天迷去住，但看指南車。重譯同歸舶，陽侯護法書。颸風心自定，海怪咒堪除。此去無禪侣，應尋絶島居。

其三

歸程兼晝夜，天水共微茫。但指日出處，此中吾故鄉。皈依多獦獠，供養有夷王。遥想珠龕下，常焚异國香。

其四

别去上星槎，滄溟道路賒。夷音宜咒唄，左袒自袈裟。演法從天竺，傳燈到海涯。不知千劫裏，何劫到中華。

【編年】萬曆二十一年癸巳（一五九三）。

[一] 四首，底本無此二字，據目録補。

【箋】天竺　印度古名。

【附】鄧原岳《擬送僧歸日本》：『隨緣元不染，乞食且東歸。指日浮杯渡，凌空卓錫飛。毒龍馴浄鉢，駭浪濕僧衣。禪誦知何處，天涯相見稀。』(《西樓集》卷三)　徐𤊹《送僧歸日本四首》，其一：『真僧何所去，遥指扶桑東。浣衲春潮白，洗瓢朝旭紅。飄零隨貝客，挂搭借鮫宫。海水明如鏡，可將禪定同。』其二：『震旦從今別，歸心逐逝波。真僧殊域少，慧日故鄉多。錫杖携雲水，袈裟搭海艖。蛟龍遥睥睨，浪裏念彌陀。』其三：『寶筏去冥冥，風波不暫停。心先到暘谷，夢只在滄溟。梵唄夷王識，經聲水族聽。朝暾猶未起，但望啓明星。』其四：『故國滄溟遠，鄉心島嶼孤。緇衣晞若木，白足踏寒蘆。妖蜃噓香火，驪龍覬念珠。朝朝禪誦處，初日照跏趺。』(《鼇峰集》卷十)

病僧二首[一]

其一

苦厄那能度，醫王亦抱疴。苔侵雙屐濕，塵翳一瓢多。錫杖頻扶手，金剛爲伏魔。跏趺在禪榻，或恐是維摩。

[一] 二首，底本無此二字，據目録補。

其二

聞鐘苦夜長，形影自凄凉。懺悔除前障，呻吟檢古方。坐非同面壁，卧豈倦津梁。氣運有時盡，千花塔裏藏。

【編年】萬曆二十一年癸巳（一五九三）。

【附】鄧原岳《病僧》：『一室塵埃滿，孑然空病空。愁眉猶帶雪，破衲不禁風。抱被枯蟬似，休糧瘦鶴同。由來斷思想，只識主人翁。』（《西樓集》卷三）　徐𤊹《病僧》：『伏枕耽禪寂，講壇應久虚。香錢還藥債，貝葉換方書。苦惱嗟藤鼠，呻吟罷木魚。衆生來問訊，面目不如初。』（《鼇峰集》卷十）

集鄭氏烏石别墅二首[一]

其一

衆山環曲徑，亂竹掩衡門。塔影雲中寺，人烟郭外村。新蟬喧白晝，歸鳥報黄昏。此地清幽甚，依稀似習園。

其二

雖是居城市，却無城市喧。僧歸殘雨寺，樵度隔雲村。花落鳥聲歇，草多螢火繁。斜陽人散後，留

[一] 二首，底本無此二字，據目録補。

鶴守柴門。

【編年】萬曆二十一年癸巳（一五九三）。

【箋】習園　即習家池園，詳卷三《贈歌者》。

【評】梁章鉅《東南嶠外詩話》卷九『徐熥』條：『沈歸愚稱徐惟和近體宗法唐人，當時詩道冗雜時遇之，如砂礫中簡珠也。七絶尤勝，在李庶子、鄭都官之間。按《幔亭集》近體好句美不勝收。五言如：「僧歸殘雨寺，樵度隔雲村。」「花落鳥聲寂，草多熒火繁。」「溪曲斜流月，峰多亂占雲。」「憶弟吟春草，思親望白雲。」「八口蠻烟路，千家野哭聲。」「夢回瓜步月，人隔秣陵關。」「樹影緣山轉，溪流向縣分。」「颶風吹海暗，蠻雨洗大凉。」「雲邊芳草路，花外夕陽山。」「兒女他鄉泪，鶯花故園心。」』

【附】鄧原岳《夏日集烏石别墅》：『炎歊不可耐，載酒問花源。少憩青蓮宇，如行金谷園。山光隨杳靄，雨氣异朝昏。藉草聊同醉，相看無一言。』（《西樓集》卷三）

法雲寺對月

空界雲陰斂，祇園月色澄。光生初動磬，影送未歸僧。入水悟禪意，照林疑佛燈。更闌縱吟眺，衣上露華凝。

【編年】萬曆二十一年癸巳（一五九三）。

【箋】法雲寺　即南法雲寺，在于山北坡。

○王應山《閩都記》卷五《郡東南隅》『法雲寺』條：『五代唐清泰五年建。初名地藏通文寺，宋祥符間更今名，賜額。國朝宣德中重建。大雄殿之北爲法堂，其西爲千佛閣，東南爲吸翠亭。山門之内，砌石數十級以登，乃爲二門。東南山川若俯而視焉。』

○郭柏蒼《全閩明詩傳》卷三十三謝肇淛《過法雲寺》注：『在福州郡治九仙山之陰，舊名羅山。』按：法雲寺詩，尚有卷八《題惟揚弟法雲寺書舍》《同王元直讀書法雲寺賦贈》《春日居法雲蘭若》。

【附】趙世顯《中秋同諸子法雲寺對月有懷蔡比部》：『四望烟雲晚盡收，銀蟾如鏡挂飛樓。數聲砧杵千家久，萬里關河一雁秋。古寺清鐘醒鶴夢，空林寒露濕貂裘。何時得共含香侶，載酒重來此地游。』（《芝園稿》卷十四）按：此詩非同時作，録以備考。

挽陳太學二首[一]

其一

龍駕南巡日，何人批逆鱗。誰知伏闕者，却是布衣臣。抗疏青雲薄，憂時白髮新。至今遺廟在，蘋藻自千春。

其二

欲迴江漢輦，痛哭叩重閽。死諫孤臣節，生還聖主恩。青山藏疏草，白日照忠魂。寂寞荒墳上，西風啼暮猿。

[一] 二首，底本無此二字，據目録補。

【編年】萬曆二十一年癸巳(一五九三)。

【箋】陳太學　即陳良鼎，閩清人。

徐𤊹《竹窗雜録》：『陳良鼎，字廷器，閩清人。乙太學生需選公車，值世廟南巡，抗疏諫止，詔獄除名，黜爲民。隆慶改元，録言事諸臣，鼎已老矣。福建按察使徐中行贈之詩云：「千官扈從漢江行，扆禮山陵自盛情。總爲扣閽危萬乘，却教止輦讓諸生。精神不教雷霆拆，肝膽仍逢日月明。世廟諫臣微欲盡，客星猶復卧孤城。」未幾卒。惟和挽之詩云云。夫乙太學生抒忠忱而訐朝政，漢惟劉唐、何蕃，宋惟陳東，及鼎四人而已。殁後立廟崇祀。』(《榕陰新檢》卷二《忠義》『太學直諫』條引)

樹下禪僧

其一

跏趺依古樹，偃息對峰陰。草屩莓苔濕，麻衣烟靄深。猿啼知定性，葉落見禪心。明日隨緣去，游踪何處尋。

其二

老樹不知年，無言息樹邊。著頭多雀穢，遍體有蝸涎。木葉寒時佩，花裀定後眠。月中行客過，疑是野狐禪。

【編年】萬曆二十一年癸巳(一五九三)。

【附】徐𤊹《樹下禪僧二首》，其一：『安禪當古樹，借此證菩提。有法山魈避，無言野鹿欺。燃香燒敗葉，擊磬拾枯枝。坐久心應寂，風霜也不移。』其二：『禪龕應久別，樹下日跏趺。荒蘚生虛鉢，低枝挂念珠。年將松共老，坐豈木同枯。得食林間施，應多鳥雀呼。』（《鼇峰集》卷十）

過鄭吏部墓[一]二首[二]

其一

荒墳不計年，過客泪潸然。朽骨藏于此，吟魂何處邊。野狐啼暮雨，石馬卧秋烟。安得斯人起，重令大雅傳。

其二

西郭冢纍纍，經過下馬誰。先生一抔土，詞客百年悲。藤護將崩石，苔封未斷碑。應知靈爽在，嘆我不同時。

【編年】萬曆二十一年癸巳（一五九三）。

【箋】鄭吏部　即鄭善夫。善夫（一四八五—一五二四），字繼之，閩縣（今福州）人。

〇陳鳴鶴《東越文苑》：『鄭善夫，字繼之，閩縣人。善夫髫□隸學官，則已厭薄經生言，學爲古文辭，有聲矣。弱冠舉弘治乙丑進士，而信陽何景明時值中書，得善夫甚歡。益相切劘，爲千秋業。一時名士，咸折節而交善夫，靡間也。毅皇帝末年，諸曹郎黄鞏等以諫止南巡語侵嬖人江彬，彬大恨，矯旨杖闕下，

[一] 過鄭吏部墓，《閩都記》卷二十三《湖西北侯官勝迹》『鄭善夫墓』條引此詩。

[二] 二首，底本無此二字，據目録補。

有死者。善夫乃率舒芬、張衍慶復上疏切諫。彬愈益怒，罰跪午門已，杖三十，幸不死，善夫猶草疏數千百餘言，納懷中，謂三衢方豪曰：「死則上之。」無何以駕發，善夫哭曰：「已矣！無所容吾言矣。彼地下者，其以余牖下非夫哉！」遂乞歸。居郡之南湖。嘉靖改元，用薦起南京吏部郎。行至建寧，游于武夷，爲寒所中，抵家而卒，而年三十九。卒之日，紫氣勃勃不散。先是，善夫衣褐走雪中，游天台。人以爲神仙。天台守顧璘聞之曰：「此必吾繼之也。」就之，良是。善大因謂璘曰：「明年，海上紫雲東來，是吾觀化矣。」至是，天台人以善夫果神仙不謬。善夫爲文章，渾雄蒼老，而本之《六經》。其詩以氣格爲主，而多悲壯之音。國朝作者，世蓋推徐、何、李、鄭云。善夫每言經生局迹蟬緩，其衣多文辭，而鮮實效，何益于殿最？故其居，恒取國家掌故，講其廢置所由及利害甚晳。又談性命之學，而力行之。所著鄭詩、鄭文，行于世。而《子通》及《經世要談》不傳。』（卷六）

○張廷玉等《明史·文苑傳》二：『鄭善夫，字繼之，閩縣人。弘治十八年進士。連遭内外艱，正德六年始爲户部文主事，權税墅滸，以清操聞。時劉瑾雖誅，嬖倖用事。善夫憤之，乃告歸，築草堂金鼇峰下，爲遲清亭，讀書其中，曰：「俟天下之清也。」寡交游，日宴未炊，欣然自得。起禮部主事，進員外郎。武宗將南巡，偕同列切諫，杖于廷，罰跪五日。善夫更爲疏草，置懷中，囑其僕曰：「死即上之。」幸不死，嘆曰：「時事若此，尚可覥顔就列哉！」乞歸未得，明年力請，乃得歸。嘉靖改元，用薦起南京刑部郎中，未上，改吏部。行抵建寧，便道游武夷、九曲，風雪絶糧，得病卒，年三十有九。善夫敦行誼，婚嫁七弟妹，貲悉推予之，葬母黨二十二人。所交盡名士，與孫一元、殷雲霄、方豪尤友善。作詩，力摹少陵。』

鄭吏部墓　在福州城西。

○王應山《閩都記》卷二十三《湖西北侯官勝迹》：『鄭善夫墓，在梅亭山。』

○徐𤊹《過鄭吏部墓》，郭柏蒼題注：『少谷子墓，在福州城西群鹿山。』（《全閩明詩傳》卷四十）

【附】陳椿《過鄭吏部繼之墓》：『□封臨野嶠，登陟想伊人。路聽樵童入，碑看處□鄰。生芻一以薦，宿草幾經春。嘆息殘編在，悲歌倍損神。墓與傅汝舟爲鄰。』（《景于樓稿》），曹學佺《石倉十二代詩選·社集》）　鄧原岳《過鄭吏部繼之墓二首》，其一：『繫馬梅亭下，懷賢落日邊。蘭摧仍此地，鶴化是何年。草已没殘碣，雲還迷舊阡。臨風一掬泪，感激向重泉。』其二：『吾憐鄭吏部，慷慨説時艱。一日看長夜，千秋識此山。詩名杜老後，書法晋人間。寂寞西州路，悲風損客顔。』（《西樓集》卷三）　陳仲溱詩《過鄭吏部墓》：『詞客去不返，荒丘空暮烟。亂滕纏古隧，落葉壅寒泉。恨不同時見，徒增异代憐。青山多白骨，獨識大夫阡。』（《閩都記》卷二十三）　陳鳴鶴《梅亭過鄭吏部墓》：『孤魂長不悟，灑酒對荒丘。生死人千載，江山土一抔。夜臺寒薜荔，春雨暗松楸。他日滄州意，從君地下游。』（《泡庵詩選》卷四）　陳薦夫詩《過鄭吏部繼之墓二首》：『寥落冶城西，悲風亂鳥啼。荒墳樵豎[一]識，豐碣君侯題。磨滅名猶在，蓁蕪路欲迷。尚餘靈秀氣，長此伴虹霓。』又：『梅亭多舊壟，獨識此間墳。諫草

[一] 豎，《閩都記》卷二十三『豎』作『子』。

傳青漢，詩名戾白雲。骨應何日朽，地見幾家分。東里西華意，蕭條不可聞。』（《水明樓集》卷三）　徐𤊹《過鄭吏部墓二首》，其一：『昔賢寧復起，大雅久無聞。黄土空鎖骨，青山不葬文。精靈沉夜月，吟咏冷秋雲。詞客應還識，詩成墓所焚。』其二：『風流山吏部，白骨閟泉扃。异代思相見，千年不肯醒。松林護靈氣，川岳暗文星。墓隧無人治，遺篇又殺青。』（《鼇峰集》卷十，又《閩都記》卷二十三）　袁敬烈《過鄭吏部墓二首》：『落日暝烟收，凄凉閉一丘。生年無四十，姓名有千秋。狐嶺寒猿嘯，空山過客愁。可憐風雨夜，蕭瑟是松楸。』又：『空林閉白雲，游處易斜曛。詞客當年泪，先生絶代文。藤蘿牽斷碣，狐兔走孤墳。向夕悲風起，凄凉不可聞。』（《閩都記》卷二十三）　曹學佺《振衣堂懷鄭繼之先輩》：『振衣秋色賦登臨，忽動懷賢寂寞心。踪迹已隨雲影散，留題猶寄蘚痕深。諸天密樹吟猿慘，片雨疏鐘落葉陰。感慨風流先輩盡，漫將結社擬東林。』（《挂劍篇》）

贈史使君二首[一]

其一

風流史使君，三載竹符分。吏舍積青草，公庭生白雲。山城有弦誦，瘴海無妖氛。父老闢門送，不持錢一文。

[一] 二首，底本無此二字，據目録補。

其二

一麾初出守，三十已專城。露冕諸侯貴，攀轅百姓情。俸貧難養鶴，庭静但聞鶯。試看長溪水，惟君能共清。

【編年】萬曆二十一年癸巳（一五九三）。

【箋】史使君　即史起欽，鄞縣（今浙江寧波）人。萬曆十七年（一五八九）進士。寧德知州。有《諸子纂要》《注釋〈漢書〉纂要》《〔萬曆〕寧德州志》。

長溪水　閩東最長的河流。主要部分在今福安市境内。

○李賢《大明一統志》卷七十四《福建·福州府》『長溪』條：『在福寧縣南四十五里，流入大海。』

【附】徐燉《贈史州守二首》，其一：『刺史緋魚佩，兒童竹馬迎。青山來卧閣，滄海繞州城。賦與雲俱薄，心應水共清。東南方借寇，優詔下承明。』其二：『才應似龔遂，清已比胡威。覽勝驅丹轂，行春到翠微。銜隨鶯語放，吏拾鶴翎歸。三載循良績，聲華滿帝畿。』（《鼇峰集》卷十）

贈黄生懋政

憐君湖海客，寄迹少年場。音律周公瑾，丹青顧長康。俠常彈短劍，貧不厭空囊。名姓應難問，多于酒肆藏。

【編年】萬曆二十一年癸巳（一五九三）。

【箋】周公瑾　即三國政治家、軍事家周瑜，字公瑾，廬江（今屬安徽）人。精通音律。時有『曲有誤，周郎顧』之譽。

顧長康　即晉畫家顧愷之，字長康，小字虎頭。無錫人（今屬江蘇）。

過鄭君大白雲莊

何處辨山家，輕雲處處遮。亂峰圍拱木，一徑入梅花。草榻依林設，柴門逐水斜。主人無所事，杯酒送年華。

【編年】萬曆二十一年癸巳（一五九三）。

【箋】鄭君大　福州人。陳鳴鶴有《同鄭君大林熙工王玉生宿喝水岩聞惟和與惟秦先一日來游》（《泡庵詩選》卷五）

晚泊七里灘

寒雲生近浦，落日滿前汀。旅夢驚潮破，漁歌過瀨停。一竿秋水碧，孤棹晚山青。向夕推蓬望，中天見客星。

【編年】萬曆二十一年癸巳（一五九三）。

【箋】七里灘　即七里瀨，一名『嚴陵瀨』，在浙江桐廬。

○謝靈運《七里瀨》李善注引《甘州記》：『桐廬縣有七里瀨，瀨下數里，至嚴陵瀨。』（《文選》卷二十六）

○祝穆《方輿勝覽》卷五《建德府》『七里灘』條：『距州四十里，與嚴陵灘相接。諺云：「有風七里，無風七十里。」』

○李賢《大明一統志》卷四十一《浙江・嚴州府》『七里灘』條：『在桐廬縣西，一名嚴陵瀨，即漢嚴光垂釣處。諺云：「有風七里，無風七十里。」蓋舟行難于挽纖，惟視風以爲遲速，故爾。劉宋謝靈運詩：「一瞬即七里，箭馳猶是難。檣遥走嵐翠，枕底失風湍。但訝猿鳥定，不知霜月寒。前賢竟何益，此地誤垂杆。」』

【附】鄧原岳《晚泊七里灘》：『扁舟依落日，山色赴空灘。秋水峽中浄，晚潮江上寒。微茫漁火動，昏黑雁聲殘。雲黯嚴陵廟，蕭條過客看。』（《西樓集》卷三）按：疑熥見原岳詩，和之。熥此時似不能前往七里瀨并實地作詩。

山中古廟

其一

山深香火微，廟宇冷斜暉。壁古龍蛇暗，厨荒鼠雀饑。歲時村婦拜，水旱土人祈。簫鼓田間過，知爲祭賽歸。

其二

一路人烟絶，空山見古壇。鼎存周款識，像塑漢衣冠。鳥迹殘碑篆，虬枝老樹蟠。可憐年代久，風雨廟門寒。

其三

古廟白雲邊，神妝尚儼然。靈應山鬼托，龕任野狐眠。開創知何代，銷沉不計年。居民流竄盡，累歲斷香烟。

【編年】萬曆二十一年癸巳（一五九三）。

元直秀才觀微上人過宿

風流看許椽，定慧得支公。白社當年結，清言此夕同。亂蛩吟竹塢，一犬吠花叢。相對殘燈下，能令塵慮空。

【編年】萬曆二十一年癸巳（一五九三）。

【箋】元直　即王繼皋，詳卷二《對月遲王元直不至》。

微上人　即微公、微師，嶺南僧，來游閩地。徐熥等重修凝翠所處之，詳卷十九《重修凝翠所疏》。

許椽　即許詢，詳卷三《靈隱寺尋耶溪上人》。

定慧　即定慧寺，在南京。

支公　即支遁，詳卷三《靈隱寺尋耶溪上人》。

白社　詳本卷《重宿靈源洞懷珠上人》。

送瀚上人游越三首［一］

其一

師行無定踪，此去路千重。投宿月中寺，經過雪裏峰。閑身臨水衲，禪意隔潮鐘。明歲西湖上，相尋九里松。

其二

雖云游浙水，未必浙中游。遇客皆爲侶，逢山便可留。獨行半風雪，一別幾春秋。所惜談詩夜，從今少惠休。

其三

真僧欲度世，豈肯倦津梁。白足他山月，緇衣滿路霜。一燈傳异代，六祖是同鄉。此去逢行脚，新詩好寄將。

【編年】萬曆二十一年癸巳（一五九三）。

【箋】九里松　在今杭州西湖。

○《〔雍正〕西湖志》卷三：『唐刺史袁仁敬植松于行春橋，西達靈竺，路左右各三行，每行相去八九尺，蒼翠夾道，陰靄如雲，日光穿漏，若碎金屑玉，人行其間，衣袂盡緑。』

［一］三首，底本無此二字，據目録補。

惠休　即湯惠休，南朝詩人，與鮑照酬倡。

得譚比部寄先永寧書感而賦答

淒風生敝廬，忽枉故人書。不復知存没，猶然問起居。一緘千里外，雙泪幾年餘。孔李通家舊，毋令魚雁疏。

【編年】萬曆二十一年癸巳（一五九三）。

【箋】譚比部　即譚忠卿，廣東人。

○徐𤊹《寄譚華南比部》：『一自先君子振鐸南安也，不肖𤊹寔生丁庚之黌舍……先兄孝廉，曾辱貽書，業有詩章奉寄，刻之集中，附呈教正。』（《紅雨樓集》册六，《上圖稿本》第四三册，第三一五—三一六頁）

先永寧　徐熥父徐棉，曾任永寧令。參見卷十八《先考永寧府君行狀》。

送危博士之官馬平

茫茫江水闊，相送片帆孤。炎海川途遠，蠻天氣候殊。瘴烟發青草，雲樹黯蒼梧。想到談經日，三鱣墜有無。

【編年】萬曆二十一年癸巳（一五九三）。

【箋】馬平　在廣西柳州。

○李賢《大明一統志》卷八十三《廣西·柳州府》『馬平縣』條：『附郭。本漢潭中縣地，屬鬱林郡。三國吴置馬平縣。』

蒼梧　詳卷三《分得九疑山送屠田叔守辰州》。

三鱣　喻公卿高位的吉兆。東漢楊震屢召不應，有鸛雀銜三鱣魚集堂前，人謂蛇鱣爲卿大夫服飾之象；三，爲三台之兆。後楊震果位至太尉。事出《後漢書·楊震傳》。

送陸畫師還錢唐

客懷當暮冬，去矣不從容。草屩千峰雪，柴門九里松。貧惟安豹隱，老任笑龍鍾[一]。爲問經行處，雲山貌幾重。

【編年】萬曆二十一年癸巳（一五九三）。

【箋】錢唐　即錢塘，詳卷三《贈胡外史》。

峬山看梅過曾文表墓

一路盡氤氳，看花倍憶君。白楊知己泪，宿草故人墳。樹影含殘照，猿聲哭暮雲。凄涼身後事，地下可能聞。

【編年】萬曆二十一年癸巳（一五九三）。

【箋】曾文表　疑卷十一《哭曾大》之曾大即其人。故宅在冶山。

峬山　在福州郊外。

[一] 鍾，底本作『鐘』。

【附】陳鳴鶴《過文表故居四首》，其一：『歐冶山前葉亂飛，海棠憔悴對斜暉。縱然白鶴歸華表，城闕人民知是非。』其二：『吹竹彈絲事事空，蕭然一榻鎖春風。藥闌盡日無人掃，寒雨蕭蕭草莽中。』其三：『握手相看雙泪流，黄泉一别便千秋。情知天地終如夢，零落那堪到白頭。』其四：『名姓誰教與世聞，行藏只合鹿爲群。能堪枕上平生泪，今夜傷心又到君。』（《泡庵詩選》卷六）　徐𤊹《峬山看梅》：『寒芳看未足，又過一重山。花勝前村密，林隨曲路環。蝶尋香雪入，鳥訝白雲還。數樹尤堪愛，斜臨水一灣。』（《鼇峰集》卷十）　徐𤊹《過曾文表故居二首》，其一：『冶山猿鳥哭黄昏，故宅經過欲斷魂。獨恨人琴俱不見，空餘青草閉閑門。』其二：『風流人去事應非，漠漠寒雲冷釣磯。三徑春深倍惆悵，一番風雨杏花飛。』（《鼇峰集》卷二十四）

送楊太學之金陵

勞歌動别筵，酒散各雲天。折柳當春暮，看花正少年。鶯聲孤店月，草色六朝烟。無限懷人意，金陵何處邊。

【編年】萬曆二十一年癸巳（一五九三）。

故黎平太守袁公挽歌四首[一]

其一

永別城中路，新成郭外墳。旐題前太守，書失右將軍。廣柳驅殘月，甘棠翳暮雲。應知千載後，不朽是遺文。

其二

誰知五馬客，竟作九原人。出郭有魂氣，還家惟影神。墓中難待曉，地下不行春。斯世無同調，悲歌泪滿巾。

其三

白馬出關門，愁聞鼓吹喧。山靈收正氣，月色引歸魂。貴至二千石，書餘幾萬言。翩翩丹旐過，猶訝轉朱幡。

其四

赤紱人何處，青山骨可藏。鄉鄰悲道路，父老泣蠻方。圖史虚東壁，松楸冷北邙。明君思起草，猶問秘書郎。

【編年】萬曆二十一年癸巳（一五九三）。

[一] 四首，底本無此二字，據目録補。

【箋】黎平太守袁公　即袁表，閩縣人。與馬熒選輯《閩中十子詩》。

○徐𤊹《詩人爵里詳節》：『袁表，字景從，閩縣人。嘉靖三十七年鄉貢，歷官中書舍人，黎平知府，卒年五十七，《逋客集》。』（《晋安風雅》卷首）

○〔萬曆〕《福州府志》卷六十二《人文志》：『袁表，字景從，閩縣人。舉戊午鄉試，授中書舍人，轉户部郎。出爲黎平太守，病免。表自守即以詩名，一意以開元、大曆爲宗，中晚不睨也。故其詩精嚴有法。居恒與張刑部煒、馬參軍熒賡和相善。』

黎平　今屬貴州。

○李賢《大明一統志》卷八十八《貴州·黎平府》『建置沿革』條：『（黎平府）漢屬牂牁郡……本朝仍置蠻夷長官司，又增立五開衛以鎮之，屬思州宣慰司。永樂十年改置黎平、新化二府，屬貴州布政司。宣德末以新化府省入黎平。』

北邙　詳卷三《北邙行》。

【附】徐㶿《挽袁景從先生二首》，其一：『廣柳聲隨松柏聲，北邙狐兔嘯新塋。人間吟魄山中冷，天上文星地下明。墓道風雷哀鼓吹，郭門烟雨灑銘旌。詞華自是傳千古，不獨生前太守名。』其二：『閉却泉臺即萬春，應憐大雅喪斯人。握符不復分銅虎，營葬還看豎石麟。五尺朱旛雲外轉，一抔黄土隴頭新。北山孤冢纍纍起，若個能文堪與鄰。』（《鼇峰集》卷十三）

林伯儀自金陵還莆過訪話別

爲客經淮楚，歸途訪索居。雲山一騎遠，烟柳六朝疏。問路知鄉近，還家及歲除。陸生裝薄甚，惟有一囊書。

【編年】萬曆二十一年癸巳（一五九三）。

【箋】林伯儀　莆田人。

莆　福建莆田。

癸巳除夕

又見邵華换，空爲老大悲。齒添新歲曆，酒祭一年詩。流落憂前路，歡娱憶少時。生憎簫管惡，苦向隔鄰吹。

【編年】萬曆二十一年癸巳（一五九三）。

【附】徐㶿《癸巳除夕》：『獨嗟落魄困塵埃，回首方驚歲月催。老却紅顏殘臘過，送將青帝曙光來。泪痕已共銅壺滴，壯志應同蠟炬灰。柏葉椒花徒自好，數聲簫鼓獨興哀。』（《鼇峰集》卷十三）

送鄧汝高進士還朝二首[一]

其一

獻歲赴王程，全家向北平。斷冰淮口渡，殘雪薊門城。烟柳迷征蓋，風花引使旌。長安春色好，莫起故園情。

其二

柳色催離況，椒花戀別筵。夢繁人去後，春到客行先。挂席河通楚，驅車路向燕。相思明月夜，惆悵隔山川。

【編年】萬曆二十二年甲午（一五九四）。

【箋】鄧汝高　即鄧原岳，詳卷三《過鄧汝高別墅》。

薊門　即薊門關。泛指薊州（今河北薊縣）一帶。

○李賢《大明一統志》卷一《京師·順天府》『古薊門關』條：『在薊州。唐天寶置薊州，蓋取此。』

【附】徐𤊹《三日送鄧汝高赴闕》：『江上梅花照別筵，尊前酒盡各雲天。故鄉春信方三日，京國風塵又幾年。長樂鐘聲隨佩玉，建章柳色引垂鞭。翻憐同調從今遠，結社何人共白蓮。』（《鼇峰集》卷十三）　林光宇《送鄧女高進士還朝》：『綠酒紅亭擁別筵，送君北闕去朝天。車停

[一] 二首，底本無此二字，據目録補。

京國知何日，身到家山復幾年。鐘斷曉聲人待漏，柳□春色馬驚鞭。縱然封事趨青瑣，莫忘新詩寄白蓮。』（《林子真詩》不分卷）

游通谷洞[一]

小徑斜通谷，躋攀及晚晴。草荒尋鳥道，磴險作蛇行。暮色千峰合，春流一鏡平。石間舊題刻，半是紫苔生。

【編年】萬曆二十二年甲午（一五九四）。

【箋】通谷洞　在福州閩政橋南。

○王應山《閩都記》卷二十二『郡西侯官勝迹』：『在閩政橋南。其下巀嵲多奇勝，若桃源。笏石、奇峰、仙冠石、紫岩亭、高潔臺、越王亭、一綫天、六華岩，稱十八景。』按：《閩都記》引此詩。徐𤊹《通谷》，郭柏蒼題注：『在懷安舊縣，宋潘枋未第時讀書于此。』（《全閩明詩傳》卷四十）

【附】陳鳴鶴《通谷洞》：『無論山好惡，入洞便泠然。樹搗長風外，花燃落照邊。泉聲連日雨，草色隔橋烟。石上留名去，重來定幾年。』（《泡庵詩選》卷四）　徐𤊹《游通谷洞因尋宋潘昉探花墓》：『石馬卧斜曛，松聲咽水濆。危橋度斜月，邃谷暗藏雲。骨自何年朽，名猶异代聞。豐碑頹折盡，留得掘餘墳。』（《鼇峰集》卷十，又《閩都記》卷二十二，又郭柏蒼《全閩明詩傳》

[一]《游通谷洞》，王應山《閩都記》卷二十二引此詩。

卷四十作《通谷》)　曹學佺《游通谷洞》:『山行不覺暑,爲入洞門幽。藥澗微風度,松濤亂影流。嶂遠聲外雨,野鶴夢中秋,况與鄉園近,無勞托卧游。』(《挂劍篇》不分卷;又王應山《閩都記》卷二十二引)

登烏石山

絶巘分青靄,高臺接絳霄。鐘聲多近寺,墨迹半前朝。徑小疑藏洞,山窮忽遇橋。憑欄時縱目,滄海望中遥。

【編年】萬曆二十二年甲午(一五九四)。

【箋】烏石山　詳本卷《烏石山贈僧》。

同微師至面壁洞

竹徑雲陰亂,松門夜色虚。佛多同客禮,洞半借僧居。花落鶯啼[一]後,鐘殘月上初。何須别栖隱,此地即吾廬。

【編年】萬曆二十二年甲午(一五九四)。

【箋】微師　又稱微公、微上人,詳本卷《元直秀才觀微上人過宿》。

[一] 花落鶯啼,鄭跋本、福建師大本作『旛動風來』。

題惟揚弟法雲寺書舍

誰知菩薩界，亦有子雲居。厨趁僧炊後，膏分佛照餘。窗窺施食鳥，笥竄蠹經魚。方衲時相叩，衹應來借書。

【編年】萬曆二十二年甲午（一五九四）。

【箋】子雲　即揚雄。

【附】徐𤊹《題惟揚弟法雲寺書館》其一：『禪宫堪習静，一徑暮雲封。蠹簡收龍藏，鷄窗借鷲峰。燈分三昧火，吟答數聲鐘。坐到忘言處，月光生古松。』其二：『業以三冬足，鐘多五夜聞。惜陰貪佛日，鑿壁破慈雲。讀準蓮花漏，功參貝葉文。階前苾蒭草，一半是香芸。』（《鼇峰集》卷十）　陳薦夫《題徐惟揚法雲寺書舍》：『習静結緇流，陳書汗白牛。韋編三藏積，環堵十方修。麈拂楊生肘，文成石點頭。談經雙樹裏，馴虎誤相投。』又：『負笈去無踪，飄然隱鷲峰。微言傾上座，捷悟勝南宗。簡蠹同僧譯，齋寒對佛供。多因忘食久，不聽飯前鐘。』（《水明樓集》卷三）

絶粒僧

苦行凡心絶，休糧道氣清。齋惟供弟子，食不乞王城。已覺形骸幻，能令香味輕。雲游經處處，不用載瓢行。

【編年】萬曆二十二年甲午（一五九四）。

送顏廷愉將軍料兵海壇山

少年初建節，走馬向孤城。蜃氣雲中市，狼烟海上營。曉霜明雪戟，夜月捲霓旌。幕府防秋急，看君獨請纓。

【編年】萬曆二十二年甲午（一五九四）。

【箋】顏廷愉　原名正色，在軍中改名廷愉，容軒其字，漳州人。少攻詩，又長于騎射，隸籍材官。有《鳴劍集》《綏帶編》。

○《綏帶編序》：『清漳顏廷愉者，少攻詩，修贄于王弇州先生之門。每奏一篇，弇州未嘗不稱善，以此名遂大噪于江淮、吴越之間。廷愉喜游，天下名山大川，無不受杖屨者……廷愉名家子，壯年落魄，不足于發其雄心。又長于騎射，日取《黄帝陰符》《孫吴兵法》諸書，伏而讀之。慨然有請纓之志，卒兜鍪韎韐，隸籍材官，事海上之役。然韜鈐之暇，咏歌不輟。廷愉天材敏贍，詩皆刻燭而成。悲壯渾雄，無寒儉清臒之相。不必模擬于唐，而自合于唐，其法在有意無意之間，所必傳者也。然文章小技，壯夫不爲。廷愉業已學劍，不得復事雕蟲之技。况當今國家，北苦虜，南苦倭，求猛士如渴。廷愉黄須鮮卑，有河朔健兵之氣，犁庭掃廬，揚旌萬里，此士之一時也，安得占畢故業，而令馬上輩有賦詩退虜之誚乎？廷愉勉之矣。廷愉舊名正色，今在戎行，更名容軒……』（《幔亭集》卷十六）

海壇山　今福建平潭縣。明代屬福清縣。

○李賢《大明一統志》卷七十四《福建·福州府》『海壇山』條：『在福清縣東南海上。遠望如壇，故名。』

○王應山《閩都記》卷二十七《郡東南福清勝迹》『海壇山』條：『在東南大海中，又名東嵐。唐牧馬地。清泰間，始有寺宇。宋初置牧監，尋罷。南北長，東西狹，周遭七十里。故元，以户滿四萬升州，以海壇諸里佐之。居民四散，村落不一。山勢遠望如壇，故名。國朝洪武二十年，以倭寇猝至，難于備禦，轉徙其民。有遺畜，自相孕育。其山下産馬鬣，有异文，蓋龍種云。海壇之支，爲水獨清而甘。有石井通海，深不可測。初，海壇有田堪甚廣，居民耕種焉，後圮于水。』

【附】徐𤊹《顔廷愉像贊》：『才似延年之清，人是復聖之族。燕頷虎頭，虬髯鷹目。既馳驅于沙塞之上，韎韐櫜鞬；胡爲逍遥于江湖之間，角巾野服。邇年播州削平，朝廷録功，聞爾亦膺乎爵禄。不知者，祇目爲善飯廉頗；知之者，定指爲詩書郤縠。』（《紅雨樓集》册十二，《上圖稿本》四五册，第二七二頁）

同微公元直興公弟至鼓山

看山俗慮清，况復與僧行。徑密草交色，林迴鳥换聲。披雲孤衲重，挂月一瓢輕。不用憂迷路，燈光見化城。

【編年】萬曆二十二年甲午（一五九四）。

【箋】微公　即微上人，詳本卷《元直秀才觀微上人過宿》。

○元直，即王繼皋，詳卷二《對月遲王元直不至》。

【附】此役弟𤊹作《涌泉廢寺》（《鼇峰集》卷十）。

鼓山寺

空門有夙因，歲歲往來頻。方丈墨猶濕，祇園花又新。佛應憐熟客，山但借閑人。不分居城市，紅塵老此身。

【編年】萬曆二十二年甲午（一五九四）。

【箋】鼓山寺　涌泉寺燬于嘉靖間，稱「涌泉廢寺」。此寺爲鼓山下院，或稱鼓山下寺。

○王應山《閩都記》卷十二《郡東》「鼓山下院」條：「本涌泉寺積谷處。嘉靖間，涌泉寺燬，乃拓而葺之，殿宇壯麗有加。」

【附】謝肇淛《雨中宿鼓山禪院同徐興公周喬卿蔣子才》：「上方寂寂鎖蒼藤，門掩雙峰最上層。半嶺松濤千嶂雨，數行香篆一龕燈。寒潮應月喧殘寺，獨鶴眠雲伴老僧。塵夢欲醒鐘磬動，泠然心地證三乘。」（《小草齋集》卷二十二，又王應山《閩都記》卷十二，題作「宿鼓山禪院」）　徐𤊹《宿鼓山下寺》：「明月含輝照廣庭，亂峰低壓寺門青。佛堂夜靜鳴寒磬，僧塔年深拆舊銘。净室獨關雲漠漠，香厨遥引瀑泠泠。半龕碧影秋燈寂，一榻烟霞卧不醒。」（王應山《閩都記》卷十二，又《鼇峰集》卷十，題作「宿鼓山寺方丈」）按：以上二詩非與熥同時作，録以備考。

靈源洞與微公賦

洞藏青嶂裏，路出白雲層。苔色侵禪榻，松陰暗佛燈。樹撐危石墜，藤束古崖崩。不用尋僧語，同游自有僧。

【編年】萬曆二十二年甲午（一五九四）。

【箋】微公　微上人，詳本卷《元直秀才觀微上人過宿》。

【附】鄧原岳《登鼓山絶頂還宿靈源洞》：『步出東郭門，已識靈峰面。行行又十里，山迴翼宫殿。石罅響流泉，百道如飛練……歸宿録源洞，空翠落如霰。山嵐日夕佳，几席争葱倩。幽鳥向我鳴，浮雲自舒捲。偕此清道心，坐使塵慮遣。朱門何足榮，末俗豈能眩？』（王應山《閩都記》卷十二）　謝肇淛《靈源洞答興公》：『躄鼇橋上雁聲哀，極目平蕪古殿灰。幽洞忽排山罅入，小庵斜倚石門開。題殘蒼蘚看難辨，喝後靈泉去不迴。十九年前曾宿處，佛燈猶照講經臺。』（《小草齋集》卷二十二，又王應山《閩都記》卷十二）按：以上二詩非同時作，録以備考。

趙用拙招游白雲洞迷路而返却寄

古洞知何處，山僧路亦迷。行來千嶂外，猶隔數峰西。徑險猿難度，林深鳥不〔一〕啼。漁郎真夢境，浪説武陵溪。

【編年】萬曆二十二年甲午（一五九四）。

〔一〕不，鄭跋本、福建師大本、文淵閣《四庫全書》本作『自』。

【箋】趙用拙　即趙我聞，安慶（今屬安徽）人。

○徐㶿《先兄墓碑陰交游題名記》：「處士趙我聞，字用拙，安慶人。」（《紅雨樓集》册九，《上圖稿本》第四四册，第四一四頁）

○徐㶿《筆精》：「皖城趙我聞，字用拙，萬曆癸巳入閩，遍游名山，與余文最密。用拙深于禪理，歸浮山，逾年剃髮爲僧，更名法鎧。嘗作偈語數十首寄余。」（卷五《詩評》「出家偈語」條）

白雲洞　在鼓山，僧悟宗開于萬曆十四年（一五八六）。

○王應山《閩都記》卷十二《郡東》：「在（鼓山）海音洞洞下。由黄坑而登，可以里許，嶮巇峻峭，巨石棋置。萬曆丙戌，沙門悟宗始辟，鑿石穿竇，爲三天門，又有水懸注，名「吼雷湫」。有潭名「印月潭」。」

○謝肇淛《游鼓山白雲洞記》：「鼓山白雲洞，僧悟宗開于丙戌……磴級斬然如升梯，時遇巨石横道，則鑿爲痕，僅容半趾。行者捫峭壁而躡之，亦足毛髮灑淅也。已乃入一天門，經瀑布泉，道龍脊，路益陡削，復傴側不可扶掖，十步一息。石壁近歲崩裂，一道如雪，平時城中仰望，如在天上，今俯而視之矣。有頃，抵二天門，又上爲三天門云。天門者，兩石對峙倒覆，而穿其罅以升也。下二門稍寬，而最上者僅容側肩出入。王懋復太史爲題「白雲洞天」于壁，蓋自一天門至此，石磴凡七百二十級云。回望則長江如帶，城雉阡陌，丘壟村墟，盡在目前。又百武始至洞，懸岩劃然西向，版屋數楹，中祠大士，左祠韋馱伽藍，右爲庖湢，蓋廣視深回之也。後前岩溜滴滴不絶聲。衆俱憊卧喘息。無何，夕陽一抹，暝色合矣。夜坐檐際，霧露霏微如雨，中屨盡濕。久之，上方鐘動，月明四野，百里纖毫，一一入鏡中，斯亦生平未見之奇

也。』(《小草齋文集》卷九)

【附】徐𤊹《復趙用拙居士》：『向爲老頭陀所誤，歷萬壑千岩，竟成迷路，不減漁父入桃花源時。日暮魚貫下山，但歌「只在此山中，雲深不知處」耳。然白雲洞壑，已受足下杖履，而僕輩視之，非如人間，不令山靈揶揄不已耶！昨晚興盡而歸，蘿薜猶然在夢。漫賦二絶奉寄。若足下至靈源時，得無懷人天一方乎！』(《紅雨樓集》册三，《上圖稿本》第四二册，第二七〇—二七一頁)

喜果慧禪師見訪

多年居古洞，偶爾到王城。老益禪心定，貧諳世諦輕。空猶嫌有相，火久斷無明。再拜求真偈，流傳度衆生。

【編年】萬曆二十二年甲午(一五九四)。

【箋】果慧禪師　疑爲鼓山白雲洞僧。

贈趙用拙居士

留髮不披緇，行藏衆所疑。慧能聞道早，壯悔出家遲。果以今生滿，僧應夙世爲。懸知他日遇，改却舊鬚眉。

【編年】萬曆二十二年甲午(一五九四)。

問伯儒病

時事已如此，看君轉自愁。不堪燃桂苦，況抱采薪憂。藥以何錢買，糧應幾日休。妻兒皮骨在，相向泪交流。

【編年】萬曆二十二年甲午（一五九四）。

贈張少府二首[一]

其一

戀越終辭楚，幽栖似鹿門。烟霞長作侶，車馬不聞喧。世事惟高枕，生涯只灌園。自耽泉石趣，豈是學桃源。

其二

黑髮弃軒冕，歸畊南畝田。不飛雲外舄，時挂杖頭錢。野性耽丘壑，幽居遠市廛。中峰高隱處，長抱白雲眠。

【編年】萬曆二十二年甲午（一五九四）。

【箋】鹿門　詳本卷《贈隱者》。

[一] 二首，底本無此二字，據目録補。

幔亭集卷之六

閩中徐　熥惟和著
友人陳薦夫幼孺選
王　若相如編

五言律詩

甲午赴京留別社中諸子

獲落甘南郭，飄零又北征。愁心悲遠道，短髮戀微名。別苦嫌情重，時危幸橐輕。勞歌聽已慣，任作斷腸聲。

【編年】萬曆二十二年甲午（一五九四）。按：是歲秋徐熥三上京城。

【附】徐𤊹《驛樓送惟和兄北游》：『夜静江空欲上潮，榜人催唤解蘭橈。離腸禁得幾迴斷，別夢不辭千里遥。沙起交河陰漠漠，風吹易水冷蕭蕭。關山迢遞何時盡，此是他鄉第一宵。』（《鼇峰集》卷十三）

別陳惟秦

勞歌君莫吟，吟即泪沾襟。若比前年別，此情應更深。夢能知道路，交只戀山林。何處還相憶，天涯一片心。

【編年】萬曆二十二年甲午（一五九四）。

【箋】陳惟秦　即陳仲溱，詳卷二《懷陳惟秦》。

溪行即事寄女[一]翔平夫

客路空回首，浮生未息機。愁多難得醉，夢短不成歸。石勢流邊缺，灘聲過後微。翻因旅泊處，轉憶舊漁磯。

【編年】萬曆二十二年甲午（一五九四）。

【箋】女翔　即陳鳴鶴，詳卷二《貽陳女翔》。

平夫　即陳邦注，詳卷二《懷陳平夫》。

【附】陳鳴鶴《寄惟和二首》，其一：『七載謁明主，憐君多苦辛。馬踶穿白雲，人面障黃塵。尺素報山客，刀圭養谷神。始知金殿裏，曼倩可容身。』其二：『江上別游子，長居太乙壇。河車通土釜，雷火劈泥丸。兩鬢都無改，三花盡可飧。相思同入定，相見總非難。』（《泡庵詩選》

[一] 女，文淵閣《四庫全書》本作『汝』。

卷四）

泊黯淡灘登觀音寺[一]

古寺俯空灘，溪深客到難。浪疑南海涌，山作普陀看。旛影臨流濕，鐘[二]聲出谷寒。禪心如止水，元不礙風湍。

【編年】萬曆二十二年甲午（一五九四）。

【箋】黯淡灘　在福建南平市延平區東。

○祝穆《宋本方輿勝覽》卷十二南劍州『黯淡灘』條：『在郡東十里。灘極峻，人多憚之。』

○李賢《大明一統志》卷七十七『延平府』：『港灘，在南平縣，東溪者五，西溪者十，南溪者七，凡二十有二。其水湍急，其石廉利，舟上下失勢輒破溺。其黯淡天等九灘，宋時嘗加疏鑿，而溪之險稍平。』

○《〔嘉靖〕南平府志》卷二《山川》：『汾、竹林後、高桐、鑿、黯淡，已上五灘，并在東溪，其中黯淡一灘，古稱最險。』

【附】徐𤊹《題黯淡寺》：『初地開岩隙，連天紫翠層。風敲烟聲碎，雷劈雪山崩。頂禮灘頭客，經行水際僧。雙龍降伏近，不敢半空騰。』（《鼇峰集》卷十）按：此詩非同時作。

〔一〕寺，目録作『閣』，據此詩題改『寺』。

〔二〕鐘，底本作『鍾』，據詩意改。

金鳳山逢許道人

高人隱洞天，鳥道入雲烟。且莫論真訣，大都無世緣。丹爐長自爇，火候豈輕傳。别去不留意，相逢皆偶然。

【編年】萬曆二十二年甲午（一五九四）。

【箋】金鳳山　在今南平市延平區。

○《〔嘉靖〕南平府志》卷二《山川》『金鳳』條：『在府城西南，山形如鳳，高出群山。』

漁梁道中懷葉志卿

當年聯轡處，已是七周星。野店曾同宿，流泉憶共聽。殊音來往客，愁思短長亭。不盡懷鄉感，因君增涕零。

【編年】萬曆二十二年甲午（一五九四）。

【箋】漁梁　漁梁山，在福建浦城。

○李賢《大明一統志》卷七十六《建寧府》『漁梁山』條：『在浦城縣北樂平里。』

○何喬遠《閩書》卷十六《方域志》：『漁梁山，鄉人多堰水養魚，故名。山有水源，南流爲建溪，北流爲信溪。舊志：「天下十名山，漁梁其一也。」』

○曹學佺《西峰字説》卷二十二《福建·建寧府浦城縣》：『漁梁山在樂平里，鄉人堰水養魚其中，有巨石橫亘如梁。《古記》以爲天下名山之一。水南流者爲建溪，北流者爲信溪。其地盛寒，諺云：「無衣無裳，莫過魚梁。」即此。』

葉志卿　即葉時敏，長樂人。

○《〔乾隆〕福州府志》卷五十三《人物》：『葉時敏，字志卿，長樂舉人。萬曆中，兩任烏程、歸安教諭，清修自勵。時有一二受餽者，文不如律，學使督過，時敏以身争之，竟得白。邑令憐其清苦，遣以罰鍰，力却之。束脩之入，量給貧生，或捐之以葺學墻，整遺書、樂器。遷知程鄉縣，去，士子爲立去思碑。仕終山東同運。』

七里灘夜泛

嚴灘行未盡，雨氣逼黄昏。峽束天疑小，溪深水不渾。榜歌何處客，燈影幾家村。最是堪愁絶，三聲半夜猿。

【編年】萬曆二十二年甲午（一五九四）。

【箋】七里灘　詳卷五《晚泊七里灘》。

【附】謝肇淛《舟過七里灘》：『兩岸幾重山，孤舟七里灘。灘聲千萬道，并作釣臺寒。』（《小草齋集》卷二十五）　徐㶿《晚泊七里灘二首》，其一：『泊舟七里瀨，舊是子陵居。極浦落秋雁，遠燈歸夜漁。寒雲生荻岸，明日照桐廬。烟水茫茫緑，懷賢思有餘。』其二：『旅次桐江上，灘聲日夜流。高人不可見，山水自清幽。烟月迷村舍，星河落釣舟。千年遺廟在，香火祀羊裘。』按：以上詩非同時作，録以備考。

桐廬曉發

挂帆山縣曉，雲氣滿溪陰。雖有風塵役，能無丘壑心。人烟依水沂，塔影墜江深。所嘆垂綸者，高踪不可尋。

【編年】萬曆二十二年甲午（一五九四）。

【箋】桐廬　桐廬縣，今屬浙江。

○李賢《大明一統志》卷四十一『嚴州府·桐廬縣』條：『在府城東一百里，本漢富春縣之桐廬鄉。三國吴廣武中析置桐廬縣。』按：參見前詩。

紫陽洞

石室奇如此，全無斧鑿痕。虛岩懸作屋，曲竇巧成門。避日晴猶濕，屯雲晝自昏。平生游歷慣，到此亦驚魂。

【編年】萬曆二十二年甲午（一五九四）。

【箋】紫陽洞　在杭州吴山。

○徐熥《寄許靈長太學》：『紫陽洞，千岩萬壑，嵯峨壘砢，得足下伊吾嘯咏其間，當與山川映發耳。』

（《幔亭集》卷二十）

【附】鄧原岳《紫陽洞》：『古洞谽谺鎖白雲，壇前重拜紫陽君。孤峰突傍吴山出，片石還從竺國分。日影倒窺晴縹緲，露華遥綴晝氤氲。真仙羽化空遺蜕，目斷青天鸞鶴群。』（《西樓集》卷六）按：此詩非同時作，録以備考。

三茅觀尋許靈長不遇

山色翠氤氲，松關閉白雲。禮星孤磬發，受籙紗香焚。夜静天花落，秋高木葉聞。無由尋許椽，長揖問茅君。

【編年】萬曆二十二年甲午（一五九四）。

【箋】三茅觀　在杭州。

○李賢《大明一統志》卷三十八《浙江·杭州府》「三茅觀」條：「在府治南七寶山之麓，有茅君像。舊存古器物三：宋鼎、唐鐘，褚遂良《陰符經》。今不存。」

許靈長　許光祚，字靈長，錢塘（今杭州）人，萬曆二十八年（一六〇〇）舉人。歷官宣城推官。

○徐𤊹《先兄墓碑陰交游題名記》：「鄉進士許光祚，字靈長，錢塘人。」（《紅雨樓集》册九，《上圖稿本》第四四册，第四一二頁）

○《四庫全書總目·别集類存目》卷七《許靈長集》提要：「光祚，字靈長，陝西人。」

許椽　即許詢，詳卷三《靈隱寺尋耶溪上人》。

寄懷黄道晦二首[一]

其一

各送皆先别，君留更一宵。江頭兩分手，相對各魂銷。南望驛樓遠，北看帆影遥。折來亭畔柳，此日定蕭條。

其二

長貧家累少，有道世緣輕。山許高人占，田歸别主耕。老惟安落魄，隱不愛虚名。下榻憐吾弟，秋來幾到城。

【編年】萬曆二十二年甲午（一五九四）。

【箋】黄道晦　即黄子文，詳卷五《九日大風雨與黄道晦陳惟秦飲屋後小山》，又參見卷十八《黄隱君室人鄭氏墓志銘》。

晚至毗陵

榜人窮力日，向晚到荆溪。近驛舟航滿，沿城燈火齊。角聲悲斷續，山色黯東西。客子愁無寐，昏雅莫亂啼。

【編年】萬曆二十二年甲午（一五九四）。

[一]二首，底本無此二字，據目録補。

【箋】毗陵　即常州。明常州府，漢爲毗陵郡。

〇李賢《大明一統志》卷十《常州府》「郡名」條：「毗陵，漢名。」

句曲道中望茅山

停車句曲望，縹緲見仙家。曠野分青靄，遥天結紫霞。山秋生异草，溪午出胡麻。欲證延年訣，其如道路賒。

【編年】萬曆二十二年甲午（一五九四）。

【箋】句曲　今江蘇句容縣。

〇李賢《大明一統志》卷六《南京·應天府》「句容縣」條：「在府東九十里，漢置，屬丹陽郡。以縣有句曲山，故名。」

茅山　初名句曲山，在江蘇鎮江。

〇李賢《大明一統志》卷六《南京·應天府》「茅山」條：「在句容縣南八十里。山形如『句』字，初名『句曲山』，後因茅君得道于此，更今名。道書爲第八洞天，第一福地。山有三峰，三茅君各占一峰，謂之『三峰』。《金陵新志》：茅山與蜀岷、峨相首尾，蔣山實其山之盡者。」

游牛首山弘覺寺

前身疑老衲，所至愛禪林。肯惜躋攀力，偏宜清净心。山鍾吴地秀，園布漢時金。日午僧寮寂，岩扉閉塔陰。

【編年】萬曆二十二年甲午（一五九四）。

【箋】牛首山　在南京城南。

○李賢《大明一統志》卷六《南京・應天府》『牛首山』條：『在府南三十里，舊名牛頭山。有二峰，東西相對。晉元帝初作宫殿，王導指雙峰曰：「此天闕也。」故又名「天闕山」。劉宋立郊壇于此，梁武帝又于山下建寺。山有石洞，洞中有石鼓，天欲雨，則石鼓山自鳴。』

弘覺寺　在南京牛首山。

○《江南通志》卷十一《輿地志・江寧府》：『牛首山在府南三十里，舊名牛頭山，兩峰峙如雙角，即佛書所稱江表牛頭者也……由山麓石磴數百級，杉檜森夾，而上有弘覺寺，寺有浮圖二，殿宇依山而構，望之如畫屏。又有含虚閣，前對三山，大江旁繞，尤爲勝處。』

牛首祖堂尋雪浪禪師不遇

雲氣掩禪栖，山空鳥自啼。塔陰依日轉，鈴語墜風低。白社虚牛首，青山費馬蹄。無由問真偈，歸路夕陽西。

【編年】萬曆二十二年甲午（一五九四）。

【箋】祖堂　在南京城南。

○李賢《大明一統志》卷六《南京・應天府》『祖堂山』條：『在府南四十里，唐法容禪師得道于此，爲南宗第一祖師，故名。』

雪浪禪師　即釋洪恩，詳卷五《同彭正休陳子卿游金山遇張函一孝廉閔壽卿山人恩公若公》。

白社　詳卷五《重宿靈源洞懷珠上人》。

鷄鳴寺贈印空上人

不用覓三車，心能轉法華。問年忘歲月，留客借雲霞。乞食朝行脚，焚香夜結跏。志公金骨在，長日禮千花。

【編年】萬曆二十二年甲午（一五九四）。

【箋】鷄鳴寺　在南京城。○李賢《大明一統志》卷六《南京·應天府》「鷄鳴寺」條：「在鷄鳴山。洪武二十年建。置寶公塔于寺後山頂。」

志公　南朝梁高僧寶志（一作「保志」）。

喜林天懋至得家書

故人傳信至，喜極却忘飡。雖有平安字，未開猶膽寒。筭程何日寄，秉燭幾迴看。兩月思鄉泪，今宵應暫乾。

【編年】萬曆二十二年甲午（一五九四）。

【箋】林天懋　即林世勤，字天懋，熑次子，閩縣人。博覽群書，極孝。

○《（乾隆）福州府志》卷六十二《人物》十四《孝義》『林世勤』條：『萬曆間，巡按上其事，詔以「孝徵四瑞」旌之，賜坊表，郡人爲刻于九仙岩石。』

盧子明張子明何性中胡彭舉林叔度小集客舍

客中方落莫，諸子偶來過。有相皆丘壑，無言非薜蘿。紅塵窮巷少，青眼异鄉多。總是飄蓬者，爲歡能幾何。

【編年】萬曆二十二年甲午（一五九四）。

【箋】盧子明　即盧純學。

○徐𤊹《先兄墓碑陰交游題名記》：『處士盧純學，字子明，通州人。』（《紅雨樓集》册九，《上圖稿本》第四四册，第四一二頁）

張子明　即張正蒙。

○徐𤊹《先兄墓碑陰交游題名記》：『處士張正蒙，字子明，上元人。』（《紅雨樓集》册九，《上圖稿本》第四四册，第四一二頁）

何性中　即何思唐。

○徐𤊹《先兄墓碑陰交游題名記》：『太學生何思唐，字性中，會稽人。』（《紅雨樓集》册九，《上圖稿本》第四四册，第四一六頁）

胡彭舉　即胡宗仁，字彭舉，又字長白，上元（今南京江寧）人。隱于冶城山下。有《知載齋稿》《韵詩》。

○錢謙益《列朝詩集小傳》丁集上『胡布衣宗仁』條：『宗仁，字彭舉，上元人。隱于冶城山下。生而偉壯，美髯。』

林叔度　即林祖恕，詳卷三《采真篇送林叔度游雁宕》。

瓦棺寺贈全上人

禪房雲氣深，一榻傍蕉陰。不種生天果，常懷出世心。鷲峰修白業，象教禮黄金。何以精名理，先師有道林。

【編年】萬曆二十二年甲午（一五九四）。

【箋】瓦棺寺　即升元寺，在南京。

○祝穆《宋本方輿勝覽》卷十四《建康府》：『升元寺，即瓦棺寺也。在城西隅，前瞰江面，後據崇岡，最爲古迹。李主時，升元閣猶在，乃梁朝故物，高二百四十尺，李白詩所謂「日月隱層楹」是也。今西南隅戒壇，乃是故基……瓦棺寺之名起自西晋。長興年間，長沙城河陸地生青蓮兩朵，民間聞之，官司掘得一瓦棺，開見一僧，形貌儼然。其花從舌根頂顱生之出。詢及父老，父老曰：「昔有一僧，不説姓名，平生誦《法華經》萬餘部，臨終遺言曰：以瓦棺葬之。此地所司具奏朝廷，乃賜建蓮華寺。五代兵火焚之。」』

鷲峰　鷲峰寺，在南京。

○《江南通志》卷四十三《輿地志・寺廟》『江寧府』：『鷲峰寺，在府城中鈔庫街。南齊爲東府城，梁爲江總宅，唐乾元中刺史顔魯公置放生池。東接青溪，北通運瀆。宋淳熙間待制史正志移于青溪之曲，明天順間即其地建寺，賜額曰「鷲峰」。』

道林　即支遁，詳卷三《靈隱寺尋耶溪上人》。

同陸纂父郭聖僕雨夜集曹重甫客舍得凉字

客居非蔣徑，亦自過求羊。緑酒人來貰，黄花節後香。敝裘霜氣肅，殘燭雨聲凉。漏盡欲爲别，秋宵苦不長。

【編年】萬曆二十二年甲午（一五九四）。

【箋】陸纂父　即陸文組，鄞縣（今浙江寧波）人。

○徐𤊹《先兄墓碑陰交游題名記》：『處士陸文組，字纂父，鄞縣人。』（《紅雨樓集》册九，《上圖稿本》第四四册，第四一五頁）

○徐熥《秣陵倡和稿序》：『秣陵故佳麗之地，三國、六朝間，文士趾錯肩摩，不可勝數，至今而餘教未衰也。今年秋，余薄游此中，日策蹇驢，懷敝刺，遨游于都市，求海内賢豪之士而謁之……以此得交于姑蘇陸君纂甫、雲間曹君重甫。兩君者攻于詩，而意氣倜儻不群。與余相見而交相賞，稱傾蓋歡焉。』（《幔亭集》卷十六）

郭聖僕　即郭天中，莆田人。

○錢謙益《列朝詩集小傳》：『天中，字聖僕，先世莆田人。其祖以避寇徙秣陵……孤情絶照，迥出流俗。購畜古法書名畫，不事生産，專精篆隸之學，窮崖斷碑，訪搜摹搨，閉户冥搜，寢食都廢。晚年隸書益進，以癖耽山水爲辭，竟不明言廬墓以市名也……聖僕卒，無子，墓在雨花臺之旁。』（丁集中『郭布衣天中』條）

曹重甫　即曹志伊，青浦（今江蘇淮安青浦區）人。

○徐𤊹《先兄墓碑陰交游題名記》：『太學生曹志伊，字重甫，青浦人。』（《紅雨樓集》册九，《上圖稿本》第四四册，第四一五頁）

○徐熥《答曹重甫太學》：『把臂秦淮，歡如骨肉。雨宵分韵，得附琳琅。一日勝緣，遂成千載。』（《幔亭集》卷二十）

蔣徑　指隱士門前小路。蔣，蔣詡。

○趙岐《三輔決録》卷一：『蔣詡，字元卿，舍中三徑，唯羊仲、裘仲從之游，二仲皆雅廉逃名之士。』

求羊　羊仲、裘仲，蔣詡之友。

○《初學記》卷十八引漢趙岐《三輔決録》：『蔣詡字元卿，舍中三徑，唯羊仲、裘仲從之游。二仲皆推廉逃名。』

送何性中還會稽

之子竟落魄，故人空斷魂。烟霞歸舊隱，風雨出關門。紅葉足秋色，白衣多泪痕。看君年尚少，莫即戀丘園。

【編年】萬曆二十二年甲午（一五九四）。

【箋】會稽　今浙江紹興。

○李賢《大明一統志》卷四十五《浙江·紹興府》『郡名』條：『會稽，東漢名。』

送王獻子山人客粵西

君行當象郡，投宿盡蠻家。椰暗黎村葉，梅寒庾嶺花。神符宵厭蠱，人面晝防蛇。若到南中日，先尋勾漏砂。

【編年】萬曆二十二年甲午（一五九四）。

【箋】王獻子　袁州人，客閩半載。按：參見本卷《送王獻子還袁州》。

粵西　今廣西一帶。

象郡　詳卷五《送李驛使之官雷陽》。

庾嶺　即大庾嶺。南嶺中的『五嶺』之一，位于江西與廣東交界。

○李賢《大明一統志》卷八十《廣東·南雄府》『大庾嶺』條：『在府城北八十里，漢兵擊呂嘉，有裨將姓庾者戍此，故名。以其多梅，亦曰「梅嶺」。』

勾漏砂　傳說中道家的一種丹砂，産于勾漏山。勾漏山在今廣西北流縣。

○李賢《大明一統志》卷八十三《廣西·梧州府》『勾漏山』條：『在北流縣東北一十五里，石峰千百，皆矗立特起，其岩穴勾曲穿漏，故名……傳葛洪嘗于此修煉。』

送林吾宗南還時余將入燕

相逢雖暫喜，相别倍含情。渡水雁孤影，出關鷄一聲。愁從歸路減，寒近故鄉輕。所嘆飄零者，風霜向北平。

【編年】萬曆二十二年甲午（一五九四）。

【箋】林吾宗　莆田人，太學生。按：參見卷二十《與林吾宗太學》。

送林叔度之廬江尋劉使君

憐君方倦游，歲晚復依劉。衰草逢霜死，寒濤逐雪流。淮南叢桂老，江北荻花秋。渡口一相送，目窮天際頭。

【編年】萬曆二十二年甲午（一五九四）。

【箋】林叔度　即林祖恕，詳卷三《采真篇送林叔度游雁宕》。

廬江　據詩意，指明廬州府（今安徽合肥）而非廬江縣。廬州府，爲漢廬江國、隋廬江郡。

○李賢《大明一統志》卷十四《廬州府》『建置沿革』條：『漢立廬江國……隋初始改合州爲廬州，大業初改廬江郡……本朝洪武初改廬州府。』

依劉　謂投靠有權勢者。

○陳壽《三國志·魏書·王粲傳》：『（粲）年十七，司徒辟，詔除黄門侍郎，以西京擾亂，皆不就。乃之荆州依劉表。」

題静海寺慶良上人房

入寺已高春，禪關暮靄封。潮喧臨水梵，雲引過江鐘。馴象諸天教，盧龍近郭峰。幾年湖海别，此地又相逢。

【編年】萬曆二十二年甲午(一五九四)。

【箋】静海寺　在南京城北。

○李賢《大明一統志》卷六《南京·應天府》『静海寺』條：『在府北二十里。洪熙元年賜額。』

慶良上人　又稱良上人，金陵静海寺僧人，曾游閩。按：參見卷七《送良上人還金陵静海寺》《逢慶良上人》。

盧龍　盧龍塞，今屬河北省秦皇島市盧龍縣。

○李賢《大明一統志》卷五《京師·永平府》『盧龍塞』條：『魏曹操北征田疇，自盧龍引軍出盧龍塞，塹山湮谷五百余里，即此。』

靈谷寺

一徑萬松通，鍾山俯梵宫。谷聲虚應掌，塔影峻凌空。不壞金身古，無梁寶殿雄。未忘生滅相，長此泣遺弓。

【編年】萬曆二十二年甲午(一五九四)。

【箋】靈谷寺　在南京鍾山東南。

○李賢《大明一統志》卷六《南京·應天府》『靈谷寺』條：『在鍾山東南。晉建，宋改太平興國寺。本朝洪武中徙建于此。殿堂之後立寶公塔。』

鍾山　在南京。

○李賢《大明一統志》卷六《南京·應天府》『鍾山』條：『在府城北，山周迴六十里。漢秣陵尉蔣子文逐盗死于此，吴大帝爲立廟，子文祖諱鍾，因改蔣山。』

【附】謝肇淛《春日游靈谷寺》：『郭外春陰散上方，寒松十里鬱蒼蒼。谷聲長作琵琶響，塔影時開舍利光。科斗碑殘空有座，龍蛇殿古尚無梁。衹今一片鍾山月，猶逐西風照講堂。』（《小草齋集》卷二十一）　徐㶿《游靈谷寺》：『五里松陰覺路賒，野梅猶放塢中花。神光寶塔輝金界，王氣鍾陵結彩霞。雨蝕古碑消贔屭，風傳空樂響琵琶。八功德水清堪飲，聊滌塵心禮法華。』（《鼇峰集》卷十六）按：以上二詩非同時作。

詠雨中新草

燒痕纔轉緑，含雨未萋萋。且緩佳人門，方聞玉勒嘶。苔深看莫辨，柳亞望初齊。爲語尋春者，無令踏作泥。

【編年】萬曆二十二年甲午（一五九四）。

不寐感懷示元直

孤館聽寒漏，燈殘夜未央。雁聲悲帶雨，蛩語急含霜。旅夢醒難續，鄉心醉暫忘。念君初作客，不敢説凄涼。

【編年】萬曆二十二年甲午（一五九四）。

【箋】元直　即王繼皋，詳卷二《對月遲王元直不至》。

贈魏考叔

所居雖近市，苔鎖薜門幽。巾舄遵王制，圖書應客求。揮毫無俗韻，下榻有名流。滿壁滄洲在，依稀顧虎頭。

【編年】萬曆二十二年甲午（一五九四）。

【箋】魏考叔　即魏之璜，上元（今南京）人。

○錢謙益《列朝詩集小傳》丁集上『魏畫史之璜』條：『之璜，字考叔，上元人。起孤貧，業丹青以糊口。一部郎見之，賞其筆意，稍稍知名。杜門匿影，日事磅礴。』按：之璜弟之克，亦能畫。

○徐𤊹題《魏考叔畫〈北固山卷〉》：『今時丹青之技首屈秣陵，而秣陵山水卷幅又首屈指魏君考叔，蓋其父子兄弟一門皆醉心粉墨，代相授受，非尋常率意點染者比，瀫水張文明雅善賞鑒，此卷爲北固全景，披覽之際，不必身登鐵甕城頭，望磨笄、招隱諸山，而神爽已在天塹風濤外矣。文明工繪事，每見輒嘆服不置，其爲神品可知也。萬曆庚戌中秋，東海徐惟起書于柿葉山房。』（沈文倬《紅雨樓序跋》卷二，第七

三頁）

滄洲　古代隱士濱水的居所。

虎頭　顧愷之小字，詳卷五《贈黄生懋政》。

別金陵

人境元如夢，兹游真惘然。一帆揚[一]子月，雙屐白門烟。過寺多留偈，逢僧盡問禪。獨餘千佛嶺，待我再來緣。

【編年】萬曆二十二年甲午（一五九四）。

【箋】白門　南朝都城建康宣陽門的俗稱；南京別稱。

千佛嶺　即千佛岩，在南京栖霞山。

懷王粹夫

我游當薊北，君隱在墻東。兩地魂俱斷，中宵夢不同。燭銷山店雨，笳散戍樓風。雪後無南雁，鄉書何處通。

【編年】萬曆二十二年甲午（一五九四）。

【箋】王粹夫　即王毓德，侯官（今福州）人。

〇《（乾隆）福州府志》卷六十《人物·文苑》「王毓德」條：「字粹夫，侯官人。父應山，閩中文獻歸焉。

[一] 揚，底本、鄭跋本、福建師大本作「楊」，據文意改。文淵閣《四庫全書》本作「揚」。

毓德老于布衣，里閈中稱長者。人有急難不平，不問識與不識，身爲奔救。游金陵，主友人林古度家，其鄉有貴人招之，弗肯往，竟去。吟詩最苦，詩成不喜示人，故傳者絶少。』

○郭柏蒼《全閩明詩傳》卷三十八：『王毓德，字粹夫，佐曾孫，杲孫，應山子。萬曆間布衣，有《浪游稿》。』

薊北　薊州北部。薊州，今天津薊州區。

同温允文史聲伯集張稚通清遠居分得留字

此地本清遠，主人情更幽。游多乘興至，客不問名留。坐卧半臨水，往來都泛舟。醉餘溪上别，月色滿中流。

【編年】萬曆二十二年甲午（一五九四）。

【箋】温允文　俟考。

史聲伯　俟考。

張稚通　即張睿卿，詳卷三《孝友堂慈竹歌爲張文學賦》。

天聖寺

高閣對諸峰，禪關入亂松。斷碑留贔屭，古殿錯蛟龍。塵静難侵佛，林疏不礙鐘。瀟湘圖滿壁，彤管有遺踪。

【編年】萬曆二十二年甲午（一五九四）。

【箋】天聖寺　在浙江湖州。

○《浙江通志》卷二百二十九『寺觀·湖州』引《吴興掌故》：『吴言故宅，在府治北。唐中和二年舍爲寺。刺史王鸞表請爲景清禪院。宋天聖八年改天聖寺。』又引《（萬曆）湖州府志》：『寺有古檜，元趙孟頫摹爲圖，因扁其堂曰「古檜」。今檜已枯死，堂與圖俱毁，不存矣。萬曆二年知府栗祈重修。』

碧浪湖泛月同在杭

扁舟過碧浪，孤月出林端。兔影摇波碎，嬋娟落鏡寒。湖光澄似練，山色秀堪餐。别後幾圓缺，今宵纔共看。

【編年】萬曆二十二年甲午（一五九四）。

【箋】碧浪湖　在浙江湖州。

○謝肇淛《游峴山記》：『吴興山至多，獨峴山蟠郡南而近，下據碧浪湖，游客蓋肩相摩云。』（《小草齋文集》卷七）

○曹學佺《大明一統名勝志·浙江》卷三《湖州府·烏程縣》『碧浪湖』條：『與玉湖相接……（峴）山下有峴山漾，一名碧浪湖。山南有蘇灣，宋蘇軾爲郡守，築湖堤于此。』

【附】謝肇淛《十一月望夜同惟和碧浪湖看月》：『凈水吐片月，清光上人衣。乍驚漁火出，翻共浪花飛。寺遠疏鐘斷，江寒過鳥稀。峴山烟樹裏，無數暮帆歸。』（《小草齋集》卷十三）　謝肇淛《送惟和北上二首》，其一：『朔雪暗天地，胡爲獨遠游。十年三獻賦，萬里一孤舟。潮落金門曉，風寒易水秋。別離何足戀，春色在皇州。』其二：『作客年垂盡，風塵亦可憐。路隨人語改，月屢馬頭圓。水勢過淮緩，山形入岱偏。菰城一枝柳，聊作繞朝鞭。』（《小草齋集》卷十三）

題顧學憲先生聞禽閣

高閣傍林阿，林深衆鳥過。飛當殘照急，噪向晚晴多。振翼同呼侶，歸巢各認柯。翟公門似水，日日可張羅。

【編年】萬曆二十二年甲午（一五九四）。

【箋】顧學憲　即顧大典。大典曾任福建提學副使。參見本卷《哭顧道行先生》。

聞禽閣　顧大典閣名。

翟公　西漢下邽縣（今渭南市臨渭區）人，官廷尉。

○司馬遷《史記·汲鄭列傳》：『始翟公爲廷尉，賓客闐門；及廢，門外可設雀羅。翟公復爲廷尉，賓客欲往，翟公乃大署其門曰：「一死一生，乃知交情；一貧一富，乃知交態；一貴一賤，交情乃見。」』

【附】陳薦夫《題顧學憲先生聞禽閣》：『小閣白雲邊，啾啾當弦管。孤吟春曉日，半噪夕陽天。響雜交交鳥，聲非嘒嘒蟬。總然無俗韵，知不攪清眠。』（《水明樓集》卷三）　婁堅《聞禽閣絶句爲顧學憲賦二首》，其一：『小閣深深曲徑開，竹光長送午陰來。主人暫遣清商歇，別有幽禽勸酒杯。』其二：『鳥啼何處最關情，不是啼時分外清。酒醒閣中聞喚起，爲驚殘月半窗明。』

《御選明詩選》卷一百一十一)按：以上二詩非與熥同時作，録以備考。薦夫詩爲松陵與熥別後作。

贈陳道源參軍

冷曹堪傲性，大雅見遺音。衙只聽鶯放，山多信馬尋。一官同鮑照，五字比陳琳。俸薄難供客，時捐賣賦金。

【編年】萬曆二十二年甲午(一五九四)。

【箋】陳道源參軍 即陳濂，詳卷四《美人篇戲贈陳參軍》。

鮑照 南朝宋詩人，曾官參軍，稱鮑參軍。

曉至甘露寺因憩觀音洞

乘曉到香臺，鐘殘僧夢迴。岩阿精舍隱，石竇普門開。初日躍林出，罡風跨浪來。披蓁尋舊迹，一半委蒼苔。

【編年】萬曆二十二年甲午(一五九四)。

【箋】甘露寺 在今江蘇鎮江北固山上。

〇李賢《大明一統志》卷十《直隸·鎮江府》「甘露寺」條：「在北固山上。吴甘露中建，因名。内有梁武帝所書「天下第一山」六字，所賜鐵鑊二，其量容百斛。」

甲午汶上除夕

旅館逢除夕，空懷故國情。荒村三户寂，土屋一燈明。臈逐鷄聲去，春隨馬足生。客中非守歲，自是夢難成。

【編年】萬曆二十二年甲午（一五九四）。

【箋】汶上　今屬山東。

○李賢《大明一統志》卷二十三《東平府》『汶上縣』條：『在州東南六十里。古厥國。春秋時爲魯中都地，漢置東平、陸縣，屬東郡。東漢省入須昌縣，北齊置樂平縣。隋後改平陸，屬魯郡。唐初屬兗州，後改爲中都縣，金改爲汶陽縣，又改曰汶上。元屬東平，本朝因之。』

懷張道輔

婚嫁中年畢，餘生老一區。市聲窮巷寂，山色小樓孤。林密身堪隱，田荒口僅糊。詩僧同酒伴，日日往來無。

【編年】萬曆二十三年乙未（一五九五）。

【箋】張道輔　道輔（一五五五—一六二四之後），福州人，家傳《易》學。徐熥曾爲其書詩卷。餘俟考。

○謝肇淛《〈徐唯和卷〉跋》：『唯和書初學鄭吏部，而後來稍變之，超超玄詣，未見其止。而天遽奪之年，惜也！此卷白沙舟中爲張道輔書者。』（《小草齋文集》卷二十四）按：徐𤊹有《送張道輔同林叔實游嶺南》(《鼇峰集》卷十八)、《張道輔八十雙壽六月初六》(鈔本《鼇峰集》)。

賦得逍遥游送鄔子遠山人

逍遥非避世，只是愛清閑。泛月渡千澗，隨雲過幾山。游同僧共往，倦與鳥俱還。踪迹多湖海，故園長閉關。

【編年】萬曆二十三年乙未(一五九五)。

【箋】鄔子遠　丹徒(今屬江蘇鎮江市)人。

○徐𤊹《先兄墓碑陰交游題名記》：『處士鄔子遠，字嘉文，丹陡人。』(《紅雨樓集》册九，《上圖稿本》第四四册，第四一五頁)

【附】陳薦夫《賦得逍遥游送鄔子遠山人》：『去去何年别，悠悠萬里餘。身非能御氣，迹已類憑虚。獨往雲爲伴，徐行步當車。不須婚嫁畢，始遂尚平初。』(《水明樓集》卷三)

題許靈長快雪亭

亭倚吴山麓，春晴雪未乾。色分江影白，光入石門寒。洞古藏猶濕，墻陰銷欲殘。應憐高卧者，日日映書看。

【編年】萬曆二十三年乙未(一五九五)。

【箋】許靈長　即許光祚，詳卷六《三茅觀尋許靈長不遇》。

快雪亭　許光祚園亭。

吴山　詳卷三《贈胡外史》。

【附】陳薦夫《題許靈長快雪亭》：『歹徑穿危石，憑欄俯郡城。人烟當晝合，僧磬隔林鳴。松下雪千頃，竹間泉一泓。湖光與山色，宜雪復宜晴。』（《水明樓集》卷三）

題吴象文抱膝軒

越絶風流客，栖遲一畝宫。閉門人迹少，趺坐世緣空。簾向雪中捲，徑從花裏通。主人長抱膝，或恐是隆中。

【編年】萬曆二十三年乙未（一五九五）。

【箋】隆中　在今河南南陽市，一説在湖北襄陽市。

送張子環下第枉道之楚尋丁亨文法曹

天涯同失路，君豈不懷歸。客久行囊罄，家貧生計微。同來知己散，便道故人稀。獨有荆南吏，或能憐布衣。

【編年】萬曆二十三年乙未（一五九五）。按：據曹學佺《司空張子環集序》（《西峰六一集·文部》卷二），子環萬曆二十三年（一五九五）下第。

【箋】張子環　即張維樞（？—一六三二），字子環，號玄中（又作賢中），晋江人。萬曆二十六年（一五九八）進士，授烏程知縣，官至工部左侍郎。有《張子環集》。

丁亨文　即丁啓濬（一五六九—一六三六），又作起濬，字亨文，號哲初。日造子。德化籍，晉江（今泉州）人。萬曆二十年（一五九二）進士，歷寶慶、杭州司理，吏部郎中，升南京太常少卿，刑部侍郎。有《平圃文集》《平圃詩集》。

○錢謙益《列朝詩集小傳》丁集中：『起濬，字哲初。晉江人。萬曆壬辰進士。歷吏部郎，南京太常少卿，刑部侍郎。歸田以病終。爲人沉默有幹局。』

○郭柏蒼《全閩明詩傳》卷三十二『萬曆』：『丁啓濬，字亨文，一字哲初。自申從孫，偉祖。晉江人，德化籍。萬曆二十年進士。』按：據曹學佺《少司寇丁公祭文》（《西峰六三集·文》），啓濬卒于崇禎九年（一六三六）。

【附】陳薦夫《送張子環下第游楚》：『欲將何計慰窮愁，千里還尋鸚鵡洲。路到荊山腸自斷，帆過湘水泪應流。天涯此别慚知己，世上誰人愛薄游。歸去故園須及蚤，荷衣猶勝黑貂裘。』（《水明樓集》卷五）

暮出茌平宿二十里村店

征車貪遠宿，宿處更荒凉。出郭纔數里，幾家成一鄉。燈燃綿炬暗，茶煮柳條香。不待晨炊去，主人無曉糧。

【編年】萬曆二十三年乙未（一五九五）。

【箋】茌平　茌平縣。今屬山東聊城市。

○李賢《大明一統志》卷二十四《山東·東昌府》『茌平縣』條：『在府城東北七十里，本秦舊縣。』

贈瑕丘灌園郭叟

勝地近洙水，主人同漢陰。未忘爲圃意，偏稱耦耕心。草色憐顔巷，柏枝分孔林。下車聊共語，莫作鳳衰吟。

【編年】萬曆二十三年乙未（一五九五）。

【箋】瑕丘　即山東滋陽縣，瑕丘爲漢縣名。按：詳下篇《滋陽道中逢金陵秀峰和尚因訊雪浪耶溪秋園諸上人》。

洙水　流經山東曲阜等地。

○李賢《大明一統志》卷十八《山東·兗州府》「洙水」條：「在府城東北二十里。又云，在曲阜縣五里，南爲洙水，北爲泗水。二水之間，即孔子所居。今湮没無可考。」

孔林　又稱至聖林，在山東曲阜。爲孔子及其後裔墓地，與孔府、孔廟統稱「三孔」。參見卷八《謁孔林》「素王墳」條。

滋陽道中逢金陵秀峰和尚因訊雪浪耶溪秋園諸上人

如何當此地，亦得見名僧。托盡他鄉鉢，傳來幾代燈。烟霞生有果，雲水迹無憑。問遍南朝寺，因師住秣陵。

【編年】萬曆二十三年乙未（一五九五）。

【箋】滋陽　滋陽縣，屬山東兗州市。因滋山而得名。

○李賢《大明一統志》卷二十四《山東·兖州府》『嵫陽縣』條：『附郭。本魯之負瑕，漢置瑕丘縣……晋省入南平陽，屬高平國。隋復置瑕丘縣。爲魯郡治，唐爲兖州治。宋避宣聖諱，改爲瑕縣，又改曰嵫陽縣。取山爲名。』

雪浪　雪浪禪師，詳卷五《同彭正休陳子卿游金山遇張函一孝廉閔壽卿山人恩公若公》『恩公』條。

耶溪　即若耶溪，詳卷二《春泛若耶》『若耶』條。

登雲龍山放鶴亭

叠嶂隱香臺，門當楚水開。河流旛影去，雲引磬聲來。寺古龍猶伏，亭空鶴不回。因尋碑上字，剔盡雨中苔。

【編年】萬曆二十三年乙未（一五九五）。

【箋】雲龍山　在江蘇徐州，詳卷三《贈胡外史》。

放鶴亭　在徐州雲龍山。

○李賢《大明一統志》卷十八《徐州府》『放鶴亭』條：『宋熙寧間，雲龍山人張天驥作于東山之麓。山人有二鶴，旦則望西山而放，暮則傍東山而歸，故名。蘇軾作《記》。』

舟中書懷二首[一]

其一

一別變春秋，相隨半是愁。思鄉餐頓減，感舊泪空流。金盡羞開篋，途遥厭換舟。非無山水興，客久畏淹留。

其二

豈是依人拙，此行誰可依。途窮勝事少，身賤勢交稀。客路儒無術，關門吏有威。時時戒童僕，莫比晝游歸。

【編年】萬曆二十三年乙未（一五九五）。按：時下第經徐州舟行南還。

將別幼孺

離人元作惡，况復是心知。預灑臨岐泪，各抄同賦詩。分襟愁路促，戀別願舟遲。童僕追隨久，猶能相向悲。

【編年】萬曆二十三年乙未（一五九五）。

【箋】將別幼孺　去歲熥與陳薦夫結伴上春官，雙雙落第，南行至松陵江作別。

[一] 二首，底本無此二字，據目録補。

松陵[一]舟中送幼孺入苕川兼柬在杭使君及苕中諸舊游

懷土情雖切，他鄉且暫留。去尋苕水吏，獨作太湖游。顧影同看燭，含啼各買舟。我來慚父老，不敢再依劉。

【編年】萬曆二十三年乙未（一五九五）。

【箋】松陵　松陵江，又名吴江、松江、吴淞江。

○李賢《大明一統志》卷十八《中都・蘇州府》『吴江』條：『在吴江縣。東源出太湖，一名松江，又名松陵江，亦曰笠澤，流經昆山，入于海。』

苕水　苕溪。參見卷二《苕溪送元直南還》。

太湖　又稱震澤、具區、五湖。在今常州、武進、無錫、宜興一帶。

○李賢《大明一統志》卷十《常州府》『太湖』條：『在府城東南一百里，連武進、無錫、宜興三縣界。《禹貢》謂之「震澤」，《爾雅》謂之「具區」。周迴三萬六千頃，亦名「五湖」。』

【附】陳薦夫《舟次松陵余將有苕川之行惟和先歸賦此爲别》：『與君同失意，况復與君違。客路經旬别，孤帆兩處飛。睽離空有恨，去住各無依。生計今如此，那能羞布衣。』又：『雖是憐同病，與君非一身。淹留殊去就，悵望各悲辛。共拭拭殘泪，更傷傷後神。只應君到日，愁我

[一] 松陵，目録誤作『松林』，據此詩題改。

倚門人。』(《水明樓集》卷三)　陳薦夫《舟中呈惟和》：『我向苕溪去，君當建溪返。征帆一樣飛，一近一以遠。』(《水明樓集》卷七)　陳薦夫《口占別惟和》：『別君無一語，無語是傷心。若解臨岐語，此情殊未深。』(《水明樓集》卷七)　陳薦夫《送惟和北上》其二《松陵感別》小序云：『行抵松陵，余將入苕，解纜先發，相望黯然，因賦詩別惟和云：「別君無一語，無語是傷心。若解臨岐語，此情殊未深。」』詩云：『吴江楓葉冷孤舟，也到松陵訪舊游。知憶昔年分手處，傷心長對岸西頭。』(《水明樓集》卷八)按：徐熥又有《丹陽舟中與幼孺對月時余南還幼孺將客苕川》(《幔亭集》卷十三)。

溪夜時與惟秦興公游武夷

往日游都倦，兹行心獨閑。片帆投月宿，一笠戴雲還。夜色沙邊水，秋光烟外山。旅懷長似此，那解鬢毛斑。

【編年】萬曆二十三年乙未(一五九五)八月。

【箋】溪夜時與惟秦興公游武夷

○徐熥《游武夷山記·由萬年宫至茶洞》：『歲乙未，仲弟興公有吴門之役，余遂附舟往游。先期報陳惟秦、陳振狂與俱，以八月十三日發白龍江，十六日次囦溪。振狂以病留囦溪，賦詩而別。廿一日次延津，廿四日次建安……二十八日次建陽。』(《幔亭集》卷十七)

惟秦　即陳仲溱，詳卷二《懷陳惟秦》。

中秋遇風雨

寒溪秋色滿，臨泛意如何。高枕亂流去，挂帆千嶂過。夢應通月窟，槎已到星河。不負烟霞想，無防風雨多。

【編年】萬曆二十三年乙未（一五九五）八月。按：參見本卷《溪夜時與惟秦與公游武夷》。

同惟秦與公舟中夜坐

臨流趺坐久，夕露墜衣繁。山色晚逾翠，灘聲静[一]更喧。林深燈避影，雲重月虧痕。不愛聞鷄犬，停舟莫近村。

【編年】萬曆二十三年乙未（一五九五）八月。按：參見本卷《溪夜時與惟秦與公游武夷》。

贈惟秦

平生隱不出，出便爲尋真。世上風波免，途中聞見新。拋家無内顧，學道有前因。却笑虚名客，江湖勞此身。

【編年】萬曆二十三年乙未（一五九五）八月。按：參見本卷《溪夜時與惟秦與公游武夷》。

曉發

枕上榜歌起，溪中行侣稀。纜牽烟縷細，帆挂月痕微。曙逐鷄聲盡，濤驚客夢歸。沿洄三五里，猶

[一]　静，鄭跋本、福建師大本、文淵閣《四庫全書》本作「宵」。

未見朝暉。

【編年】萬曆二十三年乙未（一五九五）八月。按：參見本卷《溪夜時與惟秦興公游武夷》。

贈黃君甫山人

烟霞久已親，無語到紅塵。著姓同江夏，逃名比富春。長貧玄草客，未老白雲身。不脱吴鈎贈，君家在劍津。

【編年】萬曆二十三年乙未（一五九五）八月。

【箋】黃君甫　延平（今南平市延平區）人。按：參見本卷《答贈黃君甫》、卷九《送黃君甫還劍津》。

江夏　今湖北武漢。黃君甫爲江夏郡望。

富春　詳卷五《贈漁者》。

玄草客　指漢揚雄。

登接笋峰

丹梯懸削壁，鐵索纜縈紆。魚貫岩當面，猿攀石礙趺。氣同看月喘，聲各入雲呼。蜿蜒過龍脊，茅房見一區。

【編年】萬曆二十三年乙未（一五九五）九月初二日。按：參見《游武夷山記》（《幔亭集》卷十七）。

【箋】登接笋峰　接笋峰，在武夷山，詳卷三《題高漫士晚閣溪雲圖》。

○徐熥《游武夷山記·由接笋峰至小桃源》：『既至茶洞，接笋峰在眉睫間，而三梯相續，高可十餘丈。時日已高舂，余謂當乘輿往，客皆衣短後衣，賈勇而上。梯盡左折，鑿石爲徑，僅容半趺，以鐵絙縻崖腹，握絙附崖而行。數武徑絶，接以二木梁，梁廣與徑等，而徑實梁虚，履之尤覺惴恐。』（《幔亭集》卷十七）

陷石堂[一]

緣溪下復登，山色翠層層。洞以水流闢，石從雲壓崩。落花魂臥草，空樹腹呑藤。漸覺非人境，風光近武陵。

【編年】萬曆二十三年乙未（一五九五）九月初三。按：參見《游武夷山記》（《幔亭集》卷十七）。

【箋】陷石堂　在武夷山九曲溪旁。

○徐熥《游武夷山記·由接笋峰至小桃源》：『過石門……負山爲陷石堂，相傳山多巨石，宋天聖間，一夕掊于雷，故石多縱橫，自成經緯，即所經石門是也。』（《幔亭集》卷十七）

○謝肇淛《游武夷山記》：『過洞而桑麻平川，豁然别有天地。茅屋數間，以養蜂、采茗、蒸竹、製楮爲生。小澗屈曲，里許流水琮琤，桃花夾之，故名小桃源；又以石崩，故名陷石堂。此是武夷山中第一幽絶所也。』（《小草齋文集》卷九）

[一]《陷石堂》，此詩又見衷仲孺《武夷山志》卷十一。

【附】曹學佺《陷石堂》：『風光疑與武陵同，陷石叢陰路不通。犬吠斷雲喧浦口，水流落葉過橋東。桑麻已熟蒼茫外，天地重開混沌中。莫謂逢秋摇落盡，丹楓千樹勝桃紅。』(《挂劍篇》不分卷)按：此詩非同時作，録以備考。

贈安道人

丹房占翠微，静極悟玄機。玉液喉間咽，金精肘後飛。禮經隨衆慣，揮麈見人稀。豈是無家客，三年不一歸。

【編年】萬曆二十三年乙未(一五九五)九月。

【箋】安道人　武夷山鼓子峰道士。

○徐熥《游武夷山記·由天游觀至鼓子峰》：『(九月)初七日，作詩贈安道人。』(《幔亭集》卷十七)

贈江仲魚

君家雖附郭，多在武夷居。有水皆移櫂，無山不結廬。胸全藏洞壑，交半混樵漁。懷友秋風裏，從今或到予。仲魚有《秋風懷友吟》。

【編年】萬曆二十三年乙未(一五九五)九月初三。

【箋】江仲魚　江騰輝，字仲魚，號五芝，崇安諸生。有《秋風懷友吟》《武夷山志》。

○徐熥《游武夷山記·由接笋峰至小桃源》：『(萬曆二十三年九月初三)是夜歸宿雲窩，而友人江仲魚自崇安來會。』

○徐𤊹《筆精》卷四《詩評》「江仲魚」條：「崇安江仲魚，諸生也。予從王粹夫識仲魚。乙未，予之武夷，仲魚導予游三十六峰，仲魚雖諸生，有碩人之致。武夷諸峰，各置書帙筆硯，隨意所適，留連旬月，衣道衣，冠道冠，又儼然羽流也。仲魚善詩，詩不作人間語。嘗賦《秋風懷友吟》二十餘首，皆道侶、漁父、樵夫與猿鶴而已，風塵之客不預焉。如《懷朱漁父》云：「九溪深處似嚴灘，渺渺風塵白眼看。葉艇每隨幽嶂出，茅房孤掩落花殘。芙蓉衣上雲千片，楊柳磯頭月一竿。釣罷瓦瓶曾共醉，滿身零露不知寒。」」

按：《筆精》文略見《列朝詩集小傳》丁集下。

懷顔廷愉

流落有如此，壯心終不酬。文多爲客難，劍未報君讎。失職辭戎幙，移居近比丘。世情容易變，莫向灞亭游。

【編年】萬曆二十三年乙未（一五九五）九月。

【箋】顔廷愉　詳卷五《送顔廷愉將軍料兵海壇山》。

灞亭　詳卷五《約女大女翔振狂惟秦在杭藤山看梅二首》「灞橋」條。

送興公弟游吴越

獻書予未遇，彈鋏汝何依。片刺投人拙，諸侯禮士稀。出門家累斷，爲客衆愁歸。不必羞貧賤，詩名在布衣。

【編年】萬曆二十三年乙未（一五九五）九月初九日。

【箋】送興公弟游吴越　徐𤊹與熥同游武夷山之後，由武夷越分水嶺進入江西。○徐熥《游武夷山記》：『歲乙未，仲弟興公有吴門之役，余遂附舟往游……（九月）初九日，興公别諸客，度崇安，余與元瀚、惟秦，亦買舟歸。』（《幔亭集》卷十七）

題畫菊贈黄博士印坤

南山相對處，籬下有餘芳。開向三秋晚，湌來五内香。葉同顔不老，花與髪俱黄。歲歲金風起，披圖一薦觴。

【編年】萬曆二十三年乙未（一五九五）。

【箋】印坤　即黄中，詳卷五《送黄博士典試之楚》。

春夜同錢叔達陳惟秦齋中雨坐[一]

高齋開亂竹，孤燭坐潺湲。世味隨年減，浮生到夜閑。交應同白水，語不離青山。城市紅塵滿，烟霞獨此間。

【編年】萬曆二十四年丙申（一五九六）。

【箋】錢叔達　即錢行道，詳卷二《初夏邀黄仲高孝廉張孺愿太學錢叔達山人張公魯徐仲和秀才及社諸子集澄瀾閣》。

[一]《春夜同錢叔達陳惟秦齋中雨坐》，鄭跋本、福建師大本、文淵閣《四庫全書》本同。梁章鉅《東南嶠外詩話》卷九引作《同陳惟秦夜坐》，作『夜坐』。

惟秦　即陳仲溱，詳卷二《懷陳惟秦》。

【評】梁章鉅《東南嶠外詩話》卷九『徐熥』條：『若《同陳惟秦夜坐》云：「世味隨年減，浮生到夜間。」《送惟起弟》云：「兩地雁鴻難顧影，一時鸞鶴總離群。」則真至之語，尤爲集中上乘。』

【附】徐㶿《春夜同錢叔達小齋雨坐丙申》：『古樹梟鳴夜，寒籬犬吠烟。微風修竹徑，疏雨落花天。短塵燈前話，殘鐘定後禪。非君塵想絶，誰伴白雲眠。』（《鼇峰集》卷十）

寄陳平夫

聞説清溪上，經年但索居。詩因閑轉廢，交到老偏疏。酒癖難全減，雄心可便除。燈前思舊好，空檢往來書。

【編年】萬曆二十四年丙申（一五九六）。

【箋】平夫　即陳邦注，詳卷二《懷陳平夫》。

春日雨中喜惟秦至

齋居耽閴寂，猶厭鹿麋群。茶汲松泉煮，香收桂屑焚。避人宜晝雨，來客損春雲。不帶紅塵至，寥寥獨見君。

【編年】萬曆二十四年丙申（一五九六）。

過惟秦幽居

數歇經村落，到門紅日西。柳陰牛獨寢，草舍燕雙栖。野緑雲千畝，郊青雨一犁。空林烟火起，留客晚蒸藜。

【編年】萬曆二十四年丙申（一五九六）。

同鄭吉甫過仁王寺懷徐仲和久客莆中

燈火佛堂虚，經行月上初。草生游子路，松偃化人居。春盡鶯花老，天長蝶夢疏。如何逢九鯉，不寄半行書。

【編年】萬曆二十四年丙申（一五九六）。

【箋】仁王寺　在福州烏石山。

○王應山《閩都記》：『在（烏石山）神光寺之西。晋天福三年，閩連重遇建。初名道清天王院，後更今名。有雨花閣、横山閣，多頽廢。萬曆間，主僧真慶募緣重建。』（卷十《郡城西南隅》）

○徐熥《烏石山重建仁王寺募緣疏》：『有仁王禪寺者，枕彼烏山，構兹紺殿。拓基于五代，地布黄金。演教于累朝，闢開玄鑰。横山樓平臨雉堞，雨花閣上接龍宫。兜率弘新，苾蒭甚衆。珠旛寶蓋，妙像莊嚴。暮鼓朝鐘，法輪運轉。』（《幔亭集》卷十九）

○郭柏蒼《全閩明詩傳》卷二十八鄭節《仁王寺宴集次林天宇員外》詩注：『仁王寺，在福州郡治烏石山。』

莆中　即福建莆田。

徐仲和　詳卷二《初夏邀黃仲高孝廉張孺愿太學錢叔達山人張公魯徐仲和秀才及社諸子集澄瀾閣》。

九鯉　何氏九兄弟乘鯉升天。九鯉湖，詳卷二《寄林去疾》。

病

一春餘幾日，况復卧文園。山色來欹枕，鶯聲老閉門。擁衾無早晚，來札半寒温。漸覺詩篇減，惟看藥裹存。

【編年】萬曆二十四年丙申（一五九六）。

【箋】文園　漢文帝的陵園。司馬相如曾任文園令，卧病其間。

雨中屠田叔使君招集烏石山同錢叔[一]達陳幼孺王粹夫曹能始興公弟分得深字

選勝坐危岑，山高紫翠深。受潮千澗滿，翳雨半峰陰。衣中春寒薄，鐘過暮靄沉。使君行役近，猶不廢登臨。

【編年】萬曆二十四年丙申（一五九六）。

【箋】屠田叔　即屠本畯，詳卷三《分得黃金臺送屠田叔轉運使京》。

［一］叔，底本、鄭跋本、福建師大本作『赤』，文淵閣《四庫全書》本作『叔』。『屠田赤』，全書統一作『屠田叔』。不再出校記。

錢叔達　即錢行道，詳卷二《初夏邀黄仲高孝廉張孺愿太學錢叔達山人張公魯徐仲和秀才及社諸子集澄瀾閣》。

烏石山　詳卷五《烏石山贈僧》。

【附】屠本畯《鄰霄臺别諸社友》云：『可怪蘭石集，紛飛雨映空。盍簪難藉草，張幕亂依叢。雲積遥吞海，臺高易受風。兹游興不愜，歸醉暝烟中。』（王應山《閩都記》卷十《郡城西南隅》）

按：鄰霄臺在烏石山。　徐熥《春日雨中屠田叔轉運使招飲鄰霄臺同錢叔達山人陳幼孺孝廉王粹夫文學惟和家兄分得觴字》：『愛山還愛客，飛蓋復飛觴。交以烟霞密，談將禮數忘。雁標雲際塔，鶯送雨中簧。四座高陽侣，争看倒載狂。』（《鼇峰集》卷十）　陳薦夫《春日雨中屠田叔轉運使招飲鄰霄臺同錢叔通徐惟和惟起王粹夫分得齊字》：『□徑躡香泥，蘼蕪一望齊。臺登疏雨背，塔拄亂雲西。却蓋依松色，停驂讓鳥啼。山公新理咏，不唱白銅鞮。』（《水明樓集》卷三）

送張孺愿之漳南

離亭柳正長，匹馬向臨漳。别路聞鶯語，遥空起蜃光。颶風吹海暗，蠻雨洗天凉。去去頻沽酒，兹行是瘴鄉。

【編年】萬曆二十四年丙申（一五九六）。

【箋】張孺愿　即張邦侗，詳卷二《初夏邀黄仲高孝廉張孺愿太學錢叔達山人張公魯徐仲和秀才及社諸子集澄瀾閣》。

漳南　福建漳州一帶。

屠田叔雨中過酌草堂分得窮字

誰謂諸侯貴，來過一畝宫。天低峰影逼，雲耗雨聲窮。殘溜虚檐滴，新苔怪石蒙。慚無池館勝，不敢醉山公。

【編年】萬曆二十四年丙申（一五九六）。

【箋】山公　即山簡，西晋名士。字季倫，河内懷縣（今河南武陟）人。○劉義慶《世説新語·任誕》：『山季倫爲荆州，時出酣暢。人爲之歌曰：「山公時一醉，徑造高陽池。日莫倒載歸，酩酊無所知。復能乘駿馬，倒著白接羅。舉手問葛彊，何如并州兒？」高陽池在襄陽。彊是其愛將。』

【附】徐𤊹《雨中屠田叔枉集草堂同陳彦宗陳惟秦分得山字》：『一官盟白社，幾度到青山。試問軒車客，誰知夫子閑。石棱苔色古，井甃雨痕斑。送酒鶯聲好，酣歌且莫還。』（《鼇峰集》卷十）

寄張成叔

杯酒片時親，都亭各問津。玉河堤畔柳，又見一回新。月冷閩天夢，花明越嶠春。聞君廬墓側，白兔向人馴。

【編年】萬曆二十四年丙申（一五九六）。

【箋】張成叔　即張應文。

○徐𤊹《先兄墓碑陰交游題名記》：『貢士張應文，字成叔，慈溪人。』（《紅雨樓集》册九，《上圖稿本》第四四册，第四一五頁）

○徐熥《寄張成叔貢士》：『去春鄧民部署中，得陪卜夜之歡。刻韵分題，片言千古。次日欲謁幸舍，聞馬首遂南，悵然而生，及讀《新柳》佳篇，張緒風流，依然在目矣。舍弟歸之自姑蘇始，知有尊公之變，河山遼邈……蓋尊公梁木既壞，而先子墓材亦栱。』（《幔亭集》卷二十）按：張應文能詩，鄧原岳爲之作《張成叔詩序》，見《西樓集》卷十二。

悼殤子

五日人間世，千秋骨肉情。未能留幻質，空自試啼聲。眷屬知何劫，輪迴又此生。愁心安可慰，婚嫁累尤輕。

【編年】萬曆二十四年丙申（一五九六）。

【箋】悼殤子　此子出生五日而殤。

咏佛手柑

兜羅軟似綿，移種到人天。妙相終成果，清香不讓蓮。交枝疑合掌，屈指欲爲拳。肯向車中擲，留將供法筵。

【編年】萬曆二十四年丙申（一五九六）。

喜康元龍歸自靈武

自逐征西府，空驚兩鬢斑。塵沙過隴水，風雪度蕭關。刁斗邊城暗，烽烟戍壘閑。故園初下馬，一劍在腰間。

【編年】萬曆二十四年丙申（一五九六）。

【箋】康元龍　即康彥登。詳卷二《劍浦送康元龍游吴》。

靈武　今寧夏武威市。

○李賢《大明一統志》卷三十六《陝西・慶陽府》『靈武城』條：『在府境白馬嶺北。《漢・地理志》：靈武縣，屬北地郡。』

蕭關　在今寧夏固原。

○李賢《大明一統志》卷三十五《陝西・平凉府》『蕭關』條：『在鎮原縣西北一百四十里。漢文帝時匈奴入蕭關，又武帝西登崆峒出蕭關，即此。』

【附】鄧原岳《康元龍歸自靈川賦贈》：『韎韐宵馳西度關，朔風吹雪滿刀環。檄傳塞外諸蕃靜，獵罷軍前一騎還。隴水尚依靈武郡，秦雲遥挂賀蘭山。由玉豪氣侵人盛，歷盡邊烽意自閑。』（《西樓集》卷六）　謝肇淛《康元龍自靈武歸談邊事有作》：『憐君匹馬戰場間，風雪凋零壯士顔。漢地鼓鼙通上郡，秦城烽火近榆關。防秋諸將皆成寵，平夏三軍尚未還。莫向尊前談往事，傷心最是賀蘭山。』（《晉安風雅》卷九）按：此詩《小草齋集》不載。　徐𤊹《吳興逢康元龍塞上歸復有姑蘇之游賦此送之二首》，其一：『榆林歸馬日，苕水忽相逢。共是他鄉客，風塵改舊容。交歡才一地，別恨又千重。夢斷吳門道，寒山半夜鐘。』其二：『迢遞天涯路，羈危歲欲殘。自傷爲客苦，轉覺別君難。踪迹分漂泊，關山隔渺漫。最憐今夜月，南北不同看。』（《鼇峰集》卷十）　陳勛《送康元龍南歸序》：『康元龍善談兵，偶未得志于經生，即去家西入秦。出塞全賀蘭山下，東涉雲中、雁門、上谷，所出入塞垣，將萬里長劍截雲。虬髯若戟，杯酒燕市中，爲予言山川阨塞、城堡堅瑕、士馬强弱，與夫羌虜情形，戰守攻圍之略，芻挽之宜甚具而晰，蓋所歷既真又身在利害之外，得以徐觀而深究其便。後數年，有卓然建策如營平，而不爲勦臆之言支吾息肩之計者，必元龍也，醜虜不足城矣。元龍豪于詩，及是游益豪，其塞上諸作，皆古鐃歌鼓吹之遺聲。風高月明，據胡床劍舞而奏之，如聽代馬之夜嘶，朔管之秋引也。蓋其游嘗出豫章，浮湘漢，幽探遐歷，而塞上爲獨雄。游所至，皆有歌咏，錯落可喜，而塞上詩尤悲慨用壯，予故具論之。今南歸里中，里中之豪則馬季聲、鄭承武、孫子長、袁無競諸君，皆善詩，善方略。元龍爲談其籌畫，出其詩，質以予之言，以爲何也！』（《陳元凱集》卷一）　徐熥《康元龍像贊》：『爾貌則古，爾神則清。諾可當乎季布，俠不愧于荆卿。臨池，踵鍾、王之墨妙；摛詞，繼嚴、樂之筆精。聞鷄函谷，飲馬長城。人以爲英英之烈士，而不知其爲恂恂之儒生。』（《幔亭集》卷十九）

挽周侯官

雙鳧何處飛，父老泣沾衣。舊客雲同散，虚名露易晞。關河孤櫬遠，風雨旅魂歸。他日過荒隴，松楸大幾圍。

【箋】周侯官　侯官知縣周兆聖，金溪人，徐熥師。萬曆十七年（一五八九）進士（陳衍《閩侯縣志》卷五十八《職官四》）。參見《侯邑周侯修築石門硤碑銘》（《幔亭集》卷十七）。

【編年】萬曆二十四年丙申（一五九六）。

【附】陳薦夫《侯官周明府挽詩》：『鵬在長沙鶴去遼，衹今華屋是山椒。一官竟乏中人産，雙舄應趨上帝朝。墮泪蒼生碑在口，感恩門客劍横腰。玉棺有意函仙骨，不許當年積毀銷。』（《水明樓集》卷五）　陳鳴鶴有《挽周令君》：『素幔隨潮去，桃花掩縣門。邑人碑墜泪，弟子賦招魂。舊業千金拙，虚名一劍存。臨風腸自斷，不待更聞猿。』（《泡庵詩選》卷四）　林光宇《挽周府三章》，其一：『□生遇荆璞，一見知其奇。緬懷師與我，别識亦如之。嘉文多隱僻，傲骨難委蛇。吾師今已弃，茫茫誰相知。』其二：『後死文未與，先生没已寧。緊我過劍浦，佇立想精靈。扣舷發哀響，溪樹何青青。拂拭古龍泉，光彩干寒星。』其三：『俯仰十餘載，時事信難論。偃蹇賤子命，冥寞我師魂。死辱勝生辱，弃置孰自存。髪長心已短，生意如秋園。』（《林子真詩》不分卷）

柬陳女[一]大

愛君栖隱處，一室白雲深。古壁藤花亂，空庭桐葉陰。静能銷世態，老得遂閑心。自愧嵇生懶，經年不入林。

【編年】萬曆二十四年丙申（一五九六）。

【箋】女大　又作汝大，即陳椿，詳卷二《與陳汝大鼇峰宴集》。

嵇生　魏嵇康。

送陳可棟還松溪

相見復離群，一杯歌送君。輕紅辭荔火，寒翠夢松雲。樹影緣山轉，溪流向縣分。蟬聲修竹裏，明日不同聞。

【編年】萬曆二十四年丙申（一五九六）。

【箋】陳可棟　陳木，字可棟，松溪人。其古文詞，與陳至言、葉貫、范茂先、魏濬同時，稱『五才子』。有《陳可棟集》。參見《（民國）福建通志·藝文志》卷六十。

松溪　即松溪縣。

○何喬遠《閩書》卷十七《方域志》『松溪縣』條：『松溪縣，在郡城東。東抵浙之慶元，西南俱抵政和，北抵浦城。本建安縣地。五代時，屬吴越，爲處州東鄉，王審之奪而有之，以爲松溪源鎮。周廣順元年，

［一］女，文淵閣《四庫全書》本作『汝』。

南唐升爲縣。宋開寶八年，改曰松溪。元仍舊。皇朝因之。凡三鄉、七里二十五都。』

【附】陳薦夫《送陳可棟還松溪》：『湖海飄零氣未除，枉彈長鋏曳長裾。酒中間作驚人語，門下誰通逐客書。到處鷄群應似鶴，秋來鱸膾豈無魚。交游贈得詩千首，南粤行裝恐不如。』（《水明樓集》卷五）　徐𤊹《陳可棟還松溪丁酉》：『古貌臒于鶴，深山老布衣。二毛爲客慣，五字和人稀。失計乃思隱，有懷應欲歸。萬松溪水上，一枕卧苔磯。』（《鼇峰集》卷十）

送陳女[一]翔游龍虎山

布褐與黄冠，遥尋正一壇。靈符求玉印，神鼎問金丹。禮斗七燈焰，降魔雙劍寒。龍沙遺讖合，計日待驂鸞。

【編年】萬曆二十四年丙申（一五九六）。按：曹學佺往江西金谿吊其師周兆聖，陳鳴鶴同行至龍虎山而别。

【箋】龍虎山　在今江西鷹潭。

○李賢《大明一統志》卷五十一《江西·廣信府》『龍虎山』條：『在貴溪縣西南八十里，山峰峭拔，兩石對峙，如龍昂虎踞。道書爲第三十二福地。乃漢張道陵修煉之所。飛升臺遺址尚存。下有演法觀，古松夾道。今道陵裔世襲真人居之。宋江萬里詩：「鑿開風月長生地，占却烟霞不老身。虚靖當年仙去後，不知丹訣付何人。」』

[一] 女，文淵閣《四庫全書》本作『汝』。

龍沙遺讖　相傳爲晋許遜所傳的一則道門預言。龍沙，指塞外沙漠之地。

○范曄《後漢書·班超傳》：『定遠慷慨，專功西遐。坦步葱雪，咫尺龍沙。』

【附】陳薦夫《送陳女翔游龍虎山》：『爲訪名山去，祈靈太乙壇。行隨雲縹緲，禮到斗闌干。符籙風雷秘，刀圭雪霰寒。前途方辟穀，服食當加餐。』（《水明樓集》卷三）徐𤊹《送陳女翔游龍虎山》：『方外尋真謁紫冥，芒鞵踏遍曉峰青。樂聞鳳管千聲沸，符請龍泥一道靈。行炁洞中呑夜月，步罡壇上禮秋星。朝回變盡人間服，集得仙家白鶴翎。』（《鼇峰集》卷十四）

送陳彥宗之永嘉

皖城歸未久，又復向東甌。總爲饑寒出，不然何所求。帆飛瘴雨濕，衣觸火雲流。縱是囊羞澀，還須雁宕游。

【編年】萬曆二十四年丙申（一五九六）。

【箋】永嘉　今浙江温州。詳卷五《送張叔弢博士自永嘉還長溪》。

東甌　永嘉別稱。

雁宕　又作雁蕩，詳卷三《采真篇送林叔度游雁宕》。

【附】陳薦夫《送陳彥宗以曹能始書謁永嘉令君》：『飄泊更何處，謀生只薄游。孤身辭瘴海，六月向温州。失路自應困，出門難計愁。游揚有書札，或可賴曹丘。』（《水明樓集》卷三）

相違雖不遠，相送亦應難。寶劍脱爲贈，瑶琴何處彈。行裝三伏雨，孤棹百重灘。想到家林日，猶懷荔子丹。

送余印卿秀才還濉陽

【編年】萬曆二十四年丙申（一五九六）。

【箋】濉陽　今河南商丘。

【附】陳薦夫《送余印卿歸濉陽》：『片帆何處落，知在鶴溪南。山色洗經雨，瀨聲收入潭。獨孤霄不寐，舟熱午難堪。忽忽對誰語，枕前書數函。』（《水明樓集》卷二）

送鄭震卿之吴越尋兄

汝兄游不返，汝去遠相尋。試問孤身客，飄零何至今。見時應慟哭，語罷定傷心。坐待離群雁，聯翩向故林。

【編年】萬曆二十四年丙申（一五九六）。

【箋】鄭震卿　鄭翰卿（琰）弟，閩縣人。鄭琰醉後漫罵安富人吴生，爲吴構陷，瘐死錢塘。

【附】陳薦夫《送鄭震卿尋兄之吴中》：『難兄多載别，聞在闔閭城。念爾相尋去，家人行復驚。風波俱浪迹，山水易關情。見面即回首，故園無弟兄。』（《水明樓集》卷三）　徐𤊹《送鄭震卿之錢塘尋兄》：『漂泊辭家黯斷魂，情深長念鶺鴒原。秋風短褐千行泪，夜雨孤燈十載言。湖上殘荷天竺寺，路傍衰柳武林門。此行莫令南飛雁，先爾雙雙到故園。』（《鼇峰集》卷十四）

送林應卿進士理梧州

擁傳過藤峽，開衙傍鬱林。蒼梧寒岫翠，青草瘴雲深。蠻吏多夷禮，猺民雜土音。此鄉山水好，公暇足登臨。

【編年】萬曆二十四年丙申（一五九六）。

【箋】林應卿　即林穉虛。參見徐𤊹《送林穉虛理梧州》詩。

梧州　今屬廣西。

○李賢《大明一統志》卷八十四《廣西·梧州府》「建置沿革」條：「漢武帝平南粵，以此地爲廣信縣，置蒼梧郡……唐徙静州，尋以縣置梧州……至元中改置梧州路，本朝洪武初改爲梧州府。」

藤峽　即大藤峽，在廣西桂平。

○李賢《大明一統志》卷八十五《廣西·潯州府》「大藤峽」條：「在府城西北一百五十里，大山夾江，綿延數百里，山勢險峻。」

鬱林　鬱林故城在今廣西桂平市。

○李賢《大明一統志》卷八十五《廣西·潯州府》「鬱林郡城」條：「在貴縣西。吴陸績爲太守時築。遺址尚存。」

蒼梧　詳卷三《分得九疑山送屠田叔守辰州》。

【附】陳薦夫《送林穉虛進士赴梧州司理》：「單車雲外去，銅鼓驛前停。霧濕蚺虵毒，風嘶蛤蚧腥。蠻家編作甲，峒女健成丁。徭俗原淳樸，逢君更恤刑。』（《水明樓集》卷三）　徐𤊹《送林穉虛之官梧州》：『一官新被命，千里粵西游。果緑生人面，山青露佛頭。夷風驅毒蠱，蠻客貢犀牛。地有黄茅瘴，丹砂莫憚求。』（《鼇峰集》卷十）　徐𤊹《送人之蒼梧》：『一身南去入蒼梧，聽得蠻音處處殊。翡翠曉寒巢灌木，蚺蛇春暖曬平蕪。古祠舊泪枯斑竹，廢井香魂怨緑珠。四月火山丹荔熟，輕紅能似故園無。』（《鼇峰集》卷十四）

送張公魯還甬東

知己難爲别，况逢摇落時。斷猿吟樹慘，羸馬過山遲。夜月嚴陵瀨，秋風賀監祠。清狂懷小阮，誰共竹林期。

【編年】萬曆二十五年丙申（一五九六）。

【箋】張公魯　詳卷二《初夏邀黄仲高孝廉張孺愿太學錢叔達山人張公魯徐仲和秀才及社諸子集澄瀾閣》。

甬東　今浙江寧波。

○李賢《大明一統志》卷四十六《浙江·寧波府》『郡名』條：『甬東，《史記》：越滅吴，欲置吴王于甬東。即此地。』

嚴陵瀨　一名『七里瀨』，詳卷五《晚泊七里灘》。

賀監祠　唐詩人賀知章祠，在今浙江寧波。

小阮　即阮咸，詳本卷《芝山寺逢游元封兼懷宗振》。

竹林　阮籍、嵇康、阮咸等七人有竹林之游，因稱『竹林七賢』。

【附】陳薦夫《送張公魯還家兼游武夷》：『哀柳殘蟬處處鳴，可堪杯酒送君行。張顛草聖超三昧，賀客詩狂壓四明。霜淬雷公潭裏劍，月寒毛女洞前笙。還家更遂尋真樂，厭聽臨岐腸斷聲。』（《水明樓集》卷五）　徐𤊹《送張公魯歸甬東》：『春明游瘴海，秋盡返勾章。別曲歌楊柳，行裝載荔香。旅魂孤店月，鄉泪五更霜。歸隱鑒湖上，一竿垂夕陽。』（《鼇峰集》卷十）　徐𤊹《送張公魯》：『越客東行不蹔停，孤城遥指海溟溟。窮村勒馬登途倦，罟市烹魚入饌腥。山鬼叫殘林月黑，畬人耕破瘴雲青。鷓鴣聲裏思鄉切，腸斷輈輈未慣聽。』（《鼇峰集》卷十四）

答贈黄君甫

家居延水濆，劍佩七星文。竹杖千山月，荷衣五岳雲。迹多方外見，名喜世間聞。從此辭塵網，飄飄鸞鶴群。

【編年】萬曆二十五年丙申（一五九六）。

【箋】答贈黄君甫　參見本卷《贈黄君甫山人》。

寄朱善侯秀才

雖然蓋未傾，年少即聞名。才似王文考，狂如禰正平。鷄壇盟越國，龍劍出豐城。自有驚人語，看君時一鳴。

【編年】萬曆二十五年丙申（一五九六）。

【箋】朱善侯　延津（今福建南平）人，有《攬莽齋詩》。

○卷十六有《攬莽齋詩序》；徐𤊹有《秋日張德南比部招同錢叔達朱善侯顔服周孫子長袁無競集凝青亭分賦二首》（《鼇峰集》卷十）。

王文考　即王延壽，東漢辭賦家。字文考，一字子山，王逸之子，南郡宜城（今湖北襄陽宜城）人，以作《魯靈光殿賦》著名。

禰正平　即禰衡，詳詳卷二《貽陳女翔》。

豐城　今屬江西。參見卷五《劍津夜泛》『劍津』條。

○李賢《大明一統志》卷四十九《江西·南昌府》『豐城縣』條：『在府城南一百六十里。本漢豫章郡南昌縣地。三國吴分置富城縣，晋移治豐水西，改名豐城縣。』

哭王孔振客死瀘州

飄零萬里客，客死更誰依。路遠訃音緩，家貧吊者稀。巴歌舁櫬曲，橦布附身衣。蜀道難如此，游魂歸不歸。

【編年】萬曆二十五年丙申（一五九六）。

【箋】王孔振客死瀘州　孔振萬曆二十年（一五九二）入蜀，萬曆二十五年（一五九七）客死四川瀘州。

○徐熥《蘭亭記》：『此帖乃友人王孔振客臨卭時見寄者……既而孔振客死于蜀，無復得相辯證。每覽此帖，則泫然出涕。所謂一死生爲虛誕者，真情至之言也。今夜偶翻諸帖，景況甚佳，睹此復爲黯然。』（《幔亭集》卷十九）

○徐興公《杜工部集》：『杜詩五十卷、杜文二卷，共八册，乃友人王孔振所藏者。壬辰冬，孔振將入臨卭，恐扃之篋笥，祗以飽蠹，寄余齋中。去年孔振客死瀘州，且未有子，此集將誰歸乎？尤宜謹藏，以當王君手澤。然每一披閱，不勝存亡之痛矣。』（《幔亭集》卷十九）

○李賢《大明一統志》卷七十二《四川·瀘州》『建置沿革』條：『春秋戰國爲巴國地，秦屬巴郡……梁置瀘州……天寶初改瀘川郡，乾元初復爲瀘州……本朝直隸四川布政司。』

【附】徐𤊹《聞王孔振客死瀘州詩以哭之》：『五年歌蜀道，聞訃幾番疑。永訣分離日，相逢夢寐時。何人扶旅櫬，有母哭靈帷。悽斷游魂苦，春深化子規。』（《鼇峰集》卷十）

哭顧道行先生

誰謂江干別，竟成生死分。梨園翻薤露，苔館閟蘿雲。地遠訃難定，天高哭不聞。酬恩空一劍，何敢挂孤墳。

【編年】萬曆二十五年丙申（一五九六）。

【箋】哭顧道行先生

○徐熥《故福建按察司提學副使顧公誄》：『故福建按察司提學副使衡宇顧先生，弱冠薦于鄉，二十七成進士，例得外補，乞爲會稽博士。稍遷括蒼司李，以治刑最，征入爲尚書郎。上書陳情，改南司勛氏。十年，擢山東臬憲，復調督學閩中。無何，遭吏議，即投劾歸。家食十餘年，于萬曆丙申年三月某日，以疾終于吴江之故里，享年五十有六。』（《幔亭集》卷十八）

薤露　詳卷二《喪車行》。

【附】陳薦夫《挽顧道行學憲二首》，其一：『尊前樂府共清宵，回首松陵歲月遥。楚客不來魂未散，鄭人相聚夢成妖。觴流曲水春銷歇，翰染臨池晚寂寥。我有西州公子恨，他年那忍過虹橋。』其二：『兩袖青衫泪未收，琵琶曾譜白江州。西風客散宜沽店，夜雨魂歸環玉樓。十院尚餘紗繫臂，千金那復錦纏頭。升天入地何須遍，只合芙蓉洞裏求。』（《水明樓集》卷五）

送葉秀才還松溪

兹行路幾重，去矣不從容。試問君歸興，何如秋色濃。香殘霜後菊，濤響月邊松。隔斷相思夢，千峰與萬峰。

【編年】萬曆二十五年丙申（一五九六）。

【箋】葉秀才　即葉體玄，松溪人。

【附】徐𤊹《送葉體玄還松溪》：『家鄉七百里，歸去路非遥。但以追隨久，離魂能不銷。荻花投岸渚，松色夢溪橋。明月芝山寺，書聲夜寂寥。』（《鼇峰集》卷十）

爲親乞禄詩贈丁文統邑丞二首[一]

其一

薄宦不謀身，卑栖向海濱。暫爲黄綬客，少慰白頭親。退食稱觴便，休衙問寢頻。有人猶負米，五斗莫嫌貧。

其二

豈是愛微官，因承禄養歡。公厨充菽水，海錯佐盤餐。振藻宜花縣，哦松傍藥欄。浮沈元世路，莫謂折腰難。

【編年】萬曆二十四年丙申（一五九六）。

【箋】花縣　漢河陽縣，晋潘岳嘗任河陽令，多種花，稱花縣。明爲孟縣，今河南省焦作市孟州市。

○李賢《大明一統志》卷二十八《河南・懷慶府》「孟縣」條：「在府城南六十里……漢爲河陽縣……唐升孟州……本朝改州爲縣，以河陽省入。」

○李賢《大明一統志》卷二十八《河南・懷慶府》「潘岳」條：「晋潘岳爲河陽令，岳多植桃李，號曰「花縣」。」

[一]　二首，底本無此二字，據目録補。然目録作「三首」，誤，改爲「二首」。

【附】徐𤊹《題爲親乞禄卷贈丁文統少府》：『詞賦登壇重子虚，一官瀕海嘆居諸。承歡祇愛嬉萊彩，捧檄寧辭领簿書。仙吏操同冰自潔，老親頭比雪何如。潘郎滿縣桃花發，日日春風御板輿。』（《鼇峰集》卷十四）

題陳幼孺招隱樓二首〔一〕

其一

叢桂許誰攀，經年不閉關。池平呑月淺，林静受雲閑。草色春愁外，禽聲午夢間。開窗嵐翠滿，疑對八公山。

其二

石磴轉松陰，高樓面翠岑。薜蘿春雨細，橘柚暮烟深。夜月喧林犬，微風掠水禽。一丘招隱處，應慰白雲心。

【編年】萬曆二十五年丙申（一五九六）。

【箋】招隱樓　陳价夫、陳薦夫兄弟樓名。价夫有《招隱樓稿》。

○郭柏蒼《全閩明詩傳》卷三十六：『薦夫居福州南門下渡，其所營招隱樓，今入民居。』

八公山　在今安徽淮南市。

○李賢《大明一統志》卷十四《中都·廬州府》『八公山』條：『在巢縣西北一十八里，上有漢淮南王廟。

〔一〕二首，底本無此二字，據目録補。

王名安，好神仙。有八公，鬚眉皓白，詣門希見。門人曰：「吾王好長生，先生無駐衰之術，未敢聞。」八公咸變爲童，白日升天，遺藥在器，鷄犬舐之，皆飛去。」

【附】徐𤊹《宿幼孺招隱樓》：『雲際樓居隱，層梯轉翠微。泉聲諸浦合，峰影八窗歸。鶴虱盤蘿幌，鷗雛狎草衣。夜深孤枕夢，長繞水烟飛。』又：『林壑郁重重，危關俯萬松。亂花穿暗水，疏竹漏晴峰。遠火緑溪棹，斜陽過嶺鐘。招携出蘿徑，踏斷白雲踪。』（《鼇峰集》卷十） 陳薦夫《女翔惟秦惟和惟起無競枉集招隱樓賦答》：『獨有危樓上，嵐光四壁濃。窗窺松際月，池浸竹間峰。倚檻大盈尺，躡梯雲幾重。揔非烟火客，叢桂合相容。』又：『雖近人烟處，憑欄面面幽。梧桐聲色雨，桒柘受宜秋。樹裏雲邊足，山蓬霧裏頭。更堪君輩客，來續八公游。』（《水明樓集》卷三）

偶成

吟咏隨真性，行藏聽自然。因窮閑半世，托病謝諸緣。乞字人催債，修琴鋪索錢。辛勤猶一事，洗硯竹根邊。

【編年】萬曆二十五年丁酉（一五九七）。

題博古齋贈蔣子才

寄迹多湖海，逃名且市廛。一區揚[一]子宅，四壁米家船。玉辨荆山裏，書收汲冢前。耽奇同有癖，

[一] 揚，底本、鄭跋本、福建師大本作『楊』，誤，據文意改。文淵閣《四庫全書》本作『揚』。

相過定留連。

【編年】萬曆二十五年丙申(一五九六)。

【箋】博古齋　蔣子才齋名。

蔣子才　趙世顯有《徐興公蔣子才過山齋》(《芝園稿》卷十一)。按:徐與蔣家關係較密,徐熥卒後所刻《幔亭集》,板寄在蔣子才宅,崇禎九年丙子(一六三六)蔣宅火,板僅存十之三四。

揚子宅　漢揚雄宅第。○班固《漢書·揚雄傳上》:『揚季官至廬江太守,漢元鼎間避仇復泝江上,處岷山之陽曰郫,有田一壥,有宅一區,世世以農桑爲業……雄少而好學……清静亡爲,少耆欲,不汲汲于富貴,不戚戚于貧賤,不修廉隅以徼名當世。家産不過十金,乏無儋石之儲,晏如也。』

米家船　北宋米芾常乘舟載書畫游覽江湖,後遂借『米家船』指米芾書畫。

汲冢　晋太康間在汲郡發現竹書數十車,經纂次,計七十五篇,稱《汲冢書》。

【附】徐𤊹《題博古齋贈蔣子才》:『古心還古貌,博古有高名。長日摩挲樂,千秋賞鑒精。匣中豐劍泣,爨下嶧桐鳴。玩物成清癖,悠然過此生。』(《鼇峰集》卷十)

元日同閔壽卿錢叔達興公弟過定光庵訪樂上人

避俗懶迎客,齋心同結緣。樹枝增一臘,柏葉禁諸天。法供更新水,香爐宿舊烟。空門無歲月,塵世自知年。

【編年】萬曆二十四年丙申（一五九七）。

【箋】閔壽卿　即閔齡，詳卷三《寄閔壽卿山人》。

閔孝昭送其尊人隱武夷自歸廣陵賦此以送二首[一]

其一

忍泪别嚴親，長途劍衛身。烟花歸路客，風浪度江人。馬踏梅天雨，鶯殘瓜步春。從今閩海熟，定省莫辭頻。

其二

送父隱九曲，辭歸天一涯。他年同拔宅，此日獨還家。别夢縈芳草，征帆過落花。無勞慮甘旨，岩洞足烟霞。

【編年】萬曆二十四年丙申（一五九七）。

【箋】閔孝昭　歙縣人，閔齡之子。

廣陵　即揚州。漢爲廣陵郡，明爲廣陵府。

瓜步　瓜步山，詳卷五《歲暮懷鄭六初》。

[一] 二首，底本無此二字，據目録補。

九曲　九曲溪，詳卷三《題高漫士晚閣溪雲圖》。

【附】徐𤊹《送閔孝昭還廣陵二首》，其一：『嚴親堅進道，之子蹔還鄉。禪理雖無住，別情能不傷。故山指浮玉，歸橐載沉香。定省重來日，武夷霜葉黄。』其二：『寧親未忍別，欲別故從容。白望雲千里，青看雨數峰。客愁臨水殿，鄉夢隔江鐘。菽水休縈念，桑門饌可供。』（《鼇峰集》卷十）　徐𤊹《再送孝昭還廣陵》：『人歸秋色裏，正值雁來先。客路雲雙屐，行裝月半肩。馳驅梨嶺騎，哀咽柳塘蟬。他是相逢處，瓊花古觀前。』（《鼇峰集》卷十）

再送曹能始

此日鳴騶去，當年戰勝歸。故人供別酒，關吏識行衣。起草依丹禁，含香覲紫微。漢廷方貴少，年少似君稀。

【編年】萬曆二十四年丙申（一五九七）。

【箋】再送曹能始　徐熥先有《送曹二進士之金溪吊周明府》（《幔亭集》卷九），此詩爲再送。曹能始，即曹學佺，詳卷三《七夕曹能始宅上觀妓》。

年少似君稀　曹學佺生于萬曆二年（一五七四）閏十二月十五日，公曆已進入一五七五年。萬曆十九年成舉人，按傳統計算法，年十八；萬曆二十三年成進士，年二十二。

送林兆綸游武夷

飄飄鸞鶴群，去謁武夷君。溪曲斜流月，峰多亂占雲。石床深草色，玉簡翳苔文。半夜天壇上，一聲清磬聞。

【編年】萬曆二十四年丙申（一五九七）。

【箋】林兆綸　即林去疾，字兆綸，莆田人。參見卷十八《林兆綸亡室鄭氏墓志銘》。

武夷君　詳卷三《題高漫士晚閣溪雲圖》。

【附】徐𤊹《送林兆綸之武夷》：『亂流迴九曲，一曲數峰盤。鶴吹天門曉，鷄聲月洞寒。崖攀千仞翠，梯躡百層丹。隔斷人間世，春風漢祀壇。』（《鼇峰集》卷十）

送張叔麟別駕歸永嘉

言別泪潸然，况君非少年。殘鶯孤店雨，羸馬斷橋烟。劍已分雷煥，刀猶佩吕虔。故山鄰雁宕，莫惜繫書傳。

【編年】萬曆二十四年丙申（一五九七）。

【箋】張叔麟　即張昭，永嘉（今浙江温州）人。

○徐𤊹《先兄墓碑陰交游題名記》：『霸州同知張昭，字叔麟，永嘉人。』（《紅雨樓集》册九，《上圖稿本》第四四册，第四一四頁）

永嘉　今浙江温州，詳卷五《送張叔弢博士自永嘉還長溪》。

雷煥　參見卷二《劍浦送顧世卿》『劍津』條。

吕虔　漢末至曹魏時將領。字子恪。任城（今山東濟寧）人。有『吕虔佩刀』之軼事。

雁宕　詳卷三《采真篇送林叔度游雁宕》。

【附】徐𤊹《送張虛麟別駕還温州》：『蕭蕭衰鬢獨還家，故園雲山夢永嘉。一曲清歌攀柳色，千秋白社散蓮花。夕陽古驛驅羸馬，暮雨孤村宿亂鴉。自愧臨岐何所贈，雌雄雙劍報張華。』（《鼇峰集》卷十四）

同吴元瀚興公弟暮過神光庵[一]

薜蘿深處入，一徑自逶迤。待月嫌林翳，看雲怯石危。岩陰燈影晦，山静磬聲遲。雖有重來約，重來知幾時？

【編年】萬曆二十四年丙申（一五九七）。

【箋】吴元瀚　即吴文潛，字元翰（一作元瀚）。莆田人。布衣。孤癖苦吟，詩不多作。有《竹房稿》《元翰詩略》。

○謝兆申《吴元瀚小傳》：『曹能始曰：布衣而人真詩者，其元哉也！一授簡而槁如也，睞之則形廢而灰如也。顧元瀚以聲詩起雄，乃今則以浄住稽白業焉，即四十有七年于此矣。而其自束發，輒至吴越，之燕、之楚，以旅廬爲家室焉。家不浹旬，則又厭苦妻孥，戴笠而去，是以莆田人士恒不得友元瀚，而元瀚所至則莫不傾天下名矣。元瀚者，莆産也，名文潛。』（《謝耳伯初集》卷十一）

[一]《同吴元瀚興公弟暮過神光庵》，鄭跋本、鈔本、文淵閣《四庫全書》本作『瀚』，目録作『翰』。王應山《閩都記》卷十引此詩，題作《過神光庵》。

○鄭王臣《莆風清籟集》卷五十『吴文潛』條：『元翰性高潔，不喜狎，人戲呼爲吴孔子。晚皈心禪學，薙發居武夷山中。其詩爲曹能始、林咨伯、林孟鳴諸公所稱許。嘗語洪仲韋曰：「余詩似鷓鴣。」仲韋問故，答曰：「所謂似鷓鴣者，『游子乍聞衫袖濕，佳人纔唱翠眉低』也。」誦其詩，幽情逸韵，依然晚唐遺響，自許亦當矣。』

神光庵　即神光寺。

○王應山《閩都記》卷十《郡城西南隅》：『神光寺，舊號金光明院。唐大中三年，監軍孟彪亭池其間，號南莊。明年，舍爲大雲寺。又明年，崔幹請賜額于廟。宣宗夜夢神發光殿庭，覽奏异之，因賜「神光」。内有絓月蘭若、碧雲禪窟、襆頭石諸勝。』

【附】徐㶿《同吴元瀚惟和兄慶上人過神光庵》：『破寺不堪游，新庵尚可投。攀松還倚竹，尋壑更經丘。地僻門休掩，岩傾字半留。晚風花落盡，吹上老僧頭。』（《鼇峰集》卷十，又《閩都記》卷十）

同閔壽卿柳陳父吴元瀚興公弟避暑仁王寺因憩天秀岩[一]

結夏依禪窟，松關閉寂寥。摩崖猜古篆，相地徙團瓢。赤日過林盡，紅塵到寺銷。清凉元有境，人自愛炎敲。

[一]《同閔壽卿柳陳父吴元瀚興公弟避暑仁王寺因憩天秀岩》，工應山《閩都記》卷十引此詩，作《避暑仁王寺》。「瀚」，鄭跋本、鈔本、文淵閣《四庫全書》本作「瀚」，目録作「翰」。

【編年】萬曆二十四年丙申（一五九七）。

【箋】閔壽卿　即閔齡，詳卷三《寄閔壽卿山人》。

柳陳父　即柳應芳，通州（今北京）人。

○徐𤊹《先兄墓碑陰交游題名記》：『處士柳應芳，字陳父，通州人。』（《紅雨樓集》册九，《上圖稿本》第四四册，第四一一頁）

○朱彝尊《静志居詩話》卷十七『柳應芳』條：『海門人。有《柳陳父集》。陳父僑居金陵之杏花邨，每出行吟，俯首沉思，觸人肩面不自覺。』

天秀岩　在福州烏山。

○王應山《閩都記》卷十《郡城西南隅》：『烏石山……又有天秀岩、天香臺、霹靂岩，并刻于石。』

團瓢　徐熥有《烏石山建八卦團瓢疏》（《幔亭集》卷十九）。

【附】徐𤊹《夏日同閔壽卿柳陳甫吴元瀚惟和兄避暑仁王寺》：『祇園同結夏，枕藉白雲深。榜□當門樹，栴檀別院林。岩鐘微雨翳，山閣暝烟沉。世味坐來澹，新蟬時一吟。』（《鼇峰集》卷十）　陳叔剛《飲烏石天秀岩》：『十年客裏鄉山夢，此日山前駐飛鞚。高步無論磴道危，芳游最喜簪纓衆。老僧瀹茗出寺門，廣文飲客開銀甕。臺上天香作雨飄，花間好鳥知時弄。半空寶塔入烟雲，十里澄湖橫蝃蝀。風光入眼塵慮銷，觴酌催人語聲哄。捫蘿更陟鄰霄巔，訪古還探宿猿洞。摩崖强辨舊題名，苔封篆古難成諷。酒闌起舞興轉酣，懊恨夕陽飛鳥送。歸來

需市已昏鐘，明日塵踪又傯倥。』（王應山《閩都記》卷十）

題吴元瀚[一]小像

披緇還戴笠，獨自坐崚嶒。有相元虛妄，無言即上乘。形將同木槁，心已似波澄。不是舊相識，翻疑何處僧。

【編年】萬曆二十五年丁酉（一五九七）。

【箋】吴瀚　即吴文潛，詳本卷《同吴元瀚興公弟暮過神光庵》。

【附】徐𤊹《題吴瀚畫像》：『已覺身爲幻，何須更寫真。幻中空有幻，身外又生身。法笠經行遠，山瓢乞食貧。縱非僧面目，亦是出塵人。』（《鼇峰集》卷十）

同蕭二丈林子真興公弟微上人定上人過遇公轉華庵

因與山僧熟，祇園來往頻。一時無俗客，半日有閑人。岩樹雲邊暮，池花水畔春。掃除嫌太潔，翻覺此身塵。

【編年】萬曆二十五年丁酉（一五九七）。

【箋】林子真　即林光宇，侯官（今福州）人。

○《〔乾隆〕福州府志》卷六十《人物》『文苑』：『林光宇，字子真，侯官諸生。作《鴻門宴樂府》，每自詫

[一] 吴元瀚，底本作『吴瀚』，據目録補一『元』字。鄭跋本、鈔本作『吴瀚』。文淵閣《四庫全書》本作『吴元瀚』，目録作『吴元翰』。

不減謝皋羽、楊廉夫。負才跅弛，早卒。曹能始刻其詩一卷。』

○曹學佺《林子真詩序》：『辛卯，予獲補博士弟子員，與子真同。子真年十五耳，予長有三春秋。而子真風氣遒邁，實在吾之上也……次歲，不佞計偕公車，歸則子真已稱詩，才氣甚高，日凌侮其同輩，且浸淫及不佞矣。亡友徐惟和贈之詩曰：「眼中之人惟有汝。」實大奇子真才……癸巳試于有司，不售。始益荒淫自廢，日逐諸少年行。一旦，深入貴人室，幾不免于虎口，予力脱之，始得去。又喜飲酒，其尊人甚愛惜子真，遇子真醉，必中途負歸，往往不知。乙未歲，又復專精于舉業，前所不售，有司乃大奇之，謂幾失子真。丁酉，其尊人補清流縣廣文，子真從之任。邑人有王生負奇氣，與子真游，相得日歡。始變名創奇服，散家財結客，今海内有俠稱，實子真勸之。王生者王若，相如也。』（《石倉文稿》卷一）

○郭柏蒼《全閩明詩傳》卷四十一：『林光宇，字子真，閩縣人。萬曆中布衣，有《迫起篇》。』又：『蒼按：光宇游九龍，主王若家。邀入三山，遍交名士。』按：王若爲《幔亭集》編選者之一。

微上人　詳卷五《元直秀才觀微上人過宿》。

轉華庵　參見下篇《西禪寺》。

【附】徐𤊹《憩轉華庵》：『紅塵隨處有，獨不到祇園。補砌移花種，編籬拗竹根。小龐眠塔影，馴雀飲池痕。何以銷長日，清涼世外言。』（《鼇峰集》卷十）按：此詩與熥同時作。

西禪寺[一]

野曠烟光薄，林深暑氣微。亂蟬鳴覺路，一犬護禪扉。花竹通諸徑，旃檀大幾圍。雲房吟卧久，直到晚涼歸。

【編年】萬曆二十五年丁酉（一五九七）。

【箋】西禪寺　在福州城西。

○王應山《閩都記》卷二十《湖南侯官勝迹》『西禪寺』條：『在永欽里。號怡山，一名域山。寺壓其上，即王霸所居也。隋末圮廢。唐咸通八年，觀罕使李景温招長沙嬀山僧大安來居，更新之。後唐中興中，王延鈞更名「長慶」。淮兵毁焚，獨佛殿、法堂、西僧堂僅存。宋天聖間，營葺使就。周垣九百丈，居三千人，有奎華閣、明遠、紫翠二亭、放生池諸勝。僧慧陵時侍雪峰，有悟，後來住山。國朝宣德二年重建，屢修。兹寺爲侯官第一禪林。』

○徐熥《五與陳惟秦》：『前日偶過轉華庵，乘興至西禪寺。寺門樹木蓊藹，僧舍花竹幽深。城中蘭若，雖極僻遠者，未免市聲俗軌，獨此地闃寂，絶無喧雜，真結夏勝庭也。』（《幔亭集》卷二十）

【附】謝肇淛《游西禪寺》：『城西十里路，春樹變鳴禽。遠寺尋鐘人，山僧避客深。雨花天外落，石榻洞中陰。悟得空門意，吾生已陸沉。』（《閩都記》卷二十）按：此詩非同時作。徐

[一]《西禪寺》，《閩都記》卷二十引此詩，題作《游西禪寺》。

㘈《同惟和兄林子真過西禪寺次壁間舊題韻》：『松門雲際寺，花木轉幽深。處處欲投足，房房生住心。苔紋青綉壁，荔火赤燒林。一徑斜陽外，歸僧逐暮禽。』（《鼇峰集》卷十，《閩都記》卷二十作《游西禪寺》）

夏日偶成柬惟秦

何方堪避暑，勝地覓清幽。坐選雲邊石，吟尋水畔樓。偏宜山友共，唯許野僧留。一日一丘壑，安閑直到秋。

【編年】萬曆二十五年丁酉（一五九七）。

夏日園居柬履吉

山静晚凉初，僧寮寂不如。礙雲嫌竹密，受月愛藤疏。茶熟焚香飲，詩成洗硯書。惟君知此况，願數過吾廬。

【編年】萬曆二十五年丁酉（一五九七）。

【箋】履吉　即陳益祥，詳卷二《懷陳履吉久居山中》。

懷元直客金陵

經年客白門，書札見寒温。共作幾回夢，各銷無限魂。聽鶯桃葉渡，嘶馬杏花村。欲識思君泪，請看衣上痕。

【編年】萬曆二十五年丁酉（一五九七）。

【箋】元直　即王繼皋，詳卷二《對月遲王元直不至》。

桃葉渡　在南京秦淮口。

○李賢《大明一統志》卷六《南京應天府》『桃葉渡』條：『晉王獻之愛妾名桃葉，其妹曰桃根。獻之嘗臨此作詩，歌以送之。其詩曰：「桃葉復桃葉，渡江不用楫。但渡無所苦，苦我自迎接。」』按：一作『我自迎接汝』。

杏花村　在安徽池州。

送陳廣文弃官還温陵

白首厭微官，滄江戀釣竿。隱耽初服貴，老怯舊氊寒。緑酒枌榆社，清齋苜蓿盤。好將平子賦，時對刺桐看。

【編年】萬曆二十五年丁酉（一五九七）。

【箋】温陵　泉州别稱温陵。

○李賢《大明一統志》卷七十五《福建·泉州府》『郡名』條：『温陵，《圖經》：其地少寒，故曰「温陵」。』

枌榆社　漢高祖劉邦所設。

○李賢《大明一統志》卷二十三《陝西·西安府上》『枌榆社』條：『在臨潼縣東北一十五里。漢高祖初起豐，禱枌榆社，後置新豐縣，亦立此社焉。』

平子賦　漢代張衡，字平子，有《二京賦》。

刺桐　常緑喬木。泉州以多刺桐故，別稱「刺桐」。

送白經歷入覲

遷客朝天去，王程不可留。誰知飛鞚日，政及賜環秋。殘雪燕山路，微霜濟水舟。從來白司馬，未合老江州。

【編年】萬曆二十五年丁酉（一五九七）。

【箋】白司馬　指唐代白居易，元和中貶江州司馬。

江州　今江西九江。

秋日偶成

山翠夕〔一〕陽天，齋居息衆緣。倦啼將暮鳥，哀咽過秋蟬。榻静喧松雨，窗疏納竹烟。微吟多信步，行到蓼花邊。

【編年】萬曆二十五年丁酉（一五九七）。

送錢叔達還吴興

住傷流落久，去惜别離難。衣上三年泪，尊前片刻歡。西風楊柳岸，夜雨蓼花灘。山水含孤調，從今何處彈。

〔一〕夕，底本誤作「名」，據鄭跋本、福建師大本作改。文淵閣《四庫全書》本作「夕」。

【編年】萬曆二十五年丁酉（一五九七）。

【箋】吴興　詳卷三《都門送吴允兆還吴興》。

【附】徐𤇍《送錢叔達還吴興》：『三載滯閩關，西風憶故山。短衣揮泪别，長劍護身還。梨嶺鴻聲斷，楓林馬色閑。期君重會日，茗霅水雲間。』（《鼇峰集》卷十）

過惟秦響山堂

習隱栖南畝，躬畊受一廛。激流崩野岸，鑿井割鄰泉。蠅黽游絲困，鳧鷖亂葦眠。考槃吾有志，敢吝買山錢。

【編年】萬曆二十五年丁酉（一五九七）。

【箋】響山堂　陳仲溱堂名。仲溱有《響山集》。

考槃　詳卷二《赴京道中寄惟起惟揚二弟四首》。

經廢寺

寶殿莽蕭蕭，殘僧宿敝寮。壁餘昏後畫，樹絶挂時瓢。碑毁龜趺損，梁荒鼠族驕。聽經知識少，馴虎度危橋。

【編年】萬曆二十五年丁酉（一五九七）。

【箋】廢寺　疑爲涌泉廢寺。

【附】陳仲溱《經廢寺》：『寒花落遍講經筵，寶刹灰殘六十年。鳥下空廓人寂寂，猿啼香積草

芊芊。壇移貝葉印芳鮮，座隱金蓮分暮烟。破衲斷飄寥落甚，春風春雨更凄然。』（王應山《閩都記》卷十二）

送王獻子還袁州

相逢當夏首，相别忽秋殘。逆旅淹留久，空囊去住難。蘆飛鴻外白，楓落馬頭丹。已乏綈袍贈，霜風今又寒。

【編年】萬曆二十五年丁酉（一五九七）。

【箋】王獻子　詳本卷《送王獻子山人客粤西》。

袁州　今江西宜春。〇李賢《大明一統志》卷五十七《江西·袁州府》『建置沿革』條：『隋于宜春縣置袁州，因袁山爲名……元改置袁州路，本朝改爲袁州府。』

【附】徐𤊹《王獻子游閩流落半載當事者無綈袍之贈不能還家暫至袁州依張使君》：『旅食天涯久，故人誰可依。一身還有累，九月尚無衣。瓜步應難返，萍川且暫歸。因君流落意，轉覺世情非。』（《鼇峰集》卷十）

寄題鄧國弼貯青亭

烟霞處處深，紫翠滿遥岑。夜静松分籟，天凉竹送陰。野麏隨獨往，山鳥答閑吟。古木蒼蒼色，居人指鄧林。

【編年】萬曆二十五年丁酉（一五九七）。

題余伯明龍沙遺讖

相逢証九還，一竅指玄關。道契鴻濛外，神游鶴馭間。丹砂延緑髮，白日駐紅顔。試問龍沙會，予名列幾班。

【編年】萬曆二十五年丁酉（一五九七）。

【箋】龍沙遺讖　詳卷六《送陳女翔游龍虎山》。

涪州張節婦

涪水澄如練，還同節婦心。柏舟吟自苦，湘竹泪何深。矢志終箕帚，留顔見藁砧。貞魂應不朽，褒寵有綸音。

【編年】萬曆二十五年丁酉（一五九七）。

【箋】涪州　今重慶。

○李賢《大明一統志》卷六十九《四川·重慶府》『涪州』條：『在府城東四百五十里。春秋巴國地，秦屬巴郡，漢爲巴郡涪陵縣……乾元初復爲涪州。宋以温山縣省入，咸淳初移治三台山。元復舊治，尋并涪陵、樂温二縣入州。本朝因之。』

方山嚴孝子

苦節甘辭禄，幽栖瀨水邊。爲憂親白髮，非薄宦青氈。名列高賢傳，山留處士阡。遺孤垂老日，猶廢蓼莪篇。

【編年】萬曆二十五年丁酉（一五九七）。

【箋】方山　在福州城南。

○李賢《大明一統志》卷七十四《福建·福州府》『方山』條：『在府城南七十里，九鼻東向，山頂方平，秀拔空碧，爲一郡壯觀。唐天寶間改名甘果山。宋王逵詩：「衆壯皆窮險，兹形獨擅方。坦夷中砥礪，端正外青蒼。」』

○黄仲昭《八閩通志》卷四《地理·福州府》『方山』條：『（方山）又名虎頭山。山之陰有峰隆然，逆馳而西，曰「黄岩」。歲大旱，鄉人禱雨于此。』

瀨水　即瀨江，參見卷七《淘江舟中送張博士之官鎮海》『淘江』條。

蓼莪　《詩經·小雅》篇名。

芋江雪夜留别社中諸子

歲晏强爲客，時危怯離家。孤身衝雨雪，雙泪别烟霞。前路天難盡，故山雲易遮。半生于役苦，贏得鬢將華。

【編年】萬曆二十五年丁酉（一五九七）。

【箋】芋江雪夜留别社中諸子　此詩作于芋原驛。

芋江　即石岊江，在福州城西北，是閩江中的一段。有芋江水驛，往水口、南平在此驛登舟。

○王應山《閩都記》卷三『侯官縣』：『（芋原驛）在石岊江頭。南行以輿，北以舟。皇華使往來絡繹。察院行署在驛之北。遞行所，在驛之東，驛距水口百六十里。』（卷二十二《郡西北侯官勝迹》）

○何喬遠《閩書》卷三『石岊江』條：『上接水口江，下接洪塘江。今芋原驛是也。《唐書》云：「侯官西南七里，有洪塘浦。自石岊江而東，經甓瀆，以通舟楫。貞元十一年，觀察使王雄所開也。」』

○曹學佺《西峰字説》卷二十二《福建福州府》：『大江自建、汀、邵三溪來者，入古田、閩清之境，繞雪峰下大、小目溪而至白沙驛，以抵芋原，謂之岊江。』

【附】車大任《初到芋原驛在侯官》：『驛路依山畔，州城接海濱。已經三伏日，猶見八閩春。樹密含風静，花繁帶雨新。潁川如可繼，何敢讓前人。』（《邵陽車氏一家集》卷五）按：此詩雖非同時作，可證原芋驛爲水路出入福州必經之驛。

不寐

展轉懷鄉國，愁心夜更繁。猿聲烟外峽，漁火水邊村。屢醒無完夢，頻啼有亂痕。廿年嬰世網，銷盡幾多魂。

【編年】萬曆二十五年丁酉（一五九七）。

嵢峽道中即事

臘盡天猶暖，林深翠未凋。石多盤谷口，路半出山腰。雲色愁當岫，灘聲怒過橋。郵亭看尚遠，落日見歸樵。

【編年】萬曆二十五年丁酉（一五九七）。

【箋】嵢峽　又作蒼峽，參見卷七《送蒼峽王巡檢罷官歸鄉》。

閨情

泪盡閨中燭，腸迴錦上文。蛾眉羞寫月，鸞鬢罷梳雲。枕怯羅衾冷，香孤綺閣薰。空床本無寐，況復夜蛩聞。

【編年】萬曆二十五年丁酉（一五九七）。

度分水關

鳥道盤雲際，停車怨隴頭。封疆分异域，關路割雙流。地盡辭閩嶠，山窮見楚州。多情故鄉水，嗚咽爲含愁。

【編年】萬曆二十五年丁酉（一五九七）。

【箋】分水關　在福建崇安（今武夷山市）與江西鉛山分水嶺。

〇李賢《大明一統志》卷七十六《福建·建寧府》『分水關』條：『在分水嶺。介夫江閩之間。乃入閩第一山。』又『分水嶺』條：『在崇安縣西北石雄里。二水發源其下，一入江西界，一入福建界，嶺有銘鎸于岩石。朱熹詩：「水流無彼此，地勢有西東。要識分時异，須知合處同。」』

隴頭　北朝《隴頭歌辭三首》其三：『隴頭流水，鳴聲嗚咽。遥望秦川，心肝斷絶。』

隴頭流水　附

車大任《分水關二首》，其一：『馬首旌懸日，肩頭樹拂雲。路從千嶂合，水自半山分。看劍心猶壯，停杯意自醺。驅馳憐絶險，飛鳥似同群。』其二：『封疆隨地异，花柳一般春。谷口成田久，山腰結屋新。灘聲喧晝夜，人語雜江閩。何處瞻雲好，停驂憶老親。』（《邵陽車氏一家集》卷五）按：此詩爲車氏入閩任福州太史過分水關作，録以備考。

吴江哭顧道行先生

圖報慚無地，哭聲空震天。恩私諸子外，知遇十年前。殘篋玄經秘，儀床絳帳懸。舊題詩滿壁，一讀一潸然。

【編年】萬曆二十六年戊戌（一五九八）。

【箋】吴江　吴江縣（今江蘇蘇州）。

○李賢《大明一統志》卷八《中都·蘇州府》『吴江縣』條：『在府城南四十里，本漢以來吴縣地。五代梁開平間，吴越王錢氏始奏置吴江縣。』

玄經　詳卷二《五君咏五首·陳伯孺》『太玄』條。

送鄔子遠還京口時鄔有喪子之戚

相逢俱失意，相送奈愁何。老去雄心减，春來歸夢多。舊山懷北固，新淚滴西河。世路已如此，空爲勞者歌。

【編年】萬曆二十六年戊戌（一五九八）。

【箋】鄔子遠　詳卷六《賦得逍遥游送鄔子遠山人》。

京口　即鎮江。○李賢《大明一統志》卷十一《直隸·鎮江府》「郡名」條：「京口，三國吴名。」

北固　詳卷三《寄閔壽卿山人》。

西河　西河之痛，通常指喪子之痛。

望月有懷和陸纂父

一别經圓缺，三秋望轉明。蛾眉今夕影，鸞鏡舊時情。貌逐清輝減，愁隨素魄生。關山千里隔，何處照盈盈。

【編年】萬曆二十六年戊戌（一五九八）。

【箋】陸纂父　即陸文組，詳本卷《同陸纂父郭聖僕雨夜集曹重甫客舍得凉字》。

送蔡千户襲職還吴興

龍韜堪報主，燕頷定封侯。挂印還鄉里，揮鞭出御樓。歸途尋越絶，行橐佩吴鈎。戎馬東南急，憑君借箸籌。

【編年】萬曆二十六年戊戌（一五九八）。

【箋】吴興　詳卷三《都門送吴允兆還吴興》。

都門逢湛如和尚

金陵留偈別，燕市忽相逢。不托侯門鉢，閑聞禁苑鐘。經文翻北藏，禪理悟南宗。行脚他鄉久，空房偃舊松。

【編年】萬曆二十六年戊戌（一五九八）。

訪楊山甫

相過即留連，因君卜築偏。香銷爐有燼，茶熟竈生烟。采得芸驅蠹，栽將柳借蟬。門前時載酒，來叩子雲玄。

【編年】萬曆二十六年戊戌（一五九八）。

【箋】子雲玄　揚雄玄亭。

同陸纂父暮酌程康伯花下得枝字

幽齋當薄暮，移酌傍花枝。選樹鶯窺酒，穿林蝶罥絲。月低流影緩，風細度香遲。不憚頻來此，交歡無幾時。

【編年】萬曆二十六年戊戌（一五九八）。

【箋】程康伯　參見卷十九《程康伯像贊》。

同陸纂父山人楊山甫保御集程康伯典客衙齋看芍藥

异種分仙禁，嬌姿冠衆芳。當階翻絳艷，傍砌發濃香。鄭國佳人贈，吴宫西子妝。畫欄春色好，不用説維揚。

【編年】萬曆二十六年戊戌(一五九八)。

【箋】維揚　今江蘇揚州。

曾人倩雨中過酌

故人休沐暇,窮巷過吟鞭。散帙鈎簾坐,尋詩解帶眠。馬蹄淹暮雨,鶯語亂春烟。自與壚頭熟,不愁無酒錢。

【編年】萬曆二十六年戊戌(一五九八)。

【箋】曾人倩　即曾士鑒,南海(今屬廣州)人。

○徐𤊹《先兄墓碑陰交游題名記》:『中書舍人曾士鑒,字人倩,南海人。』(《紅雨樓集》册九,《上圖稿本》第四四册,第四一一頁)

○《御選明詩選・姓名爵里》:『曾仕鑒,字人倩,南海人。萬曆乙酉舉人,歷官户部主事。有《慶曆》《公車》二集。』(文淵閣《四庫全書》本)

周叔宗郁孟野俞羡長李長白黎愼甫雨集分得微霽

如絲看乍歇,庭際尚蕭森。已覺收殘靄,翻疑結薄陰。晚山消夕暈,好鳥間新音。徙倚花林暮,斜陽生遠岑。

【編年】萬曆二十六年戊戌(一五九八)。

【箋】周叔宗　即周祖，吴江（今江蘇蘇州）人。

○徐㶿《先兄墓碑陰交游題名記》：『太學生周祖，字叔宗，吴江人。』（《紅雨樓集》册九，《上圖稿本》第四四册，第四一六頁）

郁孟野　即郁承彬，上海人。

○徐㶿《先兄墓碑陰交游題名記》：『太學生郁承彬，字孟野，上海人。』（《紅雨樓集》册九，《上圖稿本》第四四册，第四一六頁）

俞羨長　即俞安期，吴江（今江蘇蘇州）人。

○徐㶿《先兄墓碑陰交游題名記》：『處士俞安期，字羨長，吴江人。』（《紅雨樓集》册九，《上圖稿本》第四四册，第四一一頁）

○朱彝尊《静志居詩話》：『俞安期，初名策，字公臨，既更今名，改字羨長，吴江人。有《翏翏集》。羨長之名，由元美、明卿、伯玉而成，詩亦兼宗三家。原本李獻吉，長于獺祭，賦景有餘，言情不足。』（卷十八『俞安期』條）

題曹能始計部潞河公署園亭

司農開别墅，一徑滿烟霞。與鶴同臨水，隨蜂共放衙。榆飄沿徑莢，榴發傍墻花。自足園池樂，無煩到習家。

【編年】萬曆二十六年戊戌（一五九八）。

【箋】曹能始　即曹學佺，詳卷三《七夕曹能始宅上觀妓》。

潞河　在今北京通州。

〇《明史》卷八十六《河渠志・運河》下：『（白河）南流經通州，合通、惠及榆、渾諸河，亦名潞河。三百六十里至直沽，會衛河入海，賴以通漕。』

〇楊正泰《〈明會典〉所載驛考・京師》『潞河水馬驛』條：『屬順天府通州。永樂中置。在今北京市通東關外。』（《明代驛站考》二）

習家　即習家池，詳卷三《贈歌者》。

送金季黃山人游五岳

年來婚嫁畢，五岳寄閑心。勝地隨緣住，名山到處尋。孤筇青嶂老，雙屐白雲深。去矣辭塵網，高踪比向禽。

【編年】萬曆二十六年戊戌（一五九八）。

【箋】向禽　東漢隱士向長和禽慶。向長，字子平，朝歌（今河南淇縣）人，東漢名士，精通《老子》《易經》，子區女婚嫁畢，遂隱居不仕。禽慶，北海（今山東昌樂）人，東漢名士。

〇范曄《後漢書・向長傳》：『建武中，男女嫁既畢，敕斷家事勿相關，當如我死也。于是遂肆意，與同好北海禽慶俱游五岳名山，竟不知所終。』

潞河别曹能始四首[一]

其一

悲歌燕市筑，歸興潞河船。作客有何意，還山仍種田。窮猿投散木，饑鶻倦遥天。以我空囊故，憐君損俸錢。

其二

流落誰如我，艱危況别君。渡淮三伏雨，瞻闕萬重雲。殺氣旌旗滿，哀聲鼓角聞。臨岐雙涕泪，不獨爲離群。

其三

昔年同獻賦，此日尚沉淪。我有恓皇泪，君憐弃置身。黄塵歸路客，白髮倚門親。不盡消魂意，哀歌難重陳。

其四

久已歌黄鳥，還勞賦白駒。心雄猶短劍，目斷更長途。去住總歸客，行藏空腐儒。故園關百慮，何敢畏馳驅。

【編年】萬曆二十六年戊戌（一五九八）。

[一] 四首，底本無此二字，據目録補。

【箋】潞河　詳卷六《題曹能始計部潞河公署園亭》。

曹能始　即曹學佺，詳卷三《七夕曹能始宅上觀妓》。

昔年同獻賦　萬曆二十三年（一五九五），徐熥、曹學佺同上春官，曹成進士，徐熥落第。

黃鳥　《詩經・周南・葛覃》：『黃鳥于飛，集于灌木，其鳴喈喈。』

白駒　曹植《釋思賦》：『彼朋友之離別，猶求思乎白駒。』

【附】曹學佺《送徐惟和下第二首》其一：『薄言追有客，信宿且徘徊。默默當誰識，寂寂使人哀。眷此分手去，勉矣嗣音來。後夜懷伊阻，蒹葭宛溯回。』其二：『君家已望至，客裏始移舟。未得征衣換，聊爲采葛游。寧當長路暑，猶及故園秋。十畝閑閑外，應從二仲謀。』（《潞河集》）　曹學佺《舟中再送惟和》：『駕言以出游，送子潞河舟。不展追歡樂，終煩寤寐求。勞勞腹裏轉，泛泛水中浮。此際真成別，方看有淚流。』（《潞河集》不分卷）　曹學佺《祭徐惟和文》：『噫！予昔送子于潞河兮，河水其漣。子泛泛而歸兮，未及一年。』（《石倉二稿》文卷二，又《曹能始小品》卷二）按：徐熥卒于潞河與學佺別後次年。

潞河驛別周叔宗

經時俱作客，此地且盤桓。去路黃塵滿，征衣白日寒。吴歌聊自和，燕月暫同看。因悔長安陌，蹉跎未盡歡。

【編年】萬曆二十六年戊戌（一五九八）。

【箋】潞河　詳卷六《題曹能始計部潞河公署園亭》。

出都門留别茅平仲周思敬朱汝修吴孝甫張孺宗趙凡夫鍾山甫韓兆之吴載伯阮步文張曰肩諸君

違時空獻策，落魄出燕南。戀闕情無極，離人思不堪。緑楊鶯睍睆，青草馬駸驔。總是飄蓬客，何時又盍簪。

【編年】萬曆二十六年戊戌（一五九八）。

【箋】茅平仲　即茅溱，丹徒（今江蘇鎮江市丹徒區）人。

○錢謙益《列朝詩集小傳》：『溱，字平仲，丹徒人，幼好學，不求聞達，閉户著書，有《韵譜本義》行于世。詩不工應酬，與鄗左卿輩唱和，以布衣老于鄉。』（丁集中『茅布衣溱』條）

朱汝修　即朱宗吉，濠梁人。

○徐𤊹《先兄墓碑陰交游題名記》：『太學生朱宗吉，字汝修，濠梁人。』（《紅雨樓集》册九，《上圖稿本》第四四册，第四一四頁）

吴孝甫　即吴治，歙縣人。

○徐𤊹《先兄墓碑陰交游題名記》：『處士吴治，字孝甫，歙縣人。』（《紅雨樓集》册九，《上圖稿本》第四四册，第四一四頁）

趙凡夫　即趙頤光，吴縣（今江蘇蘇州）人。

○徐𤊹《先兄墓碑陰交游題名記》：太學生趙頤光，字凡夫，吴縣人。（《紅雨樓集》册九，《上圖稿本》第四四册，第四一四頁）

吴載伯　即吴衛璣，孝豐人。

○徐𤊹《先兄墓碑陰交游題名記》：『太學生吴衛璣，字載伯，孝豐人。』（《紅雨樓集》册九，《上圖稿本》第四四册，第四一四頁）

張曰肩　即張熙德，南宫人。

○徐𤊹《先兄墓碑陰交游題名記》：『鄉進士張熙德，字曰肩，南宫人。』（《紅雨樓集》册九，《上圖稿本》第四四册，第四一六頁）

濟上

歸興已如此，歸帆尚濟州。沙汀蘆受月，江岸蓼迎秋。不盡閩天遠，無情汶水流。敢辭留滯苦，其奈倚門憂。

【編年】萬曆二十六年戊戌（一五九八）。

【箋】濟　山東濟河。

○李賢《大明一統志》卷二十三《兖州府》『濟河』條：『在汶上縣北，一名大清河……汶水由濟河以入海。』

太白酒樓

太白久不返，酒樓猶未傾。當年聊一醉，千載仰高名。隔岸圍山色，憑欄到水聲。風流無賀監，過客若爲情。

【編年】萬曆二十六年戊戌（一五九八）。

【箋】太白酒樓　在山東任城。傳説李白客賀之章之所。明時該樓尚有太白、賀知章像。

○李賢《大明一統志》卷二十三《兗州府》『李白酒樓』條：『在濟寧州南城上。唐李白客任城，時縣令賀知章觴之于此，今樓與當時碑刻俱存。』

賀監　唐賀知章。

【附】謝肇淛《同劉殿卿登任城太白樓李白客賀知章所今有兩公像》：『醉倚高樓俯大荒，憐才還共賀知章。東來山色全歸岱，北去河流半入漳。平楚寒烟凝埤堄，中原落日動帆檣。亦知信美非吾土，塞雁關雲總斷腸。』（《小草齋集》卷二十）按：此詩非同時作，録以備考。

王粹夫客淮上先歸相尋不值詩以懷之

我來淮水上，君已解歸舟。逆旅無長策，天涯總薄游。早辭征路苦，先見故園秋。漂母祠前過，因之雙泪流。

【編年】萬曆二十六年戊戌（一五九八）。

【箋】王粹夫　即王毓德，詳本卷《懷王粹夫》。

漂母祠　詳卷五《漂母廟》。

夜宿焦山贈道林上人

鷲嶺傍龍宫，慈帆但信風。懸燈孤嶂裏，洗衲亂流中。山静雲歸錫，潮平月印空。道林名不忝，禪理似支公。

【編年】萬曆二十六年戊戌（一五九八）。

【箋】焦山　在今江蘇鎮江。

○李賢《大明一統志》卷十一《直隸·鎮江府》「焦山」條：「在府城東北九里江中。後漢焦先隱此，因名。旁有海、門二山，金、焦相望。」

鷲嶺　詳卷五《烏石山贈僧》。

支公　即支遁，詳卷三《靈隱寺尋耶溪上人》。

晚過惠山

舍筏尋蘭若，斜陽古殿開。竹烟深似雨，松瀑響如雷。水逐鐘[一]聲去，雲從塔影來。清泉隨意取，裝得滿船回。

【編年】萬曆二十六年戊戌（一五九八）。

［一］鐘，底本作「鍾」。據文意改。鄭跋本、福建師大本作「鍾」，文淵閣《四庫全書》本作「鐘」。

【箋】惠山　在今江蘇無錫。

○李賢《大明一統志》卷十《常州府》『慧山』條：『在無錫西七里，舊名九龍山。』

清泉　即陸子泉，又稱惠泉、天下第二泉。

○李賢《大明一統志》卷十《常州府》『陸子泉』條：『在慧山寺。源出，石穴如洞。唐陸羽品天下水味，以此爲第二，故又名「第二泉」。』

王百谷招集南有堂

故人三載別，此日一尊同。庵度旃檀雨，池涼蘋蓼風。暮蟬歸樹急，殘暑入林窮。座客多湖海，鄉心因暫空。

【編年】萬曆二十六年戊戌（一五九八）。

【箋】王百谷　詳卷五《王百谷招飲半偈庵》。

南有堂　王穉登堂名。王穉登有《南有堂詩集》十二卷。

三載別　萬曆二十三年（一五九五）燏二下第過集此堂。

題姚叔乂玄散齋

幽齋栖委巷，蕭散寄高吟。筆底青山債，尊前白髮心。俗緣閑漸減，玄理老彌深。三徑蓬蒿滿，唯容二仲尋。

【編年】萬曆二十六年戊戌（一五九八）。

【箋】姚叔乂　吴(今江蘇蘇州)人。按：徐熥有《同吴翁晋姚叔乂諸子集陳公衡衙齋》(《幔亭集》卷八)、徐𤊹有《平望夜泛懷黄仲華姚叔乂强善長》(《鼇峰集》卷十)。

二仲　指漢代羊仲、求仲。泛指廉潔隱退之士。詳卷六《同陸纂父郭聖僕雨夜集曹重甫客舍得凉字》。

同沈穉咸過寒山寺訪旭公

曲岸暫維舟，精廬訪比丘。鐘聲聞半夜，杯影見中流。榻倚千花晚，房開萬竹秋。相看成一笑，疑是虎溪游。

【編年】萬曆二十六年戊戌(一五九八)。

【箋】沈穉咸　即沈咸，吴縣(今江蘇蘇州)人。

○徐𤊹《先兄墓碑陰交游題名記》：『處士沈咸，字穉咸，吴縣人。』(《紅雨樓集》册九，《上圖稿本》第四四册，第四一一頁)

寒山寺　在今江蘇蘇州。

○李賢《大明一統志》卷八《中都·蘇州府》『寒山寺』條：『在府城西一十里。』

虎溪　虎丘之溪水。虎丘，詳卷五《游虎丘寺》。

贈劉會卿保御

但得筋骸健，何妨鬢髮蒼。詩成開白社，書就秘青囊。世事閑能遣，機心老易忘。時時留客醉，絲竹滿高堂。

【編年】萬曆二十六年戊戌（一五九八）。

【箋】劉會卿　吴（今江蘇蘇州）人。太醫。

○徐𤊹有《劉會卿太醫以二月十四日初度索詩爲贈》（《鼇峰集》卷十三）、《劉會卿太醫招飲同謝友可進士徐茂吴司理張幼于太學王熙伯錢功父董教之山人張孟孺謝荆山將軍黄道元文學觀妓賦得燭下隱美人共用前字》（《鼇峰集》卷十二）。

白社　詳卷五《重宿靈源洞懷珠上人》。

贈沈公繩

久已稱三絶，真如顧虎頭。杜門閑自得，于世澹無求。丘壑胸中相，瀟湘筆底秋。沈郎腰細盡，磈礧未能休。

【編年】萬曆二十六年戊戌（一五九八）。

【箋】沈公繩　俟考。

虎頭　晉代畫家顧愷之小字，詳卷五《贈黄生懋政》。

沈郎　指梁代沈約。

哭鹽官斯學上人

微塵元世界，師已厭微塵。滿月初圓果，浮雲易了身。曇花天外散，金骨塔中新。不作無生想，聞之應損神。

【編年】萬曆二十六年戊戌（一五九八）。按：此詩爲熥三下第南還時作。

【箋】鹽官　明海鹽縣古名。今浙江省嘉興市海寧市鹽官鎮一帶。

○李賢《大明一統志》卷三十八《浙江·嘉興府》「海鹽縣」條：「在府東南八十里，秦析吴縣地置海鹽縣，屬會稽郡……陳省入鹽官縣。」

斯學上人　斯學，字悦支，號瘦山，海鹽慈會寺僧，故稱斯學上人。斯學天分絶高，故吐詞多自然秀拔。

○《四庫全書總目提要》卷一八〇「《幻華集》二卷」條：「斯學，字悦支，號瘦山，海鹽慈會寺僧。是集爲萬曆丁酉斯學没後，屠隆裒其遺稿，與姚士粦同編。斯學天分絶高，故吐詞多自然秀拔……沾染公安、竟陵習氣，故時有可采之句，而終不能自成一家。」

常山道中

來時逢朔雪，歸路又秋風。客計慚羸馬，鄉心逐去鴻。喜看閩地近，漸見越山窮。想到家林日，籬花開幾叢。

【編年】萬曆二十六年戊戌（一五九八）。

【箋】常山　今浙江衢州市常山縣。

○李賢《大明一統志》卷四十三《浙江·常州府》「常山縣」條：「在府城西八十里，本太末縣地……唐咸亨中復析置常山縣，以其地有常山得名。」

經舊游懷康元龍

西陵分別後，踪迹各飄零。又見楓林赤，依然酒幔青。關河仍舊路，風雪憶郵亭。獨坐孤燈下，疏砧未可聽。

【編年】萬曆二十六年戊戌（一五九八）。

【箋】西陵　此處爲杭州之西陵。

○田汝成《西湖游覽志餘》卷十六《香奩艷語》：『蘇小小者，錢塘名娼也。其墓或云湖曲，或云江干。古詞云：「妾乘油壁車，郎跨青驄馬。何處結同心？西陵松柏下。」』

康元龍　即康彥登，詳卷二《劍浦送康元龍游吴》。

鵝湖晚行

一徑入莓苔，前峰夕照催。饑烏繞樹去，乳犢出林來。山色自然秀，野花無意開。村村足幽趣，差得少遲迴。

【編年】萬曆二十六年戊戌（一五九八）。

【箋】鵝湖　在今江西鉛山縣。

○李賢《大明一統志》卷五十一《江西·廣信府》『鵝湖山』條：『在鉛山縣北一十里，山之上有湖，生荷，舊名荷湖山。有龔氏畜鵝于此，故又名鵝湖。唐王駕詩：「鵝湖山下稻粱肥，豚柵鷄塒半掩扉。桑柘影斜春社散，家家扶得醉人歸。」』

【附】徐𤊹《鵝湖道中》：『鵝湖山色黯秋雲，天外鴻聲不可聞。半嶺子規行客路，百年翁仲相公墳。孤村旅店殘烟滅，遠浦危橋野火焚。惟有前林黃葉影，一時和泪共紛紛。』（《鼇峰集》卷十三）按：此詩非同時作，録以備考。

車盤驛

征途秋草遍，客子倦知還。歲晚繅車急，年荒水碓閑。峰巒青絡繹，溪澗緑迴環。落日蒼茫外，何山是故山。

【編年】萬曆二十六年戊戌（一五九八）。

【箋】車盤驛　在今江西鉛山。閩人黃天錫、謝杰、葉向高、蔡獻臣等過此皆有題詩。

○楊正泰《〈明會典〉所載驛考·江西》『車盤驛』條：『屬廣信府鉛山縣。在今江西鉛山縣東南車盤。』（《明代驛站考》二）

○謝肇淛《車盤驛懷許啓衷先輩·引》：『先輩許黃門天錫過車盤驛，題詩有「青山對面疑無路，黃犢出林知有村」之句，爲時膾炙。鄭吏部善夫有詩云：「風流不見許黃門，遺字丹青閣上存。却留詩句車盤驛，黃犢青山何處村。」余屢過其地，尋覓遺墨，了不可得。』（《小草齋集》卷二十八）

歸次建溪聞鄭君大訃詩以哭之四首[一]

其一

忽爾傳君死，猶疑訃未真。哀來魂欲斷，痛定泪沾巾。泉路何其近，皇天太不仁。高陽修舊社，應少白頭人。

其二

送我荷亭上，相看惜解携。生離猶唧唧，死别重凄凄。世不容豪俠，天疑愛滑稽。魂兮招不返，歌罷數行啼。

其三

正擬還家日，對君懷抱開。如何千萬語，總作一聲哀。泪不到泉壤，書難通夜臺。或君靈爽在，知我已歸來。

其四

交游君最長，矍鑠有誰群。對酒杯邀月，看山屐躡雲。貧猶開白社，老不厭紅裙。何意經年别，歸來便哭君。

【編年】萬曆二十六年戊戌（一五九八）。

［一］四首，底本無此二字，據目録補。

【箋】建溪　詳卷三《建溪逢游宗振》。

鄭君大　詳卷五《過鄭君大白雲莊》。

高陽　今河北保定市所屬縣。○唐高駢《途次内黄馬病寄僧舍呈諸友人》詩：『好與高陽結吟社，況無名迹達珠旒。』

荷亭　在福州西湖。○王應山《閩都記》卷十八《城西湖濱勝迹》『荷亭』條：『在皇華亭後，周迴有塘，植菡萏。』○李賢《大明一統名勝志》卷一《福建·福州府》『澄瀾閣』條：『背爲荷亭。荷周迴曲塘，遍植菡萏。蓋湖水所滙入也。』

白社　詳卷五《重宿靈源洞懷珠上人》。

【附】徐𤊹《送鄭君大出葬白雲庄》：『畫翣高懸引玉棺，滿城行哭白衣冠。數聲薤露歌殘後，落盡松楸夜月寒。』其二：『四野悲風動素旐，千秋俠骨掩泉扉。墓門送客車千乘，誰信生前是布衣。』（《鼇峰集》卷二十四）

秋日載酒同陳汝翔黄伯寵惟起惟揚二弟訪王玉生郊居

緑酒因君載，青山與客同。畫成真道子，隱去即龐公。丘壑村村合，桑林巷巷通。坐來香不斷，窗外木犀風。

【編年】萬曆二十六年戊戌（一五九八）。

【箋】黄伯寵　即黄應恩，字伯寵。福州人。

○阮自華《都門寄越社諸子》其《黄伯寵應恩》：『超遥越滄海，亹亹富波瀾。爾本扶摇人，何能戢其翰。六月一以息，拊翮雲漢端。騰景若游龍，馳彩同琅玕。榆枋非我栖，托寄成所安。無令鷟鴳雀，爲彼弋者觀。』

龐公　龐德，荆州襄陽（今屬湖北）人，東漢名士。與當時徐庶、司馬徽、諸葛亮、龐統等交往甚密。後隱居鹿門山，采藥而終。

【附】陳鳴鶴《同黄伯寵徐惟和兄弟過王玉生郊居分得川字》：『躬耕無薄田，一室隱東禪。魚鳥新濠濮，園林小□□。』（《泡庵詩選》卷四）　徐𤊹《秋暮訪玉生郊居》：『東郊真逸士，生計寄于農。斜日鄰園柏，西風隔水榕。糟糠妻共隱，筆硯子能供。門對康山近，檐頭露半峰。』（《鼇峰集》卷十）

冬夜袁無競過酌

鐘聲排小閣，燈影墜孤尊。竹净雲陰薄，花疏霜氣繁。早喧雖近市，幽僻亦深村。坐久兒童睡，山風自掩門。

【編年】萬曆二十六年戊戌（一五九八）。

【箋】袁無競　即袁敬烈，詳卷二《春日山居招袁無競》。

【附】徐𤊹《冬夜無競過小齋夜談》：『香酣茶正熟，寒夜過良朋。貧賤交如水，荒凉室似冰。

語深忘問漏，膏盡屢挑燈。覓句緣松徑，北風吹月稜。』（《鼇峰集》卷十）

陪屠田叔使君游仁王寺同康元龍袁無競興公弟分得迴字

鐘磬近香臺，鳴騶半路迴。莊嚴菩薩界，善信宰官來。合掌緣同結，攢眉禁暫開。山僧能愛客，蓮漏不頻催。

【編年】萬曆二十六年戊戌（一五九八）。

【箋】屠田叔　即屠本畯，詳卷三《分得黃金臺送屠田叔轉運使京》。

康元龍　即康彥登，詳卷二《劍浦送康元龍游吳》。

【附】徐𤊹《陪屠田叔使君游仁王寺與元龍無競惟和分得衣字》：『屏却鳴騶入翠微，別更野服問禪扉。載將竹葉尊罍滿，坐到蓮花刻漏稀。古刹寒雲侵佛火，空壇明月照僧衣。山門冷落無緣鎮，誰解腰間帶一圍。』（《鼇峰集》卷十四）

送黃若木還莆

執手向城隅，送君歸鯉湖。風濤危渡峽，雨雪倦登途。遣日携書卷，消寒問酒壚。不須嗟伏櫪，千里待名駒。

【編年】萬曆二十六年戊戌（一五九八）。

【箋】黃若木　即黃光，字若木，莆田人。天啓七年（一六二七）舉人。有《九鯉湖志》。

峽　即峽江。詳卷三《陳伯孺兄弟水明樓春宵聽雨歌》。

【附】徐𤊹《送黃若木還家》：『君不見王文考，賦得靈光休起草。雄詞落筆若有神，翻使蔡邕才壓倒。又不見補正平，賦成鸚鵡傳芳聲。須臾文就不加點，却令黃祖心魂驚。二君作賦俱年少，贏得姓名青史照。過客多興古殿思，行人每向空洲吊。莆陽黃君方妙齡，誰家有子生寧馨。七歲能文九歲賦，壺山蘭水鍾英靈。十行一目俱能下，七步八叉還倚馬。寥寥玄草待何人，拓落風塵知者寡。今年躡屩無諸城，遠來訂我千秋盟。自嗟馬齒五年長，庸才碌碌羞稱兄。連床風雨經旬日，恨爾東歸馬蹄疾。一水盈盈會面難，書空咄咄愁蕭瑟。與爾論交俱壯時，歲寒共勉青松期。文章意氣兩相許，管鮑相知徒爾爲。』（《鼇峰集》卷二）

高賢祠成答屠使君四首[一]

其一

廟貌壯千秋，英靈托一丘。藻蘋無俗客，香火總名流。白骨化已久，清魂吟未休。預知百歲後，同得此中游。

其二

八代斯文振，全閩雅道尊。精靈同不滅，顯晦未須論。權自操吾黨，名非藉子孫。泱泱東海上，真可霸中原。

[一] 四首，底本無此二字，據目録補。

其三

新祠勞仰止，神理定非遥。五世應難斬，千秋永不祧。像從詩外想，魂向賦中招。後死吾徒在，遺風未寂寥。

其四

俎豆隆殊典，山林更有光。詩真傳在世，没果祭于鄉。身後榮如此，生前困不妨。當年冠蓋者，誰敢望宫墻。

【編年】萬曆二十六年戊戌（一五九八）。

【箋】高賢祠　在福州烏石山，屠本畯與徐熥于萬曆二十六年戊戌創建，次年建成。熥卒，入祀。○郭柏蒼《烏石山記》卷四《祠廟》『高賢祠』條：『在山之西。萬曆二十六年，監運同知屠本畯倡建，祀閩中鄉先生，自唐至明萬曆間六十餘人，萬曆以後，又增祀後死者二十餘人，合成九十九人……其地今廢爲通德園。』○郭柏蒼《烏石山記》卷七《人物》：『萬曆二十六年，（屠本畯）與郡人徐熥于烏石山創祠，祀吾閩自唐迄萬曆間詞人有聲者六十餘人，勒碑各載姓氏，名曰「高賢祠」。』

屠使君　即屠本畯，詳卷三《分得黄金臺送屠田叔轉運使京》。

【附】陳薦夫《謁高賢祠二首》，其一：『詞壇一片地，千古聚精英。墓朽孤吟骨，碑鎸大雅名。神應通後死，業不負前生。想到青霄裏，泠泠白雲聲。』其二：『作興兼著述，功總在詞壇。去取詩中定，精神卷裏看。樂章歌舊草，酹酒縮幽蘭。雖有相臨分，同堂坐亦安。』（《水明樓集》卷三）　陳薦夫《祭高賢祀文》：『于維諸公，海岳精英，甌閩爐冶。威儀騰霄，祥麟在野。勞著作興，力追風雅。通塞改途，後先易世。閱水弗留，吟魂罔逝。新宮肇開，曠典斯制。於戲！生樹雅伐，没亨詞馨。七閩共社，六代齊盟。衍斯文之絶脉，申尚友之微情。尚邀遺爽，弼我後生。尚享！』（《水明樓集》卷四）　徐熥《高賢祠落成屠田叔以詩見貽答贈一首》：『春秋崇廟祀，像設儼詞壇。得句當年苦，捿[一]魂此地安。階唯文士拜，碑藉使君刊。不用蘋蘩薦，吾鄉産荔丹。』（《鼇峰集》卷十）

困溪十里橋與屠田叔泣别

從來軒冕泪，不滴芰荷衣。獨有今朝别，使君先泪揮。地偏愁會隔，天闊恐書稀。望望車塵遠，人人哽咽歸。

【編年】萬曆二十六年戊戌（一五九八）。

【箋】困溪　即水口，關曰『困關』，在今福建古田縣。

○何喬遠《閩書》卷三《方域志·古田縣》『困溪』條：『溪流自縣出，與嵩溪會，名水曰「水口」，關曰「困關」。宋轉運使楊克讓所遷縣治處。』

○楊正泰《〈明會典〉所載驛考·福建》：『（水口驛）屬福州府古田縣。洪武初置。在今福建古田縣南

[一] 捿，當作『棲』。

舊水口。』(《明代驛站考》二)

【附】陳薦夫《囦溪十里橋再送屠使君》：『訣別到溪梁，無言黯自傷。片時腸已絕，數日惡難當。遠泪山含雨，愁顔葉帶霜。因君先哽咽，不敢出離觴。』(《水明樓集》卷三)　徐𤊹《囦溪十里橋與屠使君泣別》：『數月愁相別，今朝别是真。從來知己泪，此際倍沾巾。味亦如中酒，腸應似茹辛。却嫌山路轉，頃刻蔽車塵。』(《鼇峰集》卷十)

惟秦冬夜偶至擁爐對酌率爾成咏

音從空谷聽，興似剡溪乘。榾柮殘爐火，松膋半壁燈。俗情談後減，詩草別來增。濁酒堪宵夜，渾忘朔氣凝。

【編年】萬曆二十六年戊戌(一五九八)。

【箋】剡溪　在浙江曹娥江上游。

○李賢《大明一統志》卷四十五《浙江·紹興府》『剡溪』條：『在嵊縣治南，一名「戴溪」，即晋王徽之雪夜訪戴逵處。』

【附】徐𤊹《冬夜惟秦偶至擁爐對酌共用燈字》：『冷夜空齋獨，名言愛汝能。添衣山榻坐，把酒地爐蒸。窗破風吟紙，檠寒焰死燈。詩成狂欲寫，呵凍硯池冰。』(《鼇峰集》卷十)

有感三首[一]

其一

傳聞關白死，海氣絶氛腥。間諜防真僞，悲歡雜涕零。王春回雨露，天怒息雷霆。時事難高枕，端居莫謂寧。

其二

餒虎横行甚，村氓骨半枯。猛應憑倀鬼，威或假妖狐。白晝常當道，清時敢負嵎。官兵虚搏擊，鷄犬反驚呼。

其三

久雨防時歉，囊空米價騰。子錢殘歲急，官賦來年徵。薄劣明時弃，疏慵末俗憎。處籬同斥鷃，未敢望鵾鵬。

【編年】萬曆二十六年戊戌（一五九八）。

【箋】關白　日本重臣（宰相），稱關白。『關白』本爲『陳述、禀告』之意，由中國傳入日本。

○班固《漢書·霍光金日磾傳》『諸事皆先關白光，然後奏天子。』

[一] 三首，底本無此二字，據目録補。

贈本净上人

信心歸净土，行脚到閩天。度衆時開講，降魔夜不眠。聞鐘能悟性，補衲恐妨禪。何日參猊座，焚香聽白蓮。

【編年】萬曆二十六年戊戌（一五九八）。

【附】徐𤊹《贈本净上人》：『離鄉從少小，垂老十方游。偶伴頭更剃，逢山足便投。盂空隨處乞，衲破萬家求。試問南朝事，松枝幾寺秋。』（《鼇峰集》卷十）

題林明府先輩挽詩卷後

鄉録留名姓，遺圖見影神。鳴琴瀫水曲，歸櫬贛江濱。哭墓門生老，傳家嗣子貧。卷中哀挽者，存者更何人。

【編年】萬曆二十六年戊戌（一五九八）。

【箋】林明府　疑爲林紀。紀，字廷肅，閩縣人。嘉靖十九年鄉貢，官江西石城知縣。

瀫水　即瀫溪、信安溪，詳卷二《赴京道中寄惟起惟揚二弟四首》『瀫溪』條。

贛江　即贛水，章、貢二水在贛州合爲贛水。

○李賢《大明一統志》卷五十八《江西·贛州府》『贛水』條：『在府城北。章、貢二水合而爲一，故名。』

慰陳平夫

憐君多難日，知己亦銷魂。已嘆如懸磬，何堪復鼓盆。舊情思挽鹿，新恨聽啼猿。爲問牛衣上，添將泪幾痕。

【編年】萬曆二十六年戊戌（一五九八）。

【箋】陳平夫　即陳邦注，詳卷二《懷陳平夫》。

與黃道晦夜坐話舊

零落田園後，還嗟世事更。眼昏妨夜讀，身老廢春耕。稻麥虧豐歲，虀鹽淡此生。相看燈影裏，無限舊時情。

【編年】萬曆二十六年戊戌（一五九八）。

【箋】黃道晦　人稱黃隱君，詳卷五《九日大風雨與黃道晦陳惟秦飲屋後小山》。

歲暮戲題詩稿後

本以牢騷著，多因幽憤成。雌黃招衆口，青紫誤今生。落落無窮意，遥遥不朽名。萬言難卒歲，掩卷獨傷情。

【編年】萬曆二十六年戊戌（一五九八）。

水明樓贈陳仕卿

日日來相訪，愛君幽意長。畫題隨客命，詩債逼人償。聽雨坐蕉徑，放雲開竹房。入林無小阮，終少七賢狂。

【編年】萬曆二十七年己亥（一五九九）。

【箋】水明樓　詳卷三《陳伯孺兄弟水明樓春宵聽雨歌》。

陳仕卿　即陳公選，詳卷三《題陳仕卿蕉雨亭》。

小阮　即阮咸，詳卷五《芝山寺逢游元封兼懷宗振》。

七賢　詳本卷《送張公魯還甬東》『竹林』條。

【附】陳薦夫《從子仕卿傳》：『徐惟和兄弟方與余結芝山社，而仕卿以詩謁之。遂往來文酒間，自比古仲容。惟和贈詩云：「入林無小阮，終少七賢狂。」』（《水明樓集》卷十三）　徐𤊹《贈陳仕卿》：『青山諧野性，黑髮謝窮經。避世成真逸，逢人笑獨醒。松雲林際卧，蕉雨枕邊聽。莫説卿慚長，君家總德星。』（《鼇峰集》卷十）

賦得繫臂紗送陸姬

紅汗沾猶濕，纏綿玉釧知。暗香生皓腕，微暈隱豐肌。疑作同心結，看如續命絲。守宮今褪盡，情重枕郎時。

【箋】陸姬　熥納新姬，即此人。

【編年】萬曆二十七年己亥（一五九九）。

【附】徐𤊹《和伯孺爲惟和催妝韵》：『微步歸香閣，窺奩拂鏡臺。新調紅粉至，初着緑衣來。酒灔杯方合，妝成賦自催。小星三五夕，偏照燭花開。』（《鼇峰集》卷十）　陳鳴鶴《催妝詩爲惟和賦》：『浴罷蘭房荳蔻湯，女奴勸着嫁衣裳。纏頭轉覺紅羅重，繫臂猶聞絳縷香。銀燭

影斜如意枕，寶釵聲落合歡床。舊人別看黄金貯，遥聽笙歌夜漏長。』（《泡庵詩選》卷五）

題普通寺

山城已在山，寺更翠微間。蹬路危因石，杉松密護關。鶯聲無意巧，雲影自然閑。徐步經行久，桐花滿地斑。

【編年】萬曆二十七年己亥（一五九九）。

【箋】普通寺　在今南平市延平區。

○黄仲昭《八閩通志》卷七十八《寺觀·延平府》『普通寺』條：『普通寺，梁普通元年建。舊爲院，今改爲寺。國朝洪熙元年毁，宣德五年重建。』

【附】陳薦夫《延平八咏》其八《普通寺晚眺》：『山回磴道深，幾歇到禪林。步步出人世，行行銷妄心。雲晴天界近，月午下方沉。何處雙溪水，東流答梵音。』（《水明樓集》卷三）徐𤊹《題普通禪房》：『前朝崖寺古，苔徑數峰盤。樂土幽能浄，禪心寂更安。霜催楓葉老，月洗竹陰寒。爲禮雲堂磬，隨僧下石壇。』（《鼇峰集》卷十）徐𤊹《普通寺讀惟和兄舊題愴然有作》：『桐花開落後，此地昔曾吟。墨迹宛如昨，詩魂安可尋。碧紗無日障，蒼蘚有時侵。因在空門裏，暫忘生滅心。』（《鼇峰集》卷十）按：徐𤊹讀舊題，即熥此詩。

贈黄思衡廣文

意氣貧難減，文章老更工。身閑貪佛日，官冷稱儒風。夫子推楊震，經生重馬融。劍鋒銷未盡，耿耿尚如虹。

【編年】萬曆二十七年己亥（一五九九）。

【箋】楊震　字伯起，華陰（今屬陝西）人。東漢名臣。通經籍，博覽群書，有『關西孔子楊伯起』之稱。徵召入朝，官至太尉。

馬融　字季長，茂陵（今陝西興平）人。東漢經學家。設帳授徒，盧植、鄭玄等都出自其門。

懷惟秦客粵

計程當入粵，踪迹竟何如。馬度栟櫚密，鶯啼簞竹疏。定回天外夢，誰寄嶺南書。寂寂蠻村路，知應念索居。

【編年】萬曆二十七年己亥（一五九九）。

幔亭集卷之六終

幔亭集卷之七

閩中徐　熥惟和著
友人陳薦夫幼孺選
王　若相如編

七言律詩

吴城覽古

白雲猶繞舊王居，獨對西風恨有餘。百戰山河歸草莽，千年陵寢總丘墟。月明茂苑游麋鹿，花暗荒城吊闔廬。况是异鄉多病客，豈堪吟眺暫躊躇。

【編年】萬曆十六年戊子（一五八八）。

【箋】吴城　吴故都城。因吴王闔閭所建，又稱闔閭城，在今江蘇蘇州。○李賢《大明一統志》卷八《中都·蘇州府》『吴都』條：『《越絶書》：「吴大城，闔閭所築。」《續志》云：「即郡城也。周回四十七里。陸門八，象天八風；水門八，法地八卦。」左太冲《吴都賦》：「重門結隅，通門二八。」謂此。』

茂苑　又稱長洲苑，在江蘇蘇州。○李賢《大明一統志》卷八《中都·蘇州府》『長洲苑』條：『在太湖北岸。吴王闔閭游獵處。』

闔廬　即吴王闔閭，姬姓，名光，又稱公子光，春秋末期吴國君主。

古意

一天秋色露華清，獨倚妝臺别恨生。錦字緘愁過薊水，寒衣將泪到遼城。夢迴萬里金微路，腸斷三更玉笛聲。起視明河人不見，朔雲邊月總關情。

【編年】萬曆十六年戊子（一五八八）。

【附】謝肇淛《古意二首》，其一：『庭緑初殘花舞檐，腰支愁瘦玉纖纖。十年遼水寒衣盡，一夜邊風落葉添。雲母屏空霜入鏡，博山香燼月當簾。幾回綉得鴛鴦枕，腸斷金針不忍拈。』其二：『摇落西風雁幾行，明河如練露爲霜。征人塞上寒應早，少婦閨中夜獨長。菡萏難消千古泪，菱花不照九迴腸。一從紫燕雙飛去，孤負郎家玳瑁梁。』（《小草齋集》卷十八）　徐𤊹《古意》：『蕭條商意薄秋天，寂寞流蘇冷不眠。香燼金猊愁夜夜，風寒鐵騎怨年年。孤砧搗落芳閨月，斷角吹殘絶塞烟。錦字織成多少恨，關河迢遞若爲傳。』（《鼇峰集》卷十三）

塞下曲

沙迹風高虜[一]騎侵，將軍新戰賀蘭陰。胡[二]霜曉角降王泪，漢月秋笳壯士心。刀上洗瘢青血冷，營前望氣白光沉。旄頭未落邊烽急，腸斷空閨戍婦砧。

【編年】萬曆十六年戊子（一五八八）。

【箋】賀蘭　賀蘭山，崑崙山餘脉，位于寧夏與内蒙古交界處。

【附】鄧原岳《塞下曲二首》其一：『秋高胡塵飛，萬幕悲笳起。驅馬入雲中，諜報隨遷徙。腰間播寶刀，炯炯明秋水。風吹大白旗，飄飖西北指。殺氣暗邊城，斜日照殘壘。』其二：『進軍古北口，沙飛風日昏。轅門號令嚴，馬鳴軍不喧。戰苦鼓聲絶，揚旗海水渾。生取左賢王，滿身刀槍痕。丈夫常所國，微軀何足論。』（《西樓集》卷一）　陳薦夫《塞下曲》：『塞草黄雲表里哀，胡天漠漠鳥飛回。漢家幾見封侯印，曾繫沙場白骨來。』（《水明樓集》卷八）　陳薦夫《塞下曲》：『絶塞窮邊虜亦稀，將軍不帶旅魂歸。髑髏灰逐胡風起，猶望東南故國飛。』（《水明樓集》卷八）　謝肇淛《塞下曲》：『雲裏雁聲來，邊人首盡回。天山一輪月，正照望鄉臺。』（《小草齋集》卷二十五）　謝肇淛《塞下曲》：『朔風膠折草初燒，鐵馬連營夜擣巢。十萬胡兒頭落地，雪花和血濕弓稍。』（《小草齋集》卷二十七）　林光宇《塞下曲》：『北地

[一] 虜，文淵閣《四庫全書》本改爲『敵』。

[二] 胡，文淵閣《四庫全書》本改爲『塞』。

來陰風，黄日下殘晷。刮面凍月光，白氣貫千里。霜結旗影直，烟□鼓聲死。窮塞失壯夫，呻吟寒不起。』（《林子真詩》不分卷）

送人入蜀

忽聞天末雁聲悲，况是尊前送客時。白髮尚懷江海夢，青山空負薜蘿期。馬經劍閣晴虹斷，帆過巴川夜月遲。夔府城頭應吊古，寒雲漠漠草離離。

【編年】萬曆十六年戊子（一五八八）。

【箋】劍閣　在今四川劍閣縣。

○李賢《大明一統志》卷六十八《四川·保寧府》『劍閣』條：『在今劍州北三十里，兩崖峻拔，鑿石架閣而爲棧道，連山絶險，故謂之「劍閣」。』

夔府　夔州府，明治所在奉節縣。

○李賢《大明一統志》卷七十《四川·夔州府》『建置沿革』條：『秦屬巴郡，東漢分置永寧郡……元爲夔州路，本朝洪武四年改夔州府，九年爲夔州，十四年復爲府。』

西湖泛舟

夕陽簫鼓起中流，十里芙蓉兩岸秋。荇帶亂縈青雀舫，菱歌低度白鷗洲。吳山積翠斜侵郭，越女凝妝盡倚樓。三竺鐘聲聽漸遠，半江微月送歸舟。

【編年】萬曆十六年戊子（一五八八）。

【箋】西湖　杭州西湖。

吴山　詳卷三《贈胡外史》。

三竺　杭州天竺山有上天竺、中天竺、下天竺三座寺院，合稱『三天竺』，簡稱『三竺』。

飲王氏南園

南園精舍遠塵囂，宴坐松陰暑氣消。鷲嶺雲光連古堞，馬江帆影逐歸潮。乍聞金鐸當空斷，遥見珠旛隔寺飄。日晚寒鴉栖欲盡，海風吹月上山椒。

【編年】萬曆十六年戊子（一五八八）。

【箋】王氏南園　在福州于山之東。

○王應山《閩都記》卷五《郡城東南隅》『涵碧亭』條：『在萬歲寺東。又名「南園」，河西王氏栖隱處。亭之北，岩洞幽勝。』

鷲嶺　詳卷五《烏石山贈僧》。

馬江　詳卷十《登萬歲塔》。

青樓曲

美人家在五陵東，溝水門前曲曲通。簾影半邀金市月，簫聲閑度玉樓風。舊翻小扇桃花碧，新製單衫杏子紅。十二欄干千樹柳，不知何處繫青驄。

【箋】五陵　詳卷一《擬古五首》。

【附】徐𤊹《青樓曲》:『狻猊爇麝薰濃烟,箜篌響澀調鵾弦。紫騮驕蹄踐香霧,轡頭瑩挂珊瑚鞭。畫樓朱箔籠輕曙,摇蕩柔情逐飄絮。雙眸凝射路傍兒,腸斷雙鶯隔窗去。』(《鼇峰集》卷七)

送游方僧

春風初動雪初晴,錫杖今朝出化城。萬里雲天孤鶴影,滿林烟樹亂鶯聲。禪心客路隨流水,古院荒山閉月明。自是空門無定迹,河橋此别漫關情。

【編年】萬曆十六年戊子(一五八八)。

秋夜送客

秋至關河木葉乾,送君西去路漫漫。潮喧古渡猿啼隱,露下空江雁影寒。數點漁燈歸浦遠,一聲僧磬出林殘。片帆渺渺知何處,後夜相思獨倚欄。

【編年】萬曆十六年戊子(一五八八)。

金山寺别恩上人

忽聞鐘韵出林微,話别空門思欲飛。日暮西風吹客棹,夜深凉月夢僧衣。蕪城歲晚蘆花盡,瓜步秋高木葉稀。從此分携各南北,更于何處問禪機。

【編年】萬曆十六年戊子(一五八八)。

【箋】金山寺　詳卷五《揚子江望金山寺》。

蕪城　揚州别稱,詳卷五《酬陸無從率爾見贈之作》。

瓜步　即瓜埠山，詳卷五《歲暮懷鄭六初》。

煬帝行宫二首[一]

其一

滿目繁華一夕空，至今行客説離宫。垂楊舊見朱旗繞，芳草曾經翠輦通。商女歌殘花落後，妖姬魂散月明中。可憐淮水龍舟戲，聽得江南曲未終。

其二

廢殿荒凉噪暮鴉，廣陵潮滿夕陽斜。一從鳳輦歸黄土，無復龍舟駐翠華。春盡冷烟生蔓草，夜深明月照璚花。當時複道今何處，半屬蕪城百姓家。

【編年】萬曆十六年戊子（一五八八）。

【箋】煬帝行宫　在今江蘇揚州。

○王象之《輿地紀勝》卷三十七《揚州》引《廣陵志》：『煬帝時，浙人項升進新宫圖，帝愛之，令揚州依圖營建。既成，帝幸之。』

【附】鄧原岳《煬帝行宫》：『龍舸東巡竟不回，白雲空鎖碧崔嵬。江聲已逐繁華去，月色曾經歌舞來。遼左軍容愁駐輦，淮南王氣悵登臺。凄凉往事隨烟滅，落日芳原鳥雀哀。』（《西樓詩

[一]　二首，底本無此二字，據目録補。

選》卷下）按：此詩及以下數詩與熥詩非同時作。陳薦夫《煬帝行宮》：『長淮烟水去悠悠，藻井雕欄廢幾秋。一自翠華歸內閣，更無玉輦幸迷樓。牧童尚識延光院，商女空歌清夜游。腸斷月明湖上曲，幾人江北望龍舟。』（《水明樓集》卷五）徐𤊹《煬帝行宮》其一：『維揚佳麗舊隋朝，萬樹垂楊廿四橋。螢火光沉閶闔殿，龍舟聲斷廣陵潮。迷樓夜月烟花散，列院春風粉黛銷。玉輦翠華何處所，滿城荒草自蕭蕭。』其二：『空說繁華勝洛陽，行人千載吊興亡。龍旂影絕高樓莫，鳳輦聲殘內閣荒。弱柳尚餘前殿舞，閑花猶似後宮妝。茫茫淮水流無盡，江北江南總斷腸。』（《鼇峰集》卷十三）

雪中登富春山[一]

群山萬壑白嶙峋，雪裏移舟問富春。諸將漢家依日月，故人天上動星辰。千年宿草埋鐘鼎，七里寒烟護釣綸。最羨羊裘堪傲世，青袍愁染洛陽塵。

【編年】萬曆十六年戊子（一五八八）。

【箋】富春山　詳卷五《贈漁者》。

七里　七里灘之省文，詳卷五《晚泊七里灘》。

[一]《雪中登富春山》，林昌彝《射鷹樓詩話》卷九引『諸將』二句，作徐𤊹《過釣臺詩》。按：林氏誤記。

姑蘇懷古

秋風吹送木蘭橈，無那愁心逐暮潮。響屧廊中歌舞散，姑蘇臺上鹿麋驕。東吴霸氣今俱盡，西子香魂不可招。半夜烏啼鐘欲動，無情明月照楓橋。

【編年】萬曆十六年戊子（一五八八）。

【箋】姑蘇　今江蘇蘇州。

○李賢《大明一統志》卷八《南直隸·蘇州府》「郡名」條：「姑蘇，以山名。」

響屧廊　在靈岩寺。

○李賢《大明一統志》卷八《南直隸·蘇州府》「響屧廊」條：「在靈岩寺。吴王以楩梓板藉地。西施行則有聲。高啓詩：「廊虚應屧鳴，響細識腰輕。」」

姑蘇臺　在姑蘇山上。

○李賢《大明一統志》卷八《南直隸·蘇州府》「姑蘇臺」條：「在姑蘇山上。吴王闔閭就山起臺三年，聚財五年，乃成。高見三百里，下有百花洲。」

楓橋　詳卷二《懷沈從先》。

蘭陵道中寄同社

木落孤城歲易闌，征途何日到長安。匣中寶劍霜花冷，客裏金尊竹葉殘。兩浙名山方駐馬，七閩諸子正登壇。忽聞白苧歌聲起，欲倩西風寄澤蘭。

【編年】萬曆十六年戊子(一五八八)。

【箋】蘭陵　常州之古名。東晋初所置僑縣,治所在今江蘇常州西北。○李賢《大明一統志》卷十《常州府》『蘭陵城』條:『在府城北八十里萬歲鎮西南。』

經黄河寄懷陳平夫

隔岸驚聞伐木歌,艪聲摇月下黄河。六溪晝静枯桐冷,三徑春深芳草多。滿路繁霜凋客鬢,半江寒雨夢漁簑。思君不奈風塵遠,夜夜愁心逐逝波。

【編年】萬曆十六年戊子(一五八八)。

【箋】陳平夫　即陳邦注,詳卷二《懷陳平夫》。

六溪　陳氏住六溪,詳卷二《懷陳平夫》。

易水道中答謝在杭

翩翩擊筑共游燕,慷慨行歌易水邊。九曲河流看似帶,三春楊柳折爲鞭。詩成馬上無須草,酒買壚頭不論錢。此去長安應咫尺,與君同賦帝京篇。

【編年】萬曆十六年戊子(一五八八)。

【箋】易水　詳卷二《咏荆軻》。

帝京篇　見卷三。

清明日飲陳子卿燕南客舍

燕市逢君倒接䍦，幾迴相樂又相悲。天涯蹤迹同萍梗，客路年華寄柳枝。南國詞壇高赤幟，西山爽氣落瑶卮。若非暫過梨花院，辜負春光總不知。

【編年】萬曆十七年己丑（一五八九）。

【箋】陳子卿　即陳翰臣，詳卷三《破鏡行爲陳大賦》『陳大』條。

【附】謝肇淛《清明日同惟和過陳子卿旅邸得斑字》：『柳色滿燕關，行歌意氣閑。春當愁處暮，家在夢中還。帝闕雲常紫，邊城草自斑。天涯有知己，應得慰離顔。』（《小草齋集》卷十二）　謝肇淛《游燕記》：『（萬曆十七年）九日入院試，望後出。往省惟和，則疥足卧床頭呻吟，顧謂：「謝郎能脱余疾不？」余曰：「久不與阿舅譚耳，但稍借清虚爲汝除却滓穢，何物造化小兒能苦人如此？」乃豁然起坐，曰：「愈矣。能一從子卿語否？」余謹諾。子卿者，莆人陳翰臣也，與余二人雅相好，遂以清明日扣之邸中，至則命酌，譚及夜分，拈韵爲詩。』（《小草齋文集》卷七）

下第呈孫子樂省元

黑貂裘敝出長安，客路春光半已殘。燕市柳從歸處折，故園花在夢中看。處囊壯士猶潛穎，落魄王孫未築壇。飄泊風塵還自笑，十年依舊一儒冠。

【編年】萬曆十七年己丑（一五八九）。

【箋】下第呈孫子樂省元　熥萬曆七年己卯（一五七九）鄉試，三不利，詳《祭外舅鄭茂才》（《幔亭集》卷十八），至今歲十年。

【附】謝肇淛《下第出長安》：『風雨泣征途，雲山歸敝廬。鄉心雙泪眼，行色一囊書。水驛寒花盡，邊原古木疏。高堂有白髮，不爲愛鱸魚。』（《小草齋集》卷十二）　謝肇淛《落第》：『燕臺挾策苦風塵，又向都亭問去津。海國迢遥千里道，天涯流落一歸人。風高塞上鴻皆斷，雨泣吴門柳不春。裘敝黑貂金已盡，看雲空有泪沾巾。』（《小草齋集》卷十八）

平望舟中同在杭晚眺

片帆湖上正黄昏，萬頃湖光浪不翻。别後久無千里雁，月中同聽一聲猿。半汀菱葉争迎棹，滿目蘆花不見村。無數漁歌雲外起，天涯孤客易銷魂。

【編年】萬曆十七年己丑（一五八九）。

【箋】平望　平望湖，在江蘇興化。

〇李賢《大明一統志》卷十二《直隸·揚州府》『平望湖』條：『在興化縣北二十里，南接官塘。其水四望平坦，故名。』

【附】謝肇淛《南溪舟中》：『布穀聲聲似故園，江臯雲木照黄昏。鶯花未負三山約，行李猶餘一劍存。月到圓時憐客影，溪當流處斷人魂。枯枝爨盡誰相問，欲奏金徽不敢言。』（《小草齋集》卷十八）

王百谷半偈庵贈順公

彼岸由來不易登，仲宣樓上遇名僧。演成西竺三車法，傳得南宗幾佛燈。紀臘每栽香國樹，題詩常買剡溪藤。漫言自昔耽禪説，身捨空門愧未能。

【編年】萬曆十七年己丑（一五八九）。

【箋】王百谷半偈庵　詳卷五《王百谷招飲半偈庵》。

仲宣樓　漢末王粲所登此樓作《登樓賦》處。在今湖北襄陽城東南。王粲，字仲宣，漢末文學家，建安七子之一。

〇李賢《大明一統志》卷六十二《湖廣·荆州府》『仲宣樓』條：『在荆門州，即當陽縣城樓。漢王粲仲宣登樓作賦。』

西竺　天竺，詳卷五《擬送僧歸日本四首》。

剡溪　詳卷六《惟秦冬夜偶至擁爐對酌率爾成咏》。

婁江哭王太常敬美先生

箕尾騎來歷幾秋，招魂慟哭過西州。雲飛澹圃愁無色，水到婁江咽不流。寶劍此時懸季子，明珠何地報隨侯。丘山零落空華屋，徒抱人琴痛未休。

【編年】萬曆十七年己丑（一五八九）。

【箋】婁江　指江蘇太倉。

婁江。」

○《江南通志》卷十二《輿地志·蘇松二府》：「自吴縣北入運河，經郡城東過昆山，至太倉州境者爲

王敬美　即王世懋，世貞弟，太倉（今屬江蘇）人。

○徐𤊹《先兄墓碑陰交游題名記》：「南京太常寺少卿王世懋，字敬美，太倉人。」（《紅雨樓集》册九，《上圖稿本》第四四册，第四一九頁）

○錢謙益《列朝詩集小傳》丁集「王少卿世懋」條：「世懋，字敬美，元美之弟也。嘉靖己未進士，以家難歸。久之除南儀制主事，改北祠部，遷司賓丞，出爲江西參議，陝西、福建提學副使，擢南京太常寺少卿。移疾歸，卒于家。敬美弱冠稱詩，李于鱗呼之爲「小美」。」

○（乾隆）《福州府志》卷四十六《名宦》「王世懋」條：「字敬美，元美之弟也。嘉靖己未進士，萬曆乙西，以告起福建提學副使，督閩學。七閱月，八郡考校俱遍。手不停披，口皆成誦。居官清約嚴謹，人不敢以私。擢南京太常寺少卿，移疾歸，卒于家。」

○謝肇淛《游燕記》：「（萬曆十七年四月）十四日有婁江之役，太常王敬美先生捐館舍歲餘矣，方先生督閩學，時拈余文曰：「是誰氏子？將來必爲名士。」讀惟和《易義》，則擊節欲設臯比以待之。迨余二人就公車征，而先生之訃至，是以來吊。是夜月明如晝，碧濤萬頃，水雲烟樹，種種奏奇，漁歌欸乃，橈聲上下。□□人聯句爲詩，悼王先生之亡也，泫然涕下。翌日至其家，撫棺大慟，顧謂其子亭伯、閒仲曰：「伯牙死，鍾期破琴擗弦。先生不作，吾其已矣。士爲知己者死，何以報先生于九原？」二君噤不能對。

暮別去。』(《小草齋文集》卷七)

季子　延陵季子，即季札。參見卷十三《挂劍臺》。

隨侯　隨(隋)侯之珠、和氏之璧，稱春秋二寶。

哭王太常墓

一夜文星落太空，中原驚嘆失人龍。五湖方遂鴻冥志，千載真成馬鬣封。門下幾人歌薤露，墓前今日挂芙蓉。招魂宋玉吞聲哭，欲叩天閽第幾重。

【編年】萬曆十七年己丑(一五八九)。

【箋】王太常　即王敬美，參見本卷《婁江哭王太常敬美先生》。

五湖　詳本卷《送江太守兵備三吴》『震澤』條。

宋玉　戰國楚詩人，有《招魂》詩。

薤露　詳卷二《喪車行》。

陳价夫歸自崖州談粵中山水因懷舊游

珠崖彈鋏動經年，醉抱黎姬酒肆眠。笑語尚存湖海氣，衣裳猶帶島夷烟。波羅老去甘如蜜，蔞葉開時小似錢。十載游踪俱是夢，不堪重聽舊山川。

【編年】萬曆十七年己丑(一五八九)。

【箋】陳价夫歸自崖州　价夫諸父陳朝鋌，由定海知縣遷崖州知州，价夫或往游，詳《全閩明詩傳》卷二十九。崖州，治今海南三亞市。

○陳价夫《今我傳》：『歲在丁亥，越嶺南渡瓊海，六千餘里，桅檝藺足，謁州守世父于吉陽。歷秋涉冬，孟夏始返。畏途巇嶮，言之尚猶髮豎。己丑，入郡泮爲諸生。』（徐𤊹選鈔《招隱樓稿》）

○李賢《大明一統志》卷八十二《廣東·瓊州府》『崖州』條：『在府城南一千一百一十里，本漢珠崖郡地……宋改崖州，熙寧中改朱崖軍，紹興中軍廢，尋復置，改吉陽軍。元因之。本朝洪武初復爲崖州。』

珠崖　瓊州舊名。在今南瓊山縣東南。

○李賢《大明一統志》卷八十二《廣東·瓊州府》『郡名』條：『珠崖，漢名。』

送劉司理考績之京

北望京華去路賒，法星長照使君槎。一官佐郡來分竹，三載王程正及瓜。匹馬夜嘶燕市月，新鶯春囀上林花。天朝正待平反疏，父老前途不用遮。

【編年】萬曆十七年己丑（一五八九）。

【箋】劉司理　即劉曰升，廬陵人。萬曆八年（一五八〇）進士，曾任福州推官。

贈蔡景明參知

托迹江湖二十霜，名山游遍不齎糧。斗間能辨龍文氣，粉署曾含鷄舌香。夜月久虛玄草宅，客星還照紫薇郎。山川信美皆吾土，何用登樓憶故鄉。

【編年】萬曆十七年己丑（一五八九）。

【箋】蔡景明　俟考。

玄草宅　漢揚雄宅。

【附】謝肇淛有《贈蔡景明參知》：『功成去國伴滄浪，足遍雲山句滿囊。家散黃金收駿骨，匣留紫氣辨魚腸。鶺鴒裘敝貧猶俠，鸚鵡文成老更狂。我有枯桐今未爨，好將山水問中郎。』（《小草齋集》卷十八）

過邵夢弼廣文山居

家傍城南薛老峰，衡茅長閉白雲蹤。讀書早已過袁豹，作賦元堪比士龍。座上一盤餐苜蓿，匣中三尺挂芙蓉。山間忽聽蘇門嘯，知隔烟蘿第幾重。

【編年】萬曆十七年己丑（一五八九）。

【箋】邵夢弼　即邵傅，閩縣人，詳卷五《舟次小箬溪遇邵廣文夢弼話別》。

薛老峰　在福州烏山。

○曹學佺《大明一統名勝志·福建》卷一《福州府》『薛老峰』條：『唐咸通中侯官令薛逢與神光寺僧靈觀游此，書「薛老峰」三個字于石。五代晉開運元年，雷雨大作，山石崩頹，字皆倒立，其年閩國亡。』

袁豹　晉代名士，字士蔚，陳郡陽夏（今河南太康）人。好學博聞，喜談雅俗。

士龍　即陸機。

蘇門　蘇門山，又名蘇嶺、百門山，在今河南輝縣西北。

○李賢《大明一統志》卷三十八《河南·衛輝府》『蘇門山』條：『在輝縣西北七里，一名百門山。晉孫登隱此，號蘇門先生。阮籍往見之，與商略終古，嘿然不應。籍退至半山，聞山巔有聲若鸞鳳，乃登嘯也。』

送趙仁甫司理左遷之京

十載功名嘆積薪，風波萬里一孤臣。江潭此日歌漁父，宣室何年問鬼神。自是蛾眉終見妒，豈知龍性故難馴。邇來詞客方多難，莫向長安逐酒人。

【編年】萬曆十七年己丑（一五八九）。

【箋】趙仁甫　即趙世顯，閩縣（今福州）人。

○徐熥《詩人爵里詳節》：『趙仁甫，字世顯，閩縣人。萬曆十一年進士，官池州府推官。有《山居》《闕下》《入蜀》諸集。』（《晉安風雅》卷首）

○《（萬曆）福州府志》卷六十二《人文志》『趙世顯』條：『字仁甫，侯官人。萬曆癸未進士。世顯風度秀整，其爲詩一意盛唐而已。初任池州司李，左遷，稍起爲梁山令。復轉別駕，以母老不赴。自負才名，鬱鬱不得志，杜門却軌。以文酒娛日，達官罕識其面也。所著有《芝園稿》。』

宣室　漢代未央宮宣室殿。漢文帝夜半于宣室召賈誼問鬼神之事。

【附】徐𤊹《趙仁甫贊》：『璠璵其質，錦綉其腸。游思竹素，寄興縹緗。位列明時之仕籍，派衍宋代之天潢。挂一冠若脱屣，咀五字如含商。閩自十子主風騷之後，閲二百載，獨推雅道而彌昌。即今結盟香山九老之社，長吟短什，真與江州司馬媲美而齊芳。』（《紅雨樓集》册十二，《上

圖稿本》第四五册，第二九六頁）

哭邵夢弼廣文二首[一]

其一

雲黯烏山舊草亭，撫床慟哭泪交零。百年天地收靈氣，半夜祠壇隕將星。挂壁哀弦今已斷，隔鄰長笛不堪聽。茂陵死後多遺稿，更有何人爲殺青。

其二

賦就招魂竟莫還，天閽虎豹正當關。更無白日能迴照，豈有金丹可駐顔。死後修文居地下，生前遺墨在人間。青門皓首幽栖處，桂樹蕭條不忍攀。

【編年】萬曆十七年己丑（一五八九）。

【箋】邵夢弼　即邵傅，閩縣人，詳卷五《舟次小箬溪遇邵廣文夢弼話別》。

烏山　詳卷五《烏石山贈僧》。

茂陵　茂陵城，故址在陝安西安。司馬相如晚年居所。

○李賢《大明一統志》卷三十二《陝西·西安府》『咸陽縣』條：『在興平縣北，漢武帝析槐里置茂陵縣，東有文學、武學二城。』

○司馬遷《史記·司馬相如列傳》：『相如既病免，家居茂陵……使所忠往，而相如已死，家無書。問其

[一] 二首，底本無此二字，據目録補。

妻，對曰：「長卿固未嘗有書也。時時著書，人又取去，即空居。長卿未死時，爲一卷書，曰有使者來求書，奏之。無他書」。其遺札書言封禪事。』

【附】謝肇淛《贈邵廣文夢弼》：『有客傳是青門叟，雙鬢毿毿膝過手。避秦東陵學種瓜，瓜成千頭大如斗。好奇猶賣兩京卜，落筆能令天雨粟。紫芝眉宇皎冰霜，腹中奇文滿萬軸。自言十五從師傅，轗軻竟被儒冠誤。廣文官冷坐無氈，苜蓿盤空虀難筯。以兹瑣瑣不適意，拂衣羞作折腰吏。竹根如意籜皮冠，混迹賣漿從酒肆。門外春深雀可羅，坐來注易行高歌。十萬不跨揚州鶴，五千時换山陰鵝。而今行年七十幾，日向滄洲吸烟水。一片白雲飛蕩胸，萬里清流堪洗耳。偶來訪我碌碌者，相視大笑林之下。北海已忘正平年，仲宣能倒中郎駕。忘年倒駕世所稀，文章意氣成心知。共坐西窗話夜雨，時從齊郡典春衣。春衣典盡月生牖，耳熱嗚嗚呼擊缶。六月炎氣逼虚堂，君盡一石余五斗。翻雲覆雨君知否？富貴浮雲我何有？飛花歷歷笑人狂，鳴鳥嚶嚶勸君酒。勸君酒，請君舞，醉來拔我鸊鵜刀，爲君裁成鸚鵡賦。四方諸侯誰愛才？七貴五侯何足數。邵君邵君，牢落君莫憂，丈夫一句足千秋。人生知己須青眼，古來盛名多白頭。』（《小草齋集》卷八）

中秋飲西湖澄瀾閣觀妓[一]

八月秋風冷芰荷，西山爽氣晚來多。千重樹色濃于染，十里湖光澹似羅。白社共酣桑落酒，紅裙齊

[一]《中秋飲西湖澄瀾閣觀妓》，何振岱《西湖志》卷十《園亭》『澄瀾閣』條引此詩。

唱竹枝歌。今宵若得君平卜，知泛星槎入絳河。

【編年】萬曆十七年己丑（一五八九）。

【箋】西湖　福州西湖。

○王應山《閩都記》卷十五《西湖沿革》：『晉安有東、西二湖，在冶城西北。晉太康三年置郡，詔治閩粤故城。太守嚴高病冶城狹隘，以圖咨郭璞，徙今子城。坊城外鑿東、西二湖，周迴各二十里……淳熙九年，趙汝愚以集英殿修撰知州事，疏于朝，開浚兩湖，民至今賴之。時有澄瀾閣，乃汝愚沿威武堂址改西湖樓爲之。萬經兵燹，閣廢址失。明萬曆初，按察使徐中行命衛卒湖堤植木爲蔭，市易湖濱民園池，建跨湖上。由皇華亭後架二木梁以登，仍名「澄瀾」，户部尚書馬森撰《記》。十四年丙戌，郡守江鐸以會城西、北、水部、湯門四關引江潮、湖水，衆流吐納繞旋。』

○王應山《閩都記》卷十八《城西湖濱勝迹》：『自迎仙橋折西北，爲迎恩福地、江公生祠、城西鋪、唐公祠、殷龐二公祠、玄武行宫、湖頭尼庵、毗盧閣、關西福地、徐憲長祠、謝泉、謹肅坊、風節亭、迎恩亭、皇華亭、澄瀾閣、望湖亭。』

澄瀾閣　詳卷二《初夏邀黄仲高孝廉張孺愿太學錢叔達山人張公魯徐仲和秀才及社諸子集澄瀾閣》。

君平　西漢蜀郡人。隱居不仕，以卜筮爲生。

白社　詳卷五《重宿靈源洞懷珠上人》。

桑落酒　詳卷三《送俞本之山人還金昌》。

絳河　海河水係漳河支流，發源于太岳山，流經山西省長治市。

挽吴門沈汝明處士

蕭蕭白髮老山林，處士星文一夜沉。鄰舍幾能悲短笛，中原誰不嘆亡琴。空林猿鶴春無主，滿地松楸日易陰。墓與要離孤冢近，梁鴻高節尚堪尋。

【編年】萬曆十七年己丑（一五八九）。

【箋】要離　春秋吴王闔閭時期刺客。

梁鴻　字伯鸞，東漢扶風平陵（今陝西咸陽）人，妻孟女光，夫唱婦隨，以耕織爲業。

齊將軍席上聞歌

七載韶華嘆逝波，天涯尊酒喜重過。春風海上銷兵氣，夜月軍中奏雅歌。仙子吹笙年正少，將軍入幙客偏多。灞亭醉尉應相避，敢問今宵漏若何。

【編年】萬曆十七年己丑（一五八九）。

【箋】灞亭醉尉　漢飛將軍李廣夜過灞亭，遭醉尉呵止。

○司馬遷《史記·李將軍列傳》：『（廣）嘗夜從一騎出，從人田間飲。還至霸陵亭，霸陵尉醉，呵止廣。廣騎曰：「故李將軍。」尉曰：「今將軍尚不得夜行，何乃故也？」止廣宿亭下。』

送熊益中孝廉歸豐城

征亭尊酒暫躊躇，一曲陽關恨有餘。月裏龍精歸劍浦，雲邊馬首出匡廬。故園春盡鶯聲老，驛路天長雁影疏。明到長安同獻賦，知君才藻逼相如。

【編年】萬曆十七年己丑（一五八九）。

【箋】豐城　詳卷六《寄朱善侯秀才》。

劍浦　詳卷二《劍浦送顧世卿》。

匡廬　即廬山，在江西。○李賢《大明一統志》卷五十二《江西·南康府》「廬山」條：「在府西北二十里，古名南障。世傳周武王時匡俗兄弟七人結廬隱居于此，故名。其山叠嶂九層，崇岩萬仞，周五百餘里，實南方巨鎮也。」

相如　司馬相如，詳卷三《西甌道中寄答伯孺病中見送之作》。

贈黃瞻山先生

年少聲華動五侯，老來長嘯卧滄洲。門無車轍堪羅雀，家有圖書可汗牛。流水一村韋曲社，桃花三月武陵舟。知君猿鶴盟猶在，好看青山到白頭。

【編年】萬曆十七年己丑（一五八九）。

【箋】韋曲　在今陝西長安縣，唐代長安城南郊，韋氏世居于此而得名。○李賢《大明一統志》卷三十二《陝西·西安府》「韋曲」條：「在樊川。唐韋安石別業，有林泉花石之勝。」

贈歌者

鶯喉宛轉舞蹁躚，唱徹凉州第一篇。緱嶺羽衣王子晉，漢宫麗質李延年。袖當卧處還堪剪，錦擲筵間不用纏。三過雍門稱絶技，可能歌勸上留田。

【編年】萬曆十七年己丑（一五八九）。

【箋】緱嶺　即緱山，又稱緱氏山，在河南洛陽市偃師區東。

王子晉　傳説中的神仙，又稱王子喬。

李延年　漢代歌師。

雍門　指雍門子周，又稱雍門子。古之代善琴者。

上留田　《上留田行》，樂府歌曲名。

沙口夜泊答宗思兼見示

薄暮停橈水一灣，沽來村酒破愁顔。戍樓殘角吹霜落，別浦漁舟刺月還。幾點昏鴉歸木杪，數家寒火出林間。漫言潘岳猶年少，憔悴西風鬢易斑。

【編年】萬曆十七年己丑（一五八九）

【箋】沙口　即沙（砂）溪口，位于沙溪與富屯溪交匯處（今沙縣與南平市延平區交界處）。

○《〔順治〕延平府志》卷二《方輿志》『沙縣灘』條：『西溪下流諸灘……曰刀劈石，曰金砂，此下出砂溪口，接南平縣界。』

宗思兼　即宗周，詳卷五《元夕集宗少府宅》。

潘岳　西晉文學家，貌美。

重陽前一日寓寶嚴寺

爲憐秋色滿禪房，回首家山幾斷腸。季子黑裘淹歲月，潘郎青鬢怯風霜。天涯佳節愁中過，上界鐘聲夢裏長。飄泊异鄉知己少，明朝誰泛菊花觴。

【編年】萬曆十七年己丑（一五八九）。

【箋】寶嚴寺　在福建邵武。

○黄仲昭《八閩通志》卷七十八《寺觀·邵武府》『寶嚴寺』條：『在府城北寧德坊。五代唐天成二年建，初名「興會」，後改「再興」，宋天聖間賜今額。』

季子　蘇秦，戰國時洛陽人。

○《戰國策·秦策》：『蘇秦始將連横……説秦王書十上而説不行，黑貂之裘敝，黄金百斤盡，資用乏絶，去秦而歸，羸縢履蹻，負書擔橐，形容枯槁，面目犂黑，狀有歸色。歸至家，妻不下紝，嫂不爲之炊，父母不與言。』

江郡侯招飲西湖同曾人倩謝在杭分得游字

乞假邀歡露冕游，蹔從湖上駐鳴騶。千層粉堞連雲起，一帶滄波繞寺流。大夢山前春意動，澄瀾閣上雨聲收。江淹彩筆雄今古，敢對青尊共唱酬。

【編年】萬曆十七年己丑（一五八九）

【箋】江郡侯　即江鐸，仁和（今浙江杭州）人。萬曆二年（一五七四）進士。

○徐𤊹《先兄墓碑陰交游題名記》：『都御史江鐸，字士振，仁和人。』（《紅雨樓集》册九，《上圖稿本》第四四册，第四〇九頁）按：據《（乾隆）福州府志》卷三十一『職官』，萬曆間任福州知府。

大夢山　大夢山，在福州西湖北岸。

○曹學佺《大明一統名勝志·福建》卷一《福州府》：『（西湖澄瀾閣）前頫衢路，爲大夢山，周迴二里。多奇石，上鎸「廉山」二字。其下有方池，明學士豐熙鎸「墨池」二字。又西南有平章池，元陳有定別業也。舊名「西陂」。』

○何振岱《西湖志》卷五：『大夢松聲。大夢山，廣袤二里，聳峙湖邊，蒼鬱多奇至致，有石鑱「廉夫」二大字，姿勢遒勁，明太守江鐸書也。山巔岩側，多樹百年老松，虬枝鐵幹，黛色蘚皮，排翠崇岡，蟠青層磴，輕飈徐拂，遠近聞聲。』

澄瀾閣　詳卷二《初夏邀黄仲高孝廉張孺愿太學錢叔達山人張公魯徐仲和秀才及社諸子集澄瀾閣》。按：萬曆十九年（一五九一），爲知府江鐸建生祠，王應鍾作《記》。

曾人倩　即曾仕鑑，詳卷六《曾人倩雨中過酌》。

【附】謝肇淛《郡守江先生招游西湖同嶺南曾仕鑑家舅徐熥賦》：『水晶遺殿控江滑，五馬何來問釣綸。臺樹當年成往事，湖山此日有高人。波光白送千峰雨，草色青回十里春。何似南屏最高處，水雲如練雪如銀。』（《小草齋集》卷十八）

送黄居約司理英州

少年新佩吕虔刀，擁傳東行意氣豪。公署遥開瀧水闊，法星還傍斗垣高。曲江柳色迎征幰，庾嶺梅花照錦袍。同聽鹿鳴君已貴，可無書札慰蓬蒿。

【編年】萬曆十七年己丑（一五八九）

【箋】黄居約　即黄功懋，閩縣人。萬曆十七年（一五八九）進士，授英州推官。

英州　五代、宋英州，明爲英德縣（今屬廣東）。○李賢《大明一統志》卷七十九《廣東·韶州府》『英德縣』：『在府城西南二百二十里。秦爲南海郡地，漢置湞陽縣屬桂陽郡，隋省入曲江縣……南漢于湞陽縣置英州，宋州仍舊……本朝改州爲英德縣。』

吕虔　詳卷六《送張叔麟别駕歸永嘉》。

庾嶺　詳卷六《送王獻子山人客粤西》。

己丑除夕迎春同陳振狂過鍾山寺訪曾人倩適瀚上人至同得僧字

嶺南才子氣凴陵，剡水孤舟興可乘。青樹又添階下臘，緇衣同對佛前燈。謾誇市上春如錦，且醉尊中酒似澠。總是空門無去住，好將真偈問名僧。

【編年】萬曆十七年己丑（一五八九）。

【箋】鍾山　福州烏石山之支也。○郭柏蒼《烏石山志》卷一《古迹》：『宋屬懷安縣。《三山志》：「鍾山，在敦業鄉鍾山里。」周廣順二年，林嗣宗《鍾山記》：「螺涌一巒，奇木秀聳；老竹毛松，高凸倚天。」明乃屬懷安縣。』

曾人倩　即曾仕鑒，詳卷六《曾人倩雨中過酌》。

瀚上人　詳卷五《訪瀚上人》。

嶺南才子　指曾仕鑒。仕鑒嶺南人，故云。

剡水　即剡溪，詳卷六《惟秦冬夜偶至擁爐對酌率爾成咏》。

庚寅元日曾人倩過訪同謝在杭分韵

故人騎馬到岩阿，同泛椒花醉薜蘿。别後青雲俱未達，鏡中華髮近如何。鷗盟隱去還堪結，馬齒年來覺漸多。新柳河橋初綻緑，明朝且莫賦驪歌。

【編年】萬曆十八年庚寅（一五九〇）。

【附】謝肇淛《庚寅人日同王汝存陳振狂登釣龍臺送曾人倩歸嶺南》：『亂山落日照登臺，一曲驪歌萬壑哀。覇業遠隨龍氣盡，春雲細逐馬蹄來。薄游已倦休彈鋏，客路難分數舉杯。歸去羅浮明月夜，相思爲寄一枝梅。』（《小草齋集》卷十八）　徐𤊹《庚寅元日嶺南曾人倩集小齋分韵》：『東風披拂到林丘，辨得椒觴客暫留。已信韶華如轉轂，誰信人世只虚舟？青山我欲龐公隱，長路君爲陸賈游。莫向尊前思故國，梅花香處即羅浮。』（《鼇峰集》卷十三）

鍾山寺送曾人倩歸嶺南

曾向東阿酒肆逢，重來相見未從容。帆飛炎海三秋月，門掩青山半夜鐘。客路迎人惟柳色，貧交贈別只芙蓉。遥知他日相思處，夢在羅浮四百峰。

【編年】萬曆十八年庚寅（一五九〇）。

【箋】東阿　詳卷五《送鄭承武之東魯二首》。

羅浮　即博羅縣（今屬廣東）。縣有羅浮山。羅浮山爲道家第七洞天。

○李賢《大明一統志》卷八十惠州府『羅浮山』條：『在博羅縣西北三十里，即道書十大洞天之一。昔有山浮海而來博于羅山，合而爲一，故曰「羅浮」，又曰「博羅」。』

送江太守兵備三吴

登車攬轡正秋分，卧轍無能借寇君。郭外一錢遮五馬，匣中雙劍净三軍。霜臺俯瞰婁江水，行部遥飛震澤雲。自愧淺才甘寂莫，誰因羽獵薦雄文。

【編年】萬曆十八年庚寅（一五九〇）。

【箋】江太守　即江鐸，參見本卷《江郡侯招飲西湖同曾人倩謝在杭分得游字》。

三吴　吴郡、吴興、丹陽。一説：吴郡、吴興、會稽。

寇君　詳卷三《送陳明府應召之京》。

婁江　詳本卷《婁江哭王太常敬美先生》。

震澤　又稱太湖，具區，五湖。在今常州、武進、無錫、宜興一帶。

○李賢《大明一統志》卷十《常州府》『太湖』條：『在府城東南一百里，連武進、無錫、宜興三縣界。《禹貢》謂之「震澤」，《爾雅》謂之「具區」。周迴三萬六千頃，亦名「五湖」。』

羽獵　《羽獵賦》，西漢揚雄作。

【附】謝肇淛作《送郡守江先生備兵吴中》：『幾年卧治海城頭，此日攀轅不可留。露冕已看雙麥秀，星文遥指百花洲。山當綉嶺攢雲出，水合婁江抱郭流。六月飛霜隨使節，姑蘇臺上萬家秋。』（《小草齋集》卷十八）　陳益祥《送江太守備兵蘇松》：『芋江秋水瀉青天，高駕仙飄向日邊。五載行春恩不淺，六條宣化政誰前。姑蘇明月懸龍節，茂苑清風肅采旂。此日閩中正凋耗，留君不住益凄然。』（《采芝堂集》卷八，萬曆刻本）

送謝伯元之金陵

長江渺渺片帆開，一曲離歌落照催。挾妓每過桃葉渡，尋僧重上雨花臺。芙蓉古岸猶堪采，禾黍遺宫盡可哀。不必登高頻吊古，六朝王氣已成灰。

【編年】萬曆十八年庚寅（一五九〇）。

【箋】謝伯元　即謝兆申，邵武人。

○郭柏蒼《全閩明詩傳》卷四十二：『謝兆申，字耳伯。邵武人。萬曆中布衣，有《謝耳伯集》。』

○郭柏蒼《柳湄詩傳》：『他書稱謝耳伯以諸生入北太學，每出必載書數乘，其文不可句讀。周櫟園《閩小記》云：「于文不解，謝耳伯誠哉！」兆申游吴越、江楚，死于麻城，建寧李春熙《吊謝耳伯》詩：「心氣金鐃歲久湮，擁書萬卷更何人。奇文散逸知多少，留與名山泣鬼神。」』（《全閩明詩傳》卷四十二引）

桃葉渡　詳卷六《懷元直客金陵》。

温永叔郡丞以詩見贈賦答

南國風流温太真，翩翩才藻更誰倫。幾年作吏猶分竹，何處逢人嘆積薪。郡劇不妨三日醒，甑空寧厭一官貧。使君賦有淩雲氣，白練親題寄隱淪。

【編年】萬曆十八年庚寅（一五九〇）。

【箋】温永叔　即温景明，順德（今屬廣東）人。

〇徐𤊹《先兄墓碑陰交游題名記》：『南寧知府温景明，字永叔，順德人。』（《紅雨樓集》册九，《上圖稿本》第四四册，第四一五頁）

聞警四首[一]

其一

西賊寒盟秋犯邊，黄塵漠漠暗胡天[二]。一從互市通驕虜[三]，廿載偷安罷控弦。絶域羽書飛幙府，

[一] 四首，底本無此二字，據目録補。

[二] 胡天，《四庫全書》本改作『高天』。

[三] 驕虜，《四庫全書》本改作『窮塞』。

連營烽火照甘泉。諸公早建安危策，四海蒼生正倒懸。

其二

和議當年計已疏，空將歲幣致穹廬。總緣中夏無防禦，遂使强胡[一]得搗虚。帷幄運籌賢相國，邊陲經略老尚書。吾皇威福齊天地，杕杜歌成樂有餘。

其三

傳聞邊郡苦天驕，三輔人心忽動摇。寧夏守臣紛告急，太平天子始臨朝。中原幾處憂騎虎，北塞何人得射雕。坐看虜庭[二]空漠北，漢家新拜霍嫖姚。

其四

關山胡騎[三]響蕭蕭，司馬觀兵日度遼。天上黑光久摩蕩，宫中黄屋太焚燒。空揮涕泪憂時變，難效涓涘答聖朝。安得善言同宋景，冥冥氛祲一時銷。

【編年】萬曆十八年庚寅（一五九〇）。

【箋】甘泉　詳卷三《老將行》。

杕杜　《杕杜》，《詩經·唐風》篇名。

［一］　强胡，《四庫全書》本改作『窮邊』。
［二］　虜庭，《四庫全書》本改作『邊庭』。
［三］　胡騎，《四庫全書》本改作『邊騎』。

三輔　指京畿之地。

○李賢《大明一統志》卷三十二《陝西·西安府上》『建置沿革』條：『武帝改京兆尹，與左馮翊、右扶風爲三輔。』

寧夏　詳卷五《得寧夏消息二首》。

霍嫖姚　即霍去病，西漢名將。平陽（今山西臨汾）人。年十八，武帝任命爲剽（嫖）姚校尉。

宋景　明弘治至嘉靖官員，字以賢，號南塘，奉新（今屬江西）人。弘治十八年（一六〇五）進士，授睢州知州，遷河南道監察御史，忤劉瑾去職。嘉靖中官至左都御史。

【附】謝肇淛《聞警二首》其一：『邊風吹雪草蕭蕭，胡馬秋肥箭在腰。金繒幾年歸日逐，玉關無計閉天驕。龍城塵合看如霧，瀚海冰堅渡作橋。聞道三河征騎士，將軍誰是霍嫖姚。』其二：『榆林羽檄到幽都，塞上雲愁白骨枯。萬里長城空飲馬，頻年烽火照飛狐。天山八月寒無草，上谷千家夜有烏。願借君王食前箸，從容畫出九邊圖。』（《小草齋集》卷十八）

經涌泉廢寺

約客扶笻到上方，白雲空繞舊僧房。經臺歲久蘿陰合，香積春深草色荒。遺址尚傳秦甲子，殘碑猶志漢文章。可憐幾度滄桑變，惟有猿聲嘯夕陽。

【編年】萬曆十九年辛卯（一五九一）。

【箋】涌泉廢寺　詳卷五《涌泉廢寺》。

【附】陳宏己《經半山廢寺》：『絶頂登臨落口迴，半山蕭瑟不勝哀。寺經火後無僧住，路入雲中少客來。九月野花開似菊，千年石柱化爲苔。空門生滅元如此，何問咸陽幾劫灰。』（王應山《閩都記》卷十二）　謝肇淛《經鼓山廢寺》：『四壁霜飛猿嘯哀，風高木落氣悲哉。江南秋色關河動，海上浮雲天地迴。幾字殘碑眠亂草，千年流水注空臺。山丘人代成今古，萬事傷心涕泪催。』（《小草齋集》卷十八）　徐𤊹《涌泉廢寺》：『寺經樵火久銷亡，古道秋風蔓草荒。廢殿有基崩夜雨，斷碑無字卧斜陽。游人借宿茅茨裏，田父來耕瓦礫傍。試問前朝金布地，老僧垂泪説南唐。』（《閩都記》卷十二）　曹學佺《涌泉寺》：『半嶺猶存古寺名，空林惟有涌泉聲。僧從破屋雲邊住，客向迴廊草裏行。講席虚無山月在，齋鍾寂寞海潮生。布金知是何年事，更覓殘灰作化城。』（王應山《閩都記》卷十二，曹學佺《玉華篇》題作『涌泉寺』）　陳鴻《涌泉廢寺》：『蕭寺荒凉感廢興，斷碑磨滅復垂藤。秋風古殿經樵火，夜雨空廊見鬼燈。舊種松彬巢野鶴，别營茅屋住岩僧。無人更布黄金地，滿目殘灰冷不勝。』　林古度《涌泉廢寺》：『何代黄金建講臺，不看全盛獨興哀。斷橋僕澗埋芳草，廢礎成砂没古苔。游客暫依殘院宿，住僧都是别山來。涌泉空自稱靈水，不向當年滅燼灰。』（王應山《閩都記》卷十二）

過大笠僧太虛故居

重携竹杖訪禪栖，鐘磬無聲鳥亂啼。隻履乍逢歸竺國，香烟[一]今已指曹溪。幻身自昔終于滅，住世虛傳得大齊。却笑[二]俗情空雨泪，悟來應識衆生[三]迷。

【編年】萬曆十九年辛卯（一五九一）。

【箋】大笠僧　福州烏石太虛庵太虛上人。

○王應山《閩都記》卷十《郡城西南隅》『太虛庵』條：『在（烏石山）鄰霄臺下。嘉靖初，有僧北來，頂大笠，趺坐烏石岩。後作庵今所，有泉、石、花、竹之勝，號「太虛上人」。歸寂，壽幾九十，竟不知其何許人也。』

○郭柏蒼《烏石山志》卷八《仙釋》『太虛上人』條：『嘉靖初自北來，頂大笠坐于鄰霄臺下，偈云：「不澡不垢亦非青，行道圓明見性通。行到山窮山盡處，那時方見本來真。」作庵號「太虛庵」。郡人王應鍾、陳椿、徐熥、陳价夫輩時往訪焉。歸寂，壽幾九十。』按：『太虛上人』，本集又稱『虛公』。

【附】陳椿《過太虛山房》：『虛公遁迹俯危岑，雙樹微銜水石陰。靈鷲寺邊秋籟發，宿猿洞口夕陽沉。偶同白社攢眉客，來問空門出世心。相送不知歸路晚，虎溪明月上東林。』（《閩都

[一] 香烟，鄭跋本、福建師大本、文淵閣《四庫全書》本作『衆香』。

[二] 却笑，郭柏蒼《烏石山志》卷三引本篇作『堪笑』。

[三] 衆生，鄭跋本、福建師大本、文淵閣《四庫全書》本作『世人』。

記》卷十）　陳薦夫《過太虚上人竹房》：『未老身先絶送迎，蒲閣長對竹陰清。百年燈焰銷塵劫，一夕浮雲了此生。竹院已空終日閉，青山雖在少人行。四鄰猿鳥招呼慣，猶望晨昏禮磬聲。』（《水明樓集》卷五）

贈趙茹霞羽士

海國真人茹碧霞，廿年雲水寄生涯。讀殘紫府三千籙，看盡玄都十萬花。天外瑶笙招白鶴，洞中霞佩隱青蛇。知君名姓歸仙籍，爲乞星壇伏火砂。

【編年】萬曆十九年辛卯（一五九一）。

【箋】紫府　道教稱仙人之住所爲紫府。

玄都　傳説中神仙所居之地。

吸江亭送林隱之山人還永嘉

蕭蕭匹馬萬重山，遥指家林雁宕間。竹葉難留孤客醉，桃花如笑故人顔。不將長鋏依公子[一]，已動歸心憶小蠻。歌罷驪駒聲漸遠，吸江亭外即陽關。

【編年】萬曆十九年辛卯（一五九一）。

【箋】吸江亭　詳卷五《宿陳七吸江亭》。

[一]　長鋏依公子，鄭跋本、福建師大本、文淵閣《四庫全書》本作『旅食彈長鋏』。

雁宕　詳卷三《采真篇送林叔度游雁宕》。

永嘉　今浙江温州。詳卷五《送張叔弢博士自永嘉還長溪》。

客中憶惟起惟揚弟

誰憐歲晚滯征途，無那離心滿五湖。花外烟霞雙屐冷，竹中風雨一燈孤。斷猿叫月朝歸峽，孤雁啼霜夜入蘆。憶汝松窗讀周易，莫教三徑易荒蕪。

【編年】萬曆十九年辛卯（一五九一）。

【附】謝汝韶《送惟和上春官》：『晋安推獨步，才子屬修仁。舊業三冬足，嚴裝八月辰。驪駒歌駕路，雕鶚出風塵。肅肅商飆起，紛紛落葉新。秋雲停羽蓋，寒雨動征輪。萬里青萍劍，高堂白髮人。行行各努力，不必泪沾巾。』（《天池存稿》卷四）　陳鳴鶴《送惟和上春宫》：『車轔轔，夜將旦。騰空出匣電光爛，游子氣勃勃，駕車薄霄漢。』（《泡庵詩選》卷三）　謝肇淛《送惟和再上春官》：『當年擊筑共翩翩，萬里風塵最可憐。今汝獨爲燕地客，豈堪重上芋原船。霜花北塞莽愁目，烟草南朝空復年。梁苑文園工獻賦，漢家東閣正須賢。』（《小草齋集》卷十八）　徐𤊹《賦得寒雲孤雁送兄北上》其一：『飲啄栖蘆渚，悲鳴别舊群。高風摶羽翮，天路正秋分。淮水三更月，燕山一片雲。上林如有信，系足好相聞。』其二：『朔雁滿寒汀，嗷嗷相向鳴。忽分南北翼，不盡弟兄情。客路霜前影，關山月下聲。春風霄漢上，應識羽毛輕。』（《鼇峰集》卷十）

再至京師

遥控秦關百二重，九天宫闕絢芙蓉。醉中但擊荆軻筑，夢裏驚聞長樂[一]鐘。才子新詞皆吐鳳，美人高髻盡盤龍。玉河楊柳絲絲緑，染得青袍色尚濃。

【編年】萬曆十九年辛卯（一五九一）。

【箋】秦關　在今陝西洛川縣，此處指陝西一帶。張載《劍閣銘》：『秦得百二，并知諸侯。』

荆軻　詳卷二《咏荆軻》。

中秋集周光禄花亭觀妓

何來珠履滿華堂，弦索聲中漏未央。狂客風流欹白幘，妖姬徙倚[二]鬥紅妝。月明盡撤千枝燭，花氣[三]争分百和香。莫謂醇醪容易醉，主人年少是周郎。

【編年】萬曆十九年辛卯（一五九一）

【箋】周郎　指周光禄。

[一]　長樂，鄭跋本、福建師大本、文淵閣《四庫全書》本作『漢闕』。
[二]　徙依，鄭跋本、福建師大本、文淵閣《四庫全書》本作『雲集』。
[三]　氣，鄭跋本、福建師大本、文淵閣《四庫全書》本作『鬱』。

送蒼峽王巡檢罷官歸鄉

越王臺上送將歸，遠樹空林帶夕暉。蒼峽斷猿雙泪下，碧天寒雁一行飛。衹愁白髮流年暮，不問青山舊業微。此別悠悠難再遇，思君惟有一沾衣。

【編年】萬曆十九年辛卯（一五九一）

【箋】蒼峽　又作滄峽、嵢峽。延平與古田分界處。

○王應山《閩都記》卷三十《郡西北古田勝迹》「滄峽」條：「在黄田上二十里，與延平分界。有巡檢司、遞運所。」

○《〔嘉靖〕延平府志·官師志》卷五《公署志》：「嵢峽遞運所，在縣東長安北里……嵢峽巡檢司，在縣東長安北里。」

越王臺　又稱釣龍臺。在今福州臺江。

○王應山《閩都記》卷十四《郡南閩縣勝迹》「釣龍臺」條：「在惠澤山之南。相傳閩越王余善釣白龍處，一名「越王臺」。其亭榭今多蕪没。」

寄吴叔嘉

當年歲晚過江都，聞説相如渴未蘇。作客生涯雲共薄，懷人愁緒月同孤。秋風茂苑閑清晝，春雨荒城長緑蕪。遥想登樓定懷土，夢魂夜夜到勾吴。

【編年】萬曆二十年壬辰（一五九二）。

【箋】吴叔嘉　即吴運嘉，詳卷六《同陳子卿過廣陵訪夏玄成吴叔嘉留飲席上分得燈來二字二首》、卷二十《寄吴叔嘉山人》。

茂苑　詳卷七《吴城覽古》。

送劉宋卿還家兼訊顧長卿世卿

平蕪漠漠白雲閑，忍向尊前送客還。賦别此時過候館，懷人今夜閉空山。一年春色啼鶯裏，千里歸心去馬間。爲問姑蘇臺上客，幾人飛夢到閩關。

【編年】萬曆二十年壬辰（一五九二）。

【箋】姑蘇臺　詳本卷《姑蘇懷古》。

送陳仲徽之齊省兄二首〔一〕

其一

都亭對酒起愁聲，芳草萋萋感别情。一片飛帆揚子渡，五更歸夢越王城。客途社早初逢燕，官舍春深好聽鶯。念我征鞍方蹔息，不堪江上送君行。

其二

堤畔流鶯不可聞，此行應念鶺鴒群。孤舟夜渡秦淮月，匹馬朝衝泰岱雲。故國烟花隨夢斷，天涯春

〔一〕二首，底本無此二字，據目録補。

色隔江分。欲知别後相思意，惟有登樓對夕曛。

【編年】萬曆二十年壬辰（一五九二）。

【箋】揚子渡　詳卷五《揚子江望金山寺》。

越王城　詳卷三《送柯秀才還莆》。

秦淮　秦淮河、秦淮水。在南京。

○李賢《大明一統志》卷六《南京・應天府》「秦淮水」條：「在上元縣治東南三里。秦始皇時望氣者言：金陵在天子氣。乃使朱衣三千鑿方山爲瀆，以斷地脉。水通大江。以秦開故曰「秦淮」。」

泰岱　即泰山。

寄陳子卿

萋萋芳草滿汀洲，爲念王孫獨倚樓。易水悲風孤客泪，潞河寒雨一歸舟。征途入夜勞鄉夢，野店逢春憶舊游。獻賦不須嗟未達，于今世路總悠悠。

【編年】萬曆二十年壬辰（一五九二）。

【箋】陳子卿　即陳翰臣，詳卷三《破鏡行爲陳大賦》「陳大」條。

易水　詳卷二《咏荆軻》。

潞河　詳卷六《題曹能始計部潞河公署園亭》。

【附】徐熥《寄陳子卿》：「東風吹柳緑依依，何事天涯客未歸。迢遞燕山征騎遠，蒼茫淮水片帆微。關河月落猿聲斷，驛路春深草色稀。十載獻書猶不遇，思君空有夢魂飛。』（《鼇峰集》卷十三）按：此詩作于萬曆十九年（一五九一）。

孫子長居湖上别業却寄

西湖水色碧連天〔一〕，湖上幽栖地自偏。遠寺鐘聲明月夜，隔林樵唱夕陽邊〔二〕。行當花徑常逢鹿，坐向樫陰獨聽蟬。聞説荒郊少人迹，與誰同泛釣魚船。

【編年】萬曆二十年壬辰（一五九二）。

【箋】孫子長　即孫昌裔，侯官（今福州）人。

○郭柏蒼《全閩明詩傳》卷三十九：『孫昌裔，字子長，又字鳳林，承謨子，學稼父，侯官人。萬曆三十八年進士，掌吴興教授，擢户部主事，歷郎中，出爲杭州府，拜水利使者，改浙江提學副使，弃官歸。』

湖上别業　福州西湖别業。

○何振岱《西湖志》卷十一『古迹』：『湖上别業，姚循義《舊志》：在湖上。明孫昌裔樂所居。』按：《西湖志》引熥此詩。

送玉生諸子游方廣岩

一葉蘭舟問翠微，滿汀楊柳正依依。谷當絶壁僧行慣，寺隱深溪客到稀。半畝暮雲禪榻冷，幾番春

〔一〕連天，何振岱《西湖志》卷十一《古迹》『湖上别業』條引作『如烟』。

〔二〕邊，何振岱《西湖志》卷十一《古迹》『湖上别業』條引引作『天』。

雨水簾飛。花源自是堪逃世，莫學漁郎去便歸。

【編年】萬曆二十年壬辰（一五九二）。

【箋】送玉生諸子游方廣岩　王昆仲（玉生）、陳价夫等游永福（今永泰）方廣岩。

方廣岩　詳卷五《題方廣岩廨院》。

送田將軍武薦上司馬二首[一]

其一

侯門才子似君稀，鵲印貂裘赴帝畿。濟北烟花迎去馬，潞河風柳綰征衣。津亭春暖千鶯囀，上苑秋高一鶚飛。聖主臨軒應召對，安邊何策獻彤幃。

其二

關城三月尚微寒，一曲離歌送所歡。客舍花飛春漠漠，長安天遠路漫漫。舟移楚水晴烟斷，馬過燕山夕照殘。獨愛終軍最年少，請纓還擬繫樓蘭。

【編年】萬曆二十年壬辰（一五九二）。

【箋】濟北　濟河之北。參見卷六《濟上》。

潞河　詳卷六《題曹能始計部潞河公署園亭》

[一]二首，底本無此二字，據目録補。

終軍　詳卷五《度何嶺憶家》。

游宗謙山人見過

春殘花落雨濛濛，十載襟期此日同。一榻獨懸青嶂裏，數杯長醉白雲中。已聞嘯似蘇門遠，還羨談如稷下雄。明發河橋應折柳，白頭爲客任西東。

【編年】萬曆二十年壬辰（一五九二）。

【箋】游宗謙　游日益，字宗謙，及遠之父，莆田人。有《辟支岩集》。曹學佺《石倉十二代詩選·明詩八》選其《辟支岩集》若干首。

○鄭王臣《蘭陔詩話》：『宗謙曳裾王門，使酒罵坐。張幼于每以得其罵爲快。殆禰正平之流亞歟？屠赤水、王百谷咸推重之。詩已散佚。』（《莆風清籟集》卷二十五『游日益』條）

蘇門　詳本卷《過邵夢弼廣文山居》。

稷下　詳卷五《寒食日熙吉玉生惟秦振狂伯孺少文集緑玉齋》。

清明日感懷

此心如夢復如疑，荏苒春光欲暮時。啼比杜鵑先有血，愁同楊柳更多絲。林花開遍誰爲主，社燕重來亦似悲。寒食已過非禁火，閉門猶自絕晨炊。

【編年】萬曆二十年壬辰（一五九二）。

送妓[一]入道二首[二]

其一

厭居綺陌慕丹丘，斷却塵緣學道流。夜静有神游紫府，月明無夢到青樓。六時古洞春風滿，十二巫山暮雨休。一曲雲璈聲縹緲，依稀猶帶小凉州。

其二

愁把芳年老狹邪，欲尋鉛汞洗鉛華。西園公子求遺珮，南岳夫人贈紫霞。翠袖正宜過碧海，朱顔偏可餌丹砂。玉笙已奏仙家樂，不向江心抱琵琶。

【編年】萬曆二十年壬辰（一五九二）。

【箋】十二巫山　巫山十二峰。

〇李賢《大明一統志》卷七十《四川·夔州府》「十二峰」條：「在巫山。曰：望霞、翠屏、朝雲、松巒、集仙、聚鶴、净壇、上升、起雲、飛鳳、登龍、聖泉。沿峽首尾一百六十里。」

雲璈　又作「雲鑼」，打擊樂器名。

小凉州　又作「小梁州」，曲牌名。

西園公子求遺珮　指魏曹植，曹植《公宴》詩有「清夜游西園」之句，又作有《洛神賦》，

[一] 妓，目録作「伎」，據此詩題改爲「妓」。

[二] 二首，底本無此二字，據目録補。

故云。

南岳夫人　指舜二妃娥皇、女英。

題郭士龍隱居

壺公山色白雲齊，一室蕭然隱者棲。短屐每尋芳草路，輕舟時泛木蘭溪。春深緑酒聞鶯語，晝静玄經落燕泥。欲覓武陵何處所，桃花千樹使人迷。

【編年】萬曆二十年壬辰（一五九二）。

【箋】郭士龍　參見卷五《送郭士龍》。

壺公山　詳卷三《送柯秀才還莆》。

木蘭溪　詳卷五《贈方伯書》。

玄經　詳卷二《五君咏五首》『太玄』條。

林方伯先生七十初度是日爲吕純陽誕辰

共傳薇省即蓬壺，白髮中朝老大夫。申甫何年曾降岳，仙翁此日正懸弧。一杯瓊液承金掌，九轉丹砂在玉爐。莫是貞元前進士，托生塵世住玄都。

【編年】萬曆二十年壬辰（一五九二）。

【箋】林方伯　即林懋和，閩縣人。

〇徐𤊹《詩人爵里詳節》：『林懋和，字惟介，閩縣人。嘉靖二十年進士，改庶吉士，歷官湖廣提學副使、

廣東左布政使。有《雙臺詩選》。』(《晉安風雅》卷首)

○徐𤊹《筆精》卷七『藏書』條：『又林方伯公懋和、王太史公應鍾，亦喜聚書，捐館未幾，書盡亡失。然四公子之書，咸有朱黄批點句讀，余間得之，不啻拱璧也。』

呂純陽　即呂嵒，或作呂岩、呂岩，字洞賓，號純陽子、岩客子，自稱回道人，以字行。唐河中府(今山西運城市芮城)人，道教丹鼎派祖師、妙道天尊。

蓬壺　即蓬萊，古代傳説中的海上三神山之一。

申甫　指周代申伯和仲山甫。申、甫都是賢能輔佐之臣。

貞元　唐德宗年號(七八五—八〇五)。

送人還九江

送君西去路漫漫，二月東風擁去鞍。彭蠡驚濤雲外聽，匡廬飛瀑月中看。天涯草色今猶短，驛路楊花尚未殘。不用臨岐倍惆悵，一尊還共醉長安。

【編年】萬曆二十年壬辰(一五九二)。

【箋】九江　今屬江西。

彭蠡　彭蠡湖，又名鄱陽湖，在江西北部。

○李賢《大明一統志》卷五十二《江西·南康府》『彭蠡湖』條：『在府東南，一名宫亭，一名揚瀾左里、一名鄱陽，闊四十里，長三百里，巨浸瀰漫。』

讀禮感懷四首[一]

其一

相見黄泉未有期，每思往事泪交頤。蠹生殘篋長留粉，蛛匿空房亂結絲。花徑尚看扶杖處，欏陰猶記納凉時。綿綿此恨應無盡，忍讀風人陟岵詩。

其二

何事當年便絶裾[二]，誤人應是薦賢書。九天無處閽堪叩，三釜如今願已虚。却恨别離同夢寐，還驚日月易居諸。從今不起雲霄念，長向花間御板輿。

其三

素車白馬出燕關，風急雲寒雪滿山。當日已拼成死孝，此身何敢望生還。忍看堂上遺容在，無復花前舞袖斑。丹旐翩翩人不見，撫床空有泪潺湲。

其四

哭向靈幃唤不醒，可憐從此隔幽冥。雙鳬影絶人何處，五柳陰濃户自扃。藉草秖今稀酒伴，種花誰復課園丁。迴思二十年前事，日日窗前教一經。

【編年】萬曆二十年壬辰（一五九二）。

［一］　四首，底本無此二字，據目録補。

［二］　裾，底本作『裾』，據文意改。鄭跋本、福建師大本、文淵閣《四庫全書》本作『裾』，是。

【箋】陟岵　詳卷三《瞻鳳歌爲張叔弢賦》。

【附】佘翔《挽徐子瞻明府四首》，其一：『乘化飄然去，言登紫府班。石麟天上物，元不住人間。』其二：『白雲隨出没，精氣化爲龍。縱有陳蕃榻，南州不可逢。』其三：『北邙歌薤露，列宿失郎官。篋裡留中論，芳名并建安。』其四：『修文歸地下，三徑長蓬蒿。乘有河東鳳，鍾山日夜號。』（《薜荔園詩集》卷二）　徐𤊹《辛卯除夕是年有先大令之喪》：『日月悠悠感易徂，熒熒燈燭影堂孤。蓼莪已廢哀霜露，椒柏空陳罷歲除。負郭腴田無舊業，滿床手澤有遺書。少孤獨抱終天恨，身上麻衣雪不如。』（《鼇峰集》卷十三）

送興公弟之吴爲先人乞銘二首[一]

其一

銜哀送汝出江關，滿路悲風損別顔。此日素車驅白馬，幾時黄絹勒青山。夢迴草色離腸斷，身着麻衣血泪斑。憐我雙眸枯欲盡，不堪分手更潺湲。

其二

叮嚀數語泪千行，此去關山路渺茫。三伏炎蒸過劍浦，一江風雨度錢塘。魂隨遠嶼孤鴻斷，目極遥天匹練長。當念倚門雙白髮，莫將行色滯他鄉。

[一] 二首，底本無此二字，據目録補。

【編年】萬曆二十年壬辰（一五九二）。

【箋】江關　指閩江芋原驛，福州往劍津第一站。

劍浦　詳卷二《劍浦送顧世卿》。劍浦及錢塘江，由福州往吳必經之地。

【附】陳薦夫《興公之吳乞銘臨送不及》：『迢遞向雲間，凄涼游子顔。行將求片石，欲以重青山。到處可乘興，知君惟閉關。臨岐嗟不及，惆悵若爲還。』（《水明樓集》集三）　陳鳴鶴《送惟起入吳爲其先明府乞銘》：『秋風正摇落，念爾復何之。丘隴嗟存没。關山惜别離。太湖乘夜渡，閩海望雲飛。政待君歸日，争看有道碑。』（《泡庵詩選》卷四）　陳益祥《送徐惟起之吳爲永寧公求墓志》：『負土初成幾尺墳，擔簦萬里泣離群。無金何處求諛墓，有道還看乞葬文。驛路凄風千樹響，江天啼鴂寸心焚。窮途莫謂知音少，處處溪山有白雲。』（《采芝堂集》卷九，萬曆刻本）　徐𤊹《别惟和兄壬辰》：『昨日離慈母，今朝别阿兄。江干一分手，血泪幾行傾。春草池塘夢，秋風鴻雁情。潮平催解纜，腸斷棹歌聲。』（《鼇峰集》卷十）　林光宇《送徐惟起》：『相歡情未歇，相送恨尤長。解去越江纜，言游震澤鄉。三秋空對月，一夜幾回腸。爲憶蘇臺上，憑高數雁行。』（《林子真詩》不分卷）　王叔魯有《送徐興公入吳》：『風急片帆飛，山山夕照微。未揮雙泪别，先問幾時歸。明月關河隔，清宵夢寐違。縱懷陟岵感，還欲戀春暉。』（《晉安風雅》卷六）

送王玉生游吴

幾樹蟬聲亂夕暉，送君無奈泪沾衣。花間此日人傷别，竹裹從今客到稀。吴苑山川行處遍，横塘烟雨望中微。登樓王粲多鄉思，目斷秋風一雁歸。

【編年】萬曆二十年壬辰（一五九二）。

【箋】王玉生游吴　往吴爲父乞銘，王昆仲（玉生）同行。

吴苑　詳卷二《懷沈從先》。

横塘　古堤名。在吴縣（今江蘇蘇州）西南。

王粲　詳本卷《婁江哭王太常敬美先生寄王百谷》『仲宣樓』條。

寄王百谷

三載吴門兩見君，别來相憶倍殷勤。夢迴半偈庵前月，望斷姑蘇臺上雲。赤牘此時憑雁足，黄庭何日换鵝群。先人墓所豐碑在，應賴邯鄲絶代文。

【編年】萬曆二十年壬辰（一五九二）。

【箋】王百谷　詳卷五《王百谷招飲半偈庵》。

姑蘇臺　詳本卷《姑蘇懷古》。

黄庭　《黄庭經》，道教經典，成書約在東漢至晉之前。

送王大游吴兼訊舍弟

瀟瀟風雨滿征途，一片輕帆過闔閭。路指蛇門懷伍相，劍藏魚腹吊專諸。砧敲八月寒聲早，葉下三江樹影疏。若到吴閶憑問訊，天涯游子近何如。

【編年】萬曆二十年壬辰（一五九二）。

【箋】闔閭　闔閭城，詳本卷《吴城覽古》「吴城」條。

蛇門　門名。戰國春申君在吴地（今江蘇蘇州）所造。○唐陸廣微《吴地記》：「蛇門。南面有陸無水，春申君造以禦越軍。在巳地，以屬蛇，因號蛇門。」

伍相　即伍子胥，名員，字子胥，伍奢之子，春秋楚國人。伍奢被楚平王所殺，子胥逃至吴國，投靠公子光門下，官至太宰。後被疏遠，吴王夫差賜劍令其自盡，尸體抛投錢塘江。

專諸　春秋吴國人，刺客。吴公子光（吴王闔閭）欲殺王僚自立，伍子胥推薦專諸給公子光。公子光宴請吴王僚，專諸藏匕首于魚腹，刺殺吴王僚。專諸亦被吴王僚屬下所殺。

吴閶　吴門，即蘇州。

送陳子卿歸墨潭精舍

送君歸咏卜居篇，精舍平臨絶澗前。翠壁倒懸潭似墨，蒼林遥望樹如烟。月移竹色當虚牖，風落松花滿釣船。聞説漢庭方羽獵，未應寂寞老揚玄。

【編年】萬曆二十年壬辰（一五九二）。

【箋】陳子卿　即陳翰臣，詳卷三《破鏡行爲陳大賦》『陳大』條。

揚玄　即揚雄。揚雄草《太玄經》，故稱。

【附】徐𤊹《題陳子卿墨潭精舍》：『聞説移家入遠村，桑麻鷄犬似桃源。數椽精舍花千樹，百尺空潭月一痕。僧踏斷雲過竹徑，鳥翻殘葉點柴門。有時金馬招賢出，不作人間老灌園。』（《鼇峰集》卷十三）

雨夜登玉皇閣

鼇頂秋深起夜凉，飄飄雲氣黯虚堂。丹燒九轉成金母，閣聳千尋禮玉皇。燈影乍沉孤嶂雨，磬聲微度半林霜。古壇坐久天花落，不覺餘香滿石床。

【編年】萬曆二十年壬辰（一五九二）。

【箋】玉皇閣　在福州九仙山（于山）。

○王應山《閩都記》卷五《郡城東南隅》『九仙觀』條：『在于山之東，宋崇寧二年建天寧萬壽觀。紹興間改爲報恩廣孝，尋更光孝。政和間，郡守黄裳創樓閣。元至正初改今名。國朝因之。永樂、正統、成化間，太監屢修建。寥陽殿之南有喜雨樓，其北有玉皇閣，歲久頽圮。山之陰多爲豪右所蝕。萬曆間，里耆募衆修葺。』

○《九仙觀重建玉皇閣募緣疏》：『玉皇閣者，乃上帝栖真之所，九仙托迹之區。珠殿璧門，直摩霄漢。丹臺玄闕，上拂雲烟。匪特壯一方形勝之觀，實以起萬代焚修之敬。風風雨雨，嘆時序之滄桑。』（《幔亭

集》卷十九）

【附】王應山《玉皇閣新成志喜》：『九仙龍角聳東隅，飛閣嵯峨與舊殊。百粵山川歸指顧，半空烟雨入虚無。玲瓏天畔開閶闔，丹碧雲中展畫圖。海甸由來稱福地，神樓誰復羨蓬萊。』（王應山《閩都記》卷五）　陳鳴鶴《夜雨中惟和惟揚惟秦登平遠臺玉皇閣》：『晚風初動悲風起，磊老岩前雨不止。寒雁遥空曆翠微，漁燈遠火明秋水。三精霧寒天欲頽，朗味連鑣天際來。青牛道士不厭客，洞裏開尊酌金液。常言海上服丹砂，暫向此中煉形魄。看君自是避秦人，余亦乘槎來問津。與君此夜一懷酒，明日人間知幾塵。』（《泡庵詩選》卷二）　陳仲溱《雨夜登玉皇閣》：『畫閣岧嶢接太清，蕭蕭落葉送秋聲。雲浮古洞千峰隱，雨散懸崖萬壑鳴。寶磬敲殘人境寂，金丹煉就道緣成。尋真不用過蓬島，只向鼇山頂上行。』（王應山《閩都記》卷五）

中秋同惟秦震卿集女大草堂看月因懷惟起客吴

西風蕭瑟葉初黄，入夜行歌過草堂。金粟散時天似水，玉繩低處月如霜。尊前竹色浮秋靄，檻外松陰度晚凉。遥望南飛有烏鵲，應憐游子滯他鄉。

【編年】萬曆二十年壬辰（一五九二）。

【箋】震卿　鄭翰卿（琰）弟，詳卷六《送鄭震卿之吴越尋兄》。

女大　又作汝大，即陳椿，詳卷二《與陳汝大鼇峰宴集》。

逢慶良上人

東林結社已多年，忽泛慈航到海邊。自是真空能出世，誰知綺語不妨禪。洗瓢曲澗揺寒月，卓錫深山破暝烟。幾度相從談勝果，無諸城外即諸天。

【編年】萬曆二十年壬辰（一五九二）。

【箋】慶良上人　詳卷六《題静海寺慶良上人房》。

東林　廬山東林寺。

無諸城　詳卷三《送柯秀才還莆》『越王城』條。

【附】陳薦夫《逢慶良上人》：『緇流曾問訊，何處得如君，五縕空塵障，三生净垢氛。曇花猶有相，貝葉不離文。始悟悠悠者，晴空一片雲。』（《水明樓集》卷三）

送良上人還金陵静海寺

楓葉蕭蕭露氣凝，不堪江畔送名僧。浮杯忽作無期别，説法誰參最上乘。滿路淒風聞寶磬，一天殘月夢金陵。懸知錫杖重來處，傳得南宗幾佛燈。

【編年】萬曆二十年壬辰（一五九二）。

【箋】良上人　即慶良上人。

【附】陳鳴鶴《送慶良和尚歸金陵》：『一時來天竺，黄梅止慧能。誰知千劫裏，猶有六通僧。法證無生偈，禪□取上乘。化城雖暫息，彼岸已先登。功德應無際，機鋒不可淩。忽然飛錫杖，便欲返金陵。潮落江聲杳，秋深樹色凝。尋鐘孤島外，洗鉢白雲層。□衲從茲去，南宗無盡燈。』（《泡庵詩選》卷四）　徐𤊹有《送慶良上人還静海寺》：『説别空門落日微，緑楊影拂水田衣。拈花蹔作龍山會，折葦仍尋燕子磯。世界三千諸佛在，招提四百一僧歸。浮雲踪迹知何處，愁見凌空錫杖飛。』（《鼇峰集》卷十三）

王百谷爲先永寧表墓寄此答謝

西風吹雁出菰蘆，千里[一]銜來字字珠。倚馬萬言推綉虎，皋魚雙泪感啼烏。通家敢謂同文舉，名筆何緣借董狐。片石空山垂不朽，千秋應得免樵蘇。

【編年】萬曆二十年壬辰（一五九二）。

【箋】王百谷　詳卷五《王百谷招飲半偈庵》。

綉虎　魏曹植才思横溢，人稱之爲綉虎。

皋魚　人名，春秋時人。○《韓詩外傳》卷九：『孔子行，見皋魚哭于道旁，辟車與之言。皋魚曰：「吾失之三矣……樹欲静而風不止，子欲養而親不待也，往而不可得見者親也。吾請從此辭矣。」立槁而死。』

文舉　東漢孔融，字文舉。

[一] 千里，鄭跋本、福建師大本、文淵閣《四庫全書》本作『尺素』。

董狐　春秋晉國史官，以秉筆直書著稱。

送王生之臨邛省州守叔父獻甫二首[一]

其一

西北胡笳不斷吹，送君南浦泪如絲。荆門樹影雲中盡，巫峽猿聲月下悲。客路裝輕懷匕首，驛樓山色控[二]蛾眉。天涯何處能相憶，孤館殘更夢覺時。

其二

驅車萬里向殊方，極目關山[三]路渺茫。風土由來[四]鄰越嶲，人家强半[五]雜夷羌。鴻雁影裏悲秋色[六]，鼙鼓聲中憶故鄉。別後思君情不淺[七]，八行書札莫相忘。

【編年】萬曆二十年壬辰（一五九二）。

[一]《送王生之臨邛省州守叔父獻甫二首》，底本作《送王生之臨邛》，鄭跋本、福建師大本、文淵閣《四庫全書》本作《送王生之臨邛省州守叔父獻甫》，題意完整，據改。「二首」，底本無此二字，據目録補。

[二] 山色控，鄭跋本、福建師大本、文淵閣《四庫全書》本作「燈現望」。

[三] 關山，鄭跋本、福建師大本、文淵閣《四庫全書》本作「崍路」。

[四] 風土由來，鄭跋本、福建師大本、文淵閣《四庫全書》本作「官舍烟雲」。

[五] 强半，鄭跋本、福建師大本、文淵閣《四庫全書》本作「風土」。

[六] 鴻雁影裏悲秋色，鄭跋本、福建師大本、文淵閣《四庫全書》本作「綺琴曲裏挑新寡」。

[七] 別後思君情不淺，鄭跋本、福建師大本、文淵閣《四庫全書》本作「丙穴由來魚不乏」。

【箋】王生　指王孔振，王震甫侄。

臨邛　詳卷三《蜀道難送王震甫之臨邛省刺史兄》。

荆門　詳卷三《分得九疑山送屠田叔守辰州》。

巫峽　詳卷三《帝京篇》。

【附】徐𤊹《賦得蜀道難送王震甫同侄孔振入蜀省刺史兄》：『吾聞山川奇絶稱蜀都，蠶叢之路合崎嶇。懸崖峭壁百萬狀，過客無不長嗟吁。七盤峻嶺千重棧，三峽奔流九折坂。半夜鵑啼別泪滋，一聲猿嘯人斷腸。大江渺渺過平羌，山聳峨眉更莽蒼。行人足迹所不到，妖魑野魅争趨蹌。蜀道之難已如此，嗟君此别摧肝腸。君今去作臨邛客，到處探奇經古迹。丞相祠堂不可尋，子雲舊宅成陳迹。卓女壚頭安在哉？襄王雲雨只空臺。行藏好向君平卜，詞賦誰當太白才。跋涉風塵休憚遠，蒙山高頂茶香暖。君家大陸正看雲，况復兹行同小阮。把酒臨岐日欲殘，馬頭西望劍光寒。天涯骨肉能相聚，不必嚱吁蜀道難。』（《鼇峰集》卷七）　王叔魯《送王孔振入蜀》：『送客出郊原，迢迢指蜀門。離群半行雁，别泪一聲猿。白雪銅梁曙，青山劍閣昏。長途惟自愛，分手更何言。』（《晋安風雅》卷六）

讀禮日謝在杭拜官湖州便道還家見訪賦贈

當時同聽鹿鳴歌，此日雲霄與薜蘿。鷄骨正從天上滿[一]，馬蹄驚向巷中過。經年聚散踪無定，一見悲歡泪更多。天上星辰催執法，相思又隔五湖波。

【編年】萬曆二十年壬辰（一五九二）。

【箋】謝在杭拜官　萬曆二十年謝肇淛拜官湖州司理。

○徐𤊹《中奉大夫廣西左布政使武林謝公行狀》：『壬辰再上南宮，成進士，出粵西太史蕭公雲舉之門。是冬，拜湖州司理。』（《小草齋文集》附録）

湖州　今屬浙江。

○李賢《大明一統志》卷四十《浙江·湖州府》『沿革建置』條：『東漢屬吴及丹陽郡，三國吴始分治吴興郡，治烏程縣……唐復于烏程置湖州，天寶初改吴興郡，乾元初復爲湖州……國朝改爲湖州府。』

五湖　詳本卷《送江太守兵備三吴》『震澤』條。

［一］正從天下滿，鄭跋本、福建師大本、文淵閣《四庫全書》本作『文來天上泣』。

後感懷四首[一]

其一

家難相尋最可憐，麻衣如雪泪如泉。慈烏[二]返哺嗟無日，熊膽和丸憶昔年。總爲易凋萱草色，却教重廢蓼莪篇。杯棬尚在人何處，不待持來已慘然。

其二

滿目悲風起白楊，幽明相隔路茫茫。繐帷人去香猶[三]在，寶婺星沉夜不光。忽爾無心呼阿母，猶然有夢禮醫王。板輿此日難重御，一到花間一斷腸。

其三

纔入庭幃便愴情，遺容猶在不聞聲。蜀魂未化腸先斷[四]，精衛空填恨豈平。懷似陸郎徒有橘，孝慚考叔竟無羹。可憐神理年來盡，已向塵中厭久生。

[一] 四首，底本無此二字，據目録補。

[二] 烏，鄭跋本、福建師大本、文淵閣《四庫全書》本作「雛」。

[三] 人去香猶，鄭跋本、福建師大本、文淵閣《四庫全書》本作「塵暗靈何」。

[四] 腸先斷，鄭跋本、福建師大本、文淵閣《四庫全書》本作「啼尤切」。

其四

一夕音容背北堂，人間那得返魂香。百年渾似枝頭露，雙鬢難留鏡裏霜。壽夭[一]謾勞推季主，刀圭空復藉韓康。此身不但如荼苦，血泪千行更萬行。

【編年】萬曆二十年壬辰（一五九二）。

【箋】後感懷　此詩作于母陳孺人卒後。

蓼莪　詳卷六《方山嚴孝子》。

寶婺　寶婺星，二十八宿之一，常用以稱美婦女。

精衛　精衛鳥，《山海經》神話鳥名。

陸郎　即陸績，三國吴名士。○陳壽《三國志·吴志·陸績傳》：『績年六歲，于九江見袁術。術出橘，績懷三枚。去，拜辭，墮地。術謂曰：「陸郎作賓客而懷橘乎？」績跪答曰：「欲懷而遺母。」術大奇之。』

考叔　春秋人物。○李賢《大明一統志》卷二十七《河南·開封府》『潁考叔』條：『春秋時潁谷封人聞鄭莊公誓不曲母，有獻于公，公賜之羹，食而捨肉，公問之，對曰：「小人有母，請以遺之。」公感其言，遂爲母子如初。』

[一]　壽夭，鄭跋本、福建師大本、文淵閣《四庫全書》本作『爻象』。

季主　司馬季主，漢代卜者，見《史記·日者列傳》。

韓康　東漢名士。字伯休。采藥賣藥三十多載。後世以『韓康』指隱逸高士，或采藥、賣藥者。事見皇甫謐著《高士傳》。

【附】曹學佺《陳孺人墓志銘》：『不肖之獲交于徐氏舅弟也，其有母喪云。是時，孺人逝已期矣。一旦，折簡相邀于竹林，談笑未竟，有童子報事已治。舅弟語客且安坐，下走堂中，哭聲震天，林木振動，而山谷沸也。不肖心悔其來，然不解何故。未幾，舅弟又入竹林，曰：「客不樂乎？今日余輩當上食孺人，召子之來者，以享祭餘也。」不肖自唯小人，有母逝十及期矣，予舅弟孩而痴，尚不辨菽麥，何知哀痛。上食時，又何能哭若此慟也。于是，竹林之間，相顧凄然。竹林者，所稱綠玉齋也。徐氏舅弟，曰熥，曰𤊹，曰熛，三人也。越幾年，熥從其孺人于地下，又幾年，𤊹走金陵，以孺人狀征予銘。謹狀：孺人，陳姓，諱閔，閩邑人……孺人父逋，以貲雄里閈中。夫陳亦貴且富于閩矣，而徐氏未有聞也。徐氏之有聞，自相坡先生始。先生雖善屬文乎，少實貧賤，游于蘄州守陳公震弼之門。守，孺人之父之從孫也。以《易》教授弟子甚衆，曰：「傳吾學者，非徐君莫與也。」謂其從祖曰：「婿吾門者，非徐君莫與也。我雖師，不憚以姑事之而屈其尊行。」于是，孺人歸先生焉。先生果以陳公之學教授于里，而弟子甚衆。先生之父母老矣，家貧日甚，孺人爲先生事父母，孝敬備至，滫瀡必恭，拮据女紅以佐先生，竟成其業，以舉明經，兩爲廣文，再遷邑令。徐氏之學焉而且貴者，自先生始。孺人佐之也。先生中年未有子，孺人爲先生置貳，貳未有出，又爲先生更置貳。先生有子，孺人爲先生撫之如己子。先生好客善飲，酒客到，孺人肴核酒脯咄嗟可辦，皆手自經理，不付婢僕。間爲長夜之飲，孺人恒踧踖而俟，不敢先自就寢。熥輩好客，有父風，終身相戒，不敢飲酒。先生教子甚嚴，稍不如意，即夏楚隨之，孺人多方爲之庇護，且私諭熥輩曰：「若不可以姑息而廢學也。」熥兄弟學已有成，嘗與客檢書，涕泗忽下，人問之故，曰：「是其事之彷佛吾母子者也。」噫！母教之讀書固然。孺人生于正德戊寅年九月初七日，卒于萬曆壬辰年十月初三日。』(《石倉文稿》卷二)按：戊寅，正德十三年(一五一八)。徐𤊹又作有《先妣陳孺人行狀》。

哭李惟實孝廉四首[一]

其一

寒雲慘淡日黄昏，壯士長銜萬古冤。易水當年歌變徵，湘潭此日賦《招魂》。妖狐夜半啼枯骨[二]，山鬼秋深哭墓門。明歲素車過五嶺，爲君抆泪薦芳蓀。

其二

少年俠客擅詞華，埋玉空山事可嗟。自是關門多虎豹，總緣歲序在龍蛇。詩餘長吉囊中草，夢絶江

[一] 四首，底本無此二字，據目録補。
[二] 枯骨，鄭跋本、福建師大本、文淵閣《四庫全書》本作『原野』。

淹[一]筆裏花。十載交情盡[二]一哭，西風吹泪到天涯。

其三

曾同擊筑醉燕都，意氣翩翩似狗屠。良友忽傳成死别，故人猶未束生芻。秦廷慟哭知何事[三]，梁獄投書果有無。我在苦中情更苦，傷君那禁泪餹糊。

其四

重泉冥漠隔知音，從此交期夢裏尋。颯颯悲風天外急，離離芳草墓前深。千秋獨抱亡琴痛，萬里空懷許劍心。杯酒他年澆白骨，北邙松柏恐成林。

【編年】萬曆二十年壬辰（一五九二）。

【箋】李惟實　即李元暢，詳卷二《寄李惟實》。

易水　詳卷二《咏荆軻》。

湘潭　湘水之潭，指屈原自沉之地。

長吉　唐詩人李賀，字長吉。

江淹　南朝梁詩人，字文通，有夢筆生花之傳説。

［一］江淹，鄭跋本、福建師大本、文淵閣《四庫全書》本作『文通』。

［二］盡，鄭跋本、福建師大本、文淵閣《四庫全書》本作『惟』。

［三］何事，鄭跋本、福建師大本、文淵閣《四庫全書》本作『多少』。

梁獄　西漢文學家鄒陽下獄之後寫給梁孝王一封書信，即《獄中上梁王書》。

北邙　詳卷三《北邙行》。

寄劉季德

故人踪迹久相違，何事猶然一布衣。九曲[一]烟霞歸草屩，五羊山水寄金徽。竹期王子重來看，花向劉郎別後飛。千里停雲情不淺，秋風莫遣雁鴻稀。

【編年】萬曆二十年壬辰（一五九二）。

【箋】劉季德　即劉克治，詳卷五《送劉季德還嶺南》、卷二十《寄劉季德秀才》。

九鯉　即九鯉湖，在仙遊，詳卷二《寄林去疾》。

五羊　廣州別稱。

王子　王子喬，神仙中人物。

劉郎　指唐代詩人劉禹錫。

〇劉禹錫《再游玄都觀》：『百畝庭中半是苔，桃花凈盡菜花開。種桃道士歸何處，前度劉郎今又來。』

寄許靈長

年來何處寄行踪，聞在吴山第一峰。古洞烟霞生薜荔，寒宵[二]風雨泣芙蓉。萬家燈火千村月，半

[一] 曲，鄭跋本、福建師大本、文淵閣《四庫全書》本作『鯉』。

[二] 宵，鄭跋本、福建師大本、文淵閣《四庫全書》本作『窗』。

夜歌聲滿寺鐘。幾度思君勞夢寐，錢唐江上水重重。

【編年】萬曆二十年壬辰（一五九二）。

【箋】許靈長　即許光祚，詳卷六《三茅觀尋許靈長不遇》。

○徐熥《寄許靈長太學》：『紫陽洞千岩萬壑，嵯峨壘砢，得足下伊吾嘯咏其間，當與山川映發耳……小詩一首奉寄，惟足下彈射之。』（《幔亭集》卷二十）

吴山　詳卷三《贈胡外史》。

錢唐江　即錢塘江，詳卷三《靈隱寺尋耶溪上人》。

寄曠上人

瓢笠何年住化城，閉關跏坐夢魂清。雙雙月下浮屠影，夜夜雲間寶磬聲。悟徹空花諸相滅，翻殘貝葉一燈明。幾時結得東林社，共證菩提了此生。

【編年】萬曆二十年壬辰（一五九二）。

【箋】東林社　即晋白蓮社，詳卷五《重宿靈源洞懷珠上人》『白社』條。

鄧汝高進士轉餉遼東便道過家見訪喜贈

才名籍籍賦長楊，裘馬翩翩出建章。遼海軍儲憑轉餉，漢廷郎署待含香。笑談不帶雲霄氣，袍笏[二]新依日月光。獨有故人憔悴甚，不[三]堪相對問行藏。

【編年】萬曆二十年壬辰（一五九二）。

【箋】鄧汝高　即鄧原岳，詳卷三《過鄧汝高别墅》。

長楊　《長楊賦》，漢揚雄作。

建章　建章宫，漢武帝時期建，故址在今西安。○李賢《大明一統志》卷三十二《陝西·西安府上》『建章宫』條：『在府城西北二十里，漢武帝建。度高未央，千門萬户，輦道相屬。』

【附】鄧原岳《雨中過緑玉齋看惟和兄弟》：『齋頭小雨釀新寒，短策悠然問考槃。别後青山成隔歲，到來白社念同歡。雲迷曲徑層陰合，風過疏林落葉乾。階下籜龍看漸老，憑君裁作竹皮冠。』（《西樓集》卷五）　徐𤊹《鄧汝高轉餉遼東便道過家見訪答贈》：『馳驅關塞朔風寒，不向衡門再考槃。花看長安過柳陌，粟輸遼海度桑乾。心懸霄漢勤王事，夢戀烟霞問所歡。别後松枝今漸長，入林恐礙進賢冠。』（《鼇峰集》卷十二）

[二] 袍笏，鄭跋本、福建師大本、文淵閣《四庫全書》本作『名姓』。

[三] 不，鄭跋本、福建師大本、文淵閣《四庫全書》本作『豈』。

送在杭司理湖州四首[一]

其一

少年擁傳暫還家，捧檄新乘上漢槎。地接洞庭多橘柚，郡稱澤國半桑麻。省刑網好開三面，判事才能出五花。手折衰楊從此別，夢魂飛不到天涯。

其二

長安躍馬主恩新，詞客今爲執法臣。苕水共看初帶印，滄波由此罷垂綸。寬同漢室于廷尉，情似樊川杜舍人。何處公餘堪引眺，三江烟雨五湖春。

其三

曾將才藻擅詞壇，此日新彈貢禹冠。早歲共稱賢宅相，少年初拜漢郎官。霅溪春色褰裳入[二]，天目山光[三]拄笏看。自是法曹關象緯，霜威先已逼人寒。

［一］四首，底本無此二字，據目録補。

［二］春色褰裳入，鄭跋本、福建師大本、文淵閣《四庫全書》本作『水響褰帷聽』。

［三］天目山光，鄭跋本、福建師大本、文淵閣《四庫全書》本作『顧渚山高』。

其四

争傳詞賦謝[一]玄暉，捧得天[二]書晝錦歸。人[三]吏共迎新綠綬，家聲[四]猶説舊烏衣。征亭霜冷孤鴻斷，驛路天長匹[五]馬飛。君去已陪鵷鷺侶，何人能共[六]釣魚磯。

【編年】萬曆二十年壬辰（一五九二）。

【箋】洞庭　太湖洞庭東山、西山。

樊川杜舍人　指唐代詩人杜牧。

三江　泛指多條水道，具體江名不确定。太湖流域以松江、錢塘江、浦陽江爲三江。

五湖　詳本卷《送江太守兵備三吴》「震澤」條。

霅溪　詳卷三《都門送吴允兆還吴興》。

顧渚山　在今浙江湖州市長興縣，以盛産茶葉著名。

○李賢《大明一統志》卷四十《浙江·湖州府》「茶」條：「長興縣顧渚中出。」

[一]謝，鄭跋本、福建師大本、文淵閣《四庫全書》本作「是」。

[二]天，鄭跋本、福建師大本、文淵閣《四庫全書》本作「除」。

[三]人，鄭跋本、福建師大本、文淵閣《四庫全書》本作「屬」。

[四]家聲，鄭跋本、福建師大本、文淵閣《四庫全書》本作「世家」。

[五]匹，鄭跋本、福建師大本、文淵閣《四庫全書》本「駟」。

[六]何人能共，鄭跋本、福建師大本、文淵閣《四庫全書》本作「不才空守」。

玄暉　詳卷五《同女翔在杭看梅先宿蘆中磯》。

烏衣　南京烏衣巷，南朝王、謝子弟聚居處。

○李賢《大明一統志》卷六《南京·應天府》「烏衣巷」條：「在府南。晉王導、謝安居此巷。其子弟皆烏衣，因名。巷口有朱雀橋。」

【附】謝杰有《送在杭侄孫司理吴興二首》，其一：「皇華猶所薄，相望木天高。詎以吴興郡，而煩司李曹。辜予衣鉢寄，憐爾簿書勞。所喜南歸便，雙親已二毛。」其二：「要秩還清秩，危疑亦此官。易憑直指氣，多失長公歡。文罔秋荼密，人情蜀道難。吾宗頻領郡，論定每從寬。」（《棣萼北窗吟草》卷六）　陳鳴鶴《送在杭之任湖州司理》：「晨鷄鳴，駕駟馬。厩吏迎，越城下。傾玉缸，飲君酒。拂長鞭，折高柳。此去吴興擁隼旗，才高莫即厭官卑。君不見，君家謝安石曾居此郡嗟落魄，一□□鎮石頭城，百萬秦兵皆辟易。謝家寶樹□絶群，弱冠才名天下聞。獻書北闕見天子，南宮賜宴揚清芬。承恩拜命黄金殿，少年糾郡顔如練。吴郡重見謝東山，過家上冢人争羡。斗間昨夜使星明，郭外傾都出相餞。我非兒女仁，揮手發征輪。江南力竭，君行苦辛。更聞靈武陷胡塵，宣室還須佐聖人。」（《泡庵詩選》卷三）　謝肇淛《之苕溪留別社中諸子》：「與子把臂期入林，中途塵網嬰人心。年來作吏顔色惡，東下苕溪風雨深。戎馬南方警復急，芙蓉江上歲將陰。渭城一曲不暇唱，仗劍行歌梁甫吟。」（《小草齋集》卷十八）

寄答沈從先

海國秋高一雁輕，題書千里見交情。鹿門君已逃踪迹，鶴市誰能識姓名。玄草謾憂瓿上覆，筆花長向夢中生[一]。淺才何敢當皇甫，欲序三都愧未成。

【編年】萬曆二十年壬辰（一五九二）。

【箋】沈從先　即沈野，詳卷二《懷沈從先》。

○徐𤊹有《沈從先詩序》（《幔亭集》卷十六），又有《寄沈從先》（《幔亭集》卷二十）。

鹿門　詳卷五《贈隱者》。

鶴市　姑蘇（今江蘇蘇州）别名。

皇甫　指晋文學家皇甫謐。皇甫謐曾爲左思《三都賦》作序。沈野請徐𤊹爲其集作序，𤊹自謂才淺不敢當。

三都　《三都賦》，晋左思作。

得胡御長詩却寄

踪迹年來混酒徒，獨留名姓滿江湖。卜居已傍三天竺，處世猶悲五石瓠。對客新聲翻子夜[二]，閉

[一]　筆花長向夢中生，鄭跋本、福建師大本、文淵閣《四庫全書》本作『彩花長向筆中生』。

[二]　對客新聲翻子夜，鄭跋本、福建師大本、文淵閣《四庫全書》本作『刻石好辭傳幼婦』。

門高論著潛夫。胸中莫是波斯國，書來[一]瑶函字字珠。

【編年】萬曆二十年壬辰（一五九二）。

【箋】胡御長　錢塘人，徐熥稱之爲通家之好。

○徐熥《答胡御長》：『僕交君家之季而不識君，君識吾家之仲而不識僕。然通家之誼，則僕與君共之。見貽諸什，盡琳琅珠玉。漫賦一章奉酬，不覺形之穢矣……兹以一緘并詩一紙，上記曹。』（《幔亭集》卷二十）

三天竺　詳卷五《西湖泛舟》。

五石瓠　可容五石的大葫蘆。

潛夫　《潛夫論》，東漢王符著。

哭周所諧四首[二]

其一

開緘忽報故人亡，雙泪如傾幾斷腸。挂劍未能同季子，知音何處覓周郎。到來已嘆交歡淺，死去空憐別恨長。多少遺編猶在篋，一回吟咏一凄凉。

［一］書來，鄭跋本、福建師大本、文淵閣《四庫全書》本作『寄得』。

［二］四首，底本無此二字，據目録補。

其二

當年風雨出芝山，行李蕭然夜度關。自謂千秋同藝苑，何期此夕謝人間。幾時客作嗚驢吊，何日人能化鶴還。一掬木蘭溪上泪，溪聲應共泪潺湲。

其三

百年交誼隔泉扃，遥對西風泪自零。欲以遺文托行世，敢將良友負幽冥。朱弦已[一]斷誰同調，鄰笛重吹豈可聽。不道精靈沉已久，夜來猶望少微星。

其四

生來長咏四愁詩，死後淒凉更可悲。二頃久無塵滿甑，一家雖在命如絲。人亡正及黄花節，客吊空違宿草期。未撫靈床先哽咽，難將遺囑問孤兒。

【編年】萬曆二十年壬辰（一五九二）。

【箋】周所諧　周如塤，字所諧，莆田人。

○徐㶿《筆精》卷十六：『周所諧，名如塤，莆田處士也。足不出户庭，苦吟弗輟，未嘗妄與顯者游，里中鄉紳學子，罕識其面，故其爲詩綽有林壑之致。』

○徐熥《周所諧詩序》：『友人周所諧亦莆人，困于布衣，稱山人者也。然意氣高邁，骯髒不阿。年五十，丘園自賁，未嘗妄與貴顯者游。即其里中縉紳學士，非雅相知者，亦罕識其面。故其詩亦抒所自得，温

[一] 已，鄭跋本、福建師大本、文淵閣《四庫全書》本作『既』。

厚雅馴，如明珠湛露，不墜烟火食氣也。若所諧者，可謂幽人之貞，志士之操矣。』（《幔亭集》卷十六）

○徐熥《與宗宗漢明府》：『周所諧倏化异物，故人零落，增我隕涕。漫賦四詩，以當慟哭。』（《幔亭集》卷二十）

○徐熥《與周喬卿山人》：『近方有書報尊君，不意尊君之不及讀也。嗚呼，痛哉！僕之泪痕如匡廬秋瀑，得此凶問，更潺湲不止矣。尊君素性無恙，其得疾而异歸也，何故屬纊之時，尚能了了刺刺，與家人訣絶乎？或竟奄然與氣運俱盡也。遺稿幸備録付僕，且爲删定，謀之有力者行于世。毋令亡者苦心五十年，竟扼腕于地下。哭章四律，矢口而成，情之所鍾，寧論工拙。生芻之束，謹以异日。杪冬時僕將躡履壺公，一哭尊君銘旐，且與足下作楚囚相對耳。』（《幔亭集》卷二十）

○謝肇淛《周母太孺人林氏暨仲子山人所諧偕配孺人曾氏祔葬墓志銘》：『居恒善病，每疾作閉户累日，詩筒盡滿。性寡交游，一遇投分即披析肝膽，至貴倨之士一言不相當便拂衣去。縉紳先生雖忻慕願交，不先造廬，不輕投刺。爲詩上溯漢魏，旁及大曆，博綜游泳而獨宗少陵。吾閩得杜之精者，無如鄭少谷先生。今讀所諧詩，氣贍思深，沈鬱悲婉，真足傳神拾遺、嗣響吏部矣。所著有《倚樹吟》等稿，不佞業爲序之，流布海内。遺稿若干篇，尚未殺青也。』（《小草齋文集》卷十八）

季子　延陵季子，即季札。

芝山　詳卷五《芝山寺逢游元封兼懷宗振》。

四愁詩　漢張衡作。

木蘭溪　詳卷五《贈方伯書》。

【附】周亮工《閩小記》卷四《周所諧》條：『周所諧，名如塤，莆處士也，足迹不出户庭，苦吟弗輟，未嘗妄與顯者游，里中鄉紳學士，罕識其面，故其爲詩，綽有林壑之致，自作《田家吟》云：「不識市朝車馬喧，殘蓑弱笠老田園。柴門去郭無多路，野竹臨流自一村。春雨桑麻終歲足，清時鷄犬數家存。兒孫牧畜南山下，爲道須防猛虎繁。」可以見其逸韵矣。他如：「風生極浦潮常白，霜冷空林艸變衰」「萬里寒山横積雪，半汀衰草隱斜陽」「百花潭上漁竿在，五柳門前鶴徑荒」「因嫌城市非吾土，却傍漁家作比鄰」「墻壓花枝妨客過，泥深苔徑唤人扶」等句，全無烟火食氣。』

戲柬謝使君

緑衣紅袖兩相宜，况值還家得意時。夜夜琴心調鳳曲，雙雙屐齒伴蛾眉。月明古渡尋桃葉，露冷空江唱竹枝。不俟五湖携粉黛，今朝先已載西施。

【編年】萬曆二十年壬辰（一五九二）。

【箋】謝使君　即謝肇淛。肇淛成進士，授吴興司理，故稱使君。

桃葉　謝肇淛侍兒名桃葉。參見卷六《懷元直客金陵》。

竹枝　竹枝詞。桃葉能解《竹枝詞》。

五湖　詳本卷《送江太守兵備三吴》『震澤』條。

西施　喻桃葉。謝氏諸侍兒，桃葉最受寵。

贈佘宗漢明府二首[一]

其一

青鬢郎官早息機，拋將墨綬變荷衣。一丘[二]已傍壺山隱，雙舄寧從帝里飛。飲似公榮常得醉，游同禽慶久忘歸。年來門巷清如水，惟有寒鷗伴釣磯。

其二

翩翩詞賦似西京，俠氣誰知更縱横[三]。山水到時皆屐迹，江湖何處不詩名。閑來柳向門前種，老去花猶筆裏生。歲晏齎糧過九鯉，與君長嘯結鷗盟。

【編年】萬曆二十年壬辰（一五九二）。

【箋】佘宗漢　即佘翔，詳卷二《慰佘宗漢喪子》。

壺山　詳卷三《采真篇送林叔度游雁宕》。

公榮　魏名士。○劉義慶《世説新語·簡傲》：『王戎弱冠詣阮籍，時劉公榮在坐。阮謂王曰：「偶有二斗美酒，當與君

[一] 二首，底本無此二字，據目録補。

[二] 丘，鄭跋本、福建師大本、文淵閣《四庫全書》本作『裘』。

[三] 俠氣誰知更縱横，鄭跋本、福建師大本、文淵閣《四庫全書》本作『四壁蕭然類馬卿』。

共飲。彼公榮者，無預焉。」二人交觴酬酢，公榮遂不得一桮。而言語談戲，三人無异。或有問之者，阮答曰：「勝公榮者，不得不與飲酒；不如公榮者，不可不與飲酒；唯公榮，可不與飲酒。」』劉孝標注引《竹林七賢論》曰：『劉公榮通士，性尤好酒。籍與戎酬酢終日，而公榮不蒙一桮，三人各自得也。』

禽慶　詳卷六《送金季黄山人游五岳》。

西京　長安（今陝西西安）。

九鯉　九鯉湖，在仙遊，詳卷二《寄林去疾》。

送李廷燁令東筦兼柬鄧香山二首[一]

其一

初從北闕佩鳴珂，擁傳遥看[二]五嶺過。官饌自今多海錯，童謡强半是黎歌。羅浮四百尋姑射[三]，南粵千秋[四]吊尉陀。只恐簿書能俗客，一封那肯問漁蓑。

其二

新懸墨綬赴炎方，道過家林束别裝。海邑三秋椰子熟，公庭六月荔枝香。臺中謁帝飛雙舄，郡裏尋

[一] 二首，底本無此二字，據目録補。

[二] 看，鄭跋本、福建師大本、文淵閣《四庫全書》本作『從』。

[三] 羅浮四百尋姑射，鄭跋本、福建師大本、文淵閣《四庫全書》本作『廣州舊甓尋陶侃』。

[四] 南粵千秋，鄭跋本、福建師大本、文淵閣《四庫全書》本作『粤國荒臺』。

仙問五羊。莫向天涯思故國，一時冠蓋半同鄉。

【編年】萬曆二十年壬辰（一五九二）。

【箋】李廷燁　即李文奎，字廷燁，侯官人。萬曆二十年進士，歷東莞知縣、廣東副使。

東莞　今屬廣東。

○李賢《大明一統志》卷七十九《廣東·廣州府》『東莞縣』條：『在府城東南二百五十里，本番禺縣地。晋成帝始置寳安縣……唐至德初改爲東莞縣，宋初省入增城縣，尋復置，元仍舊，本朝因之。』

鄧香山　鄧思啓，字心父，閩縣人。萬曆十七年進士，歷香山知縣、四川布政使。香山，今廣東中山市。

○李賢《大明一統志》卷七十九《廣東·廣州府》『香山縣』條：『在府城南一百五十里，本唐廣州東莞縣香山鎮，宋紹興末升爲縣……元仍舊，本朝因之。』

尉陀　趙陀。漢代南越王。

五羊　即羊城，詳卷五《送李驛使之官雷陽》。

送丁亭文進士理邵陵二首[一]

其一

新將詞賦獻承明，萬里分符佐楚荆。馬上雲生[二]妃子廟，郡中花暗白公城。山連五嶺重重翠，水接三湘曲曲清。此去王程君莫緩，幾多人吏待持平。

其二

洞庭湖上片帆輕，萬頃微茫接太清。赤壁烟波天際遠[三]，巫山雲雨夢中生。霜侵古岸楓千點[四]，月照寒蘆雁一聲。白露漸零衣漸冷，遥知宋玉不勝情。

【編年】萬曆二十年壬辰(一五九二)。

【箋】丁亭文　丁啓濬，字哲初，一字亭文，晋江人。萬曆二十年(一五九二)進士，由吏部郎中，升南京太常少卿，刑部侍郎。

邵陵　明寶慶府舊稱邵陵(治今湖南邵陽市)。○李賢《大明一統志》卷六十三《湖廣·寶慶府》「建置沿革」條：「秦屬長沙郡，漢屬長沙國，東漢屬零

[一]　二首，底本無此二字，據目録補。

[二]　馬上雲生，鄭跋本、福建師大本、文淵閣《四庫全書》本作「道上竹深」。

[三]　赤壁烟波天際遠，鄭跋本、福建師大本、文淵閣《四庫全書》本作「楚甸峰巒天際杳」。

[四]　古岸楓半點，鄭跋本、福建師大本、文淵閣《四庫全書》本作「遠渚鱘千尺」。

陵郡，三國吴置邵陵郡，屬荆州……宋仍爲邵州，後升寶慶府，元改爲寶慶路，本朝仍改爲府。』

承明　承明殿，漢未央宫主殿。

妃子廟　即舜二妃廟。

○李賢《大明一統志》卷六十二《湖廣·長沙府》『舜二妃廟』條：『在黄陵廟西。唐高騈詩：「舜帝南巡去不還，二妃幽怨水雲間。」』

白公城　在今湖南邵陽市。春秋時白善遣石乞築。

○李賢《大明一統志》卷六十三《湖廣·寶慶府》『白公城』條：『在府境西。白公，楚大夫白善也。』

【附】《與丁亨文司理》：『足下乘堅策肥，頭上進賢岌岌矣，乃顧我蓬户，握手于苫塊之中……更奉送小詩一首，真下里之音，漫題扇頭，以當送君南浦。』（《幔亭集》卷二十）按：『小詩』，即此二詩。

鄧汝高雨中載酒見訪分得園字

甘將蹤踪[一]老丘園，忽聽軒車到蓽門。籬下一尊殘菊色，林間雙屐舊苔痕。暝烟疏雨山山暮[二]，落木寒泉處處喧。今日主人翻作客，不須送客獨留髠。

【編年】萬曆二十年壬辰（一五九二）。

[一] 蹤踪，鄭跋本、福建師大本同。文淵閣《四庫全書》本作『踪跡』。

[二] 暮，鄭跋本、福建師大本、文淵閣《四庫全書》本作『暗』。

【箋】鄧汝高　即鄧原岳，詳卷三《過鄧汝高別墅》。

髡　指戰國時期齊國淳于髡。

【附】鄧原岳《冬日過徐惟和孝廉緑玉齋》：『風流且莫嘆漂零，獨向青山結草亭。花下開尊空翠冷，竹間岸幘凍雲停。人家殘日堪蕭瑟，仙觀疏鐘乍杳冥。怪爾公車方待詔，行人錯指少微星。』（《西樓詩選》卷下）

侯君右來自永嘉喜贈

西園公子舊知名，負劍長歌海上行。何日寢丘酬楚相，歲人虛左[一]重侯生。賦成白雪驕彤管，衣帶朱霞戀赤城。聞説臨邛方貴客，莫因殘歲急歸程。

【編年】萬曆二十年壬辰（一五九二）。

【箋】永嘉　今浙江温州。詳卷五《送張叔弢博士自永嘉還長溪》。

寢丘　古地名，春秋時楚地，在今河南固始、沈丘兩縣之間。

楚相　指戰國孫叔敖之子爲楚相。

○《史記·滑稽列傳》：『楚相孫叔敖知其賢人也，善待之。病且死，屬其子曰：「我死，汝必貧困。若往見優孟，言我孫叔敖之子也。」居數年，其子窮困負薪，逢優孟，與言曰：「我，孫叔敖子也。父且死時，屬我貧困往見優孟。」優孟曰：「若無遠有所之。」即爲孫叔敖衣冠，抵掌談語。歲餘，像孫叔敖，楚王及

[一] 幾人虛左，鄭跋本、福建師大本、文淵閣《四庫全書》本作『誰人虛席』。

左右不能别也。莊王置酒，優孟前爲壽。莊王大驚，以爲孫叔敖復生也，欲以爲相。」

侯生　戰國魏人，大梁（今河南開封）守門者。信陵君禮賢下士，虚席以待，侯生助其竊符救趙。

赤城　赤城山，詳卷三《霞林樵隱爲梁逸人賦》。

臨邛　詳卷三《蜀道難送王震甫之臨邛省刺史兄》。

贈黄道晦隱君二首[一]

其一

鷄犬聲中隱者居，桃花流水繞庭除。芝苓服久容顔古，麋鹿交[二]深世態疏。千頃滄江同鶴[三]釣，一犁春雨帶經鋤。有時鼓枻[四]過城市，不是修琴即借書。

[一] 二首，底本無此二字，據目録補。

[二] 麋鹿交，鄭跋本、福建師大本、文淵閣《四庫全書》本作「草莽父」。

[三] 同鶴，鄭跋本、福建師大本、文淵閣《四庫全書》本作「移艇」。

[四] 鼓枻，鄭跋本、福建師大本、文淵閣《四庫全書》本作「唤渡」。

其二

白首幽栖只[一]一區，耻將名姓世人呼。讀書借得村中社，覽勝惟看[二]壁上圖。地僻并無[三]高士駕，家貧先辦縣官租。山廚不問炊烟絶[四]，猶向桑間飯餓夫。

【編年】萬曆二十年壬辰（一五九二）。

【箋】黄道晦　即黄子文，詳卷五《九日大風雨與黄道晦陳惟秦飲屋後小山》。

問黄道晦病

久訝扁舟不出溪，聞君抱病意凄凄。空山歲晚陽烏促，古砌天陰絡緯啼。夜冷誰人同卧起[五]，地偏何處得刀圭。一從消渴文園後，門外蓬蒿與榻齊。

【編年】萬曆二十年壬辰（一五九二）。

[一]　只，鄭跋本、福建師大本、文淵閣《四庫全書》本作『即』。

[二]　覽勝惟看，鄭跋本、福建師大本、文淵閣《四庫全書》本作『歲勝看將』。

[三]　并無，鄭跋本、福建師大本、文淵閣《四庫全書》本作『絶來』。

[四]　絶，鄭跋本、福建師大本、文淵閣《四庫全書》本作『少』。

[五]　卧起，鄭跋本、福建師大本、文淵閣《四庫全書》本作『襆被』。

方廣岩[一]

欲覓精廬問化機，蒼蒼鳥道客游稀。上方葉落[二]暮山冷，半嶺日斜殘雪飛。古樹猿驚樵子過，石門犬吠[三]野僧歸。雲[四]迷叠嶂不知處，但聽磬聲來翠微。

【編年】萬曆二十年壬辰（一五九二）。

【箋】方廣岩　詳卷五《題方廣岩廨院》。

【附】林應起《尋方廣岩》：『金仙香火處，自與世情違。拂露穿青嶂，捫蘿上翠微。洞深天各別，泉噴雪争飛。落日迷歸路，雲光照客衣。』（謝肇淛《方廣岩志》卷三）　林應起《初至方廣岩》：『洞邃全無日，岩開别有天。水簾經雨潤，石乳入秋堅。字翳殘碑蘚，池荒舊社蓮。開山僧夙訂，一衲共安禪。』（謝肇淛《方廣岩志》卷三）　林應起《再至方廣》：『古洞禮方廣，良游不厭頻。千花山殿曉，孤磬法筵新。水樂調清唄，松濤滌幻塵。靈羊歸窟後，勝地屬人間。』（謝肇淛《方廣岩志》卷三）　林應起《方廣岩二首》，其一：『星岩松塢遠蒼蒼，閑逐泉聲到

〔一〕《方廣岩》，謝肇淛《方廣岩志》卷三引此詩，作《初到方廣岩》。

〔二〕葉落，鄭跋本、福建師大本作『雲起』。

〔三〕石門犬吠，文淵閣《四庫全書》本作『寒林厖吠』，鄭跋本、福建師大本作『寒林龎吠』。謝肇淛《方廣岩志》卷三作『石關犬吠』。

〔四〕雲，鄭跋本、福建師大本、文淵閣《四庫全書》本作『路』；謝肇淛《方廣岩志》卷三作『雲』。

上方。風捲水簾翻石燕，雲歸山洞閉靈羊。千峰迢遞傳寒磬，雙樹參差皆夕陽。靜室六時無一事，焚香持咒坐繩床。』其二：『高閣沉沉隱翠微，闌干十二掩岩扉。雲生古樹兼花落，泉灑晴雲作雪飛。鳥道憑虛僧獨往，香龕向暖燕相依。每從福界眈幽勝，幾日留連未忍歸。』（謝肇淛《方廣岩志》卷三）　陳鳴鶴《方廣岩》：『幽邃全無日，鴻濛別有天。水簾懸絶澗，石室依層巔。鶴唳松門下，僧歸夕照邊。塵寰如可謝，高枕答風烟。』（《泡庵詩選》卷四）　陳薦夫《方廣岩》：『迢遥十里翠微烟，路入雲關更有天。銀瀑亂兼黄葉落，珠宫高綴碧岩懸。橋頭斷碣前朝蝕，鳥外疏鐘亂壑傳。不向此中聞半偈，應嗟浮世枉三千。』（《〔萬曆〕永福縣志》卷五）按：林應起、陳鳴鶴、陳薦夫與熥同游方廣岩。林應起萬曆十八年（一五九〇）首倡修復方廣廨院，以上所録林氏五詩，其中或有作于十八年者。

宿華嚴閣[一]

萬仞岩中隱化城，倚欄遥望暮雲平。斷橋殘雪寒山影[二]，蘿磴松風晚磬聲[三]。坐對水簾塵慮遠，眠當石榻夢魂清。因兹悟得西來意，欲向空門了此生。

【編年】萬曆二十年壬辰（一五九二）。

[一]《宿華嚴閣》，《〔萬曆〕永福縣志》卷五載此詩作《宿天泉閣》。

[二] 山影，《〔萬曆〕永福縣志》卷五作『山路』。

[三] 蘿磴松風晚磬聲，鄭跋本、福建師大本、文淵閣《四庫全書》本作『絶磴淒風晚磬聲』。

【箋】華嚴閣　在永泰方廣岩。

○徐熥《游方廣岩記》：『由石磴緣左而上，爲山門。其上即鐘樓，榱桷崩摧，僅存四壁。用文孫王振并三山高起宗諸人題詩于上，墨迹磨滅，拂拭始得讀，皆洪熙改元時筆也。越此即華嚴閣，自山門至閣，皆在石室之下。』（《幔亭集》卷十七）

【附】林應起《宿方廣岩》：『歷盡千山與萬山，日斜才到石門間。寥寥人境雲遮斷，借得僧房一夢間。』（謝肇淛《方廣岩志》卷三）按：林應起與熥同游方廣岩。

岩中曉望[一]

早起看山露氣濃，玄岩古院有雲封。微風入室度清梵，斜月挂林聞曙鐘。猿帶曉聲過碧嶂，鶴留殘夢出青松。倚闌但聽水簾響，失却翠微千萬重。

【編年】萬曆二十年壬辰（一五九二）。

【箋】岩　即方廣岩，詳卷五《題方廣岩廨院》。

○徐熥《游方廣岩記》：『夜宿僧寮，松風泛泛，與禪誦聲相應，令人有世外之想。自山麓至此，岩之勝已窮，然游興未已。次日復由岩左而上。』（《幔亭集》卷十七）

【附】陳鳴鶴《岩中夜坐即事》：『古洞無塵迹，禪房閉落花。鐘微初禮塔，火迅遠燒畬。盂滴

[一]《岩中曉望》，《〔萬曆〕永福縣志》卷五作《宿天泉閣》。

龍頭水，鐺鳴雀舌芽。老僧行脚久，閑坐説流沙。』（《泡庵詩選》卷四）按：此詩與熥詩前後作，此詩夜，熥詩曉。

重游錦溪懷鄧汝高進士

斷橋流水自潺湲，與客重來憶所歡。當日共看溪上竹，于今君[一]握省中蘭。雲生萬壑孤笻濕，雪滿千山兩屐寒。住散不須增感慨，一尊林下且盤桓。

【編年】萬曆二十年壬辰（一五九二）。

【箋】錦溪　詳卷五《同林熙吉鄧汝高游錦溪竹林》。

壬辰除夕

人事悠悠歲月徂，堂前空對一燈孤。哀來瘦骨全如鶴，聽得啼聲半是烏。酹酒幾迴悲伏臘，稱觴明日罷屠蘇。春風不散終天恨，斷盡柔腸泪欲枯。

【編年】萬曆二十年壬辰（一五九二）。

【附】徐㶿《壬辰除夕是年有先孺人之喪》：『浮生擾擾總非真，虚度昭華暗愴神。歲序只隨孤燈盡，生涯休問白雲貧。萬家鼉鼓腸堪斷，雙袖龍鐘泪更新。壯志漸消年漸長，明朝二十四回春。』（《鼇峰集》卷十三）

［一］君，鄭跋本、福建師大本、文淵閣《四庫全書》本作『偏』。

癸巳元日

嫋嫋東風處處吹，蕭條門巷自堪悲。獨斟柏葉愁如縷，閑對菱花鬢有絲。三十虛名歸馬齒，半生薄命怨蛾眉。寒梅不管人無賴，開遍南枝與北枝。

【編年】萬曆二十一年癸巳（一五九三）。

【附】徐𤊹《癸巳元日》：『東風嫋嫋報青陽，讀禮何人過草堂。一丈紅塵醒曉夢，六街清吹斷愁腸。厭聞柏葉家家醉，忍見梅花樹樹香。獨對靈帷添哽咽，三年衣上泪痕蒼。』（《鼇峰集》卷十三）

迎春日

風流太守駕朱輪，五馬驕嘶九陌塵。椒實共拚今日醉，梅花先報一年春。嬌鶯乍囀聲猶澀，彩燕初裁色更新。市井繁華簫鼓沸，停鞭齊看玉樓人。

【編年】萬曆二十一年癸巳（一五九三）。

【附】徐𤊹《迎春日》：『滿城簫鼓鬥春陽，歌吹聲中樂未央。紫燕驕嘶隨絳節，朱輪高擁夾紅妝。椒花柏葉傳杯客，油壁香車傅粉郎。自笑勞生真似夢，不妨沉醉答年光。』（《鼇峰集》卷十三）

春日懷舊

千山萬水夢魂遥，簫鼓聲中憶阿嬌。半夜朱樓巫峽雨，幾行紅泪浙江潮。青鸞錦字終難寄，司馬琴心不再挑。一别西湖成隔歲，春風春雨長蘭苕。

【編年】萬曆二十一年癸巳（一五九三）。

【箋】懷舊　懷武林妓月仙。

巫峽　詳卷三《帝京篇》。

司馬　司馬相如，詳卷三《西甌道中寄答伯孺病中見送之作》。

寄陸無從

江北江南一水分，尺書無計寄殷勤。蕪城草色愁中遠，揚[一]子濤聲夢裏聞。二十四橋孤嶂月，五千里路萬山雲。相思何處堪惆悵，幾樹璚花對夕曛。

【編年】萬曆二十一年癸巳（一五九三）。

【箋】寄陸無從　陸無從，即陸弼，詳卷五《酬陸無從率爾見贈之作》。

○《寄陸無從貢上》：『倚棹蕪城，不淹晷刻。麈柄未温，榜人促發。回首瓜步，惟見長江天際流耳。熥自歸來，鞠凶洊至。先令纔及小祥，而老母又以天年下世。蓂莢一周，椿萱遽謝，但有聲徹天、泪徹泉耳。』（《幔亭集》卷二十）

蕪城　揚州别稱，詳卷五《酬陸無從率爾見贈之作》。

[一] 揚，底本作『楊』，據文意改。鄭跋本、福建師大本作『楊』。文淵閣《四庫全書》本作『揚』。

二十四橋　在江蘇揚州。

〇李賢《大明一統志》卷十二《直隷·揚州府》『二十四橋』條：『在府城。隋置，并以城門坊市爲名。』

寄夏玄成

故人別後忽經年，聞道衡門尚草玄。隋苑花明高士宅，廣陵濤滿孝廉船。一雙屐齒春雲外，兩地離心夕照邊。夜夜江南夢江北，蕪城風雨柳塘烟。

【編年】萬曆二十一年癸巳（一五九三）。

【箋】夏玄成　廣陵（今江蘇揚州）人。

〇徐熥《寄夏玄成孝廉》：『再過廣陵時，以舟人報潮生，遂急于解維。然把臂數語，猶勝夢思也……二十四橋明月夜，何處不可着夏生。屐齒小詩，録小箋奉寄，足下毋惜去其蟬翼。』（《幔亭集》卷二十）

草玄　揚雄起草《太玄經》。

隋苑　隋煬帝所建，一名上林苑、西苑。故址在江蘇揚州西北。

蕪城　揚州別稱，詳卷五《酬陸無從率爾見贈之作》。

過鄭惠州墓二首[一]

其一

三尺孤墳倚翠微，行人到此泪沾衣。羅浮四百魂何在，華表千年鶴未歸。塵世功名悲薤露，空山松柏冷斜暉。每逢寒食倍惆悵，風落殘花滿路飛。

其二

丘墓凄凄鎖斷烟，墓前春草自芊芊。空林猿鳥寒雲外，古路牛羊夕照邊。骨閉重泉悲永夜，櫬歸南海自何年。經過再拜薦蘋藻，宰木蕭森啼杜鵑。

【編年】萬曆二十一年癸巳（一五九三）。

【箋】鄭惠州　即鄭口休，閩縣人。

○《〔乾隆〕福州府志》卷四十九《人物傳》：『鄭日休，字德卿。閩縣人。嘉靖甲子舉人。萬曆初，任海寧教諭……擢惠州推官，持法平允，部士葉春及爲怨家所中，論死，日休白其冤。攝博羅縣篆……勞瘁，卒于官。』

羅浮　詳本卷《鍾山寺送曾人倩歸嶺南》。

[一] 二首，底本無此二字，據目録補。

送趙仁甫令梁山

桃花零亂柳如絲，正是河橋賦別時。衣帶江州司馬泪，帆過湘水舜妃祠。梟飛雙舄看應遠，猿叫三聲聽漸悲。夔府孤城縱臨眺，陽臺雲雨望中疑。

【編年】萬曆二十一年癸巳（一五九三）。

【箋】趙仁甫　即趙世顯，詳本卷《送趙仁甫司理左遷之京》。

梁山　今四川梁平縣。

○李賢《大明一統志》卷七十《四川·夔州府》『梁山縣』條：『在府城西六百里，本漢朐䏰縣地，西魏置梁山縣……元改軍爲梁山州，本朝洪武七年省州入梁山縣。』

江州司馬　詳卷六《送白經歷入覲》。

夔府　詳本卷《送人入蜀》。

【附】徐㶿《送趙仁父令梁山》：『四牡驕嘶逐曉風，王程何日到蠶叢。錦官驛路殘雲外，白帝城墻落照中。百里弦歌誇茂宰，千年風化説文翁。釜中自有游鱗在，莫問魚來丙穴中。』（《鼇峰集》卷十三）

送人游吴楚

津亭垂柳緑烟絲，萬里關山匹馬遲。去國正當春盡後，登樓多在日斜時。楚江草長悲鷓鴣，吴苑花深走鹿麋。説别何須共惆悵，秋風摇落是歸期。

【編年】萬曆二十一年癸巳（一五九三）。
【箋】鸚鵡　鸚鵡洲，在湖北武昌市西南。
○崔顥《黄鶴樓》：「晴川歷歷漢陽樹，芳草萋萋鸚鵡洲。」
吴苑　詳卷二《懷沈從先》。
【評】朱彝尊《静志居詩話》卷十六「徐熥」條：「惟和力以唐人爲圭臬，七絶原本王江寧，聲諧調暢，情至之語，誦之蕩氣迴腸。」

淘江舟中送張博士之官鎮海

淘江此夜暫同舟，千里清漳君去游。春雨滿庭肥苜蓿，青山一路響輈輖。雲開蜃結空中市，晝静鱣飛海上樓。自是官閑堪坐嘯，刺桐花下日淹留。
【編年】萬曆二十一年癸巳（一五九三）。
【箋】淘江　又稱陶邊，在福州。
○王應山《閩都記》卷十四《郡南閩縣勝迹》「淘江」條：「在永慶里，臨以塔峰、長林之勝。江邊有亭，俗呼淘邊。」
○曹學佺《大明一統名勝志·福建》卷一《福州府》「淘江」條：「在塔林山下。又自此至大義，總名瀨江。」
鎮海　鎮海衛。福建海防十一衛之一，在漳州府。

○《〔萬曆〕漳州府志》卷二十三『鎮海衛』條：『鎮海衛城，在漳浦縣二十三都太武山之南，鴻山之上。國朝洪武二十年，江夏侯周德興修以備倭。』

過常思嶺憩福海庵次韻〔一〕

白雲深處梵王家，回望千層鳥道賒。滿室空香薰貝葉，一聲殘磬落松花。聽經野鹿群依草，出定山僧獨施茶。禮罷瞿曇留偈別，寒鴉影裏夕陽斜。

【編年】萬曆二十一年癸巳（一五九三）。

【箋】常思嶺　在福州東南，横跨福州、福清兩地。

○王應山《閩都記》卷十三『郡東南勝迹』：『界閩、福清二縣，高數千仞，袤二三里，又名相思嶺。高處有福海庵，有亭以憩行者。』

瞿曇　對佛的尊稱。

【附】徐𤊹《憩福海庵次韻》：『踏遍危峰到梵家，白雲流水望中賒。隔山斷崖千重翠，滿路東風二月花。座上焚香翻貝葉，佛前鳴磬供新茶。樵歌隱隱孤材外，回首平林夕陽斜。』（《閩都記》卷十三）　陳薦夫《游福海庵》：『獨尋雙樹叩禪關，身世無如雲影間。秋草自生僧定處，岩花故落水流間。天遥西嶺斜陽路，鳥外東林過縣山。遠樹蕭蕭明月裏，一聲孤磬送人還。』（《水明樓集》卷五）

〔一〕《過常思嶺憩福海庵次韻》，王應山《閩都記》卷十三『郡東南勝迹』引此詩，作《憩福海庵》。

紫雲洞

石燈虚閣影沉沉，萬壑松風起夕陰。斷壁只餘蒼薜合，洞門長鎖紫雲深。一聲鐵笛破殘夢，半夜疎[一]鐘清道心。跨鯉仙人何處去，琪花瑶草不堪尋。

【編年】萬曆二十一年癸巳（一五九三）。

【箋】紫雲　紫雲洞，在福清石竹（竺）山。○王應山《閩都記》卷二十七《郡東南福清勝迹》「石竺山」條：「山有紫雲洞，羅漢石、普陀岩、靈寶觀、半山亭……之勝。」

淘江訪林德鳳茂才

一榻矛茨倚翠微，暫將生計托漁磯。門當瀨水潮常早，路繞方山客到稀。柳外鶯聲喧午夢[二]，庭前花片點春衣。與君相見即相別，月落江頭未忍歸。

【編年】萬曆二十一年癸巳（一五九三）。

【箋】方山　詳卷六《方山嚴孝子》。

淘江　詳本卷《淘江舟中送張博士之官鎮海》「淘汀」條。

［一］疎，鄭跋本、福建師大本、文淵閣《四庫全書》本作「石」。

［二］柳外鶯歌喧午夢，鄭跋本、福建師大本、文淵閣《四庫全書》本作「窗外竹聲喧午夢」。

宿鼓山寺方丈二首[一]

其一

維摩丈室絶塵氛，坐對珠龕演梵文。松際窺人孤嶂月，山中留客半床雲。疏鐘出寺過林隱，怪鳥啼春徹夜聞。真性由來愛空寂，名香親向殿前焚。

其二

孤峰天畔削芙蓉，入夜遥看紫翠重。一片禪心千澗水，五更殘[二]夢數聲鐘。雲生浄土龍歸鉢，露冷空壇鶴唳松。借宿僧寮經幾載，蒼苔埋却舊游蹤。

【編年】萬曆二十一年癸巳（一五九三）。

【附】徐𤊹《宿鼓山寺方丈》：『青山別幾年，此夜宿諸天。花暗經臺下，雲生佛座前。野猿啼落月，孤鳥度寒烟。頓覺禪心寂，浮生空惘然。』（《鼇峰集》卷十）

[一]《宿鼓山寺方丈》，王應山《閩都記》卷十二『郡東』引此二詩，作《宿鼓山寺》。二首，底本無此二字，據目録補。

[二] 殘，鄭跋本、福建師大本、文淵閣《四庫全書》本作『塵』。

重游喝水巖[一]

古洞盤旋紫翠間，洞門常借白雲關。虚瓢挂樹舊[二]僧隱，昏磬出林飛鳥還。路到窮時尤巇嶫，泉經喝後不潺湲。當年舊社成陳迹，春雨春花點地斑。

【編年】萬曆二十一年癸巳（一五九三）。

【箋】喝水岩　在鼓山，詳卷五《喝水岩贈瓢庵頭陀》。

【附】陳鳴鶴《同鄭君大林熙工王玉生宿喝水岩聞惟和與惟秦先一日來游》：『歷盡懸崖度石橋，疏林積翠晚蕭蕭。河山百粵通滄海，岩岫千層出紫霄。酒伴已乘黄鶴去，玉笙空憶鳳凰調。定知今夜茅齋下，望斷雲霞共寂寥。』（《泡庵詩選》卷五）

半山小憩呈惟秦

千層鳥道一筇扶，三月東風響鷓鴣。花發幽岩紅躑躅，雲生絶壁翠餖糊。七閩形勝山河壯，萬頃滄溟島嶼孤。徐福求仙空入海，誰知此地即仙都。

【編年】萬曆二十一年癸巳（一五九三）。

【箋】半山　福州鼓山之半山寺。

［一］《重游喝水巖》，王應山《閩都記》卷十二《郡東》引此詩，作《游喝水巖》。黄任《鼓山志》此題下注『萬曆甲申年夏』，恐非。

［二］舊，鄭跋本、福建師大本、文淵閣《四庫全書》本作『老』。

○陳宏己《鼓山游記》：『由石橋左折，經半山寺，寺故富麗甲閩寺。』（黄任《鼓山游記》卷八）

徐福　秦代著名方士。字君房，齊琅琊（今江蘇連雲港贛榆區）人。秦始皇遣其率童男童女數千入海求仙。

落花四首[一]

其一

春光九十似飛蓬，點徑殘英片片紅。逐水幾看過別澗[二]，因風時得入簾櫳。杜鵑有恨啼新泪，蛺蝶無心戀舊叢。獨有香魂飛不散，明年仍發故枝中。

其二

佳人無計可留春，每見紛飛祇自顰。總爲韶華能起恨，亦緣衰謝易傷神。輕狂已逐泥中絮，流落空沾馬後塵。莫惜花前頻載酒，浮生能得幾花辰。

其三

一番風雨一番憐，却笑東皇浪有權。才見芳英明上苑，忽驚飛片落階前。倦游公子辭金谷，醉舞佳人卸翠鈿。惆悵春光容易度，不堪憑欄聽啼鵑。

［一］　四首，底本無此二字，據目録補。

［二］　別澗，鄭跋本、福建師大本、文淵閣《四庫全書》本作『澗壑』。

其四

乍向[一]清池映曉妝，驚看池面貼殘芳。武陵谿上春風暗，金谷[二]園中夜雨狂。緑葉成陰添茂緑[三]，紅英落盡尚餘香。含情最恨東君惡，不向人間理斷腸。

【編年】萬曆二十一年癸巳（一五九三）。

【箋】金谷　詳卷三《帝京篇》。

杜曲　在今陝西西安。

○李賢《大明一統志》卷三十二《陝西・西安府上》「杜曲」條：『在府城南下杜，本杜岐公別墅，杜牧又增之，名「樊水園」，與韋曲相埒。』

柳

千絲萬縷鬥妖嬈，和雨和烟陌上飄。夜夜笛聲關塞路，年年離恨[四]灞陵橋。隋堤游女輸濃黛，楚國佳人鬥細腰。只恐章臺春易老，一回攀折一[五]蕭條。

[一] 向，鄭跋本、福建師大本、文淵閣《四庫全書》本作『見』。

[二] 金谷，鄭跋本、福建師大本、文淵閣《四庫全書》本作『杜曲』。

[三] 薇葉成陰添茂緑，鄭跋本、福建師大本、文淵閣《四庫全書》本作『緑葉成陰空自媚』。

[四] 離恨，鄭跋本、福建師大本、文淵閣《四庫全書》本作『杯酒』。

[五] 一回攀折一，鄭跋本、福建師大本作『幾回攀折恨』。

【編年】萬曆二十一年癸巳（一五九三）。

【箋】隋堤　隋煬帝沿通濟渠、邗溝河岸修築的御道，兩旁種植楊柳，後人謂之隋堤。

灞陵橋　詳《約女大女翔振狂惟秦在杭藤山看梅二首》『灞橋』條。

章臺　章華臺，古臺名。詩詞多用于折柳送別之處。

【附】徐𤊹《新柳》：『休論漢苑與隋宫，無力難禁繫玉驄。色借酒旗烟散後，影殘羌笛月明中。低垂客舍人初别，乍隔章臺路不通。莫謂黛眉今尚淺，堤頭容易起西風。』（《鼇峰集》卷十三）

白桃花

春風吹遍武陵源，幻出瑶枝樹樹繁。色似何郎初傅粉，嬌同妃子乍承恩。開當微雪[一]渾無迹，落向蒼苔[二]覺有痕。獨愛羽衣花下客，玉笙聲斷月黄昏。

【編年】萬曆二十一年癸巳（一五九三）。

【箋】何郎　即何晏，詳卷三《贈歌者》。

妃子　指楊貴妃。

桃花片

一夜天孫剪絳綃，滿林紅雨亂蕭蕭。武陵溪上香魂散，露井風前艷質銷。粉黛凋殘留半靨，胭脂零

[一]　微雪，鄭跋本、福建師大本、文淵閣《四庫全書》本作『柳絮』。

[二]　蒼苔，鄭跋本、福建師大本、文淵閣《四庫全書》本作『苔裀』。

落帶餘嬌。崔郎腸斷尋春處，人面花容兩寂寥。

【編年】萬曆二十一年癸巳（一五九三）。

【箋】崔郎　唐詩人崔護。其《題都城南莊》云：『人面不知何處去，桃花依舊笑春風。』

花影二首[一]

其一

斜陽影裏月明中，一種葳蕤幻兩叢。栖鳥踏[二]時還蕩漾，輕雲遮處更朦朧。風吹頻覺嬌無力，天暝方知色是空。忽訝落英飛滿徑，幾迴持帚誤呼童。

其二

芳英灼灼葉蓁蓁，倒影雕欄態更新。忽遇燈光成幻境，倩將月色爲傳神。分明鏡裏看珠翠，彷佛帷中見美[三]人。世界陰晴元不定，可憐生滅總非真。

【編年】萬曆二十一年癸巳（一五九三）。

水中花影

一枝濃艷俯滄浪，仿佛還疑鏡裏妝。波面波心飛蛺蝶，樹頭樹尾宿鴛鴦。浮萍點綴偏生色，流沫潺

[一]　二首，底本無此二字，據目録補。

[二]　栖鳥踏，鄭跋本、福建師大本、文淵閣《四庫全書》本作『零露滴』。

[三]　美，鄭跋本、福建師大本、文淵閣《四庫全書》本作『玉』。

湲豈有香。借問嬌姿誰得似，洛神方在水中央。

【編年】萬曆二十一年癸巳（一五九三）。

【箋】洛神　魏曹植有《洛神賦》。

夕陽

羲馭難留忽已西，東山猶帶一痕低。能催古寺疏鐘起，漸聽孤城畫角齊。影入蘆花群雁落，光銜茅屋亂鷄栖。此時誰是銷魂者，戍婦閨中最慘凄。

【編年】萬曆二十一年癸巳（一五九三）。

【箋】羲　羲和，傳説中的『日馭』，即太陽的車馬手。

白雁

蹁躚刷羽度衡陽，遥望還疑縞素妝。起處蘆花飄岸渚，低時殘雪點瀟湘。帶來遠塞千山月，叫落深秋[一]半夜霜。影入薄雲看不見，湖光漠漠楚天長。

【編年】萬曆二十一年癸巳（一五九三）。

【附】徐𤊹《白雁》：『恍似緱山着羽衣，霜翎翻落粉霏霏。秋鳴月色清音遠，夜泊蘆花片影微。玉塞沙明宜獨宿，銀河浪静稱孤飛。滿身帶得天山雪，長伴蘇卿皓首歸。』（《鼇峰集》卷十六）

[一] 秋，鄭跋本、福建師大本、文淵閣《四庫全書》本作『林』。

【箋】衡陽　今屬湖南。衡陽有迴雁峰，北雁南來，至此過冬。

白燕

呢喃長日晝梁中，素質冰肌迴不同。玉剪飛時遥可辨，寶釵化去竟成空。梁園夢繞梨花月，隋苑聲殘柳絮風。莫戀烏衣歸舊國，藏身合在水晶宫。

【編年】萬曆二十一年癸巳（一五九三）。

【箋】梁園　即梁苑，詳卷五《約女大女翔振狂惟秦在杭藤山看梅二首》。

隋苑　詳本卷《寄夏玄成》。

烏衣　詳本卷《送在杭司理湖州四首》。

【附】徐𤊹《白燕》：『不入朱門繞玳梁，水晶簾箔影迷藏。舞來掌上嬌明玉，眠向樓中伴曉霜。拂水過時分緑皺，銜花飛處點紅妝。好隨買笑張公子，皓首歸來日日忙。』（《鼇峰集》卷十五）

弓

誰挽烏號五石强，由來猿臂可穿楊。蛇疑杯裏終難釋，鳥盡林中便已藏。開處流星過絶塞，挂時殘月在扶桑。世間得失原無定，尼父當年笑楚王。

【編年】萬曆二十一年癸巳（一五九三）。

萍

有葉無根不用栽，還疑水面長蒼苔。游魚吹浪重重翠[一]，彩鷁銜波兩兩開。却得微風依岸泊，不容明月入池來。忽然一夜添新雨，踪迹飄零信可哀。

【編年】萬曆二十一年癸巳（一五九三）。

【箋】尼父　即孔子。

○《孔子家語·好生》：「楚王出游，亡弓，左右請求之。王曰：『止。楚王失弓，楚人得之，又何求之？』孔子聞之，曰：『惜乎其不大也。不曰「人遺弓，人得之」而已，何必楚也？』」

蝶

傳粉嬌姿五色衣，由來生性愛芳菲。夜深栩栩夢中化，日午雙雙花底飛。偷得餘香過別院，帶將春色入簾幃。只愁荏苒韶光暮，飄泊知從何處歸。

【編年】萬曆二十一年癸巳（一五九三）。

元夕冰燈

燈燭熒熒照夜闌，分明影裏見琅玕。雙雙羅襪凌波濕，朵朵金蓮出水寒。新製恍疑來貝闕，高懸只合在瑶壇。爲言火樹休相逼，只恐清輝一夕殘。

［一］翠，鄭跋本、福建師大本、文淵閣《四庫全書》本作「亂」。

【編年】萬曆二十一年癸巳（一五九三）。

【附】徐𤓰《咏元夕冰燈》其一：『火樹熒煌列畫堂，獨懸銀燭映琳琅。雙雙湘佩臨波解，顆顆隋珠徹夜光。一片空潭澄净水，半輪微月照寒霜。春霄縱欲千巡酒，猶怯餘輝滿座凉。』其二：『玉壺一片差堪同，遥望還疑色是空。夜月遠侵雲母障，夕陽斜照水晶宫。輝煌影射翻生白，熒焰花開不見紅。只合高懸何處所，蕊珠殿裏廣寒中。』（《鼇峰集》卷十三） 曹學佺《咏冰燈》：『去歲天寒甚，閩人始識冰。飄零空滿樹，鏤刻可成燈。薄處光彌見，消時氣欲蒸。想無嫌嚼火，只畏太陽升。』（《西峰六四草》不分卷）按：此詩作于崇禎十年（一六三七），閩少冰，録以備考。

虞美人草

青草香魂是翠蛾，托根元屬楚山河。年年野燒咸陽火，夜夜啼螿玉帳歌。恨血清霜凝處滿，泪痕殘雨滴時多。漢宫亦有如花貌，誰向春風化碧莎。

【編年】萬曆二十一年癸巳（一五九三）。

【箋】咸陽火　詳卷三《彭城行》。

玉帳歌　指項羽與虞美人訣别所唱《垓下歌》。

【附】徐𤓰《虞美人草》：『離離原上舞東風，却似悲歌玉帳中。夜雨香魂空化碧，夕陽恨血尚留紅。新痕有意生淮水，淺黛何心鎖沛宫。一自笛聲吹散後，更無愁色渡江東。』（《鼇峰集》卷

十四）

病美人

長伴流蘇與合歡，腰肢瘦盡黛眉殘。漸看衣帶愁中緩，却恨春光枕上闌。夢去何心游楚峽，起來無力步邯鄲。一從玉指纖纖困，挂壁秦箏久不彈。

【編年】萬曆二十一年癸巳（一五九三）。

【箋】楚峽　此處指巫峽，詳卷三《帝京篇》。

邯鄲　今屬河北。邯鄲學步，成語。

老農

容貌衰癯兩鬢華，難將生計事污邪。手栽禾黍知多少，眼見田園屬幾家。時課兒孫勤耨獲，閑從鄰叟話桑麻。昨朝扶杖過春社，還祝甌窶欲滿車。

【編年】萬曆二十一年癸巳（一五九三）。

老醫

曾將奇術冠青囊，八十年前遇長桑。臂在不知經幾折，眼花何用檢諸方。有劑可令千人活，無藥能銷兩鬢霜。橘老杏殘筋力盡，定應死去作醫王。

【編年】萬曆二十一年癸巳（一五九三）。

題王太史家藏孫都護墨菊

西園公子費瑜麋，貌得寒花色更奇。玄品合栽陶令宅，幽姿宜傍右軍池。青烟落處渾無辨，白露凝時却易知。籬下幾人能識取，祇疑佳種出松滋。

【編年】萬曆二十一年癸巳（一五九三）。

【箋】王太史　即王應鍾。

○《筆精》卷七『藏書』條：『又林方伯公懋和、王太史公應鍾，亦喜聚書，捐館未幾，書盡亡失。然四公之書，咸有朱黃批點句讀，余間得之，不啻拱璧也。』

右軍　即王羲之，字逸少，世稱王右軍，東晋書法家、文學家。琅邪（今山東臨沂）人，移居會稽山陰（今浙江紹興）。

松滋　今屬湖北省。

水簾

潺潺千點響淙淙，一片冰綃挂碧空。日射恍疑金絡索，月明如坐水晶宮。神龍噴處珠盈貫，玉女來時佩馭風。十二闌干遥騁望，萬重山色總朦朧。

【編年】萬曆二十一年癸巳（一五九三）。

壽林天懋母黄太夫人二首[一]

其一

百斛璚漿滿玉壺，壽筵猶進太官厨。堂前賓客皆鴛侣，膝下郎君是鳳雛。重見封章傳内使，又看書信寄麻姑。傍人莫問千秋筭，五岳長存海不枯。

其二

仙衣初剪紫霞綃，鏡裏霜鬟尚未凋。賢媛正宜參八座，殊恩今已錫三朝。吹從玄鶴空中度，書寄青鸞海上遥。多少翟公門下客，紛紛猶進白雲謡。

【編年】萬曆二十一年癸巳（一五九三）。

【箋】林天懋　即林世勤，詳卷六《喜林天懋至得家書》。

翟公　詳卷六《題顧學憲先生聞禽閣》。

幔亭集卷七終

[一]　二首，底本及目録無此二字，據全書體例補。

幔亭集卷之八

閩中徐　熥惟和著
友人陳薦夫幼孺選
王　若相如編

七言律詩

冶城懷古二首[一]

其一

千里山河霽色開，清秋臨眺獨徘徊。虹橋隱隱龍江繞[二]，雁塔雙雙雉堞迴。落日寒湖螺女渡，冷烟衰草越王臺。當年霸業俱塵土，愁聽荒原鳥雀哀。

[一]《冶城懷古二首》，此詩及以下福建師大本缺，以鈔本補。二首，底本無此二字，據目録補。
[二] 龍江繞，王應山《閩都記》卷二《城池總叙》引此二詩，作『龍江遠』。

其二

冶城日落亂啼鴉，城上烏烏[一]起暮笳。四野桑麻八閩郡，千村烟火萬人家。無諸古殿傷青草，南宋行都想翠華。人事已非湖水在，年年風雨長蒹葭。

【編年】萬曆二十年壬辰（一五九二）。

【箋】冶城　福州别名。

○王應山《閩都記》卷二《城池總叙》：『閩自無諸開國，都冶爲城，所從來久遠。晋太康三年，置郡樹牧，狹視冶城。太守嚴高詢于郭璞，乃經始于越王山之南。唐、宋而後，漸次增拓。國朝因宋、元之舊，初創樓櫓，後砌敵臺，覆以重屋，門列七城，隱然金湯之固。』

○曹學佺《西峰字説》卷廿二《福建·福州府》：『無諸都冶城，據將軍山、歐冶池以爲勝。歐冶，謂歐冶子鑄劍之所，池闊數畝，風雨烟波之夕，猶有遺鏃出于竹林。』

龍江　詳卷五《同女翔在杭看梅先宿蘆中磯》『白龍江』條。

螺女渡　詳卷五《送葉廷藎》。

越王臺　詳卷七《送蒼峽王巡檢罷官歸鄉》『釣龍臺』條。

雁塔雙雙　指福州城内烏塔和白塔。

[一] 烏烏，《閩都記》卷二引作『嗚嗚』。

八閩　明初福建置八府。

○李賢《大明一統志》卷七十四《福建布政司》：『本朝置福建等處承宣布政使司，領福州、泉州、興化、建寧、延平、汀州、邵武、漳州八府，置福建都指揮使司。』

無諸　秦漢之際閩越王，詳卷三《送柯秀才還莆》『越王城』條。

南宋行都　在今福州林濂村平山。

○王應山《閩都記》卷十三《郡東南閩縣勝迹》『平山福地』條：『有堂閣，今廢爲泰山東岳行祠。明林濂《平山懷古》：「翠輦金輿載恨游，豈緣南越覓丹丘。鐘聲落日孤村寺，海色西風萬里舟。王氣銷沉天地老，胡塵溟漠古今愁。傷心最是濂江水，還繞行宫山下流。」』

【附】徐𤊹《冶城懷古二首》：『溟濛滄海冶城連，却憶無諸建國年。十萬人家烟漠漠，三山宫闕草芊芊。蓮花高嶺秋蕪外，金粟荒臺夕照邊。千載龍飛遺廟在，寒鴉空噪暮雲天。』又：『北郊荒坂白雲平，開運中年此戰爭。甲第朱門長樂郡，管弦燈火晋安城。夕陽仙觀孤鐘杳，夜雨歐池古劍鳴。極目河山增感慨，釣龍臺上月空明。』（《鼇峰集》卷十三，王應山《閩都記》卷二引『廟』作『嶺』。）按：此詩作于萬曆二十年壬辰（一五九二）。

垂虹橋别顧學憲先生

垂虹橋畔水悠悠，無數青山起暮愁。衰柳亂蟬[一]驚遠夢，蘆花殘[二]月隱孤舟。吴江露下丹楓冷，震澤雲寒白雁秋。此去風帆何處泊，相思明日隔滄洲。

【編年】萬曆二十年壬辰（一五九二）。

【箋】垂虹橋　又名長橋，在江蘇蘇州。○李賢《大明一統志》卷八《中都·蘇州府》『長橋』條：『在吴江縣東門外，舊名垂虹橋。橋東西千餘尺，横跨松江，前臨太湖，乃吴絶景也。』

吴江　詳卷六《松陵舟中送幼孺入苕川兼柬在杭使君及苕中諸舊游》『松陵』條。

震澤　詳卷六《松陵舟中送幼孺入苕川兼柬在杭使君及苕中諸舊游》『太湖』條。

夜聞吴女誦經

佳人何意悟禪那，夜誦金經數百過。窈窕相中疑大士，妖浮聲裏半彌陀。還于女伴歌吟懶，自與尼師結拜多。謾道西鄰歸彼岸，此生無計度恒河。

【編年】萬曆二十年壬辰（一五九二）。

【箋】金經　即《金剛經》，《能斷金剛般若波羅蜜經》之簡稱，又稱《金剛般若波羅蜜經》。佛

［一］衰柳亂蟬，鄭跋本、鈔本、文淵閣《四庫全書》本作『桐葉戰風』。

［二］殘，鄭跋本、鈔本、文淵閣《四庫全書》本作『含』。

教經典，傳播廣泛。

擬咸陽懷古

咸陽禾黍正離離，人代興亡豈有期。廢殿秋風秦劍戟，荒山夜雨漢旌旗。茂陵空灑千行泪，渭水長流萬古悲。何處登臨最惆悵，樂游原上日斜時。

【編年】萬曆二十年壬辰（一五九二）

【箋】咸陽　詳卷三《彭城行》。

茂陵　茂陵城，詳卷七《哭邵夢弼廣文二首》。

渭水　又稱渭河，黄河支流，流經陝西。

○李賢《大明一統志》卷三十二《陝西・西安府》「渭河」條：「在府城北五十里，出臨洮府渭源縣鳥鼠山西北谷。東流至盩厔、興平、咸陽、渭南、至華陰界入黄河。」

樂游原　故址在西安城南。

○李賢《大明一統志》卷三十二《陝西・西安府》「樂游原」條：「在府城南八里。《漢書》：宣帝起樂游廟，在曲江北，亦曰樂游苑。其地多玫瑰樹、苜蓿草。」

愛妾换馬二首[一]

其一

如燕如龍户外嘶，行雲行雨意凄凄。青蛾永别黄金屋，赤兔新翻碧玉蹄。雖有飛騰空冀北，更無歌舞出樓西。他時紫陌相逢處，望見銀鞍不住啼。

其二

雙眉顰蹙四蹄翻，皂櫪無聲被不温。憔悴難忘當日寵，悲鳴猶戀主人恩。强隨夜月登妝閣，愁逐秋風出塞垣。金埒玉樓遥騁望，幾多汗血幾啼痕。

【編年】萬曆二十一年癸巳（一五九三）。

【附】徐㶿《愛妾换馬》：『玉勒銀鞍金市東，羅幃錦帳綉床空。蛾眉愁殺三更月，龍種嘶殘萬里風。縱使驊騮知牝牡，誰憐鸞鳳失雌雄。如何兩頰芙蓉色，不及桃花一點紅。』（《鼇峰集》卷十三）

夏日靈山堂避暑[二]

灌木陰中共倚欄，飛來蒼翠落檐端。滿林花雨諸天近，六月松風一座寒。鳥入亂雲翻影滅，蟬當斜日送聲殘。相逢正有淹留興，其奈疏鐘報夜闌。

［一］二首，底本無此二字，據目録補。
［二］《夏日靈山堂避暑》，《閩都記》卷八引此詩。

【編年】萬曆二十一年癸巳(一五九三)。

【箋】靈山堂　在福州芝山東。

○王應山《閩都記》卷八《郡城東北隅》『靈山堂』條：『在芝山之東。舊爲開元寺經院，有僧綱司。嘉靖間，高侍御世魁乞爲別館，後人方序班增構亭榭。侍御没未五十年，已易數主。』

○曹學佺《靈山鐵佛殿後山建臺記》：『鐵佛殿初與開元末合并時，屬諸靈山，靈山之脉自樣樓隱隱穿歐冶池來，至鐵佛殿之後山，亦稱頂矣。』(《石倉文稿》卷六)

越王臺懷古[一]

山河如故霸圖休，臺下空江水自流。歲久莓苔生廟壁，日斜葭菼滿汀洲。旌旗影滅秋風冷，劍戟聲沉暮雨愁。莫道釣龍人已遠，精靈還向夜深游。

【編年】萬曆二十一年癸巳(一五九三)。

【箋】越王臺　詳卷七《送蒼峽王巡檢罷官歸鄉》『釣龍臺』條。

【附】陳椿《越王臺懷古》：『釣龍臺枕大江隅，江水滄茫帶緑蕪。城廓昔曾歸霸略，山川今已入皇圖。片帆落日沉孤鳥，畫角凄風起暮烏。欲向斷碑探往事，苔痕半已没龜趺。』(《景于樓稿》，曹學佺《石倉十二代詩選·社集》；又《閩都記》卷十四《郡南閩縣勝迹》)　鄧原岳《越

[一]《越王臺懷古》，王應山《閩都記》卷十四《郡南閩縣勝迹》引此詩。

王臺懷古》：『日落汀洲江吐雲，君王遺殿晚氤氳。樓船北出鄱陽道，劍璽東歸威武軍。馬瀆潮平天外直，龍湫潮咽夜深聞。一時霸業堪蕭索，愁對青山越水濆。』（《西樓集》卷五）；又（《閩都記》卷十四《郡南閩縣勝迹》）　陳薦夫《越王臺懷古》：『八郡封疆世幾更？高臺尚有越王名。雲山不變古今色，江水但流嗚咽聲。逐鹿舊都無客在，釣龍荒井幾時平？遺民只用矜形勝，聖代萬年誰戰爭。』（《水明樓集》卷五；又《閩都記》卷十四引，『八』作『七』）　徐𤊹《越王臺懷古》：『寂寞高臺翠色重，居人千載吊遺踪。殿前烟雨迷銅獸，江上風雷起玉龍。城廓萬家猶禹貢，河山八郡舊秦封。昔時霸業蕭條盡，空有寒潮送暮鐘。』（《鼇峰集》卷十三，又《閩都記》卷十四）

寄長溪史使君德明

少年作郡到長溪，五馬時從柳外嘶。官舍鳥啼春寂寂，公庭吏散草萋萋。山城夜月聞弦誦，瘴海秋風絶鼓鼙。日向習家池上醉，兒童争唱白銅鞮。

【編年】萬曆二十一年癸巳（一五九三）。

【箋】長溪　指福寧州。詳卷三《瞻鳳歌爲張叔弢賦》。

史使君德明　即史起欽，鄞縣（今浙江寧波）人。福寧州知州。

習家池　詳卷三《贈歌者》。

白銅鞮　樂府詩題。

送林熙工陳女[一]翔陳伯孺潮上人游武夷

津亭落木已紛紛，無那離情對夕曛。極浦風烟隨鳥盡，寒潭秋色與僧分。蘭舟獨載千峰月，竹杖同扶九曲雲。此日江籬正堪采，爲余遥薦武夷君。

【編年】萬曆二十一年癸巳（一五九三）。

【箋】潮上人　詳卷五《贈潮上人》。

九曲　九曲溪，詳卷三《題高漫士晚閣溪雲圖》。

武夷君　詳卷三《題高漫士晚閣溪雲圖》。

秋日陳女[二]大載酒林氏水亭

滿天秋色雁邊遥，載酒芳園暑氣消。柳外鳴蟬寒度雨，竹間小浦暗通潮。半林緑樹迷危堞，一帶蒼山隔斷橋。此地相逢不沈醉，更于何處避塵囂。

【編年】萬曆二十一年癸巳（一五九三）。

【箋】陳女大　即陳椿。

送老卒還鄉

少小從軍出玉門，蕭蕭白髮返丘園。塞垣此別休回首，舊路重經更斷魂。殘橐只餘孤劍在，故鄉知

[一]　女，文淵閣《四庫全書》本作『汝』。

[二]　女，文淵閣《四庫全書》本作『汝』。

有幾家存。古來征戍生還少，何必封侯是主恩。

【編年】萬曆二十一年癸巳（一五九三）。

【箋】玉門　玉門關，詳卷三《古戰場》。

【附】陳薦夫《老卒還鄉》：『銷盡寒光舊鐵衣，幾人垂白出重圍。軍中莫附還鄉信，猶恐殘魂未必歸。』（《水明樓集》卷八）　謝肇淛《從軍行送老卒還鄉》：『太白秋亘天，胡雛窺青海。前軍初合圍，夜奪單于壘。雕弓上新弦，勁馬蒙重鎧。血滿川原腥，雲愁天地改。功成百戰餘，老去一身在。腰間雙寶刀，缺盡無光彩。往事春夢中，驚定還自悔。空巷無四鄰，倚杖柴門外。』（《小草齋集》卷四）按：此詩睦同題作。　徐熥《送老卒還鄉二首》，其一：『蕭蕭白髮出重圍，萬里鄉關此日歸。烏隼不從沙上戰，羽書猶向夢中飛。九邊夜静閑刁斗，絶寒秋游卸鐵衣。想對故園兒女子，幾回含涕説金微。』其二：『沙場少小事櫜鞬，垂老生還别塞垣。無限繫心思故國，不堪回首望秋原。腰間寳劍當年氣，臂上金鎗舊日痕。歸到家山明月夜，尚疑烽火照營門。』（《鼇峰集》卷十三）

經古戰場

蕭條殘壘不勝悲，此地曾經幾亂離。恨血尚餘春草裏，游魂多出夕陽時。瀟瀟寒雨聞刁斗，漠漠陰雲見羽旗。滿路干戈愁轉戰，胡笳休向馬頭吹。

【編年】萬曆二十一年癸巳（一五九三）。

【附】鄧原岳《擬過古戰場》：『平原一望思堪迷，沙漠無人去鳥低。殘壁如聞山鬼哭，荒營惟有野狐啼。秋風處處催楊柳，夜雨年年長蒺藜。白骨孤魂多少恨，烽烟還照薊門西。』（《西樓集》卷六）　徐𤊹《古戰場》：『欃槍空照古行營，此地猶傳舊戰争。雲雨晝分金甲影，風雷夜吼寶刀聲。連天白草冤魂苦，滿目黄沙恨血明。枯骨河邊看似雪，年年惟有亂鴉鳴。』（《鼇峰集》卷十三）

贈顔廷愉將軍

其一

姓名曾冠少年場，逆旅相逢意慨慷。能以三都雄藝苑，還將一劍倚扶桑。燕臺擊有荆軻筑，粤國游無陸賈裝。爲愛瑯琊門下士，如君詞賦獨升堂。

其二

詩名久已動長安，此日仍登上將壇。投筆耻爲秦博士，横戈今作漢材官。常拚一命酬知己，不愛千金贈所歡。莫道書生無遠略，東封函谷有泥丸。

【編年】萬曆二十一年癸巳（一五九三）。

【箋】顔廷愉　詳卷五《送顔廷愉將軍料兵海壇山》。

三都　《三都賦》，西晉左思作。

陸賈　漢初名臣，楚國人。

函谷　函谷關，在今河南洛陽西北，有舊關、新關二處。

○李賢《大明一統志》卷二十九《河南·河南府》『函谷舊關』條：『在靈寶縣南一十五里，老聃西度、田文東出，皆此。左右有望氣、鷄鳴二臺。』又『函谷新關』條：『在新安縣東二里，項羽坑秦降卒處。』

秋日居法雲寺喜瀚上人見訪

門掩蒼苔一徑幽，白雲應爲遠公留。疏鐘隱隱諸天暮，殘葉蕭蕭滿地秋。竹院又逢今日話，芝山猶憶舊時游。此中傳偈多禪侶，何必浮杯到沃州。

【編年】萬曆二十一年癸巳（一五九三）。

【箋】法雲寺　詳卷五《法雲寺對月》。

遠公　即慧遠，東晋廬山東林寺僧。雁門樓煩（今山西寧武）人，爲净土宗初祖。

瀚上人　詳卷五《訪瀚上人》。

芝山　詳卷五《芝山寺逢游元封兼懷宗振》。

秋夜同顔廷愉黎廷彬二將軍王元直秀才觀微上人興公舍弟集鄧道鳴閫帥行署賦得紫薇夜漏同用花字

虛堂良會寂無譁，忽聽譙樓鼓亂撾。響入招提隨斷磬，聲傳睥睨雜悲笳。共占此地星文聚，莫問中宵斗柄斜。滴盡銅壺天似水，月光初轉紫薇花。

【編年】萬曆二十一年癸巳（一五九三）。

【箋】顔廷愉　詳卷五《送顔廷愉將軍料兵海壇山》。

王元直　即王繼皋，詳卷二《對月遲王元直不至》。

鄧道鳴　疑爲鄧鍾，泉州衛人。福建指揮使。

【附】徐𤊹《秋夜同顔廷愉黎廷彬王元直瀚上人惟和兄集鄧道鳴行署賦得薇垣夜漏同用花韵》：『秋宵良會興偏賒，微署殘更到晚衙，銀箭頻催天色曉，玉繩低度夜光斜。聲隨月下聞人杵，響雜軍中壯士笳。酒伴詩僧歸去晚，轅門小隊散高牙。』（《鼇峰集》卷十三）　徐𤊹《與鄧道鳴將軍》：『向夕文酒相樂，尊中不空。雖明將軍帳下，珠履如雲，第不知費去凉州葡萄幾十石也。微師名結社于都城，踪迹尚如聞雲陰鶴。一枝雖借于巢林，玉粒未炊乎香積。明將軍肯發歡喜心，即種菩提根于下土矣。拙集乞付還，穢物久溷軍中，恐兵氣不揚耳。』（《紅雨樓集》册三，《上圖稿本》第四二頁，二六八頁）按：此札記當日鄧幕詩酒之事。録以備考。

顔廷愉旅館夜集聞歌

越王城裏起西風，旅館相看興不窮。詞客交情聯縞帶，美人幽恨寄絲桐。當筵夜静燈花緑，隔寺秋深落葉紅。此去豈愁逢醉尉，踏歌齊向月明中。

【編年】萬曆二十一年癸巳（一五九三）。

【箋】顔廷愉　詳卷五《送顔廷愉將軍料兵海壇山》。

越王城　詳卷三《送柯秀才還莆》。

醉尉　詳本卷《齊將軍席上聞歌》。

【附】徐𤊹《同諸子集廷愉客舍聞歌》：『將軍愛客意翩翩，旅舍頻開玳瑁筵。半夜清霜寒劍戟，一天明月送箏弦。謾從流水尋紅葉，且向青山結白蓮。文酒相歡情不淺，風流誰復似延年。』（《鼇峰集》卷十三）

陳廉訪先生七十初度

投簪久矣老滄洲，共説神仙是隱侯。衣剪烟霞輕豸綉，家營雲水比菟裘。數莖瑶草千年緑，九月黄花一徑秋。不用尋仙訪真訣，姓名元已注丹丘。

【編年】萬曆二十一年癸巳（一五九三）。

送陳道育游吴

西風蕭瑟不勝愁，無奈同心賦遠游。一帶青山吴苑暮，滿林黄葉太湖秋。離魂渺渺隨鴻斷，鄉泪潺湲逐水流。况是天涯摇落後，豈堪爲客獨登樓。

【編年】萬曆二十一年癸巳（一五九三）。

【箋】陳道育　即陳陽和，詳卷五《病中遲陳道育不至》。

吴苑　詳卷二《懷沈從先》。

太湖　詳卷六《松陵舟中送幼孺入苕川兼柬在杭使君及苕中諸舊游》。

得李伯實太學書知其移家金陵却寄

天涯久别正銷魂，忽爾開緘見泪痕。東粵梅花留去客，南朝芳草待王孫。春風八口依京國，夜月千山夢故園。往事傷心君莫問，臺城烟柳易黄昏。

【編年】萬曆二十一年癸巳（一五九三）。

【箋】李伯實　茂名（今屬廣東）人。李元暢侄孫。

臺城　故址在今南京。

○李賢《大明一統志》卷六《南京·應天府》「臺城」條：「在上元縣治東北五里，本吳後苑城，即晋建康宮城。」

【附】徐𤊹《寄李伯實移家居秣陵》：「童稚相逢廿載遥，潘郎今已鬢毛凋。客中竹葉朝朝醉，渡口桃花處處嬌。幾點烟雲山北固，數聲鐘磬寺南朝。何因倏有驚人賦，居近文通夢筆橋。」（《鼇峰集》卷十三）

同王元直讀書法雲寺賦贈

精廬高傍玉蟬峰，采葛歌成意更濃。把臂共揮花下麈，連床同聽佛前鐘。覆棋憐爾如王粲，倒屣何人是蔡邕。白首交期誰得似，寺門遥指歲寒松。

【編年】萬曆二十一年癸巳（一五九三）。

【箋】王元直　即王繼皋，詳卷二《對月遲王元直不至》。

法雲寺　詳卷五《法雲寺對月》。

采葛　《詩經·王風》篇名。

王粲　詳卷七《婁江哭王太常敬美先生寄王百谷》『仲宣樓』條。

蔡邕　東漢政治家、文學家，蔡文姬之父，字伯喈。

送林叔度游支提寺

何時踪迹别壺公，歲晚看山過霍童。客路杖藜殘雪裏，人家鷄犬亂雲中。鐘聞下界諸天近，寺隱深林一徑通。遥想空門多勝事，半龕明月幾僧同。

【編年】萬曆二十一年癸巳（一五九三）。

【箋】林叔度　即林祖恕，詳卷三《采真篇送林叔度游雁宕》。

支提寺　在寧德支提山。○李賢《大明一統志》卷七十四《福建·福州府》『支提山』條：『在寧德縣。山之東有童峰，雙峙壁立無際。西有神僧石窟、葛公仙岩，南有蘇溪、鶴嶺，北有菩薩、紫帽二峰。』按：萬曆間寧德縣改福寧州。

壺公　詳卷三《送柯秀才還莆》。

霍童　霍童山，道家第一洞天。在今寧德市。○黄仲昭《八閩通志》卷十二《地理志·寧德縣》『霍童山』條：『在縣北十二都。神仙霍童所居洞天，《記》謂「霍林洞天」是也。』

○曹學佺《大明一統名勝志·福建》卷三《福寧州·寧德縣》『霍童山』條：『《列仙傳》作「霍桐」。在縣北七十里，去平地七里，頂甚平曠，可坐百人。』

贈別康孟擔

一丘栖隱近何仙，不异龐公在漢年。名混布衣堪傲世，齋供綉佛可逃禪。尊前有客同浮白，身後誰人識太玄。此別相思勞夢寐，壺山雲樹鯉湖烟。

【編年】萬曆二十一年癸巳（一五九三）。

【箋】康孟擔　即康當世。

○郭柏蒼《全閩明詩傳》卷四十一：『康當世，字孟擔，莆田人。萬曆中諸生。』

何仙　即何氏九仙。

○李賢《大明一統志》卷七十七《福建·興化府》『何氏九仙』條：『何氏，莫詳其世代，兄弟九人居仙遊東北山中修道，固名其山曰「九仙山」，又居湖側煉丹，丹成，各乘赤鯉仙去，名其湖曰「九鯉湖」。』

龐公　詳卷五《秋日載酒同陳汝翔黃伯寵惟起惟揚二弟訪王玉生郊居》。

太玄　詳卷二《五君咏五首》。

壺山　詳卷三《采真篇送林叔度游雁宕》。

鯉湖　參見『何仙』條。

送陳元凱明經北上兼覲省二首[一]

其一

津亭落葉點衣斑，斗酒臨岐動别顔。江上流澌前嶺雪，馬頭晴樹隔淮山。征途歲晚鴻聲斷，上苑春深草色閑。此去趨庭歡不淺，可無飛夢到鄉關。

其二

江干分手動悲歌，迢遞關山歲杪過。獨夜懷人魂夢遠，中年知己别離多。車驅微月寒登隴，馬踏殘冰曉渡河。若遇長安舊相識，爲言生計久蹉跎。

【編年】萬曆二十一年癸巳（一五九三）。

【箋】陳元凱　即陳勛，閩縣（今福州）人。勛父陳樂，大理寺司務，没于京。

○《〔乾隆〕福州府志》卷六十《人物》「文苑」：「陳勛，字元凱，閩縣人。萬曆辛丑進士，除南武學教授，曆户部主事，榷廣陵關，蠲豁甚多，盡却前例錢，而歲課溢額。繼差水兑筦浦口倉，皆有善政。當時士大夫多樹黨援，勛特立孤行，無所依傍。轉郎中，托疾歸，杜門却掃，以文翰書畫自娱。起紹興守，未任，卒。著《元凱集》四十卷、《堅卧齋雜著》二十卷。」

○葉向高《明紹興府知府景雲陳公偕配詹安人合葬墓志銘》：「有《元凱集》四十卷行于世，《堅卧齋雜著》二十卷、《評選古詩文》六十卷藏于家……生于嘉靖庚申七月十二日，没于萬曆丁巳年三月十五日，

[一]　二首，底本無此二字，據目録補。

得年五十八。』（《蒼霞續草》卷十二）

【附】陳勛《將北行留別徐惟和三首》，其一：『將行對酒復聽歌，况值征鴻雪裡過。岐路自傷爲客遠，離情偏覺故人多。楓林回首山當驛，柳色驚心春渡河。離念素衣今盡染，風塵歲月恐蹉跎。』其二：『劍花襟泪共斑斑，誰唱離歌慰別顔。同調一時凌白雪，相思明日隔青山。客心迢遞浮雲去，官道逶迤落照間。中歲爲儒堪自笑，獨將短策叩燕關。』其三：『折柳紅亭酒未乾，車行且住惜餘懽。亦知舌在從游薄，奈有魂銷覺別難。弦管醉來西日落，驪駒嘶去北風寒。丈夫不必悲游子，歸去登樓莫依欄。』（《陳元凱集》卷四）；其一，陳田《明詩紀事》庚卷二十作《將北行留別徐惟和》。（上海古籍出版社一九九三年版） 徐𤇆《送陳元凱應應貢之京兼省親二首》：『翩翩征馬上王畿，正值長途百卉腓。雪滿燕臺人北望，月明淮浦雁南飛。一身作客雙龍劍，萬里寧親五色衣。此去橋門應早達，更誰同采故山薇。』又：『送君歲晚動離憂，行色匆匆不可留。莫雨寒風吴苑騎，夕陽殘雪潞河舟。南宫樹影連仙仗，壁水書聲過御樓。丘壑雲霄從此別，相思兩地總悠悠。』（《鼇峰集》卷十三）

送葉進卿太史還朝

星軺萬里上長安，歲晚關河雪欲殘。劍珮晨趨金闕霽，絲綸夜草玉堂寒。千條御柳鳴鞭過，五色宫雲拄笏看。幸有同心在霄漢，清時無用賦猗蘭。

【編年】萬曆二十一年癸巳（一五九三）。

【箋】葉進卿　即葉向高，福清人。

○《詩人爵里詳節》：『葉向高，字進卿，福清人。萬曆十一年進士，改庶吉士，任翰林侍讀、南京吏部侍郎。』（《晉安風雅》卷首）

○郭柏蒼《全閩明詩傳》卷三十一：『葉向高，字進卿，一字臺山。朝榮子，福清人。萬曆十一年進士，選庶吉士，授編修，歷官防局，南吏部侍郎，召爲禮部尚書，入直東閣，以少傅予告，再召爲少師兼太子太師、吏部尚書、中極殿大學士。卒年六十九，贈太師，謚文忠。』

陳汝大六十初度

年少曾窺寶笈文，老來高卧謝塵氛。吟邊野興隨青草，世外餘生付白雲。大藥已傳龍虎秘，閑身應混鹿麋群。桑弧正及黃花節，一度花開一壽君。

【編年】萬曆二十一年癸巳（一五九三）。

【箋】陳汝大　即陳椿，詳卷二《與陳汝大鼇峰宴集》。

送人之邊二首[一]

其一

萬里横戈賦遠征，天涯去住不勝情。隔河獵火胡兒[二]馬，古戍狼烟漢將[三]營。沙迹春深無草緑，邊城亂後少人行。客中知有還鄉夢，莫聽孤笳半夜聲。

其二

漠漠黄塵匹馬孤，馬頭今去向飛狐。望鄉臺上人思漢[四]，敕勒城中將備胡[五]。滿路寒霜朝倚劍，一天明月夜吹蘆。單于莫近陰山獵，南國書生正弃繻。

【編年】萬曆二十一年癸巳（一五九三）。

【箋】飛狐　關隘名，在今河北淶源縣北蔚縣南。

敕勒城　在内蒙古草原。

【附】徐㶿《送人之邊》：『天涯秋氣深，行子别家林。客泪月中笛，邊愁馬上砧。風沙連朔漠，

［一］二首，底本無此二字，據目録補。
［二］胡兒，文淵閣《四庫全書》改爲『秋調』。
［三］漢將，文淵閣《四庫全書》改爲『夜列』。
［四］人思漢，文淵閣《四庫全書》改爲『無青草』。
［五］將備胡，文淵閣《四庫全書》改爲『有白馬』。

鼙鼓散窮陰。後夜相思處，空聞胡雁音。』（《鼇峰集》卷十，又《晋安風雅》卷六）

無題和李義山二首[一]

其一

香燼金猊燭散風，月沉西嶺水流東。雲迷洛浦人何處，柳暗章臺路不通。遠岫似凝眉上翠，守宫猶染臂間紅。凄凉往事休重省，十載游踪嘆轉蓬。

其二

爲雨爲雲無定踪，半衾幽恨數聲鐘。弦于離緒同時斷，墨與啼痕一樣濃。無復芳心含荳蔻，空將薄命委芙蓉。西鄰只在高樓畔，似隔天台路幾重。

【編年】萬曆二十一年癸巳（一五九三）。

【箋】李義山　李商隱，字義山。唐代詩人，其《無題》最著名。

天台　詳卷二《擬登天台山》。

擬劉晨阮肇入天台效曹唐

歷盡千山與萬山，白雲飛處見松關。路從碧[二]澗通仙竇，夢絶紅塵出世間。花落洞中春寂寂，日斜溪上水潺潺。哀呼四壁多猿鳥，迷却來踪不可還。

[一]　二首，底本無此二字，據目録補。

[二]　碧，鈔本作『岩』。

【編年】萬曆二十一年癸巳（一五九三）。

【箋】劉晨阮肇　劉晨、阮肇，傳説中漢代的神仙人物。

○李賢《大明一統志》卷四十七《浙江·天台府》『劉晨阮肇』條：『漢永平中，二人入山采藥，失故道，行數里，至溪滸，二女迎歸，食以胡麻飯，後求去，指示元路。至家，子孫已七世矣。天台縣西北三十里有劉阮廟。』

曹唐　唐代詩人。字堯賓，桂州（今屬廣西）人。

【附】曹唐《劉晨阮肇游天台》：『樹入天台石路新，雲和草静迴無塵。烟霞不省生前事，水木空疑夢後身。往往鷄鳴岩下月，時時犬吠洞中春。不知此地歸何處，須就桃源問主人。』

劉阮洞中遇仙子

路入天台境寂寥，空中吹送白雲謡。桃花片片流丹壑，瑶草青青映翠翹。五色烟霞迷鶴夢，數聲環珮隔虹橋。人生莫道仙凡别，携手春風是此宵。

【編年】萬曆二十一年癸巳（一五九三）。

仙子送劉阮出洞

鷄犬聲中羽袖分，桃花折贈寄殷勤。愁來玉液誰同飲，别後瑶笙忍獨聞。踪迹但隨溪上水，仙凡只隔洞前雲。從今萬劫仍千劫，惆悵無緣再遇君。

【編年】萬曆二十一年癸巳（一五九三）。

仙子洞中憶劉郎

佳期誰信此生休，夢斷巫山幾度秋。瑶草似憐人遠去，桃花仍逐水東流。紅塵夜月空回首〔一〕，紫府春風獨倚樓。只恐重來迷處所，洞門深鎖碧苔幽。

【編年】萬曆二十一年癸巳（一五九三）。

【箋】巫山　詳卷三《帝京篇》。

劉阮再至天台不復見仙子

重到仙源路轉深，舊游踪迹已銷沉。千年山水自朝暮，四壁烟霞成古今。不見胡麻流別澗，獨聞幽鳥噪空林。早知一别無尋處，應悔當時出洞心。

【編年】萬曆二十一年癸巳（一五九三）。

蕚緑華將歸九疑留别許真人

縹緲雲駢駕彩霓，半天遥聽玉麟嘶。身歸紫府難爲别，目斷紅塵不住啼。新啓離筵鋪鳳髓，重封真誥印龍泥。黄金條脱空留贈，九點青山望已迷。

【編年】萬曆二十一年癸巳（一五九三）。

【箋】蕚緑華　傳説中女仙，九嶷山道女子羅鬱。晋穆帝時，夜降羊權家，贈權詩一篇，火澣手

〔一〕回首，鄭跋本、鈔本、文淵閣《四庫全書》本作「留枕」。

巾一方，金玉、條脱各一枚。

九疑　九疑（嶷）山，詳卷三《分得九疑山送屠田叔守辰州》。

玉女杜蘭香下嫁張碩

黄金釵股紫金鈿，忽駕鸞車降碧烟。百尺虹橋天上路，萬條花燭世間緣。雲璈曲妙調龍琯，露液杯濃啓鳳筵。却笑裴郎仙分淺，一雙玉杵種多年。

【編年】萬曆二十一年癸巳（一五九三）。

【箋】杜蘭香　傳問中的仙女。

○《墉城集仙録》：『杜蘭香者，有漁父于湘江之岸見啼聲，四顧無人，唯一二歲女子，漁父憐而舉之。十餘歲，天姿奇偉，靈顔姝瑩，天人也。忽有青童自空下，集其家，携女去，歸升天。謂漁父曰：「我仙女也，有過，謫人間，今去矣。」其後降于洞庭包山張碩家。』

張碩　傳説杜蘭香下嫁張碩。

○《太平御覽》卷七六九引《杜蘭香别傳》曰：『香降張碩，碩既成婚，香便去，絶不來。年餘，碩船行，忽見香乘車于山際，碩不勝驚喜。遥往造香，見香悲喜，香亦有悦色。言語頃時，碩欲登其車，其婢舉手折之，嶷然山立。碩復欲車前上車，奴攘臂排之，碩于是遂退。』

雲璈　詳卷七《送妓入道二首》。

○《太平廣記》卷七十引前蜀杜光庭《墉城集仙録·薛玄同》：『雖真仙降眄，光景燭空，靈風异香，雲璈鈞樂，奏于其室，馮徽亦不知也。』

裴郎　即裴航，唐裴鉶傳奇《裴航》中人物。長慶中裴航游鄂渚，遇樊夫人，夫人詩：「一飲瓊漿百感生，玄霜搗盡見雲英。藍橋便是神仙窟，何必崎嶇上玉清。」後裴航經藍橋驛，求漿，見一少女名雲英，貌美，裴航憶樊夫人詩，因向其母求婚。老婦曰，得玉杵臼便可娶，約百日爲期。裴航買得玉杵臼，還藍橋，搗藥百日，遂娶雲英爲妻。

張碩重寄杜蘭香

渺渺靈踪去不還，空勞珍重碧雲鬟。人間無路通瑶闕，塵夢[一]何因見玉顏。蘭露半銷香冉冉，花風初度珮珊珊。欲將一札傳青鳥，知住蓬萊第幾山。

【編年】萬曆二十一年癸巳（一五九三）。

織女寄牛郎

臨流幾度待金飆，天帝無情恨[二]鵲橋。玉宇微茫空隔水，銀河清淺不通潮。心隨鳳駕思靈匹，泪逐龍梭上錦綃。難得歡娱容易別，年年腸斷可憐宵。

【編年】萬曆二十一年癸巳（一五九三）。

[一]　塵夢，鄭跋本、鈔本、文淵閣《四庫全書》本作『夢裏』。
[二]　恨，鈔本作『悵』。

甲午迎春

家家簫鼓響何頻，海國驚看物候新。自有東風吹彩勝，不愁微雨灑紅塵。土牛未送山中臘，五[一]馬先行歲裏春。三十三齡容易過，蹉跎又是隔年人。

【編年】萬曆二十一年癸巳（一五九三）。

【箋】甲午迎春　甲午立春在舊年十二月。

土牛　閩省會城迎春之俗乞土爲牛。

○周亮工《閩小紀》卷三「土牛」條：「會城迎春，土牛必于閩忠懿王廟前乞土始成。曹能始有《迎春詩》：『馬從太守分騶去，半向前王乞立春。』」

歲暮感懷

年來踪迹嘆蹉跎，獨向衡門戀薜蘿。前路虚名青鬢少，先人遺業白雲多。匆匆歲序[二]愁中盡，冉冉浮生魂裏過。時事凄凉有如此[三]，空山相對意如何。

【編年】萬曆二十一年癸巳（一五九三）。

[一]　五，鄭跋本、鈔本、文淵閣《四庫全書》本作「寶」。

[二]　歲序，鄭跋本、鈔本、文淵閣《四庫全書》本作「短晷」。

[三]　有如此，鄭跋本、鈔本、文淵閣《四庫全書》本作「應莫問」。

甲午元日

平明曙色亂春烟，獨對東風意惘然。蓂葉乍開鼉鼓裏[一]，椒花先獻佛燈前。忽聞爆竹迎新歲，愧飲屠蘇後少年。莫道清霜隨臘盡，只愁飛入鬢毛邊。

【編年】萬曆二十二年甲午（一五九四）。

【附】徐𤊹《甲午元日》：『海國東風一夜生，强斟柏葉待春明。麋鹿自昔交還在，犬馬應慚齒漸更。累世裘箕空有志，十年書劍兩無成。戀聞鼓吹家家動，催盡韶光是此聲。』（《鼇峰集》卷十三）

贈鄧道鳴都閫

千騎如雲瘴海間，一天明月照刀環。營門書静笙歌沸，部曲秋高劍戟閑。樂奏金鐃新破虜[二]，名摽[三]銅柱舊平蠻。玉關他日功成後，猶見將軍鬢未斑。

【編年】萬曆二十二年甲午（一五九四）。

【箋】鄧道鳴　詳本卷《秋夜同顔廷愉黎廷彬二將軍王元直秀才觀微上人與公舍弟集鄧道鳴閫帥行署賦得紫薇夜漏同用花字》。

[一] 鼉鼓裏，鈔本、文淵閣《四庫全書》本作『堯砌上』。
[二] 虜，文淵閣《四庫全書》改作『敵』。
[三] 摽，鄭跋本、鈔本、文淵閣《四庫全書》本作『標』。

銅柱　詳卷三《老將行》。

玉關　玉門關，詳卷三《古戰場》。

送林貞發之漢陽兼寄陳仲敬明府

江干折柳正春初，闔楚相看萬里餘。滿路愁雲過七澤，一天明月吊三閭。帆飛漢水鶯聲早，書到衡陽雁影疏。爲語神明河上宰，故人生計已樵漁。

【編年】萬曆二十二年甲午（一五九四）。

【箋】漢陽　明置漢陽府，今湖北武漢。

〇李賢《大明一統志》卷五十九《湖廣·漢陽府》「建置沿革」條：「漢爲江夏郡安陸縣地……元至元中升爲漢陽府，本朝因之。」

三閭　三閭大夫，即屈原。

衡陽　詳卷八《白雁》。

王相如文學千里來訪詩以贈别

少年名姓滿詞場，千里相尋問草堂。博物每披周石鼓，摛文能賦魯靈光。九龍夜吼門前水，匹馬秋歸嶺外霜。收得秘書盈萬卷，王家事業本青箱。

【編年】萬曆二十二年甲午（一五九四）。

【箋】王相如　即王若，字相如，清溪（今清流）人。布衣，與林光宇友善。負奇氣，變姓名，創奇服，散財結客，海内稱俠。有《文園集》《漁滄社集》。損資爲徐熥刻《幔亭集》。

○郭柏蒼《全閩明詩傳》卷三十八：『王若，字相如。蓋君父，清流人。有《文園集》。』

○郭柏蒼《柳湄詩傳》：『閩縣林光宇游九龍，主若家，邀入三山，遍交諸名士。陳勛、康彦登、曹學佺、鄭琰、徐熥、徐𤊹、王宇諸人多與酬唱，故陳元凱稱其非盡友天下士則不止，非歷覽方輿之勝則猶不愜也。萬曆時，閩中七子所刻詩文等書，多與參定。福清何璧以事亡命，匿若家，盡讀其書。若性任狹，弃捐家産，日以游覽，結契爲事，亦豪士也。』（《全閩明詩傳》卷三十八）

○徐熥《與王相如》：『客冬辱足下過臨蓬蓽，一談千古，足慰賞心。』（《幔亭集》卷二十）

千里來訪　王若自清流來訪，道途千里。

魯靈光　詳卷五《送鄭承武之東魯二首》『靈光』條。

【附】陳勛《贈王相如序》：『閩上游萬山蹴沓，清溪注之，束以峻崖巨石，鯨躍雷駭，是爲九龍之淵，怪奇絶特名天下。吾友林子真游其地，論士定交，而得王君。夫山川之魁奇秀偉，必發于其人。而奇士之興也，必以類吾，以此徵王君矣。是歲秋杪，予自臨汀歸于三山，過子真所，王君因子真以交予，執贄北面甚謹。予何足以辱王君，君殆緣子真以謬徵予也。予既引車東，二君裹三日糧追送于明溪，因與游玉虚之洞……是時王君約予再晤于三山也。予歸休無何，而王君來，來則遍交予友徐君十餘曹，皆一時知名士。蓋王君雅慕好之，而子真爲之介諸君，無不人人奇王君，而稱子真不失士也。王君居三山邸，欲從諸君登海上諸山，觀日所出，洪波無際，島嶼如髮，會淫雨兼旬，不果……予謂君既遍交諸君，則地之奇不兼有之而可矣。然觀君之意，非盡友天下之士則猶不止，非歷覽方輿之勝則猶不慊也。夫士之游與觀，皆非于方之域，彼有符于内者也。予將以是益徵王君焉。王君勉乎哉！君又喜詩歌，慕回、路之贈，尤喜繪事，慕少文卧游。諸君皆出所能以投之，奚囊盡滿。夫詩者，賢人之心英；而畫者，山川之臨摹也。君亦以爲是奇之屬而不厭之，與予無能，亦頗弄翰抽思内君橐中，并叙其大都以贈君，且諗于子真云爾。』（《陳元凱集》卷一）按：王若因林光宇而結識陳勛，又因入三山尋訪陳勛而遍交『徐君』（即徐熥）等詩人十余輩。王若歸，三山詩人贈以詩，奚囊幾滿。

送歐陽霖仲歸鄉

梁獄書成泪未乾，天涯流落畏途難。杼投已信曾參誤[一]，袍贈誰憐范叔寒。逆旅相逢愁咄咄，故鄉歸去路漫漫。布衣政好彈長鋏，何必逢人變鷸冠。

【編年】萬曆二十二年甲午（一五九四）。

【箋】梁獄　詳卷七《哭李惟實孝廉四首》。

曾參　唐代詩人李白《答王十二寒夜獨酌有懷》云：『曾參豈是殺人者，讒言三及慈母驚。』形容謡言數傳十分的可怕。曾參（前五〇五年—前四三五年），字子輿，春秋末年思

[一] 杼投已信曾參誤，『杼』，鄭跋本、鈔本誤作『杵』，據文意改。文淵閣《四庫全書》本作『杼投已信曾參語』。

想家。

范叔　范雎（？—前二五五），亦作范且，字叔。戰國時期秦昭王相，縱横家、軍事謀略家。范叔早年貧寒時曾受人綈袍。

送周公子還金溪

彭蠡西歸去棹長，東風江上送周郎。數聲忍顧歌驪曲，三月惟[一]齎養鶴糧。寄遠柳應攀驛路，思親花每夢河陽。家山況與豐城近，別後遥看劍氣光。

【編年】萬曆二十二年甲午（一五九四）。

【箋】周公子　侯官令周聖兆之子，江西金溪人。

金溪　今屬江西。○李賢《大明一統志》卷五十四《江西·撫州府》「金溪縣」條：「在府城東南一百一十里，本唐臨川縣之上幕鎮，南唐于鎮立金溪場，宋初升場爲縣，屬撫州……本朝因之。」

彭蠡　詳卷七《送人還九江》。

河陽　詳卷六《爲親乞禄詩贈丁文統邑丞二首》「花縣」條。

豐城　詳卷六《寄朱善侯秀才》。

[一] 惟，鈔本誤作「帷」。

送徐半刺之官淮陽

東風吹送片帆輕，江北江南萬里程。隋柳似迎行客過，淮流難比使君清。尚懷太姥看山夢，新就鹽官煮海名。盤裹水晶堪餉客，幾時重見故人情。

【編年】萬曆二十二年甲午（一五九四）。

【箋】淮陽　今屬河南，明陳州别稱。

○李賢《大明一統志》卷二十六《河南·陳州》『陳州』條：『漢置陳縣，爲淮陽國治，東漢改爲陳國……北齊改曰信州，後周改曰陳州，隋廢陳郡，改縣爲宛丘，後改州，爲淮陽郡。』

太姥　詳卷五《送張叔弢博士自永嘉還長溪》。

鹽官　詳卷六《哭鹽官斯學上人》。

甲午端陽即事

滿市貧民盡譟呼，誰家尊酒泛菖蒲。漢廷久已饑方朔，楚澤何人吊左徒。殘喘厭看長命縷，空囊安用辟兵符。愁來試上孤城望，幾處炊烟幾處無。

【編年】萬曆二十二年甲午（一五九四）。

【箋】方朔　漢東方朔。

左徒　指屈原。

【附】謝肇淛《與客問答三首甲午歲》其二略云：『連年旱復蝗，民無旦暮儲。官府禁遏糴，富室急追租。五月初三日，餓莩噪通衢。白刃斫富商，赤刃掠村墟。骸骨亂如麻，處處狐與烏。脱身得西走，但幸保頭顱。』(《小草齋集》卷四)

將發芋江别惟起惟揚二弟

霜落烏啼半上潮，江頭那忍解蘭橈。已悲去路關山遠，況復歸期歲月遥。衰鬢依人愁冉冉，荒年爲客橐蕭蕭。他時兩地同相憶，記得離筵是此宵。

【編年】萬曆二十二年甲午(一五九四)。

【箋】芋江　詳卷六《芋江雪夜留别社中諸子》。

【附】陳鳴鶴《寄惟和二首》，其一：『七載謁明主，憐君多苦辛。馬蹄穿白雲，人面障黄塵。尺素報山客，刀圭養谷神。始知金殿裏，曼倩可容身。』其二：『江上别游子，長居太乙壇。河車通土釜，雷火劈泥丸。兩鬢都無改，三花盡可飡。相思同入定，相思總非難。』(《泡庵詩選》卷四)　徐㶿《驛樓送惟和兄北游》：『夜静江空欲上潮，榜人催唤解蘭橈。離腸禁得幾回斷，别夢不辭千里遥。沙起交河陰漠漠，風吹易水冷蕭蕭。關山迢遞何時盡，此是他鄉第一宵。』(《鼇峰集》卷十三)

飲胡元瑞蘿月軒

停棹來尋瀫水陽，半窗蘿月坐飛觴。階前鶴迹留苔淺，秋後蟬聲出樹凉。客路蒹葭寒細雨，他鄉砧杵度微霜。布帆東下江流急，滿目西風别恨長。

【編年】萬曆二十二年甲午（一五九四）。

【箋】胡元瑞　即胡應麟，浙江蘭溪人。

○徐𤊹《先兄墓碑陰交游題名記》：『鄉貢士胡應麟，字元瑞，蘭溪人。』（《紅雨樓集》册九，《上圖稿本》第四四册，第四一〇頁）

○錢謙益《列朝詩集小傳》：『應麟，字元瑞，蘭溪人。少從其父宦燕中，從諸名士稱詩，歸而領鄉薦，數上公車不第。築室山中，購書四萬餘卷，手自編次，亦多漁獵撰著。携詩謁王元美，盛相推挹，元美喜而激賞之，登其名于末五子之列。歸益自負……著《詩藪》二十卷，自邃古迄于昭代，下上揚扢，大抵奉元美《卮言》爲律令，而敷衍其説。』（丁集『胡舉人應麟』條）

瀫水　即瀫水，詳卷二《赴京道中寄惟起惟揚二弟四首》『信安溪』條。

蘿月軒　胡應麟軒名。

○胡應麟《蘿月軒》：『横琴當緑蘿，萬籟夜俱寂。凉月何紛紛，飛螢暗中入。』（《少室山房集》卷七十）

寄別幼孺次來韵

故國青山又遠違，懷人空有夢魂飛。猿當暮雨聲偏慘，雁到秋風影尚稀。一夜思鄉華髮變，中年爲客壯心微。竹林此日無多侶，莫向山中厭布衣。

【編年】萬曆二十二年甲午（一五九四）。

【箋】竹林　指阮籍、嵇康等『竹林七子』所游之竹林。

寄贈屠長卿儀部二首[一]

其一

姓名曾註玉皇家，吸盡遥天五色霞。一點真陽封土釜，六時神水轉河車。黄冠長日居蓬島，紫氣中宵隔若耶。莫道相逢期太晚，于今佳讖有龍沙。

其二

一區長傍鑒湖邊，坐對三花九品蓮。家散黄金惟塑佛，詩成白雪半游仙。栖禪净室雲堪卧，馭氣遥空電可鞭。他日從君無别語，衹應同證大因緣。

【編年】萬曆二十二年甲午（一五九四）。

【箋】屠長卿　屠隆，字長卿，浙江鄞縣人，萬曆五年（一五七七）進士。

若耶　詳卷二《春泛若耶》。

佳讖有龍沙　詳卷六《送陳女翔游龍虎山》。

鑒湖　一名鏡湖，在浙江紹興。

○李賢《大明一統志》卷四十五《浙江·紹興府》『鏡湖』條：『在府城西南三十里，古稱「南湖」。《輿地志》：南湖縈帶郊郭，連屬峰岫，白水翠岩，互相暎發。晋王羲之云：從山陰道上行，如在鑒中游。』

[一] 二首，底本無此二字，據目録補。

題公郎寶函樓

危樓百尺梵王居，禪誦聲高晚磬初。一榻秋雲松火冷，半窗殘月竹陰疏。鷲峰花雨諸天外，猊座金身六代餘。多少塵勞都遣盡，獨留詩癖未全除。

【編年】萬曆二十二年甲午（一五九四）。

【箋】鷲峰　指佛寺。

寄懷瀚公

逆旅裁書問道安，故園明月幾迴看。身閑對客題詩易，歲儉逢人乞米難。風動空山孤錫響，霜深禪榻衲衣寒。知師不作天涯夢，長夜忘眠坐戒壇。

【編年】萬曆二十二年甲午（一五九四）。

【箋】瀚公　詳卷五《訪瀚上人》。

道安　前秦僧人、學者。

松陵舟中

西風吹袂失炎蒸，落日波光似鏡澄。囊裏錢餘緣戒酒，途中舟緩爲尋僧。孤村近浦船爲市，古寺臨江塔有燈。一帶人烟何處所，榜歌遥指是松陵。

【編年】萬曆二十二年甲午（一五九四）。

【箋】松陵　詳卷六《松陵舟中送幼孺入苕川兼柬在杭使君及苕中諸舊游》。

吴閶吊高季迪太史

吴門燈火正黄昏，讀罷遺編濕泪痕。五字幾人傳故業，一杯何處吊吟魂。秋風茂苑留荒草，暮雨寒山泣斷猿。欲向居人問封土，衣冠未必葬家園。

【編年】萬曆二十二年甲午（一五九四）。

【箋】吴閶　蘇州。

高季迪　即高啓，字季迪，號槎軒，長洲（今江蘇蘇州）人。元末隱居吴淞青丘，自號青丘子。明洪武初，以薦參修《元史》，授翰林院國史編修官，受命教授諸王。與劉基、宋濂并稱『明初詩文三大家』。有《高太史大全集》《鳧藻集》《扣舷集》。

茂苑　詳卷七《吴城覽古》。

旅次石頭岸

石頭城下水微茫，回首鄉關驛路長。瓜步烟波連斷靄，秦淮雲樹隔斜陽。秋高落木迷村舍，夜静寒潮到女墻。客裏愁心已如此，一聞南雁更凄凉。

【編年】萬曆二十二年甲午（一五九四）。

【箋】石頭城　石頭山，在南京。

○李賢《大明一統志》卷六《南京·應天府》『石頭山』條：『在府西二里。蜀漢諸葛亮云「石頭虎踞」是也。』又：『石頭城，在府西二里，吴據石頭爲城。』

瓜步　瓜步山，詳卷五《歲暮懷鄭六初》。

秦淮　詳卷七《送陳仲徽之齊省兄二首》。

金陵懷古

白門京闕舊山川，朱雀烏衣夕照邊。百代荒陵崩夜雨，六朝遺殿鎖秋烟。胭脂歲久銷宫井，苔蘚春深綉御筵。往事凄凉無限泪，傷心最是建文年。

【編年】萬曆二十二年甲午（一五九四）。

【箋】白門　詳卷六《别金陵》。

朱雀烏衣　詳卷七《送在杭司理湖州四首》。

胭脂　即胭脂井，一名景陽井，遺址在今南京。

〇李賢《大明一統志》卷六《南京·應天府》『景陽井』條：『在臺城内，一名「胭脂井」。陳後主與張麗華、孔貴嬪投其中以避隋兵。』

建文年　明惠帝朱允炆年號（一三九九—一四〇二）。

客中感秋呈王德載盧子明柳陳甫諸公

他鄉爲客長離憂，一夜新寒感敝裘。對酒正當桑落後，思家偏向雁來秋。白門月冷砧初斷，淮水霜深葉自流。不是天涯有知己，萍踪那得久淹留。

【編年】萬曆二十二年甲午（一五九四）。

【箋】王德載　即王元坤，上元（今南京）人○徐𤊹《先兄墓碑陰交游題名記》：『都指揮使王元坤，字德載，上元人。』（《紅雨樓集》册九，《上圖稿本》第四四册，第四一一頁）

盧子明　即盧純學，詳卷六《同閔壽卿柳陳父吴元瀚興公弟避暑仁王寺因憩天秀岩》。

柳陳甫　又作柳陳父，即柳應芳，詳卷六《同閔壽卿柳陳父吴元瀚興公弟避暑仁王寺因憩天秀岩》。

送張孺愿還四明爲兒娶婦

離情黯淡白門西，何處雲山是會稽。作客暫辭桃葉渡，思鄉多夢若耶溪。寒蘆夜雨鴻初斷，衰柳殘陽馬倦嘶。待汝尚平婚嫁畢，五湖明月共招攜。

【編年】萬曆二十二年甲午（一五九四）。

【箋】張孺愿　詳卷二《初夏邀黄仲高孝廉張孺愿太學錢叔達山人張公魯徐仲和秀才及社諸子集澄瀾閣》。

四明　寧波府别稱（寧波有四明山，以山名州），詳李賢《大明一統志》卷四十六《浙江·寧波府》。

會稽　詳卷六《送何性中還會稽》。

桃葉渡　詳卷六《懷元直客金陵》。

尚平　即漢尚長。尚長，字子平。料理子娶畢，不復理家事。

五湖　參見卷六《松陵舟中送幼孺入苕川兼柬在杭使君及苕中諸舊游》『太湖』條。

送胡彭舉之衡陽

愁折衰楊過御堤，吴門遥望楚雲低。高峰見月秋迴雁，野店逢霜曉聽鷄。九派江流湓浦外，一天帆影洞庭西。知君作客年來慣，不畏猿聲日夜啼。

【編年】萬曆二十二年甲午（一五九四）。

【箋】胡彭舉　即胡宗仁，詳卷六《盧子明張子明何性中胡彭舉林叔度小集客舍》。

湓浦　即湓江，今名龍開河，九江支河。

葛震父招游雨花臺同張康侯姚佩卿諸子

高臺千尺俯烟霞，却望當年舊帝家。百雉都城仍踞虎，六朝宫樹半栖鴉。雲邊淮水連天遠，林際鍾山帶郭斜。獨有空門不銷歇，至今猶落講壇花。

【編年】萬曆二十二年甲午（一五九四）。

【箋】葛震父　又作『葛震甫』，即葛一龍，詳卷二《答葛震甫》。

踞虎　南京形勝。

〇李賢《大明一統志》卷六《南京·應天府》『形勝』條：『鍾山龍蟠，石頭虎踞。』

淮水　秦淮河，詳卷七《送陳仲徽之齊省兄二首》。

鍾山　詳卷六《靈谷寺》。

雨花臺　在今南京城南。

○李賢《大明一統志》卷六《南京·應天府》『雨花臺』條：『在府南三里，據岡埠最高處。梁武帝時有雲光法師講經于此，感天雨花。』

送陸纂父山人還洞庭别業

他鄉相見又離群，滿目西風落葉聞。二水空洲孤棹遠，三吴秋色一江分。白衣出郭金陵雨，緑酒看山震澤雲。從此游踪各南北，月明無處不思君。

【編年】萬曆二十二年甲午（一五九四）。

【箋】二水空洲　此處指白鷺洲。李白《登金陵鳳凰臺》：『二水中分白鷺洲。』

震澤　參見卷六《松陵舟中送幼孺入苕川兼柬在杭使君及苕中諸舊游》『太湖』條。

同吴翁晋姚叔乂諸子集陳公衡衙齋

南朝仙吏擅風流，四海論交半敝裘。粉署鳥啼花外雨，白門鴉散柳邊秋。故宫雲氣銷長樂，近郭湖光起莫愁。馬踏夜分歸路晚，疏鐘遥動景陽樓。

【編年】萬曆二十二年甲午（一五九四）。

【箋】吴翁晋　即吴稼竳。

○朱彝尊《静志居詩話》卷十七『吴稼竳』條：『稼竳，字翁晋，孝豐人。維岳子，以例除南光禄典簿，累遷雲南通判。有《元蓋副草》，又《北征》《南諧》《滇游》諸槁。翁晋樂府如健兒騎駿馬，左右馳突，靡不如意。近體頗合西昆，歸自滇南，里居極絲竹雲林之趣，自號大滌先生。」

○《四庫全書總日提要》卷一八〇『《元蓋副草》二十卷』條：「稼澄素與吴應暘、臧懋循游……稼澄少年以詩見稱于王世貞。」

陳公衡　即陳其志，莆田人。

○鄭王臣《蘭陔詩話》：『公衡詩清真雅澹，規橅王、孟。倘假以年，當臻閫奥。』(《莆風清籟集》卷二十八『陳其志』條引)

○郭柏蒼《全閩明詩傳》卷三十一：『陳其志，字公衡，伯獻曾孫。莆田人，萬曆十一年進士，授永嘉知縣，改長洲，升南京户部主事，轉吏部郎中，謫池州同知。有《錦湖集》。』按：《與陳公衡吏部》：「南都一别，六載于兹，踪迹暌離，音問疏闊……憶昔白下衙齋，杯酒留連，群彦畢集。」(《幔亭集》卷二十)

長樂　長樂宫，漢宫殿，故址在今陝西西安，此處泛指宫殿。

○李賢《大明一統志》卷三十五《陝西·西安府》『長樂宫』條：『在府城西北一十八里，漢高帝建，内有東朝，及宣德、能光、高明、長秋等殿。』

莫愁　莫愁湖，在今江蘇南京城西。

○曹學佺《大明一統名勝志·應天府》卷一《江寧縣》『莫愁湖』條：『《志》云：三山門外石頭城西有莫

愁湖，廣可二頃，中植芰荷。引《古樂府》「莫愁家在石城西」之名，其實莫愁楚産，石城楚地也。」

景陽樓　在江蘇南京臺城。

〇李賢《大明一統志》卷六《南京·應天府》「景陽樓」條：「在臺城内。劉宋元嘉中建。齊武帝時置鐘其上，官人聞鐘聲即起。」

贈李茂承太學

雲間才子氣翩翩，偶爾相逢入洛年。半夜孤帆三泖月，一秋雙屐[一]六朝烟。匣中紫氣頻看劍，筆底青山不賣錢。同是天涯流落客，何妨長醉酒壚邊。

【編年】萬曆二十二年甲午（一五九四）。

【箋】雲間　詳卷五《雲間旅情》。

隔簾美人

環珮聲聞見不真，多情綽約往來身。只緣竹緯垂千縷，似對菱花隔一塵。綉帶暗飄紋外影，秋波潛送隙中春。重重錦浪生羅襪，仿佛雲間遇洛神。

【編年】萬曆二十二年甲午（一五九四）。

【箋】洛神　洛水女神。魏曹植有《洛神賦》。

[一] 屐，鈔本誤作「屣」。

同梅季豹林叔度碧峰寺訪如愚上人

行盡空林到沃洲，滿林黄葉上方秋。松遮古殿半山翠，竹隱空房三徑幽。寶蓋影飄依佛座，曇花香散拂經樓。年來綺語方除障，不敢題詩贈惠休。

【編年】萬曆二十二年甲午（一五九四）。

【箋】梅季豹　即梅守箕。

○徐𤊹《先兄墓碑陰交游題名記》：『文學梅守箕，字季豹，宣城人。』（《紅雨樓集》册九，《上圖稿本》第四四册，第四一〇頁）

○錢謙益《列朝詩集小傳》丁集下『梅秀才守箕』條：『守箕，字季豹，宣城人。禹金之叔也。秀才不第，潦倒自放，與歌姬妮好，伺其登場，徬徨侍立。移日分夜，必尾其後而歸。流寓十年，貧不能糊口，死于白下。詩不爲今體。』

○朱彝尊《静志居詩話》卷十七『梅守箕』條：『有《居諸前後集》……季豹爲禹金從父，譽雖稍遜禹金，然《咏懷》諸作，恐小阮亦當避席。』

林叔度　即林祖恕，詳卷三《采真篇送林叔度游雁宕》。

碧峰寺　金陵碧峰寺，如愚上人所居。

○《江南通志》卷四十三《輿地志·寺觀》『江寧府』：『碧峰寺，在聚寶門外。晋瑞相院，唐貞觀中勅……明洪武中勅建，居异僧金碧峰，因名。』

如愚　金陵碧峰寺僧。

○錢謙益《列朝詩集小傳》：『如愚，字蘊璞，江夏人。少爲書生，跅弛負俗。削髮爲僧，居衡山石頭庵。自楚來金陵，居石頭城南碧峰寺，遂號石頭和尚。』（閏集『石頭如愚』條）

○《四庫全書總目》卷一八〇『《空華集》二卷、《飲河集》二卷、《止啼集》一卷、《石頭庵集》五卷』條：『祝發後行脚四方，尋居金陵碧峰寺。從詩僧洪恩學，周汝登、曹學佺、袁宗道兄弟皆與之游……《序》言，文無定質，詩不必有唐，文不必六經、秦漢，自許甚高。然材地粗疏，徒好爲大言耳。』

惠休　即湯惠休，南朝宋齊間詩人。

同閔壽卿王獻子二山人集王德載都護溪閣同得蕭字

尊酒憑虚破寂寥，秣陵雲物晚蕭蕭。窗開遠岫常邀月，閣枕寒溪共[一]聽潮。萬里風烟天外盡，滿林秋色雁邊遥。主人久傍墻東隱，不向西山更射雕。

【編年】萬曆二十二年甲午（一五九四）。

【箋】閔壽卿　即閔齡，詳卷三《寄閔壽卿山人》。

王獻子　詳卷六《送王獻子山人客粤西》。

［一］　共，鈔本作『北』。

馬姬館贈梅子馬

寶劍逢人脱贈輕，平生肝膽片言傾。千秋白社工文客，半世青樓薄倖名。枕上楊花今日淚，渡頭桃葉舊時情。囊中不管黄金盡，猶買嬌歌夜夜聲。

【編年】萬曆二十二年甲午（一五九四）。

【箋】馬姬　即馬守真，金陵名妓。

○朱彝尊《静志居詩話》卷二十三「馬守真」條：「馬守真，字湘蘭，一字元兒，又字月嬌，金陵妓。有集。湘蘭貌本中人，而放誕風流，善伺人意，性復豪俠，恒揮金以贈少年。感吴人王伯谷解墨郎之阨，欲委身焉，伯谷不可。萬曆甲辰秋，伯谷年七十。湘蘭買樓船，載小鬟十五，造飛絮園，置酒爲壽，晨夕歌舞，流連者累月，亦勝引也。」

梅子馬　即梅蕃祚，宣城（今屬安徽）人。

○徐𤊹《先兄墓碑陰交游題名記》：「湖廣寧鄉縣主簿梅蕃祚，字子馬，宣城人。」（《紅雨樓集》册九，《上圖稿本》第四四册，第四一〇頁）

○徐𤊹《筆精》卷四《詩評》「梅子馬寄情詩」條：「宣城梅蕃祚，喜游平康，當意則揮金不惜，有《寄馬湘蘭》云：「流澌十月下雙魚，傳得金陵一紙書。馬角未寒盟語後，蠅頭猶漬淚痕餘。夢中暮雨題難就，鏡裏春山畫不如。紅杏碧桃千萬樹，待儂花下七香車。」麗情綺句，溢于筆端。」

○錢謙益《列朝詩集小傳》丁集上「梅主簿蕃祚」條：「蕃祚，字子馬，宣城人。禹金之從弟也。以上舍爲寧鄉主簿，遷滋陽縣丞。貧而有傲骨，與曲中馬湘蘭善，每出游困乏，馬輒解囊資之。詩率意，不甚求工，集失傳。』

○朱彝尊《静志居詩話》卷十七『梅蕃祚』條：『有《涉江草》《王程草》。子馬與季豹、禹金同負詩名，王元美詩：「較他群從更高華。」蓋指子馬言也。然非季父賢兄比也。』

白社　詳卷五《重宿靈源洞懷珠上人》。

桃葉　詳卷六《懷元直客金陵》。

壽雪浪禪師九月九日五十初度

祇林遥見白毫光，髮祝多年尚未蒼。菩薩應期生下土，聖人此日出西方。階前記臘松長在，座上拈花菊正香。一自九龍仍吐水，從今浴佛説重陽。

【編年】萬曆二十二年甲午（一五九四）。

【箋】雪浪禪師　詳卷五《同彭正休陳子卿游金山遇張函一孝廉閔壽卿山人恩公若公》『恩公』條。

金陵故宫

先朝遺殿閉塵埃，零落空勞過客哀。五夜銅壺乾罷滴，六宫金鎖澀難開。翠華去後全無影，羅綺焚餘尚有灰。弓劍盡埋烟雨冷，椒房一半上蒼苔。

【編年】萬曆二十二年甲午（一五九四）。

【箋】金陵故宫　遺址在今江蘇南京。明代京師應天府的皇宫，又稱明故宫。

【評】沈德潛《明詩别裁集》卷九：『閲五、六知當時初無遜國之事，蓋帝與后同在灰燼中也。史氏《致身録》之誣，神廟時人俱能言之，得錢牧齋諸人辨益明。』

【附】徐𤊹《金陵故宫二首》：『玉闕輝煌舊帝家，禁垣深閉夕陽斜。聲沉魚鑰閑金鎖，影絶龍輿寂翠華。細雨漸生三殿草，輕風徐散六宫花。上林多少栖鸞樹，葉落空啼日莫鴉。』其二：『弓劍沉埋二百秋，離離禾黍殿東頭。金川夜警飛烽火，玉座晨朝罷冕旒。曉箭尚催殘漏水，餘脂猶膩舊妝樓。無情太液春波色，流盡愁聲出御溝。』（《鼇峰集》卷十六）

重陽後顧世卿招游清凉寺翠微亭

虚亭高與翠微連，尚有黄花照法筵。下界梵音中夜磬，半空帆影隔江船。馬行十里松陰月，人藉孤峰草色烟。我本倦游多感慨，老僧休説六朝年。

【編年】萬曆二十二年甲午（一五九四）。

【箋】清凉寺　明名清凉報恩寺。

○李賢《大明一統志》卷六《南京·應天府》『清凉報恩寺』條：『在石頭城……南唐名石城清凉寺，本朝洪武中重建，易今名。』

翠微亭　在南京清凉山山頂。

○李賢《大明一統志》卷六《南京·應天府》『翠微亭』條：『在清凉寺山頂。南唐時建，最爲佳處。』

○張燮《登清凉寺山巔二首》，其一：『翠微亭畔石頭城，虎踞由來重帝京。山意遥奔宫樹入，江光齊釀野雲横。人家點點鷄園色，鐘磬深深鳥道聲。懷古未論千載事，只今臨眺不勝情。』其二：『蕭蕭竹樹盛琅玕，小院離披夾寺看。駐馬坡邊苔綉幕，應龍洞左石支巒。杖藜客到披幽徑，持鉢僧歸卧古壇。盡説清凉堪避暑，翻教寒日不知寒。』（《霏雲居續集》卷十二）按：此二詩非同時作，録以備考。

陳彦莊侍御招游清凉寺

同向空門結白蓮，琳宫遥隱帝城邊。閉關僧是他方衲，題壁人多异代賢。江北江南千里月，山前山後萬家烟。座間自有霜威肅，避暑何須説往年。

【編年】萬曆二十二年甲午（一五九四）。

【箋】陳彦莊　即陳惇臨，詳卷三《送陳明府應召之京》。

送何伯達太學還鯉湖

歲晚扁舟發水濆，勞勞亭下嘆離群。一行雁影斜陽見，幾處砧聲半夜聞。作客厭看吴苑月，思親翻望秣陵雲。他時九漈勞魂夢，跨鯉仙人正是君。

【編年】萬曆二十二年甲午（一五九四）。

【箋】何伯達　仙遊人。

鯉湖　即九鯉湖，詳卷二《寄林去疾》。

勞勞亭　金陵送别離客之地。

○李賢《大明一統志》卷六《南京·應天府》「勞勞亭」條：「在府治西南。吴時建，一名臨滄觀。」

吴苑　詳卷二《懷沈從先》。

九漈　仙遊九鯉湖，由下而上爲九漈。

跨鯉仙人　何氏九兄弟乘鯉升天，詳卷二《寄林去疾》「鯉湖」條。

燕子磯

蘆荻蕭蕭遠水平，沉江鐵鎖尚留名。半空鸛鶴飛來影，千載黿鼉化去精。石占中流危截浪，雲侵殘壘暝吞城。山僧似惜游人別，猶送疏林磬一聲。

【編年】萬曆二十二年甲午（一五九四）。

【箋】燕子磯　在南京。

○曹學佺《大明一統名勝志·南直隸》卷一《應天府·江寧縣》：「自江中望之如神山，與弘濟寺對岸相望，翻江石壁，勢欲飛動者，燕子磯也。俱大江中極勝處。」

○《江南通志》卷十一《輿地志·山川》「江寧府」：「燕子磯，在上元界觀音門外。磴道盤曲而上，丹崖翠壁，凌江欲飛，絶頂有亭，能攬江天之勝。」

【附】謝肇淛《月夜坐燕子磯同喬卿興公共用潮字》：「傍水危峰氣泬寥，孤舟坐對可憐宵。梧桐影裏新秋月，蘆荻聲中半夜潮。涼露乍生羅帶冷，微波初動練光摇。千尋鎖斷空磯老，惟有寒江似六朝。」（《小草齋集》卷二十一）　徐𤊹《月夜坐燕子磯同喬卿心魯在杭共用潮字》：

『天塹波濤一望遥，石磯凉露坐秋宵。碧空聲起風吹浪，滄海光生月應潮。古寺松杉鳴謖謖，芳洲蘆荻莽蕭蕭。六朝王氣今俱盡，唯有沉江鐵未銷。』（《鼇峰集》卷十六）按：此二詩非與熥同時作，録以備考。

觀浦口珠泉

一泓如練净無塵，幻出明珠顆顆新。疑是鮫宮逢貝[一]客，難于金谷换佳人。夜光不説昆明水，照乘何須合浦濱。生滅由來歸泡沫，欲將靈迹問波神。

【編年】萬曆二十二年甲午（一五九四）。

【箋】浦口　即浦子口渡，在南京長江北岸。

〇李賢《大明一統志》卷七《南京・應天府》『浦子口渡』條：『在江浦縣東三十里，由江北渡江南處。』

珠泉　又稱珍珠泉，在南京浦口。

〇王象之《輿地紀勝》卷三十八『六合山』條：『有三泉，曰虎跑，曰真珠，曰白鼉。』

〇《江南通志》卷十一《輿地志・山川》『江寧府』：『定山，在江浦縣東北二十五里以北，屬六合，有獅子峰、達摩宴坐石、珠泉諸勝。』

昆明水　昆明池，漢武帝鑿，故址在今陝西西安市長安區。

［一］貝，鄭跋本、鈔本、文淵閣《四庫全書》本作『賈』。

合浦　合浦縣，明屬廣東廉州府，今屬廣西北海市管轄。

○李賢《大明一統志》卷八十二《廣西·廉州府》『合浦縣』條：『附郭，本漢舊縣，屬合浦郡。』

【附】曹學佺《珠泉二首》其一：『衹入岩巒迴，誰知泉水生。在淵猶自媚，出磵始成聲。好鳥沿涯映，繁花徹底明。石家金谷妓，見此倍盈盈。』（《金陵集》卷中）按：此詩殆卒後曹氏作于金陵，録以備考。

訪梅禹金秦淮客舍

舟過長干問客星，風流不用嘆飄零。一秋桃葉居淮水，十月梅花夢敬亭。游遍南朝多少[一]寺，翻殘西竺幾函經。贈君欲折藏鴉柳，滿目隋堤何處青。

【編年】萬曆二十二年甲午（一五九四）。

【箋】梅禹金　即梅鼎祚，宣城（今屬安徽）人。

○徐𤊹《先兄墓碑陰交游題名記》：『貢士梅鼎祚，字禹金，宣城人。』（《紅雨樓集》册九，《上圖稿本》第四四册，第四一〇頁）

○曹學佺《贈梅禹金序》：『宛陵有梅禹金者，即宋梅都官之後，而大中公之子也。禹金能讀其父書，而遠無愧于乃祖德。早歲治《周易》，而從事于進取之策，尋即弃去，遨游兩都間，聲名籍甚，老而益肆力于簡編，居其家不出矣。蓋不欲以詞章自好，而以儒者爲己任；不欲爲一時之名，而裒然舉千百世而嗣續

[一] 少，鄭跋本、鈔本、文淵閣《四庫全書》本作『寶』。

者也。禹金所著，有《鹿裘石室》諸編。其爲詩文若干。又所裒輯《古樂苑》《文紀》《書記》《洞詮》等書。夫豈無意哉！』（《石倉文稿》卷二）

○朱彝尊《静志居詩話》卷十七『梅鼎祚』條：『禹金周見洽聞，著書甚富，《詩乘》《文紀》之外，旁及書記小說，兼精傳奇。』

○朱彝尊《静志居詩話》卷十七『梅守箕』條：『梅氏一門群從，禹金最負時名，嘗後先過王元美，元美贈詩云：「從詩荆地人人玉，不及梅家樹樹花。」』

○錢謙益《列朝詩集小傳》丁集下『梅太學鼎祚』條：『鼎祚，字禹金，宣城人。雲南參政守德之子。禹金舞象時，陳鳴埜、王仲房皆其父客，故禹金少即稱詩。長而與沈君典齊名。君典取上第，禹金遂弃舉子業，肆力詩文，撰述甚富。萬曆末，年六十七，賦詩説偈而逝。有《鹿裘集》六十五卷。禹金于學，博而不精。其爲詩，宗法李、何，雖好游獵漢魏三唐，終不出近代風調。七言今體，步趨李于鱗，又其靡也。』

長干　長干里，在南京。

○李賢《大明一統志》卷六《南京・應天府》『長干里』條：『江東人謂山隴之間曰「干」。金陵五里有山岡，其間平地，民庶雜居，有大長干、小長干，并古地名。』

桃葉　詳卷六《懷元直客金陵》。

秦淮　秦淮河、秦淮水，詳卷七《送陳仲徽之齊省兄二首》。

敬亭　敬亭山，在安徽宣城，鼎祚宣城人，故言『夢敬亭』。

隋堤　詳卷八《柳》。

【評】梁章鉅《東南嶠外詩話》卷九『徐熥』條：『沈歸愚稱徐惟和近體宗法唐人，當時詩道冗雜時遇之，如砂礫中箇珠也。七絶尤勝，在李庶子、鄭都官之間。按《幔亭集》近體好句美不勝收。……七言如：「一秋桃葉居淮水，十月梅花夢敬亭。」「彭蠡驚濤雲外聽，匡廬飛瀑月中看。」「二水空舟歸棹遠，三吴秋色一分江。」「緑波春草長途别，白社蓮花半日開。」「去國正當春盡後，登樓多在日斜時。」「暮靄晴飛岩瀑翠，秋烟寒隱石燈青。」「戍樓畫角吹霜落，别浦漁舟棹月還。」洵可謂力追古則，盡滌時趨。』

【附】曹學佺《到金陵感咏四首・秦淮》：『不似爲官不在家，長年留落在天涯。秋風幾度秦淮水，樹上三開木槿花。』(《江上篇》不分卷)

謝司理招游道場山

碧樹香臺一徑紆，滿林幽鳥避前驅。重重翠巘看蒼弁，渺渺層波見太湖[一]。鐘送餘聲過下界，雲留殘影挂浮屠。畫船載月歸來晚，十里湖光瀲欲無。

【編年】萬曆二十二年甲午（一五九四）。

【箋】謝司理　謝肇淛時爲吴興司理。

[一] 湖，鄭跋本、鈔本、文淵閣《四庫全書》本作『烟』。

道場山　在浙江湖州。

○李賢《大明一統志》卷四十《浙江·吴興府》「道場山」條：「在府城南一十二里。唐時有僧寓此，因名道場。宋蘇軾詩：「道場山頂何山麓。」汪藻云：「游道場山者，如入王侯之家；過何山者，如造高人隱士之居。」」按：謝肇淛《游道場山記》：「甲午冬，偕徐惟和行治具，盱及巔，暮矣，不能窮山之觀。」（《小草齋文集》卷七）

謁孫山人太初墓兼懷鄭吏部繼之

道場山下見荒阡，一吊吟魂一[一]愴然。寂寂梨花寒食雨，蕭蕭衰[二]草夕陽烟。空林月落[三]聞猿嘯，斷碣年深借鹿眠。若把梅亭比苕水，千秋黄土總堪憐。

【編年】萬曆二十二年甲午（一五九四）。

【箋】孫山人太初　即孫一元。

○謝肇淛《太白山人詩序》：「孫太初先生爲一世高士，而不言其家世，人無知者。嘗自謂秦人也，故稱太白山人云。先生生平足迹幾半天下，而于吴越最久。初卜居西湖之南屏，妻梅子鶴，慨然欲與和靖頡頏。後游吴興，得道場之歸雲庵，始家焉，置田娶妻。無何，死葬庵畔。故吴興人知先生狀甚悉。」（《小

[一]　一，鄭跋本、鈔本、文淵閣《四庫全書》本作「欲」。
[二]　衰，鄭跋本、鈔本、文淵閣《四庫全書》本作「蒿」。
[三]　月落，鄭跋本、鈔本、文淵閣《四庫全書》本作「夜静」。

草齋文集》卷四）

○錢謙益《列朝詩集小傳》丙集『太白山人孫一元』條：『一元，字太初，不知何許人……風儀秀朗，踪迹奇譎，玄巾白袷，以鐵笛鶴瓢自隨。善飲酒，好譚論，所至傾動其士大夫。嘗西入華，南入衡，又東登岱，又南入吴會，遂栖遲不去……正德中，逆瑾亂政，紹興守劉麟去官，卜居吴興之南垣；建業龍霓，以按察挂冠，隱西溪；郡人御史陸昆，亦在罷；而長興吴琉，隱居蒙山，窮經著書，諸公皆主焉。琉乃以書招太初，太初至，相與盟于社，稱苕溪五隱，而琉爲之長。太初于是貰田霅水，就婚于施氏，生一女而死，年三十七，疾革，告麟曰：「銘吾墓。」告琉及昆曰：「葬我道場山之麓。」又曰：「晋安鄭繼之序吾文。」皆曰：「諾。」無何，繼之來吊，皆如其言。』

鄭吏部繼之　即鄭善夫，詳卷二《酬陳汝大》、卷五《過鄭吏部墓》。

梅亭　鄭善夫葬于福州梅亭。

○王應山《閩都記》卷二十三《湖西北侯官勝迹》『梅亭鋪』條：『在烽火山之西，俗呼五里梅亭。』

苕水　詳卷二《苕溪送元直南還》。孫一元葬于苕水道場山。

【附】陳薦夫《游雲庵謁孫太初墓》其一：『槿花落盡曉猿驚，松柏催來宿草生。流水有情當路咽，歸雲無主傍山行。人間幾見成仙骨，世上難埋不朽名。相去空門難咫尺，重泉難借法燈明。』其二：『千年華衣鶴空歸，塵世于今半是非。堂上挂瓢高士去，陵前下馬故人稀。遺篇只有神長在，幽碣應無涕可揮。惆悵荒墳往來迹，只應狐兔共緇衣。』（《水明樓集》卷五）按：

薦夫此詩作于次年下第歸途。　謝肇淛《歸雲庵拜孫太初墓》：『斯人不復作，地下亦吾師。海内尋遺字，人間有舊詩。寒郊山鬼語，古墓老僧知。千載歸雲寺，猶存十字碑。』（《小草齋集》卷十三）　謝肇淛《過歸雲庵吊孫太初》：『路入歸雲一徑幽，青山落日滿松楸。老僧廢寺瓢猶挂，詞客荒墳草自秋。九月空林聞蟋蟀，百年殘碣上蝸牛。共將杯酒澆千古，腸斷苕江天際流。』（《小草齋集》卷十九）　徐𤒹《道場山拜孫太初墓》：『三尺孤墳土欲傾，却因詞賦拜先生。白楊夜雨墓門冷，青草暮雲山路平。半碣舊曾題歲月，一抔誰復奠清明。隔鄰石馬嘶風立，來往何人識姓名。』（《鼇峰集》卷十三）按：此詩非同時作。

閨情

深閨長日望刀環，錦被香銷綉幙間。豈有夢魂通楚[一]峽，更無眉黛畫春山。情牽夜月孤蛩泣，目斷秋風一雁還。不是狂夫恩意淺，由來薄命怨朱顏。

【編年】萬曆二十二年甲午（一五九四）。

同强善長包蒙吉計徐仲嘉徐子晋斯學上人集寶林寺鏡公房時蒙吉來自東甌仲嘉歸自燕趙

吳市飄零感歲華，偶携瓢笠到僧家。孤雲静結人天果，朔氣寒生佛座花。作客畏聞燕地雪，逢

[一]　楚，鄭跋本、鈔本、文淵閣《四庫全書》本作『暮』。

人[二]先問赤城霞。山中欲别各留偈，送過虎溪將日斜。

【編年】萬曆二十二年甲午(一五九四)。

【箋】强善長　吴(蘇州)人。

○《與强善長》：『夜過金昌，得與足下把臂者半刻，足紓鬱抱，次日遂解維，不及一别爲恨。』(《幔亭集》卷二十)徐𤊹有《平望夜泛懷黄仲華姚叔乂强善長》(《鼇峰集》卷十)。

徐仲嘉　李時成有《九日曹能始觀察招集石君社得雲字》，自注：『同俞羨長、胡白叔、徐仲嘉、俞青父、王粹夫、李季美、曹能證、吴明遠。』(《白湖集》卷四)

斯學上人　詳卷六《哭鹽官斯學上人》。

東甌　今浙江温州。

○李賢《大明一統志》卷四十八《浙江·温州府》『郡名』條：『東甌，漢名。』

赤城　詳卷三《霞林樵隱爲梁逸人賦》。

虎溪　詳卷三《靈隱寺尋耶溪上人》。

[二]　人，鄭跋本、鈔本、文淵閣《四庫全書》本作『君』。

爲王百谷悼亡

不顧房帷十載恩，竊將靈藥月中奔。漫云有枕能[一]通夢，其奈[二]無香可返魂。夜静鴛鴦虚錦帳，晝長鸚鵡唤璚軒。小星三五沉何處，垂老青衫濕泪痕。

【編年】萬曆二十二年甲午（一五九四）。

【箋】王百谷　詳卷五《王百谷招飲半偈庵》。

【附】陳薦夫《爲王百谷悼妾》：『桃葉歌殘團扇秋，人間天上兩悠悠。鐘聲咽是催魂斷，燭泪紅因帶血流。恩絶不曾緣换馬，心傷那忍看牽牛。一丸靈藥千年恨，悔作蟾蜍向月游。』（《水明樓集》卷五）按：薦夫此詩作于次年下第歸途。　徐熥《爲王百谷悼亡姬二首》，其一：『美人十五嫁王昌，死别吞聲九斷腸。巫峽夢迴空暮雨，藍橋人去罷玄霜。百年錦瑟凋餘響，一片青銅改舊光。獨恨返魂香不驗，温柔終化白雲鄉。』其二：『金屋無緣貯阿嬌，薰籠香燼暈紅銷。祇因命薄絲難續，誰謂魂歸賦可招。鳳管聲沉空有恨，蛾眉痕斷不成描。傷心最是春明柳，猶記當年舞細腰。』（《鼇峰集》卷十三）　徐𤊹《報百谷》：『伯兄策杖遠游，别離凄楚，不獲作書，問先生起居。乃先生不遠數千里，瑶函珍重，先惠故人，益重狂生之罪耳。不佞兩遭大變，身披麻衣者五載，方今服禫，涕泪漸收。忽聞先生有鼓盆之戚，蘭摧玉折，自古有之。

[一]　漫云有枕能，鄭跋本、鈔本、文淵閣《四庫全書》本作『楚臺有枕難』。
[二]　其奈，鄭跋本、鈔本、文淵閣《四庫全書》本作『漢殿』。

不佞達未同于莊生，漫賦四詩爲唁，托悲歌以當泣……伯氏此時，想已别金昌，風塵跋涉，瘦骨恐益杈枒。』（《紅雨樓集》册三，《上圖稿本》第四二册，第二七三—二七四頁）

虎丘寺

千頃寒雲隱上方，半天明月照迴廊。玉凫化去山精滅，金虎銷殘墓隧[一]荒。塔影虛空藏舍利，泉聲日夜淬干將。霸圖零落浮圖在，不拜吴王拜法王。

【編年】萬曆二十二年甲午（一五九四）。

【箋】虎丘寺　詳卷五《游虎丘寺》。

【附】陳薦夫《虎丘懷古》：『玉雁金凫歲不同，幾人曾此泣遺弓。石因試後芙蓉裂，花爲啼殘杜宇紅。舊宅至今祠短簿，講臺何處覓生公。青山一望誰長在，只有蕭條松柏風。』（《水明樓集》卷五）按：薦夫此詩作于次年下第歸途。

贈彭城蘇姬

蘇小門前繫紫騮，隔簾相見尚含羞。青蛾暫結花間約，緑蟻能忘客裏愁。一片輕寒銷枕簟，半窗明月上箜篌。從今若過彭城路，不説張家燕子樓。

【編年】萬曆二十二年甲午（一五九四）。

[一] 墓隧，鄭跋本、鈔本、文淵閣《四庫全書》本作『寶氣』。

【箋】彭城　詳卷三《彭城行》。

蘇小　即蘇小小，南齊名妓。參見卷六《經舊游懷康元龍》。

燕子樓　在江蘇徐州，唐關盼盼所居樓。

○李賢《大明一統志》卷十八《徐州府》『燕子樓』條：『在州城西北隅，唐貞元中尚書張建封鎮徐州，有妾曰盼盼，爲築此樓以居之。建封既卒，盼盼樓居十餘年，不嫁。宋文天祥詩：「自别張公子，嬋娟不下樓。遂令樓上燕，百歲稱風流。」』

初春德州道中有懷故園

落日平原朔氣凝，征途迢遞倦難勝。風生沙捲殘年雪，春至河銷半渡冰。古戍黄昏喧斷角，遠村寒夜見孤燈。鶯花自愛家林好，裘馬何心向五陵。

【編年】萬曆二十二年甲午（一五九四）。

【箋】德州　今屬山東。

○李賢《大明一統志》卷二十二《山東·濟南府》『德州』條：『在府城西北二百八十里，本秦齊郡地……隋置德州……本朝洪武初，省安德縣入州，尋廢舊治爲陵縣，而徙州治陵縣城。』

五陵　詳卷一《擬古五首》。

易水懷古

一笑秦庭事已空，蕭蕭寒氣動悲風。飛霜枉購千金匕，貫日猶懸五色[一]虹。公子歌殘衣變白，田光死去血流紅。薊門零落咸陽火，易水年年只向東。

【編年】萬曆二十二年甲午（一五九四）。

【箋】易水　詳卷二《咏荆軻》。

秦庭　荆軻刺秦王事。

公子　燕太子丹。

田光　戰國時期燕國人，荆軻好友，獻計刺殺秦王。

咸陽　詳卷三《彭城行》。

薊門　詳卷五《送鄧汝高進士還朝二首》。

同許靈長太學張去華山人陳幼孺曹能始二孝廉集鄧汝高計部署中賦得長安新柳

送張成叔太學還四明

東風二月薊門過，新柳青青拂御河。淺緑乍分眉上翠，柔條難任笛中歌。幾時葉滿章臺路，有日花飛太液波。同是一枝堤畔種，無如此地別離多。

[一] 五色，鄭跋本、鈔本、文淵閣《四庫全書》本作『百丈』。

【編年】萬曆二十三年乙未（一五九五）。

【箋】許靈長　即許光祚，詳卷六《三茅觀尋許靈長不遇》。

張去華　即張振藻。

○徐𤊹《先兄墓碑陰交游題名記》：『處士張振藻，字去華，上海人。』（《紅雨樓集》册九，《上圖稿本》第四四册，第四一三頁）

曹能始　即曹學佺，詳卷三《七夕曹能始宅上觀妓》。

張成叔　即張應文，字成叔，慈溪人，貢士。

○徐𤊹《先兄墓碑陰交游題名記》：『貢士張應文，字成叔，慈溪人。』（《紅雨樓集》册九，《上圖稿本》第四四册，第四一三頁）

○徐熥《寄張成叔貢士》：『去春鄧民部署中，得陪卜夜之歡。刻韵分題，片言千古。次日欲謁幸舍，聞馬首遂南，悵然而生。』（《幔亭集》卷二十）

四明　今浙江寧波，詳卷七《送張孺愿還四明爲兒娶婦》。

章臺　詳卷七《柳》。

太液　太液池，漢武帝時鑿。

【附】鄧原岳《陳幼孺徐惟和曹能始孝廉許靈長太學張去華山人共集署中賦得長安新柳送張成叔還四明》：『二月晴光動上林，玉河柳色晝將陰。柔條映水那堪折，短葉臨風轉不禁。隋苑微寒春尚淺，灞橋疏影月初沉。可憐張緒風流遠，天畔依依繫此心。』（《西樓集》卷五） 陳薦夫《同許靈長太學張去華山人徐惟和曹能始二孝廉集鄧汝高民部署中賦得長安新柳送張成叔太學還四明得樓字》：『千枝萬樹影悠悠，絳闕西偏紫陌頭。淺緑乍迷游冶路，新黄先映狹邪樓。腰肢未軟那堪舞，眉黛方舒已帶愁。張緒風流年尚少，故園歸去莫淹留。』（《水明樓集》卷五）

下第後書懷二首[一]

其一

自是揚雲白未玄，不才那敢怨蒼天。回看故國八千里，誤戴儒冠十七年。貧倚詩書元失計，窮知文字信無權。雄心銷盡囊如水，流落依人面可憐。

其二

一領青衫萬斛塵，溝隍十口計全貧。關河偏阻空囊客，童僕潛歸得意人。雲路豈能容野性，帝鄉元不住閑身。長安浪説春光好，未見杏園非是春。

【編年】萬曆二十三年乙未（一五九五）。

【箋】揚雲　漢揚雄，字子雲。

[一] 二首，底本無此二字，據目録補。

【附】鄧原岳《送陳幼孺徐惟和下第南還》：『天涯相見多分襟，世態悠悠嘆陸沉。但説荆山收白璧，竟從燕市失黄金。關門風雨窮交泪，驛路鶯花故國心。却愧馮君淹漢署，蕭條短髮不勝簪。』（《西樓集》卷五）　陳薦夫《下第後書懷》：『故園今去嘆途窮，半死形骸似夢中。筆障已隨蝸角北，心旌又逐馬頭東。千家曉色蒼黄日，二月春光慘澹風。雖是思鄉情不淺，江南羞見杏花紅。』（《水明樓集》卷五）按：萬曆二十三年，薦夫與熥俱下第。　徐𤊹《得惟和落第書》：『歷夏徂冬又復春，天涯消息苦難真。難危縱得還鄉信，南北誰憐失路人。塵土暗消青鬢客，門閭愁倚白頭親。一氈本是吾家物，到處横經莫嘆貧。』（《鼇峰集》卷十三）。

南還留別許靈長張叔弢馮咸[一]甫鄧泰素文夢珠柯起之諸子

日落燕關馬去遲，一尊相對總相悲。豈堪客路銷魂處，正值天涯[二]失意時。此夜共[三]分燈下影，重來愁益鬢邊絲。與君俱是飄零者，空説加餐贈别離。

【編年】萬曆二十三年乙未（一五九五）。

【箋】張叔弢　即張大光。詳卷三《瞻鳳歌爲張叔弢賦》。

鄧泰素　即鄧文明，南昌人。

[一]　咸，鈔本誤作『夙』。

[二]　天涯，鄭跋本、鈔本、文淵閣《四庫全書》本作『皇都』。

[三]　夜共，鄭跋本、鈔本、文淵閣《四庫全書》本作『去惡』。

○徐燉《先兄墓碑陰交游題名記》：『鄉進士鄧文明，字太素，南昌人。』（《紅雨樓集》册九，《上圖稿本》第四四册，第四一二頁）

文夢珠　即文從龍，長洲（今江蘇蘇州）人。

○徐燉《先兄墓碑陰交游題名記》：『鄉進士文從龍，字夢珠，長洲人。』（《紅雨樓集》册九，《上圖稿本》第四四册，第四一一頁）

【附】陳薦夫《將出都留别鄧汝高許靈長張叔弢諸子》：『半午京國困風塵，無那思家泪滿由。鄉路八千歸去遠，故國三畝到來貧。關門似阻窮途客，花柳偏憎失意人。今日别離還是夢，却慚知己爲傷神。』（《水明樓集》卷五）

謁孔林

洙泗瀠迴兩派分，泰山龍護素王墳。傳經已化三千士，執贄難逢七十君。室築空場生蔓草，樹殘荒隴起寒雲。一坏馬鬣勤瞻拜，欲向春風薦魯芹。

【編年】萬曆二十三年乙未（一五九五）。

【箋】孔林　卷五《贈瑕丘灌園郭叟》。

洙泗　洙水、泗水。洙泗之間，爲孔子所居。參見卷五《贈瑕丘灌園郭叟》。

○李賢《大明一統志》卷二十三《山東·兖州府》『泗水』條：『源發陪尾山四泉，并發循泗水縣北八里，始合爲一，西經曲阜縣貫府城下至濟寧。』

素王墳　即孔子墳，又稱宣聖墓，在孔林。

〇李賢《大明一統志》卷二十三《山東·兗州府》『宣聖墓』條：『在曲阜縣西北八里，世呼爲「孔林」。』

燕子樓

舊日歡情委逝波，青樓憔悴[一]恨如何。一天明[二]月閑簫管，十[三]載春風罷綺羅。柳葉色欺眉黛淺[四]，竹枝斑比[五]泪痕多。香銷粉歇歌塵散，愁見雙雙燕子過

【編年】萬曆二十三年乙未（一五九五）。

【箋】燕子樓　詳卷八《贈彭城蘇姬》。

【附】鄧原岳《燕子樓》：『惆悵芳塵黯舞衣，小樓春去落花飛。可憐粉黛成黃土，愁見東風燕子歸。』（《西樓集》卷十）　陳薦夫《燕子樓》：『劍履塵生繐帳垂，獨眠人愧燕差池。北邙黃土千秋恨，東楚紅樓半夜悲。柳葉凝烟愁縷縷，牡丹含雨泪枝枝。十年多少沉吟意，只有尚書地下知。』（《水明樓集》卷五）按：以上二詩與熥詩非同時作，録以備考。

[一] 青樓憔悴，鄭跋本、鈔本、文淵閣《四庫全書》本作『空樓燈影』。

[二] 明，鄭跋本、鈔本、文淵閣《四庫全書》本作『夜』。

[三] 十，鈔本作『千』。

[四] 柳葉色欺眉黛淺，鄭跋本、鈔本、文淵閣《四庫全書》本作『松柏鎖烟愁思苦』。

[五] 竹枝斑比，鄭跋本、鈔本、文淵閣《四庫全書》本作『牡丹含雨』。

書懷

歲月蹉跎黯自驚，此身雖在鬢毛更。江湖故舊無消息，童稚交游半死生。喜信空門緣漸老，厭聞往事爲多情。客中最是愁人處，獨夜殘燈風雨聲。

【編年】萬曆二十三年乙未（一五九五）。

聞人仲璣卜居西湖詩以寄之

卜築南屏[一]第幾峰，烟霞長日伴游踪。橋頭柳色湖心月，郭外潮聲寺裏鐘。數載宦情同失馬，千秋絶技羡雕龍。蘭橈竹杖頻來往，十里荷花九里松。

【編年】萬曆二十三年乙未（一五九五）。

【箋】聞人仲璣　姚江（今屬浙江）人，曾官泉州，挂冠携家隱西湖。

○徐熥《寄聞人仲璣》：『卜居西子湖，三竺兩高，悉受杖履。造物之待足下，良不薄矣。藉令頭上進賢尚在，且將折腰貴人前，能爾爾耶？仲氏入杭，感足下綈袍之意不淺……足下能以丹青惠我，作少文卧游，即環堵皆五岳矣。小作二首，聊寄遠懷，足下得無纓絶乎？』（《幔亭集》卷二十）

南屏　在杭州西湖南。

○田汝成《西湖游覽志》卷三《南山勝迹》『南屏山』條：『峰巒聳秀，怪石玲瓏，峻壁横坡，宛若屏障。』

[一] 屏，鈔本誤作『扉』。

九里松　詳卷三《西湖飛來峰歌》。

女冠還俗

愁戴黄冠老此身，芳心難禁黛眉顰。且拋王母當年約，去了蕭郎宿世因。斗帳自今開甲乙，星壇誰復守庚申。幾回却笑巫山女，雲雨空爲夢裏人。

【編年】萬曆二十三年乙未（一五九五）。

【箋】蕭郎　《列仙傳》中人物，指代女性的情人、佳偶。

巫山　詳卷三《帝京篇》。

戲嘲鄭四效長慶體[一]

落落江湖無定迹，匆匆相見闔廬城。離鄉已是五六載，道舊曾無三兩聲。杯水覆堂難再返，浮雲出岫便無情。故人浪説工詞賦，只恐登樓賦未成。

【編年】萬曆二十三年乙未（一五九五）。

【箋】鄭四　即鄭琰。參見卷九《姑蘇懷鄭翰卿》。

長慶體　唐詩人元稹與白居易友善，兩人詩風相近，作品集均編于穆宗長慶年間，元稹有《元氏長慶集》，白居易有《白氏長慶集》，故有『長慶體』之稱。

［一］體，目録無此字，據此詩題補。

闔廬　詳卷七《吴城覽古》『吴城』條。

登延平玄妙觀

玄都俯瞰碧溪濆，上帝高居接五雲。入院經聲朝斗拜，繞壇香氣降真焚。龍精護法豐城劍，鳥篆書符玉洞文。月滿松關天籟寂，飄飄笙鶴半空聞。

【編年】萬曆二十三年乙未（一五九五）八月。

【箋】延平　延平府，治今福建南平市延平區。

○李賢《大明一統志》卷七十七《福建·延平府》『建置沿革』條：『（唐）置延平軍……元至元中升爲南劍路，後改爲南平路。本朝洪武初改爲延平府。』

玄妙觀　在南平（今南平市延平區）。

○李賢《大明一統志》卷七十七《福建·延平府》『玄妙觀』條：『在府城南，宋名天慶，元改今額。本朝洪武中重修。』

○《（嘉靖）延平府志》卷四：『玄妙（觀），在溪南九峰山之麓……國朝洪武初暨正統末兩燬于兵，隨復建。内有太乙宫、普化院，觀之左有雲深亭，瀕津有冷風閣。』

豐城　詳卷六《寄朱善侯秀才》。

【附】徐𤊹《游武夷山記·由萬年宫至茶洞》：『歲乙未，仲弟興公有吴門之役，余遂附舟往游。……廿一日次延津，廿四日次建安。訪友人陳季迪，會莆山人吴元翰自楚歸，客季迪齋中。

先數日，元翰偕林太史咨伯泛舟武夷，至五曲而返，游興未盡。至是，余挾之俱往，元翰欣然登舟。二十八日次建陽。九月朔日，未及武夷數里，從舟中望大王、獅子諸峰，巋然天表，客皆踴躍稱快。既而，舟至溪滸，遂舍舟登陸，行松陰中，蒼翠欲滴。越里許，始達萬年宫。』（《幔亭集》卷十七）　徐𤊹《延平玄妙觀》：『百折危峰翠色盤，中天樓觀拂雲看。風吹帝子幢幡捲，苔蝕游人姓字殘。幽壑水奔龍氣散，古松烟暝鶴聲寒。碧窗深瑣紅塵遠，晚磬泠泠下醮壇。』（《鼇峰集》卷十三）

登芝山善見塔

百轉清溪繞梵宫，千尋丹磴勢盤空。曇花亂散諸天雨，閣道[一]斜飛一綫虹。塔影層層千[二]嶂外，鐘聲隱隱白雲中。憑闌不敢輕呼吸，帝座溟濛近可通。

【編年】萬曆二十三年乙未（一五九五）八月。按：參見《登延平玄妙觀》。

【箋】芝山　即建寧府（治今建甌）紫芝山。

○何喬遠《閩書》卷十三《方域志·建寧府》『紫芝山』條：『王審知據閩時，是山産芝。其地有紫芝坊。宋朱韋齋尉政和、尤溪二縣時，作環溪精舍，携文公往來于此。文公沙上畫卦，即其地也。』按：芝山上有善見塔。

[一]　閣道，鈔本、文淵閣《四庫全書》本作『橋板』。
[二]　千，鄭跋本、鈔本，文淵閣《四庫全書》本作『青』。

【附】鄭善夫《三月三日登建州善見塔》：『春深饒客思，躡翠上浮屠。烟靄青空杪，溪山赤縣圖。況逢修禊日，緬想舞雩徒。嘯咏東風裏，冥心入太虚。』（《旗峰集》卷四，鈔本）按：鄭善夫此詩作于嘉靖間，録以備考。

徐𤊹《同吴元瀚陳惟秦惟和兄游芝山丹青閣》：『磴道紆迴入杳冥，黄金布地護山靈。雲藏老佛龕前火，風語阿王塔上鈴。四起峰巒争紫翠，半空樓閣剥丹青。歸林啼鳥聲初歇，月照龍池又念經。』（《鼇峰集》卷十三）

謁馬仙姬廟

元君仙籍出扶風，廟食千年建水東。滿院松衫巢鸛鶴，四時香火卜羆熊。青天紫氣生靈幄，白日紅雲護寢宫。幾度憑虚朝上帝，手拋霞帔幻成虹。

【編年】萬曆二十三年乙未（一五九五）八月。按：參見《登延平玄妙觀》。

【箋】馬仙姬廟　在建甌水東。

○《〔康熙〕建寧府志》卷十五《祀典上》『唐馬氏仙妃祠』條：『在將相里木樨林，馬氏三妃，原處州景寧人，唐光化間，嫁而嫠，事姑孝，得授仙術，鄉人感之而立祠，禱嗣靈應。』

扶風　右扶風，故址在今屬陝西咸陽市。

○李賢《大明一統志》卷三十二《陝西·西安府》『右扶風城』條：『在永壽縣東南四十里。』

初至武夷[一]

道緣爲重世緣輕，總屬閑游豈計程。九曲仙班邀鶴馭，半空天樂奏鸞笙。經旬絶粒拋烟火，到處行歌變姓名。多少函中遺蜕在，不知若個是前生。

【編年】萬曆二十三年乙未（一五九五）九月初一日。按：參見《登延平玄妙觀》。

【箋】武夷　武夷山，詳卷三《贈胡外史》。

九曲　九曲溪，詳卷三《題高漫士晚閣溪雲圖》。

遺蜕　即遺蜕岩，詳卷三《送閔壽卿隱武夷》。

【附】徐熥《游武夷山記·由萬年宫至茶洞》：『九月朔日，未及武夷數里，從舟中望大王、獅子諸峰，巋然天表，客皆踴躍稱快。既而舟至溪滸，遂舍舟登陸，行松陰中，蒼翠欲滴。越里許，始達萬年宫。中祀魏王子騫，旁列張湛等十二人。前爲漢祀亭，余黄冠羽衣，與諸客焚香膜拜其下。』（《幔亭集》卷十七）

萬年宫

萬年宫殿魏王居，瑶草琪花滿玉除。壇下餘腥猶漢代，岩頭遺蜕是秦初。客從雲水求丹訣，帝遣風雷護簡書。我亦曾孫今再世，夢中親御紫鸞車。

［一］《初至武夷》，衷仲孺《武夷山志》卷十一引此詩作《初入武夷》。

【編年】萬曆二十三年乙未（一五九五）九月初一日。按：參見《登延平玄妙觀》。

【箋】萬年宫　在武夷山九曲溪北，又稱冲祐宫。

○何喬遠《閩書》卷十五《方域志》『建寧府』：『（武夷山）山下有宫，曰「冲祐萬年宫」，蓋漢設壇處。唐始屋之，曰「武夷觀」。玄宗遺顔行之祀仙兹山，行之刻石云：「大唐天寶七載，歲在戊子，七月，封名山大川，登仕郎顔行之記。」凡二十四字。觀，故在洲渚間，南唐南後主弟良佐篤慕希夷，訪道此山，後主敕有司移建今址，賜觀名「會仙」，自金陵鑄鐘，航海來置，環山悉禁采捕，因敕封良佐爲「演道冲和先生」。宋太宗御書「冲祐」二字爲觀額……元天曆間，改觀爲宫，加「萬年」二字。』

魏王　祝穆《武夷山記》武夷君大宴鄉人，有魏王子騫，即其人。

曾孫　詳卷三《題高漫士晚閣溪雲圖》。

【附】《游武夷山記·由萬年宫至茶洞》：『既而舟至溪滸，遂捨舟登陸，行松陰中，蒼翠欲滴。越里許，始達萬年宫。中祀魏王子騫，旁列張湛等十二人。前爲漢祀亭，余黄冠羽衣，與諸客焚香膜拜其下。』（《幔亭集》卷十七）　徐𤊹《宿冲祐萬年宫》：『青山如黛水如烟，借得玄宫此夜眠。一粒金丹千萬劫，兩行香火十三仙。虹連彩幔疑秦代，魚薦瑶壇紀漢年。雲冷石床清夢遠，閬風扶上大羅天。』（《鼇峰集》卷十三）

宿冲祐觀［一］

風燈零落夜鐘殘，數卷玄經掩不看。藥采刀圭還玉液，火留文武養金丹。瑶池月滿鸞笙杳，石榻雲深蝶夢寒。斷盡世緣須及早，肯將白髮戴黄冠。

【編年】萬曆二十三年乙未（一五九五）九月初一日。按：参見《登延平玄妙觀》。

【箋】冲祐觀，在武夷山九曲溪北。

〇何喬遠《閩書》卷七十六《方域志·建寧府》「冲祐觀」條：「在武夷山。唐建，名武夷觀。宋賜額「冲祐」，元加「萬年」。内有橘隱堂、觀復堂，景致非一。」

玄經　詳卷二《五君咏五首》「太玄」條。

【附】徐𤊹《宿冲祐萬年宫》：「青山如黛水如烟，借得玄宫此夜眠。一粒金丹千萬劫，兩行香火十三仙。虹連彩幔疑秦代，魚薦瑶壇紀漢年。雲冷石床清夢遠，閬風扶上大羅天。」（《鼇峰集》卷十三）

宿接笋峰道院［二］

絶壁懸厓入杳冥，丹房長借白雲扃。地分六曲成三島，臺聳千層禮七星。暮靄晴飛岩瀑翠，秋烟寒隱石燈青。一聲獨鶴醒殘夢，卧聽黄庭半部經。

［一］《宿冲祐觀》，衷仲孺《武夷山志》卷十二作《萬年宫其二》。

［二］《宿接笋峰道院》，衷仲孺《武夷山志》卷十二引此詩作《接笋峰》。

【編年】萬曆二十三年乙未(一五九五)九月初二日。

【箋】接笋峰道院　在武夷山。參見卷三《題高漫士晚閣溪雲圖》。

○《游武夷山記・由接笋峰至小桃源》:『既至茶洞,接笋峰在眉睫間,而三梯相續,高可十餘丈。』(《幔亭集》卷十七)

○何喬遠《閩書》卷十五《方域志・建寧府》『接笋峰』條:『在隱屏峰右,石有斷痕復續者三,若接笋。架十五丈木乃得登。及徑,徑折數步忽斷,有鐵鎖横綴崖腹,亘百丈,鑿支徑以托足,復有磴屈曲盤折爲餘級。至岩頂,有泉池竹樹。皇朝嘉靖中,道人汪痴頤、劉古松築窣其上。』

黄庭　《黄庭經》。

【附】謝肇淛《登接笋崖》:『危哉接笋崖,乃在碧落裏。上閣丹梯七百層,下臨深谿不見底。行人攀木如窮猿,一步一息驚飛魂。白雲時從足底過,天語半在空中聞。須臾梯盡復石壁,仄徑逡巡半容足。鐵鎖横絶翠微巔,遥似寒星亘天闕。我來振衣步蒼苔,捫參歷井真崔嵬。對面不見更衣臺,玉女賓伏如嬰孩。中有羽人斫山骨,珠宫貝闕訇中開。黄鶴之飛且不到此,惟有海日天風時往迴。吾聞海上有蓬萊,弱水環之無塵埃。日月爲轂霞爲杯,此中無乃是秦皇漢武胡爲哉?下山十里月如水,笑挂青蛇歸去來。』(《小草齋集》卷八)按:此詩非同時作。録以備考。

宿雲窩贈陳司馬

清溪九曲即蓬壺，何用遥尋五岳圖。幽壑半開新浄室，秘書還看舊陰符。鵷鸞班裏多年别，鷄犬雲中幾日驅。重住雲窩緣不偶，前身或恐是丹樞。

【編年】萬曆二十三年乙未（一五九五）九月初三日。

【箋】九曲　九曲溪，詳卷三《題高漫士晚闍溪雲圖》。

雲窩　雲窩，在武夷山九曲溪北。

○徐熥《游武夷山記·由接笋峰至小桃源》：『初三日，别諸黄冠，同劉隱虚下龍脊，謁汪麗陽遺蜕。……是夜歸宿雲窩。』（《幔亭集》卷十七）

○《游武夷山記·由萬年宫到茶洞》：『舟次五曲，舍舟至紫陽書院，謁朱先生遺像……經數折而入雲窩，雲窩舊爲宋陳丹樞修煉之所，近吴航陳司馬公結廬棲隱其中。』『委房曲榭，畫栱朱闌，種種臻妙。而石洞、石門、丹爐、茶竈，宛然具在。鐵笛亭俯瞰清溪，研易臺深匿岩隙，此又雲窩中最奇境也。窩在大隱屏之下，接笋峰之左，城高岩當其前，朝昏雲氣，頃刻變幻，遂成山中隩區云。』（《幔亭集》卷十七）

○何喬遠《閩書》十五《方域志·建寧府》『接笋峰』條：『下有石門瀑布，雲窩道院……雲窩道院，宋隱士陳丹樞所建。白玉蟾《記》曰：「丹樞陳先生，未知何許人，辟穀不粒。一衲附身，年七八旬，方瞳漆發，不語不寢，一旦在五曲間，吟晦翁『山高雲氣深』之句。平林烟雨如昨也。」』

○謝肇淛《陳少司馬八十序》：『武夷之靈，玉女之精，絶壁刺天，飛湫瀉地。其間金庭芝草之所積也，赤字綠文之所函也，上真列聖之所窟宅也。先生敝屣進賢，棲心靈岳，誅茅剖石，辟雲窩而老焉。』（《小草齋文集》卷二）按：肇淛此序作于萬曆三十六年（一六〇八）。

陳司馬　即陳省，長樂人。

〇徐𤊹《詩人爵里詳節》：『陳省，字孔震，長樂人。大濩之子。嘉靖三十八年進士，歷官提學御史、僉都御史、兵部侍郎。』（《晉安風雅》卷首）

蓬壺　詳卷七《林方伯先生七十初度是日爲吕純陽誕辰》。

【附】謝肇淛《雲窩寄贈陳孔震司馬》：『老臣去國一黄冠，營得菟裘九曲灘。月印平川峰影碧，仙歸紫府鶴聲寒。先春茶采雲千片，度世丹成雪幾丸。他日升真班上會，法星高照步虚壇。』（《小草齋集》卷二十三）　曹學佺《雲窩尋陳司馬》：『五曲雲深處，參同注幾篇。盤山仙掌露，窗落隱屏泉。鐵笛山前月，丹爐石上烟。何如辭漢土，長揖赤松年。』（《挂劍篇》，《石倉全集》）按：以上二詩與𤊹詩非同時作，録以備考。

天游觀

高臺獨上翠千重，吹散嵐烟有鐵龍。地種三花元漢時，門扃五粒是秦封。雲邊螺髻層層結，雨後蛾眉點點濃。倚遍危闌遥極目，九環衣帶束芙蓉。

【編年】萬曆二十三年乙未（一五九五）九月初三日。按：參見《游武夷山記·由天游觀至鼓子峰》（《幔亭集》卷十七）。

【箋】天游觀　在武夷山天游峰頂。

○何喬遠《閩書》卷十五《方域志·建寧府》『天游』條：『在（武夷山）仙掌峰左，隱屏峰平立于前，外敞内邃，中有天游觀，元道士劉碧雲、張希微肇基，法師張虚一栖真于此，奏請敕額。又有萬峰亭、一覽臺。』

○徐熥《游武夷山記·由天游觀至鼓子峰》：『次日余以事之崇安，同游諸子已先登天游。獨隱虚道人宿雲窩遲余，余薄暮始至。晨起，微雨不絶，與隱虚冒雨而登。綉薄叢于路側，竹柏蔭于層石。經五里，始至觀。觀處九曲之中，溪水回環，三十六峰皆可指顧。接筭、龍脊，對峙其前，磴路屈曲，梯級懸絶，白雲亂飛，丹楓如染，視身在峰上，更爲殊觀。』（《幔亭集》卷十七）

三花元漢時　三花，人花、地花和天花，道教謂修煉者體内的三種精華。漢時，漢代帝王祭天地、五帝之場所。

五粒是秦封　五粒，五粒松，松樹名。秦始皇封泰山，風雨暴至，休憩松下，因封其松爲五大夫。

【附】徐𤊹《宿天游觀》：『千峰晚對院門扃，臺起中天近七星。露濕仙人雙掌白，烟迷玉女兩鬟青。羽流花裏窺龍篆，童子松間掃鶴翎。何幸雲游前度客，碧窗重借誦黄庭。』（《鼇峰集》卷十三）　曹學佺《天游觀》：『孤峰迢遞鬱崔嵬，客自凌風駕鶴來。九曲棹歌依水轉，亂山雲影接天回。澗邊紫府朝元磬，鳥外丹梯禮斗臺。幾度步虚探寶籙，仙人掌上剔莓苔。』（《挂劍篇》，《石倉全集》）按：此詩非同時作，録以備考。

宿鼓子峰道院[一]

芒鞋歷遍翠微巔，修竹陰中别有天。洞隱黄冠皆浄侶，岩封白骨盡飛仙。石當隙處精廬構，路到窮時棧道懸。夜静焚香同禮拜，步虚聲散一爐烟。

【編年】萬曆二十三年乙未（一五九五）九月初五日。按：參見徐熥《游武夷山記·由天游觀至鼓子峰》（《幔亭集》卷十七）。

【箋】鼓子峰　在武夷山九曲溪。

○《游武夷山記·由天游觀至鼓子峰》：『既出天游，元翰以病卧雲窩，余與諸子取道入鼓子峰……路窮，則以木棧相接而度。有石如鼓，履之逢逢有聲，故名。由西而折，有梯二十餘級。登梯入吴公洞，洞乃吴公蜕處。惟秦由石壁側足而入，余與諸人不能從。是夕宿院中，道人二十餘衆，焚香誦經，余輩亦隨衆參禮，夜分始罷。』（《幔亭集》卷十七）

○何喬遠《閩書》卷十五《方域志·建寧府》：『一峰屹立，有石如鼓。下有鼓子道院，倚崖爲屋，峻絶開豁，……裂開一洞，外隘中寛。相傳吴公于此成道。吴公，名代，失傳。又宋葉夢鼎書堂在焉。』

【附】徐㶿《游鼓子峰道院》：『重重翠巘絶行踪，問路猶言過數峰。朽木緣崖欺蜀棧，枯株横磵亞秦松。鼓留片石聲猶在，仙去寒岩骨未封。獨叩玄關仙犬吠，隔雲遥送夕陽鐘。』（《鼇峰

[一]《宿舍鼓子峰道院》，衷仲孺《武夷山志》卷十二引此詩作《鼓子峰》。

集》卷十三）　曹學佺《鼓子峰》：『松橋石磴路縈紆，絳節遙飛上帝都。絶棧横腰疑入蜀，空山遺骨尚函吴。月明影度修篁亂，風静聲傳遠磬孤。一卷玄經功課罷，道緣還有俗緣無。』（《挂劍篇》《石倉全集》）按：此詩非同時作，録以備考。

游水簾洞時久不雨飛沫稍微賦得一首

素練冰綃一夜收，潺湲何處見龍湫。鮫人海底餘殘泪，玉女峰前上半鈎。自有玄珠藏赤水，不須瓊液咽重樓。一瓢欲挽銀河瀉，倒挂青天作瀑流。

【編年】萬曆二十三年乙未（一五九五）九月初七日。按：參見《游武夷山記》（《幔亭集》卷十七）

【箋】水簾洞　在武夷山九曲溪北。

○李賢《大明一統志》卷七十六《福建·建寧府》『水簾洞』條：『在武夷山。又名唐曜天岩。』

○徐熥《游武夷山記·由水簾洞至大王峰》：『諸客復謀爲水簾洞之游……將至洞，谷聲與人聲相應。山下有亭，亭之上有池，即水簾所匯也。洞壁高數十丈，穹窿如屋，延袤里許，石皆赤色。登石磴數百級，爲三教堂。右折爲道院，水簾瀉其前。時久不雨，飛沫稍微。』（《幔亭集》卷十七）

龍湫　此處以雁宕山龍湫喻水簾洞飛瀑。

【附】徐𤊹《咏水簾》：『誰挂冰綃到十洲，潺湲不斷灑龍湫。微風亂織絲千縷，新月斜懸玉一鈎。漢女佩從江上解，鮫人泪向夜深流。下方隔絶紅塵遠，遮却神仙白玉樓。』（《鼇峰集》卷十三）

謝肇淛《水簾洞》：『踏棘攀蘿宿雨沾，泉聲一夜百重添。寮依倒石泥爲瓦，瀑噴孤峰雪作簾。石上松髯梢結頂，函中仙骨指留尖。依稀不似人間路，柯爛何妨竟日淹。』（《小草齋集》卷二十三）按：此詩非同時作。

尋和叔道士不遇

暫去朝元出翠微，紅塵何處染綃衣。鸞傳紫府書頻至，鶴帶青城箭未歸。六甲風雷壇下守，半空日月鼎中飛。石函留得龍沙讖，莫道蓬壺會面稀。

【編年】萬曆二十三年乙未（一五九五）九月。

【箋】和叔　姓佘，和叔爲其字。曾與閔齡隱于武夷。閔、佘詩合集曰《同亭詩蜕》，詳本書卷十六《同亭詩蜕序》。

龍沙讖　詳卷六《送陳女翔游龍虎山》。

蓬壺　詳卷七《林方伯先生七十初度是日爲吕純陽誕辰》。

【附】徐𤊹《訪和叔羽士不遇》：『一去雲游消息希，碧窗塵滿舊霞衣。不題名姓言相訪，到處爲家不必歸。』（《武夷雜咏十首》，《鼇峰集》卷二十四）

武夷溪口送惟起弟度關二首〔一〕

其一

竹杖芒鞋歷翠岑，蒯緱忽動遠游心。離魂已與千峰斷，別恨空如九曲深。祇有窮愁生白髮〔二〕，全無大藥化黄金。山中散盡賓雲曲，泪落西風半夜砧。

其二

青山游侣散紛紛，況復臨岐遠送君。兩地雁鴻難顧影，一時鸞鶴總離群。人從杜若洲邊去，路在桃花洞口分。明發登高各惆悵，鵝湖斜日幔亭雲。

【編年】萬曆二十三年乙未（一五九五）九月。

【箋】武夷溪口送惟起弟度關

○徐熥《游武夷山記·由水簾洞至大王峰》：『初九日，與公別諸客，度崇安，余與元瀚、惟秦，亦買舟歸。』（《幔亭集》卷十七）按：關，分水關。

蒯緱　用草繩纏結劍柄，指劍。

九曲　九曲溪，詳卷三《題高漫士晚閣溪雲圖》。

賓雲曲　爲武夷君大會鄉人演奏之曲，詳宋祝穆《武夷山記》。

〔一〕二首，底本無此二字，據目録補。

〔二〕窮愁生白髮，鈔本、文淵閣《四庫全書》本作『飄蓬懷白璧』。

【附】徐𤊹《武夷溪口別元翰惟秦仲魚》：『悔出桃花出水頭，仙風吹散武夷舟。客中得酒無心醉，別後逢仙不愛游。踪迹幾時歸白社，夢魂長日戀丹丘。迴腸一夜君知否，試看清溪九曲流。』（《鼇峰集》卷十三）

武夷送吴元翰[一]還莆

幾[二]日看山住翠微，虹橋宴罷各將歸。一時客散清溪水[三]，三載人[四]還舊釣磯。囊橐只携丹訣去，夢魂猶帶白雲飛。別君不用綈袍贈，玉女新裁五色衣。

【編年】萬曆二十三年乙未（一五九五）九月，詳《武夷溪口送惟起弟度關》。

【箋】武夷送吴元翰還莆　吴元翰，詳卷六《同吴元瀚興公弟暮過神光庵》。

○徐熥《五與陳伯孺》：『僕與惟秦、惟起、振狂，同爲武夷之游。至困溪，振狂興盡，先返。至建溪，逢莆友吴元翰，遂與偕往。住武夷者十日……僕之此行，于山得武夷，于人得元翰，可謂雙快。元翰之詩，翩翩唐響。』（《幔亭集》卷二十）

[一] 翰，鄭跋本、鈔本同，文淵閣《四庫全書》本作『瀚』。

[二] 幾，鄭跋本、鈔本、文淵閣《四庫全書》本作『日』。

[三] 一時客散清溪水，鄭跋本、鈔本、文淵閣《四庫全書》本作『幾時再買重游櫂』。

[四] 人，鄭跋本、鈔本、文淵閣《四庫全書》本作『方』。

再送元翰[一]次來韵

一尊同向蓼花灘，露下丹楓落葉殘。獨泛歸[二]舟愁弟遠，重揮清泪[三]别君難。凄凉城角秋光暮[四]，明滅漁燈夜雨寒。此去入林尋舊隱，高齋新長幾琅玕。

【編年】萬曆二十三年乙未（一五九五）九月。按：參見《武夷溪口送惟起弟度關》。

【箋】愁弟遠　據前《武夷溪口送惟起弟度關》詩，武夷溪口别後進入江西，故云。

陳惟秦爲其先人營葬久居永南山寄訊

春事飄零倍憶君，滿庭花[五]雨落紛紛。鼇峰已作三秋别，馬鬣新成四尺墳。夜静[六]幾迴虚朗月，竹中長日賦停雲。北邙正有松楸感，烏鳥聲聲不可聞。

【編年】萬曆二十三年乙未（一五九五）。

【箋】停雲　《停雲》，陶淵明詩篇名。

北邙　詳卷三《北邙行》。

［一］翰，鄭跋本、鈔本同。文淵閣《四庫全書》本作「瀚」。

［二］獨泛歸，鄭跋本、鈔本、文淵閣《四庫全書》本作「身泛孤」。

［三］重揮清泪，鄭跋本、鈔本、文淵閣《四庫全書》本作「泪揮雙袖」。

［四］城角秋光暮，鄭跋本、鈔本、文淵閣《四庫全書》本作「戍角秋霜曉」。

［五］花，鄭跋本、鈔本、文淵閣《四庫全書》本作「紅」。

［六］夜静，鄭跋本、鈔本、文淵閣《四庫全書》本作「花下」。

訪薛煉師思齊

桃花千樹繞江干，花裏幽居日考槃。曲徑開時供鹿卧，方書抄就借人看。一春草緑蓬門静，半夜雲生藥杵寒。聞説延年有真訣，相逢先乞九還丹。

【編年】萬曆二十三年乙未（一五九五）。

【箋】薛煉師思齊　太醫。徐熥萬曆二十三年（一五九五）九月曾于武夷山爲之購仙茅。○徐熥《游武夷山記·由水簾洞至大王峰》：『又數里，過火焰峰。峰悉頳壁，若紅雲秀天……地産仙茅，服之能益壽。余解杖頭易數百根，以寄薛煉師，蓋煉師别時所托也。』（《幔亭集》卷十七）○徐𤊹《祭薛思齊内人文》：『思齊晚歲精于醫，所延譽者，皆當道名公與夫縉紳學士。名隆隆起，而業亦稍稍振。』（《紅雨樓集》册十，《上圖稿本》第四五册，第七三頁）按：趙世顯有《贈薛思齊太醫》（《芝園稿》卷二十一）。

考槃　詳卷二《赴京道中寄惟起惟揚二弟四首》。

壽李司理二首[一]

其一

曾將詞賦冠明廷，斷獄年來動引經。德比于公高漢室，名同小陸起華亭。壽筵猶獻長生縷，海國争

[一] 二首，底本無此二字，據目録補。

看執法星。何必西岩采三秀，郡齋瑶草自青青。

其二

鶴吹飄飖下九天，共看良吏是神仙。朝來拄笏心如水，夏至懸弧日似年。函谷他時生紫氣，長庚此夜應青蓮。遥知卧理還多暇，注得參同有幾篇。

【編年】萬曆二十三年乙未（一五九五）。

【箋】李司理　即李叔春，上海人。萬曆十七年（一五八九）進士，歷福州推官，官至按察使副使。

于公　西漢郯縣人，丞相于定國之父。曾任縣獄吏、郡决曹，精通法律，善决獄。

小陸　晋陸雲，華亭（今上海松江）人。與兄陸機齊名，稱大小陸。

函谷　詳本卷《贈顔廷愉將軍》。

長庚　星名，又稱太白金星、啓明星。

青蓮　李白，號青蓮。

參同　《周易參同契》，東漢魏伯陽著，後被道家奉爲經典。

送王懋宣先生之泰順

垂楊影裏亂啼鶯，朝發都亭一騎輕。黯淡蘼蕪尋去路，微茫烟樹見孤城。他鄉春色悲花落，旅館愁心寄月明。白髮蕭蕭猶作客，臨岐分手更關情。

【編年】萬曆二十三年乙未（一五九五）。

【箋】王懋宣　王應山（一五二一—一六一二之後），字懋宣，號静軒，應時、應鍾弟，侯官（今福州）人。八十餘歲仍著書不輟。有《閩都記》《閩大記》《帚言摘録》。《閩都記》經由徐𤊹增飾。

○《詩人爵里詳節》：『王應山，字茂宣，侯官人。杲之子。嘉靖中庠生，有《帚言摘録》。』（《晋安風雅》卷首）

○《〔萬曆〕福州府志》卷六十二《人文志》『王應山』條：『字懋宣，侯官人。喜讀書，于六籍百代靡所不探。以《春秋》教授烏石、武夷間，四方從者如雲。其詩宗大曆，婉而多致。監司、守令常式其廬，而應山食貧篤行，無干澤也。林文洛宗伯纂修郡志，多所裁定。老益苦心編摩，所著甚富。始應山年十三，試于鄉，已入彀，主司駭其幼，罷之。迄不第，以壽終。』

泰順　今屬浙江。

○李賢《大明一統志》：『泰順縣，在府城西南三百七十里，本里安、平陽二縣地。本朝析置泰順縣。』（卷四十八『温州府』）

○《浙江通志》卷八《建制》『泰順』條：『《〔萬曆〕温州府志》：景泰二年割里安十二里、平陽六里立爲縣，以民心向化賜名「泰順」。』

【附】徐𤊹《送王懋宣先生之泰順訪林令君》：『蕭蕭匹馬向天涯，奔走風塵兩鬢華。南浦亭前

愁折柳，河陽縣裏看栽花。危峰緑繞秦川樹，遠海紅生越嶠霞。莫道子雲玄尚白，曾將奇字教侯芭。』（《鼇峰集》卷十三）

宿鄧汝高竹林山莊

群峰迴合樹蒼蒼，一徑雲陰散夏涼。荒坂牛羊歸暮靄，孤村門巷閉[一]斜陽。竹當疏檻常流翠，花落清溪不斷香。宴坐山中屏塵慮，今宵如宿輞川莊。

【編年】萬曆二十三年乙未（一五九五）。

【箋】竹林　詳卷三《過鄧汝高別墅》。

輞川　詳卷二《題王玉生山水》。

【附】鄧原岳《玉生惟和興公無競宿山莊》：『荒郊落日澹平蕪，白社還同舊酒徒。極目烟霞晴窈窱，隔林雲樹晚模糊。石床草榻人初静，流水柴門鳥亂呼。永夜月光清映廓，分明一片輞川圖。』（《西樓集》卷五）　徐𤊹《宿鄧汝高竹林山莊》：『精廬遥接翠微間，借得雲窗一夕閑。流水斷橋通古路，斜陽殘磬下空山。犬聲似豹聞茅舍，螢火隨人入竹關。桑柘滿村堪寄隱，與君吟卧却忘還。』（《鼇峰集》卷十三）

[一] 孤村門巷閉，鄭跋本、鈔本、文淵閣《四庫全書》本作『比鄰鵝鴨睡』。

春日居法雲蘭若四首[一]

其一

移來書舍傍琳宫，隔斷紅塵路不通。游屐[二]半閑新雨後，佛旛[三]高挂亂雲中。夜深松偃疏簾月，春盡花飛晚磬風。謾謂空門人迹少，相尋日日有支公。

其二

登臨正及看花期，青草葳蕤步屧宜。雨翳鐘聲[四]過院冷，風傳鶯語出林遲。閑尋緇錫談三昧，偶伴黄冠禮六時。自是山中堪避俗，更無踪迹世人知。

其三

古路蒼蒼入鷲峰，烟霞隔斷往來踪。時將真訣燈前課，每與游僧竹下逢。滿架瑶函藏貝葉，遠村[五]山色絢芙蓉。閉門宴坐塵緣息，又聽雲堂起暮鐘。

[一] 四首，底本無此二字，據目録補。
[二] 屐，鈔本誤作「屣」。
[三] 佛旛，鄭跋本、鈔本、文淵閣《四庫全書》本作「法幢」。王應山《閩都記》卷五引此詩作「佛旗」。
[四] 鐘聲，鄭跋本、鈔本、文淵閣《四庫全書》本作「鯨音」。王應山《閩都記》卷五引此詩作「鐘聲」。
[五] 村，鄭跋本、鈔本、文淵閣《四庫全書》本作「林」。

其四

滿徑蒼苔過客稀，疏鐘纔動暝烟飛。輕敲竹院殘僧返，亂落松花一鶴歸。夜静石燈分佛火，春寒山罽借禪衣。上方萬籟已[一]俱寂，但有經聲出翠微。

【編年】萬曆二十三年乙未（一五九五）。

【箋】法雲蘭若　法雲寺，詳卷五《法雲寺對月》。

支公　即支遁，詳卷三《靈隱寺尋耶溪上人》。

送王少文槀葬西郊

蕭蕭孤櫬出郊關，執紼空餘涕泪潸。滿目松楸西郭路，半天風雨北邙山。函中白骨殘雲裏，世上紅塵一夢間。除却千年華表鶴，更于何處望君還。

【編年】萬曆二十三年乙未（一五九五）。

【箋】送王少文槀葬西郊　參見卷三《江上答客傷王少文》。

北邙山　詳卷三《北邙行》。

【附】陳薦夫《送王少文入城西殯宫》：『薤露歌成不可留，長辭華屋向山丘。人隨白馬如雲散，兆有青鳥計日求。暮雨寒狐入繐帳，夕陽山鬼吊松楸。縱然相送知何處，門掩荒郊水亂

［一］已，鄭跋本、鈔本、文淵閣《四庫全書》本作『聞』。

流。』（《水明樓集》卷五）　陳薦夫《秋日過王少文殯館》：『華屋無人蕙帳空，素車白馬各西東。秋來落葉埋官路，野火隨風繞殯宮。』（《水明樓集》卷八）　徐𤊹《送王少文稾葬西郊》：『一去黄泉路不通，白楊時動隴頭風。從今再過西郊道，荒草無情長殯宮。』（《鼇峰集》卷二十四）

秋夜汝高振狂伯孺過宿山齋時汝高將赴闕

西風摇落正秋天，相對空山意惘然。竹裏孤燈消永夜，鏡中華髮感流年。寒蛩古砌啼涼月，殘葉疏林亂[一]暝烟。只恐心期隔霄漢，豈能長向白雲眠。

【編年】萬曆二十三年乙未（一五九五）。

【箋】鄧汝高　即鄧原岳，詳卷三《過鄧汝高别墅》。

【附】鄧原岳《宿徐惟和緑玉齋同陳伯孺作》：『入林欣把臂，招隱得同心。白社吾將老，青山爾共尋。窗虚蘿月動，榻冷竹風侵。夢淺斷殘磬，情多愁遠砧。寒蛩依砌静，宿鳥擇枝深。晦迹甘雲卧，浮生愧陸沉。從來丘壑相，不負紫芝吟。』（《西樓詩選》卷上）

擬積雨輞川莊

經旬梅雨自沉沉，灌木蕭森起夕陰。泉過斷橋歸别澗，鐘傳古寺出空林。閉門習静山中樂，宴坐焚

[一] 殘葉疏林亂，鄭跋本、鈔本、文淵閣《四庫全書》本作『小犬疏林吠』。

香物外心。終日更無車馬客，時從花塢聽鳴禽。

【編年】萬曆二十三年乙未（一五九五）。

【箋】輞川　詳卷二《題王玉生山水》。

擬長沙過賈誼宅二首[一]

其一

憐君謫宦楚江來，門外湘波日夜迴。廢井年深生亂草，古墻春盡長荒苔。猿聲似訴孤臣恨，馬首空勞過客哀。此地無須嘆寥落，長安甲第亦成灰。

其二

他鄉遷客恨悠悠，此日長沙宅尚留。寂莫空梁栖鳥雀，蕭條古院閉松楸。千年往事悲花落[二]，一去君恩共水流。欲采江蘺傷日暮[三]，半天風雨洞庭秋。

【編年】萬曆二十三年乙未（一五九五）。

【箋】賈誼宅　故址在今湖南長沙。賈誼，漢代文學家。洛陽人。爲太中大夫，被貶長沙。于長沙作《吊屈原賦》《鵩鳥賦》。

[一]　二首，底本無此二字，據目録補。

[二]　千年往事悲花落，鄭跋本、鈔本、文淵閣《四庫全書》本作「幾年宦況同雲薄」。

[三]　日暮，鄭跋本、鈔本、文淵閣《四庫全書》本作「往事」。

○李賢《大明一統志》卷六十三《湖廣·長沙府》『賈宜故宅』條：『在府城中濯錦坊。舊有太傅井并廟，尚存。』

【附】陳薦夫有《擬長沙過賈誼宅》：『三載長沙滯此身，至今遺宅在江濱。治安有策酬明主，京洛無家怨逐臣。却聽寒蛩啼廢井，不聞野鵩上承塵。可憐絳灌銷沈盡，門外何人泪掩巾。』（《明水樓集》卷五） 徐𤊹《擬過賈誼宅二首》，其一：『卑濕長沙不可居，孤臣遺宅總丘墟。蕭蕭楚竹悲無主，渺渺湘潭恨有餘。三載但圖安漢策，一篇曾説過秦書。洛陽年少名猶在，回首當年帝業虚。』其二：『門巷蕭然楚水隅，一天斜日照蘼蕪。承塵歲久栖無鵩，故宅人非叫有烏。夢澤千重雙泪遠，湘江萬里逐臣孤。經過再拜薦蘋藻，應效當年吊左徒。』（《鼇峰集》卷十三） 徐𤊹《長沙過賈誼宅》：『少年放逐嘆羈栖，秋草寒林落日低。西去已成秦客論，南遷猶執楚臣圭。鬼神前席中宵聽，鵩鳥承塵午夜啼。故宅凄凉留廢井，千秋誰繼長卿題。』（《鼇峰集》卷二十一）按：徐𤊹《擬過賈誼宅》當與熥同時或先後作，爲虚擬；《長沙過賈誼宅》則萬曆四十七年（一六一九）過長沙時作，爲實景。

無題十首[一]

其一

數聲殘漏滿簾霜，青鳥銜箋事渺茫。剖贈半規蒼玉玦，分將百合紫羅囊。空傳垂手尊前舞，新結愁

［一］十首，底本無此二字，據目録改。

眉鏡裹妝。一枕游仙終是夢，桃花春色誤劉郎。

其二

無緣翻悔意相關，雲雨巫陽一夢間。獨撫朱弦琴哽咽，背流紅泪燭潺湲。新分玉玦愁[一]難合，舊贈明珠未忍還。縱使章臺零落後，長條猶自望君攀。

其三

錦衾羅帳泪潸然，淡月微霜夜可憐。嚙臂尚思當日約，同心空結片時緣。瓶沉古井渾身碎，珠孕靈胎[二]幾個圓。一别天台成隔世，桃花流水自年年。

其四

一寸湘筠泪滿枝，百年幽恨是幽期。朱弦忽斷鸞難續，錦字私傳鳥不知。新唾花痕沾廣袖，舊分香氣散重帷。此生欲了尋春約，須及清陰未緑時。

其五

劍化雌雄玉匣空，寒潮東逝信誰通。金生蓮步雙纏白，釧約冰肌一綫紅。事去歡娱并作怨，緣乖魂夢也難同。芳菲零亂春光晚，滿地胭脂半夜風。

[一] 玉玦愁，鄭跋本、鈔本、文淵閣《四庫全書》本作「半玦終」。
[二] 胎，鄭跋本、鈔本、文淵閣《四庫全書》本作「淵」。

其六

蘭心迷蝶柳藏鴉，綺閣銀燈照九華。一點微波[一]通步障，幾重巫峽隔窗紗。魂銷翠帶胸前草，腸斷青銅影裏花。落盡深紅春色晚，肯容劉阮更思家。

其七

鏡中雙鬢綰如鴉，廣袖新看染石華。曉起殘[二]妝消翠靨，晝眠香汗浸紅紗。半溝膩水堪流葉，一尺雕欄不障花。總爲多情眉黛蹙，怪他人説是西家。

其八

愁見流蘇百結同，綉幃寒夜一邊空。幾痕斑泪孤生竹，十指朱絲半死桐。在野鴛鴦虚枕被，出山鸚鵡怨樊籠。臂紗不解纏綿意，長護嫣紅舊守宮。

其九

歸期無定數難占，鳳臈燒殘夜未厭。幾點金徽挑後譜，半邊銅鏡嫁時奩。紅銷榴帶絲空結，朱褪櫻唇酒不沾。夢醒碧紗窗外月，梅花疏影滿雕檐。

其十

玉殞珠沉思悄然，明中流泪暗相憐。常圖蛺蝶花樓下，記刺鴛鴦綉幙前。祇有夢魂能結雨，曾無心

[一] 一點微波，鄭跋本、鈔本、文淵閣《四庫全書》本作『百尺藍橋』。

[二] 殘，鄭跋本、鈔本、文淵閣《四庫全書》本作『靚』。

膽似非烟。朱顏皓齒歸黃土，脉脉空尋再世緣。

【編年】萬曆二十三年乙未（一五九五）。

【箋】無題　詩爲懷念武林妓月仙而作。

○謝肇淛《小草齋詩話》卷五：『月仙者，武林名妓也。戊子冬，徐惟和北上，過而眷之。越數夕，余至，妓詢徐孝廉不去口。翊歲，下第復過，竟諧繾綣，徐作詩云：「匆匆相見未分明，別後逢人便寄聲。萬里歸期看乳燕，一春心事付流鶯。柳枝猶記當年曲，荳蔻難消此夜情。搗盡玄霜三萬杵，夢中還見舊雲英。」越三年上計，復過其地，詢之，則月仙死矣。』

劉郎　詳卷七《寄劉季德》。

天台　詳卷二《擬登天台山》。

巫峽　詳卷三《帝京篇》。

劉阮　詳卷八《擬劉晨阮肇入天台效曹唐》。

【附】陳薦夫《和徐大無題二首》，其一：『連理凋殘璚樹枝，玉環從此杳難期。平分韓椽香猶在，心許徐君劍獨知。有夢豈能通枕席，無緣空使負床帷。鐘陵千載相重見，翻羨雲英未嫁時。』其二：『青鳥無情信誓空，靈犀難禁往來通。春游罷去桃應笑，秋恨傳來葉自紅。蠟燭生拚雙泪盡，流蘇死結兩心同。憑君莫怨芳菲節，不道楊花暫信風。』（《水明樓集》卷五）按：徐大，即徐熥。　徐𤊹《和幼孺無題》：『恨倚蒹葭玉一枝，暗中虛度破瓜期。劍分雷煥歸何日，鏡剖徐郎合未知。五十斷弦愁錦瑟，一雙條脱繫羅帷。世間自少昆侖使，那有今生得見時。』（《鼇峰集》卷十四）按：此詩和薦夫。

烈女吟

湘水難同此恨深，幽閨長咏柏舟吟。半生夜雨常悲鶴，二八[一]春風未委禽。瑟斷朱弦因廢軫，燭銷紅泪見灰心。寢門一訣千年怨，魂夢無由識槁砧。

【編年】萬曆二十三年乙未（一五九五）。

【箋】柏舟　《詩經·邶風》篇名。

秋日陳汝大鄧汝高陳振狂陳子卿陳幼孺袁無競興公弟集緑玉齋時余與子卿幼孺下第歸自長安汝高將使浙中興公將游白下

竹林文酒暫盤桓，聚散無期後會難。燈下幾人分去住，尊前雙泪帶悲歡。傷心此別魂俱斷，落魄初歸夢未安。他日東行占太史，客星遥傍使星看。

【編年】萬曆二十三年乙未（一五九五）。

【箋】白下　今南京。

○祝穆《宋本方輿勝覽》卷十四《建康府》：『白下，在上元縣西北十四里。唐武德移江寧于此，故名。』

[一] 二八，鄭跋本、鈔本、文淵閣《四庫全書》本作『六禮』。

陳汝大　即陳椿，詳卷二《與陳汝大鼇峰宴集》。

袁無競　即袁敬烈，詳卷二《春日山居招袁無競》。

【附】鄧原岳《秋日陳汝大振狂幼孺子卿袁無競集徐惟和興公緑玉齋時子卿歸自長安幼孺歸自吴興興公將游秣陵余將以使事之浙》：『高齋雨過散秋雲，三徑蕭條易夕曛。雙劍相逢憐去住，尺書何處寄殷勤。薊門雁向閩山落，白下江從浙水分。唱罷陽關各南北，城頭哀柝豈堪聞。』（《西樓集》卷一）　陳薦夫《秋日同汝大振狂子卿汝高惟和惟起無競集緑玉齋時惟和子卿下第歸自燕予歸自吴興汝高將以使事入浙惟起將游吴越》：『聚散匆匆共夕陽，交歡情短別情長。那堪遠道還家日，更對臨岐送客觴。到處雲山分旅夢，舊游風土斷人腸。相逢又作生離恨，不信尊前是故鄉。』（《水明樓集》卷五）　徐𤊹《秋日陳汝大鄧汝高陳振狂陳子卿陳幼孺袁無競惟和兄集緑玉齋時子卿幼孺惟和下第歸自燕都汝高將奉使入浙余亦吴越之游》：『門掩空山霜葉飛，同心聚首此應稀。尊前客是銷魂別，天末人非得意歸。一曲離歌催去馬，幾行清泪濕征衣。他鄉後夜相思處，秋水蘆花夢釣磯。』（《鼇峰集》卷十三）

送林觀察備兵金衢

使節翩翩浙水過，東山那許久蹉跎。一門劍履中原[一]少，百萬[二]櫜鞬越絶多。露布星馳官負弩，

[一]　中原，鄭跋本、鈔本、文淵閣《四庫全書》本作『閩中』。

[二]　萬，鄭跋本、鈔本、文淵閣《四庫全書》本作『將』。

霜臺月滿士横戈。九重正爾資籌算，無暇尋仙訪爛柯。

【編年】萬曆二十三年乙未（一五九五）。

【箋】金衢　浙江金華、衢州。

○李賢《大明一統志》卷四十二《浙江・金華府》『建置沿革』條：『元置婺州路，本朝改爲金華府。』又卷四十三《浙江・衢州府》『建置沿革』條：『唐始折婺州信安縣置衢州……本朝改龍游府，尋改爲衢州府。』

爛柯　爛柯山，在浙江衢州。

○李賢《大明一統志》卷四十三《浙江・衢州府》『爛柯山』條：『在府城南二十里，一名「石室」。下有石橋。道書謂此山爲「青霞第八洞天爛柯福地」。晉樵者王質入山伐木，見二童子對弈，質置斧于坐而觀。童子與質一物如棗核，食之不饑。局終，童子指示之曰：「汝斧柯爛矣。」質歸，鄉閭已及百歲，無復時人矣。』

贈車子仁郡侯

含來鷄舌尚氤氲，新握麟符到海濆。案了簿書心似水，門投詞賦客如雲。市中竹馬[一]迎童子，池上銅鞮[二]醉使君。敝刺即今羞自獻，敢言名姓舊相聞。

[一] 竹馬，鄭跋本、鈔本、文淵閣《四庫全書》本作『騎竹』。

[二] 銅鞮，鄭跋本、鈔本、文淵閣《四庫全書》本作『揮鞭』。

【編年】萬曆二十三年乙未(一五九五)。

【箋】車子仁　即車大任，邵陽(今屬湖南)人。

○朱彝尊《静志居詩話》卷十五『車大任』條：『車大任，字子仁，邵陽人。萬曆庚辰進士，除南豐知縣，歷南禮部郎中，出知福州、嘉興二府，升浙江按察副使，進右參政。有《嚢螢閣草》。』又引屠緯真云：『子仁詩，色華不艷，音俊而不靡，妙得詩家所賞，而不犯詩家所忌。』

寄譚忠卿比部

清時才子賦懷沙，抗疏歸來髮未華。粉署一官淹組綬，青衫雙泪怨琵琶。杼投慈母緣憂國，環賜明君定起家。却愛衡門當庾嶺，相思不用寄梅花。

【編年】萬曆二十三年乙未(一五九五)。

【箋】譚忠卿　廣東大庾縣人。《幔亭集》刻成，徐𤊹寄送之。

庾嶺　詳卷六《送王獻子山人客粤西》。

【附】徐𤊹《寄譚華南比部》：『先兄孝廉，曾辱貽書，業有詩章奉寄，刻之集中，附呈教正。先兄見背，又復十年。』(《紅雨樓集》册六，《上圖稿本》第四三册，第三一頁)

送陳永奉游金陵

千里行裝半醜醽，渡江君去莫教醒。馬經小小蘇家[一]墓，舟過勞勞送客亭。揚[二]子風高潮自白，隋堤秋盡柳無青。後庭遺曲桓伊笛，都向秦淮月下聽。

【編年】萬曆二十三年乙未（一五九五）。

【箋】送陳永奉游金陵

○謝肇淛《送陳永奉還家·引》：『永奉，書生也，未知游。乙未冬，爲其從子要之吴，道相失。至姑蘇城下，爲盜所劫。奔金陵，丐衣于其從子。時方盛寒，從子以葛衣畀之，凍餒幾死。遇周喬卿、徐興公，衣食之。』（《小草齋集》卷八）

小小　即蘇小小，參見卷六《經舊游懷康元龍》。

勞勞送客亭　即勞勞亭，詳卷八《送何伯達太學還鯉湖》。

桓伊　字叔夏，小字子野（一作野王），譙國铚縣（今安徽濉溪縣）人。東晋將領、名士，擅長音樂。

【附】徐𤊹《送陳永奉之留郡謁趙中丞時予將游白下》：『滿目秋陰日色昏，不關離思自銷魂。斜陽斷雁青溪渚，衰柳啼鴉白下門。感舊人哀孫相國，留歡客醉趙平原。相期買笑秦淮渡，欲

[一]　蘇家，鄭跋本、鈔本、文淵閣《四庫全書》本作『佳人』。

[二]　揚，底本、鄭跋本作『楊』；鈔本、文淵閣《四庫全書》本作『揚』。據文意改。

別何須灑泪痕。』（《鼇峰集》卷十三）

壽大司馬吴公二首〔一〕

其一

斑綴鵷鸞爵上公，鼎烹龍虎貌還童。鐵冠曾執三湘憲，銅柱猶存五嶺功。曳處履聲爲赤舄，懸來弧影是彤弓。渭濱未許長垂釣，聞説君王正夢熊。

其二

進賢冠换七星冠，篋裏陰符不再看。上帝久頒書玉檢，先皇曾賜露金盤。白蒙頭上應還黑，赤在心中已是丹。借得方平壺十二，更于今夕獻瑶壇。

【編年】萬曆二十三年乙未（一五九五）。

【箋】大司馬吴公　即吴文華（一五二一—一五九八），連江人。嘉靖三十五年（一五五六）進士，官至南京兵部尚書。有《濟美堂文集》《濟美堂後集》。

○《詩人爵里詳節》：『吴文華，字子彬，連江人。嘉靖三十五年進士，歷官總督兩廣右都御史、南京兵部尚書，贈太子少保，謚襄惠。卒年七十八。』（《晋安風雅》卷首）

銅柱　詳卷三《老將行》。

〔一〕二首，底本無此二字，據目録補。

【附】徐𤊹《壽大司馬吴公四首》，其一：『拂衣早遂赤松游，淮蔡功成未白頭。北斗共瞻官八座，南山齊獻頌千秋。趨朝劍履高蕭相，絶代文章重左丘。瑶草紫芝堪引歲，誰知園綺即伊周。』其二：『清時斧鉞著威名，共指中朝老夏卿。道德已占函谷令，戎機曾握羽林兵。門前正值懸弧影，殿上猶傳曳履聲。千載平津今再見，儻開東閣引書生。』其三：『上書幾度乞歸田，洛社争看鶴髮仙。權握水犀兵十二，觴稱珠履客三千。黄金不置疏公宅，緑水常游賀老船。五岳圖形休用祝，丹青今已入凌烟。』其四：『幾年緑野遂栖遲，帷幄元爲帝者師。形畫麒麟開閣日，弧懸牛女渡河時。銘功南海將軍柱，投老東山太傅棋。酒已如澠堪獻壽，敢云不顧尚書期。』（《鼇峰集》卷十三）

送薛君大秀才游武林

司馬南游正少年，可堪人去雁來前。孤舟白擁蘆藏月，兩岸青殘柳散烟。帆外客星灘七里，湖中佛日竺三天。射潮不用錢王弩，但有觀濤賦幾篇。

【編年】萬曆二十三年乙未（一五九五）。

【箋】薛君大　薛夢雷之子、君佐之弟，福清人。夢雷，福清人。隆慶五年（一五七一）進士，官至雲南布政使。滇歸後築室于烏石山薛老峰下。有《彩雲篇》。

灘七里　即七里瀨，詳卷五《晚泊七里灘》。

竺三　即三竺。詳卷七《西湖泛舟》。

錢王　傳説古代有一位姓錢名王的人，善射，自以爲能射海潮。

【附】徐𤊹《客武林寄懷薛君大時初歸閩》：『南北浮踪兩不知，我來君去見無期。王孫草緑青驄遠，客子魂歸白雁知。孤枕寒當霜落後，愁腸斷向月明時。西湖縱是堪游目，采得芙蓉好寄誰。』（《鼇峰集》卷十三）按：君大游武林，游吴越歸，詩以寄之。徐𤊹《寄薛君佐君大》：『客子漂泊，元非壯游。瀕行急于度關，豈恝然離别，政恐勞從者車轍出祖也……秋杪始抵武林，即踪迹次公不得，聞解纜已遥，兩不相值……次公還家，新詩當得江山之助。不佞雖躡屐三竺，鼓枻六橋，然旅况侵人，絶無佳句，深負山靈也者，奈之何，奈之何！粹夫想時時過從，浪子天涯，長懷故國；清風朗月，安能無玄度之思哉！』（《紅雨樓集》册三，《上圖稿本》第四二册，第二八七—二八八頁）

送鄧汝高户曹督餉之浙

粉署含香又幾年，轉輸今識鄭侯賢。還家樹不言温室，行部山應訪冷泉。玉麈夜揮天竺月，畫船秋散[一]太湖烟。江南水旱憂非細，願悉民艱疏御前。

【編年】萬曆二十三年乙未（一五九五）。

【箋】鄭侯　蕭何的諸侯封號，借指蕭何。

[一] 散，鄭跋本、鈔本、文淵閣《四庫全書》本作『放』。

冷泉　詳卷三《西湖飛來峰歌》。

天竺　詳卷五《擬送僧歸日本四首》。

【附】陳薦夫《送鄧汝高督餉之吴興》：『銅扉粉署度支郎，銜命猶聞舌有香。粟引千艘浮震澤，槎乘八月渡錢塘。盤龍殿古尋天聖，伏虎山高訪道場。雖是使君留不住，瓜期也待柳枝黄。』（《水明樓集》卷五）　徐𤊹《送汝高督餉浙中》：『鷄舌新含晝省香，轉輸應屬度支郎。柳攀殘緑過南浦，粟挽陳紅上太倉。使者隨星馳漢節，庾公乘月據胡床。故人督是公家餉，他日相尋欲裹糧。』（《鼇峰集》卷十三）

送孫四之金陵

一時詞客嘆飄蓬[一]，無數離尊半日同。買笑好留錢子母，防身須[二]仗劍雌雄。麋鹿夜走三吴苑，狐兔秋悲六代宫。建業城邊堪飲水，孫郎名自起江東。

【編年】萬曆二十三年乙未（一五九五）。

【箋】建業　即南京。吴都建業。

孫郎　即孫權。

[一] 飄蓬，鈔本作『難逢』。

[二] 須，鈔本作『惟』。

古田極樂寺曉起[一]

聽盡蓮華刻漏長，山深嵐翠滿繩床。鳥啼松嶂聲聲月，僧踏楓林步步霜。座上落花天外雨，佛前沉水定中香。此生總是空門客，到處皈依有法王。

【編年】萬曆二十三年乙未（一五九五）。

【箋】古田　古田縣，明屬福州府，今屬寧德市。

○李賢《大明一統志》卷七十四《福建·福州府》「古田縣」條：「在府城北二百八十里。本漢東侯官縣地。晋屬晋安郡，隋初隸泉州，後屬建安郡。唐永泰初，始置古田縣，屬福州。宋元仍舊，本朝因之。」

極樂寺　在古田縣。

○王應山《閩都記》卷三十《郡西北古田勝迹》「極樂寺」條：「在縣西十二都。唐天寶元年建，有息見亭、白省軒、放生池、西竺、伏虎庵。國朝永樂三年重建，成化七年重修。」

○《〔萬曆〕古田縣志》卷十四：「極樂寺，唐天寶元年僧志文建。宋令李堪喜游其寺，没而寺僧思之，奉爲護法神。天順間，内監阮昚主緣，住持僧道貴重建。嘉靖壬戌，倭毁。隆慶庚午，僧海粱、海松募建法堂、山門。萬曆己丑，僧道焕募造方丈；己亥鼎新，伽藍、佛像重新。」

○何喬遠《閩書》卷三《方域志·古田縣》：「極樂山，山下有極樂寺，唐天寶初僧志文建。宋令李堪……

［一］《古田極樂寺曉起》，王應山《閩都記》卷三十《郡西北古田勝迹》、《〔萬曆〕古田縣志》卷十三載此篇，作《極樂寺曉起》。

《咏寺詩》有序云：「極樂山，蓋美刹殊致，烟霞、樹石、風泉、猿鳥猶多。其間精舍耽耽，景最清絶，與時爲奇。」』

【附】閔齡《題極樂寺》：『尊前鹿苑淡秋容，天際浮嵐翠影重。邨暝牛羊循故道，霞明雁鶩下高春。石欄點筆題蕉葉，蘿徑行吟信竹笻。共向紅亭笑分手，松門歸處碧雲封。』（楊德周《玉田識略》卷四《山川題咏》） 馬欻《游極樂寺》：『紺殿松濤落，雕廊燕子窺。爐烟凝翡翠，法水定琉璃。坐穩青山合，談深白日遲。覺來襟衲冷，香雨正離披。』（楊德周《玉田識略》卷四《山川題咏》） 徐㘨《丁酉雪晴過極樂寺》：『雪晴山路暮寒凝，半日才閑便訪僧。曲澗聲喧流暗水，小池痕淺結層冰。林疏不礙雲堂磬，松偃深藏石殿燈。寂寂禪關閉殘照，滿山馴鳥響迦陵。』（楊德周《玉田識略》卷四《山川題咏》） 戴應鼇《極樂寺次屏間徐孝廉韵》：『爲訪招提野徑長，白雲繚繞老僧床。松聲忽度林間籟，草色全經石上霜。携竹濃分雙樹陰，拈花輕染六時香。客中是處堪登眺，尤愛空山禮鴿王。』（楊德周《玉田識略》卷四《山川題咏》）按：戴應鼇，浙江金華人。 郭奇《極樂寺和徐孝廉韵》：『静裏栖遲日較長，老僧清課對繩床。空林無礙常留月，老樹先凋不待霜。殘夢定中驚午磬，新詩吟罷對名香。與君共訂無生諦，尚憶清暉照屋梁。』（楊德周《玉田識略》卷四《山川題咏》）按：以上諸詩非與熥同時作，録以備考。詩作于萬曆二十年（一五九二）。 徐㘨《壬申重游極樂寺見先兄屏間遺墨》：『野僧迎客啓殘扉，際曉來游薄暮歸。松塢風寒濤聲響，楓林霜老葉争飛。屏間忍見留題在，

座上應傷舊侶稀。三十六年成一夢，此生何處是皈依？』（楊德周《玉田識略》卷四《山川題詠》）

遇鄭樵林山人市隱堂

一丘高卧久忘機，雙屐行歌遍翠微。綸挂夕陽春釣罷，笠携殘雪晚樵歸。松窗月冷烟霞夢，菊徑雲生薜荔衣。不用鑿坏深避世，山城車馬往來稀。

【編年】萬曆二十三年乙未（一五九五）。

幔亭集卷之八終

閩海文獻叢書第二輯

叢書主編　陳慶元

徐𤊹集編年校箋

〔明〕徐𤊹　著　陳慶元　陳煒　校箋

中

廣陵書社

幔亭集卷之九

閩中徐　熥惟和著
友人陳薦夫幼孺選
王　若相如編

七言律詩

丙申元日得惟起弟越中書聞王玉生客苕消息因柬錢叔達

青尊何意醉流霞，覽鏡空驚鬢易華。階下蓂開新歲葉，隴頭梅寄隔年花。人逢老去常懷舊，客到春來定憶家。此日交游多失路，豈君踪迹獨天涯。

【編年】萬曆二十四年丙申（一五九六）。

【箋】苕　苕水，詳卷二《苕溪送元直南還》。

錢叔達　即錢行道，詳卷二《初夏邀黄仲高孝廉張孺愿太學錢叔達山人張公魯徐仲和秀才及社諸子集澄瀾閣》。

【附】徐𤒹《丙申元日客武林》：『浮生踪迹嘆飄零，又見春回一葉蓂。尊酒共誰孤館醉，笙歌

不比故園聽。梅花無賴當窗白，柳色何知向客青。旅夢易醒腸易斷，曉鶯啼罷雨冥冥。」（《鼇峰集》卷十四）

送翁兆震太史册封周藩事竣還朝

暫綴鵷班馬首東，桃花色借錦袍紅。鞭揮上苑三眠柳，圭捧深宫半葉桐。飛蓋兔園歌夜雪，鳴珂燕市動春風。漢家金匱資良史，好奏諸儒白虎通。

【編年】萬曆二十四年丙申（一五九六）。

【箋】翁兆震　即翁正春，侯官（今福州）人。萬曆二十年廷試第一。

〇徐熥《詩人爵里詳節》：『翁正春，字兆震，侯官人。萬曆二十年廷試第一人。任翰林院修撰。』（《晋安風雅》卷首）

〇郭柏蒼《全閩明詩傳》卷三十二：『翁正春，字兆震，又字青陽，侯官人。初爲龍溪教諭，萬曆二十年廷試第一。授修撰，累遷少詹事，拜禮部左侍郎，改吏部詹事府。天啓元年，起禮部尚書兼翰林院學士，乞歸，特加太子少保，年七十二卒。卒謚文簡。』

兔園　又稱梁苑、梁園，詳卷五《約女大女翔振狂惟秦在杭藤山看梅二首》。

白虎通　即《白虎通義》。東漢班固等據漢章帝建初四年（七九）經學辯論結果撰集而成，辯論地點在白虎觀，因而得名。

【附】車大任《送翁兆震太史還朝二首》，其一：『雙旌計日發三山，供奉絲綸第一班。藩邸桐圭縈使命，家庭萊綵慰親顔。從來臺宿依天上，此去仙槎入斗間。閶闔若承明主問，爲言閩海歲逢艱。』其二：『二月韶華到處同，送君征旆出閩中。桃花色映朱旗日，榕樹聲牽早蓋風。名世才華齊八斗，還期勛業待三公。驪歌欲盡情無盡，應有相思寄去鴻。』（《邵陽車氏一家集》卷十）　王毓德《送翁兆震還朝》：『詞臣載筆謁重瞳，玉笋班回禁闕中。衣濕上林花外露，珂鳴太液柳邊風。千秋著述歸黄閣，五夜傳宣入紫宫。天禄臭吹黎杖火，金蓮還捧御烟紅。』（《晉安風雅》卷九）

送張宗道之金陵兼懷諸舊游[一]

茫茫烟水片帆輕，學得陶朱變姓名。芳草樓臺歌子夜，梨花村店過清明。莫愁湖送當年槳，瓜步江流六代聲。欲作封題還自懶，知君今去石頭城。

【編年】萬曆二十四年丙申（一五九六）。

【箋】陶朱　即范蠡，春秋末期吴人。輔助越王勾踐興越滅吴，功成後經商，稱『鴟夷子』，居于宋國陶丘，自號『陶朱公』。

莫愁湖　詳卷八《同吴翁晉姚叔乂諸子集陳公衡衙齋》。

瓜步　瓜步山，詳卷五《歲暮懷鄭六初》。

[一]　游，目録作『好』，據此詩題改。

石頭城　詳卷八《旅次石頭岸》。

【附】陳薦夫《送張宗道游金陵》：『何處頻傷客路賒，白門楊柳萬條斜。月中古渡過桃葉，雪裏高峰上雨花。山色尚圍吴苑囿，江聲空咽晋年華。知君舊有尊鱸興，莫待秋風蚤憶家。』（《水明樓集》卷五）　徐𤊹《送張宗道游秣陵》：『少年爲客狎天涯，歲歲花時説别離。丘壑雲霞千里夢，樓臺烟雨六朝詩。緑楊渡口留歡曲，紅杏村邊賣酒旗。目斷王孫南去遠，莫因芳草滯歸期。』（《鼇峰集》卷十四）

屠田叔使君枉過兼惠藏書賦謝

藝苑相聞十載餘，應知名下定無虚。不拘世路尋常禮，還贈人間未有書。草澤敢當高士榻，蓬門終礙使君車。自慚巴曲非同調，空枉干旄問索居。

【編年】萬曆二十四年丙申（一五九六）。

【箋】屠田叔　即屠本畯，詳卷三《分得黄金臺送屠田叔轉運使京》。

惠藏書　屠本畯贈《董省元西厢記》等。

○徐𤊹《董省元西厢記》：『萬曆丁酉歲，四明屠田叔司農見惠。』（《幔亭集》卷十九）

送陳汝翔客建溪書林

垂老江湖作校書，春風長日掩衡廬。經收壞壁驅殘蠹，字出名山辨魯魚。著述未忘玄晏癖，往來多是鄴侯居。不須二酉藏遺草，九曲仙都當石渠。

【編年】萬曆二十四年丙申(一五九六)。

【箋】建溪書林　指建陽書肆。閩中文士時或前往購書。

○徐𤊹《紅雨樓藏書目叙》:『會壬辰、乙未、辛丑三爲吴越之游,庚子又有書林之役,乃撮其要者購之,因其未備者補之。』(沈文卓《紅雨樓序跋》卷一,第六二頁)

建溪　詳卷三《建溪逢游宗振》。

玄宴　即皇甫謐。皇甫謐(二一五—二八二),幼名静,字士安,自號玄晏先生。安定郡朝那縣(今甘肅靈臺)人,後徙居新安(今河南義馬)。曾爲左思《三都賦》作序。

鄴侯　李鄴侯,即唐李泌,字長源。京兆(今陝西西安)人。封鄴縣侯,世稱『李鄴侯』。

二酉　詳卷二《五君咏五首》。

石渠　石渠閣,西漢皇室藏書閣。在未央宫北,與天禄宫相對。

寄題郭張虛香雪齋

高齋遥散白氤氳,歷亂梅花到處聞。一笛殘魂千樹雪,半窗疏影滿林雲。寒生姑射仙人夢,香借孤山處士墳。何物江南堪寄遠,年年春色倍思君。

【編年】萬曆二十四年丙申(一五九六)。

【箋】孤山處士　指宋代林逋。林逋隱居杭州孤山,故稱。

○李賢《大明一統志》卷三十八《浙江・杭州府》『孤山』條:『在府城外西湖上,獨立一峰,爲湖山勝絶處，上有林逋祠。』

【附】胡應麟《香雪齋爲郭張虚茂才賦》：『茅齋餘十尺，香雪綻雕欄。獨樹孤山老，千花大庾寒。高樓吹漸落，古驛寄仍殘。欲喚娉婷語，師雄夢未闌。』（《少室山房集》卷三十八）

鄭邦衡以書見貽兼惠玉章詩扇賦此答贈〔一〕

相憐不必舊相歡，忽枉裁書問考槃。投贈一雙皆楚璧，留題五字有齊紈。琴尊幾日同花竹，魂夢中宵到木蘭。年少聲名君籍甚，淺才何敢作衙官。

【編年】萬曆二十四年丙申（一五九六）。

【箋】鄭邦衡　莆田人。有《拙存稿》。邦衡之楚謁屠本畯，陳薦夫、徐𤊹、林光宇有詩送之。○徐熥《與林吾宗太學》：『邦衡兄不及另楮，同此致聲。』（《幔亭集》卷二十）按：林吾宗，莆田人。

考槃　詳卷二《赴京道中寄惟起惟揚二弟第四首》。

木蘭　詳卷五《贈方伯書》。

花朝社集送佘宗漢明府之南康訪楊使君

滿路流鶯送客軺，匡廬山色望中遥。朱門何處堪糊口，白髮逢人反折腰。月下歌聲虚竹徑，天涯離恨記花朝。知君此去經彭澤，陶令高風未寂寥。

〔一〕《鄭邦衡以書見貽兼惠玉章詩扇賦此答贈》，底稿此詩以下缺第三、第四兩頁，此詩至《送陳振狂游玉華》以鄭跋本補。

【編年】萬曆二十四年丙申（一五九六）。

【箋】南康　明南康府治今江西星子縣。

○李賢《大明一統志》卷五十二《江西・南康府》「建置沿革」條：『春秋爲吳楚之地……宋太平興國中置南康軍，治星子縣。元爲南康路，本朝爲南康府。』

匡廬　詳卷七《送熊益中孝廉歸豐城》。

【附】徐𤊹《送佘宗漢之南康》：『幾人垂老愛馳驅，白髮憐君尚畏途。馬首寒光携劍匣，鳥邊雲氣辨香爐。他鄉作客黄金盡，故國談詩白社孤。此去莫耽彭澤酒，遥天日日待雙鳧。』（《鼇峰集》卷十四）

送了空禪師歸長干寺是日爲觀音大士初度

尋聲疑自普陀來，又贈楊枝海上回。緇衲折蘆初地去，白衣成果普門開。數千里路看飛錫，五十三參送善財。他日懷師勞遠夢，棲霞蘭若雨花臺。

【編年】萬曆二十四年丙申（一五九六）。

【箋】長干寺　在南京。

○祝穆《宋本方輿勝覽》卷十四《建康府》「長干寺」條：「郡南五里。有大長干、小長干、東長干，并是地名。江東謂山隴之間曰『干』。長干寺，今名天禧寺，在長干。」

觀音大士初度　據傳觀二月十九日觀音大士初度。

【附】陳薦夫《送了空禪師歸長干寺是日爲觀音大士降生》：『古寺浮圖舊帝京，緇衣去日白衣生。潮音南海身初轉，錫影東林脚又行。此别從來元屬幻，他年何處更尋聲。離心未必能無礙，菩薩生時也在情。』（《水明樓集》卷五）　徐𤊹《二月十九送了空禪師還金陵是日爲觀音大士降誕》：『空門去住本無期，却爲慈悲感别離。了悟真僧行脚日，圓通菩薩化身時。波心斷葦浮千頃，瓶裏新楊贈一枝。歸到高臺重説法，半天花落雨參差。』（《鼇峰集》卷十四）

分得要離冢送陳伯孺之姑蘇

漆燈明滅半無光，斷碣凋殘字幾行。黄土一抔封馬鬣，紫苔三寸綉魚腸。月中似聽英魂泣，地下難埋俠骨香。况與伯鸞丘壟近，煩君并爲薦椒漿。

【編年】萬曆二十四年丙申（一五九六）。

要離冢　在今蘇州城西。

○李賢《大明一統志》卷八《中都·蘇州府》『要離冢』條：『在府城西四里。要離，吴烈士。』

【附】徐𤊹《分得洞庭霜送陳伯孺之吴門》：『震澤風高起夜凉，木奴千樹盡含霜。未秋先綴枝枝緑，斜日争垂顆顆黄。落處金丸難辨色，剖來瓊液自生香。袖中莫忘懷三個，堂上慈親待陸郎。』（《鼇峰集》卷十四）　陳薦夫《分賦百花洲送伯孺家兄》：『清波如練繞吴門，孤渚清清花正繁。影落湖中西子面，香歸月下館娃魂。東風羅綺芙蓉幕，晴日笙歌柏葉樽。惟有江楓漁火客，斷腸桃李憶芳園。』（《水明樓集》卷五）

再送陳伯孺兼柬在杭二首[一]

其一

尊前[二]酒盡即他鄉，豈爲分携始斷腸。失路客身輕似葉，倚門親鬢白于霜。歸裝不望中人産，内顧先營百日糧。未必綈袍能解贈，臨行還[三]囑寄衣裳。

其二

天涯休用嘆窮愁，得稱閑心是浪游。湖上翠蛾三竺寺，月中青雀百花洲。囊無重載身何累，交有深知刺易投。貧賤依人君莫愧，布衣誰不謁諸侯。

【編年】萬曆二十四年丙申（一五九六）。

【箋】三竺　詳卷七《西湖泛舟》。

【附】徐𤊹《再送伯孺》：『千里西吴一騎輕，君行應是我歸程。孤身漂泊辭知己，八口饑寒仗友生。繞澗松篁天竺路，滿湖菱芡下菰城。旅游到處羞貧賤，好向人前諱姓名。』（《鼇峰集》卷十四）　陳薦夫《送伯孺兄游吴興遂之姑蘇》：『扁舟適越更游吴，飄泊行踪半五湖。烏外嵐光玄墓小，城頭山色洞庭孤。交情白首誰知己，世路黄金是丈夫。弟去兄來同此地，還將

[一]　二首，底本無此二字，據目録補。
[二]　尊前，郭柏蒼《竹間十日話》卷五引作『離筵』。
[三]　臨行還，郭柏蒼《竹間十日話》卷五引作『秋風先』。

面目愧陶朱。』(《水明樓集》卷五)　郭柏蒼《竹間十日話》卷五：『謝在杭性吝嗇。陳介夫往姑蘇，告行于徐惟和。和作詩箋贈之，兼柬在杭。囑云：「若告歸日，行囊蕭瑟，取吾箋令見之。」詩云：「離筵酒盡即他鄉，豈爲分携始斷腸。失路客身輕似葉，倚門親鬢白于霜。歸裝不望中人産，内顧先營百日糧。未必綈袍能解贈，秋風先囑寄衣裳。」及往，果如言。在杭挈而觀之，曰：「惟和度我，我適有不及矣！」留伯孺數時，厚禮而歸之。』

送陳振狂游玉華

酒酣璚液唱游仙，萬樹桃花引去船。路繞潺湲千澗水，岩開混沌五更天。雲根白積峰頭雪，松火青飛洞裡烟。采藥倘逢秦代客，莫言人世是何年。

【編年】萬曆二十四年丙申(一五九六)。

【箋】玉華　即玉華洞，在福建將樂。

○李賢《大明一統志》卷七十七《福建·延平府》『玉華洞』條：『在將樂縣南一十里，有兩門，相去一二里，中分二路，會于後門。此洞之陰有寶華洞，洞之中有靈泉，遇旱禱之，輒雨。』

○黄仲昭《八閩通志》卷九《山川·將樂縣》『玉華洞』條：『洞有二石門，相去一二里許，中分二路，會于後門。初窺之黑暗，秉炬而入，中有雷公、溪源、楊梅、果子、藏禾、黄泥六洞。又有靈泉、龍井、石泉合爲澗而出，怪石奇偉萬狀……其邃處有一小竅，上通天光。洞之外蒼藤古木，鳥韵蟬聲，清人心目，游者忘歸。』

懷吴元翰[一]

總是飄零未定身，不知吴楚與燕秦。孤舟夜雨空囊客，一劍秋風獨去人。[二]到處南冠堪雪涕[三]，誰家西第肯留賓。薄游只恐無歸計，迹落江湖又幾春。

【編年】萬曆二十四年丙申（一五九六）。

【箋】吴元翰　即吴文潛，詳卷六《同吴元瀚興公弟暮過神光庵》。

【附】徐熥《懷吴元翰》：『流落天涯獨問君，何門堪寄病中身。半宵有泪孤燈泣，四海無家一劍貧。失路悲歌誰結客，窮途生計且依人。他鄉我亦漂零久，今日思君倍損神。』（《鼇峰集》卷十四）

贈薛君佐秀才

年少詞華舊有聲，高標應比玉壺清。一春草向池中夢，五色花從筆裏生。座滿烟霞揮麈尾，匣騰風雨泣龍精。青雲自是君家業，傲世休耽白社名。

【編年】萬曆二十四年丙申（一五九六）。

【箋】薛君佐　薛雷之子、君大之兄。參見卷八《送薛君大秀才游武林》。

［一］翰，鄭跋本、鈔本、文淵閣《四庫全書》本作『瀚』。

［二］『孤舟』二句，鄭跋本、鈔本、文淵閣《四庫全書》本作『遠天夜雨孤舟冷，古道秋風一劍貧』。

［三］堪雪涕，鄭跋本、鈔本、文淵閣《四庫全書》本作『羞對客』。

白社　詳卷五《重宿靈源洞懷珠上人》。

【附】徐熥《薛君佐像贊》：『文而且秀，俠也而儒。懷連城之璧，握明月之珠。氣如太阿之出匣，神如清冰之在壺。腸能吐錦，腕善操觚。才何慚于倚馬，學有類于童烏。少而都，曾擲果之盈車；壯而癯，日來乎清虛。美哉，丈夫！無忝于君家之鳳雛。』（《幔亭集》卷十九）

寒食日陳女〔一〕大園亭看海棠

寒食東風到舞筵，海棠開遍艷陽天。銀罌杏酪香同飽，畫架榴裙血并鮮。帶雨花神嬌欲泣，怯寒妃子醉無眠。夜深莫更移燈看，今日山厨未有烟。

【編年】萬曆二十四年丙申（一五九六）。

【箋】女大　汝大，即陳椿，詳卷二《與陳汝大鼇峰宴集》。

春日同叔達女〔二〕大惟秦幼孺粹夫能始興公集無競南郊水亭

布穀聲中醉倚欄，夕陽山色隔簾看。青團柳葉春烟薄，白散梨花暮雨寒。燕壘泥香芳徑晚，魚梁痕淺小池乾。只因地僻稀來往，門外低枝欲礙冠。

【編年】萬曆二十四年丙申（一五九六）。

【箋】錢叔達　即錢行道，詳卷二《初夏邀黄仲高孝廉張孺愿太學錢叔達山人張公魯徐仲和秀

〔一〕女，鈔本作『汝』。文淵閣四庫本同。
〔二〕女，鈔本作『汝』。文淵閣四庫本同。

才及社諸子集澄瀾閣》。

粹夫　即王毓德，詳本卷《懷王粹夫》。

無競　即袁敬烈，詳卷二《春日山居招袁無競》。

【附】陳薦夫《春暮同汝大玉生惟秦惟和惟起能始集無競城南水亭》：『荒郊緑樹野烟和，檻外池光十里波。鬥草蟬教牽弱荇，流觴偏畏觸新荷。麥秋蚕晚花期盡，谷雨陰晴柳浪多。待得城頭纖月上，題詩相答采菱歌。』(《水明樓集》卷五)

病中試鼓山寺僧所惠新茶

偃卧山窗日正長，老僧分贈茗盈筐。燒殘竹火[一]偏多味，沸出松濤更覺香。火候已周開鼎器，病魔初伏有旗槍。隔林况聽鶯聲好，移向荼蘼架下嘗。

【編年】萬曆二十四年丙申（一五九六）。

【箋】鼓山茶　明王敬美稱鼓山茶全閩第一。

○徐𤊹《榕陰新檢》卷十四『物産』引《竹窗雜録》『鼓山細茶』條：『鼓山靈源洞之後居民數家，種茶爲業，地名茶園。産不甚多，而味清冽。王敬美督學在閩，評鼓山茶爲閩第一，武夷、清源不及也。同時僚屬陳玉叔、顧道行諸公大加稱賞。』

[一] 竹火，鄭跋本、鈔本、文淵閣《四庫全書》本作『榾柮』。

鍾山寺訪張孺愿留酌話舊

客中尊酒暫淹留，共對禪燈憶舊游。此日聽鶯蕭寺雨，當年騎馬秣陵秋。風塵未肯容衰鬢，歲月何堪老敝裘。獨有劍鋒銷不盡，君家神物是吴鈎。

【編年】萬曆二十四年丙申（一五九六）。

【箋】鍾山　詳卷七《己丑除夕迎春同陳振狂過鍾山寺訪曾人倩適瀚上人至同得僧字》。

張孺愿　即張邦侗，詳卷二《初夏邀黄仲高孝廉張孺愿太學錢叔達山人張公魯徐仲和秀才及社諸子集澄瀾閣》。

【附】車大任《同屠田叔曹能始張孺愿王汝存集鍾山寺得遥字》：『上方鐘磬隔迢遥，與客飛觴散寂寥。萍醒一時聊自聚，芝蘭何處不相招。階前明月蟲聲細，海上長風蜃氣驕。詞賦似君須滿座，喜將清論度中宵。』（《邵陽車氏一家集》卷十）

同黄仲高張孺愿錢叔達張公魯陳女大陳女翔陳惟秦王玉生陳幼孺王粹夫顔廷愉曹能始興公弟雨中集萬歲寺即席送徐仲和歸錢唐[一]

共酌醍醐送客還，晚風吹雨暗禪關。緑波春草長途别，白社蓮花半日閒[二]。家望雷峰烟外塔，夢迴

[一] 同，鄭跋本、鈔本、文淵閣《四庫全書》本作『邀』。『陳女大陳女翔』，文淵閣《四庫全書》本作『陳汝大陳汝翔』。

[二] 閒，鄭跋本、文淵閣《四庫全書》本同，鈔本誤作『開』。

天竺月中山。净瓶分得楊枝贈，垂柳臨岐不用攀。

【編年】萬曆二十四年丙申（一五九六）

【箋】黄仲高　即黄景䄂，詳卷二《初夏邀黄仲高孝廉張孺愿太學錢叔達山人張公魯徐仲和秀才及社諸子集澄瀾閣》。

張公魯　詳卷二《初夏邀黄仲高孝廉張孺愿太學錢叔達山人張公魯徐仲和秀才及社諸子集澄瀾閣》。

徐中和　詳卷二《初夏邀黄仲高孝廉張孺愿太學錢叔達山人張公魯徐仲和秀才及社諸子集澄瀾閣》。

錢唐　即錢塘，詳卷三《贈胡外史》。

萬歲寺　在福州城内。

○李賢《大明一統志》卷七十四《福建·福州府》『萬歲寺』條：『在閩縣治東南，唐建中有定光塔及王審知所塑金粟像。』

白社　詳卷五《重宿靈源洞懷珠上人》。

【附】徐𤊹《邀黄仲高張孺愿錢叔達張公魯及同社諸子集萬歲寺因送徐仲和還錢塘》：『未向長亭折柳條，看花猶且宿僧寮。人天佛日空門静，瘴雨炎風去路遥。馳道青驄蘇小墓，騰江白馬子胥潮。與君不是無期别，醉後離魂也盡銷。』（《鼇峰集》卷十四）

送黃仲高之漳州

送君南去瘴雲邊，遥望征途路一千。五月楓亭丹[一]荔雨，幾村茅店剌桐烟。土音未辨難聞曲，海錯常供不費錢。少婦當壚堪買醉，時時停策酒家眠。

【編年】萬曆二十四年丙申（一五九六）。

【箋】漳州　今屬福建。

○李賢《大明一統志》卷七十八《福建·漳州府》「建置沿革」條：「唐垂拱初始析福州西南境置漳州，以南有漳水爲名，治漳浦縣……（乾元初）徙治龍溪。五代晋時留從效改爲南州，宋復爲漳州，元升爲漳州路，本朝改爲漳州府。」

楓亭　詳卷三《贈胡外史》。

【附】陳薦夫《送張儒愿太學之漳州兼訊黃仲高孝廉》：「南望蒼茫海色澄，征途馬蹋瘴雲崩。青螺漸失江邊女，赤鯉先尋漈上僧。椰葉雨中迷月港，荔枝香裏過温陵。不知叔度來何早，已作諸侯客未曾。」（《水明樓集》卷五）按：此詩送張儒愿，因兼及黃仲高，附以備考。

送曹二進士之金溪吊周明府

千里分襟悵別離，西州雙泪數年悲。途中磨鏡同徐稚，匣裏亡琴痛子期。楚璞謾云增價早，隨珠猶

[一] 丹，鄭跋本、鈔本、文淵閣《四庫全書》本作「扶」。

悔報恩遲。九原未必無遺恨，不見看花上苑時。

【編年】萬曆二十四年丙申（一五九六）。

【箋】曹二進士之金溪吊周明府　曹學佺往金門溪吊師周兆聖。曹二，即曹學佺，字能始，侯官人。萬曆二十二年進士，有《石倉全集》等。周明府，即周兆聖，詳卷二《輓周侯官》。

西州雙泪　用晋羊曇感舊興悲，哭悼舅謝安事。

徐稚　字孺子，東漢豫章南昌人。東漢隱士。公府征辟，不就。時稱『南州高士』。

子期　即鍾子期，春秋戰國楚國漢陽（今湖北武漢）人。據傳伯牙在漢江邊鼓琴，鍾子期遇而嘆曰：『巍巍乎若高山，洋洋乎若江河。』遂成至交。子期死，伯牙以爲世上再無知音，終生不復鼓琴。

【附】陳薦夫《送曹能始之金溪吊座師周明府》：『三載緘哀獨損神，西風吹動素車塵。知音一顧慚公瑾，良友千秋痛伯仁。枯眼尚含臨別泪，餘生猶是報恩身。憐君抗質存狐劍，繫死墳頭萬樹春。』（《水明樓集》卷五）　徐𤊹《送曹能始之撫州吊周令君》：『何事征衣泪滿痕，傷離嘆逝兩銷魂。半生永抱孤琴痛，千里空愁一劍恩。古道悲風奔白馬，新墳愁雨哭清猿。此情不似羊曇淺，醉裹含哀叩寢門。』（《鼇峰集》卷十四）　曹學佺《留别諸同社》：『徂暑戒行邁，揮汗成浸淫。江樹吐焦色，火雲無片陰。諸子賦遠别，被歌皆楚音。重以哀傷感，隕涕烏能禁。雲我酬剖璞，胡不念斷金。師友無异誼，生死匪盡心。死者不可返，生者能續尋。願

期秋明月，同照入山林。』（《挂劍篇》）

賦得廣陵濤送客之維揚

萬馬聲喧不暫停，滿天風浪晝冥冥。遥連鐵甕千層白，微露金焦兩點青。吴楚山河分一水，齊梁烟月付中泠。傷心莫作蕪城賦，好辨江干瘞鶴銘。

【編年】萬曆二十四年丙申（一五九六）。

【箋】金焦　金山、焦山。

蕪城賦　南朝宋鮑照作。蕪城，揚州别稱，詳卷五《酬陸無從率爾見贈之作》。

瘞鶴銘　《瘞鶴銘》，刻于江蘇鎮江焦山西麓崖壁上，楷書，傳爲南朝梁陶弘景所書。後石刻墜入江中，僅存五殘石。

【附】徐𤊹《賦得金山寺送客之維揚》：『層層塔影漾中流，古寺鐘殘暮靄收。蒼鶻搏風分上下，巨鼇聞咒半沉浮。隔江月照瓊花夜，遠岸潮喧鐵甕秋。杯酒墳前澆郭璞，片帆乘浪過瓜州。』（《鼇峰集》卷十四）

同屠田叔張孺愿錢叔達張公魯及社中諸子集陳正夫水亭分得文字

習池花木翠氤氳，忽枉高軒過使君。囊裏詩簽拈五字，尊前樂府演雙文。杯傾竹葉春難[一]醉，燭

[一]　難，鄭跋本、鈔本、文淵閣《四庫全書》本作『頻』。

燼蘭膏夜已分。地主獨留髡送客，猶餘絲管夢中聞。

【編年】萬曆二十四年丙申（一五九六）。

【箋】習池　即習家池，詳卷三《贈歌者》。

髡　詳卷七《鄧汝高雨中載酒見訪分得園字》。

【附】徐𤊹《同屠田叔張孺愿張公魯錢叔達集陳正夫水亭分得狂字》：『使君千騎下東方，乞假相攜問辟疆。月裏金尊絲管咽，風前銀燭綺羅香。王猷看竹尋芳徑，山簡迷花入醉鄉。鷲座不成鸚鵡賦，當筵庶學少年狂。』（《鼇峰集》卷十四）

不寐感懷

杜宇啼殘漏正長，滿林斜月到匡床。浮生寤寐皆成夢，舊事悲歡總可傷。知己未[一]亡琴廢軫，雄心猶在劍銷芒。枕前二十餘年淚，半在他鄉半故鄉。

【編年】萬曆二十四年丙申（一五九六）。

聞伯孺由吳興入姑蘇遥有此寄

一劍飄零渡五湖，半年踪迹遍三吳。苕溪日暮愁心遠，笠澤天長客夢孤。舊隱雲深寒薜荔，他鄉春盡變蘼蕪。滿船載得烏程酒，曾酹要離墓上無。

［一］未，鄭跋本、鈔本誤作『木』，據文意改。文淵閣《四庫全書》本作『未』。

【編年】萬曆二十四年丙申（一五九六）。

【箋】吴興　詳卷三《都門送吴允兆還吴興》。

五湖　及參見卷六《松陵舟中送幼孺入苕川兼柬在杭使君及苕中諸舊游》『太湖』條。

苕溪　詳卷二《苕溪送元直南還》。

笠澤　在今江蘇蘇州吴江一帶。

烏程酒　産于浙江烏程縣（湖州古名）之名酒。○李賢《大明一統志》卷四《浙江·湖州府》『烏程縣』條：『附郭。秦置烏程縣，屬會稽郡。因烏氏、程氏善釀，故名。』

要離墓　詳本卷《分得要離冢送陳伯孺之姑蘇》。

【附】陳薦夫《伯孺兄客吴興》：『日斷孤鴻去渺然，計程今在太湖邊。孤城漏咽殘燈雨，峴首笻扶半屐烟。家念轉殷爲客日，鄉愁偏劇困人天。舊游風土同時節，兩地情懷似去年。』（《水明樓集》卷五）　徐𤊹《懷伯孺客吴》：『故人踪迹隔吴閶，目斷遥天匹練長。楊柳影深迷笠澤，芰荷香暖彌寒塘。鐲鏤帶血尋空巷，響屧無聲感舊廊。懷古知君情最切，題詩墓上吊真娘。』（《鼇峰集》卷十四）

再懷伯孺

登樓一望意凄凄，目極遥空白練低。匹馬烟花吴苑曲，孤舟風雨太湖西。愁中芳草迷三徑，别後垂楊暗六溪。千里懷人多感慨，每看南雁憶封題。

【編年】萬曆二十四年丙申（一五九六）。

【箋】六溪　陳氏住六溪，詳卷二《懷陳平夫》。

【附】陳薦夫《懷伯孺兄四首》，其一：『行李發江干，鶯花向未闌。一從征袂解，又見客衣寒。新作夢無據，舊傳書再看。恐添羈思緩，不敢寄平安』其二：『計程乃計日，愁雨更愁風。彼此各天外，往來俱夢中。路長知客慣，歸緩卜途窮。應是還家近，無心覓便鴻。』其三：『家貧非不返，返亦只家貧。且就同心侶，應憐失意人。去留難自決，消息豈能真。敢信歸期近，時將慰老親。』其四：『鄉書何處返，傳得在吳門。計日久應發，望歸今已煩。魂當思忽斷，泪到見無痕。來往蓴鱸地，可能忘故園？』（《水明樓集》卷三）

柬程子暉

求友空歌伐木聲，逢君真見古人情。迹因避世青山近，心爲憂時白髮生。倚杖暮雲花徑遠，捲簾春雨荔陰清。除將問道尋師外，那得龐公肯入城。

【編年】萬曆二十四年丙申（一五九六）。

【箋】程子暉　參見卷十三《訪程子暉》。

龐公　詳卷五《秋日載酒同陳汝翔黃伯寵惟起惟揚二弟訪王玉生郊居》。

七夕鄧女高民部招集玉皇閣同佘宗漢謝修之明府鄧道鳴閫帥錢叔達王粹夫山人陳女大康元龍袁無競秀才陳幼孺孝廉興公舍弟賦分得五歌[一]

高閣開尊對薜蘿，風吹零露下庭柯。三秋白帝司權早，一夕紅妝乞巧多。夜杼暫停機上錦，涼衣初試篋中羅。少微歷歷干天象，不獨雙星夜渡河。

【編年】萬曆二十四年丙申（一五九六）。

【箋】修之　謝吉卿，字修之，臺卿兄。晉江人。萬曆八年進士，清江令。有《效顰集》。曾爲徐熥《幔亭集》作《序》。

王粹夫　王毓德，字粹夫，王褒裔孫，應山子，侯官人。萬曆間布衣。應山所著《閩大記》《閩都記》均經其訂補。有《浪游稿》。

康元龍　即康彥登，詳卷二《劍浦送康元龍游吴》。

袁無競　即袁敬烈，詳卷二《春日山居招袁無競》。

【附】鄧原岳《玉皇閣》：『杰閣岧嶤接渾茫，飛甍縹緲駐斜陽。遥空日月開銀牓，天地山河護玉皇。江上潮平無宿莽，城頭烟暝有垂楊。憑欄極目浮雲細，西北天高是帝鄉。』（《西樓集》卷五）　陳薦夫《七夕鄧女高民部招集玉皇閣同錢行道佘宗漢謝修之鄧道鳴陳女大康元龍王

[一]　兩處『女』，文淵閣《四庫全書》本作『汝』。

玉生徐惟和惟起袁無競分韵時汝高以督餉使浙便道還家》：『畫閣朱欄爽氣多，勝情良會夜如何。新詩暫借雲中錦，小扇輕翻月下羅。只畏貪歡慚玉帝，誰同乞巧效青娥。使君莫更憑高望，恐有星槎犯絳河。』（《水明樓集》卷五）　徐𤊹《七夕鄧汝高計部招同佘宗漢謝修之明府鄧道鳴閫帥錢叔達山人陳汝大王粹夫文學陳幼孺孝廉康元龍袁無競茂才惟和家兄集玉皇閣得珠字》：『帝座溟濛近可呼，拍肩同到太清都。天孫佳會停雙杼，地主留歡送百壺。烏鵲正填橋上路，驪龍誰得掌中珠。憑欄忽聽金風起，剪斷疏林一葉梧。』（《鼇峰集》卷十四）

鄧道鳴閫帥招集鄰霄臺送鄧女[一]高計部還朝

三疊離歌繞翠微，涼風初動葉初飛。尊傾大將葡萄酒，泪濕窮交薜荔衣。自信青山盟尚在，空憐白社客全稀。清泠臺上頻回首，目斷燕雲一雁歸。

【編年】萬曆二十四年丙申（一五九六）。

【箋】鄰霄臺　又作凌霄臺、一名清虛臺、進香臺，在福州烏石山頂。

○王應山《閩都記》卷十《郡城西南隅》『烏石山』條：『山有三十六奇。鄰霄臺在山之巔，石刻「凌霄臺」三字。』

白社　詳卷五《重宿靈源洞懷珠上人》。

[一] 女，文淵閣《四庫全書》本作『汝』。

清泠臺　在烏石山，林鴻、王恭并有《登清泠臺》詩。

【附】鄧原岳《鄧將軍招飲鄰霄臺同温司馬閣别駕劉法曹曹孝廉分韵得仙字》：『澤國風烟清可憐，高臺突兀隱諸天。白雲映帶青山小，紫海滄茫碧漢連。此日旌旗閑部曲，一時寇蓋集神仙。憑欄側目生愁思，薄暮寒砧何處邊。』（《西樓集》卷五）　鄧原岳《九日同鄧道鳴將軍如瀚上人徐惟和孝廉陳女大袁無競秀才集平遠臺時余將北發》：『風急霜清木葉黄，杪秋雲水正蒼蒼。香烟縹緲傳仙梵，山色依微落女墻。老去可堪悲短景，醉來應不負重陽。劇憐浪迹天南北，却喜登高是故鄉。』（《西樓集》卷五）按：鄧氏此詩詩題有熥名，檢《幔亭集》無九日與鄧道鳴、鄧原岳、陳汝大等之和作，當爲編集時删去。原岳詩與熥《鄧道鳴閫帥招集鄰霄臺送鄧女高計部還朝》前後作，録以備考。　陳薦夫《蚤秋鄧道鳴都閫招集鄰霄臺送鄧汝高民部還朝》：『秋容山色兩蒼然，高處方驚氣候先。帳下班荆俱揖客，望中行李是登仙。還朝策贈鞭非柳，隔座詩成幕有蓮。總道凌霄臺百尺，不知何地見幽燕。』（《水明樓集》卷五）　徐𤊹《初秋鄧道鳴將軍招集鄰霄臺席上送鄧汝高計部督餉還朝》：『青山面面擁高牙，載酒邀賓坐紫霞。明月金鐃秋一曲，微霜砧杵夜千家。呼盧暫借行軍令，惜别難攀奉使槎。他日登高重望遠，五雲西北是京華。』（《鼇峰集》卷十四）

八月十四日夜招張孺愿錢叔達謝修之陳女大王玉生袁無競集平遠臺觀萬歲神光二塔燈分得八庚[一]

良夜高臺露氣清，遥空靈籟送秋聲。桂枝先自輪中滿，蓮炬還從鏡裏生。隱隱七層摽舍利，雙雙百寶放光明。龍膏燭與蟾蜍影，同向人天照化城。

【編年】萬曆二十四年丙申(一五九六)。

【箋】女大　又作汝大，即陳椿，詳卷二《與陳汝大鼇峰宴集》。

平遠臺　在福州九仙山。

○李賢《大明一統志》卷七十四《福建·福州府》「平遠臺」條：「在九仙山最高處。上有佛刹，右鄰萬歲塔，左瞰九仙觀，俯視城郭江山，實閩中勝概。」

萬歲塔　又稱白塔，福州城中二塔之一。

○郭柏蒼《全閩明詩傳》卷三十二謝肇淛《春日登萬歲浮屠》注：「在福州郡治九仙山，俗呼『白塔』。」

神光塔　又稱烏塔，福州城中二塔之一。

○郭柏蒼《烏石山志》卷二《古迹》「神光塔」條：「在南澗寺南故報恩院。唐大中十一年，觀察使楊發命僧鑒造塔七層。咸通九年，敕號神光塔。乾符五年，黄巢入閩，毁。梁開平中，閩王審知復建。明

[一]《八月十四日夜招張孺愿錢叔達謝修之陳女大王玉生袁無競集平遠臺觀萬歲神光二塔燈分得八庚》，郭柏蒼《烏石山志》引此詩作《登神光寺塔》。女，文淵閣《四庫全書》本作「汝」。

季毀。』

【附】徐𤊹《秋夜邀張孺愿錢叔達謝修之曾波臣陳女大俞青父袁無競集攬鼇亭觀萬歲神光二塔燈分得七虞》：『永夜嬋娟瑩玉壺，半天金粟落浮圖。千花舍利空中相，百寶牟尼藏裏珠。清影并輝忘色界，慧光雙照悟迷途。蓮花漏盡從生滅，還有山河大地無。』（《鼇峰集》卷十四）

按：此詩作于熥詩後一日。

送張孺愿還四明

津亭歌罷酒杯空，目極遥天送斷鴻。馬上夕陽孤店柳，渡頭殘月半林楓。瘴雲漠漠辭閩海[一]，鄉樹重重辨甬東。此日蓴鱸歸計得，思家張翰怯秋風。

【編年】萬曆二十四年丙申（一五九六）。

【箋】四明　今浙江寧波，詳卷七《送張孺愿還四明爲兒娶婦》。

甬東　浙江舟山市古稱。

張翰　晉詩人，字季鷹，吴（今江蘇蘇州）人。在洛陽見秋風起，因思吴地鱸魚莼根，遂辭官歸家。

【附】徐𤊹《送張孺愿歸明州》：『海國秋高雁獨征，西風吹動故鄉情。歌殘柳岸紅亭酒，散盡芝山白社盟。野店寒星低馬首，關門凉月引鷄聲。茫茫此夕思君夢，長伴飛雲過四明。』（《鼇

[一] 海，鄭跋本、鈔本、文淵閣《四庫全書》本作「北」。

峰集》卷十四）

送黃仲高還四明

江頭尊酒别離難，滿目疏林落葉丹。家望剡川湖一曲，車驅閩嶺路千盤。關門曉色鷄聲早，曠野秋聲雁影寒。今夜夢君何處所，半天殘月蓼花灘。

【編年】萬曆二十四年丙申（一五九六）。

【箋】剡川　詳卷六《惟秦冬夜偶至擁爐對酌率爾成咏》「剡溪」條。

【附】徐𤊹《送黃仲高孝廉還四明》：『紅亭緑酒醉黃花，客子逢秋倍憶家。海上伽山皈佛日，嶺頭歸路出仙霞。驛樓古樹寒嘶馬，野店衰楊晚噪鴉。此地懷人空一水，滿天涼露灑蒹葭。』（《鼇峰集》卷十四）

寄鄧德咸明府

一代風流墨綬郎，幾年爲政似庚桑。居官共號神明宰，判事多成急就章。灘送九龍來廨宇，庭留雙鶴守琴床。春光莫羨河陽暖，六月還飛白簡霜。

【編年】萬曆二十四年丙申（一五九六）。

【箋】鄧德咸　即鄧良佐，字德咸，南海（今屬廣州）人。歷任上杭知縣、沔陽知府。

○徐𤊹《先兄墓碑陰交游題名記》：『沔陽知州鄧良佐，字德咸，南海人。』（《紅雨樓集》册九，《上圖稿本》第四四册，第四一五頁）

庚桑 即庚桑楚，老聃弟子。據《莊子·庚桑楚》，庚桑楚居住在衛壘山三年，大豐收，民衆視之如聖人。

九龍 九龍灘，在清流縣。

〇《（嘉慶）清流縣志》卷二《山川》『九龍灘』條：『在縣東一百里。上六龍屬本縣，下三龍屬延平府永安縣。九灘上下二十餘里，每遇一龍，兩崖石峽逼窄如關隘，寬僅丈餘，而石龍横截水中，可高數丈，乘舟下龍，臺在高山跌下平地。』

河陽 詳卷六《爲親乞禄詩贈丁文統邑丞二首》『花縣』條。

送陳振狂之汀州

秋色將殘樹影稀，故人西去雁南飛。滿林楓葉栟櫚寺，兩岸蘆花鐵石磯。霜冷戍樓喧暮柝，月明村舍擣寒衣。九龍溪上灘聲急，千里羈魂一夜歸。

【編年】萬曆二十四年丙申（一五九六）。

【箋】汀州 今長汀。

〇李賢《大明一統志》卷七十七《汀州府》『建置沿革』條：『唐開元末開福、撫二州山洞，置汀州，因長汀溪爲名。天寶初改臨汀郡，乾元初復爲汀州。初治新羅，大曆中徙治白石，皆長汀縣地。五代時，初屬閩王氏，後屬南唐。宋隸福建路，元改爲汀州路。本朝改爲汀州路。』

栟櫚寺 在今永安市。

○《〔萬曆〕永安縣志》卷二《地理志·山川》「栟櫚山」條：「治北二十里，多産栟櫚，故名。宋左正言鄧肅讀書其中，自號栟櫚居士。舊傳神仙往來其間，峰巒岩岫，不可勝數，神刓鬼劃，高下相屬，烟雲出没無時，草木蒙茸，四時一色。」

鐵石磯　在九龍江灘。

○陳鴻《九龍灘歌》：「鐵石磯邊水東瀉，險阻相傳甲天下。」（《秋室編》卷三）

【附】袁敬烈《送人之汀州》：「送子出鄉關，微茫落照間。縱然非遠道，亦自黯離顔。勒馬逢殘雪，驅車入亂山。遲回忽不見，矯首白雲間。」（《晉安風雅》卷六）

與吴元翰〔一〕話舊

久客還家嘆敝裘，對君猶自起離愁。數莖白髮尊前泪，九曲青山夢裏游。松徑夕陽秋繫馬，竹房疏雨午啼鳩。明朝又作匆匆别，目斷西風獨倚樓。

【編年】萬曆二十四年丙申（一五九六）。

【箋】吴元翰　即吴文潛，詳卷六《同吴元瀚興公弟暮過神光庵》。

【附】徐㶿《喜吴元翰遠歸過訪》：「何處歸來道路長，匆匆下馬説他鄉。故衣未换征人泪，往事空回遠客腸。夜月愁心歌舊雨，秋風哀鬢染新霜。去年此日黄花酒，玉女峰頭醉石床。」（《鼇峰集》卷十四）

〔一〕翰，鄭跋本、鈔本、文淵閣《四庫全書》本作「瀚」。

張叔麟別駕招集鍾[一]山客舍席上聽伎共限冷香二字

白紵歌殘欲斷腸，相逢誰是有心郎。羅幃巫峽聲聲雨，玉杵藍橋夜夜霜。燭泪半灰金剪冷，花魂初散寶釵香。紅顔自昔多憔悴，豈學愁眉别樣妝。

【編年】萬曆二十四年丙申（一五九六）。

【箋】張叔麟　即張昭，詳卷六《送張叔麟別駕歸永嘉》。

鍾山　詳卷七《己丑除夕迎春同陳振狂過鍾山寺訪曾人倩適瀚上人至同得僧字》。

巫峽　詳卷三《帝京篇》。

【附】陳薦夫《張叔麟別駕招及諸同社夜集鍾山客舍聽李姬歌共限冷香二韻》：『一曲清歌子夜長，箜篌纖指弄微霜。紅綃浥露花魂冷，翠袖籠寒月影香。倚笑誤傾杯蟻緑，靚妝輕拂髩鴉黃。行雲響遏餘音斷，去繞盧家玳瑁梁。』（《水明樓集》卷五）　徐𤊹《張叔麟別駕招集鍾山客舍席上觀妓共得香字》：『新詞回雪繞空梁，引鳳簫聲墜馬妝。銀燭滿屏延夜漏，玉簪敲竹蹋春陽。裙翻月照蓮花冷，佩解風傳荳蔻香。不用琵琶訴幽恨，座中先斷使君腸。』（《鼇峰集》卷十四）

[一] 鍾，底本誤作『鐘』。鄭跋本、鈔本、文淵閣《四庫全書》本作『鍾』，據文意改。

送鄧道鳴參戎東粤

樓船橫海發閩關，新擁高牙五嶺間。月滿柳營秋校獵，火飛藤峽夜征蠻。雙龍斬水妖精泣，萬馬嘶風部曲閑。名在羅浮峰四百，功成何用勒燕山。

【編年】萬曆二十四年丙申（一五九六）。

【箋】鄧道鳴　詳卷八《秋夜同顔廷愉黎廷彬二將軍王元直秀才觀微上人興公舍弟集鄧道鳴閫帥行署賦得紫薇夜漏同用花字》。

柳營　即細柳營，在今陝西咸陽市西南。

○《史記·絳侯世家》：（文帝）以河内守亞夫爲將軍，軍細柳，以備胡。上自勞軍，……曰：『嗟乎，此真將軍矣！曩者霸上、棘門軍，若兒戲耳！』

藤峽　在廣西潯江崇山峻嶺間。明中葉廣西和廣東瑶族、侗族民變，朝廷征討之。

羅浮　詳卷七《鍾山寺送曾人倩歸嶺南》。

燕山　燕然山之省文。

【附】徐𤊹《送鄧將軍之東粤》：『車騎如雪鼓角鳴，南荒萬里仗干城。劍光夜冷霜侵寨，弓影秋高月照營。槎上葡萄通漢使，笛中楊柳咽蠻兵。一時名將推詞客，露布千言倚馬城。（按：城，當作成）。』（《鼇峰集》卷十四）

贈林敷毅公子

年少懸書向國門，家聲猶説紫薇垣。登壇久已推牛耳，授簡曾看擅兔園。擁篲諸侯虚左席，操觚詞客結中原。功名不用垂鐘鼎，白首江湖亦主恩。

【編年】萬曆二十四年丙申（一五九六）。

【箋】兔園　又稱梁苑、梁園，詳卷五《約女大女翔振狂惟秦在杭藤山看梅二首》。

送張參戎鎮秦川

鐵衣曾典羽林兵，又握銅符海上行。此日八蠻傳露布，同時諸將拜霓旌。臂開鵲血弓留影，腰泣龍魂劍有聲。見説轅門容揖客，可能前箸借書生。

【編年】萬曆二十四年丙申（一五九六）。

【箋】秦川　指福建福寧州，治所位于今霞浦縣。福寧州臨海，故詩云『海上行』。

送長樂令郁文叔謝病還晉陵

弃官應遂白雲心，行李空携單父琴。病骨豈堪長負弩，黑頭偏乞早投簪。家當陽羨茶烟細，門比柴桑柳色陰。除却簿書勞半載，一生清福總山林。

【編年】萬曆二十四年丙申（一五九六）。

【箋】長樂　長樂縣，今福建福州市長樂區。○李賢《大明一統志》卷七十四《福建·福州府》『長樂縣』條：『在府城東南一百里。本隋閩縣地，唐武德中析置新寧縣，尋改爲長樂縣。」

郁文叔　即郁文周，江陰（今屬江蘇）人。

○《〔崇禎〕長樂縣志》卷三《名宦》「郁文周」條：「字文叔，江陰人。萬曆中知縣事。存心愛人，操履耿介，緩徵恤寡，詰盜懲奸。修水利，興學校，士民愛戴之。以疾去，卒于家。」

晉陵　詳卷九《送長樂令郁文叔謝病還晉陵》。

單父琴　稱頌地方官治績。

○《吕氏春秋》卷二十一《開春論·察賢》：「宓子賤治單父，彈鳴琴，身不下堂而單父治。」單父，舊縣名，今山東單縣。

陽羨　今江蘇宜興。陽羨茶，負有盛名。

○李賢《大明一統志》卷十《常州府》「宜興縣」條：「在府城南百二十里，本吴荆溪地。秦置陽羨縣。」

柴桑　今江西九江柴桑區。晉陶淵明柴桑人。

○李賢《大明一統志》卷十《江西·九江府》「柴桑山」條：「在府城西南九十里。《寰宇記》：「柴桑近栗里，陶潛此中人。」」

贈張太醫

年少曾將肘後探，高名今已似蘇耽。石烹夜月松烟細，藥洗春泉橘井甘。函裏難經翻九九，洞中鑪火轉三三。功成他日生毛羽，看駕雲車白鹿參。

【編年】萬曆二十四年丙申（一五九六）。

【箋】蘇耽　即蘇仙。傳説中的漢代神仙，通醫道，識百藥。

難經　即《黄帝八十一難經》，又稱《八十一難》，現存較早的醫著作，成書不晚于東漢。

題芳草王孫卷爲羅生挽所知

聯璧當年舊有聲，千秋埋玉怨難平。邯鄲久作炊粱[一]夢，都市猶傳擲果名。腸斷山陽燈下笛，魂銷緱嶺月中笙。萋萋滿目王孫草，歲歲春風墓上生。

【編年】萬曆二十四年丙申（一五九六）。

【箋】山陽　今輝縣吴村鎮山陽村。晉嵇康被殺之後，向秀過嵇康山陽舊居，聞鄰人吹笛，感而作《思舊賦》。

緱嶺　詳卷七《贈歌者》。

丙申除夕

莫問殘冬曆一行，且將生計寄絲簧。燒燈客丐宜春帖，對鏡人凝彩勝妝。衰鬢又添新歲感，童心猶記少年場。擁爐坐聽蓮花漏，待進山厨柏葉觴。

【編年】萬曆二十四年丙申（一五九六）。

［一］粱，底本、鄭跋本、文淵閣《四庫全書》本誤作『梁』。據文意改。鈔本作『粱』。

【附】徐𤊹《丙申除夕》：『辛盤將進换神荼，又見韶華此夕徂。失意自悲城上雀，浮生真類隙中駒。客催畫債寬新歲，鋪索書錢急舊逋。猶憶去年殘雪裏，采梅騎馬過西湖。』（《鼇峰集》卷十四）

丁酉元日

歲月悠悠獨自知，屠蘇飲較衆人遲。一年苦樂俱陳迹，昨日呻吟即舊詩。才盡敢云心似錦，顔衰猶幸鬢無絲。春風不厭衡門冷，吹遍繁花雪萬枝。

【編年】萬曆二十五年丁酉（一五九七）。

【附】徐𤊹《丁酉元日》：『年長羞將甲子推，雄心差减少年時。柏傳春色杯中葉，梅送香魂雪後枝。佳惡詩文元自得，疏狂情態更誰知。床頭三尺華陰鐵，一片寒光夜陸離。』（《鼇峰集》卷十四）

送彭興祖游燕

都亭新柳折爲鞭，又別閩南北向燕。馬首一星邊地火，鶯聲三月御河烟。吴歈[一]枕上紅樓曲，趙女壚頭緑酒錢。此日離情君莫忘，落花風雨寺門前。

【編年】萬曆二十五年丁酉（一五九七）。

[一] 歈，鄭跋本、鈔本、文淵閣《四庫全書》本作『儂』。

【箋】彭興祖　即彭城，字興祖，彭孔嘉之孫，吴郡（今蘇州）人。善書漢隸八分，偉然古質，頗具金石薄蝕之態。有《清音集》。
○徐熥《與彭興祖》：『足下之客閩，雖逾半載，然半在清源、九鯉間。及入晋安，又以淫霖作惡，即咫尺鍾山，難于蜀道。至春和景明，天地開朗，而翠袖紅妝，擁之以去。其間能把彭先生之臂者，蓋寥寥矣。忽爾言旋，私心如割。所謂「黯然銷魂者」，僕猶謂江郎語淺也。足下故多情，當知此言不謬矣。窮交無可爲贈，口占一詩，書扇頭，聊記别情，未免爲行李之累。』（《幔亭集》卷二十）按：『一詩』，即此詩。

【附】徐𤊹《送彭興祖還吴》：『歷遍閩天一歲中，歸裝仍似到來空。鳥啼春樹鞫鞫響，馬踏山花躑躅紅。短刺虚將當路謁，長途偏爲故交窮。從今踪迹過湖海，莫信諸侯禮士風。』（《鼇峰集》卷十四）

分得胭脂井送陳淳夫太學之金陵

胭脂零落井痕荒，水面桃花照艷妝。碧甃一泓沉寶珥，紅泉千點滴銀床。金函半染鉛華色，絲綆猶牽珠翠香。莫問故宫生死地，轆轤容易轉愁腸。

【編年】萬曆二十五年丁酉（一五九七）。

【箋】陳淳夫　陳淳夫，莆田人。太學生。徐𤊹有《分得邀笛步送陳淳夫之金陵》（《鼇峰集》卷十四）詩送之金陵。
胭脂井　又名景陽井，詳卷八《金陵懷古》『胭脂』條。

【附】徐𤊹《分得邀笛步送陳淳夫之金陵》：『蘆花秋水白茫茫，溪上停舟憶野王。蒼玉半枝枯蜀管，緑苔千古翳胡床。參差律吕清宵月，長短關山獨夜霜。不用送君歌折柳，曲中三弄倍思鄉。』（《鼇峰集》卷十四）

送陳志玄還中都

一片離心雙泪垂，人歸偏在送春時。鷄聲殘月郵亭火，馬首疏烟酒店旗。江北瓊花孤館夢，淮南叢桂故園思。東風吹遍無情柳，滿路青青拂面絲。

【編年】萬曆二十五年丁酉（一五九七）。

【箋】陳志玄　中都人。曹學佺有《送陳志玄謁選中都人》（《金陵集》上）。

中都　明安徽鳳陽稱中都。

〇李賢《大明一統志》卷七《中都·鳳陽府》『建置沿革』條：『本朝爲興業之地，吴元年改臨濠府，洪武三年改中立府，定爲中都，七年改鳳陽府，自舊城移至中都城。』

【附】陳薦夫《送陳志玄還中都兼懷陸無從夏玄成》：『東風吹緑草萋萋，泪應芳郊杜宇啼。京口客際沙際雁，淮南鄉夢雨中鷄。舟從别浦回偏近，天入長江望覺低。何事送君腸中斷，故人多在楚雲西。』（《水明樓集》卷五）　徐𤊹《送陳志玄太學還中都》：『海國春殘杜宇悲，王孫芳草念歸期。飛花逐馬紅千點，垂柳藏鶯緑萬絲。客路風烟辭劍浦，故山雲樹望鍾離。斷腸最是天南北，夢隔長江兩不知。』（《鼇峰集》卷十四）

送黃君甫還劍津

故園歸去獨揚舲，躑躅花殘落遠汀。鸚武春寒[一]杯裏月，蛟龍宵睨劍頭星。灘迴巨浪千層白，門對高峰九點青。莫道盈盈分一水，相思魂斷幾長亭。

【編年】萬曆二十五年丁酉（一五九七）。

【箋】黃君甫　參見卷六《答贈黃君甫》。

劍津　在今南平市延平區，詳卷五《劍津夜泛》。

分得宮花一萬樹送曹能始進士赴闕

芳菲叢裏拜楓宸，鈴索聲中雨露新。香霧有時分太極，穠華隨處拂勾陳。重重綠染宮袍色，片片紅酣御輦塵。不似曲江騎馬日，杏林惟探一枝春。

【編年】萬曆二十五年丁酉（一五九七）。

【箋】曹能始　即曹學佺。按：曹學佺萬曆二十三年進士，次年歸家，此行赴闕謁選。

【附】徐𤊹《送曹能始進士赴闕》：『年少風流漢署郎，鄴中詞賦動君王。九重仙仗烟光暖，五夜鐘聲月色涼。馳道亂花蒼玉佩，御河垂柳紫絲韁。趨朝不用含鷄舌，荀令生來自有香。』（《鼇峰集》卷十四）

[一] 寒，鄭跋本、鈔本、文淵閣《四庫全書》本作『銜』。

分得季子裘送錢叔達歸吴興

旅邸淹留歷幾春，黑貂無復到來新。蒙茸莫問千金腋，襤褸翻疑百結鶉。失路易沾函谷雨，還家猶染洛陽塵。布衣落魄慚妻嫂，應悔當年浪入秦。

【編年】萬曆二十五年丁酉（一五九七）。

【箋】分得季子裘送錢叔達歸吴興　卷六有《送錢叔達還吴興》。季子，詳卷七《重陽前一日寓寶嚴寺》。吴興，詳卷三《都門送吴允兆還吴興》。

函谷　詳卷八《贈顔廷愉將軍》。

題黄伯寵秀才歐冶山房

疏松影裏草玄亭，屋後群峰列翠屏。殘雨小塘萍散緑，微風幽徑竹摇青。觴尋曲水流三月，劍拔寒潭洗七星。寂寂衡門無客到，林鶯啼午夢初醒。

【編年】萬曆二十五年丁酉（一五九七）。

【箋】黄伯寵　即黄應恩，詳卷六《秋日載酒同陳汝翔黄伯寵惟起惟揚二弟訪王玉生郊居》。

歐冶山房　以其地有歐冶池得名。

○王應山《閩都記》卷八《郡城東北隅》「歐冶池」條：「越王鑄劍處。唐元和十四年置院，名「劍池院」。池周回數里，或大風雨，波濤晦冥。僧惟鑿浚池，得刀、環諸物，送武庫。冶竈今猶在竹林中。」

草玄亭　西漢揚雄作《太玄經》處。

夏日邀屠田叔使君佘宗漢明府閔壽卿柳陳父王獻子錢叔達吴元翰[一]諸山人顔廷愉都護興公舍弟避暑平遠臺分得一先韵

借得琳宫結浄緣，數聲鐘磬出諸天。龍江潮滿千溪合，雉堞雲開萬井連。瀑布亂飛丹嶂雨，山衣同歷翠微烟。莫言座上無絲竹，花外啼鶯柳外蟬。

【編年】萬曆二十五年丁酉（一五九七）。

【箋】閔壽卿　即閔齡，詳卷三《寄閔壽卿山人》。

柳陳父　即柳應芳，詳卷六《同閔壽卿柳陳父吴元瀚興公弟避暑仁王寺因憩天秀岩》。

王獻子　詳卷六《送王獻子山人客粵西》。

顔廷愉　詳卷五《送顔廷愉將軍料兵海壇山》。

龍江　閩江流經福州南臺島，一分爲二，北江稱白龍江，南江稱烏龍江。

壽車郡公

銅虎分來向海濱，玉皇香案記前身。采將瑶草三山秀，種得甘棠一郡春。天上紫鸞扶絳節，雲中白鹿駕朱輪。壽筵不用蟠桃薦，丹荔冰盤色正新。

【編年】萬曆二十五年丁酉（一五九七）。

［一］翰，鄭跋本、鈔本同。文淵閣《四庫全書》本作「瀚」。

【箋】車郡公　即車大任，詳卷八《贈車子仁郡侯》。

三山　福州城見内烏石山（閩山）、于山（九仙山）、屏山（越王山）。

○曾鞏《道山亭記》：『城之中三山，西曰「閩山」，東曰「九仙山」，北曰「粤王山」，三山者，鼎趾立。』

○王應山《閩都記》卷二《城池總叙》：『三山峰峙于城中：烏石、九仙、越王。』

題周朝宷轉運三代榮封册

出宰河陽舊有聲，司農今復借雙旌。轉輸歲向三邊急，斥鹵烟從萬竈生。紫禁絲綸榮馬鬣，清[一]朝冠蓋擅羊城。一門雨露皆君寵，不獨雲霄兩弟兄。

【編年】萬曆二十五年丁酉（一五九七）。

【箋】羊城　詳卷五《送李驛使之官雷陽》。

閩王審知墓下作[二]

玉輦何年去不回，霸圖千古總成灰。秋深兔穴依寒壟[三]，歲久魚燈暗夜臺。故國關河甌越在，遺民蘋藻鼎湖哀。蓮花峰下黄昏月，猶見三郎白馬來。

[一] 清，文淵閣《四庫全書》本改篡爲『熙』。

[二] 《閩王審知墓下作》，王應山《閩都記》卷二十五《郡東北侯官勝迹》引作《過閩越王墓下作》。按：陳椿、徐𤊹詩同題均爲二首，疑熥詩也是二首。

[三] 壟，王應山《閩都記》卷二十五《郡東北侯官勝迹》引作『隴』。

【編年】萬曆二十五年丁酉（一五九七）。按：陳椿、徐𤊹詩均爲二首，疑熥詩也是二首。

【箋】閩王審知墓　在福州東北蓮花峰下。王審知，字信通，號詳卿，別號白馬三郎。光州固始（今屬河南）人。五代十國時期閩政權開國國君。威武軍節度使王潮之弟。

○李賢《大明一統志》卷七十四《福建·福州府》『王審知冢』條：『在懷安縣北。審知，光州固始人，爲閩王，卒，葬于此。後謚忠懿。』

○王應山《閩都記》卷二十五《郡東北侯官勝迹》『閩王審知墓』條：『在蓮花峰下。唐賜神道碑，張文寶撰文。國朝宣德四年，爲盜所發。得金鐲、玉帶、玻璃碗及王畫像。林謹夫爲記其事。有司隨即修治。近冢有岡，土色深紅，其光燁然，俗呼「胭脂山」。相傳閩王有女葬此，洗胭脂粉注積。』

蓮花峰　在福州城北，郡城主山。

○王應山《閩都記》卷二十五《郡東北侯官勝迹》『蓮花峰』條：『在桃枝嶺上，一名「永福」。山形圓尖，若菡萏然，郡之主山也。唐大順二年建寺，銅鑄閩王像一具，今并廢。』

○曹學佺《北游記》：『嶺下平疇，蓮花峰面輒向人，尖圓秀聳，膚色縹青，真若菡萏之浮露上。』（《石倉文稿》卷六）

三郎　白馬三郎，即王審知。

【評】徐𤊹《竹窗雜録》：『閩王審知墓在蓮花峰下，宣德四年爲盜所發，獲金寶無算。有司仍復修治。今題其墓者甚多，余伯兄惟和一首爲最：「玉輦何年去不回，霸圖千古總成灰。秋深兔穴依寒壟，歲久魚燈暗夜臺。故國關河甌越在，遺民蘋藻鼎湖哀。蓮花峰下黄昏月，猶見三郎白馬來。」審知在軍中好騎白馬，人呼白馬三郎。」（《詩題土墓》，徐𤊹《榕陰新檢》卷十六《詩話》引）　徐𤊹《復葉相公》：『《閩王墓詩》，偶爾游適，興念無情，既不關朝政，又不觸時諱，司空公以爲不必作，何耶？杜少陵千古詩聖，而白帝、蜀主，往往寫之筆端；蘇東坡一代文宗，而作《表忠觀碑》，後世傳爲盛事。夫白帝稱孤，錢鏐霸□迹，其行事，與閩王忠懿，不甚相遠，蜀人可歌，越人可碑，閩人何可獨諱閩王耶？此誠不可解也。司空公一生好持論，然不知其説可以壓服衆心否？伏乞見示。若果頂門一針，則不肖某當退避三舍矣。』（《紅雨樓集》册八，《上圖稿本》第四四册，第三〇一——三〇二頁）

【附】陳椿《秋日吊閩王審知墓二首》，其一：『荒冢纍纍總可疑，舟藏夜壑竟誰知。千年王事隨流水，异代行人指斷碑。陶竈草生烟冷處，古城猿嘯日斜時。傷心況復當摇落，不待雍門涕已垂。』其二：『騎馬經過古墓傍，悄然停策吊閩王。寒鴉曉樹烟初斂，野兔爲巢寢已荒。遺廟尚聞供伏臘，空山誰復薦馨香。不堪薤露歌殘夜，歸路蕭條指北邙。』（《閩都記》卷二十五）　陳仲溱《謁閩忠懿王墓》：『寢園霜露冷蕭疏，七主纔經霸業虚。黄土有靈騎白馬，緑林遺恨發金魚。狐啼荆棘斜陽後，鬼泣松楸落月初。莫嘆古城今寂寞，錢王陵樹亦丘墟。』（《晋安風雅》卷九）　袁敬烈《秋日過王審知墓》：『經過下馬薦江蘺，百代銷沉吊豈知。足踏孤墳崩敗土，手披荒莽見殘碑。築城猶説陶磚日，卜劍空傳拜劍時。已自悲秋同宋玉，更看興廢淚雙流。』（《閩都記》卷二十五）　徐𤊹《過閩王審知墓二首》，其一：『八郡封疆一望遥，秋山松柏冷蕭蕭。宫車去國成千古，劍璽傳家歷五朝。石馬嘶風金盌出，野狐穿冢寳衣銷。斷碑猶識唐年月，春雨苔花字半凋。』其二：『荒隧犁田廢寢空，白楊蕭瑟吊遺弓。何年馬鬣開松隴，先代龍髯出梓宫。燐火有光燃暮雨，精魂無主哭秋風。玉魚早向人間賣，青史猶傳霸越功。』（《鼇峰集》卷十四）　陳鳴鶴《忠懿王墓》：『蓮花峰下白日黑，老鴉啞啞啼秋色。南山有隙玉鳧飛，毁壞高低長荆棘。幾星鬼火照青楓，□折殘碑土花蝕。君不見，東偏戰坂西古城，夜夜冤魄自嘆息。三郎百戰定閩州，今日一抔歸不得。』（《泡庵詩選》卷二）　周之夔《和葉少師重過閩王墳再用前韻二首》，其一：『霸圖銷歇委丹丘，懷古追陪上相游。精爽更疑騰玉馬，存亡非爲輦金牛。魚燈久暗泉臺夜，龍帳長空海國秋。地下尚誇南面樂，人間徒起北邙愁。』其二：『赤烏黄鳥委芊芊，尚愧錢鏐障海年。五代衣冠孫子在，一門題湊寢園連。雖經旦夕樵人火，不改春秋血貿烟。遺恨妝樓擬銅雀，胭脂山下冷釵鈿。』（《弃草集·詩》卷五）　徐延壽《過閩忠懿王墓下二首》，其一：『芙蓉峰下吊荒墳，處處啼鵑不可聞。古穴依然騰寳氣，破磚猶見印錢文。松楸歲久樵薪采，荆棘冬深鬼火焚。七百餘年寒食雨，墓門無主鎖秋雲。』其二：『穹碑零落卧斜陽，年月依稀識李唐。閩國璽書傳五代，鼎湖弓劍葬三郎。鳥啼杜宇前王恨，土膩胭脂少女妝。昔日曾傳金盌出，魚燈無復月臺光。閩王自號白馬三郎，墓在胭脂山下。土色深紅，相傳閩王有少女妝于上。』（《尺木堂集·七言律詩》一）按：周之夔、徐延壽爲閩中後起詩人，與徐熥無交集。熥卒後，『王審知墓』的題目還持續地作下去。

送林志尹謁選之京時予將入燕

數聲南雁叫秋烟，路指交河北到天。鷄送邊城霜後角，馬驚沙迹雪中鞭。貧來遠道親雄劍，老去長安索俸錢。我已藏名燕市久，相尋休向酒壚前。

【編年】萬曆二十五年丁酉（一五九七）。

【箋】林志尹　即林應聘，字志尹，侯官（今福州）人，精于版本目録學。

○謝肇淛《林志尹墓志銘》：『余社中兄弟若陳汝翔、伯孺、幼孺、徐惟和興公，無不與厚善者，而志尹周旋貧賤，交甚于富貴，其急人之急，不侵爲然諾，其天性也。惟和自古田歸，病甚，不知人，志尹自調湯藥，與同卧起，月餘無倦色……志尹既以衣食相驅，不能謁選長安。余憐其病且老，乃于己酉春挈之北行，至建安而病。自知不起，亟辭歸，至家十日而卒。篋中枵然，藏書之外無半緡，一切周身之具皆素所友善者治之。嗟乎，嗟乎……志尹述而不作，所輯有《古今宫詞》《史譜》《雜説》數十卷，家譜數卷，雖未盛行于時，後世必有知子雲者。志尹固無如造物何，造物亦終能如志尹何哉？志尹姓林，名應聘，侯官人也。祖文炳，舉于鄉，爲黟縣令。父一麟，邑庠生。母薛氏。志尹生于嘉靖丙辰七月十七日，卒萬曆己酉五月八日，相距五十有四歲。』（《小草齋文集》卷十八）

交河　詳卷五《交河早發》。

【附】徐㶿《陸沉金馬歌送林志尹之京》：『君不見歲星謫下東方生，滑稽至老逃其名。全身避世隱金馬，即今青史留芳聲。好古博書工射覆，公車奉上三千牘。詔拜爲郎侍漢宮，殿中賜食懷餘肉。饑來索米向長安，世路悠悠寄一官。酒酣據地歌激烈，門前銅馬嘶風寒。林生小少耽章句，壯歲懷書具不遇。垂老都門乞俸錢，疏狂却與東方似。閩南秋色滿長途，一劍橫行游帝都。莫笑陸沉非遠計，千秋誰羨飽侏儒。』（《鼇峰集》卷七）　陳鳴鶴《賦得陸沉金馬送林志尹謁選北上》：『兩闕撐天寶光紫，八尺河精控麟趾。披羊老客掉頭歸，江雨江烟釣江水。歲星夢覺金波明，據地酣歌戲天子。圍玉團犀屯綺雲，平居不入雙眸裏。抱樓古鳳鷗鷺群，金馬分明呼鹿豕。林生勿復戀黄鵠，且索長安一囊粟。割肉朝從天上歸，少婦絞綃新睡足。』（《泡庵詩選》卷二）

送閔壽卿從武夷還金山兼隱華陽洞

歷遍清溪九曲深，麻衣隨意任雲林。陰符一卷蛟龍護，秋笛數聲猿鶴吟。玉洞烟霞通地肺，金山臺殿影波心。空懷五岳平生志，未得從君學向禽。

【編年】萬曆二十五年丁酉（一五九七）。

【箋】閔壽卿　即閔齡，詳卷三《寄閔壽卿山人》。

華陽洞　在鎮江茅山。

〇李賢《大明一統志》卷六《南京·應天府》『華陽洞』條：『在茅山側。三茅二許俱于此得道。洞中宋時常投金龍玉簡于此。又有東西南三洞。』

向禽　詳卷六《送金季黄山人游五岳》。

送陳憲伯入覲便道歸省

萬國諸侯會建章，使君千騎出東方。綉衣正奏三年績，彩服還稱百歲觴。轡攬朱輪宵擁月，疏封白簡盡[一]飛霜。法星漸與閩天遠，遥望精光帝座傍。

【編年】萬曆二十五年丁酉（一五九七）。

送閔孝昭侍尊人還廣陵

暫得相逢又解攜，灘聲高下槳聲齊。束裝欲跨揚州鶴，問寢頻聽旅店鷄。夜月故園淮浦北，秋雲鄉路海門西。還期共醉蕪城酒，繫馬隋宫舊柳堤。

【編年】萬曆二十五年丁酉（一五九七）。

【箋】閔孝昭　詳卷六《閔孝昭送其尊人隱武夷自歸廣陵賦此以送》。

揚州鶴　揚州有騎鶴樓。

○李賢《大明一統志》卷十二《直隸・揚州府》『騎鶴樓』條：『在府城東北。按《太平廣記》：昔有曰：人各所願，甲曰願多財；乙曰願爲揚州所；丙曰願爲仙；丁曰願腰纏十萬貫，騎鶴上揚州。』

蕪城　揚州別稱，詳卷五《酬陸無從率爾見贈之作》。

[一] 盡，鄭跋本、鈔本、文淵閣《四庫全書》本作『畫』。

隋宮　揚州隋煬帝行宮。

送温永叔郡丞守南寧

符分銅虎寄專城，新駕朱輪嶺表行。八桂瘴雲迎五馬，二江嵐月引雙旌。禁將巫蠱蠻丁化，燃出靈犀颶母驚。地近交州風土別，每逢春雨勸刀耕。

【編年】萬曆二十五年丁酉（一五九七）。

【箋】温永叔　即温叔明，字永叔，順德（今屬廣東）。時爲福州同知。

南寧　今屬廣西。

○李賢《大明一統志》卷八十五《廣西·南寧府》「建置沿革」條：「秦并南粵爲桂林郡地……元至元中改置邕州路，泰定初改爲南寧路，本朝洪武初改路爲府。」

八桂　桂林府別稱，又泛指廣西。

○李賢《大明一統志》卷八十三《廣西·桂林府》「郡名」條：「其名本出《仙經》，後人因植八桂堂前，故又以名郡。」

二江　湘江、灕（漓）江。

○李賢《大明一統志》卷八十三《廣西·桂林府》「湘灕二江」條：「源出海陽山，流五里分爲二，南爲灕水，又名桂江……此行二百里，合癸水至府城下，合相思江入梧州界，北爲湘水。」

【附】陳薦夫《送温永叔郡丞擢守南寧》：「清明佐郡十年時，千里專城去有期。洞裏匏笙蠻

部落，雲邊銅鼓漢官儀。江祠驗歲憑鷄卜，野館行春借鹿隨。幸與交州山色近，知君到日去襜帷。』（《水明樓集》卷五）

送鄧德咸刺史官沔陽

楚江猿嘯豈堪聽，野水連天過洞庭。夜月褰帷逢漢女，秋風行部吊湘靈。九疑峰色參差碧，三峽雲光黯淡青。君去不愁難寄遠，蕭蕭蘭芷滿寒汀。

【編年】萬曆二十五年丁酉（一五九七）。

【箋】鄧德咸　即鄧良佐，詳卷九《寄鄧德咸明府》。

沔陽　沔陽州，治竟陵。

○李賢《大明一統志》卷六十六《沔陽州》『建置沿革』條：『漢爲江夏之竟陵縣地，東晋置竟陵郡。梁又治沔陽郡……元改爲復州路，又改爲沔陽府，領玉沙、景陵二縣。本朝洪武九年改爲沔陽州，并玉沙縣入焉。』

九疑　即九疑山，詳卷三《分得九疑山送屠田叔守辰州》。

【附】徐𤊹《送鄧德咸刺史》：『新擁朱輪去路賒，郢中西望楚天涯。符分湘浦祠前竹，棠種黃陵廟裏花，腰褭嘶風春出郭，鷓鴣啼晝午開衙。官閑卧治心如水，日日看山對五華。』（《鼇峰集》卷十四）

題黃懋中大學士碩寬堂

多年簪筆侍螭頭，焚却銀魚早乞休。十畝雲霞開徑日，半樓烟雨捲簾秋。小山桂樹蘩蘩緑，曲澗桃花片片流。不是能耽泉石趣，幾人青鬢老菟裘。

【編年】萬曆二十五年丁酉（一五九七）。

【箋】黃懋中　即黃洪憲，嘉興（今屬浙江）人。

○陳田《明詩紀事》庚簽卷十：『洪憲，字懋中，嘉興人。隆慶辛未進士，選庶吉士，授編修。奉使朝鮮還，進侍讀。歷右庶子，適少詹事，掌翰林院事。有《碧山學士集》二十一卷，《別集》四卷。』

【附】陳薦夫《碩寬堂爲黃懋忠太史賦》：『謝却泚名早挂冠，門多桃李室芝蘭。語溪月曉聞孤棹，震澤波平夢一竿。雪點寒蘆驚發變，霜催秋葉覺心丹。也知板蕩興歌日，未許詞臣賦考槃。』（《水明樓集》卷五）　徐𤊹《寄題黃懋中太史碩寬堂》：『暫乞歸田賦遂初，碧山高卧宦情疏。澗河且學風人味，石室還藏太史書。雲水心閑頻夢蝶，烟霞盟重早焚魚。清時只恐君王問，天禄猶煩注起居。』（《鼇峰集》卷十四）

留别陳叔度

幾日相逢意未闌，誰知相别不成歡。尊前草色銷魂易，笛裏梅花寄遠難。鷄唱曉霜孤枕怯，馬嘶殘雪一鞭寒。雖然千里同明月，兩地傷心各自看。

【編年】萬曆二十五年丁酉（一五九七）。

【箋】陳叔度　即陳鴻，侯官（今福州）人。有《秋室編》。

○曹學佺《陳叔度〈秋室編〉序》：「陳子名鴻，字叔度，一字軒伯，以「秋室」名其集云。」（《石倉三稿》序類卷二）

○《〔乾隆〕福州府志》卷六十《人物·文苑》「陳鴻」條：「字叔度，侯官人。起于微寒，自幼能詩，無有物色之者。曹學佺招之入社，有「一山在水次，終日有泉聲」之句，大嘆賞，由是詩名大著。詩曰《秋室編》，取李長吉詩「秋室之中無俗聲」也。周亮工爲刻以傳。卒年七十三，貧不能葬，同社醵金，與莆田布衣趙十五合葬于福郡小西湖之側。」

○周亮工《書影》卷四「陳鴻」條：「家貧，無人物色之。能始石倉罷在洪塘中，有淼閣，集同人爲詩。叔度有「一山在水次，終日有泉聲」句。能始嘆賞，爲之延譽。順即以石倉爲居停，名其詩曰《秋室篇》，取李長吉「秋室之中無俗聲」也。丙戌之變，能始殉節，叔度年七十二，不能自存，以貧病死。」

除夕前二日同康元龍集江參藩先生園亭

停驂歲晚向名園，滿徑寒花映酒尊。雪色半侵青玉案，星光多傍紫薇垣。幾年愧下高人榻，一劍長銜國士恩。不是殘年催去客，敢辭十日飲平原。

【編年】萬曆二十五年丁酉（一五九七）。

【箋】康元龍　即康彦登，詳卷二《劍浦送康元龍游吴》。

江參藩　即江鐸，曾任福州知府，仁和（今浙江杭州）人，徐熥北上過杭州訪之。

武林驛別康元龍

錢唐江上浪層層，此地分携感慨增。客路殘年悲短劍，驛亭寒夜憶孤燈。歸魂黑度千林雨，鄉泪紅凝半枕冰。江北江南天萬里，不堪回首望西陵。

【編年】萬曆二十五年丁酉（一五九七）。

【箋】武林　今浙江杭州。

○李賢《大明一統志》卷三十八《浙江·杭州府》『武林山』條：『在府城西南一十五里。《漢·地理志》注：「武林山，武林水所出。」亦曰靈隱，曰靈苑，曰仙居。或謂本名虎林，唐因避諱改「虎」爲「武」。』

別康元龍　元龍先于徐熥離閩之金陵。陳薦夫有《送康元龍之白下》詩（《水明樓集》卷五）。

西陵　詳卷五《經舊游懷康元龍》。

語溪舟中除夕用舊韵

滿江燈火照帆檣，斷送韶華在异鄉。紅燭也流今夕泪，青銅猶憶去年妝。孤身客路思千里，半世虛名夢幾場。欲解離愁謀一醉，行厨何處有椒觴。

【編年】萬曆二十五年丁酉（一五九七）。

【箋】語溪　今浙江崇德。

○李賢《大明一統志》卷三十九《浙江·嘉興府》『語溪』條：『語溪，在崇德縣東南。一名語兒中涇，又名沙渚塘。在吴越時爲吴栖兵之地。』

除夕西寺訪朗公

停棹清溪值歲除，匆匆溪上訪僧居。殘年只聽蓮花漏，半偈猶翻貝葉書。爆竹聲喧人語沸，石燈光照佛堂虚。五噫悔作飄零客，願得從師證六如。

【編年】萬曆二十五年丁酉（一五九七）。

【箋】西寺　疑即嘉興水西寺。

○李賢《大明一統志》卷三十九《浙江·嘉興府》『水西寺』條：『在府治西北二里。舊名資聖院。唐會昌中建，宣宗避武宗，嘗隱于此。有所書寺額，尚存。』

朗公　詳卷五《得朗公詩却寄》。

五噫　《五噫歌》，漢梁鴻作。

【附】徐𤊹《丁酉除夕》：『東鄰西舍咽笙簫，今歲剛殘是此宵。臘雪未凋三徑竹，春風先到一盤椒。揚雄有賦貧難逐，左氏無詩隱自招。年少流光如水去，紅顔空向暗中凋。』（《鼇峰集》卷十四）

戊戌元日檇李舟中

千里關河更問津，東風吹動柳條新。鷄聲不挽難留歲，馬齒偏催易老身。樓上綺羅誰氏女，帆前簫鼓异鄉春[一]。客心久已如荼苦，何用盤中薦五辛。

【編年】萬曆二十六年戊戌（一五九八）。

【箋】檇李　嘉興古名檇李。

○李賢《大明一統志》卷三十九《浙江·嘉興府》『建置沿革』條：『春秋時地名長水，又名檇李。』又『檇李城』條：『在府城西南四十五里，春秋時越敗吴于檇李。《史記》載，吴王傷指，卒于此。』

【附】徐㶿《戊戌元日》：『獻歲春陽轉律初，東風吹暖到林廬。應酬漸苦詩名累，懶慢多慚禮法疏。日午茶烟孤榻静，春明花影半簾虚。今年不异前年事，弄筆窗間漫著書。』（《鼇峰集》卷十四）

曾人倩秘書招飲衙齋話舊分得昏字

悠悠往事不堪論，燕市悲歌欲斷魂。折柳豈忘逢驛路，頌椒還記醉祇園。千金橐盡心猶壯，一劍鋒銷俠尚存。酒後對君思起舞，浮雲西北易黄昏。

【編年】萬曆二十六年戊戌（一五九八）。

【箋】曾人倩　即曾仕鑒，詳卷六《曾人倩雨中過酌》。

[一]　春，鄭跋本、鈔本、文淵閣《四庫全書》本作『人』。

寄懷陳伯孺

六溪疏柳幾條斜，不异柴桑處士家。日午山窗書薤葉，春深江閣畫梅花。鄰莊與弟同漁獵，古寺尋僧共結跏。獨有故人傷遠別，年年衰鬢客京華。

【編年】萬曆二十六年戊戌（一五九八）。

【箋】六溪　陳氏住六溪，詳卷二《懷陳平夫》。

紀事四首[一]

其一

漢家臺殿敞蓬萊，玉柱盤龍接上臺。廿載皇仁深雨露，一時天意變風雷。宮墻夜静啼烏急，苑樹春歸乳燕來。翹首五雲天萬里，小臣雙泪泣秦灰。

其二

紛紛兵甲滿中原，市井蕭條有幾村。總爲瓊林傷地脉，非貪寶氣鑿雲根。中涓數獻便宜策，丁壯難招慟哭魂。辛苦西臺姚柱史，畫圖空自叩天閽。

其三

王師一夜喪遼陽[二]，大將星沉晝不光。塞外忠魂酬玉劍，沙中枯骨帶金瘡。黄昏燐火新亡卒，白

[一] 四首，底本無此二字，據目録補。

[二] 王師一夜喪遼陽，文淵閣《四庫全書》本改篡爲『王師一夜報蒼黄』。

日烽烟古戰場。莫向居庸城上望，胡笳羌管總悲凉[一]。

其四

南憂倭虜北防胡[二]，邊計年來困挽輸。萬里君門誰伏闕，四郊皇店盡徵租。虎賁宿將多凋謝，烏合新兵屢譟呼。時事艱危堪涕泪，太平能到白頭無。

【編年】萬曆二十六年戊戌（一五九八）。

【箋】姚柱史　侍御姚澤山。柱史，侍御别稱。

居庸城　居庸關，在今北京。

〇李賢《大明一統志》卷一《京師·順天府》『居庸關』條：『在府城北一百二十里，兩山夾峙，一水旁流，關跨南北四十里，懸崖峭壁，最爲要險。《淮南子》曰：「天下有九塞，居庸其一焉。」關之南，重巒叠嶂，吞奇吐秀，蒼翠可愛，爲京師八景之一，名曰「居庸叠嶂」。』

得王元直金陵書却寄

芳草天涯怨不勝，懷人魂夢苦無憑。何來一騎過淮水，傳得雙魚自秣陵。桃葉暖風春訪伎，杏花微雨夜尋僧。玉蟬精舍葳蕤鎖，寂寞疏林半點燈。

【編年】萬曆二十六年戊戌（一五九八）。

[一]　胡笳羌管總悲凉，文淵閣《四庫全書》本改篡爲『霜天笳管總悲凉』。

[二]　南憂倭虜北防胡，文淵閣《四庫全書》本改篡爲『欃槍夜望射天狼』。

【箋】王元直　即王繼皋，詳卷二《對月遲王元直不至》。
淮水　此處爲秦淮水之省文。詳卷七《送陳仲徽之齊省兄二首》。
桃葉　即桃葉渡，詳卷六《懷元直客金陵》。

贈王思延都護

年少登壇擁隼旗，欲將長劍掃穹廬。黄金世佩通侯印，彤管家藏太史書。异域葡萄杯上緑，邊城楊柳笛中疏。運籌自合陰符秘，兵法無勞習穰苴。

【編年】萬曆二十六年戊戌（一五九八）。

【箋】穰苴　即田穰苴，又稱司馬穰苴，春秋末期齊國人。軍事家。

贈王君密民部

年少風流粉署郎，賦成争誦魯靈光。閑曹不廢青箱業，先世猶傳白簡霜。九折羊腸曾叱馭，一官鷄舌正含香。潞河公暇門如水，花竹陰陰客滿堂。

【編年】萬曆二十六年戊戌（一五九八）。

【箋】魯靈光　詳卷五《送鄭承武之東魯二首》「靈光」條。
白簡　官員彈劾之文書。
潞河　詳卷六《題曹能始計部潞河公署園亭》。

潞河逢梅子馬時子馬自楚使燕

當年同聽白門鴉，別後風烟幾歲華。萬里飄零逢潞水，一官牢落傍長沙。新愁緑岸帆前柳，舊事青樓夢裏花。草草離尊猶未醉，數聲殘角又天涯。

【編年】萬曆二十六年戊戌（一五九八）。

【箋】梅子馬　詳卷八《馬姬館贈梅子馬》。

白門　詳卷六《別金陵》。

天津道中懷王玉生

老向郊原受一廛，村中幽事總堪憐。園栽桑柘同韋曲，塢築辛夷學輞川。花下筆床臨粉本，松間茶鼎扇青烟。自從南北風塵遠，不到東山又幾年。

【編年】萬曆二十六年戊戌（一五九八）。

【箋】韋曲　詳卷七《贈黄瞻山先生》。

辛夷　辛夷塢，唐王維輞川別業二十景之一，參見卷二《題王玉生山水》。

東山　在福州東郊。王昆仲所居處。

連窩舟中與張叔弢話舊

同泛歸舟下潞河，空將身世感蹉跎。十年京洛紅塵滿，三載朱崖白髮多。雲暗戍樓喧斷角，月殘官渡起悲歌。愁君此去王程急，兩岸蘆花奈別何。

【編年】萬曆二十六年戊戌（一五九八）。

【箋】連窩　在今河北東光縣。

○楊正泰《〈明會典〉所載驛考·直隸》「連窩驛」條：「屬河間府景州吴橋縣。在今河北東光縣南理鎮。」（《明代驛站考》二）

○徐熥《虞恭溫公碑》：「今年客長安，偶得此本，斷羽殘鱗，真橐中至寶。舟次連窩，出以展玩。」（《幔亭集》卷十九）

張叔弢　即張人光，詳卷三《瞻鳳歌爲張叔弢賦》。

潞河　詳卷六《題曹能始計部潞河公署園亭》。

朱崖　明瓊州府，今海南島。

○李賢《大明一統志》卷八十二《廣東·瓊州府》「朱崖」條：「漢名。」

官渡　在今河南中牟縣。

淮陰舟夜寄懷二雲歌姬

淮浦東邊月影斜，相思何處問琵琶。別時折是章臺柳，夢裏歌爲玉樹花。萬里客魂銷緑鬢，幾回幽恨寄紅牙。遥知香骨懷人瘦，寬盡春風繫臂紗。

【編年】萬曆二十六年戊戌（一五九八）。

【箋】淮陰　明淮安府，今江蘇淮安市。

○李賢《大明一統志》卷十三《淮安府》『淮陰』條：『古名。』

廣陵七夕聞歌有懷

每看秋水憶臨波，況值天孫夜渡河。衣上餘香懷賈女，竹間殘泪怨湘娥。書從薊北傳來少，夢到江南別後多。二十四橋橋畔月，不堪重聽繞梁歌。

【編年】萬曆二十六年戊戌（一五九八）。

【箋】賈女　詳卷五《夢》。

薊北　詳卷五《送鄧汝高進士還朝二首》。

二十四橋　故址在江蘇揚州。

○李賢《大明一統志》卷十二《直隸·揚州府》『二十四橋』條：『在府城，隋置，并以城門坊市爲名。後韓令坤築州城，分布阡陌，別立橋梁，所謂二十四橋，存毁莫考矣。』

真州逢謝在杭司理

蕭蕭書劍傍風塵，況對天涯骨肉親。半夜斷猿知己泪，經年羸馬异鄉身。飄零湖海愁歸客，憔悴江潭問逐臣。此日世途君自見，莫將青鬢嘆沉淪。

【編年】萬曆二十六年戊戌（一五九八）。

【箋】真州　江蘇儀真縣。

○李賢《大明一統志》卷十二《直隸·揚州府》『儀真縣』條：『在府城西七十五里，本漢江都縣地……

元至元中改真州路，後復爲真州。本朝洪武二年改爲儀真縣，以揚子縣省入。』

【附】謝肇淛《徐惟和自燕歸馬季聲自閩至集余真州草堂分得深字》：『酒盡更殘燭影深，天涯驚喜話同心。十年踪迹悲萍散，三地風烟總陸沉。山館暑收疏葛冷，江城月上刺桐陰。還知會後無期別，腸斷中宵鴻雁音。』（《小草齋集》卷二十）　謝肇淛《李季宣詩序》：『戊戌歲，不佞以讒解任，避地真州。』（《小草齋文集》卷四）　謝肇淛《重游天寧寺記》：『戊戌之夏，余自吴興避地江上，每至炎歊，輒移枕簟就樹下，箕踞散髮，赤日蔽虧，凉飔徐引。維時四方同調之士回應雲集，自臧晋叔、袁小修而下無慮數十人，其中若王康成善飲、殳質甫丹青、詹淑正善歌、江彦卿善琴，又有王生善弈、貢生善醫、袁生善諸幻戲及鷄鳴犬吠之屬，日擊鮮刲羊，命酒賦詩，百技畢舉。月上鐘鳴，然後袒跣行歌，歸休其所。旦復集，以爲常，三有月餘。……附同游姓名于後志感也：臧國博懋循，吴興人；袁太學中道，荆南人；吴山人元翰，周山人千秋，徐孝廉熥，馬茂才欻，皆閩人；謝山人室，汪太學宗姙，潘太學之恪，詹山人濂，江山人東士，皆新都人；貢山人同魁，永安人；殳山人君素，松陵人；李孝廉柷，侯太學維垣，王太學維寧，袁山人服麟，皆邑人；王山人裳裳，邑人。』（《小草齋文集》卷八）

舟次楓橋寄陳汝大先生

蕭蕭羸馬厭馳驅，愁聽楓橋月落烏。開遍芙蓉思故國，折來楊柳記西湖。十年獻賦青雲薄，千里題詩白社孤。我爲飄零雙鬢短，憶君霜雪滿頭顱。

【編年】萬曆二十六年戊戌(一五九八)。
【箋】楓橋　詳卷二《懷沈從先》。
陳汝大　即陳椿,詳卷二《與陳汝大鼇峰宴集》。
白社　詳卷五《重宿靈源洞懷珠上人》。

懷李儀卿

梅花綃帳曉寒生,怨似流蘇百結成。遠岫猶憐眉黛淺,凌波還憶襪羅輕。倦來司馬偏多病,老去徐娘更有情。十載舊歡真一夢,釣龍臺上月空明。

【編年】萬曆二十六年戊戌(一五九八)。
【箋】李儀卿　福州臺江妓。
○徐熥《青樓俠氣詩序》:『李姬儀卿者,廣陵麗質,越中名姝,幼出良家,長淪伎館。』詳見本書卷十六。
按:據陳薦夫《青樓俠氣爲李儀卿賦》其三:『白龍臺上引朱弦,萬壽橋西啓玳筵。』(《水明樓集》卷八)
釣龍臺　詳卷七《送蒼峽王巡檢罷官歸鄉》。

驛亭夜坐書懷寄内

十年書劍兩無成,飄泊江湖愧姓名。絡緯聲沉愁易集,芙容花老怨難平。枕邊暮雨離魂結,鏡裏秋霜客路生。共隱青山期白首,古來曾有鹿門耕。

【編年】萬曆二十六年戊戌(一五九八)。

【箋】鹿門　詳卷五《贈隱者》。

贈沈穉咸

愛君蓬蓽緑蘿閑，住近楓橋第幾灣。短屐一春游茂苑，疏鐘半夜聽寒山。門多詞客尋詩至，寺有高僧乞畫還。數頃烟波滿船月，歌聲來往水雲間。

【編年】萬曆二十六年戊戌（一五九八）。

【箋】沈穉咸　即沈咸，詳卷六《同沈穉咸過寒山寺訪旭公》。

楓橋　詳卷二《懷沈從先》。

茂苑　詳卷七《吴城覽古》。

寒山　寒山寺，詳卷五《同沈穉咸過寒山寺訪旭公》。

過沈從先江居

停棹來尋江上居，閉門知與世情疏。買魚入市兒沽酒，負米還家母倚閭。委巷幾留高士轍，寒窗長課小童書。空憐四壁蕭條甚，薄俗何人重子虚。

【編年】萬曆二十六年戊戌（一五九八）。

【箋】沈從先　即沈野，詳卷二《懷沈從先》。

○徐熥《沈從先詩序》：「今年余復過吴閶，日已晻曖，入尋從先所居，則鄰人云『已徙去』。踉蹌出閶闔門，覓舟不得，所與偕者王生元直，露宿江干，達旦竟去矣。頃從建業歸，始得與從先把臂，而後喜可知也。時從先方病足，不出户庭，余依依未忍别去，令奚奴襆被其中。從先貧，不能爲孺子設榻，但與王生共跏趺几上耳。』（《幔亭集》卷十六）

〇徐熥《陳惟秦》（又三）：『過吴門，晤沈從先，敝廬不蔽風雨，且枵腹對二三黄口作伊吾之聲。貧士失職，無如此君。』（《幔亭集》卷二十）

子虚　《子虚賦》，西漢司馬相如作。

垂虹夜泊懷陳幼孺

吴江殘露冷丹楓，萬里還家嘆轉蓬。世路升沉同塞馬，鄉書寥落怨邊鴻。舟移晚渡三更月，橋跨秋波百丈虹。猶憶當年分别處，征衣憔悴泣西風。

【編年】萬曆二十六年戊戌（一五九八）。

【箋】百丈虹　指垂虹橋，詳卷八《垂虹橋别顧學憲先生》。

吴江　詳卷六《松陵舟中送幼孺入苕川兼柬在杭使君及苕中諸舊游》『松陵』條。

姑蘇懷鄭翰卿

十年踪迹遍天涯，散盡黄金滿狹斜。莊舄豈能忘越國，莫愁原自屬盧家。孤鶯白岳啼衰柳，匹馬青樓過落花。日暮思君心獨遠，片帆江上阻蒹葭。

【編年】萬曆二十六年戊戌（一五九八）。

【箋】鄭翰卿　即鄭琰，閩縣人。

○朱彝尊《静志居詩話》卷十八『鄭琰』條：『翰卿詩名籍甚，興致故超，七言近體，全得力于《唐詩鼓吹》者。』

○《〔乾隆〕福州府志》卷六十《人物・文苑》『鄭琰』條：『字翰卿，閩縣人，布衣。任俠，閩中詞館諸公，争延致之。高文典册，多出其手。每閉閣不聽出，琰笑曰：「吾具有鬚眉，安能作三日新婦，悒悒悶死？」遂走之金陵。新安富人吴生，以上客禮之，琰醉後漫罵，爲吴所構捕，置京兆獄，瘐死。所著有《翰卿詩選》《二暇詩稿》，徐𤊹常稱琰工七言。少游邊疆，集中多悲壯語，有《半生行》，尤膾炙人口。』

○郭柏蒼《柳湄詩傳》：『（鄭翰卿）其詩語意和雅，亹亹可誦。塞外諸作，則凄愴動人。按：閩縣陳勛序鄭翰卿《半生行》云：余讀翰卿《半生行》，遷之游，騷之悲，國風之好色，靡所不有，而離合變幻，極七言長篇之致，駱丞、王子安外，近古鮮有臻斯境者。』（《全閩明詩傳》卷三十八引）

莫愁　樂府詩人物，嫁盧家。

○蕭衍《河中之水歌》：『河中之水向東流，洛陽女兒名莫愁。莫愁十三能織綺，十四采桑南陌頭。十五嫁爲盧家婦，十六生兒字阿侯。』

白岳　在安徽休寧。

○李賢《大明一統志》卷十六《中都・徽州府》：『在休寧縣西四十里，中峰獨聳，中有懸崖小徑可憑而上，絶頂有池，西有石室，學仙者多居之。其東北又有五彩石，壁狀若樓臺，有飛動之勢。』

【附】徐𤊹《鄭翰卿像贊》：『以爾爲儒耶，而儒不拘；以爾爲俠耶，而俠不迂。長耳豐頷，赤頰頳須。其外瓠落，其中甚腴。志千秋而獨上，駕五字以長驅。向識爾也，嫣然年少；今見爾也，魁然壯夫。誰爲寫此七尺之軀，是爲鄭生翰卿也乎！」（《紅雨樓集》册十二，《上圖稿本》第四五册，第三七九頁）

送張叔弢令羅浮

瓊海曾乘博望槎，惠陽爲政又携家。琴床半落姑仙雪，印匣全封葛令砂。輸稅山農冠箬葉，趁墟蠻女賣梅花。官閑好作羅浮長，四百峰中早放衙。

【編年】萬曆二十六年戊戌（一五九八）。

【箋】張叔弢　即張大光，詳卷三《瞻鳳歌爲張叔弢賦》。

羅浮　羅浮山，詳卷七《鍾山寺送曾人倩歸嶺南》。

博望槎　漢張騫乘槎至天宮。

○胡仔《苕溪漁隱叢話前集》卷十一《杜少陵六》引《荆楚歲時記》云：『張華《博物志》云：漢武帝令張騫窮河源，乘槎經月而去，至一處，見城郭如官府，室内有一女織，又見一丈夫牽牛飲河，騫問云：「此是何處？」答曰：「可問嚴君平。」織女取楮機石與騫而還。』按：張騫封博望侯。

惠陽　今廣東惠州。

○李賢《大明一統志》卷八十《廣東・惠州府》『惠州』條：『在博羅縣西北三十里，即道書十大洞天之一。昔有山浮海而來，博于羅山，合而爲一，故曰羅浮，又曰博羅。』

姑仙　《莊子》一書中的神仙。

○《庄子·内篇·逍遥游》：「藐姑射之山，有神人居焉，肌膚若冰雪，綽約若處子。」

葛令　指葛洪，詳卷五《旗山勾漏洞四首》「葛仙」條。

秋日訪徐茂吴司理

青鬢投簪二十年，菟裘高築虎林偏。胸吞雲夢全無楚，屋貯華陽小有天。楊柳影侵游寺屐，竹枝歌送泛湖船。錢唐江上潮如馬，定賦觀濤第幾篇。

【編年】萬曆二十六年戊戌（一五九八）。

【箋】徐茂吴　徐桂，字茂吴，號大滌山人，長洲（今蘇州）人，徙家武林。萬曆五年進士，除袁州推官。有《大滌山人詩集》。

○徐㶿《先兄墓碑陰交游題名記》：「袁州推官徐桂，字茂吴，仁和人。」（《紅雨樓集》册九，《上圖稿本》第四四册，第四一〇頁）

雲夢　雲夢澤。古代江漢平原湖泊群的總稱。

華陽　此處指《莊子》。漢代之後，莊子被封爲「南華真人」，《莊子》被尊稱爲《南華經》。

錢唐江　即錢塘江，詳卷三《靈隱寺尋耶溪上人》。

觀濤　漢代枚乘《七發》篇末寫「觀濤」。

西湖秋夜寄紫玉侍兒

他鄉流落怨歸期，天外秋風雁去遲。枕上雨聲燈下泪，湖心山色鏡中眉。難將雙楫迎桃葉，愁聽孤舟唱竹枝。遥憶瑣窗腸斷處，殘燈[一]哀角夢迴時。

【編年】萬曆二十六年戊戌（一五九八）。

【箋】紫玉侍兒　徐熥侍兒。謝章鋌《圍爐瑣憶》：『在杭侍兒名桃葉，幔亭侍兒名紫玉。俱能詩。』（《賭棋山莊筆記合刻》本）

桃葉　詳卷六《懷元直客金陵》。

錢唐感舊

吳山殘黛晚烟低，滿目桃花路欲迷。夜夜泪痕悲角枕，年年幽恨閉香閨。分枝菡萏難連理，隔水鴛鴦暫并栖。司馬琴心今漸老，斷腸明月小樓西。

【編年】萬曆二十六年戊戌（一五九八）。

【箋】錢唐　即錢塘，詳卷三《贈胡外史》。

吳山　詳卷三《贈胡外史》。

司馬　司馬相如，詳卷三《西甌道中寄答伯孺病中見送之作》。

［一］燈，鄭跋本、鈔本、文淵閣《四庫全書》本作『更』。

七里灘懷惟秦

桐江風冷露華漙，舟過嚴陵七里灘。秋晚雁聲楓外老，夜深漁火蓼邊殘。月明古渡波千頃，雲暗高峰路幾盤。遥憶故人滄海上，白頭猶自守綸竿。

【編年】萬曆二十六年戊戌（一五九八）。

【箋】七里灘　詳卷五《晚泊七里灘》。

嚴陵　詳卷五《贈漁者》『富春』條。

桐江　詳卷二《赴京道中寄惟起惟揚二弟四首》。

過武夷訪閔壽卿遽廬一宿而别兼柬渾然道人江仲魚秀才

遽廬高結傍岩巒，翠壁千重路幾灣。霞色全飛丹竈火，溪聲長繞白雲關。風塵已作經年别，烟水聊分一夜閑。唱罷金鷄天欲曉，漁郎踪迹又人間。

【編年】萬曆二十六年戊戌（一五九八）。

【箋】閔壽卿　即閔齡，詳卷三《寄閔壽卿山人》。

遽廬　閔齡築于武夷山的廬舍名。

渾然道人　即佘和叔，曾與閔齡隱武夷，號三十六峰樵者。和叔與閔齡之詩合刻爲《同亭詩》，熥爲之序，詳卷三《寄閔壽卿山人》。

江仲魚　詳卷六《贈江仲魚》。

金鷄　詳卷二《送閔壽卿隱武夷》。

【附】徐𤊹《閔壽卿佘渾然同隱武夷一號爲九曲漁父一號爲三十六峰樵者戊戌二首》，其一《九曲漁父》：『川路桃花密，披裘世不聞。澤邊同鶴寺，濠上與鷗分。網面羅將月，竿頭釣破雲。擊鮮焚不盡，乾薦武夷君。』其二《三十六峰樵者》：『樵蘇生計薄，絶巘負薪登。手劚雲千片，肩挑翠幾層。惜巢留古樹，束擔取新藤。試問腰間斧，柯今爛未曾。』（《鼇峰集》卷十）

聞屠田叔轉運擢守辰州寄贈

新駕朱輪驛路賒，甘棠初種郡庭花。三苗納款沅陵地，五馬行春楚水涯。酉室名山探緑字，辰溪深洞覓丹砂。桃川正屬提封内，試問秦人尚幾家。

【編年】萬曆二十六年戊戌（一五九八）。

【箋】屠田叔　即屠本畯，詳卷三《分得黄金臺送屠田叔轉運使京》。

辰州　今湖南懷化。

○李賢《大明一統志》卷六十五《湖廣·辰州府》『建置沿革』條：『元升爲辰州路，本朝改爲辰州府，領州一縣六。』

三苗　傳説中黄帝至堯舜禹時代的古部落名。

沅陵　沅陵縣，今屬湖南懷化市。

○李賢《大明一統志》卷六十五《湖廣·辰州府》『沅陵縣』條：『附郭，本秦黔中郡地。』

西室名山　大西山、小西山，參見卷二《五君咏五首》「二酉」條。

辰溪　又名辰水，流經今湖南懷化市。

〇李賢《大明一統志》卷六十五《湖廣·辰州府》「辰水」條：「在府城東，一名辰溪。源發三峿山，南流入沅水。」

桃川　指桃源縣，屬辰州。

〇李賢《大明一統志》卷六十四《湖廣·常德府》「桃源縣」條：「在府城西八十里，本東溪沅南縣地……（唐）乾德中始析置桃源縣，以其地有桃花源，故名。」

送陳汝翔游惠州

馬蹄隨處認桃榔，千里孤身入瘴鄉。嶺路春聲啼翡翠，蠻村秋色變蕉黃。朝雲香骨纍纍土，夜月花神淡淡妝。莫向异方思故國，夏初先得荔枝嘗。

【編年】萬曆二十六年戊戌（一五九八）。

【箋】惠州　今屬廣東。

〇李賢《大明一統志》卷八十《廣東·惠州府》「建置沿革」條：「漢初屬南越國，武帝時復屬南海郡……宋天禧中改曰「惠州」，屬廣南東路，宣和中賜名「博羅」，元改置惠州路，本朝洪武初廢循州，改置惠州府。」

朝雲　王朝雲，北宋蘇軾妾，墓在廣東惠州。蘇軾有《薦朝雲疏》。

【附】陳椿《送汝翔游惠州》：『纔税吴門駕，還飛嶺檄旌。故山猿語斷，驛路馬蹄輕。橘柚垂鑾路，桄榔暗縣城。經過時取醉，坐看海雲生。』（《景于樓稿》，曹學佺《石倉十二代詩選・社集》）　陳薦夫《羅浮山歌送陳汝翔之惠州兼寄張叔弢明府》：『君不見，羅浮山上峨峨隔弱水，南望羅山百千里。一朝鼇首駭鵬騫，漂浮去與羅山連。洞府幾多開福地，峰巒四百摩青天。圖經數作仙靈穴，瀑布轟銀橋鑄鐵，岩頂蘢葱竹十圍。石上菖蒲花九節，葛令丹成朝紫微。鮑姑相逐弃霞衣，春風秋雨不敢爛，片片化作蝴蝶飛。念君本是烟霞質，南游再蠟登山屐。囊貯王生餌後丹，鼎烹檀氏殉來石。仙家酒熟幾開門，况在三更挂月村。莫謂杖頭無赤仄，相逢偏不醉梅魂。萍梗東西殊不惡，修圖更駕揚州鶴。試看神仙海上來，向日波濤也飄泊。明年我欲宴蓬萊，檢點奇峰安在哉！憑君傳語葛仙令，蚤放浮山海上回。』（《水明樓集》卷二）　徐𤊹《羅浮山歌送陳汝翔之惠州》：『吾聞神州赤縣三十六洞天，羅浮雄峙炎海邊。崔嵬去地三千六百丈，上摩霄漢凌星躔。中間峰巒洞壑那可數，往往异人得道皆升仙。仙靈窟宅真奇險，傳者姓葛真人名稚川。朱明洞口赤如日，煉成丹氣生紅烟。羽衣着破挂，絳樹化作彩蝶飛翩躚。岩頭怪物無不有，常見猛虎相盤旋。夜深窺竈竊靈藥，忽然啞口縮舌伺守丹門前。夫妻兩兩此修煉，鮑姑遺履飛雲巔。金鵝玉蕊初出土，時時洗濯流寒泉。至于葛洪尸解向瑶圃，衣冠葬空冢，野草長芊芊。山中境界歷不盡，何方好奇之客游能全。陳生雅負山水癖，道心欲結神仙緣。芒鞋草履九節杖，飄然直至番愚墺。夜聞鈞天奏廣樂，會真峰頂聲喧闐。鐵橋高處極遐矚，只見羅山浮山撮土相勾連。淡妝素服來仿佛，美人梅下開瓊筵。玉漿一飲動百石，此去豈愁無酒錢。憐余學道志空堅，困守紅爐烹汞鉛。尋真有約意未遂，尚子更爲婚嫁牽。聞君汗漫得至樂，不能作伴心茫然。丹書數卷酒數盞，閉門且對梅花眠。』（《鼇峰集》卷七）

爲屠田叔悼亡姬二首[一]

其一

渺渺凌波去絶踪，每看遺桂恨重重。魂同睡蝶招難返，血比啼鵑拭更濃。黄土有情封玉骨，青銅無計鑄花容。君行正近高唐路，腸斷巫陽第幾峰。

其二

一别妝樓閉寢門，梨花風雨泣黄昏。蚌枯滄海珠無泪，魚葬青山玉不温。金谷尚傳三斛價，羅幃空負十年恩。春來忍看孤飛燕，恐是嬌姬戀主魂。

【編年】萬曆二十六年戊戌（一五九八）。

【箋】屠田叔　即屠本畯，詳卷三《分得黄金臺送屠田叔轉運使京》。

高唐　戰國時楚國臺觀名。宋玉有《高唐賦》。

巫陽　巫山之陽。

〇宋玉有《高唐賦》：『妾在巫山之陽，高丘之阻。旦爲行雲，暮爲行雨。朝朝暮暮，陽臺之下。』

［一］二首，底本無此二字，據目録補。

金谷　詳卷三《帝京篇》。

【附】陳薦夫《爲屠使君悼燕姬姬卒于困溪》：『驚波流盡死生恩，寒食梨花閉寢門。燕市換來餘駿骨，延津歸去失龍魂。秋風屏暗芙蓉影，暮雨衾銷翡翠溫。他日西陵埋玉地，蕭蕭松柏更含冤。』又：『新拋珠翠施金鈿，一夢行雲二十年。結子桃花愁易落，宜男春草佩無緣。香雲影斷翩翩蝶，□血聲催夜夜鵑。留得鸞膠裙帶上，恐君終絶琵琶弦。』（《水明樓集》卷五）　徐㶿《爲屠田叔使君悼燕姬》：『桃枝零亂柳枝斜，薄命無緣戀王家。魂墜舞樓身似燕，影離妝閣鬟銷鴉。春風畫冷眉間筆，夜月香殘臂上紗。碧落黃泉窮不見，玉容含泪濕梨花。』又：『羅帷香散麝蘭薰，寶鏡臺空鳳翼分。佩影翠銷金結縷，枕痕紅斷玉生紋。新調越曲誰爲按，舊蹋燕歌永不聞。還似惠州蘇學士，栖禪寺裏哭朝雲。』（《鼇峰集》卷十四）

自題小像二首〔一〕

其一

平生非俠亦非儒，半世游閑七尺軀。却爲疏狂因偃蹇，未忘柔曼轉清癯。違時傲骨貧猶長，對客詩腸老漸枯。五字吟成心獨苦，不知身後得傳無。

〔一〕二首，底本無此二字，據目録補。

其二

展卷徒爲老大悲，形容將槁鬢將絲。有時憤世空饒舌，何處談詩不解頤。足爲無車行路健，心因多累記書遲。自知瘦骨宜貧賤，莫怨人間只相皮。

【編年】萬曆二十六年戊戌（一五九八）。

【評】陳田《明詩紀事》庚籤卷三：『惟和才思婉麗，五言近體取法唐人。工于發端，婉轉關生，有一氣不斷之妙。惟和《自題小像》詩云：「五字吟成心獨苦，不知身後得傳無！」可謂甘苦自得之言。《詩綜》未録五言律一篇，豈未見《幔亭》全集耶？』

【附】徐𤊹《自題畫像》：『生在洪都長在閩，海鷗情性鶴精神。江湖到處堪容足，丘壑隨緣即置身。混俗任從牛馬唤，投閑惟與蠹魚親。虚名未立紅顔改，落魄人間三十春。』（《鼇峰集》卷十四）

寄懷李惟順贊府

岩色蕭條早閉關，翠屏高映訟庭間。官同潘縣栽花至，客到龍門御李還。衙聽孤鶯聲共放，吏兼雙鶴影俱閑。琴床一曲停流水，又對青娥畫遠山。

【編年】萬曆二十六年戊戌（一五九八）。

【箋】李惟順　即李元若，茂名（今屬廣東）人。

○徐𤊹《伯兄幔亭先生交游題名記》：『龍南知縣李元若，字惟順，茂名人。』（何振岱《西湖志》卷十七

『碑碣』)

林子真久客臨汀聞余歸自長安貽書慰藉感而賦答

經年離思杳難裁，望斷江南雪後梅。錦字忽傳孤雁至，明珠驚向九龍來。雄心已耗劉蕡第，死骨誰收郭隗臺。總爲窮愁才易盡，豈堪重問筆花開。

【編年】萬曆二十六年戊戌(一五九八)。

【箋】林子真　即林光宇。詳卷五《同蕭二丈林子真興公弟微上人定上人過遇公轉華庵》。

臨汀　即汀州，詳卷九《送陳振狂之汀州》。

劉蕡　詳卷三《述游編》。

郭隗　詳卷三《分得黄金臺送屠田叔轉運使京》。

送屠使君至芋江是夕留飲驛亭以梨園佐觴使君首倡依韵奉答

追歡三載别今朝，對酒離魂黯欲消。楚國行春迎露冕，郵亭卜夜駐星軺。殘鷄唱斷風生柝，萬馬聲寒月送潮。暫歇梨園留刻燭，莫教紅蠟一時燒。

【編年】萬曆二十六年戊戌(一五九八)。

【箋】芋江　詳卷六《芋江雪夜留别社中諸子》。

【附】陳薦夫《送屠使君至芋江留飲驛亭以梨園佐觴使君首唱依韵奉答》：『陽關歌罷渭城朝，恨結雲峰暗不消。半歲簡書催去棹，滿囊書卷滯征軺。難乾别泪江頭雨，新長離愁驛外潮。

暫借餘閑聊上夜，傳奇高演燭高燒。』（《水明樓集》卷五） 徐𤍠《送屠使君至芋原驛是夕留飲驛亭以梨園佐觴使君首倡依韵奉答》：『腸斷郵亭送客朝，離心全仗酒權消。三年舊雨留官驛，午夜寒星映使軺。蓮社别情愁似海，梨園歌頰暈生潮。鏤金檀板通宵拍，高架銀盤鳳蠟燒。』（《鼇峰集》卷十四）

囦關再别屠使君次來韵二首[一]

其一

使君才藻似枚皋，立得詞壇赤幟高。薄俸半因開杜費，閑心多爲著書勞。年來淮桂歌招隱，此去湘蘭賦反騷。五馬驂驔人獨遠，楚天遥望首空搔。

其二

萬里沅陵楚水隈，一麾今出越王臺。當筵客盡留詩别，卧轍人多掩泪回。津泛雙[二]龍悲劍去，峰過迴雁望書裁。九疑漸近三山遠，何處登臨屐再陪。

【編年】萬曆二十六年戊戌（一五九八）。

【箋】囦關　詳卷六《囦溪十里橋與屠田叔泣别》。

招隱　漢淮南小山有《招隱士》詩。

[一] 二首，底本無此二字，據目録補。

[二] 雙，鄭跋本、鈔本、文淵閣《四庫全書》本作『神』。

反騷　《反離騷》，漢揚雄作。

越王臺　詳卷七《送蒼峽王巡檢罷官歸鄉》『釣龍臺』條。

迴雁　迴雁峰，在湖南衡陽。

〇李賢《大明一統志》卷六十四《湖廣·衡州府》『迴雁峰』條：『在府城南，雁至衡陽不過，遇春而回。或曰：「峰勢如雁之回，故名。」』

九疑　即九嶷山，詳卷三《分得九疑山送屠田叔守辰州》。

三山　福州城越山（屏山）、于山、烏山稱『三山』，故福州别稱『三山』。

【附】陳薦夫《困溪再和田叔使君》：『沅芷湘蘭緑滿皋，雙飛征旆楚雲高。鷄壇夢逐關山遠，熊軾寒冲雨雪勞。困水暮流情宛轉，幔亭秋葉影蕭騷。離樽欲盡頻回首，短髮臨風不耐搔。』（《水明樓集》卷五）　徐𤊹《至水口驛屠使君以詩留别次韵贈答》：『不忍驅車向楚皋，酒徒猶自戀荆高。三湘北去愁征雁，萬里東飛怨伯勞。爲郡正當迎露冕，登壇誰更主風騷。驚人謝朓行偏遠，把酒青天首獨搔。』又：『專城遥指五溪限，十二峰巒過楚臺。鑾嶠秋雲行部去，佘田春雨勸耕回。印從澧水蘭邊鎖，詩向湘川竹上裁。料得愛才心獨切，當筵乃有禰衡陪。』（《鼇峰集》卷十四）

崇德令孫先生挽詩

語溪爲政號神君，黑髮俄修地下文。遠道野僧歌薤露，寒宵山鬼哭松雲。斗間久失郎官宿，郭外新添令尹墳。忽聽悲風生壟樹，猶疑長嘯半空聞。

【編年】萬曆二十六年戊戌（一五九八）。

【箋】崇德　舊縣名，今并入浙江桐廬縣。

○李賢《大明一統志》卷二十九《浙江·嘉興府》『崇德縣』條：『在府城西南九十里。本嘉興縣地，五代晋時吴越析嘉興之義和市及崇德七鄉置爲縣，屬秀州。宋初因之，後屬嘉興府。』

語溪　原屬崇德縣，崇德縣别稱語溪。

薤露　詳卷二《喪車行》。

雲陽葛隱君雙壽詩

句容元説葛洪家，配得仙姬萼緑華。幾度化龍陂上竹，尋常喂鶴鼎中砂。笙吹緱嶺聲聲月，衣剪茅山片片霞。待到丹成同拔宅，遥空雙駕紫鸞車。

【編年】萬曆二十六年戊戌（一五九八）。

【箋】雲陽　丹陽縣舊名雲陽，詳卷三《述游篇》。

葛洪　詳卷五《旗山勾漏洞四首》『葛仙』條。

萼緑華　詳卷八《萼緑華將歸九疑留别許真人》。

緱嶺　詳卷七《贈歌者》。

茅山　詳卷五《句曲道中望茅山》。

【附】徐𤊹《丹陽葛逸人雙壽詩》：『竹籜爲冠芰作裳，一丘栖隱老雲陽。鹿門耕破犁頭雨，鴻寶藏來枕上霜。眉案齊時毫半白，背癢搔處耇雙黄。君家世得燒丹訣，夫婦能傳九轉方。』（《鼇峰集》卷十四）

戊戌除夕二首[一]

其一

獨對殘燈暗自驚，世途誰復念虚名。索錢有虜詩難退，祀竈無靈術未精。半壁圖書先代業，四鄰歌管少年情。二毛豈必緣衰老，只恐窮愁白易生。

其二

辦得椒盤橐已虚，殘年衣褐嘆全無。先人墨綬空廉吏，賤子青衫只腐儒。自祭詩神斟柏葉，欲驅窮鬼挂桃符。燈前不改貧家樂，堂上慈顔膝下雛。

【編年】萬曆二十六年戊戌（一五九八）。

【附】徐𤊹《戊戌除夕》：『夕陽天畔送韶光，辦得椒花酒滿觴。先苦明朝投敝刺，每慚今夜剩空囊。謀身半世詩書誤，糊口終年筆硯忙。猶幸壯心銷未盡，領兒西舍聽笙簧。』（《鼇峰集》卷十四）

［一］二首，底本無此二字，據目録補。

己亥元日二首[一]

其一

開遍梅花臘盡歸，聲聲爆竹啓山扉。去年愁苦將誰告，今歲平安向佛祈。三徑烟霞吾獨老，六街風雨客來稀。朱門通刺慵隨例，自古閑身是布衣。

其二

燈燭燒殘見曙光，傷情多爲惜年芳。無田更切三時望，有閏翻添一月忙。已分狂歌惟草澤，喜占春夢在池塘。生憎稚子吹蘆管，落盡梅花樹樹香。

【編年】萬曆二十七年己亥（一五九九）。

【附】徐㶿《己亥元日》：『歲序蹉跎嘆屢遷，等閑三十到今年。腸枯欲滌西江水，舌在寧須負郭山。鸞鳳鏡中描粉黛，蠹魚編裏試丹鉛。門前車馬紅塵滿，不到梅花紙帳邊。』（《鼇峰集》卷十四）

同幼孺惟起由瓊河泛舟至義溪

寒風微雨共揚舲，無數漁歌竹外聽。浦口小洲懸半月，海門孤塔涌羅星。洪濤劍勢奔歸峽，衆水分流散入汀。三十六灣溪路轉，一灣山色一重青。

[一] 二首，底本無此二字，據目録補。

【編年】萬曆二十七年己亥（一五九九）。

【箋】瓊河　福州内河。趙世顯有《高景倩携酌招集鄭明府瓊河園避暑得四支韵》（《芝園稿》卷十二）

義溪　今閩侯縣青口鎮大義村。

○《〔正德〕福州府志》卷三《地理志》：「義溪，在西集里，一名麻溪。」

○王應山《閩都記》卷十三《郡東南閩縣勝迹》「義溪鋪」條：「上通大田，下達尤模，十里而近。」

○王應山《閩都記》卷十四《郡南閩縣勝迹》「白龍江」條：「鹽倉迤東折而南，爲藤山、江南鋪……大義公館、觀音橋。」又「大義公館」條：「在義溪之濱。嘉靖間建。」

羅星　羅星塔，在今福州馬尾。

○王應山《閩都記》卷十二《郡東》「羅星塔」條：「屹立江心，鎮會城水口，稱羅星云。俗呼磨心，以在水中央也。塔爲宋時柳七娘所造。七娘，嶺南李氏女，有色，里豪謀奪之，抵其夫于法，謫死閩南。七娘斥賣其産，入閩，捐資造塔。」

【附】陳薦夫《春日陪惟和惟起由瓊河泛舟至溪上同賦》：「瓊河曲曲長春流，十里桃花引釣舟。馬瀆客帆天外港，龍江漁火竹邊洲。山凝宿雨全青眼，浪觸罡風半白頭。三十六溪看不盡，微茫烟樹水明樓。」（《水明樓集》卷五）　徐𤇍《同幼孺惟和由瓊河泛舟至義溪過幼孺水明樓》：「淡烟疏雨木蘭橈，一水盈盈百里遥。五虎雲深迷叠嶂，白龍江淺待回潮。永南山色

摩天盡，峽北風濤赴海驕。茅舍竹籬鷄犬見，知君家在綠榕橋。』（《鼇峰集》卷十四）

送林道魯就婚之楚婦翁王獻父時爲吉藩左相

二月春風咏摽梅，征衣還見錦初裁。舟經劍浦乘龍去，路入衡陽捧雁來。巹合賢王新賜醴，鏡開神女舊妝臺。兔園正授枚生簡，年少誰當作賦才。

【編年】萬曆二十七年己亥（一五九九）。

【箋】林道魯　林如周，字道魯，號孫膚，别號勾漏道人，人瑞翁春澤之孫，應起之子，侯官人，有《林道魯詩集》。

○曹學佺《林道魯先生墓志銘》：『故甌寧縣廣文林公道魯者，予弟能證之兒女姻也。公諱如周，號孫膚，别號勾漏道人。以其家在北嶼旂峰之山下，故有勾漏洞云。』（《西峰古稀集·文部》）

○曹學佺《林道魯詩集序》：『矧夫丹山碧水，地自佳也；苜蓿青氈，趣自冷也。在他人遇之，則以爲侘傺不平之感，寂莫亡聊之鄉；在道魯遇之，則山水爲吾用，閑淡爲吾常，而青青子衿，皆吾童冠咏歸之適也。』（《西峰六四集文》）

就婚之楚婦翁王獻父時爲吉藩左相　曹學佺《林道魯先生墓志銘》：『雖之楚長沙，就婚于國相王公，冰清玉潤。』（《西峰古稀集·文部》）

摽梅　意謂適婚女子未能成婚。

○《詩經·召南·摽有梅》：『摽有梅，其實七兮。求我庶士，迨其吉兮。』

劍浦　詳卷二《劍浦送顧世卿》。

捧雁　衡陽有迴雁峰，詳本卷《送屠使君至芋江是夕留飲驛亭以梨園佐觴使君首倡依韵奉答》。

兔園　又稱梁苑、梁園，詳卷五《約女大女翔振狂惟秦在杭藤山看梅二首》。

枚生　即漢代枚乘。

【附】陳薦夫《送林道魯就婚之楚》：『楊花如雪馬驂騑，去住情深兩不堪。之子夭桃江漢上，王孫芳草洞庭南。化龍津古分雙劍，回雁峰高寄一函。此別心知歸隔歲，莫搴汀芷贈宜男。』（《水明樓集》卷五）　徐𤊹《送林道魯就婚入楚》：『合歡車子遠迎郎，三月夭桃滿路芳。佩解一雙臨漢渚，夢游十二過高唐。裙拖湘水應生色，玉種藍田更有香。良夜笙簧吹楚調，新人初學内家妝。』（《鼇峰集》卷十四）　徐𤊹《林道魯像贊》：『昔也，朗然眉宇；今也，蒼然須髭。昔也，苦心制藝；今也，寄興詩詞。主騷壇，標乎赤幟；闡經術，開乎絳帷。郎官之星，已上應列宿。行將綰銅墨，而冠如箕。厥祖享壽百四歲，容貌儼若而肖之。』（《紅雨樓集》册十二，《上圖稿本》第四五册，第三一八頁）

山居漫興學晚唐

野服黄冠絶世情，小齋無客罷逢迎。蜂窠衙静如山縣，蟻穴泥深似土城。雨久芭蕉心半捲，春遲楊柳眼初生。只緣編得花屏好，每日沿階幾度行。

【編年】萬曆二十七年己亥（一五九九）。

送朝宗上人還金山

天涯行脚偶相逢，又向空門憶舊松。千里月嘶春澗馬，半江雲起曉堂龍。臨流獨浣歸山衲，禮佛重鳴到寺鐘。聞説慈航堪度世，幾時禪榻待周顒。

【編年】萬曆二十七年己亥（一五九九）。

【箋】朝宗上人　京口金山釋。萬曆二十六年募金造塔入閩。徐熥爲作《與高東荃太史》等書牘募緣。

周顒　南朝梁文士。

【附】陳薦夫《朝宗上人以募金造塔入閩却還金山寺詩以送之塔中□舍利子大如菽米□□□月五日放光亘天》：『寶輪金鐸十萬緣，來□江南瘴雨天。緇錫却回烟裏寺，旗槍歸試石間泉。清秋聲合洪濤險，獻歲光生舍利圓。聞説浮杯勝過櫓，不妨雲水定中禪。』（《水明樓集》卷五）　徐𤊹《送朝宗上人歸金山寺》：『白足從師遍十方，少年行徑小支郎。布金寶地來空界，浮玉青山認故鄉。歸喚夜船江萬里，開眠秋寺水中央。相期第一泉流上，共看阿王舍利光。』（《鼇峰集》卷十四）

送陳道育之官漢陽

萬里傳經入楚鄉，新鶯初囀柳絲長。氈存子敬官非冷，輿御潘郎母可將。山色千重看大別，江流九派過潯陽。座間定有三鱣墜，地近嘉魚對武昌。

【編年】萬曆二十七年己亥（一五九九）。

【箋】陳道育　即陳陽和，詳卷五《病中遲陳道育不至》。按：是歲陳陽和往漢陽任教諭。

漢陽　今湖北武漢。

潯陽　九江舊名。

○李賢《大明一統志》卷五十二《江西·九江府》「郡名」條：「潯陽，晋名。」

嘉魚　嘉魚縣，今屬湖北。

○李賢《大明一統志》卷五十九《湖廣·武昌府》「嘉魚縣」條：「在府城東南二百八十里。本漢江夏郡沙羨縣地……保大中始升爲嘉魚縣。其地有魚岳山，取《詩》「南有嘉魚」之義爲名。」

贈呼允齡將軍

黄金横帶氣如虹，儒雅還看郤縠[一]同。魚鳥陣開雲變黑，鯨鯢魂斷[二]海生紅。肘懸幙府新雕印，手挂天山舊賜弓。注就陰符刁斗急，夜深燈照柳營中。

【編年】萬曆二十七年己亥（一五九九）。

【箋】呼允齡　即呼鶴鳴。鶴鳴，字玄齡，别號凌虚，將門子，襲父官爲鎮東衛。

[一]　郤縠，人名，底本誤作「郤穀」，詳下。

[二]　魂斷，鄭跋本、鈔本、文淵閣《四庫全書》本作「血濺」。

○蔡獻臣有《呼鶴鳴把總修船記》(《清白堂稿》卷七)。

○徐熥《呼將軍晋秩營帥序》：『弱冠以萬户侯入掌撫臺中軍。越四載，遷督府營帥。』(《幔亭集》卷十七)

郤縠　姬姓，郤氏，名縠，春秋時代晋國公族，任晋國卿大夫，晋國首任中軍將。

陰符　《黄帝陰符經》，又稱《陰符經》。其内容爲神仙抱一之道、富國安人之法、强兵戰勝之術。

錢連江尊人雙壽詩

宿應郎官接上臺，歲星還傍婺星開。丹燒勾漏霞千片，酒進麻姑露一杯。琪草衹從階下長，蟠桃都向縣中栽。承家自有關門尹，日日真人紫氣來。

【編年】萬曆二十七年己亥(一五九九)。

【箋】錢連江　連江縣令錢之珍，詳《(萬曆)福州府志》卷四十一。

○李賢《大明一統志》卷七十四《福建·福州府》『連江縣』條：『在府城東北九十五里。初晋武帝以温麻船屯，置温麻縣，屬晋安郡。隋省入閩縣，唐初復置，移于連江之北，改名連江縣。』

麻姑　麻姑山，在今江西南城縣。

○李賢《大明一統志》卷五十三《江西·建昌府》：『在府城西南一十里，周迴四百里。即道書三十六洞天之一。山有五老、萬壽等峰。山麓有桃花源、尋真亭。』

關門尹　關尹子，名喜，周大夫，曾爲函谷關令，著有《關尹子》。

送蘇明府擢南計曹

鷄舌新含入舊都，幾時閩海更還珠。中牟理邑方馴雉，白下[一]趨朝好聽烏。百里歌猶傳蔽芾，一官清不愧萊蕪。度支若上籌邊策，願賜江南一半租。

【編年】萬曆二十七年己亥（一五九九）。

【箋】蘇明府　即蘇兆民，太和（今雲南大理）人。萬曆二十年任閩縣知縣。

○李賢《大明一統志》卷八十六《雲南·大理州》『太和縣』條：『附郭。本漢葉榆縣地，唐開元末皮羅閣逐河蠻，取太和城，即此。』

中牟　今屬河南。

○李賢《大明一統志》卷二十六《河南·開封府上》『中牟縣』條：『在府城西七十里，本春秋鄭邑，漢始置縣。』

萊蕪　今山東濟南萊蕪區。

○李賢《大明一統志》卷二十二《山東·濟南府》『萊蕪縣』條：『在州城東一百二十里，春秋時爲夾谷地，漢置萊蕪縣。』

[一] 白下，鄭跋本、鈔本、文淵閣《四庫全書》本作『南部』。

【附】徐𤊹《送蘇令公擢南計曹》：『欲趨蘭省别花封，西望金陵驛路重。製錦昔推賢邑令，含香今屬少司農。官清但飲秦淮水，吏散閑看建業峰。退食從容歸粉署，滿天明月六朝鐘。』(《鼇峰集》卷十四)

送張宗道之白下

春風頻聽白門鴉，匹馬驕嘶踏杏花。匣貯豐城埋後劍，帆開博望泛時槎。梁間玳瑁尋盧女，井角胭脂吊麗華。夜泊秦淮重買醉，隔江依舊月籠沙。

【編年】萬曆二十七年己亥(一五九九)。

【箋】豐城　詳卷六《寄朱善侯秀才》。

博望　詳本卷《送張叔弢令羅浮》『博望槎』條。

盧女　即莫愁，詳本卷《姑蘇懷鄭翰卿》『莫愁』條。

井角胭脂　詳卷八《金陵懷古》『胭脂』條。

麗華　張麗華，詳卷八《金陵懷古》『胭脂』條。

【附】陳薦夫《送張宗道游金陵》：『何處頻傷客路賒，白門楊柳萬條斜。月中古渡過桃葉，雪裏高臺上雨花。山色尚圍吴苑囿，江聲空咽晋年華。知君舊有蓴鱸興，莫待秋風早憶家。』(《水明樓集》卷五)　徐𤊹《送張宗道游秣陵》：『少年爲客狎天涯，歲歲花時説别離。丘壑雲霞千里夢，樓臺烟雨六朝詩。綠楊渡口留歡曲，紅杏村邊賣酒旗。目斷王孫南去遠，莫因芳草滯

歸期。』(《鼇峰集》卷十四)

金山持心上人以造塔募緣入閩喜而有贈

錫杖年來遍五湖，津梁隨處度凡夫。賓沉漢水思龐蘊，金布祇園問給孤。七級月中光舍利，諸天雲裏涌浮圖。當時玉帶今何所，猶自逢人説大蘇。

【編年】萬曆二十七年己亥(一五九九)。

【箋】金山持心上人　鎮江金山寺僧。

○徐熥《送金山持心上人序》:『金山當大江之中，舊有浮屠以鎮湍悍。宋季毁于兵燹。越四百餘年，無有發此弘願者。寺僧萬緣矢心興復，經始隆慶之庚午，告成于萬曆之甲午，歲逾二紀，費靡巨萬……塔功甫成，緣師示寂，其徒持心尚以佛像未全，廓廡未備，崖岸善崩，持許少傅、馮太史疏文入閩抄募。』(《幔亭集》卷十六)

五湖　參見卷六《松陵舟中送幼孺入苕川兼柬在杭使君及苕中諸舊游》『太湖』條。

龐蘊　唐代居士，字道玄，湖南衡陽人，有《龐居士語録》三卷。

給孤　『給孤獨園』的省稱，指佛寺。

大蘇　即蘇軾。蘇軾有《游金山寺》詩。

【附】蔡獻臣《送持心上人募緣還金山》:『吴頭楚尾大江流，三山縹緲日夜浮。就中金鰲最奇特，片石砥柱帝王州。憶昔維舟曾幾遍，銀宫金闕參差見。近傳絶巘浮屠顛，丙夜神光放匹練。問誰發心建弘圖，持公師弟愚公徒。芒鞋踏破閩山草，手中募疏與尼珠。吾聞大地多變滅，碧海桑田不須臾。況復佛身今在否，敲石閃電亦何有。願公且持半偈歸，鹽豉冷泉糊其口。何時重過江天居，解裝爲汝立躊躇。』（《清白堂稿》卷十一上）　陳薦夫《金山持心上人以募緣造塔入閩贈之》：『浮圖勢壓大江深，劫火灰殘變古今。燈歇海門雲外影，鐸間京口月中音。幾番梅雨勞行脚，到處榆錢勸發心。翻笑頭陀功行少，開山惟掘下方金。』（《水明樓集》卷五）　徐𤊹《金山持心上人以造塔募緣入閩喜而有贈》：『古塔灰殘幾百年，重興隨處更隨緣。千花影裏藏多寶，半偈聲中乞一錢。風鐸遠催歸寺衲，夜燈高照過江船。鎮山自有阿王在，不用空譚佛印禪。』（《鼇峰集》卷十四）

上楊叔向參知

清朝騷雅見遺音，愛士常懷倒屣心。太史文章高倚馬，右軍書法得來禽。家饒美竹堪爲箭，爨有焦桐解辨琴。行部時時過劍水，匣中風雨作龍吟。

【編年】萬曆二十七年己亥（一五九九）。

【箋】楊叔向　即楊德政，字公亮，一字叔向，號楚亭。鄞縣（今浙江寧波）人。萬曆五年進士，入翰林，授編修，出爲福建參議，遷副使，歷山東參政、福建按察使。有《夢鹿軒稿》。

○徐𤊹《先兄墓碑陰交游題名記》：『福建按察使楊德政，字叔向，鄞縣人。』（《紅雨樓集》册九，《上圖稿本》第四四册，第四一〇頁）

太史　漢太史公司馬遷。

右軍　即王羲之，詳卷七《題王太史家藏孫都護墨菊》。

來禽　王羲之《十七帖》叢帖第二十六通尺牘，稱《青李帖》或《青李來禽帖》。

【附】徐𤊹《上楊大參叔向先生二首》，其一：『湖上曾乘賀監船，主恩寧許老林泉。斗垣氣色占薇省，金匱文章重木天。門客肯容縫掖士，部民兼領幔亭仙。侯巴自愧疏奇字，負笈從今問太玄。』其二：『幾朝金馬賜黄麻，楊氏三公本一家。銀管醉揮蕭寺葉，銅鞮閑聽飛池花。南平影合雙龍劍，北苑香分小鳳茶。案牘不留門似水，白雲飛散吏歸衙。』（《鼇峰集》卷十四）

贈陸延平

高卧高山歲月深，南來五馬又騣騣。民淳市賣雷生劍，官久囊空陸賈金。頻見弓旌求草澤，常看車駕舍棠陰。玉華有石還堪載，不愧君家舊鬱林。

【編年】萬曆二十七年己亥（一五九九）。

【箋】陸延平　即陸志孝，平湖（今屬浙江）人。隆慶二年（一五六八）進士，萬曆二十六年任延平知府。延平府，治今南平市延平區。

雷生　詳卷五《劍津夜泛》『劍津』條。

陸賈　漢政治家，此處指陸志孝。

玉華　將樂縣玉華洞。

○《〔嘉靖〕延平府志·地理志》卷二《將樂縣》『玉華』條：『在天階山之下，洞有石門，相去一二里許，窈而深，繚而曲，中分二路，會于後門。人窺之黑暗，秉炬而入，中有雷公、溪源、楊梅、菓子、藏禾、黄泥六洞。又有靈泉、龍井泉、石泉，合爲澗而出。怪石奇偉萬狀，如世間人物器用。内産藥石，品類頗多，若石英寒水、禹餘糧、井泉砂、鍾乳石燕、龍骨狗牙，此其最名者。人其邃處，有一小竅，上通天光。』

鬱林　詳卷六《送林應卿進士理梧州》。

延津逢許然明還武林詩以送之

相逢同是客中身，雙劍延津合有神。滿樹流鶯啼去路，千山羸馬送歸人。梨關月冷他鄉夢，柳浪烟深故里春。訂得西湖湖上約，六橋何處問垂綸。

【編年】萬曆二十七年己亥（一五九九）。

【箋】許然明　杭州人。徐𤊹有《元日同許然明陳季相集徐茂吴宅丙申》（《鼇峰集》卷十）。

延津　詳卷三《瞻鳳歌爲張叔弢賦》。

梨關　即梨嶺，在浦城縣北。

○李賢《大明一統志》卷七十六《福建·建寧府》『梨關』條：『在浦城縣北安樂里，路通衢州江山縣，一名梨嶺。』

柳浪　柳浪聞鶯，杭州西湖十景之一。

六橋　杭州西湖六橋。

○李賢《大明一統志》卷三十八《浙江・杭州府》『西湖六橋』條：『在西湖蘇堤，曰：映波、鎖瀾、望山、壓堤、東浦、跨虹，凡六。』

送陳二表兄重游高州兼柬諸舊好

燈前愁賦渭城歌，瘴雨蠻烟萬里過。市得好香沉水貴，劈來新荔火山多。古祠重拜高涼冼，遺殿還尋粤尉陀。往事悠悠三十載，舊游雙鬢幾人皤。

【編年】萬曆二十七年己亥（一五九九）。

【箋】高州　今廣東茂名。

○李賢《大明一統志》卷八十一《廣東・高州府》『建置沿革』條：『（高州）漢爲合浦郡之高涼縣……元至元間改置高州路，仍治電白。本朝洪武初改高州府，治茂名。』

火山　荔枝品種名。

尉陀　即趙陀，詳卷七《送李廷燁令東莞兼柬鄧香山二首》。

送陳惟秦客恩州二首[一]

其一

客枕愁聽五嶺猿，瘴江何處不消魂。羊城月送春潮上，蜆水風催夜渡喧。茉莉賣錢香滿市，芭蕉成布緑連村。明知此去蠻鄉惡，無奈飄零別故園。

[一]　二首，底本無此二字，據目録補。

其二

樹樹桐花夾路開，思鄉還上粵王臺。裹鹽峒客投墟去，沽酒蠻姬泛艇來。市肆盡傳鷄骨卜，垣墻多雜蠣房灰。送君解説炎方俗，二十年前此地回。

【編年】萬曆二十七年己亥（一五九九）。

【箋】恩州　南恩州，故址在廣東陽江縣。

〇李賢《大明一統志》卷八十一《廣東·肇慶府》『廢南恩州』條：『在陽江縣。本梁陽春郡，唐置春州，後析置勤州，又析置恩州，治恩平縣。宋徙治陽江，改曰「南恩」，本朝省。』

蜆水　在今廣東鶴山市沙坪鎮。

粵王臺　即越王臺，故址在今廣州。

〇李賢《大明一統志》卷七十九《廣東·廣州府》『越王臺』條：『在府城北三里，宋楊萬里詩：「榕樹梢頭訪古臺，下看碧海一瓊杯。越王歌舞春風地，今日春風獨自來。」』

【附】陳薦夫《送惟秦之端州》：『盡説端溪可斷腸，總緣風土是炎方。蠻村椰子家家酒，嶺樹奇南步步香。毒霧布陰岩峒黑，瘴雲蒸日海天黃。古祠錦石山前路，知愧千金陸賈裝。』（《水明樓集》卷五）　徐𤊹《送惟秦游端州應田參戎之招》：『粵東傜峒夾蒼嵐，處處殊音聽未諳。春半禦炎裁細葛，秋高驅瘴熱香柟。獨眠不耐鄉心苦，入饌真知海味甘。身在蠻荒君莫畏，故人元是馬征南。』（《鼇峰集》卷十四）　王宇《送陳惟秦游東粵》：『闔天盡處是潮陽，送客還傷道路長。三伏不堪驅瘴嶺，孤身況自入蠻鄉。山城暮雨芭蕉緑，野店秋風蔞葉黄。翠羽啼花聲不歇，夜深凄斷旅人腸。』（《烏衣集》卷四）

送邵武李太守擢憲滇南

昆明池水静無波，擁傳新從僰道過。開府定能寬漢法，采詩曾不廢蠻歌。趁墟滇客龍名市，納款夷王象渡河。他日勒功留片碣，點蒼如黛石嵯峨。

【編年】萬曆二十七年己亥（一五九九）。

【箋】邵武　今屬福建。

○李賢《大明一統志》卷七十八《福建·邵武府》『建置沿革』：『邵武縣，附郭。本漢東侯官縣地。吴置昭武縣，晋降邵武縣，又改邵陽縣。劉宋復爲邵武縣……五代晋時改昭武縣，漢時復爲邵武。宋元仍舊，本朝因之。』

滇南　雲南之别稱。

李太守　即李知用，黄岡人。萬曆八年進士，邵武知府。

龍名市　雲南以『龍』名地者甚多，如雲龍州、馬龍、龍街洞、龍川等。

約陳伯孺仁王寺結夏效長慶

詩寄灣溪老友看，今年結夏擇香壇。約翻蓮藏日三卷，願飽花齋午一飡。經月應酬抛竹素，暫時功課借蒲團。更貪兩物堪消暑，栲栳陰濃荔子丹。

【編年】萬曆二十七年己亥（一五九九）。

【箋】仁王寺　詳卷六《同鄭吉甫過仁王寺懷徐仲和久客莆中》。

長慶　指唐長慶詩體。

約薛晦叔仁王寺結夏詩以代柬

古寺幽偏少四鄰，樹陰蒼翠石嶙峋。暫抛火宅塵中累，同結香壇世外因。下界難尋消暑地，平交誰是得閑身。寄詩已約灣溪叟，清賞于君又一人。

【編年】萬曆二十七年己亥（一五九九）。

【箋】薛晦叔　薛瑞光，字晦叔，福清人。其叔薛夢雷，隆慶五年（一五七一）進士，官至雲南布政使。

夏日園居和興公韵二首[一]

其一

荒園四面緑陰齊，菜甲縱横剩幾畦。絡架瓜藤青不斷，亞檐樫葉翠難低。石堪清聽敲靈壁，茶可消煩煮建溪。坐對博山香漸滅，數聲歸鳥過窗西。

[一]　二首，底本無此二字，據目録補。

其二

一條邛杖繞疏籬，正是閑行得句時。縛帚竹尋將槁葉，插瓶花愛半開枝。多情乳燕梁間壘，無意蜘蛛屋角絲。樹影臨窗遮欲盡，晝長真與睡相宜。

【編年】萬曆二十七年己亥(一五九九)。

【箋】建溪　詳卷三《建溪逢游宗振》。

博山　博山爐，漢晋焚香用器，青銅製品。

邛杖　邛竹杖，産于四川邛萊山。

【附】徐𤊹《夏日園居》其一：『屋後芭蕉緑漸齊，清凉遥蔭種花畦。蟻因穴潰移居亂，蛛爲檐陰結網低。讀史静翻周汲冢，學書頻洗宋端溪。南窗一枕蘧然覺，又見斜陽下竹西。』其二：『三徑逶迤護短籬，小園佳在晚凉時。亂蟬送日依穠葉，倦鳥迎風立斷枝。茶鼎烹泉開白絹，筆床游墨界烏絲。紅塵不到蓬門裏，總爲心閑事事宜。』(《鼇峰集》卷十四)

蔡景明參知重游晋安過訪山居話舊時先永寧歿已九載尚辱垂吊感而賦此

垂老閑游出瘴鄉，居停仍喜近山房。昔年圖畫蟲生卷，故主園林燕在梁。眼底更誰爲舊雨，鬢邊無處不新霜。感君猶有山河意，追念先人拜影堂。

【編年】萬曆二十七年己亥(一五九九)。

【箋】晋安　福州晋爲晋安郡。

○《宋本太平寰宇記》卷一百「福州」條：「秦并天下，爲閩中郡……晉置晉安郡，宋、齊因之，梁簡文封晉安，即此地。」

趙仁甫别駕解官歸自夔府招同陳履吉陳平夫陳振狂集侶雲堂

草堂新築白雲間，招得荷衣客往還。北海芳尊傾魯酒，西窗殘燭話巴山。林花乍落三開徑，園柳初成五映關。蓮社正稀泉石侶，愛君青鬢肯投閑。

【編年】萬曆二十七年己亥（一五九九）。

【箋】趙仁甫　即趙世顯，詳卷七《送趙仁甫司理左遷之京》。

夔府　詳卷七《送人入蜀》。

侶雲堂　趙世顯芝園堂名。《平夫過侶雲堂留酌》：「有客入我室，對坐語津津。」（《芝園稿》卷二）

趙仁甫　即趙世顯，詳卷七《送趙仁甫司理左遷之京》

履吉　即陳益祥，詳卷二《懷陳履吉久居山中》。

陳平夫　即陳邦注，詳卷二《懷陳平夫》。

陳振狂　即陳宏己，詳卷二《聽陳振狂彈琴因懷劉道子》。

【附】趙世顯《陳履吉振狂平夫徐惟和同集侶雲堂》：「緑蘿深處絶風塵，乘興相過意轉真。千古論文追左馬，一時下榻并徐陳。林開雨色花饒笑，徑掃烟容竹更新。畏路十年勞夢寐，邀歡

詎厭往來頻。』(《芝園稿》卷二十)

送善上人募建水月庵

托鉢他鄉度有情,逢人稽首乞題名。行行水際袈裟影,處處空中剪尺聲。募化不辭孤錫遠,因緣休謂一錢輕。憑師悟取西來意,水自澄清月自明。

【編年】萬曆二十七年己亥(一五九九)。

施仲宣司理招同鄧女[一]高督學飲烏石山分得虚字

道山千尺本仙居,上有孤亭接太虚。坐倚松篁頻却蓋,行過岩岫久停車。洞疑大酉鴻濛外,石似天丁斧鑿餘。不是能忘軒冕貴,豈容踪迹混樵漁。

【編年】萬曆二十七年己亥(一五九九)。

【箋】施仲宣　即施浚明,浙江歸安人。萬曆二十年進士。福州推官。

烏石山　詳卷五《烏石山贈僧》。

道山　烏石山别名。

〔一〕女,鄭跋本、鈔本同。文淵閣《四庫全書》本作「汝」。

過黄印坤廣文故居[一]

重過閭巷景蕭然，蔓草疏花感昔年。白社猶懸高士榻，青山新築廣文阡。墨池久涸苔生硯，玄室長扃土翳氈。唯有寒塘如半月，緑波依舊繞門前。

【編年】萬曆二十七年己亥（一五九九）。

【箋】過黄印坤廣文故居　黄印坤即黄中，詳卷六《題畫菊贈黄博士印坤》。按：黄中卒于萬曆二十五、二十六年之間。

白社　詳卷五《重宿靈源洞懷珠上人》。

【附】徐𤊹《過黄坤印博士墓》：『當年孤識面，此日拜荒墳。姓者黄江夏，官同鄭廣文。亂松號夜雨，宿草翳春雲。惆悵懷前哲，啼鵑不可聞。』（《鼇峰集》卷十）

贈林子實山人

破帽鶉衣過此生，放歌村落負薪行。何人能識醉中趣，獨我許留身後名。老去未容狂態減，貧來彌覺俗緣輕。茅茨委巷逢迎少，經歲不聞車馬聲。

【編年】萬曆二十七年己亥（一五九九）。

【箋】林子實山人　即林春秀，古田人。

〔一〕《過黄印坤廣文故居》，《〔萬曆〕古田縣志》卷十三載此篇。楊德周《玉田識略》卷五録此篇題作《黄中故宅》。

○徐𤊹《筆精》：『古田隱士林春秀，字子實，號雲波，性嗜酒耽詩，家貧不能取酒，有友鄭鐸多良醞，日往飲焉。醉後則酒狂不可禁。鄭度其量，錫造一壺，刻「雲波」二字，至即盛酒飲之，三十年如一日也。林詩奇警不凡，《山居》云：「但住溝西第五村，香粳釀熟少開門。家僮祇自爲樵牧，徑竹憑他長子孫。雨過曉山泉噪澗，花生春菜蝶穿園。抱琴客到棠梨下，卯酒猶熏藉柳根。」又云：「回巷短垣緣枸杞，古塘枯竹立鵁鶄。壁間寫遍籬花影，雲裏崩來水碓聲。」又云：「野老眼經門刻字，漁郎親見水沉碑。」鄭歸泉下數年，林亦髮種種矣。每讀其詩，輒詫與人兩絶也。』（卷四《詩評》「林春秀」條）

○謝肇淛《枕麴集序》：『《枕麴集》者，吾友林子實所爲詩也。子實有雋才而不遇，教授山村水郭之間，好飲輒醉，醉輒烏烏微吟，久而盈軸，故自名曰「枕麴」也……子實之詩，操心深而寄興遠，萬度飭而神情恬，學博而才雄，氣宏而理約，至于歌行渾泓蹀躞，步武不亂，尤得初盛之軌。』（《小草齋文集》卷五）

○郭柏蒼《柳湄詩傳》：『余文龍嘗言，春秀終身一扁帽，人强欲易之，則曰：「吾自分田野閑人，不敢側濟濟列也。」閩縣徐熥、徐𤊹僑居古田，與春秀善，賦詩贈之，名山古刹，所至皆有題咏，至今墨迹猶存……徐熥贈以詩曰：「何人能識醉中趣，獨我能留身後名。」春秀好飲，故名其詩爲《枕麴集》……春秀次子逸夫，以孝聞，人稱「林孝」，徐熥爲之傳。』（《全閩明詩傳》卷三十二引）

幔亭集卷之九終

幔亭集卷之十

閩中徐　熥惟和著
友人陳薦夫幼孺選
王　若相如編

五言排律

登玉皇閣

杰閣開靈境，瑶壇[一]接太空。層甍青嶂裏，飛檻白雲中。海上蓬萊島，人間太乙宫。六鼇峰逶邐，五虎勢巃嵸。漸與塵寰隔，還于帝座通。天都低日月，地軸隘華嵩。遠眺龍臺古，迴看雉堞雄。階生瑶草緑，罏伏大丹紅。竇[二]訣傳金母，高旛捧玉童。驂鸞逢子晋，騎鹿揖韓終。自識玄關妙，因知道教崇。九仙遺迹在，何必訪崆峒。

【箋】玉皇閣　詳卷七《雨夜登玉皇閣》。

[一] 瑶壇，王應山《閩都記》卷五《郡城東南隅》引此詩，作『瑶臺』。
[二] 竇，鄭跋本、鈔本、文淵閣《四庫全書》本作『妙』。

蓬萊島　海上三仙山之一。

太乙宫　在陝西終南山下，相傳太乙真人曾在此修煉。

六鼇峰　即鼇峰、鼇頂峰。

○王應山《閩都記》卷四《郡城東南隅》『九仙山』條：『宋狀元陳誠之讀書處，舊爲嘉福院。躡數十級以登，千峰萬井皆在履舄之下……攬鼇亭、倚鼇軒、應鼇石、接鼇門、步鼇坡、聳鼇峰，俱御史錫山王英創，有《六鼇説》刻于石。』

五虎　在福州東南，五山相聯如虎，故名。

○王應山《閩都記》卷十三《郡東南閩縣勝迹》『五虎山』條：『在嘉登里。有巡檢司。』

華嵩　華山、嵩山。

龍臺　詳卷七《送蒼峽王巡檢罷官歸鄉》。

子晋　王子喬，字子晋。神話人物。

韓終　秦始皇時方士。

【附】陳惟秦《登玉皇閣》：『杰構稱雄據，登臨望眇然。平臺出霄漢，古樹入雲烟。玉座紅霞擁，珠宫絳節懸。鼇峰形岝㟧，雉堞勢盤旋。八郡雙門鎖，三山萬井連。馬江環似帶，烏石小如拳。吞吐璚河月，微茫碧海天。香花飄夜夜，瑶草燦年年。青靄沉鐘磬，丹爐鍜汞鉛。茫茫塵世裏，那識大羅仙。』（《全閩明詩傳》卷三十一）　陳薦夫《登玉皇閣》：『飛閣依岧嶢，攀躋出絳霄。梯盤千級峻，山接九仙遥。上帝垂衣處，諸靈擁節朝。爐烟將雪捲，旛影隔花飄。粉堞光回合，浮屠勢動摇。雙門金作闕，萬壽玉成橋。俯挹鼇峰秀，平吞馬瀆潮。江遺螺女珮，臺建越王標。貔虎疆場集，鯨鯢島嶼銷。花封分九邑，柳陌會千條。魏闕天非遠，長安日可邀。所希呼吸裏，同此祝神堯。』（《水明樓集》卷四）　徐𤊹《登玉皇閣》：『杰閣千尋聳，層甍接太空。仙家碧霞觀，人世蕊珠宫。絳節飄明月，瑶笙度細風。雕欄環逶邐，朱栱巧玲瓏。勢俯三山壯，標高八郡雄。帆檣岊水外，甲第冶城中。古殿春花繞，空山暮靄籠。樓臺分上下，旗鼓列西東。呼吸通群帝，遨游揖八公。神京何處所，稽首此呼嵩。』（《鼇峰集》卷十二）

初夏集王氏南園

南園開勝地，結伴共盤桓。曲徑依精舍，疏鐘出戒壇。山光低雉[一]堞，樹色隱岩[二]巒。弱柳垂青沼，名花映畫欄。浮屠高七級，石磴折千盤。帆影雲中細，蟬聲雨後殘。浸衣松露濕，夾座竹陰寒。鈴鐸憑虚聽，川原入望看。明霞散林際，初日挂檐端。嘯咏情方洽，酣歌夜未闌。此中足幽賞，長願接清歡。

【箋】南園　即王氏南園，詳卷七《飲王氏南園》。

浮屠　此處指萬歲寺。

[一]　雉，鄭跋本、鈔本、文淵閣《四庫全書》本作『古』。

[二]　岩，鄭跋本、鈔本、文淵閣《四庫全書》本作『層』。

【附】陳仲溱《集王氏南園》：『深樹隱柴荊，登臨暑地清。地分蘭若勝，人結竹林盟。寶塔侵花影，妖歌雜梵音。當杯休惜醉，應待月華生。』（王應山《閩都記》卷五）

游方廣岩登絶頂二十四韻[一]

方廣華嚴地，神州一洞天。寺藏青嶂裏，路繞白雲邊。氣候晴兼雨，峰巒斷復連。樹枝多臃腫，蘿磴自盤旋。猿嘯聽經石，龍生洗鉢泉。水簾天際捲[二]，鍾乳半空懸。境出塵寰外，岩開混沌前。金身餘五百，世界度三千。净室鄰飛瀑，沙彌種石田。空門灰幾劫，削壁字何年。谷有靈羊險，山從鳥道緣。地偏堪避世，境寂可安禪。貝葉飄香界，曇花落法筵。桑門同客饌，石榻伴僧眠。已得澄心訣，渾忘俗累牽。探奇情未已，躋險興翩然。披莽尋支徑，捫蘿到上巔。畏途尤巀嶪，側足更迍邅。彳亍[三]聲俱喘，蹣跚膝在肩。聳身摩斗柄，迴睇盼雲烟。遠水看如帶，重岡小似拳。祇疑天闕近，還聽谷聲傳。客有玄暉趣，僧如支遁賢。從兹尋覺路，長此奉金仙。

【編年】萬曆二十年壬辰（一五九二）。

【箋】方廣岩　詳卷五《題方廣岩廨院》。

[一]《游方廣岩登絶頂二十四韻》，王應山《閩都記》卷二十四《郡西南永福勝迹》載此篇，作《游方廣岩登絶頂》。

[二] 天際捲，鄭跋本、鈔本、文淵閣《四庫全書》本作『終古瀉』。

[三] 亍，底本誤作『于』，據文意改。鄭跋本、鈔本、文淵閣《四庫全書》本作『亍』。

玄暉　詳卷五《同女翔在杭看梅先宿蘆中磯》。

支遁　詳卷三《靈隱寺尋耶溪上人》。

【附】林應起《宿方廣岩次日登絶頂》：『碧落憑高閣，青冥啓曙烟。杖藜凌翠巘，披莽陟層巔。鳥道獸聯臂，□行草□□。□□□欲盡，峭崿望猶懸。力薄攀柳喘，途危藉石眠。狎入狙擲果，飲澗鹿分泉。徑路鵬霄外，山河蠟屐前。微茫雲接寺，浩蕩水連天。萬井形如點，千峰小似拳。平生丘壑意，于此獨泠然。』（謝肇淛《方廣岩志》卷三）　陳鳴鶴《登方廣岩絶頂》：『碧落憑高閣，清冥□□□。杖藜凌翠巘，披莽陟層巔。鳥道僧聊啓，蛇行□在肩。窮□登欲盡，峭崿望猶懸。力薄擊茅□，途危精石岷。避人猿嫋嫋，當路草芊芊。界絶塵寰外，客來星斗邊。微茫雲接寺，浩蕩水連天。萬井形如點，千山小似拳。平生丘壑意，于此倍陶然。』（《泡庵詩選》卷四）按：林應起、陳鳴鶴與熥同游方廣岩。

登石竹山[一]

一徑費攀躋，群峰覺盡低。千層環碧嶂，百級挂丹梯。山[二]峻天疑近，林深路轉迷。空中飛鳥絶，

[一] 石竹山，王應山《閩都記》卷二十七《郡東南福清勝迹》引此詩，作『游石笁山』。

[二] 山，鄭跋本、鈔本、文淵閣《四庫全書》本作『嶺』。

樹杪亂猿啼。跳浪多山鬼[一]，盤旋半虎蹄[二]。解衣穿草莽，揮手抉虹霓。鯉去仙留迹[三]，丹成竈有泥。看碑[四]尋篆籙，煉藥乞刀圭。吟眺情俱適，徘徊日漸西。扶筇下山去，月色印前溪。

【編年】萬曆二十一年癸巳（一五九三）。

【箋】石竹山　詳卷五《晚至石竹山》。

登萬歲塔

寶塔凌霄迥，登攀[五]俯九垓。山河天際繞，樓閣日邊開。旛影依檐落，鈴聲拂檻來。馬江波浩渺，雉堞勢縈迴。隔嶺留殘照，遥空度晚雷。炊烟生下土，禪誦出香臺。雲自山腰起[六]，人從樹杪回。迷川今日渡，劫火往年灰。上界疏鐘動，孤城暮[七]角催。幾思題偈別，古壁半蒼苔。

【箋】萬歲塔　俗稱白塔，在福州于山。

〇王應山《閩都記》卷五《郡城東南隅》：「環于山爲九仙觀、南法雲寺、萬歲塔寺……萬歲寺，在法雲

［一］多山鬼，鄭跋本、鈔本、文淵閣《四庫全書》本作「山魈避」。

［二］半虎蹄，鄭跋本、鈔本、文淵閣《四庫全書》本作「羽客栖」。

［三］鯉去仙留迹，鄭跋本、鈔本、文淵閣《四庫全書》本作「歲久碑無字」。

［四］看碑，鄭跋本、鈔本、文淵閣《四庫全書》本作「書符」。

［五］登攀，王應山《閩都記》卷五《郡城東南隅》引此詩，作「登扳」。

［六］雲自山腰起，鄭跋本、鈔本、文淵閣《四庫全書》本、《閩都記》引作「僧自山腰住」。

［七］暮，鄭跋本、鈔本、文淵閣《四庫全書》本作「斷」。

寺之西。唐天祐元年，閩王審知建。梁開平中，表請祝萬歲壽，故名。又創定光塔七層。宋熙寧八年，建千秋堂。乾道九年，丞相史浩改爲「華封」。又有三山閣、一華亭諸勝。僧義收者，後梁貞明元年春夏不雨，義收積薪自焚，炬舉而雨。後游洪州，衆遮留之，乃截左臂：「吾去，不雨，出此以禱，必應。」衆塑其像，以臂附之，宋時猶存。嘉靖十三年二月十九日，雷震萬歲寺，浮屠火起如巨燭，照城中外數十里，有鐵鼎覆其巔，大書：「諸天及人，無由見鼎。地摇三日，天雨四花。土田三變，今古同時。屠人握閩，雨衣三拜。」未火前一月，四明屠僑爲藩左伯，從南門入，衆謂城當回禄，至是乃應。屠詣寺拜禱，皇遽不及鋪氈，只用雨衣，拜不及四，遂已。二十九年，又建華封堂。倭變，召兵屯此，撤毁殆盡，寺僧散去。萬曆間，僧碧雲來住此山，募緣葺治，成功而卒。」

馬江　閩江流經福州馬尾段稱馬江。

○王應山《閩都記》卷十二《郡東》『馬江』條：『在江右里。南臺、西峽，皆匯于此。江心有巨石如馬頭，潮平則没，潮退則現，故名。』

【附】謝肇淛《三日同諸子登萬歲浮圖得難字》：『高臺突兀俯層巒，百丈懸蘿客到難。海上東風春意早，山中歸鳥夕陽殘。雲連塔影摩天近，松撼潮聲入寺寒。欲借空門息塵累，從君醉倚石闌干。』（《小草齋集》卷十八）　徐𤊹《登萬歲寺塔》：『寶塔凌虚起，憑闌望渺然。玉毫三界現，金鐸半空懸。梯出雲霞外，窗開星斗邊。高旛飄落日，清磬出孤烟。浦樹青圍野，江潮白接天。鶯花迷綺陌，楊柳暗荒阡。島嶼回眸盡，甌閩指顧全。翻身旋七級，彷若度迷川。』

（《鼇峰集》卷十二）　陳鳴鶴《登萬歲寺塔》：『寶塔朝初霽，秋風散紫烟。十方高頂見，七級半空懸。山色青圍郡，江流白礙天。悠悠來往者，何處渡迷川。』（《泡庵詩選》卷四）

游榴花洞[一]

逶邐群峰隱，紆迴一徑偏。空山殘照裏，古路斷雲邊。入壑疑無地，穿林覺有天。鹿眠松下塢，禽噪竹間泉。芝草緣岡秀，榴花滿洞然。莓苔寒細雨，桑柘隔孤烟。但見山川舊，誰知陵谷遷。人皆迷漢姓，居是避秦年。不記來時路，因拚世上緣。遲迴未忍去，或恐遇神仙。

【編年】萬曆十七年己丑（一五八九）。

【箋】榴花洞　在福州東郊。

○李賢《大明一統志》卷七十四《福建·福州府》『榴花洞』條：『在東山。唐永泰中，樵者藍超逐白鹿入石門，内有鷄犬人家，見一翁，謂曰：「吾避秦人也。」與超榴花一枝而出，既而莫知所在。宋蔡襄詩：「洞裏花開無定期，落紅曾見逐泉飛。仙人應向青山口，管却春風不與歸。」』

○王應山《閩都記》卷十一《郡東閩縣勝迹》：『（東山）在遂勝里。去城十里而近。有獅子峰、榴花洞。唐永泰中，樵者藍超逐鹿至洞，遇异人，與榴花一枝而返。復往，遂失所在。』

【附】陳椿《榴花洞》：『紆迴徑竹嶼，窈窕入花源。地遠塵稀到，山深洞自存。孤峰遥過鹿，迭

[一]《游榴花洞》，《閩都記》卷十一《郡東閩縣勝迹》引題作《尋榴花洞故址》。

嶂亂啼猿。天籟清人耳，泉聲醒客魂。滄桑長變幻，丹竈幾朝昏。坐偃岩丘賞，翻嫌朝市喧。松喬如可接，騎鶴覲天門。』(《閩都記》卷十一)　徐𤊹《尋榴花洞故址二首》：『洞門無處見榴花，麥秀漸漸古路斜。應是游人尋不到，山深元自有仙家。』又：『千年陵谷變滄桑，仙洞沉沉鎖夕陽。碧澗亂流無鹿迹，滿山秋草卧牛羊。』(《鼇峰集》卷二十五，又《閩都記》卷十一作《尋榴花洞口》)

己丑除夕志喜

一歲盡今夕，悲欣异去年。梅花送殘臘，蓮炬吐芳烟。淑氣回蓂莢，條風度管弦。老親歡膝下，稚子戲燈前。柏酒山妻進，辛盤諸弟傳。天倫有真樂，喜極不能眠。

【編年】萬曆十七年己丑(一五八九)。

箕踞軒贈郭聖僕

大隱不違親，幽居少四鄰。跏趺依古佛，箕踞對時人。習懶成迂癖，長齋了夙因。形骸耽句瘦，囊橐積書貧。薜荔裁奇服，耕桑作外臣。柴門多紫氣，木榻絶紅塵。誼以枌榆篤，交于草莽真。愧予貪問字，忘却往來頻。

【編年】萬曆十七年己丑(一五八九)。

【箋】郭聖僕　即郭天中，詳卷六《同陸纂父郭聖僕雨夜集曹重甫客舍得凉字》。

箕踞軒　郭天中齋名。

瓦棺寺看月同吴翁晋梅季豹郭聖僕志若真全二上人分得圓字

問偈過諸天，松間片月懸。光分三世火，影滅半林烟。雲駛看疑運，霜明望更鮮。玉繩低下土，金鏡照迷川。悟景應知幻，標枝可喻禪。籟兼心共寂，輪與果俱圓。散彩高旛外，生輝斷磬邊。曉鐘催漸落，長夜竟忘眠。

【編年】萬曆十七年己丑（一五八九）。

【箋】瓦棺寺　詳卷六《瓦棺寺贈全上人》。

吴翁晋　即吴稼竳，詳卷八《同吴翁晋姚叔乂諸子集陳公衡衙齋》。

梅季豹　即梅守箕，詳卷八《同梅季豹林叔度碧峰寺訪如愚上人》。

苕溪逢謝長史姊丈携家適至賦此志喜且以爲别

不謂飄零客，能逢骨肉親。乍同燈下語，猶訝夢中身。意緒兼悲喜，關河各苦辛。音初聞里閈，事但話鄉鄰。細問兒童長，空憐弟妹貧。艱危前路甚，消息故園真。雖得歡携樂，其如别泪新。明朝又分手，兩地共傷神。

【編年】萬曆十七年己丑（一五八九）。

【箋】苕溪　詳卷二《苕溪送元直南還》。

謝長史　即謝汝韶，肇淛父。熥長姐淑，陳氏所出，適汝韶。

〇王應山《閩都記》卷二十五《郡東北侯官勝迹》：『謝汝韶墓，在蓮花峰下。汝韶，官吉府長史，與當道争禮，拂衣歸。所著《碎金集》八十六卷。』

○《〔乾隆〕福州府志》卷五十三《人物》：『謝汝韶，字其盛，長樂人。嘉靖戊午舉人。初授錢塘諭，弟子翕然稱得師。歷令武義、安仁，以廉明著。遷承天同知。有大賈以貲結張居正，怙勢不法，汝韶得其罪狀，置重辟。德安守藏吏獵取民間金，汝韶按治無所貸。以持正與時忤，左遷吉府長史……挂冠歸，年方四十餘。杜門著書，有《碎金集》《天池存稿》，子肇淛。』

四月晦日同屠田叔錢叔達陳彦宗陳女翔[一]王玉生陳惟秦陳幼孺王粹夫陳正夫曹林子真興公弟西湖觀競渡分得寒字

高閣俯澄瀾，湖光入座看。遥空簫管咽，夾水綺羅寒。笑語連天沸，呼聲動地歡。揚旌過曲浦，撾鼓下驚湍。翠袖飄文楫，紅標颭畫欄。卧波蒼甲偃，迴棹玉鱗蟠。共聽菱歌度，渾忘蓂葉殘。土風争不禁，禮法醉猶寬。藉草情偏洽，迷花興未闌。日斜游騎散，墜珥滿江干。

【編年】萬曆二十四年丙申（一五九六）。

【箋】屠田叔　即屠本畯，詳卷三《分得黄金臺送屠田叔轉運倳京》。

錢叔達　即錢行道，詳卷二《初夏邀黄仲高孝廉張孺愿太學錢叔達山人張公魯徐仲和秀才及社諸子集澄瀾閣》。

[一] 同屠田叔錢叔達陳彦宗陳女翔，鄭跋本、鈔本、文淵閣《四庫全書》本作『邀屠田叔錢叔達陳彦宗陳汝翔』。

陳彦宗　詳卷二《望月有懷唐宗貞陳彦宗》。

王粹夫　即王毓德，詳本卷《懷王粹夫》。

林子真　即林光宇，詳卷六《同蕭二丈林子真興公弟微上人定上人過遇公轉華庵》。

西湖　福州西湖。

【附】陳薦夫《四月晦日邀屠田叔及同社集西湖觀競渡分得四支韵》：『晦節平湖上，新晴落漲時。開樽邀汗漫，洗酌破漣漪。坐向臨流合，筵因選勝移。方舟文桂楫，艷曲采菱詞。伐鼓矜先捷，懸標戒獨遲。波驚翻澤芷，棹轉亞江籬。日落明紅袖，風生拂錦陂。目隨跂足盡，手應勝心麾。歲序催朱索，年光續彩絲。由來能賦客，不作楚臣悲。』（《水明樓集》卷四）　徐𤊹《陪屠田叔四月晦日西湖觀競渡得飄字》：『滿湖龍舸鬥，綺縠蔽雲霄。巨甲騰空至，蒼髯駕浪驕。波澄明彩翠，風細咽笙簫。觸槳荷錢散，迎旗荇帶飄。蛟宫烟外見，雉堞鏡中摇。緑水分羅袂，丹霞雜錦標。玉杯鸚鵡酌，艷曲鳳凰調。鼓震千聲沸，魂沉九辯招。菖蒲花欲吐，萁莢葉全凋。游妓紛長陌，行人簇短橋。使君恣歡賞，不禪馬蹄遥。』（《鼇峰集》卷十二）　陳鳴鶴《四月晦日西湖競渡》：『驅獸餘殘日，飛鳧競碧川。氣蒸桐無雨，聲撼芰荷烟。兩岸招紅袖，方舟舞采旃。卧龍雲外起，奔馬浪中穿。鼓□尋常駛，標爭尺寸先。水花□□□，□□□燒天。急槳冲排荇，歸橈□□□。□□看□□，今夜幾人眠。』（《泡庵詩選》卷四）　車大任《五月觀渡二首》，其一：『白龍江渡彩龍舟，閩俗依稀似楚州。宿雨乍收天向霽，暮潮初定水空流。開筵度曲喧林鳥，倚欄飛觴醉石榴。望裏烟波家不見，乘風更上一層樓。』其二：『雕龍畫槳競騰騫，風俗流傳爲出原。自昔有臣終報主，至今無地不招魂。隨人結艾縣丹牖，與客傾蒲勸緑尊。簫鼓滿前思轉劇，故鄉回首隔湘沅。』（《邵陽車氏一家集》卷十）按：此詩雖非同時作，車大任爲福州太守，詩關西湖競渡，故附于後。

送李德威先生之樵川尋珠上人

何以度晨昏，蕭然四壁存。緇衣憐舊主，白髮傍空門。業净依菩薩，家貧任子孫。餘生拋不顧，老泪滴無痕。世事空花過，愁心落葉繁。願將香積供，千里勸加餐。

【編年】萬曆二十五年丁酉（一五九七）。

【箋】樵川　詳卷五《樵川道中》。

珠上人　徐熥有《重宿靈源洞懷珠上人》（《幔亭集》卷五）、《靈岩庵懷珠上人》（《幔亭集》卷十三）

【附】徐𤊹《送李德威先生之樵川尋珠上人》：『貧病當垂老，餘年生計微。始知依佛是，真覺業儒非。有子難拋去，無家莫問歸。恐君情轉切，忍泪不沾衣。』（《鼇峰集》卷十）

怨歌行

恨極蛾眉蹙，情多雁素沉。銀燈孤照影，錦薦獨傷心。粉褪雙顴玉，黄銷半臂金。解衣香氣冷，攬鏡泪痕深。蛩韵鳴殘杼，蛛絲網斷琴。羅帷明月鑒，珠被曉霜侵。願托巫山夢，爲君長抱衾。

【編年】萬曆二十六年戊戌（一五九八）。

送屠田叔之官沅陵五十韻

爵服諸侯列，聲華一代先。英靈鍾岳秀，詞藻動星躔。入幕參軍事，含香侍御筵。符分京兆貴，禮典太常虔。榷税淮陽郡，司鹺瘴海邊。炎天舟載雪，斥鹵竈生烟。大隱官如水，閑曹吏是仙。交游盟草澤，嘯咏狎林泉。白屋身能下，緇衣好獨偏。掄才忘牝牡，爲政薄鷹鸇。豈以官情累，都將世味捐。文章時倡和，杯斝定留連。車騎諠閭巷，干旄耀市廛。後生投刺滿，多士過門闐。不輟分題會，寧辭倒屣延。素心尤愷悌，名理太淵玄。董子帷常下，江郎筆更鮮。形骸容放浪，禮數畏拘攣。結社裁詩律，鎸書割俸錢。考工存舊記，情采著新編。屈些增吳疏，毛詩補鄭箋。荔枝詞膾炙，海錯譜流傳。經施莊嚴寺，僧皈大乘禪。寄詩懷五岳，留偈榜諸天。樂府精宫羽，謳吟葉管弦。兩童供墨妙，十吏捧丹鉛。交誼町畦絶，談鋒壁壘堅。畫圖摹往哲，俎豆祀高賢。古道譏能爾，今人詎有焉。使君真岳岳，公子果翩翩。閩部方推重，辰州急轉遷。悲風寒凛凛，遠道思綿綿。共款襟期隔，還勞夢寐牽。雙旌萬里去，五馬一城專。問俗朱輪駕，行春錦綬懸。家元饒竹箭，庭只挂蒲鞭。眷顧恩三錫，勛階禄二千。砂床尋[一]古洞，酉室檢殘篇。沅水遥通沔，峒溪近接滇。鷓鴣聞竹浦，鷄犬覓桃川。刀劍民争賣，櫓帷帝許褰。邏燈嚴夜堞，耨火勸春田。閩楚程難縮，關山阻可憐。傷

[一] 砂床尋，鄭跋本、鈔本、文淵閣《四庫全書》本作「辰砂蒐」。

離當此日，投分已三年。邈矣思良晤，凄其念後緣。歌聲宣鬱鬱，書扎[一]訂惓惓。往復虛青簡，賡酬散白蓮。感知心獨耿，惜別泪空漣。眠食須珍重，功名合勉旃。停驂頻悵望，何地再周旋。

【編年】萬曆二十六年戊戌（一五九八）。

【箋】屠田叔　即屠本畯，詳卷三《分得黄金臺送屠田叔轉運使京》。

沅陵　明辰州治沅陵縣。

〇李賢《大明一統志》卷六十五《湖廣·辰州府》「沅陵縣」條：「附郭……隋辰州治此。唐宋元仍舊，本朝因之。」

淮陽　詳卷八《送徐半刺之官淮陽》。

董子　漢董仲舒。

江郎　梁江淹，詳卷七《江郡侯招飲西湖同曾人倩謝在杭分得游字》。

考工　《考工記》，出自《周禮》。春秋戰國時期一部載述製作工藝的著作。

鄭箋　《毛詩》，鄭玄箋。

荔枝詞　屠本畯爲徐𤊹刻《閩中荔枝譜》，又爲之序。

海錯譜　屠本畯有《閩中海錯疏》。

[一] 扎，鄭跋本、鈔本、文淵閣《四庫全書》本作「札」。

高賢　福州高賢祠，屠本畯與徐熥倡建。

西室　參見卷二《五君咏五首》「二酉」條。

沅水　沅江，在湖南。

○李賢《大明一統志》卷六十五《湖廣·辰州府》「沅水」條：「在府城西南五里，源出四川播州，經沅州入常德府界。」

沔　沔水，漢江古源頭。

○李賢《大明一統志》卷五十九《湖廣·漢陽府》「沔水」條：「在府城西南三十里，源出襄水，南入大江，與漢水合流。」

峒溪　古代苗族、侗族、壯族等少數民族聚居地。

【附】徐㶿《送屠田叔還沅陵太守》：「良工審衆木，美材知豫樟。哲匠識衆璞，至寶永珩璜。國風久不振，雅道幾雲亡。辨色乏慧照，論交多俗腸。君本曠達者，古意相頡頏。一官起郎署，持節來閩鄉。入境問風雅，下車禮賢良。藻繢志所戀，軒冕心能忘。締結韋布士，臭味如蘭芳。白水信以旌，青松盟愈長。伊余山澤臞，抱影徒自傷。寒蟬空苦吟，駑駘困騰驤。感君略固陋，實識恒匪常。登陟陪賦咏，驚座容疏狂。公暇析文藝，退食賡詞章。下榻失仲舉，倒屣無中郎。曜靈倏易度，三年奉顔光。瓜期忽已及，簡書來彷徨。良哉二千石，銜命之辰陽。戒行設祖帳，凌晨促嚴裝。杳杳楚山路，迢迢天一方。北風凋百草，哀雁啼寒霜。西行出廣陌，野氣何蒼茫。

去轍安可卧，涕泗空浪浪。閩楚分异域，欲濟川無梁。念此知音稀，中情凄未遑。别恨咽不語，離心愁詎揚。惟有去後思，徙依懷甘棠。』（《鼇峰集》卷四）按：二十八韵。

仲冬十八日同王玉生陳伯孺幼孺興公弟送屠田叔使君自芋江登舟至困關時積雨初收川原競爽促膝翻書扣舷覓句香繞筆床烟籠茶鼎情景清絶偶憶少陵野航恰受兩三人之句因令玉生繪圖共折杜句爲韵各賦一體以紀勝游余拈得三字

擊汰芋江上，前峰日半含。山容晴亘翠，水色浄拖藍。帆飽行偏駛，舲虚坐正堪。榜歌喧浦口，漁唱隱溪南。鸛鶴追殘照，牛羊下夕嵐。石稜衝浪瘦，楓葉醉霜酣。沈水香烟細，烹泉茗汁甘。雲霞諸子共，丘壑衆情耽。名理交參伍，新詩改再三。風波童稚狎，港路長年諳。身入圖中景，人爲物外談。浣衣臨曲渚，洗硯覓深潭。清福閑能受，玄言静可探。杜陵詩句好，此境果無慚。

【編年】萬曆二十六年戊戌（一五九八）。

【箋】屠田叔　即屠本畯，詳卷三《分得黄金臺送屠田叔轉運使京》。

芋江　詳卷六《芋江雪夜留别社中諸子》。

困關　詳卷六《困溪十里橋與屠田叔泣别》。

【附】陳薦夫《送屠使君至困溪余與二徐玉生伯孺同舟玉生作野航恰受兩三人圖因折杜句爲韵得兩字》：『晨發芋江濱，水木澹清賞。逡巡釋笋輿，沿迴溯蘭槳。山光鬱蒼茫，霽色澄漭瀁。溪疑漁者源，川勝摩詰輞。孰是聚首歡，無乃臨岐愴。磊礴筆愈神，呻吟技争癢。抽緒成閴寂，矜工恣雄長。念至頤忽垂，研深而多仰。或爲春蚓吟，半作秋蛩響。妨同搜思僻，厭俗造語謊。神凝睹無目，句負泚有顙。憭慄計離合，鬱陶意今曩。披圖眷兹游，前希後無兩。』（《水明樓集》卷一）　徐𤊹《仲冬望後屠田叔奉命入楚同社諸子買舟追送余與玉生伯孺幼孺惟和共載舟中携筆硯書畫之屬相對甚適玉生作野航恰受兩三人畫意各以杜句爲韵余得野字》：『寒霜一夜飄原野，楓葉村村色俱赭。萬壑千岩水亂流，江聲東去奔如馬。野航恰受兩三人，載得芝山舊同社。魚鳥滄洲物外交，相看總是悠悠者。達旦連霄無雜言，平章水石談風雅。列置圖書櫓舵前，密藏襆被船窗下。茗碗香爐對筆床，興來滿紙雲烟寫。觸景題詩得意秋，詞源似決黄河瀉。自詫同舟有賞音，詩成肯信知音寡。起座床頭獨扣舷，脱巾露發形瀟灑。落日長江一鏡平，臨流戲取綸竿把。清緣何處遂游閑，雖在扁舟如在舍。金石歌聲破水雲，自笑徐卿野人也！』（《鼇峰集》卷七）　徐熥《屠田叔像贊》：『錦綉腸，談天口。禄二千，才八斗。美無度，名不朽。舊司農，今太守。别三山，過二酉。留此圖，垂永久。何人斯，社祭酒。』（卷十九）

贈歌姬愛卿十二韵

綺席開華館，傾城得愛姬。苑花輸靚臉，宫柳學柔肢。薄鬢瓊釵耀，單衫寶帶垂。嬌喉歌自囀，長袖舞偏宜。纖月横蛾翠，輕風馥口脂。背燈偷賣眼，臨鏡故顰眉。性慧藏鬮巧，情多度曲遲。明璫斜粉頸，銀鈿約冰肌。舊恨啼難訴，新官對可悲。暗調通繾綣，微拒掩猜疑。意洽重逢日，魂銷欲别時。流蘇空百結，未足表相思。

【編年】萬曆二十七年己亥（一五九九）。

賦得團扇承落花

飛花霞并爛，紈扇月同團。素影留芳怨，餘香戀合歡。嬌疑障笑比，朱訝掩脣看。有意迎風易，無聲到地難。胭脂紛點鏡，錦綉剪堆盤。魂向輕羅散，春從薄面殘。班姬方斂恨，閨思況將闌。

【編年】萬曆二十七年己亥（一五九九）。

【附】陳薦夫有《團扇承落花》：『宮扇偃輕羅，宮花隕玉柯。偶持迎絳雪，詎遣雜青莎。帶露疑揮汗，占朱似障歌。陣香風處遇，片影月中過。白爲叢深損，紅因坐久多。殘英兼舊寵，相戀恨如何。』（《水明樓集》卷二）　徐𤊹有《賦得團扇承落花》：『製作原齊國，徘徊學漢宮。團團裁自白，片片貯來紅。香膩羅中色，英添錦上叢。火星初犯月，絳雪乍流風。一任螢光去，休教雉尾空。忽輕摇動處，雙蝶過墻東。』（《鼇峰集》卷十二）

趙仁甫先生以邛竹杖見惠賦此答謝

種本傳西域，曾聞貢漢宮。一枝非嶰谷，萬里出蠶叢。曳去穿雲際，携來到水窮。節應虚緑玉，頭可挂青銅。莊叟逍遥外，盧敖汗漫中。未嘗臨俗客，偶爾借鄰翁。采藥兼瓢往，挑經與錫同。静緣幽徑曲，詩興野橋東。共步添良友，扶顛當小童。長房吾自愧，君已似壺公。

【編年】萬曆二十七年己亥（一五九九）。

【箋】趙仁甫　即趙世顯，詳卷七《送趙仁甫司理左遷之京》。

邛竹　詳卷十《夏日園居和興公韵二首》。

嶰谷　崑崙山北谷名。

○應劭《風俗通義·聲音序》：『黄帝使伶倫自大夏之西，崑崙之陰，取竹于嶰谷。』

蠶叢　詳卷三《蜀道難送王震甫之臨邛省刺史兄》。

莊叟　指莊子。

盧敖　詳卷三《赤岩吟爲大田令謝君賦》。

壺公　詳卷三《送柯秀才還莆》。

【附】徐𤊹《邛竹杖》：『龍孫産七盤，九節截琅玕。只合隨芒屨，偏宜對蕐冠。曳回林月碎，策破嶺雲殘。遥想携來日，無愁蜀道難。』(《鼇峰集》卷十)

幔亭集卷之十終

幔亭集卷之十一

閩中徐　熥惟和著
友人陳薦夫幼孺選
王　若相如編

五言絶句

子夜歌六首[一]

其一

牽絲嫌幹斷，求藕恨泥深。風吹菡萏折，那得見蓮心。

其二

籬外種都梁，籬内種黄蘗。雖是愛他香，籬心苦難説。

[一] 六首，底本無此二字，據目録補。

其三

芙蓉面可憐，卷施心不死。紅豆落深坑，到底相思子。

其四

錦帳覆雕床，銀鈎宛相向。何時得見郎，鈎起合歡帳。

其五

亂却曲中心，只爲音徽誤。郎來續舊弦，知移何雁柱。

其六

采桑飼春蠶，葉稀蠶不飽。一繭著歡衣，與歡綿太少。

【箋】相思子　即紅豆。

〇徐𤊹《筆精》卷二「相思子」條：「相思子即今紅豆也。愚按嶺南、閩中有相思木，歲久結子。每一樹結子數斛，非即紅豆也。惟和兄《子夜歌》：『紅豆落深坑，到底相思子。』」

【附】陳薦夫《子夜歌》：「不見金鈷鉧，火盛柄自熱。裁衣持寄郎，郎温儂亦熱。」（《水明樓集》卷十六，又《晉安風雅》卷七）

春歌

羅衾與角枕，展轉有誰憐。妾身不如柳，一日尚三眠。

【附】陳薦夫《子夜四時歌四首》，其一：「采桑入南園，園中草芊芊。雙飛蝴蝶子，戲儂羅裾前。』(《水明樓集》卷七)　謝肇淛《子夜四時歌二十首》，其一：『素梅辭寒條，丹杏茁暖跗。相喚不相待，踏青城南隅。』其二：『柳梢鶯未啼，花枝露猶濕。美人不敢行，亭亭花前立。』其三：『芳草緑于烟，羅襪步生蓮。風吹湘裙動，何人知可憐。』其四：『采桑不盈筐，采花已成把。情知歡不來，踟躕日欲下。』其五：『雕梁燕始乳，花塢蝶争飛。坐惜春陽去，無言泪沾衣。』(以上《春歌》，《小草齋集》卷二)

夏歌

朱夏日何長，采蓮向南浦。妾心未剥蓮，只在房中苦。

【附】陳薦夫《子夜四時歌四首》，其二：『柳枝出池上，柳葉拂池水。歡來樹下坐，緑葉自旖旎。』(《水明樓集》卷七)　謝肇淛《子夜四時歌二十首》，其六：『蓮渚戲錦翼，蘭徑回香風。薄雲忽過雨，此情知爲儂。』其七：『含桃初結子，緑楊已垂綫。輕容不勝風，無事裁團扇。』其八：『桂殿不受暑，霜綃生奇凉。香巾拭紅玉，百媚持付郎。』其九：『駕郎七香車，施儂輕羅幬。西陵松柏下，凉風吹不休。』其十：『火雲西南没，素月光徘徊。共歡浴蘭湯，携手登高臺。』(以上《夏歌》，《小草齋集》卷二)

秋歌

秋風吹江湄，采芳寄相憶。妾貌如芙蓉，朝昏幾變色。

【附】陳薦夫《子夜四時歌四首》，其三：『月出桂樹叢，斗帳望如空。凉風發窗牖，照見歡與儂。』(《水明樓集》卷七)　謝肇淛《子夜四時歌二十首》,其十一:『新月已半輪,銀河皎皎曙。西風起高樓,家家望牛女。』其十二:『候雁遠隨陽,乳燕近辭壘。可憐芙容花,顛頦倚秋水。』其十三:『昨日陌頭花,今爲霜中草。莫聽擣衣聲,一聲一迴老。』其十四:『寒衣催成匹,文采雙盤螭。裁爲合歡被,冷暖郎自知。』其十五:『去時桐始花,歸見梧葉零。願儂與歡心,歲歲如冬青。』(以上《秋歌》,《小草齋集》卷二)

冬歌

寒威動房帷,悲風起羅薦。妾恨井中冰,結時君不見。

【附】陳薦夫《子夜四時歌四首》其四:『北風吹霜雪,肌膚凍欲裂。羅襦空爾馨,獨眠那得熱。』(《水明樓集》卷七)　謝肇淛《子夜四時歌二十首》,其十六:『晨起步寒林,瞥見桃花放。知是小春天,助儂情惆悵。』其十七:『獸炭金地鑪,錦帳紅氍毹。蓮花漏未艾,任郎爲歡娛。』其十八:『雪中與郎期,玉膚無疹粟。試看水仙花,凌冰散芳馥。』其十九:『門前風雪深,期郎松柏林。豈無洞房暖,要此歲寒心。』其二十:『玄冬歲云暮,感嘆共招邀。霜林行復榮,霜鬢無時消。』(以上《冬歌》,《小草齋集》卷二)

少年行

駿馬千金買,銀鞍錦障泥。未諳邊塞苦,日日玉樓嘶。

【附】佘翔《少年行》:『九衢馳馬去,三輔鬥鷄來。不必通名姓,金吾夜鑰開。』(《薜荔園詩集》卷一）　董養斌《少年行》：『長安都少年，白馬紫金絡。雕弓月比彎，寶刀雪爲鍔。脱幘揖王公，笑殺衛與霍。十千斗酒朱顔酡，青樓翠館皆經過。南山射虎白飲羽，下場鬥鷄紅繫羅。生嗔意氣交知少，那識人間金帛多。游樂春景熙，翻嫌白日遲。吴姬越女歌宛轉，秦箏趙瑟聲參差。醉來侍兒扶不起，綉被横陳寶鈿垂。寶鈿垂，當及時，青絲鬢改空傷悲。』（《晉安風雅》卷四）　王毓德《少年行》：『裝成七寶匣吴鈎，笑擁胡姬走馬游。半醉直衝馳道過，横鞭遥揖富民侯。』（《晉安風雅》卷十二）　陳薦夫《少年行》：『楊柳章臺陌，春風馬上郎。清宵歌舞罷，最是玉閨長。』（《晉安風雅》卷十）　陳薦夫《少年行二首》，其一：『少年曾結客，報主不爲家。一劍收然諾，千金散俠邪。承恩丹鳳闕，走馬白龍沙。擬斬樓蘭首，回看上苑花。』其二：『鶯鎖翠堤烟，春殘柳欲眠。錦韉黄鬣馬，金勒紫絲鞭。不必知名姓，賢豪甲酒泉。平明持戟入，立在未央前。』　謝肇淛《少年行四首》，其一：『鎖甲帶明犀，輕裝出御堤。銀床調舞馬，金距鬥鳴鷄。酒向新豐醉，花從杜曲迷。春寒何處宿？楊柳玉樓西。』其二：『白馬黄金勒，霜刀赤玉環。雪晴射虎出，日暮臂鷹還。結客時乘傳，探丸夜度關。殺人誰敢問？扈駕宿驪山。』其三：『二十羽林郎，腰弓事武皇。雕鷲白羽箭，熊避緑沉槍。玉檻調鸚鵡，金衫舞鳳凰。長干微雪夜，偷得趙家香。』其四：『玄綬紫貂裘，垂鞭過五侯。鳴骹當御道，吹笛倚倡樓。鵲印金横鎖，蝦簾玉上鈎。美人歌一曲，十萬錦纏頭。』（《小草齋集》卷十二）　徐𤊹《少年行》：『朝入平康暮酒樓，千金寶劍百金裘。醉來走馬長安道，不暫停鞭避五侯。』（《鼇

峰集》卷二十四）

秋怨[一]

何處飛紅葉，深宮不見秋。可憐雙眼泪，空對御溝流。

【附】謝肇淛《夏怨》：『永巷深無暑，青蟲落夜燈。昭陽倦歌舞，新賜一池冰。』（《小草齋集》卷二十五）

怨詞

一從閉深宮，不復徹歌舞。房中今夜聲，是妾當年譜。

【附】鄧原岳《怨詞二首》，其一：『西風自露寒，江上芙蓉老。繁華能幾時，漂零一何早。』其二：『一夜西風起，蛩聲處處愁。凄涼霜後葉，怨殺洞庭秋。』（《西樓集》卷九；其二又見《晋安風雅》卷十）

魏宮怨

掩袂高臺上，春風散綺羅。西陵望不見，明月照漳河。

【箋】西陵　詳卷五《銅雀伎》。

漳河　由山西流經河岸南林縣，經臨漳縣入衛河。

[一]《秋怨》，謝肇淛有《春怨》《夏怨》《秋怨》《冬怨》（《小草齋集》卷二十五），疑熥同時或前後作，亦有四首，編集時僅存一首。

○李賢《大明一統志》卷二十八《河南·彰德府》『漳河』條：『其源有二，一出山西潞州長子縣，名濁漳，自林縣西北入境；一出平定州樂平縣，名清漳，自涉縣西入境，俱東至林縣合流，經臨漳、館陶縣界入衛河。』

【附】鄧原岳《魏宫詞》：『月照漳江水，風吹西陵樹。輦路草已荒，夢魂自來去。』（《西樓集》卷九）　陳薦夫《魏宫怨二首》，其一：『逐隊歸文石，承恩望墓田。忽然金屋裏，無异繐帷前。』其二：『何意念感甄，君王徒自失。緣知明主恩，不似中郎日。』（《水明樓集》卷七）　徐𤊹《魏宫詞四首》，其一：『歲歲文石宫，春風吹羅綺。君恩空説深，那似漳河水。』其二：『腸斷延秋殿，稀聞御輦來。不緣恩意淺，日日上高臺。』其三：『日夕侍君王，深宫學歌唱。一旦上陵臺，悲風生繐帳。』其四：『幾年金屋裏，輦路漸蒼苔。莫怪承恩少，新人有夜來。』（《鼇峰集》卷二十二）

昭君怨

掩泪拋長袖，從今歌舞稀。肯將胡地月，來照漢宫衣。

【附】謝肇淛《明妃詞》：『妾命從來薄，無煩怒畫師。單于長款塞，是妾報恩時。』（《小草齋集》卷二十五）　陳鳴鶴《明妃曲》：『早識生離苦，何如老掖庭？角鳴沙月冷，人語迹風腥。出塞恩終斷，還朝夢易醒。朱顔胡地改，荒草爲誰青？』（《泡庵詩選》卷四）

玉階怨

殘露侵羅袂，深宫漏正長。螢光隨月影，點點過昭陽。

【箋】昭陽　漢宫殿，故址在今陝西西安。

○何清谷《三輔黄圖校注》卷三『昭陽殿』條：『成帝趙皇后居昭陽殿，有女弟，俱爲婕妤，貴傾後宫。昭陽舍蘭房椒壁，其中庭彤朱，而庭上髹漆，切皆銅沓，黄金塗，白玉階，壁帶往往爲黄金釭，函藍田璧，明珠翠羽飾之，自後宫未嘗有焉。』

【附】佘翔《玉階怨》：『玉階無人行，監宫日日掃。夜來望四星，白露沾秋草。』（《薜荔園詩集》卷一）

别離曲

牽衣贈一言，君還能聽否。但看上林花，莫折章臺柳。

洞房曲

檀郎意憨痴，留燈照綽約[一]。郎嫌羅帳深，儂嫌羅帳薄。

新嫁娘

薄帷鑒明月，宛轉憐嬌態。郎來解羅襠，含羞掩裙帶。

[一]　約，鄭跋本、福建師大本作『約』。

古意三首[一]

其一

低聲猶掩袖，未許小鬟知。料應無别語，只是説相思。

其二

海燕故雙棲，池花自連理。解却紅羅襦，知君憐下體。

其三

巫陽生綉户，春色滿雕床。揉將花瓣碎，分得口脂香。

【附】鄧原岳《古意二首》，其一：『水上芙蓉花，零落在秋浦。芳魂不自持，芳心儂獨苦。』其二：『池上與君别，池水清可憐。只消一滴泪，枯殺滿池蓮。』（《西樓集》卷九）　陳邦注《古意》：『郎住横塘東，妾住横塘西。相思不相見，横塘青草齊。』（《晉安風雅》卷十）　謝肇淛《古意》：『拭我雙寶刀，投君千黄金。報仇亦報恩，悠悠一寸心。』（《小草齋集》卷二十五）　陳薦夫《古意》：『黄蘗種作籬，圍繞合歡樹。不見合歡時，但見生離苦。』（《晉安風雅》卷十）　王毓德《古意》：『荷葉映荷花，團團鏡中面。房間抱苦心，照君君不見。』（《晉安風雅》卷十）

［一］三首，底本無此二字，據目録補。

懷高凉李大

别夢縈千里，愁心隔五湖。亂山風雨裏，相憶一燈孤。

【箋】高凉　漢郡名，明高州府。高州，詳卷九《送陳二表兄重游高州兼柬諸舊好》。

五湖　參見卷六《松陵舟中送幼孺入苕川兼柬在杭使君及苕中諸舊游》「太湖」條。

寄劉季德

落日催歸馬，離心寄酒尊。一從分手後，風雨閉柴門。

【箋】劉季德　即劉克治，詳卷五《送劉季德還嶺南》、卷二十《寄劉季德秀才》。

聞雁

忽起蘆花渚，哀聲入亂雲。空閨多戍婦，莫遣夜深聞。

自遣

遁迹在空山，生涯寄場圃。柴門到者稀，滿地梨花雨。

送張叔弢

關門風雨多，相送日云暮。今宵山館中，夢繞秦川路。

【箋】張叔弢　即張大光，詳卷三《瞻鳳歌爲張叔弢賦》。

秦川　詳卷九《送張參戎鎮秦川》。

逢雪宿華嚴閣

佛火懸青嶂，鐘聲下翠微。蕭蕭風雪夜，猶有一僧歸。

【編年】萬曆二十年壬辰（一五九二）。

【箋】華嚴閣　詳卷七《宿華嚴閣》。

山館

地僻稀來往，空山日正長。晚涼新睡覺，古木自斜陽。

哭曾大

知音成死别，痛絶壁間琴。不盡西州感，衡門芳草深。

【編年】萬曆二十年壬辰（一五九二）。

【箋】曾大　疑爲曾文表，詳卷四《峬山看梅過曾文表墓》。

山中

散步入空林，斜陽滿山麓。四顧寂無人，蟬聲出修竹。

薄暮

匹馬黄沙路，蕭蕭欲斷魂。天涯多少恨，况乃近黄昏。

馬上

去國八千里，堪嗟行路難。馬頭天欲盡，猶不見長安。

【編年】萬曆二十二年甲午(一五九四)。

警急

聞説臨洮府，今年没虜[一]塵。願圖恢復策，不必議和親。

【箋】臨洮府　明臨洮府治今甘肅省蘭州市。

〇李賢《大明一統志》卷三十六《陝西·臨洮府》『沿革建置』條：『金改熙州爲臨府，元仍爲臨洮府。本朝因之，領縣四。』

逢俠者

了不知名姓，偶遇長安市。片語忽相投，歡然結生死。

【編年】萬曆二十二年甲午(一五九四)。

江行雜詠四首[二]

其一

小徑隱叢薄，危橋跨斷雲。前林多少樹，霜葉落紛紛。

其二

江闊帆影遲，夜久砧聲歇。深嶂歸暮雲，寒波漾明月。

[一] 虜，文淵閣《四庫全書》本改作『敵』。

[二] 四首，底本無此二字，據目録補。

其三

暝色沉孤嶼，殘雲冷釣艭。一聲長笛響，秋意滿空江。

其四

返照有餘景，西風無限情。暮蟬與孤雁，處處送秋聲。

【編年】萬曆二十二年甲午（一五九四）。

對雨

寒窗一夜雨，山色幾重青。會得静中意，焚香看道經。

客中除夕聞鐘二首[一]

其一

客路當除夕，凄凉倍憶家。鐘聲何太急，斷送舊年華。

其二

爲客他鄉暮，鐘聲出曉雲。可憐今歲裏，只此一回聞。

【編年】萬曆二十二年甲午（一五九四）。

[一] 二首，底本無此二字，據目録補。

送王玉生

作客生涯薄，依人去住難。春光無限好，空向异鄉看。

【箋】王玉生　即王昆仲，詳卷二《題王玉生山水》。

【編年】萬曆二十三年乙未（一五九五）。

江上再送汝高

相送江樓暮，風烟黯自愁。君行是得意，不敢泪雙流。

【編年】萬曆二十三年乙未（一五九五）。

【箋】汝高　即鄧原岳，詳卷三《過鄧汝高别墅》。

客中寒食

去歲燕山道，今朝劍水濱。如何兩寒食，俱作异鄉人。

【編年】萬曆二十四年丙申（一五九六）。

除夜芝山寺訪瀚公

故院知何處，他山度歲華。空門無去住，有佛即爲家。

【編年】萬曆二十四年丙申（一五九六）。

【箋】芝山　詳卷五《芝山寺逢游元封兼懷宗振》。

瀚公　詳卷五《訪瀚上人》。

寄王震甫

三年巴蜀客，萬里故人心。若比瞿塘水，思君應更深。

【編年】萬曆二十四年丙申(一五九六)。

【箋】王震甫　參見卷三《王震甫以王叔明山水見貽答謝》。瞿塘　詳卷三《述游篇》。

懷鄭性之

別去無消息，相思空斷魂。中原多俠客，誰是孟嘗門。

【編年】萬曆二十四年丙申(一五九六)。

錦溪八景爲林熙吉題

團青島

春風吹錦溪，秀色盤孤島。花落滿蒼苔，莫遣家童掃。

積翠臺

振衣陟高臺，嵐光翠欲滴。半夜春雨來，飛泉瀉石壁。

五雲岡

高岡有五石，石石皆生雲。宴坐松根下，前林正夕曛。

七星塢

怪石眠芳蘚，危橋傍草亭。寥寥人境外，花塢帶春星。

遷鶯林

曉步遷鶯林，鶯聲何睍睆。把酒坐垂楊，不覺歸來晚。

宿猿洞

峴山奇境饒，古洞藏幽谷。雲深不可尋，但借玄猿宿。

蘿徑門

山中石作門，迫窄不可步。回首望藤蘿，迷却來時路。

松風壑

風生松壑中，濤聲聒人耳。中有緑髪翁，長伴赤松子。

【編年】萬曆二十四年丙申（一五九六）。

【箋】錦溪　詳卷五《宿林熙工面壁洞二首》。

林熙吉　即林應憲，詳卷二《宿雲窩贈林熙吉》。

峴山　詳卷五《渡峴江訪林熙吉二首》『峴江』條。

赤松子　詳卷三《送閔壽卿隱武夷》。

過能仁寺

東郭西天近，禪宮古廟鄰。從今朝暮裏，鐘鼓一何頻。

【編年】萬曆二十四年丙申（一五九六）。

【箋】能仁寺　在福州東郊。

【附】徐熥《過能仁寺》：『禪關閉白雲，曲徑生青草。山僧入定深，門外松花老。』（《鼇峰集》卷二十二）

題畫三首[一]

其一

日落溪水寒，林疏秋色老。柴門閉白雲，滿樹丹楓老。

其二

森森灌木陰，渺渺澄江靜。一棹獨垂綸，中流釣山影。

其三

振衣危峰巔，扶桑日初起。柳色破青烟，桃花帶流水。

【編年】萬曆二十四年丙申（一五九六）。

[一] 三首，底本無此二字，據目録補。

江上漫成

游人戀故鄉，每恨離家遠。如何石尤風，又嘆舟行晚。

【編年】萬曆二十五年丁酉(一五九七)。

西寺尋公朗上人因同宿小舟

尋僧入招提，斜陽下疏木。只恐隔關門，同到舟中宿。

【編年】萬曆二十五年丁酉(一五九七)。

【箋】公朗上人　錢塘僧，能詩。

○徐熥《寄朗上人》：『扇頭諸詩，直入三昧，讀之灑然。漫賦三章奉寄，納之謝司理橐中。』(《幔亭集》卷二十)按：熥所賦詩三章，不見集中。

紀夢

夢與雙親別，牽衣兩泪垂。不知成永隔，猶道暫相離。

【編年】萬曆二十五年丁酉(一五九七)。

送吴翁晋還吴興

如何布衣至，依舊布衣歸。且向苕溪曲，三年守釣磯。

【編年】萬曆二十五年丁酉(一五九七)。

【箋】吴翁晋　即吴稼竳，詳卷八《同吴翁晋姚叔乂諸子集陳公衡衙齋》。

吴興　詳卷三《都門送吴允兆還吴興》。

失劍

恩讎俱未報，失去竟何心。難將延陵劍，不及少原簪。

【編年】萬曆二十六年戊戌（一五九八）。

【箋】失劍　參見下詩。

延陵劍　詳卷十三《挂劍臺》。

少原簪　少原之婦，言不忘故舊也。

○陸機《演連珠五十首》，其四十：『少原之婦，哭其亡簪。』李善注引《韓詩外傳》：『孔子出游少原之野，有婦人中澤而哭，甚哀……婦人曰：「非悲傷亡簪。吾所以悲者，不忘故也。」』（蕭統《文選》卷五十五）

得劍

神物合雄雌，歸來事太奇。精光猶未滅，會有報恩時。

【編年】萬曆二十六年戊戌（一五九八）。

【箋】得劍

○陳薦夫《送惟和北上》其四《連城訪劍》小序：『惟和向歲北上時，行次連城鎮，失其蒯緱。比與余歸，從主人訪得之，因賦《得劍》詩，有「神物合雄雌」之句。』（《水明樓集》卷八）

【附】陳薦夫《送惟和北上》其四《連城訪劍》：『魚腸覓得幾經春，須訪連城舊主人。昔日共來今獨往，與君離合愧延津。』(《水明樓集》卷八)

漂母祠

落落千金報，悠悠國士心。從今慚漂母，不敢過淮陰。

【編年】萬曆二十六年戊戌(一五九八)。

【箋】漂母祠　詳《漂母廟》(卷五)。

淮陰　詳卷九《淮陰舟夜寄懷二雲歌姬》。

【附】陳薦夫《夜泊漂母子祠》：『夜落孤帆淮水邊，曉來身在廟門前。應憐老婦知豪杰，滿市悠悠空少年。』(《水明樓集》卷八)　王昆仲《漂母祠》：『丈夫得意時，千金成一唾。丈夫失意時，縛腹甘窮餓。封侯千金報母易，貧時一飯疇能施。韓生不忘一飯恩，豈忘拜將封侯誼。漂母祠堂春復秋，吕氏白骴荒林丘。英雄代謝如淮水，丈夫感激泪空流。』(郭柏蒼《全閩明詩傳》卷三十一)

歸渡揚子江

歸來風波平，去日風波作。世路非風波，來往風波惡。

【編年】萬曆二十六年戊戌(一五九八)。按：熥三落第，與陳薦夫渡江南歸。

【附】陳薦夫《晚春渡江》：『故園花事怨流鶯，一片江南夢裡行。三月過江猶未暮，更無春色

在蕪城。』(《水明樓集》卷八)

吴門逢鄭四

幾載天涯别,逢君空自悲。知無桑梓念,不敢問歸期。

【編年】萬曆二十六年戊戌(一五九八)。

【箋】鄭四　即鄭琰,詳卷九《姑蘇懷鄭翰卿》。

將至武夷

莫謂仙源近,舟迴路幾重。他山苦相蔽,不見大王峰。

【編年】萬曆二十五年丁酉(一五九七)。

【箋】大王峰　在武夷山九曲溪一溪。

○李賢《大明一統志》卷七十六《福建·建寧府》『大王峰』條:『在武夷山中。一名天柱峰。舊《志》:昔魏王子騫于此得道,有張湛等十二人謁之,會天旱,魏王置酒脯祭仙祈雨,時控鶴仙人浮空而下,大霈雨澤。湛等賦詩,即此地。』

○徐表然《武夷志略·一曲諸勝》『大王峰』條:『在萬年宫後。拔地萬仞,矗立雲表。上鋭下歛,峭壁斗峭,頂分二級。』

咏殘燈

空房心膽怯,燈影半將殘。攬衣頻起剔,揚彩伴更闌。

【編年】萬曆二十五年丁酉（一五九七）。

山行口占題建溪驛壁

客路當殘歲，凄然正憶家。山童不解事，停馬折梅花。

【編年】萬曆二十五年丁酉（一五九七）。按：熥同陳薦夫北上會試，過建溪驛。

【箋】建溪驛　即建溪水驛，在建陽縣南。

○《〔康熙〕建寧府志》卷七《公署》：『建溪水驛，在〔建陽〕縣治南三桂里。』

【附】陳薦夫《建州寄家書》：『建水東流一雁飛，封題臨發夜沾衣。客邊多少關心事，寄得書回也當歸。』（《水明樓集》卷八）

題鄔子遠扇面山水

長松蔭遠山，虛亭倚危石。何來客杖藜，曳破秋雲碧。

【編年】萬曆二十五年丁酉（一五九七）。

【箋】鄔子遠　詳卷六《賦得逍遥游送鄔子遠山人》。

題梅花畫扇

春信江南早，凄然念故鄉。忽看紈扇影，轉憶壽陽妝。

【編年】萬曆二十六年戊戌（一五九八）。

呂梁洪[一]

呂梁洪下水，已變作安流。安流雖自好，只是滯歸舟。

【編年】萬曆二十六年戊戌（一五九八）。

【箋】呂梁洪　在江蘇徐州。

○李賢《大明一統志》卷十八《徐州府》「呂梁洪」條：「在州城東南六十里，有上、下二洪，巨石齒列，波流洶涌。《莊子》『呂梁懸水三十仞，流沫四十里』是也。後周將王軌破陳吳明徹于此。」

【附】鄧原岳《過呂梁》：「水驛蕭條楊柳黃，荒郊風急雁啼霜。不驚流沫三千尺，薄暮輕舟過呂梁。」（《西樓集》卷十）按：此詩非同時作，録以備考。

題沈從先扇面畫蘭

國香零落久，幽谷忽成叢。移向齊紈上，期君臭味同。

【編年】萬曆二十六年戊戌（一五九八）。

【箋】沈從先　即沈野，詳卷二《懷沈從先》。

題公朗扇上畫梅

紈扇寫寒梅，懷袖微香發。山僧骨相清，對之雙幽絶。

[一]《呂梁洪》，此詩至本卷末《芋江驛樓口占送王元直重游金陵》四題，甲庫本及縮微膠卷缺。據福建師範大學圖書館藏本補。

【編年】萬曆二十六年戊戌（一五九八）。

【箋】公朗　詳卷十一《西寺尋公朗上人因同宿小舟》。

迴文詩迴環讀四十首

緑波迴斷港，青嶂蔭孤村。谷蘿開亂莽，汀浪浸疏園。

【編年】萬曆二十六年戊戌（一五九八）。

芋江驛樓口占送王元直重游金陵

其一

揜泪懷前事，送君無限悲。經過多舊處，何處更相思。

其二

夜月烏衣巷，秋風燕子磯。山川仍似昔，只是舊人非。

【編年】萬曆二十六年戊戌（一五九八）。

【箋】王元直　即王繼皋，詳卷二《對月遲王元直不至》。

芋江　詳卷六《芋江雪夜留别社中諸子》。

烏衣巷　詳卷七《送在杭司理湖州四首》。

【附】徐𤊹《送王元直之金陵二首》，其一：『征帆西去望京華，極目雲山夕照斜。客路王孫隨草色，渡頭官妓醉桃花。秋高建業潮侵岸，夜半秦淮月滿沙。若到烏衣訪遺迹，風流依舊屬君家。』其二：『花殘鶯老柳絲長，送客炎蒸束別裝。萬里山川經楚越，千秋詞賦邁齊梁。華林園已空魚鳥，白下臺應見鳳凰。正粲登樓年正少，莫因陳迹吊興亡。』(《鼇峰集》卷十三)按：王繼皋初游金陵在萬曆二十年(一五九二)。

幔亭集卷之十一終

幔亭集卷之十二

閩中徐　熥惟和著
友人陳薦夫幼孺選
王　若相如編

六言絶句

舟中雜言四首〔一〕

其一

白雲一片兩片，翠微千重萬重。孤客尚餘短劍，青山何處疏鐘。

其二

處處桃花欲笑，枝枝柳葉含顰。白璧卞和泣楚，黑貂季子歸秦。

〔一〕四首，底本無此二字，據目録補。

其三

雲外疏星點點，沙邊小艇雙雙。一曲孤琴有譜，數聲長笛無腔。

其四

雲際鷓鴣硌磔，花前蝴蝶蹁躚。隔岸野橋跨水，空山古墓犁田。

【編年】萬曆十六年戊子（一五八八）。

【箋】季子　詳卷七《重陽前一日寓寶嚴寺》。

題伯孺畫小景

天際孤舟帶雨，沙邊竹杖穿雲。村落半藏宿莽，危亭獨瞰江濆。

【編年】萬曆十六年戊子（一五八八）。

【箋】伯孺　詳卷二《贈陳价夫薦夫》。

戊子除夕飲顧道行先生諧賞園二首[一]

其一

游子驚聞爆竹，高堂誰薦椒花。諧賞園中地主，姑蘇城外天涯。

[一] 二首，底本無此二字，據目録補。

其二

白雁久無家信，青袍虚度年光。自覺夢中是客，何言醉處爲鄉。

【編年】萬曆十六年戊子（一五八八）。

【箋】顧道行　詳卷五《讀顧道行先生碑刻》。

諧賞園　詳卷五《諧賞園別顧世卿》。

題畫寄閔壽卿二首[一]

其一

溪路一曲二曲，人烟三家兩家。野飯唯供澗藻，山衣自緝園麻。

其二

草閣雲生雲滅，柴門風閉風開。峰影溪中流去，瀑聲天外飛來。

【編年】萬曆二十年壬辰（一五九二）。

【箋】閔壽卿　即閔齡，詳卷三《寄閔壽卿山人》。

［一］二首，底本無此二字，據目録補。

山居四時詞四首[一]

其一

樓外桃飄紅雨，階前苔綉青氈。燕影差池似剪，鶯聲睍睆如弦。

其二

亂蟬争噪高柳，倦鳥獨栖古篁。新茗半甌睡起，枯碁一局斜陽。

其三

天末金風薦爽，夜深玉露生寒。黄菊含苞欲吐，芙蓉褪粉將殘。

其四

墻北梅枝破玉，地中葭莩飛灰。爐爈呼童續火，雪深邀客銜杯。

漁

江北清波細浪，溪南暮雨西風。短笛黄蘆花外，扁舟紅蓼叢中。

樵

歷盡白雲千嶂，挑歸黄葉一肩。但願瓶中有粟，不愁厨下無烟。

[一] 四首，底本無此二字，據目録補。

耕

暮雲芳壟十畝，春雨寒郊一犁。水上插秧稚子，田頭持饁山妻。

牧

處處平原緑草，村村荒坂斜陽。自信坐牛背穩，誰知騎馬蹄忙。

幔亭集卷之十二終

幔亭集卷之十三

閩中徐　熥惟和著
友人陳薦夫幼孺選
王　若相如編

七言絕句

登揚州城樓

淮水微茫遠接天，隋宫秋草自芊芊。當時歌舞人何在，落日空山聞斷蟬。

【編年】萬曆十六年戊子（一五八八）。

【箋】隋宫　詳卷八《送閔孝昭侍尊人還廣陵》。

錢唐别友

日落津亭一别君，數聲猿叫不堪聞。明朝回首錢唐路，惟有秋山隔暮雲。

【編年】萬曆十六年戊子（一五八八）。

【箋】錢唐　同錢塘。

江上送客

片帆遥向洞庭游，湖水茫茫一色秋。别後思君腸欲斷，不堪重倚夕陽樓。

【編年】萬曆十六年戊子(一五八八)。

蘇小小墓

疏林落葉亂孤村，芳草萋萋滿墓門。惆悵美人今不見，寒鴉栖盡又黄昏。

【編年】萬曆十六年戊子(一五八八)。

【箋】蘇小小墓　在今浙江杭州西湖西泠橋西。

〇田汝成《西湖游覽志餘》卷十六『香奩艷語』：『蘇小小者，錢唐名妓也，蓋南齊時人。其墓或云湖曲，或云江干。古詞云：「妾乘油壁車，郎跨青驄馬。何處結同心，西陵松柏下。」今西陵乃錢唐江之西，則云江干者近是也。』

春日懷舊

落花寂寂柳依依，日暮空山獨掩扉。雙燕不知人去遠，年年猶繞畫梁飛。

【編年】萬曆十七年己丑(一五八九)。

彭城懷古

雲龍山下鳥争啼，戲馬臺前日欲西。莫謂楚宫今寂寞，五陵芳草正萋萋。

【編年】萬曆十七年己丑(一五八九)。

【箋】彭城　詳卷三《彭城行》。
雲龍山　在江蘇徐州，詳卷三《贈胡外史》。
戲馬臺　詳卷三《贈胡外史》。
五陵　詳卷一《擬古五首》。

【附】陳薦夫《彭城懷古》：『雲龍山色碧崔嵬，曾見河清幾度來。西楚沐猴空有國，東徐戲馬已無臺。原頭血濺虞姬草，冢土雲封亞父苔。魂斷烏江歸不得，錦衣終是夜深回。』（《水明樓集》卷五）

聽角思歸

白草黄榆不見春，十年遼海困征塵。夜來正有還鄉夢，殘角一聲愁殺人。

【編年】萬曆十七年己丑（一五八九）。

野店逢故人

野店鶯啼柳自垂，故人相見不勝悲。明朝又作沅湘别，江海悠悠無盡時。

【編年】萬曆十七年己丑（一五八九）。

淮陰夜泊

淮陰城下暫停舟，明月無情水自流。漢代王孫今不見，惟餘春草滿汀洲。

【編年】萬曆十七年己丑（一五八九）。

【箋】淮陰　詳卷九《淮陰舟夜寄懷二雲歌姬》。

客中贈別

吴姬把酒唱離歌，一片愁心奈別何。莫怪相看頻下泪，江南春色已無多。

【編年】萬曆十七年己丑（一五八九）。

武林與子卿宿別

渺渺疏鐘月下聞，天涯相見復離群。秋風一夜孤帆遠，遥隔吴山幾片雲。

【編年】萬曆十七年己丑（一五八九）。

【箋】陳子卿　即陳翰臣，詳卷三《破鏡行爲陳大賦》「陳大」條。

吴山　詳卷三《贈胡外史》。

丹陽遇陳十八

丹陽渡口遇同鄉，欲語匆匆怨夕陽。君返江南我江北，雲山千叠斷人腸。

【編年】萬曆十七年己丑（一五八九）。

【箋】丹陽　詳卷三《述游篇》。

【評】沈德潛《明詩别裁集》卷九：「絶句七章（按：即《丹陽遇陳十八》《長門怨》《郵亭殘花》《酒店逢李大》《芋江樓送張四之白下》《御兒舟中别郎公》《寄弟》），詞不必麗，意不必深，而婉轉關生，覺一種至情餘于意言之外。」

送人游秣陵

送君西去秣陵游，萬里寒江日夜流。酒散離亭人已遠，亂山殘雪一孤舟。

【編年】萬曆十六年戊子（一五八八）。

感舊

一別心知萬里遥，孤燈空對可憐宵。因思十五年前事，月色簫聲共寂寥。

【編年】萬曆十九年辛卯（一五九一）。

東原別歌者周郎[一]

縹緲尊前一曲歌，相逢其奈別離何。數聲殘角霜天曉，馬首無情幽怨多。

【編年】萬曆十九年辛卯（一五九一）。

【箋】東原　即東平，今屬山東。

○李賢《大明一統志》卷二十三《山東・兖州府》「東平州」條：「在府城西北一百五十里……漢爲東平國，取《禹》有東原底平之義……元改爲東平路，本朝洪武初復改爲府，八年，降爲州。」

歌者周郎　即周文成。

徐熥《贈歌者周文成詩序》：「辛卯之冬，道過東平，于沈刺史席上，邂逅青陽歌者周文

[一]《東原別歌者周郎》，原作四首，集僅存一首。徐熥《贈歌者周文成詩序》：「顧予浪迹難期，君亦萍踪無定。漫賦四絶。」（《幔亭集》卷十六）

成。幻質江南，栖踪濟北……漫賦四絶，用□寸心，异日重逢，持爲左券。』（《幔亭集》卷十六）

過黄逸人幽居

行到山中日已昏，一聲寒犬出孤村。青苔滿地無人迹，風落殘花閉洞門。

【編年】萬曆二十年壬辰（一五九二）。

【箋】黄逸人　即黄子文，詳卷五《九日大風雨與黄道晦陳惟秦飲屋後小山》。

靈岩庵懷珠上人二首[一]

其一

踏遍烟霞萬壑深，洞門空鎖薜蘿陰。一從瓢笠過南海，十載游踪無處尋。

其二

曾同老衲共安禪，回首春風已十年。此日重經香火地，佛燈無焰竈無烟。

【編年】萬曆二十年壬辰（一五九二）。

【箋】靈岩　在侯官縣，距福州城十里。

○王應山《閩都記》卷二十四《湖北侯官勝迹》『昇山寺』條：『昇山去郡十里而遥。陳天嘉三年創寺……以其西岩石間聞鼓聲，故稱「靈岩」。』

[一] 二首，底本無此二字，據目録補。

客中送人之粤西

客路相逢各斷腸，明朝身在瘴雲鄉。荒原野店無人住，古木蕭蕭空夕陽。

【編年】萬曆十九年辛卯（一五九一）。

軍城早秋

落日荒城起暮笳，蕭條秋色滿黄沙。一聲胡[一]雁西風裏，十萬征人盡憶家。

【編年】萬曆十九年辛卯（一五九一）。

【箋】軍城　今河北保定市唐縣軍城鎮。

【附】唐嚴武有《軍城早秋》：『昨夜秋風入漢關，朔雲邊月滿西山。更催飛將追驕虜，莫遣沙場匹馬還。』。

金陵懷古

一自東南王氣消，秣陵秋色冷蕭蕭。如今宫殿生禾黍，無復繁華似六朝。

【編年】萬曆十九年辛卯（一五九一）。

訪羽人不遇

千峰萬壑羽人家，鐘磬無聲日已斜。閉却洞門春寂寂，晚風吹落紫藤花。

[一] 胡，文淵閣《四庫全書》本改篡作『塞』。

【編年】萬曆十九年辛卯(一五九一)。

湖上晚望

半天殘月漏初稀，渺渺澄波浸翠微。一道香風何處起，隔溪游女采蓮歸。

【編年】萬曆十九年辛卯(一五九一)。

秋夜聞笛

殘月微微玉漏深，一聲長笛起秋陰。天涯多少懷歸客，獨對西風思不禁。

【編年】萬曆十九年辛卯(一五九一)。

東莊晚眺

舊游風景易蹉跎，古路松陰翳薜蘿。樵唱盡歸門巷寂，蕭蕭殘柳夕陽多。

【編年】萬曆十九年辛卯(一五九一)。

【附】徐𤊹《東莊晚眺》:『空林欲暝亂啼鴉，烟磬聲中落晚霞。一道微風生石徑，隔籬童子掃松花。』(《鼇峰集》卷二十四)

贈少年

天涯相見正新秋，滿目西風共倚樓。月下按箏歌一曲，聲聲都作小涼州。

【編年】萬曆十九年辛卯(一五九一)。

【箋】小涼州　雜曲名。

宮怨二首[一]

其一

金鎖重封院宇深，鑾輿消息總沉沉。君王何處看歌舞，負却長門夜夜心。

其二

遥聞玉輦過昭陽，歌吹聲中欲斷腸。一閉深宫經十載，夢魂無自識君王。

【箋】長門　長門宫，漢武帝陳皇后失寵後所居。司馬遷爲作《長門賦》。

○何清谷《三輔黄圖校注》卷三『長門宫』條：『離宫，在長安城。孝武陳皇后得幸，頗妒，居長門宫。』

○司馬相如《長門賦・序》：『孝武皇帝陳皇后，時得幸，頗妒，别在長門宫，愁悶悲思。聞蜀郡成都司馬相如，天下工爲文，奉黄金百斤，爲相如、文君取酒，因于解悲愁之辭。』（《文選》卷十六）

昭陽　詳卷十一《玉階怨》。

【附】鄧原岳《宫怨四首》，其一：『金屋花開囀早鶯，闌干倚遍彩雲横。東風似解愁人意，傳得晨朝警蹕聲。』其二：『春風暫到洗妝樓，宫柳凝烟翠欲流。自笑眉顰還似柳，不知若個更多愁。』其三：『采采芳蘭手自紉，可堪清怨翠娥顰。仙韶别院教歌舞，一度春風一度新。』其四：『銀漢光澄寶靨嬌，瑶臺寒逼紫霞綃。但教月色長如此，贏得嫦娥伴寂寥。』（《西樓集》卷十）

[一] 二首，底本無此二字，據目録補。

冬日到山家

十里青山古木平，半溪殘雪夕陽明。小橋流水門深閉，但聽雲中鷄犬聲。

送人貶崖州

瘴雨蠻烟道路長，憐君何事此投荒。他時縱有相思夢，萬里風波正渺茫。

【編年】萬曆十九年辛卯（一五九一）。

【箋】崖州　詳卷七《陳价夫歸自崖州談粵中山水因懷舊游》。

酒家贈別

十載分携無定踪，誰知此日酒家逢。五更酒醒東西去，又隔雲山千萬重。

【編年】萬曆十九年辛卯（一五九一）。

交河道中

蕭條殘柳不勝秋，滿目山川對戍樓。今日獨經征戰地，黄沙漠漠使人愁。

【編年】萬曆十九年辛卯（一五九一）。

【箋】交河　詳卷五《交河早發》。

漢宮春曉詞四首[一]

其一

長信宮中玉漏微，緑楊枝上乳鴉飛。忽聽銀鑰開金鎖，殘月樓頭照舞衣。

其二

枕上頻聞女伴催，任教初日上妝臺。玉肌應共東風軟，正夢昭陽侍寢來。

其三

宿霧霏微御柳青，水晶簾捲見殘星。傳言禁漏聲休促，昨夜君王酒未醒。

其四

鶯聲睍睆出花枝，腸斷流蘇夢覺時。一派管弦何處起，遥知别院拜昭儀。

【箋】長信　長信宮，秦漢皇宮，故址在今陝西西安。

○李賢《大明一統志》卷三十二《陝西・西安府》『長信宮』條：『在咸陽縣境，渭水南。《史記》：始皇初居有長信宮、祈年宮。』

○何清谷《三輔黄圖校注》卷三『長信宮』條：『漢太后居之。按《通靈記》：「太后，成帝母也。後宮在西，秋之象也。秋主信，故殿皆以長信、長秋爲名。」』按：秦宮、漢宮，宮名同，其址可能不一。

[一] 四首，底本無此二字，據目録補。

昭陽　詳卷十一《玉階怨》。

【附】陳薦夫《漢宫春曉詞四首》，其一：『千樹垂楊萬樹梅，朝曦初上霧初開。滿身雨露非承寵，只合宜春門草來。』其二：『斷續銅壺禁滿殘，鶯聲初囀緑楊間。不知璧月餘光裏，已有娥眉畫遠山。』其三：『花壓雕闌樹色蒼，半開魚鑰待焚香。掌中態弱君恩重，强起還憑白玉床。』其四：『平明鳷鵲觀初分，上苑黄鸝不可聞。獨爲含情倚芳樹，露華猶濕□羅裙。』（《水明樓集》卷八）　謝肇淛《漢宫春曉詞四首》，其一：『長門盡日鎖鉛華，拾得金丸彈曉鴉。猶記去年初望幸，君王先賜碧桃花。』其二：『夢回日影射銀鈎，柳色鶯聲十二樓。閑向昭陽尋女伴，宫中報道未梳頭。』其三：『平明别殿打球回，團扇春寒泣不開。强傍妝臺理紅粉，内頭催進畫圖來。』其四：『博山爐裡有殘香，巧對春風襯曉妝。一曲笙歌樓下過，共傳車駕幸平陽。』（《小草齋集》卷二十七）　徐㶿《漢宫春曉詞二首》，其一：『烟散瑶階旭日晴，風吹永巷露華清。長門初啓簾初捲，枝上黄鸝喚一聲。』其二：『春明乘曉試新妝，玉輦金輿出建章。三十六宫都望幸，車聲先已向昭陽。』（《鼇峰集》卷二十四）

送老僧

行盡天涯與海涯，閑雲孤鶴伴袈裟。歸看手種[一]門前樹，開遍春風幾度花。

［一］種，福建師大藏本誤作『重』。

三月晦日送人之安南二首[一]

其一

杜宇聲中夕照斜，長途征馬踏殘花。春光今日歸何處，莫是隨君到海涯。

其二

驅車萬里向蠻天，人去春歸總可憐。同是别離君更速，君行猶在曉鐘前。

【編年】萬曆二十四年丙申（一五九六）。

【箋】安南　今越南。

○李賢《大明一統志》卷九十《安南》「沿革」條：「安南，古南交之地。秦屬象郡，漢初爲南越所有……本朝洪武初，陳日煃率先歸附，乃賜安南國王印。」

【附】徐𤊹《三月晦日送人之安南》：「落花飛絮委東流，春色行人總不留。却恨春風已歸去，豈能吹夢到交州。」（《鼇峰集》卷二十四）

寒食郊行傷少文

春風羸馬出郊坰，忽憶心知涕泪零。最是無情墳上草，年年寒食自青青。

【編年】萬曆二十四年丙申（一五九六）。按：當作于王叔魯蕈葬（一五九五）秋之後。

[一] 三，福建師大藏本作「二」，文淵閣《四庫全書》本同。按：「征馬踏殘花」，當在暮春，又據徐𤊹《三月晦日送人之安南》，兄弟同時作，「二」當作「三」。二首，底本無此二字，據目録補。

【箋】少文　即王叔魯，詳卷三《贈王少文》。

送人出塞

黄塵漠漠暗征衣，楊柳青青折漸稀。試問玉門關外路，幾人西去幾人歸。

【箋】玉門關　詳卷三《古戰場》。

七夕聞砧

天上雙星正度河，人間砧杵晚來多。閨房若待秋風冷，絶塞寒威可奈何。

長門怨

芳草何時輦路通，長門花鳥自春風。總緣薄命難承寵，不是相如賦未工。

【箋】長門　詳本卷《宫怨二首》。

【附】鄧原岳《長門怨》：『一入深宫暮復朝，碧雲寂寞夜迢迢。若言衰貌難承寵，何必黄金貯阿嬌。』（《西樓集》卷十）　陳薦夫《長門怨》：『長門咫尺海沉沉，舊屋銷爲買賦金。莫介文君屬司馬，賦工争似《白頭吟》。』（《水明樓集》卷八）

金谷園

聞説佳人此墜樓，青山長在水長流。明珠已與珊瑚碎，尚有香魂夜出游。

【箋】金谷園　晋石崇園林，在河南洛陽，爲緑珠墜樓處。參見卷三《緑珠詩》《帝京篇》。

【附】鄧原岳《金谷園》：『逶迤步障曲藏春，歌舞回頭曲已陳。惟有河陽山上月，當時曾見墜樓人。』（《西樓集》卷十）　陳薦夫《金谷園》：『二十樓中無復春，雙環飛墜陌頭塵。石家多少繁華事，只有明珠不屬人。』（《水明樓集》卷八）　謝肇淛《金谷園》：『石家別館河陽湄，白玉闌道黄金墀。春風占盡名花種，滿城桃李無芳枝。錦障排空四十里，七尺珊瑚海雲紫。家奴半着火浣衫，侍兒盡躡珍珠履。蠟炬爲薪椒爲垩，美人行酒蓮花幕。玉斝淋漓濕不飛，粉頸宛轉燈前落。千頃芙蕖揚素波，清凉臺上香風多。琵琶初按明妃調，懊惱新翻子夜歌。子夜歌殘檀板急，香塵舞罷嬌無迹。衛尉沉醉催賜珠，翔風輕軀拌當席。席半更衣轉曲房，碧闌處處金盆湯。將軍含笑脱犢鼻，侍婢夾道焚都梁。宋褘笛聲遏雲起，緑珠雙鬟眸如水。亭亭獨步媚横陳，坐客滿堂心欲死。急管繁弦日轉西，明珠帳角光坑璃。絶塵快犢駕珠翠，咄嗟豆粥和萍虀。八百蛾眉閑且都，争妍鬥意共歡娱。一旦長安見車騎，百年離別在須臾。鴛鴦瓦碎闌干朽，片片霞光散窗牖。自甘白首咏同歸，肯使紅顔落人手。紅顔已謝骨猶香，繁華异代總凄凉。北邙山上青天月，夜夜清光照斷腸。』（《小草齋集》卷八）

青冢

絶代嬌姿遠嫁胡[一]，千年孤冢長蘼蕪。春風似亦憐芳質，不遣窮陰草色枯。

【箋】青冢　傳説漢宮女王昭君出塞後所葬地。

[一] 絶代嬌姿遠嫁胡，此句文淵閣《四庫全書》本改篡爲『誤殺嬋娟是畫圖』。

【附】鄧原岳《青冢》：『胡塵漠漠暗琵琶，魂魄猶憐漢路賒。艷骨不銷千載恨，隴頭青草蘸黄沙。』（《西樓集》卷十）　陳薦夫《青冢》：『萬里辭家嫁虜庭，千秋理玉向泉扃。縱然冢上蘼蕪色，争似當年輦路青。』（《水明樓集》卷八）

楊白花

楊花如雪葉如絲，無奈東風一夜吹。飄落不知何處所，年年腸斷暮春時。

【附】鄧原岳《楊白華》：『楊花點點逐殘春，飛出宫墻踏作塵。一望南天消息斷，東風愁殺倚樓人。』（《西樓集》卷十）　陳薦夫《楊白花》：『宫樹宫花幾度開，隨風飛去却飛來。如何歲歲花飛日，不見楊花江上回。』（《水明樓集》卷八）　謝肇淛《楊白花》：『宫城千萬樹，不如楊白花。白花白于雪，隨風南去入誰家？日落江南道，春心繞天涯。年年春風生芳草，愁殺楊花爲誰好？』（《小草齋集》卷二）　徐𤊹《楊白花》：『楊白花殘宫樹稀，東西飄蕩欲何依。此身願得輕如燕，日逐楊花到處飛。』（《鼇峰集》卷二十四）

宫人斜

春雨春風粉黛銷，誰憐黄土葬妖嬌。墓門幸與諸陵近，夜夜香魂不寂寥。

【附】鄧原岳《宫人斜》：『閉却泉臺無復春，珠襦零落暗生塵。當時亦有承恩者，墓草由來一樣新。』（《西樓集》卷十）　陳薦夫《宫人斜》：『玉減香銷絶泪痕，長辭永巷閉泉門。也知陋質生無補，得近山陵是主恩。』（《水明樓集》卷八）　謝肇淛《宫人斜》：『落花啼鳥怨青春，生不銜恩死作塵。長信月明秋寂寂，君王只夢李夫人。』（《小草齋集》卷二十七）　徐𤊹《宮人斜》：『空山冥漠夜沉沉，多少芳魂不可尋。莫怨埋香在黄土，長門深似墓門深。』（《鼇峰集》卷二十四）

紅葉怨

紅葉詩成暗自愁，御溝泉咽不堪流。願將一掬相思泪，添得潺湲出御溝。

【附】鄧原岳《紅葉怨》：『惆悵西風摇落秋，多情却奇水東流。由來一葉輕如許，載得宫中萬斛愁。』（《西樓集》卷十）

薛濤墳

玉壘山高錦水流，黄泉何處覓青樓。墳頭種得桃千樹，花落花開怨未休。

【箋】薛濤　唐代女詩人。

○辛文房《唐才子傳》卷六：『濤字洪度，成都樂妓也。性辨慧，嫺翰墨。居浣花裏，種菖蒲滿門。傍即東北走長安道也，往來車馬留連。元和中，元微之使蜀，密意求訪，府公嚴司空知之，遣濤往侍，微之登翰林，以詩寄之。……及武元衡入相，奏授校書郎。蜀人呼妓爲「校書」，自濤始也……濤工爲小詩，惜成都箋幅大，遂皆製狹之，人以爲便，名曰「薛濤箋」。且機警閑捷，座中談笑風生。』

【附】鄧原岳《薛濤墳》：『三尺荒墳傍狹邪，墳前流水繞桃花。花開花落東風老，惆悵空林栖暮鴉。』（《西樓集》卷十）　徐𤊹《薛濤墳》：『三尺荒墳夕照邊，小桃千樹鎖春烟。飛花片

片隨風落，猶是懷人寄錦箋。』（《鼇峰集》卷二十四）

温泉宫

羯鼓聲中酒未醒，華清浴罷轉娉婷。可憐萬古温泉水，難洗胡兒[一]戰血腥。

【箋】温泉宫　即華清宫，唐置。在陝西臨潼。

○李賢《大明一統志》卷三十二《陝西·西安府上》『華清宫』條：『在驪山下。唐太宗建以温湯，所在初名「温泉宫」，玄宗改曰「華清」，治湯爲池，環山列宫室，每歲臨幸。』

【附】陳薦夫《温泉宫》：『華清池繞别宫開，簾外春寒賜浴回。别有腥膻流不盡，當時應是洗兒來。』（《水明樓集》卷八）

馬嵬驛

蛾眉宛轉倍堪憐，永别君恩赴九泉。千載馬嵬山下路，傷心最是佛堂前。

【箋】馬嵬驛　在陝西興平。

○李賢《大明一統志》卷三十二《西安府》『馬嵬坡』條：『在興平縣西二十五里，唐楊妃葬處。坡有馬嵬泉，久涸。本朝洪武中，其旁涌出一泉。』

【附】鄧原岳《馬嵬驛》：『羯鼓聲停軍夜呼，君王依枕更躊躕。蛾眉婉轉一朝盡，猶憶宫中私

[一] 胡兒，文淵閣《四庫全書》本作『漁洋』。

語無。』(《西樓集》卷十)

宫詞

忽聽昭陽歌吹聲，倚欄無語不勝情。青青長信宫前草，盡是鑾輿去後生。

【箋】昭陽　詳卷十一《玉階怨》。

長信　詳卷十三《漢宫春曉詞》。

【附】鄧原岳《宫詞十首》，其一：『日侍金輿奉至尊，椒風幸有別承恩。同來女伴俱零落，含泪花前不敢言。』其二：『越綺吴紗別樣紅，分明綉出百花叢。中間更有飛龍錦，御手先頒第一宫。』其三：『綺閣瑶房午未開，侍衣宫監各徘徊。睡醒輾轉無人覺，鸚鵡傳呼直日來。』其四：『可憐傾國寵方新，花謝花開亦有因。夢隔衡蕪消息斷，武皇還憶李夫人。』其五：『露布朝馳自海東，聖皇歡宴萬年宫。梨園齊奏平蠻曲，竟是何人汗馬功？』其六：『鑾輿避暑九層臺，賜扇含風巧樣裁。齊説今年工製好，詔書特敕守臣來。』其七：『閣門初啓日西沉，曲宴流連夜漏深。忽報外頭封事急，何方鑛使貢黄金。』其八：『明堂勑遣大長秋，妙選民間第一流。且喜婚期將卜吉，朝朝瑞氣傍龍樓。』其九：『中官走馬捷如飛，内監傳宣盡陽緋。昨夜新添第九女，大家拱手賀皇妃。』其十：『永陵宫女白蒙頭，却憶當年侍冕旒。最有今皇能繼武，太平垂拱不曾愁。』(《西樓集》卷十)　佘翔《宫詞》：『待月立金階，露冷羅衣薄。徒依玉闌干，秋風吹簾幕。』(《薜荔園詩集》卷一)　陳薦夫《宫詞二首》，其一：

『玉貌逡巡出塞垣，詞臣容易賦長門。于今莫恃花顔色，須費黄金買國恩。』其二：『吴鹽洒地竹生烟，不見羊車下九天。縱使新妝也無益，幾回能到御床前？』(《水明樓集》卷八)　陳薦夫《宫詞》：『雖言逐隊身長門，十載何曾識至尊？命薄不教人見妒，始知無寵是君恩。』(《水明樓集》卷八)

古意

郎自傷心妾斷腸，夢中逢妾妾逢郎。一聲砧杵一聲恨，别意長如秋夜長。

郵亭殘花

征途微雨動春寒，片片飛花馬上殘。試問亭前來往客，幾人花在故園看。

【評】梁章鉅《東南嶠外詩話》卷九『徐熥』條：『沈歸愚極賞幔亭《郵花》一絶，云云。以爲惟和絶句詞不必麗，意不必深，而宛轉關生，一種至情餘于意言之外。』

【附】鄧原岳《郵亭見殘花》：『繁花落盡怨殘春，漂浮還隨客路塵。縱得東風好相惜，看來終是异鄉身。』(《西樓集》卷十)按：此詩未必與熥詩同時作。

聽舊宫人歌

一從紅葉御溝流，别却深宫幾度秋。莫向尊前歌舊曲，哀聲容易使人愁。

擬九日客中登高四首[一]

其一

獨對青山酒一尊，他鄉秋色易消魂。可憐舉目關河异，惟有黄花似故園。

其二

客中歲月易蹉跎，此日登臨共醉歌。莫以天涯生感慨，他鄉旹少故鄉多。

其三

黄花空向客邊開，愁聽尊前白雁哀。縱使登高也無益，青山不是望鄉臺。

其四

滿徑寒花緑酒前，客中愁緒轉凄然。也知故國山長在，只恨登高是隔年。

訪陳平夫箬坡別業

澗水瀠洄緑樹稠，白雲長鎖洞門幽。此中自與塵凡隔，一任桃花引釣舟。

【箋】陳平夫　即陳邦注，詳卷二《懷陳平夫》。

箬坡別業　陳邦注別業。

○郭柏蒼《柳湄詩傳》：『邦注于義溪祖宅築箬坡別業。』（《全閩明詩傳》卷三十二引）

[一] 四首，底本無此二字，據目録補。

【附】陳薦夫《宿陳平夫兄箬坡別業》：『別業開青野，重關掩翠微。臨窗山月近，捲幔宿雲飛。樹色寒難辨，猿聲曉漸稀。不緣塵慮迫，惆悵欲望歸。』（《水明樓集》卷三）

長安感懷

一領征衣半泪痕，思家何日不消魂。桃花落盡鶯聲老，猶自漂零客薊門。

【箋】薊門　詳卷五《送鄧汝高進士還朝二首》。

過陳薦夫幽居

柴門寂寂晝長關，猿鳥聲中鶴夢閑。欲識武陵溪上路，桃花無數水潺湲。

【箋】陳薦夫　參見卷二《五君咏·陳幼孺》。

秋怨

梧桐葉落正新秋，如水君恩別處流。獨倚朱欄過夜半，一聲歌管六宫愁。

送人從軍

秋風一夜別家山，萬里從戎幾日還。此去正當離亂後，斷腸多在穆陵關。

【箋】穆陵關　齊長城穆陵關故址在今山東臨沂沂水縣。

酒店逢李大

偶向新豐市裏過，故人尊酒共悲歌。十年別泪知多少，不道相逢泪更多。

【箋】新豐　詳卷三《帝京篇》。

【附】徐熥《酒店逢故人》：『旅店相逢日未斜，不堪爲客共天涯。尊前何必傷離別，人是同鄉醉是家。』（《鼇峰集》卷二十四）

隴西行二首[一]

其一

一別家山萬里長，多年白骨委沙場。游魂已逐胡[二]塵散，空有高臺築望鄉。

其二

仗劍封侯事已非，閨中少婦葬征衣。玉門關内多胡[三]馬，縱有游魂不敢歸。

【箋】玉門　玉門關，詳卷三《古戰場》。

楚宮怨

黃土埋香翠黛銷，楚妃魂逐楚雲飄。愁多自殞如花貌，豈爲君王愛細腰。

吴宫怨

高臺日日翠華臨，何事顰眉更捧心。本是苧蘿山下女，吴中恩淺越中深。

【箋】苧蘿　在浙江諸暨。

[一]　二首，底本無此二字，據目録補。

[二]　胡，文淵閣《四庫全書》本改篡爲『邊』。

[三]　胡，文淵閣《四庫全書》本改篡爲『邊』。

○李賢《大明一統志》卷四十五《浙江・紹興府》『苧蘿山』條：『苧蘿山，在諸暨縣南五里，下有方石。舊《經》：西施曬紗處。』

【附】陳鳴鶴《吴宫怨》：『羿嫗行天駕飛軌，七寶丸中立秋水。笑儂孤枕雙鴛鴦，寒蛩泣露眠空床。姑蘇臺上浣紗娘，帳底玉笙吹凰皇。沉檀燒空掩月光，漏夜爲誰今夜長。』（《泡庵詩選》卷三）　顔容軒《吴宫怨》：『露冷梧桐葉半摧，嬌歌舊事委荒臺。君王不復憐顔色，自舞秋風日幾回。』（《鳴劍集》，曹學佺《石倉十二代詩選・社集》）

秦宫怨

宫中無復望車塵，已分阿房老此身。縱使君王得相見，也應不愛白頭人。

漢宫怨

寵幸當年不省憂，六宫那許近宸旒。一從廢入長門裏，始解宫中失寵愁。

【箋】長門　詳本卷《宫怨二首》。

【附】謝肇淛《漢宫怨》：『團扇清秋鎖不開，宫車猶在避風臺。不知赤鳳緣何事，也逐昭陽燕子來。』（《小草齋集》卷二十九）按：謝肇淛諸宫怨詩、宫詞非同時作，録以備考。　謝肇淛《漢宫詞二首》，其一：『西飛青鳥去何時，又上東皇太乙祠。昨夜秋風金屋冷，藕花落盡影娥池。』其二：『新裁窮袴賜宫嬪，院院重封不見人。風雨平陵龍去早，珠襦玉殿更無春。』（《小草齋集》卷二十九）　徐𤊹《漢宫怨》：『舞袖翩翩别樣裁，十年篋裏不曾開。可憐自閉長門

後，未對春風舞一回。』（《鼇峰集》卷二十四）

魏宮怨

一夜東風殺氣銷，起憑妝閣思無聊。銅臺自有如花貌，何必江東大小喬。

【箋】銅臺　即銅雀臺，詳卷五《銅雀伎》。

【附】謝肇淛《鄴宮詞》：『分得名香泪未消，月明歌舞在層霄。春深銅雀花開落，空向江東憶二喬。』（《小草齋集》卷二十九）按：魏都鄴（河北臨漳）。『鄴宮詞』即『魏宮詞』。

晉宮怨

恩寵由來有淺深，至尊行幸豈無心。娥眉不解君心巧，空聽羊車竹外音。

【附】徐𤊹《晉宮怨》：『承歡貴嬪殿西頭，寥落深宮夜夜愁。不見羊車聲入户，空聞鐘起景陽樓。』（《鼇峰集》卷二十四）

齊宮怨

遥見潘妃綽約來，六宮紅粉一時迴。隔花聽得君王笑，知是金蓮步步開。

梁宮怨

深宮長日閉蒼苔，恩寵于今念已灰。莫望他生更相見，君王行滿不輪迴。

【附】陳鳴鶴《梁宮詞》：『官家曾受記，戒體似維摩。心已同馴虎，眉空畫翠娥。誦經居寶刹，是妾度恒河。他日拈花會，偏承雨露多。』（《泡庵詩選》卷四）　徐𤊹《梁宮怨》：『結束新

妝侍禁門，朝朝空自望承恩。君王不是輕顏色，已斷人間愛欲根。』（《鼇峰集》卷二十四）

隋宫怨

江南江北翠旂遥，夜夜深宫鎖寂寥。何處龍舟試歌舞，秦淮明月廣陵潮。

【附】謝肇淛《隋宫怨》：『廣陵三月御河開，鳳輦龍舟去不迴。日暮楊花飛似雪，東風吹入故宫來。』（《小草齋集》卷二十九）

唐宫怨

一曲霓裳舞未休，月光如水上簾鈎。夢迴忽聽笙歌沸，猶是華清夜打球。

【箋】華清　華清宫。

【附】謝肇淛《唐宫怨》：『棣萼樓頭月半斜，六宫未敢洗鉛華。教坊新進霓裳曲，閑殺東都四萬花。』（《小草齋集》卷二十九）　徐𤊹《唐宫怨》：『殿前舞袖試新羅，學得霓裳一曲歌。不是泪妝施素粉，由來幽怨泪痕多。』（《鼇峰集》卷二十四）

下邳阻風

邊風颯颯捲黄沙，白浪連天涌作花。野店無人門盡閉，夕陽衰柳帶寒鴉。

【編年】萬曆十七年己丑（一五八九）。

【箋】下邳　下邳城。今江蘇睢寧。

○李賢《大明一統志》卷十三《淮安府》『下邳城』條：『在邳州治東。魏武征吕布于下邳，决泗水以灌其城，即此。《寰宇記》：下邳城有三大城，中城吕布築，小城晋石崇築。』

彭城元夕懷故園諸友

故國春宵正可憐，九衢燈火吐春烟。舊游已共晨星散，月色遥知似去年。

【箋】彭城　詳卷三《彭城行》。

【編年】萬曆十七年己丑（一五八九）。

馬上姬二首〔一〕

其一

紅粉青娥白苧衣，一鞭柳外踏青歸。中裙妒殺桃花馬，九陌香塵撲面飛。

其二

窈窕佳人跨綉鞍，香風吹動緑雲鬟。最憐二月長堤柳，一路青青送玉顔。

【編年】萬曆十七年己丑（一五八九）。

别劉少巳馮希吕

都門慷慨别同歡，劍氣中宵馬上看。一自荆卿歌變徵，蕭蕭易水至今寒。

【箋】易水　詳卷二《咏荆軻》。

【編年】萬曆十七年己丑（一五八九）。

〔一〕二首，底本無此二字，據目録補。

鄚城感舊

四馬還家春正深，路傍楊柳盡成陰。當壚少女今何處，門鎖寒烟不可尋。

【編年】萬曆十七年己丑（一五八九）。

【箋】鄚城　鄚城驛，在今河北任丘縣。

○楊正泰《〈明會典〉所載驛考·直隸》『鄚城驛』條：『屬河間府任丘縣。洪武九年（一三七六年）置。在今河北任丘縣北鄚州，尋移入今任丘縣城内。』（《明代驛站考》二）

○李賢《大明一統志》卷二《京師·河間府》『鄚亭廢縣』條：『在任丘縣北莫州城内。本漢鄚縣。宋省入任丘，金置鄚亭縣。』

進香詞

貌似桃花鬢似雲，銷金抹額石榴裙。一派管弦齊上馬，手持香辦禮元君。

【編年】萬曆十七年己丑（一五八九）。

【箋】元君　道教稱女子成仙者爲元君。

月夜

鶯花三月出燕關，千里家鄉幾日還。今夜月明天似水，夢魂先到武夷山。

【編年】萬曆十七年己丑（一五八九）。

懷平夫

雪花飛盡柳花飛，目斷南天雁影稀。月落屋梁人不見，空餘清夢繞漁磯。

【編年】萬曆十七年己丑（一五八九）。

【箋】平夫　即陳邦注，詳卷二《懷陳平夫》。

劍浦懷宗思兼先生

劍氣冲霄水亂流，故人曾共木蘭舟。年來老病如宗炳，畫裏青山卧裏游。

【編年】萬曆十七年己丑（一五八九）。

【箋】劍浦　詳卷二《劍浦送顧世卿》。

宗思兼，即宗周，詳卷五《元夕集宗少府宅》。

○徐熥《登仕郎姚江簿宗先生墓志銘》：『其居富花竹，先世所遺書畫，先生十襲珍之，客至則懸以供賞玩，曰：「效吾家少文卧游也。」焚香煮茗，超然物外。非烟霞之語，未嘗一出齒牙。先輩大雅君子，無能過先生者。先生工繪事，山水學沈啓南，間爲高房山。花卉竹石，種種有法。總之，筆力蒼健，不墮俗格。』（《幔亭集》卷十八）

宗炳　詳卷三《赤岩吟爲大田令謝君賦》。

過陳山人隱居

茆齋斜瞰武陵溪，萬樹桃花兩岸齊。閑倚杖藜看乳燕，薜蘿衣上落香泥。

【編年】萬曆十七年己丑（一五八九）。

竹枝詞四首[一]

其一

美人門對錢唐江，水透蘇堤月透窗。莫怨裴航仙夢晚，種來玉杵未成雙。

其二

妾住西湖舊狹邪，孤山深處是郎家。郎若重來須細認，湖邊新種碧桃花。

其三

楊柳堤邊去采蓮，柳枝低拂采蓮船。分付兒童休浪折，留待郎來作馬鞭。

其四

忽聽樓頭鼓亂敲，饃糊月色上花稍。郎今去住無消息，暗擲金錢卜一爻。

【箋】錢唐江　即錢塘江，詳卷三《靈隱寺尋耶溪上人》。

蘇堤　即蘇公堤，在杭州西湖。

○李賢《大明一統志》卷三十八《浙江·杭州府》「蘇公堤」條：「在西湖上，宋元祐中蘇軾取葑田聚湖中，南北徑三十里爲長堤，以通行者，且募人種菱湖中，收其利以備修，湖堤成，植芙蓉、楊柳其上，望之如圖畫。杭人名爲「蘇公堤」。」

[一] 四首，底本無此二字，據目録補。

裴航　詳卷八《玉女杜蘭香下嫁張碩》『裴郎』條。

孤山　詳卷九《寄題郭張虚香雪齋》。

送鄭翰卿游燕二首〔一〕

其一

慷慨辭家事北游，黄沙萬里使人愁。市中擊筑悲歌日，爲覓荆卿舊酒樓。

其二

大夢山前片月孤，送君走馬入燕都。黄金臺上生秋草，猶有當年駿骨無。

【編年】萬曆十九年辛卯（一五九一）。

【箋】鄭翰卿　即鄭琰，詳卷九《姑蘇懷鄭翰卿》。

大夢山　詳卷七《江郡侯招飲西湖同曾人倩謝在杭分得游字》。

【附】徐𤊹《送鄭四之燕》：『秋風生暮寒，游子發征鞍。盡此一杯酒，寧辭行路難！胡沙當回起，隴月向人殘。易水悲歌日，應懷太子丹。』（《鼇峰集》卷十）按：鄭四，即鄭琰。

六溪〔二〕**夜泛**

暮潮初漲月痕低，一葉蘭舟過六溪。唱罷滄浪天漸曉，青山無數鷓鴣啼。

〔一〕二首，底本無此二字，據目録補。

〔二〕六溪，王應山《閩都記》卷十四《郡南閩縣勝迹》引此詩，作『義溪』。

【箋】六溪　陳氏住六溪，詳卷二《懷陳平夫》。

烏石山訪虚公[一]

飛錫何年住此山，長松修竹掩禪關。斜陽影裏暮鐘發，三十六峰烟靄間。

【箋】烏石山　詳卷五《烏石山贈僧》。

虚公　即太虚上人，又稱大笠僧。參見卷七《過大笠僧太虚故居》。

春日郊行

春風初動莫雲平，十里芳郊信馬行。山色蒼蒼溪水緑，杏花村裏鷓鴣聲。

【箋】杏花村　詳卷六《懷元直客金陵》。

西湖八景八首[二]

仙橋柳色[三]

迎仙橋畔萬條絲，淡蕩春風二月時。知是踏青歸去晚，幾多游女唱楊枝。

大夢松聲

澄湖瀠繞越王城，十里湖光似鏡平。怪得寒濤何處起，前山無數亂松聲。

[一]《烏石山訪虚公》，王應山《閩都記》卷十、郭柏蒼《烏石山志》卷十『寺觀』引此詩，作《烏石訪虚公》。

[二]八首，底本及目録無此二字，據全書體例補。郭何振岱《西湖志》卷五《名勝》引此八詩。

[三]《仙橋柳色》，目録無八景細目，據此詩補。

古堞斜陽

百尺高樓接女墻，猶傳閩越舊封疆。可憐霸業歸何處，惟有寒鴉帶夕陽。

水晶初月

孤山深處水晶宫，畫舸歸來信晚風。款乃歌殘天似水，一痕新月上湖東。

荷亭晚唱

虚亭遥跨水中央，五里荷花十里香。度曲女郎齊拍手，一聲驚散兩鴛鴦。

西禪曉鐘

湖上邀賓卜夜歡，勝游休問夜漫漫。天鷄叫罷晨星落，猶聽鐘聲出寺殘。

湖心春雨

滉漾平湖影碧空，千重樹色盡朦朧。春光何處尤堪賞，多是梨花暮雨中。

澄瀾曙鶯

子與風流天下聞，㓞來高閣欲凌雲。曉鶯不道年華變，猶自聲聲唤使君。

【箋】西湖　福州西湖。

仙橋柳色

○何振岱《西湖志》卷五：『仙橋柳色。西門外有木梁，曰「迎仙橋」。故老相傳，舊時橋旁遍栽楊柳，鵝黄蘸水，絮雪漫天，行人蔭焉。辛稼軒詞云：「記風流重來，手種緑成陰也。」蓋植柳之盛，宋時已然。』

按：《西湖志》載有熥此八詩。

大夢松聲　詳卷七《江郡侯招飲西湖同曾人倩謝在杭分得游字》。

越王城　詳卷三《送柯秀才還莆》。

古堞斜陽

○何振岱《西湖志》卷五：「湖上向晚之景，有足引人入勝者。危樓背嶺，古城壓波，抹一角之斜陽，送千里之暝色。人家負郭，炊烟方生，湖水涵虚，横舟不渡。」

水晶初月

○何振岱《西湖志》卷五：「水晶初月。水晶宫，閩時跨城爲複道，以至于湖，便游宴焉。」

孤山　福州西湖中之孤嶼。

○王應山《閩都記》卷十七《湖中孤山勝迹》：「孤山里許，在湖中央。其陰，有陳内翰景著祖塋，石上有篆書「定遠伯玠陳公之墓」八字。山之陽，水田若干畝，樹木蔭翳，華實盈疇，如隔塵寰，非方舟不能至。」

○曹學佺《大明一統名勝志·福建》卷一《福州府》「孤山」條：「在湖中央，舊有開化寺，廢，今改爲湖心亭。」

荷亭唱晚

○何振岱《西湖志》卷五：「荷亭唱晚。荷亭在今李忠定公祠後。三面臨湖，闌檻相亞，中有方池，植荷花甚盛。當夫湖光欲沉，山色初暝，漁歌起于別浦，菱唱沂在芳洲。沙禽驚飛，遥入烟際；游鱗吹沫，散爲圓紋。』

西禪晚鐘

○何振岱《西湖志》卷五：『西禪晚鐘。西禪寺在城西怡山。由宋至今，屢經修葺。紺宫梵宇，飛翠流丹，爲近城第一叢林。四望峰巒回合，浦溆縈繞，蒙茸分披，蜿蜒得徑。望松陰蒼鬱，涌立小埠，有鐘聲出于林際，即寺之所在也。』

湖心春雨

○何振岱《西湖志》卷五：『湖心春雨。湖游宜晴，而雨亦有別趣。西湖舊有湖心亭，歲久址廢。新葺之亭，距岸西十數丈，屹立水中，朱欄翼之。維舟亭邊，拾級而上，湖光山色，環覽無遺。蓋湖中路，樓閣縱横，游人坌集。此亭隔絶塵境，無車馬之喧，而有山水之樂。』

澄瀾　澄瀾閣，詳卷二《初夏邀黄仲高孝廉張孺愿太學錢叔達山人張公魯徐仲和秀才及社諸子集澄瀾閣》。

○何振岱《西湖志》卷五：『澄瀾曙鶯。宋時澄瀾閣，故址久堙。明徐氏建者在舊褒忠祠中……碧檻朱欄，三面臨水，風景視前蓋勝。下葺三楹，短垣繚之，庭中名花嘉卉，紅紫紛敷。』

子與　徐中行，字子與，長興（今屬浙江）人。嘉靖二十九年（一六五〇）進士。從李攀龍、王世貞學古文。出爲汀州知府，歷布政參議、按察使。萬曆五年（一五七七）重建西湖澄瀾閣。

青樓俠氣贈李姬四首[一]

其一

阿嬌俠氣滿紅樓，不肯輕身事貴游。昨日五陵公子過，青衣傳語未梳頭。

其二

文章元不屬蛾眉，紅粉誰知唱麗詞。袖裏雲箋裁五色，客來題出斷腸詩。

其三

玉貌元同蘇小娟，清謳一闋最堪憐。歌聲未斷尊中罄，猶卸金釵當酒錢。

其四

緑雲慵理黛痕銷，時把金簪竹上敲。但得黄金能買賦，何須珠翠鬥妖嬈。

【編年】萬曆十六年戊子（一五八八）。

【箋】五陵　詳卷一《擬古五首》。

【箋】青樓俠氣贈李姬

○徐熥《青樓俠氣詩序》：『李姬儀卿者，廣陵麗質，越國名姝，幼出良家，長淪伎館。』（《幔亭集》卷十六）又：《青樓俠氣卷》：『萬曆戊子夏，余製《青樓俠氣卷》，贈伎李儀卿。同時倡和者十餘人，獨伯孺

[一]　四首，底本無此二字，據目録補。

一歌，膾炙人口。』（《幔亭集》卷十九）

五陵　詳卷一《擬古五首》。

蘇小娟　即蘇小小，南宋歌妓，蘇盼奴之妹，錢塘（今杭州）人，能詩詞。

【附】陳薦夫《青樓俠氣爲李儀卿賦》其一：『長袖何曾舞柘枝，千金寧爲掃娥眉。幾回散盡纏頭錦，收得名家幼婦詞。』其二：『野色常浮花外樽，玉驄遥識柳間門。幾多紈袴窺顔色，欲擲黄金不敢言。』其三：『白龍臺上引朱弦，萬壽橋西啓玳筵。除却梁園詞賦客，何人解到玉樓前。』其四：『浮白呼盧夜向闌，紅綃卸蓋曉霜寒。一時狂態酬知己，不管金張座上看。』（《水明樓集》卷八）

寄題朗公寶函樓

一瓢一鉢一經函，幡影燈光對佛龕。百尺樓中皆净土，蓮花千葉坐瞿曇。

【編年】萬曆十六年戊子（一五八八）。

【箋】朗公　嘉興水西寺僧，詳卷五《得朗公詩却寄》。

重過面壁洞訪熙工

躡屐重過積翠臺，當時屐齒半蒼苔。桑麻鷄犬還如舊，洞口桃花幾度開。

【編年】萬曆十九年辛卯（一五九一）。

【箋】重過面壁洞訪熙工　參見卷五《宿林熙工面壁洞二首》。

積翠臺　錦溪八景之一。

宫詞二首[一]

其一

翡翠衾寒曉漏遲，博山香燼夜何其。起來試揭珠簾看，月在梨花第一枝。

其二

莫怨鑾輿寵幸稀，九重天子正宵衣。雲和一曲閑清晝，乳燕簾前作對飛。

【附】陳鳴鶴《宫詞七首》，其一：『風動鏘鏘百子鈴，滿天膏燭照彤庭。美人遥在塵霄外，争看勾陳四輔星。』其二：『十五辭家入漢宫，肯將顔色却當熊。誰知列屋閒居者，盡是娥眉畫最工。』其三：『黄金臺上靚妝回，并蒂蓮花朵朵開。昨夜君王新賜宴，一時宫女便驚倩。』其四：『煤龍池内水常温，浴罷青樓侍至尊。翠羽明珠嬌不御，笑看宫女曉妝煩。』其五：『碧潭明月五湖秋，内使傳宣湖上游。十六院中多少恨，獨敲檀板下龍舟。』其六：『花顔雲鬢管弦新，一笑能移玉座春。不用波斯螺子黛，娥眉妒殺六宫人。』其七：『越溪初進耀光綾，裁作衣裳妾不勝。掌上回旋身似燕，微風入座便飛騰。』（《泡庵詩選》卷六）　陳薦夫《宫詞二首》，其一：『玉貌逡巡出塞垣，詞臣容易賦長門。于今莫恃花顔色，須費黄金買國

[一] 二首，底本無此二字，據目録補。

恩。』其二：『吴鹽灑地竹生烟，不見羊車下九天。縱使新妝也無益，幾回能到御床前。』（《水明樓集》卷八）

對月答鄧汝高

共對秋山月影寒，尊前莫惜盡餘歡。不知故國秋山月，能得尊前幾度看。

春日懷王少文

去歲逢君花下飲，閑庭花落正紛紛。于今又是花時節，但見花開不見君。

【箋】王少文　即王叔魯，詳卷三《贈王少文》。

訪程子暉

草閣秋深露氣寒，白龍江上暮雲殘。輕舟泛入桃源裏，兩岸芙蓉一釣竿。

【編年】萬曆二十四年丙申（一五九六）。

【箋】程子暉　參見卷九《柬程子暉》。

白龍江　詳卷三《同女翔在杭看梅先宿蘆中磯》。

元夕懷李伯實

往事傷心倍可憐，故人今夜渺雲天。燈光月色鞦韆影，已隔春風二十年。

【箋】李伯實　李元暢侄孫。參見卷八《得李伯實太學書知其移家金陵却寄》。

送李子行太守謫茶陵四首[一]

其一

一官何事又投荒，楚峽猿聲幾斷腸。正是長沙遷謫地，不堪夜雨渡瀟湘。

其二

不爲相逢嘆陸沉，總緣離别易傷心。孤臣命似湘雲薄，聖主恩同漢水深。

其三

楚江遥望隔天涯，盛世南遷道路賒。滿目春光無限泪，清明風雨馬頭花。

其四

春雨瀟瀟春草微，片帆遥逐楚雲飛。此行若過湘江路，莫吊三閭吊二妃。

【編年】萬曆二十年壬辰（一五九二）或稍後。

【箋】李子行　李多見，字子行，號思弦，福建莆田人。萬曆二年（一五七四）進士，松江知府，貶茶陵縣，有《學願前後編》。

茶陵　今屬湖南。

○李賢《大明一統志》卷六十三《湖廣·長沙府》「茶陵縣」條：「在府城南四百八十里，漢置，屬長沙國，以其地居茶山之陰，故名……元升爲州，本朝改爲縣。」

[一] 四首，底本無此二字，據目録補。

寄黃白仲

家在西湖第幾峰，白雲無數水重重。鳥啼花落春光暮，同聽南屏寺裏鐘。

【箋】黃白仲　即黃之璧，詳卷三《飲黃白仲娑羅館兼柬屠緯真使君》。

南屏　詳卷八《聞人仲璣卜居西湖詩以寄之》。

與瀚公宿緑玉齋

幾年踪迹各西東，一點禪燈此夕同。對坐空山天籟寂，滿林花雨月明中。

【箋】瀚公　詳卷五《訪瀚上人》。

金山別閔齡

古寺鐘殘暮靄收，人烟起處見瓜州。長江渺渺愁無盡，況上秦淮萬里舟。

【編年】萬曆十九年癸巳（一五九三）。

【箋】金山　詳卷五《揚子江望金山寺》。

閔齡　詳卷三《寄閔壽卿山人》。

瓜州　詳卷五《歲暮懷鄭六初》「瓜步」條。

芋江驛樓送張四之白下[一]

春風吹柳萬條斜，此去金陵驛路賒。不必相思當後夜，片帆開處即天涯。

【箋】芋江驛　詳卷六《芋江雪夜留別社中諸子》。

【評】梁章鉅《東南嶠外詩話》卷九『徐熥』條：『按：《幔亭集》中如《芋江樓送友人還白下》云：「春風吹柳萬條斜，極目金陵隔暮霞。不必相思當後夜，片帆開處即天涯。」又《逢李大》云：「偶向新豐市里過，故人尊酒共悲歌。十年別泪知多少？不道相逢泪更多。」《寄弟》云：「春風送客翻愁客，客路逢春不當春。寄語鶯聲休更老，天涯猶有未歸人。」皆能情文兼至，沁人心脾。』

懷謝在杭司理

一片愁心兩地分，三年人隔五湖雲。從來未識苕溪路，只是思君不夢君。

【編年】萬曆二十一年癸巳（一五九三）。

【箋】謝在杭司理　時謝肇淛爲湖州理官。

五湖　參見卷六《松陵舟中送幼孺入苕川兼柬在杭使君及苕中諸舊游》『太湖』條。

苕溪　詳卷二《苕溪送元直南還》。

[一]《芋江驛樓送張四之白下》，梁章鉅《東南嶠外詩話》卷九引作《芋江樓送友人還白下》，『此去金陵驛路賒』引作『極目金陵隔暮霞』，詳下。

仙宗寺

古寺荒涼蔓草生，青山迴合暮雲平。當年遺迹俱塵土，惟有流泉是舊聲。

【編年】萬曆二十一年癸巳（一五九三）。

自鼓山歷鳳池尋白雲洞不得誤抵山麓而歸口占寄趙用拙居士二首［一］

其一

岧嶤徑路杳難分，猿鳥哀呼日半曛。莫謂洞門今咫尺，不知猶隔幾重雲。

其二

桃花流水自潺湲，曉起尋君日暮還。不是漁郎迷去路，斷無踪迹在人間。

【編年】萬曆二十一年癸巳（一五九三）。

【箋】鳳池　即浴鳳池。在福州鼓山海音洞之左，白雲洞之左上，大頂峰下。

○王應山《閩都記》卷十二《郡東》「浴鳳池」條：「在大頂峰之北。唐末，有樵者見五色雀群浴于此。」

白雲洞　詳卷五《趙用拙招游白雲洞迷路而返却寄》。

趙用拙　即趙我聞，詳卷五《趙用拙招游白雲洞迷路而返却寄》。

【附】徐𤊹《屴崱峰過鳳池尋趙用拙不值二首》，其一：「踏將萬壑與千岑，却怪游踪不可尋。

［一］二首，底本無此二字，據目録補。

莫謂山多易迷路，白雲封却洞門深。』其二：『鳥道崎嶇不易攀，行行只在萬峰間。山深難得樵人問，果在山中若個山。』（黄任《鼓山志》卷十三《藝文》）　徐𤊹《復趙用拙居士》：『向爲老頭陀所誤，歷萬壑千岩，竟成迷路，不減漁父入桃源時。日暮魚貫下山，但歌「只在此山中，雲深不知處耳」。然白雲洞壑，已受足下杖履，而僕審視之，非如人間，不令山靈揶揄不已耶！昨晚興盡而歸，蘿薜猶然在夢。漫賦二絶奉寄。若足下至靈源時，得無懷人天一方乎！此番勝游，不意相左，既慚支、許，還愧向、禽。俟足下歸來，僕買一小青雀當兹航，登方廣洞天，不知足下雙□無恙否？混融開士還山，附此問訊。不出二三日，僕便東望真人紫氣也。』（《紅雨樓集》册三，《上圖稿本》第四二册，第二七〇—二七一頁）

涌泉寺懷融上人

憶昔團焦住化城，蕭蕭風雨佛燈明。于今重借雲房宿，無復當年禪誦聲。

【編年】萬曆二十一年癸巳（一五九三）。

【箋】涌泉寺　在福州鼓山

○王應山《閩都記》卷十二《郡東》『涌泉寺』條：『唐建中四年，有龍見于靈源洞，因建寺鎮之。王審知嘗命僧神晏住山，傾其國資以給。乾化五年，改爲鼓山白雲峰涌泉院。有華嚴臺、妙峰閣、一多庵、痴坐軒、憨睡室、無盡門，總名曰華嚴。國朝初，復改爲寺。』

與陳惟秦鄭震卿宿老禪庵

古寺鐘殘夜已分，三人同卧一床雲。他時此地聞鐘夜，未必連床又是君。

【箋】鄭震卿　鄭翰卿（琰）弟，詳卷六《送鄭震卿之吴越尋兄》。

哭王少文秀才十首[一]

其一

王郎本是大羅仙，暫謫人間二十年。一夜緱山仍控鶴，滿天風露冷嬋娟。

其二

去年春暮禁烟寒，把酒看花共倚欄。此日花開君不見，黄壚相隔路漫漫。

其三

齠齔能詩便有聲，筆花長向夢中生。如今玉樹埋黄土，誰繼風流竹下盟。

其四

素箋如練墨如雲，年少臨池獨有君。舊日蘭亭今寂寞，不堪開篋見遺文。

其五

長吉當年賦玉樓，憐君猶少七春秋。傷心處處生悲感，何必山陽始泪流。

［一］十首，底本無此二字，據目録補。

其六

綿綿幽恨幾時銷，金屋無緣貯阿嬌。虚度春光二十載，看花不及咏桃夭。

其七

猿鳥聲中晝掩扉，竹陰依舊故人非。思君忘却幽明隔，猶怪音書近日稀。

其八

一别黄泉路杳冥，愁雲空鎖草玄亭。即今風雨羅山夜，猿鳥哀呼不可聽。

其九

魂魄悠悠到夜臺，應知塵世不重來。從今緑玉齋前路，一任春風長碧苔。

其十

記得孤齋晚眺時，倚欄連袂共題詩。山中每到斜陽後，便覺傷心雙泪垂。

【編年】萬曆二十一年癸巳（一五九三）。

【箋】王少文　即王叔魯，詳卷三《贈王少文》。

大羅仙　道教三十六天最高者爲大羅天，大羅天的神仙稱大羅仙。

緱山　即緱嶺，詳卷七《贈歌者》。

蘭亭　詳卷五《寒食日熙吉玉生惟秦振狂伯孺少文集緑玉齋》。

山陽　詳卷六《題芳草王孫卷爲羅生挽所知》。

長吉　唐李賀，字長吉，卒年二十七。

草玄亭　詳卷九《題黄伯寵秀才歐冶山房》。

羅山　福州法海寺舊名。

○王應山《閩都記》卷五《郡城東南隅》『法海寺』條：『在九仙山之陰，舊名羅山，本孟司空宅。初，寺在城南，閩徙于城西。晋開運二年李仁達時，唐兵壓境，遂遷今所，爲興福院。宋祥符中改今名。國朝嘉靖初，爲舉人高叙廢爲宅，後入藍侍御濟清家。萬曆己亥，侍御孫圻復舍爲寺。有羅山堂、金積園、萬緣堂諸勝。』

【附】陳薦夫《哭王三少文》：『凄凄風雨冶城邊，往事傷心最可憐。文酒相歡才幾日，乾坤此别又千年。重泉不掩慈烏恨，綺帳應乖卜鳳緣。莫謂空山可埋玉，殘珠斷璧世争傳。』（《水明樓集》卷五）　徐𤊹《哭王少文》：『戴角鮮上齒，英雄苦無年。人生根蔕淺，匪如金石堅。良友忽云殁，灑泪徒涓涓。追尋易簀言，沉痛心憂煎。哽咽不能道，悲風聲凄然。相期固膠漆，何忍歸九泉。紅顔委黄土，旅葬悲荒阡。山鬼吊空壁，暗蟲鳴秋烟。死者不復知，生者徒哀憐。知音窅何許，三嘆鍾期弦。』又：『交情生死分，一别變寒燠。滿眼人俱存，胡君獨不禄？爲君灑泪盡，不能復成哭。大暮永無晨，懊恨詎云足？凄惻入君門，事事堪愁目。主人悵不見，含哀問童僕。達生非蒙莊，悲感亂心曲。』又：『壽命悲太促，倏忽同浮雲。千載金石交，何期中路分。北邙松柏樹，風露凄荒墳。昔爲鸞鶴侣，今爲狐兔群。幽魂去窅窅，吊客徒紛紛。山陽

一聲笛，斷腸應爲君。』（《鼇峰集》卷四）

游仙洞壽陳女大四首[一]

其一

半生踪迹寄烟霞，煉就丹爐九轉砂。鶴背鸞笙明月夜，一聲吹過碧桃花。

其二

山自蒼蒼海自流，難將甲子記春秋。群真歲歲稱觴日，但見黄花滿洞幽。

其三

年少曾窺寶笈文，青山長禮紫陽君。洞門盡日無烟火，自掃松花吸白雲。

其四

琪花瑶草滿松關，猿鳥聲中鶴夢閑。欲識武陵溪上路，白雲無數水潺湲。

【編年】萬曆二十一年癸巳（一五九三）。

【箋】女大　又作汝大，即陳椿，是歲年六十。詳卷二《與陳汝大鼇峰宴集》。

紫陽君　鄧紫陽，本名思瓘，臨川人（今江西撫州人）。幼年入廬山學道，遨游名山大川，獲鄧真人真傳，遂悟道家真諦。

[一] 四首，底本無此二字，據目録補。

代鄭翰卿閨人秋日寄遠二首[一]

其一

良人何事滯京華，日醉青樓不顧家。獨宿空閨今幾載，又驚秋色上蘋花。

其二

梧桐葉落火西流，君住長安又一秋。莫向邊庭思繫虜[二]，書生從古幾封侯。

【箋】代鄭翰卿閨人秋日寄遠

○郭柏蒼《全閩明詩傳》卷三十八引《柳湄詩傳》：『（琰）婦早卒，娶繼妻，即弃業與兄震卿游吴越、燕趙，寄意青樓，怡情畫舫。故徐𤊹有《代鄭翰卿妻寄夫》，一時閩中詞館諸公争延致之。』

【附】陳鳴鶴《閨情八首爲翰卿賦》其一：『遠鐘孤雁晚悠悠，雲母窗前望斗牛。腸斷空階□夜月，與君同照不同愁。』其二：『日日思君無盡期，臨妝空復畫娥眉。遥聞别後鬚如戟，不似花前少年時。』其三：『寂寂香閨月欲斜，隔簾吹笛是誰家。薊門一去緣何事，落盡江頭楊柳花。』其四：『一官未遂數行啼，況復關山聽鼓鼙。但得布衣同挽鹿，少君不似樂羊妻。』其五：『愁心離恨愁千端，爛漫庭花忍獨看。自是今朝不如夢，與卿連袂倚欄杆。』其六：『去住天涯無

[一]《代鄭翰卿閨人秋口寄遠二首》，《全閩明詩傳》卷三十八引作《代鄭翰卿妻寄夫》。二首，底本無此二字，據目録補。

[二] 繫虜，文淵閣《四庫全書》本改作『仗劍』。

定期，每聞南雁泪如絲。女兒生小不相識，他日歸來知是誰。』其七：『聞君遥在古榆關，此去千山復萬山。終日登樓人不見，開簾惟有燕飛還。』其八：『看花走馬少年場，歌妓青樓珠翠香。小弟故園頻悵望，知君未必厭糟糠。』（《泡庵詩選》卷六）

苧蘿村

越國荒村説苧蘿，曾聞此地幻嫦娥。浣紗遺迹知何處，滿目悠悠空緑波。

【箋】苧蘿村　詳本卷《吴宫怨》。

【附】徐𤊹《苧羅村》：『一帶清溪夕照斜，妖姬曾此浣春紗。嬌歌艷舞今何在，流水茫茫送落花。』（《鼇峰集》卷二十四）

七夕觀妓

玉露凋瀼片月明，人間天上此時情。紅樓不似銀河隔，一任鄰鷄報曉聲。

【編年】萬曆二十二年甲午（一五九四）。

感事

莫嘆吾家似磬懸，資生猶有賣文錢。不知萬落千村裏，多少人家絶火烟。

【編年】萬曆二十二年甲午（一五九四）。

訪黄道晦

桑麻鷄犬自成村，溪口雲深絶洞門。有客遲回空日暮，不知何路到花源。

【編年】萬曆二十二年甲午（一五九四）。

【箋】黄道晦　即黄子文，詳卷五《九日大風雨與黄道晦陳惟秦飲屋後小山》。

花源　桃花源之省文。

口占戲贈道晦

家難相尋已十秋，半居城市半林丘。此身已是空門客，只欠披緇與剃頭。

【編年】萬曆二十二年甲午（一五九四）。

送林伯溥還金陵

落魄江湖歲月更，相憐何必是平生。送君忽起并州感，衰柳秋風白下情。

【編年】萬曆二十二年甲午（一五九四）。

秋夜即事

秋宵殘雨上窗紗，一點流螢照暮花。覓得輕羅穿竹徑，已隨風葉過鄰家。

【編年】萬曆二十二年甲午（一五九四）。

贈潘郎

白皙修眉紫綺裘，春風挾彈美邀游。幾多紅粉羞顔色，果匿懷中不敢投。

【編年】萬曆二十二年甲午（一五九四）。

小箬溪懷邵夢弼

當年此地共揚舲，一入泉臺竟不醒。墓上白楊今老大，江頭古木自青青。

【編年】萬曆二十二年甲午（一五九四）。

【箋】小箬溪　詳卷五《舟次小箬溪遇邵廣文夢弼話别》。

邵夢弼　即邵傅，閩縣人，詳卷五《舟次小箬溪遇邵廣文夢弼話别》。

送張叔弢之官昌化二首[一]

其一

一官南北總君恩，只爲風波易斷魂。吉了啼春山路寂，五更烟雨過蠻村。

其二

五嶺梅開歲欲殘，朱崖南去路漫漫。莫言炎海無冰雪，一領青氈六月寒。

其三

官冷携家乏俸錢，獨將桃葉海雲邊。玉顏未慣蠻天苦，同醉檳榔辟瘴烟。

【編年】萬曆二十二年甲午（一五九四）。

【箋】張叔弢　即張大光，詳卷三《瞻鳳歌爲張叔弢賦》。

[一]二首，底本無此二字，據目録補。

昌化　昌化縣，今屬浙江。

○李賢《大明一統志》卷三十八《浙江·杭州府》『昌化縣』條：『在府城西二百一十里，本漢于潛縣地。唐析置紫溪縣……宋更名昌化，元仍舊，本朝因之。』

朱崖　詳卷九《連窩舟中與張叔弢話舊》。

桃葉　此處指侍兒。

【附】徐㶿《送張叔弢廣文之官瓊州》：『傳經萬里類投荒，渡海身隨貝客航。水怪驚殘天外夢，嶺猿啼斷月中腸。三秋瘴雨檳榔緑，滿路蠻烟橘柚黄。莫道廣文官獨冷，一氊今去是炎方。』（《鼇峰集》卷十四）　陳薦夫《送張叔弢之官昌化》其一：『薄宦意不愜，况之炎海南。朝飡供石蟹，野毒避金蠶。官舍居無定，黎音聽未諳。寧須齎苜蓿，慧苡可了防嵐。』其二：『朱崖風土异，過客倍魂銷。朔望兩回市，東西半月潮。鯨鯢窺海舶，蛇蠍踔官橋。旦夕青氊下，佤歌雜漢謡。』（《水明樓集》卷三）

留別曹能始四首[一]

其一

驛樓相別不勝悲，握手殷勤問後期。何處壚頭同一醉，冷風殘雪薊門時。

[一] 四首，底本無此二字，據目録補。

其二

一別青山謝薜蘿，故人今夜隔關河。客中無限相思泪，纔到思君泪更多。

其三

西去長安路渺漫，天涯踪迹覓來難。我今到處題名姓，待汝經過到處看。

其四

夢中忘却已分離，只解歡娛不解悲。半夜蓬窗驚覺後，始知相別已多時。

【編年】萬曆二十二年甲午（一五九四）。

【箋】曹能始　即曹學佺，詳卷三《七夕曹能始宅上觀妓》。

薊門　詳卷五《送鄧汝高進士還朝二首》。

與王生對酌

共是飄零客裏身，壚頭沽酒莫辭頻。他時去住分南北，歸路同舟是別人。

【編年】萬曆二十二年甲午（一五九四）。

過昭慶寺

旛幢高拂六橋烟，坐久無僧可問禪。一寺袈裟三百衆，寺門都趁賣經錢。

【編年】萬曆二十二年甲午（一五九四）。

【箋】昭慶寺　在杭州。

○李賢《大明一統志》卷三十八《杭州府》『昭慶寺』條：『在府城西。宋陳堯左詩：「湖邊山影裏，静景與僧分。一榻坐臨水，片心閑對雲。」』

六橋　詳卷九《延津逢許然明還武林詩以送之》。

【附】陳鳴鶴《昭慶寺宿介公房》：『負郭開精舍，湖光繞殿前。谷香花散雨，林勛鳥巢烟。水陸千僧供，風幡一宿禪。不須重説戒，身已度迷川。』（《泡庵詩選》卷四）按：此詩非同時作。

湖上書所見

二八妖姬淺淡妝，獨摇蘭槳水中央。湖光勝似華清水，不染人間粉黛香。

【編年】萬曆二十二年甲午（一五九四）。

【箋】湖　此處杭州西湖。

戲呈朗公

西風半夜起松陵，萬里孤舟一點燈。莫爲離家腸易斷，無家猶有少年僧。

【編年】萬曆二十二年甲午（一五九四）。

【箋】松陵　詳卷六《松陵舟中送幼孺入苕川兼柬在杭使君及苕中諸舊游》。

禦兒舟中别朗公

月下談深睡去遲，滿身凉露夜何其。鷄聲未斷鐘聲起，又是江頭欲别時。

【編年】萬曆二十二年甲午（一五九四）。

【箋】禦兒　地名，又作語兒、語溪，原屬崇德縣，爲浙江崇德縣别稱。

夜泊即事

夜静停舟傍水湄，隔舟人語許多時。起來試倚蓬窗聽，盡是思鄉怨别離。

【編年】萬曆二十二年甲午（一五九四）。

松陵夜泛

一片輕帆挂月明，微茫何處辨孤城。已看燈火星星近，猶隔西風數里程。

【編年】萬曆二十二年甲午（一五九四）。

【箋】松陵　詳卷六《松陵舟中送幼孺入苕川兼柬在杭使君及苕中諸舊游》。

滸墅關懷王百谷

楓橋西下夕陽斜，重到關門問酒家。記得當年分别處，一船秋色載黄花。

【編年】萬曆二十二年甲午（一五九四）。

【箋】滸墅關　詳卷五《滸墅關逢王百谷》。

王百谷　詳卷五《王百谷招飲半偈庵》。

楓橋　詳卷二《懷沈從先》。

楓橋夜泊夢鄧汝高進士

燕吴遥望隔天涯，魂去魂來只自知。夢裏頓忘裘馬貴，相逢猶似布衣時。

舟中對酒懷陳子卿

横塘烟雨不勝愁，滿目山川憶舊游。今夜一杯三白酒，猶疑同醉太湖舟。

【編年】萬曆二十二年甲午（一五九四）。

【箋】陳子卿　即陳翰臣，詳卷三《破鏡行爲陳大賦》『陳大』條。

太湖　詳卷六《松陵舟中送幼孺入苕川兼柬在杭使君及苕中諸舊游》。

夜雨

客路逢秋夢易醒，空江烟雨晚冥冥。數聲夜半孤蓬外，不似高齋竹裏聽。

【編年】萬曆二十二年甲午（一五九四）。

懷任夫

天涯雖自嘆離群，不用題書更寄君。日日同游有諸弟，一回書寄一回聞。

【編年】萬曆二十二年甲午（一五九四）。

朝天宫贈沈道士

迴廊九曲隱星壇，霞珮螭衣偃月冠。唱徹步虚詞一闋，白雲滿地磬聲寒。

【編年】萬曆二十二年甲午（一五九四）。

【箋】朝天宫　在南京。

〇李賢《大明一統志》卷六《南京·應天府》『朝天宫』條：『在府治西北，即吴冶城、晋西州地。本朝洪武初建爲宫，命以今名。凡大朝賀將行禮，百官前期于此習儀。』

桃葉渡訪張幼于

淮水東邊楊柳新，白頭猶醉曲中春。尊前試看紅妝女，誰是當年勸酒人。

【編年】萬曆二十二年甲午（一五九四）。

【箋】桃葉渡　詳卷六《懷元直客金陵》。

青溪逢吴叔嘉投贈

廣陵雲樹秣陵烟，兩地飄零共幾年。老母七旬家十口，資生惟有賣書錢。

【編年】萬曆二十二年甲午（一五九四）。

【箋】青溪　在南京。

○李賢《大明一統志》卷六《南京·應天府》『青溪』條：『在府治。吴鑿東渠名「青溪」。溪有九曲，連綿數十里，通潮溝，以泄玄武湖水。發源鍾山，接以秦淮。』

尋汪堯卿不遇

落葉蒼苔滿徑幽，懷人空對秣陵秋。秦淮渡口無踪迹，一日看花十四樓。

【編年】萬曆二十二年甲午（一五九四）。

鷲峰寺逢趙用拙

白雲洞裏覓無踪，何意青溪得再逢。無却是真逢是幻，欲將真幻問南宗。

【編年】萬曆二十二年甲午（一五九四）。

【箋】鷲峰寺　詳卷六《瓦棺寺贈全上人》。

白雲洞　詳卷五《趙用拙招游白雲洞迷路而返却寄》，參見本卷《自鼓山歷鳳池尋白雲洞不得誤抵山麓而歸口占寄趙用拙居士》。

苕川尋錢叔達不遇時叔達在閩

我客苕川君客閩，天涯同是未歸身。應知兩地相尋處，俱閉閑門不見人。

【編年】萬曆二十二年甲午（一五九四）。

【箋】苕川　苕溪，詳卷二《苕溪送元直南還》。

錢叔達　即錢行道，詳卷二《初夏邀黄仲高孝廉張孺愿太學錢叔達山人張公魯徐仲和秀才及社諸子集澄瀾閣》。

夜坐懷王生二首［一］

其一

冷衾如水室如冰，未盡更籌欲盡燈。回首舊游多感慨，雙雙騎馬戲金陵。

［一］二首，底本無此二字，據目録補。

其二

疏林明月照匡床，一點孤燈泪萬行。夜半頓忘人已别，詩成猶自問王郎。

【編年】萬曆二十二年甲午（一五九四）。

吴興感懷呈在杭

客中何事太凄然，不得歸閩未到燕。囊橐漸空游漸倦，故人離别又殘年。

【編年】萬曆二十二年甲午（一五九四）。

【箋】吴興　詳卷三《都門送吴允兆還吴興》。

咏燕

燕子嬌飛羽翼齊，呢南時向小窗西。只因舊壘營初定，縱有雕梁不敢栖。

【編年】萬曆二十二年甲午（一五九四）。

過錢功父懸磬室

一室依然似磬懸，傳家負郭舊無田。鷫鵊劍售鷫裘典，只有藏書不賣錢。

【編年】萬曆二十二年甲午（一五九四）。

【箋】錢功父　即錢允治，詳卷五《金昌贈錢功父》。

懸磬室　允治父錢穀室名；穀卒，傳允治。

○朱彝尊《明詩綜》卷五十五：『（錢）穀，字叔寶，長洲人，有《懸磬室詩》。《詩話》：叔寶貧無典籍，游文徵仲之門，日取插架書讀之，以其餘力點染水墨，超入逸品。晚葺敝廬，題曰「懸磬室」。王元美爲賦詩，所云「空梁頗受落月色，北窗静竢涼風眠」者是也。手抄异書最多，至老不倦，仿鄭虎臣《吴都文粹》緝成《續編》，聞有三百卷，其子功父繼之。」

再尋王太古不遇

梅花影裏訪幽栖，門掩寒塘水滿堤。兩度相尋不相見，一帆風雨出梁溪。

【編年】萬曆二十二年甲午（一五九四）。

【箋】王太古　即王野。

〇徐𤊹《先兄墓碑陰交游題名記》：「處士王野，字太古，無錫人。」（《紅雨樓集》册九，《上圖稿本》第四四册，第四一四頁）

渡江

一葉扁舟逐浪飛，罡風吹浪上征衣。他時縱有南歸夢，夢見濤聲不敢歸。

【編年】萬曆二十二年甲午（一五九四）。

交河道中二首[一]

其一

路入交河日半曛，北征車馬各紛紛。如何一片黄沙地，能勝青山與白雲。

[一] 二首，底本無此二字，據目録補。

其二

黄沙漠漠馬駸驔，北地春光久自諳。不用褰帷縱游目，斷無山色似江南。

【編年】萬曆二十三年乙未（一五九五）。

旅店感舊

壁上題名八九春，重來疑是夢中身。幾迴欲覓題名處，忘却誰家是主人。

【編年】萬曆二十三年乙未（一五九五）。

燕南道中懷君大熙吉熙工玉生諸子

蕭蕭羸馬向天涯，一片黄塵滿面沙。記得去年春雪裏，白雲莊上看梅花。

【編年】萬曆二十三年乙未（一五九五）。

【箋】君大　疑爲鄭君大，詳卷五《過鄭君大白雲莊》。

熙吉　即林應憲，詳卷二《宿雲窩贈林熙吉》。

熙工　即林應起，詳卷五《宿林熙工面壁洞二首》。

玉生　即王昆仲，詳卷二《題王玉生山水》。

咏道傍柳[一]

一片東風一度新，生來不見上林春。莫言此物無情甚，送盡天涯落魄人。

[一]《咏道傍柳》，陳薦夫《送惟和北上序》引作《平原咏柳》，詳「附」。

【編年】萬曆二十三年乙未（一五九五）。

【附】陳薦夫《南還咏道傍柳》：『十里堤頭覆短亭，和烟和雨曉冥冥。柔條不似人情變，失路歸時倍眼青。』（《水明樓集》卷八）　陳薦夫《送惟和北上序》，略云：『乙未之歲，余與惟和并轡南還，謔柳嘲花，傷時感事，或殷憂成更泣，或相樂而行歌。』（《水明樓集》卷八）　陳薦夫《送惟和北上》其八《平原咏柳》小序：『惟和《平原咏柳》詩云：「莫言此物無情甚，送盡天涯落魄人。」余答之云：「柔條不似人情變，失路歸時眼倍青。」』詩云：『平原驛路柳參差，記得詩成共看時。手拆柔條應憶我，縱無人和也題詩。』（《水明樓集》卷八）

新城阻雨

寂寞孤村獨掩門，幾家燈火近黃昏。一般寒食梨花雨，此地聽來更斷魂。

【編年】萬曆二十三年乙未（一五九五）。

【箋】新城　今屬山東。

○李賢《大明一統志》卷二十二《山東·濟南府》『新城縣』條：『在府城東北三百二十里，本唐以來長山縣地，元初因其地民衆，始治城邑曰「新城」，屬淄州，後屬般陽路。本朝改今屬。』

【附】陳薦夫《新城道中阻雨》：『惆悵無媒別帝京，孤村烟火隔新城。淹留未必關風雨，此路從來不可行。』（《水明樓集》卷八）　陳薦夫《送惟和北上》其九《新城阻雨》小序：『與惟和行次新城，阻雨，車不能發。余有詩云：「淹留未必關風雨，此路從來不可行。」』詩云：『新

城春夜雨蕭蕭，猶憶當年擁敝裘貂。君去更休尋舊館，恨他窗外有芭蕉。』（《水明樓集》卷八）

東阿道中

馬上青山夕照明，看山應動故鄉情。雖然不及江南好，猶勝平原曠野行。

【編年】萬曆二十三年乙未（一五九五）。

【箋】東阿　詳卷五《送鄭承武之東魯二首》。

【附】陳薦夫《送惟和北上》其五《東阿并馬》小序：『自出都門，車行沃野中，及至東阿，始買小蹇聯騎出山谷間。惟和有詩云：「雖然不及江南好，猶勝平原曠野行。」』詩云：『舊愛東阿一日程，看山聯轡稱幽情。而今懶過東阿路，一日山爲兩日行。』（《水明樓集》卷八）

陽谷馬上戲作呈幼孺

萬樹垂楊送客行，春風三月未聞鶯。上林此日方千囀，不向歸人喚一聲。

【編年】萬曆二十三年乙未（一五九五）。

【箋】陽谷　今屬山東。

○李賢《大明一統志》卷二十三《山東·兖州府》『陽谷縣』條：『在州西北一百四十里……隋置陽谷縣，屬濟北郡。唐屬濟州，天寶後屬鄆州，宋徙治上巡鎮。金元仍舊，本朝因之。』（卷二十三『兖州府』）

【附】陳薦夫《東平馬上戲答惟和》：『帝城春色正氤氲，那得鶯聲遠送君。縱使陌頭千萬囀，也應不似上林聞。』（《水明樓集》卷八）　陳薦夫《送惟和北上》其六《陽谷嘲鶯》小序：『陽谷道中，惟和《嘲鶯》詩云：「上林此日方千囀，不向歸人喚一聲。」余答之云：「縱使陌頭千萬囀，也應不似上林聞。」』詩云：『三年前是怨尤情，陌上無聲恨曉鶯。今日縱啼君莫聽，春風須有上林聲。』（《水明樓集》卷八）

過東平城北元故丞相墓

誰家翁仲卧荒墳，聞是胡元舊相君。三百年中來往客，幾人下馬看碑文。

【編年】萬曆二十三年乙未（一五九五）。

【箋】東平　詳卷十三《東原别歌者周郎》『東原』條。

【附】陳薦夫《過東平城北元故丞相墓》：『東平州北見荒阡，斷碣空題勝國年。只有石人猶剥落，更誰能守墓門前。』（《水明樓集》卷八）

汶上感舊

汶水匆匆唱渭城，春風一别數年情。知君本是飄零客，未必重逢在此生。

【編年】萬曆二十三年乙未（一五九五）。

【箋】汶上　詳卷六《甲午汶上除夕》。

同幼孺馬上見桃花

寂寂山家半掩門，却憐春色滿荒園。同行[一]不覺旗亭遠，看盡桃花又一村。

【編年】萬曆二十三年乙未（一五九五）。

【附】陳薦夫《送惟和北上》其七：《阜城桃花》小序：『阜城桃花甚，連村接通塢。惟和詩云：「閑行不覺旗亭遠，看盡桃花又一村。」余時有所懷，因賦詩云：「念君亦有如花面，每見花時使憶君。」』詩云：『此地同君寄所思，夭桃曾折兩三枝。君行怕念從前事，須趁桃花未發時。』（《水明樓集》卷八）按：據薦夫《阜城桃花》，熥此詩當作于曲阜。

宿界河驛夢從許靈長索書蘭亭記

折柳都門路遂分，故人回首隔烟雲。不知此別千餘里，猶乞蘭亭學右軍。

【編年】萬曆二十三年乙未（一五九五）。

【箋】界河驛　在山東鄒縣。

○《山東通志》卷十七《驛遞志》：『界河驛，在（鄒）縣東南五十里。驛丞管理。』

許靈長　即許光祚，詳卷六《三茅觀尋許靈長不遇》。

右軍　即王羲之，詳卷七《題王太史家藏孫都護墨菊》。

[一]　同行，陳薦夫《送惟和北上》其七《阜城桃花》小序引作『閒行』（《水明樓集》卷八）。

過薛君故城

高臺傾盡曲池平，此地猶傳薛故城。珠履三千俱寂莫，行人空動雍門情。

【編年】萬曆二十三年乙未（一五九五）。

【箋】薛君故城　戰國孟嘗君故城，即薛國城。在今山東滕縣。

○《山東通志》卷九《古迹志》：『薛國城，在（滕）縣南三十里薛河之北。奚仲爲夏車正，禹封爲薛侯是也。城周二十八里，齊滅薛，封靖郭君田嬰于此，更築其城。《郡國志》云：「孟嘗君時，城中六萬家。其城高厚無比，以抗楚、魏也。」』

挂劍臺

公子當年然諾深，千金寶劍挂空林。應知十字碑題後，泉路相逢無愧心。

【編年】萬曆二十三年乙未（一五九五）。

【箋】挂劍臺　在今江蘇江陰縣。

○李賢《大明一統志》卷十《常州府》『季札墓』條：『在江陰縣申浦南，距武進縣七十里。昔孔子爲題其碑曰：「嗚呼！有吴延陵季子之墓。」歲久湮没。宋守朱彦復取孔子所書十字，刻碑表識。』

○《江南通志》卷二百《雜類志》『辨誤』：『泗州挂劍臺，《寰宇記》：挂劍臺在大徐城，臨朱沛水，相傳爲季子挂劍處。《括地志》：徐君廟，在泗州徐城縣西南一里，即延陵季子挂劍之徐君也。按：泗州爲古徐子國，人徐城即古徐子國也。漢之徐縣，隋之徐城，縣皆泗州地。而舊志或入于邳州，或入于徐州，誤矣。』

【附】陳薦夫《挂劍臺》：『吴干曾此挂新墳，斷碣年深卧白雲。不爲延陵遺迹在，更誰下馬吊徐君。』（《水明樓集》卷八）　徐𤇆《挂劍臺》：『寶劍曾懸墓樹林，無言然諾重千金。白楊老盡殘枝在，三尺芙蓉一片心。』（《鼇峰集》卷二十四）按：此詩非同時作，録以備考。

亞父冢

亞父孤墳蔓草荒，行人何用嘆興亡。漢家多少功臣骨，若個能歸葬故鄉。

【編年】萬曆二十三年乙未（一五九五）。

【箋】亞父冢　即范增冢。在徐州。

〇李賢《大明一統志》卷十八《徐州府》『范增墓』條：『在州城南。增項羽謀臣，罷歸彭城，疽發背死，葬此。』

【附】陳薦夫《亞父冢》：『玉斗紛紛碎作塵，空將遺恨續亡秦。當時已幸君先死，猶有荒丘可葬身。』（《水明樓集》卷八）

彭城感舊

落盡夭桃萬樹花，傷心重問舊琵琶。平康門巷多相似，不記垂楊第幾家。

【編年】萬曆二十三年乙未（一五九五）。

【箋】彭城　詳卷三《彭城行》。

戲馬臺今改爲昭烈廟

英雄千載説喑啞，此地曾經戲五花。只有荒臺留不得，依然香火屬劉家。

【編年】萬曆二十三年乙未（一五九五）。

【箋】戲馬臺　詳卷三《贈胡外史》。

【附】陳薦夫《戲馬臺》：『高臺百尺枕黄河，臺上曾經翠輦過。縱使當年堪戲馬，無如不逝玉騅何。』（《水明樓集》卷八）　徐𤊹《戲馬臺》：『荒臺不見舊花驄，莫笑英雄覇業空。試向沛宫高處望，也無鷄犬在新豐。』（《鼇峰集》卷二十四）按：此詩非同時作。

廣陵别陸無從

客路相逢嘆二毛，片帆南下月輪高。他年一枕揚州夢，滿樹璚花萬頃濤。

【編年】萬曆二十三年乙未（一五九五）。

【箋】陸無從　即陸弼，詳卷五《酬陸無從率爾見贈之作》。

○徐𤊹《寄陸無從》：『向道廣陵，得承下榻，以彌天風雨，急于解維，深懷怏怏。然扇頭佳什，載之俱南。』（《幔亭集》卷二十）

璚花　即瓊花。歐大任《廣陵懷古二十首》，其十五《璚花觀》：『洞裏蕃釐觀，江頭十萬家。春來歌玉樹，不必問瓊花。』

舟抵京口作

舟過金焦日未斜，回看瓜步即天涯。故鄉雖隔三千里，得到江南似到家。

【編年】萬曆二十三年乙未（一五九五）。

【箋】金焦　金山、焦山。

瓜步　瓜步山，詳卷五《歲暮懷鄭六初》。

丹陽舟中與幼孺對月時余南還幼孺將客苕川

共倚孤蓬月似霜，夜深風露滿胡床。應知此月重圓夜，君在他鄉我故鄉。

【編年】萬曆二十三年乙未（一五九五）。按：丹陽　詳卷三《述游篇》。

【附】陳薦夫《丹陽舟中對月答惟和》：『暫繫輕舟宿浦雲，孤帆明發又將分。與君記取今宵月，後夜重圓似對君。』（《水明樓集》卷八）　陳薦夫《送惟和北上》其三《丹陽泊舟》小序：『川陽泊舟時，余將有苕舟之游，惟和欲先歸，方舟玩月，惟和詩云：「應知此月重圓夜，君在他鄉我故鄉。」』詩云：『夜夜維舟對月光，不知何處斷人腸。丹陽城下君應念，此夜清光我故鄉。』（《水明樓集》卷八）

苕川　苕溪，詳卷二《苕溪送元直南還》。

懷平夫

客裏思君路渺茫，回看往事更淒凉。十年夜半羅山雨，若不銷魂也斷腸。

【箋】平夫　即陳邦注，詳卷二《懷陳平夫》。羅山　詳本卷《哭王少文秀才十首》。

【編年】萬曆二十三年乙未（一五九五）。

懷惟秦

江上春風吹布袍，題詩千里問蓬蒿。君還記得當年事，竹下焚香讀楚騷。

【編年】萬曆二十三年乙未（一五九五）。

題落日孤舟扇面送幼孺

古木蒼蒼落照收，誰人獨自泛中流。燈前不敢披圖看，恐是松陵別後舟。

【編年】萬曆二十三年乙未（一五九五）。

【箋】松陵　詳卷六《松陵舟中送幼孺入苕川兼柬在杭使君及苕中諸舊游》。

夾浦橋感舊寄謝在杭

夾浦橋西芳草新，當時此地共迷津。年來買遍松陵棹，猶是江邊失路人。

【編年】萬曆二十三年乙未（一五九五）。

【箋】夾浦橋　明代在元和縣。今元和縣已并入江蘇吴縣。

○《江南通志》卷二十五《輿地志·關津橋梁》「元和縣」條：「夾浦橋，橋東即屬吴江縣。宋紹興初建，水勢迅疾。明宣德中橋圮，正統間巡撫周忱創造浮橋，嘉靖間重建石橋，又圮，萬曆中重建。」

重集諧賞園憶歌者陳情二首[一]

其一

龍陽窈窕勝蛾眉，埋玉空山是幾時。重到園中聽歌舞，不成歡樂却成悲。

其二

陳郎丰度似何郎，長袖蹁躚韵繞梁。此日重來君不見，舞裙歌扇總淒涼。

【編年】萬曆二十三年乙未（一五九五）。

【箋】龍陽　詳卷三《帝京篇》。

何郎　即何晏，詳卷三《贈歌者》。

八尺湖夜泊懷李與熙張子環

八尺湖邊月上遲，相逢猶記去年時。一從落魄長安後，三處飄零各不知。

【編年】萬曆二十三年乙未（一五九五）。

[一] 二首，底本無此二字，據目録補。

【箋】八尺湖　在吴縣（今江蘇蘇州）。

李與熙　泉州人。萬曆十六年（一五八八）舉人。

張子環　詳卷六《送張子環下第枉道之楚尋丁亨文法曹》。

石門晚泊即事

湖上人家帶暮烟，日斜維棹小橋邊。桑間試問繰絲女，此是春蠶第幾眠。

【編年】萬曆二十三年乙未（一五九五）。

寄弟

春風送客翻愁客，客路逢春不當春。寄語鶯聲休便老，天涯猶有未歸人。

【編年】萬曆二十三年乙未（一五九五）。

對鏡

前路虚名未可期，曉來臨鏡不勝悲。無情最是雙青鬢，豈待名成始有絲。

【編年】萬曆二十三年乙未（一五九五）。

舟中懷幼孺

春風并轡出都時，江北江南處處隨。一自松陵分手後，幾多山水不題詩。

【編年】萬曆二十三年乙未（一五九五）。

漁梁街逢陳彥宗

匹馬相逢嘆路岐，匆匆對語不多時。知君別去無他想，也是尋思遇我詩。

【編年】萬曆二十三年乙未（一五九五）。

【箋】漁梁街　參見《漁梁道中懷葉志卿》卷六。

幔亭集卷十三終

幔亭集卷之十四

閩中徐　熥惟和著
友人陳薦夫幼孺選
王　若相如編

七言絶句

閩中元夕曲十六首[一]

其一

滿城簫鼓沸春風，爆竹聲喧鳳蠟融。三十萬家齊上彩，一時燈影照天紅。

其二

家家同結過街棚，夾路花燈列火城。來往香車渾似畫，不知身在月中行。

[一]《閩中元夕曲十六首》，王應山《閩都記》卷八《郡城東北隅》載《元夕》一詩。十六首，底本無此三字，據目録補。

其三

閩山廟裏賽靈神，水陸珍羞滿案陳。最愛鮮紅盤上果，荔枝如錦色猶新。

其四

珠璣高噴火龍紅，滿架銀花一綫通。忽到半空聞霹靂，灞陵橋斷紫烟中。

其五

紫騮嘶向月明間，漏盡銅龍尚未還。何處鳳笙聲嫋嫋，松棚高結舞鼇山。

其六

烽烟久息海無波，紫陌紅樓樂事多。燈下數聲郎子鼓，兒童争唱八仙歌。

其七

花箋五色製燈聯，榜向街頭境社前。緩步巡檐看一過，就中都説太平年。

其八

無數紅妝去復回，竹林仙境起香埃。低聲偷向神前祝，願早羆熊入夢來。

其九

朱門處處月光流，金鼓喧天夜不休。堂下妝成獅子吼，一雙争戲彩絲球。

其十

妖姬三五珮闌珊，踏碎香塵月影寒。忽聽流星天上起，共停蓮步轉頭看。

其十一

彤檐高揭露妖嬌，月色燈光映翠翹。年少路傍虛送目，良家女伴轉三橋。

其十二

風流公子正髫年，腰帶千文萬曆錢。浪買梨花三百朵，一時光照鼓樓前。

其十三

誰家白晳少年郎，蜀錦吴綾别樣妝。半醉半醒騎馬過，最堪魂斷是龍陽。

其十四

市上新燈巧樣張，玻璃一片白于霜。夜長滿注瓶中水，幾隊游魚逐火光。

其十五

流蘇綃帕綴雙懸，百對華燈火樹燃。五帝行宫初出境，家家香火送神錢。

其十六

慶城燈燭夜輝煌，照見豐碑字幾行。此是先朝湯沐邑，年年歌舞祭閩王。

其十七

前代繁華説福州，滿城蘭若挂燈球。于今一盞長明火，勝事銷沉幾百秋。

其十八

月影遲遲蠟炬銷，殘燈同約大家饒。從今處處成遺俗，飽看燈光十二宵。

【箋】閩中元夕　閩中郡，秦設，明代爲福州府，轄今福州市所轄區、縣及（代管）市、平潭綜合實驗區，以及現今寧德市所轄之古田縣。

○謝肇淛《五雜組》卷二《天部》：『天下上元燈燭之盛，無逾閩中者。閩方言以燈爲丁，每添認一燈則俗謂之「添丁」。自十一夜已有燃燈者，至十三則家家燈火，照耀如同白日。富貴之家，曲房宴寢，無不張設，殆以千計，重門洞開，縱人游玩。市上則每家門首懸燈二架，十家則一彩棚。其燈上自彩珠，下至紙畫，魚龍果樹，無所不有。游人士女，車馬喧闐，竟夜乃散。直至二十外，薄暮，市上兒童即連臂喧呼，謂「求饒燈」，大約二十二夜始息。蓋天下有五夜，而閩有十夜也。大家婦女肩輿出行，從數橋上經過，謂之「轉三橋」，貧者步行而已。』

閩山廟　在福州大廟山。

○王應山《閩都記》卷六《郡城西南隅》『閩山廟』條：『（廟）神姓卓，名祐之，宋景祐進士，秀州判官。生平正直，精爽過人，自謂死當爲神。及卒，果著靈异，鄉人即所居廟祀之。』

灞陵橋　詳《約女大女翔振狂惟秦在杭藤山看梅二首》『灞橋』條。

八仙歌　杜甫有《醉中八仙歌》。

竹林仙境　在福州仁慶里。

○王應山《閩都記》卷三《郡城東南隅》『竹林境巷』條：『在仁慶坊，閩捉生營也。有竹林通應廟，相傳龍井金鱗隱見其中。歲旱，禱之即雨。宋紹興中，里人弗戒于火，灾及民居，望屋上有甲士，標竹林旗，撲火者無數，火尋滅。」

鼓樓　在福州開元寺西。

○王應山《閩都記》卷八《郡城東北隅》『開元寺』條：『在芝山寺之南……南有亭，石柱十六。亭之南爲靈源閣，廊東、西有鐘、鼓樓。』

龍陽　詳卷三《帝京篇》。

轉三橋　參見本詩『閩中元夕』條。

慶城　慶城寺，在福州城内。慶城寺北有忠懿廟，本閩王王審知故宅。

○王應山《閩都記》卷八《郡城東北隅》『慶城寺』條：『木王延羲宅。晉天福七年，捨爲永隆金身羅漢院。宋祥符三年，賜額并高麗銅佛像。』

燈光十二宵　閩中俗以十一日點燈至二十二日，計十二宵。

○曹學佺《初九日還洪江試燈》，題下自注：『俗以十一夜張燈。』（《賜環篇》上）

【評】徐𤊹《與鄧道協簡》：『足下謂僕藏生荔枝于巨竹中，神其説，啓後世之惑。此非僕之臆説也。三山元宵最盛，而神廟中各出奇珍。生荔枝留至春時，往往目擊之。家兄《元夕詞》有云：「閩山廟裏賽靈神，水陸珍羞滿案陳。最愛鮮紅盤上果，荔枝如錦色猶新。」此一證也。豈余兄弟創爲説，啓後世之惑誣耶？足下居與閩山最近，試詢之鄉長老，則知吾言之不誣矣。到金陵便以語黄明立先生，僕亦非好奇之過矣。』（鄧慶寀《荔枝譜》卷三，《閩中荔枝通譜》卷

十一）

【附】顔容軒《元夕曲》：『滿路流蘇大小球，天街遥望火雲稠。今年雨後□□□，偷得餘閑伴客游。』（《鳴劍集》，曹學佺《石倉十二代詩選・社集》）　鄧原岳《閩中元夕曲四首》：『今宵雨霽動新凉，短拍長歌夜未央。學得昆山齊按節，還珠門外月如霜。』其二：『邀來女伴轉三橋，歌舞叢中落翠翹。歸去春閨愁不寐，更無腸斷似今宵。』其三：『街頭寶炬夜初開，一曲新詞怨落梅。怪底佳人好妝束，閩山廟裏看燈來。』其四：『綉帷珠簾曲宴開，梅花影裏玉山頽。也知春色濃如酒，可忍燈前不醉回。』（《西樓集》卷十）

西湖十景竹枝詞十首[一]

六橋烟棹[二]

柳外春烟午未消，烟深何處認郎橈。小鬟不用頻相問，已約桃花第五橋。

三竺晚霞

霞光片片映香臺，花下紅妝笑靨開。預卜明朝天色好，願郎游騎得重來。

九里松風

虬龍千尺翠烟凝，九里濤聲浪幾層。油壁青驄堤上過，同心猶記結西陵。

[一]　十首，底本無此二字，據目録補。

[二]　六橋烟棹，目録無十景細目，據此詩補。

孤山梅月

梅花十畝映湖塘，歷亂幽魂處處香。淡月一輪疏影見，青銅鏡裏壽陽妝。

桃溪花雨

桃溪春色武陵同，落盡殘英陣陣風。暗出袖中花一片，問郎何似夜來紅。

石屋晴雲

石屋雲開淡復濃，青山微露半芙蓉。一時游女紅妝濕，身在高唐第幾峰。

彩鷁紅妝

湖心歌管遏春雲，水底榴花六幅裙。轉過蘇堤歡不見，停橈齊上岳王墳。

錦塘春柳

三月尋春到錦塘，青青垂柳一絲長。折來戲作同心結，不是同心不贈郎。

龍泓漱玉

驪珠不動小龍眠，井水無波玉鏡鮮。携手與郎同一照，忽驚花發并頭蓮。

鷲嶺觀曦

啼罷天鷄曙色微，鷲峰高處見朝暉。傍人不用歌行露，夜與郎游尚未歸。

【箋】西湖十景　杭州西湖十景。

○田汝成《西湖游覽志》卷十《北山勝迹》引宋王洧《咏西湖十景》詩，爲：蘇堤春曉、斷橋殘雪、雷峰夕照、曲院風荷、平湖秋月、柳浪聞鶯、花港觀魚、南屏晚鐘、三潭印月、兩峰插雲。卷十一引聶大年《西湖十景》詩同。熥爲《竹枝詞》，與此异。

六橋　詳卷九《延津逢許然明還武林詩以送之》。

三竺　詳卷七《西湖泛舟》。

九里松　詳卷三《西湖飛來峰歌》。

西陵　詳卷五《經舊游懷康元龍》。

孤山　詳卷九《寄題郭張虚香雪齋》。

桃溪花雨　在杭州北山。

○田汝成《西湖游覽志》卷九《北山勝迹》「栖霞嶺」條：「栖霞嶺上，桃花爛燦，色如凝霞。其北有古劍關，蓋左賨云，右仙姑，兩山夾峙，若劍門然，宋立巡司于此。有水一道，名桃溪，經岳墳前入湖。」

石屋晴雲　在杭州南高峰。

○李賢《大明一統志》卷三十八《浙江・杭州府》「南高峰」條：「在府城西一十二里，上有古塔，下有石屋。《杭都賦》：『南北高峰，獨秀群嶺之表。』」

○田汝成《西湖游覽志》卷三《南山勝迹》「石屋洞」條：「高敞虚朗，衍迤二丈六尺，狀如軒榭，可布筵几。其底邃窄通幽，暗然密室，周鐫羅漢五百十六身。」

蘇堤　即蘇公堤。

○田汝成《西湖游覽志》卷二《孤山三堤勝迹》『蘇公堤』條：『自南新路屬之北新路，横截湖中。宋元祐間，蘇子瞻守郡，浚湖而築之，人因名「蘇公堤」。』

龍泓　龍泓洞，在天竺山。

○李賢《大明一統志》卷三十八《浙江·杭州府》『龍泓洞』條：『在天竺山理公岩之北。』

鷲嶺　詳卷三《西湖飛來峰歌》『飛來峰』條。

山居雜興十六首[一]

其一

雨後空山剥啄無，滿階苔色綉氍毹。開門忽訝新痕破，知是雙雙過鶴雛。

其二

呼童洗硯寫黄庭，手自摩挲舊日銘。漸露滿池鸜鵒眼，猶餘殘綉上金星。

其三

桐陰如蓋午風凉，沉水香銷白晝長。觸手殘編隨意看，一時書卷亂堆床。

其四

幾年心與世緣疏，獨有雕蟲癖未除。賦就一篇詩得意，人來喜向扇頭書。

[一]　十六首，底本無此三字，據目録補。

其五

爲耽禪悦久皈依，飯貯山瓢施鳥饑。總是道人機事息，近前飲啄不驚飛。

其六

林深無數鳥争啼，獨立花間自品題。畢竟流鶯聲第一，畫樓東畔柳陰西。

其七

雲邊松影挂斜陽，上下禽聲到竹床。半醉半醒開斗帳，微風吹送玉蘭香。

其八

閉却重門竹影疏，日長閑疊架頭書。放生不守空王戒，故蹴方鞋殺蠹魚。

其九

萬竿新竹傍檐牙，八面青山一帶遮。斬却當門三四個，隔雲峰影露蓮花。

其十

一夜霜風葉滿庭，黄花三徑盡飄零。山房不放秋光去，猶折殘枝插膽瓶。

其十一

新裁斗帳白生綃，百種奇花五色描。鳳蠟低懸通夜照，有人雙度可憐宵。

其十二

金爐殘火宿沉檀，萬緑陰中擁合歡。啼鳥一聲秋夢覺，侍兒剛進小龍團。

其十三

美人蕉下立紅裙，磨得玄精滿硯雲。按寫江南桃葉曲，指尖香粉印羅紋。

其十四

小詞閑製曼聲歌，寫出春閨幽恨多。懶把九宫翻别譜，花間占得憶秦娥。

其十五

碧紗窗冷晝常關，丘壑移來枕簟間。几上石屏嵐翠滿，分明一片點蒼山。

其十六

何事柴門午未開，落花依舊滿蒼苔。只緣欲了分題債，暫禁山童報客來。

【箋】花間　隱指詞集《花間集》。

桃葉　詳卷六《懷元直客金陵》。

憶秦娥　詞牌名。

游武夷發白龍江四首[一]

其一

荷衣草屩竹筇輕，路入丹山謁上清。不是離家無别恨，出門先斷世間情。

[一] 四首，底本無此二字，據目録補。

其二

五雲遥望赤松家，八月同乘碧漢槎。自有仙童親接引，不須沿路問胡麻。

其三

塵世蹉跎三十春，欲將雲水了閑身。清溪無數船來往，能去尋仙有幾人。

其四

參駕雲中白鹿車，萬年宫裏薦乾魚。江頭有客來相送，不唱離歌唱步虚。

【編年】萬曆二十三年乙未（一五九五）。按：熥《游武夷山記·由萬年宫至茶洞》：『歲乙未，仲弟興公有吴門之役，余遂附舟往游。先期報陳惟秦、陳振狂與俱，以八月十三日發白龍江。』

（《幔亭集》卷十七）

【箋】白龍江　詳卷三《同女翔在杭看梅先宿蘆中磯》。

赤松　詳卷三《送閔壽卿隱武夷》。

萬年宫　詳卷八《萬年宫》。

陳振狂擬游武夷舟次困溪興盡而返戲嘲四首[一]

其一

自是青山欠夙因，且將踪迹寄紅塵。幔亭指日重開宴，遍問曾孫少一人。

其二

尋仙元不屬凡身，空負桃花洞裏春。豈是漁郎多別恨，玄都只待有緣人。

其三

咫尺仙凡路遂分，悲君猶自戀人群。待予九轉丹成後，未度他人首度君。

其四

何事塵心未肯灰，尋真中路忽辭回。思君不奏賓雲曲，只唱人間曲可哀。

【編年】萬曆二十三年乙未（一五九五）。

【箋】陳振狂擬游武夷舟次困溪興盡而返戲嘲

○徐熥《游武夷山記·由萬年宮至茶洞》：『（歲乙未八月）十六日次困溪。振狂以病留困溪，賦詩而別。』（《幔亭集》卷十七）

曾孫　詳卷三《題高漫士晚闊溪雲圖》。

[一] 四首，底本無此二字，據目録補。

人間可哀曲　此曲及上句『賓雲曲』，均爲武夷君大會鄉人演奏之曲。詳宋祝穆《武夷山記》。

【附】陳鳴鶴《送惟和惟起惟秦游武夷惟秦雅好譚禪輒嘲及之四首》，其一：『乘潮江上去，千里訪神山。佞佛已無相，游仙便不閑。地逢奇處宿，溪到盡時還。寄語金蟾子，從今莫閉關。』其二：『溪口孤舟渡，奇峰簇兩涯。空壇留斷簡，絶壑架枯槎。暫别人間世，言殆洞裏霞。黄金無用處，且莫化丹砂。』其三：『爲厭塵寰住，扁舟問武夷。山形移步改，水勢逐風馳。過嶺多騎竹，逢人盡采芝。河車終日轉，不比在家時。』其四：『誰道虹橋絶，賓雲待有緣。山藏燒汞客，猿導進香船。福地數聲磬，人家幾點烟。往來須密識，歸與世間傳。』（《泡庵詩選》卷四）

過劍津

神物飛騰自有靈，至今風雨帶餘腥。道人欲唤龍魂醒，再合雌雄鑄七星。

【編年】萬曆二十三年乙未（一五九五）。

【箋】過劍津　劍津，在今南平市延平區，詳卷五《劍津夜泛》。

○徐熥《游武夷山記·由萬年宫至茶洞》：『（歲乙未八月）廿一日次延津。』（《幔亭集》卷十七）

【附】徐𤊹《宿劍州次韵答無競》：『才攀衰柳出河濱，又值風帆宿劍津。鄉信未逢歸路客，土音初變异州人。暮天雲樹猿啼急，秋水蘆花雁叫頻。迹落江湖心自悔，青山君莫嘆沉淪。』（《鼇峰集》卷十三）

村中晚步二首[一]

其一

數家茅屋小溪東，衰草寒烟夕照中。門掩千峰山犬吠，一籬秋色豆花紅。

其二

青山迴合抱清溪，村徑陰陰鳥自啼。落盡疏林秋色晚，水流楓葉過橋西。

【編年】萬曆二十三年乙未（一五九五）。按：八月往游武夷途中作，詳熥《游武夷山記》（《幔亭集》卷十七）。

懷仙館

九曲溪流枕上聽，白雲遮斷數峰青。金鷄叫罷山天曉，鶴在松間夢未醒。

【編年】萬曆二十三年乙未（一五九五）九月初二。按：詳徐熥《游武夷山記》（《幔亭集》卷十七）。

【箋】懷仙館　在武夷山。

○徐熥《游武夷山記·由接笋峰至小桃源》：『既至茶洞，接笋峰在眉睫間……龍脊者，兩峰夾澗，當中有石隆起，廣不盈尺，長十餘丈，蜿蚋而上，鑿其脊爲級，行者不敢左右視。越里許，達懷仙館。』（《幔亭集》卷十七）

[一] 二首，底本無此二字，據目録補。

金鷄　金鷄洞，詳卷二《送閔壽卿隱武夷》。

懷仙館憶女翔熙工伯孺因覓伯孺所畫烟雨圖不得

此地曾聞控鶴來，三人同禮七星臺。一溪烟雨知何處，滿壁丹青翳緑苔。

【編年】萬曆二十三年乙未（一五九五）九月初二。按：詳徐熥《游武夷山記》（《幔亭集》卷十七）。

【箋】伯孺　詳卷二《贈陳价夫薦夫》。

七星臺　在武夷山懷仙館。

聽劉隱虛道人談玄

指揮如意坐雲根，總是清虛世外言。談到繽紛花似雨，曾無一語及傍門。

【編年】萬曆二十三年乙未（一五九五）九月三日。按：道人宿雲窩遇熥；九月四日，陪游天游峰，詳熥《游武夷山記》（《幔亭集》卷十七）。

【箋】劉隱虛道人　懷仙館道士。按：詳熥《游武夷山記·由接笋峰至小桃源》（《幔亭集》卷十七）

贈羽士二首[一]

其一

絶壑凌空鳥道懸，竹房松火亂秋烟。道人不問丹梯險，禁步青山二十年。

其二

竹杖游方幾化龍，知君雲水本無踪。今朝長揖下山去，他日相尋何處峰。

【編年】萬曆二十三年乙未（一五九五）。按：詳熥《游武夷山記》（《幔亭集》卷十七）。

小桃源呈吴元翰陳惟秦江仲魚

山轉溪迴一徑斜，半裁桑柘半桃花。何年共結茅茨隱，添得人烟三兩家。

【編年】萬曆二十三年乙未（一五九五）。

【箋】小桃源　在武夷山六曲。

○謝肇淛《五雜組》卷四「地部」：「武夷之小桃源，居萬峰之中，秀色環抱，石門一徑，可杜而絶，其中豁然，别是一天地，有田有水，又有村落，可爲伴伍；養蜂、蒸楮，可以爲生；鵝鴨鷄豚，可以自給。山寇所不及，海賊所不到，想武陵避秦之地，未必勝此也。」

○董天工《武夷山志》卷十二「六曲」：「自蒼屏、北廊之間，遵小澗，入深谷里許，石崖相依成門。門數曲折，澗自門出，名松鼠洞。横石爲矼，復履石磴宛轉而入。窮極幽深，其内忽平曠，田疇可一二十畝，

[一] 二首，底本無此二字，據目録補。

四面環山。南爲蒼屏，北爲三層，東爲玉版，西爲天壺、北廊。桑麻廬舍，儼然村落，而既入其中，回視若無門徑，人擬之武陵桃源，故名。』按：徐熥有《游武夷山記·由接笋峰至小桃源》（《幔亭集》卷十七）

呈吴元翰陳惟秦江仲魚　江仲魚，詳卷六《贈江仲魚》。

〇徐熥《游武夷山記·由接笋峰至小桃源》：『（九月初三日）是夜歸宿雲窩，而友人江仲魚自崇安來會。』（《幔亭集》卷十七）

吴元翰　即吴文潜，詳卷六《同吴元瀚興公弟暮過神光庵》。

武夷十咏十首[一]

玉女峰[二]

五色苔花當綉襦，朝雲暮雨鎖模糊。清溪照出蛾眉影，錯認湖中大小姑。

架壑船

壑裏藏舟經幾春，溪頭何用嘆迷津。世人自愛風波險，豈是神仙不渡人。

仙掌峰

頂門開處即玄關，白日青天去不還。多少幻形俱脱化，獨留仙掌在人間。

[一]　十首，底本無此二字，據目録補。

[二]　玉女峰，目録無十咏細目，據此詩補。

換骨岩

可憐人世似蜉蝣，誰識真還借假修。不學換心求換骨，青山依舊葬枯[一]髏。

大王峰

危峰蒼翠插雲中，爐裏丹砂色尚紅。此地大王曾羽化，至今猶自起雄風。

徐仙岩

碧嶂千尋骨一函，當年曾此脱塵凡。重來忽記前身果，笑指飛升舊日岩。

金鷄洞

紅塵容易使人迷，流水無情日又西。大夢紛紛誰自覺，空勞仙洞報金鷄。

幔亭峰

一曲賓雲酒一卮，共乘鸞鶴醉歸遲。至今五色霞千片，猶似當年結彩時。

投龍洞

空有輝煌玉簡書，莫疑雲氣不重噓。神龍本是飛騰物，肯向千年洞裏居。

虹橋板

一從仙樂散丹霄，千載長虹亘未消。待得丹成生羽翼，手攀日月過虹橋。

[一] 枯，文淵閣《四庫全書》本作『骷』。

【編年】萬曆二十三年乙未（一五九五）。

【箋】玉女峰　在九曲溪二曲。

○李賢《大明一統志》卷七十六《福建·建寧府》『玉女峰』條：『在武夷山中。宋辛弃疾詩云：「玉女峰前一棹歌，雲鬟霧髻動晴波。」』

○何喬遠《閩書》卷十五《方域志·建寧府》『玉女峰』條：『三石差肩而立，其色紅潤，絶頂花草毵毵如鬟髻，前有妝鏡臺、仙冠石。』

架壑船　在九曲溪三曲。

○黄仲昭《八閩通志》卷六《地理·建寧府》『小藏岩』條：『下臨深潭，上亘絶壁，半岩數處谺斷，其間或插木架板，望之如棧，中開數室，内有器，圓者如斛，方者如笥，又有如盤、如杵之狀者。古《記》云：「昔有仙鷄居其間。」故又名「仙鷄岩」。其側有船，架于岩之半壁，亦名「仙船岩」。翁彦約詩：「西溪縹緲接明河，鼓棹仙人泛玉波。却御長風天上去，虚舟千古插嵯峨。」仙館岩，半岩有石室，其間几案具在，蓋仙家翰墨之棺。』

○何喬遠《閩書》卷十五《方域志·建寧府》『仙船岩』條：『即小藏峰之峭壁。半崖間，一穴高瞰，内有二小船，架横木之上，半插崖中，半插崖外。』

仙掌峰　即仙迹岩。在九曲溪六曲。

○徐表然《武夷志略·二曲諸勝》『仙迹岩』條：『在曲溪南，上有二膝痕，傳爲仙人跪太姥于此。』

○何喬遠《閩書》卷十五《方域志・建寧府》「仙掌峰」條：「在六曲溪北。穹崖壁立，高廣數千丈，崖半石紋類人指掌者數處。上有崇賢館，宋游九言建水雲寮其下。旁有瀑布，泉夾流下注，名仙浴池。」

換骨岩　詳卷三《送閔壽卿隱武夷》「遺蜕」條。

大王峰　在九曲溪一溪，詳卷十一《將至武夷》。

徐仙岩　在九曲溪一溪。

○徐表然《武夷志略・一曲諸勝》「徐仙岩」條：「徐熙春真人留蜕其中。」

○何喬遠《閩書》卷十五《方域志・建寧府》「徐仙岩」條：「即仙蜕岩，在升真洞大王峰東。徐，名熙春，邵武人。熙寧中，嘗夢一鐵冠道人，容貌雄偉，相揖與語，覺而异之。明至城南，果邂逅一道人，宛若夢中，自云姓蔡，邀熙春飲，食以五華草，臨别約期升真洞下。自是熙春不復粒食，至期果吟笑相迎于九曲溪頭，授以丹訣，後坐化，全蜕藏側樓上，至今猶存。」

金鷄洞　詳卷二《送閔壽卿隱武夷》。

幔亭峰　詳卷三《題高漫士晚閣溪雲圖》。

投龍洞　在武夷山九曲一溪。

○李賢《大明一統志》卷七十六《福建・建寧府》「投龍洞」條：「在武夷山大王峰絶頂。洞口狹小，中有水，垂綆百尺，乃可至底。宋朝屢遣中使投金龍玉簡，于此祈雨。」

○徐表然《武夷志略・一曲諸勝》「投龍洞」條：「（大王）峰之下級也，與上級相夾之縫，相去約三尺許，漥而成洞，即投龍洞是也。洞口直下，垂綆數百丈，始及泉，宋嘗遣使投金龍玉簡于中。』

虹橋板　在武夷山九曲溪懸崖峭壁。

○祝穆《方輿勝覽》卷十一『建寧府』引《古記》：『秦始皇二年八月十五日，武夷君與皇太姥、魏王子騫輩置酒會鄉人于（幔亭）峰頂，召男女二千餘人，虹橋跨空，魚貫而上……既下山，風雨暴至，虹橋飛斷，回顧山頂，寂無一物，但葱翠峭拔如初耳。』

○何喬遠《閩書》卷十五《方域志·建寧府》『大藏岩』條：『岩穴中，所插橋板，間有墜下者，頗類沉香木。』

【附】徐𤊹《玉女峰》：『仙宫烟鎖鏡臺昏，瑶草青青抹黛痕。三十六峰秋雨過，半空翻倒洗頭盆。』（《武夷雜咏十首》，《鼇峰集》卷二十四）　曹學佺《玉女峰》：『玉殿遥辭下太空，衣籠積翠佩摇紅。月明清影應聞語，不在妝臺在水中。』（《挂劍篇》，《石倉全集》）按：此詩非同時作，録以備考。　徐𤊹《仙船岩》：『枯棹千年架石頭，風吹難動水難流。却憐浮世風波客，來往身如不繫舟。』（《武夷雜咏十首》，《鼇峰集》卷二十四）　曹學佺《架壑船》：『千尋岩壑幾經秋，問渡無人到上頭。但恐風波隨地有，青山何處可藏舟。』（《挂劍篇》，《石倉全集》）按：此詩非同時作，録以備考。　徐𤊹《换骨岩》：『何人蜕骨寄岩間，曾是山中煉九還。若使當年仙不學，依然孤冢北邙山。』（《武夷雜咏十首》，《鼇峰集》卷二十四）　徐𤊹《徐仙岩》：『一丸丹熟去朝元，千載岩頭骨尚存。莫謂升真非拔宅，重來今日有雲孫。』（《武夷雜咏十首》，《鼇峰集》卷二十四）　徐𤊹《金鷄洞》：『大半金鷄洞杳冥，千年伊喔不曾停。怪來隻報仙家曉，多少人間夢未醒。』（《武夷雜咏十首》，《鼇峰集》卷二十四）　曹學佺《金鷄洞》：『莫測幽源別有天，金鷄啼破洞門烟。世人那得尋常聽，一度朝昏幾百年。』（《挂劍篇》，《石倉全集》）按：此詩非同時作，録以備考。　徐𤊹《幔亭峰》：『奏罷人間曲可哀，仙家零落紫霞杯。若逢結幔重開宴，我是曾孫依舊來。』（《武夷雜咏十首》，《鼇峰集》卷二十四）　曹學佺《幔亭峰》：『曲奏賓雲與可哀，虹橋爛熳宴初開。我行若在曾孫列，醉倒同亭不肯回。』（《挂劍篇》，《石倉全集》）按：此詩非同時作，録以備考。

游仙曲六首[一]

其一

萬里遥天片月明，玉皇開宴會蓬瀛。瓊漿飲盡歸玄府，鶴背瑶笙四五聲。

其二

形容如鶴蜕如蟬，一夕凌虚去杳然。隔斷紅塵三萬里，閬風吹上大羅天。

其三

蕊珠宮殿玉宸君，身上霞衣五色文。不用驂鸞過碧海，鳳簫聲裏駕紅雲。

[一] 六首，底本無此二字，據目録補。

其四

雲裏騎龍訪列仙，羽衣霞佩去翩躚。不知一枕邯鄲夢，游遍神州幾洞天。

其五

踏碎烟霞謁帝鄉，空中鸞鶴自迴翔。腰間帶有降魔劍，一道精光燭混茫。

其六

偶別玄都玉笥班，却藏名姓到人間。須臾跳入壺中去，白日青天何處還。

【編年】萬曆二十三年乙未（一五九五）九月。

【附】陳椿《游仙》：『岱宗開日觀，赤城竪霞標。鬼斧與神工，丹洞何岧嶢。安期紛至止，羡門屢逍遥。頫視昆明池，千年餘劫燒。龜鶴保遐算，蜉蝣不終朝。仙才竟誰是，靈氣徒寥寥。我欲仗真訣，乘風獨飄飆。左手拍容城，右手攀王喬。倏然凌八極，一以謝氛囂。』（《景于樓稿》，曹學佺《石倉十二代詩選・社集》）　林光宇《游仙曲》：『鶴羽□風雲作泥，弱水之上遇王倪。隔烟語笑猶未了，斗柄三指天東西。拍肩同向瑶池去，緑霧青霞不見處。桃實蒂落桃花開，荒凉碧宇夜疑曙。藕絲短被空中舉，王母傳言與玉女。』（《林子真詩》不分卷）

桃花澗訪吕山人

長日青山歌采芝，人間甲子不曾知。却嫌住近桃花澗，花落花開見歲時。

【編年】萬曆二十三年乙未（一五九五）九月。

【箋】桃花澗　即桃源澗。在武夷山九曲溪北。

○何喬遠《閩書》卷十五《方域志·建寧府》『桃源澗』條：『在武夷山背，長嶺大路之左，岩頂有石洞，辟支佛栖此。』

呂山人　即呂栖谷。

采芝　《采芝歌》。秦漢之際商山四老人（商山四皓）隱居山中，作《采芝歌》寄其志。

【附】徐𤊹《桃花澗訪隱者呂栖谷》：『竹滿疏籬花滿溪，半間茅屋壁新泥。百年生計漁樵裏，明月孤舟雨一犁。』（《鼇峰集》卷二十四）

紫陽書院

水自茫茫山自青，荒祠千載寄精靈。道人已作黄冠客，不着儒衣拜考亭。

【編年】萬曆二十三年乙未（一五九五）九月。

【箋】紫陽書院　在武夷山五曲，宋朱熹建精舍，景定中爲武夷書院，後人因朱熹號紫陽，稱之爲『紫陽書院』。

○徐熥《游武夷山記·由萬年宫到茶洞》：『舟次五曲，舍舟至紫陽書院，謁朱先生遺像。』（《幔亭集》卷十七）

○李賢《大明一統志》卷七十六《福建·建寧府》『紫陽書院』條：『在武夷山。有峰夷下鋭上，號大隱屏，朱熹築室其下。有仁智堂、隱求齋、觀善齋、止宿寮、石門塢、寒栖館、晚對亭、晦庵、釣磯、茶竈。韓元吉有《記》。』

○徐𤊹《竹窗雜録》『紫陽書院』條：『長樂陳少司馬致政還山，結廬于武夷五曲雲窩隱焉。雲窩占九曲之勝，曲榭危闌，高軒疏牖，莫不精麗。雲窩之左爲朱文公書院，頗頹塌荒廢，有友人經游，題一詩于壁云：「紫陽書院對清波，破壁殘碑半女蘿。頗愛隔鄰亭榭勝，畫闌朱栱是雲窩。」是時司馬久未入山，後至見壁間詩，笑曰：「題詩者其吾藎臣乎？」即日捐橐中裝爲之修復。今書院弘廠尤勝。』（《榕陰新檢》卷十六《詩話》引）

○董天工《武夷山志》卷十《五曲圖説》：『諸曲惟五曲地勢寬曠，隱屏峰下紫陽書院在焉。』

玄都觀尋道士不遇

洞門寂寂鎖烟霞，此是玄都道士家。鷄犬無聲丹竈冷，深溪流出碧桃花。

【編年】萬曆二十三年乙未（一五九五）九月。

【附】徐𤊹《游玄都觀》：『古院荒凉白日斜，玄都道士已無家。只今滿地荆榛色，落盡秋風野菜花。』（《鼇峰集》卷二十四）

别虚道人

與師分别亦關情，不記形容記姓名。聞説還童有真訣，白頭人又是前生。

【編年】萬曆二十三年乙未（一五九五）九月。

【箋】虚道人，即劉隱虚道人。見本卷《聽劉隱虚道人談玄》。

懷鄭君大

幾人白首困塵氛，垂老看山獨有君。莫道年高筋力少，芒鞋曾踏一梯雲。

【編年】萬曆二十三年乙未（一五九五）九月。

【附】謝肇淛《小草齋詩話》卷五：『徐惟和有友鄭君大，豪爽滑稽，喜游山水。嘗至武夷折笋峰，峰有三梯，鄧登其一，懼而下，恐爲衆笑，乃令從者細記景物，歸而詫曰：「吾登折笋矣。」詰之，一一不謬。又數年，惟和復至武夷，宿折笋峰，有詩《懷君大》云：「幾人白首困晨氛，垂老看山獨有君。莫道年高筋力少，芒鞋曾踏一梯雲。」君大見詩大恚曰：「道人負我，道人負我！」蓋當時深囑道人勿泄其事，至是見「一梯」之語，疑其得其情也，具言所以，聞者皆爲絶倒。』

同元翰惟秦雨宿舟中懷惟起弟

細雨扁舟泊近村，三人同卧亦銷魂。誰憐此夜孤身客，山店殘燈獨掩門。

【編年】萬曆二十三年乙未（一五九五）九月。

西蜀竹枝詞

杜鵑啼上海棠枝，赤甲山前月落遲。斗帳夜寒春夢醒，笛聲吹過竹郎祠。

【編年】萬曆二十四年丙申（一五九六）

【箋】竹郎祠　一般認爲位于榮州（今四川榮縣）。

○唐韓翃《送李中丞赴辰州》：『功成益地日，應見竹郎祠。』

春暮感懷

春光將老杏花殘，猶自驚心帶泪看。記得去年今日裏，布衣羸馬出長安。

【編年】萬曆二十四年丙申（一五九六）

清明有感

人間春色太無情，不管音容隔死生。滿地梨花墳上雨，一番零落又清明。

【編年】萬曆二十四年丙申（一五九六）。

郊行

日暮空林野鳥歌，新墳古冢滿山阿。不知白骨埋多少，依舊青山四面多。

【編年】萬曆二十四年丙申（一五九六）。

爲屠田叔題王玉生山水册八首[一]

其一

青山如黛草萋萋，古寺殘鐘隔遠溪。客散長亭天色晚，兩行烟柳灞橋西。

其二

蒼茫緑野接江天，漁父中流獨扣舷。何處月明堪繫纜，樹陰西畔小橋邊。

［一］八首，底本無此二字，據目録補。

其三

二客來尋草閣幽，况逢鄰舍酒新篘。主人日暮歸來晚，帶有青蚨在杖頭。

其四

閑來約客訪烟霞，行到橋邊日已斜。尚隔寺門三五里，且將瓢笠宿山家。

其五

山中日暮起西風，隔嶺霞生石壁紅。對坐共憐秋色好，數株松影半林楓。

其六

崚嶒孤塔影中流，萬頃江天一色秋。恍似金山高處望，片帆無數出瓜州。

其七

蘭槳摇摇下急灘，滿天風雪正漫漫。莫嫌野店村醪薄，消盡深溪一夜寒。

其八

千尋瀑布響空林，數尺危橋出樹陰。欲向溪南訪真隱，飛花滿路白雲深。

【編年】萬曆二十四年丙申（一五九六）。

【箋】屠田叔　即屠本畯，詳卷三《分得黄金臺送屠田叔轉運使京》。

金山　詳卷五《揚子江望金山寺》。

瓜州　詳卷五《歲暮懷鄭六初》『瓜步』條。

枕上偶成

山館雲寒枕簟清，隔窗殘月不分明。黄鶯未醒人先醒，卧聽枝頭第一聲。

九仙觀晚步

獨携雙屐訪烟霞，畫閣朱闌夕照斜。清磬一聲山院寂，流鶯啼過木棉花。

【箋】九仙觀　在福州九仙山(于山)上。

○李賢《大明一統志》卷七十四《福建·福州府》「九仙觀」條：「在閩縣治東南。宋建。」

○王應山《閩都記》卷五《郡城東南隅》「九仙觀」條：「在于山之東。宋崇寧二年，建天寧萬壽觀，紹興間改爲報恩廣孝，尋更光孝。政和間，郡守黄裳創樓閣。元至元初改今名。國朝因之……萬曆間，里耆募衆修葺。相傳，漢時何氏兄弟九人，兹山修煉後解化于九鯉湖。」

夏日瀚上人過訪

緑陰深處響新蟬，移得蒲團柳影邊。數局碁殘天未暮，更燒山茗結清緣。

【箋】瀚上人　詳卷五《訪瀚上人》。

聽錢叔達彈琴時叔達將歸吴興

竹院微風動晚凉，冰弦花裏按宫商。憑君莫作思歸引，一曲哀聲易斷腸。

【編年】萬曆二十五年(一五九七)。

【箋】錢叔達　即錢行道，詳卷二《初夏邀黄仲高孝廉張孺愿太學錢叔達山人張公魯徐仲和秀才及社諸子集澄瀾閣》。

吴興　詳卷三《都門送吴允兆還吴興》。

山園雜興

信步荒園日幾迴，秋風吹老壁間苔。澆花正怪兒童懶，忽見松陰片雨來。

【編年】萬曆二十五年丁酉（一五九七）。

雨夜讀伯孺詩草

空齋寒夜雨聲聲，細讀君詩欲四更。十載悲歡燈影裏，同游風景最關情。

【編年】萬曆二十五年丁酉（一五九七）。

秋日山行

行盡空山日未斜，隔林烟火見人家。澗邊小犢眠衰草，風動滿園蕎麥花。

【編年】萬曆二十五年丁酉（一五九七）。

感舊

秋光依舊滿房櫳，鏡裏鉛華漸不同。去歲今宵卿憶否，錦衾香暖燭摇紅。

【編年】萬曆二十五年丁酉（一五九七）。

哭林逸人四首[一]

其一

水明樓上看明月，共對冰盤品荔枝。今日譜成君不見，年年腸斷荔枝時。

其二

昔年遺我青精飯，藥氣浮空滿箸雲。風雨空山寒食節，一盂何日薦孤墳。

其三

記得方山昔日游，逢君瀨水苦相留。從今若過方山路，不忍重維瀨水舟。

其四

憐君易簀垂亡日，值我囊書遠别秋。欲哭靈幃山水隔，空將雙淚寄人流。

【編年】萬曆二十五年丁酉（一五九七）。

【箋】水明樓　詳卷三《陳伯孺兄弟水明樓春宵聽雨歌》。

譜　《荔枝譜》，徐𤊹撰，稿成于是歲，福建轉運副使屠本畯授梓。

方山　詳卷六《方山嚴孝子》。

瀨水　即瀨江，參見卷七《淘江舟中送張博士之官鎮海》「淘江」條。

[一] 四首，底本無此二字，據目録補。

【附】徐𤊹有《過林逸人幽居》：『魂墜窮泉乍白頭，方山寒雨杜鵑愁。花飛古路松枝老，葉滿閑庭荔子秋。鶴夢不歸江上榻，蟲絲空網月邊樓。哭君剩有千行泪，瀨水無情日夜流。』(《鼇峰集》卷十四)

將赴京作

【編年】萬曆二十五年丁酉(一五九七)。

北望幽燕欲斷魂，留連未忍別家園。直須三徑秋光老，開盡黄花始出門。

題諸友送行卷後

七年三上春官日，各賦詩篇送我行。今日蠹魚生滿紙，主人依舊一儒生。

【編年】萬曆二十五年丁酉(一五九七)。按：自萬曆十九年辛卯(一五九一)上春官，二十二年甲午又上，至二十五年，共七年。

【箋】題諸友送行卷後

○徐熥《與陳惟秦》(又六)：『細讀《送行》十詩，情景俱到，足令游子解顔矣。昨亦分十題與微公，須其成，當以就正也。』(《幔亭集》卷二十)

【附】陳薦夫《送惟和北上·序》：『乙未之歲，余與惟和并轡南還，謔柳嘲花，傷時感事。或殷憂而更泣，或相樂而行歌。日月幾何，居然陳迹。今惟和羸馬單車，復遵斯路，雖今曩异情，欣□改轍，而觸事興懷，凄然心目。向者宴笑之鄉，皆爲魂斷心絶之境，况青髩易凋，白雲在望，愁緣隙而屢遷，悲乘端而横集。孑然晨夕，何以爲情？余故追述舊游，次爲十咏，于其行也，歌以祖之，俾先憂而知遣，庶無累于卒然。』（《水明樓集》卷八）王毓德《送徐惟和之京》：『遼薊愁烽燧，孤身北向燕。如雲四騎去，終日檄書傳。行色干戈外，鄉心鼓角邊。憂時條上策，不但賦甘泉。』（《晋安風雅》卷六）

興田驛讀鄧汝高題壁詩

故人半載天涯隔，得見題名勝夢思。今日經過驛亭裏，再三吟咏壁間詩。

【箋】興田驛　即興田水驛。在崇安（今福建武夷山市）南部，詳何喬遠《閩書》卷三十四《建置志》『崇安縣』。

【編年】萬曆二十五年丁酉（一五九七）。

路經武夷以公車期逼不得重游溪口别壽卿和叔二道友二首〔一〕

其一

當日仙槎九曲乘，奇峰五百恣攀登。此行苦爲虚名累，一宿烟霞也不能。

其二

何事人間最可哀，朔風零雨向燕臺。白雲隔斷清溪口，不許紅塵客再來。

〔一〕二首，底本無此二字，據目録補。

【編年】萬曆二十五年丁酉（一五九七）。

【箋】溪口　即武夷溪口。參見《武夷溪口送惟起弟度關》（《幔亭集》卷八）。

張去華席上聽妓

【箋】張去華　即張振藻，字去華，上海人。

燕姬二八欲傾城，學得江南子夜聲。莫遣歌喉頻宛轉，留將今夕唤卿卿。

【編年】萬曆二十六年戊戌（一五九八）。

落第後戲作

楊柳如絲草似茵，輕羅小袖白綸巾。紫騮嘶入平康路，妒殺春風得意人。

【編年】萬曆二十六年戊戌（一五九八）。

南旺湖泛月

蘭舟乘月下黄河，一片清光漾碧波。宛似江南湖上景，分明惟欠采蓮歌。

【箋】南旺湖　在山東汶上縣。

○李賢《大明一統志》卷二十三《山東·兖州府》『南旺湖』條：『在汶上縣西南三十里，湖闊數十里。每歲引湖水入會通河以濟其淺。』

【編年】萬曆二十六年戊戌（一五九八）。

【附】鄧原岳《南旺湖汶水至此北流入衛河》：『榆柳蕭蕭兩岸秋，片帆千里下齊州。客中欲寄相思泪，汶水從今却北流。』（《西樓集》卷十）按：此詩與熥詩非同時作，録以備考。

别梁玉

何物臨岐繫所思，佳人偷指緑烟絲。重來試看門前樹，留得青青有幾枝。

【編年】萬曆二十六年戊戌（一五九八）。

【箋】梁玉　歌妓。

彭城夜泊書[一]事

十年此地幾經過，數點漁燈起棹歌。今夜滿天喧鼓角，隔江帆影戰船多。

【編年】萬曆二十六年戊戌（一五九八）。

舟中望雲龍山有懷陳幼孺

雲龍山下泛歸舟，對景空懷昔日游。聚散無期俱是夢，黄河依舊向東流。

【編年】萬曆二十六年戊戌（一五九八）。按：萬曆二十三年（一五九五），陳薦夫下第，與熥過彭城，作《彭城懷古》，首聯云：『雲龍山色碧崔嵬，曾見河清幾度來。』（《晋安風雅》卷九）

【箋】雲龍山　在江蘇徐州，詳卷三《贈胡外史》。

[一] 書，目録作『即』。據此，目録相應改爲『書』。

逢東征歸卒二首[一]

其一

東望遼陽殺氣寒，王師十萬半凋殘。但能留得生還骨，莫問金瘡血未乾。

其二

脱却東征舊戰袍，夢中猶記醉蒲萄。從今愁説沙場事，路上逢人賣寶刀。

【編年】萬曆二十六年戊戌（一五九八）。

同謝于楚袁小修汪肇邵詹淑正李季宣陳從訓集謝在杭席上贈伎[二]

相逢流落總天涯，暫借青尊醉狹邪。坐有逐臣心正苦，月中休用泣琵琶。

【編年】萬曆二十六年戊戌（一五九八）。

【箋】謝于楚　謝陛之弟，新安（今安徽黄山）人，與謝肇淛酬倡，謝肇淛爲其詩作序。

謝肇淛《謝于楚詩序》：『往者弇州、新都二公爲政，四方士雲集其門，而謝茂才少連最著。少連善爲梁陳間綺語，千言立就，其于四聲不數數然也。無何，其弟于楚出，幾欲火攻伯仁，爲人涬溟自喜，不能突梯以趨時好。適二公皆已即世，故終瓠落而無所容。戊戌之春，余過于楚江上，班荆相與言，恨相知晚。已又出其詩，讀之未嘗不篇篇稱善也。余

[一] 二首，底本無此二字，據目録補。

[二] 伎，目録作『妓』。據此，目録相應改爲『伎』。

每游輒挾策從焉，觀廣陵濤，吊六朝遺事，攀藤入天都，發玉函金檢之秘，翩翩乎仙矣。既又從之長安，長安多貴人，朱門碧瓦，竇勒金韉，陌上紅塵幾失天日。于楚不聞也，日惟二三酒徒擊筑踏歌，醉胡姬酒肆中，而無一語及時政。先是山人游燕者，率以筆舌賈禍去，獨于楚無間言，燕人始知重于楚矣。于楚居燕三月，而余有東郡之役，戒騶且逼，于楚摻祛而稱曰：「室無似辱吾子之知，老期將至，覆瓿是懼。願得子之一言以重也。」嗟嗟！余何足爲于楚重？吾家喆胤，世不乏人，康樂、法曹并振芳名，玄暉、希逸代嗣休美，顧安所決策耳。于楚詩以意爲宗，以獨造爲致上者，希踪蘇、李，近則沿軌元、白。至其生平所服膺而神契者康樂一人，矩行規步，亦時酷類之。近體掊擊少陵，息心王、孟。逮乎歌行、絶句，往往彊弩之末，良工苦心，識者不易。使天下返叫號之習，而歸之情性，陶健兒之語而登之冠裳，易醍醐以型羹，轉醇醪爲玄酒。余于是悲其意而賞其識，咤其用力之難，而嘆吾道之日沉淪而不可止也。余既行，屬于楚于長安貴人，貴人問風韵得如茂秦否。于楚聞之不懌，曰：「方今寧復有弇州、新都也者，而遽茂秦我乎？吾馬首且東矣。」夫骨體不媚，仲翔不無恨于青蠅，而于楚能之，于楚于是乎可與友也。』（《小草齋文集》卷四）

袁小修　即袁中道。

〇徐𤊹《先兄墓碑陰交游題名記》：『鄉進士袁中道，字小修，公安人。』（《紅雨樓集》册九，《上圖稿本》第四四册，第四一五頁）

○朱彝尊《静志居詩話》卷十七『袁中道』條：『袁中道，字小修，公安人。萬曆丙辰進士，授徽州府教授，遷國子博士，升南京禮部主事，歷郎中。有《珂雪齋集》。小修才遜中郎，而過于伯氏。』

汪肇邵　萬曆二十六年謝肇淛避地江上，與汪氏游處，或即汪彥卿。

○謝肇淛《重游天寧寺記》：『戊戌之夏，余自吴興避地江上，每至炎歊，輒移枕簟就樹下，箕踞散髮，赤日蔽虧，涼颸徐引。維時四方同調之士響應雲集，自臧晉叔、袁小修而下無慮數十人，其中若王康成善飲，殳質甫丹青、詹淑正善歌、江彥卿善琴，又有王生善弈、貢生善醫、袁生善諸幻戲及鷄鳴犬吠之屬，日擊鮮刲羊，命酒賦詩，百技畢舉。月上鐘鳴，然後祖跣行歌，歸休其所。旦復集，以爲常，三有月餘。窮快心意，耳内風生，鼻端火出，每念此樂，都忘老死。』（《小草齋文集》卷八）

詹淑正　新安（今安徽黄山）人，能詩，善篆刻。善歌。佘翔有《送詹淑正還新安壽母兼同顔舍人質卿同登太山》詩。

李季宣　真州（今江蘇儀徵）人。有《李季宣詩集》，謝肇淛爲之序，詳《小草齋文集》卷四。

陳從訓　即陳永年（一五五一——一六一三），字從訓，鎮江（今屬江蘇）人。布衣。善法書。有《懶真集》。

○俞安期《紀哀詩三十二首·陳從訓》：『年六十三卒，癸丑。』（《翏翏閣全集》卷十）癸丑，萬曆四十一年（一六一三）。

揚子橋別馬季聲

秋風搖落滿征帆，楊子橋邊酒半酣。一棹蕪城君獨往，月明今夜我江南。

【編年】萬曆二十六年戊戌（一五九八）。

【箋】揚子橋　在江都縣（今江蘇揚州）。

○《〔萬曆〕揚州府志》卷二《橋梁》「揚子橋」條：「城南十五里揚子津，今廢。」

馬季聲　即馬欻，字季聲，户部尚書馬森次子，懷安（今福州）人。能詩善書。鄉貢，任潮州判官。有《漱六齋集》《廣陵游草》《南粤概》及《下薙纂》。

蕪城　揚州別稱，詳卷五《酬陸無從率爾見贈之作》。

金昌別李二

天涯搖落正深秋，一別親知雙淚流。不但思家心獨苦，斷腸今日是蘇州。

【編年】萬曆二十六年戊戌（一五九八）。

【箋】金昌　即金閶，今蘇州金閶區。

舟夜即事二首[一]

其一

金昌亭下解蘭橈，一水吴江去漸遥。秋夢纏綿渾不醒，月明齊上度僧橋。

其二

枕前雙泪落天涯，半是思君半憶家。起坐不知風露冷，一汀斜月照蘆花。

【編年】萬曆二十六年戊戌(一五九八)。

【箋】吴江　詳卷六《松陵舟中送幼孺入苕川兼柬在杭使君及苕中諸舊游》『松陵』條。

度僧橋　在今江蘇蘇州市閶門外。相傳三國時一僧人募錢修此橋，明清重建。

吊關盼盼

十年三度過彭城，燕子樓空月自明。欲吊香魂尋舊冢，斷碑無主不知名。

【編年】萬曆二十六年戊戌(一五九八)。

【箋】關盼盼　唐尚書張建封妾，詳卷八《贈彭城蘇姬》。

吴門戲寄陳伯孺

一望蘋花十頃秋，闔閭[二]城下久停舟。除將訪道尋僧外，半爲真娘住虎丘。

[一] 二首，底本無此二字，據目録補。

[二] 闔閭，疑爲『闔閭』之訛。闔閭城，即吴王闔閭城。

【編年】萬曆二十六年戊戌（一五九八）。

【箋】伯孺　詳卷二《贈陳价夫薦夫》。

闔閭城　闔閭城，詳卷七《吴城覽古》『吴城』條。

虎丘　詳卷五《游虎丘寺》。

無題和徐茂吴司理八首〔一〕

其一

綉閣重重鎖翠蛾，春風簾幙度微波。紅牙一拍芳心醉，腸斷江南子夜歌。

其二

年少誰家傅粉郎，舞裙歌扇斷人腸。當筵一道微風起，吹出羅衣賈女香。

其三

獨離幽閣影隨身，紅拂楊家是麗人。自有繞梁聲宛轉，不愁羅襪步生塵。

其四

劈開金鎖出重門，學得文君半夜奔。但愛風流人似玉，不知年少是梨園。

〔一〕八首，底本無此二字，據目録補。

其五

含羞含態步遲遲，南北峰頭月落時。此處留儂儂已住，從今莫唱惱儂詞。

其六

金縷歌成恨幾重，看君樂府演臨邛。場中多少憐香意，今夜歡娱盡屬儂。

其七

響遏行雲是此聲，况看人似玉壺清。蛾眉不惜從君死，只爲當時一笑情。

其八

生前憔悴死含冤，半臂猶看帶血痕。我亦多情病司馬，不知何處吊香魂。

【編年】萬曆二十六年戊戌（一五九八）。

【箋】無題和徐茂吴司理　徐茂吴，即徐桂，詳卷九《秋日訪徐茂吴司理》。

○徐㸌《寄徐茂吴司理》：『道經武林，得奉顔色，清言玄旨，開我愚蒙……《無題八絶》，漫爾效顰，并録博笑。』（《幔亭集》卷二十）

賈女　詳卷五《夢》。

紅拂　隋唐女俠，出自《虬髯客傳》。本姓張，吴興（今浙江湖州）人。相傳爲楊素家中歌妓。

文君　卓文君，西漢卓王孫女。

○司馬遷《史記・司馬相如列傳》：『（臨邛令）自往迎相如。相如不得已，强往，一坐盡傾。酒酣，臨邛令前奏琴曰：「竊聞長卿好之，願以自娱。」相如辭謝，爲鼓一再行。是時，卓王孫有女文君新寡，好音，故相如繆與令相重，而以琴心挑之。』

司馬　司馬相如，詳卷三《西甌道中寄答伯孺病中見送之作》。

葛陽道中

插棘編籬小徑斜，數聲鷄犬出山家。褰帷最愛秋光好，一路墻陰木槿花。

【編年】萬曆二十六年戊戌（一五九八）。

【箋】葛陽　今江西弋陽。

青樓曲四首[一]

其一

沉香亭畔敞雲屏，一樹垂楊拂地青。暫繫紫騮歡莫去，盤中新有五侯鯖。

其二

帝城三月雪全消，新柳如絲學舞腰。何處女郎齊度曲，桃花春水赤欄橋。

其三

金屋誰家罷管弦，博山沉水尚留烟。夜深月到流蘇帳，照見鴛鴦作對眠。

[一]　四首，底本無此二字，據目録補。

其四

燕子樓中午漏遲，荼蘼花影上簾時。含嬌自起開妝閣，學取西山畫黛眉。

【編年】萬曆二十六年戊戌（一五九八）。

【箋】五侯鯖　起源于漢代的一種雜燴。

燕子樓　詳卷八《贈彭城蘇姬》。

既別田叔歸過囦關公署悵然有懷二首[一]

其一

關外車聲不可聞，溪邊公署閉寒雲。從今來往囦溪路，定憶風流居使君。

其二

高閣三層傍水開，詩人多在此銜杯。從今磴道空危絕，若個詩人得上來。

【編年】萬曆二十六年戊戌（一五九八）。

【箋】公署　明福建轉運使公署在古田縣囦關，高三層。

題江仲魚小像

五色靈芝五粒松，往來長躡白雲蹤。畫師未許君丘壑，不寫清溪一片峰。

[一] 二首，底本無此二字，據目録補。

【箋】江仲魚 詳卷六《贈江仲魚》。

題遇上人小影

清溪流水漾松花，獨倚孤松不結跏。安得添余丘壑相，林中同吃趙州茶。

【箋】趙州茶 指寺院招待的茶水。趙州，指唐趙州禪師從諗，禪宗大師之一。

題羅太學青雨軒

小小軒窗匝密林，山鳩啼晝亂雲深。飛來雨氣青如染，半帶松陰半竹陰。

題伯孺兄弟臨池小隱

幽居疑是子雲亭，水繞柴門晝不扃。獨卧西堂清夢遠，春風池上草青青。

【箋】子雲亭 漢學者揚雄讀書處，在今四川綿陽。揚雄，字子雲。

題美人孤鳳

樓上簫聲久不吹，梧桐花下立多時。此身豈少雙飛翼，不到成雙不肯騎。

題美人對局

緑雲妝罷下朱樓，閑向春風結伴游。携得楸枰連袂去，花間同賭玉搔頭。

題宋畫宮扇三首〔一〕

其一

樓船航海事飄零，無數蛾眉恨血腥。團扇獨留宮樹影，六陵何處見冬青。

其二

鑾輿東下指臨安，北望中原路渺漫。寫得殘山兼剩水，只留團扇與人看。

其三

團扇當年巧樣裁，宣和殿上幾徘徊。丹青絹素俱零落，獨有蛾眉怨未灰。

【箋】六陵　指南宋高宗永思陵、孝宗永阜陵、光宗永崇陵、甯宗永茂陵、理宗永穆陵、度宗永紹陵六座陵墓，其地在今浙江紹興市東。

○李賢《大明一統志》卷四十五《浙江・紹興府》「宋徽宗陵」等條：『以上諸陵皆在會稽縣東南寶山。初，宋紹興初隆祐太后崩，朝議以爲今陵寢在河南，太后山陵宜名「欑宮」，後易「欑」爲「攢」。』

臨安　南宋都城，今浙江杭州。

冬青　冬青樹。南宋亡後，六陵遭楊璉真迦盜挖，遺骸散落，慘不忍睹。義士唐珏等收拾諸帝遺骨，重新安葬，上植冬青，冬青遂成宋遺民重要的文化意象。

〔一〕三首，底本無此二字，據目録補。

宣和　北宋宋徽宗趙佶最後一個年號(一一一九—一一二五)。

【附】徐𤊹《題宋宫扇四首》,其一:『皎潔冰紈影動摇,合歡猶自憶前朝。只因誤撲雙飛蝶,金粉香痕未肯銷。』其二:『一片輕羅小小裁,内家常對月中開。不知如水天街夜,曾撲流螢幾個來。』其三:『艮岳灰殘故殿非,齊紈猶剩舊光輝。裁縫只管遮餘笑,不障胡塵滿面飛。』其四:『白團小扇織縑緗,誰寫荷花十里香。妝點湖山風景好,引將胡馬渡錢塘。』(《鼇峰集》卷二十四)

題滕王閣圖

高閣崚嶒章水邊,曾從南浦繫歸船。披圖忽訝身如夢,回首春風二十年。

【箋】滕王閣　在江西南昌城西。唐王勃有《滕王閣序》。

○李賢《大明一統志》卷四十九《江西·南昌府》『滕王閣』條:『在府城西章江門城上,西臨大江。唐高祖子元嬰都督洪州時建。閣成命至,封爲滕王,因名其閣。』

章水　章江,即贛江。

○李賢《大明一統志》卷四十九《江西·南昌府》『章江』條:『在府城西,一名贛江。上從豐城縣界流至南浦,折而北流,下入鄱陽湖。』

題畫鴝鵒

不向枝頭説是非,性靈雖巧已忘機。夢魂只傍垂楊宿,未可輕從濟水飛。

【箋】濟水　即濟河。參見卷六《濟上》。

題畫翡翠

長喙如朱翠羽齊，寒蘆聊借一枝栖。越裳久已無人貢，好向林中自在啼。

題興公扇面小景寄懷惟秦

萬仞高峰列翠屏，寒雲流白樹流青。恍疑九曲同游日，對坐溪邊鐵笛亭。

【箋】九疑　即九疑山，詳卷三《分得九疑山送屠田叔守辰州》。

題薛素畫蘭二首[一]

其一

朱鳥窗前翠黛殘，閑將幽恨寄齊紈。薛家閨秀稱雙絶，洪度花箋素素蘭。

其二

空説湘江九畹春，殘枝憔悴不堪紉。深林豈是幽香少，半采天涯寄遠人。

【編年】萬曆二十六年戊戌（一五九八）。

【箋】薛素　即薛素素，明代女詩人，善畫蘭。

○錢謙益《列朝詩集小傳》卷二十三閏集『薛素素』條：『素素，吳人，能畫蘭竹，作小詩，善彈走馬，以女俠自命……中年長齋禮佛，數嫁皆不終。晚歸吳下富家翁，爲房老以終。』

[一] 二首，底本無此二字，據目録補。

○朱彝尊《静志居詩話》卷二十三『薛素素』條：『薛素素，小字潤娘，嘉興妓。有异才，數嫁皆不終，有《南游草》。薛五較書有十能，詩、書琴、弈、簫，而馳馬、走索、射彈，尤絶技也……至山水蘭竹，下筆迅掃，無不意態入神。』

洪度　薛濤，字洪度，詳卷十三《薛濤墓》。

【附】徐𤊹《題薛素畫蘭》：『青樓彤管寫三湘，幻得幽蘭壓衆芳。只爲含毫出檀口，墨痕猶帶唾痕香。』（《鼇峰集》卷二十四）

題薛姬畫芭蕉

名冠青樓有幾春，琉璃硯匣自隨身。相思不寄崔徽筆，但寫紅蕉當美人。

【箋】薛姬　即薛素素。

崔徽　唐歌妓。與裴敬中相愛，既别，托人畫裴像，題詩寄裴：『崔徽一旦不及畫中人，且爲郎死。』抱恨卒。

題陳伯孺墨梅

庾嶺曾看雪萬枝，生綃今見墨淋漓。江南多少思歸客，莫向天涯笛裏吹。

【箋】庾嶺　詳卷六《送王獻子山人客粵西》。

題興公畫山水二首［一］

其一

古木蕭蕭蔭溪曲，滿山蒼翠飛林麓。扶筇行過小橋西，隱隱書聲出茅屋。

其二

山色蒼茫烟水深，小舟撐出緑溪陰。一竿獨釣中流影，誰識悠悠隱者心。

題顧世卿畫緋梅

一枝玉質襯紅妝，月裏妖嬈雪裏香。莫向天台山下種，恐將春色誤劉郎。

【箋】天台　詳卷二《擬登天台山》。

劉郎　詳卷七《寄劉季德》。

題雪篇畫蘭

齊紈開處便氤氳，移得天香澧水濆。自有佳人留楚佩，不須重説馬湘君。

【箋】馬湘君　或即馬湘蘭，詳卷八《馬姬館贈梅子馬》「馬姬」條。

［一］二首，底本無此二字，據目録補。

題劉道子畫果二首[一]

其一

五指低垂綴一柯，名園佳果似兜羅。生來自有黄金相，欲向阿難頂上摩。右佛手柑。

其二

嶺南荔子似閩中，寫出纍纍錦一叢。記得高涼當日事，兩株斜映小窗紅。右荔枝。

【箋】劉道子　詳卷二《聽陳振狂彈琴因懷劉道子》。

阿難　釋迦牟尼佛十大弟子之一。

高涼　詳卷九《送陳二表兄重游高州兼柬諸舊好》「高州」條。

題葛玄方朱竹

丹鉛隨意寫生綃，幻出空林絳玉簫。五月十三曾一醉，至今紅暈不能消。

【箋】朱竹　參見卷三《題朱竹》。

題伯孺桃源圖

落盡桃花閉洞門，重來無處覓仙源。于今又隔千餘歲，知是秦人幾代孫。

〔一〕二首，底本無此二字，據目録補。

題幼孺所藏薛濤小像二首[一]

其一

濯錦江邊一麗人，千秋傳得鏡中身。自慚不及高千里，未識花容真未真。

其二

半幅丹青异代情，誰人題作校書名。寫生不用桃花紙，兩頰芙蓉暈自生。

【箋】薛濤　詳卷十三《薛濤墓》。

濯錦江　即錦江。岷江支流。

高千里　高駢，字千里，幽州人。唐代名將，詩人。

題櫻桃黄鳥

櫻桃顆顆爛如霞，曾獻炎方産内家。寄語金衣舊公子，不須銜出上陽花。

題公洛所藏伯孺畫小景

滿目溪山筆下成，山邊山外有溪聲。憑君欲領溪山趣，但向緑榕橋上行。

題畫杏花

一枝春色露名園，幻出花神半醉魂。猶記白門橋下路，紫騮嘶過酒家村。

[一] 二首，底本無此二字，據目録補。

【箋】白門　詳卷六《别金陵》。

題杏花戲贈幼孺

半幅胭脂濕未乾，誰將春色寄毫端。山窗無事閑相對，猶勝慈恩寺裏看。

【編年】萬曆二十七年己亥（一五九九）。

【箋】慈恩寺　詳卷三《帝京篇》。

題伯孺山水

訪寺尋僧亦是忙，賞春猶覺少壺觴。總緣家近溪橋上，來往不知山路長。

【編年】萬曆二十七年己亥（一五九九）。

伯孺作溪樓聽雨圖見貽詩以酬之

獨掩柴門客到稀，臨池生紙墨花飛。主人莫道無相贈，風雨溪山盡帶歸。

【編年】萬曆二十七年己亥（一五九九）。

【附】陳薦夫《題溪樓聽雨圖送惟和兄弟》：『溪上高樓暮雨遲，問君何事促歸期。真須别後孤燈夜，始憶溪樓聽雨時。』（《水明樓集》卷八）　陳薦夫《夜坐口占贈惟和兄弟》：『孤燈論心此會稀，那堪君去又相違。山樓不當連宵住，半是愁霖半憶歸。』（《水明樓集》卷八）

題畫士女八首[一]

琴操[二]

二十年來舊管弦，幾家車馬鬧門前。誰知萬劫青樓恨，盡在西湖一語禪。

樂昌公主

菱花初剖鏡分鸞，十載長持半面看。約得幽期正月望，人間天上共團圞。

文君

豈爲新緣勝舊緣，却因詞賦暗相憐。世人不解心中事，只説蛾眉愛七弦。

盼盼

劍履塵埋已十春，教成歌舞不隨身。泉臺得早重相見，深感多情白舍人。

秦弱蘭

莫笑郵亭一夜春，此身元已落風塵。韓家亦有如花女，枕畔衣裳着向人。

聶勝瓊

解將紈素卸花鈿，誰識新歡是舊緣。從此相思千點泪，不須和雨到窗前。

[一] 八首，底本無此二字，據目録補。
[二] 琴操，目録無八首細目，據此詩補。

楚娘

入宮元不愛蛾眉，來是歡娛去是悲。不有新詞消盡妒，此身依舊路傍枝。

曹妙清

比玉芳名號雪齋，更無春色入幽懷。横琴獨坐香閨晚，欲把新詩和鐵崖。

【編年】萬曆二十七年己亥（一五九九）。

【箋】樂昌公主　南朝陳宣帝女，後主陳叔寶妹。自行作主嫁江南才子徐德言。唐孟棨《本事詩》載其與徐德言破鏡重圓事。

文君　卓文君，詳本卷《無題和徐茂吳司理八首》。

盼盼　即關盼盼，詳卷八《贈彭城蘇姬》。

秦弱蘭　南唐歌妓。後周陶穀以假書爲名，使江南，欲探虚實。韓熙載密遣秦弱蘭詐爲驛卒之女，穀見而喜，作《風光好》一闋贈之。後數日，李主宴穀，穀堅不顧。乃出弱蘭歌前闋侑之，穀大慚而飲，倒吐。穀歸，卒不得大用。

聶勝瓊　北宋汴京歌妓。與禮部屬官李之問歡好。李出京，聶作《鷓鴣天·寄李之問》：「玉慘花愁出鳳城，蓮花樓下柳青青。尊前一唱陽關曲，別個人人第五程。　尋好夢，夢難成。有誰知我此時情，枕前泪共階前雨，隔個窗兒滴到明。」

楚娘　唐代歌妓。

曹妙清　元代女作家。字比玉，自號雪齋，錢塘(今浙江杭州)人。與楊維楨爲文字友，和其《竹枝詞》。有《弦歌集》。

鐵崖　楊維楨，字廉夫，號鐵崖、鐵笛道人，又號鐵心道人，晚年自號老鐵、抱遺老人、東維子。諸暨(今屬浙江)人。元末明初詩人，善作《竹枝詞》。有《東維子文集》《鐵崖古樂府》等。

【評】徐𤊹《筆精》卷四『郵亭圖』條：『國初唐肅《題陶穀郵亭圖》云：「紫鳳檀槽緑髮娼，玉兒見慣可尋常。作歌未必腸能斷，明日聽歌更斷腸。」先兄惟和曾題《秦弱蘭》一首，足爲陶學士解嘲：「莫笑郵亭一夜春，此身元已落風塵。韓家亦有如花女，枕畔衣裳着向人。」』

題雙文小像

鸞箋半幅爲傳神，畫裏相逢夢裏親。安得人間彩灰酒，鶯鶯夜夜似真真。

【編年】萬曆二十七年己亥(一五九九)。

【箋】雙文　指《西厢記》女主角崔鶯鶯。

真真　唐趙顔工畫，畫美女于軟幛，名「真真」。呼其名，百日而活。

題畫芍藥送張叔麟

相送愁吟芍藥詩，丹青聊贈插瓶枝。披圖不盡銷魂意，何必垂楊綰別離。

【箋】張叔麟　即張昭，詳卷六《送張叔麟別駕歸永嘉》。

舊歲與伯孺諸子泛舟白沙分賦野航恰受兩三人之句余已賦排律一章茲伯孺復出玉生所作扇頭前景因重賦絶句題其上己亥二月三日

去歲仲冬齊泛艇，戲將聯句效城南。眼前風景猶如昨，又過春光二月三。

【編年】萬曆二十七年己亥（一五九九）。

【箋】白沙　即白沙驛。在侯官縣（今閩侯）。

〇王應山《閩都記》卷二十二《郡西北侯官勝迹》『白沙驛』條：『在三十四都。下通芋原六十里而近，上通水口百二十里而遥。明劉基《發白沙至水口》：「夜發白沙驛，停午到水口。」』

分賦野航恰受兩三人　詳卷十《仲冬十八日同王玉生陳伯孺幼孺興公弟送屠田叔使君自芋江登舟至困關時積雨初收川原競爽促膝翻書扣舷覓句香繞筆床烟籠茶鼎情景清絶偶憶少陵野航恰受兩三人之句因令玉生繪圖共折杜句爲韵各賦一體以紀勝游余拈得三字》。

題雜畫七首[一]

其一

緑樹千重水一灣，白雲飛去鳥飛還。莫疑此地無人住，若個山人肯住山。

[一] 七首，底本無此二字，據目録補。

其二

同摇蘭槳月如霜，江水江烟共渺茫。滿樹松花風落盡，前船香似後船香。

其三

獨撫孤琴意自閑，滄浪一曲水雲間。磯頭向晚不歸去，爲愛前溪雨後山。

其四

群峰雪後玉嶙峋，無數梅花滿路春。竹杖芒鞋過橋去，山中高卧更何人。

其五

相逢同息樹邊身，總是桃源洞裏人。月照疏林天漸晚，曾無一語到紅塵。

其六

已分爲漁老此身，歸來月下捲絲綸。此中自是堪逃世，却笑嚴陵釣富春。

其七

半溪流水一孤桐，對坐山中俗慮空。所惜知音今漸遠，不堪極目送歸鴻。

【編年】萬曆二十七年己亥（一五九九）。

【箋】嚴陵釣富春　詳卷五《贈漁者》。

題郭熙畫册

行盡空林到水窮，隔江雲樹遠溟濛。柳陰坐待斜陽渡，剩看殘山一抹紅。

【編年】萬曆二十七年己亥（一五九九）。

【箋】郭熙　宋代畫家。

○《宣和畫譜》卷十一『山水』：『郭熙，河陽温縣人，爲御畫院藝學。善山水、寒林。得名于時。』

題呂紀雙鷄雛

五德初生彩質齊，花冠金距是何時。他年定起劉琨舞，莫謂雌雄未可知。

【箋】呂紀　字廷振，號樂愚（漁），鄞縣（今浙江寧波）人。明中葉畫家，善畫花鳥。

劉琨　字越石，中山魏昌（今河北無極縣）人。有《劉琨集》。

○《晋書·祖逖傳》：『（祖逖）中夜聞荒鷄鳴，蹴琨覺，曰：「此非惡聲也。」因起舞。』

水明樓聽雨答二孺

莫怪溪樓冒雨來，萍踪無定老相催。縱令歲歲來相訪，百歲曾無六十回。

【編年】萬曆二十七年己亥（一五九九）。

【箋】水明樓　詳卷三《陳伯孺兄弟水明樓春宵聽雨歌》。

二孺　陳价夫，字伯孺；陳薦夫，字幼孺，故稱『二孺』。

【附】徐𤊹《別水明樓呈二孺》：『歸去惟須兩度潮，何因留戀復明朝。只緣愛聽溪聲好，又向山樓宿一宵。』（《鼇峰集》卷二十四）

五月十二日從羅山堂分得黄金間碧玉竹栽植小園戲作

栽竹須乘醉日栽，移將奇種出香臺。貧家莫道無珍玩，多少黄金碧玉來。

【編年】萬曆二十七年己亥（一五九九）。

【箋】羅山堂　在福州法海寺。

○徐熥《興復羅山法海寺募緣疏》：『郡中羅山堂者，舊之法海寺也。名列于九山，基宏于五代。孤峰聳鷲一脉，迴龍靈秀攸鍾。慧覺斯啓，傳燈備録，大藏可稽。唐咸通、光啓間，有道閑禪師者，問道于岩頭，闡宗于海澨。大暢厥旨，實主兹山……幾歷百年，今其地屬于藍君圻。藍君承其遺創，拓爲新宫……願捨所居，仍爲梵刹。』（《幔亭集》卷十九）

種蠟梅

五出寒香淡淡黄，羅浮仙子幻新妝。開時記取休輕折，留與蜂兒補蜜房。

【編年】萬曆二十七年己亥（一五九九）。

山齋獨坐懷惟秦客粤

清客相過更有誰，閑心惟許白雲知。山房多少思君意，半在焚香煮茗時。

【編年】萬曆二十七年己亥（一五九九）。

【箋】惟秦客粤　時惟秦客恩州。徐熥有《送陳惟秦客恩州》（《幔亭集》卷九）。

香閨七吊詩七首[一]

余觀古今閨秀，或有流落風塵，匹耦非類；或有委身文士，終爽宿盟者。每親彤管，輒興哀無情之地，爰賦短章，招其魂氣。名曰『香閨七吊』，用附冥感之誼。

蘇小小[二]

油壁青驄久寂寥，西陵松柏雨瀟瀟。夢中解唱黄金縷，脉脉春情總未消。

薛濤

雲箋彷彿見羅裙，縹緲歌聲去不聞。千樹桃花零落盡，不知何處吊孤墳。

霍小玉

誰將薄倖負娉婷，怨魄啼魂唤不醒。我有多情雙眼泪，一回開卷一回零。

崔鶯鶯

泪光如瑩臂銷紅，一夕幽期月影中。千載重關蕭寺静，更無環珮響輕風。

非烟

一片春情暗寄郎，碧苔箋與錦香囊。此身拚爲情郎死，不向秋風怨北邙。

[一] 七首，底本無此二字，據目録補。
[二] 蘇小小，目録無七首細目，據此詩補。

李易安

銷殘金石怨雙蛾，紅粉由來薄命多。一縷香魂飛不散，月明時聽曼聲歌。

朱淑真

朱粉慵調倦理妝，知音難遇有情郎。可憐一片西湖月，只向深閨照斷腸。

己亥夏杪，客居玉田。旅次寡歡，情鍾艷骨。孤燈冥想，今夕何年。同病相憐，惟我幼孺。録而寄之，庶其和余。

【編年】萬曆二十七年己亥（一五九九）。

【箋】蘇小小　見卷十三《蘇小小墓》。

西陵　詳卷五《經舊游懷康元龍》。

霍小玉　唐蔣防《霍小玉傳》中人物。

非烟　唐皇甫枚《非烟傳》中人物。

北邙　詳卷三《北邙行》。

崔鶯鶯　唐元稹《會真記》中人物。

李易安　即李清照，宋代詞人。

〇王灼《碧鷄漫志》卷二：『易安居士，京東路提弄李格非文淑之女，建康守趙明誠德甫之妻，自少年便有詩名，才力華贍，逼近前輩，在士大夫中已不多得，若本朝婦人，當推詞采第一。』按：趙明誠著有《金石録》，清照爲之作《後序》。

朱淑真　宋代詩人。

○田汝成《西湖游覽志餘》卷十六『香奩艷語』：『朱淑真者，錢唐人。幼警慧，善讀書，工詩，風流藴藉。早年，父母無識，嫁市井民家。其夫村惡，蘧除戚施，種種可厭；淑真抑鬱不得志，作詩多憂愁怨恨之思，時牽情于才子，竟無知音，悒悒抱恚而死。父母復以佛法，并其平生著作茶毗之，今所傳者，不過百中之一耳。臨安王唐佐爲之立傳，宛陵魏端禮爲之輯其詩詞，名曰《斷腸集》。』

玉田　詳卷六《送林宗大之玉田》。

【附】陳薦夫《哭徐惟和四首》其三：『聞説羸軀向玉田，長親瘴霧與嵐烟。文窮孝里千秋筆，詩絶香閨七吊篇。岳秀降來終入地，長庚摘去竟歸天。可憐十子登壇後，一死身關百年。玉田有林孝子，惟和爲之立傳，又作《香閨七吊詩》寄余，皆絶筆也。』（《水明樓集》卷五）按：『孝子』誤，當作『孝孫』。　徐𤊹《題畫美人十四首》，其八《蘇小小》：『與郎曾結兩心同，艷骨空埋松柏中。惟有錢塘潮似馬，往來猶訝跨青驄。』其九《薛濤》：『樓臺萬里錦江西，金粉花箋手自題。一片孤魂愁夜永，春風零落浣花溪。』其十《霍小玉》：『紅粉青娥獨愛才，多情長望十郎來。妾身不惜爲郎死，惟有芳心未肯灰。』其十一《崔鶯鶯》：『爲雨爲雲竟負期，容光消瘦幾人知。可憐曉寺鐘聲動，腸斷元郎决絶詞。』其十二《步非烟》：『閑寫泥金小鳳箋，冬釭秋帳恨綿綿。一杯寒水香魂絶，良夜空庭月半天。』其十三《李易安》：『獨掩深閨恨轉生，新詞脉脉托春情。

娥眉不許張郎掃，妒殺文君嫁馬卿。』其十四《朱淑貞》：『長日春山蹙黛眉，人間傳得斷腸詩。即今杜宇猶啼月，稍似西樓哀怨時。』（《鼇峰集》卷二十四）按：此七詩前後順序同徐熥七詩。

慢亭集卷之十四終

幔亭集卷之十五

閩中徐　熥惟和著
友人陳薦夫幼孺選
王　若相如編

詩餘

閨情 賣花聲

遠信阻青禽，幽怨難禁。寒更孤枕半邊衾。鐵馬聲殘金鴨冷，月在花陰。雙靨泪痕深，濕透羅襟。當初誰信有于今。衣帶漸寬腰漸減，空結同心。

秋思 南柯子

柳葉含愁黛，菱花照泪妝。些兒閑事惱人腸，不堪[一]燈前重憶解羅襠。地鐵馬嘶風緊，銅龍咽漏長。夢魂隨月到伊傍，無奈醒來依舊惡思量。

[一] 堪，文淵閣《四庫全書》本作「忍」。

春思 點絳唇

金谷香飄，緑楊枝囀鶯聲巧。殘紅輕掃，滿徑胭脂繞。 蜂蝶無情，苦被東風惱。春歸早，佳期漸杳。鏡裏鉛華老。

【箋】金谷　詳卷三《帝京篇》。

感舊 傳言玉女

泪眼朦朧，滴損桃花雙頰。起傍朱闌，聽東風啼鴂。舊歡如夢，隔斷雲山千疊。恨柳嗔花，怨蜂愁蝶。 沉水香酣，倚薰籠，腸萬結。緑波春草，記去年離別。那忍春歸，又見梨梢飛雪。褪盡鉛華，鏡中妝靨。

春怨 賣花聲

春雨夜瀟瀟，目斷藍橋。夢中猶憶翠雲翹。覺後泪痕空自濕，無限魂銷。 瘦損沈郎腰，虛度良宵。何時金屋貯妖嬈。燈下凝眸羞不語，同解羅綃。

春情 蘇幙遮

篆烟微，燈焰小，羅帳香酣，一夜春多少。鐘漏沉沉人悄悄，含醉含醒，夢只巫山繞。 枕雲濃，梁月皎，笑語叮嚀，此意休忘了。無那鄰鷄聲太早，顧影倉皇，莫待紗窗曉。

別意 柳梢青

鶯語聲吞，蛾眉黛蹙，總是銷魂。銀燭光沉，蘭閨夜永，月滿離尊。 羅衣空濕，啼痕腸斷處，秋風暮猿。潞水寒冰，燕山殘雪，誰與温存。

旅况卜筭子

深閨白露寒，古驛丹楓暮。雁叫蘆花四五聲，衰草天涯路。不見相思人，空見相思樹。剩水殘山無限程，立馬斜陽渡。

閨情阮郎歸

愁雲殘雪滿燕關，深閨頻倚欄。鏡中誰與畫春山，啼痕損玉顔。憎畫舸，怨雕鞍，郎行何日還。湘江千古泪潺潺，誰留竹上斑。

閨怨阮郎歸

琴調别鶴鏡分鸞，孤燈清夜闌。龍鍾雙袖不曾乾，無人空暗彈。紅袖褪翠，眉殘肌消玉釧寬。燕山莫道客衣單，閨中寒更寒。

春怨如夢令

一夜風狂雨妒。孤枕寒燈難度。杜宇太無情，苦唤東君歸去。春暮，春暮，飛絮落花無數。

閨思憶秦娥

游人别，幾回夢斷花間月。花間月，關山兩地，一般圓缺。青樓雁盡音書絶，可憐空帶同心結。燈前偷看，寸心都折。

青樓曲少年游

緑雲梳罷，碧紗窗裏，方自按箜篌。青衣報道，才郎到也，忙步上妝樓。 酒沾醽醁，杯傳鸚鵡，花下遞相酬。檀板輕敲，清歌未闋，月上簾鈎。

寄遠訴衷情近

孤燈細雨，枕畔泪痕無數。幽期難托，琴心愁緒。怕傳尺素，暗想香肌艷質。放誕風流，腸斷朱弦暮。 天台路遥，在桃花深處。芳閨冷落，只恐青春誤，憑誰訴。而今佳會蹉跎，後日相逢無據，早遂藍橋遇。

【箋】天台　詳卷二《擬登天台山》。

荔枝八首[一]浪淘沙

夏日山居，荔枝正熟。偶憶歐陽永叔《浪淘沙》詞，風韵佳絶。遂按調效顰，歌以佐酒。本欲爲十八娘傳神，反不堪六一公作僕矣。

其一

高樹錦蒸霞，朱實清華。一丸寒玉裹紅紗。萬顆纍纍閩海上，不數三巴。 西域枉乘槎，馬乳休誇。剖開瓊液碎丹砂。异品即今誰第一，猶説江家。

[一] 八首，底本、目録無此二字，據全書體例補。

其二

丹實滿林醃，耀日紅酣。由來佳品壓江南。漢苑楊梅應避色，盧橘香慚。沁齒有餘甘，玉液中涵。釵頭一朵美人簪。記得樂天曾有句，映我緋衫。

其三

樹樹火連空，緑葉芃芃。朱顔妖麗玉肌豐。傳説瑯琊王少女，十八娘紅。分摘滿筠籠，錦綉成叢。半林香氣度微風。却笑杜陵詩句好，只憶瀘戎。

其四

驛騎走紅塵，一笑華清。炎方何用獻朱櫻。天寶梨園新度曲，小部音聲。鼙鼓動西京，妃子心驚。梨花魂斷不勝情。翠袖紅綃俱是夢，水緑山青。

其五

十里錦雲鄉，傅粉凝妝。紅裙争看緑衣郎。黑葉梢頭〔一〕朱柿小，玳瑁丁香。延壽品非常，尤勝陳江。綉鞋一種記閩娘。風送瑞堂香百步，結緑硫黄。

其六

一品狀元紅，金綫金鍾。麝囊吹散桂林風。黄玉紫瓊真勝畫，江緑叢叢。雙髻翠雲鬆，蘭壽香

〔一〕梢頭，福建師大藏本作『稍頭』，誤。

濃。緑珠魂在玉堂東。五嶺三巴無此種，獨擅閩中。

其七

白玉瑩肌膚，輕襯羅襦。鳳凰岡上錦千株。任是崇龜工墨妙，香味難圖。百果更誰如，羞殺楊盧。品題猶説蔡君謨。蠲渴延年還補髓，一罐醍醐。

其八

庭静午風凉，荔子盈筐。小姬纖手解羅囊。玉腕冰肌相掩映，百步聞香。含笑問檀郎，何似儂妝。紅顔薄命總堪傷。因憶驪山當日事，閑説明皇。

【編年】萬曆二十五年丁酉（一五九七）。按：徐𤊹《荔枝雜咏四十首》作于是歲，徐熥詞與之相互印證。

【箋】歐陽永叔　即歐陽修。

十八娘　荔枝名，參見卷十七《十八娘外傳》。

○蔡襄《荔枝譜》第七：『十八娘荔枝。色深紅而細長，時人以少女比之。俚傳閩王王氏有女第十八，好噉此品，因而得名。其冢今在城東報國院，冢旁猶有此樹云。』（陳慶元等《蔡襄全集》校注本）

○徐𤊹《荔枝雜咏四十首·十八娘》：『先朝舊事説閩王，公主曾稱十八娘。千載芳魂應化碧，佳名猶自寄紅香。』（《鼇峰集》卷二十四）

三巴　漢末益州牧劉璋將巴郡分爲永寧、固陵、巴三郡，後改爲巴、巴東、巴西三郡，稱

『三巴』。

江家　江家緑，荔枝名。

○蔡襄《荔枝譜》第七：『江緑，大較類陳紫而差大，獨香薄而味少淡，故以次之。其樹已賣葉氏，而民間猶以爲江家緑云。』

○徐熥《荔枝雜咏四十首·江家緑》：『芳樹離離遍海涯，由來香味壓三巴。火雲映出玻璃緑，舊説閩中第一家。』（《鼇峰集》卷二十四）

○徐熥《荔枝雜咏四十首·大小江緑》：『風捲香塵滿路飛，絳綃新裼緑羅衣。天生麗質誰堪并，婉孌江濱大小妃。』（《鼇峰集》卷二十四）

釵頭　荔枝名。

○蔡襄《荔枝譜》第七：『釵頭，顆紅而小，可間婦人女子簪翹之側，故特貴之。』

○徐熥《荔枝雜咏四十首·釵頭》：『雙雙珠顆錦如霞，斜插金釵貼鬢鴉。一種人間可憐色，六宮羞殺步摇花。』（《鼇峰集》卷二十四）

樂天曾有句　樂天，白居易，字樂天。白居易有《題郡中荔枝詩十八韵兼寄萬州楊八使君》《重寄荔枝與楊使君欲種植故有落名戲之》《種荔枝》《荔枝樓對酒》《荔林》等詩。

○白居易《題郡中荔枝詩十八韵兼寄萬州楊八使君》：『奇果標南土，芳林對北堂。素華春漠漠，丹實夏煌煌。葉捧低垂户，枝擎重壓墻。始因風弄色，漸與日争光。夕訝條懸火，朝驚樹點妝。深于紅躑躅，大校白檳榔。星綴連心朵，珠排耀眼房。紫羅裁襯殼，白玉裏填瓤。早歲曾聞説，今朝始摘嘗。嚼疑天上味，嗅异世間香。潤勝蓮生水，鮮逾橘得霜。燕脂掌中顆，甘露舌頭漿。物少尤珍重，天高苦渺茫。已教生暑月，又使阻遐方。淬液靈難駐，妍姿嫩易傷。近南光景熱，向北道途長。不得充王賦，無由寄帝鄉。唯君堪擲贈，面白似潘郎。』

瑯琊王少女　閩王王審知小女兒。

半林香　滿林香，荔枝名。

○徐𤊹《荔枝譜》卷一：『滿林香。實絶類桂林。皮微黄，味甘，其香倍于衆品。』

○徐𤊹《荔枝雜咏四十首·滿林香》：『十里重林錦綉堆，更無驛使惹塵埃。微風暗度幽香异，韓壽才過笋令來。』（《鼇峰集》卷二十四）

○徐𤊹《六月七日過在杭積芳亭適伯孺送方山滿林香至分得鐘字》：『積芳亭外將斜春，科頭箕踞當長松。敲門傴僂來老農，一肩翠籠遥函封。蓋頭新葉青茸茸，此種産自五虎峰。纍纍千顆香氣濃，剖開瓊液凉心胸。桂林鑛玉并金鐘，夙稱异品今凡庸。嬌如窺簾少女容，黄衣緑裏光重重。微風披拂林杪衝，隔墻誤殺尋花蜂。雄饕勇噉皆可供，鼓腹不用誉朝饔。』（《鼇峰集》卷八）按：徐譜無『半林香』名。

杜陵詩句　杜陵，杜少陵，即杜甫。

○杜甫《解悶十二首》，其九：『先帝貴妃俱寂寞，荔枝還復入長安。炎方每續朱櫻獻，玉座應悲白露團。』其十：『憶過瀘戎摘荔枝，青楓隱映石逶迤。京中舊見無顔色，紅顆酸甜只自知。』其十一：『翠瓜碧李沉玉甃，赤梨葡萄寒露成。可憐先不异枝蔓，此物娟娟長遠生。』其十二：『側生野岸及江蒲，不熟丹宫滿玉壺。雲壑布衣駘背死，勞生重馬翠眉須。』

華清　華清宫。詳卷十三《温泉宫》。

天寶　唐玄宗李隆基年號，公元七四二—七五六年。

西京　長安，今陝西西安。

妃子　指楊貴妃。

粉　指粉紅緑，荔枝名。

〇徐𤊹《荔枝雜咏四十首·粉紅緑》：『深紅輕膩壓枝斜，貌比桃花更染霞。一自承恩天寶後，温泉宫裏洗鉛華。』（《鼇峰集》卷二十四）

緑衣　即緑羅袍。荔枝名。

〇屠本畯《荔枝紀興二十六首》，其十二《緑羅袍》：『絳囊公子緑羅嬌，白水真人絳節朝。欲向九仙通尺一，倘能雲漈坐相邀。』（徐𤊹《荔枝譜》卷六）

〇徐𤊹《荔枝雜咏四十首·緑羅袍》：『輕盈初試越羅新，不染人間紫陌塵。百萬紅妝争結綺，隔墻遥看緑衣人。』（《鼇峰集》卷二十四）

黑葉　荔枝名。

〇徐𤊹《荔枝譜》卷一：『黑葉，皮紅，比狀元紅稍大，味甘。』

朱柿　荔枝名。

○蔡襄《荔枝譜》第七：『朱柿，色如柿紅而扁大，亦云「朴柿」。出福州。』

玳瑁　玳瑁紅，荔枝名。

○蔡襄《荔枝譜》第七：『玳瑁紅荔枝，上有黑點，疏密如玳瑁斑。福州城東有之。』

○陳薦夫《荔枝十咏·玳瑁紅》：『顆顆明珠貢嶺南，還將玳瑁匣輕函。助嬌試插桃花鬢，不數平原上客簪。』（《水明樓集》卷八）

丁香　荔枝名。

○蔡襄《荔枝譜》第七：『圓丁香、丁香荔枝，皆旁蔕大而下鋭，此種體圓，與味皆勝。』

○徐𤊹《荔枝雜咏四十首·丁香》：『紅粉佳人獨倚樓，雨中丹實滿枝頭。荔香元與丁香异，只結團團不結愁。』（《鼇峰集》卷二十四）

延壽　即延壽紅，荔枝名。

○徐𤊹《荔枝譜》卷一：『延壽紅，出延壽里，實比狀元紅差大，肉厚核小。宋徐鐸所植之樹猶存。』

○徐𤊹《荔枝雜咏四十首·延壽紅》：『九轉丹砂貯絳囊，剖開漿液勝瓊漿。由來此物能延壽，恨殺唐羌誤漢皇。』（《鼇峰集》卷二十四）

勝陳江　荔枝名，意謂此品勝過陳紫、江家緑。

○蔡襄《荔枝譜》第七：『陳紫，因治居第，平窊坎而樹之。或云厥土肥沃之致。今傳其種子者皆擇善壤，終莫能及，是亦賦生之异也。』

○徐𤊹《荔枝雜咏四十首·勝江陳》：『紫説陳家緑説江，香名千載本無雙。只今别有酣紅色，鼎足三分未肯降。』（《鼇峰集》卷二十四）

綉鞋　即紅綉鞋，荔枝名。

○徐𤊹《荔枝譜》卷一：『紅綉鞋，實小而尖，形如角黍，核如丁香，味極甘美。傳即十八娘種，今惟歸義里枕峰山有之。』

○徐𤊹《荔枝雜咏四十首·紅綉鞋》：『一片紅香落翠苔，美人林下踏青回。當年若使潘妃見，帖地蓮花不敢開。』（《鼇峰集》卷二十四）

瑞堂　即瑞堂紅，荔枝名，興化品，見徐𤊹《荔枝譜》卷一。

香百步　即百步香，荔枝名。

○徐𤊹《荔枝雜咏四十首·百步香》：『紫翠陰森映夕陽，遥看一片錦雲鄉。美人羅襪凌波過，踏碎紅塵滿路香。』（《鼇峰集》卷二十四）

硫黄　荔枝名。

○蔡襄《荔枝譜》第七：『硫黄，顔色正黄，而刺微紅，亦小荔枝，以色名之也。』

一品　即一品紅，荔枝名。

○陳薦夫《荔枝十咏·一品紅》：『千里瀘戎驛騎飛，出山猶着薜蘿衣。傳呼野服休朝見，敕賜宫中第一

緋。」(《水明樓集》卷八)

狀元紅　荔枝名。

○徐𤊹《荔枝譜》卷一：『狀元紅，即延壽紅種。皮薄肉厚，核小味香。莆産，此爲第一。』

○徐𤊹《荔枝雜咏四十首·狀元紅》：『紫質珠顔太絶倫，風流先占曲江春。只因賜得宫中錦，争得瓊林第一人。』(《鼇峰集》卷二十四)

金綫　荔枝名。

○徐𤊹《荔枝譜》卷一：『金綫，實圓刺尖，有金綫界其中，出永慶里。』

○陳薦夫《荔枝十咏·金綫》：『細骨香肌寵幸深，華清泉裏玉沉沉。絳綃朱袖雖零落，一縷難銷舊釵金。』(《水明樓集》卷八)

金鍾　荔枝名。

○徐𤊹《荔枝譜》卷一：『金鍾，形如鍾，皮略粗厚，色如硃砂，味甘，大類桂林。』又卷二：『漳中荔枝……間有金鍾，得種佳者，瓤厚核小味甘。』

○徐𤊹《荔枝雜咏四十首·金鍾》：『不見蒲牢伏上林，紅爐烈火鑄黄金。南風吹入蕭蕭葉，如聽鈞天大吕音。』(《鼇峰集》卷二十四)

桂林　荔枝名。

○徐𤊹《荔枝譜》卷一：『桂林，皮粗厚，大如鷄子，味甘。』

○徐𤊹《六月四日鏡瀾閣食桂林荔枝》：『結夏過高齋，乘涼與客偕。會尋扶荔勝，品得桂林佳。白傅圖珠顆，閩娘落綉鞋。閑來徵舊事，半可續齊諧。』（《鼇峰集》卷十一）

○徐𤊹《荔枝雜咏四十首·桂林》：『樹色由來類桂叢，扶疏翠葉自芃芃。月光夜照花如霰，疑是天香落鏡中。』（《鼇峰集》卷二十四）

黄玉　荔枝名，興化品，見徐𤊹《荔枝譜》卷一。疑又作『黄香』。

○屠本畯《荔枝紀興二十六首》，其七《黄香》：『自汲清泉洗荔枝，吴娃如意劈胭脂。水晶簾下黄香熟，錯落瑶光并玉肌。』（《荔枝譜》卷六）

○徐𤊹《六月十六日積芳亭噉黄香荔枝》：『閩海從來説荔香，誰知异品有深黄。楚江寒菊初凝露，蜀國秋葵乍向陽。玉貌隔簾窺賈女，金丸滿地擲韓郎。洞庭莫詑柑三寸。瓊液空含顆顆霜。』（《鼇峰集》卷十七）

紫瓊　疑即紫璚，荔枝名，興化品，見徐𤊹《荔枝譜》卷一。

勝畫　荔枝名。

○徐𤊹《荔枝譜》卷一：『勝畫，皮厚刺尖，味甘肉豐，大似桂林。七月熟，出長樂縣六都者最佳。』

○徐𤊹《餉馬季聲勝畫荔枝》：『暑退金氣清，勝畫最晚熟。厥産自吴航，丹實大盈掬。色奪滿林香，味比江家緑。乘潮渡馬江，筠籠來甚速。聞君病乍瘳，走餉滿一斛。我披本草經，此物甘無毒。蠲渴更補髓，何患餐果腹。寄語文園翁，金莖漫求服。』（《鼇峰集》卷五）

○徐㶿《荔枝雜咏四十首·勝畫》：『紫膜紅綃白玉膚，爭誇絳雪出仙都。生來自有天然色，却笑崇龜浪寫圖。』（《鼇峰集》卷二十四）

○徐㶿《勝畫荔枝減字木蘭花二首》，其一：『吴航异品，賜浴金盆冰骨冷。紫袷羅襦，絕色輕盈未易圖。　忠州白傅，枉把朱顔描竹素。沛國崇毘，孟浪揮毫寫玉肌。』其二：『紅綃如繭，紙上容華應較淺。玉液金莖，香味從來畫不成。　梢頭懸火，日啖何妨三百顆。十八娘紅，始信丹青妒入宮。』（《鼇峰集》卷二十八）

雙髻　荔枝名。

○蔡襄《荔枝譜》第七：『雙髻，小荔枝，每朵數十，皆并蒂雙頭，因以目之。』

○徐㶿《六月十七日饋在杭雙髻荔枝同咏》：『連理枝頭并蒂殷，孿胎合浦蚌珠還。月明漢水雙妃佩，花落天台二女鬟。玉臂相聯嬌艷態，香肩齊鞞鬥朱顔。新承秦虢夫人寵，妒殺華清舊阿環。』（《鼇峰集》卷十七）

○徐㶿《荔枝雜咏四十首·雙髻》：『千年枝上竝頭春，斜結香雲縷縷新。相倚明妝誰得似，黄陵廟裏兩夫人。』（《鼇峰集》卷二十四）

緑珠　荔枝名。

○徐㶿《荔枝譜》卷一：『緑珠，一名結緑，俗呼緑荔支。實如山榛，無核，味最清。至熟時，實與葉無辨，惟鳳岡有之，此异品也。』

○徐𤊹《荔枝雜咏四十首·緑珠》：『山禽相戲踏枝翻，錯落珍珠緑滿園。卧地殘香吹不起，月明如照墜樓魂。』（《鼇峰集》卷二十四）

鳳凰岡　村名，簡稱『鳳岡』，地處福州附郭。

○徐𤊹《荔枝譜》卷一：『郡之附郭，獨鳳凰岡一村，其種類甚夥，不下數百萬株，大者十圍，高二十丈。』

崇龜　劉崇龜，字子長，滑州胙（今河南延津）人。唐代畫家，擅長花鳥，尤喜畫荔枝圖，名噪一時。

楊盧　楊梅、盧橘。

蔡君謨　宋代文學家、書法家蔡襄，字君謨，著有《荔枝譜》。

驪山　在陝西臨潼。

幔亭集卷之十五終

幔亭集卷之十六

閩中徐　𤊹惟和著
友人曹學佺能始選
鄒時豐有年編

序文

重刊五音篇韻[一]序

上古有音無字，出諸口者，皆天地之元聲也。自羲皇畫卦、蒼頡制書，形既立矣，音斯附焉。字者，音之形體；音者，字之名稱。類形始于許慎，而慎生于漢世，去古已遠，其所訓釋，不無牽合之病。至于《玉篇》諸書，則祖《説文》而潤色之。惟王與秘之《五音篇海》，分其畫段，則字無遺形。類聲始于沈約，而約産于南服，間操吴音。其所分别，不無割裂之病。至于《廣韵》諸書，則祖唐韵而更置之。惟荆璞之《五音集韵》，隨母取切，則字無遺聲，此形聲之大較也。然箧笥嚴扃，

[一]《五音篇韵》，即《改并五音類聚四聲篇海》。

匪鑰不啓；形聲無窮，匪法不通。有司馬公之《指掌圖》、韓彦昭之三十六母、勝國安西劉士明之《切韵指南》。國朝沙門真空之《貫珠集》，挈領提綱，開示門法，求聲音以歸母，考偏傍以入部。字得韵而知，韵得字而顯。則凡大而典墳丘索、經史子集、三藏十二部之文，以至稗虞小説，重譯方言，如恒河沙未可更僕者，無不探賾索隱，鈎深致遠。畫無亥豕，音不聱牙，還天地之元聲，開萬世之聾聵，教闡同文，功匪細矣。

此書流傳既久，梨棗漫漶，沙門如岩者，朗質觀空，精嚴戒律，曩朝落迦，得傳斯訣。蒲團之暇，字較音研，與支提寺僧真燦者，發大誓願，期鍥此書，流傳震旦。普濟群品，抄題募化，遍千十方。積之八年，始克竣事。可謂有裨教典，而功德無量者矣。

熥根器朽鈍，識不反隅，驟加披閲，茫昧難明。岩師矜我愚蒙，詳譯屢譬，匝月之後，漸見一斑，乃令不慧片言，弁諸簡首。夫畫前有易，教取先天。有相皆虚，禪宗秘旨，故毘邪杜口，開不二之法門；摩竭斂心，啓無言之津筏。蓋聲音俱屬浮塵，文字同歸理障，惟一切萬法，不離自性，則三藏之文，皆如來之幻迹；羲皇一畫，實綺語之濫觴。矧辨清濁，審浮沉，出入于口耳之間，精研于指掌之上。與叔仲、休文之流，炫奇鬥博，其于西來之指，何如也？昔蒼頡書成，而鬼爲夜泣，悲混沌之已鑿，世與道而交喪耳。岩師賞予之言，遂書于篇端，以告夫同志者。

萬曆旃蒙協洽之歲月中無射，閩中徐熥撰[一]。

【編年】萬曆二十三年乙未（一五九五）。

【箋】五音篇韵　《改并五音類聚四聲篇海》十五卷，金人韓道昭撰，明釋真空編。萬曆十七年（一五八九）福州開元寺刻本。韓道昭，字伯暉，真定松水人。

許慎　字叔重，汝南召陵（今河南省漯河市召陵區）人，東漢經學家、文字學家，有《説文解字》。

玉篇　梁顧野王撰。顧野王，字希馮，吴郡（今江蘇蘇州）人，仕梁陳兩朝。

五音篇海　韓孝彦編《五音篇》，其子韓道昭在《五音篇》基礎上改編成《改并五音類聚四聲篇海》，又稱《五音篇海》。

沈約　字休文，吴興郡武康縣（今浙江省德清縣）人。歷南朝宋、齊、梁三代。史學家、文學家、音韵學家。著有《宋書》《沈休文集》。

司馬公之指掌圖　《指掌圖》書前有宋司馬光序。

切韵指南　元劉鑒撰。鑒，字士明，元關中人。

貫珠集　即《篇韵貫珠集》，明釋真空撰。真空號清泉，萬曆中京師慈仁寺僧。

[一] 萬曆旃蒙協洽之歲月中無射閩中徐熥撰，此十七字原本無，據福州開元寺《改并五音類聚四聲篇海》本補。

支提寺　在今福建寧德市支提山。

○李賢《大明一統志》卷七十四「福州府」：「支提山，在寧德縣。山之東有童峰，雙峙壁立無際。西有神僧石窟，葛公仙岩，南有蘇溪、鶴嶺，北有菩薩、紫帽二峰。」

旃蒙協洽　乙未。

無射　十二律中的第九律，指九月。

竹田世咏録序

詩自三百篇、漢魏而下，則以唐人爲宗。終唐之世，稱詩者不下千百家。其最著者，無如李、杜、王、孟、高、岑、錢、劉諸君。然此數君者，或淪落不偶，或沉冥下僚。傳于世者，不過藻繢之末，其功業不足稱也。如房、杜、姚、宋、裴、韋數公，其勛業爛然于世，乃其詩不少概見。即曲江燕公有集行世，試取其詩與李、杜諸人絜長比短，不同日論矣。豈功業文章，判若枘鑿，而兼之之難哉！則以名公鉅卿，雍容廊廟，服勞王家。竹帛旂常，昭垂萬禩。即有撰述凌厲作者，然文章掩于功業，故後世徒誦其勛伐，而略其雕蟲，有以也。若夫騷人墨士、遷客逐臣，抒情于孤憤，著論于窮愁，隻語片辭，驚心動魄。故解頤者多，而聲稱易譟耳。

吾鄉司空竹田林先生歷仕四朝，其鴻猷茂烈，彪炳史册。毋論縉紳學士，交口而稱，即黄口能道之。視唐室房、杜諸公，豈不相爲伯仲哉？然公雖以詩著聲，第集不傳于世，識者恨之。今年公之曾孫日臧者，出公遺稿，與公胄子司理少竹公、元孫臯佐石雲公所爲詩，彙編成集，名曰《竹田世咏録》，授之剞劂，而問序于熥。熥晚生後進，何敢輕弄其楮墨。公之在天，不呵叱小兒輩無禮哉！然《詩》有之：『高山仰止，景行行止。』熥之于公有『景行』焉，故不敢以椎鈍爲辭。公詩爾雅冲粹、温厚和平，如大吕黄鍾，不墜詞人雕鏤綺靡之習，渢渢乎大雅之音也。而司理、臬佐兩公，又能以五字世其業，公之發源深遠矣。公之騎箕，且將七十載。其遺編散逸，向非日臧君搜求于蠹簡之餘，鋟鍥行世，則公之詩名，竟爲功業所掩，而殘金斷璧，不徒爲名山之藏哉！無忝爾祖，其日臧君之謂乎！

說者謂公深于詩，而所著述僅僅止此，不無少恨。不知天下有道，則行有枝葉；天下無道，則言有枝葉。公以三百篇起家，左《風》右《雅》，含英咀華，不可謂不博矣。乃著于功業者千百，發于詩歌者一二，則行有枝葉，而盛世之徵也。彼摛藻如春華，曾何益于殿最乎。揚子有云：『壯夫不爲。』非虚語也。熥又不勝乎世道之感矣。

【箋】李杜王孟高岑錢劉　李白、杜甫、王維、孟浩然、高適、岑參、錢起、劉禹錫。

房杜姚宋裴韋　房玄齡、杜如晦、姚崇、宋璟、裴度、韋執宜。

竹田林先生　即林廷選。廷選，字舜舉，號竹田，長樂人。成化十七年（一四八一）進士，歷官右都御史、南京工部尚書，贈太子少保。有《竹田集》。《晉安風雅》選廷選詩一首。

司理少竹公　即林玉汝，字于成，廷選之子，長樂人。嘉靖中官生，官惠州府推官。《晉安風雅》選玉汝詩一首。

皋佐石雲公　林廷選玄孫，長樂人。

紫芝山房摘稿序

夫窮約异遭，隱顯殊路。昔商山之老，深谷逶迤，發《紫芝》之歌，謝紅塵之累，此《考槃》之適，而『丘園』之賁也。

乃吾鄉憲副黄芝田先生，少壯登朝，策足皇路，懋勛明弼，班命彌崇，將接踵于夔龍，豈希踪乎綺季？堂開緑野，咏名《紫芝》，得無竕皋壤于要津，而混軒車于衡泌者乎？余謂不然。先生青鬢投閑，白雲自老，角巾東第，三十餘年。大蓋高車，如泡如幻；嵁岩邃谷，以遨以游。故在心爲志，發言爲詩；咏歌所含，冲恬爾雅。雖未嘗流于玄虚曠寂，而趣固已遠矣。登高能賦，可爲大夫，其黄先生之謂與？

夫四老人匿迹空山，而羽翼漢儲，處不忘出；黄先生通籍清朝，而寄情山澤，出不忘處。則曄曄紫芝，不獨托幽人之遠韵，而且資名碩之曠懷矣。

是爲序。

【箋】憲副黄芝田先生　即黄宗器。宗器，字時震，號芝田，黄澤之孫，閩縣人。嘉靖十四年（一五三五）進士，歷官湖廣按察副使。卒年八十三。有《紫芝摘稿》。《晋安風雅》選宗器詩一首。

紫芝　即《紫芝歌》，漢代商山四皓隱于商山時作。

考槃　《詩經·衛風》篇名。

丘園　《易·賁》：『六五，賁于丘園。』王肅注：『失位無應，隱處丘園。』

四老人　即商山四皓。

黄斗塘先生詩集序

國初承勝國之遺，帖括之習未興，縉紳學士，皆工騷雅，雖間入穠纖，不甚雅馴。然叩之成韵，歌之成聲，風人之旨未失也。吾閩如林子羽、高廷禮、王安中、王孟敭諸君，崛起一時，先後振響。高者得格開元，卑者取裁大曆，要之不離三唐爲近。

洪、宣以還，專尚經術，不談風雅。間有作者，皆尚理而不尚辭，入宋人窠臼，而唐響幾絶矣。迨鄭吏部繼之，與北地、信陽諸君，旗鼓中原，一洗陋習，而雅道復振。維時，莆田黄斗塘先生與繼之同舉南宫，慨然以風雅自任。其所著述甚富，以遭兵燹，散逸殆盡。兹先生曾孫大行君應興，始掇拾遺稿于煨燼之餘以行世，夫繼之詩，梨棗俱腐矣。乃先生墓材且拱，而其詩始傳。譬之連城之璧，同出昆山。一則爲珪爲璋，流傳人間，衆所共玩；一則韞之石中，歷千百年，始知其爲寳。雖遇有不齊，其于連城之價，固無損也。

先生生弘、正之季，沿帖括之習，乃其爲詩有風人之致，談在理中，意超象外。蓋求騷雅于縉紳，可謂聞足音于空谷者矣。先生少有异質，博及群書，爲理學名臣，大父未軒公所器重。其令上海有异政，以侃侃之節，故宦不甚達。生平究心書法，尤工草體。其所結交多賢豪長者，如顧昆山、陸上海、鄒安福，與公爲道德之交。若公者，可謂質有其文，彬彬君子矣。文章小技，何足以盡公哉。

【箋】黄斗塘　即黄希英。希英（？——一五三〇），字如英，仲昭孫，莆田人。弘治十一年（一四九八）舉人，弘治十八年（一五〇五）進士。授上饒知縣。歷貴州鎮遠府知府，升長蘆監運使，未任卒。《斗塘詩集》。

林子羽　即林鴻。

○徐熥《晋安風雅·詩人爵里詳節》："林鴻，字子羽，福清人。洪武中薦辟，試《龍池》《孤雁》二詩，稱旨授將樂訓導官，終膳部郎中。號閩中十才子。有《鳴盛集》十卷。"

高廷禮　即高棅，"閩中十才子"之一，詳卷三《題高漫士晚閣溪雲圖》。

王安中　即王恭。"閩中十才子"之一。

○徐熥《晋安風雅·詩人爵里詳節》："王恭，字安中，長樂人。永樂初薦辟，授翰林院典籍，修大典。有《白雲樵唱》《草澤狂歌》《鳳臺清嘯》諸集，總三十餘卷。"

王孟敭　即王偁。孟敭，又作孟揚。"閩中十才子"之一。

○徐熥《晋安風雅·詩人爵里詳節》："王偁，字孟揚，永福人。洪武二十三年鄉貢，永樂初薦授翰林檢討，纂修《大典》總裁。卒年五十八。有《虚舟集》。"

開元　唐玄宗李隆基年號，公元七一三——七四一。

大曆　詳卷二《寄李惟實》。

洪　洪武，明太祖朱元璋年號，公元一三六八—一三九八。

宣　宣德，明宣宗朱瞻基年號，公元一四二六—一四三五。

鄭吏部　即鄭善夫，詳卷五《過鄭吏部墓》。

北地信陽　指李夢陽、何景明。李夢陽（一四七三—一五三〇），字獻吉，號空同子，祖籍河南扶溝，出生于慶陽府安化縣（今甘肅省慶城縣），故稱『北地』。前七子的領袖人物。有《空同集》。何景明（一四八三—一五二一），字仲默，號白坡，又號大復山人，信陽人。弘治十五年（一五〇二）進士，官至陝西提學副使。前七子的領袖人物。有《大復集》。

應興　即黄起龍，黄希英曾孫。起龍，字應興，號雨石，莆田人。萬曆二十六（一五九八）進士，授行人司行人，歷南京吏科給事中、廣東按察副使。有《留垣奏議》。

未軒公　即黄仲昭。仲昭（一四三五—一五〇八），名潛，以字行，號未軒，希英祖，莆田人。成化二年（一四六六）進士，授翰林院編修，終官江西提學僉事。有《八閩通志》等。

弘　弘治，明孝宗朱祐樘年號，公元一四八八—一五〇五。

正　正德，明武宗朱厚照年號，公元一五〇六—一五二一。

顧昆山　即顧鼎臣（一四三七—一五四〇），初名仝，字九和，號未齋。昆山（今屬江蘇）人，弘治十八年（一五〇五）進士第一，授編修，有《未齋集》。

陸上海　即陸深（一四七七—一五四四），字子淵，號三汀，晚號儼山。松江府上海人。

弘治十八年(一五〇五)進士,正德二年(一五〇七)選翰林院庶吉士,尋授編修。有《儼山文集》《儼山外集》。

鄒安福 即鄒守益(一四九一—一五六二),字謙之,江西安福(今屬江西)人。正德六年(一五一一)會試第一,廷試第三,授翰林編修。告歸後講學于贛州。有《東廓先生文集》。

薛博士詩集序

唐人詩,供奉、拾遺而外,莫如高、岑、王、孟四家。常侍、嘉州、右丞皆貴顯,而子若弟又能世其業,故其詩易傳。獨浩然白首不遇,雖有子,亦流落不偶,故篇章散逸。幸宜城王士源哀其志,爲之搜求傳次。然書寫不一,紙墨薄弱,幾于磨滅。其後有韋滔者,重爲繕寫成帙,珍之秘府,而浩然詩始得與三君并傳。向非王、韋兩人,浩然不身名俱滅哉?余每嘆人之相知,不必同堂比肩,臭味苟同,即時异代殊,猶旦暮遇之也。

余鄉先輩薛博士,年二十有二,以《易》領鄉薦第三人,五上春官不第,乃就肥鄉教諭,未數月,以憂去位,服除,補太平教諭。例得再試,上春官,卒被放歸。次彭城,風起舟覆,竟溺死焉。時年四十有八,蓋嘉靖庚戌歲也。子一,貧,不免負薪。

博士生平所爲詩甚夥,而散逸不存。余購之十年,僅得數紙,詩若干首,皆博士手録者,翩翩唐響也。欲授之剞劂,以廣其傳,苦于諸體未備,輒復中止。然斷金殘璧,自足爲寶,則又烏可不傳哉?余生也晚,不及見博士。然博士于余爲父執,家大人時時爲余道博士朗爽高曠。今讀其詩,亦可想見其人矣。博士詩多散，故舊朋友間，不知者或以覆瓿飼蠹，亦足悲也。博士弱冠領鄉薦，而竟慳于一第，僅得青氈。又坐不及暖，且罹汨羅之禍焉。其所遇之窮，視之浩然，抑又可哀矣。

余才疏名賤，不敢自附于王、韋兩人，而慕義嚮往，則竊有志焉。縉紳學士有悲博士之遇而諒余志者，尚搜之篋笥以成斯集，庶幾托于《招魂》《九辨》之誼哉。

【箋】薛博士　即薛欽（一五〇三—一五五〇）。徐熥父徐棉好友。計偕，過呂梁洪溺死。

○徐熥《晉安風雅·詩人爵里詳節》：『薛欽，字寅甫，福清人。嘉靖十三年鄉貢，官太平教諭。有《薛博士集》。』

供奉拾遺　李白、杜甫。

高岑王孟　高，高適，即高常侍；岑，岑參，即岑嘉州；王，王維，即王右丞；孟，孟浩然。

王士源　唐宜城人，少好名山，年十八，入恒山訪道。有《亢倉子》。天寶四年（七四五），徵至京。曾編次孟浩然遺詩。

嘉靖庚戌歲　嘉靖二十九年庚戌（一五五〇）。

屠田叔詩集序

夫闡發性靈，潤色鴻業，功侔竹帛，而聲被管弦者，莫大乎詩教。我國家文風丕暢，騷雅鬱興，人抱璧而握珠，戶披華而振秀。超宋軼元，肩唐踵漢，猗歟盛已。但範古者不失其馳，而難逃于唾拾；師心者自標其幟，而不免于儁傷。雖作者如林，去風人之旨遠矣。

屠君田叔，幼承家學，長擅國工，稱海澨之鳳毛，執騷壇之牛耳。其學于書，無所不窺；其詩于體，無所不備。每與某抵掌而談風騷，霞標生其齒頰，武庫發于胸中。極深研幾，擬議變化，如匡鼎解頤，聽者忘倦矣。嘗謂尼父删詩，先風後雅，蓋疾莫如風，感人最易。聖人述作，良有深意。若情采不敷，顔貌徒肖，讀之索然，猶無作也。故田叔之詩，贍而不浮，麗而有則。樂府、古《選》，咀漢魏、六朝之腴；近體、絶句，闖開元、天寶之室。型範古哲，而糟粕已融；紓殫匠心，而塗轍俱在。視之尊公司馬，從祖儀部，可謂彪固相承，籍咸并美者矣。昔人謂潁川陳氏：『公慚卿，卿慚長。』論才屠氏，豈其然乎！

田叔督鹺閩海，退食之餘，締交同調。熥之愚蒙，亦荷虚左。叙我拙集，奬借過情，而又以不朽之業，索序于熥。是玄晏乞言于太冲，中郎借聲于王粲，蠡測管窺之見，其何以述作者之意，而逃着穢之譏乎？然金以享帚，使君之惠弘矣。而桃以報瓊，小子其何敢讓焉。用綴數言，附之首簡。

【編年】萬曆二十四年丙申（一五九六）。按：屠本畯《幔亭集題詞》作于萬曆二十年，本文曰：『田叔督鹺閩海，退食之餘，締交同調。熥之愚蒙，亦荷虚左。叙我拙集，奬借過情。』當前後而作。

【箋】屠田叔　即屠本畯，詳卷三《分得黄金臺送屠田叔轉運使京》。

天寶　唐玄宗李隆基年號，公元七四二—七五六。

叙我拙集　屠本畯《幔亭集題詞》。見本書《諸家序跋題詞》。

玄宴　詳卷九《送陳汝翔客建溪書林》。

太冲　即左思。左思，字太冲，山東臨淄人。以《三都賦》及《咏史》詩最著名。

中郎　即蔡邕。邕（一三三—一九二），字伯喈，文姬之父。陳留郡圉縣（今河南杞縣）人。有《蔡中郎集》。

王粲　粲（一七七—二一七），字仲宣，山陽郡高平縣（今山東微山）人。建安七子之一。

帚言摘録序

夫博物洽聞，功資探討，抽毫掞藻，巧出陶鈞，故北海淹貫古今，而發書簏之誚；仲文天才宏贍，而貽半豹之譏。則才有偏長，力難兼至也。

若吾鄉王懋宣先生，以博學而騁宏辭，可謂彬彬郁郁，質有其文者矣。先生七齡受經，千言倒覆；年當髫齔，擬冠棘闈。多士遜其博綜，主司賞其弘奥。及至發緘，竟以稚年見擯，摧鱗鎩羽，寔命不猶，淪落布衣，沉冥白首，視之泊如也。先生連不得志于有司，益下帷發憤，多識前言，括囊道藝之場，漱潤聲歌之圃。學飽而不餒于才，才富而不貧于學。錦綉巃其心胸，風霜騰其齒頰。志乘有良史之才，詞賦得麗則之體。樂府可被管弦，近調悉諧律吕。匠心獨妙，逸志雄飛，不惟經厨書庫，辨無不釋，而藻江文海，語必造玄。方之往軌，可謂具體而微矣。

兹年已近耄，而口不絶吟，其神益王。信知虞卿之作，窮而後工。豈若江郎之筆，晚而遂躓乎？先生，先永寧之執友也，在世誼爲父行，在雅壇爲前哲。匪惟先子之所畏，不慧小子列私淑之科者，積有歲年矣。

先生命序于某，遂贅言簡端，以昭示來裔。

【箋】帚言摘録　《帚言摘録》，明王應山著。

○徐熥《與王懋宣先生》：『向歲承命撰《帚言序》文，抽毫者屢矣。然以走墨于公輸之門，輒忸怩而止，非敢久方長者之命也。茲且遠別，宿諾繫心，妄撰一篇，欲濫附不朽。語無倫次，識不反隅，惟長者痛削之。』（《幔亭集》卷二十）

王懋宣　即王應山，詳卷八《送王懋宣先生之泰順》。

北海　即孔融。融（一五三—二〇八），字文舉。魯國（今山東曲阜）人。孔子的二十世孫。漢獻帝時爲北海國相，時稱孔北海。建安七子之一。

仲文　即殷仲文。仲文（？—四〇七），陳郡長平（今河南省西華縣）人。《晋書·殷仲文傳》：『仲文善屬文，爲世所重，謝靈運嘗云：「若殷仲文讀書半袁豹，則文才不減班固。」言其文多而見書少也。』

秣陵倡和稿序

秣陵故佳麗之地，三國、六朝間，文士趾錯肩摩，不可勝數，至今而餘教未衰也。今年秋，余薄游此中，日策蹇驢，懷敝刺，遨游于都市，求海内賢豪之士而謁之。即余所居，陜不容膝，矮不直項，而門外長者車轍常滿矣。以此得交于姑蘇陸君纂甫、雲間曹君重甫。兩君者攻于詩，而意氣倜儻不群。與余相見而交相賞，稱傾蓋歡焉。兩君因出《秣陵倡和篇》見示，而命余叙其首。

嗟夫！東西南北之人，風馬牛不相及也。一旦長揖而涌姓名，托交游之契誼，或孤燈夜雨，對榻呻吟；或落月停雲，揮毫投贈；或結襟期于白社，或陪杖屨于青山，雖詞异體殊，而寫景紓懷，皆可咏述。然晨星易稀，萍踪難聚，離合不一，而悲歡隨之。异日展卷開函，兹游已成陳迹矣。情之所鍾，正在我輩。達非聃、周，詎能無今昔之感也。兩君裒集此篇而授之梓，匪惟紀一時之勝游，亦以定後期之左券爾。

余叙詩卷杪，既愧續貂；弁語簡端，復慚著穢。然重兩君之高誼，而欲厠于諸君子交游之末，則何敢辭焉！

【編年】萬曆二十二年甲午（一五九四）。按：作年同卷六《同陸纂父郭聖僕雨夜集曹重甫客舍得涼字》。

【箋】秣陵倡和稿　明陸文組、曹志伊金陵倡和之集。

○徐熥《答曹重甫太學》：『把臂秦淮，歡如骨肉。雨宵分韵，得附琳琅。一日勝緣，遂成千載……前《金陵倡和篇》，聞在授梓，倘已竣工，便間幸惠一册，感逾百朋也。』（《幔亭集》卷二十）

陸君纂甫　即陸文組。見卷六《同陸纂父郭聖僕雨夜集曹重甫客舍得涼字》。

曹君重甫　即曹志伊。見卷六《同陸纂父郭聖僕雨夜集曹重甫客舍得涼字》。

徽之布衣閔君壽卿，壯歲學爲詩，詩工矣。已而自悔曰：『此何關于性命，四大既離，五字焉用乎？』遂弃家隱茅山者幾年，又隱金山者幾年。既謂金山爲南北之衝，游屐洊至，酬應爲勞。慕吾閩武夷之勝，裹糧來游，將終老焉。自別金山，度仙霞，入晉安，窮清源，探九鯉，閩之形勝幾盡矣。一衲一瓢，蕭然自得，然尚不能忘其口業也。或感物興懷，時形之于詩，詩皆矢口而成，工拙弗論也。憶余辛卯之役，與壽卿邂逅金山，出一漚集見示，則嘔肝劚腎爲之。步驟古人，不失尺寸，余謂君青華之士耳。甲午之歲，又遇君于秣陵，讀所謂《華陽編》者，其所撰述在有意無意之間，乃與余所抵掌者，皆性命玄同之旨，余始信君爲有道之士也。

茲則橫心所麾，天籟自鳴，君之所重，信在性命，而不在文章矣。有唐之士，以詩名世者，不下千餘家，然所傳者，糟粕而已。其人與骨安在？獨我純陽先生能全其性命，乘元化以游無窮。試與供奉、拾遺諸公絜長比短，豈不一龍一蛇哉！今而後，壽卿且將抱真守一，以證玄虛，尚安事筆硯與藻繪之夫較工拙乎？

余年已逾壯，精日消亡，猶汩没于詞章之網，于五字之學，稍稍窺見一斑，不知混沌之竅愈鑿矣。生死事大，無常迅速，悲夫，未知所税駕也。因讀壽卿之詩，用以自砭云。

【編年】萬曆二十四年丙申（一五九六）。

【箋】蓬累游序　熥《寄閔壽卿》：『遽蘆一宿之後，動逾數月……《詩序》謾成一篇，不識可

用否？敬録評教。』（《幔亭集》卷二十）

閔君壽卿　即閔齡，詳卷三《寄閔壽卿山人》。

茅山　詳卷五《句曲道中望茅山》。

金山　東省詳卷五《揚子江望金山寺》。

慕吾閩武夷之勝　閔壽卿隱武夷。

○徐熥有《送閔壽卿隱武夷》（《幔亭集》卷三），鄧原岳有《送閔壽卿山人游武夷二首》（《西樓集》卷十），陳薦夫有《閔壽卿山人自金山移居武夷》，徐𤊹有《送閔壽卿山人隱武夷二首》（《鼇峰集》卷十四）。

仙霞　仙霞關，又稱梨關、梨嶺，福建浦城與浙江江山分界處。

○曹學佺《大明一統明勝志·福建》卷八《建寧府·浦城縣》『梨嶺』條：『梨嶺，在安樂里，道通浙江之江山縣。厥土宜梨，故名。其與江山分水，名梨關，一名仙霞關。』

○周亮工《閩小紀》卷三『仙霞嶺』條：『閩由浦城往浙，必度仙霞。峻嶺三百六十級，凡二十八曲，長二十里。宋史浩帥閩通此，始募甃石路，行者便之。』

晋安　福州晋爲晋安郡，詳卷九《蔡景明參知重游晋安過訪山居話舊詩先永寧殁已九載尚辱垂吊感而賦此》。

清源　清源山，詳卷十六《游山集序》。

九鯉　九鯉湖，詳卷二《寄林去疾》。

辛卯之役　萬曆十九年（一五九一）九月，徐熥北上春官過鎮江，會閔壽卿，别去，作《金山别閔齡》（《幔亭集》卷十三）。

甲午之歲　萬曆二十二年（一五九四）九、十月間，徐熥北上春官，過金陵，遇閔壽卿，作《同閔壽卿王獻子二山人集王德載都護溪閣同得蕭字》（《幔亭集》卷八）。

年已逾壯　熥時年三十六，故云。

陳惟秦詩序

余既困于公車，稍厭弃故業，日與仲、季二氏杜門掃軌，以柔翰自娱。其所往還最歡者，莫如陳生惟秦。惟秦居南郊之柯嶼，去城三十里而遥。每入城，便宿余家，濁醪相命，脱粟共飽，或匝月經旬始别去。

而惟秦興復不淺，或出游，未嘗以倦自免。或分題探韵，客猶謙讓未遑，惟秦已囁嚅喉吻間矣。或秉燭夜談，不漏沉不寢；即余先寢，寢而後寤，猶聞惟秦呻吟窗壁間也，其嗜學苦吟類如此。其所爲詩，不喜蹈襲人語，皆嘔心剔肝爲之，而卒不盭于法。然性復謙抑，一詩就，必私問余可否，而後出以示客。一日，余心賞其詩，故佯言不佳以試之。惟秦立加竄易，顔色愈和，余大笑乃止。故其詩鑪錘工而機軸别也。

賦性恬澹，不問家人産。所與游者，皆山林草澤之士；遇達官貴人，則面赤心熱，有鑿坏而遁耳。夫今世操觚之士，稍能占四聲者，即曳裾彈鋏于顯者之門，博錢刀以飽妻子。惟秦木彊椎魯，足不越四境，名不挂縉紳，塊處于蓬蒿之下。以五字求信于後世所不知何人，亦大惑矣。

余今年游燕，挾惟秦詩一册置橐中，欲授之梓，而且有待也。過吴興，謝在杭司理見而欲付于匠氏。在杭于惟秦爲微時之交，稱同社。故雖行其詩，而不傷惟秦無求之介，余遂許而授之。在杭出東山而坐苕水者，三年于此矣。目之所見，無非錢穀簿書；耳之所聞，無非譙訶捶楚。一旦讀故人之詩，宜其欣然有合，若弱喪者之返其鄉也。若在杭者，可謂無赧薜蘿，而有光猿鳥者矣。斯舉也，將布衣之重司理耶？抑司理之重布衣耶？識者自能辨之。

【編年】萬曆二十二年甲午（一五九四）。

【箋】陳惟秦　即陳仲溱，詳卷二《懷陳惟秦》。

仲、季　即徐𤊹、徐熛。

柯嶼　在福州南郊。徐𤊹有《藤山至柯嶼訪汝翔惟秦》《宿柯嶼陳氏山樓》（《鼇峰集》卷十）；曹學佺有《柯嶼訪陳惟秦宅》（《天柱篇》）；吴兆有《自藤山至柯嶼道中》（《吴非熊集》，《新安二布衣集》卷二）。

謝在杭司理見而欲付于匠氏　謝在杭，即謝肇淛。謝肇淛爲陳仲溱刻集。

○謝肇淛《陳惟秦詩序》：『歲甲午，日南至，惟和自秣陵挾扁舟過苕，阜囊之腹且枵矣。中餘一帙出投予，曰：「此故人陳惟秦詩也。世人吠聲而耳食，惟秦以貧故不能自鳴其技。嗟乎！世有士安，必不令《三都》終爲醯鷄覆也。今以證之吾子。」余受唯唯，時從休沐之暇，倚窗前雙梧樹讀之，大都情致清遠，而駕以軼才，故馳騁縈旋，不詭節奏。其詩洪如瀑布雷鳴，細如緱嶺笙籟，綽約如藐姑射處子，飄忽如五陵游俠兒。至其哀怨愁思，又如胡笳錦瑟，泠泠欲絶，其餘音繞梁欐，猶令羈客少婦肝腸九回也。惟秦哉！憶昔舉孝廉時，往視惟秦與稚子相對牛衣中，爲之嘆息不堪，而惟秦擊甕浩歌，聲滿天地。今予釋褐忽復三載矣！惟秦貧益甚，而詩輒益奇進，若此視彼，大酒肥肉老死而無一當于世者，幸無以腐鼠相嚇也。惟和既別去，予殺天目之竹以付劂氏。惟秦聞之，不自得，曰：「吾非有求者，豈可以干使君哉？」予笑謂：「司李月俸幸有微贏，與其飽妻孥，無寧爲故人地乎？且吾將與同好者共廣之，自爲吾黨立赤幟耳，非爲惟秦也。」惟秦不復有言，因次其語。』（《小草齋文集》卷四）

苕水　詳卷二《苕溪送元直南還》。

【附】謝肇淛《夜讀陳惟秦詩》：『惟和自南來，奚奴負鴟夷。中有雲錦囊，云是陳生詩。我來燒燭開一卷，五色龍蛇忽驚見。怪底雲霞千萬重，玉屑如花飛片片。秋缸倒盡歌未畢，梧桐樹杪風蕭瑟。滿地時聽金石聲，虛堂已聞神鬼泣。月印空潭千頃寒，雪壓孤峰一天白。又如泜水立赤幟，坐令趙卒無顏色。陳生陳生風骨殊，少年不患肝腸枯。誓將大業俟千載，豈與里耳爭錙銖。臘鼠漫稱鄭客璞，彈雀寧用隨侯珠？君已泥塗甘曳尾，我今丘壑從此始。會須拋却五斗米，與君共釣龍江水。』（《小草齋集》卷八）

游山集序[一]

鼓山東臨大海，其高無量，余自甲申夏至戊子秋，五年中三登其頂，而景界變幻，皆成瑰觀。今年九日陳振狂、王玉生、謝在杭、仲弟惟起，將買舟游遨，邀余同往，適余與陳汝大有于山登高之約，不果。語在振狂《記》中。

夫吾閩山川奇勝甲天下，霍童、武夷、七臺、九鯉、玉華、太姥、太武[二]、清源諸山，自古躡蹻賫糧者趾相錯，然其事有傳有不傳也。鼓山雄于吾郡，游屐不少著者，堇堇蔡君謨、趙子直、朱元晦、李伯紀諸公，餘皆湮没不稱。此其故難言之矣。余三游皆有佳景，皆有詩，以同游者寡和，尋復弃去，間有一二書寺壁者，半爲蒼烟碧蘚所蝕，磨滅不可讀，心甚恨之。

兹游也，翩翩同調，唱和詩文爛然成帙，足以不朽，而余復不得與，怏然于懷。在杭既彙集游稿，殺青以傳，而屬余序其簡首，庶幾當卧游之一助耳。

萬曆庚寅重陽後二日題。

【編年】萬曆十八年庚寅（一五九〇）。

【箋】游山集序　山，即鼓山。黄任《鼓山志》卷七引作《游鼓山集序》，有删節。

振狂記　振狂，即陳宏己；《記》，即《游鼓山記》。

[一]《游山集序》，本篇鈔本缺。

[二]太武，底本作『大武』，當作『太武』，即太武山，在漳浦縣。

○陳宏己《游鼓山記》：『石鼓山，出城東三十里，其絶頂去地又十五里而遥，都人率憚不游；即游，不宿。余居南江之山，差近，蓋求水而東也，故游者多從舟便。萬曆庚寅九月七日，社友謝在杭同錢塘胡德長過余蘆中磯，約以九日登絶頂，余躍然報可。獨徐孝廉惟和以旦日期陳女大登于山，辭。次日，日中，在杭乃與德長、徐惟起策款段纍纍來，入余花陰中，飯。飯已，趣買舟治具，而王玉生亦追至。薄暮，相與登舟，發白龍江，出萬壽橋，停竹林下。良久，月隱隱出屴崱峰。江光如鏡，亟呼數十大白浮之。胡生雅善吴歌，歌安仁《秋興》，賦聲入水，水雲盡興。余恐驚白龍眠，止之。因各刻燭爲韵，燭跋，報已。抵山下，開蓬望屴崱，如在天上，然其翠色往往欲壓余舟。尋泊港口，待潮，宿。在杭詩未就，枕畔若寒蟬吟，時時蹴余。報所得句，余悉從噑囈中賞之。五鼓，潮生，進舟山前大松樹下。山色微曙。長年令婦起作食。已，玉生、惟起、在杭前導，胡生與余後。輕重諸從者，所齎衣糧酒脯，至寺，則玉生已先登矣。在杭覓筭輿四，始出東際亭，就輿，緣石磴上，可百步，入山漸深，山泉彌漫石面，作數百匹練。越里許，至半山亭，舍輿而徒，道周怪石人立如舞，如蹲，不暇應接。至茶亭少憩，渴無飲。客以藕汁代茗，時望山下白雲，低翔離合，鳥背已似隔數界矣。復輿二里許，至靈源洞，洞前石橋，令諸從者先入洞，報月公客至狀。自是，咸去巾袍，易裘褐，恐絶頂寒甚也。乃余獨單衣，不爲栗。由石橋左折，經半山寺，寺故富麗甲閩寺。嘉靖初火，今惟余茅茨數椽，苾蒭一二口，色如菜，無可訪者。遂陟石址，入亂山中。山自此巉嶫難前，輿夫數步一息，又屬玉生自靈源洞中來，無輿，余乃弃輿，與玉生鼓勇先往，足如飛，客咸壯陳山人有勝具，不減許掾云。過貓縋石，小坐，下視無諸城，直一腰帶耳。昨所云：萬壽橋者雖長百仞，三十九門，余指在杭度之，此卿家屐齒，非耶？須臾，客皆至，下輿，行過故亭迹。亭故鐵瓦，廢于風。又上數百武，則大頂峰巋然微突，如銅鼓形，高絶南紀，萬山四周，皆作蟻封狀。南臺、馬瀆，諸江襟帶相錯，帆影没滅，芋原以西，沙白如雪。北則羅、連二邑，大可彈丸。從東缺處望海，青氣際天，島嶼點點，傳以爲琉球、日本，莫辨非是也。玉生、惟起覓輿先下。余三人背石笋坐，嗒然忘其爲人間人。起尋朱先生「天風海濤」，得之草中，摩挲不能去。移時，臂相接如猿，下及半山寺，回睇絶頂，雲氣鬱蒸，始驚身自雲中來矣。寺下有花如菊，色紫可愛，客皆簪一枝于鬢，隨入靈源洞，降石梯百級，月公令弟子肅容，薦茗汁，甘甚，蓋靈源泉也。泉舊流橋下，五代僧神晏者，誦經于此，惡其喧豗，叱之他徙，故名爲「喝水岩」。岩有石室，比爲寶珠和尚創庵所毁，兼滅奇字之半，不能無恨焉。石壁仞立，多宋元及近代名人篆刻。澗中有甕，内方半版，曾有畸人隱其中，惟起舊時猶及見之，今爲榛莽塞矣。磵草荒蕪穢甚，玉生欲芟去，囊芙蓉、辛夷諸子種石間，伺花時來游，余佳其言。酒至，倚石壁飲，醉卧庵中禪床。諸客不予覺，潛沿澗旁路，登鳳尾亭去。胡生寫扇頭，詑余，余因强玉生與俱，穿石門，踞磐石反，不復之鳳尾也者，夜矣。夜譚忘歸石橋上，雲冷露繁，客皆就枕，獨余對岩僧趺坐，至月黑不寐。詰朝從者，告糧盡，始歸。諸客請先出，余以足繭留，待輿復就月公證無生法。亭午方下山，赴寺僧飲。胡生、王生各圖石門大頂諸勝于壁。日稍西，始出鼓岐，覓舟，次適樵風吹船便，月出抵余舍。延飲竹中，各傾囊中所得詩，以酒酹之，至旦而别。在杭復訂余游石竺、九鯉，三千八百坎，并武夷山云。陳宏己曰：余游石鼓凡七：一偕陳秀才女翔、女光，值風雨，不竟游；一與陳左司馬游，未登絶頂而反；一復陪詹司寇登絶頂矣，又未宿靈源洞。其後旅陟旅降，未有如兹游之樂，直窮其秘也。豈山靈面熟余故，呈奇乃爾，不則太解事，不肯爲貴游得。然哉，然哉！是黄山人往爲余言之也。胡生名時驥，王生名昆仲，徐生名㶿，謝生名肇淛。凡五日，得詩若干首。』（黄任《鼓山志》卷八）

甲申　萬曆十二年（一五八四）。

戊子　萬曆十六年（一五八八）。

霍童　在福建寧德縣，詳卷八。

七臺　七臺山，在福建順昌縣。

○《〔嘉靖〕延平府志·地理志》卷二『山』：『（順昌）七臺，高峰峭壁，幾至千丈。山有微雲即雨，土人以爲，候唐會昌中，有惠應大師于此山乘虎出入。大師劉姓，今山有劉聖者庵。』

九鯉　九鯉湖，詳卷二《寄林去疾》。

玉華　玉華洞，詳卷九《送陳振狂游玉華》。

太姥　太姥山，詳卷五《送張叔弢博士自永嘉還長溪》。

太武　太武山，在福建漳浦縣。爲别于金門縣太武山，以其位置在南，又稱南太武山。

○曹學佺《大明一統名勝志·福建》卷六《漳州府·漳浦縣》『太武山』條：『太武山，一名「太母山」。《壇記》云：「閩中未有生人時，夫人拓土以居，故名。」山高千仞，周迴亘百餘里，屹立海上，端重聳峭。其南五里，則鎮海衛設焉。東望大海，則汪洋無際。陟其巔，漳泉二郡，盡在目中。昔好事者列爲二十四境……又有小石城。』

清源　清源山，在泉州，詳卷十六《游山集序》。

唱和詩文爛然成帙　謝肇淛、徐𤊹等有詩文，集而成帙。

○徐𤊹《九日鼓山宴游序》：『夫白帝司權，黄菊籬邊呈色；金商轉候，紫萸囊裏生香。茲當九日之辰，共作登高之樂。中原王、謝，鄴下陳、徐，遂挾青尊，同尋白社。小舟可買，泝幾百里之鯨波；雙屐堪攜，歷千萬層之鳥道。曉攀壘嶂，千頭古木撑雲；夜渡石門，四壁垂蘿挂月。崔嵬覆嶺，嵐光松影交青；幽翳叢林，蟬咽籟聲鬥響。遥觀大海，蜃氣成樓；俯瞰長江，馬頭如帶。北拱已低蓮嶼，西來又隘旗丘。蕞爾一區，隱隱無諸城郭；渺然數點，茫茫天外琉球。岩中流水去何方，法祖誦經喝絶；山半衹林遺故址，樵夫舉火燒殘。借宿虚龕，對高僧參禪演偈；采真深洞，與坐客酹酒賦詩。狂游遍靈迹之中，意氣超形骸之外。茲游特妙，勝事堪傳。何必登戲馬之臺，不讓陟龍山之頂。故人生貴適志，幾人能共此烟霞；而行樂須及時，爾輩當堅盟泉石。凡我同志，請各摛詞。萬曆庚寅九日。』（《紅雨樓集》册一，《上圖稿本》第四二册，第一二二三——一二二四頁；黄任《鼓山志》卷七文字偶有小异，篇末無『萬曆庚寅九日』六字）

○謝肇淛《九月八日同陳振狂王玉生徐興公往石鼓泛舟白龍江》：『佳辰催載酒，一棹扣龍宫。遠寺鐘聲外，危峰水氣中。平沙連渚白，殘日射江紅。預檄山靈聽，登山是謝公。』（《小草齋詩集》卷十二）

○謝肇淛《舟泊鼓山下》：『水國蒹葭冷，霜天鴻雁還。江空多得月，潮遠不分山。犬吠荒樹裏，漁歌亂

竹間。爲看雙屐在，拂曙共躋攀。』（《小草齋詩集》卷十二）

○謝肇淛有《九日登鼓山賦》（《小草齋集》卷一）。文略。

蔡君謨　即蔡襄。襄，字君謨，宋詩人、書法家。蔡襄《登鼓山》：『郡樓瞻東方，嵐光瑩人目。乘舟逐早潮，十里登南麓。雲深翳前路，樹暗迷幽谷。朝鷄亂木魚，晏日明金屋。靈泉注石竇，清吹出篁竹。飛毫劃削壁，勢力忽驚觸。捫蘿躋上峰，太空延眺矚。孤青浮海山，長白挂天瀑。况逢肥遁人，性尚自幽獨。西景復向城，淹留未云足。』（王應山《閩都記》卷十二《郡東》）

趙子直　即趙汝愚。汝愚，字子直，宋詩人。汝愚《登鼓山》：『幾年奔走厭塵埃，此日登臨亦快哉！江月不隨流水去，天風直送海濤來。故人契闊情何厚，禪客飄零事已灰。堪嘆世人只如此，危欄獨倚更徘徊。』（王應山《閩都記》卷十二《郡東》）

朱元晦　即朱熹，字元晦，宋理學家、詩人。朱熹《游鼓山》：『靈泉有幽趣，臨滄擅嘉名。我來坐久之，猶懷不盡情。褰裳步翠麓，危絶不可登。豁然天地寬，頓覺心目明。洋洋三江匯，迢迢衆山横。清寒草木瘦，翠蓋亦前陳。山僧好心事，爲我開此亭。重游見翼然，險道悉以平。余方有此役，邛蜀萬里程。徘徊更瞻眺，斜日下雲屏。』（王應山《閩都記》卷十二《郡東》）鼓山絶頂，還有朱熹手書『天風海濤』刻于石。

李伯紀　即李綱。綱，字伯紀，宋代丞相，詩人。

○李綱《鼓山靈源洞》：『碧海吸長江，清波逾練净。我爲鼓山游，潮客初放艇。連峰翠崔嵬，倒影涵玉鏡。捨舟訪招提，木末繚危磴。凌雲開寶閣，震谷韵幽磬。乃知大叢林，栖托必深敻。靈源更懷奇。岩壑相隱映。森羅盡尤物，無乃太兼并。偉哉造化力，至巧于此罄。烟雲互捲舒，變態初不定。豈惟冠一方，寶最東南勝。周行洞峽中，泉石若奔競。飄蕭毛髮清，滌濯肺腑瑩。當年喝水人，端恐溷觀聽。是心如虚空，動寂豈妨并。兵戈正聯綿，幽討亦云幸。相携得佳侣，散策謝軒乘。偷安朝夕間，未可笑趙孟。淹留遂忘歸，悵望雲海暝。不負惠詢期，更起滄海興。』（王應山《閩都記》卷十二《郡東》引）

沈從先詩序

往友人陳履吉游長安歸，爲余談吴門沈從先不去口，時從先甫弱冠耳。讀其所著《虫刻草》，雖嘗鼎一臠而知全味矣。既而因履吉得請交于從先，乃從先亦不我鄙夷，越數千里，尺牘書郵，往返不絶。

辛卯歲，余有燕之役，至吴門而病不知人者數日。然神雖昏憒，而心念從先不置，時時從床笫間問沈郎無恙乎，索十日不得，竟去矣。明年，仲弟興公入吴，始得造從先之廬而禮焉。歸識其處，曰某鄉某巷，圭竇蓽門，有廡下風氣者是已。今年，余復過吴閶，日已晻曖，入尋從先所居，則鄰人云已徙去。踉蹌出閶闔門，覓舟不得，所與偕者王生元直，露宿江干，達旦竟去矣。頃從建業歸，始得與從先把臂，而後喜可知也。

時從先方病，足不出户庭，余依依未忍别去，令奚奴襆被其中。從先貧，不能爲孺子設榻，但與王生共踟跌几上耳。因得卒業其所著《尊已》《撚枝》《閉户》諸集，樂府、古詩取材于漢，近體得格于唐。要皆抒所自得，意不必古人有，語不必古人道。苟已披之朝華，直咳唾視之，不以煩子墨也。即置之古人中，其誰能辨之？夫詩，所以言志也。從先三旬九食，捉襟見肘，而閉户弦歌，聲出金石，此其趣操，列之參憲，曾無异同。未有胸臆古人，而搦管操觚，反掇拾餖飣，落時人窠臼者也。誦詩論世，而其人可知矣。

或謂從先饑寒流落，無以自存，而習不售之業，以游于世。嗟嗟！從先不知其所税駕也。噫！方履吉談從先時，云其娟娟韶秀，有安仁、叔寶之風。不十餘年而憔悴枯槁，已成壯夫，由今而至于老死，不知歲月幾何，乃榮通醜窮，而爲此拘拘也，亦大惑矣。藜藿膏粱，短褐紈綺，所適不同，同歸于盡，士顧不朽，謂何耳？後世有揚子雲，乃知揚子雲，此美談也。從先勉矣。

【編年】萬曆二十二年甲午（一五九四）。

【箋】沈從先　即沈野，詳卷二《懷沈從先》。

陳履吉　即陳益祥，詳卷二《懷陳履吉久居山中》。

辛卯歲　萬曆十九年辛卯（一五九一）。

興公入吴　萬曆二十年徐𤊹入吴爲爲父乞銘。

索十日不得　參見卷二《懷沈從先》、卷三《吴門尋沈從先不遇》。

王生元直　即王繼皋，詳卷二《對月遲王元直不至》。

【附】謝肇淛《沈從先詩序》：『余與從先故不相識，往歲從陳履吉游，常爲余言從先才且窮狀。古今詞人窮者不乏，然不過家無二頃，腰少萬纏，藝汩没而無所之，則已矣。從先并日而食，計黍而炊，正冠纓絶，捉襟肘見，至有王孫後塵之嘆，求莒女、淮媪其人而不可得者。嘻！天之窮從先甚矣。今歲徐惟和自姑蘇來，手從先所著詩，讀之則大不然。其詩從容委宛而色澤不枯，軼才王思，横生筆外，如蹁躚獨鶴，而非山澤之癯。即有時捧心坐嘯，擁膝兀吟，以寫其離憂孤憤不自聊賴之情，而卒亦煉心定性，歸之大雅，無復昔人咄咄書空之態。蓋從先之窮，徒皴其皮骨，不能稿其肺腸。從先固無如窮何，窮亦將如從先何？惟和又言從先且病痹足，不能至地。余笑謂：「貧病皆詩人佳境，而從先兼得之，信不廉矣。左氏失明，茂陵消渴，皆有所托以不朽于千秋。噫嘻！從先任爾窮且病，不佞且握尺一麈尾，起其菜色而針其膏肓，政使腰消瘦甚，亦應不失作君家休文，千載而下，寧無知從先者哉？惟和以爲然否？」』（《小草齋文集》卷四）

曹學佺《沈從先榕城集序》：『從先之與余游也，離吴入越，則虎林之西湖，嚴州之釣臺，太末之石梁，皆越中境也。離越入閩，則建州之武夷、歸宗，延平之玉華、寶山，汀之滴水，邵之七臺，余郡之三山、石鼓，永陽之方廣、高蓋、方壺、姬岩，皆閩中景也。從先入閩將及歲，閩人所不能游者，余亦從先游焉。從先每游，意會處必有詩，取即境成，不于後補綴之。故以游，則多余倡而從先和；以詩，則多從先倡而余和也。其詩率爲與余同游，可互相證。間有异者，從先好爲樂府、擬古諸什，余力故未逮，亦往往以《玉臺》《香奩》而寫其鬱紆無聊之況。余則冠進賢，冠不稱也。集成，命之曰《榕城》。榕城，余郡名。郡中多植兹木，故名之。從先日出游于閩之路，有往復焉。而所居多在余郡，故以之名集也。榕性喜水，石根抱石，爲刺綉文；每臨水，則如虬舞狀，影冉冉與波俱逝。夫是物有幽人之貞矣，是宜以名從先集也。』（《石倉文稿》卷一）

釣磯集序

余雅知平夫之能詩也。然平夫隱居義溪，足迹不入城市，雖耳其詩名，而不識其面孔。一夕，邂逅塵山人旅邸，兩人目攝久之，及平夫出數語，余乃周章自廢。謂誰氏子長不滿五尺，能驚坐如此。遂通姓字，各張頤大噱，握手如平生歡。平夫因出囊中詩一帙相示，余心賞之。年來遂結社爲詩，倡和不絶。

平夫意氣高雅，弗諧于俗，與人交有古風。家世貴顯，而清約如寒士，諸所莫逆，無非賢豪長者。平夫性雖骯髒，又善自下，每得句，即令奚奴馳報徐卿。徐卿竄易彈射，無所避諱，平夫怡然而受之。徐卿有詩報平夫，平夫亦未嘗不爲徐卿指摘也，以此兩人交益歡。

今年秋，余幸領薦書，將戒行李北游燕都。適平夫《釣磯集》殺青方就，余乃携一卷入薊門，俟酒酣後求如荆高輩擊筑而歌之。平夫意氣翩翩在目矣。

【編年】萬曆十六年戊子（一五八八）。

【箋】釣磯集　明陳邦注撰。

陳平夫　即陳邦注，詳卷二《懷陳平夫》。

義溪　詳卷九《同幼孺惟起由瓊河泛舟至義溪》。

薊門　詳卷五《送鄧汝高進士還朝二首》。

荆高　荆軻、高漸離。

周所諧詩序

國家以經術取士，逢掖生白首事經術，風雅之事不敢一置齒頰，故談詩者多出于布衣。夫詩不朽之業也，士之談詩，蘄不朽耳。

今莆之號山人而稱詩者，不啻摩肩比屋。然皆借爲羔雉，曳裾彈鋏于王公貴人之門，不煩介紹，片刺妄投；倒屣稍後，則含沙射人。往往空囊而出，稛載而歸。以五字當洛陽二頃，衆艷慕之，以爲遇合。一有落落，則共姍笑之，謂其技不售。蓋今山人之談詩論遇合，不論工拙也。雅道之羞，識者憾之，至諱稱山人云。

友人周所諧亦莆人，困于布衣，稱山人者也。然意氣高邁，骯髒不阿。年五十，丘園自賁，未嘗妄與貴顯者游。即其里中縉紳學士，非雅相知者，亦罕識其面。故其詩亦抒所自得，温厚雅馴，如明珠湛露，不墜烟火食氣也。若所諧者，可謂幽人之貞，志士之操矣。

刻成，索予爲序，故叙其生平之概如此。亦以慨乎世之山人稱詩，而離其旨者也。

【編年】萬曆十七年己丑（一五八九）。

【箋】周所諧　即周如塤，詳卷七《哭周所諧》。

○徐熥《與陳彦宗秀才》：『正欲于杪冬時，躡屩過壺公，與諸公把臂，適得周所諧凶問……所諧暴死，造物誠不可知。望風通悼，無泪可揮。幸索其遺稿，緘以付僕，僕且謬加選定，爲此君身後之計也。貴鄉有林文烈者，與僕有十年神交。近鄭性之來，僕猶問其無恙，不知其在鬼籙者幾何年矣。又痛悼者久之。并賦二詩往，足下過其廬時，幸爲徐卿作變徵聲歌之，以當慟哭也。』（《幔亭集》卷二十）

○徐熥《與周喬卿山人》：『遺稿幸備録付僕，且爲删定，謀之有力者行于世。毋令亡者苦心五十年，竟扼腕于地下。』（《幔亭集》卷二十）

【附】謝肇淛《周所諧詩序》：『己丑歲，余得《周所諧詩》讀之，業爲之序已。余北征釋褐，司李吳興，不相聞者二載。無何，其子千秋泥首持一緘來謁，曰：「先人名未成而委溝壑，惟是遺文没而不稱，孤之罪也。子辱與千秋先人游，又辱賞其詩，敢以請。」余跪而卒業焉，失聲曰：「噫！所諧知余，余不可負所諧！」因命鋟而載序之。序曰：唐以後無詩，非詩亡也，操觚之士不得其情性，而跳號怒駡，又其下者刻畫四聲之似，以剽掠時名，于是去之愈遠。國朝作者具在，迪功希踪漢魏，北地摹刻少陵，鄭吏部超然遠詣，猶多質勝。降而中原七子以誇詡爲宗，繪事爲工，雖然中興，實一厄矣。所諧貧且隱于詩，似不經意爲之。里中又無鷄林諸同調互相印證，乃寸言落紙，便生雲烟；弱管漫濡，暗軌大道。其前後所爲詩，大率山中什九，應酬什一。詞典則而意和平，調玄著而聲洪鬯，九漈鬥奇，荔支雙美，蓋得情性之趣于語言之外者。天假之年，其不攀鄭提李、拍七子之肩者幾希矣。抑余又有説也，中原人士舌本犀利，喜相標，以名相托，以華論衡，鄙穢中郎，謬稱子遷，短才敬之緩頰，故樸樕碔砆皆得籍齒牙，以僥不朽于萬一。吾閩處亂山窮谷之中，自非握三寸管如青萍，安能上干氣象？即夜光之質，猶或按劍矣。其間衣褐懷玉、鵠伏而待枯者，不知其幾也。所諧既死，其子千秋能讀父書，且將之薄游天下，蘄于其不可知者，以下報九京，其志良悲矣！所諧于是爲有子也。昔楊大夫草玄，時嘲覆瓿。大夫曰：「後世必有知子雲者。」余于所諧亦云。』(《小草齋文集》卷四)

緩帶編序

清漳顔廷愉者，少攻詩，脩贄于王弇州先生之門。每奏一篇，弇州未嘗不稱善，以此名遂大譟于江淮、吴越之間。廷愉喜游，天下名山大川，無不受杖屨者。古人謂『州有九，游其八』，廷愉足以當之。

廷愉雖任俠，而深沉好書。其先大夫所遺産數千金，廷愉皆以購書。書如李鄴侯，問其橐，已罄矣。性倜儻，不爲繞指柔。與人交，立見情愫。振人之急，不啻己私，有古烈士之風焉。其所與交者，皆海内賢豪長者。所著書十餘種，幾數十萬言。天下士無不知閩有顔廷愉，而延頸願交者矣。廷愉名家子，壯年落魄，不足以發其雄心。又長于騎射，日取《黄帝陰符》，孫、吴《兵法》諸書，伏而讀之。慨然有請纓之志，卒兜鍪韎韐，隸籍材官事海上之役。

然韜鈐之暇，咏歌不輟。廷愉天材敏贍，詩皆刻燭而成。悲壯渾雄，無寒儉清癯之相。不必模擬于唐而自合于唐，其法在有意無意之間，所必傳者也。然文章小技，壯夫不爲。廷愉業已學劍，不得復事雕蟲之技。況當今國家北苦虜，南苦倭，求猛士如渴。廷愉黄鬚鮮卑，有河朔健兒之氣，犂庭掃廬，揚旌萬里，此士之一時也，安得占俾故業，而令馬上輩有賦詩退虜之誚乎？廷愉勉之矣。廷愉舊名正色，今在戎行，更名容軒。异日建節登壇，令天下人知有顏將軍，即前弃繻生所謂廷愉者也，豈不榮華吾黨哉！

是爲叙。

【箋】顏廷愉　即顏容軒，詳卷五《送顏廷愉將軍料兵海壇山》。

王弇州　即王世貞。世貞（一五二六—一五九〇），字元美，號鳳洲，太倉（今屬江蘇）人，嘉靖二十六年（一五四七）進士。官至南京刑部尚書。有《弇州山人四部稿》《藝苑卮言》等。

李鄴侯　即唐李泌，詳卷九《送陳汝翔客建溪書林》。

閩游草序

錢叔達，吴興人也。家故貧，而二親髮且種種，無可以爲養者。叔達天性至孝，日糊其口于四方。筆耕舌耨以供菽水，而猶時時不給也。去年挾兩奚奴敝衣羸馬入閩，謁一相知貴人。值閩事多艱，貴人方拮据兵食，吏治旁午，無暇爲布衣之飲，下令一切謝客。故雖舊歡如叔達，刺亦不得通。留滯于閩者逾半載，旅舍之突，幾無烟矣。而叔達不善干謁，即吾閩有他當事者，切緇衣之好，而乏常何之薦，名姓不得相聞，顧安所得其暴鰓之狀而濡沫之耶？乃叔達于于然安之，日與吾鄉二三兄弟結社爲詩，詩益工而貧日益甚矣。然叔達雖落落不得志，而詩冲恬爾雅，略無感憤不平之意。仁人之言藹如也，庶幾大雅遺音乎？

叔達生于吴興。吴興之詩，君家仲文而下，莫如孟郊。郊以坎壈一第，至憤懣愁絶，讀之令人不歡。叔達有東野之窮，而言澤之以道德，其所養厚矣。蓋叔達善譚禪理，方且以露電泡影視其身，况于身外得喪窮通，顧能動其胸臆乎？古人有言：『詩窮而後工。』藉令叔達彈鋏而歌，出有車，食有魚，其歸也橐中裝如陸生客南粤時，則心計轉粗，何暇唱《渭城》哉？是叔達之窮困拂亂者，政詩之所繇以工也。

余既取其詩，爲之删定。友人呼將軍允齡捐食邑之餘而授之梓。故叔達挾是編以歸也，游閩之裝腆矣。

【編年】萬曆二十五年丁酉（一五九七）。按：是歲錢行道歸吴興。

【箋】錢叔達　即錢行道。參見卷二《初夏邀黄仲高孝廉張孺愿太學錢叔達山人張公魯徐仲和秀才及社諸子集澄瀾閣》。

與吾鄉二三兄弟結社　集中尚有卷九《雨中屠田叔使君招集烏石山同錢叔達陳幼孺王粹夫曹能始興公弟分得深字》《邀黄仲高張孺愿錢叔達陳幼孺王粹夫顔廷愉曹能始興公弟雨中集萬歲寺即席送徐仲和歸錢塘》，卷十《四月晦日邀屠田叔錢叔達陳彦宗陳汝翔王玉生陳惟秦陳幼孺王粹夫陳正夫曹能始林子真興公弟西湖觀競渡分得寒字》；陳薦夫有《春日雨中屠田叔轉運使招飲鄰霄臺同錢叔達徐惟和惟起王粹夫分得齊字》（《水明樓集》卷三）；徐𤊹有《春日雨中屠田叔轉運招飲鄰霄臺同錢叔達山人陳幼孺孝廉王粹夫文學惟和家兄分得觴字》（《鼇峰集》卷十）、《邀黄仲高張孺愿錢叔達張公魯及同社諸子集萬歲寺因送徐仲和還錢塘》（《鼇峰集》卷十四）、《屠田叔四月晦日西湖觀競渡得飄字》（《鼇峰集》卷十二）等。

仲文　即唐詩人錢起。

孟郊　字東野，唐代詩人。

渭城　謂王維《送元二使安西》詩。王詩云：『渭城朝雨浥輕塵，客舍青青柳色新。勸君更盡一杯酒，西出陽關無故人。』

呼將軍允齡　即呼鶴鳴，詳卷九《贈呼允齡將軍》。

同亭詩蜕序

蜕者，脱也。蜕者，假而蜕，蜕者真也。龍之神异而蜕其骨，蟬之高潔而蜕其殼。有道之士，存者神，過者化，而蜕其形。

真人之蜕，武夷洞壑中時有之。閔壽卿、佘和叔兩君之隱武夷也，視形猶贅也，思以蜕之。形既蜕矣，何有于詩？然龍能吟也，蟬亦能吟也。蜕者，形也；吟者，聲也。機自動也，籟自鳴也。兩君之詩，亦若是而已矣。

道未成則人耳，道成而仙。仙者，人之蜕也。白長庚非所稱人，而稱仙者耶？亦有詩傳于世，詩而蜕者也。今兩君所栖，正其故址。惟其有之，是以似之，機緣合矣。夫詩成而蜕之，而藏之。以此觀兩君，寧無超然獨存者耶！

【箋】同亭詩蜕序　道人閔齡、佘和叔使集。

○徐熥《寄渾然道人》：『去歲過武夷，不及一晤，殊用爲恨。持心上人來，得領詩翰……《同亭詩》借綺語而發玄談，已超出四序常品，乃以凡夫俚語厠于其前，將安用之？聊以塞命云爾。』（《幔亭集》卷二十）

閔壽卿　即閔齡，詳卷三《寄閔壽卿山人》。

佘和叔　即渾然道人，詳卷九《過武夷訪閔壽卿蘧廬，宿而別兼柬渾然道人江仲魚秀才》。

風教續録序

自彤管失職，婦訓姆則，不及于家，故粉黛笄幃之中，能識茂行高、殘形顯操、佳名彰于既没、徽音傳于不朽者，一何寥寥乎？歷觀載籍，其截耳表貞者，僅得沛邑劉長卿妻桓氏、鉅鹿魏溥妻房氏兩人而已。一則豫刑以自誓，一則臨斂而投棺，千載而下，誰其鼎足者？他如淑英瀕離痛誓而裴矩厚顔，崔氏抱孤明心而彦穆奪氣，若二姬者，雖玉質未虧而石心匪轉，均之光昭史册，赫奕來禩者也。

若吾鄉鄭母鄧夫人者，其貞烈之操，曠世尤靡儔焉。情甫申于結褵，哀已深于屬纊，悲號擗踴，之死靡他，所親之諷，義不忍聞。此耳既污，江流莫浣。視之爲仇，割而忘痛。非志存立孤，又何難殞軀以明節也。

綸綍貤旌，棹楔表門。聲自閨庭，顯號列國。生榮死哀，于今爲烈。一時海内縉紳學士播爲聲詩，載之傳記。用宣閨範，以裨陰訓。取名『風教』，備太史氏之采擇，纚纚洋洋，可弦可歌矣。而嗣子右史公出鎮名州，贊襄王室，四方之彦，咸在結納。凡有咏歌，續加剞劂。合之前編，先後輝映。飛華騰茂，不亦休乎！

夫尼父删詩，先風後雅。蓋以風化之本，始于閨門；江漢之治，徵于『游女』。而《鄘》之篇，《柏舟》爲冠。感物莫疾乎風，化俗莫先乎詩。先王之意，良爲深遠。後世王迹既熄，采詩官廢。閭巷之中，闠閾之内，即有琦節瑋行，多湮滅不稱。永乏彤管之書，不沾青史之筆者，其故何哉？雅道喪而風教微矣。

兹録也，匪惟表貞魂于不朽，且垂懿範于將來。异日圖像丹青，流芳竹素，與古之烈媛、貞姬同藏金匱，以風示萬世，寔有藉于斯編也。敬序其端，以俟觀風者采焉。

【箋】沛邑劉長卿妻桓氏　東漢劉長卿妻桓氏，沛國龍亢（今安徽懷遠縣）人，事迹見《後漢書·列女傳》。

鉅鹿魏溥妻房氏　北魏魏溥妻房氏，鉅鹿（今屬河北）人，事迹見《魏書·列女傳》。

柏舟　詳卷八《烈女吟》。

攬莽齋詩序

《虞書》曰：『詩言志，歌永言。聲依永，律和聲。』仲尼之言曰：『小子何莫學乎詩？詩可興、可觀、可群、可怨。』蓋詩者，所以論功頌德，止僻防邪。究性情之微，含風騷之旨，尊之爲經而垂之萬禩者也。

自後世岐經術風雅爲兩塗，士尊一經而雅道遂廢矣。然天籟自鳴，元聲不滅，則闡揚造化、鼓動江山、宣情鬯靈、述懷紀遇者，曠代不乏。所謂神而明之，存乎其人而已。

延津朱君善侯，髫齡受詩，潛心雅頌。公車之暇，播爲聲歌，響叶宫商，調諧律吕，翰動若飛，思如泉涌。當弱冠之年，而成一家之語。吾見其進，未見其止也。行將以六義受知，懿鑠昭代。可謂縟彩相輝，身名俱暢者矣。鑾之既嘗，譽必有試，此予之願附後塵，而托其末契者也。至于鈎深致遠，含英咀華，盡其所長，增厥未備，則彼且富于春秋，誰能限其畛域乎？

是爲序。

【編年】萬曆二十五年丁酉（一五九七）。

【箋】虞書　《尚書》組成部分之一。

延津朱君善侯　參見卷六《寄朱善侯秀才》。

永福陳令[一]平寇録序

余嘗按閩往事，當英廟時，沙陽鄧茂七者，黄馘匹夫耳。荷鋤持梃，奮臂一呼，遂至毒流數歲。師老財費，其難始平。向令茂七之役，與土木之難，同時而發，則朝廷方有北顧之憂，尚能裹糧整旅，用兵數千里外乎？而閩事其殆矣。始蓋起于一二有司，畏兵養寇，遂至崩潰四出，不可收拾。至今言之，令人短氣。

今年己丑春，余在京師，聞永陽盜甚猖獗，日夜撫膺，有桑梓之慮焉。及自燕歸，則盜已就剿，閩中安堵如故。實惟我陳侯戡定之力。其事具載石參知《記》中。夫白面生握三寸管，脱白屋而登青雲，緩帶輕裘，以當民社之寄，車馬騶從甚都也。一夫作難，有縮頸股栗而走耳，况能决機兩陣之間、制敵之死命耶？陳侯以明經起家，而能料敵制勝，方略素定，即老將亦且迴席。誰謂書生中無請纓之志者乎！

余聞侯甫下車，即以永陽城卑而兵脆，惓惓以改城練兵爲事。故寇發之日，一鼓而收者，備先具也。邇者給諌胡公奏便宜數事，一曰固城池，一曰練鄉兵。上可其奏，布之郡縣。乃侯已首議舉行，先得胡公之意。古稱智謀之士，所見略同，非虚語也。是歲閩中旱魃爲虐，米價騰涌，百姓嗷嗷，有脱巾譟呼之意。及永寇既平，其邪謀始戢。不然沙、尤之禍，未必不再見于今日。是侯非一時之

[一] 永福陳令，目録無此四字，據此文補。

功，而世世之伐也。

寇平，吾鄉士大夫皆有詩歌誦侯功德。而林生彭齡、張生啓瀾等彙梓成帙。敬爲之序，俾考政者采焉。

【編年】萬曆十七年己丑（一五八九）。

【箋】永福　又稱永陽，今福建永泰縣。

陳令　永福知縣陳思謨，河源人，永泰縣令。『去之日，至元宿春，百姓肖像祀焉。』（《（乾隆）福州府志》四十八）

英廟　明英宗朱祁鎮廟號。

鄧茂七　原名鄧雲。江西南城縣人，後遷居福建沙縣二十四都黄竹坑（今屬三明市梅列區）。正統十四年（一四四九）擁衆反對官府，景泰元年（一四五〇）被殺。

沙、尤　沙縣、尤溪縣。

甘旭印正序

秦漢以來，印章自趙子昂、王順伯諸人而下，裒集成譜者，不下十數家，然猶缺而未備也。武陵顧氏所刻《印藪》，搜羅殆盡，摹勒精工，稍存古人遺意。第流傳既廣，翻摹滋多，舍金石而用梨棗，其意徒以博錢刀耳。令古人心畫神迹湮滅失真，良可嘆息。

秣陵甘旭，自大父廷評公博物好古，多蓄秦漢金玉。雖間有散逸，而存者尚夥。旭復工于六書，精于鑒賞，暇日取其先世所存印章，較今坊肆所翻者，多有舛錯。于是手勒金石，歷七年，得印一千七百有奇，名曰『印正』，行之于世，因問序于余。

余謂古人有言，秦人火經而經存，漢儒釋經而經亡。豈真有漢人之訓詁不若秦人之一炬哉？謂其精意失也。夫當古印之淪落，于敗冢荒陵，幽坑深谷，雨烟之所剥蝕，壤塊之所埋沉，然古人精意尚存于殘金剩玉之間，六書之法，亡而存矣。自諸譜重翻之後，蟲鳥模糊，魯魚莫辨。即今家蓄户藏，而古意索然，譌謬相踵，六書之法，存而亡也。自甘旭《印正》出，可以夢寐周秦，而謦欬斯邈矣。豈徒供好事者玩好于一時，寔留古人之精神于萬世，博雅之士尚欣賞于斯。

【編年】萬曆丙申年（一五九六年）

【箋】甘旭印正　即《甘氏集古印正》，五卷，集古印譜，明代甘暘輯。書刻于萬曆丙申年（一五九六）。甘旭，即甘暘，又名旭，字旭甫，號寅東，江寧（今江蘇南京）人。隱居鷄籠山，精于篆刻，尤嗜秦、漢璽印。

趙子昂　趙孟頫，字子昂，號松雪道人、水精宫道人，宋宗室，吴興（今浙江湖州）人。元代書法家、畫家。歷翰林學士承旨，封魏國公，謚『文敏』，故又稱『趙吴興』『趙承旨』等。

王順伯　王厚之，字順伯，號複齋，南宋諸暨（今屬浙江）人，金石學家。

顧氏所刻《印藪》　即《集古印譜》，明顧從德刻。從德，上海人。字汝修，工刻印，嘗搜羅古印，摹刻成《印藪》一書。藏書甚富，往往鈐有『武陵世家』『武陵聯珠』印。

四書火傳序

夫火之傳也以薪，然而熸火者蘊祟其上，火且滅。世俗之人，膏唇鼓舌，鉗百氏之喙，飾獨見之詞，是其所非，非其所是，鑿空訓故，欲以發明先聖之旨，先聖之旨愈益晦。

蓋孔子既詘，退而與七十子之徒明天人之故，立先王之教，而授之簡。孔子没，子思、孟軻又尊其業而潤色之。漢興，諸儒用其書，講習辯難，各以家法傳授。迨宋子朱子折衷而集註之，至我國家以明經取士，咸視則焉，日月既明，而灼火熄矣。其後學者復因朱氏之書而推明其旨，蓋不下以百計。然好奇者偏宕無當，墨守者拘攣不通。野燒熾，魚燈滅，燐火明，蘭膏暗。彼操戈入室毋論已，即斤斤剿説而附和，固非元晦之忠臣也。

余友李尹弘者，閩之鉅儒，以明經世其家，教授弟子常百餘人，不吊詭，亦不雷同。每就席説經，輒解人頤。其門人曹能始君，既以進士起家，遂編其書而梓之，命之曰『火傳』。夫火之爲德，含太陽之靈暉，體淳剛之正氣，自燧人以降，烟焰不絶。蓋莊周之言曰：『指窮于薪，而火無盡。』尹弘先生燃文公之灰燼，振先聖之流光，而能始又爲之揚其熛，扇其威，風驅電逝，赫奕燭天，且與日月争光，豈但燎原焚野哉！昔大雄氏有無盡燈之説，一燈燃百千燈，燈者皆明，明終不滅。尹弘之與能始，得無類是乎？

【編年】萬曆二十四年丙申（一五九六）。按：作于曹學佺成進士歸閩之時。

【箋】四書火傳序　李尹弘著，曹學佺編。

曹能始　即曹學佺，詳卷三《七夕曹能始宅上觀妓》。

編其書而梓之　曹學佺詩文集未提及此事。

晉安逸志序

徐伯子曰：

今世稗虞象胥之書，流布寰宇，何止汗牛充棟。然多脱胎换骨，而鮮故實。或一事更以數名，或古語認爲目擊。匪惟傳信道闕，而覽者不嘔噦則引寐耳。

陳子汝翔，讀書之暇，采輯吾郡怪誕詭僻、委瑣艷异之事，久之成帙，名爲『逸志』。蓋披敗家之殘碑，考世家之遺譜，搜故老之舊聞，折閭閻之脞説，非漫然無徵也。

屠君田叔喜其文典事奇，可爲麈譚之助，授梓以傳，得非史失求之野乎？有同好者，人俾一編，不啻枕中之秘矣。

【編年】萬曆二十六年戊戌（一五九八）至二十七年己亥（一五九九）之間。按：曹學佺序作于萬曆二十八年庚子（一六〇〇），徐熥序稍早，熥卒于萬曆二十七年。

【箋】晉安逸志　陳鳴鶴編著，已佚。佚文散見于徐𤊹《榕陰新檢》等。據曹學佺序，志有新舊二種，熥序之本或爲舊志，曹爲新志。

徐伯子　徐熥自謂。

陳汝翔　又作女翔，即陳鳴鶴，詳卷二《貽陳汝翔》。

【附】曹學佺《晉安逸志序》：『予社中以詩名，而加意于考核故實、參驗來兹者，無如女翔氏。女翔所著書非一，兹復成一編，曰《晉安逸志》。閩中有新、舊志二種，斐然成章矣。「逸」者，以補乎其未備也。或以耳目之不及，則在挂漏之例；或以事體之不經，則在删黜之例，此「志」之不能不「逸」，而「逸志」之不可無作也。予黴异好怪之癖不減女翔，但未免道聽塗説而已。女翔則得尺、得寸便爲己有，浸淫而成書。夫豈朝夕之故與？女翔未脱稿時，惟和先序之。惟和亦著有《閩中舊事》，未成一簣。噫，已矣！昔者吾友嘗從事于斯矣！』（《石倉文稿》卷一）

風教編序

蓋自風雅教衰，采詩官廢，四始既缺，六義寢微。朝廷無觀風之政，閭巷絶歌謡之聲。即有騷雅之士，托物抒懷，濡毫寄興，然傳播僅止于詞林，寖淫不及于闤闠，古意漸乖，而風俗奚補乎？惟傳奇之作，雖體有殊于風雅，而意實寓乎勸懲。演于伶人，而笑貌衣冠，無不逼真，其響像諧于里耳，即孺人稚子皆能領略其旨歸。盡今古于須臾，鑒興亡于一瞬。遇可喜則破顏于既往之歡，遇可悲則興哀于無情之地。驚心動魄，隕泪銷魂，可謂感人最深，而移俗最易者矣。然詞雖小技，而語貴當家。淺者近俚，徒貽譏于下里；深者涉晦，或取笑于大方，何以表正世風而傳示來禩也。

諧賞主人，人倫師表，前輩風流，青鬢未凋，絳帷暫輟。耗雄心于樂府，振逸響于騷壇。悲忠孝之誼衰，痛廉節之道喪。撫今追昔，爰著此編。忠臣引藥，傍人抆泪而指冠；孝子髡鉗，座客斷腸而罷酌。還金雅操，墨吏愧心；破賊高標，女流欽範。至詼諧嚬笑，曲盡人情，詞成一家，事更四代，豈非玉振金聲而兼總條貫者耶？夫聲入必應，情感必通。良史之筆，工于模寫。讀者猶心折而骨驚，况俳優之戲，舉體皆真，見者豈不心摇而神駭。即方之《靡盬》《陟岵》之歌，《羔羊》《柏舟》之什，其感發興起，寧有异同哉！

熥賞音不同于鍾子，顧曲有愧于周郎。嚮蒙發遺響于枯桐，兹復取庸音于叩缶，徒有一唱三嘆而已。即濫厠簡端，有慚着穢。安能寫陽春之妙，而盡大雅之音乎？

【編年】萬曆十七年己丑（一五八九）。按：萬曆十七年徐熥北上春官，過顧大典賞諧園。

【箋】風教編　明顧大典著。大典家有諧賞園，故熥此序稱「諧賞主人」。按：顧大典，詳卷五《諧賞園别顧世卿》。

靡盬　《詩經·唐風·鴇羽》：「王事靡盬，不能蓺黍稷。」

陟岵　《詩經·魏風·陟岵》：「陟彼岵兮，瞻望父兮。」

羔羊　《詩經·召南》篇名。

柏舟　詳卷八《烈女吟》。

周郎　三國周瑜。

○陳壽《三國志·吴志·周瑜傳》：「瑜少精意于音樂，雖三爵之後其有闕誤，瑜必知之，知之必顧，故時人謡曰：『曲有誤，周郎顧。』」

重修徐氏家譜序

《書》曰：『敦睦九族。』《易》曰：『君子以類族辨物，族弗類則罔與敦。』譜者，所以類之也。顧不重歟？自氏族廢而敦睦衰矣。大家世族，或能溯其遠胄，若衰宗寒門，則至孫忘祖諱、季犯昆名者有之，傷已！

余族不知所自始，自宣義公而下[一]，年歷二百，人傳九代[二]，不甚久遠也。而族人有不相往來者，余甚悲之。遂緣先永寧府君所修《舊譜》而增葺之。族之人各畀一帙而藏之，望以敦睦之道焉。慶吊當相及，貧賤當相恤，孤嫠當相收，患難當相救。勿以華膴而忽寒微，勿以藻繪而輕椎魯。歲時伏臘，歡然相聚。則渙者可萃，敦睦之政行，而祖考之心慰矣。此余修譜之意也。《大傳》有之『積善之家，必有餘慶』，願與族人共三復之[三]。

【編年】萬曆二十二年甲午（一五九四）。

[一] 余族不知所自始自宣義公而下，鈔本《荊山徐氏譜・序文》作『余族世居懷邑之荊山自宣義公遷于閩邑之臺江』二十字。

[二] 九代，『九』爲『七』之訛。據《荊山徐氏譜》：太祖貞，又名景宗，謚宣義，孟房信支祖，始自荊山遷至臺江。高祖旭，字孔明。曾祖鏗，字振聲。遷居鼇峰，遂世居焉。祖演，字汝長。父榥，字子瞻。永寧令。榥子熥、烑、熛，熥子莊、夔，計七代。

[三] 願與族人共三復之，鈔本《荊山徐氏譜・序文》此句後有『時萬曆二十二年甲午秋，十六世孫熥惟和謹書』十九字。

【箋】重修徐氏家譜　熥父修有《徐氏家譜》，熥稱作《舊譜》。今所見《荆山徐氏族譜》，爲晚近重修之譜。荆山，今閩侯縣荆溪鎮。

臺江　今福州市臺江區。

竺乾宗解序

粤惟莊嚴無始，派撮千燈。迨于賢劫至今支分五葉，佛佛相傳，心心相印。何嘗不以清净爲直指，文字爲倒縛哉！

然大圓鏡體，不可了于凡情。而究竟覺源，須當誘以權論。夫是以三千勝藏，宣洩妙嚴；十二華經，闡揚秘密。弘智運悲，開權顯實。示以單複重修，約以頓、漸二徑。若投機隨器，如應病合方。金剛圈瞬目可破，栗棘蓬信步堪披。始知空宗同旨，禪教一如，殆字不可以揀擇，言不可以取捨者也。然出世之語，亘去來今；而世間之法，生顛倒見。多執文而迷智，每着相而求真，不免浮沉蝸角，鬥諍蠅頭，漂逐生死之波，蘊集無明之火，誰其挽之，亦足悲矣。

乃李君鉛槧之餘，間蒐大典；伊吾之暇，輒輯腴言。蓋借牛羊之乘，以爲羔雉之資，亦寓弘攝之意，以代用筏之度。倘有機緣遇合之士，函蓋相應之人，手是編而得夫象外之意，依了義而得乎未了之真。不爲演若尋頭，捧誦頻迦妙語，固匪特爲願力之助，而且爲解脱之階矣。不觀乎見切肉而知真，聞擊竹而悟道者乎？則是集也，其爲闡提之裨，夫豈少哉，夫豈少哉！

【箋】竺乾宗解　《竺乾宗解》四卷。李樹乾纂。

賢劫　劫，佛教的時間觀念，有小劫、中劫、大劫之分。佛經所云，此劫有千佛出世，即多賢聖，故稱賢劫。

大圓鏡體　無邊名大；具足無缺名圓；實智高懸，萬象現影名鏡。

勝藏　此處指佛經。

華經　《法華經》。

頓漸　頓悟、漸悟。佛教術語。

金剛圈、栗棘蓬　宋釋宗杲《頌古一百二十一首》：『金剛圈，栗棘蓬。玄沙三種病，石鞏一張弓。直截爲君説，新羅在海東。』

李君　明李樹乾。

八閩選貢叙齒録序[一]代作

國家養士之制，畿輔置國學，郡縣置鄉學。鄉學之士得迭廪餼者，歲以次貢一人于春官，此舊典也。然士負用世之志，束于額而不得伸，待次而行，辟之累黍，顛毛種種，精已消亡。而成均所養士，多紈綺子，乃豪杰之士恥與其列，國子之舍，幾爲茂草。非朝廷養士至意也。邇者聖天子俞當事者言，霈然發明詔：『令天下督學憲臣自例貢外，間數歲一選士，其取經明

[一]《八閩選貢叙齒録序》，本篇鈔本缺。

行修、年資英茂者，補入太學，如世廟初故事，以稱朕意。』于是天下士莫不喁喁嚮風，卬首伸眉，象上指矣。

余初受廣厲之責于閩中，適當貢士。是歲郡當以例，縣當以選，乃合而試之，得士若干人，籍其名升于太學。既而諸士序其齒于録，請予宣言簡端。余惟七閩在《禹貢》，爲揚州之域，秦漢以前，不得與中州伍。其所貢者，不過齒革羽毛、織貝橘柚而已。至常觀察始興學校，楊中立載道而南，閩之人文遂彬彬埒于鄒魯。而貢于天府者，皆俊彦譽髦，卓爲國華，斯豈特山海之珍而已哉？然齒革羽毛之屬，不脛而走四裔，要以備車甲旌旄、文綉宴享之用耳。藉令朽腐凋落而無當于用，則惟是貢者之辜。今余之貢諸士也，據咫尺之牘以程其臧否，論篤色莊，溷然莫辨，則余竊有懼焉。諸士生長鄒魯之鄉，習聞性命之旨，异日者策勛樹伐，蜚英騰茂。質于今日羔雉之文，若持左券，以無負聖天子惓惓養士盛心，則余庶幾可幸無罪；脱實不中聲，無所建明于世，豈惟二三子之憂，而余且主臣無已。蓋貢士而無當，反不若齒革羽毛之有裨于用也，可不懼哉？諸士勉矣！

雖然，貢之以選也，其所網羅者多英茂之士，乃諸士翕然以齒相雁行，聯兄弟之誼焉。此其恂恂克讓之意，良足術也，遂喜書而授之。

【箋】世廟　明嘉靖皇帝朱厚熜，年號嘉靖（一五二二—一五六六）。

禹貢　《尚書》篇名。古代地理書。

楊中立　楊時（一〇五三—一一三五），字中立，號龜山，學者稱龜山先生。北宋理學家。

祖籍弘農華陰（今屬陜西），南劍西鏞州龍池團（今福建三明）人。

龍臺聚業序

王永啓、林夷侯、高叔可、王渾之及余季惟敭[一]五子者，講業丁釣龍臺之濱。鐍户下帷，切磋不輟；焚舟破釜，淬礪愈堅。竭蘭燼于燈檠，忘乎五夜；啖虀鹽于陶甓，甘于八珍。倡于和汝，瞑寫晨書，兩月之間，幾盈箱帙。快心當意，人各數篇，皆剔腎嘔肝，焦神燥吻，言探乎理窟，技殫其匠心。雖羔雉之資微，傷于過苦，而鞶帨之業，亦可稱爲窮工者矣。

夫公車之藝，因時而制，爲道屢遷。奇正靡有定衡，雌黄憑乎衆口。憶余少時，才寔凡庸，强好奇語，頗爲同類者姗笑。今取而讀之，向稱瑰琦者，有同嚼蠟；舊遵繩墨者，便成臭腐。故四十無聞，三戰三北。實吾業之拘方，匪時命之大謬也。即欲勉逐時趨，復我故步，譬之老婦效顰于少姬，不能增妍，祇益其醜耳。

然則，五子之文，豈所謂日新富有變通趨時者乎？永啓年雖少，其于世誼爲雁行。若林生、高生、王生，其尊人、世父于余皆有硯席之好。當余與二三君譚藝時，諸子或結如椎，或髮覆額。今皆翩翩競秀，眈眈虎視。後生可畏，夫豈虚言！乃余猶欲畢志雕蟲，繫情鷄肋，與少年角勝，不亦异乎？古人有言：『戰，勇氣也。一鼓作氣，再而衰，三而竭。』余之今日，正鼓衰而竭之時也。搦管登壇，

[一] 敭，鈔本作『揚』。

拔茅連茹，敬屬之諸君，且以望吾季矣。

【編年】萬曆二十六年戊戌（一五九八）。按：是歲熥三下第。

【箋】龍臺　即釣龍臺，一名越王臺。參見卷八《越王臺懷古》。

王永啓　即王宇。

○《〔乾隆〕福州府志》：『王宇，字永啓，閩縣人。萬曆庚戌進士，官南刑部主事。擢武選司員外郎，奏免南都武弁，赴北襲職，弁咸德焉，爲建生祠于雨花臺側。擢山東提學參議，課士執法，爲請謁不遂者中傷，歸，行李蕭然。著有《原齋集》及《經書説》。後起户部員外郎，未任，卒。』（卷六十《人物》『文苑』）

○郭柏蒼《全閩明詩傳》卷三十八『萬曆』：『王宇，字永啓，閩縣人。萬曆三十八年進士……有《烏衣集》。』

林夷侯　福州人。工書，尤善歐體，得其三昧。有『餘清齋』，家多藏書、家畫。

惟皺　又作惟揚，即徐熛。

四十　是歲熥三十八，四十，舉其成數。

三戰三北　萬曆十七年（一五八九）、二十三年（一五九五）、二十六年（一五九八），三上春官，三下第。

廣玉壺冰序

人以藐然幻軀，淪兹火宅，高車大蓋，甘白首以馳驅。金埒銅山，望蒼崖而嘔噦。交乏素心之友，迹有紅塵之累。業火煎其肺腸，乾焰熾于靈府。舉世内熱，誰其沃之。《玉壺冰》一書，語摘烟霞，篇藏丘壑。手之者，如釋吞火而飲冰，當執熱而以濯也。然短章寂寥，讀之易盡。古今清事，采掇未廣。

友人張孺愿，山居之暇，遍爲搜羅，積久成編。視昔加備，偶携入閩，授予校梓。凡碩人韵士、岩居川觀者，座置一通。則五岳可以神游，衆山爲之皆響。優游卒歲，其樂弗諼。若夫身纏世網而藉口林皋，志溺紛華而虚談曠寂，則林慚澗愧而隱德之衰也。不惟滓我山靈，兹編因之蒙垢矣。

【箋】廣玉壺冰　《廣玉壺冰》一卷，明張邦侗輯。

玉壺冰　《玉壺冰》一卷，明都穆輯。

張孺愿　即張邦侗。邦侗，字孺愿，號越門，時徹（一五〇〇—一五七七）子，鄞縣（今浙江寧波）人。以父廕官光禄署丞，有《儲草》。

碩人　指隱者。《詩經·衛風·考槃》：『考槃在澗，碩人之寬。』

桑溪禊飲序

東郊桑溪，距閩城十里而近，故王無諸流觴之所也。世代既遐，勝游久廢。雖逝者如斯，滄桑未改，而吟迹罕至，榛莽可悲。余先壟實奠其右，每一至止，輒留嘯咏，而同游寡和，未抒所懷。

萬曆己亥祓除之日，和風初扇，晴旭乍開，遂集諸賢禊飲其上。泉聲琮琤，石勢盤曲，蒼林葱蒨，黄鳥嚶鳴，草色叠爲裀氈，松籟韵爲弦管。或踞磐石之次，或席叢薄之陰。列坐不拘，浮觴無筭。

臨流泚筆，酒再詩成。以咏以遨，窮日而反。搜先代之遺墟，躡會稽之芳躅。歐閩至今二千餘歲。寥寥今昔，來者爲誰？王子玉生，即景繪圖。余叙其概，倡和諸什，列于左方。

【編年】萬曆二十七年己亥（一五九九）。

【箋】桑溪禊飲　參見卷二《桑溪禊飲詩二首》。

先壟　徐氏祖墓在桑溪之東荔枝林。

王子玉生　即王昆仲，詳卷二《題王玉生山水》。

送金山持心上人序[一]

金山當大江之中，舊有浮屠以鎮湍悍。宋季毁于兵燹。越四百餘年，無有發此弘願者。寺僧萬緣矢心興復，經始隆慶之庚午，告成于萬曆之甲午，歲逾二紀，費靡鉅萬，丹徒陳君從訓施舍利子、堅固子各一粒，置于塔頂，每歲正月五日放大明光，彌漫天地，閔山人壽卿曾三見之。

塔功甫成，緣師示寂，其徒持心尚以佛像未全，廊廡未備，崖岸善崩，持許少傅、馮太史疏文入閩抄募。夫閩，故所稱海濱鄒魯之鄉也，士多服膺儒教，告以竺乾之旨，鮮有合者，故上人居閩累月，頗落落，不稱所懷來。于其歸也，余社諸子各賦詩爲贈，且以告諸四方之善信。

[一]《送金山持心上人序》，本篇鈔本缺。

夫財施，施也；法施，施也；茲編也，所謂以空言施耳。書之以解嘲。

【編年】萬曆二十七年己亥（一五九九）。

【箋】金山持心上人　參見卷九《金山持心上人以造塔募緣入閩喜而有贈》。

隆慶庚午　隆慶四年（一五七〇）庚午。

萬曆甲午　萬曆二十二年（一五九四）甲午。

陳從訓　即陳永年，詳卷十四《同謝于楚袁小修汪肇邵詹淑正李季宣陳從訓集謝在杭席上贈伎》。

【附】蔡獻臣《送持心上人募緣還金山寺》：『吴頭楚尾大江流，三山縹緲日夜浮。就中金鰲最奇特，片石砥柱帝王州。憶昔維舟曾幾遍，銀宫金闕參差見。近傳絶巘浮屠顛，丙夜神光放匹練。問誰發心建弘圖，持公師弟愚公徒。芒鞋踏破閩山草，手中募疏與尼珠。吾聞大地多變滅，碧海桑田不須臾。況復佛身今在否，敲石閃電亦何有？願公且持半偈歸，鹽豉冷泉糊其口。何時重過江天居，解裝爲汝立躊躇。』（《清白堂稿》卷十二上）

送屠田叔運丞使京詩序[一]

使者軺車，肅王程于四牡；故人杯酒，悵離緒于三秋。縞帶交情，有同季子；布衣名飲，尚憶

[一]《送屠田叔運丞使京詩序》，本篇鈔本缺。

平原。分白社之蓮，淒然如夢；折紅亭之柳，黯爾銷魂。劍拔衝星，度延水而龍精對泣；冠簪偃月，宴幔亭而鶴馭高翔。尋七里青山，嚴子一絲未斷；破千層白浪，錢王萬弩猶張。響屧聲沉，月冷西施宫裡曲；浮屠影動，雲生北固寺前鐘。觀揚子之奔濤，《七發》何誇枚叔；問樵人以古墓，千金尚説王孫。楚園笑沐猴，空聞叱咤；彭城登戲馬，不盡唏嘘。易水猶寒，吊燕丹，霜飛匕首；荒臺未圮，收駿骨，風入輕蹄。路近長安，舉頭見日；心懸魏闕，稽首瞻天。目斷關河，歷吴越燕齊之境；身經水陸，作東西南北之人。雖獨賢勞，堪窮勝覽。

熥等惜君之别，贈人以言。即景繪圖，縮江山于片楮；分題刻韵，獻草澤之狂歌。霄漢不相聞，敢效鷄壇之祝。雲山一以别，徒興驪唱之悲。萬里之行，自此始矣。千秋之誼，何日忘之！

【編年】萬曆二十四年丙申（一五九六）。按：參見卷三《分得黄金臺送屠田叔轉運使京》（《幔亭集》卷三）

【箋】送屠田叔運丞使京詩　參見卷三《分得黄金臺送屠田叔轉運使京》。

延水　即延津，詳卷五《劍津夜泛》。

幔亭　幔亭峰，詳卷三《題高漫士晚閣溪雲圖》。

七里　七里灘，又名七里瀨，詳卷五《晚泊七里灘》。

嚴子　嚴子陵，即嚴光，詳卷五《贈漁者》。

錢王　詳卷八《送薛君大秀才游武林》。

響屧　響屧廊，詳卷七《姑蘇懷古》。

西施宫　即館娃宫，在蘇州，因西施而得名。

○李賢《大明一統志》卷八《南直隸・蘇州府》『館娃宫』條：『在靈岩山上，前臨姑蘇臺，吴人館美女爲娃，蓋以西施得名。』

北固　北固山，詳卷三《寄閔壽卿山人》。

七發　漢枚乘作。乘，字枚叔，詳卷三《西甌道中寄答伯孺病中見送之作》。

戲馬　戲馬臺，詳卷三《贈胡外史》。

送人游吴序[一]

玉液浮尊，聽陽關之疊奏；金陵覽勝，瞻畫鷁之旋飛。悵一日之三秋，破長風于萬里。足下詩酒襟期，芝蘭臭味，享素封于海國，識白練于吴門。五湖比迹，陶朱三徑，希踪元亮。

時維三月，序屬暮春。杏錦飄紅，揚花散白。唱驪歌于烏石，響遏行雲；泛桂棹于芋江，心隨流水。滿船離恨，千疊雲山。霞嶺摩空，江郎接漢。吴山極日，還興瞻帳之思；三竺尋幽，頓起維桑之望。飛觴靈隱，六橋楊柳依依；鼓枻西湖，十里荷花灼灼。虎丘吊古，感花草于吴宫；鵲觀登臨，嘆黍離于晋苑。渡尋桃葉，挾紅袖以行歌；臺陟雨花，對緇衣而演偈。腰纏十萬，揚州之鶴堪

[一]《送人游吴序》，本篇鈔本缺。

騎；經就五千，函谷之牛可度。壯游非偶，勝地不常。橋頭折柳，托離緒于尊前；隴上寄梅，慰相思于別後。顧促膝之多年，悵分襟之在即。清風朗月，寔切銷魂；緑樹青山，載勞延想。

【編年】萬曆二十四年丙申（一五九六）。

【箋】送人游吴　游吴者爲陳价夫。是歲暮春，陳价夫往游姑蘇。陳价夫《今我傳》：『丙申，我乃游吴越。』（徐𤊹選鈔《招隱樓稿》）別詳卷九《分得要離冢送陳伯孺之姑蘇》。

陶朱　即范蠡，詳卷九《送張宗道之金陵兼懷諸舊游》。

元亮　陶淵明，名潛，字元亮，東晋詩人。

芋江　詳卷六《芋江雪夜留別社中諸子》。

霞嶺　仙霞嶺，詳卷三《述游篇》。

江郎　江郎山，詳卷五《午日過江郎山》。

吴山　詳卷三《贈胡外史》。

三竺　詳卷七《西湖泛舟》。

六橋　詳卷九《延津逢許然明還武林詩以送之》。

桃葉　桃葉渡。

雨花　詳卷六《懷元直客金陵》。

函谷　詳卷八《贈顏廷愉將軍》。

林熙工面壁洞詩序[一]

旗山真隱，峴水幽栖。小洞如丸，可面九年之壁；方池似斗，長開五葉之蓮。怪石懸空，地是補陀真境界；曇花散影，人如天竺古先生。窗外竹，交陰匝地，疏枝瑣碎；房前松，偃蓋中霄，靈籟參差。無事像人間，只有鳥啼花落；何心悟佛法，但看雲散烟消。避俗掩柴關，霞封洞口；尋僧度蘿徑，月挂枝頭。交結素心，座有清言。三兩客障除綺語，龕留圓覺；一函經傳無盡燈，去有漏果。林間啼聽，多聞唵啞吽之聲；壁上留題，半是摩訶薩之偈。信人間之净土，而沙界之諸天也。

如熥者，學愧周顒，志慚許掾，佛容爲弟子，百千萬億有清净；因天許作閑人，三十四年無罣礙，故拈花而赴會期。捨津梁，折蘆而度江，願登彼岸。共結三生之約，同參一指之禪。雖世界本空洞，難留于萬劫；况文字爲幻義，已落于三乘。然欲紀興于一時，是宜揮毫于寸楮。

【編年】萬曆二十二年甲午（一五九四）。

【箋】林熙工面壁洞　參見卷五《宿林熙工面壁洞二首》。

旗山　詳卷五《旗山勾漏洞四首》

峴水　即峴江，在福州烏龍江西旗山南。

○王應山《閩都記》卷十九《湖西侯官勝迹》『峴山』條：『在旗山南，一名水西，有南嶼、北嶼。』

[一]《林熙工面壁洞詩序》，本篇鈔本缺。

補陀　即補陀落迦山、補陀山。在今江寧波東海上。○李賢《大明一統志》卷四十六《浙江·寧波府》「補陀落迦山」條：「在定海縣東北，故昌國縣海中。佛書所謂海岸孤絕處也。」

天竺古先生　意謂修煉成佛。王維《過乘如禪師蕭居士嵩丘蘭若》：「深洞長松何所有，儼然天竺古先生。」

摩訶薩　摩訶薩陀或摩訶薩埵的簡稱，佛教術語。菩薩或大士之通稱。

沙界　佛教術語。謂多如恒河沙數的世界。

周顒　南朝梁代詩人，善聲律。

許掾　即許詢，詳卷三《靈隱寺尋耶溪上人》「支許」條。

三十四年　徐熥生于嘉靖四十年（一五六一），是歲年三十四。

一指之禪　一指禪，起源于禪宗，用于冥想和修身養性。

三乘　即聲聞乘、緣覺乘、菩薩乘。聲聞乘，又稱小乘；緣覺乘，又稱中乘；菩薩乘，又稱大乘。

陳汝翔泡庵詩序

友人柯嶼陳汝翔者，迹混世緣，心通内典，禪能參乎一指，識已絶夫六根。去迷心亦去慧心，慧迷皆妄；無我相亦無人相，人我俱忘。知世界本空，倏往倏來，皆成幻境；信人生如寄，有生有滅，總是浮漚。于是結彼小庵，命名曰『泡』。

即污泥爲净土，化煩惱作菩提。旛影經聲，依然梵宇；朝鐘莫鼓，不异祇園。但求捨妄歸真，豈曰援儒入佛。經譚小品，落盡天花；法演上乘，翻殘貝葉。支公至止，松間月照袈裟；玄度時來，竹下雲生扉屨。數聲殘磬，揮玉麈以高談；一炷名香，坐蒲團而入定。何方更爲彼岸，此地即是津梁。功遍河沙，地同樂國。

兹者，王君昆仲，泚筆爲圖，移彼一丘，歸于寸楮。燧與汝翔，三山結社，久爲五字之交；萬劫同修，期面九年之壁。悟兹泡影，便可明心；玩此丹青，如同指掌。漫題數語，僭序簡端。凡有知音，毋辭載筆。

【箋】柯嶼　詳卷二《貽陳女翔》。

陳汝翔　汝翔又作女翔，即陳鳴鶴，詳卷二《貽陳汝翔》。

支公　即支遁，字道林，詳卷三《靈隱寺尋耶溪上人》『支許』條。

玄度　即許詢，詳卷三《靈隱寺尋耶溪上人》『支許』條。

【附】謝肇淛《陳女翔詩序》：『自鄭吏部爲政以來，吾郡詩率尚風骨而謝鉛華，然其濫觴也，温柔委宛之旨幾于掃地。洎吾二三兄相從操觚，本才情以叶宫商，一意禘漢而宗唐，于是正始之音稍稍大備。就中耽心最久長距而先諸子鳴者，則陳生女翔云。女翔始俯首就諸生受博士業，已捨去，習爲古文詞，已又捨去，習爲詩。吾嘗論女翔詩，樂府歌行如嚴軍鼓角，激揚悲壯而音律調適。七言律如上國武庫、波斯寶林，粗細利鈍，枕藉并陳，皆足驚目駴心；又如千里黄河，渾涵無地。五言近體及諸絶句，如繁弦急管，時整時雜，各極其致；又如女郎連袂踏歌，秀色可餐，而無綺靡邪嬲之態。上即不能頡頏蘇、李，下亦足以馳騁錢、劉，是足以傳矣。女翔既困公車，浪迹吴越，攜其詩至苕溪投余，余爲之謀殺青，女翔弗屑也。無何，以讒去不果，竟三載不相聞，則已爲張君叔弢鋟而布之矣。噫！叔弢乃知女翔，其以余食言爲非夫哉？謝子曰：「余束髮從二三子游，得女大、惟和及女翔者最早，意氣神情相往還無間，酒人市上，少年場中，無不俱也。二十年來風塵反側，今女大、惟和既相繼謝世，顧余及女翔亦髮且種種矣。俯仰陳迹，河清幾時，而妄意此不可知之業也。掩卷臨風，不勝太息。」』（《小草齋文集》卷四） 徐𤊹《泡庵詩選序》：『夫闡發性靈，窮寫情物，莫善夫詩，故詩理淵宏，非思深者不能窺其奥；詩體錯雜，非見定者不能得其宗。若夫思弗深而見弗定，雖日揆千言，去詩道遠矣。吾郡善鳴詩家，代可指數：洪、永之間，斂勝國之浮華，歸之故實，聲味雋以永；正、嘉之際，洗道學之習氣，本之温厚，格調雅以正；迨于今日，詩教蔚興，彬彬如也。友人陳汝翔，抱性貞遐，寄情泉島，擬麗則之資，勤探討之學，少耽聲律，老而彌工，藝苑樹標，三十餘載，感物有賦，遇景則詩，長篇短句，情采備陳；限韵分題，宫商叶奏。詩魔不入肺腑，冰雪沃其靈髓，「贈友」篤陳思之契，「述志」勵北海之貞，「咏懷」攄步兵之興，「述哀」動黄門之悲，「咏史」高太冲之見，「田居」慕徵士之風，「游山」踵康樂之躅，「怨别」愴惠休之衷。哀樂之起，冥于自然；喜怒之端，非由人事。鈞陶方寸，運用神解，要皆緣裔窮宗，知有所自；達流溯派，妙得本源。可謂遵秉古法，盡滌時趨，惕志匠心，籬唾不拾者矣。伊余不穀，忝附同聲，隨有賡酬，互有質證，前後諸篇，屬余揀擇，名曰《泡庵詩選》。墨客苦心，已齊芳于文囿，幽人逸致，得流耀于藻圃矣。』（《泡庵詩選》卷首，又沈文倬《紅雨樓序跋》卷一，第四九—五〇頁）按：《泡庵詩選》『人事』以下缺。

陳薦夫《題汝翔泡庵》：『久持半偈證無生，新結茆茨出世情。定後俗緣俱是幻，悟來真法亦無名。三千界内爐烟冷，十二時中鉢水清。何日與君離苦海，風波方寂泡方平。』（《水明樓集》卷五）

贈歌者周文成詩序[一]

辛卯之冬，道過東平，于沈刺史席上邂逅青陽歌者周文成。

幻質江南，栖踪濟北，聲掩秦青之妙技，衣留韓掾之餘香。風神一片玉同清，眉黛九華山并秀。舞袖翩躚似鶴，歌喉宛轉如鶯。依柱尋思，欲賦江淹之别；當筵流盼，能迴刺史之腸。睠爾目成，令人魂斷。滿堂燈燭，會難擬乎絶纓；觸目琳琅，愛何辭于剪袖。未遂平原十日之飲，難爲郵亭一夜之眠。鷄既鳴矣，恨僕夫之整駕；馬不進也，實爲爾而躊躕。行行重行行，天涯地角；嘆息復嘆息，日居月諸。齊州安在哉？心憂曷已；美人不見兮，我勞如何！

[一]《贈歌者周文成詩序》，本篇鈔本缺。

顧予浪迹難期，君亦萍踪無定。漫賦四絶，用□寸心，异日重逢，持爲左券。

【編年】萬曆十九年辛卯（一五九一）。

【箋】周文成　參見卷十三《東原别歌者周郎》。

東平　詳卷十三《東原别歌者周郎》「東原」條。

濟北　濟河之北。參見卷六《濟上》。

韓掾　即晋韓壽。壽美姿，善容止，賈充辟以爲司空掾。見《世説新語·惑溺》。

九華山　在今安徽池州市。○李賢《大明一統志》卷十六「池州府」：「九華山，在青陽縣南，舊名九子山。李白陋其名無所據，乃更名九華。」

江淹之别　江淹之《别賦》。

青樓俠氣詩序〔一〕

李姬儀卿者，廣陵麗質，越國名姝，幼出良家，長淪伎館。香飄荳蔻，争傳金屋之嬌；臉射芙蓉，共訝玉巵之女。歌裁《白雪》，玉皇前殿書仙；袖舞迴風，漢帝專房飛燕。慕菁華之士，曾同枕上敲推；陋紈綺之夫，豈顧囊中羞澀。目澄秋水，對人效青白之步兵；口綻纓桃，清話類雌黄之王

〔一〕《青樓俠氣詩序》，本篇鈔本缺。

衍。風神姣矣，俠氣翩然，真爲吾黨中人，豈墮風塵俗品。雲飛楚峽，夢魂曾托襄王；月暗秦臺，律吕未逢簫史。甘俟河清于白首，敢嗟薄命于青樓。雖車馬如雲，而寸心似水，幸適我輩，均屬賞音。紅拂佳人，顧英雄于逆旅；朱顏鄰女，窺才子于東墻。何意婦人，比踪豪杰，不獨結抱衾之好，抑亦聞東綾之歌。一雙玉杵，堪携三斛明珠，可换湖州十年之約。緑未成陰，郵亭一夜之眠，紅猶在臂。數株楊柳，可垂墻内之絲；一片禪心，永作泥中之絮。

漫題左券，以訂後期，所有贈言，弁録末簡。

【編年】萬曆十六年戊子（一五八八）。

【箋】青樓俠氣詩序　徐熥《青樓俠氣卷》：『萬曆戊子夏，余製《青樓俠氣卷》，贈伎李儀卿。同時倡和者十餘人，獨伯孺一歌，膾炙人口。』（《幔亭集》卷十九）

李姬　參見卷十三《青樓俠氣贈李姬》。

青白之步兵　三國魏阮籍，爲人能作青白眼。參見卷三《送柯秀才還莆》『阮生』條。

雌黄之王衍　晉王衍，字夷甫，琅琊臨沂（今山東臨沂）人，官至太尉。孫盛《晉陽秋》：『王衍，字夷甫，能言，于意有不安者，輒更易之，時號口中雌黄。』

紅拂　詳卷十四《無題和徐茂吴司理八首》。

朱顏鄰女　即東家之子，宋玉賦虚構人物。

○宋玉《登徒子好色賦》：『天下之佳人莫若楚國，楚國之麗者莫若臣里，臣里之美者莫若臣東家之子。

東家之子……此女登墻窺臣三年，至今未許也。』

三斛明珠　緑珠本梁氏女，石崇以三斛明珠買歸。

○唐劉恂《嶺表録异》：『緑珠井在雙角山下。昔梁氏之女有容質，石季倫爲交趾采訪使，以真珠三斛買之。』

湖州十年之約　用唐杜牧事典。

○計有功《唐詩紀事》卷十八：『牧佐宣城幕，游湖州……閲奇麗，得垂髫者十餘歲。後十四年，牧刺湖州，其人已嫁生子矣。乃悵而爲詩曰：「自是尋春去校遲，不須惆悵怨芳時。狂風落盡深紅色，緑葉成蔭子滿枝。」』

幔亭集卷之十七

閩中徐　𤊹惟和著
友人曹學佺能始選
鄒時豐有年編

序文

福寧州刺史史公膺薦序[一]

史大夫刺秦川三年，報政于天子，天子下詔褒美，封父母如其官，葉太史氏紀之詳矣。越兩年，政益修，民益治，嘉聲益以隆起，直指使者陳公持綉斧來按八閩，核吏治能否。事竣，當報命，又首疏大夫名于當宁。維時秦川之僚屬，以至縉紳父老，聞者罔不沾沾然喜。謂直指使者之能知人，而聖天子明見萬里外也。既又緦緦然懼矣，夫子大夫以治行稱最，而後喜可知也，奈何而懼也？蓋漢世良吏之盛，率多久任，至有長子孫者。國初時，猶有九年爲滿，而增秩復留者，今率

[一]《福寧州刺史史公膺薦序》，本篇鈔本缺。

再考而輒遷矣。

史侯之莅兹土也，已越五載，名最御屏者三方。今用人如渴，寧有治行如史大夫而久佚于東也者，則安得無懼也？大夫以名進士起家，年方韶秀，而沈幾朗鑒，有老成石畫。甫下車，以學校頹廢，即葺而新之。刼文昌祠爲青衿課習之所，每一校藝，輒爲之品騭彈射，士無不醉心而解頤者。州治當祝融之後，廊廡蕭然。大夫請于當道，爲之改創，不旬日而復還舊觀焉。《州志》燬于火，乃延請士夫文學增輯删定，備而且核，大夫潤色之功居多。邇者，海寇陸梁，秦川瀕海，爲郡藩屏，而承平日久，武備廢弛。大夫爲之謹斥堠、議兵食，時訓練當事者，藉以無恐，其功如尹鐸在晉陽時。性又愷悌，不樂棰楚。非椎埋胠篋、淫媟譸張者，未嘗妄施一刑。

至于猾吏狡書，則重足斂手，而不敢有所變弄以干三尺。其吏畏而民懷也。如此大夫，雖皇皇乎吏治，而性耽山水，勝日則與僚佐縉紳登高修禊，命酒賦詩，有山簡之風。州有太姥山，林巒窈窱，爲仙人窰宅。大夫政暇，裹糧襆被其中。東望海氣，而三島十洲吞吐者八九，識者目爲仙吏云。若夫冰蘗之操，拮据之勤，謙抑之度，則又難以縷述矣。

兹大夫之膺薦剡也，半刺徐君、于君、州幕陸君，乞余言爲賀。余察三君之意，且感且頌。夫頌者，公也；感者，私也。然三君之所謂感者，非以大夫能郊翼而濡沫之，佩德而銜恩已也。凡吏之難，難于佐，非佐之難也，佐而遇長吏之難也。才者見抑，不才者見擯，非壹意孅趨，動輒枘鑿矣。

乃大夫之待僚佐也，通之以情，節之以禮，帥之以義，各盡其才，毋令淹抑，左提右挈，以匡其不逮。然後知三君之感，非私而公也。徐君徵大夫寵靈，方擢官淮海，不日將束行李、别大夫以去。而于、陸二君，雖得與大夫少日周旋，又恐徵書旦暮且下，不能長侍教于君子也。此三君之所以聞而喜，喜而懼也。昔何武去後見思，世以爲美譚，乃大夫方握符曳組于堂皇之上，而僚佐、而縉紳、而父老，以虞其去，而鰓鰓然懼也。此其治行，豈冠進賢者所常有哉？藉令大夫一旦被新命而去秦川，其人情又當何如也？

余沾大夫郭陽之潤，又重以三君之請，故捃摭其大略如此。山林之言，不足以重大夫，其亦擊壤吹竽之意也乎！

【編年】萬曆二十一年癸巳（一五九三）。

【箋】福寧州　黄仲昭《八閩通志》卷一《地理·興化府》『福寧州』條：『元至元二十三年，升長溪縣爲福寧州，屬福州路……成化九年，復升爲州，直隸福建布正司，仍領福安、寧德二縣。』

刺史史公　史起欽，字敬所，鄞縣（今浙江寧波）人。萬曆十七年（一五八九）進士，福寧州知州。有《福寧州志》《太姥山志》。

直指使者陳公　即陳子貞。子貞，南昌（今屬江西）人。萬曆八年（一五八〇）進士，歷福建巡撫。有《海防條議》。

福寧州志　萬曆二十一年（一五九三）史起欽修。

○《千頃堂書目》卷七：「史起欽《福寧州志》，萬曆癸巳修。」

秦川　詳卷九《送張參戎鎮秦川》。

太姥山　詳卷五《送張叔弢博士自永嘉還長溪》。

都轉運周公考績榮封入覲序[一]

轉運文野周大夫，以名進士起家，筮仕爲侯官令，歷郡丞尚書郎，稍遷二千石，以至今官。蓋公通籍以來，玆且逾二紀，同時躋膴仕者不可勝數。以公之才，雖揚歷中外，晉上大夫之秩，然不得出入帷帳，斟酌元化，對揚天子之休命，猶越在海隅，持籌握算，堇堇收山海之利以報縣官，論者咸爲之不滿，乃公恬然安之，謂人臣而希寵榮、蕲速化，則鹺司誠爲司閑曹，若爲陛下計，緩急以佐軍實，則鹽策豈不稱至鉅至鉅哉！即微臣且懼無以報，塞舁挽之任，而寧論積薪哉！識者莫不嘖嘖。大夫之能守其官，而知朝廷之倚毗于鹺政者重也。昔箕子作《洪範》，初一曰五行，一曰水，水曰潤下作鹹。而齊桓公之表東海也，亦曰謹正鹽策而已。此國家大業，所以制四夷安邊足用之本，不可廢也。

國朝于宇内設轉運司者七，而閩居其一。閩依山負海，厥地瀉鹵，厥賦中中，東南一都會也。四方商賈繦至而輻輳焉。歲榷若干緡，以給公家之用。方今島夷生心，躪踐我土，兵食之費半仰東南，一有不給，則大司農坐堂上有仰屋嘆耳。責任夫豈輕也！閩中以鹽策起家者，非大族則巨商。

[一]《都轉運周公考績榮封入覲序》，本篇鈔本缺。

族大者難擊而挾素封之資者，往往以錢刀之力挾制主者短長，至有奸我厲禁而莫可誰何者。大夫來司鹺，雖持法平恕，不爲竭澤。然一骫于法，則以三尺繩之，即有力者爲之求免，大夫固謝曰：『法如是，弗敢阿也。』卒不可奪。以故亡賴少年興販爲奸，走死地如鶩者，當大夫爲吏滿三載，不敢私越一艘。大族巨商，尤奉功令惟謹，而鹽政以平。

兩臺使者以其最上考功令，考功令上天子，天子下璽書褒美，贈三代如其官。適明年天子又當大計吏，大夫乘傳行有日矣。方今主上深拱有年，兹當考績幽明之期，行親四岳郡牧，以咨理道得失。大夫上最，凡幾十牘書，御屏者屢矣。且趨陪輦轂以論思獻納，安得久司度支水衡而敝敝于榷算之役也。遭時遇主，此其一時，豈非拙者爲政之效乎？

兹行也，鄉之縉紳父老皆有言爲贈。熥逢掖賤士，受大夫之禮遇獨深，又于長公先生有國士之感，稱通家云。雖淺陋不文，而情之所激，輒摭大夫鹺政之萬一，著之于篇，以紀别云。

【編年】萬曆二十四年丙申（一五九六）。

【箋】轉運使周公　即周裔先，字文野，南海人。隆慶五年（一五七一）進士，授侯官知縣。萬曆二十四年（一五九六）前後爲福建都轉運使。

且逾二紀　周氏隆慶五年（一五七一）通籍，至今二十年，故言。

洪範　《尚書》篇名。相傳爲箕子向周武王陳述的『天地之大法』，一般認爲春秋戰國後期或漢儒者所作。

古田邑侯劉公考績序

方今天下行久任之法，郡縣守令非越兩考不得遷。其滿三載也，皆得上其績于考功而高下其等。乃今之吏，未有不滿三載者，按籍而觀其所上治行，非不犁然舉也。然夷考其政，亦有賢否混淆、真贋相半者。故雖獵虚聲以徼上最，而民實有口，其誰與之。遂三年報政之典，一切虚文視矣。

玉田劉侯，三載而報政，循故事也。乃一時大吏交口而賢，僚佐服膺而頌。自縉紳、學士以至山農、田叟、氓隸之屬，罔不擊節謳吟，此非可以虚詞借也。蓋今之剖符爲吏者，卑者競利，高者競名。疏闊其治條，綢繆其虚譽，求其家視邑，子視民，夙夜焦勞以奉宣德意者，不數數見也，即鋭意理道矣。然慕精明者傷于鷙擊，用寬和者流爲苟且，則才力相懸而難臻顯效耳。

若劉侯之治玉也，早起坐堂皇，不日昃不休，不夜分不寢。日與一二父老講求治安之術，罍不加勸，毁不加沮，修舉廢墜，不遺餘力。治玉三年，無不興之利，無不剔之弊。其大者，如修學校、立義倉、均郵役、練甲兵、繕城郭、嚴斥堠、除戎器、理冤滯、省贖鍰、教子弟、禮遺逸、賑流亡、弭盗賊，其他善政難以更僕。入其疆，民熙如也，吏肅如也，廟貌、黌舍、粉堞奂如也，倉廪囷如也，組練耀如也。士歌于宫，農歌于野，商旅歌于市，闤扉絶愁嘆之聲。委物于道，過者不敢睨也。

自有邑以來，治未有如今日者。故觀于劉侯，而知王道之足以興也。蓋侯秉心愷悌，而運以警敏之才，案牘盈庭，决如流水。其于錢穀户口之數，隸首不能窮者，侯一見而倒覆誦之。即有狡胥猾吏，且咋舌斂手之不暇，何弊之敢生？赫然神明稱矣。吏畏而民懷，則實心實政之效也。前直指徐公薦侯于朝，今中丞金公品騭郡縣長吏，輒以侯爲稱首。今直指何公讀侯所建白，未嘗不篇篇稱善也。一時藩臬諸公争相嘆伏，無敢以屬吏禮待侯者，侯之治狀可徵矣。故必有劉侯之報政，而後知考績之非虚文也。漢宣帝拜刺史守相，輒親見問，觀其所由，退而考察其所行以質其言，有名實不相虚者，必知其所以然，故漢世良吏爲盛。兹者，聖天子雖端居静攝，而綜核名實過于漢宣。以侯治玉之績，由考功而達黼扆，且將增秩賜金，酬以顯擢，如漢室之所以待渤海、潁川[一]者。玉之父老雖有長子孫之願，安得而久借之？

邑佐李君、黎君，典幕何君，博士晋君、廖君、饒君，沐侯之政教爲深，思所以紀侯之績，走幣丐余言爲贈。余方挾策春官，戒行有日，遂著侯之實績于篇。見侯之所三年而報政，與今世名實不相符者异也。若璽書之徵，則余在草茅下，且先拭目以觀矣。

是爲序。

【編年】萬曆二十五年丁酉（一五九七）。

【箋】古田邑侯劉公　即劉曰暘，南昌（今屬江西）人。

○《（萬曆）古田縣志》卷六《官師志》：『劉曰暘，字藎卿，號葵寅，南昌縣人。舉人。』又：『政尚嚴肅，綜理精密，章淑别慝，凛莫敢犯。修城堡，略成具，積穀數百餘石，徵收條鞭，立三限法，民按期完納，尤以文雅飭治，興學造士，製祭器精美。古田舊未有志，創自令。課最，升全州守，去之後，士民即明德書

[一] 穎川，當作『潁川』，地名，在河南。

院爲尸祝之所。』又卷三《經略志》：『（水口驛）萬曆二十四年，縣令劉曰暢蒞任，久累之夫紛紛控訴，力爲禀白兩司道，皆稱議復之便，事下福、延二郡互議，遂復嵢峽杠夫。』

直指徐公　即徐學聚。學聚，蘭溪人。萬曆十一年（一五八三）進士，先後任福建左布政使、福建巡撫，官至副都御使。有《國朝典彙》。

中丞金公　即金學曾。學曾，字子魯，錢塘（今杭州）人。隆慶二年（一五六八）進士，授工部主事，歷福建巡撫、副都御史。有《撫閩奏疏》。

直指何公　即何淳之，字仲雅，無錫（今屬江蘇）人。萬曆十四年（一五八六）進士，歷福建巡按御史。工書法繪畫。有《足園集》。

潁川　指漢代陳寔。寔，河南潁川（今河南禹州）人。曾任太丘（今河南永城）長，故時人稱其陳太丘。

邑佐李君　縣丞爲李元若。

挾策春官　是歲徐熥上春官。

呼將軍晋秩營帥序

吾閩世禄之家，建節登壇、有古名將之風者，獨温陵俞公盱江、鎮東呼公益齋、秦公東望耳。余生也晚，不及見俞公。乃其海上之功，閩父老猶能道之。當呼公佩大將軍印鎮閩時，秦公同時爲閫帥。余方爲諸生，寬衣大帶，懷三指刺入謁于轅門。故猶及識二公狀貌，與其籌海之略云。秦公巨目鋭頭，沉毅鷙猛，大小經數百戰，功當封，以數奇，時挂吏議。屢起屢躓，不及登大將壇，竟老矣，余甚恨之。呼公英英玉照，望之肅然。才氣天下無雙，以千夫長起家，至大將軍。肘後金印大如斗，前後所獲萑苻之魁無算，環海而築京，觀者相望也。金繒文綺之賜，歲時不絶，其名位與俞公等。

今呼公往矣，公之子允齡，弱冠以萬户侯入掌撫臺中軍。越四載，遷督府營帥。位稍尊，望亦隆隆起矣。當今海内有無事之形，而南夷北虜有輕中國心。乃島夷躪踐我土，吾閩實當其衝，往轍可鑒已。非得智謀勇力、曉暢軍事者備宿衛之選，以時其訓練，一旦有急，欲使紈袴之夫，出没于粘天浩汗之間，馳騾于荆棘霜露之野，有望艅艎而心悸，聞金鼓而魂奪耳。安得寒山城君之膽，令當事者高枕卧乎？允齡將家[一]子，有父風，慷慨多權略，每[二]借箸而籌，决古今成敗，瞭若指掌。蓋得其先將軍帳中之秘者居多。當允齡爲中軍時，適枕戈卧鼓，日服兜鍪韎韐，鵠立于欄楯之下。雖有奇，無以自見。兹且晋位營帥，則行伍之事，允齡實司之。日擁高牙大纛，揮白羽于風雲魚鳥之中，以其所讀父書通變而用之。出而修軍容，入而贊帷幄。大將軍藉以爲心膂肘腋，亦足以少見其奇矣。

邇者嘉隆間宿將凋謝，略盡其組練而起于行間者，皆舍人子侯稱將種者也。允齡悦禮樂而敦詩書，胸中如武庫，持滿如月，鳴鏑如雷霆。行將南掃倭，北拒虜。馬頭露布，飛聞于上，以舒至尊

[一] 家，鈔本作『軍』。
[二] 每，鈔本無此字。

拊髀之憂，燕然麟閣之勛，舍允齡誰屬耶？則呼氏世有功于國家，而吾閩之名將，且與秦晉燕趙比隆矣。允齡奉璽書，將臨帥府，兩府群僚各徵言爲贈。其居大中丞幕下者，則惜呼君[一]之去我。居大將軍幕下者，則慶呼君[二]之帥我。皆質之徐生，徐生謂：『朝廷開兩府以統兵制，文撫臺，武總鎮，腹心干城之寄，一也。方今文武大吏，同心協力，以靖疆場。將相調和而士豫附。兩府群僚士卒能一乃心，聽呼君之約束，犂庭掃廬，備縣官任使，即呼君與有榮矣。奚必吝情去留，而左右其袒哉？而況琱戈鵲印，呼[三]君舊物，且將揚旌萬里之外，一偏裨之任，安能久羈呼君也？』諸君怡然而釋，曰：『辨矣，徐生之言！持此可以報呼君矣。』遂書而授之。

【編年】萬曆二十七年己亥（一五九九）。

【箋】呼將軍　即呼鶴鳴，詳卷九《贈呼允齡將軍》。

温陵俞公盱江　即俞大猷。大猷，字志輔，號虚（盱）江，晋江人。嘉靖十三年（一五三四）武進士，屢破倭寇，累遷福建總兵官。有《正氣堂集》等。

萑苻　盗賊、草寇。

○《左傳·昭公二十年》：『鄭國多盗，取人于萑苻之澤。』杜預注：『萑苻，澤名。』凡叢生蘆葦之澤，皆

[一] 君，鈔本作『公』。

[二] 君，鈔本作『公』。

[三] 呼，鈔本誤作『胡』。

可稱萑苻之澤，後以稱盜賊出没處。

嘉隆　明嘉靖、隆慶。

送黄博士致仕還劍津序[一]

士之通籍于時而躋華膴者，少壯登朝，以至顛毛種種，蓋甘之若飴。然一旦投閑置散，則有愀然不樂者耳。其視脱進賢如敝屣而急流勇退者，蓋難其人。况于廣文先生，職卑秩薄，歲得俸錢不堪果其腹，所遇一不當意，乃能解組拂衣，不屑屑然以一官爲鷄肋，此其事豈不尤難哉？若永陽學博黄先生，斯其人已。

先生家世劍津，弱冠以文知名，得迭廩餼，然數奇，屢應省試，皆不中程。歲辛巳，以貢上春官，授鉛山司訓，積數載，得補今官。先生至永日，與諸人士講道論德，又以其餘課公車之業，人罔敢弗嚴憚者。至于燕見，則又怡怡愉愉，若家人父子，以故，永之人士無不服膺黄先生也。先生故善屬文，即已列仕籍而占蹕如經生，督學使者三臺耿公、夢池李公，先後試諸郡邑博士，先生咸褎然居首。人皆謂先生才名籍甚，必不以一氈自老者。然性倜儻，不爲繞指柔。署永陽篆者，與先生謬爲恭敬，而陰寔含沙。故先生卒遷周府教授，竟挂冠以去。夫士屈首六籍，淹蹟黌序，二十餘年而得一職，乃坐不及暖而竟投之散地。人無不爲先生扼腕，乃先生怡然自安，而不肯曳裾王門以叨升斗。此其皭然不滓，求于今世之士，指可幾屈乎？

[一]《送黄博士致仕還劍津序》，本篇鈔本缺。

先生産于延津，其山川奇秀，如九峰、玉華、中岩之勝，皆在目睫間。先生之歸也，頭尚黑而勝具未乏，日與二三朋舊舟航杖屨，以觴咏諸勝之間。其視折腰貴人前以博此苜蓿[一]、沉冥仕路、白首而不休者，其趣操相距，不猶蛣羌轉之與蘇合哉？則人之所以中先生者，固所以全先生而成其高也。永弟子陳夢弼、林用玄輩，沐先生教澤爲最深，于其行也，丐王君昆仲繪圖爲別，而猥令小子熥僭言于其首。余言何足以重先生，乃先生之高風盛節，良有可述，則小子何敢讓焉？是爲序。

【箋】黄博士　即黄應朝，南平（今南平市延平區）人。萬曆九年（一五八一）貢士，授鉛山司訓，歷永福（今永泰）縣教諭。

劍津　在今南平市延平區，詳卷五《劍津夜泛》。

辛巳　萬曆九年（一五八一）。

鉛山　鉛山縣，今屬江西。

永　即下文永陽，即永福，今福建永泰縣。

三臺耿公　即耿定力。定力（一五四一—？），字叔臺，又字子健，黄安（今湖北紅安）人。隆慶五年（一五七一）進士。與定向、定理兄弟合稱『黄安三耿』。以按察副使督閩學。

[一] 苜蓿，原文誤作『首蓿』，據文意改。

夢池李公　即李盛春，蘄水（今湖北浠水縣）人。以按察副使督閩學。

九峰　詳卷五《劍浦得幼孺書》。

玉華　詳卷九《送陳振狂游玉華》。

中岩　李賢《大明一統志》卷七十七《福建·延平府》「中岩」條：「在府治東北五里，高聳衆山之上，有瀑布自岩中飛下。」

王昆仲　詳卷二《題王玉生山水》。

送陳起文赴京序[一]

國家以經術取士，士皆騖于經術，而經術之富則首稱吾閩。占俾之聲闐闐不絕，然束髮受經、老而不能青其衿者什之九。即青其衿矣，然三載所貢士，歲有定額，數上不中程，則顛毛種種。即幸得試南宮，然爲文一左其格，則有敝衣羸馬，蹩躠于風塵之間，望春明門而泣耳。故閩雖家禮樂而户詩書，然士之得志于有司者，抑何寥寥也！士不得志于有司，有俯首于帖括之習、不老不休者，即欲博采遐搜，究心風雅以垂不朽之業，難矣！

莆田陳君起文，少不得志于有司，遂弃公車之業而爲郡掾，三載考績進爲藩司掾。陳君之爲掾也，卯酉抱案牘給事功曹，退則下帷，挾古人書，伊吾不輟，間操鉛槧，學爲聲詩。凡莆之以善詩稱

[一]《送陳起文赴京序》，本篇鈔本缺。

者，陳君皆得與之雁行，一時藩伯諸公，咸器重之，謂此恂恂儒生也，奚必逢掖章甫哉！今且將挾策上京師，年甫弱冠耳。

藉令陳君而鷄肋一經乎，方將呻吟于腐梨敗棗之間若蠹魚，然何暇學爲古文詞。一不得志于有司，則桑户蓬樞已矣。安能裹三月糧過吴、越、齊、魯、燕、趙之墟，觀帝王宫闕之盛，與四方賢豪長者相結乎？其視桎梏于經術、老而不出户庭者，相距萬里矣。

或謂陳君生有异質，不以經術鳴而起家掾史，有爲陳君惜者。不知士顧樹立何如耳？自古有舉賢良、孝廉、秀才异等，其文章功業往往不足稱。而古今名士起家爲掾者，代不乏也。阮瑀爲魏丞相掾，知名于世；阮瞻以『三語』見辟于司徒；庾峻歷郡功曹，舉計掾，乃潛心儒典，與何劭論風雅正變之義，起難往返，四座莫能屈。即以郭象之好莊、老，能清言，以文論自娱，亦辟爲司徒掾。古之人嘗爲之，寧獨陳君哉！陳君美容止，善名理之談，有晋人風致，則于數君奚恍焉。故于其別也，因諸君之請，書此以壯其行。

【箋】陳起文　莆田人。爲郡掾，考績進爲藩司掾。

阮瑀　瑀，字元瑜，陳留尉氏（今河南尉氏）人。建安七子之一。受學于蔡邕，爲丞相倉曹掾屬。

阮瞻以『三語』見辟于司徒　阮瞻，阮瑀孫、阮咸子。

○《世説新語・文學》：『阮宣子（修）有令聞，太尉王夷甫（衍）見而問曰：「老、莊與聖教同异？」對曰：「將無同。」太尉善其言，辟之爲掾。世謂「三語掾」。』據此，以『三語』被王衍辟爲掾爲阮修而非阮瞻。徐熥誤記。

庾峻　字山甫，庾遁之子，潁川鄢陵（今河南鄢陵）人。西晉任潁川郡功曹，被舉薦爲計掾。

郭象　字子玄，洛陽（今屬河南）人。西晉玄學家。好老子、莊子，能清言，辟司徒掾。

大中丞博野[一]張公五十壽序

江陵大中丞張公，以弱冠成進士，起家縣令，歷郎署卿寺，困頓仕路者二十餘年，始至今官。維時江陵相挾縣官不世之寵，以鉗制天下。縉紳大夫不出其門者淹抑至老，重足屏息而立，安所望華膴哉？中丞公與江陵相同里閈，雅欲引公以爲重。公在兵曹三載，未嘗一登其堂，復持論侃侃。江陵相心銜之，故通籍十五年竟不越郎署。江陵相敗，然後稍遷至御史大夫，持節鉞來撫吾閩。則聖天子所以拔擢守正之臣，亦拙者爲政之效矣。藉令江陵相而終秉國鈞乎，則正直如公，事且不測，寧問積薪也。乃言者修郄于公，謂公徼江陵之蔭以獵顯榮，而所以詆公者，其事多謬戾不合。公乃抗疏自鳴，解節鉞而還江湘矣。

嗟夫！臺諫公論所自出，乃目正直爲婞婣，指拙宦爲速化，國是何從定乎？公之歸也，年甫逾四十。頭如漆，雖揚歷中外，騰茂策勳，然胸中之奇未抒其萬一。方今國本未定，國計日詘，天驕煽

[一] 博野，底本作『傅野』，誤。據文意改。

禍，島夷内訌，天下諰諰稱多事。寧有社稷臣如公，得遽厭承明，營菟裘以自老乎？

今年公壽五十，閩之將吏咸謀所以壽公。謂公家荆襄，去太和、衡岳之山不遠，二山皆神仙窟宅，而沅、陵之陽，丹砂出焉。公少習陰符之秘，又修眉白晳，望之飄如神仙。其于延年益壽之旨，當必有獨詣者，此足以爲壽矣。余謂此非所以壽公也。《周禮》五十而始曰『艾』，服官政；六十而始曰『耆』，指使；七十而始致政。公年五十，而投閑者數載，與周家用人之典一何剌謬也。公方今去懸車之年尚遠，天子念萬機之脞，割一二以煩公，公必强起東山而應之，上而翼國儲，下而榷國計。南靖倭，北禦虜，奠國家于磐石之安。此公之所以壽國，政公之所以爲壽也。區區煉精煉氣之談，何足以爲公祝哉！

然延年之説，始于老氏，而其大旨，不過爲而不恃，功成而不居，居萬物之後，處衆人之所惡而已。方江陵相勢焰熠奕時，士皆競而公獨恬，故不與之同敗。及公之被含沙[一]也，士大夫無不爲公扼腕者，乃公恬然就道，無幾微見于顔色，且角巾布袍往來于洞庭、瀟湘之浦，以自適其適。則公之于道深矣，此壽徵也。則諸將吏所以稱百歲之觴者，誠非臆説。余之捃摭于篇，以致遥祝云。

【編年】萬曆二十六年戊戌（一五九八）。

【箋】博野張公　即張楚臣，字鼇卿，江陵（今屬湖北荆州）人。隆慶二年（一五六八）進士。授

［一］　沙，鈔本脱此字。

吉水知縣，歷兵、刑、吏郎官，升福建右布政使，累官太僕卿。

江陵相　即明張居正，字叔大，號太岳，湖廣荆州衛（今湖北荆州）軍籍，嘉靖二十六年（一五四七）進士，官至内閣首輔。因生于江陵，故稱張江陵、江陵相。

太和　太和山，又名𡿖山、武當山，又名大岳太和山。在湖北西北部丹江口。

衡岳　即南岳衡山。在湖南中南部。

昭勇將軍齊公壽序

高皇帝削平宇内，大封功臣以藩衛王室，公侯伯輻輳于内，衛所星羅綉錯于外。齊將軍其先温姓，爲勝國駙馬，從高皇帝定天下有功，賜姓齊氏，封于樵，食萬户，傳幾世而至于將軍。將軍恂恂長者，而又機警多權略。當道以爲廉武，使督盗賊。日椎牛饗士，令間諜巡行鄉邑。樵郡界萬山中爲盗藪，諸凡作奸犯科、鑄錢、發冢者，夜聚晝伏，郡捕邑尉莫可誰何，將軍皆廉得之。故盗賊聞齊將軍名，咸喘息奔命，俯首就縛，盗亦尋息。當道以爲能，先後下檄旌美。方今天下晏然，櫜弓卧鼓，即有謀臣猛士，皆老于行間，無可表見。

將軍生紈袴之家，襲祖先餘蔭，黄金横帶，稱貴倨矣。猶能掃清境土，顯功名于一郡，令當高皇帝時，萬户侯豈足[一]道哉。將軍資兼文武，雅好儒術，逢掖有投[二]刺者，輒倉皇倒屣，以故縉紳

［一］皇帝時萬户侯豈足，此八字底本缺損，據鈔本補。
［二］投，鈔本無此字。

先生、文學之士[一]，無不謂齊將軍知人能禮士也。事繼母以孝聞，有弟不忍分貳，歲所入禄米，捐半以與之。文武孝友，將軍之謂乎？性喜音律，帳下健兒有善歌者，日令其彈箏擊筑爲樂。有祭遵之風。

歲甲申，余有樵之役，識公于嵩山蘭若，相得甚歡，未幾而別。今歲與王君玉生、季弟惟揚復客于樵，將軍館余別室，日銜杯酒，接殷勤之歡，敦世好焉。是秋將軍方五秩，余以道遠不能稱觴。玉生作圖，而余爲文以記之。令蒼頭裹十日糧，趨麾下爲壽，且頌且祝云。

【編年】萬曆十五年丁亥（一五八七）。

【箋】高皇帝　明太祖朱元璋。

樵　樵郡、樵川，邵武别稱，詳卷五《樵川道中》。

甲申　萬曆十二年（一五八四）。

玉生　即王昆仲。

雲溪劉翁七十壽序[二]

嘗稽載籍，自古以壽稱者，莫如崆峒、偓佺、赤松、黄石、籛鏗之流，其住世遠者千百餘歲，近者亦數百歲。此皆栖心冥漠，而塵壒人世，故歷萬劫而壽無窮也。即後世修真之士，亦必伏處大山嵁

[一] 之士，此二字底本缺損，據鈔本補。

[二] 《雲溪劉翁七十壽序》，本篇鈔本缺。

岩之中，屏絶世紛，葆精煉氣，而後能得長生。蓋城市紛華，山林澹泊。紛華者，伐性之斧；而澹泊者，所以養壽命之原也。遠者不具論，即以余所見，世之龐眉皓首、負暄炙背于衡門之下者，皆田翁野老，而三河五陵之俠少，跅跎不羈者，蘭摧玉折，往往而是。此莊生所以有感于臃腫之樗，而去彼取此也。

侯邑有村曰『唐舉』，去城百里而遥，其地依山帶溪，樹木蓊鬱，而雲溪劉翁世居其中。翁性恬澹，壯歲弃刀筆之業，營菟裘以自老，采山釣水，徜徉于雲烟蒼莽之間。桑户蓬樞，有廣厦連甍之適；糲羹鷄黍，有甘脆肥醲之樂。行則藜杖草澤之安車，坐則花茵山家之累褥。所往返者，皆園翁溪友，無唯喏磬折之勞。其所游不出里閭，無遠道風塵之苦。禾稼登場，先捐什一以輸縣官。即伍伯之屬，不得一至翁之庭焉。日晏而起，不冠不履，提携諸孫，臨流漱濯，歌聲滿天地。凡世之榮辱得失，皆不足入翁之靈府而滑其和。故翁雖不習于吐納導引之術，而行年七十，視履如故，神明不衰，則以澹泊而全天年之效也。

世所傳武陵問津事，未必盡爲神仙。然以避秦之故，遂與世絶，歷漢魏與晋，皆數百歲猶有存者。翁之所居，雖不及武陵之僻，然市聲不入耳，俗軌不至門，衣裳無新，俎豆猶古，哀樂不殃其平粹，思慮不銷其精神。翁之壽固未艾也，况翁之積行累仁，老而弗倦，于吾儒仁壽之旨，適有合焉。而神仙度世，亦必擇玄默之士而授之。安知不有鐘吕者出而傳翁以長生久視之訣乎？彼區區期頤之筭，不足爲翁祝也。

黄隱君道晦謀所以壽翁，而翁欲得予之一語。夫稱觴之詞，不索于華膴而索于山澤之癯，則翁之微意亦大略可睹矣。敬著之于篇，以爲祝鯁之助云。

【箋】雲溪劉翁　侯官人，隱居唐舉村。

崆峒　崆峒子，即廣成子。居崆峒山，黄帝嘗問道，故稱崆峒子。

偓佺　槐山采藥之鼻祖，喜吃松籽。相傳活到三百歲。

赤松　赤松子，相傳爲前承炎黄，後啓堯舜的帝師。

黄石　黄石公，别稱圯上老人、下邳神人，名列道教神譜。

籛鏗　即彭祖，相傳活到七百餘歲。

侯邑　即侯官縣。

黄隱君道晦　詳卷五《九日大風雨與黄道晦陳惟秦飲屋後小山》。

長溪薛隱君七十壽序[一]

海内洞天三十有六，吾閩長溪霍童山居第一，其山川靈秀，爲神仙窟宅。又有太姥山，其奇埒于霍童，寔堯時太姥飛升之所。余嘗按《圖經》，心嚮往之，謂其中當代有至人長生久視，如葛稚川、陶弘景之流以當其勝。

[一]《長溪薛隱君七十壽序》，本篇鈔本缺。

薛公者，其先楚人，從高皇帝起兵，屢有戰功，賜爵衛尉，食禄長溪，遂爲長溪人。數傳至公，公嫡子當襲。然公少失怙，母夫人張太君寔教督之，學爲儒，嘗曰：『丈夫當如司馬長卿。以《子虚》受知人主，不則當爲留侯、鄴侯，求青城、赤松而隱耳。奈何藉祖宗餘蔭，以紈綺自耀乎？』竟讓之族人，而籍博士弟子，又不售。乃杜門却掃，修導引之術。

今年公壽七十矣，而顔如渥丹，步履矯健，望之如神仙中人。較之稚川、弘景，又何讓焉！夫葛令望絶榮華之塗，志安窮圮之域，隱居挂冠，神武而後，得登仙籍。蓋簪纓軒冕有道者，視爲桎梏土苴。薛公弃侯封于敝屣，宜乎含真抱朴而享有天年也。陶、葛二公皆家茅山，有三茅君遺迹，故得成道。霍童、太姥自混元以來，飛騰羽化者歷歷可數。且其中多産黄精紫芝，可以延年益壽。薛君試即其地而求焉，九轉之術可旦暮得矣。

又按：稚川之隸仙籍也，得其秘于從祖葛玄。薛公大父子静公，習養生家言壽幾百歲，則公之有道術而享松喬之壽也，所從來久遠矣。寧獨山川之助哉！

【箋】長溪　福寧州，詳卷三《瞻鳳歌爲張叔弢賦》。

霍童山　詳卷八《送林叔度游支提寺》。

太姥山　詳卷五《送張叔弢博士自永嘉還長溪》。

葛稚川　即葛洪，詳卷五《旗山勾漏洞四首》『葛仙』條。

陶弘景　南朝齊、梁時道教學人。字通明，自號華陽隱居，謚貞白先生，丹陽秣陵（今江蘇南京)人,隱居茅山,精煉丹之術,傳說卒後升天。

司馬長卿　即司馬相如,詳卷七《送熊益中孝廉歸豐城》。

留侯　即張良,漢朝開國功臣,册封留侯。

鄴侯　李泌,唐貞元中累封鄴縣侯,人稱『鄴侯』。

青城　青城山,在今四川都江堰市。

壽李隱君八十有三序[一]

九華李先生,今年八十有三,髦矣。而神情矯健,視聽不衰。閑坐一室,即市囂溷耳,晏如也。客至則對弈,竟日不休,未嘗先倦而求止。先生少年擅書學,得格于歐陽率更、顔魯公,老而益精。即今猶能作蠅頭細書于燈燭之下,目不昏,腕不弱也。先生之神,可謂王矣。

説者疑之,以質于徐子。徐子曰:『是烏足疑哉!』先生系出柱下,專氣致柔,復歸于嬰兒,此柱下之旨也。先生貌恭而心謙,與物無競,斤斤程度,至老不失尺寸焉。其醇履姱節,儼然有君子長者之風,于專氣致柔適有合焉,宜其壽矣。衛武公九十而不忘儆生正學,申公躬行維時,皆八十春秋也。先生神彌王,則德彌修;德彌修,則壽彌固。遐齡上算,先生需之,猶旦暮也。

當余少時,執經鄭夫子之門。夫子所居,越先生廬數百武。余朝夕往來,見先生與客垂簾對弈,

[一]《壽李隱君八十有三序》,本篇鈔本缺,目録題作《李隱君八十有三壽序》。

勝不喜，敗不怒，此足以徵先生之養矣。倏經二十餘年，余齒以逾壯，而先生神明如舊，可不謂難哉！先生仲子以文無害起家，行取升斗以榮其親。而曾孫林立膝下，則先生之取盈于造物者，固不獨以壽也。遂因鄉輩之請而書，爲酌者詞。

【箋】歐陽率更　即歐陽詢，曾任率更令，故稱。唐書法家。

顔魯公　顔真卿，唐書法家。

柱下　即老子李耳。

衛武公　姬姓，名和。春秋時衛國國君，活了九十五歲。

申公　申姓，名培，亦稱申公，西漢魯（今山東曲阜一帶）人。受《詩》于荀子弟子浮丘伯，公車召迎時已八十有餘。

執金吾林先生壽序[一]

肅皇帝時，天下北苦虜，南苦倭。而承平日久，士皆持文墨議論，不習金革。至于簪弁之家，又飲醲擊鮮，智識昏眊，膂力慫緩，不足稱縣官任使，當事者憂之。穆廟嗣基，始詔天下良家子有智謀勇略、能曉行陣者，輸粟補官，高者得户侯。于是林先生得以貲爲執金吾，侯萬户。先生早游黌序，數試不第。居常自嘆，謂男兒負七尺軀，當犂庭掃廬，揚旌萬里之外，奈何垂帷據案，以經生老乎？

[一]《執金吾林先生壽序》，本篇鈔本缺，目録題作《執金吾林先生六十壽序》。

故卒補是官。

時南北初定，當事者復諱談兵。先生無以自見其奇，乃弃官歸隱于嵩山之麓，日以琴書、魚鳥、水石、花竹自娱。峽江實先生湯沐，去嵩山四十里而遥，時或泛舟往來其間，探奇選勝，如是者垂三十年。先生性慷慨，輕財好施，能赴士扼困，士以此多歸之。有子數人，相繼以文藝知名，爲縉紳學士所推轂。

先生今年六十，老矣。角巾野服，逍遥于嵩山、峽水之間，盡銷其少年跅跎之氣，真有道者流也。世謂先生負請纓之志而不竟其用，爲先生惜。余獨謂，此先生所以得全其天年者也。嘉靖季，天下稷稷多故，先生方事儒術，不得越樽俎而談折衝。及先生建節登壇，而海内晏然，櫜弓卧鼓，即有奇，安施？今先生已老，而西虜陸梁躪踐我土，近又傳日南島夷有輕中國心，朝廷思得謀臣猛士如渴。今先生鬢尚黑，且將輕裘緩帶，擊劍鳴刀，馳驅于荆棘霜露之埸，安得岩居川觀、擊筑吹竽爲樂乎？李將軍白首不侯，以爲數奇。若林先生者，藴奇不試，正先生所以爲壽也。兵法祖黄帝，而道家養生之説亦祖黄帝。先生少習陰符秘訣，未試其萬一。當更求《素問》諸書而讀之，以考其衛生養形之術，則先生之壽行躋于耄耋，期頤未艾也。

余又聞，三世爲將，道家所忌。林氏代以文章起家，獨先生用武貴而又未嘗毒天下，不惟可以壽其身，而且可以壽子孫也。

【箋】肅皇帝　指明世宗朱厚熜。

穆廟　指明穆宗朱載垕。

嵩山　即丁戊山，在福州城内。王應山《閩都記》卷三《郡城東南隅》：『丁戊山，名嵩山，又名中山。在郡城之中。隱隆磅礴闤闠間。』

峽水　即峽江，在今福州倉山區南。

〇葉向高《答董見龍》：『吾省之南，有峽江者，受上四郡之水，束以兩山，波濤洶涌。』（《蒼霞續草》卷十七）

日南　日南郡，漢武帝元鼎六年（前一一一）設，轄今越南横山以南到平定省以北地帶。此處指東南亞諸國。

李將軍　漢朝將軍李廣。

素問　又稱《黄帝内經素問》，中醫理論著作。

曹東渠隱君八十壽序[一]

世之所稱吉祥善事者，無如身壽考而子孫顯榮。然壽考矣，乃或體尩羸而神不王，當食哽噎，遇事遺忘，即黄髮兒，齒弗善也。其所謂顯榮者，往往困頓，坎壈而後博一第，未有綺歲韶年而即致青雲之上者也。若吾鄉曹隱君，則兼而有之。

[一]《曹東渠隱君八十壽序》，本篇鈔本缺。

隱君今年八十有四，耄矣，而神王如少年。其孫能始君髮甫覆額，而即舉于鄉。顯榮、壽考，萃于一門，可謂吉祥善事矣。然司命無親，造物忌完。奈何于隱君獨有厚享也？則樹德之報耳。昔樊侯之樹漆也，數十年後獲其用。况工于樹德者哉！

隱君少讀《左氏春秋》，能通其大義，壯而數奇。家復貧，遂弃儒就賈。賈術巧者有餘，拙者不足。隱君獨以忠誠游吴楚間，其所獲反數倍于貪賈。及東行李而歸也，人無不臨觴泣下，謂曹丘長者。

隱君春秋既高，子必薦君，復以貲游江湖，隱君遂營一廛而老焉。日課孫曹讀書，《孝經》《語》《孟》，尚能誦如流水，諸孫隨其聲，不及也。雅與二三友生拍浮酒池中，既耳熱，互相唱和，雖不諧于時響，而鼓腹吹竽，歡然自適。謂之市隱，非耶？

隱君父母早違養，而奉伯兄元嫂惟謹。其于諸弟，則篤柔愛之道。閨門雍肅，有萬石君之風。韓將軍上其事于閫帥魏公，得比例給冠帶。隱君囅然曰：『吾自儒隱而賈，賈隱而廛，薄德凉行，無一可稱，烏用是濫竽恩舉哉？』竟辭不受。故里人稱爲隱君云。

兹當懸弧之辰，父老稱觴爲隱君壽，而述隱君盛德，著之于篇，以當南山之祝云。

【編年】萬曆十九年辛卯（一五九一）。按：『其孫能始君髮甫覆額，而即舉于鄉』，萬曆十九年（一五九一），曹東渠孫學佺舉于鄉，年十八；學佺萬曆二十三年（一五九五）成進士。

【箋】曹東渠　汲渠（？——一六一三）之父、學佺之祖，侯官人。汲渠弃舉子業之後亦賈于吴越間。

能始　曹學佺，字能始，詳卷三《七夕曹能始宅上觀妓》。

樊侯之樹漆　樊侯，即西漢樊重。南陽（今屬河南）人。光武帝劉秀外公。樊重欲作器物，先種梓、漆，時人譏笑他，積以歲月，都得到利用。過去譏笑他的人都來向他假貸。見《齊民要術》。

萬石君　即西漢石奮。石奮，字天威，號萬石君，河內郡温縣（今屬河南）人。

梅窗林公八十有四壽序[一]

昔漢樊氏之治室也，先樹漆焉。人曰：『是烏乎及諸？』既而，漆成而材，樊氏之宮室什器，罔不鮮澤矣。賈其所盈，獲厚直也。夫漆，豈旦暮物哉？乃樹之于前而湏之于後。其羨利若左券者，况葆人通士工于樹德者哉？《語》云：『繒薄易裂，墻薄易圮。』言凉德之不宜厚享也。故昌熾之休，融顯之姓，必有顓朴長茂者先而樹之。雖疏邇纖鉅之不同，罔不由兹數矣。

玉融梅窗林公者，世居瀚江，代有顯者，獨公修隱行。嘗嘆曰：『睡蓮之不醒，夢草之不寧，夫物何常？各適其適矣。矧水瀦則澤，膏煎則銷，吾將水乎？膏乎？樗廢則永，梓用則劉，吾將樗乎？梓乎？尺波不注，河清難俟。吾奈何而自煎、自劉也乎哉？』故于世之浮榮，一切泡影視之，而以隱

[一]《梅窗林公八十有四壽序》，本篇鈔本缺。

德高于鄉。居常戒其子若孫曰：『習逸成驕，習驕成靡，家之鑒也。諸浮艷佻倢之習，爾其屏之。』故子若孫咸若于其教，門庭之内，肅雍以和，振振然俱以文顯。其教行于家，有如此者。鄉人有争訟者，不之郡邑長吏，而質成于公。公爲之剖是非，辨曲直，人莫不輸情以去。其化行于鄉，有如此者。公性好施，見人有急，不啻己私，即傾橐與之，不顧也。其輕財樂義，有如此者。

聖天子霈然發德音，錫章服，以優禮天下耆民之有隱德者。玉融羅侯，首以及公。而公遂褒衣緩帶，豫縉紳之列矣。鄉飲酒禮，甚鉅典也，匪有德者，不得沾其席。而郡邑亦首以及公，而公遂洗爵執兕于子大夫之側矣。

今年八十有四，顔色光澤，耳目聰明，筋力矯健，即少壯弗及者。何以故？蓋盈縮、得失、禍福、安危，生人之大欲也。情之赴也，决于奔湍；意之炎也，猛于烈日。既勞爾形，又摇爾精，穰穰而靡至，日尋而不已。欲無潰壞，庸將能乎？而公抱肥遁之嘉尚，矢『碩人』之寤歌，樂『泌水』而耽寂，餐沆瀣以頤和。爲浮慕，爲色想，爲蠅頭蝸角不得入其中而撓之，且將扶桑耀采，若木載光者矣，豈特杖于國，杖于朝而已哉？

【箋】樊氏　即樊重，詳本卷《曹東渠隱君八十壽序》。

瀚江　在今福清市東瀚鎮。

羅侯　即羅向辰。向辰，舉人，嘉靖時任福清知縣。

碩人　詳卷十六《廣玉壺冰序》。

泌水　泛指河水。《詩經·陳風·衡門》：『泌之洋洋，可以樂饑。』

夏丈人壽序[一]

老氏有言：『天之道，其猶張乎[二]。高者抑之，下者舉之，有餘者損之，不足者補之。』至人哲士，頤真葆光，樹德恒豐，而取諸物，恒不盡其究也。呴沫封殖，有冲必盈，天道也。晋安夏先生，其生平操履與柱下之旨，適有合者。先生性長厚，削溪刻之行，備醇和之德。其治家嚴篤，諸丈夫子一稟先民之程，而毋敢逾越尺寸，翩翩然有萬石君之風。其與人處，則披衷見素，敦龎悃愊，人莫不謂與夏先生交，真如飲醇也。

方先生少年時，從事計倪、鴟夷之策，善以詘爲嬴，因敗爲成，必中乃發，必獲乃營。鷄鳴而起，足未逾閾，而聲已出堂陛之外矣。晚歲則皤然悟曰：『粟高于山，不買長年；金大于斗，不鑄白首。吾業以一廛遺子孫，足矣。奈何以六尺奉阿堵，幼而奔僕，壯而拮据，頭顱種種而汩汩不休乎？』于是遂謝人間事，一切經營之事不入于其心，日與二三父老斗酒相樂而呼烏烏矣。

嗟夫！河清難俟，人生幾何？乃百物撓其神，萬愁煎其府，日事刀錐，以爲子孫百年之計，亦大惑矣。惟夏先生解俗務而踐清塗，破貪痴之網，布檀施之行，視世之蓬心蒿目、白首迷途者，其見不超越萬萬哉？宜其黄髮兒齒享期頤之壽，而芝蘭焜煌，琳瑯輝映也。天道爽乎哉！則柱下之言，誠

[一]《夏丈人壽序》，本篇鈔本缺。
[二]　其猶張乎，《老子》原文爲『其猶張弓歟』。

若夏先生之左券矣。

今年爲先生七十，五月某日乃其懸弧之辰，先生諸親屬徵余言爲賀。余謂長生之訣出于老氏，先生所爲與其旨適合，則七返九還之秘，自當神而明之。而區區雕龍綉虎之文，固不足以壽先生也。

【箋】晋安　晋安郡，治今福州市，詳卷九《蔡景明參知重游晋安過訪山居話舊詩先永寧殁已九載尚辱垂吊感而賦此》。

計倪　即計然，春秋宋國葵丘人。博學多才，多計謀，爲范蠡之師。

鴟夷　鴟夷子，即范蠡。助越國破吴王夫差，事成後以扁舟遨游五湖，自號『鴟夷子』。

○劉攽《上書行》：『君不見計倪半策誅强吴，鴟夷扁舟浮五湖。』

楊母葉夫人壽序[一]

自古稱賢媛，出于世族者，無如謝夫人。一門中伯叔群從，皆一時名流。而夫人以閨房之秀比踪豪杰，况其所適者又逸少之子也。夫江左之族，王、謝爲冠。而夫人女于謝，婦于王，誠千古少雙。然史不著其壽，則完福之難也。

若鳳池楊母葉夫人，可謂兼之矣。夫人出于葉。葉，晋安著姓也。夫人兄弟三人，皆以經術起家，相繼貴顯。金章墨綬，纍纍一堂，時人目爲『三桂』。夫人少慧黠絶人，封君公居常欲擇高門快

[一]《楊母葉夫人壽序》，本篇鈔本缺。

婿以稱其女，遂得上林楊公。楊亦晉安著姓，蓋纓組重重者也。

夫人既往楊氏，事尊章以孝，甚得歡心。楊公以諸生試不第，補上林尉，當待詔金馬，念太母春秋高，不欲絶裾往。夫人勉令就道，甘脆之養，悉以身肩之，視上林尉家食時愈恭，太母亦怡怡愉愉，忘游子之在萬里外也。及上林尉挂冠神武，日與里中故舊飲醲擊鮮，屨滿户外，皆出夫人手調。雖漏盡鐘鳴，而尊罍不耻。故上林尉好客，自喜夫人寔從臾之。上林尉既捐賓客，夫人課諸子，督過尤甚，故諸子咸以文藝知名。

夫吾閩楊、葉兩族，不減江左王、謝。夫人兄弟皆列仕籍，而所事者又上林尉公也，甚類謝夫人。然謝之聞于世者，以藻續勝。余謂婦人不出閫閾，即令詞藻煒然，何關婦德。若葉夫人者，可謂有謝之遇，而德過之。今夫人福履翩翩，由六十而躋于期頤之算，猶旦莫耳，則潛德懿行之報，豈偶然哉？

余與葉爲世好，而夫人季子與余又最歡，故術其壼内之德，當南山之祝云。

【箋】謝夫人　即東晋女詩人謝道韞。陳郡陽夏（今河南太康）人。安西將軍謝奕之女、謝安之侄女、王凝之之妻、王羲之之兒媳。

逸少　即東晋詩人、書法家王羲之。

江左王謝　六朝瑯琊王氏、陽夏謝氏。

鳳池　鳳池里，在福州城北。

丁母李孺人壽序[一]

李氏者，新安丁世蓁之婦也，字曰某。鍾氣靈和，秉質婉順，幼師公宫密室之教，早達牖下蘋藻之儀。年十有九，爰歸于丁。維時丁君游心竿牘，發憤藝文，用是稼穡，廢于吾伊，生産罄于鉛槧，養闕滫瀡，蓄乏庾釜。李既食貧，畢力扶翼，仰奉姑章，力珍無賣，中饋無解嫚之尤，壺閫無勃磎之愆，惠義暢于親疏，淑慎修于神明。

迨萬曆癸未年，丁君遘疾殞薨。李乃哀號毁頓，規以身殉。父母患之，百方解譬，進之以下宫之義，愓之以文伯之誚。于是瘠色忍死，撫育稚孤，晨興夜寢，宣暢義方。既而丁之室老，將有離异之議，李遂憤激酸愴，矢志靡他，竟完荆璧，永畢一人。此雖柏慶之遠嫌，陰采之還尸，方斯蔑如也。

是歲余過廣陵，值李年五十，其婿閔孝昭録其德履，丐余一言以爲壽。余以孝昭之父爲三十六峰樵者，觀化武夷，平交太姥，馭青鸞之駕，傳白兔之方，潑醅則玉液金漿，膳羞則鳳羹麟脯。胡不請于若翁，以是而壽其外姑，令得比踪于樊夫人，接迹于萼緑華，不亦可乎？于是孝昭再拜稽首曰：『某請于吾翁，以壽外姑之身。敢徼惠于夫子，以壽外姑之名。惟夫子留意也。』余既高李氏之誼，又重違孝昭之請，乃綜述其徽美而傳之，使千百世而下，睹文感義者，儻亦有藉于斯。

【編年】萬曆二十六年戊戌（一五九八）。

[一]《丁母李孺人壽序》，本篇鈔本缺。

【箋】丁母李孺人壽序　閔齡之子孝昭是其婿。徐熥《寄閔壽卿》：『丁母壽文，去歲寄謝在杭使者入廣陵，此時計已入覽矣。』（《幔亭集》卷二十）

新安　新安郡，治所在今安徽黄山市。

萬曆癸未　萬曆十一年（一五八三）。

閔孝昭　詳卷六《閔孝昭送其尊人隱武夷自歸廣陵賦此以送二首》。

三十六峰樵者　參見卷九《過武夷訪閔壽卿蘧廬一宿而别兼柬渾然道人江仲魚秀才》『渾然道人』條。

樊夫人　詳卷八《玉女杜蘭香下嫁張碩》『裴郎』條。

萼緑華　詳卷八《萼緑華將歸九疑留别許真人》。

記

游武夷山記

由萬年宫至茶洞

《道經》稱天下洞天三十有六，吾閩居其二，第一爲霍童山霍林洞天，第十六爲武夷山升真玄化洞天，皆神仙窟宅。霍童僻處長溪，游屐罕至；武夷在崇安之南，一葦可航也。

歲乙未，仲弟興公有吴門之役，余遂附舟往游。先期報陳惟秦、陳振狂與俱，以八月十三日發白龍江，十六日次囦溪。振狂以病留囦溪，賦詩而别。廿一日次延津，廿四日次建安，訪友人陳季迪。會莆山人吴元翰自楚歸，客季迪齋中。先數日，元翰偕林太史咨伯泛舟武夷，至五曲而返，游興未盡。至是，余挾之俱往，元翰欣然登舟。二十八日次建陽。

九月朔日，未及武夷數里，從舟中望大王、獅子諸峰，巋然天表，客皆踴躍稱快。既而舟至溪滸，遂舍舟登陸，行松陰中，蒼翠欲滴。越里許，始達萬年宫。中祀魏王子騫，旁列張湛等十二人。前爲漢祀亭，余黄冠羽衣，與諸客焚香膜拜其下。興公談雲窩之勝津津，即欲襆被其中，以日將夕不果。遂至幔亭峰麓一水精廬，室不甚弘敞而幽寂可居，乃吾鄉陳憲伯先生所創，延山人項一閑者居之，一茶而别。山人謂棋盤石去此不遠，令山童爲嚮道〔一〕，行蓁莽中，以衣蒙面而往。石在幔亭峰左，方廣數十丈，上哆下鋭，其平如砥。按《志》，棋盤石在三層峰下。此石疑即漢祀壇，武帝遣使禱祀〔二〕于此者，蓋山人誤稱云。是夜宿方丈中。

次日羽流具酒脯，艤舟以待。由一曲而進，過虎鼻、水光二石。第二曲，兜鍪峰壁立雲際，玉女一峰娟娟秀媚，而妝鏡臺倚于其側。入三曲，過大藏峰。四曲過大藏峰，虹橋板亂揷石罅，架壑船、仙蜕岩俱歷歷可辨。鐵板障、翰墨石、試劍石、釣魚臺、昇日岩、車錢岩、勒馬岩，丹崖前擁，翠壁後隨，左顧右盼，應接不暇。至三杯石，余命取酒，各飲滿三酹而去。過金鷄洞，洞下爲卧龍潭，潭水

〔一〕道，鈔本作「導」。
〔二〕祀，鈔本作「祝」。

澄泓，清碧如染，九曲溪最深黝處也。天柱峰、更衣臺屹立溪滸。

舟次五曲，舍舟至紫陽書院，謁朱先生遺像，讀陳伯孺、謝在杭、興公弟壁間詩。鄭繼之先生詩題小閣中，筆力遒勁可愛。

出院，取路入雲窩，石磴盤旋，蒙茸〔一〕蓊薉。過伏羲洞，洞爲荆榛所塞，狐兔穴其中，幽不可入。經數折而入雲窩，雲窩舊爲宋陳丹樞修煉之所，近吴航陳司馬公結廬栖隱其中。委房曲榭，畫拱朱闌，種種臻妙。而石洞、石門、丹爐、茶竈，宛然具在。鐵笛亭俯瞰清溪，研易臺深匿岩隙，此又雲窩中最奇境也。窩在大隱屏之下，接笋峰之左，城高岩當其前，朝昏雲氣，頃刻變幻，遂成山中隩區云。堂之右有徑，達隱屏之麓，石僜〔二〕玲瓏，松蘿掩映，駭目賞心，一步一嘖矣。數百武而至屏下，有净室數椽，道流居之。其下有門，達茶洞。洞即接笋、天游諸峰之合而隙者，中廣五六丈，削壁周遭，若城垣然，又一奇境也。

由接笋峰至小桃源

既至茶洞，接笋峰在眉睫間，而三梯相續，高可十餘丈。時日已高舂，余謂當乘興往，客皆衣短後衣，賈勇而上。梯盡左折，鑿石爲徑，僅容半趺，以鐵絙縻崖腹，握絙附崖而行。數武徑絶，接以二木梁，梁廣與徑等，而徑實梁虚，履之，尤覺惴恐。過此稍夷，始伏地少息，起登龍脊。龍脊者，兩

〔一〕茸，鈔本作「茸」。

〔二〕僜，鈔本作「磴」。

峰夾澗，當中有石隆起，廣不盈尺，長十餘丈，蜿蜒而上，鑿其脊爲級，行者不敢左右視。越里許，達懷仙館，道人劉隱虛、廖東陽、吴中虚出肅客。館後爲仙弈亭，亭外有精舍數楹，隱虛修習之所也。興公談南溟靖險不可度，余與惟秦跣而往。岩壁懸絶，從崖半劚磴道，歷數百武始至。手無所援，捫壁而行，險視龍脊爲甚。洞中祀汪麗陽、劉瑞陽像，而劉蜕瘞其後。是夕歸宿小樓，猿鳥無聲，夐絶人世。

初三日，别諸黄冠，同劉隱虛下龍脊，謁汪麗陽遺蜕。汪，貴溪人，嘉靖間緣藤而上，築室以居，卒瘞于此，蓋修煉而有得者，其詩亦多奇警可傳。既抵峰麓，遂取路尋小桃源，皆繞溪緣壁而度。入谷中，亂石横截，谷口有石，相倚爲門，不得方軌，澗水潺湲其下。過石門，忽然開朗，桑麻滿野，鷄犬相聞，儼然一村落也。其中廣袤可二十餘畝，高峰四周，流泉繞舍，杉松檜柏之屬，交蔭盤鬱，真所謂别有天地非人間者，何必武陵花源，始堪避世也。負山爲陷石堂，相傳山多巨石，宋天聖間，一夕掊于雷，故石多縱横，自成經緯，即所經石門是也。余與諸子相期，异日結廬于此，以托業怡生，不覺爲之躊躇，爲之屢眷矣。

是夜歸宿雲窩，而友人江仲魚自崇安來會。

由天游觀至鼓子峰

次日余以事之崇安，同游諸子已先登天游。獨隱虛道人宿雲窩遲余，余薄暮始至。晨起，微雨不絶，與隱虛冒雨而登。綉薄叢于路側，竹柏蔭于層石。經五里，始至觀。觀處九曲之中，溪水迴環，三十六峰皆可指顧。接笋、龍脊，對峙其前，磴路屈曲，梯級懸絶，白雲亂飛，丹楓如染，視身在峰上，更爲殊觀。

既出天游，元瀚以病卧雲窩，余與諸子取道入鼓子峰。行數里，過桃花澗，山人吕栖谷荷鋤田間。吕故善江仲魚，遂邀至其廬。土屋茅檐，居然碩人之致。以薄蹄索詩，遂各題詩爲贈。鼓子峰之後，三峰霞舉，叠秀雲天，所謂三層峰也。前有三石相并，爲三教峰。將至院，石壁清高，幽篁邃密。其峰横亘半里，精舍皆構峰隙中，路窮則以木棧相接而度。有石如鼓，履之，逢逢有聲，故名。由西而折，有梯二十餘級。登梯入吴公洞，洞乃吴公蜕處。惟秦由石壁側足而入，余與諸人不能從。是夕宿院中，道人二十餘衆，焚香誦經，余輩亦隨衆參禮，夜分始罷。

初七日，作詩贈安道人。取支徑入玄都觀，觀荒蕪頽毁，凋落略盡。院門不扃，丹爐久閟，爲之憮然。過三教峰、貓兒石、毛竹洞、丘公洞，仍返雲窩，爲元瀚談鼓子之勝。

由水簾洞至大王峰

諸客復謀爲水簾洞之游。仍尋天游舊路，至半嶺，轉山谷而行數里，至山當庵，羽流數人居之。庵在三仰峰之後，過此皆行山峽中。景似小桃源，而幽邃過之。雜樹交蔭，希見曦景，澗水淙淙有聲，余名之曰『流香澗』。澗蜿蜒數里，兩崖削壁，高數十丈，劃然中開，僅同一綫，澗流其下，而清風飔飔，山壑俱響，余名之曰『清凉峽』。此地林障秀阻，人迹罕交。考之志乘，未屬品題，爲之低迴者良久。又數里，過火焰峰。峰悉頳壁，若紅雲秀天。自此皆行松陰中。過還元庵，道者出朱柿餉客。地産仙茅，服之能益壽。余解杖頭易數百根，以寄薛煉師，蓋煉師別時所托也。仰視水簾不遠，行半里，從石竇中出。將至洞，谷聲與人聲相應。山下有亭，亭之上有池，即水簾所匯也。洞壁高數十丈，穹窿如屋，延袤里許，石皆赤色。登石磴數百級，爲三教堂。右折爲道院，水簾瀉其前。時久不雨，飛沫稍微。左折緣石壁，側行數百武，至昇仙臺。觀廣仙遺蜕，首微左顧，鬢髮猶在，趺[一]坐龕中，蓋嘉靖間坐化者。會道士李瓊谷。李，中州南陽人，美鬚髯，儀貌甚偉。談内養之術，亦有可聽。

初八日，由水簾洞出赤石街，無舟可渡，衆皆解衣涉水而過，復至萬年宫。仲魚辭歸崇安，隱虚辭歸接笋，余與惟秦入止止庵，拜白真人像。取道登大王峰，自山麓至峰，三里而遥，榛蕪蔽翳，數轉而至梯下。梯三十二級，歲久朽腐，惟秦先登，余尾其後。由右折數十武，拜張仙蜕。既而興公亦追至，余以梯朽不令其登，遂同抵山麓。過含真觀，登樓謁徐仙蜕，齒舌尚存。

初九日，與公別諸客，度崇安，余與元瀚、惟秦，亦買舟歸。游凡閲月，在武夷山中者十日，得詩若干首。

【編年】萬曆二十三年乙未（一五九五）。

【箋】游武夷山記　徐熥《五與陳伯孺》：『僕與惟秦、惟起、振狂，同爲武夷之游。至囦溪，振

[一]　趺，原文誤作『跌』，據鈔本改。

狂興盡，先返。至建溪，逢莆友吴元翰（瀚），遂與偕往。住武夷者十日，峰則天游、接笋、鼓子、大王，；洞則陷石、桃源、水簾、吴公、丘公，此皆足迹所至者。若目之所見，則難以枚舉矣。』（《幔亭集》卷二十）

霍童山　詳卷八《送林叔度游支提寺》。

崇安　崇安縣，今武夷山市。

陳惟秦　即陳仲溱，詳卷二《懷陳惟秦》。

陳季迪　參見卷三《同游宗振陳伯岑集陳季迪齋中》。

元翰　即吴文潛，詳卷六《同吴元瀚興公弟暮過神光庵》。

林太史咨伯　即林堯俞。堯俞，字咨伯，莆田人。萬曆十七年（一五八九）進士，改庶吉士，官至禮部尚書，加太子太保。有《谿堂集》。

魏王子騫　宋祝穆《武夷山記》記秦始皇與皇太姥、魏王子騫、張湛等于幔亭大宴鄉人。

吴航陳司馬公　吴航，今福州市長樂區别稱。陳司馬，即陳省，詳卷八《宿雲窩贈陳司馬》。

陳伯孺　即陳价夫，詳卷二《贈陳价夫薦夫》。

鄭繼之　即鄭善夫，詳卷五《過鄭吏部墓二首》。

江仲魚　即江騰輝。騰輝，字仲魚，號五芝，崇安諸生。編有《武夷山志》。

吕栖谷　又稱吕山人，武夷山隱士。參見卷十四《桃花澗訪吕山人》。

薛煉師　詳卷八《訪薛煉師思齊》。

赤石街　今武夷山市赤石鎮。

白真人　即宋代白玉蟾。

〇李賢《大明一統志》卷七十六《福建·建寧府》『白玉蟾』條：『瓊州人。常于黎母山中遇神人，授洞玄雷法，後居武夷山。嘗自贊云：「千古逢頭跣足，一生服氣餐霞，笑指武夷山下，白雲深處吾家。」』

興公别諸客　徐𤊹作《武夷溪口别元翰惟秦仲魚》（《鼇峰集》卷十三），徐熥作《武夷溪口送惟起弟度關》（《幔亭集》卷八）。

得詩若干首　集存：《登接笋峰》《陷石堂》《贈安道人》《贈江仲魚》《懷顔廷愉》《送興公游吴越》（《幔亭集》卷六）；《初至武夷》《萬年宫》《宿冲祐觀》《宿接笋峰道院》《宿雲窩贈陳司馬》《天游觀》《宿鼓子峰道院》《游水簾洞時久不雨飛沫稍微賦得一首》《尋和叔道士不遇》《武夷溪口送惟起弟度關二首》，《武夷送吴元翰還莆》《再送元翰次來韵》（《幔亭集》卷八）；《懷仙館》《懷仙館憶女翔熙工伯孺因覓伯孺所畫烟雨圖不得》《聽劉隱虚道人談玄》《贈羽士二首》《小桃源呈吴元翰陳惟秦江仲魚》《武夷十咏十首》，《桃花澗訪吕山人》《紫陽書院》《玄都觀尋道士不遇》《别虚道人》《懷鄭君大》《同元瀚惟秦雨宿舟中懷惟起弟》（《幔亭集》卷十四）。

游方廣岩記[一]

方廣岩在永福縣七都，石室弘敞，林壑勝絶。宋慶曆間，邑人黄非熊搜得之，遂架閣其中，以奉浮屠。歲久閣崩，屐迹罕至。萬曆丁亥歲，友人林熙工、陳汝翔、陳伯孺，同釋真潮往游，感故址頹廢，熙工遂捐資募衆，構天泉閣，供方廣佛其中，真潮主之。

壬辰冬十一月，余與王君玉生謀偕熙工諸子賫糧往。以二十七日，肩輿出洪江，泛舟至南嶼，抵面壁洞，則汝翔先在焉。遂折簡報伯孺、幼孺，以兩人居遠未來，不得發。二十八日，游太平山。二十九日，游勾漏洞歸，而伯孺兄弟且至。

十二月初二日，遂登舟夜泊瀨下。初三日，過赤壁瀨。壁瞰溪濱，高可數十丈，宛若屏障，石皆片坼，重疊相承，若切以刀斧而砌之者。古樹蒙籠其上，下則潭水澄碧，可鑒鬚眉。勝國王總管翰用文者，勒「赤壁」二字于石，故名。

日午抵葛嶺，舍舟登陸，折而東行三餘里，望修竹檀欒，廨院出焉。余輩恐日將崦嵫，不即之廨院，亟取道登岩。山徑逶邐，松篁夾翠，斷橋殘雪，冷侵芒鞋。又里許，望岩側諸山，巋然天際，鳥道盤旋山腰，而峰勢迴合，岩爲群山所裹。折而東數百武，石壁崚嶒，有泉如練，從灌莽中瀉下，琮琤有聲。舊有石橋亘泉上，今橋圮，其址尚存。王用文鎸「飛珮」二字于石壁[二]。倚石聽泉，低迴不

[一]《游方廣岩記》，《〔萬曆〕永福縣志》卷四載此篇作《方廣岩記》。

[二] 壁，鈔本作「橋」。

能去。此入岩，一清凉境也。又里許，用文與遼東薛朝晤諸人來游，鐫八分書五十八字，以紀姓名。字幾徑尺，筆法蒼古，苔痕半蝕，摩挲久之。又數折，有石，屹于道周，石色黝黑，用文鐫『鐵壁』二字。徑路巉嶸，客皆蛇行而上。石窮，有兩山夾澗，泉流其下。舊以獨木閣其上，往來甚艱，近易以木梁，行者便之。

由此而上，山愈峻，路如羊腸九折。從道上望，石室如屋檐，大樹蓊[一]鬱，微露朱甍，鐘磬之聲聞于下界，即熙工所建天泉閣也。閣雖數楹，然匿岩中，自下望之，同斗室耳。紆迴數十武，其地稍坦，有兩巨石相枕其下，嵚[二]空如門徑，昔人鐫『石門』并『天關』四大字。出石門，歷石磴數十級，傍有澗，石梁跨之，爲洗鉢泉。其泉清冽，即岩前朱簾水所匯也，此山中最蘙然處。再折而西數武，兩石并恃[三]，其中不能方軌。友人林熙吉書『方廣洞天』四大字，傍紀余輩姓名并歲月。石罅植桃花數株，春時爛漫，若武陵渡口。折而南，石磴百餘級，旁石鐫『無量壽佛』字。其地平衍，舊有亭其上，今廢。

由石磴緣左而上，爲山門。其上即鐘樓，榱桷崩摧，僅存四壁。用文孫王振并三山高起宗諸人題詩于上，墨迹磨滅，拂拭始得讀，皆洪熙改元時筆也。越此，即華嚴閣，自山門至閣，皆在石室之

[一] 蓊，鈔本作『葱』。
[二] 嵚，鈔本作『嵌』。
[三] 恃，鈔本作『峙』。

下。石室高六十餘丈，廣二十四丈，深如之，其石色蒼然，莓苔綉之。室垂石乳數十，殊形詭狀，其巨者爲龍頭、龍尾，原泉滴瀝，岩壁中陷，深廣丈餘，奉觀音大士像，曰『觀音岩』。龍頭泉涓涓其前，岩居半壁，去地遠甚。嶔崎不可厝足，附以小木，始得攀緣而上。石壁玲瓏凸凹，如普陀山。五百羅漢棋庋于上，真天造地設者。岩右爲禪房寺，僧修習之所。石室西隅，水簾懸其巔，隨風飄灑，頃刻變幻，如霰如雪，如烟如霧，如霏粉，如屑玉。飄風如環珮，大風如怒濤，風静則寂然無聲，潺湲而已。簾垂閣外，十二闌干都爲障蔽。遠山蒼翠，皆于簾隙窺之，此岩中最佳景[一]也。室右有靈羊谷，中僅可促膝。由香積入谷，削壁偪仄，惟容一趺，下臨不測，行者必緣壁而度，跋前疐後，然山僧出没如履平地。余輩望之，汗出如漿矣。

夜宿僧寮，松風泠泠[二]，與禪誦聲相應，令人有世外之想。自山麓至此，岩之勝已窮，然游興未已。

次日復由岩左而上，才[三]數折，而兩崖相隔，横以木梁，名『登天橋』，有崖曰『捨身崖』。自此以上，皆爲樵徑，山形陡絶，俱不成步。附葛攀藤，十步九喘。至深坳，巨石夷坦，可布几席[四]，

[一] 景，鈔本作『境』。
[二] 泠泠，據鈔本改。
[三] 才，鈔本作『牙』。
[四] 几席，原文作『幾席』，據文意改。

而泉瀰漫其上，即水簾發源處也。循岩埂頫視，見白雲隱隱，從山脚中出，而水簾反在其下，不覺神骨俱竦矣。是夜歸宿閣中。

初五日，與諸子尋玉泉洞、瑞松塢諸勝，竟不得。獨聽經石在室下平地中，兩石對蹲，正水簾所潴，由石隙而達于洗鉢泉者也。初六日，別山僧，循舊路歸。至廨院，院不甚宏壯，然香燈清浄，盡可焚修。午後登舟，暮至瀨下。時熙工、汝翔、伯孺尚以事留瀨下，余與玉生乘潮平先歸。初七日，昧爽，由楊崎入城。

游凡十日，得詩若干首。林熙吉名應憲，熙工名應起，陳汝翔名鳴鶴，王玉生名昆仲，陳伯孺名价夫，幼孺名薦夫。余仲弟𤊹，興公者，曾先余游，兹以病不與。余則東海氏徐熥惟和也。

【編年】萬曆二十一年癸巳（一五九三）。按：游山在萬曆二十年壬辰（一五九二）冬。

【箋】游方廣岩記　方廣岩，參見卷五《題方廣岩廨院》。

〇徐熥《又與林熙吉》：『僕舊歲與諸君入岩，近方捃摭爲記。』《又與謝在杭》：『去冬裹糧方廣，今春支笻石竺，躡屩鼓山，三游俱有記。』（《幔亭集》卷二十）

廣岩記　詳卷五《題方廣岩廨院》。

黄非熊　宋永泰人。謝肇淛《方廣岩志》載其詩多首。

萬曆丁亥　萬曆十五年（一五八七）。

釋真潮　即真潮上人，潮上人，新安人。永泰方廣岩僧。與徐熥、徐𤊹、謝肇淛交往。謝肇淛《游壽山九峰芙蓉諸山記》（《小草齋文集》卷九）記其與諸社友游芙蓉諸山。

天泉閣　萬曆十八年（一五九〇）林應起、釋真潮倡重建。

〇陳鳴鶴《天泉閣記》：『自宋以來，欽崇象教，營造鷄園，香閣聳于室中，忍殿起于岩下。及我明正、嘉之間，白業日弛，緇流星散，法筵滅没，梵宇傾頽。萬曆十有八年，鏡山真潮和尚來游斯岩，賞其幽致，便欲卓錫挂瓢，席地敷坐。維時林君熙工，謂師厭離娑娑，自修自了。斯岩足矣；若以獨覺爲下乘，利他爲正果，紹隆三寶，普度衆生，則必雲納安居，亡生退屈，而後法衣傳授，不至斷絶。于是道舍緡錢，遍化檀越，遂遵故址，重建層樓。中居方丈，傍列禪房，榱不加華，桶不被綉。代磌以礁，代瓦以岩，即傳燈説法之堂，非有扣珍而砌玉，亦使參方面問道之侣，不至營巢而聚枝。是役也，經始于歲之庚寅，落成于歲之辛卯，而廣西左方伯林君道翹題其額曰「天泉閣」，蓋懸泉閃閃于檐端，挂流裊裊于檻外，故名。』（《（萬曆）永福縣志》卷四）

壬辰　萬曆二十年（一五九二）。

洪江　洪山里，在福州城西。

〇曹學佺《淑人翁母壽文》：『洪江在省會之西十有五里而遥，風俗頗爲近古。』（《石倉文稿》卷之《浮山》）

王總管翰用文　即王翰。字用文，號友石山人，東阿（今屬山東）人。仕元，爲潮州路總管，元亡隱居永福（今永泰）山中，死節。有《友石山人遺稿》。

王振并三山高起宗諸人題詩　王振《陪高起宗侍御游方廣岩》：『偶從仙客陟靈岩，萬壑千峰入望看。洞裏雲歸山色暝，檐前泉瀉水聲寒。一輪明月禪心静，半榻清風客夢殘。何日終南看捷徑，也從環珮綴鵷鸞。』（《〔萬曆〕永福縣志》卷五）高起宗《游方廣岩》：『巍巍樓閣倚雲邊，勝概真成别洞天。岩畔夕陽斜帶雨，望中晴樹遠含烟。長松鶴唳翻秋壑，曲澗龍歸響夜泉。浮世茫茫無住著，何時投迹謝塵緣？』（《〔萬曆〕永福縣志》卷五）

得詩若干首　集載熥詩：《瀨下晚泛》《登岸》《山行》《放船》《贈潮上人》《贈波上人》《别方廣岩》（《幔亭集》卷五）；《方廣岩》《宿華嚴閣》《岩中曉望》（《幔亭集》卷七）。

【附】陳鳴鶴《贈真潮和尚》：『震旦雲游遍，玄岩老獨憑。開山多讓衆，乞食爲齋僧。終夕焚香坐，孤峰拂麈登。隨身無長物，一鉢繫枯藤。』（《泡庵詩選》卷四）　林應起《重興方廣岩記》：『余童時聞方廣岩水簾、石笋之奇，神思飛越。後三十餘年，爲萬曆庚寅，歙之鏡山上人訪余芥子庵，言及此岩，即乘興拉開友人陳汝翔、陳惟秦、陳伯孺隨喜焉。甫至石門，遥望水簾懸空石室，刳玉坐卧其下，恍若兜率天宫。及抵寶渠，渠爽塏，第前地圮陷陡峻。相傳是岩昔爲魔據，後有老僧坐，魔呈伎倆，變幻百出，僧終不起，魔怒，頓足而去，地遂陷。或疑老僧即賓頭顱尊者云。又謂，岩形如獅口，于法不能塞；即塞，即善崩。師曰：是皆不足信。但前人塞之，不得其法耳。累礫于危磴，以蓄客土，土飽而礫崩者，勢也。若焊石而中卷之，抵兩垂于岩趾，土實其上，空其下爲洞，雖千載無恙。余大喜，因請師行其説。余顧傾橐爲諸君倡。是年，師與其徒身負土石，塞如前法，平滿若天成。因即其前構閣五楹，即今天泉閣也。蓋至是，岩中可以建壇説法，四衆安禪，或設無遮大會，千人可容業也（下略）。』（謝肇淛《方廣岩志》卷二）

按：林應起于萬曆十八年倡修方廣岩，次年峻工；二十年，熥與應起等游焉。

緑玉齋記

余家九仙山之麓，寢室後有樓三楹，顔曰『紅雨』。樓之南有園半畝，園中有小阜。家大人舊結茅于上，僅遮雨露，而苦于不便卧起，且無以置筆硯、書畫之屬。歲己丑，余下第還山，乃易構小齋于山之坪。

由園入齋，石磴數十級，曲折逶迤。列種�竹齋前隙地，護以短墻，翳以蘿蔓。墻下藝蘭數本，置石數片。齋傍灌木環匝，下置石几一，石榻二。夏月坐陰中，鳥語間關，蟬聲上下，足當詩腸鼓吹。齋止三楹，以前後爲向背，中以延客，左右二楹，差可容膝，余兄弟讀書其中。無長物，但貯所蓄書數千卷而已。山中樹木雖富，惟竹最繁，素笋彤竿，扶疏掩映，窗扉不扃，枕簟皆緑，清風時至，天籟自鳴，故名以『緑玉齋』云。

小山僅同[一]蟻垤，然視郭中民居，已高數丈。每一流覽[二]，萬井千村，郡峰[三]列岫，吞吐且

[一] 同，鈔本作『可』。
[二] 流覽，鈔本作『瀏覽』。
[三] 郡峰，鈔本作『群峰』。

八九矣。昔人有言軒冕之樂。造物于人不甚惜，獨一丘一壑，未嘗輕以與人。吾齋無壯麗之觀，無奇珍之玩，四壁蕭然，僅蔽風雨。然市聲不入耳，俗軌[一]不至門，焚香煮茗，攤書搦管，則丘壑之懷于焉而寄。即有軒冕，吾不與易矣。

【編年】萬曆十七年己丑（一五八九）。

【箋】緑玉齋　在于山（九仙山）北麓觀巷。

○陳壽祺《鼇峰里宅記》：『福州之城東南，倚九仙山之峻，鼇峰最秀特，負山而宅者無慮千家，而閩縣左三坊專受鼇峰名。自宋迄明，世多名流居之……鄭少參述子孫居是坊三百年，其曾孫太僕逢蘭抗賊死，謚忠愍。其家東西二宅，有天開圖畫樓，故址在坊南，巷西一廢園……西宅之左，則二徐紅雨樓址也……今爲觀巷，有尼庵，興公昆弟緑玉齋址也。幔亭自爲《記》……曹能始尚書捐資爲興公構危樓藏書題曰「宛羽」，取「宛委羽陵」之義。』（《左海文集》卷八）

○郭柏蒼《柳湄詩傳》：『興公所居紅雨樓、緑玉齋、汗竹巢皆在郡治九仙山麓。道光十九年，蒼得明鄭述天開圖畫樓并興公汗竹巢地，花木皆備，補之以蕉，曰「補蕉山館」。乃設主寄祀唐詩人周樸，配以鄭世美、徐興公二主，歲時祭焉。』（《全閩明詩傳》卷四十）

【附】徐𤊹《緑玉齋叙》：『何仙效靈，占于山而托迹，野夫招隱，卜山下以栖幽。遂築小齋，聊

[一] 俗軌，鈔本作『方軌』。

供偃卧。危峰對聳，旗丘石鼓争雄；秀色可餐，金粟蓮花映發。殘山剩水，每從天末獻奇；返照歸雲，常在眼前幻景。萬竿密筱，依曲徑以凌霄；半夜疏枝，當虚窗而亂月。晝長門掩，真似小年；山静人稀，元同太古。科頭兀坐，窺人學張鷹之風；把臂入林，命駕動王猷之想。聽處却疑舞鳳，曳來矯若游龍，何可一日無君，不問林中是尹。四檐緑蔭，一榻青來，興至則恬咏南樓，醉後猶開樽北海。生平無長物，滿壁琴書；半嶺有餘音，數部鼓吹。此正宜置丘壑之中，栖遲衡門之下者也。坳迹猶蓬累，逸在布衣，俗韵寡協，豐草鹿麋爲友；杜門自適，寒山片石堪言。量腹進芝苓，欣然一飽；度形扈荔薜，豈曰無衣。游目騁懷，天然圖畫；逃虚息景，痼疾烟霞。環四序而皆宜，心神之俱暢。著七不堪以謝客，敢方叔夜之高標；賦《五噫歌》于關門，願躡伯鸞之逸軌。漢陰抱瓮，息彼機心；東海投竿，堅兹遠志。蒼梧翠柏，可指爲盟；夜鶴曉猿，實聞斯語。萬曆己丑秋日，緑玉齋主人題。』（《紅雨樓集》册一，《上圖稿本》第四二册，第四四—四五頁）　謝肇淛《飲徐惟和緑玉齋得喧字》：『緑玉齋頭酒一尊，桃花疑是武陵源。飛雲片片時留榻，山色青青半在門。海國秋風聞落葉，龍峰凉雨送黄昏。滄洲白眼愁看汝，若個于今可避喧？』（《小草齋集》卷十八）　謝肇淛《八月十四夜同陳汝大陳伯孺集緑玉齋》：『秋色將分夜更凉，齋頭緑玉似瀟湘。風敲松韵渾成籟，衣過花陰别有香。海上孤峰先吐月，山中萬木早含霜。劇憐老子情非淺，還向南樓縱酒狂。』（《小草齋集》卷十八）　謝肇淛《同陳汝翔集緑玉齋兼懷惟和》：『一榻群峰對白袍，千竿寒玉照葡萄。山中客到星應聚，坐上詩成月漸高。花氣晴生陰洞霧，天風夜送海門濤。遥憐雙劍何時合，潦倒尊前首重搔。』（《小草齋集》卷十八）　陳鳴鶴《緑玉齋夜坐》：『一榻塵囂外，千家夢寐中。微茫山遠近，黯淡寺西東。散帙濕松露，捲簾吹竹風。市聲都寂寂，趺坐世緣中。』（《泡庵詩選》卷四）

九仙山　即于山，參見卷二《與陳汝大鼇峰宴集》『鼇峰』條。

紅雨　紅雨樓，徐熥父徐棉建。

己丑　萬曆十七年（一五八九）。是歲熥初下第。

墓記

皇高祖孔明公妣施氏，吴公亮亦娶施氏，二公爲聯姻。孔明生振聲，亮生叔厚，中表兄弟也。亮有女名鸞，適林世和，則振聲、叔厚同呼世和爲妹婿。世和有女名蕙，配振聲子演，即熥之大父大母也。振聲、叔厚、世和三人交最歡。

弘治壬子，振聲、世和俱卒，叔厚獨存。三氏遂鳩金買山于閩縣孝義里之荔枝林造墳，九壙中四壙屬吴，左三壙屬林，右二壙屬徐。振聲公及康孺人合葬焉。九壙之左，越丈餘，續營一穴，爲壙者四，熥大父演公暨配林孺人，及先伯友軒、伯母趙氏祔焉。九壙之下，稍折而左，叔厚之孫塋、配葉氏、曾孫鉞、配陳氏葬焉。其山衝横廣狹，俱載墓契。林氏再傳而斬，獨吾宗與吴氏子孫祭掃弗絶也。

熥于是有感于古人交誼之厚也。以中表之親，死而同穴。异姓子孫，歷百有餘年，由高而曾而供偃卧。危峰對聳，旗丘石鼓争雄；秀色可餐，金粟蓮花映發。殘山剩水，每從天末獻奇；返照歸雲，常在眼前幻景。萬竿密篠，依曲徑以凌霄；半夜疏枝，當虚窗而亂月。晝長門掩，真似小年；山静人稀，元同太古。科頭兀坐，窺人學張鷹之風；把臂入林，命駕動王猷之想。聽處却疑舞鳳，曳來矯若游龍，何可一日無君，不問林中是尹。四檐緑蔭，一榻青來，興至則恬咏南樓，醉後猶開樽北海。生平無長物，滿壁琴書；半嶺有餘音，數部鼓吹。此正宜置丘壑之中，栖遲衡門之下者也。㘦迹猶蓬累，逸在布衣，俗韵寡協，豐草鹿麋爲友；杜門自適，寒山片石堪言。量腹進芝苓，欣然一飽；度形扈茘薜，豈曰無衣。游日聘懷，天然圖畫；逃虚息景，痼疾烟霞。環四序而皆宜，心神之俱暢。著七不堪以謝客，敢方叔夜之高標；賦《五噫歌》于闕門，願躡伯鸞之逸軌。漢陰抱瓮，息彼機心；東海投竿，堅兹遠志。蒼梧翠柏，可指爲盟；夜鶴曉猿，實聞斯語。萬曆己丑秋日，緑玉齋主人題。』（《紅雨樓集》册一，《上圖稿本》第四二册，第四四—四五頁）　謝肇淛《飲徐惟和緑玉齋得喧字》：『緑玉齋頭酒一尊，桃花疑是武陵源。飛雲片片時留榻，山色青青半在門。海國秋風聞落葉，鼇峰凉雨送黄昏。滄洲白眼愁看汝，若個于今可避喧？』（《小草齋集》卷十八）　謝肇淛《八月十四夜同陳汝大陳伯孺集緑玉齋》：『秋色將分夜更凉，齋頭緑玉似瀟湘。風敲松韵渾成籟，衣過花陰别有香。海上孤峰先吐月，山中萬木早含霜。劇憐老子情非淺，還向南樓縱酒狂。』（《小草齋集》卷十八）　謝肇淛《同陳汝翔集緑玉齋兼懷惟和》：『一榻群峰對白袍，千竿寒玉照葡萄。山中客到星應聚，坐上詩成月漸高。花氣晴生陰洞霧，天風夜送海門濤。遥憐雙劍何時合，潦倒尊前首重搔。』（《小草齋集》卷十八）　陳鳴鶴《緑玉齋夜坐》：『一榻塵囂外，千家夢寐中。微茫山遠近，黯淡寺西東。散帙濕松露，捲簾吹竹風。市聲都寂寂，趺坐世緣中。』（《泡庵詩選》卷四）

九仙山　即于山，參見卷二《與陳汝大鼇峰宴集》『鼇峰』條。

紅雨　紅雨樓，徐熥父徐㭿建。

己丑　萬曆十七年（一五八九）。是歲熥初下第。

墓記

皇高祖孔明公妣施氏，吴公亮亦娶施氏，二公爲聯姻。孔明生振聲，亮生叔厚，中表兄弟也。亮有女名鸞，適林世和，則振聲、叔厚同呼世和爲妹婿。世和有女名蕙，配振聲子演，即熥之大父大母也。振聲、叔厚、世和三人交最歡。

弘治壬子，振聲、世和俱卒，叔厚獨存。三氏遂鳩金買山于閩縣孝義里之荔枝林造墳，九壙中四壙屬吴，左三壙屬林，右二壙屬徐。振聲公及康孺人合葬焉。九壙之左，越丈餘，續營一穴，爲壙者四，熥大父演公暨配林孺人，及先伯友軒、伯母趙氏祔焉。九壙之下，稍折而左，叔厚之孫塈、配葉氏、曾孫鉞、配陳氏葬焉。其山衡横廣狹，俱載墓契。林氏再傳而斬，獨吾宗與吴氏子孫祭掃弗絶也。

熥于是有感于古人交誼之厚也。以中表之親，死而同穴。异姓子孫，歷百有餘年，由高而曾而玄，昭穆不紊，古今所未有也。林氏所不爲若敖之餒，一抔[一]之土得免于樵蘇者，蓋亦幸矣。敬叙其始末，以傳示來嗣，俾毋[二]忘世好云。

【箋】墓　即三友墓。

○王應山《閩都記》卷十一『郡西閩縣勝迹』：『在荔枝林白碧山。弘治中，有徐、吴、林三人道莫逆，死而同穴，合葬之。至今子孫祭掃不絶，時號「三友墓」。』

弘治壬子　弘治五年（一四九二）。

孝義里之荔枝林　在今福州城東。

【附】徐𤊹《三友墓祭掃約言序》：『夫友誼親情，尚矣！情深膠漆，誼篤葭莩，古之人有行之者，未聞生而結契，死而同穴者也。𤊹高祖諱孔明與吴祖諱亮者，皆娶妣施氏，兩公實爲私親。曾祖振聲公，與吴公叔厚爲中表兄弟，維時叔厚有妹婿林世和，三友者交最歡也。世和又與振聲公締姻，而予祖易叟公又爲世和之婿。迨弘治壬子歲，振聲公、世和公同時物故，壽俱不永，遺孤煢煢，叔厚不替生死，遂于癸卯年僉謀共買閩縣孝義里荔枝山地一所，坐乾向巽，一列九壙。是年，振聲、世和先葬焉。厥後三家照所分之壙，陸續安葬。不幸世和再傳而斬，獨吴、徐兩姓支派日繁，迄今百二十餘年，祭掃不絶。先考永寧府君于萬曆戊寅致政，歸，乃

[一] 抔，底作『坏』。據鈔本及文意改。

[二] 毋，鈔本作『勿』。

約吳少榕君及弟泛宇君輪年祭掃，咸有成規。及先考既歿，而少榕、泛宇亦宦游四方，未幾長逝。先兄幔亭君又復不禄。至于春秋展拜不無懈弛，蹉跎又十餘年，去歲墳石崩壞，兩家鳩工修砌，仍復舊規。𤊹思木本水源，不容稍怠，僭申舊約，輪年祭掃：春則正月，秋則九月，擇天氣晴朗之日，先期具單報知。是日，子孫俱要登山聚拜。祭品隨時設辦，但務成禮，勿因宴會過豐。其山場廣闊，除祔葬之外，不許私自築墳以傷風水。墓上古松，總計三十五株，如有外人侵佔寸土及盜伐等由，兩家協力鳴官，毋令退縮。今置約簿一扇登記時日，一以效尊祖敬宗之心，一以敦金蘭瓜葛之誼。如他日有賢子孫功成名就者，共立祭田，同創墳莊，以垂永久，又予所厚望也。謹序。萬曆甲寅正月五日，曾孫男𤊹百拜敬撰。』(《荆山徐氏譜·三友墓詩集詞文》)　徐𤊹《謁曾王父三友墓志感》：『嚶鳴弗紹，友道久湮。一生一死，交態誰真？曾祖王父，洵美且仁。論行交結，因不失親。三良同德，膠漆雷陳。家運不造，歲龍在辰。繄我厥祖，遽殞其身。有傳林公，筆絶獲麟。昔時三友，兩歸邙塵。吴翁後死，誼篤朋倫。買山東郭，起冢勒珉。死期共穴，葬必與鄰。易朽者骨，不滅者神。若堂若斧，歷百餘春。云孫哭孫哭(按：原文如此。疑衍『孫哭』二字)奠，歲掃蕪榛。葱菁松柏，不摧爲薪。興感今昔，俗异澆淳。願躡逸軌，繼志先民。用述祖德，迪我後人。』(《荆山徐氏譜·三友墓詩集詞文》)　陳鳴鶴《三友墓表》：『三先生如諸祖，迨今百有餘年，過其墓者，莫不瞻仰嘆息，以爲希覯。徐先生之孫曰棉，仕至永寧縣令。曾孫曰熥、舉孝廉，曰𤊹，曰熛。玄元孫曰陸，曰陛，皆以文學世其家。吴先生之玄孫曰一清，曰一濟，皆以人才積勞爲郵宰，官雖不達，俱以篤行。而三友墓之名，遂聞于詞林，莫不發于詩歌以章懿美，蓋積成而成帙，余得而讀焉，每披一篇，輒戀戀傾慕，讀不竟也。夫莫親于兄弟，比之手足者也。叔季之世，乃有預作壽，藏錮若金石，而兄弟暴骸不得槁葬者，亦有惑于八五撥沙之説。各物吉土，以蔭厥後者，此在同胞之内，且分人我耳，而况以義合者乎！祖宗先壟狐兔或穴其隧，五屬群從，至不相識者有之矣，而况祖先執友、世講屬籍，駿奔于百年之後乎！是以君臣父子夫婦兄弟四者恒有，而朋友不恒有，蓋必如三先生者，乃足以備彝倫之數，若乃世之曹耦，曷足道哉！余從熥兄弟游三十餘年矣，熥雖先謝世，而[火勢]、熛繩其祖武，伐石表阡徵言于鳴鶴。鳴鶴義屬通家，予不敢以不文辭，且亦籍手以致仰止云。萬曆甲寅孟夏侯官陳鳴鶴汝翔撰。　諸孫徐[火勢]　徐熛　徐莊　徐陸　徐陛　徐隍　徐陵　徐鍾泰　徐鍾震　徐鍾雋　徐鍾元　吴廷棟　吴廷杰　吴廷楹　吴廷樞　吴仕烜　吴仕焌　吴啓秋　吴啓熺　同立石』。（《荆山徐氏譜·三友墓詩集詞文》）　張燮《〈三友墓詩〉序》：『三友墓者，徐公振聲與其友吴叔厚、林世和共穴而葬者也。三人平居莫逆，到底能相尋于深松茂柏間，實古今交譜所未見焉。世和不嗣，乃徐吴二氏子孫歲歲上冢，修异姓之昭穆，又尋常孔李所難矣。徐公之曾孫惟起，與余善，貽書徵言，聿率而爲之賦。』（《群玉樓集》卷二，又《荆山徐氏譜·三友墓詩集詞文》）　崔世召有《三友墓詩序》：『三山徐振聲、吴叔厚、林世和，成化間隱君子也，三人盟死友。徐、林先殁，叔厚鳩金買山城東桑溪，乃閩越王流觴故址，共營宅兆，同穴而葬，時呼「三友墓」云。徐公之曾孫興公索詩于余，爰筆率爾賦此。』（《問月樓詩集》）按：以上詩文作于萬曆四十二年（一六一四）或稍後。

傳

羅田令張先生傳

鼎石張先生，諱廷器，字用朝。其先光州固始人，繇唐季徙入閩。祖懋，號北山先生，領成化庚子鄉薦，官周王府紀善。父濬，號桂岩先生，隱居不仕。桂岩公有子四人，皆以經術起家，先生其仲也。先生幼穎异絶人，甫十齡，從紀善公游于洛。每出，必置先生膝前，洛之縉紳學士，莫不謂張氏有佳兒，争艷慕之。

嘉靖壬午補邑庠生，乙酉以《易》領鄉書，三上春官不偶，念二人髪已種種白，奈何株守一第，竟慳升斗養乎？于是從乙榜署浙江太平學事，以正學率人，士多嚮方。尤精《易》學，得關朗、京房之旨。甲午聘典陝西試事，所取士皆當時名流，後有歷膴仕者。未幾，以母憂去位。終制，除直隸金壇教諭，功令克舉如在太平時。既而擢於潛令。時於潛痢疾傳染，死者枕藉。先生捐俸資，市藥餌，倩醫療治，全活者以萬數。甫三月，又以桂岩公訃至，跣歸。先生居父母喪，哀毁骨立，稱死孝云。

維揚當海之衝，每一海嘯，城市俱没，百姓患苦之。當事者議他徙，念無稱任使者。適先生服闃，謁選天官，時少宗伯崔公桐請于太宰徐公階，以先生領兹邑[一]。先生至海門，相其原隰，經營規畫，新邑以完，出公帑金五千，酌盈濟虚，未嘗妄縻縣官一錢。太學生江姓者，以資雄里中，坐冤獄，先生爲白其冤。江深德之，前後餽遺無數，先生一切峻拒之，由是廉名益著。然以遷邑故，多忤巨室[二]意，有媒蘗者。

調湖廣羅田令。先生處凋敝之後，撫以寬和，而胥吏中有狡猾者，則處之以法。在邑六載，吏畏而民懷之。值歲多旱，公素衣步禱于郊外二十里許，隨禱隨應，歲賴以不饑。邑人汪翔鳳者，兄弟五人訐訟不已。先生庭諭，咸感泣相讓而去，其德化如此。先生自以春秋高，投牒乞歸，百姓攀轅留之不能得，至今尸祝之。

家居二十五載，杜門嘯咏，老而彌篤。詩有岑、韋風致，文學昌黎[三]、眉山，書法顔、柳，然性恬淡，不欲以薄技自見，故人鮮知之者。所著有《四書講義》《周禮疑解》，藏于家。

徐熥曰：『予與張氏，蓋稱世雅云。又與其孫勛最善，故知其先德頗詳。』林宗伯志《福唐》，稱紀善公貨藥物，多得數十金，則追二百里而還之。其厚德多此類。子孫昌熾，有以也夫。鼎石先生，予猶及見之，蓋恂恂長者也。王參知銘其墓，足以盡先生矣。語曰：『毋忝爾祖。』其張先生之

[一] 邑，鈔本無此字。
[二] 巨室，鈔本作『權貴』。
[三] 昌黎，底本誤作『昌犂』，據鈔本改。

謂乎？

【箋】羅田　羅田縣，今屬湖北。

張先生　即張廷器，字用大，號鼎石，懋孫，濬子，閩縣人。嘉靖四年（一五二五）舉人，歷太平、羅田知縣。《（萬曆）福州府志》卷四十九稱其『爲人質實有前輩風』。

張懋　號北山，濬父，廷器祖，閩縣人。成化十六年庚子（一四八〇）舉人。

嘉靖壬午　嘉靖元年（一五二二）。

乙酉　嘉靖四年（一五二五）。

太平　太平縣，今浙江温嶺市。

關朗　字子明，北魏孝文帝時易學家。

京房　字君明，頓丘縣（今河南清豐）人。西漢學者，今文《易》學『京氏學』創始者。著有《易傳》《周易章句》等。

甲午　嘉靖十三年（一五三四）。

於潛　於潛縣，治所在今浙江臨安區。

岑、韋　唐代詩人岑參、韋應物。

昌黎、眉山　唐代散文家韓愈、宋代散文家蘇軾。韓愈，字昌黎；蘇軾，眉州眉山人。

顔、柳　唐代書法家顔真卿、柳公權。

潘布衣傳

潘先生者，齊人也，徙居燕。先生雖居燕而心不忘齊，故自號『海濱生』云。先生豐頤修幹，工騎射，以武薦上司馬者三矣。例得執金吾，食萬户，先生辭弗就，竟以布衣老焉。謂自古任俠之士，如荆卿、聶政、劇孟、郭解之徒，皆以布衣起閭巷，卒能赴士之扼困，名聞諸侯，豈必如信陵、春申諸君，藉有士卿相之富，而後稱節俠也？以故四方豪杰之士，莫不延頸願交潘先生者矣。先生不就職而名尤重于錦衣，自執金吾大將軍而下，以至校尉之屬，無不嚴事先生者。先生出片語，罔不功令奉之。

同時有秦秘書者，吴人也，亦任俠自喜，與先生深相結納，以振人之急。時京師爲之語曰：『緩急可依潘布衣，俠氣不除秦秘書。』其重如此。今上初年，江陵相用奪情不解政柄，吴、趙二太史抗疏論劾，自知疏上，禍且不測。時賓客滿座，皆與兩公所善者。兩公以身後爲托，彼此相視，莫敢應者。獨秦秘書仰天而嘆曰：『所不恤公之後者，有如此日。終不令公妻子死而吾獨生。』乃夜遣妻子與吴、趙妻子，間道亡歸。明日疏上忤旨，吴、趙果下錦衣獄。時執政方以酷刑塞言者路，獄具楚毒，無不立斃杖下者。秦秘書衣短後衣，雜于隸卒中，從旁睨視，目眦幾裂，又時時目攝掌獄者，掌獄者心知爲秦秘書也，爲之氣奪。良久，卒呼伍伯之屬，從旁耳語。故吴、趙雖受拷掠無完膚，得不即死。而潘先生時已伺之門屏間矣，及兩公曳而出，氣息幾絶。將命以巾車載歸，而政府厲聲叱曰：『囚安能車？』遂委頓于地。潘先生乃與一舍人力負兩公歸。當先生少時，曾遇异人授禁方，所謂萬金良藥也。以一匕投搒笞者，即其糜爛，無不立愈。吴、趙兩公以此得全骸骨。

執政聞之，恚益甚，尋出秦秘書，爲魯藩審理，且將甘心潘先生矣。潘先生了無所懼，乃爲書，欲投執政，數其奪情罪狀。書成，漫滅于懷者久之，日夜于邑，或繼以泣。母夫人察知其事，曰：『兒之所爲，濡忍而不發者，豈以未亡人故？兒誠能一言而悟執政，吾死且瞑矣。兒第往勿慮。』潘先生曰：『諾。』書遂上。執政不聽，然卒憚潘先生，不敢有所中。居無何，執政事亦敗，先生得以自全。自是任俠之士，從潘先生者日益廣。凡建言得罪之臣下錦衣者，陰所全活者數十百人。先生不以語人，人卒無有知之者。

粤有士人謁選長安，歲久而大窮困，將粥其愛女以給饔餐。先生偶見之，捐槖中三萬鏹以給之。後士得官，將以錢爲報。先生笑曰：『吾哀君困窮，全其骨肉，豈望報乎？』里中有相仇者，即賢豪長者居間十數，終不解，得潘先生片言而罷。四方賓客常鱗集座上，不暇櫛食，即鐘沉漏盡。而户外轔轔不絕。母夫人死，自遠方送喪者幾千乘，蓋不減劇孟云。

野史氏曰：自古布衣稱俠者，往往好剛使氣，扞當世之文網，如翁伯者流，以睚眦殺人，宜其及矣。潘先生起自布衣，然皆好行其德，知與不知，全活者衆。其陰德厚矣。不然，當江陵相之時，奈何能免于虎口哉？

【箋】荆卿　即荆軻，詳卷二《咏荆軻》。

聶政　戰國時期俠客，軹縣（今河南濟源）人。

劇孟　西漢俠客，洛陽（今屬河南）人。

郭解　西漢俠客，軹縣（今河南濟源）人。

信陵　信陵君，戰國四公子之一。

春申　春申君，戰國四公子之一。

江陵　指張居正。

麈[一]守黑山人傳

余雅聞樵川知名之士，則守黑山人爲著。山人早歲補邑諸生，爲樵士所推轂。武昌吴明卿先生分竹[二]樵川，尤愛重之。一日，山人讀司馬子長書，乃仰天嘆曰：『大丈夫當周游四方，上友千古，奈何屈首蓬户，占俾六籍以終世耶？』于是弃去舉子業，爲吴越齊楚之游。凡名山大川，所至無不歷覽。而海内賢豪長者，如顧[三]聖之、張幼于、周公瑕輩，皆慕山人之高，引爲莫逆。山人精于詩，尤精于書畫。其山水得格于沈啓南[四]，美人得本[五]于唐子畏，書法師山谷老人。其詩風流藴

[一]　麈，鈔本作『鹿』。
[二]　竹，鈔本作『符』。
[三]　顧，鈔本誤作『願』。
[四]　其山水得格于沈啓南，鈔本『其』字之前有『寫』字。
[五]　本，鈔本作『格』。

藉，一以唐人爲宗。今年甲申，余有樵川之游，得遇山人于旅邸，傾蓋之下，遂交歡重也。

山人天性高邁，不喜偕[一]俗，不修邊幅。所與游者，皆倜儻磊落之士，行止去來，一任其意。至于詩畫，惟自適己志，求者亦不甚多得[二]。每落筆時，則蒼頭供茶具，或進疏酌，數觥微醺而止。故其畫不墮俗品，自成一家。山人不善治生，有勸之者，輒謝曰：『薄田足以供饘粥，敝廬足以蔽風雨，吾願足矣。安能事刀錐之末爲此生累也。』布袍鶡[三]冠，瀟然自得。達官貴人有求見者，恒謝絶之，故時稱爲山人云。

野史氏曰：士生天地間，貴適志耳。山人高蹈林丘，怡情翰墨，可謂適志哉！又云：士貴不朽。而世稱不朽者，惟詩與畫。山人進于是矣。所謂不朽者，非耶。老氏曰[四]：『知其白，守其黑。』山人之謂歟[五]？山人姓麈，名白，字守黑，其先魯人。

【編年】萬曆十二年甲申（一五八四）。

【箋】麈守黑，姓麈，名白，字守黑，邵武人。

［一］偕，鈔本作『諧』。

［二］得，鈔本脱此字。

［三］鶡，鈔本訛作『鶍』。

［四］曰，鈔本無此字。

［五］山人之謂歟，鈔本無此五字。

樵川　邵武別稱，詳卷五《樵川道中》。

吴明卿　即明詩人吴國倫。國倫，字明卿，武昌興國人。『後七子』之一。嘉靖二十九年（一五五〇）進士。授中書舍人，歷建南分守道，有《吴川樓集》等。

顧聖之　明詩人。聖之，字聖少，又字季狂，吴縣（今江蘇蘇州）人。諸生。年四十，游燕趙齊魯，死于閩。有《詩集》五卷。

張幼于　即張獻翼，詳卷五《同吴之衛馬雲卿飲張幼于曲水阜堂》。

周公瑕　即明詩人周天球。公瑕，字天球，號幼海，太倉（今屬江蘇）人。諸生，好古文辭，從文徵明學書法。游歷楚越齊魯，書詩之名廣傳。

沈啓南　即明畫家沈周。周，字啓南，號石田，晚號白石翁，長洲（今屬江蘇蘇州）人。景泰間以博學賢良薦，不赴。畫承『元四家』，與文徵明、唐寅、仇英并稱『明四家』，吴門畫派宗師。

唐子畏　即明畫家唐寅。寅，又名唐子畏、唐伯虎，吴縣（今江蘇蘇州）人。

山谷老人　即宋黄庭堅。

甲申　萬曆十二年（一五八四）。

【附】閩縣李明六有《守黑先生傳》（《白湖集》卷十六），係小説家者言，不録。

林孝孫傳[一]

林孝孫，名逸夫，字元適，古田人，處士林春秀之仲子也。逸夫四歲喪母，祖母甘氏鞠而育之，最所憐愛。逸夫年雖幼，事祖母、繼母備極孝養。處士家酷貧，又不能治生，性資[二]高曠，非寄心鉛槧，則托興麯蘗。逸夫與兄負薪粥于市，以供菽水，怡然也。

萬曆己亥五月，甘氏偶沾危疾，不知人者累日。處士彷徨求醫，醫望而却走。時逸夫年十五，籲天涕泣，願以身代。又私念其父居常陳説古今孝行，有割股療疾者，遂閉户焚香，割左股和藥以進，家人不知也。藥進而甘氏稍蘇。越三日，疾復篤，奄奄待盡。逸夫復于舊剜之旁重割之，時當皇急，刃不由手入，而深可寸許，宛轉而下，筋露血迸，暈痛幾絶。以掌覆肉几上，悲泣號呼，父母、家人始知之，急作羹以進。甘氏復蘇，遺囑後事乃瞑，年七十有二。逸夫哀痛擗踴，如不欲生，兩手抱尸，伏不肯起，就木始罷。宗族鄉鄰無不嗟嘆。

事聞縣令豫章劉公，延至公庭，大加獎异，手一觴以賜之，用鼓吹導歸，顔其堂曰『童孝希聞』。仍上其事于藩臬諸司，議復其終身，且俾就外傅以卒[三]儒業云。

[一]《林孝孫傳》，徐𤊹《榕陰新檢》卷一引《熳亭集》作《童孝希聞》。按：《榕陰新檢》所載稍簡。
[二] 資，鈔本作『質』。
[三] 卒，鈔本作『終』。

野史氏曰：余讀劉令君所上《林孝孫事行》[一]甚核，未嘗不潸然流涕也。以十五歲之童，欲起祖母沉痾，而忍痛殘軀，不顧其死，豈不難之難哉！論者泥于成憲，以爲行涉奇詭，例弗得旌。嗟夫！其亦不近于[二]人情矣！方孝孫割股時，倉皇慘怛，身且不有，何有于名？所謂赤子良知出乎其性者也。責三尺童子以中庸之道，過矣，過矣！藉令旌一孝孫，誰能忍死而效之哉？然行路之人皆嘖嘖孝孫也。旌與不旌，奚論焉！

【編年】萬曆二十七年己亥（一五九九）。

【箋】林孝孫傳　此文與《七吊詩》爲徐熥文與詩之絶筆。

○陳薦夫《哭徐惟和四首》，其三前半云：『聞説羸軀向玉田，長親瘴霧與嵐烟。文窮孝里千秋筆，詩絶香閨七吊篇。』自注：『玉田有林孝子，惟和爲之立傳，又作《香閨七吊詩》寄余，皆絶筆也。』（《水明樓集》卷五）按：『孝子』誤，當作『孝孫』。

林春秀　詳卷九《贈林子實山人》。

縣令豫章劉公　即劉曰暘。曰暘，字藎卿，號葵寅，南昌（今屬江西）人。舉人，有《（萬曆）古田縣志》。

[一] 林孝孫事行，鈔本作『林孝孫事』。

[二] 于，鈔本作『乎』。

絳囊生傳[一]

絳囊生者，名丹，别字太白。其先祝融氏，以火德王，都南離，子孫纍纍，散處閩越、南粤、巴蜀間。遂以離爲姓，生其苗裔也。

生少有异質，顔如渥丹，肌肉豐瑩，性復甘美，雖中若刻核，而外多模棱，未嘗有所譏刺，人有督過生者，任其指摘，生但頳然垂首而已。與人交，一膜之内，洞見肺腑，故見者莫不津津。

漢初時，天子求海國异材，南粤王尉佗以生入貢，十里一置，五里一堠，得達京師。武帝獵于上林，問生于司馬相如，相如對曰：『其才在盧郎、楊子間。』甚稱上旨。相如故蜀産，雅習生，乃以盧、楊并稱，時論屈之。元鼎六年，帝建離宫，處生其中。生素長南方，北地苦寒，雖沾渥恩，顔色枯瘁。一旦以計自脱，守吏坐誅者數十人。生每歲朝京師，所過，有司供具甚費。臨武長唐羌謂生縻濫廩禄，以甘腴啖人主，無益于大官，請罷之，上可其奏。生既落職，遂學玉液還丹之術，衣朱衣，肘後常繫絳囊，貯金莖露，往來于七閩、兩廣、夔梓之地，人皆稱爲絳囊生云。

大唐天寶中，楊貴妃聞其名，欲生致之。時生方結廬于蜀之涪州，許擁傳上謁，生以一騎馳至，顔色自若。妃召見沉香亭，見生丰姿姣艷，甚憐愛之。敕宫人以金盤注華清池水賜浴其中，膚如凝脂，芳香逼人。貴妃大笑，謂生非紅塵中物。賜緋一襲，常乘朱輪出入禁中。然生以還丹術得幸，

［一］《絳囊生傳》，徐𤊹《荔枝譜》卷三（鄧慶寀《閩中荔枝通譜》本卷五）録此篇，文字稍有异同。

故廷議肅然。丞相曲江張九齡作賦贈生，名益顯。其後禄山陷京師，車駕幸蜀，生亦遁去。襄陽人杜甫避難蜀中，其所吟咏多及生。元和中，太傅白居易出守南賓，時與生爲臭味交。以生美容止，命工史繪像，爲詩贊之，未嘗一惜齒牙。

生族類既繁，而閩中尤盛。宋端明殿學士蔡襄爲作譜牒，叙其木枝奕葉甚詳。南豐曾鞏知福州，爲生修實録，以爲有邁種之德。生有側生女弟十八娘者，容色殊絶，與閩王審知少女以紅妝相艷，貌與生肖。生晚得道，常挾黄頭奴，號旁挺者，先後婆娑于林藪間。其後大丹既成，遺弃軀殼，尸解以去，不知所終。

太史公曰：余讀《列仙傳》及《仙人本草》，皆稱生能蠲渴補髓，有功于人，非虚語也。黄巢之亂，幾膏斧鑕，以老媪抱泣，卒全其天年。幸矣！端明迄今五百餘載，譜牒缺略，然子孫在閩中以朱紫起家者，不可勝數。語曰：『桃李不言，下自成蹊。』吾于生亦云。

【編年】萬曆二十五年丁酉（一五九七）。

【箋】絳囊生　茘枝其狀如囊，色絳，故有此寓言。按《四與陳伯孺》：『雨中無事，作《絳囊生傳》。今往一帖，博二君解頤。』（《幔亭集》卷二十）

膜　茘枝膜。

○徐𤊹《咏茘枝膜馬季聲雕龍館分賦》：『曾向忠州畫裡描，胭脂淡掃醉容消。盈盈荷瓣風前落，片片桃花雨後嬌。白玉薄籠妖色映，茜裙輕褐暗香飄。嫣紅狼籍誰收拾，十八閩娘裂紫綃。』（《鼇峰集》卷

十七）

尉佗　即南越武王趙佗，真定縣（今屬河北）人。南越國創建者。

盧郎楊子　盧郎，盧橘；楊子，楊梅。

元鼎六年　公元前一一一年。

臨武長唐羌　謝承《後漢書》曰：『汝南唐羌爲臨武縣長，接交州舊獻荔支，羌上書諫乃止。』（《太平御覽》卷九百七十一）

天寶　詳卷十五《荔枝八首》。

涪州　治今重慶涪陵區。

華清　詳卷十三《温泉宫》。

曲江張九齡　張九齡，唐代詩人；曲江，今廣東韶關市曲江區。

襄陽　今屬湖北。

元和　唐憲宗李純年號，公元八〇六—八二〇年。

蔡襄　詳卷十五《荔枝八首》。

南豐曾鞏　曾鞏，宋文學家；南豐，今屬江西。

十八娘　參見下一篇《十八娘外傳》。

列仙傳　《列仙傳》，中國第一部神仙傳記，傳爲漢代劉向所著。

仙人本草　《仙人草》，《本草綱目》中的一篇。

明皇既幸蜀，貴妃縊死于馬嵬，十八娘亦歸里中，居晉安城東報國院。至德三載，無疾而卒，遂就院傍之隙地瘞焉。

十八娘外傳[一]

萬曆中，有東海生者，閩人也。一日出游東郊，少憩于報國院，晝長假寐。夢至一所，朱户紅樓，丹楹紫閣，極其壯麗。徘徊間，俄見一雙髻侍兒，紅裙翠袖，揖生而進，曰：『奉十八娘命，敬邀郎君。』生從之入，未及百步，香氣襲人。行一室，扁之曰『扶離别館』。

少頃，見緑紗侍兒導一女郎，年可十七八，衣絺綃衣，顔色殊絶，冉冉而至。生進曰：『偶因休暇，駕言出游，既昧平生，敢逢勝果。』女郎曰：『妾開元皇帝侍兒也。以江采蘋之薦，得幸于上。今歸此中，以與郎君有夙緣[二]，故相屈耳。』因出金鐘[三]貯瓊液以酌生。生飲之，甘如醍醐醴酪。酒酣，姬容色轉麗，因歌《菩薩蠻》一闋：『妾身本是瑯琊種，當年曾祓君王寵。艷態鬥紅妝，人稱十八娘。　絺綃籠玉質，纖手金盤擘。驛路起塵埃，驪山一騎來。』生聞之，愈加嘆賞，因請問開

[一]《十八娘外傳》，徐𤊹《荔枝譜》卷三（鄧慶宷《閩中荔枝通譜》卷五）作者爲『幔亭羽客』。按：幔亭羽客，即徐熥。又《榕陰新檢》卷十五引《幔亭集》此文。

[二] 以與郎君有夙緣，此句鈔本作『以與郎君』。

[三] 鐘，鈔本作『鍾』。

元遺事。姬曰：『妾憶[一]在宮中時，正月十五夜，上御常春殿，遣妾撒閩中錦丸于地，令宮人競拾之，多者受上賞。又一日，上幸長生殿，奏新曲，未有名。值妾爲貴妃稱觴，上大悦，遂以妾名其樂。左右歡呼，聲動山谷。此皆妾之受寵于上、不聞于人間者。』生聞之，愈驚駭。

既而侍兒報以江家、周家、陳家三姬至。江衣緑，周衣紅，陳衣紫，種種妖麗。三姬曰：『聞吾姊[二]今日有嘉賓，故來相賀。』三姬各集古詩二章。

江姬吟曰：『百花紅紫鬥芳菲，韓愈[三]。隔水殘霞見畫衣。曹唐。別有玉盤承露冷，盧綸。紅妝飛騎向前歸。武元衡。』『野人相贈滿筠籠，杜甫。時似開元天寶中。杜牧。火樹風來翻絳艷，白居易。樹頭樹尾覓殘紅。王建。』

周姬吟曰：『紅樹枝頭日月長，曹唐。一枝濃[四]艷露凝香。李白。凌晨并作新妝面，韓愈。玉碗盛來琥珀光。李白。』『緑蘿陰下到山莊，劉禹錫。丹粉經年染石床。皮日休。飽食不須愁內熱，王維。已分甜雪飲瓊漿。司空曙。』

[一] 妾憶，鈔本作『憶妾』。

[二] 姊，徐𤊹《榕陰新檢》卷十五引《幔亭集》作『娣』。

[三] 韓愈，徐𤊹《榕陰新檢》卷十五引《幔亭集》無『韓愈』二字。以下集句《榕陰新檢》均無原作者姓名，不再出校。

[四] 濃，鈔本作『穠』。按：李白原詩作『穠』。

陳姬吟曰：『何處横釵帶小枝，秦韜玉。可憐妖冶正當時。白居易。曾緣玉貌君王寵，劉得仁。莫比潘家大谷梨。崔興宗。』『可愛深紅愛淺紅，杜甫。離離朱實緑叢中。周元範。不知多少開元事，譚用之。香氣潛來紫陌風。袁不約。』

三姬吟畢，十八娘亦集古句二首：『遥指紅樓是妾家，李白。瓊枝日出曬紅紗。白居易。摘時正帶淩晨露，白居易。應服朝來一片霞。秦系。』『曉漱瓊膏冰齒寒，包佶。一生長對水晶盤。李義山[一]。香隨翠籠擎初到，韓愈。長得君王帶笑看。李白。』

四姬吟畢，十八娘出紅綉鞋一雙贈生，且囑曰：『願君以此傳之人間。』既而江姬出麝囊一函，周姬出真珠一顆，陳姬出紫瓊一枚爲贈。

生蘧然驚覺，惟見荔枝垂熟，繁星離離。詢其旁，果有十八娘冢云。因賦詩曰：

驪山一騎紅塵起，七日能行數千里。丹荔飛來色正新，金盤滿注華清水。花外遥聞百步香，寒冰一片剖羅囊。長生殿上連枝進，太液池頭半醉嘗。樂工初製梨園曲，小部音聲聽不足。佳名新賜荔枝香，左右歡呼動山谷。一聲鼙鼓震漁陽，西幸鑾輿道路長。蛾眉宛轉含情死，馬上君王掩面傷。炎方仍進青絲籠，垂涕還思當日寵。丹實猶然貢上方，朱顏久已歸芳冢。妃子妖魂去渺茫，千秋何處識紅妝。夢中細説前朝事，不及王家十八娘。

[一] 李義山，鈔本作『李商隱』。按：李商隱，字義山。

【編年】萬曆二十五年丁酉(一五九七)。

【箋】十八娘　荔枝名,詳卷十五《荔枝八首》,又參見上篇《絳囊生傳》。此編亦寓言。

○吴載鼇《記荔枝》:『使娘子而似荔枝,則謂荔枝之化可也;使荔枝而托十八娘以傳,則真可無負荔枝也。』(《説郛續》本)

○徐熥《荔枝浪淘沙》:『樹樹火連空,緑葉芃芃。朱顔妖麗玉肌豐。傳説琅琊王少女,十八娘紅。分摘滿筠籠,錦綉成叢。半林香氣度微風。却笑杜陵詩句好,只憶瀘戎。』(《幔亭集》卷十五)

至德三載　公元七五八年。至德,唐肅宗李亨年號。

東海生　徐熥自謂。東海,福州荆山徐氏郡望。

閩人　閩縣(今福州)人。徐熥爲閩縣人。

報國院　宋梁克家《(淳熙)三山志》卷三十三『寺觀類』:閩縣有『報國南院』,卷三十四『寺觀類』:侯官有『報國院』『報國東院』。本文言游『東郊』『報國院』,當爲『報國東院』。『東院』在『永欽里』。

雙髻　荔枝名。

○徐𤊹《荔枝雜咏·雙髻》:『千年枝上并頭春,斜結香雲縷縷新。相倚明妝誰得似,黄陵廟裏兩夫人。』(《鼇峰集》卷二十一)

扶離　即符離。《魏書·地形志》:『斛城縣,有五丈陂,扶離城。』扶離,即符離,今安徽宿州市埇橋區符離鎮。相傳爲白居易與少女陳湘靈初識初戀之處。

緑紗　荔枝名。

○徐𤊹《荔枝雜咏·緑紗》：『苧羅溪水緑如油，浣出輕紗翠欲流。何代美人工翦彩，結成佳果綴枝頭。』（《鼇峰集》卷二十一）

江采蘋　即梅妃，莆田人，唐玄宗寵妃之一。荔枝品名有『勝江萍』一種。

○徐𤊹《荔枝雜咏·勝江萍》：『纍纍枝上火雲燒，甘液真同絳雪消。一片紅光如日赤，兒童空有楚江謡。』（《鼇峰集》卷二十一）按：十八娘勝江采蘋。

金鐘　詳卷十五《荔枝八首》。

瑯琊種　傳十八娘爲閩王王審知小女。審知出瑯琊王氏，故云。

驪山　詳卷十五《荔枝八首》。

江家　江家緑，荔枝品名，詳卷十五《荔枝八首》。

周家　周家紅，荔枝品名。

○蔡襄《荔枝譜》第七：『周家紅，獨立興化軍三十年，後生益奇，聲名乃損，然亦不失爲上等。』

陳家　即陳紫、陳家紫，荔枝品名，詳卷十五《荔枝八首》。

○徐𤊹《謝在杭買莆田陳家紫一日夜直抵會城同諸子集積芳亭分得送字》：『余嘗著荔譜，陳紫盛在宋。异品冠莆陽，古昔修苞貢。厥産因地佳，別土不宜種。聞名未見實，往往勞魂夢。主人好事者，遠致役飛鞚。驛程三百里，日夜紅塵動。筠籠乍入門，香風暫然送。奇物匪獨餐，折柬招賓從。冰盤浸石泉，嘗鮮客來共。千顆虬珠抛，一丸瓊液凍。爽口恣吞咽，入掌任娱弄。宋香遠避舍，江緑稱伯仲。飽噉俱膨脝，誰人腹空洞。蔡譜互翻閲，曾録各諷誦。豪飲招高陽，竹葉啓銀甕。持齋約名僧，伊蒲設清供。爲樂欣及時，滿堂盡喧哄。祇愛齒頰凉，不患左車痛。香味無能名，擬作陳紫頌。』（《鼇峰集》卷五）按：江家、周家、陳家均以荔枝之品名，化作本傳人物，别出心裁。本傳僅取其緑、紅、紫之色，而與品種之味、香、津、等第等無關涉。

綉鞋　荔枝品名，詳卷十五《荔枝八首》。

麝囊　麝囊紅，荔枝名。

〇徐𤊹《荔枝雜咏·麝囊》：『纍纍丹實似星懸，萬緑阻中赤欲然。日午餘芬生鼻觀，不緑林下麝香眠。』（《鼇峰集》卷二十一）

真珠　荔枝名。

〇蔡襄《荔枝譜》第七：『真珠，剖之，純瓤圓白如珠，荔枝之小者，止于此。』

紫瓊　荔枝名，詳卷十五《荔枝八首》。

【附】黄履康《十八娘傳》：『十八娘者，開元帝侍兒也。姓支名絳玉，字曰麗華，行十八，吾郡人。其先若木氏之苗裔，子孫散處閩中。其居嶺南，若交州，若瀘戎，又其祇是枝也。春秋不甚顯。漢時族時有聞，祖曰「丹嘗」，佐漢國東海。後又以丹爲氏。永元中，有從道州聘入宫者，以臨武長唐羌言而止。傳至唐開元間，族益茂。其母緑陰氏夢繁星離離，墜于懷中。卜云：「當得女而麗。」至夏季，姬生。膚如冰玉，色深紅，而體微細長，喜著絳羅襦，内賜以輕紅綈袷，懸水晶，懷光如瑩。當玄宗時，楊太真與江采蘋并寵擅掖庭。一日，采蘋侍從容言：「妾里十八娘者，色麗甚。」帝心動，而太真亦雅艷慕之。置騎傳，敕中使趣姬上。姬就道，馬上歌曰：「妾本艷麗姿，容華最堪惜。一朝誤被君王恩，從此紅顔不弃擲。」日行千餘里。姬去家久，摇摇如懸旌，貌亦稍減前，而風態猶存。姬至，帝方擁太真觀蓮太液池，即召見，采襲人。色姬叩首曰：「妾伏處海陬，蒙恩收録，備供奉，願以身事。」左右以水晶盤貯水，命姬捧進。色與水晶相應掩映，帝與太真置膝上，撫弄移時，顧姬笑曰：「如此風韵，不頃城耶？」因手解其羅襦，微聞薌澤。姬口極甘，善媚人。太真妒，諸姬莫敢進，獨與姬歡無厭。紫微舍人聞而嘲之，世傳「一騎紅塵妃子笑」者，指姬也。太真既敗，采蘋亦以兵變死，姬歸里中。有贈姬放言云：「紅皺解羅襦處，香清露玉肌時。綉嶺堪憐妃子，苧蘿不數西施。」讀之猶有生氣。宋端明學士蔡君謨，亦姬里中人，爲姬家著譜，私謚爲絳衣仙子。姬姊侄十有二，而宋香者，陳紫者，江緑者，皆以色澤著。又有火齊山者，爲人寒酸，其風韵不及姬遠甚。又外史氏檢唐野記，得姬事，呼毛穎生載之。』（徐𤊹《荔枝譜》卷四，鄧道宲《閩中荔枝通譜》卷五）

碑銘

孫將軍去思碑[一]

國家統一，寰區撫有方夏，外而邊埵，内而州郡，咸置衛設兵以備不虞。而其世胄之才，勇能建勋，猷自表見，荷寵光而垂休烈者，甚衆也。昔漢之名將，如辛、趙、甘、傅之儔，多出于南北軍；在唐，則李西平父子；在宋，則如曹濟陽父子，皆以武烈世其家，其他不可悉數。我國家亦然，彼其被服紀法，閑習訓令。策果毅之節，篤忠貞之誼，所以承籍培植之者，固有自來矣。

浚修孫君，先世以大功食邑于閩之劍津。其先將軍雙峰公，邁迹常流躋于顯秩。當永陵之季，倭寇陸梁，公奉檄督駕戰艦出没于粘天浩汗之間。及守備東粤，挺身衝敵，面中流矢，厥功懋矣。至君益自奮踔，以功名自致，諷誦韜鈐，功習觚翰，弃青衿而服韎韐，由萬夫長以至今官。當道諸公，無不倚公爲長城者。

兹者倭奴生心，奪朝鮮，迫遼左，國事岌岌矣。而吾閩實當寇衝，南日一灣，尤爲海邦屏障。素得士心、曉暢軍士者，何以勝其任也。君以中軍出膺斯寄，上承都帥，下緝群校，宣揚王靈，震叠醜虜。其任雖重且艱，以君之沉毅有謀，鷙决有勇，廉靖有威，敏給有斷，奉公以莅之，矢心以圖之，何

[一]《孫將軍去思碑》，此篇鈔本缺。

重之弗克負？而何艱之不可濟？功名所樹立，即漢之明將辛、趙、甘、傅輩，薄不足爲而策勛丹書，益張大厥，考之遺烈庶幾哉？唐之西平、宋之濟陽，父子濟美，將復見于今矣。是可爲邦家之休，豈特禁衛之光也！君其勖之，無負特選之意哉！

君之幕下將吏，嘉君之行，惜君之別，欲立石以紀之，余遂録其梗概如此。

【箋】辛、趙、甘、傅　辛，辛慶忌；趙，趙充國。《漢書》有《趙充國辛慶忌傳》。甘，甘延壽；傅，傅寬。《漢書》有《傅常鄭甘陳段傳》。四位皆漢名將。

李西平父子　唐李晟、李愬，洮州臨潭縣（今屬甘肅）人。李晟因爵封西平郡王，故稱李西平。

曹濟陽父子　曹彬、曹瑋父子。彬，字國華，真定靈壽（今河北靈壽縣）人。北宋開國名將，卒贈濟陽郡王。彬子曹瑋。

永陵　明世宗朱厚熜及陳氏、方氏、杜氏三皇后陵寢。在今北京昌平天壽山陽翠嶺南。此處指嘉靖年間。

南日　南日島，在今莆田東海面上。

○黄仲昭《重刊興化府志》卷七《户紀一》『山川考』上：『南日山，在平衛東海上，與琉球國相望。』

侯官[一]周侯修築石門硤碑銘

吾聞近村有石門硤者，在大江之滸，當上游諸溪所匯。每歲巨浸横流，率由石門而入，泛濫衍溢，歷四都，幾三十里，室廬阡陌，湮没殆盡，居民患苦之。往歲，當事者捐官緡築堤以障其衝，然率狃丁因循苟且，高水湍悍而岸善崩，官緡皆委于水。久之，不復事塞也。

壬辰年，耆老陳某輩裹三月糧，竭蹷以趨闕下，稽顙上書曰：『閩中僻在海隅，土地磽确。石門硤亦侯官一奥區也，其田萬畝，其人千餘家，其産桑麻竹木。然地卑下無堤防，溪水衝嚙，歲因以不登，厥賦下下。臣愚以爲塞之便，昧死奏聞，惟陛下憐察。』天子可其奏，下所司雜議之。于是，閩中大吏屬其事于侯邑周侯。周侯單車至其地，咨諏量度[二]，謂[三]父老言，是白諸大吏，具題獲允。民之繫産于兹地者，遂歡然相率捐緡錢，鳩工築堤。堤[四]横亘三十餘里，高幾丈，廣幾丈，不盈期而功告成。其沃壤可田，其溪[五]下者瀦爲湖，其弃地令民茭牧其中，無不人人稱便者，不費縣官一錢也。

[一] 侯官，鈔本作『侯邑』。

[二] 咨諏量度，鈔本作『咨度諏量』。

[三] 謂，鈔本作『廣爲』。

[四] 堤，鈔本一無『堤』字。

[五] 溪，鈔本作『窪』。

今年秋，水潦横溢，石門居民得免魚鱉而畝栖野被者，則周侯世世之伐已見于此矣。古人有云：『常人可與樂成，難與慮始。』又云：『非常之原，黎民懼焉。』非虚語也。石門硤之患，歷數千百年，旋議旋止，旋築旋崩，掣肘于豪强，甘以鄰國爲壑者十而九也。惟周侯順民之情，相地之宜，夷險休勞，不激不弛，卒用成功，以報塞[一]聖天子矜恤黎元至意。此[二]其焦勞胝胼，蓋禹之餘烈乎？事既竣，父老願得余之一言，勒石樹于其鄉，以垂不朽。余曰：『唯唯。』乃爲之銘，曰：

惟兹石門，卑濕之原。衆流來奔，建瓴而瀉。豈惟害稼，溺民廬舍。潰爲江河，傷民實多。瓠子興歌，幾千百載。巨浸爲害，民則何賴。惟我周侯，爰咨爰謀。障兹奔流，奔流既止。民用以喜，伊誰經始。安厥室家，以桑以麻。甌窶滿車，昔也魚鱉，今也樂業。維侯之烈，侯烈無疆。河水湯湯，萬年俱長。

【編年】萬曆二十一年癸巳（一五九三）。

【箋】侯官周侯修築石門硤碑銘　又見王應山《閩都記》卷二十一《郡西侯官勝迹》。

○曹學佺《大明一統名勝志·福建》卷一《福州府》『石門』條：『有峽，大江泛漲，衝決不當，數爲田廬之患。萬曆十八年，侯官令周兆聖力主塞之，孝廉徐熥作《銘》。』按：周兆聖力主塞之在前，熥銘作于築門之後。

［一］塞，鈔本作『答』。

［二］此，鈔本無『此』字。

侯邑周侯　即侯官令周兆聖。兆聖卒于萬曆二十四年(一五九六)。參見《挽周侯官》(《幔亭集》卷六)。

石門　在福州西郊。

○王應山《閩都記》卷二十一《郡西侯官勝迹》『石門硤』條:『在十二都溪口,甚狹,僅可容舠,當大江衝流。夏秋淫潦,泛入數里,田畝皆爲巨浸。邇歲,里人請填塞,實侯官令周兆聖之力也。』按:《閩都記》載此篇銘文。

○曹學佺《大明一統名勝志·福建》卷一《福州府》『石門』條:『山兩崖壁立,中貫清溪,望之如門,故名「石門」。』

○林其蓉《閩江金山志》『塔江西北瀕水諸鄉』條:『石門硤,在塔江西北。其下曰「翠屏山」,山右曰沙堤鄉。』

壬辰　萬曆二十年壬辰(一五九二)。

瓠子　《瓠子歌》,漢武帝劉徹作。

○《史記·河渠書》:『天子乃使汲仁、郭昌發卒數萬人塞瓠子決。于是天子已用事萬里沙,則還自臨決河,沈白馬玉璧于河,令群臣從官自將軍已下皆負薪填決河。是時東郡燒草,以故薪柴少,而下淇園之竹以爲楗。天子既臨河決,悼功之不成,乃作歌曰:「瓠子決兮將奈何?皓皓旰旰兮閭殫爲河!殫爲河兮地不得寧,功無已時兮吾山平。吾山平兮巨野溢,魚沸鬱兮柏冬日。延道弛兮離常流,蛟龍騁兮方遠游。歸舊川兮神哉沛，不封禪兮安知外！爲我謂河伯兮何不仁，泛濫不止兮愁吾人！嚙桑浮兮淮、泗滿，久不反兮水維緩。」一曰：「河湯湯兮激潺湲，北渡污兮浚流難。搴長茭兮沉美玉，河伯許兮薪不屬。薪不屬兮衛人罪，燒蕭條兮噫乎何以禦水！穨林竹兮楗石菑，宣房塞兮萬福來。」于是卒塞瓠子，築宮其上，名曰宣房宮。而道河北行二渠，復禹舊迹，而梁、楚之地複寧，無水灾。』

幔亭集卷之十七終

幔亭集卷之十八

閩中徐　熥惟和著
友人曹學佺能始選
鄒時豊有年編

墓志銘

周國材先生墓志銘

先生諱檪，字國材，世爲河南開封西華人。當高皇帝時，有祖叔周順以慣戰頭目起家，周忠繼之。至始祖文，以從龍功授帶刀散騎舍人。既而文皇靖難，文始侯萬户，徙封閩中。文卒[一]，次子鼎代侯。鼎卒，中子晟代侯。晟子顥先殁，子綱代侯。綱卒，子澄代侯。澄，即先生之父也。坐誣枉，爵除。當澄以乾没，下吏[二]，郡二千石及廉訪諸司按其事者，皆知其誣，獨直指使者以毛摯爲治，謂澄意在侵漁，竟坐法失侯。適澄暴卒，不得上書自陳，遂以疑獄廢置。澄既卒，家益貧。先生

[一] 文卒，鈔本作『文卒後』。
[二] 下吏，鈔本作『吏□』。

與二母居，蕭然環堵，攻苦食淡，至不免負薪。先生既不得侯，乃發憤治博士家言，冀得一第。于凡諸子百家、農圃星曆之書，靡不周覽。同舍郎什九貴顯，獨先生流落不遇。當吾鄉馬司徒、周廷尉兩公同時在朝，先生伏闕訟冤，兩公爲白其誣，旨下所司議其事。所司持先生牘將覆奏，意忽忽不樂，遂寢不報，竟不得侯。

先生精岐黄之術，所投劑，貧富不問，前後全活者無數。達官貴人與先生游者甚衆，後有貴人服先生劑良愈，雅重先生，乘間問先生父冤抑狀[一]，先生具以對。貴人慨然爲陳之主者，主者下吏議。吏欲得千金，先生貧不得致，主者卒從吏議，又不得侯。歲辛酉，先生以武薦上司馬氏。人咸謂先生既得雋，當復先人故物，然卒被放，又竟不得侯。其數[二]奇，多此類。先生既老，種瓜城東，如秦東陵故事。飲酒賦詩，自見其志。以《尚書》授其子官，官爲郡庠生。先生生于正德乙亥十月十五日子時，卒于萬曆己丑十一月廿三日酉時，享年七十有五。官之友人林生者，爲卜葬地于閩縣東郊孝義里龍窟山，坐亥向巳。當未得葬地時，官夢神人指示形勝，後得地悉如夢中，其事甚怪。葬擇于某年某月某日某時，配孺人張氏、趙氏具生壙左右。官娶同衛李公楫長女。孫男二：仲泰、叔盛。孫女丙姐。俱尚幼。

徐𤊹曰：予觀户牖，侯自謂多陰謀，世即廢，終不能復起。周氏雖世爲將，然考其先世，多恂恂

[一] 問先生父冤抑狀，鈔本無『父』字。
[二] 數，鈔本作『數之』。

長者。而先生又積行累仁，乃以誣枉，故亦一蹶不復起，此其事不可知。然蕭相國以罪失侯者四世，後天子竟求何後續其封。今明聖當陽，興滅繼絶，官又博學能文章，一旦遭時遇主，克復故物，夫豈難哉，夫豈難哉！銘曰：

罪者竊鈎耶，造物者何讎耶，纍纍者丘耶，是爲明之素侯耶。

【編年】萬曆十七年己丑（一五八九）或稍後。

【箋】文皇　詳卷三《帝京篇》。

馬司徒　即馬森。森，字孔養，懷安人。嘉靖十四年（一五三五）進士，官至户部尚書。卒，贈太子少保，謚恭敏。

周廷尉　即周亮。亮，字尚寅，侯官人。嘉靖十一年（一五三二）進士。歷御史，官終大理寺丞。

辛酉　嘉靖四十年辛酉（一五六一）。

正德乙亥　正德十年乙亥（一五一五）。

萬曆己丑　萬曆十七年己丑（一五八九）。

孝義里　徐氏祖墓在孝義里荔枝林。

蕭山司訓池公墓志銘

小子熥曩歲之游樵川也，邂逅西甌池君濯纓于嵩山蘭若，把臂甚歡，如是往還者餘十載[一]。歲戊子，熥上公車，道過西甌，具衣冠，拜濯纓令尊君先生于堂下，稱觴上壽而别。時先生年已髦耋，翩翩乎杖履無恙也。越五載，歲在辰龍九月之朔，先生卒于西甌濠棟之故里，享春秋九十有二。時熥方斬然衰絰之中。濯纓走一使賫先生《狀》來乞銘。讀其《狀》，噦吁涕泣，潺潺不絕。豈所謂同病相憐者耶？

按《狀》：先生諱鍾慶，字必大，號觀瀾。其先由河南光州固始徙居閩。父諱金，由明經登歲薦，任湖廣湘潭令尹。母楊孺人以弘治辛酉年十一月初四日辰時舉先生。先生之生也，晚于群從爲季，然穎异迥于常兒。未幾，令尹公見背，先生煢煢尚幼也。楊孺人督課之，不异令尹公在時，先生亦循循奉母儀如父訓。嘗曰：『吾而不能如范滂也者，謂太夫人何？』

既而補弟子員，文名『日起』，令尹公雖綰墨綬乎而清如胡威，汗邪不足自給。先生下帷如董生，口不問家人産。太保肅愍李公與先生交最歡，然先生游之，不啻蓬户，未嘗一受其憐，太保公以此益重池先生矣。督學憲臣後先旌异，謂先生可方原憲云。天性孝友，事伯兄，色養惟謹，老而不倦，胸懷坦易，與人交若飲醇，歡然無忤，蓋自勝冠，以至杖于朝，如一日也。先生博學能文章，而時

[一] 餘十載，鈔本作『十餘載』。

命大謬，每戰省闈俱不利。以貢上春官，授浙東蕭山司訓。

廣文先生青氈如水，歲入俸錢，不堪飽妻子。先生日啖苜蓿，而腹果然。嘗戲謂：『吾寧爲曼倩，不爲侏儒。』且出其橐中餘資，周恤貧士。士有胡某者，貧甚，既壯不能委禽。先生爲之備六禮諧伉儷。至今胡之孫子〔一〕猶誦池先生柯斧不衰也。先生老得一命，憚于磬折，竟拂袖歸。歸惟杜門息景，取《周易》一書，鈎深致遠，間有所得。摩挲老眼，一札十行，韋編絶者屢矣。賓客時來，則圍棋賦詩，夜深乃罷。或遇天朗氣清，則雙屩孤笻，興來獨往，逍遥移日。

晚喜内修，《參同》《悟真》《内景》《素問》諸書不去手，故年幾百歲而髮隺隺然，顔童童然，望之如神仙中人。豈亦玄牝之驗耶？國家重鄉飲之制，非忠厚長者，或可〔二〕式鄉閭者不得濫。先生爲上賓者九，其月旦可知已〔三〕。先生四丈夫子，衿皆青。其汗如血，皆伏槽櫪，不能一驤其首，令先生觀厥成也。豈不痛哉！

先生屬纊時，精爽不亂，以旦暮當〔四〕死生，其言皆合于柱下、蒙莊之旨。若池先生者，豈所謂死而不亡者壽耶？所著有《讀易解》《稽古篇》《賢奕録》《參同注》及《詩譜》《圖書》若干卷，藏于

〔一〕孫子，鈔本作『子孫』。
〔二〕可，鈔本作『亦』。
〔三〕已，鈔本作『矣』。
〔四〕當，鈔本作『將』。

家。先生配江氏，繼配蘇氏。男子四：長即濯纓，郡庠生，娶楊氏；次涌泉，郡庠生，娶丘[一]氏，繼毛氏、彭氏；次濟民，邑庠生，娶謝氏；次涣文，郡庠生，娶潘氏；俱蘇出。女子三：長貞，適處士鄭某；次媛，適鄉進士定安令張某；次彩，適屏山裔郡庠生劉某；俱江出。孫男四：國材娶李氏，濯纓出；國樞聘魏氏，涌泉出；國模、國楷尚幼，涣文出。孫女一，某，許楊氏，濟民出。墓在梅山之陰，濯纓等將以某年月日奉先生柩納諸壙中而封焉。是宜銘。銘曰：

大齊百年，公少其八。河東三鳳，公多其一。居全盛之五朝，膺廣文之一秩。脱影歸真，九月之吉。埋骨兹山，萬事已畢。是爲池先生之窀穸。

【編年】萬曆二十一年癸巳（一五九三）。

【箋】池公　池慶，字必大，號觀瀾。其先由河南光州固始徙居福建甌寧（今建甌）。參見本卷《祭池博士》。

墓志銘　此文墓主人托熥作。

○徐熥《與池秀才》：『墓中文垂于千秋，當索如椽之筆。乃浪委于僕，僕亦漫然命子墨，是足下與僕罪等耳，識者不笑秦無人哉？嘉惠之頒，對使拜命。束帛瓣香，致尊公靈几前，當生芻一束也。』（《幔亭集》卷二十）

[一] 丘，鈔本作『邱』。

樵川　邵武別稱，詳卷五《樵川道中》。

西甌　甌寧，今建甌市。

戊子　萬曆十六年（一五八八）。

歲在辰龍　指萬曆二十一年癸巳（一五九三）。

弘治辛酉　弘治十四年（一五〇一）。

范滂　字孟博，汝南征羌（今河南漯河市召陵區）人。東漢名士。舉孝廉爲光禄勛主事，遷汝南郡功曹。《後漢書》有傳。

原憲　字子思，春秋末年宋國商丘人，孔門七十二弟子之一。

曼倩　東方朔，字曼倩，平原郡厭次（今山東德州陵城區）人。西漢文學家、辭賦家。爲人滑稽詼諧，武帝以弄臣事之。《史記》《漢書》有傳。

參同　《周易參同契》，東漢魏伯陽著，後被道教奉爲經典。

悟真　《悟真篇》是北宋张伯端撰道教典籍。

内景　《内景圖》，又稱《内經圖》，道家全真一脉的修煉秘法。

素問　《素問》，醫經著作之一；與《黄帝内經靈樞》（即《靈樞經》）合而爲《黄帝内經》。

梅山　即梅亭山，據王應山《閩都記》卷二十三，山在郡城西湖西北。

河東三鳳　指隋末唐初河東薛稷村薛收、薛德音、薛元敬叔侄三人。

玉融周翁墓志銘

周翁者，玉融之龍江人也。生而軀幹修偉，洪聲美髯，性倜儻任俠。當嘉靖戊午歲，倭患猖獗，翁將携家往匿山中。時有友人借翁莊居而遠游者，寇卒至，其妻子皇急無所投，驚欲自絕。翁欲挈之遁，其人曰：『翁休矣。奈何以數口相累。』曰：『夷而收之，臨難而弃之，不仁。終不令若輩死而吾獨生。』令婦與翁媪[一]結衣袂而走，又令蒼頭强有力者，負己子與友人子并遁深山中，乃免。時山中米粟乏絶，翁與之同飲食者三閱月，寇退乃已。寇既陷玉融，室廬煨燼，或勸翁結廬以自蔽。翁曰：『城郭不完，一旦虜或生心，吾屬[二]能安枕耶？』與邑諸生暨二三父老請于當道，築建城堡，翁日周旋于睥睨間。三十年來，屹如金湯者，翁有力焉。里有先師廟圮于兵燹，先生倡弟子員[三]募緣重新于瑞峰之麓。自是龍江之鄉歲所舉士倍于他，所仕有躋華膴者。

先是，歲在甲辰，閩中大饑，以緡錢易斗粟，餓莩相望于道，翁捐囊振之，全活者甚衆。宗人不能舉火者，有翁在，腹果然矣。負翁責者二百餘金，翁自盟曰：『吾困于財，不能行其德于宗族，而

[一] 令婦與翁媪，鈔本作『令婦與婦翁媪』。
[二] 屬，鈔本作『廬』。
[三] 先生倡弟子員，鈔本作『後先生倡弟子員』。

又責其負主臣。』輒私焚其券。宗人不之知，即負者亦不之知[一]也。有婢投匿翁許[二]，翁加意撫育，令人密廉其故主而遣之，不責其酬，且無德色。

周之居龍江者五世，至翁始建宗祠，朔望伏臘，群族瞻拜其中，爲講敦睦之義。大父僉憲松坡公偕夫人歸葬有年矣，形家以爲不利，翁卜宅兆爲改葬焉。里中豪有盜葬于其側者，翁聞之官，卒發其喪，豪者攝服以去。里中有爭競者，皆質成于翁，翁爲之剖曲直，陳利害，爭者無不肉袒于翁，謂吾屬不檢，而煩長者居間，吾屬愧矣。其重于鄉人如此。翁性至孝，事父存庵公，不徒色養，務得歡心。存庵公謂仲子才無煩而翁慮者，故有所餘羨，皆散給諸子，獨不及翁，翁顏色愈和，存庵公志益大愜。伯兄舉丈夫子六，食指漸繁，翁乃爲鬻田以具資斧，游于四方，授以廢舉之術。不數年，伯兄業以大起，既而有齕其伯兄産者，兩訟于有司。慮兄扞文罔，乃輕身爲白于當道，卒貽伯兄以安。季弟末路嶮巇，翁破産爲償其負。室中人謂翁方食貧，奈何屑越故物，獨不爲兒子地耶？翁蒿目嘆曰：『夫侄，猶子也，令就困厄，即而子安哺能乎？』卒爲紓其患而撫恤備至，蓋終其身云。

翁少穎异，弱冠補邑弟子員，經書子史，靡不淹貫，尤熟《左氏春秋》。居黌序四十年，聲稱籍甚，常五試棘闈，皆不利。後以母老，陳情于督學使者蔡公，可其請，榮以衣冠復其身焉。萬曆戊子，仲子大時舉于鄉，或爲翁色喜，翁泊如也。孝廉君以紈綺進，翁不之御，曰：『非吾志也。』每食輒

[一] 不之知，鈔本作『不自知也』。
[二] 有婢投匿翁許，鈔本作『有婢匿翁家』。

語孝廉曰：『而昇日當官，以清苦自持，毋負國恩，毋辱先世，則而父安矣。』年八十，正襟危坐而卒。

按《狀》：翁諱德安，字思欽，別號沙村。其先世自清源里出，居仁壽鍾山[一]之陽，後徙居龍江。太公[二]松坡公諱某，官某省僉憲。父存庵公諱某，娶林氏，山門侍御之孫子翼之女，生大同，娶本里謝庠生觀我之女；側室陳氏生大時，即孝廉君，娶方民里李庠生埴之女；側室李氏，閩邑人，生大觀，娶林庠生曰赤之女；繼娶建寧童醫官良性之女。林、李皆先公[三]卒。女五：長適何邦畿[四]，次適夏松，次適謝鏕，次適林大茂，次適林宗斗，大時出。孫男繼梁，聘方民林詔女[五]，維杞、維梓、維楠，俱尚幼。

翁生正德壬申年十月十七日辰時，卒于萬曆辛卯年三月十九日戌時。大同輩將以萬曆甲午年某月某日奉翁柩葬于某山之陽，而丐熥言勒石于壙。熥不敢辭也，爲之銘，銘曰：

以翁之賢，老于雲烟，遇之迍邅。雖則迍邅，而得全天年。其無懷之與葛天，海之堧，山之巔。有冢纍然，是爲周先生之阡。

[一] 鍾山，鈔本作『鐘山』。
[二] 太公，鈔本作『大父』。
[三] 公，鈔本作『翁』。
[四] 邦畿，鈔本作『拜基』。
[五] 方民林詔女，鈔本作『方民林詔之女』。

【編年】萬曆二十二年甲午（一五九四）。

【箋】玉融　詳卷五《送陳道育下第歸玉融》。

周翁　周德安（一五一二—一五九一），字思欽，別號沙村，福清（今屬福建）人。庠生。仲子周大時，萬曆十六年（一五八八）舉人。

龍江　今福建福清市龍江街道，因龍江（發源于莆田市涵江區，東向流，注入福清灣）而得名。

嘉靖戊午　嘉靖三十七年戊午（一五五八）。

瑞峰　即龍山。王應山《閩都記》卷二十七《郡東南福清勝迹》『龍山』條：『在海口城東北，又名瑞峰。有寺在山巔，石浮圖七級，可觀海口出處。』

甲辰　嘉靖二十二年（一五四三）。

戊子　萬曆十六年（一五八八）。

清源里　南上隅九里之一，據《（乾隆）福清縣志》卷二《輿地志·鄉里》。

鍾山　《（乾隆）福清縣志》卷二《輿地志·山川》『鍾山』條：『在仁壽里，縣東南水口之限。』

正德壬申　正德七年（一五一二）。

萬曆辛卯　萬曆十九年（一五九一）。

萬曆甲午　萬曆二十二年（一五九四）。

登仕郎姚江簿宗先生墓志銘

宗先生名周，字思兼，别號魯山。其先隴西河寧人，爲宋名臣宗澤之後。洪武初，有諱嘉者占戎籍于閩。嘉生貴，貴生通，通生應，號圃東公——先生之父也。世居晋浦之濱，代隱弗仕。圃東公以布衣累鉅萬。舉丈夫子六，先生其次也。

圃東公好行其德，凡一時名士，靡不延納。故先生少即有長者交，如薛博士欽、葉孝廉麟、林孝廉源清、陳參知全之、鄒明府一麟，皆用藻績著聲。先生以韶年參其末座，于先永寧契誼尤深。既冠，補弟子員，先生性資高曠，喜涉獵百家，厭公車業。乃請于圃東公，北游太學，居都門者三載[一]，其所交，傾四方之士。先生性孝友，居圃東公及母李夫人喪，茹素食淡，不苫塊不寢。伯兄蚤卒無子，先生以仲子繼其後，居恒語及伯氏，則繼之以泣，痛若不勝。尤篤愛諸弟，諸弟中有緩急，未嘗不捐囊副之。歲時伏臘，諸弟有不與者，先生飲弗樂也。至于公私之務，蔑不倚辦于先生矣。先生雖負侃侃，而腸柔甚。聞人困苦，則鼻酸心動，不能自禁，必振其急，而後卧交睫也。先生家故饒，不善心計。客有以廢舉之術嘗先生者，卒負先生數百金，先生知其欺，白首不問也。嘉靖季，有裨將滕某者，浙人也，以備倭入閩，就先生假館。既以他事往，槖其千金扃鐍以寄，途忽暴卒。先生

[一] 三載，鈔本作『載三』。

舉以還其子，猶其人所手緘者。

癸酉歲，廬而火，先生雖皇急，神色自若，餘無所取，獨抱先人祭器及古書名畫以奔，然其煨燼者過半矣。每與熥語及先世所藏，未嘗不噦吁流涕也。

丙子歲，詣闕謁選，得餘姚主簿。或謂姚劇邑，佐之爲難[一]，先生囅然笑曰：『簿，冷曹[二]也。其地去剡溪不遠，且禹穴、蘭亭遺址在焉，一時詞人墨士咸輻輳其鄉，正吏隱者所宜。何薄姚也？』先生爲吏長厚，又多[三]機警，善鉤筒術，晝夜令司虣之屬巡行四境，以察非常。有龔别駕者，夜爲海盜所劫，亡金寶無算。質明别駕方持牒聞于官，而賊已先就縛矣，咸驚服以爲神君。有陳氏女美而艷，無賴少年蕭某者挑之不得，遂誣其兄以殺人，律當死。先生廉得其狀，一訊而服。有屬吏李某者，坐誣枉繫獄，禍且不測，先生下車甫半月，心知其冤，即解囊中金以贖之，吏得以全，姚人至今誦之。

滿三載，以病免，歸與二三耆舊爲文酒之歡。先永寧實主其盟，詩筒往來，殆無虚日。其居[四]

[一] 爲難，鈔本作『爲實難』。

[二] 冷曹，鈔本作『冷官』。

[三] 多，鈔本無『多』字。

[四] 其居，鈔本作『其所居』。

富花竹，先世所遺書畫，先生十襲[一]珍之，客至則懸以供賞玩，曰：『效吾家少文卧游也。』焚香煮茗，超然物外。非烟霞之語，未嘗一出齒牙，先輩大雅君子無能過先生者。先生工繪事，山水學沈啓南，間爲高房山花卉竹石，種種有法。總之，筆力蒼健，不墮俗格。

晚歲尤喜爲詩，音調清越。書得格蘇、黄，皆有可傳者。先生性通脱而行甚方，生平無貳色，媵婢之屬，不近床笫。先生少年美風儀，其客長安時，曹偶挾先生爲平康之游，未嘗辭不往。墮珥遺簪之後，或有目成先生者，謔浪通夕，竟不及于亂也。

憶甲申之歲，熥侍先生客樵川，周旋半載，飫先生盛德，蓋不啻飲醇。而先生亦以孺子爲可教，善則獎進，過則譙訶，熥亦事先生惟謹。今先生已矣，其忍以言銘先生邪？先生生于嘉靖戊子年十月二十九日未時，卒于萬曆丙申年二月二十四日巳時，享年六十有九。娶林氏，博士廷植女。男二：長家相，閩庠生，娶趙別駕志孫女；次家模，禮部儒士，娶庠生藍則卿女，繼娶徐氏、齊氏。孫男五：日炳娶葉刺史邦榮孫女，日烜娶庠生陳邦鼎女，日烶尚幼，家相出；日燦娶庠生王咨女，日焯尚幼，家模出。曾孫二：甲，日炳[二]出；萸，日燦[三]出。女一，適庠生周京男應秋。先生自卜宅兆于鼓山之陽，坐乙向辛。家相等將以萬曆己亥年二月十六日未時啓窀穸而葬焉。方先生在日，

[一] 十襲，鈔本作『什襲』。
[二] 日炳，鈔本作『日燦』。
[三] 日燦，鈔本作者『日炳』。

命熥爲傳，曰：『知我者，莫若卿。』熥謝未遑也。兹以一言藏諸名山，蓋從先生之治命乎。銘曰：

黄鐘〔一〕輟矣，公其咸韺。蕭艾榮矣，公其蘭蘅。公仕弗顯，公道則亨。吉哉素履，允矣獨行。佳城鬱鬱，鼓山之側。斧如堂如，以寧魂魄。景行高風，仰彼芳躅。陵谷有遷，斯銘不泐。

【編年】萬曆二十七年己亥（一五九九）。

【箋】姚江簿宗先生　宗周（一五二八—一五九六），字思兼，别號魯山，閩縣人。善爲詩，與徐棉詩筒往來，書得蘇、黄之格。

○徐𤊹《晋安風雅·詩人爵里詳節》：『萬曆中監生，官餘姚主簿。卒年六十九。有《竹林集》。』

薛博士欽　詳卷十六《薛博士詩集序》。

葉孝廉麟　葉麟，字可仁，性之子，懷安（今福州）人。以貢應嘉靖十六年（一五三七）中式。

○喻政《〔萬曆〕福州府志》卷六十二《人文志·文苑傳》『劉鶴翔』條：『其同時孝廉有謝宜相、謝啓元、薛欽、徐禎、葉麟，俱云能詩。』

林孝廉源清　林源清，字阿靈，鏢之子，侯官人。嘉靖二十八年（一五四九）舉人。

陳參知全之　字粹仲，閩縣人。嘉靖二十三年（一五四四）進士，山西右參政，有《夢宜山

〔一〕鐘，鈔本作『鍾』。

人集》。

鄒明府一麟　熥妹適知縣鄒一麟男鄒學閔。

癸酉　萬曆元年癸酉（一五七三）。

丙子　萬曆四年（一五七六）。

少文卧游　詳卷三《赤岩吟爲大田令謝君賦》。

沈啓南　即沈周，詳卷十七《廛守黑山人傳》。

甲申　萬曆十二年甲申（一五八四）。

樵川　邵武别稱，詳卷五《樵川道中》。

嘉靖戊子　嘉靖七年（一五二八）。

萬曆丙申年　萬曆二十四年（一五九六）。

萬曆己亥年　萬曆二十七年（一五九九）。

黄隱君室人鄭氏墓志銘[一]

嘗考載籍，古今高人達士，夫婦偕隱者，不數數見也。楚有陸通，齊有陳仲子，漢有梁伯鸞。或隱于峨眉，或隱于于陵，或隱于霸陵，灌園耕織，以終其身。此非獨三君子能也，乃其婦亦賢婦矣。

[一]《黄隱君室人鄭氏墓志銘》，本篇鈔本缺。

勢利富厚，即世所稱爲丈夫者尚奔之若鶩，甘之若飴。況婦人女子而能絶甘攻苦，弃濃即淡，没齒無怨，豈不尤難哉！然三人者，誼至高，而其中猶有避兄離母、潔身亂倫之譏，則婦道尤缺也。惟隱不違親，貞不絶俗，躬有道之行，而修廡下之操，則爲難矣。以余觀于黄隱君之配鄭孺人，其微行有足述者，作《鄭孺人墓志》。

孺人姓鄭氏，文學先生仕俊之女也，年二十歸黄隱君道晦。隱君居于侯官之穆源，去城百里而近，其地依山帶溪，可耕可漁。其俗椎魯少文，雖人烟輻輳，而絶伊吾之聲。獨隱君折節好學，自六經、子史、道釋諸書，以至稗官小説，無不歷覽。間爲詩歌，以寫其山林閑適之趣。少無宦情，不求聞達，荷鋤戴笠，與傭奴雜作灌園，治産以給公上，意泊如也。乃孺人亦于于然安之，椎結布衣，故有林下風氣。晝則拮据女工，夜則篝燈絣縈絖。山宜梨柿之屬，每歲所收頗饒，皆從孺人手指中出。自奉舅姑妯娌外，未嘗屑越一枚也。

隱君嗜書，甫釋耒耜，即抱卷呻吟窗間，不問家人産。孺人爲綜理家政，不致乏絶。山中雖無車馬客，然一二父老亦時時過隱君。隱君欲奉觴爲壽，入告孺人，而野蔌山肴，咄嗟可辦矣。

忽一日，隱君病，不知人。孺人夜分潛出露禱，欲以己年限有餘者足隱君之算。家人耳以告隱君，隱君嘆息泣下，旋有起色。隱君父病牙癰者半載，隱君求醫于都市，孺人蓬首垢面，不解帶而奉湯藥閲數晝夜。未幾，太夫人病復作，孺人日夜籲天禮斗，願以身代。

隱君丘嫂早逝，有兒六歲，女八歲，孺泣不絶。孺人提携鞠撫，不啻己出。久之，二雛且忘其母之背也。隱君年幾四十，未有子。孺人當歸寧時，陰買一媵載歸。隱君失聲曰：『何物女子，而與之偕來耶？』孺人曰：『妾負君，不宜子。冀買此女以續君後耳。』隱君强納之，又不宜子。孺人復謀置一媵，即隱君不知也。

孺人針綉精絶，隱君女弟之閨處者，其女工皆出孺人手授。間有根鈍而不能通曉者，即五六指引，了無倦容。暇復以《女訓》《内則》諸書爲之句解其義，婉孌備至。故孺人卒之日，閨門行哭者皆失聲。隱君雖貧而性好施，鄉鄰有急者，隱君力不能應，或宴居深念，或徘徊四顧。孺人察其意，進曰：『君得無愛莫助者乎？』卒脱簪珥以與之。故鄉人德隱君者甚衆，孺人實相之也。

孺人與余室人爲兄弟，每室人譚其女兄閫内之行，余未嘗不嘖嘖鄭翁有女，黄隱君有婦也！

乙酉冬仲，孺人忽遘疾，自知不起，顧謂隱君曰：『修短命也，妾復何恨，第爲婦無狀，不能終奉舅姑，又與君中道訣絶以死，妾恨深矣。布衣之操，君其勉焉。』又指愛兒曰：『是兒可憐，君其善視之，毋寡恩，毋姑息。』遂瞑。卒之日，爲萬曆乙酉閏九月十一日申時，距其生嘉靖戊申二月十一日寅時，得年三十有八。孺人既死，隱君家益落，不能遂營葬地，藁殯于某山之陽。今年某月日，始奉孺人柩納諸壙，而丐余言以銘其幽。余謂隱君真隱者也，孺人真隱者之婦也。昔人謂要離烈士，伯鸞清高，其冢宜相。近孺人之操，無愧德曜，馬鬣之封，其誰與鄰耶？則有文士銘之矣。銘曰：

二十年蓬户，十年權厝，千百年丘墓。如電如露，何旦何暮，一抔之土。寧論羅襦之與荆布耶！

【編年】萬曆二十二年甲午（一五九四）。按：鄭氏卒于萬曆十三年乙酉（一五八五），『十年權厝』，越十年，當在是歲。

【箋】黄隱君室人鄭氏　黄子文妻、徐熥妻之姐。黄子文，詳卷五《九日大風雨與黄道晦陳惟秦飲屋後小山》。

陸通　春秋楚人，字接輿。昭王時，政令無常，乃佯狂不仕。時人稱爲楚狂。

陳仲子　即陳仲，又稱田仲、于陵中子等，戰國時著名賢士。

梁伯鸞　梁鴻，字伯鸞，漢扶風平陵（今陝西咸陽）人。娶同縣孟女光，共入霸陵山中，荆釵布裙，夫唱婦隨。

仕俊　鄭仕俊，詳本卷《祭外舅鄭茂才》。

女訓　《女訓》，相傳東漢蔡邕所作。

内則　《内則》，《礼記》能成部分之一。内容爲家庭主要遵循的礼则。

孺人與余室人爲兄弟　徐熥配爲鄭仕俊第三女，故云。

乙酉　萬曆十三年（一五八五）。

嘉靖戊申　嘉靖二十七年（一五四八）。

要離　春秋吴人，生活在吴王闔閭時期。著名刺客，有萬夫之勇。

林兆綸亡室鄭氏墓志銘[一]

壬辰春，熥方讀書山中，莆友林生兆綸函其亡室鄭碩人《狀》來乞銘。熥讀其《狀》，悼淑麗之凋殞，慨佳人之無禄，朱顔委于黄土，長夜豈能再辰，房帷之好永絶，伉儷之痛難勝。古人有言，婦人之德，非誄不顯。即使熥鄙不文，而埋玉之山，敢愛片辭以藏之窆中，而傳之來世哉！

碩人姓鄭氏，河南觀察使公女也。當觀察公官越臬時，歲在隆慶己巳，徐少君蛇夢協徵，蛾眉斯舉。及兆綸尊大夫榷税衡陽，而觀察公道經于楚，解后[二]宦邸，杯酒爲歡時，兆綸歲方四周，騣乎有食牛之氣矣。林大夫置之膝前，觀察公撫摩其頂，寧馨發嘆，婚媾斯諧。借楚水以爲盟，指衡山而作證。然而行役不遑，旋即趣駕。雖筐篚未陳，而片言已定矣。及兩公相繼罷歸，桑梓非遥，桃夭將賦，大夫忽捐館舍，兆綸方抱哀衷，歸妹愆期，有待而行。

至某年月日，碩人始歸于兆綸，琴瑟既和，繾綣彌篤。玉杵得乎雲英，黛眉畫于京兆，可謂一代雙人，百年佳配，禮也。兆綸母黄宜人、生母張少君咸謂新婦婉孌聰慧，甚得歡心。碩人歸兆綸者六載，而婦職不愆。事姑嫜能孝，處妯娌能和。奉宗祧有蘋蘩之托，操井臼無富貴之容。御侍婢夏楚不施，待賓客中饋無缺。侍張少君之疾，具糜餰，不瘥不休；臨觀察公之喪，伏其尸，一泪一血。其他懿行，難以縷述。夫何歲月無幾而奇疾隨遘，欲延醫調攝，恐貽姑氏之憂，遂暫歸于鄭，以就刀

[一]《林兆綸亡室鄭氏墓志銘》，本篇鈔本缺。
[二] 解后，當作『邂逅』。

圭。賢哉，婦也！意念深矣！

詎意彩雲易散，白璧難完。二豎之入愈深，越人望而却走，乃與兆綸嚱吁訣絶。思還骨于林，舁歸一夕，而碩人竟死，年才二十有一。悲乎！清塵委床，悲風入室。流黄絶響，鸞鏡沉光。魚比目而中路分，枝連理而一朝折。芳香猶在，啓遺篋以興悲；玉珮無聲，望流蘇而太息。

兆綸達不同于蒙莊，痛何殊于潘岳。顧返魂無術，不獲見玉顔于帷幔。燈燭之間，而貞石可鐫。思欲藉不朽于藻繪，菁華之士，墓中之石，濫以屬熥。熥與兆綸百里神交，异鄉兄弟。哀荒之中，漫成兹志。雖穢及青山，羞貽白骨，然誼當載筆，其敢辭乎？

碩人生于隆慶己巳閏六月廿一日未時，卒于萬曆己丑四月十五日巳時。墓在某山之陽，葬擇于某年某月某日。碩人名某，父觀察使，名茂。兆綸名去疾，父林某，官長沙郡丞，即所稱林大夫者也。銘曰：

孝其姑而佐其夫，夭其軀而無其雛。嗚呼！

【編年】萬曆二十年壬辰（一五九二）。

【箋】林兆綸　即林去疾。參見卷六《送林兆綸游武夷》。

鄭氏　鄭茂之女（一五六九—一五八九）。鄭茂，字士元，莆田人。嘉靖三十二年（一五五三）進士，授海鹽知縣，擢兵科給事中，歷官河南按察使。有《咫園詩集》《靖海紀略》。

蒙莊　即莊子。莊子喪婦，鼓盆而歌。

潘岳　西晉文學家，善作哀逝詩文，有《悼亡詩》。
隆慶己巳　隆慶三年（一五六九）。
萬曆己丑　萬曆十七年（一五八九）。

墓表

亡友陳仲見秀才墓表[一]

陳君仲見，年三十有四，以閩邑諸生卒，時萬曆十六年戊子歲也。越三年，辛卯冬某月某日，其父汝大先生暨二孤葬其柩于某丘某原。既葬之明年，其友人徐熥哀其志，爲文以表之。俾千秋萬歲後，知吾閩有陳仲見者，才且賢而夭死，埋其骨于此中也。

仲見諱士龍，閩人也。其先侯官人，自高、曾而下，皆歷顯官。祖憲副公爲吏有能聲，而母又爲馬司徒森公女，故仲見貌頗類馬司徒，蓋魁然者也。仲見少警敏，多權略，又于内外祖所習國家掌故，居常有所抵掌，即宿儒老吏，謝不及也。今世博士家，屈首受公車業，授以握算，不知從横。仲見雖在諸生間，而獨識大體。其所持論切于事情，不爲章句之學，故人鮮有知之者。而徐生獨知之，謂仲見得試于時，其功業當比隆内外祖。惜其不能以公車售，竟死也。

[一]《亡友陳仲見秀才墓表》，本篇鈔本缺。

仲見性侃直，人有過，輒面折之，頗爲同游者所憚。又善飲酒，每宴賓客，必扃鐍其户，客無能亡去者。仲見起行酒法嚴甚，即客量如斗筲，然莫不浮白引滿，無敢耳語喧嘩者。嘗自嘲爲酒中衛鞅，時亦呼爲陳孟公云。復喜任俠，人有緩急，傾身以赴之，而圖畫萬全，無所失墜。其料事多奇中，事有疑不能決者，往質仲見，仲見兩言而決耳。甫弱冠，委禽于鄭觀察公女。觀察時官留都，仲見以此得游于江淮、吴越間。所過賢豪長者，無不折節與仲見交者。仲見家居尤喜賓客，詞人墨士來游閩者，仲見未嘗不倒屣。故仲見雖少年，而好客自喜，名滿公卿間。

乙酉，省試不利，乃束裝訪鄭觀察于羅浮、五嶺之間。名山靈刹，足迹幾遍。道經章貢，郡二千石與仲見有世雅，下榻甚歡。章貢爲諸藩孔道，商船賈舶，鱗比輻輳，例開榷場，譏闌往來。諸商有大賈載奇貨滿巨艦，冀得仲見一言免其征，奉百金爲陳公子壽。仲見謝不取，曰：『奈何以苞苴汙吾行李？』竟麾之。後太守聞其事，待仲見愈恭。比抵舍，發其橐中，出竹簟一奉父，狐貉一奉母，翡翠、桄榔之屬以遺諸兄弟，無長物也。

既自粤歸，喜山水益甚，游宴無虚日。仲見體碩，不便登涉。丁亥秋登岃崱峰，攀躋困頓，歸而病血。戊子歲復游西北諸山，問奇吊古，遲迴蒼莽間，歸復病痰，伏枕兩月，竟不起矣。

仲見既壯，不能以經術取世資，意常忽忽。故督課其二子甚力，無間寒暑。察其意，即弁而冠，進賢猶晚也，時伯玉纔數齡耳。余嘗戲謂之曰：『君何未卯而求時夜哉？』仲見大笑。今伯玉年十六，衿已青，富貴可立致，而仲見已爲异物。悲夫！悲夫！

仲見事父母及諸祖母，皆得歡心。父汝大先生工爲詩，日夜握管呻吟，不顧家人産。而弟仲名方下帷爲經生，故家務皆出仲見經畫。臧獲稍有跳浪，則夏楚隨之。故陳氏雖世貴顯，而平頭奴入市，股栗不敢爲非，其家政肅然如此。仲見有經世才，不獲一試，堇堇施之于家，抑又可悲矣。與弟仲名同居，贏詘之間，毫無間言，人莫不多其友愛焉。仲見父椿，即汝大先生，閩博士弟子，後弃去業詩。祖子文，湖廣憲副。曾祖鏵，惠州倅。遠祖艮，國初時以明經起家，官刑部員外郎。仲見娶鄭氏，觀察使人逵公女。子二：長即伯玉，閩庠生，聘國子博士鄭雲鏊孫女；次某。仲見生于嘉靖乙卯某月某日，卒于萬曆戊子某月某日。墓坐某向某，去憲副公墓幾十步，汝大先生所自擇者也。文曰：

士龍名，仲見字，享天年三十四。死者歸，生者寄。短與修，胡以异。子英英，有其二。墳纍纍，乘生氣。宿草繁，泉扃閟。友徐熥，哀其志。勒貞珉，爲之記。

【編年】萬曆二十年壬辰（一五九二）。

【箋】陳仲見　即陳見龍。見龍，字仲見，陳椿子，馬森外孫，閩縣人。

祖憲副　陳子文，湖廣憲副。

萬曆十六年戊子歲　公元一五八八年。

辛卯　萬曆十九年（一五九一）。

汝大　陳椿，字汝大，詳卷二《與陳汝大鼇峰宴集》。

衛鞅　即商鞅。

陳孟公　即陳遵。遵，字孟公，杜陵（今屬陝西）人。遵飲酒放縱，『每大飲，賓客滿堂，輒關門，取客車轄投井中，雖有急，終不得去』（《漢書》卷九十二《陳遵傳》）。

女適陳見龍。

乙酉　萬曆十三年（一五八五）。

鄭觀察　指鄭人逵，字克漸，閩縣人。隆慶五年（一五七一）進士，官至雲南按察使。其

羅浮　詳卷七《鍾山寺送曾人倩歸嶺南》。

五嶺　長江流域與珠江流域分水嶺及周邊群山，嶺名各家説法不一。

〇曹學佺《五嶺記》：『東粵之嶺南、嶺西、東三道、江右之嶺北道，與粵西之總名嶺右，皆以五嶺爲言。五嶺曼延數百里，跨連湖廣、江右、兩粵三省之界，即洞庭之南，蒼梧之野。』

章貢　贛州治所，今贛州市章貢區。

丁亥　萬曆十五年丁亥（一五八七）。

屴崱峰　詳卷二《登鼓山大頂》。

戊子　萬曆十六年戊子（一五八八）。

嘉靖乙卯　嘉靖三十四年（一五五五）。

行狀

邵武府通判李公暨元配林孺人行狀[一]

李公諱逢，字子時，慕東，其號也。其先爲江西吉水谷村之西平王人，二十五世祖仲榮始遷高凉茂名縣華山之下居焉。十傳而爲太僕公，太僕公諱邦直，以名進士起家，爲少卿。太夫人楊氏無子，少君張氏以嘉靖庚子二月二十六日亥時舉别駕公。

别駕公生而穎異，十歲能文章，十二即補邑庠弟子員。越明年，太僕公捐賓客。公居喪，哀毁如成人。值直指使者與太僕公有郤，且以公家兄弟黄口耳，思覆其巢而甘心焉。于是日夜招人告李少卿。陰事者胥徒五百之屬，填滿閭巷。公神色不爲變，且撫諸弟曰：『吾宗世有令德，雖及于難，不足憂也。』久之，事竟得解。

公懲于家難，益折節向學，年二十五得食廩餼。隆慶丁卯，例當恩選天下貢士，督學憲臣以公應命，北游太學。萬曆丁丑授直隸淮安府海州同知。積六載，得量遷福建邵武府别駕，故人皆稱爲别駕公也。淮陽之地，如高家堰、三義鎮、清江浦諸處，皆當黄河衝流，溺民廬舍。縣官歲出金錢修築，所費不貲，而董其事者往往有所乾没，故旋修旋决，迄無成功。當事者以屬公，公手指中出八十

[一]《邵武府通判李公暨元配林孺人行狀》，本文鈔本缺。

餘萬金，未嘗一有所染也。事成報命，特旨增俸一級。其所署桃源、清河、安陽諸邑，篆撫循備至，裁冗費、清田糧、招流移、懲頑暴。非月報不罰一鍰，非公賦不徵一錢。居常自謂曰：『乳媪哺人之子，猶時察其寒温燥濕而置之安，奈何攝人之民而秦越視之也？要以奉職循理效命公家耳。』故公每去一邑，父老無不扶携泣下者。在淮六載，先後膺薦者三，膺獎者三十四，其吏畏民懷，猶庚桑之于畏壘也。

癸未擢判邵武，其治一如淮陽時。邵武堞樓崩圮，當道委公修葺城以之完。形家者言，以爲濠水分流不利于郡治，公鋭意改築，相度有方，百姓便之。邵郡偶值歲饑，民嗷待哺。而公方督糧務，仿古人十二荒政之遺，設法周賑。是歲饑而不害，公之力也。公攝篆建溪，有術者詐爲綉衣郎行部，突入縣署，厲聲向公曰：『若胡不起？吾直指使者某也，微行按若耳。』公端坐不動，目攝左右收之，果得其詐僞狀，而置之法。先是建陽令何某者，年少不諳于吏治，失庫中金千餘兩，令當入覲。當道委公視其篆。以失金故，不欲與公面，相代間道行三十里，令吏封册籍付公而遁。公憐而秘之，不即發。侍御楊公廉而得之，屢手書問公，公終不以爲言。直指怒公曲庇此令，卒逮公，而公亦遂返初服矣。公歸甫半載，以微疾而逝。人咸謂得以骸骨歸者，長厚之報也。

公丰姿玉立，高出風塵之表，而性寬厚，喜怒不形。與諸弟自少至老，未嘗有間言。諸弟能以文章起家者，公勉勸之力多焉。公配夫人林氏，爲吴川縣林廣文之女，公自淮歷閩幾十餘載，夫人未嘗侍左右。或勸之往，夫人曰：『佐貳，卑職也。其歲所入俸錢，僅足自飽耳。奈何復以賤妾爲累？孰若不往，以成其廉哉！』公在宦途且久，夫人督課兒曹，毋間寒暑。至如桑麻絲枲之屬，皆夫人手自拮据。其内助之賢，尤有足述焉。

公卒于萬曆丁亥十一月某日某時，距其生四十八年。夫人生于嘉靖己亥年某月某日某時，卒于萬曆丁亥六月廿六日某時，年四十有九。男二：長之芳，以廩例入太學，娶教諭顔觀光女；次之芬，郡庠生，娶壽官梁珗女，繼公仲弟遥後。孫男儒偉，之芬出。孫女京妹，之芳出。墓在某山之陽，卜以某年某月某日某時，與夫人林氏合葬焉。

熥少時乘侍先君子于高凉官署，奉教于公有日。及公佐邵也，又客公傳舍者半載，有孔李之誼。公子之芳將乞言以銘公之幽，屬不肖爲《狀》，故捃摭懿行之略，以上于大方君子記曹，惟哀憐而華衮之，幸甚！

【編年】萬曆十五年丁亥（一五八七）之後。

【箋】邵武府通判李公　即李逢（一五四〇—一五八七），字子時，號慕東，廣東茂名人。隆慶元年（一五六七）恩貢，任邵武府通判。

高凉　詳卷九《送陳二表兄重游高州兼柬諸舊好》『高州』條。

嘉靖庚子　嘉靖十九年庚子（一五四〇）。

隆慶丁卯　隆慶元年丁卯（一五六七）。

萬曆丁丑　萬曆五年丁丑（一五七七）。

淮安府海州　淮安，今江蘇淮安市。海州，今江蘇連雲港市。

○李賢《大明一統志》卷十三《南直隸·淮安府》『海州』條：『在府城西北三百七十里……本朝仍爲海州，以朐山縣省入，隸淮安府。』

淮陽　今河南周口市淮陽區。

高家堰　明洪澤湖一段大堤，約在今江蘇淮陰縣高堰村附近。

三義鎮　今屬安徽亳州市蒙城縣。

清江浦　今江蘇淮安市清江浦區。

癸未　萬曆十一年癸未（一五八三）。

建陽令何某　何必麟，太湖（今屬安徽安慶市）人，萬曆十一年（一五八三）進士，任建陽知縣。

侍御楊公　即楊德政，詳卷九《上楊叔向參知》。

吴川縣　吴川市，今屬廣東省。

○李賢《大明一統志》卷十三《廣東·高州府·化州》『吴川縣』條：『在州城南七十里，本漢高凉會地，隋置吴川縣……本朝因之。』

萬曆丁亥　萬曆五年丁亥（一五七七）。

嘉靖己亥年　嘉靖十八年己亥（一五三九）。

客公傳舍者半載　爜客邵武半載，在萬曆十二年（一五八四）。

○謝汝韶有《送徐惟和之昭武謁李别駕》：『南州徐孺子，何事邵陽行。爲有登龍願，應懸結駟情。高軒千里過，短棹九溪横。山鳥知人意，嚶嚶求友聲。』（《謝天池先生存稿》卷四）

張隱君暨配鄭孺人行狀

高祖瑛處士。

曾祖懋授奉直大夫。

祖濬贈國子博士。

父廷器，羅田縣令。

少石張先生卒之明年，其孤勛輩將奉其柩與元配鄭孺人啓馬鬣而封焉。勛衰杖造余，再拜泣下曰：『先人之弃諸孤也，骨肉將歸于土矣。所有生平行誼不與骨肉俱朽者，則有墓中之石在耳。顧先君子潛德弗耀，何以徼名公長者之一言，願藉手于足下，狀我先德，足下其無辭焉。』余應之曰：『唯唯。』作《張隱君鄭孺人行狀》。

張隱君者，閩中人也，名圻，字孟京，號少石居士。父羅田令，母唐孺人，以正德戊寅年二月初八日生公。公生數年，而唐孺人即世。繼母賀氏憐愛公，公之事賀也，不异[一]唐孺人在時。幼侍

[一] 不异，鈔本作『不异事』。

羅田公宧[一]游，每遇歲時伏臘及唐孺人忌日，則扃户痛哭。羅田公怪問之，跽告曰：『方大人家食時，母氏拮据女紅[二]，以佐力學，虀鹽不飽。今大人享有升斗，而母氏不逮，是以哭耳。』羅田公亦哭。既而聞賀孺人且至，則倉皇拭泪，言笑自若。羅田公又怪之，公曰：『奈何以亡者而傷生者心。』羅田公心异之，謂孺子無童心。賀孺人生三弟，友愛特至，推貲讓産，無幾微間言。有妹適于葉氏，少而嫠，公周給之者，終其身不廢。比羅田公及賀孺人前後見背，公髮已種種，然饘粥哀毁一如少年時。其孝友多此類。

嘉靖乙巳歲，閩中大饑，公倡議發粟以賑鄉人，賴以全活者甚衆。族人有逋官租者，公捐己貲爲償其負。人之假貸于公，契券滿篋中。其有力而能償者，公索之；貧而不能償者，公焚其券，不索也。性尤儉素，綈絮之衣，藜藿之食，老而不厭。謂吾坐享先人成業，不能有所封殖以長尺寸，奈何而更屑越之乎？見人窮窘，則解衣推食，略無吝色，即家之贏乏不問也，人皆多其儉而能施云。公少善公車業，謂富貴可立取。及羅田公弃五斗而歸，公實爲家督，家務鞅掌，不得卒業，故白首[三]而稱隱君也。

[一] 宧，鈔本無『宧』字。

[二] 母氏拮据女紅，鈔本作『母氏時拮据女紅』。『時』字疑衍。

[三] 白首，鈔本作『皓首』。

萬曆辛卯年臘月十有一日以微疾而逝，享年七十有七[一]。配鄭孺人，諱瑛，汝寧太守時佐孫女也，年二十歸公。端重[二]貞淑，通《孝經》《烈女傳》諸書，勤于績紡。先是隱君從羅田公之官四方，孺人代秉家政。羅田公所遺俸錢并田租所入，自供祭祀外，未嘗妄費一錢。及羅田公解組還家，封識有未啓者。事羅田公、賀孺人，與隱君朝夕視寢膳，得其歡心。早歲未有子，爲隱君置側室丘氏，愛如己女。孺人年四十始舉勛。丘氏復生三男一女，《樛木》《螽斯》之咏，孺人有焉。至于隱君能恤其寡妹者，雖隱君之篤于骨肉，亦孺人有以成之也。孺人性澹泊，衣一浣衣，十年不易。見里中紈綺子弟，輒舉以戒諸子曰：『丈夫不能致身青雲，榮華當世，乃至竊先人餘焰以誇詡閭里，徒[三]令識者揶揄耳，不願汝曹有此行也。』晚舉勛，雖甚憐愛，不姑息也[四]。稍有不恪，則夏楚隨之。故張氏諸子，其恂恂謹飭者，雖庭訓有漸，亦賢母之烈歟！

孺人生[五]正德戊寅年二月初八日，卒于萬曆乙亥年八月二十　日，壽五十有八。男四：長即勛，孺人出，娶庠生王振世女；次爚，娶庠生陳其嚴女，繼娶陳氏，爚少出爲仲叔後；次杰，娶朱

[一] 七十有七，疑爲『七十有四』之訛。張圻生于正德十三年戊寅（一五一八），卒于萬曆十九年辛卯（一五九一），前後七十四年。

[二] 端重，鈔本作『端方』。

[三] 徒，鈔本無『徒』字。

[四] 不姑息也，鈔本作『不姑息之也』。

[五] 生，鈔本作『生于』。

氏；次默[一]，娶周氏。女一，淑玉，適陳郎中良珍孫男文湛，俱[二]側室丘氏出。孫男三：長問仁，勛出，聘陳侍御褒孫女；餘俱幼。孫女四。勛等卜以某年月日葬于雲林山之陽，背乙向辛。熥不敏，謹草創其行事，徼名公一言哀而褒之。立石壙中，以光泉壤，張氏幸甚。謹狀。

【編年】萬曆二十年壬辰（一五九二）。

【箋】張隱君　張圻（一五一八—一五九一），字孟京，號少石，廷器子，勛父，閩縣人。圻父羅田令。參見卷十七《羅田令張先生傳》。

正德戊寅　正德十三年（一五一八）。

嘉靖乙巳　嘉靖二十四年（一五四五）。

萬曆辛卯　萬曆十九年（一五九一）。

樛木　《詩經·周南》篇名。

螽斯　《詩經·周南》篇名。

萬曆乙亥　萬曆三年（一五七五）。

先考永寧府君行狀

不肖孤熥之再上春官也，先府君春秋已七十有九，旄矣。二母髮亦種種白矣。然熥家酷貧，念

[一]　默，鈔本作「默默」，衍一「默」字。

[二]　俱，鈔本奪此字。

不行無可養者，故以辛卯八月六日束行李辭先君于庭。熥泣數行下，引裾不能别。先君固訶止之，謂而翁尚善飯無恙，兒第往，毋内顧。爲熥掩泪。

驅車而去，及次檇李，熥偶得疾，卧船窗中，不知人者五日。至吴門，疾益亟。吴友張幼于館熥于别墅，爲求良劑[一]，數日後稍愈。九月念一日[二]，與莆友陳子卿宿閶門舟中。是日也，熥意忽忽，如有所失，皮肉俱顫[三]，以爲咄咄怪事。子卿用好言慰藉，熥意稍解，遂不復疑慮。越一月，過吕梁洪，熥假寐舟中，夢先君車從輿馬甚都，與吾鄉故博士薛君寅甫者，蹴熥起。熥忽驚寤，即具衣冠過子卿舟，欲述夢中事。未發口而熥舟已覆矣，以此得不死。薛君者，爲先君執友，與計偕溺死吕梁。而熥曾爲之搜校其詩[四]、以傳于世者也。心益怪之。仲冬望日入長安，而先君之訃至長安者已半月矣。

嗚呼，痛哉！熥之去高堂游萬里外者，圖升斗養耳，乃三釜不及而抱恨終天。徒跣奔歸，痛深屠割。熥念先君之殁也，瞑不及視，木不及送，而今已矣。獨有墓中之石得徼名公長者一言以傳示

[一] 良劑，鈔本作『良醫』。
[二] 念一日，鈔本作『廿一日』。
[三] 俱顫，鈔本作『皆顫』。
[四] 搜校其詩，鈔本作『搜校詩篇』。

來世。熥所藉手以見先人于地下者，此耳。儻一旦溘先朝露，悔則何及[一]？故荒迷之中，掩泪捉筆，與弟𤊹、熛，論次先君生平行事之概，著之于篇。惟名公長者哀憐而賜以文，先君骨且不朽。

熥族猥微，譜牒散佚，遠者不可知，斷自宣教公而下耳。宣教公諱景宗，景宗生孔明，孔明生鏗，世居閩之臺江。孔明公蚤世，鏗公始謀入城定居焉。鏗公復蚤世，故先世之事弗詳。鏗生演，號易叟公，即不肖孤之王父也。娶林氏，舉丈夫子六人，先君名在第五，諱棉，字子瞻，號相坡居士。

余家世受賈，自宣教公以來，未有服逢掖爲博士弟子者。先君生而穎异，與諸兄弟同受書，書過目輒成誦。遇休假，諸兄弟皆從群兒嬉，先君獨吾伊不輟。易叟公及伯父友軒公最憐愛之，謂是兒當亢吾宗[二]。及長，從雲川舒先生受《易》。舒先生門弟子甚衆，先君未辨色即負笈往，有所疑難，論駁蜂起，未嘗不岳岳也。舒先生大奇之，謂异日以《易》名世者卿耶。嘉靖丁酉督學使者貴溪江于順先生補爲閩邑弟子員，庚子錢唐田叔禾先生拔异等，得食廩既[三]，名遂起諸生間。然試于省闈者八，試于京闈者一，俱不利。

歲乙丑[四]，丹陽姜公來督閩學，時昭天下郡縣貢士毋拘資次，必得年力英茂、經明行修者充

[一] 何及，鈔本作『何及哉』。
[二] 是兒當亢吾宗，鈔本作『是兒他日當亢吾宗』。
[三] 既，鈔本作『餼』。
[四] 歲乙丑，鈔本誤作『歲乙酉』。

選。先君遂以薦上春官。隆慶己巳，授江西南安府儒學訓導。廣文官至卑散，無所事事，日與二三同調遨游山水間，飲酒賦詩，自見其志。壺觴杖屨無虚日，然雖陸沉杯酒間，而功令克舉，諸生有質疑問難者，隨叩隨應，莫不謂徐先生胸中如武庫。尤敦尚氣節，不爲齷齪米鹽之謀。郡二千石與先生同邑同硯席，甚歡也。公庭延接外，未嘗操閩音私交片語。崇義邑缺令，當道命署篆。先君不欲越俎而代，乃稱疾固辭。使者旁午于道，竟不往也[一]。南安爲章貢上流，山巒環麗，然東隅稍缺，故科目不及他郡。先君采形家者言，請于當道，建塔郡城之東，一瓦一石，皆手自經理，閲歲而成。是歲庚午，遂有首鄉薦者。至今人士猶頌説之。士有某者貧甚，值督學使者檄召赴他郡歲試，資斧無策，虞後期又失此青衿[二]，乃粥[三]其子以往。先君聞之，出俸金爲贖其子，仍與之同舟往還。其人德甚[四]，先君竟秘其事，不以告人。此熥爲童了時所目擊者也。

萬曆癸酉歲，擢廣東茂名縣儒學教諭。先君時年六十有一，念閩中距高凉遠甚，且海寇陸梁，道路多梗，以熥方髫齔[五]，𤊹、熛二弟皆在襁褓。先君謂：『吾甲子已周，三子又俱孱弱[六]，奈何

[一] 不往也，鈔本作『竟不往也』。
[二] 青衿，鈔本作『青衫』。按：當作『青衿』。
[三] 粥，鈔本同。按：當作『鬻』。
[四] 其人德甚，鈔本作『其人德先君甚』。按：鈔本『先君』二字涉下文『先君竟秘其事』衍。
[五] 熥方髫齔，鈔本作『熥方垂髫齔』。按：『垂』字疑衍。
[六] 孱弱，鈔本作『幼弱』。

戀此一氈，人瘴癘之境，夜行不休乎？』欲弃官歸。客有謂先君：『君家無卓錐，奈何遽舍此苜蓿，令他日飢欲死乎？』先君不得已，始登車度庾嶺，非其志也。既至高凉，督課諸士，視在聶都更加飭[一]。在公庭則講道論德，諸人士無不憚其嚴者。及至燕居[二]，未嘗不飲人以和，莫不人人悦服。葺堂宇，飭俎豆，購書籍，恤貧士，禮遺逸，皆取諸私帑。其事種種不具論，茂之人至今猶尸祝焉。

丙子歲，擢永寧縣令。永寧，岩邑也，界萬山中，土瘠民貧[三]，而又喜訟。先君雅不長吏事，性又畏聞棰楚，寧一歲租庸不上三千緡，先君僅能徵其半。當事者以爲拙于催科，時時督過。故作令兩載，奪去俸錢者亦幾半。先君謂民色如菜，奈何更剥其脂令立槁乎？竟不加一棰。民亦感悟，稍稍繦屬委輸矣。先君性狷介，而春秋又高，不任勞苦，耻束帶對吏卒，及退食則顰蹙不堪。永寧爲吉郡屬邑，故事，令旬月或數往郡中伏謁大吏。塗有嶺，名七蹊，高蔽日月，而路如羊腸九折。先君每度嶺，愀然不樂。謂吾頭顱如許，尚數乘此險，彼迴車者何人哉[四]？是以去志益決，投牒乞休。郡守爲太倉張先生，謂先君循吏[五]，勉留數四。每牒上，輒匿去不爲轉聞，以此綬竟不得解。及張

[一]　更加飭，鈔本作『更嚴』。

[二]　燕居，鈔本作『燕私』。

[三]　永寧岩邑也界萬山中土瘠民貧，鈔本作『永寧土瘠民貧』。

[四]　何人哉，鈔本作『何人耶』。

[五]　先君循吏，鈔本作『先君乃循吏』。

先生考績入都門，先君始得挂進賢，弃五斗矣。是歲戊寅，先君年六十有六也。先君在寧，無赫赫功，及去寧後，百姓反思之，謂徐侯長者。

先君爲微官十年，橐中如水，置宅一區，僅足容膝，買田數畝，僅足種秫。晚歲經營尚平之事，尋復蕭然，以至老死，傷哉貧也！

先君嗜學，自六經子史，以至稗官小説，罔不讎校，必求其解。家居十五載，兀坐一室，口不絶吟，無間寒暑，老而好學，則少年可知也。少習聲詩，古體得格陶、韋，近體取材工部。而性恬淡，不欲以薄技自見。

性喜飲酒，居恒未嘗不耳熱。嘗爲令時，每出飲必大醉，醉便臥車中不能下，申旦而後醒，率以爲常。至于延客，客未醉而主人已頹然，客散去不知也，其真率如此。又喜花木，所植百餘種，曉起則手自灌溉，不以煩童僕。有風其勞者，荅曰：『吾自適其適耳。』當先君爲諸生時，藜藿不充，家徒四壁，而日與酒人游，陶然自得，即懸罄不問。晚年飲水茹蔬，經月不嘗一臠。即强進之，輒麾去。曰：『毋溷我清虚。』所不廢者，麯蘖耳，其澹泊如此。性又好潔，環堵之中，塵埃不染。所讀書，雖翻閱至數十年，若手未觸者。其甲乙次第，即暗中摸索，可得也，端方多此類。

事大父[一]、大母以孝聞。伯父友軒公故翼令先君就學者，四十六而卒[二]，無子。伯母趙氏老

[一] 事大父，鈔本作『事先大父』。
[二] 四十六而卒，鈔本作『四十六年而卒』。按：『年』字疑衍。

而盲，先君迎養于家，實母事之。伯父恪軒公亦無子，先君雖宦于外[一]，歲寄所得俸錢以給之，終其身不廢。惟孝友于兄弟，蓋天性也。

先君侃直無他腸，自少而壯而老，未嘗有苟言苟行。晝之所爲[二]，夜必書之，如是者垂五十餘年。即屬纊以前數日，所書得疾問醫事，歷歷可辨，墨痕尚鮮。熥每一捧讀，事迹宛然，而音容永隔。悲夫！悲夫！

先君雖老，而精神矯健，無异少年。臨水登山，屐齒不倦。故熥兩與計偕，即有離别可憐之色，而無風木之慮[三]，先君亦不自慮也。乃遘微疾，不旬日竟卒。雖當易簀而神爽不亂，謂二弟曰：『人生如隙駒石火，其將化也，毋論富貴功名，如幻如夢。即此七情，天之所賦，性之所具，至此亦澌滅無餘，兀然空一身耳。吾返吾真，更復何憾！』客來問疾，猶延入榻前，語笑自若，拱揖成禮，無尫羸態。至于家事，絶不挂齒頰。所諄諄者，花木、竹石、圖書而已。客無不嘆先君達者。家人環而泣，先君顧笑曰：『宋某墓材已拱，而我方就木。彼已返其真，而我尚爲人。我天之戮民也，乃圖久生，不亦惑乎？』遂掀髯而逝。宋某者，亦先君執友，與先君生同干支，先先君卒者三十四年。修短不齊，故先君舉以自解云。及熥奔喪歸，仲氏、季氏與姊丈謝君長史述先君臨終時狀如此，而熥不

［一］宦于外，鈔本作『官于外』。
［二］所爲，鈔本作『所行』。
［三］風木之慮，鈔本作『風木之虞』。

及見。悲夫！悲夫！是日也，即熥在閶門舟中忽忽不樂、皮肉俱顫時也。熥病不知人時，先君疾且革。豈父子一氣，即數千里外有相通者乎？熥得免吕梁之難者，豈先君陰有以相之歟？此其事不可知也。先君博學能文章，而卒慳于一第，官又不過爲郎。

年四十有九始舉熥，今熥且壯，又厠賢書，乃不能早致青雲之上，生不及養，死不及訣，熥罪人耳。何以見先君于黄壤也？熥等將某年月日奉先君柩葬于某山之陽，謹泣血具實如右。哀迷昏憒，語無倫次，惟名公長者哀憐而賜以文，先君骨且不朽。

先君生于正德癸酉十月二十七日寅時[一]，卒于萬曆辛卯九月二十一日申時[二]，得壽七十有九。母陳氏，生姊一，適吉府長史謝汝韶。生母林氏，生熥與弟𤊹、熛。熥字惟和，娶鄭氏，生子莊，聘崖州尉鄭公廷用女。𤊹字惟起，一字興公，娶高氏，生子陸，聘大中丞陳公達孫价夫女。熛字惟揚，娶郭氏，生子袁。孫女三：坤，熥出，許人瑞翁程蕃守林公春澤子應起男如稷；餘俱幼。妹一，適知縣鄒一麟男學閔。先君生平所爲詩，頗繁，熥請陳价夫爲選其精者若干首，名曰《徐令集》，行于世。又有《周易通解》《養生纂要》若干卷藏于家；《晋宋人物考》，書將成而卒。

【編年】萬曆二十年壬辰（一五九二）。

【箋】永寧府君　即徐棉。棉（一五一三——一五九一），字子瞻。嘉靖四十四年（一五六五）貢

[一] 二十七日寅時，鈔本作『二十一日申時』。

[二] 二十一日申時，鈔本作『二十七日申時』。

士，隆慶三年（一五六九）授江西南安府儒學訓導，擢廣東茂名縣儒學教諭，萬曆四年（一五七六）任江西永寧知縣。有《徐令集》《周易通解》。

二母　熥母陳氏（一五一八—一五九二）、生母林氏（？—一六〇八）。

辛卯　萬曆十九年（一五九一）。

檇李　詳卷五《雲間旅情》。

陳子卿　詳卷五《同彭正休陳子卿游金山遇張函一孝廉閔壽卿山人恩公若公》。

吕梁洪　詳卷十一《吕梁洪》。

薛君寅甫　即薛欽，詳卷十六《薛博士詩集序》。

臺江　詳卷十六《重修徐氏家譜序》。

雲川先生　即舒汀（一四九八—一五四五），號雲川，閩縣（今福州）人。嘉靖十四年（一五三五）進士，授山西道監察御史。

嘉靖丁酉　嘉靖十六年（一五三七）。

江于順　即江以達。以達，字于順，號午坡，貴溪（今屬江西）人。嘉靖五年（一五二六）進士，歷福建提學。有《江午坡集》。

庚子　嘉靖十九年（一五四〇）。

田叔禾　即田汝成。汝成，字叔禾，别號豫陽。嘉靖五年（一五二六）進士，授南京刑部主事，歷福建提學。有《西湖游覽志》。

乙丑　嘉靖四十四年乙丑（一五六五）。

姜公　即姜寶。寶，字廷善，號鳳阿，丹陽（今屬江蘇）人。少從學于唐順之，嘉靖三十二年（一五五三）進士，授編修，歷福建提學。

隆慶己巳　隆慶三年己巳（一五六九）。

南安府　治今江西大余縣。

崇義　崇義縣，今屬江西。

章貢　詳本卷《亡友陳仲見秀才墓表》。

萬曆癸酉　萬曆元年癸酉（一五七三）。

茂名　今屬廣東。

○李賢《大明一統志》卷八十一《廣東·高州府》「茂名縣」條：「附郭……晋始置茂名縣，隨初屬高州……（明）景德初屬竇州，尋改屬高州。元仍舊，本朝移府治此。」

高凉　詳卷九《送陳二表兄重游高州兼柬諸舊好》「高州」條。

庾嶺　即大庾嶺，詳卷六《送王獻子山人客粵西》。

丙子　萬曆四年（一五七六）。

永寧　永寧縣，今廢，其地今屬江西寧岡縣、永新縣。

○李賢《大明一統志》卷五十六《江西·吉安府》『永寧縣』條：『在府城西南二百八十里。本唐、宋吉州永新縣地。元至順始分置永寧縣。本朝因之。』

戊寅　萬曆六年（一五七八）。

尚平　詳卷八《送張孺愿還四明爲兒娶婦》。

陶韋　陶，東晋陶淵明；韋，唐韋應物。

工部　杜工部，即杜甫。

姊丈謝君長史　即謝汝韶，詳卷十《苕溪逢謝長史姊丈攜家適至賦此志喜且以爲别》。

正德癸酉　正德八年（一五一三）。

莊　徐莊，詳卷三《途中感遇效同谷七歌》。

陳公達　陳達，閩縣人。弘治十八年（一五〇五）進士，官至山西巡撫。

坤　徐坤，詳卷三《途中感遇效同谷七歌》。

【附】鄧原岳《徐子瞻令君傳》：『往惟和之入燕也，與不佞好爲約。吾挾駿骨爲爾先驅，至則會荆軻市中，期擊筑爲信，不佞敬諾。蓋惟和行月餘，不佞始發，及不佞抵闕下尋惟和于酒人群，則徐先生凶問且至。惟和徑歸矣。不佞舉酒酹地，南嚮哭失聲。久之，不佞還里，先生既祥。惟和弟惟起復走吴，謁顧道行、王百谷二先生爲表若銘，歸而屬不佞爲之傳。不佞哀而許之。徐先生名棉，子瞻其字，號相坡居士，閩中人也。徐先世受賈，先生始以逢掖起家，凡再爲文學掌故，以至令尹。先生束髮讀《易》，則從舒紹安御史游，御史門墻稍峻，每横經，弟子無敢亢者，先生一再發難，輒踞其上。舒大屈謂徐卿岳岳，欲折吾角邪？其年隸學官，遂既廩。于是貴谿江于順、錢塘田叔禾後先督學，名能知人，爲先生推轂甚力，然終不第。嘉靖乙丑，僅以貢上春官，蓋先生屢困省試，其文從容醖藉，皆根極理窟，倉卒若不能詳，及彼放後，則又無不爲徐生申恨者。先生謁選，得江西南安訓導，而守南安者爲林允中，與先生筆硯交，先生自公庭延接外，絶不肯私覿。崇義缺令，臺檄先生攝，先生謝不往也。諸生張某赴他郡歲試，貧不能具資斧，至鬻其子以行，先生爲出槖中裝，贖還之。其守正尚義多類此。滿三歲，遷廣東茂名教諭，守功令如初。先生爲人介而和，所至身自督課，以士行相切劘，故諸生每憚其嚴，然婉曲情至，絶無他腸，士以此歸之。而當道者久亦廉其賢，而爲之延譽，竟以薦江西永寧令云。先生雅不習爲吏，又惡聞箠楚聲，嘗取唐人「拜迎長官心欲碎，鞭撻黎庶令人悲」二語傍之座右。永寧租庸歲二千緡耳，又多逋負，令坐此奪俸。先生謂民色如菜，寧忍害割其脂膏、令立槁乎！終不加一棰。或謂徐令弱不能任事，先生嘆曰：「吾有去吾官耳，吾不欲以繭絲易五斗也。」遂投劾歸。先是，吉州張守君雅知先生，屢匿其牒，弗以聞。至是，張以考績行，乃得請。先生之在邑也，無赫赫功，其去也，百姓思之，謂徐侯長者。即先生可知矣。既歸，買宅鼇峰之麓，雲山四封，幽寂可愬。植花木百十種，手氣自剪剔，妙得其候。每花時，佳客過從，燭醪相對，煮笋燒藿，雅歌流連，客未醉，主人已頽然。客散去，不知也。先生難逃于酒乎！內行尤淳備，少事父母以孝聞。伯兄無子，嫂趙老而盲，先生母養之。所得俸錢，歲分給與諸兄弟，隨手盡。其學自六經子史，以至稗官小説，無所不漁獵。三爵之後，篇什間作，要以寫其所自得而止，不求工也。先生素强無疾，其視履飲食不減少壯，俄得病，遂卒，春秋七十九矣。屬纊之時，語賓客曰：「人生駒隙耳。其將化也，無論富貴功名，如夢如幻，即此四大歸之泡影，奈何以幻化之軀久視息于世間也？」賓客相顧嘆息，是安得達者之言而稱之。先生所著有《徐令集》《周易通解》《養生纂要》，藏于家。三子熥、㶿、熛，皆負雋才。熥，即惟和，籍孝廉；㶿，名布衣，俱能詩，與不佞同社。鄧原岳曰：人謂先生治邑如陽道州，勇既如陶彭澤，達如王無功，篤行如繆羊令，庶幾近之。余獨怪先生口不談莊老，其臨化之言一何懸解也。故曰：不知悦生，不知惡死，不以心捐道，不以人助天，是之謂真人。』（《西樓集》卷十四）

誄

故福建按察司提學副使顧公誄[一]

故福建按察司提學副使衡宇顧先生，弱冠薦于鄉，二十七成進士，例得外補，乞爲會稽博士。稍遷括蒼司李，以治刑最，徵入爲尚書郎，上疏陳情，改南司勛氏。十年，擢山東臬憲，復調督學閩

［一］《故福建按察司提學副使顧公誄》，本篇鈔本缺。

中。無何，遭吏議，即投劾歸。家食十餘年，于萬曆丙申年三月某日，以疾終于吴江之故里，享年五十有六。嗚呼，哀哉！閩晋安徐熥，先生門下士也。初以明經受知，再以騷雅見昐，執燭易簀之誼曠焉。莫展炙鷄絮酒之忱，緬然有懷。時因户部主事鄧原岳還朝，道出門下，謹修香帛之奠，掩涕爲文，敬吊先生焉。其辭曰：

明文郁盛，七子主盟。琅琊云亡，大雅無聲。起衰拯溺，緊厥先生。明懿夙禀，詩禮蚤聞。胸藏二酉，腹笥三墳。鴻鵠抗志，龍虎繪文。英齡登朝，去華就夷。皇路首矯，雲阿神羈。苜蓿闃寂，竹箭葳蕤。青氈夜雨，絳帳晨風。駕言其邁，應接鏡中。曁晋司李，括蒼之區。嗟此胥靡，痌瘝是辜。桁楊卧庭，赭衣絶途。爰書凄楚，吟嘯于徐。帝念士師，寔生我徒。其亟召還，庸佐王都。眷顧北堂，燕雲其遥。願乞南曹，奉母昏朝。司勛清署，白雲滿堂。三山勝迹，六代文章。探奇朱雀，吊古鳳皇。南朝古刹，攬眺徜徉。十年不調，拓落爲郎。揚雄[一]執戟，曼倩饑腸。人日淹滯，先生洋洋。齊魯秉臬，爲憲百城。旄頭風肅，斧上霜明。璽書載畀，視學我閩。冰壺衡鑒，山斗人倫。傳經校藝，造士作人。丹荔夏劈，朱橘秋陳。幔亭聽樂，玉女結鄰。桃李有蔚，苡薏無因。挂冠去國，納履入林。門杜俗軌，閣敞清音。招朋放鶴，把酒聞禽。吴歈楚舞，皓齒娥眉。歌傳樂府，曲度新詞。三平自快，百年同期。以此卒歲，不知其非。雙魚蹔歇，二鼠先機。游屐苔暗，承塵鵩飛。

[一] 揚雄，原作『楊雄』，據史實改。

斯文天喪，吾黨誰歸。嗚呼哀哉！年壽有盡，不朽者言。名立身顯，位薄道存。氣淩叔夜，量倒陳遵。肆志日月，比類荃蓀。孰存而壽，孰貴而尊。釣雪之渚，垂虹之濆。瞻廬望路，衰草平原。儀刑既遠，德音不諼。千秋有泪，國士銜恩。擥悲屑涕，神悸氣吞。悲哉秋也，賦此招魂。嗚呼哀哉！

【編年】萬曆二十四年丙申（一五九六）。按：鄧原岳還朝在是歲。

【箋】顧公　指顧大典，詳卷五《讀顧道行先生碑刻》。

鄧原岳　詳卷三《過鄧汝高別墅》。

七子　明代有『前七子』『後七子』文學流派。

琅琊　這里指『後七子』領袖人物王世貞。世貞出自琅琊王氏，故稱。世貞卒于萬曆十八年（一五九〇）。

二酉　詳卷二《五君咏五首》。

三墳　《三墳》，伏羲、神農、黄帝之書，謂之『三墳』。

括蒼　處州舊名，治今浙江麗水。

○李賢《大明一統志》卷四十四《浙江·處州》『郡名』條：『括蒼，因山名。』

三山　此處指南京。南齊謝朓有《晚登三山還望京邑》詩，三山，在南京板橋鎮長江邊。

朱雀　即朱雀橋，詳卷八《金陵懷古》。

鳳皇　即鳳凰臺。李賢《大明一統志》卷六《南京·應天府》『鳳凰臺』條：『故基在江寧縣治之南。』

王少文誄[一]

萬曆二十一年三月二十七日壬午，友人王少文年甫二十，以疾卒于鳳池里之故第。嗚呼哀哉！年之不永，命也如何？昔伯牙輟流水于鍾期，濬冲嘆河山于嵇[二]阮。情之所鍾，千古同痛。余也懷倚玉之摽，抱焚芝之嘆，托招魂之誼，附絮炙之情，抒悲惋于一時，章盛美于來祀。敢藉素旗，爰作斯誄。誄曰：

猗歟王君，系出太原。雲仍不墜，纓組斯繁。高曾而下，代有顯者。君繼休聲，渢渢太雅。甫在垂髫，肅肅蕭蕭。阮咸自達，阿龍故超。抽毫掞藻，詞林共寶。敏過陳思，秀方文考。夙有書淫，致遠鈎深。下帷發憤，抱膝長吟。善談名理，四筵傾耳。大暢玄風，研精奥旨。墨迹如雲，鍾王派分。黄庭模帖，白練書裙。解衣盤礴，丹青間作。筆底雲烟，胸中丘壑。追琢磨礱，技擅雕龍。工同斯邈，古類鼎鍾。後來之秀，君爲領袖。君才則高，君德則茂。傾蓋交情，恩比同生。花間問字，竹下尋盟。緇流勝侶，精廬别墅。把臂烟霞，連床風雨。日遣書郵，尺牘頻投。停雲落月，一日三秋。蘇門之嘯，與君同調。寒食分題，晚山共眺。刳心嘔肝，以受譏彈。建旗拔幟，惟君登壇。君善容止，春花秋水。居然羸形，不堪羅綺。君苦病魔，數抱沉疴。一歲之中，呻吟居多。累月積日，

[一]《王少文誄》，本篇鈔本缺。

[二] 嵇，原作『稽』，據鈔本改。

遂成寢疾。昊天不吊，奄然而卒。嗚呼哀哉！易簀之時，執手漣洏。愁雲在户，悲風在帷。嗚呼哀哉！呼天呼父，君情何苦。方當夢楹，猶能轉麈。嗚呼哀哉！當君嬰孩，陟屺興哀。君父何辜，蘭玉先摧。嗚呼哀哉！賦成鸚鵡，諸生乍補。豈意青衿，竟埋黄土。嗚呼哀哉！納采問名，六禮未成。孤鸞有影，鳳曲無聲。嗚呼哀哉！賢而不壽，苗而不秀。驢鳴可悲，馬策誰扣。塵世難逢，永隔音容。金盡南國，寶失衰宗。思君不見，悲歌以唁。流水亡琴，空枝挂劍。天路茫茫，君游帝鄉。死者無情，生者自傷。將尋天路，叩閽而訴。虎豹當關，恐逢帝怒。漠漠殘魂，修夜長昏。生平交誼，一哭寢門。嗚呼哀哉！

【編年】萬曆二十一年癸巳（一五九三）。

【箋】王少文　即王叔魯，詳卷三《贈王少文》《江上答客傷王少文》。

○郭柏蒼《柳湄詩傳》：『叔魯美秀而文，兼能書畫，與徐熥兄弟交最深，卒于萬曆二十一年，徐熥爲《誄》以哀之。』（《全閩明詩傳》卷四十一引）按：參見卷五《病中得王少文詩》、卷八《送王少文稾葬西郊》、卷十三《寒食郊行傷少文》《春日懷王少文》、《哭王少文秀才》。

伯牙輟流水于鍾期　鍾期，即鍾子期。

○吕不韋《吕氏春秋·本味篇》：『伯牙鼓琴，鍾子期聽之。方鼓琴而志在泰山，鍾子期曰：「善哉乎鼓琴，巍巍乎若泰山。」少選之間，而志在流水，鍾子期又曰：「善哉乎鼓琴，湯湯乎若流水。」鍾子期死，伯牙破琴絶弦，終身不復鼓琴，以爲世無足復爲鼓琴者。』

濬冲　即王戎，字濬冲，琅玡臨沂（今山東臨沂）人。魏晋名士，『竹林七賢』之一。

嵇阮　詳卷五《秋日同女翔伯孺惟起集女大山齋》。

太原　王叔魯出自太原王氏。

阮咸　即阮咸，詳卷五《芝山寺逢游元封兼懷宗振》。

阿龍　晋丞相王導小名。

○劉義慶《世説新語·企羡》：『王丞相拜司空，桓廷尉作兩髻、葛裙、策杖，路邊窺之，嘆曰：「人言阿龍超，阿龍故自超。」』

陳思　陳思王，即曹植；生前封陳王，死後謚號爲『思』。曹操之子，魏詩人、文學家。

文考　詳卷六《寄朱善侯秀才》。

鍾王　指三國鍾繇和東晋王羲之兩位書法家。鍾繇，字元常，潁川長社（今河南長葛東）人。王羲之（三〇三——三六一），字逸少，號澹齋，琅琊臨沂（今屬山東），居會稽（今浙江紹興）。

黄庭　《黄庭經》，又稱《老子黄庭經》。據傳王羲之曾書此經。

蘇門之嘯　阮籍嘗于蘇門山遇孫登。籍長嘯而退。至半嶺，聞有聲若鸞鳳之音，響乎岩谷，乃登之嘯也。

祭文

祭宗主簿先生[一]

人情嶮巇，友道斯衰。惟我先子，與公維之。弱齡締結，白首爲期。惠施之好，管鮑之知。豈必同氣，而後塤篪。通家之誼，世世不遺。先子弗禄，六載于兹。登堂見公，猶慰我私。公復弃我，如何不悲。當公之少，文采陸離。長游成均，名譽四馳。晚得一職，姚江之湄。政先惠愛，民口爲碑。解組東歸，寔由南箕。公齊得失，處之怡怡。日與先子，及諸鄉耆。登山臨水，浮白賦詩。磊礴適意，謔浪解頤。惟公之性，真率坦夷。言也有物，行也不欺。待諸昆季，篤于秉彝。太樸不斫，盛德可師。甲申之歲，得侍履綦。薄游樵川，往返追隨。載色載笑，尤勞夢思。公有奇疾，體日尪羸。誰爲公祟，二豎三尸。年幾七帙，竟與世辭。嗣公之業，公有佳兒。諸孫玉立，不廢吾伊。剸犀之劍，脱穎之錐。公目可瞑，何以悲爲。熥念世雅，不禁漣洏。千秋萬歲，永别光儀。一杯之奠，侑以哀詞。公靈如在，尚其鑒之。

【編年】萬曆二十四年丙申（一五九六）。按：『先子弗禄，六載于兹』，徐棉卒于萬曆十九年（一五九一），到此六載。

［一］《祭宗主簿先生》，本篇鈔本缺。

【箋】祭宗主簿先生　宗主簿，即宗周。卷十八《登仕郎姚江簿宗先生墓志銘》：『先生生于嘉靖戊子年十月二十九日未時，卒于萬曆丙申年二月二十四日巳時，享年六十有九……家相等將以萬曆己亥年二月十六日未時啓窀穸而葬焉。』

姚江　浙江餘姚。

甲申　萬曆十二年甲申（一五八四）。

樵川　邵武别稱，詳卷五《樵川道中》。

年幾七帙　宗周享年六十九。

奔喪歸祭先府君文[一]

詎意生離，竟成死别。燕京聞訃，求死不得。徒跣奔歸，肝腸寸裂。遺像徒存，音容永隔。嗚呼哀哉！昊天不仁，胡至此極。父子至情，不能一訣。天地有窮，此恨無極。不及黄泉，相見何日。隙駒如流，忽經五月。卒哭逾期，虞祭已畢。兹辰薄奠，徒增慘切。嗚呼哀哉！父既死矣，三釜不及。三釜不及，祭亦何益。嘉肴不御，旨酒盈觴。幽明路隔，咫尺茫茫。撫床憑几，益斷肝腸。父靈有知，當亦悲傷。哀痛哽咽，語不能長。嗚呼哀哉！

【編年】萬曆二十年壬辰（一五九二）正月。按：棩卒于萬曆十九年（一五九一）九月，熥奔喪

[一]《奔喪歸祭先府君文》，本篇鈔本缺。

歸在次年正月。

【箋】先府君　即熥父徐棉。參見本卷《先考永寧府君行狀》。

忽經五月　熥去歲八月上春官，十一月聞訃南奔，正月至家，計五個月。

祭池博士[一]

歲在辰龍，賢士陽九。古有是言，符驗非偶。誰其當之，西甌池公。五朝遺老，九十二翁。翁也倜儻，聞于吾黨。忠厚雅醇，清通爽朗。文藻翩翩，淩固軼遷。數奇不偶，官止青氈。青氈未暖，公已思返。墜鱣無心，冥鴻斯遠。冠挂城頭，歸隱西甌。一觴一咏，一壑一丘。萬緣俱屏，留神内景。鉛汞在爐，車輪窺井。衣剪霞綃，鶴馭飄飄。花朝月夕，杖屨逍遥。蠹魚成癖，怡情典籍。飲酒讀《騷》，參禪學《易》。壽幾百年，陸地之仙。見推月旦，九薦賓筵。精神矯健，略無困頓。伏氏傳經，廉頗善飯。熥等托交寧馨，得塈典刑。祝哽祝噎，長亨修齡。俄聞訃至，謂公已逝。胡不百年，而九十二。悠悠蒼天，何爲其然。世界缺陷，造物忌全。如公之壽，世所罕有。四大微軀，誰哉能久。公有諸兒，皆稱白眉。世公之業，公又何悲。生芻一束，望風而哭。使乎將歸，奠公之木。哀哉！

【編年】萬曆二十年壬辰（一五九二）。

[一]《祭池博士》，本篇鈔本缺。

【箋】池博士　即池鍾慶，字必大，號觀瀾，甌寧（今福建建甌）人。參見本卷《蕭山司訓池公墓志銘》。

古人有言曰：有不可知者，有無奈何者。居嘗誦之未知，言之甚痛也。今于翁其情類是，烏得不悲？

祭外舅鄭茂才[一]

翁子婿四，受翁恩最渥。長適林大堅，大堅家故貧，翁濡沫之不遺餘力。室廬、婚嫁以至絲枲、米鹽、薪水之屬，咸取給于翁，與生男同。及諸孫稍長，大堅竟先翁死。翁經紀其喪，撫恤寡女，外翼諸孫。乃未食林氏一日之報，而翁竟逝矣。

次適黄子文。方子文之罹于難也，值婦新喪，室如懸磬，仇家獄吏索人錢若餒虎，親戚交游，無可告者。翁捐二百金爲之居間，事始得釋。夫人情憐婿以女耳，乃女既亡矣，猶破産以脱婿于難。豈不難哉！今子文落魄且老，不能酬翁萬一，而翁竟逝矣。

次即熥。始熥爲諸生時，翁最憐愛之，謂富貴可立取。翁居鄰棘闈，熥每就試，皆憩翁家，翁爲治供具，寢不能睫，乃三試而三不利，翁反慰藉之。最後幸領鄉書，上春官，又卒被放，不能早致青雲之上，副翁責成之意，而翁竟逝矣。

［一］《祭外舅鄭茂才》，本篇鈔本缺。

次適林達穎。方達穎爲鄭婿時，翁耄矣，又時時疾作，且諸婿各以事奔走四方，不能常奉杯酒爲壽。達穎猶冀與少日周旋，以陪杖屨，詎甫匝歲而翁竟逝矣。夫人之有施而不身食報者，苦無年耳。翁年幾八帙，諸子婿且壯且老，竟無一人能報翁也。豈所謂不可知、無可奈何者耶？翁之孝友在家庭，文章在士類，長厚在鄉閭，義方在孫子，不具論，獨論翁婿之情如此。

【編年】萬曆十七年己丑（一五八九）或稍後。按：『上春官，又卒被放』，首次下第口吻。

【箋】外舅鄭茂才　鄭仕俊，庠生。熥配爲鄭仕俊第三女。參見《荆山徐氏族譜》。

黄子文　詳卷五《九日大風雨與黄道晦陳惟秦飲屋後小山》。

祭黄憲副[一]

于鑠黄公，閩南鉅宗。一門之内，纓組重重。旬宣播績，黄門納忠。公也繼起，綉虎雕龍。少年擢桂，旋冠南宫。筮官民部，除奸去蠹。衆口鑠金，蛾眉易妒。出爲别駕，淮水之涯。屈平澤畔，賈傅長沙。既刺柳州，復佐金華。帝心簡在，白麻重拜。寄以專城，黄金横帶。奏績彤廷，分憲楚荆。剸繁治劇，弼教明刑。冠峨獬豸，湘潭幾載。言思故鄉，鱸魚蒓菜。拂袖還山，鬢猶未斑。鹿游雲卧，岩居川觀。鮐背黄耇，娱情詩酒。丹煉大還，書探小酉。嘯傲雲烟，垂三十年。津門之下，

［一］《祭黄憲副》，本篇鈔本缺。

于山之顛。昊天不吊，大星隱曜。服鳥翩躚，哀猿叫嘯。公雖已矣，孫子振振。家聲不隕，公也如生。熥締交令子，素仰丰儀。奪我蓍鑑，同情共悲。生芻一束，聊寫哀私。公靈不昧，尚其格思。

【箋】黄憲副　黄功懋，字懋賞，黄鏗之孫，閩縣人。以《易》起家，萬曆十七年（一五八九）進士。歷户部主事員外郎、知府等。

賈傅　漢賈誼曾爲長沙王傅。

祭黄子獻[一]

昔陸機《嘆逝》，追親故之凋落；江淹賦《恨》，怨天道之難論。少愛其文，未知感痛；長知感痛，而懿親無恙，戚屬具存，雖臨文嗟悼，而真哀未宅。十年以來，漸罹兹患，始信江、陸之言，非無戚而哀，蕙嘆芝焚，果心驚而不已也。

余與子獻，行年相若，同親硯席幾二十年。寒夜孤檠，呻吟不輟，當筵杯酒，謔浪爲歡，意氣文章，互相推許。蓋子獻性既恬淡，亦復寡合，所稱兄弟之愛者，僅吾數人而已。

今年子獻甫及四十，病不五朝，倏爾長逝。營魄未離，余輩環侍，俟其易簀，目其衾殮，臨其蓋棺，哀從中來，其何能已？此伯牙所以致嘆于絶弦，而向秀所以興哀于鄰笛也。子獻以《易》學世其家，擅名經術，雖迭廩餼，屢躓公車，竟以青衿早歸黄壤。有才無命，痛也如何！然顯晦者命，修

[一]《祭黄子獻》，本篇鈔本缺。

短者數，軒冕布衣，俱歸靜寐。彭鏗殤子，同戢一棺。匪余輩謬爲曠達之言，而實古今齊物之理也。嗟嗟，子獻又何憾焉！

獨余輩年僅不惑，交游漸凋，積至白首，存者幾何？故每哭寢門，輒動悲愴耳。茲辰同修薄祭，哭君之靈。精靈未湮，伏惟鑒格。哀哉！

【編年】萬曆二十七年己亥（一五九九）或稍前一二年。按：黄子獻年與熥年相若，或相差兩三歲，卒年四十，當在熥卒之年或稍前一二年卒。

【箋】陸機嘆逝　《嘆逝賦》，晉陸機撰。

江淹賦恨　《恨賦》，梁江淹撰。

向秀　魏末『竹林七賢』之一，嵇康卒，秀作《聞笛賦》追思之。

祭陳伯孺母林夫人[一]

楩楠杞梓之材，生非瘠壤；珊瑚木難之質，產匪淺淵。精金生于良礦，美器范于巧型，則儲毓者粹而濬發者深也。不慧小子，少求友生，嚶鳴相召，蘭茝斯叶，四方同志，咸托素交。而締納之中，所稱振響詞林，絕塵藝苑，比踪元季，方軌機雲者，則義溪陳氏，二孺其冠焉。揆厥所由，匪惟嗣彼先業，而寔遵母訓也。令母林太夫人凝粹旗山，洩靈峴水。其歸于陳也，朱顏矢共姜之操，白首樹

[一]《祭陳伯孺母林夫人》，本篇鈔本缺。

京陵之範，誓撫二孤，歷逾四紀。茹荼而甘，和丸而苦，外彼鳳雛，成其羽翮。可謂棣萼并輝，琳瑯雙映者矣。皇輿既徵，翟茀可俟。疢惟痁疾，僅逾中壽。傷徽音之永絶，悼繐帷之不光。此令子之躃踴，而不慧之所同痛也。恭陳清菉，爰薦素軒。靈爽未沉，或其鑒之。

【編年】萬曆二十四年丙申（一五九六）。

【箋】陳伯孺母林夫人　陳价夫、陳薦夫母林氏。林氏，人端翁林春澤之女。徐𤊹子陸，聘价夫之女爲婦。

○陳价夫《先茂才行狀》：『（太孺人曰）汝外大父人瑞翁賞其才隽，稍吾快婿云。』（《招隱樓稿》）

元季　即東漢陳紀、陳諶（一作淑）兄弟。紀，字元方；諶，字季方。

機雲　即西晉陸機、陸雲兄弟。

義溪　詳卷九《同幼孺惟起由瓊河泛舟至義溪》。

二孺　即陳价夫、陳薦夫，詳卷十四《水明樓聽雨答二孺》。

旗山　參見卷五《宿林熙工面壁洞二首》『錦溪』條。

峴水　參見卷二《南嶼田家》『南嶼』條。

祭陳平夫室人詹氏[一]

萬曆二十六年，歲次戊戌，冬十一月某日，文學陳平夫之配詹碩人，以羸疾卒于義溪之故第，享年四十有三。平夫友人徐熥等束芻而奠禮也，敬爲文以告其靈。曰：

義溪發祥，代紆華組。赫赫流芳，重重接武。鳳閣鑾坡，鐵冠綉斧。袋賜金魚，符分銅虎。彌熾彌昌，乃父乃祖。聿生賢胤，錫名邦注。爰配碩人，詹氏之女。曰相君子，以篤宗祏。瀡滫必親，中饋是主。采蘋與蘩，惟筐及筥。飾謝珥紞，衣甘布縷。如光儷鴻，眉齊案舉。夫子遺榮，寄懷農圃。伯通[二]入吴，接輿在楚。碩人相之，罔辭攻苦。閫閾肅雍，二十年所。詹之淑姬，陳之賢婦。命何不辰，遘兹二豎。深匿膏肓，沈綿肺腑。蘭蕙易凋，參苓奚補。岐嶷佳兒，長能齊户。六禮告成，琴瑟方御。床簀奄奄，猶能及睹。吉與凶俱，慶吊相遇。寶鏡埋鸞，星光隕婺。嗚呼哀哉，短修者數。蟪蛄春秋，蜉蝣旦暮。兒痛水風，夫歌《薤露》。潘衽尚遺，莊盆忍鼓。夫子偕余，素心相許。恩比同生，誼高往古。休戚攸關，惋傷聞訃。薦以庶羞，陳兹清醑。一水盈盈，百里相距。遣使陳詞，祭焉不與。望風而拜，冀來靈馭。嗚呼哀哉！

【編年】萬曆二十六年戊戌（一五九八）。

【箋】陳平夫　即陳邦注，詳卷二《懷陳平夫》、卷十六《釣磯集序》。

[一]《祭陳平夫室人詹氏》，本篇鈔本缺。

[二] 伯通，疑爲『伯鸞』之訛。伯鸞，梁鴻字，梁鴻入吴依臯伯通。詳『箋』。

如光儷鴻　光，孟光，梁鴻妻；鴻，梁鴻。指漢梁鴻、孟光夫婦舉案齊眉之事。

伯通　東漢臯伯通。此處『伯通』爲『伯鸞』之訛，伯鸞入吴依臯伯通。

○《後漢書·逸民傳·梁鴻》：『遂至吴，依大家臯伯通，居廡下，爲人賃舂。每歸，妻爲具食，不敢于鴻前仰視，舉案齊眉。引伯通察而异之，曰：「彼傭能使其妻敬之如此，非凡人也。」乃方舍之于家。』

接輿　春秋楚隱士，佯狂不仕。

薤露　《薤露》，古代挽歌。

潘袿尚遺　晋潘岳《悼亡詩三首》，其二：『流芳未及歇，遺袿猶在壁。』

莊盆忍鼓　莊子婦卒，鼓盆而歌，爲忍痛之舉。

幔亭集卷之十九

閩中徐　𤊹惟和著
友人曹學佺能始選
鄒時豐有年編

疏

九仙觀重建玉皇閣募緣疏[一]

玉皇閣者，乃上帝栖真之所，九仙托迹之區。珠殿璧門，直摩霄漢。丹臺玄闕，上拂雲烟。匪特壯一方形勝之觀，實以起萬代焚修之敬。風風雨雨，嘆時序之滄桑；歲歲年年，致壇壝之荆棘。梁木其壞，大厦將顛，滿目蓬蒿，晝静無人。參寶訣，數椽茅屋，夜深何處；禮寒星，清虚少有，之天傷哉。竄鼠鬱蕭，彌羅之館久矣；栖烏玉麈，麈生金爐火冷。道流星散，入門惟見一青松；福地雲封，看院只留雙白鶴。玉版經盡埋黄土，金鵝蕊半掩蒼苔。過者傷心，言之短氣。

[一]《九仙觀重建玉皇閣募緣疏》，本篇鈔本缺。

有道人某者，越國靈姿，海邦真侶。讀殘紫府三千録，策印龍泥；看盡玄都十萬花，笙吹鶴背。煉精化炁，煉氣化神，煉神化虚，得三花之聚頂；知雄守雌，知白守黑，知榮守辱，見萬葉之歸根。洗髓伐毛，已傳正印；烹鉛煉汞，不落旁門。久栖息于鼇峰，駕參白鹿；欲重興乎鴻室，囊乏青蚨。幸遇當道君侯，曁兹鄉邦碩彦。慨然興嘆，允矣協謀。以清浄心，發廣大願。朱提赤仄，競出于宫中；白堊丹楹，高翔于漢表。飛軒蔽日，瀟洒軼浮埃；伏檻排雲，參差凌倒景。信人間之蓬島，實塵世之瑶京。

工不逾于一年，業已成乎八九。顧事縻數千金之費，善作者不必善成。且閣垂億萬劫之長，慎終者莫若慎始。工師之腹未果，庚癸長呼；匠石之竈無烟，丙丁不舉。花磚滿埴，無一葦之可航；良木在山，缺千夫之邪許。雖僅成上棟下宇之制，猶未免疾風淫雨之侵。繩墨不操，斧斤久輟。功尚虧于一簣，事未底于萬全。道人四海空囊，一身如寄。雖能絶烟辟穀，然匠人待哺，百口難供；即令點鐵成金，而木石餘資，一文何措。霞衣换粟，僅同投一粒于太倉；星劍賣錢，何异納細流于滄海。□然束手，正爾拊膺。兹者緣以天成，功由神助之哉。

二千石又萌喜捨之心，賢矣諸大夫共發好施之願。重爲檀越主，復結夙世因。功德欲遍于七閩，福緣不專于一郡。携一雙草屩，歷殘海上風烟；踏萬頃紅塵，費盡壺中日月。挨門乞助，到處求題。伏望賢士大夫，善男信女，捐有餘之朽貫，結無盡之善縁。斗粟緡錢，取之内帑，而寄之外帑；福田善種，播之今生，而收之來生。俾杰閣聳千尋，如翬斯飛，如鳥斯革。高居上帝中天，積翠玉臺，遥庶玄關。開一竅，龍從火出，虎向水生。揖讓群真，三界花宫仙梵遠。垂玄功于有永，奉香火于無窮。

凡有寸心，請助一臂。謹疏。

【箋】九仙觀　詳卷十四《九仙觀晚步》。

玉皇閣　在福州于山（九仙山），詳卷七《雨夜登玉皇閣》。

【附】王應山《玉皇閣新成志喜》：『九億龍角聳東隅，飛閣嵯峨與舊殊。百粤山川歸指顧，半空烟雨入虚無。玲瓏天畔開閶闔，丹碧雲中展畫圖。海甸由來稱福地，神樓誰復羡蓬壺。』（《閩都記》卷五『郡城東南隅』）

烏石山重建仁王寺募緣疏[一]

九龍吐水，象教顯于西方；白馬駝經，鷲峰遍于東土。欲化衆生而成善果，當開福地以種旃檀。緣藉十方，功垂萬劫。

有仁王禪寺者，枕彼烏山，構兹紺殿。拓基于五代，地布黄金；演教于累朝，關開玄鑰。横山樓平臨雉堞，雨花閣上接龍宫。兜率弘新，苾蒭甚衆。珠旛寶蓋，妙像莊嚴；暮鼓朝鐘，法輪運轉。自謂七燈常焰，誰知一炬成灰。湮没多年，廢興不一。雖成草創，尋復傾頽。幾千寶業空虚，丈六

[一]《烏石山重建仁王寺募緣疏》，本篇鈔本缺。

金身剥落。空梁摧古瓦，鼪鼯歲久據爲巢；香積冷炊烟，鳥雀年來饑欲死。金爐頓成瓦礫，蓮座變爲荆蓁。善知識，瞻法界焚修，每嘆桑田滄海；行脚僧，借空廊挂搭，惟飡月露風雲。昔也香花之壇，今爲茂草之鞠。

兹有鎮慶上人者，英年好道，心勤梵行之修；朗質觀空，性徹禪那之悟。志圖創復，力限單微。皈仰興嗟，徘徊增慨。邇者賴四方布施，構一座禪堂。寶塹金池，尚乏丹青之壯麗；雕甍畫拱，猶虧飛翬之偉觀。費用既繁，資財莫繼。破瓢敝衲，典盡以給工師；孤錫團蕉，粥去以供陶冶。入難償出，力不從心。伏願賢大夫，善男信女，成其振復之志，廣布檀越之恩。發歡喜心，去貪吝障。施金錢如瓦石，助米穀如土苴。齊結福緣，共成勝事。種菩提根于下土，收果無窮；灑功德水于恒河，流波不竭。功同無漏，福亦有歸。善哉善哉，諦聽諦聽。

【箋】烏石山　詳卷五《烏石山贈僧》。

仁王寺　在福州烏石山，詳卷六《同鄭吉甫過仁王寺懷徐仲和久客莆中》。

横山樓　又稱『横山館』『横山閣』，在烏石山。

○王應山《閩都記》卷十《郡城西南隅》『横山館』條：『在（烏石）山之南，嘉靖間有僧作庵其上。』按：宋鄭俠有《仁王寺横山閣》詩，宋李彌遜有《水調歌頭·横山閣對月》詞。

千佛殿莊塑佛像募緣疏[一]

鷲峰表刹閻浮，開白净之宫，象教垂慈。祇苑現紫光之色，莖草化金身丈六。豈云有相皆虚，微塵遍世界。三千共説，即心是佛。惟蓮臺顯瑞，斯蘭若增輝。

法雲禪寺之右，有千佛殿者，地僅容乎十笏，佛曾供乎五千。金迹輝煌，跏趺盡皆梵相；珠龕掩映，開目便見如來。過去佛，未來佛，現在賢劫佛，莊嚴相數滿河沙；清净身，圓滿身，百千億化身，凡聖居皈同净土。迨年深剥落，痛像久銷沉。猊座栖烏影，但留乎金粟；龍堂竄鼠光，已失乎玉毫。

如明上人，心發菩提，功資檀越。雲眸雪齒，再發圓光。月貌金容，重新寶相。六時頂禮，四衆皈依。但緣雖募乎十方，而功尚虧于一簣。桑門有幸，柏府來臨。以宰官身，修菩提行。共結無漏之果，同生喜捨之心。如是勝緣，宜形短疏。助其一臂，賴我同心。累爝爲明，積毫成仞。欲顯七滿八平之像，還資一銖半兩之施。永植慧根，共成好事。自一佛二佛，以至三四五佛，布施隨緣；歷一劫二劫，以至百千萬劫，收功無量。由真相而斷凡相，因心田而種福田。謹疏。

【箋】千佛殿　在福州于山北麓法雲寺西。

法雲寺　詳卷五《法雲寺對月》。

[一]《千佛殿莊塑佛像募緣疏》，本篇鈔本缺。

金粟　金粟臺，詳卷五《送高廣文之蜀二首》。

【附】徐𤊹《暮過千佛殿憩磐石上，待月得雲字戊申》：『覓得清凉界，團焦坐暮雲。松風同客受，苔石與僧分。密葉争蟬響，重林亂鳥群。紫榆花上月，流影白紛紛。』（《鼇峰集》卷十一）

按：此詩作于熥卒後。録以備考。

興復羅山法海寺募緣疏[一]

昔我釋迦文佛，雙林演偈，化既弘顯西方；迨我達磨祖師，一葦渡江，教遂流傳東土。秉慧燈于暗室，共照幽途；艤寶筏于迷津，同登彼岸。故精廬遍于震旦，苾蒭滿于閻浮。蕭梁以來，閩越尤盛。幡幢影接，鈴鐸聲聞。

郡中羅山堂者，舊之法海寺也。名列于九山，基宏于五代。孤峰聳鷲一脉，迴龍靈秀攸鍾。慧覺斯啓，傳燈備録，大藏可稽。唐咸通、光啓間，有道閑禪師者，問道于岩頭，闡宗于海澨，大暢厥旨，實主兹山。參法座者千有餘衆，入禪室者一十六人。又有紹孜禪師、義因禪師、義聰禪師、弘瑫禪師，衣鉢相承，香燈不絶。由宋迨元，有興無廢。迨至我明，始就荒圮。祇園鞠爲苑囿，像設化爲劫灰。獨法堂舊構，因壯麗而僅存；伽藍尊神，藉靈通而免毁。

輒更數主，幾歷百年，今其地屬于藍君圻。藍君承其遺創，拓爲新宫，費逾千金，居方十載。兹

[一]《興復羅山法海寺募緣疏》，本篇鈔本缺。

者篤信佛教，皈依净土，奉釋迦彌陀像于一室，早夜焚修，虔誠頂禮。常自思惟，獨發願力。謂鎮江招隱，乃戴居士之故廬；吴郡虎丘，實王短簿之遺宅。正覺叢林，捐從陸氏；宣化梵宇，施自何家。處處如斯，代代不乏。彼捨宅爲寺，古昔之善信皆然；何毁寺爲居，凡愚之慳貪至此。况天地本一蘧廬，浮生元同逆旅。章華冀闕，總是虚花；金谷銅臺，終成幻泡。瑣窗秘閣，先埋地獄之根；曲沼方池，自沸苦海之浪。當知無常迅速，火宅何人久居；試觀滿目興衰，華屋誰家世守？望諸天而悲泣，向三寶而盟心。願捨所居，仍爲梵刹。仝社友張君、王君等，合掌稱贊，矢志相成。衆謂藍君既有心薙草，未嘗戀此千金。

然無地卓錐，何以安兹四大？雖財施即同法施，而自利亦要利他。用是化募十方，償其半費。俾龍象復歸于有托，而鵓鴿不至于無栖。誠方便之法門，無窮之善果也。若乃重鑄金身，再興寶殿，工程甚浩，糜費不貲。乘此機緣，一同抄化。使既湮鐘鼓，重聞朝暮之音；半死旃檀，載發空香之氣。願揮慧劍，割斷慳魔。好挽慈流，共躋檀度。言無多遜，福有冥歸。謹疏。

【箋】羅山　在福州于山北麓。參見卷十四《五月十二日從羅山堂分得黄金間碧玉竹栽植小園戲作》。

法海寺　在福州城内羅山。

○王應山《閩都記》卷五《郡城東南隅》「法海寺」條：「國朝嘉靖初，爲舉人高叙廢爲宅，後入藍侍御濟清家。萬曆己亥，侍御孫圻復舍爲寺。有羅山堂、金積園、萬緑諸勝。」

○曹學佺《法海寺誦經文》：『三山叢林，法海之殿宇可謂盛矣。』（《石倉三稿·文部》卷九）

藍君圻　藍圻，侍御藍濟清之孫，舍其宅爲法雲寺。

招隱　招隱寺，在今鎮江京口區招隱山。山有牌坊，立柱書對聯『讀書人去留蕭寺，招隱山空憶戴公』。蕭，昭明太子蕭；戴，戴顒。

戴居士　即戴顒，字仲若，戴逵之子，譙郡銍縣（今安徽濉溪）人。南朝宋名士。事迹見《宋書·隱逸傳》。

虎丘　虎丘寺，詳卷五《游虎丘寺》。

王短簿　指王珣，字元琳，小字法護，王導之孫，王洽之子，琅琊（今山東臨沂）人。東晋大臣、書法家。王珣任主薄，狀短小，故有『短簿』之稱。

○《世説新語·寵禮》：『王珣、郗超并有奇才，爲大司馬所眷拔。珣爲主簿，超爲記室參軍。超爲人多髯，珣狀短小。于時荆州爲之語曰：「髯參軍，短主簿。能令公喜，能令公怒。」』

正覺叢林　正覺寺，始建于東晋，在今山東淄博市。

宣化梵宇　疑爲江蘇盱眙宣化寺。

金谷　金谷園，詳卷三《帝京篇》。

銅臺　銅雀臺，詳卷五《銅雀伎》。

重修安境侯廟募緣疏

安境侯者，顯赫威靈，聰明正直。安邦輔國，累朝貤玉册以加封；捍患禦灾，七社望金扉而頂禮。廟倚九仙之麓，地鍾雙石之奇。畫棟飛甍，雄于古昔；丹楹白堊，創自何年？

顧時序之屢遷，致神栖之就圮。蕭條粉壁，已銷往日丹青；剥落金身，無復本來面目。一輪皓月，暗室内争放大明光；半夜淫霖，屋漏中盡沾功德水。雖香燈清静，尚早夜以焚修；而妙像莊嚴，向東西而徙倚。燕泥墜浄土，穢着佛頭；蛛網結虚龕，塵蒙法眼。蒼鼠竄于古瓦，白蟻蛀乎神床。歲時伏臘走村翁，薦藻蘋而太息；古廟杉松巢水雀，披荆棘以增悲。神其恫矣，衆安忍也！

熥仰賴神庥[二]，皈依真教。時當蠱壞，議欲鼎新。然大厦非一木能支，工力仗十方布施。善男信女，齊發歡喜心；賢士大夫，同修無量德。納細流以成海，集狐腋以爲裘。隨多寡施以孔方兄，俾後先付之公輸子。庶廟貌如故，而輪奂一新。秘宇靈宫，歷億萬載而不壞；心田福海，垂千百世而無窮。

凡有善緣，請題左牘。

【箋】安境侯廟　在福州于山南。

○王應山《閩都記》卷五《郡城東南隅》「安境侯廟」條：「在九仙山之南，僞閩永隆元年，封光威振遠將軍。會同十年封今號。誥詞云：『閩府苦于多難，近致承平，得非神福其善而善者興，禍其淫而淫者

[二] 庥，原文作「麻」，據鈔本改。

敗。九仙山光威振遠將軍夙嚴祠宇，久尊是邦，幽贊伊人，炳然慕義。是致封疆大肅，黍稷長馨。苟虛褒美之恩，曷報感通之惠？可封安境侯。」國朝廢爲里社。萬曆中，里人屢增修飾。舊有雙石之奇，今亦不存。』

重修凝翠所疏

吾閩當世廟初年，時和物豐，粟紅貫朽。有司簿書之暇，吟眺登覽，殆無虛日。直指使者石沙王公，尤風流好事，其于琳宫梵宇，所建亭榭甚衆，而龍峰之法雲寺爲最。後遭兵燹之禍，聚客兵其中，日夕脱巾譟呼，僧徒漸以散去。于是旃檀之地，化爲榛荆；布金之區，變爲瓦礫。亭榭日就頽廢，無復舊觀矣。

凝翠所者，在寺之東偏，岩石礨砢，樹木蓊薱，亦一勝區也。歲久亭將就圮，居民不逞者，毁傷其薪木，以當樵蘇，其下則聚溷而已，過者傷之。

值嶺南觀微上人來游吾鄉，上人精于教典，嚴于戒律，又以其餘發爲詩歌，以自寫其方外之志。吾鄉縉紳學士皆與上人結支、許交，二三同志以上人未有卓錫之所，遂謀以凝翠舊亭葺而新之，以奉世尊其中。因增數楹于後，上人居之。一以繫直指公甘棠之思，一以爲上人鉢瓶之所，一以爲吾黨選勝之場，一舉而三善備矣。

語曰：『有其舉之，莫敢廢也。』其斯役之謂乎？顧木石之費不無賴于十方，凡我同志，如宰官賢士，肯捐緡錢斗粟以樂觀厥成，則功并須彌而行周沙界矣。

某不勝五體投地和南懇禱之至。

【編年】萬曆二十一年癸巳(一五九三)。按：參見卷五《元直秀才觀微上人過宿》。

【箋】凝翠所　在福州法雲寺東偏。

世廟　詳卷十六《八閩選貢叙齒録序》。

王公　即王詢，成都右衛人。嘉靖二十三年(一五四四)進士，福建巡撫都御使。

鼇峰　詳卷二《與陳汝大鼇峰宴集》。

觀微上人　詳卷五《元直秀才觀微上人過宿》。

烏石山建八卦團瓢疏[一]

伏以法界三千，縱現莊嚴之刹；坐具數尺，足容清净之居。所以中土托身，隨緣可結。至于真僧習定，何地非家。然勝果有因，悉檀難遇。而菩提易證，蘭若宜先。兹者某上人祝髪披緇，便圖出世，冥心茹素，無假参禪。由生相、住相、异相而明滅相，無相即真；因業識、轉識、現識而了真識，有識皆妄。庶幾開悟，誰云一指猶迷；漸次薰修，孰謂四偈未解。誠佛子之住持，宜人天之供養者也。

今東西南北，已倦津梁；恐生死輪迴，終歸漂浪。露宿烏山之頂，四大未可輕拋；雲游龍藏之

[一]《烏石山建八卦團瓢疏》，本篇鈔本缺。

中，一衲何堪遍布。欲仍數武之地，宏開八卦之壇，藉樹爲籬，倚岩爲蓋。灌地敢求白乳，照壁寧假青銅。即茆屋竹椽，神功莫就；而蔬食水飲，人力難供。伏願大檀越主、諸善信人，種最勝因，發大宏願。或捨之金，或捨之粟，期不日而成；或錫之寡，或錫之多，各隨力而施。俾一瓶一鉢，于此皈依；而孤磬孤燈，從兹栖托。千峰片月，諷嘫噠哆嚩怛囉之名；萬壑疏鐘，念阿那隸鞞舍提之咒。不至爲野狐之坐樹，豈同于老鴿之聽經。則河沙功德，雖曰利他，而净土寂光，歸同自利矣。蓮花已種，藤葛休纏。

凡有捐貲，請題于左。

【箋】八卦團瓢　在福州烏石山。卷六《同閔壽卿柳陳父吴元瀚興公弟避暑仁王寺因憩天秀岩》有『摩崖猜古篆，相地徙團瓢』之句。

爲趙道士赴京奏請藏經募緣疏[一]

伏以靈宫肇建，壯七閩形勝之雄；福地宏新，啓一代文明之盛。顧雕甍畫棟，此日飛翬；而玉笈金箱，多年飽蠹。散函關之紫氣，誰知《道德》五千；闡真教之玄機，全仗經文萬卷。緣隨衆結，道以人興。

有道士趙某者，浪迹烟霞，寄情雲水，栖鼇峰者十載，同鷦鳥之一枝。羽客本無家，雖紫府玄都，

[一]《爲趙道士赴京奏請藏經募緣疏》，本篇鈔本缺。

皆同幻境；然焚修須有地，而璧門珠殿，總是玄關。幸遇當道名公暨兹鄉邦耆德，喜心齊發，杰閣斯成。中天積翠玉臺遥，高居上帝；三界花宫仙梵遠，直接太清。文運弘開，有關地脉；臚聲首唱，寔賴神庥。雖閣聳千尋，金粟臺前增勝槩；而經無一字，蕊珠宫裏盡空函。

某寶劍登途，請藏經于紫禁；鐵冠伏闕，抗封事于彤墀。道路八千，步虚不到；遨游數載，辟穀莫延。縱咽玉液于華池，寧免長安炊玉粒。雖鍊金丹于寶鼎，難于客路當金錢。南去北來經幾車，擔經有費上天下。天鶴一隻，養鶴無資。萬水千山，歷吴越燕齊之境；一錢斗粟，賴東西南北之人。糊其口于四方，寄此身于六合。伏祈沿途大檀越主，到處結清净因。願衆生視八荒如闔，有捨施，不必限以封疆；俾道士認四海爲家，得錢財，猶如取之内帑。庶叩九閽而上請，不嗟一飽之無時。功德無涯，福緣非淺。望寒星而頂禮，願善男女，齊注仙班；對上帝以祝釐，期士大夫，同登道岸。

謹疏。

【箋】金粟臺　詳卷五《送高廣文之蜀二首》。

石竺山乞靈疏[一]

熥海邦微賤，下界愚蒙。早歲蹉跎，愧乏雕龍之技；丁年偃蹇，虚慚馬齒之增。事筆硯者十年，

[一]《石竺山乞靈疏》，本卷目録作《石竺山乞告何仙靈疏》。本篇鈔本有目無文。

玷賢書者六載。長安下第，嗟壯志之成灰；燕市遭艱，痛麻衣之如雪。天乎降罰，母復辭堂。苦已似于茹荼，心頓忘乎捧檄。然家徒四壁，難遽出乎樊籠；而年逾三旬，竟未知所稅駕。敬陳衷悃，上叩仙靈，伏望指我迷途，醒兹大夢。九仙赤鯉，仰世代之非謡；一枕黄粱[一]，覺神靈之不爽。雖窮通壽夭，已預定乎生前；而得失憂虞，賴潜通于夢境。

【編年】萬曆二十一年癸巳（一五九三）。按：『玷賢書者六載』，熥萬曆十六年（一五八八）舉人，至是歲六載。

【箋】石竺　即石竺山，又作『石竹山』，詳卷五《晚至石竹山》。

年逾三旬　是歲徐熥年三十三。

九仙赤鯉　傳説何氏九兄弟曾游此山，後乘赤鯉升天而去。

爲道人王太和乞米疏[二]

道人王太和者，浪迹烟霞，寄情雲水；修心煉性，不落旁門；轉竅開關，能傳正印。坐蒲團者七日，息守胎中；閉静室者三年，神超殻外。得喜聃之妙術，悟鍾吕之玄詮也。顧木食草衣，雖可隨緣自適；而桂薪玉粒，堪嗟仰給無資。寶鼎真鉛，烹來未化；華池神水，咽處猶饑。欲完超脱之功，難免饔飧之費。

[一]　梁，當作『粱』。

[二]　《爲道人王太和乞米疏》，本篇鈔本缺。

敢題短疏，報告十方。或斗粟緡錢，或寸絲尺縷，共成盛舉，齊發歡心，結此勝緣，毋留宿諾。

【箋】喜聃　喜，即關伊喜，或稱關伊、伊喜；聃，即老聃。老聃，即老子。皆先秦道家人物。

鍾呂　指道教鍾離權、呂純陽二祖師。

石松寺募緣施棺疏[一]

伏以大權機熟，每現慈悲；上聖行深，先度苦厄。雖幻形飄蕩，即神識冥化他生；而覺性昏沉，縱骷髏認歸自己。以兹膿裹之遺，誠切肝腸之痛者也。

今某等每念分叚微軀，幸忝同居之土。常懷寂光妙樂，深圖出世之因。無生法忍自度，雖曰未能有漏。善緣度人，庶乎可勉。睹清净世界，愁看暴骨郊坰；思功德河沙，忍見積尸原野。皈依大雄寶寺，頂禮皇覺金容。生悉檀心，發菩提願。苟脱驂而可賻，毋論男女冤親；俾就木以無虞，寧別愚痴智慧。痛茫茫朽魄，即瓦棺玉匣，總似荼毗；惜渺渺游魂，任白骨黄泉，罔知檀越。夫以捨之頭目，捨之手足，不如四偈利他；况乃恣其煩惱，恣其貪嗔，縱剩萬金何益。迷途莫覺，閉眼便屬他人；苦海無邊，回頭足登彼岸。願此功德，普度幽冥。

謹依每月十七日齋潔旃檀，竭一忱而發供涓。取七月十五日大宣科典，超五濁之沉淪。務臭穢得藏，不至薰天沃地；冀冤愆盡釋，永離灌雪淋銅。一念善根種西方，金蓮萬葉，諸天妙應。垂

[一]《石松寺募緣施棺疏》，本篇鈔本缺。

上界寶樹千花，似此勝緣，良爲不偶。各宜喜捨，以答鴻庥。

【編年】萬曆二十年壬辰（一五九二）。按：詳卷五《石嵩廢寺》。

【箋】石松寺　又作石嵩寺，詳卷五《石嵩廢寺》。

像贊

程康伯像贊[一]

彼其之子，穆穆風襟。雖紲華組，匪移貞心。托情遠想，棲志長林。俯濯清淵，仰眺高岑。岩巒蓊蔚，松篁蕭森。微尚自昔，隱几非今。流聲振藻，永嘯長吟。瞻彼令儀，眷兹德音。琳瑯在目，中情彌欽。

【編年】萬曆二十六年戊戌（一五九八）。

【箋】程康伯　參見卷六《同陸纂父暮酌程康伯花下得枝字》《同陸纂父山人楊山甫保御集程康伯典客衙齋看芍藥》。

伯孺像贊

有虎頭之技，無一者痴；有梁鴻之遇，不五其『噫』。行乎不窳，言也無卮。力田而不逢時，處

[一]《程康伯像贊》，卷首目録作《程康伯典客像贊》。本篇鈔本缺。

世而能委蛇。樂莫樂兮，吹塤吹篪。百世而下所稱不朽者，予既已知之矣。我其君之惠子，而君其我之鍾期。

【箋】伯孺　即陳价夫，詳卷二《贈陳价夫薦夫》。按：陳价夫善書，書學鄭善夫。

虎頭　顧愷之小字，詳卷五《贈黃生懋政》。

梁鴻　詳卷七《挽吴門沈汝明處士》。

五其『噫』　梁鴻有《五噫詩》。

鍾期　即鍾子期，詳卷十八《王少文誄》。

幼孺像贊

爾之貌則癯，爾之心則慧。五字而萬古斯傳，片語而千人自廢。不知者或謂巧累而俊傷，其知者自能調同而神契。貧不免負薪，名豈緣擢桂。其目之閃閃而眈眈也，非虎視乎詞壇，則睥睨乎一世。

【箋】幼孺　即陳薦夫，詳卷二《贈陳价夫薦夫》。

林正覺像贊[一]

公之貌老而神甚都，公之體瘠而藏甚腴。少而學書，名高數寸之觚；壯而弃繻，功成丈二之殳。

[一]《林正覺像贊》，本篇鈔本缺。

晚謝畏途而川觀，岩居爲山澤之癯。偉哉丈夫，惟此七尺之軀！

陳振狂像贊

家處龍江，人號鹿散。隱居放言，世或以爲誕；貧賤肆志，世或以爲慢。袍敝而無裏，甑塵而不爨。鹿豕與游，馬牛可唤。落魄兮半生，狂吟兮達旦。有盡者四大之微軀，不朽者千秋之詞翰。誰乎貌此丹青，余也不覺歡喜而贊嘆。

【箋】陳振狂　即陳宏己，詳卷二《聽陳振狂彈琴因懷劉道子》。

龍江　閩江流經南臺島，北側稱白龍江，南側稱烏龍江。宏己家南臺。

仲氏像贊

人似朝霞之舉，才如白雪之清。懶有同于叔夜，達或類乎莊生。垂髫而操觚作賦，弱冠而藝苑蜚聲。八叉[一]可就，四座皆驚。雖不能竈跨于父，而已能火攻其兄。真不忝爲吾弟，而無愧乎第五之名也。

【箋】仲氏　即徐熥。

叔夜　即嵇康。

【附】徐熥《小像自贊》：『幼以奇稱，長殊慵，不能自樹；少以文名，壯懷書，了無所遇。丘壑

[一] 叉，原本作『乂』，據鈔本改。

之性既成，烟霞之疾彌固。也會吟詩，也諳作賦，從未嘗出語驚人，往往有人傳誦。警句晝間，作弗墜俗；品字狂草，未失矩度。帶索，比榮啓期之貧；絧書，擬李鄴侯之富。得意處，肆意雌黄；見解時，含毫箋注。所友者，盡海内之鳳麟；所伍者，乃篇中之蟲蠹。眼非虬珠，而粗知博物；口乏懸河，而略説譚吐。飲酒全無别腸，登山頗有勝具。年四十，雖然無聞，亦不至于見惡。知我者，惜我抱經濟之才，未究厥施；而我亦自許曰：稍識世故。咄！吾亦不知吾，將何税駕于末路！』（《紅雨樓集》册十二，《上圖稿本》第四五册，第二九八—二九九頁）按：徐㶿《自贊》作時年四十，即萬曆三十七年（一六〇九）。　陳衎《徐興公像贊》：『履順飲醇，宙合同塵。虚兮若谷，曠兮無垠。無智愚莞枯，皆使之可親。海内徒知其沉酣載籍，學貫天人，而不知其懿德之純。體化握衡，激濁揚清。緯者維縱，經者維横，集剛柔燥濕，皆爲之持平。海内徒知其符采風雅，騷壇主盟，而不知其幹局之精。故貌徐于而樂易，神玄穆而靚深。王公式廬而問道，髦士輟軛而歸心。蓋麟游于野，鶴鳴在陰。材如東箭，品重南金者也。』（《大江草堂二集》卷十四）按：此篇作年不詳。

王元直像贊〔一〕

其貌仙仙，其性翩翩。才若涌泉，而辯若河懸。既怡情于典籍，亦嘯傲乎雲烟。香在荀令君既

〔一〕《王元直像贊》，本篇鈔本缺。

出門之後，神在衛洗馬未渡江之先。雖當弱冠之年，能與長者而周旋。盻睞者青眼，結交者白蓮。若郎君者，可謂魁然者矣。

【箋】王元直　王繼皋，詳卷二《對月遲王元直不至》。

荀令君　即東漢荀彧。彧，字文若。潁川潁陰（今河南許昌）人。美容姿，身帶异香，每至他人家，坐處三日留香。

衛洗馬　即西晉衛玠。玠，字叔寶，小字虎，河東安邑（今山西夏縣）人。美容姿，與潘岳齊名。

○《晉書·衛玠傳》：『京師人士聞其姿容，觀者如堵。玠勞疾遂甚，永嘉六年卒，時年二十七，時人謂玠被看殺。』

林熙吉像贊[一]

貞不絶俗，介而能通。文稱吐鳳，書若驚鴻。禪問南宗，悟佛教之真空。道契鴻濛，守老氏之玄同。君其無忝于人瑞翁。

【箋】林熙吉　即林應憲，詳卷二《宿雲窩贈林熙吉》。

人瑞翁　即林春澤。春澤（一四八〇—一五八三），字德敷，福建侯官人。壽百又四歲。

[一]《林熙吉像贊》，本篇鈔本缺。

有《人瑞翁集》。應憲爲春澤之子。徐熥女適春澤孫林如稷。

【附】徐𤊹《林熙吉像贊》：『名爲憲，字爲吉。温乎其容，朴乎其質。托迹兮雲山，買臨池一筆。交友有素心，到門無俗客。夫夫也，乃翩翩濁世之佳公子，故與徐生最莫逆也。』（《紅雨樓集》册十二，《上圖稿本》第四五册，第二七五頁）

薛君佐像贊[一]

文而且秀，俠也而儒。懷連城之璧，握明月之珠。氣如太阿之出匣，神如清冰之在壺。腸能吐錦，腕善操觚。才何慚于倚馬，學有類于童烏。少而都，曾擲果之盈車；壯而癯，日來乎清虚。美哉，丈夫！無忝于君家之鳳雛。

【編年】萬曆二十四年丙申（一五九六）。

【箋】薛君佐　參見卷九《贈薛君佐秀才》。

【附】徐𤊹《薛君佐像贊》：『神澄秋水，氣凛寒霜。學同元敬，俠比孟嘗。宣兮敢擬，收也難方。時未達也，弗上書而止獵；身既隱矣，暫逃名于賣漿。人徒知其囊中佳句，誦燕泥之空梁；而予獨羡其名高藝信，爲河東之鳳凰者即！』（《紅雨樓集》册十二，《上圖稿本》第四五册，第二七六頁）

［一］《薛君佐像贊》，本篇鈔本缺。

錢叔達像贊[一]

長不逾七尺，而金相玉質；年已滿四十，而修眉白皙。玄契混沌之宗，禪入維摩之室。書法永和，詩宗大曆。清嘯入雲，紫簫裂石。動操兮流水高山，坐隱兮蒼苔翠薜。雖腹笥五車，而家徒四壁。但能一語千秋，何論三旬九食。咦，曾生所貌者君之形，徐生所贊者君之神。得其神，忘其形，然後知粉澤之爲幻，而皮相之非真也。

【箋】錢叔達　即錢行道。參見卷二《初夏邀黄仲高孝廉張孺愿太學錢叔達山人張公魯徐仲和秀才及社諸子集澄瀾閣》。

永和　東晋司馬聃年號。

○王羲之《蘭亭集序》：『永和九年，歲在癸丑，暮春之初，會于會稽山陰之蘭亭，修禊事也。群賢畢至，少長咸集。』永和九年，公元三五三年。

大曆　詳卷二《寄李惟實》。

曾生　即曾鯨。鯨，字波臣，晚號蕉園老人，莆田人。善畫人物。

○曹學佺《曾波臣詩序》：『波臣善寫照，其技入神，人莫不欲求之。』（《石倉三稿文部》卷二）

徐生　徐熥自謂。

[一]《錢叔達像贊》，本篇鈔本缺。

胡隱君贊[一]

行無町畦，胸絶城府。迹雖混于市廛，心已超乎太古。命托麯生，情遺阿堵。其生也拍浮池中，如覆瓿之布，而忘其腐其没也。當葬陶家之側，庶百歲之後而化爲土。斯先生陸沉于杯斝之間，而步兵、公榮之與伍也。

【箋】陶家　指陶淵明。前人云，陶詩篇篇有酒。

步兵　即魏阮籍，『竹林七賢』之一。曾大醉六十天。

公榮　即魏劉昶。昶字公榮，沛國人。○劉義慶《世説新語·任誕》：『劉公榮與人飲酒，雜穢非類，人或譏之。答曰：「勝公榮者，不可不與飲；不如公榮者，亦不可不與飲；是公榮輩者，又不可不與飲。」故終日共飲而醉。』

鄭士嘉像贊[二]

思也無邪，節也甚姱。胸藏五車，而學得乎精華。韋編三絶，以《易》名其家。玄著揚雲[三]之草，夢生江令之花。雖步趨于矩矱，亦吟嘯乎烟霞。斂其鋒鍔，已知爲匣中之鏌鋣；騁其神駿，終當爲天閑之渥窪。洵哉嘉士，其無愧于士嘉。

[一]《胡隱君贊》，本篇鈔本缺。

[二]《鄭士嘉像贊》，本篇鈔本缺。

[三]揚雲，原文作『楊雲』，據史實改。

【箋】揚雲　即揚子雲。漢揚雄，字子雲。元方回《和陶淵明飲酒》：『子雲草太玄，萬言無一是。』《太玄》，揚雄所著書。

江令　即梁江淹。江淹有夢筆生花之説。

王丈像贊[一]

癯然者貌，渾然者心。養不求五鼎，諾可比千金。藏名市肆，晦迹園林。與物無競，于道爲深。二毛未侵，已知白髮之盈簪；三槐成陰，已知其孫子之森森。其樂也，豈必堂之列千駟；其壽也，豈必戲之用五禽耶？

【箋】五禽　五禽戲。

○《後漢書·華佗傳》：『是以古之仙者，爲導引之事，熊頸鴟顧，引挽腰體，動諸關節，以求難老。吾有一術，名曰五禽之戲，一曰虎，二曰鹿，三曰熊，四曰猿，五曰鳥，亦以除疾，以利蹄足，以當導引。』

康元龍像贊

爾貌則古，爾神則清。諾可當乎季布，俠不愧于荆卿。臨池踵鍾、王之墨妙，摛詞繼嚴、樂之筆精。聞鷄函谷，飲馬長城。人以爲英英之烈士，而不知其爲恂恂之儒生。

【箋】康元龍　即康彦登，詳卷二《劍浦送康元龍游吴》。

[一]《王丈像贊》，本篇鈔本缺。

季布　楚人，漢武帝時爲郎中、惠帝時官爲中郎將，文帝時爲河東郡守。重然諾，一諾千金。

鍾王　詳卷十八《王少文誄》。

嚴、樂　指漢武帝時文學家嚴安、徐樂。江淹《別賦》：『雖淵、雲之墨妙，嚴、樂之筆精……誰能摹暫離之狀，寫永訣之情者乎？』

函谷　函谷關。

【附】徐𤊹《康元龍像贊》：『茫茫元氣，克鐘夫君。遠播嘉譽，實揚令聞。鳳鸞爲質，龍虎其文。景命不永，中道殂分。覿斯貌像，實感精魂。雪涕興贊，貽君後昆。』（《紅雨樓集》冊十二，《上圖稿本》第四五册，第二七七頁）

陳翁像贊[一]

皤兮雙鬢，澹然一心。既擅臨池之技，長爲抱膝之吟。繪形縑素，宴坐長林。餐烟霞之四壁，聽鶴鳴之在陰。流泉瀰瀰，可以洗君耳；滿篋芝茯，可以充君腹。誰氏之子？曰潁川陳孟。公宜置丘壑中，祝公壽永無窮。

【箋】潁川　即潁川，明代爲鈞州、陽翟縣，今河南禹州。

[一]《陳翁像贊》，本篇鈔本缺。

胡外史像贊[一]

悠悠忽忽，落落穆穆。宜置丘壑，解衣盤礴。是謂西湖之狂客。

【編年】萬曆十九年辛卯（一五九一）。

【箋】胡外史　即胡睦驥，錢塘（今杭州）人，詳卷三《贈胡外史》。

郭生像贊[二]

蓬蓽爲儒，衣褐長裾。江淮業賈，腰纏資斧。既而學書，能辨魯魚。時命不如，誰薦乎《子虛》。去而學劍，懸乎組練，而介子終童之。再見彼相皮者，毋以其貌之恂恂，而謂封侯之不出于白面也。

【箋】子虛　《子虛賦》，漢司馬相如作。

施生像贊[三]

其修七尺，其髯如戟。燕頷虎頭，豐頤廣額。諾可比乎千金，飲能盡乎一石。走馬臂鷹，探丸博弈。買笑兮青樓，看花兮紫陌。既多軒蓋之賓，亦有椎埋之客。世以女爲落魄，不知女之適其適。而女所得列于士林者，有徐生爲之莫逆也。

[一]《胡外史像贊》，本篇鈔本缺。
[二]《郭生像贊》，本篇鈔本缺。
[三]《施生像贊》，本篇鈔本缺。

屠田叔像贊[一]

錦綉腸，談天口。禄二千，才八斗。美無度，名不朽。舊司農，今太守。别三山，過二酉。留此圖，垂永久。何人斯，社祭酒。

【編年】萬曆二十六年戊戌（一五九八）。

【箋】屠田叔　即屠本畯，詳卷三《分得黄金臺送屠田叔轉運使京》。按：是歲屠本畯之任辰州太守，熥等送至古田困關，諸社友有詩送之，王昆仲作畫，故曰「留此圖」。

三山　詳卷九《壽車郡公》。

二酉　詳卷二《五君咏五首》。

題跋

蘭亭記[二]

此帖乃友人王孔振客臨卭時見寄者，雖甚澶漫，然色澤蒼老，神骨遒健。校之近刻，若商周彝鼎，欵識磨滅，猶堪賞玩耳。孔振精于格古，以此寄余萬里外，當有定價，其非贋鼎無疑。既而孔振客死于蜀，無復得相辯證。每覽此帖，則泫然出涕。所謂一死生爲虚誕者，真情至之言也。今夜偶

[一]《屠田叔像贊》，本篇鈔本缺。

[二]《蘭亭記》，本篇鈔本缺。

翻諸帖，景况甚佳，睹此復爲黯然。

【編年】萬曆二十六年戊戌（一五九八）。按：此篇與本卷《杜工部集》同時作。

【箋】蘭亭記　《蘭亭記》，唐歐陽詢書。

王孔振　萬曆二十年（一五九二）入蜀訪叔父王獻甫，二十五年（一五九七）客死瀘州。參見卷七《送王生之臨邛省州守叔父獻甫二首》、卷六《哭王孔振客死瀘州》。

虞恭温公碑

余所見歐陽率更書，以《化度寺》爲最，次則《九成宮》。此碑雖殘缺，不可句讀，然秀勁可愛，不減《化度》。今年客長安，偶得此本，斷羽殘鱗，真橐中至寶。舟次連窩，出以展玩，漫題數語。

【編年】萬曆二十六年戊戌（一五九八）。

【箋】虞恭温公碑　《虞恭公碑》爲唐岑文本撰，歐陽詢書，唐貞觀十一年（六三七）立。係歐陽詢晚年作品。

歐陽率更　即歐陽詢（五五七—六四一），字信本，潭州臨湘縣（今湖南長沙市）人。唐朝大臣、書法家，累官太子率更令、弘文館學士，封渤海縣男。重要書法作品有《化度寺碑》《九成宮醴泉銘》等。

化度寺　即《化度寺故僧邕禪師舍利塔銘》，省稱《化度寺碑》，歐陽詢書，唐貞觀五年立。

九成宮　即《九成宮醴泉銘》，唐貞觀六年魏徵撰文，歐陽詢書。

連窩　詳卷九《連窩舟中與張叔弢話舊》。

米元章方圓庵記

元章此記專仿《聖教》，位置甚善，但稍柔耳。戊戌夏日，得于燕市。己亥初春十九日，山齋無事，偶爾檢閱。雜臨數十字，無一肖者。始信古人不可及也。

【編年】萬曆二十七年己亥（一五九九）。

【箋】米元章　米芾（一〇五一——一一〇七），初名黻，後改芾，字元章。宋代書法家、畫家。有《張季明帖》《李太師帖》等。

方圓庵記　米芾書。仿王獻之《聖教序》而稍柔。方圓庵，在杭州。

聖教　即《大唐三藏聖教序》，省稱《聖教序》。唐太宗李世民撰文，褚遂良書，稱《雁塔聖教序》。後沙門懷仁集王羲之字刻製碑文，稱《唐集右軍聖教序并記》，或《懷仁集王羲之書聖教序》，因碑首横刻有七尊佛像，又稱《七佛聖教序》。

趙子昂吴興山水圖記

趙孟頫既撰《圖記》，乃集右軍行書，摹勒上石，可謂雙美。然體格雖晋，而筆氣則元耳。萬曆丙申清明日，微雨初霽，禽鳥嚶鳴。忽一展玩，如身在蒼峴碧浪之間。回首舊游，有同夢境，因書以志感。時同觀者，陳子惟秦、弟興公也。

【編年】萬曆二十四年丙申（一五九六）。

【箋】趙子昂　即趙孟頫，詳卷十六《甘旭印正序》。

吴興山水圖記　即《吴興山水清遠圖記》，趙孟頫作，集王羲之行書，摹勒于石。

陳惟秦　即陳仲溱，詳卷二《懷陳惟秦》。

黄庭經

黄庭經押縫有『書印』二字，米元章辯其爲唐鍾紹京之印。按：紹京，虔州贛人，以善書直鳳閣。武后時，置諸宫殿明堂及銘九鼎，皆其筆也。紹京嗜書畫，如王羲之、獻之、褚遂良真迹藏家者，至數十百卷。但『書印』二字，元章不知從何辨其爲京物耳。元章博物君子，必有所本。

【箋】黄庭經　詳卷十八《王少文誄》。

褚遂良　字登善，錢唐（今浙江杭州）人。唐朝宰相、書法家。

馬遠畫誌公小像

馬遠真迹，閩中不多得。近于呼將軍處見誌公像一幅，絹素縝密，氣韵生動，真神品也。上有贊云：杖頭剪尺，這般模樣。拭目一看，誌公和尚，丹崖子贊。按：丹崖子，姓唐名肅，字處敬，會稽人，洪武間以議禮被徵，有《丹崖集》。宋景濂爲序，疑即此人。字作古篆，可愛。

【編年】萬曆二十七年己亥（一五九九）。

【箋】誌公　南朝梁高僧寶（保）誌。

馬遠　詳卷三《題馬遠山水》。

呼將軍　即呼鶴鳴，詳卷九《贈呼允齡將軍》。

宋景濂　即宋濂。濂初名壽，字景濂，號潛溪，别號龍門子、玄真遁叟，祖籍潛溪（今浙江義烏），遷居浦江（今屬浙江浦江）。元末明初著名政治家、文學家。明開國文臣。

趙子昂畫太祖蹴球圖

此圖筆法生動，其爲元人之筆無疑。其『青巾白』數語，舊人考核之言，孟揚引録之。『蹴球』以下，乃孟敭自跋也。但孟揚以永樂初元徵入京師，授翰林檢討，至九年辛卯正月，孟揚從英國公張輔覆征交趾，六月以解縉事，俱逮下獄。辛卯仲冬望後，孟揚正在獄中，何從得至林尚默書舍？

又按：尚默方以是年首鄉薦，仲冬望後，或抵[一]京師，則當稱旅舍，不當稱書舍也。

又按：尚默年十四，即從孟揚受學。古人師弟之分最嚴，安得稱友人林子耶？且孟揚『揚』字，間或作『敭』，未有作『暘』者。

又按：趙承旨生當勝國，至元、延祐間，迨永樂辛卯，僅得百年。所云將二百載，假令真出孟揚手，當不如是憒憒也。

本以跋證畫，反以滋疑。然楮墨蒼然，亦百餘年物，不忍遽弃，漫留以識高明。

【箋】趙子昂　即趙孟頫，詳卷十六《甘旭印正序》。

［一］抵，鈔本作『掋』，誤。

宋太祖蹴鞠圖　原作者爲北宋蘇漢臣，徐熥所題或趙孟頫臨摹之作。宋太祖，趙匡胤。

孟揚　王偁（一三五八——一四一五），有《虛舟集》。『閩中十才子』之一。

○曹學佺《王偁傳》：『永福縣人，字孟敭（揚）。其父翰，元季爲潮州路總管，故西方人也。先爲閩行省郎中，已而以潮州總管弃官，遂走閩爲黄冠，栖永泰山中十年。高皇帝聞翰賢，詔有司强起之，翰自刎死，時偁甫九歲。閩吴海者，翰執友也，義撫偁教之。洪武二十三年，偁以經義舉于鄉，明年試禮部，不第。例就祭酒授業……文皇帝即位，有司薦起之……授翰林簡討，進講經筵。已而敕修《永樂大典》，偁爲總裁官。』（《石倉十二代詩選·明詩一集》卷之三十八《虛舟集》卷首）

九年辛卯　明成祖朱棣永樂九年辛卯（一四一一）。

英國公張輔　英國公張輔。輔，字文弼。祥符（今河南開封）人。永樂四年（一四〇六），隨成國公朱能南征安南。因功封英國公。自永樂七年至十三年，三次征交趾。

解縉　字大紳，一字縉紳，號春雨、喜易，吉水（今屬江西）人。洪武二十一年（一三八八）進士，奉命總裁《太祖實録》、纂修《永樂大典》。永樂九年（一四一一）被逮，十三年卒于獄中。

尚默　林志，閩縣人。

○徐熥《詩人爵里詳節》：『林志，字尚默，閩縣人。永樂九年鄉試第一人，十年會試第一人，廷試第二人。歷官翰林編修、侍讀右春坊、右諭德。卒年五十。有《蔀齋文集》。』（《晉安風雅》卷首）

至元　元世祖忽必烈年號，公元一二六四—一二九四年。

延祐　元仁宗愛育黎拔力八達年號，公元一三一四—一三二〇年。

高秦仲山水圖

此幅爲源溪黄隱君道晦所貽。峰巒重叠，烟樹濃藹，極得宋元名家遺意。以印章有高氏，遂相傳爲龍門漫士所作。然考其篆文，獨『胸中邱壑』四字，漫士曾作《漢陽雲樹圖》，亦用此印。其一曰『采芹子』，一曰『高氏秦仲』，一曰『三山竹所』，俱非漫士之印，其畫筆法亦微异。藏之十年，竟莫知爲誰筆也。

近興公弟撰次《七閩畫記》，翻閲《長樂縣志》，見永樂丁酉科有高淮者，字秦仲，邑之後澳人，疑此圖出其手。然郡邑志乘俱不載其能畫，苦無證佐，遂篝燈分檢國初諸公遺稿，亦無及淮者。至王典籍恭《白雲樵唱集》，有《題〈高淮水墨扇〉》一絶，云：『偶坐孤亭趣不稀，片雲空翠濕羅衣。相逢莫話前朝事，剩水殘山只雁飛。』不覺相顧踴躍，始知真爲淮筆也。蓋國初印章，如『胸中邱壑』、『無聲詩』，善畫諸公互相摹刻，不足據也。

淮工于繪事，一二百年後，卒無有知之者。僅《寄于皆山樵者》一絶，以徵不朽，信非偶然矣。國初諸公擅此技者頗衆，雖蟲鼠之餘，猶時時獲睹真迹。獨于秦仲，但見此幅，運筆又爾精絶，豈當時不輕點染，傳于人間者遂寥寥邪[一]？因感古今名筆，自秦仲而外，其湮没不稱者多耳。十年之疑，一夜而釋，書以志快。

己亥六月六日。

【編年】萬曆二十七年己亥（一五九九）。

【箋】高秦仲　高淮，字仲秦。

○徐𤊹《詩人爵里詳節》：『高淮，字仲秦，長樂人。永樂十五年鄉貢。』（《晉安風雅》卷首）

源溪　即黿溪，俗稱源口。

○王應山《閩都記》卷二十一《郡西侯官勝迹》『黿溪』條：『在十九都。溪多産黿，故名。俗呼源口……溪之旁，有小金沙院、鼓山園，緣亘數里，界于閩清。』

黄隱君道晦　即黄子文，詳卷五《九日大風雨與黄道晦陳惟秦飲屋後小山》。

龍門　在今福州市長樂區。

漫士　即高棅，詳卷三《題高漫士晚閣溪雲圖》。

漢陽雲樹圖　高淮作。

○曹學佺《題興公跋〈高漫士漢陽雲樹圖〉》：『國初高漫士，曾寫漢陽津。玩爾題新句，知爲别故人。烟光述薄晝，樹色藹長春。浩渺千層浪，何嘗着片塵。』（《西峰六七集詩》）

[一] 邪，鈔本作『耶』。

○陳衎《徐興公索題〈漢陽雲樹圖〉，爲高漫士筆》：『楚客今何在，楚山墨未乾。紙浮岩影潤，畫出水光寒。漁父操舟去，鄰翁展卷看。長留幽絶地，相對碧琅玕。』（《大江草堂二集》卷四）

七閩畫記　即《閩畫記》，徐𤊹撰。

○徐𤊹《徐氏家藏書目·畫類》著録《閩畫記》十卷。

○陳薦夫《〈閩畫記〉序》：『吾閩僻遠，中土罕窺，加以累朝喪亂之後，五季兵燹之餘，文獻莫徵，遺迹斯滅。自唐以上，無得而稱，徐子興公太息有年，慨然作《記》。』（《水明樓集》卷二）

永樂丁酉　永樂十五年丁酉（一四一七）。

王典籍恭　王恭，閩縣（今福州）人。授翰林典籍。『閩中十才子』之一。

○曹學佺《王恭傳》：『王恭，字安中，閩縣人也。環閩皆山，而恭家故貧，則爲樵，往來群山中，自稱曰「皆山樵者」。恭善爲詩，援筆纚纚千言立就。永樂四年，有司以儒士薦，强起至京師，年六十餘，老矣！敕修大典，同郡王偁爲翰林簡討，同纂修……居三年，大典成。詩試高第，授翰林典籍。居頃之，投牒歸。著詩數十卷，號曰《白雲樵唱》。其在金陵曰《鳳臺清嘯》，歸田曰《草澤狂歌》，軼不盡傳。廬陵解縉稱其「布衣蕭然，不慕寵榮，强之而起，朝陽鳳鳴」。』（《石倉十二代詩選·明詩一集》卷之十八《皆山集》卷首）

皆山樵者　詳上條。

文待詔墨迹[一]

吴中詩，海内皆推徐昌穀，此無容置喙。然余有解、有未解也。余所最愛者，高太史季迪、文太史徵仲。兩公詩調雖微异，然皆清婉流麗，近于性情，非近代可及。嘗舉此語以質顧道行先生，先生賞余知言不以耳食。即待詔此二詩，讀之膾炙人口，非但書法之工而已。在杭試評此語，以爲何如？

【箋】文待詔　即文徵明（一四七〇—一五五九），原名壁（或作璧），字徵明，更字徵仲，又號『衡山居士』，私謚貞獻先生，長州（今蘇州）人。貢生。官翰林待詔，有《甫田集》。

徐昌穀　徐禎卿（一四七九—一五一一），字昌穀，一字昌國，吴縣（今江蘇蘇州）人。明代文學家。

高太史季迪　即高啓，詳卷八《吴閶吊高季迪太史》。

在杭　即謝肇淛，詳卷三《冬夜同女翔振狂在杭集女大山齋》。

王玉生山水卷

往辛卯歲，玉生爲余作此長卷，窮工極變，可謂精絶。然筆氣較之今日，似猶不逮。第玉生曩宿余齋，輒經旬月，興到則揮灑數紙，略無倦容。今玉生且奔走吴越燕齊之境，而余亦浪游四方。

[一]《文待詔墨迹》，本篇鈔本缺。

無卒卒之間，間至余齋，復信宿別去。雖點染視此爲勝，然欲作此長江大河，層巒叠嶂，尋丈不竭，難矣。偶與汝翔、惟秦、興公翻閲，不無今昔之感。

【箋】題王玉生山水　參見卷二《題王玉生山水》。

辛卯　萬曆十九年辛卯（一五九一）。

汝翔　又作女翔，即陳鳴鶴，詳卷二《貽陳女翔》。

惟秦　即陳仲溱，詳卷二《懷陳惟秦》。

陶淵明集［一］

陶淵明『雖有五男兒，總不好紙筆』，此詞人有托之言，其子未必爾也。臨終一疏，詔以人倫大義，望以聖賢之學，儼等豈真碌碌者哉？後世紈絝之子，目不知書者，動以淵明自解，可發一笑。

【箋】陶淵明集　東晋陶淵明撰。

陸士龍文集［二］

辛卯秋北上，道經吴閶，客張幼于曲水草堂。臨别，幼于出此爲贈。今坊間二陸已有善本，但此寫本尤所難得，又爲張君手披之物，誠爲可珍。况是歲余覆舟吕梁，所載書俱爲波臣所得，獨斯集既已溺去，旋撈得之，不至磨滅，尤奇也。并識。

［一］《陶淵明集》，本篇鈔本缺。

［二］《陸士龍文集》，本篇鈔本缺。

【編年】萬曆十九年辛卯(一五九一)。

【箋】陸士龍集　西晉陸雲撰，抄本。

張幼于　即張獻翼，詳卷五《同吴之衛馬雲卿飲張幼于曲水草堂》。

覆舟吕梁　參見卷卷十八《先考永寧府君行狀》。

文中子

老、莊、列、荀、楊諸子，其所著書，不盡合孔子之道。然各立門户，譬之國統，所謂偏安而非僭竊也。惟《文中子》一書，竊聖人之糟粕，謦欬間，動以仲尼自居，置魏徵、薛收諸人于顔、曾之列，吁可怪也。其僭竊之罪，當不在新莽下矣。豈文中夭死，而一二門人僞撰以欺後世歟？不然，何唐初佐命功臣，一一盡出其門乎？此必無之事也。況《隋書》修于魏徵，不爲文中立傳，此乃何也？每翻《中論》，便欲付祖龍之火。

【箋】文中子　又稱《中説》，舊題唐王通撰。本文又稱《中論》。王通，隋絳州龍門(今山西萬榮)人。卒，門弟子私謚『文中子』。

魏徵　字玄成，魏州曲城(今山東掖縣)人，一作館陶(今屬河北)人。唐初政治家，勸誡太宗居安思危，兼聽廣納，史稱一代名臣。編有《群書治要》等。

薛收　字伯褎，薛道衡之子，蒲州汾陰(今山西萬榮)人。唐朝初謀臣，秦王府十八學士之一。封汾陰縣男。

顔曾　孔子弟子顔回、曾參。

王右丞集[一]

王摩詰輞川諸詩，極冲淡有致。至于裴迪所和之詩，真堪伯仲。如：『結廬古城下，時登古城上。古城非疇昔，今人自來往。』『迢迢文杏館，躋攀日已屢。南嶺與北湖，前看復迴顧。』『日夕見寒山，便爲獨往客。不獨深林事，但有麏麚迹。』『跂石復臨水，弄波情未極。日下川上寒，浮雲澹無色。』數作清新冲淡，殊無軒輊。當時定爲摩詰所賞，故得并録。後世談詩者，遇王作則極加咏嘆，遇裴作則妄置彈射，如同耳食。二公有知，當爲絶倒。

【箋】王右丞集　唐王維撰。

王摩詰　王維，字摩詰，號摩詰居士。河東蒲州（今山西永濟）人。在藍田經營輞川别業。

裴迪　唐詩人，關中（今屬陝西）人。官至蜀州刺史及尚書省郎。善作山水田園詩，與王維酬倡。

李翰林集

李太白《姑孰十咏》，蘇東坡怪其語淺，不類太白。孫邈子思以爲李赤之詩，且謂赤詩止此，而以太白自比，則其心疾已久矣。豈厠鬼之罪哉？今觀《十咏》，體格聲調，無可指摘，且中多佳句。

［一］《王右丞集》，本篇鈔本缺。

如：『波翻曉霞影，岸叠春[二]山色。』又：『小女棹輕舟，歌聲逐流水。』又：『竹裏無人聲，池中虛月白。』又：『石甃冷蒼苔，寒泉湛孤月。』又：『翠色落波深，虛聲帶寒早。』又：『岸映松色寒，石分浪花碎。』此非太白不能辨也。藉令果出赤手，亦自可傳，何全詆爲病狂喪心之語？俗儒吠聲，一至于此。

愚又謂，唐人譏諷時事，多托爲寓言，如李赤、河間婦，亦烏有先生之類耳。以爲實有其人，似亦憒憒。蘇東坡謂《李太白集》中『笑矣乎』『悲來乎』，及《贈懷素草書》數詩，決非太白作，爲唐末五代貫休、齊己輩詩。此蘇公望太白過高，非真知太白者。太白豪宕，歌行中率易之句，時見筆端，不獨此數詩也。又謂，太白或有妄庸假托，子美斷無僞撰，此亦尊杜之過，非确論也。後世學杜者衆矣，豈無一篇相肖、雜于集中而莫辨者耶？

【箋】李翰林集　唐李白撰，明正德八年（一五一三）鮑松刊本。

蘇東坡怪其語淺

○馬泰來曰：『蘇軾語見《東坡志林》卷二：「過姑孰堂下，讀李白《十咏》，疑其語淺陋，不類太白。孫邈云：聞之王安國，此李赤詩，秘閣下有赤集，此詩在焉，白詩中無此。赤見《柳子厚集》，自比李白，故名赤，卒爲厠鬼所惑而死。今觀此詩止如此，而以比太白，則其人心疾已久，非特厠鬼之罪。」李集諸家注本所引多同此（即「孫邈云聞之王安國」云云），獨咸淳本及正德八年鮑松仿刻本卷二十作「孫邈子思

[二] 春，《李太白集》作『千』。

曰：『吾聞之(上)[王]平甫，此李赤詩也。』徐熥所見當爲明仿宋本，而非宋本。』(《新輯紅雨樓題記·徐氏家藏書目》，第五六頁；以下《新輯紅雨樓題記·徐氏家藏書目》簡稱《新輯紅雨樓題記》)

孫邈　字子思。孫抗之子，孫適之弟，宋代黟縣(今屬安徽)人。

李赤　傳説中唐代詩人有李赤其人。

貫休　俗姓姜，字德隱，蘭溪(今屬浙江)人。晚唐五代詩僧。有《禪月集》。

齊己　俗名胡得生，晚年自號衡岳沙門，寧鄉(今屬湖南)人。晚唐五代詩僧。

杜工部集[一]

杜詩五十卷，杜文二卷。共八册，乃友人王孔振所藏者。壬辰冬，孔振將入臨邛，恐扃之篋笥，祇以飽蠹，寄余齋中。去年孔振客死瀘州，且未有子，此集將誰歸乎？尤宜謹藏，以當王君手澤。然每一披閲，不勝存亡之痛矣。

【編年】萬曆二十五年丁酉(一五九七)。

【箋】杜工部集　《杜工部集》詩五十卷，唐杜甫撰。

王孔振　詳本卷《蘭亭記》。

壬辰　萬曆二十年壬辰(一五九二)。

臨邛　詳卷三《蜀道難送王震甫之臨邛省刺史兄》。

[一]《杜工部集》，本篇鈔本缺。

瀘州　詳卷六《哭王孔振客死瀘州》。

長恨歌[一]

白樂天《長恨歌》，流麗穠縟，叙事有體，當是古今長篇第一。《竹坡詩話》，病其『梨花一枝春帶雨』，氣韵近俗。不知『玉容寂寞』兩句，模寫妃子悲惋之態如畫，雖稍涉纖弱，然在此篇中，實爲當家語，何妨千里一曲也。陳幼孺生平論詩，與余極合，但謂《連昌》勝《長恨》，余所未解。

【箋】長恨歌　唐白居易撰。居易，字樂天。

竹坡詩話　《竹坡詩話》，宋代周紫芝撰。周紫芝號竹坡居士，故名。

連昌　即《連昌宫詞》，白居易作。

常建詩

廬陵楊文貞公同陸伯暘造其師吴孟勤，時孟勤有《常建詩》一册，文貞與伯暘皆欲得之。孟勤未決所與，笑指門外汲井者曰：『二賢請賦此，先就者持去。』文貞應聲曰：『皎潔如明鏡，銅瓶下愈深。妝成不照影，應恐墜金簪。』遂揖而取之。三人相視大笑，伯暘因不復賦。偶憶楊詩，漫識卷末。

【箋】常建詩　唐常建撰。此條本事出楊士奇《常建詩》(《東里續集》卷十九)。

[一]《長恨歌》，本篇鈔本缺。

廬陵楊文貞公　楊士奇，江西廬陵（今江西吉安）人。明代臺閣體代表詩人之一。本名楊寓，字士奇，號東里，泰和縣（今屬江西）人。成祖時任内閣首輔，與楊榮、楊溥齊名，稱『三楊』。謚文貞。有《東里集》。

陸伯暘　即陸闓，字伯暘，又作伯陽，興化（今屬江蘇）人。明代詩人，楊士奇好友。

吴孟勤　江西永新人。明詩人。其甥學士胡廣薦之入翰林，孟勤薦楊士奇以代己，官至楚王府教授。

文選纂注[一]

張伯起《文選纂注》芟繁就簡，極便覽閲。其謂《十九首》中『東城高且長』與『燕趙多佳人』當作二首，亦獨創之見。此但可備注疏，不當遽爾割裂，似乏闕疑之義。

【箋】文選纂注　明張鳳翼纂注。

張伯起　張鳳翼，字伯起，號靈虚，别署靈墟先生、冷然居士，長洲（今江蘇蘇州）人。嘉靖四十三年（一五六四）舉人。與弟燕翼、獻翼齊名，號『三張』。有《陽春集》。按：此本後歸弟徐𤊹。

【附】徐𤊹《文選纂注》：『六臣注頗繁，張伯起纂之，信修詞家之捷徑也。伯兄批點斯本，日

[一]《文選纂注》，本篇鈔本缺。

置案頭，會試北上，携之巾箱。先兄物化十五年，覽此不勝傷悼。陸士衡云：「尋生平于響像，覽前物而懷之。」正謂此也。萬曆癸丑臘月。』（馬泰來《新輯紅雨樓題記》，第一六二—一六三頁）

唐詩正聲

諸家選唐詩者，以吾鄉高廷禮先生爲正。此本乃胡可泉公所校定者，大勝今刻。又吾鄉黄尚書鎬、郭民部波二序，皆諸本所無。至于述廷禮出宋張鎮尚書之後，冒姓高，此又郡乘所不載者。戊戌歲見于燕市，遂購以歸。

【編年】萬曆二十六年戊戌（一五九八）。

【箋】唐詩正聲　《唐詩正聲》二十二卷，明高棅編選，胡纘宗刊本。

高廷禮　即高棅，詳卷三《題高漫士晚閣溪雲圖》。

胡可泉　胡纘宗，號可泉，陝西泰安人。正德三年（一五〇八）進士，官至河南巡撫。

黄鎬　鎬，字叔高，侯官人。正統十年（一四四五）進士，官至南户部尚書。謚襄敏。

郭波　閩縣人。正德十二年（一五一七）進士，官至工部主事，下獄，調按察照磨。

張鎮尚書之後

○《（萬曆）福州府志》卷二十八：『（棅）本宋尚書張鎮之後也，祖麟繼于高，遂氏焉。』按：《（萬曆）福州府志》編纂時熥已卒，弟𤊹參撰《府志》，或參考熥此説。

戊戌　萬曆二十六年（一五九八）。

花間集[一]

萬曆戊戌，得此集于長安。既而買舟南還，時作曼聲以歌，用消旅況。然孤客岑寂，讀此艷詞，益重仳離之感。正當扃之篋笥，俟對輕紅淺黛，然後可歌數闋耳。六月廿日，識于濟州舟次。

【編年】萬曆二十六年戊戌（一五九八）。

【箋】花間集　後蜀趙崇祚輯。

濟州　今山東濟寧市。

趙清獻集

趙清獻公知崇安，鑿渠以廣灌溉，壞民居千餘間，百姓嗟怨。公賦詩曰：『撤屋變成河，恩多怨亦多。百年千載後，恩在怨消磨。』至今享其利，呼爲『清獻渠』。此詩公集不載。

【箋】趙清獻集　宋趙抃撰。抃，字閱道，號知非子，衢州西安（今浙江衢州市柯城區）人。景祐元年（一〇三四）進士及第，官至參知政事以太子少保致仕。謚清獻。

○徐表然《武夷志略·寓賢》『趙抃』條：『字閱道，衢州人。康定間爲崇安令，政尚寬簡……公餘嘗嘯咏武夷山中，結吏隱亭于金鷄洞下，沿溪種梅花，復種梅于縣堂之後。後人思之，稱其爲梅爲清獻梅。』

[一]《花間集》，本篇鈔本缺。

崇安　今福建武夷山市。

鶴林玉露[一]

古今模寫山林丘壑之樂者，以羅景綸《鶴林玉露》『山静日長』一篇爲最。閑中披玩，真如身在山邊水涯，不復知有人世。談者戲謂：『此篇但得濁醪數杯，尤爲佳境。』不知一涉微醺，便傷清况，不如增入好香一炷，更絶幽絶。

【箋】鶴林玉露　宋羅大經撰。

羅景綸　羅大經，字景綸，號儒林，又號鶴林，吉水（今江西吉水）人。寶慶二年（一二二六）進士，歷辰州判官、撫州推官，遭彈劾罷官。有《易解》《鶴林玉露》。

趙松雪集

僧義高，號秋岩，吴航人，早得仙術。元太祖召賜金幣，遇貧者悉分與之。又精于兵機，晋王北征，累命從行。時六月煩熱，王令降雪。乃齋沐飛符，以皂旗麾之，雪旋至。後賜歸，端坐而化。趙子昂有挽詩云：『世祖龍飛正統天，先生聲價重當年。詩袍剪碎宫娥錦，酒債分還御賜錢。虎衛紅雲通玉笋，鳳池明月送金蓮。梁園一去無消息，荒草寒烟思惘然。』此詩《松雪集》不載。

【箋】趙松雪集　元趙孟頫撰。　趙松雪即趙孟頫，詳卷十六《甘旭印正序》。

[一]《鶴林玉露》，本篇鈔本缺。

吴航　長樂縣别名，今福州長樂區。

高太史缶鳴集[一]

國初詩，余最嗜高季迪太史，然見者皆諸家所選，未睹其全。曾借張德南比部所藏者一讀，未幾索歸。甲午歲，移書吴興司理謝在杭求此種，久不見寄。既而余客秣陵，見孝豐友人吴翁晋遍覓于肆中，遂得此本。初謂翁晋自購之，不知其爲在杭市以寄余也。及在杭緘入閩，余方客燕市，興公弟得之，隨加評品。先是余至武林，别買一部，亦以己意圈點。乙未還山，互出所閲者，印證多有合。今兩部俱藏于家。然此兩部皆《缶鳴集》，惟德南者爲全集。尚俟續購。

【編年】萬曆二十三年乙未(一五九五)。

【箋】高太史缶鳴集　《高太史缶鳴集》十二卷，明高啓撰，明刊本。高太史，即高啓，字季迪，詳卷八《吴閶吊高季迪太史》。

張德南　張煒，字德南，閩縣人。嘉靖二十四年(一五四五)舉人，南刑部郎中。

甲午　萬曆二十二年(一五九四)。

吴翁晋　即吴稼竳，詳卷八《同吴翁晋姚叔乂諸子集陳公衡衙齋》。

乙未　萬曆二十三年(一五九五)。

[一]《高太史缶鳴集》，本篇鈔本缺。

高太史鳧藻集

高太史所著有《缶鳴》《江館》《鳳臺》《吹臺》《槎軒》《扣舷》《鳧藻》及《姑蘇雜咏》《婁江吟稿》《史要彙抄》諸集，余所藏獨《缶鳴》一種。今日偶于長安市中得《鳧藻集》，而《扣舷》附其後。此書梨棗久腐，一旦入余笥中，良可喜也，遂秉燭志于簡末。

【編年】萬曆二十五丁酉（一五九七）或二十六戊戌（一五九八）。按：得《缶鳴》在萬曆二十二年，次年還山。『偶得于長安』，當在萬曆二十三年還山之後再次上春官時。

【箋】高太史鳧藻集　《高太史鳧藻集》五卷，附《扣舷集》一卷，明高啓撰，明刊本。

文太史詩集

文待詔徵仲書畫伯仲趙承旨，但待詔詩蕭散俊逸，得物外之趣，似非承旨所及。若論生平大節，更覺霄壤。

古今詩人得閑適之趣者，晉陶靖節、唐白樂天、宋蘇子瞻、國朝文徵仲四公，皆意得境中，神游象外。每一吟誦，覺胸次悠然。

【箋】文太史詩集　明文徵明撰。

文待詔　即文徵明，詳本卷《文待詔墨迹》。

【附】徐㶿題《文待詔尺牘卷》：『古人交與，毋論師弟朋友，一本于質實無文。雖近而咫尺，遠而千里，尺一往還，直叙情愫而已。閱文待詔先生諸札，前輩敦厚，襟期自可想見。濫觴至于今日，吴人削牘于閩，必武夷君、十八娘不去口，實何所裨于交誼之重。蒲澗鄭公名鵬，先爲吴郡廣文，待詔爲其門下士。東皐倪公名鏡，官工部主事，待詔友也。至于書法之工，古今有定評，烏用贅矣。萬曆丁巳季夏之朔，東海徐惟起題于柯古陸楂館。』（沈文倬《紅雨樓序跋》卷二，第八四頁）

沈石田集

沈石田詩，高者入晚唐，卑者入趙宋。然句多奇嶮，不落常調，沉着痛快處，往往令人擊節。觀者當得于驪牡之外，未可輕置雌黄。

【箋】沈石田集　明沈周撰。沈石田沈周，詳卷十七《塵守黑山人傳》。

赤牘清裁[一]

近世所傳《赤牘清裁》，多王長公益本，楊用修元本絶不復睹。架頭缺此，每以爲恨。去歲偶于坊肆亂書中得之，楮善而刻精，又爲義溪陳闇窗方伯公所梓行者，尤不易得。二孺覽此，當更寶愛耳。

【箋】赤牘清裁　《赤牘清裁》十一卷，明楊慎輯，嘉靖陳暹刊本。

楊用修　楊慎（一四八八—一五五九），字用修，號升庵，四川新都人。正德六年（一五一一

[一]《赤牘清裁》，本篇鈔本缺。『赤』，目録作『尺』，據此題改。

一）進士第一，授翰林編修，謫戍雲南永昌。有《升庵集》。

義溪　詳卷九《同幼孺惟起由瓊河泛舟至義溪》。

陳闇窗　即陳暹（一五〇三——一五六六），字闇窗，閩縣（今福州）人。嘉靖十四年（一五三五）進士，官廣東布政使。

二孺　即陳价夫、陳薦夫，詳卷十四《水明樓聽雨答二孺》。

格古要論[一]

《格古要論》，余家舊有所藏，字稍漫漶。友人林志尹客長安時得此部，大勝余本，遂以歸。余又重爲裝訂。志尹之意亦勤矣。余舊藏者志尹持去。

【箋】格古要論　明曹昭撰，明刊本。

林志尹　即林應聘，詳卷九《送林志尹謁選之京時予將入燕》。

玉壺冰

都玄[二]敬《玉壺冰》一書，山房宜置座右。余友陳履吉《潛穎録》，真舌吐雲霞，腸休烟火，可祛倦眼，足快賞心。因一式裝之。

【箋】玉壺冰　明都穆撰，明刊本。都穆，字玄敬。

[一]《格古要論》，本篇鈔本缺。

[二] 玄，鈔本作『元』。

陳履吉　即陳益祥，詳卷二《懷陳履吉久居山中》。

潛穎録　陳益祥撰。

○郭柏蒼《柳眉詩傳》：『《潛穎録》，徐熥稱其舌吐雲霞，腸休烟火，可與都玄敬《玉壺冰》同置座右。』（《全閩明詩傳》卷三十一）

周祠部詩集

國初周玄[一]微之，嘗令數蒼頭肩書數千卷，縱游四方。至吴航，止龍門高廷禮家，曰：『吾益友也。』與居十年，後辭去。弃其書曰：『在吾胸中矣。』

【箋】周祠部集　明周玄撰。周祠部，即周玄。玄，字又玄，一字微之，閩縣人。『閩中十才子』之一。

○徐熥《詩人爵里詳節》：『周玄，字又玄，一字微之，閩縣人。永樂初薦辟，官至禮部員外郎。有《宜秋集》。』（《晋安風雅》卷首）

○曹學佺《周玄傳》：『周玄，字微之，閩縣人也。永樂中，以文學徵拜祠部尚書郎。其爲詩瑰奇，托興悠遠，嘗賦《揭天謡》若干篇，論者謂其怪如長吉云。生平多所論著，率軼不傳。維時蓋經義之士嚮風，而雅道闕矣。』（《石倉十二代詩選·明詩一集》卷之十七林鴻《繕部集》卷首附）

[一] 周玄，鈔本作周元。

詩藪

宋元以來，談詩者既乏朗鑒，又執成心，近代尤甚。重漢魏則薄齊梁，尚開元則卑大曆。遇宋詩則概目爲庸常，遇元詩則均訾爲纖弱。一倡百和，曾無定衡。獨胡元瑞《詩藪》，以虛心而濟以卓識，當意則收，不拘時代。六朝、晚唐、宋、元佳句，爲其拈出殆盡，可一洗舊聞之陋。

【箋】詩藪　明胡應麟撰。胡應麟。應麟（一五五一——一六〇二），字元瑞，更字明瑞，自號少室山人，更號石羊生。詩人，藏書家。萬曆四年（一五七六）舉人。有《少室山房類稿》《詩藪》等。

開元　詳卷十六《黄斗塘先生詩集序》。

大曆　詳卷二《寄李惟實》。

周易通解

先君子少學《易》于舒侍御雲川先生，韋編幾絶矣。長而以《易》授四方弟子，遂著《周易通解》六卷。當熥髫年，先君課以此編，必成誦而後已。熥之以一經成名者，實藉庭訓焉。古云：『父没，不能讀父之書，口澤存也。』况出于先君極深研，幾積數年之功，手自撰著者乎？今先君已矣，每一披覽，不勝『蓼莪』之痛。恐其歲久朽蠹，暇日與𤊹、熛二弟重加修訂，傳之子孫，以見先祖父下帷之苦，而知家學之所自也。吾子孫其慎藏之。

【箋】周易通解　《周易通解》六卷，明徐棉撰。參見卷十八《先考永寧府君行狀》。

雲川先生　即舒汀。參見卷十八《先考永寧府君行狀》。

蓼莪　詳卷六《方山嚴孝子》。

鄭繼之手録雜著[一]

一日，偶于市肆見廢書數册，皆蟲鼠之餘。余偶索觀，其人謂將用覆瓿，不足觀也。强之，始得觀，則此編在焉。此編出鄭繼之吏部手書無疑，以印章考之，知爲高宗呂家所藏。首《易論》《河圖》《洛書》，次《洪範數補叙》及《洪範論》，次《田制論》，次《九章乘除法》，次《演禽法》，次《奇門遁甲法》，終以衣、冠、車[二]之制。皆探賾索隱，鈎深致遠，非世儒所能窺測者。先生于學，可謂博而精矣。先生歿且七十餘年，其書片楮數行，人皆珍惜。况此編蠅頭萬計，又關理數之微，尤可寶也。然不縻爛于醯鷄者如綫哉！因重加補緝，秘之帳中。其《洪範補叙》一篇，非先生真迹，并存之。

【編年】萬曆二十二年甲午（一五九四）。按：『先生歿且七十餘年』，鄭善夫卒于嘉靖三年（一五二四），至是歲剛過七十年。

【箋】鄭繼之　即鄭善夫，詳卷五《過鄭吏部墓二首》。

高宗呂　即高瀔。

○徐熥《詩人節里詳爵》：『高瀔，字宗呂，閩縣人。正德中布衣。』（《晋安風雅》卷首）徐熥《晋安風雅

[一]　鄭繼之手録雜著，《少谷集》卷二十四附録有《少谷山房雜著序》，文淵閣《四庫全書》本。

[二]　車，鈔本『車』字後爲□。

序》：『正、嘉之際，作者雲集，鄭吏部善夫實執牛耳，虎視中原，而高、傅二山人左提右挈，閩中雅道，遂曰中興。』（《晉安風雅》卷首）

【附】徐𤊹《鄭繼之手書》：『鄭少谷先生以詩名于正、嘉之際，海内知鄭先生者詩耳，不知先生之精于理數之學也。此編自《易》數、《河》、《洛》、《洪範》、田制、算法、禽遁、車服，無不究心，又手自鈔定，先生之學，豈尋常口耳章句乎哉！惟和兄向收得之，寶若拱璧。俯仰又逾十年，春日和暢，偶與謝在杭翻檢，遂求在杭跋其後，而余亦記數語，永寶藏之。萬曆丁未三月，東海徐惟起。』（沈文倬《紅雨樓序跋》卷二，第八三頁）　謝肇淛《鄭繼之手録〈雜著〉跋》：『吾郡鄭繼之先生天資絶世，于書無不讀，亦無不究極其致。今觀此册所書，首《易論》，次《洪範論》，次《田制論》，次《九章乘除法》，次《演禽法》，次《奇門遁甲法》，皆理數精微，人所忽而不講者。先生一一手自抄録，且字畫精謹，酷類聖教。其留心討論若此，假令不死而得行其志，其所經論石畫必有大過人者。用之未究，齎志以没，徒令後之人寶其殘簡遺墨而已也。悲夫！雖然，是書獲逢識者而不果終蠹魚之腹也，别又不幸中之大幸矣。爲興公題。』（《小草齋文集》卷二十四）　徐𤊹《少谷山房雜著》：『自《送夏方伯序》起至此，乃陳汝大先生家藏少谷先生手稿。崇禎初元，予借之汝大孫長原而録之。未幾長原游燕，鄉鄰失火，長原廣厦幾不免，然書籍盡爲無賴者掠散。少谷手稿不復得矣，惜哉。猶幸予録斯稿在也。壬申初秋，徐𤊹興公識。』（馬泰來《新輯紅雨樓題記》，第一五七頁）按：此則作于崇禎五年（一六三二），有關鄭繼之手稿，録以備考。又『長原』，當作『長源』。

敦義篇[一]

吾鄉高宗吕先生，取其生平所交游姓名及贈答詩文，彙爲《敦義篇》。書法遒古，疑宗吕手録者。宗吕工詩、善畫，翩然名家，追踪于鄭，比肩于傅，真一代偉人。其所游傾海内之士。余讀其往來諸詩，雖不盡雅訓，然古人友誼之篤，宛然在目，足以風世，故重訂而藏之。我子孫勿謂此他人點鬼簿，何預吾事，任其飽蠹也[二]。

【編年】萬曆二十五年丁酉（一五九七）。按：本編馬泰來《重輯紅雨樓題記》失收。

【箋】敦義篇　明高瀫編。

傅　即傅汝舟。

○徐熥《詩人節里詳爵》：『汝舟，字木虛，侯官人，正德中布衣。有《丁戊山人集》。』（《晉安風雅》卷首）

【附】高兆跋：『是編藏緑玉山房八十有二年，復歸吾家。小子士年保之。固齋記于遺安草堂水閣。』又跋：『里中比者故人子背面字父執，蓋尋常矣。途遇多不揖，甚有經年不一過門，俗

[一] 敦義篇，《徐氏家藏書目》卷二著録《敦義篇》，無撰人名，無卷數。

[二] 任其飽蠹也，據謝章鋌《課餘續録》卷四『敦義篇』條，此句後有『大明萬曆丁酉四月十八夜雨中書于鼇峰緑玉齋徐熥』二十二字。

日降薄，予私慨之。先征士府君《敦義篇》，徐先生稱其友，篤之，宜足以風世，題而藏之家，至丁寧告誡其子孫，長者之風，又何厚耶，又何厚耶！予購而讀之，重有感矣。戊午冬十一月朔。曾侄孫兆拜跋。』（謝章鋌《課餘續録》卷四『敦義篇』條）蔡容跋：『此編書法皆超絶尋常，當珍藏之，閑時展玩，即如晤對古人也。乾隆甲寅荔夏晋安跋。』（謝章鋌《課餘續録》卷四『敦義篇』條）謝章鋌跋：『明高宗吕《石門編》。前有徐熥序，後有高兆、蔡容跋。詩文不必盡工，要一代古物盡録之。』又按：『此卷書法醇古，其題跋諸君皆一時名德，亦可見其取重于世矣。所列姓名，自當途以逮同鄉，次則戚屬及群從，不下百數十人，真所謂「縞紵交于四國」矣。蓋明人重聲氣，廣招徠來者，不以望門投刺爲嫌，主者不以開閤延賓爲侈，故往往以一山人而操大府之短長，如陳繼儒等是也。石門爲鄭少谷之高弟，少谷氣節震一時，石門沾染餘風，諒不以文字爲竿牘，此自當日之風氣使然。然而知希者貴，殆非山人之本色矣。至高固齋跋，以背面字父執爲怪，然此在固齋之時，固爲創見，若在今日，則當面與父執抗禮矣。甚或戟手箕踞，指揮其父執而不起矣。不知固齋見之更若何，胸中作惡耶？禮法不立，流于夷狄，其所由來者漸矣。嗟乎！』（謝章鋌《課餘續録》卷四『敦義篇』條）

薛博士詩卷[一]

余久[二]欲刻先生詩，未遂。友人鄧子汝高督餉浙中，編梓《閩中正聲》，拔先生之作居多。五言律《中秋見月》《游鷄鳴寺》《句容道中望茅山》《春日宴魏公東園》《送林天宇守桂陽》《關山月》《隴頭水》《黎陽早秋》，七言律《送魏德光赴闕》，七言絶《送葉麟之揚州》《樵溪送别》，僅得十一首。然鄧子選詩甚嚴，計先生之作亦可謂侈矣。中二首不載此卷，余于他家册中見之。其册一，俗人以濃墨戲作草書于上，漫漶幾不辨字迹，可恨也。册今藏余家。

【編年】萬曆二十年壬辰（一五九二）。

【箋】薛博士詩卷　薛博士，即薛欽，詳卷十六《薛博士詩集序》。

鄧子汝高　即鄧原岳，輯有《閩中正聲》，詳卷三《過鄧汝高别墅》。

皇明詩鈔

楊用修太史選《皇明詩鈔》，收劉子高詩，中有《寄萬德躬》『日暮山風吹女蘿』首、《寄范實夫》『細雨柴門生遠愁』首，乃唐人戴叔倫詩。豈子高嘗書二詩，後人誤入遺稿，而用修不及詳考耶？『林花落處頻中酒，海燕飛時獨倚樓』二句，亟爲王元美所稱賞，則元美亦不知其爲唐詩也。余向舉以質胡元瑞，元瑞亦不知爲叔倫作。三人最號武庫，而誤至此，信乎博洽之難也。

[一] 薛博士詩卷，此篇馬泰來《新輯紅雨樓題記》失收。

[二] 久，鈔本作『允』，似誤。

盧子明選《明詩正聲》，『萬德躬』首刻作『王懌』，蓋用修詩鈔王懌之後，繼以子高，盧君遂誤爲懌作，尤紕漏可笑。至于劉子高《廣州雜咏四首》中，三首談粵東土俗甚備。其第四首云：『峭壁崩崖溪水邊，深山日暮見人烟。滄波杳杳連山峽，寒草青青自一川。』此首絶非廣州風景，且體格與三作不類，疑賦蜀中山川耳。

元末饒介之自號『醉樵』，求詩歌于一時名士。以張仲簡爲第一，高季迪次之。贈仲簡黄金十兩，贈季迪白金三斤。二歌具在。季迪模寫醉樵無毫髮遺憾，仲簡雖氣魄豪岩[一]，稍乏淘洗。何當時品第乃爾。豈季迪單題『醉樵』，仲簡『管樂』『松喬』之比，雖爲類句，反爲介之所喜耶？尚當以質高明。

【箋】皇明詩鈔　明楊慎撰。

楊用修　即楊慎，詳本卷《赤牘清裁》。

劉子高　劉崧（一三二一——一三八一），字子高，原名楚，號槎翁，元末明初文學家，泰和（今屬江西）人。官至吏部尚書。江右詩派的代表人物。

王元美　即王世貞，詳卷十六《緩帶編序》。

胡元瑞　即胡應麟，詳卷八《飲胡元瑞蘿月軒》。

[一] 豪岩，鈔本作『豪宕』，當從。

戴叔倫　字幼公（一作次公），金壇（今屬江蘇常州）人。唐詩人。歷撫州刺史，晚年上表請爲道士。今存詩二卷。

盧子明　盧純學，字子明，通州（今江蘇南通）人。明詩人，輯有《明詩正聲》，又有《食翠館集》《山中集》。

王懌　字内悦，紹興（今屬浙江）人。正統初，官溧水知縣。有《娱清集》。

饒介之　即饒介。介（一三〇〇—一三六七），字介之，號芥叟，自號醉樵、醒樵、醒翁、醉翁、華蓋山樵，臨川（今江西撫州）人。元末明初詩人、書法家。

張仲簡　張簡，字仲簡，號白羊山樵，吴郡（今江蘇蘇州）人。元末詩人。仲簡第一、季迪次之，本事見《藝苑卮言》。

袁景從詩卷[一]

吾鄉近世詞翰，前則鄭吏部，後則袁太守。兩公詩調微异，運腕亦不同，要皆錚錚可寶者。吏部年不滿四十，而墨迹流傳者甚富。太守不輕臨池，故物化未幾，遺墨寥寥不易得。假令墓木拱如吏部，不猶龜鬚兔角耶？然吾鄉墨池筆冢之家不乏，獨推轂兩公，則所重又在彼而不在此也。

【箋】鄭吏部　即鄭善夫，詳卷五《過鄭吏部墓二首》。

［一］《袁景從詩卷》，本篇馬泰來《重輯紅雨樓題記》失收。

袁景從　即袁表，詳卷五《故黎平太守袁公挽歌四首》。

二孺贈詩卷[一]

丁亥歲，余始得交平夫。時伯孺方客珠崖，幼孺卧病義溪，僅以詩往來，不及識面者逾一載，二歌正彼時所寄贈者。其後遂爲骨肉之好，每一相過，留連竟日。短策烟霞，孤燈風雨，吾兩家兄弟必共之。贈答酬倡之什，十年間盈于篋笥。然此二篇，實定交之券也。謹識之以遺子孫，見吾交誼之篤，不愧古人云。

【編年】萬曆二十四年丙申（一五九六）。按：萬曆十五年丁亥（一五八七）初識二孺，已歷十年。

【箋】二孺　即陳价夫、陳薦夫，詳卷十四《水明樓聽雨答二孺》。

平夫　即陳邦注，詳卷二《懷陳平夫》。

珠崖　崖州，治今海南海口。

義溪　義溪陳氏聚居地，詳卷九《同幼孺惟起由瓊河泛舟至義溪》。

池草篇[二]

昔左太冲《三都賦》未成，世有覆瓿之誚。張茂先謂，君文未重于世，宜經高明之士及皇甫謐

[一]《二孺贈詩卷》，本篇鈔本缺；馬泰來《重輯紅雨樓題記》失收。

[二]《池草篇》，本篇馬泰來《新輯紅雨樓題記》失收。

爲作序，而非貳者斂衽，士固有所附而後不朽也。平夫兄弟工于詩，而名未起，不求高名之士，而索筆于流落不偶之夫，不益重覆瓿之誚也乎？然士貴自樹立耳，必附青雲之士以施後世，非平夫之志也。不佞以此益推轂平夫矣。

【箋】池草篇　陳邦注兄弟詩集。

左太冲　即左思。西晋作家、詩人，作有《三都賦》等。

張茂先　即張華。西晋作家、詩人。

皇甫謐　西晋作家。

陳平夫　即陳邦注，詳卷二《懷陳平夫》。

陳伯孺詩卷[一]

陳伯孺詩稿二册，向曾授余較閲。余見其一札十行，結構精密，心甚欲之。然以其出于手録，當爲主人所寶愛，不敢奪也。既而鄧女高計曹竟攘其一，獨留此帙，皆近年所作者。林君志尹雅重伯孺詞翰，請裝爲卷，伯孺許之。卷成，志尹丐余跋其後。披讀再四，倍加珍惜，始悔當日之過于廉也。女高宦轍，且遍四方，何日出其帳中之秘，還我舊觀？

【箋】陳伯孺詩稿　陳价夫撰，今未見。陳伯孺，即陳价夫，詳卷二《贈陳价夫薦夫》。

[一]《陳伯孺詩卷》，本篇鈔本缺；馬泰來《新輯紅雨樓題記》失收。

鄧汝高　即鄧原岳，詳卷三《過鄧汝高别墅》。

林志尹　即林應聘，詳卷九《送林志尹謁選之京時予將入燕》。

陳幼孺詩集[一]

此帙乃幼孺甲午冬至丁酉冬所作，未刻稿也。甲午上公車，乙未下第還故山，丙申家居，遂有北堂之變。四年之中，離合欣戚，所遭不同，足生感嘆。况其間，多與余同倡合之作，覽之真如夢中事也。己亥二月朔日，寓水明樓，偶爾搜讀，漫識數語于後。

【編年】萬曆二十七年己亥（一五九九）。

【箋】陳幼孺　即陳薦夫，詳卷二《贈陳价夫薦夫》。

甲午　萬曆二十二年甲午（一五九四）。

丁酉　萬曆二十五年丁酉（一五九七）。

乙未　萬曆二十三年（一五九五）。是歲陳薦夫會試下第。

丙申　萬曆二十四年丙申（一五九六）。

己亥　萬曆二十七年己亥（一五九九）。

水明樓　詳卷三《陳伯孺兄弟水明樓春宵聽雨歌》。

［一］《陳幼孺詩集》，本篇鈔本缺；馬泰來《新輯紅雨樓題記》失收。

青樓俠氣卷[一]

萬曆戊子夏，余製《青樓俠氣卷》贈伎李儀卿。同時倡和者十餘人，獨伯孺一歌膾炙人口。即今披讀，一時風流勝韵，宛然在目。俯仰之間，忽逾十年。余馬齒既增，雄心頓減。伯孺又長四歲，意興可知。儀卿尚淪落風塵，鏡中衰謝，其翩翩俠氣，猶如釣龍臺畔取琵琶、度新曲，慷慨作變徵聲時無也？情之所鍾，不獨江州司馬矣。

【編年】萬曆二十七年己亥（一五九九）。

【箋】戊子　萬曆十六年戊子（一五八八）。

李儀卿　參見卷十三《青樓俠氣贈李姬》、卷十六《青樓俠氣詩序》。

釣龍臺　詳卷八《越王台懷古》。

伯孺又長四歲　陳价夫生于嘉靖三十六年（一五五七），長徐熥四歲。

董省元西厢記[二]

萬曆丁酉歲，四明屠田叔司農見惠。自《北西厢》盛行，此本幾廢。雖不可搬演，語語當家，真詞曲之祖也。今日山齋清暇，偶爾翻閲，又因筆研之便，漫識于此。

關漢卿《北西厢》，家傳户誦，膾炙人口，自是傳奇第一部。及觀董解元所撰《西厢記》，雖不堪

[一]《青樓俠氣卷》，本篇鈔本缺；馬泰來《新輯紅雨樓題記》失收。

[二]《董省元西厢記》，本篇鈔本缺。

搬演，然造語精工，模寫宛曲，談閨房兒女之情，可謂備極繾綣矣。至于打諢插科，往往絶倒，閑言冷語，無不解頤，較之關本，更勝一籌。憶與幼孺寓南劍蕭寺中，讀至數過，不忍釋手。此政索解人不得也。惜卷末鄭恒《賴婚》齣，大覺支蔓，更當删竄。

【編年】萬曆二十五年丁酉（一五九七）或稍後。

【箋】董省元西厢記　即金代董解元《西厢記諸宫調》。

○徐熥《屠田叔使君枉過兼惠藏書賦謝》：「不拘世路尋常禮，還贈人間未有書。」（《幔亭集》卷九）按：「人間未有書」，即《董省元西厢記》。

屠田叔　即屠本畯，詳卷三《分得黄金臺送屠田叔轉運使京》。

北西厢　爲區别董解元《西厢記諸宫調》，後人稱關漢卿《西厢記》（下文稱「關」本）爲「北西厢」。《北西厢》，一般認爲是元王實甫所作，稱《西厢記》。

幔亭集卷之十九終

幔亭集卷之二十

閩中徐　熥惟和著
友人曹學佺能始選
鄒時豐有年編

書牘

答吴叔嘉[一]

僕之納交于足下者，四年于此矣。居常所以服膺贊嘆者，謂足下工于藻繪菁華，爲一代詞人之翹耳，不意足下之深于道也。昨過齋頭，得發議論，及讀諸箋札，僕心口私語，自謂嚮者知足下之淺也。

足下山衣田冠之士，慨然以名教爲己任，崇孔氏之正脉，黜諸家之异説，砥柱狂瀾，挽回世運。以布衣而憂當世，求之于今，不兩得也，然後知吴先生非獨藻繪菁華之士也。頃捧來教，謂僕聞之，

[一]《答吴叔嘉》，本篇鈔本缺。

有不豫之色，拂衣而起，斯言過矣，未獲我心也。

僕自束髮，受父師之教，即誦法孔子，立身制行。雖不敢謂盡合于道，然未嘗不早夜以思求，無忝所生，以毋負大聖人之訓也。豈敢溺情二氏，以操入室之戈哉？然僕之所痛哭流涕者，以今之誦法孔子者，大都襲其衣冠、言貌之迹，而不探其性情心術之微。

孔門高第，無過顔淵。顔淵之問仁，孔子告以『克』『復』。『復』者，聖門心學之要也。《易》曰：『復其見天地之心乎？』所謂『天地之心』者，果何物也？又曰：『君子無終食之間違仁，造次必于是，顛沛必于是。』所謂『是』者，必有所指之處，而又何物也？又曰：『朝聞道，夕死可矣。』夫死生之際亦大矣。『朝聞』『夕死』，其所聞之『道』，果何『道』也？僕嘗求其所謂『復』者，求其所謂『必于是』者，求其所謂『朝聞』『夕死』者。非不孜孜置力，然天資朽鈍，工夫鹵莽，旋得旋失，迄無成功。此僕之日夜憂勤淬勵，正恐一旦溘然朝露而竟虚此生也。安敢背吾夫子之道，而溺异教哉？

然僕之好二氏者，非如今世風流之士，標佞佛之虚名，樹談玄之僞幟，以邀清譽也。亦非如愚夫愚婦，求福田利益也。正以二氏之末流，自失其先世之宗旨，而僕不自諒，欲起而醒之，而匡之也。老子以『道德』名經，虚心抑性，柔志降氣，抱一還真，是其玄也。乃其微詞難識，而學之者，皆趨于邪僻矣。欲匡道家之失，則玄之理不得以不譚也。儒者謂『性爲吾心，生生不息』之理，本無善無不善。佛氏亦謂『無所住而生其心』，又謂『本來無一物，何處惹塵埃』，此其近理者也。然而今之學佛者，皆滅生殄性，流于斷滅頑空真佛之聲音也。欲匡佛之失，則禪之理不得以不談也。君之所以詆二氏之非，此必有灼然獨見，而僕之竊有請者也。僕之所誦法者，孔子也；足下之稱述者，即僕之所誦法者也。使僕聞足下之言而不悦，是不悦于孔子也。人而不悦孔子，尚何以幸生于世哉？僕生平無他腸，獨好道一念最切，而心最虛。倘有過謬，足下與我有數年之交，願爲藥石而毋美疢也。

【編年】萬曆二十一年甲午（一五九四）。

【箋】吳叔嘉　即吳運嘉，詳卷五《同陳子卿過廣陵訪夏玄成吳叔嘉留飲席上分得燈來二字二首》。按：熥過廣陵結交吳運嘉在萬曆十九年（一五九一），是歲赴京會試，故得以過吳齋頭。『四年于此』，萬曆十六年（一五八八）過訪吳氏，前後四年。

答陳子卿[一]

不佞夢中或作鯉湖游，不減青蓮入天姥時，醒來大恨。乃足下吟屐屢至，如游庭廡間，私心甚妒之。承惠《三秀集》，真得盛唐遺響。方今海内，皆拾王、李唾餘，野狐外道，種種可厭。獨足下曹溪正派，此正索解人不得也。小詞自是鍾情語，極其膾炙。俟至長安時，令燕姬如雪兒者歌之，聲宛轉如鶯，更覺陳郎嫵媚耳。賦才特妙，明歲以《上林》《子虚》奏之天子，豈不篇篇稱善哉！不

[一]《答陳子卿》，本篇鈔本缺。

佞舊刻殊覺孟浪，業已中悔，然不敢匿醜。近作數首録寄，惟足下彈射之。初秋行李入會城，當得握手。然不佞橐中如水，無以束裝。未識得附青雀否也？

【編年】萬曆十九年辛卯（一五九一）。

【箋】陳子卿　即陳翰臣，詳卷五《同彭正休陳子卿游金山遇張函一孝廉閔壽卿山人恩公若公》、卷十八《先考永寧府君行狀》。

鯉湖　即九鯉湖，詳卷二《寄林去疾》。

青蓮入天姥　李白有《夢游天姥吟留別》詩。

三秀集　陳翰臣撰。

王李　王世貞、李攀龍。王世貞，詳卷十六《緩帶編序》。李攀龍，字于鱗，號滄溟，曆城（今山東濟南）人。嘉靖二十三年（一五四四）被賜同進士，歷浙江布政使司左參政、河南按察使等。『後七子』領袖人物之一，有《滄溟集》。

附青雀　萬曆十九年（一五九一）熥與子卿同行赴京會試，詳卷五《同彭正休陳子卿游金山遇張函一孝廉閔壽卿山人恩公若公》。

寄顧學憲先生[一]

舟過垂虹時，正當薄暮。而熥方寸已亂，不能暫停江滸，一候顏色。獨以片刺投于函丈，遥想清音，徒用耿耿。熥遭酷禍，甘填溝壑。然念二母垂白，而先君尚在淺土，復以饘粥自延苟活至今。卜以今歲初冬，奉遺蜕，啓窀穸而藏焉。謬藉通家之愛，欲徼一言，勒之于石，納諸壙中。則白骨可肉，黄壚不夜，豈惟諸孤哀感，即先君亦待此而瞑也。熥義當衰杖匍匐，躬謁門下，但瞻依老母，重于遠游。仲弟不遠千里，賫《狀》上請。惟我師哀憐，即賜泚筆。不揣干瀆，實切主臣。仲弟少年，識事淺，且哀痛昏憒之中，胸懷作惡，不知其何以鞭策之。

【編年】萬曆二十年壬辰（一五九二）。按：時熥弟𤊹持《行狀》往蘇州乞銘。

【箋】顧學憲　即顧大典，詳卷五《讀顧道行先生碑刻》。

垂虹　垂虹橋，在蘇州。參見卷八《垂虹橋別顧學憲先生》。

仲弟不遠千里　參見徐𤊹《吴游記》。

狀　即卷十八《先考永寧府君行狀》。

【附】徐𤊹《吴游記》：『（壬辰七月廿七日）日午，遂至吴江縣，進城濠，謁顧學憲先生，述余間關數千里，衰秋而造先生，求一言以銘先人之幽。先生館余諧賞園，叢篁古樹，曲沼平池，孤館

[一]《寄顧學憲先生》，本篇鈔本缺。

危樓，雪藿雪竇，令人有濠濮之想。越一日，至吴閶，訪張幼于、王百谷二君。幼于舍余于曲水草堂，文酒交歡，殆無虚日。幼于傳先人之行，百谷表先人之墓。』（《紅雨樓集》册九，《上圖稿本》第四四册，第三九四—三九五頁）

與顧長卿兄弟[一]

去歲兩過吴門，竟不得一面。人生聚散，寧可常哉？近薛生歸，詢二卿動定，知方卒業太湖。太湖，山嵯峨，水揚波，以二卿磊砢者當之，真與山川相映發也。弟遭此閔凶，五内痛裂。思無可以報先人于地下者，獨有老師一言，足光泉壤。仲弟冒伏暑，裹一月糧，哀籲于門下。仲氏橐中如水，桂玉無資，懇二卿從臾老師，即賜命筆，令得早歸，免弟日切看雲之念耳。所與俱行王生者，雅善丹青，七閩人士無能出其右者。足下今之虎頭，能加一盼，當增聲價幾倍也。

【編年】萬曆二十年壬辰（一五九二）。

【箋】去歲兩過吴門　萬曆十九年（一五九一）九月熥北上過吴，十一月聞訃南奔，十二月再過吴門。

二卿　即長卿、世卿，顧大典子。

太湖　參見卷六《松陵舟中送幼孺入苕川兼柬在杭使君及苕中諸舊游》『太湖』條。

[一]《與顧長卿兄弟》，本篇鈔本缺。

仲弟冒伏暑　參見本卷《寄顧學憲先生》。

王生　即王昆仲，詳卷二《題王玉生山水》。王昆仲與㷆同行。

虎頭　顧愷之小字，詳卷五《贈黃生懋政》。

與王百谷[一]

滸墅一別，頓成河漢。乃僕遭憫凶，自長安奔歸，再過吴門，日在崦嵫，遂不及夜過王先生一雪涕也。還家以來，杜門待盡，然念先君子骨肉未歸于土，輒復苟活耳。卜以今年初冬奉遺蜕藏于窀穸，僕抱風木之悲，思藉大方一言以當三釜，謹泣血具實。而仲弟衰杖造王先生，丐幼婦之辭以表兹墓。蓋王先生能自不朽也，故能不朽人。倘先生不弃諸孤而念及先人也，慨然泚筆，則澤枯之仁與貞珉俱久。諸孤幸甚，先靈幸甚！仲弟少年初客，且當哀毀之中，神情肅索，惟先生教督焉。所與俱者，王生昆仲，與僕爲石交，其筆端丘壑在七閩爲輞川，不識能當王先生一賞否？王先生薦士若不及，必不靳齒牙餘論耳。

【編年】萬曆二十年壬辰（一五九二）。

【箋】王百谷　即王穉登，詳卷五《王百谷招飲半偈庵》。

滸墅　即滸墅，詳卷五《滸墅關逢王百谷》。

[一]《與王百谷》，本篇鈔本缺。

王生昆仲　王昆仲，詳卷二《題王玉生山水》。

【附】徐𤊹《吴游記》：『歲辛卯之秋，余不天先大人溘然弃孤而逝。是歲壬辰，諸孤痛哭悲號，無以報先人于地下者。乃伯兄手先人生平行誼，予裹三日糧，走吴中，乞諸君子一言，以銘先人之幽。遂于六月十三日行……王子玉生，欲浮吴昌，約予偕行，亦以是日同乘青雀往。雖有離別黯然之色，而與王生朝夕，真不知何處爲他鄉也。』（《紅雨樓集》册九，《上圖稿本》第四册，第三八七—三八八頁）　徐熥《王百谷爲先永寧表墓寄此答謝》：『西風吹雁出菰蘆，千里銜來字字珠。倚馬萬言推綉虎，皋魚雙泪感啼烏。通家敢謂同文舉，名筆何緣借董狐。片石空山垂不朽，千秋應得免樵蘇。』（《幔亭集》卷七）

與張幼于[一]

天涯病客，得足下假以館舍，濟以刀圭，此之爲感，固不獨銘心鏤骨已也。江干一別，意殊悵悵，不意甫至長安，即聞先君之變，旋即奔歸。過吴門時，值日入虞淵，歸心勃勃，遂不得一叩閶闔，控此哀衷。曾已寄聲善長，轉聞于門下，想當爲僕扼腕也。徒跣歸來，又餘半載。所幸二母無恙，復偷生人世。然終天之恨，曷其有極耶？先君位不滿德而生平隱行，良有可述，門下當世董狐，而僕又托孔李之好，謹泣血具實，上干記曹。求門下捃摭成傳，以垂不朽。庶爲先君傳神寫照，存者亡

[一]《與張幼于》，本篇鈔本缺。

者感張先生，寧有涯哉！

【編年】萬曆二十年壬辰（一五九二）。

【箋】張幼于　即張獻翼，詳卷五《同吴之衛馬雲卿飲張幼于曲水草堂》。

董狐　春秋晉國太史，亦稱史狐，有良史之才。

與强善長[一]

夜過金昌，得與足下把臂者半刻，足紓鬱抱，次日遂解維，不及一别爲恨。弟以今歲春首抵家，痛念先人，五内如割，形神俱敝，癯然骨立矣。弟自今以往，以餘生許嶠雲，而雲霄之念，付之邯鄲一夢。横塘烟雨，徒有神游已耳。兹仲弟有吴門之役，所與俱者爲王生玉生，兩人興復不淺，而王生又雅善丹青，不識能當足下賞鑒否？

【編年】萬曆二十年壬辰（一五九二）。

【箋】金昌　詳卷三《送俞本之山人還金昌》。

横塘　在今江蘇蘇州虎丘區。古横塘，爲通往蘇州西郊的水路要津。

【附】徐㶿《吴游記》：『幼于傳先［人］之行、百谷表先人之墓，二君不欲即令予歸。予念别家且久，慈母日切倚門，越兩旬，即束裝歸吴中。諸君與予游者，如張起伯、錢功父、黄仲華、吴之

［一］《與强善長》，本篇鈔本缺。

衛、馬雲卿、劉宋卿、强善長、邢星父、沈從先，各賦詩壯余行李。中秋前一日，别姑蘇，仍訪顧先生園。時先生有他適，顧長卿、世卿兄弟放舟曲池，觴佘引滿，雅歌投壺，月色都無纖翳，桂影扶疏，與松枝交映，渾如水府。世卿吹短笛花下，流觴刻羽，真神仙中人。』（《紅雨樓集·鼇峰文集》册九，《上圖稿本》第四四册，第三九五頁）

寄劉季德秀才[一]

倪理官厮養歸，得削牘良慰。時老母方卧床笫間，不能舍刀圭而事筆硯，遂缺報章爲罪。神理荼酷，家難相尋，竟以此月哉生明，奄然弃諸孤以逝也。蓂莢一更，椿萱遞謝，無怙無恃，痛何可言！號咷之聲不絶于口，素車白馬絡繹在户。如此而生，不若溘先之爲快耳。李惟實暴死客中，或云其絓于吏議，恐傳者妄也。哀痛之中，復失良友，益增悲慟，有泪盈河。令次君雖鎩羽長安，竟當遠舉，何至遽以青氈乞乎謝郎？擁傳歸來，不啻晝錦，行當脂轄入苕溪，看天目山中爽氣矣。足下去歲幾剖而刖，然荆山之珍，非三獻惡知其實乎？仲氏夏間乞銘于吴中，邂逅陳伯孺，得《述征草》，携歸武夷。君寄聲相謝，且問前度劉郎何日來耳。

【編年】萬曆二十年壬辰（一五九二）。

【箋】劉季德　即劉克治，詳卷五《送劉季德還嶺南》。

[一]《寄劉季德秀才》，本篇鈔本缺。

倪理官　即倪思益，字受卿，侯官人。萬曆十四年（一五八六）進士，歷廣州、贛州推官。

李惟實　即李元暢，詳卷二《寄李惟實》、卷七《哭李惟實孝廉四首》。

苕溪　詳卷二《苕溪送元直南還》。

天目山　在浙江杭州西。

○李賢《大明一統志》卷三十八《浙江・杭州府》「天目山」條：「在臨安縣西五十里，爲道家第三十四洞天。山下兩湖若左右目，故名。」

陳伯孺　即陳价夫，詳卷二《贈陳价夫薦夫》。

寄李伯實太學[一]

去秋領削牘，朱提白葛之惠，拜命之辱，無以爲報。練裙數幅，凉薄太甚，然足下風流如羊欣，故以相遺。僕筆不如椽，不敢效小令漫污之。僕去年入長安，得先君子之訃，匍匐奔歸，近者老母復以天年下世。兩歲之交，奪我二人。其屬纊之辰，皆立冬前一日。神理荼酷，一至是耶？此固足下變色于談虎者，自當同病相憐也。

先君向在茂庠，功令頗舉，承貴郡人士獎借良深。倘有去後之思，得分半豆于《名宦》諸公之後，則血食無窮，先人骨且不朽。幸爲我謀于舊游諸君，果有玉成至意，僕明歲當裹三月糧一謁，記

[一]《寄李伯實太學》，本篇鈔本缺。

曹成兹盛舉耳。惟實令祖叔向得其凶問，以爲齊東野語，昨五羊劉生損書，始信人言非虚也。匣中吴鈎如雪，未知何日挂其隴樹乎？令弟爲君家龍駒，其騄驒何似。附問。

【編年】萬曆二十年壬辰（一五九二）。

【箋】李伯實　詳卷八《得李伯實太學書知其移家金陵却寄》。

羊欣　字敬元，南城縣（今山東新泰市）人。晋宋間書法家，王獻之外甥。有《采古來能書人名》。

茂庠　茂，茂名。萬曆元年（一五七三），徐棉擢廣東茂名縣儒學教諭。

再與劉季德[一]

先君子舊宦高凉，鐸聲甚舉。雖廣文先生官獨冷，然彼中人士，猶畏壘之于庚桑乎！僕于明歲欲裹糧爲五嶺之游，求俎豆先人于其地。道經五羊，與足下作十日期也。東莞令李君與僕有研席之交，已口足下于其前，倘此君有式廬之雅，毋爲鑿坏而遁。歐楨伯先生眠食無恙否？其《全集》能以一部見貺，不啻肅慎之矢矣。令弟篆刻可與斯邈比肩，儌足下之惠，求鎸一方以光東壁，毋曰馬牛其風而惜此腕爲致書郵者。郭君乃季弟之外兄，儒雅風流，儿精篆隸。足下不惜咳唾之餘，此君價且倍矣。如有惠教，請納其橐中。

[一]《再與劉季德》，本篇鈔本有目無文，題作《再與劉季德秀才》。

【編年】萬曆二十年壬辰（一五九二）。

【箋】再與劉季德　參見本卷《寄劉季德秀才》。

高凉　詳卷十八《先考永寧府君行狀》。

畏壘之于庚桑　畏壘，畏壘之山；庚桑，桑庚楚，老子的學生，隱士。桑庚楚在畏壘三年，當地獲得豐收。

○《莊子·庚桑楚》：『老聃之役有庚桑楚者，偏得老聃之道，以北居畏壘之山，其臣之畫然知者去之，其妾之挈然仁者遠之；擁腫之與居，鞅掌之爲使。居三年，畏壘大壤（穰）。』

東筦令李君　即李文奎，字廷燁，侯官人。萬曆二十年（一五四一）進士，歷廣東東莞知縣。户部主事、杭州知府、廣東副使。

歐楨伯　即歐大任。大任（一五一六—一五九五），字楨伯，號崙山，順德（今屬廣東）人。嘉靖四十一年（一五六二）貢生，曾任南京工部虞衡郎中，別稱歐虞部，有《虞部集》。

寄陳崇禮孝廉[一]

都門分手，不勝黯然，今又幾年所矣。僕去歲甫至長安，驟得先君之訃，徒跣奔歸，哀痛悲摧，無復人理。北堂痛念亡人，老病加劇，竟以此月哉生明，從先君于地下矣。一歲之中，奪我怙恃，造

[一]《寄陳崇禮孝廉》，本篇鈔本缺。

物小兒，不仁至此。賜非金石，能堪此銷鑠耶？幸不即死，欲于明春裹糧爲嶺表之游，稅駕于貴郡，爲先君求一豆于庭廡之末，不識輿論允否？惟足下從臾之，重于九鼎大呂矣。倘衆言淆亂，難與慮始，亦不吝相聞，庶可枳其轍也。李惟實如千里神駒，倏化异物，人琴俱亡，痛何能已！明歲東游，或得拜其宿草耳。

【編年】萬曆二十年壬辰（一五九二）。

【箋】陳崇禮　茂名（今屬廣東）人。舉人。

與王君聖貢士[一]

僕年來懶慢如嵇康，每一題箋，神思昏憒。昨得損書，罪僕無特緘。謹東望肉袒以謝。僕遭閔凶，去歲杪秋喪父，今歲初冬喪母。當老母之瞑也，擗踴哀號，恨不俱死。然附身附棺者，皆手指中出，稍慰區區。至于先君易簀時，僕方杖馬箠奔走萬里外，至長安始得驅廣柳而南，恨抱終天，誰謂荼苦哉！先君生平，位不滿德，官貴郡時，頗有聲。明歲欲東行李之高凉，爲先君求分一豆于庭廡，不識諸君尚有墮泪如峴山者乎？則請以報我，我且脂吾車也。

【編年】萬曆二十年壬辰（一五九二）。

【箋】王君聖　茂名（今屬廣東）人。貢士。

[一]《與王君聖貢士》，本篇鈔本缺。

峴山　峴山碑，在湖北襄陽。晋羊祜都督荆州諸軍事，駐襄陽，有政績，百姓于山爲其立碑，稱『峴山碑』，又稱『墮泪碑』。

○《晋書·羊祜傳》：『襄陽百姓于峴山祜平生游憩之所建碑立廟，歲時饗祭焉。望其碑者莫不流涕，杜預因名爲墮泪碑。』

與陳建聖孝廉[一]

熥不天，去歲有公車之役，先君子竟奄然弃熥也，近者老母復以天年終。歲月幾何，奪我怙恃！哭泣之聲在耳，素車之客在户。皮骨空存，神理頓盡矣！先君游宦十年，獨于貴郡人士爲膠漆。即年老家居，一飯未嘗忘鉅鹿也。長逝者魂魄，安知不神游于羅浮、五嶺之間邪？熥欲徼諸君之惠，得俎豆于《名宦》之列，不識輿論允否？倘諸君念及先人而疏于郡縣乎，奚令君于先人爲舊好，于熥有一臂之交，其督學使者有桑梓之誼，事未有不濟者也。熥且以明歲苴經造門下，一以成先人千萬年血食之舉，一與諸君子叙十七載契闊之悰。是在諸君留意焉。

【編年】萬曆二十年壬辰（一五九二）。

【箋】陳建聖　茂名（今屬廣東）人。舉人。

鉅鹿　鉅鹿縣，今屬河北。

［一］《與陳建聖孝廉》，本篇鈔本缺。

羅浮　詳卷七《鍾山寺送曾人倩歸嶺南》。

十七載　萬曆四年丙子（一五七六），熥隨父離開茂名往永寧，至今十七載。參見卷十八《先考永寧府君行狀》。

答林晉伯[一]

先令之喪，甫及祥練，此月哉生明，老母又弃諸孤而逝矣。齊斬頻仍，桐竹相繼，悠悠蒼天，此恨何極！苫塊中忽得削牘，兼惠佳什，收泪卒業，恍若晤對仁風之頒，不勝故人之感。名園佳勝，不讓季倫，行當求諸兄弟，爲足下抽毫而賦。如不成者，有金谷之罰在。

【編年】萬曆二十年壬辰（一五九二）。

【箋】林晉伯　參見卷二《寄題林晉伯別墅》。

季倫　即石崇，字季倫，南皮（今屬河北）人。西晉文學家。石崇與潘岳等人結爲『二十四友』。永康元年（三〇〇），被趙王倫親信孫秀誣殺。石崇在洛陽建金谷園。

金谷　詳卷三《帝京篇》。

與陳子卿[二]

不肖聞變長安時，痛楚萬狀，足下慰藉之言，猶在耳也。甫經祥練，又復奪我先慈。即令不肖

[一]《答林晉伯》，本篇鈔本缺。
[二]《與陳子卿》，本篇鈔本缺。

腸如金石，泪如涌泉，能不枯且竭邪？門衰祚薄，大變頻仍，癯然之軀且未知所税駕也。足下嘯詠墨潭之濱，五色斑衣爛然如錦，此樂誰云哉！謝在杭擁傳初歸，人事如蝟，才得一握手。嵬然進賢，非復縫掖生故態，行當捧徼往咏。雲山從此別矣！顯晦殊途，欣戚异感，足下能無慨于中耶？

【編年】萬曆二十年壬辰（一五九二）。

【箋】陳子卿　即陳翰臣，詳卷五《同彭正休陳子卿游金山遇張函一孝廉閔壽卿山人恩公若公》。

足下慰藉　去歲熥與陳翰臣結伴上春官，十一月入京聞訃，翰臣慰藉之。

謝在杭　即謝肇淛，詳卷三《冬夜同女翔振狂在杭集女大山齋》。

與林兆綸[一]

先令之殁也，諸君子越三百里而惠挽章、誄文。墨痕尚未燥也，乃皇天椽我，復以此月哉生明，奪我所恃。歲月一周，二親淪喪就木，殘魂恨不從先人于地下耳。所幸者，仲氏游吴事竣即歸，歸二十晝夜而老母下世，不然幾蹈不肖故轍矣。佘全椒爲先人序詩，昨鄭性之云其脱稿已久，尚浮沉至今。幸爲我覓置魚腹，大幸！大幸！

【編年】萬曆二十年壬辰（一五九二）。

[一]《與林兆綸》，本篇鈔本缺。

【箋】林兆綸　即林去疾，詳卷六《送林兆綸游武夷》。

全椒令　指佘翔，詳卷二《慰佘宗漢喪子》。

鄭性之　莆田人。徐熥有《懷鄭性之》（《幔亭集》卷十一）、徐𤊹《秋日同女大性之平遠臺燕集》（《鼇峰集》卷四）。

與佘宗漢明府[一]

先令遺集，雖不敢遠望左冲，然得佘先生一言，免飼醯鷄，功當百于皇甫哉！即欲修謝，緣家難洊至，老母又復辭堂，哀毁悲摧，僅餘喘息。日對吊客，擊顙數千，顙成贅疣，哀冗所奪，猶缺戔戔，徒抱悲感。

杪冬將有莆口之役，當覓門前五柳間。佘先生雙鳧無恙也？周所諧倏化异物，故人零落，增我隕涕。漫賦四詩，以當慟哭。足下寧無酒壚之感乎？

【編年】萬曆二十年壬辰（一五九二）。

【箋】佘宗漢　即佘翔。全椒知縣，詳卷二《慰佘宗漢喪子》。

先令遺集　即《徐令集》，熥父徐棉撰。

左冲　左太冲，即左思，詳卷十六《屠田叔詩集序》。

[一]《與佘宗漢明府》，本篇鈔本缺。

皇甫　皇甫謐，詳卷七《寄答沈從先》。

莆口　指莆田。

周所諧　即周如塤，詳卷七《哭周所諧四首》。

漫賦四詩　詳卷七《哭周所諧四首》。

與陳彦宗秀才[一]

削牘仁風之惠，拜命已久，緣老母在床第間，遂久缺奉報主臣。主臣天禍，寒門竟以此月哉生明，弃諸孤而逝也。自去秋徂今冬，白衣冠之客屨錯户外，哭泣之聲日夜無休。時僕神理既傷，形骸轉憊，對鏡啞然，僅如冢中枯骨，不但從前太瘦生耳。高堂闃寂，形影相吊，不能寧居。

正欲于杪冬時躡屩過壺公，與諸公把臂，適得周所諧凶問，生芻之誼，其何敢辭？哀荒中可免足下杖頭赤仄，但得脱粟數升，便令徐卿腹果矣。所諧暴死，造物誠不可知。望風通悼，無泪可揮。幸索其遺稿緘以付僕，僕且謬加選定，爲此君身後之計也。貴鄉有林文烈者，與僕有十年神交，近鄭性之來，僕猶問其無恙，不知其在鬼籙者幾何年矣。又痛悼者久之。

并賦二詩往，足下過其廬時，幸爲徐卿作變徵聲歌之，以當慟哭也。伏苫裁緘，語無倫次，照察幸甚！

[一]《與陳彦宗秀才》，本篇鈔本缺。

【編年】萬曆二十年壬辰（一五九二）。

【箋】陳彦宗　見卷二《望月有懷唐宗貞陳彦宗》。

壺公　詳卷三《采真篇送林叔度游雁宕》。

林文烈　見卷五《哭林文烈二首》。

賦二詩　見卷六《送陳彦宗之永嘉》。

與周喬卿山人[一]

近方有書報尊君，不意尊君之不及讀也。嗚呼，痛哉！僕之汨痕如匡廬秋瀑，得此凶問，更潺湲不止矣。尊君素性無恙，其得疾而昇歸也，何故屬纊之時，尚能了了刺刺，與家人訣絶乎？或竟奄然與氣運俱盡也。

遺稿幸備録付僕，且爲删定，謀之有力者行于世。毋令亡者苦心五十年，竟扼腕于地下。哭章四律，矢口而成，情之所鍾，寧論工拙。生芻之束，謹以异日。杪冬時僕將躡屐壺公，一哭尊君銘旌，且與足下作楚囚相對耳。

順時節哀之語，日嘈嘈耳中，僕且視爲鳥音之過，今又剿之以進足下，足下得無以徐卿爲憨乎？

［一］《與周喬卿山人》，本篇鈔本缺。

【編年】萬曆二十年壬辰（一五九二）。

【箋】周喬卿　即周千秋，周如塤子，詳卷五《送周喬卿》。哭章四律　見卷七《哭周所諧四首》。

與池秀才[一]

前聞足下有荀奉倩之悲，已爲短氣，乃令廣文，竟溘然朝露也。豈勝驚悼！昊天不仁，奪我所怙，而猶未已，又禍及先慈。吾兩人家難略相當，然君家太夫人尚善飯無恙，潘輿可御。僕則僅有所生母，髮且種種，而繐帷已空，高堂落莫，夜聽啼烏聲，則仰天太息，血泪滂沱。是僕之禍，視足下不尤酷哉！墓中文垂于千秋，當索如椽之筆。乃浪委于僕，僕亦漫然命子墨，是足下與僕罪等耳，識者不笑秦無人哉？嘉惠之頒，對使拜命。束帛瓣香，致尊公靈几前，當生芻一束也。

【編年】萬曆二十年壬辰（一五九二）。

【箋】池秀才　即池濯纓，字簪甫，鍾慶子，其先由河南光州固始徙居閩，居建甌。郡庠生。參見卷十八《蕭山司訓池公墓志銘》。

荀奉倩之悲　荀粲，字奉倩。荀粲悦于妻美色，妻病亡，痛悼不已。

[一]《與池秀才》，本篇鈔本缺。目録作《答池簪甫秀才》，據此題改作《與池秀才》。

與張叔弢博士[一]

花朝日，曾作書報記曹。而鼇峰之巔有峰，如迴雁者，遂不得繫其足，故寢閣至今耳。《瞻鳳》詩，先以數首塞命，尚有二三作者，但册子已盡，而不佞麻衣如雪，不堪當羊欣白練，徼諸君書以寄足下耳。

鄧、謝兩生遂冠進賢矣，猶着麻衣待至公，吾兩人不已鐘鳴漏盡乎？

凍石産自永嘉，去長溪猶庭廡間，又爲揚子談經處。幸爲覓數方，不佞當以十五城易之，庶不爲寶山空手哉！

【編年】萬曆二十年壬辰年（一五九二）。

【箋】張叔弢　即張大光，詳卷三《瞻鳳歌爲張叔弢賦》。

○《幔亭集》咏張氏詩，尚有卷五《送張叔弢博士自永嘉還長溪》、卷八《南還留别許靈長張叔弢馮咸甫鄧泰素文夢珠柯起之諸子》、卷九《連窩舟中與張叔弢話舊》《送張叔弢令羅浮》、卷十一《送張叔弢》、卷十三《送張叔弢之官昌化二首》等詩。

鼇峰　詳卷二《與陳汝大鼇峰宴集》。

瞻鳳詩　參見卷三《瞻鳳歌爲張叔弢賦》。

[一]《與張叔弢博士》，本篇鈔本缺。

羊欣　字敬元，泰山郡南城縣（今山東新泰）人。王獻之外甥。南朝宋名士、書法家。性清默淡泊，歷新安義興二郡太守、中散大夫。

鄧謝　鄧，鄧原岳，詳卷三《過鄧汝高別墅》；謝，謝肇淛，詳卷三《冬夜同女翔振狂在杭集女大山齋》。鄧、謝是歲成進士。

永嘉　今浙江温州。

長溪　福寧州，詳卷三《瞻鳳歌爲張叔弢賦》。

寄沈從先[一]

僕故不識從先面孔，然時時從履吉舌間得之。履吉岩岩壘砢，非阿其所好也。讀《蟲刻草》，嘗鼎一臠，可知全味矣。聞足下欲裹糧游閩，吾閩武夷奇勝甲天下，千岩萬壑，競秀争流。足下能躡屐來，僕二三酒狂當堅城壘，與足下會獵于大王峰，共振旗鼓，結千載勝盟，惟足下留意。令祖先生墓木已栱，乃小子追賦挽章，而詞旨紕漏，幽冥之中，當爲絶倒。

【編年】萬曆二十七年己亥（一五九九）。按：沈野入閩，熥已作古。

【箋】沈從先　即沈野，詳卷二《懷沈從先》。

不識從先面孔　熥兩過吴訪沈野，不遇。一次是萬曆二十二年（一五九四），詳卷三《吴

[一]《寄沈從先》，本篇鈔本缺。

門尋沈從先不遇》，另一次是萬曆二十六年（一五九八）詳卷九《過沈從先江居》、卷十六《沈從先詩序》。

履吉　即陳益祥，詳卷二《懷陳履吉久居山中》。

與丁亨文司理[一]

足下乘堅策肥，頭上進賢岌岌矣，乃顧我蓬户，握手于苫塊之中，厚誼不方駕古人哉？承奠先慈，哀感無量。新在凶粗，不能至行部一稽顙，耿耿如何！束帛戔戔，聊布謝悃。更奉送小詩一首，真下里之音，漫題扇頭，以當送君南浦。然不堪携入郢中，與《白雪》相和也。

【編年】萬曆二十年壬辰年（一五九二）。

【箋】丁亨文　即丁啓濬，詳卷六《送張子環下第枉道之楚尋丁亨文法曹》。

進賢岌岌　丁啓濬是歲成進士，故云。

小詩　見卷七《送丁亨文進士理邵陵》。

又[二]與丁亨文司理

小詩不足重君行李，聊博軒渠耳。乃以佳箑索敝帚，得無與嗜痂者類乎？墨楮之污，誠不知顔之厚矣。昨面鄧汝高，談足下鋭意雅壇，篇什甚富。幸録一二報我，毋以我爲木桃也。而屑越之雨，

[一]《與丁亨文司理》，本篇鈔本缺。
[二] 又，本篇鈔本缺。

絲絲不絶。從者倘未即發，能信宿齋頭，猶勝别後夢思也。

【編年】萬曆二十年壬辰年（一五九二）。

【箋】鄧汝高　即鄧原岳，詳卷三《過鄧汝高别墅》。

寄聞人仲璣［一］

齋頭一宿，不減竹林之游，别後遂同河漢，然以吟屐尚在五嶺間，不知足下之已爲逢萌也。且聞受侮于河伯，豈槖中有神物，竟爲蛟龍所睥睨耶？卜居西子湖，三竺兩高，悉受杖屨。造物之待足下，良不薄矣。藉令頭上進賢尚在，且將折腰貴人前，能爾爾耶？

仲氏入杭，感足下綈袍之意不淺。僕家難相尋，先令肉尚未寒，而老母又復弃世，五内崩摧，神理頓盡。僕且將絶榮進之念，以一丘自老，而倦如相如，又乏勝具。足下能以丹青惠我，作少文卧游，即環堵皆五岳矣。小作二首，聊寄遠懷，足下得無纓絶乎？

【編年】萬曆二十年壬辰年（一五九二）。

【箋】聞人仲璣　詳卷八《聞人仲璣卜居西湖詩以寄之》。

仲氏入杭　時萬曆二十年（一五九二）七月十九日。○徐𤊹《吴游記》：『十九日，入武林門。游武林，市中邂逅聞人半刺仲璣。仲璣，姚江人，向官温陵，與

［一］《寄聞人仲璣》，本篇鈔本缺。

余友善。兹挂冠携家隱西湖，遂約爲西湖之游。』（《鼇峰文集》册九，《上圖稿本》第四四册，第三九六頁）

相如　司馬相如。

少文　即宗炳，詳半十八《登仕郎姚江簿宗先生墓志銘》。

小作二首　見卷八《聞人仲璣卜居西湖詩以寄之》。

寄許靈長太學[一]

僕三年四過西子湖，竟不得一識許先生。乃反爲仲氏所先，阿奴即此可掩其兄，寧用火攻下策哉？扇頭諸詩，讀之香滿齒頰，出入懷袖間，可令荀令慚沮矣。紫陽洞千岩萬壑，嵯峨壘砢，得足下伊吾嘯咏其間，當與山川映發耳。

僕遭閔凶，仲氏歸方二旬，而先慈又復見背。重罹大變，痛何可言！既辱神交，當爲扼腕。小詩一首奉寄，惟足下彈射之。

【編年】萬曆二十年壬辰年（一五九二）。

【箋】許靈長　即許光祚，詳卷六《三茅觀尋許靈長不遇》。

○徐𤊹《寄許靈長》：『不肖返棹錢唐，走吴山，尋足下踪迹……伯氏慕高風如渴，敬修一啓、一詩，投記曹。千里神交，實爲左券。』（《紅雨樓集》册三，《上圖稿本》第四二册，第二六一頁）

[一]《寄許靈長太學》，本篇鈔本缺。

仲氏所先　仲氏，徐𤊹。識許光祚在兄熥之前。

○徐𤊹《吴游記》：『（許靈長）遂與余尋紫陽庵。始從一罅竇而進，玲瓏窈窱，草木蒙茸其上。無石不雲靄，無步水岩巒。岩有中跨石梁欲墜者，亭有倚石壁欲顛者，奇險不可名狀。而泉流涓涓出石罅，作玉琮琤聲。轉百餘武，爲丁真人祠。真人號野鶴，宋時□□于此，至今泥封，蜕骨凛然如生。余與胡、許兩生譚諧既久，日漸逼暮，乃從山陰而下，滿城燈火已星星矣。』（《紅雨樓集》册九，《上圖稿本》第四四册，第三九三—三九四頁）按：時萬曆二十年七月二十三日。

紫陽洞　在杭州。徐𤊹有《游吴山紫陽洞同許靈長胡御長》。參見上條。

仲氏歸　徐𤊹九月十二日到家。

○徐𤊹《吴游記》：『（九月）九日，客建溪，不勝登高之愴，正故園兄弟遍插茱萸時也。自此，則溪流似箭，小舟如葉。十二日，抵家。』（《紅雨樓集》册九，《上圖稿本》第四四册，第三九八頁）

小詩一首　見卷七《寄許靈長》。

寄朗上人[一]

去歲舟過語溪時，日在崦嵫。而長年無賴放船波浪中，不令客登彼岸。遂不得造維摩丈室，捉麈其間，一談名理，何無夙世因哉！

［一］《寄朗上人》，本篇鈔本缺。

今歲仲氏得參猊座，歸來衣袂間尚帶楊柳枝頭甘露，吾師法力遍于恒沙矣。扇頭諸詩，直入三昧，讀之洒然。漫賦三章奉寄，納之謝司理橐中。

謝爲我家宅相，少年稱詩，與俗吏官進賢者河漢，剖竹苕川與語溪接壤。僕已頌吾師清德于其前，到時無惜一把臂，毋謂豐干饒舌哉。武夷、九鯉爲震旦奇蹤，不可容吾師一衲乎？況重以孫令君之請，何惜折此一葦。方春時和，敬聽空中振錫。

【編年】萬曆二十年壬辰（一五九二）。

【箋】寄朗上人　詳卷十一《西寺尋公朗上人因同宿小舟》。

語溪　詳卷九《語溪舟中除夕用舊韵》。

仲氏得參猊座

○徐𤊹《寄朗上人》：『中秋過語溪，叩禪室，片言相合，遂成支、許之交。既別法座，不勝瞻依。』（《紅雨樓集》册三，《上圖稿本》第四二册，第二六四頁）

漫賦三章　疑爲卷十一《西寺尋公朗上人因同宿小舟》，集僅存一首。

謝　即謝肇淛。時爲湖州司理。

豐干饒舌　指多嘴多舌。豐干，唐代高僧。

○宋釋道原《景德傳燈録》卷二十七：『唐台州牧閭丘胤受高僧豐干之囑，抵任後，拜謁寒山、拾得二僧。二僧笑曰：「豐干饒舌。」』

九鯉　九鯉湖，詳卷二《寄林去疾》。

答胡御長[一]

僕交君家之季而不識君，君識吾家之仲而不識僕，然通家之誼，則僕與君共之。見貽諸什，盡琳琅珠玉，漫賦一章奉酬，不覺形之穢矣。

令季久客晉安，每一登樓，便懷故土。而此中人士往往枳其轍，以爲有足下修色，養于尊人之側，足慰游子之懷，丈夫志在四方，安事一室哉？願足下毋過督之。

僕罹荼苦，形神慘悴，一壑一丘，有終焉之志，西湖花月，徒懸夢思。把臂之期，茫然無定，言之可嘆。

茲以一緘并詩一紙，上記曹。

【箋】胡御長　詳卷七《得胡御長詩却寄》。

君識吾家之仲

○徐𤊹《寄胡御長》：『兩過武林，談心把臂，他鄉骨肉弟兄，孔、李之誼既篤，管、鮑之契尤深。判袂歸來，未嘗一日不神游于吴山蒼翠間也。不肖家難相尋，天復奪我所恃，五内痛裂，無復人理。』（《紅雨樓集》册三，《上圖稿本》第四二册，第二六三頁）

[一]《答胡御長》，本篇鈔本缺。

晋安　詳卷九《蔡景明參知重游晋安過訪山居話舊詩先永寧歿已九載尚辱垂吊感而賦此》。

漫賦一章　見卷七《得胡御長詩却寄》。

答王百谷[一]

自先大夫之弃諸孤也，想像容聲，如疑如慕。得王先生一言，不待燈燭帷幕，真以先大夫爲生也。豈惟不肖一字一顙，即徐氏高曾而下德，黄絹之惠，寧有涯乎？仲氏未歸，而民母已奄在床笫，及税駕經旬，竟從先大夫于地下。非王先生慨然泚筆，則終天之痛亦所不免矣。洊遭閔凶，心緒荒落，竟缺修謝。陳翁歸，乃手札反先之，汗簌簌至踵矣。兹以一緘附陳孝廉往，愧先施之未能也。

【編年】萬曆二十年壬辰（一五九二）。

【箋】王百谷　即王穉登，詳卷五《王百谷招飲半偈庵》。

寄陸無從貢士[二]

倚棹蕪城，不淹晷刻。麈柄未温，榜人促發。回首瓜步，惟見長江天際流耳。熥自歸來，鞠凶洊至。先令纔及小祥，而老母又以天年下世。蓂莢一周，椿萱遽謝，但有聲徹天、泪徹泉耳。

[一]《答王百谷》，本篇鈔本缺。

[二]《寄陸無從貢士》，本篇鈔本缺。

苫中論次先人行事，而仲弟具糗糒走吳門，求顧學憲諸君子銘先人之幽，乃吳中諸君不以熥爲不肖，慨然華袞之，甚幸矣。然不得陸先生一言，無以合先人之目。敢徼高曾之靈請于門下，倘肯捃摭成傳，以垂不朽，則起亡人之骨而肉之。豈惟熥誦義無窮，即子孫所不知者何人，且世世戴德矣。

足下近況定清佳，長安五斗，知不吝情去留，倘鷄肋此青氈，則閩中苜蓿，堪令足下腹果。而幔亭、玉女間，可當杏壇片石也。

臨楮瞻依，字字嗚咽。

【編年】萬曆二十年壬辰（一五九二）。

【箋】陸無從　即陸弼，詳卷五《酬陸無從率爾見贈之作》。

蕪城　廣陵（今江蘇揚州）別稱，以鮑照《蕪城賦》而得名。卷五《酬陸無從率爾見贈之作》云：「蕪城分手處，感激贈新篇。」

瓜步　詳卷五《歲暮懷鄭六初》。

顧學憲　即顧大典，詳卷五《讀顧道行先生碑刻》。

寄吴叔嘉山人[一]

拍浮舟中，持蟹螯，烹凫雁，聽廣陵濤聲，真人生奇遘。及僕麻衣歸自長安，再過寓所，則聞方在床笫間，不及捉麈，悵然者久之。僕歸半載，而先慈又逝。鞠凶如此，頭顱可知。足下久處揚州，腰纏何似，養鶴之資，將安所出？對萬樹璚花，尚憶横塘烟雨乎？向辱分題詩，黄河中爲波臣所得，更求再書，幸毋愛此腕。

小詩題扇頭奉寄，不足當木桃覬覦璚瑶，則僕之區區。

【編年】萬曆二十年壬辰（一五九二）。

【箋】吴叔嘉　即吴運嘉，詳卷五《同陳子卿過廣陵訪夏玄成吴叔嘉留飲席上分得燈來二字二首》。

小詩題扇頭　見卷七《寄吴叔嘉》。

寄夏玄成孝廉[二]

再過廣陵時，以舟人報潮生，遂急于解維，然把臂數語，猶勝夢思也。不肖歸來，雙袖未乾，而北堂繼殞。欲知瘦骨柴然，請視揚州鶴也。足下近况，定是清佳。二十四橋明月夜，何處不可着夏生屐齒。小詩録小箋奉寄，足下毋惜去其蟬翼手，北雁南來，敢希一縶其足。

［一］《寄吴叔嘉山人》，本篇鈔本缺。
［二］《寄夏玄成孝廉》，本篇鈔本缺。

【編年】萬曆二十年壬辰(一五九二)。

【箋】夏玄成　詳卷五《同陳子卿過廣陵訪夏玄成吴叔嘉留飲席上分得燈來二字二首》。

二十四橋　在揚州,詳卷七《寄陸無從》。

小詩　見卷七《寄夏玄成》。

寄閔壽卿[一]

浮玉停橈,遂成彦會。恨晷刻未淹,長年促發,竟不得襆被山中,聽夜半濤聲,至人耿耿耳。足下高卧烟霞,枕流漱石,千秋萬世,焦閔同稱,良足愉快。不肖長安聞訃,號慟奔歸。再渡揚子時,風波澎湃,翹首玄亭,徒增于邑。漫賦一章,并前分題之作寄去。張函一一嗚驚人,大堪折屐。雪浪、海若二師,野鶴孤雲,踪迹何似?并問。

【編年】萬曆二十年壬辰(一五九二)。

【箋】閔壽卿　即閔齡,詳卷三《寄閔壽卿山人》。

浮玉　浮玉山,詳卷三《寄閔壽卿山人》。

漫賦一章　見卷三《寄閔壽卿山人》。

[一]《寄閔壽卿》,本篇鈔本缺。

前分題之作　見卷五《同彭正休陳子卿游金山遇張函一孝廉閔壽卿山人恩公若公》。
函一　即張三極，詳卷五《同彭正休陳子卿游金山遇張函一孝廉閔壽卿山人恩公若公》。
雪浪　即釋洪恩，又稱恩公，詳卷五《同彭正休陳子卿游金山遇張函一孝廉閔壽卿山人恩公若公》。
海若　又稱若公，詳卷五《同彭正休陳子卿游金山遇張函一孝廉閔壽卿山人恩公若公》。

寄張成叔貢士[一]

去春鄧民部署中，得陪卜夜之歡，刻韵分題，片言千古。次日欲謁幸舍，聞馬首遂南，悵然而生。及讀《新柳》佳篇，張緒風流，依然在目矣。

舍弟歸自姑蘇，始知有尊公之變，河山遼邈，不能修吾家孺子絮炙之誼，徒怏怏于懷。當尊公宦閩時，曾攝督學政，我先君子方爲諸生，實尊公得意士。先君在日，每與不肖言之，輒抱感激。則不肖之于足下，匪獨好同惠、莊，而又誼通孔、李。曩在長安，卒卒而别，不及叙此。兹舍弟讀尊公《行狀》，始知不勝存亡之感。蓋尊公梁木既壞，而先子墓材亦拱，然足下與愚兄弟得結蓮社之交，則通家之誼，傳之世世矣。

兹田叔過家，肅此奉唁，惟節哀自玉，不盡縷縷。

[一]《寄張成叔貢士》，本篇鈔本缺。

【編年】萬曆二十四年丙申（一五九六）。

【箋】張成叔　即張應文，詳卷六《寄張成叔》。

鄧民部　即鄧原岳，詳卷三《過鄧汝高別墅》。

張緒風流　張緒，字思曼，吴縣（今蘇州）人。南齊文學家。○《南史·張緒傳》：『緒吐納風流，聽者皆忘饑疲，見者肅然如在宗廟。雖終日與居，莫能測焉。劉悛之爲益州，獻蜀柳數株，枝條甚長，狀若絲縷。時舊宫芳林苑始成，武帝以植于太昌靈和殿前，常賞玩諮嗟，曰：「此楊柳風流可愛，似張緒當年時。」』後遂以『張緒風流』爲咏柳之典。

惠莊　惠子和莊子。

孔李　孔子和李耳（即老子）。

答曹重甫太學[一]

把臂秦淮，歡如骨肉，雨宵分韵，得附琳瑯，一日勝緣，遂成千載。既而門下返棹泖湖，僕亦泛舟苕水，雖一葦可航，竟同河漢。冒雪北征，空行空返，薄劣之相，以分自安。第負故人卷卷之望，則不無主臣也。

莆中林君來，得拜手教，兼領紫花布之惠。足下不我遐弃，開緘跽誦，徒有感戢，具審動履佳勝，

[一]《答曹重甫太學》，本篇鈔本缺。

甚慰鄙私。貴邑令君，僕未識荆，俟有與之相知者，當索一緘奉寄，不敢負所托也。

宋硯數十年前在敝鄉賤同瓦甓，今爲好事者搜括已盡，僕求之數年，僅得一二，尚非完好之物。明歲有吴門之役，或挾一方過齋頭爲贄耳。

前《金陵倡和篇》，聞在授梓，倘已竣工，便間幸惠一册，感逾百朋也。兹林君行，草此候起居。暑氣如蒸，勒狀極不周謹，晤對未期，臨楮魂斷。

【編年】萬曆二十四年丙申（一五九六）。

【箋】曹重甫　即曹志伊，詳卷六《同陸纂父郭聖僕雨夜集曹重甫客舍得凉字》。

秦淮　詳卷七《送陳仲徽之齊省兄二首》。

得附琳瑯　指卷六《同陸纂父郭聖僕雨夜集曹重甫客舍得凉字》一詩。

泖湖　在今上海松江西，由上泖、中泖、下泖匯集而成。

苕水　詳卷二《苕溪送元直南還》。

金陵倡和篇　見卷十六《秣陵倡和稿序》。

答陸纂父[一]

嚮者諧賞園得讀《鴻里什》，時顧先生僅有兩册，不敢袖歸，便抄數十章，時時于竹間吟玩，以

[一]《答陸纂父》，本篇鈔本缺。

當晤對。昨接手翰，兼拜大篇，而不肖記曹中遂全壁[一]矣。舍弟新刻，曾寄百谷尊生齋中，何竟至浮沉。今往兩册，門下有通家之雅，想不吝一彈射也。莫廷韓書畫，僕慕之如渴，敢托門下于雲間求之。或扇頭，或長箋，或短幅，惟其便耳。留意！留意！

顧道行先生倏然物化，僕有國士之感，崩摧不可言。門下與顧先生莫逆，想有同痛也。但不知何時携馬策扣門，過西州之路，耳面長卿、世卿爲述此懷。

兹林友行，便草此候起居。天氣鬱蒸，幸順時自愛。臨楮不盡惓惓。

【編年】萬曆二十四年丙申（一五九六）。按：本年三月顧大典卒。

【箋】陸纂父　即陸文組，詳卷六《同陸纂父郭聖僕雨夜集曹重甫客舍得凉字》。

顧先生　指顧大典，字道行，詳卷五《讀顧道行先生碑刻》。

舍弟新刻　指萬曆二十二年（一五九四）徐熥在金陵爲弟𤊹梓《紅雨樓稿》。〇徐𤊹《答王元禎》：『不佞《紅雨樓稿》，是甲午歲先伯兄梓之白門。皆弱冠時所作，十分乳臭。』（《紅雨樓集》册六，《上圖稿本》第四三册，第三〇八頁）

百谷　即王穉登，詳卷五《王百谷招飲半偈庵》。

[一] 壁，當作『璧』。

莫廷韓　即莫是龍。是龍（一五三七—一五八七），字雲卿，又字廷韓，號秋水，華亭（今上海松江）人。善書畫。

雲間　詳卷五《雲間旅情》。

寄陸無從[一]

向道廣陵，得承下榻，以彌天風雨，急于解維，深懷怏怏。然扇頭佳什，載之俱南，八月濤聲，崩騰掌握，平原清河，世代不乏矣。

別逾三載，愧絶片鴻，屠司農入閩，悉門下動定，海國山川，曾經杖屨。能乞一氈，重尋九曲，寔所大願。僕自還山，頗親竹素，然才慮短淺，未能廣傳同好，先以貽笑大方。荷門下數載之知，奈何愛此針砭也。

秋暮冬初，復當北上，計艤棹邗關，再奉顔色耳。前求先永寧小傳，以承鼎諾，著作之餘，冀命子墨。閔君朱夏來閩，得拜不朽之惠，此愚兄弟日夜所惓惓者也。惟留神，幸甚！

草草奉候起居，語不周謹。秉燭裁緘，神與俱往。夏玄成不及耑啓，面時乞叱名致聲。

【編年】萬曆二十五年丁酉（一五九七）。

【箋】陸無從　即陸弼，詳卷五《酬陸無從率爾見贈之作》。

[一]《寄陸無從》，本篇鈔本缺。

屠司農　即屠本畯，詳卷三《分得黄金臺送屠田叔轉運使京》。

求先永寧小傳　參見本卷《寄陸無從貢士》。先永寧，指處指徐熥父棉。棉曾爲永寧知縣，故稱。

邗關　指江蘇揚州。

閔君　即閔齡，詳卷三《寄閔壽卿山人》。

夏玄成　詳卷五《同陳子卿過廣陵訪夏玄成吴叔嘉留飲席上分得燈來二字二首》。

與彭興祖[一]

足下之客閩，雖逾半載，然半在清源、九鯉間。及入晋安，又以淫霖作惡，即咫尺鍾山，難于蜀道。至春和景明，天地開朗，而翠袖紅妝，擁之以去。其間能把彭先生之臂者，蓋寥寥矣。忽爾言旋，私心如割，所謂『黯然銷魂者』，僕猶謂江郎語淺也。

足下故多情，當知此言不謬矣。窮交無可爲贈，口占一詩，書扇頭，聊記别情，未免爲行李之累。從者以何日入都門？僕計以暮秋束裝，雪花如掌時，當得與足下睥睨燕市，歌『京洛何煌煌』耳。萬里修途，加餐自愛。不盡惓惓。

【編年】萬曆二十五年丁酉（一五九七）。按：是歲秋熥北上。

［一］《與彭興祖》，本篇鈔本缺。

【箋】彭興祖　即彭城，詳卷九《送彭興祖游燕》。
清源　清源山，詳卷十六《游山集序》。
九鯉　九鯉湖，詳卷二《寄林去疾》。
晋安　晋泰康間設晋安郡，治今福州。
鍾山　詳卷七《己丑除夕迎春同陳振狂過鍾山寺訪曾人倩適瀚上人至同得僧字》。
一詩書扇頭　即卷九《送彭興祖游燕》。
江郎　指梁代江淹，『黯然銷魂者』，見其《別賦》。

與高袠荃太史[一]

曩客都門，辱承款注，身居華膴，念切同籍，感戢之私，匪不肖第一人也。既而老年丈洊當大變，聞之痛心。終喪一疏，朝野嘆誦。陳情令伯，方之蔑如。所愧者，漳、閩相距里道非遥，絮炙闕然，慚吾先孺子矣。

邇者端揆久虛，枚卜未定，老年丈望重具瞻，大拜可俟。此蒼生之慰，實二三兄弟之光也。不肖故業荒蕪，壯心頹廢，且老母齒髮已衰，時時善病，違膝下之歡，圖升斗之養，鄙計甚左矣。欲長謝公車，永奉潘御。君爲夔、龍，我爲巢、務，一潛一見，同于委蛇，不亦休乎？熊老師倏爾游岱，身

[一]《與高袠荃太史》，本篇鈔本缺。

後之事杳不相聞。西州之痛，如何可言？圖報之懷，空用耿耿。

茲以金山上人持心募緣入漳，敬候起居。此僧乃不肖舊識，其塔緣始末，俱見許少傅、馮、陸二太史疏中。願賜接見，俯加吹噓，此宰官身無量功德也。造次勒狀，極不周謹。

【編年】萬曆二十七年己亥（一五九九）。

【箋】高衷荃　高克正（一五六四—一六〇九），字朝憲，號衷荃，後更號蓼庵，海澄（今漳州市龍海區）人。萬曆二十年（一五九二）進士，官至翰林院檢討徵仕郎。有《木天遺草》。

夔龍　夔和龍，相傳堯時兩位名臣。夔爲樂官，龍爲諫官。

巢務　巢，巢父，唐堯明隱士。務，務光，古代隱士。相傳湯讓位務光，務光不受，負石沉水死。

金山上人　即朝宗上人，京口金山僧，爲造塔入閩募緣，次歲離閩，詳卷九《送朝宗上人還金山》。

與陳公衡吏部[一]

南都一別，六載于茲，踪迹暌離，音問疏闊。曩以片札附友人王玉生上記曹，計塵清覽矣。既而明公讀禮山中，僕以奔走四方，闕于吊唁絮炙之誼，慚吾先子。死罪！死罪！

[一]《與陳公衡吏部》，本篇鈔本缺。

憶昔白下衙齋，杯酒留連，群彦畢集。今則明公寢塊于鯉湖，翁晋考槃于苕水，季豹托足于敬亭，子馬折腰于南楚，其餘數子皆如晨星聚散，匪常言之可慨。

近者，吾閩雅道推于中原，取威定霸，此其一時。明公登壇軌耳，四方豪杰自當景附，僕雖不敏，或足備偏裨之用，願賜鞭策，以與勝盟，定不以鄙言爲誕也。

兹以金山上人之便，敬修荒楮，上候起居。其塔緣始末，俱見許少傅、馮、陸二太史疏中。願賜接納，且吹噓于莆之善信者。俾得完勝果，則明公福力隘須彌而涉恒沙矣。造次勒狀，不備不恪，主臣！主臣！

【編年】萬曆二十七年己亥（一五九九）。按：萬曆二十二年，熥于南京與陳其志别，至今六載。

【箋】陳公衡　即陳其志，詳卷八《同吴翁晋姚叔乂諸子集陳公衡衙齋》。

王玉生　即王昆仲，詳卷二《題王玉生山水》。

白下　今南京。詳卷八《秋日陳汝大鄧汝高陳振狂陳子卿陳幼孺袁無競與公弟集緑玉齋時余與子卿幼孺下第歸自長安汝高將使浙中興公將游白下》。

翁晋　吴翁晋，即吴稼澄，詳卷八《同吴翁晋姚叔乂諸子集陳公衡衙齋》。

考槃　詳卷二《赴京道中寄惟起惟揚二弟四首》。

季豹　梅季豹，即梅守箕，詳卷八《同梅季豹林叔度碧峰寺訪如愚上人》。

敬亭　敬亭山，在安徽宣城。

子馬　梅子馬，即梅蕃祚，詳卷八《馬姬館贈梅子馬》。

與陳子卿孝廉[一]

去歲都門之别，極切懸念。既而聞足下還山之後，尊體漸安，甚慰。弟自九月歸故廬，以家事奔馳，無卒卒之間，以故雖莆人往來不絶，而音問闕然。向歲足下所擇古山[二]葬地，弟已購得之三年矣。言佳者什九，言不佳者什一，以故尚在狐疑，未即營造。何日得足下入城，爲我一决，此世世之感也。

尊公大拜之期，朝野屬望。此時天下政爾多事，國是日非，所謂安石不出，當如蒼生何也。東山之起，敬當拭目。唯足下從臾之。

兹以金山上人入莆募化，敬修荒札，遠候起居。其塔緣事俱見許少傅，馮、陸二太史疏中。當今莆中大檀越，無過足下者，伏乞大加噓拂，完此勝緣，即無量功德也。此僧忠誠，非尋常行脚者之比，願足下破格待之。足下固素有信心歸依净土者，不待僕之喋喋矣。但侯門深邃，老衲謁叩爲難，幸戒閽人，時爲通報，尤見方便法門也。

對客草草，不盡所言，臨楮無任飛越。

【編年】萬曆二十七年己亥（一五九九）。

[一]《與陳子卿孝廉》，本篇鈔本缺。
[二] 古山，應作『鼓山』。

【箋】陳子卿　即陳翰臣，詳卷五《同彭正休陳子卿游金山遇張函一孝廉閔壽卿山人恩公若公》。

與李與熙同年[一]

都門之别，水陸參差，遂不及再相面也。弟自歸來，奔馳弟沿路稽留，至菊月始還故山，度從者已越晋安。嗣後音問杳然，殊切懸念。弟自歸來，奔馳家務，略無少間。今且欲糊口四方，安得復下帷如少年時乎？將來之事，真不知所税駕矣。吾兄定當畜其全力，爲背城之舉，著述既繁，無吝遠教。張子環令義烏，初政何似？在長安時曾約相過，不識綈袍之意如何？

兹以金山上人募緣入泉，檄候起居。其塔緣事俱見許少傅，馮、陸二太史疏中。温陵想多善信，必得門下一言，爲之倡首，俾不流落。不惟布此福田，亦見吾鄉之有善男子也。非吾兄負千秋之識，不敢以此相托，留神！留神！高東荃年兄已有小札相聞，更得吾兄一語爲妙。蔡虚臺年兄，弟自鹿鳴之後，久闕晤候，不敢奉瀆。若得此兄爲同安檀越，亦門下無量功德也。對客草草，不盡所懷。

【編年】萬曆二十七年己亥（一五九九）。

[一]《與李與熙同年》，本篇鈔本缺。

【箋】李與熙　詳卷十三《八尺湖夜泊懷李與熙張子環》。

張子環　詳卷六《送張子環下第枉道之楚尋丁亨文法曹》。

蔡虚臺　即蔡獻臣。獻臣（一五六三—一六四一），字體國，號虚臺，别號直心居士，同安縣浯嶼（今金門縣）人。萬曆十六年（一五八八）舉人，與徐熥同年；次年成進士。初授刑總主事，歷湖廣按察使、浙江海道右參議、提學副使、南光禄寺少卿。有《清白堂稿》。

與林吾宗太學[一]

别來遂及三載，不肖驅馳四方，碌碌無似，以故與足下音問杳然也。足下往來吴、會之間，著述定富，何不斬壺山之竹藏名山而廣同好乎？叔度久客淮南，叢桂已老而尚不歸也。何故？每清風明月，未嘗不憶秣陵舊事耳。

兹因持心入莆，敬修尺一起居。其塔緣事俱見許少傅，馮、陸二太史疏中。其舍利放光，閔壽卿曾兩見之。今走萬里入吾鄉，不可不塞其望。莆中檀越，非吾黨二三兄弟不能爲也。敬介謁于門下，唯賜延納，且吹噓于四方善信，共完勝果，亦門下無量法力也。尊公名德聞于海内，能借鼎言，尤爲順風之呼。不敢請耳，固所願也。

邦衡兄不及另楮，同此致聲。造次勒狀，不一。

[一]《與林吾宗太學》，本篇鈔本缺。

【編年】萬曆二十七年己亥（一五九九）。

【箋】林吾宗　詳卷六《送林吾宗南還時余將入燕》。

吴會　蘇州、會稽。

叔度　即林祖恕，詳卷三《采真篇送林叔度游雁宕》。

閔壽卿　即閔齡，詳卷三《寄閔壽卿山人》。

邦衡　即鄭邦衡，詳卷九《鄭邦衡以書見貽兼惠玉章詩扇賦此答贈》。

與丁明虞司理[一]

閩楚風烟，倏經數載。鱗鴻稀絶，藴結如何？既而仁兄讀禮還山，弟方奔走四方，遂闕吊唁。死罪！惶恐！去歲舟次潞河，逢梅生子馬，備述仁兄憐才之意，不以僚屬常格見拘，感恩知己，肺腑銘之矣。且聞時時齒及于弟，至懸榻以待，自非仁兄篤于貧賤之交，安能至此也？

弟久困公車，俯仰爲累，非間關糊口，不能自存。曾與子馬訂瀟湘之盟，兼以沅陵守屠君田叔，弟故人也。但不識仁兄舊屬，尚有可以徐生爲托者乎？惟仁兄爲我細籌之。

兹以金山上人募緣入泉，其塔緣事俱見許少傅，馮、陸二太史疏中。知仁兄清白吏，不敢望布施，但得片語吹嘘，即無量功德也。造次勒狀，極不周謹。臨楮曷勝馳神。

[一]《與丁明虞司理》，本篇鈔本缺。

【編年】萬曆二十七年己亥（一五九九）。

【箋】丁明虞　疑爲丁明登，萬曆二十六年進士，浦江（今江蘇南京浦口）人。泉州推官。

潞河　詳卷六《題曹能始計部潞河公署園亭》。

梅生子馬　即梅蕃祚，詳卷八《馬姬館贈梅子馬》。

寄屠田叔太守

春初以一札附林書記遠候，既而此生行至姑蔑而返，此書遂復帶歸。使者入閩，得領手教。每一披誦之餘，恍同晤對。至于追叙舊歡，則此心怛然耳。聞君侯以正月之杪始駕五馬而西，計此時當在洞庭瀟湘之浦矣。新納小姬，定是佳麗，又寵屬專房，秋娘無妒，簿書之暇，移遠山于眉黛，樂何可云！漫賦《催妝詩》一章，附二三子之後，寄呈博笑。若深情艷語，爲君侯于顧所建者道盡，所謂探驪得珠之餘，無復明月也。使者行急，不能裝成卷軸，録之薄蹄，尚冀斤削。辰陽距閩遠甚，鱗羽稀絶。今常德司理陳君，寔僕桑梓，辰、常接壤，倘有相聞，轉托此君，可不致浮沉也。

高賢祠又構廊房數楹，擇于此月中送主，碑俟鐫榻寄上。餘情前書頗備，此不多贅。風烟萬里，握手何期？冗次裁緘，神情共去。

【編年】萬曆二十七年己亥（一五九九）。

【箋】屠田叔　即屠本畯，詳卷三《分得黄金臺送屠田叔轉運使京》。

姑蔑　詳卷五《辛卯除夜姑蔑舟中》。

催妝詩　參見卷四《爲屠田叔太守新姬催妝》。

辰陽　即辰州，詳卷三《分得九疑山送屠田叔守辰州》。

常德　今屬湖南。

高賢祠　詳卷六《高賢祠成答屠使君四首》。

寄閔壽卿[一]

遽蘆一宿之後，動逾數月。所以不通聞問者，以長君約去秋來迎鶴駕，當還廣陵，不意尚留三十六峰九曲間也。

持心上人入晉安，始悉山中動定。既而聞尊體時時尪羸，兄頤養多年，何以有此？或是進道太鋭所致，勿忘勿助，講之有素，諒不以此心爲槁木也。萬萬珍嗇，爲道自愛。

承來教云暮春東下，或仍還浮玉乎？抑卜築栖霞乎？或如舊歲所議，携二郎君來閩，爲經老武夷之計乎？僕意武夷山川秀甲海内，非兄與渾然子，不足以當之。若二郎君便于定省，則投老之鄉，無勝于武夷者。願兄詳察之。重來之期，不可失也。

《詩序》謾成一篇，不識可用否？敬録評教。丁母壽文，去歲寄謝在杭使者入廣陵，此時計已入

[一]《寄閔壽卿》，本篇鈔本缺。

覽矣。

近金山寺持心上人來，乃最大因緣，但吾鄉事體，兄之所知，恐不能盡塞其望。然不敢自惜綿力，爲之措處也。兹林熙工、陳惟秦便道入武夷，僕以家累，不獲追隨。敬修一札問起居，後晤何期，臨楮藴結。

【編年】萬曆二十七年己亥（一五九九）。

【箋】閔壽卿　即閔齡，詳卷三《寄閔壽卿山人》。

遽蘆一宿　詳卷九《過武夷訪閔壽卿蘧廬一宿而别兼柬渾然道人江仲魚秀才》。

三十六峰九曲　指武夷山。

棲霞　棲霞山，又名攝山，在今南京東。○李賢《大明一統志》卷六《直隸·南京》『攝山』條：『在府東北五十里，有草可以攝生，故名。』

渾然子　渾然道人，即佘和叔，詳卷九《過武夷訪閔壽卿蘧廬一宿而别兼柬渾然道人江仲魚秀才》。

詩序　參見卷十六《蓬累游序》。

丁母壽文　參見卷十七《丁母李孺人壽序》。

林熙工　即林應起，詳卷五《宿林熙工面壁洞二首》。

陳惟秦　即陳仲溱，詳卷二《懷陳惟秦》。

寄渾然道人[一]

去歲過武夷，不及一晤，殊用爲恨。持心上人來，得領詩翰。雲水之客，能遠念故人，尤抱感愴。且聞暮春欲别遽廬而入武當，從此踪迹尚更渺，然不識何日重入九曲也。《同亭詩》借綺語而發玄談，已超出四序常品，乃以凡夫俚語厠于其前，將安用之？聊以塞命云爾。兹以林熙工、陳惟秦入山之便，敬問起居，後晤未期，萬萬爲道自愛。

【編年】萬曆二十七年己亥（一五九九）。

【箋】渾然道人　參見上篇。

同亭詩　閔齡與佘和叔詩合集名。徐𤊹爲作《同亭詩序》（《幔亭集》卷十六）。

林熙工　即林應起，詳卷五《宿林熙工面壁洞二首》。

寄徐茂吴司理

道經武林，得奉顔色，清言玄旨，開我愚蒙。孺子高標，孝穆宏博，可謂兼之。始信海岱之清不乏，而吾宗之寶匪盡也。名下無虚，嘆賞彌篤。歸思既盈，榜人促發，兼以零雨其濛，竟爽觀濤之約，念之耿耿。不肖以重陽日還故山，雖行橐蕭然，而瑶篇在篋，每一披誦，覺南海之裝猶薄矣。兹者四方譚藝[二]之士，霞蔚雲興，乃明公寔標赤幟。不肖蹇劣，願受鞭策以從。拙集灾木已久，未得就

[一]《寄渾然道人》，本篇鈔本缺。

[二] 譚藝，底本作『潭藝』，據文意改。

斧記曹，今敬往一帙，正所謂悔其少作者，惟無靳彈射。幸甚！

仲弟《紅雨樓集》一部、《閩畫記》一部、《荔枝譜》一部、《田園雅興》一帙，季弟《制義》一部，統塵巨觀。向許《歐陽行周》《林子羽》二集、王崑崙《荔枝詩》，若有便鴻，想不孤此諾也。外《無題八絶》，漫爾效顰，并録博笑。兹以屠田叔之行，勒狀問起居，冗遽之中，不盡縷縷。

時當嚴寒，願加絮以慰遠念。

【編年】萬曆二十六年戊戌（一五九八）。

【箋】徐茂吴　即徐桂，詳卷九《秋日訪徐茂吴司理》。

孺子　即徐稚（九七—一六八），字孺子，東漢豫章南昌名士。

孝穆　即徐陵（五〇七—五八三），字孝穆，東海郡郯縣（今屬山東）人。南朝陳文學家，有《徐孝穆集》《玉臺新咏》。

拙集　此集爲徐熥生前所刻集。

紅雨樓集　徐𤊹撰。萬曆二十二年（一五九四），徐熥爲之刻于金陵。

閩畫記　徐𤊹撰。《徐氏家藏書目·畫類》：十卷。

〇陳薦夫《〈閩畫記〉序》：『吾閩僻遠，中土罕窺，加以累朝喪亂之後，五季兵燹之餘，文獻莫徵，遺迹斯減。自唐以上，無得而稱，徐子興公太息有年，慨然作《記》。』（《水明樓集》卷二）

荔枝譜　徐𤊹撰，即《荔枝通譜》。

〇徐鍾震《先大父行略》：『《荔枝通譜》八卷。』（《雪樵文集》）

田園雅興　徐𤊹撰。即《田園雜興》。

〇徐𤊹《〈田園雜興〉序》：『宋范石湖《吴中田園雜興六十首》，鄧司農汝高取而和之，晋安風景摹寫略盡矣。余鉛槧之暇，掇拾見聞，次爲是編。汝高以軒冕之華，術丘園之賁，語反切情。余以草莽之臣，談農圃之務，言無足采。則鐘缶之不同音，而升釜之不同量也。况汝高已著，不敢復陳閩俗所無，不敢飾説，觀風成謡，如斯而已。第學步者，不責其善迹；啜醨者，不嫌其無味，以此自解。大方君子，其或恕之。萬曆丁酉陽月序。』（《鼇峰集》卷二十五）按：《田園雜興》總題下，有《春日雜興十二首》《晚春田園雜興十二首》《夏日田園雜興十二首》《秋日田園雜興十二首》《冬日田園雜興十二首》，計六十首。

制義　《制義》集，徐熛撰。

王崑崙　即王叔承（一五三七—一六〇一），初名光胤，字叔承，以字行，更名承父，晚又更名承岳，字子幻，號崑崙山人吴江（今屬江蘇）人。有《吴越游》《後吴越游》。

無題八絶　見卷十四《無題和徐茂吴司理八首》。

與王懋宣先生[一]

向歲承命撰《帚言序》文，抽毫者屢矣。然以走墨于公輸之門，輒忸怩而止，非敢久方長者之命也。兹且遠別，宿諸繫心，妄撰一篇，欲濫附不朽。語無倫次，識不反隅，惟長者痛削之。幸甚！

[一]《與王懋宣先生》，本篇鈔本缺。

【編年】萬曆二十三年(一五九五)。

【箋】王懋宣　即王應山,詳卷八《送王懋宣先生之泰順》。

帚言序　見卷十六《帚言摘録序》。

又與王懋宣先生[一]

《紀勝録》成,遂爲吾鄉佳話。兩高三竺,不得獨擅東南矣。老叔捃摭之功,真可掩古人,後無作者也。載讀總序,文藻蔚然。八十老翁,神王如此,尤非後生能及耳。羡之!羡之!屠使君今日想有朝參之勞,明晨先投一刺。若欲傾倒,想在課最之後也。吾鄉奇事不乏,愚意欲于《紀勝》之外,别撰數卷,仿《志餘》之例,尤膾炙人口耳。何如?何如?

【編年】萬曆二十六年戊戌(一五九八)。

【箋】紀勝録　即《湖山紀勝録》,付梓更名爲《閩都記》。

總序　此書有謝肇淛序。

志餘　即《湖山紀勝録志餘》,徐熥卒,此書未完成。

與謝在杭[二]

相逢狹路間,時雪花如掌,不能久駐征輪,怏然南北,泪滿麻衣,豈所謂雲山從此别者耶?及得

[一]《又與王懋宣先生》,本篇鈔本缺。底本僅有一『又』字,補足之。

[二]《與謝在杭》,本篇鈔本缺。

泥金，殊爲解顔。然足下三策，當不減董生，乃慳一上第？漢文有道，恩猶薄矣。東山屐齒，可保無恙哉！

僕自奔歸，杜門待盡。痛悼之餘，即有撰述，皆昏憒語，無可聞于足下者。近得足下損書并新詩二紙，迴環讀之，大有奇致。豈得江山之助乎？

仲弟與王玉生以此月十三日買舟入吴，求吴中諸君子爲先君作志銘、傳、表，計初冬方得返棹。山齋闃寂，無可與語者，爲之奈何？

兹爲置書郵者鄭君爲僕表姊丈，以文無害游京師，欲望見足下顔色，且徼足下之惠，得見于大阮光禄公之前。倘得吹嘘送上天，即僕屋上之烏矣。

【編年】萬曆二十年壬辰（一五九二）。

【箋】謝在杭　即謝肇淛，詳卷三《冬夜同女翔振狂在杭集女大山齋》。

董生　漢董仲舒。

姊丈　徐熥姐適謝肇淛父謝汝韶爲繼室，故稱。

又[一]與謝在杭

曩得武夷所寄新什，飄然欲仙。大王、玉女得東山屐迹，山靈不增重耶？

[一] 又，本篇鈔本缺。

別逾半載，言念殊深。不識蒞事以來，所平反獄幾何？所得士如荀慈明幾人？苕溪、天目間所著屐幾量？公餘所哦詩幾首？李官懷抱，比諸生孝廉時又何似也？

與卿別後，交游落莫。去冬裹糧方廣，今春支笻石竺，躡屩鼓山，三游俱有記。今未能寄覽，僕貧如長卿，倦亦如長卿。五嶺之轍，已發復枳矣。中書君老而禿，望惠不淺。一枝兩枝，可當南金竹箭也。

【編年】萬曆二十一癸巳（一五九三）。按：『去冬』，萬曆二十年冬游方廣岩。

【箋】武夷所寄新什　萬曆二十年（一五九二）謝肇淛拜湖州司理，過武夷，有游記。

○謝肇淛《游武夷山記》：『萬曆壬辰十月，余拜司理之苕，扁舟過武夷。時道士王隱泉爲導，禮萬年宮，泛九曲，拜紫陽祠，入雲窩，登折笋，宿天游觀，僅兩晝夜而返，未能得其十三也。』（《小草齋文集》卷九）

方廣　方廣岩，參見卷十七《游方廣岩記》。

石竺　即石竹山，詳卷五《晚至石竹山》。

三游俱有記　三記，今僅存卷十七《游方廣岩記》一篇。

與陳平夫

足下信善病，徐生亦癯然骨立矣。仲氏與伯孺裹糧入名山方廣，真大快事。昨與振凱盟，將支笻九鯉，則爲兩生牛後，足下能陪吾杖屨否？胡外史明日復渡江，又費足下幾赤仄矣。

【編年】萬曆二十年壬辰（一五九二）。

【箋】平夫　即陳邦注，詳卷二《懷陳平夫》。

仲氏與伯孺裹糧入名山方廣　陳价夫有《暮春游方廣岩》（《〔萬曆〕永福縣志》卷五）；徐熥有《喜興公弟游方廣岩歸》（《幔亭集》卷五）。

九鯉　九鯉湖，詳卷二《寄林去疾》。

胡外史　詳卷三《贈胡外史》。

又與陳平夫〔一〕

讀《靈异篇》，令人舌咋不能下。毀一部《蓮華經》，乃至受如此報，况此生沉淪苦海，業障深重，不能自解脱，大堪恐怖。僕正發願力，懺悔平生所作罪業，忽見此篇，益堅向道之志矣。

與林熙吉〔二〕

錦溪之游才一歲耳，而汝高龍奮長安，足下豹隱林麓，玉生、興公躡屐虎丘，不佞則支床鷄骨，匪惟顯晦异軌，欣戚殊衷，而踪迹晨星，有同隔世，往事凄其，憂思如搗。久欲買一葦過峴江，而俗務羈維，竟虚宿諸耳。足下新詩故饒，能寄數篇爲我消夏乎？兹平頭度江，敬問足下眠食。臨風軫結，不盡所言。

【編年】萬曆二十年壬辰（一五九二）。

〔一〕《又與陳平夫》，本篇鈔本缺。底本僅有『又』一字，補足題目。

〔二〕《與林熙吉》，本篇鈔本缺。

【箋】林熙吉　即林應憲，詳卷二《宿雲窩贈林熙吉》。

錦溪　在南嶼，詳卷五《宿林熙工面壁洞二首》。

玉生輿公躡屐虎丘　徐𤊹往蘇州爲父乞墓表墓銘，王昆仲同行。虎丘，詳卷五《游虎丘寺》。

峴江　詳卷五《渡峴江訪林熙吉》。

與陳惟秦[一]

病魔無賴，困吾母也，又復困僕，一室之中，呻吟不絶，惟花神可令此魔退舍耳。阿堵物半歸韓康橐中，不足買東籬秋色。足下壁籬間物有長物，請以一枝兩枝，當枚生《七發》。

【編年】萬曆二十年壬辰（一五九二）。按：是歲秋熥母病，冬至前遂卒。

【箋】陳惟秦　即陳仲溱，詳卷二《懷陳惟秦》。

韓康　字伯休，東漢名士。皇甫謐著《高士傳》中人物。采藥、賣藥人。

枚生　即枚乘，漢代文學家，作有《七發》。

又與陳惟秦[二]

卿之不入城也，何故？每風聲鶴唳，皆以爲陳生履聲，竟闃其無人，殊用耿耿。齋頭新篁長幾

[一]《與陳惟秦》，本篇鈔本缺。

[二]《又與陳惟秦》，本篇鈔本缺。底本僅有『又』一字，補足題目。

尺，蒼苔厚幾分，文幾篇，詩幾首，皆劉郎去後者。別時鶯聲睍睆，如二八嬌娃，今歌喉漸老矣。足下有情人，能無動念乎？

三與陳惟秦[一]

別時天氣如坐甑中，今則挾纊者數時矣。每家書至，足下想得共讀。弟之行藏已知大概，且途中冗奪，遂不得頻頻另啓相問也。弟此行雖苦太早，然游道頗廣，恨不攜吾黨二三兄弟共振旗鼓耳。回思與足下竹中風景，不覺腸斷。二弟家居寂寥，吟屐不妨時來晤對。近來工夫不識更精熟否？此大事因緣，不可十寒一暴也。新詩近來何如？有便多録見寄。立德、立言，足下勉之矣。弟所作近稿已前後寄回，試評騭之。凍筆草草，不盡所懷。

【編年】萬曆二十二年甲午（一五九四）。按：熥萬曆二十二年七月上春官，閩地尚在暑熱中。

四與陳惟秦[二]

別來不覺半載，每登山臨水，對月臨風，未嘗不思及二弟與我惟秦也。仲氏書來云，足下久不到竹中，豈恐費主人脱粟乎？令人愈增懸念耳。

弟客金陵者三月，所交海内同調者頗衆，然多離正音而墮時響。此時雅道，斷當在吾閩中也。但雖當步驟唐人，亦不可過于平淡，方爲作手。若專一模擬古人，而掇其糟粕，有如嚼蠟耳。此僕

[一]《三與陳惟秦》，本篇鈔本缺。底本僅有『又』一字，補足題目。

[二]《四與陳惟秦》，本篇鈔本缺。底本僅有『又』一字，補足題目。

近來議論，與仲氏向日所談者頗合，第不可偏愛穠纖，落時人窠臼而已。近讀佳作，乃先得我心，必傳無疑，大爲喜慰。

過吴門晤沈從先，敝廬不蔽風雨，且枵腹對二三黄口作伊吾之聲。貧士失職，無如此君。意明年欲携家入閩，藉履吉爲地主。履吉意氣，自是不群，且與此君爲石交，當不令其落莫耳。

又聞足下與熙工共受思江先生玄旨，此公所授，自是正傳。幸拳拳服膺，共成至道，即吾黨無窮受用也。勉之！勉之！

幼孺得雋，大爲吾道之光，僕所深喜。元直南還，客懷更加寂寞，歸來想時時聚首。飛鴻有便，莫靳相聞。

【編年】萬曆二十二年甲午（一五九四）。

【箋】沈從先　即沈野，詳卷二《懷沈從先》。

履吉　即陳益祥，詳卷二《懷陳履吉久居山中》。

熙工　即林應起，詳卷五《宿林熙工面壁洞二首》。

幼孺得雋　陳薦夫萬曆二十二年（一五九四）鄉試中式。

元直　即王繼皋，詳卷二《對月遲王元直不至》。

五與陳惟秦[一]

前日偶過轉華庵，乘興至西禪寺。寺門樹木蓊翳，僧舍花竹幽深。城中蘭若，雖極僻遠者，未免市聲俗軌，獨此地闃寂，絶無喧雜，真結夏勝庭也。約念七日具桑門之饌，與二三清客爲竟日之游。先夜可宿吾齋，凌晨步往，免奔走烈日中耳。近詩二紙，呈請教。其偶成一章，欲索和也。《弘明集》并《艷异編》，乞附小力携歸。

【箋】轉華庵　詳卷二《憩轉華庵》。

西禪寺　詳卷六《西禪寺》。

弘明集　《弘明集》十四卷，南朝梁僧祐撰，佛教文集。

艷异編　《艷异編》四十卷，明王世貞撰，傳奇小説集。

六與陳惟秦[二]

來索諸集，如數馳上。元瀚《刻稿》并石湖《雜興》統納記曹。頃天色稍霽，欲往仁王寺爲竟日之坐。兄可即過此同行，免我久待。

【編年】萬曆二十七年己亥（一五九九）。

[一]《五與陳惟秦》，本篇鈔本缺。底本僅有『又』一字，補足題目。

[二]《六與陳惟秦》，本篇鈔本缺。底本僅有『又』一字，補足題目。

【箋】元瀚　即吳文潛，詳卷六《同吳元瀚興公弟暮過神光庵》。

石湖雜興　即范成大《吳中田園雜興》。范成大，宋代詩人，號石湖。

○徐𤊹《〈田園雜興〉序》：『宋范石湖《吳中田園雜興六十首》，鄧司農汝高取而和之……萬曆丁酉陽月序。』（《鼇峰集》卷二十五）

仁王寺　在福州烏石山，詳卷六《同鄭吉甫過仁王寺懷徐仲和久客莆中》。

七與陳惟秦[一]

細讀《送行》十詩，情景俱到，足令游子解顏矣。昨亦分十題與微公，須其成，當以就正也。少暇，幸過小齋痛談，何如？

【編年】萬曆二十五年丁酉（一五九七）。

【箋】送行十首　徐熥《題諸友送行卷後》：『七年三上春官日，各賦詩篇送我行。』（《幔亭集》卷十四）

微公　徐熥曾與微公同游鼓山，作《同微公元直興公弟至鼓山》《靈源洞與微公賦》（《幔亭集》卷五）。

[一]《七與陳惟秦》，本篇鈔本缺。底本僅有『又』一字，補足題目。

與王相如[一]

客冬辱足下過臨蓬蓽，一談千古，足慰賞心。本欲淹留，從者爲平原十日期，因送屠田叔使君之困溪，地主先出，客何從留？迨困溪歸而雲帆西上矣。屋梁之思，何日忘之？

使來，復接手教，念我良深。足下才氣日上，不朽是圖。不佞蹉跎歲月，汥[二]涉風塵，閉户蠹魚，此事久廢。以足下之才、之美，能下帷穿榻，咀古人之菁華，然後發爲文詞，吾未見其止也。

子真少年俊爽，才如千里駒，又與足下相切劘，吾黨有人矣。秋風薦涼，珍重自愛！

【編年】萬曆二十七年己亥（一五九九）。

【箋】王相如　即王若，詳卷八《王相如文學千里來訪詩以贈别》。

困溪　在古田，詳卷六《困溪十里橋與屠田叔泣别》。

子真　即林光宇，詳卷六《同蕭二丈林子真興公弟徹上人定上人過遇公轉華庵》。按：林光宇父宦清流，光宇侍，結交王宇，遂成莫逆。

與陳幼孺[三]

伯孺來，知足下良苦狀。何物病魔，困我陳生至此？近與女大、女翔、伯孺談禪語，語玄著，真

[一]《與王相如》，本篇鈔本缺。
[二] 汥，今多作『跋』。
[三]《與陳幼孺》，本篇鈔本缺。

不二法門。若令足下揮麈其間，破顏微笑，將津津乎有起色矣。

蓋足下之病起于塵勞，當以如來定力勝之。所謂煩惱雖堅，智慧性能破者也。須擇一靜室，焚香燕坐，取《楞伽》《圓覺》《金剛》諸經，逐一參悟，則塵勞自息，心火自降，腎水自生，病根自拔矣。吾師有言，醫者，意也。而方固在汝心矣。此雖非如來本旨，借此却病，亦方便法門也。

俟體稍矯健，至林熙工面壁洞，然後與足下談非色非空即色即空，破此一重公案，豈不太快哉？

【箋】女大　又作汝大，即陳椿，詳卷二《與陳汝大鼇峰宴集》。

女翔　又作汝翔，即陳鳴鶴，詳卷二《貽陳女翔》。

楞伽　即《楞伽經》，全稱《楞伽阿跋多羅寶經》，佛教經典。南朝宋元嘉二十年（四四三）求那跋陀羅譯本最早，流傳廣、影響大。

圓覺　即《圓覺經》，《大方廣圓覺修多羅了義經》之簡稱，又作《大方廣圓覺經》《圓覺修多羅了義經》《圓覺了義經》，佛教經典。

金剛　即《金剛經》，詳卷八《夜聞吴女誦經》『金經』條。

與陳平夫[一]

游宗謙，莆之快士也，雖白髯如戟，而雄心未降。昨得讀其《辟支岩》詩，遂大驚嘆。延入竹中，

[一]《與陳平夫》，本篇鈔本缺。

共醉松醪數十斛。今日策馬還木蘭，道經六溪，而慕君家昆季甚篤，且聞平夫善酒，欲與共决雌雄。平夫春來家釀不少，可以餉客，當令此君耳熱而去也。欲悉宗謙俠態，請出其橐中王元美所爲傳而讀之，則翩翩在目矣。

【箋】游宗謙　即游日益。

木蘭　木蘭溪，詳卷五《贈方伯書》。

六溪　在福州水西，詳卷二《懷陳平夫》。

王元美　即王世貞，詳卷十六《綏帶編序》。

與陳伯孺[一]

子衿已青，而督學使者，又如程不識用兵，足下安得遂麋鹿故性耶？下帷狀良苦，然徐卿不先爲之乎？幸勉旃，意毋解。

僕自伏苫以來，了無所事，借白雲半畝寄此餘生，暇則稍弄鉛槧。昨計近所爲近古體詩歌共八十餘首，意欲録寄二足下，而苦腕弱，不得遍書，非把臂時不得面彈射也。近日携二弟挨門稽顙，尚未畢。稍畢，即當渡江至兩君處，一崩厥角，謝區區耳。

仲氏吴之役已逼，二足下驪歌不當倚馬就乎？

[一]《與陳伯孺》，本篇鈔本缺。

【編年】萬曆二十年壬辰（一五九二）。按：此書作于徐𤊹前往吴地乞銘之前。

【箋】子衿已青　爲庠生年已過三十。○陳价夫《今我傳》：『佔俾集于四聲，瑟工乖于竽好，年逾三十，始衿，傷哉貧也！無以養歲。』（《招隱樓稿》）

程不識　漢將。程帶兵中規中矩，而繫于簿書等細節。見《史記·李將軍列傳》。

徐卿　徐熥自謂。

二足下　陳价夫、陳薦夫兄弟。

又與陳伯孺[一]

异鄉聞訃，幾欲無生，但念二母在，故復苟活耳。承二卿惓惓慰籍，知愛我良深。然苦塊之中，欲得知己者一談，不啻饑渴，幸毋惜此一葦矣。吕梁之變，僅以身免，不然得無煩足下賦《公無渡河》兩篇哉！

【編年】萬曆二十年壬辰（一五九二）。

【箋】二卿　陳价夫、陳薦夫兄弟。

吕梁之變　參見卷十八《先考永寧府君行狀》。

[一]《又與陳伯孺》，本篇鈔本缺。底本僅有『又』一字，補足題目。

公無渡河　《公無渡河》，漢樂府，屬《相和歌辭》。

○《公無渡河》：『公無渡河，公竟渡河！墮河而死，當奈公何！』

三與陳伯孺[一]

與足下別者幾何時矣，竟不得一晤。則督學使者，令二卿膽寒，下帷若江都相哉！惟起、玉生于六月十三日解維，昨得其來書，已在樵川矣。計自吴返棹，當在秋杪冬初。山齋寥落，無可與語。近患目青甚劇，心緒尤作惡耳。足下肯來，僕之雙眸庶幾耿耿也。惟起以不得別君家三珠樹爲恨，以不得送行詩又大恨。兹寄有奉懷諸作，容録請教耳。入城之期，想在伊邇，不盡所言。

【編年】萬曆二十年壬辰（一五九二）。

【箋】江都相　漢董仲舒曾爲江都相。

樵川　邵武別稱，詳卷五《樵川道中》。

以不得送行詩又大恨　陳伯孺無送行詩。熥有《江上送惟起弟》（《幔亭集》卷五）。

○陳鳴鶴《送惟起入吴爲其先明府乞銘》：『秋風正摇落，念爾復何之。丘隴嗟存没。關山惜別離。太湖乘夜渡，閩海望雲飛。政待君歸日，争看有道碑。』（《泡庵詩選》卷四）

○陳益祥《送徐惟起之吴爲永寧公求墓志》：『負土初成幾尺墳，擔簦萬里泣離群。無金何處求諛墓，

[一]《三與陳伯孺》，本篇鈔本缺。底本僅有『又』一字，補足題目。

有道還看乞葬文。驛路淒風千樹響，江天啼鴂寸心焚。窮途莫謂知音少，處處溪山有白雲。』（《采芝堂文集》卷八）

○陳薦夫《興公之吳乞銘，臨送不及》：『迢遞向雲間，淒涼游子顏。行將求片石，欲以重青山。到處可乘興，知君惟閉關。臨岐嗟不及，惆悵若爲還。』（《水明樓集》集三）

○林光宇《送徐惟起》：『相歡情未歇，相送恨尤長。解去越江纜，言游震澤鄉。三秋空對月，一夜幾回腸。爲憶蘇臺上，憑高數雁行。』（《林子真詩》不分卷）

○王叔魯《送徐興公入吳》：『風急片帆飛，山山夕照微。未揮雙淚別，先問幾時歸。明月關河隔，清宵夢寐違。縱懷陟岵感，還欲戀春暉。』（《晉安風雅》卷六）

奉懷諸作　徐𤊹離中往吳經邵武所作有：《晚次順昌縣》《雙峰驛》（《鼇峰集》卷十）、《登熙春臺》《夏日西塔寺避暑》（《鼇峰集》卷十三）。

四與陳伯孺[一]

相距不百里，乃至數月弗一面，吾兄弟蹤迹亦太疏矣。悵何可言！伯兄尊體近日何似？想當平復。聞不日入城，時時引領。入夏以來，賤體羸倦，雖勉强櫛沐，應酬不輟，然覺精神日耗，深以爲憂。茲欲杜門静攝，未識得遂所懷否。

雨中無事，作《絳囊生傳》。今往一帖，博二君解頤。昨柳陳父過齋頭，商確風雅，談殊岳岳。

[一]《四與陳伯孺》，本篇鈔本缺。底本僅有『又』一字，補足題目。

非吾家兄弟不能折其角，然必得二君，始不讓稷下之風耳。會晤在即，語不多及。

【編年】萬曆二十五年丁酉（一五九七）。

【箋】綘囊生傳　見卷十七。

柳陳父　即柳應芳，詳卷六《同閔壽卿柳陳父吴元瀚興公弟避暑仁王寺因憩天秀岩》。

五與陳伯孺[一]

僕與惟秦、惟起、振狂，同爲武夷之游。至囦溪，振狂興盡，先返。至建溪，逢莆友吴元翰，遂與偕往。住武夷者十日，峰則天游、接笋、鼓子、大王；洞則陷石、桃源、水簾、吴公、丘公，此皆足迹所至者。若目之所見，則難以枚舉矣。較足下與君大所游，似爲差勝，猶恨未愜也。得詩五十餘首，頗不類食人間烟火者。俟二卿來，纔得賞鑒耳。惟起以九日度關，計此時當抵常山矣。舟抵洪江，知二卿在家，不知何日得入城相見也。僕之此行，于山得武夷，于人得元翰，可謂雙快。元翰之詩，翩翩唐響，二卿試索而讀之，自有定價矣。兹渡義溪，敬與足下會盟，當堅城壘以待也。

【編年】萬曆二十三年乙未（一五九五）。

【箋】武夷之游　萬曆二十三年，熥同陳仲溱、陳宏己同游；宏己未至武夷，中途返。

○徐熥《游武夷山記》：『歲乙未，仲弟興公有吴門之役，余遂附舟往游。先期報陳惟秦、陳振狂與俱，

[一]《五與陳伯孺》，本篇鈔本缺。底本僅有『又』一字，補足題目。

以八月十三日發白龍江……九月朔日，未及武夷數里，從舟中望大王、獅子諸峰，巋然天表，客皆踴躍稱快。』（《幔亭集》卷十七）

吴元翰　即吴元瀚，詳，詳卷六《同吴元瀚興公弟暮過神光庵》。

洪江　詳卷十七《游方廣岩記》。

六與陳伯孺[一]

《禊飲》二章，遂凌逼三謝，永和而後便屬兹游矣。但俯仰陳迹，千古同嘆。吾兄弟安得時時聚首，如流觴曲水時也。女翔、惟秦相繼入粵，興公此時又將束裝。口腹驅人，可爲短氣。天時已熱，欲向仁王寺結夏。足下蒲節後幸入城，且興公取道上杭，亦當面别耳。

【編年】萬曆二十七年己亥（一五九九）。

【箋】禊飲　徐熥有《桑溪禊飲詩二首》（《幔亭集》卷二）、《桑溪禊飲序》（《幔亭集》卷十六），徐𤊹有《桑溪禊飲》（《閩都記》卷十一《郡東閩縣勝迹》）、《桑溪禊飲詩》（《鼇峰集》卷四），趙世顯有《三日社集桑溪，分得八言體》（《芝園稿》卷二十八），陳薦夫《桑溪修禊詩有引》（《水明樓集》卷一），曹學佺《桑溪禊飲》（《閩都記》卷十一《郡東閩縣勝迹》），陳价夫詩今存一首，詳卷二《桑溪禊飲詩二首》。

三謝　南朝詩人謝靈運、謝惠連、謝朓。

[一]《六與陳伯孺》，本篇鈔本缺。底本僅有『又』一字，補足題目。

永和　詳卷十九《錢叔達像贊》。

與林熙工[一]

武夷道士寄惠鶴雛二隻，蓄之山房者逾月矣。主人懶慢，飼之頗難，敬獻爲小淥池清玩。蓋足下村居，鄰近浦漵，可以恣其飲啄耳。俟羽翮既成，爲孤山處士報客，則勿忘區區之惠。

【箋】林熙工　即林應起，詳卷五《宿林熙工面壁洞二首》。

孤山處士　指宋林逋。

與林熙吉[二]

齋頭一醉，杏酪春光尚未半也。倏經麥秋，竟不得一握手。日月不居，人事多奪，良懷耿耿。聞足下尊體違和，殊深懸念。然山中静攝，當即平復，無久費參苓也。熥數時亦見坎軻，俟稍强健，即與玉生渡江至芥子庵，一稽顙耳。

【箋】林熙吉　即林應憲，詳卷二《宿雲窩贈林熙吉》。

芥子庵　林應起所建。

○林應起《重興方廣岩記》：『爲萬曆庚寅，歙之鏡山上人訪余芥子庵。』（謝肇淛《方廣岩志》卷二）

［一］《與林熙工》，本篇鈔本缺。

［二］《與林熙吉》，本篇鈔本缺。

又與林熙吉[一]

鄧汝高入南嶼，時僕以倦游故，不能附其青雀，然神未嘗不在錦溪、勾漏間也。不識曾至方廣岩中否？大書已榻幾十紙乎？幸乞分惠。僕舊歲與諸君入岩，近方捃摭爲記，末附以詩，名《靈鷲篇》，并近游石竹者，名《蕉鹿篇》。恨龐公不入城，不得面請正耳。友人林天茂，欲求四大書扁之廳事，不敢徑請，轉托于僕。令其蒼頭渡江，代布尺一于門下，請即泚筆，授之以歸，不勝延佇。

【編年】萬曆二十一年癸巳（一五九三）。

【箋】鄧汝高　即鄧原岳，詳卷三《過鄧汝高別墅》。

南嶼　在福州水西，詳卷二《南嶼田家》。

錦溪　在南嶼，詳卷五《宿林熙工面壁洞二首》。

靈鷲篇　《靈鷲篇》及《蕉鹿篇》，集未見。

石竹　即石竹山，詳卷五《晚至石竹山》。

龐公　即龐德公，襄陽（今屬湖北）人。東漢末年名士，隱居鹿門山。

幔亭集卷之二十終

［一］《又與林熙吉》，本篇鈔本缺。底本僅有『又』一字，補足題目。

幔亭集佚詩佚文

幔亭集佚詩

復過月仙（題爲筆者所擬）

匆匆相見未分明，別後逢人便寄聲。萬里歸期看乳燕，一春心事付流鶯。柳枝猶記當年曲，荳蔻難消此夜情。搗盡玄霜三萬杵，夢中還見舊雲英。（謝肇淛《小草齋詩話》卷五）

【編年】萬曆十七年己丑（一五八九）。

【箋】月仙　杭州名妓。詳卷八《無題十首》。

鼓山詩（題爲筆者所擬）

閑尋老衲叩禪堂，墨迹淋漓滿上方。一自題詩人去後，白雲滄海兩茫茫。（謝肇淛《小草齋詩話》卷五；又見周亮工《閩小紀》卷四『林世璧』條、朱彝尊《静志居詩話》卷十八『林世璧』條）

游飛來峰詩

雲端石磴萬峰迴，松竹陰中覺路開。江匯都從閩海去，山飛聲自會稽來。香燈供佛銷初地，丹藥升仙設古臺。獨有昔賢遺刻在，年年秋雨長青苔。（何振岱《西湖志》卷五《名勝》『飛來奇峰』條）

【箋】飛來峰　在福州西湖邊。

○何振岱《西湖志》卷五《名勝》『飛來奇峰』條：『昇山下飛來峰，相傳勾踐時，山從會稽飛來。峰勢突兀，插漢凌霄，彌望巉岩怪石，虎踞熊蹲。近郭諸山，推爲獨奇。有寺，五代時建。齋鍾飛揚，巢禽午集，龕燈月亮，檐蝠宵翔，泉聲瀧瀧，飛濺樹石間。僧引爲池，苔藻不生，清石見底，峰影倒蘸，青浮亭軒，尤勝概云。』

【附】謝肇淛《登飛來峰詩》：『翠微高控大江迴，寂寂僧僚晝不開。古寺尚傳陳建置，孤峰疑自越飛來。龍蛇石上留殘篆，鷄犬雲中有舊臺。紫竹碧桃零落盡，玉田無主鶴聲哀。』（何振岱《西湖志》卷五《名勝》『飛來奇峰』條）按：此詩《小草齋集》不載。

哭林方壺先生（題爲筆者所擬）

文章自昔擅名流，二十分符楚國游。正羨雲逵方發軔，誰知夜壑即藏舟。魂隨岳麓家何在，淚灑湘江恨豈休。華表鶴歸歸未得，雲陽山下不勝悲。（徐𤊹又題《伯兄詩卷》引，沈文倬《紅雨樓序跋》卷二，第九二頁）

【編年】萬曆十一年癸未（一五八三）。

【箋】林方壺　參見附録三徐𤊹又題《伯兄詩卷》。

過神光寺

寶樹摧殘暮草烟，居民争占古諸天。不看繁盛看消歇，恨人生遲十百年。（王應山《閩都記》卷十《郡城西南隅》）

【箋】神光寺　詳卷六《同吴元瀚興公弟暮過神光庵》。

玉華洞二首

其一

酒酣璚液唱游仙，萬樹桃花引去船。路繞潺湲千澗水，岩開混沌五更天。

其二

雲根白積峰頭雪，松火青飛洞裏烟。采藥倘逢秦代客，莫言人世是何年。（《玉華洞志》卷五，康熙刻雍正增補本）

【箋】玉華洞　詳卷九《送陳振狂游玉華》。

贈林子真（殘句）

眼中之人惟有汝。（曹學佺《林子真詩序》：『亡友徐惟和贈之詩云云。』）（《石倉文稿》卷一）

【箋】林子真，即林光宇。詳卷六《同蕭一丈林子真興公弟微上人定上人過遇公轉華庵》。

子夜歌（殘句）

紅豆落深坑，到底相思子。（徐𤊹《筆精》卷二『相思子』條：『相思子即今紅豆也。愚按：嶺南、閩中有相思木，歲久結子。色紅如大豆，故名「相思子」。每一樹結子數斛，非即紅豆也。惟和兄《子夜歌》云云。』）

幔亭集佚文

晉安風雅〔一〕序

閩中僻在海濱，周秦始入職方。風雅之道，唐代始聞，然詩人不少概見。趙宋尊崇儒術，理學風隆，吾鄉多譚性命，稍溺比興之旨。元季毋論已。明興二百餘年，八體四聲，物色昭代，郁郁彬彬，猗矣盛矣。

高廟之時，林膳部鴻崛起草昧，一洗元習，陶鈞六義，復還正始，懸標樹幟，騷雅所宗。門有二玄，實爲入室，屬詞比事，具體而微。高待昭棅、王典籍恭、王檢討偁、唐觀察泰，追述古則，私淑闔

〔一〕《晉安風雅》，此文又見沈文倬《紅雨樓序跋》卷一，徐𤊹撰，題作《閩中詩選序》，文中『摛爲一十二卷』作『摛爲八卷』；『總二百六十人有奇』作『總二百人有奇』；『萬曆丁酉』作『萬曆戊戌』，經核《晉安風雅》原刻，卷次與人數應以該書爲是。按：《晉安風雅》卷首：萬曆刻本。據《晉安風雅》原本，此文斷非徐𤊹撰，題亦非《閩中詩選序》；文中『風雅堂』之名，爲徐熥之堂名。

奥，各成一家，十子之名，播于宇内。同時賢才輩出，羅布衣泰、林學士志，切磋彌篤，藝苑聿興。又有鄭迪、趙迪、林敏、鄧定、貢于丘園，鋭志詞賦，取裁爾雅，斐然成章矣。成、弘以降，林文安父子、陳方伯群從，秩位惟崇，對揚廊廟，而風人之致溢于言外。林司空、許黄門，贊揚詞旨，海内騰聲，賡歌太平，于期爲巹。正、嘉之際，作者雲集，鄭吏部善夫實執牛耳，虎視中原，而高、傅二山人左提右挈，閩中雅道，遂曰中興。時有郭户部波、林太守春澤、林通政炫、張尚書經、龔祭酒用卿、劉給舍世揚爲輔，斯蓋世之才，粲然可觀者也。世宗中歲，先達君子，沿習遺風，斯道孔振。袁舍人表、馬參軍熒，區別體裁，精研格律，金相玉振，質有其文。

迨于今日，家懷黑槧，户操紅鉛，朝諷夕吟，先風後雅，非藻繪菁華不譚，非驚人絶代不語，抱玉聯肩，握珠者踵武，開壇結社，馳騁藝林，可謂超軼前朝，縱横當代者矣。

伊余不慧，忝際盛時，目想心游，實竊有志，屏居之暇，采輯遺編，搜羅逸刻，得梨棗朽壞之餘，起桑梓敬恭之念，摘爲一十二卷，總二百六十人有奇。上而格合漢魏六朝，下而體宗貞元、大曆，調有偏長，詞必兼善者，不論窮達顯晦，皆因時采拾，以彰吾郡文物之美。燃脂暝寫，弄墨晨書，蓋慮作者之苦心，而没世不稱，良可痛悼也。至于野狐外道，格律稍畔者，雖有梁、竇之權，不敢濫厠片語，爲雅道蟊賊。然挂一漏萬，耳目未周，尚賴同志補續。若曰有南威之容乃可論淑媛，有龍淵之利乃可議斷割，則不慧安所避咎乎？凡我同盟，宜協心揚搉，肆力旁求，以俟觀風者采擇焉。是爲序。

萬曆丁酉暮春六日，書于風雅堂。（《晉安風雅》卷首）

【編年】萬曆二十五年丁酉（一五九七）。

【箋】晉安風雅　晉安，詳卷九《蔡景明參知重游晉安過訪山居話舊詩先永寧殁已九載尚辱垂吊感而賦此》。此集爲有明一代晉安（福州）一郡之詩歌總集。

閩中　詳卷十四《閩中元夕曲十六首》。

職方　國家疆土、版圖。

高廟　明太祖朱元璋。

林膳部鴻　林鴻，『閩中十才子』之首。

○《明史·文苑傳二》：『林鴻，字子羽，福清人。洪武初，以人才薦，授將樂縣訓導，歷禮部精膳司員外郎。性脱落，不善仕，年未四十自免歸……鴻論詩，大指謂漢、魏骨氣雖雄，而菁華不足。晉祖玄虛，宋尚條暢，齊、梁以下但務春華，少秋實。惟唐作者可謂大成。然貞觀尚習故陋，神龍漸變常調，開元、天寶間聲律大備，學者當以是爲楷式。閩人言詩者率本于鴻。』

二玄　周玄、黄玄。

高待昭棅　高棅，詳卷三《題高漫士晚閣溪雲圖》。

王典籍恭　王恭，詳卷十六《黄斗塘先生詩集序》。

王檢討偁　王偁，詳卷十六《黄斗塘先生詩集序》。

唐觀察泰　唐泰，閩縣人。

○徐熥《詩人爵里詳節》：『唐泰，字亨仲，閩縣人。洪武二十七年進士，官至陝西按察副史。有《善鳴集》十卷。』（《晋安風雅》卷首）

十子　即『閩中十才子』。

○《明史·文苑傳二》：『閩中善詩者，稱「十才子」，鴻爲之冠。「十才子」者，閩鄭定，侯官王褒、唐泰，長樂高棅、王恭、陳亮，永福王偁及鴻弟子周玄、黄玄，時人目爲「二玄」者也。』

羅布衣泰　羅泰，閩縣人。

○徐熥《詩人爵里詳節》：『羅泰，字宗讓，閩縣人。洪武中布衣。有《覺非先生集》。』（《晋安風雅》卷首）

林學士志　林志，詳卷十九《趙子昂畫太祖蹴球圖》。

鄭迪　閩縣人。

○徐熥《詩人爵里詳節》：『鄭迪，字公啓，閩縣人。洪武中布衣。』（《晋安風雅》卷首）

趙迪　閩縣人。

○徐熥《詩人爵里詳節》：『趙迪，字景哲，閩縣人。洪武中布衣。有《鳴秋集》。』（《晋安風雅》卷首）

○徐𤊹《鳴秋集序》：『國初經義未起，吾郡洗勝國之餘習，詩教聿興。福清林膳部子羽掘起草昧，復置正始。惟時二玄，師事獨專。鳴秋山人趙先生景哲與膳部倡和，得其宗流，名雖著聞，而詩則寥寥無睹也，但以諸家所選中見其數篇，詞調爾雅，雜之唐人之中，莫有能辨之者……載讀林尚公默序言，始知先生又與尚默公友善。先生之子壯，登宣德乙卯鄉薦，官南海邑令，後昆無聞。然則先生之名器與骨俱朽矣。梓而傳之，余竊有志焉。』（馬泰來《新輯紅雨樓題記》，第一五一頁）

林敏　長樂人。

○徐熥《詩人爵里詳節》：『林敏，字漢孟，長樂人。永樂中布衣。』（《晋安風雅》卷首）

鄧定　閩縣人。

○徐熥《詩人爵里詳節》：『鄭定，字孟宣，閩縣人。洪武中薦辟，爲國子監助教。有《浮丘集》。』（《晋安風雅》卷首）

○郭柏蒼《柳湄詩傳》：『鄧定築耕隱堂在東郊竹嶼，原岳仍其地成竹林草堂。』（《全閩明詩傳》卷三十三引）

成弘　成化，明憲宗朱見深年號；弘治，詳卷十六《黄斗塘先生詩集序》。

林文安父子　林文安，即林瀚，閩縣人。瀚之子庭棉、庭機，庭機之子爊。

○徐熥《詩人爵里詳節》：『林瀚，字亨大，閩縣人。成化二年進士，改翰林院庶吉士，歷官檢討、修撰、諭德、國子祭酒、南京兵部尚書，贈太子太保，謚文安。卒年八十六。有《林文安公集》。』（《晋安風雅》卷首）

○徐𤊹《詩人爵里詳節》：『林庭㭿，字利瞻，閩縣人，瀚之子。弘治十二年會試第五人，歷官太子太保、工部尚書，贈少保，謚康懿。』（《晋安風雅》卷首）

○徐𤊹《詩人爵里詳節》：『林庭機，字利仁，閩縣人，瀚之子。嘉靖十四年進士，改庶吉士，歷官翰林院檢討，國子監祭酒、南京禮部尚書，贈太子少保，謚文僖。卒年七十一。有《世翰堂稿》。』（《晋安風雅》卷首）

○徐𤊹《詩人爵里詳節》：『林爊，字貞恒，閩縣人，庭機之子。嘉靖二十六年進士，改庶吉士，歷官翰林修撰、洗馬兼侍講，國子祭酒、吏部侍郎、翰林學士、南京禮部尚書，贈太子少保，謚文恪。有《林學士集》。』（《晋安風雅》卷首）

陳方伯群從　陳方伯，即陳煒，閩縣人。群從：煒弟爟，煒從兄弟焯、焞、烓，烓子遲，煒孫全之。

○徐𤊹《詩人爵里詳節》：『陳煒，字文曜，閩縣人，叔剛之子。天順四年進士，歷官浙江左布政使。有《耻庵集》。』（《晋安風雅》卷首）

○陳衍《閩侯縣志》卷六十六《列傳》四『陳煒』條：『弟爟，字文政。少從長樂陳思懋受《春秋》，煒仕于朝，爟獨侍母居。』

○徐𤊹《詩人爵里詳節》：『陳焯，字文厚，閩縣人，叔紹之子。成化七年鄉貢，隱居不仕。有《桐山集》。』（《晋安風雅》卷首）

〇徐熥《詩人爵里詳節》：『陳焞，字文盛，閩縣人。成化中由選貢入太學。』（《晉安風雅》卷首）

〇徐熥《詩人爵里詳節》：『陳烓，字文用，閩縣人。成化十四年會試第三人，歷官監察御史、浙江按察僉事。卒年八十。有《留餘稿》。』（《晉安風雅》卷首）

〇徐熥《詩人爵里詳節》：『陳暹，字德輝，閩縣人，烓之子。嘉靖十四年進士，歷官廣東右布政使。有《掩瓿集》。』（《晉安風雅》卷首）

〇徐熥《詩人爵里詳節》：『陳全之，字粹仲，閩縣人，煒之孫。嘉靖二十三年進士，歷官山西右參政。卒年六十九。有《夢宜山人集》。』（《晉安風雅》卷首）

林司空　即林廷選，長樂人。

〇徐熥《詩人爵里詳節》：『林廷選，字舜舉，長樂人。成化十七年進士，歷官右都御史、南京工部尚書，贈太子少保。有《竹田集》。』（《晉安風雅》卷首）

許黄門　即許天賜，閩縣人。

〇徐熥《詩人爵里詳節》：『許天賜，字啓衷，閩縣人。弘治六年進士，歷官都給事中。』（《晉安風雅》卷首）

正嘉　正德，詳卷十六《黄斗塘先生詩集序》；嘉靖，詳卷十六《八閩選貢敘齒録序》。

鄭吏部善夫　鄭善夫，詳卷二《酬陳汝大》『繼之』條。

高傅二山人　高，高瀔，閩縣人；傅，傅汝舟，侯官人。

○徐熥《詩人爵里詳節》：『傅汝舟，字木虛，侯官人。正德中布衣。有《丁戊山人集》。』（《晉安風雅》卷首）

○徐熥《詩人爵里詳節》：『高瀫，字宗吕，閩縣人。正德中布衣。』（《晉安風雅》卷首）

郭户部波　郭波，閩縣人。

○徐熥《詩人爵里詳節》：『郭波，字澄鄉，閩縣人。正德十二年進士，官户部主事。有《方岩存稿》。』（《晉安風雅》卷首）

林太守春澤　林春澤（一四八〇—一五八三），字德敷，福建侯官人。成化十六年（一四八〇）進士，官至程番知府，壽百有四。有《人瑞翁集》。徐熥女適春澤孫林如稷。

林通政炫　林炫，閩縣人。

○徐熥《詩人爵里詳節》：『林炫，字貞孚，閩縣人，庭㭿之子。正德九年進士，歷官通政司參議。有《榕江集》。』（《晉安風雅》卷首）

張尚書經　張經，侯官人。

○徐熥《詩人爵里詳節》：『張經，字廷彝，侯官人。正德十二年進士，歷官總制七省兵部尚書兼右都御史，謚襄愍。有《半洲集》。』（《晉安風雅》卷首）

龔祭酒用卿　龔用卿，懷安（今福州）人。

○徐熥《詩人爵里詳節》：『龔用卿　字鳴治，懷安人。嘉靖五年廷試第一人，歷官翰林院修撰、諭德、

國子祭酒。有《雲岡詩集》。』(《晋安風雅》卷首)

劉給舍世揚　劉世揚，閩縣人。

○徐熥《詩人爵里詳節》：『劉世揚，字實夫，閩縣人。正德十二年進士，歷官吏科都給事中、河南提學副使。』(《晋安風雅》卷首)

世宗　詳卷十六《八閩選貢叙齒録序》。

袁舍人表　袁表，詳卷五《故黎平太守袁公挽歌四首》。

馬參軍熒　馬熒，森之子，欻之兄，懷安人。與袁表輯《閩中十子詩》。

○徐熥《詩人爵里詳節》：『馬熒，字用昭，懷安人，森之子。萬曆中官生，官南京左府經歷。』(《晋安風雅》卷首)

風雅堂　徐熥緑玉齋堂名。

全嬰堂集序[一]

《全嬰堂集》者，司理存湖史公爲蕭吉齋先生刻也。先生以岐黄之術重閩，其所全活嬰幼，不下萬餘家。凡宦閩士與閩士大夫，咸有詩文爲先生贈。兹歲先生以八十三壽終，閩中薦紳又群然誄先生也。

先生子守卿君，哀慕不能休，日夜檢先生所藏縉紳贈言若干首，從司理公命，付剞劂氏，蓋以思

[一] 全嬰堂集序，題下注：『癸巳年，代家兄作，偶拾出，存之。』

先生而不可見，見先生所藏集，如見先生也。方先生家臺江時，醫名籍甚，其所贈詩章盈箱積篋，值兵燹之警，皆煨燼無存，此則城居後所集，視前僅十之二三耳。先生之生，有善人之扁旌于閭。逮先生之歿，有《全嬰》之集垂于世，則先生行誼，良足不朽矣，寧獨一岐黄之技已哉！不佞于先生爲世好，睹是集之成，知其四美具焉。

先生全嬰活幼，操仁術也；薦紳各有贈言，不忘報也；守卿君能世其德，廣孝思也；司理公成人之美，而不没其善，重交誼也。總之，爲吉祥善事哉！故僭綴言于首簡云。

癸巳□月[一]。（徐𤊹《紅雨樓集》册一，《上圖稿本》第四二册，第一八—一九頁）

【編年】萬曆二十一年癸巳（一五九三）。

【箋】臺江　詳卷十六《重修徐氏家譜序》。

爲家不治垣屋論

嘗讀漢史，至『蕭何不治垣屋』，且曰：『使後世賢，師吾儉；不賢，亡爲勢家所奪。』始爲喈然，增嘆賞曰：『賢哉，何也！可謂遺子孫以安矣。』及觀其從沛公入關中，治未央宫甚壯麗，乃爲何深不滿曰：『何胡爲工于謀家，而拙于謀國哉？何胡爲善爲子孫謀，而不善爲漢王謀哉？』

粵自秦氏失鹿，天下共逐。沛公以一亭長，崛起泗上。及奉義帝約，入關中。當斯時也，嬴秦

[一] 癸巳□月，底本無此四字，據沈文倬《紅雨樓序跋》卷二補。

之祚雖斬，而項籍之暴未除。他如田横輩據地稱戈者，紛紛然未盡帖，未可遽謂安寧之時也。爲何計者，正宜述先王茅茨土階之風，陳秦武窮奢靡麗之失，以爲漢王規則。何視天下如一家矣，視國事如家事矣，誰得蒙之以詬聲。夫何未央之治，極其壯麗，棟宇連雲，榱題[蔽]日，即秦之阿房，莫能過焉。夫治家之與治國，其勢之輕重何如也？何之子孫與帝之子孫，其位之貴賤何如也？垣屋之與宮宇，其費之大小何如也？

今何之治家，即小而垣屋且不肯爲；而未央之治，凡可以殫民財、竭民力以逞一時美觀者，皆畢力以爲之，此其視國不如家一也。其曰『使後世賢師吾儉』。夫儉者，人君之美德也。高帝者，漢之創業主，後世所視以爲法程者也，自未央一造，則後世之君必曰：『賢君如高祖，良相如蕭何，且構彼未央，何獨今日而不爲哉？』則土木之興，是何爲之作俑也。何徒欲子孫師己之儉，獨不欲漢後王師高祖之儉乎？此其視國不如家二也。其曰『不賢毋爲勢家所奪』。夫何之家，不過漢廷一功臣之子孫也，猶欲傳之世世；乃高祖披霜露，斬荆棘以得天下，獨不思窮奢極欲，有以啓禍機乎？況高祖起自亭長，汗馬四方，素無廣厦細旃之安，一旦娱之以未央之樂，必將安意肆志，以爲天下不足乎。蓋樂則縱，縱則驕，驕則亡，古記之矣，何獨不聞之乎？此白登之圍，以未央爲之祟也。此其視國不如家三也。

先儒謂：『何以家國爲二？』此足以論何矣。謂之曰『忠』，可乎？或者曰：『關中據殽函之險，金城千里，天府之國也。何欲帝建都關中，故治未央，以堅帝志耳。子惡得執不治垣屋而議之耶！』噫！是不然！人臣之進諫于君，自有上策，固不在于宮室之間也。何與帝處幾年矣，獨不知帝之寬明而仁恕乎？故劉敬獻建都之策，而帝即日西都長安，此何之所目擊者，何必以土木之娛，以投君心之欲，而冀其策之一售耶？此不治垣屋之事，君子惡得而是之哉！

雖然，不治垣屋，何之心固不足取矣，而其崇尚節儉，亦可以端人臣之軌者。故二疏買瘠田以自養，即何不治垣屋之心也。李沆廳事僅容旋馬，即何不治垣屋之心也。不然，即郭子儀之賢，且不免亦窮奢極欲之失矣，况其他乎？奈何世之名登仕版者，往往漁獵百姓，以厚自封殖。峻宇層樓，甲于郡邑。至其子孫，曾不得邪徑而托足焉。天之福善禍淫，昭昭然其不替哉！

嗚呼！此甲第連雲者，卒召漁陽之變；而多寶閣中之歡，終不能救木綿庵前之哭也。其視蕭何爲何如人？然則何雖不得爲有道之士也，是亦人杰也哉。（徐𤊹《紅雨樓集》册九，《上圖稿本》第四四册，第三五八—三六二頁）

【編年】萬曆七年己卯（一五七九）。

【箋】爲家不治垣屋論

徐𤊹題下注：『十九歲黃縣尹考童生第七名。』

○《史記·蕭相國世家》載，蕭以爲：『置田宅必居窮處，爲家不治垣屋。曰：「後世賢，師吾儉；不賢，毋爲勢家所奪。」』垣屋，圍墻。

域中有三權，曰賞，曰罰，曰史。胡爲賞？示勸也；胡爲罰？示懲也；賞之，罰之，法如是足矣。而復設之史者何？以濟賞罰之不及也。

吴競直筆論

然賞罰之權，其榮辱在一時；而史之權，是非垂于不朽。是史之權，猶重于賞罰也。但賞罰之權司之自君，少有能假借之者；而史氏之筆，或可以私意轉移而雌黄其事。故古今之史雖多，而求其核實者蓋寡，甚矣直筆之難也。

若唐之吴競，可謂良史矣。慨自李唐中葉，牝鷄司晨。梨稍開九月之花，蓮蕊狀六郎之美。囚帝子于房州，嬖佞臣于禁闥。羅鉗吉網，暴逾豺狼，此乾坤何等時也。而張説位處僚寀之上，扶忠良，抑奸佞，其責也。及其約證魏元忠一事，君子有大不滿者。

夫魏元忠，唐之所謂賢人君子也，而張昌宗乃柔媚小人，其制行之奸詭，雖三尺竪子知之，説獨不知之乎？方其證約之時，爲説者宜正色以拒之，曰：『魏元忠忠厚正直，社稷臣也。今無罪而陷之死地，人心何在？天理何在？殺人以媚人，吾不爲也，而况于美官乎？』如是，則昌宗雖奸險，必將聞吾之言，汗面愧心，庶幾可以折奸邪之氣，而回正直之風，説之名且將垂于汗青，昭于簡策，而萬世之下，亦抑之于不替矣。奈何智不出此，因其美官之賂，遂許證之。向非宋璟質之以名義，要之以鬼神，則元忠之罪，雖百喙莫辯，而昌宗之術，終得以售矣。故其爲昌宗迫對之時，但曰：『在陛下前尚逼臣如此，况在外乎？』曾無一言明元忠之忠，指昌宗之奸。然則無乃爲其威勢所劫，而不敢質其詐耶！何當時之臣，司賞罰之柄者，皆曲之爲回互？獨吴競者，一史官，抗然嚴于一字之間。方燕公之祈改數字也，在他人處此，鮮不曲徇其請者，而競乃峻拒之，曰：『若徇公之請，則此史不爲直筆，何以示後？』

嗚呼！味競此言，其果确不回之風，雖古之良史，奚以加之哉。昔者趙穿弒其君，盾不與也，而董狐修《魯史》，竟以『弒』書之。故孔子聞之曰：『董狐，古之良史也，書法不隱；趙宣子，古之良大夫也，爲法受惡。』然則競之筆，其董狐之流亞乎？崔子弒君，《南史》書之曰『弒』，崔子惡而殺之，其子復書之，崔子又殺之，而其書竟不改焉。然其競之筆，其與《南史》相爲伯仲者乎？孫盛之著《晉春秋》也，于桓温枋頭失利之事，書之不諱，雖温以滅族之禍恐之，而盛曾無懼心，然則競之筆，又何愧于盛哉！是黨邪害正，燕公之罪，雖不可掩，而吴競之直，殆深有足嘉者矣。或者曰：『《春秋》立法貴嚴，而用法貴恕。』張燕公在唐，其行之可嘉者，難以枚數。雖有證元忠之事，亦有他美足以贖之，而競竟直書其□，是競之立法，殆异于《春秋》矣。

嗚呼！直哉。噫！是不然，《春秋》責備賢者。燕公在唐，亦一相臣也。而其制行若此，寧不爲盛德之一累乎。競之所以直書而不諱者，毋亦爲公惜與？

嗚呼，使競而生于秦耶，則競之筆，其博浪之椎乎；使競而生于漢耶，則競之筆，其尚方之劍乎；使競而生于唐之季耶，則競之筆，其顔杲卿之笏乎。惜乎唐不能以大用之也，竟以一史官終焉，可慨哉！

噫，競之筆，今其萎矣，而其鋒芒峭厲，猶凛乎其不可犯者。今之司史局者，得是筆而存之，猶可以寒奸諛之膽，是爲論。（徐𤊹《紅雨樓集》册九，《上圖稿本》第四四册，第三六三—三六八頁）

【編年】萬曆七年己卯（一五七九）。

【箋】吴競直筆論　吴競，汴州浚儀（今河南開封）人。唐大臣，史學家，累遷鄴郡太守、恒王師傅，著有《貞觀政要》。史載，吴兢撰《則天實録》，終不改諸公之請隨意改易，堅持直筆，以此取信于後。

孔子思狂狷之意論

〇徐𤊹題下注：『十九歲作，潘府尊考童生。』

以唐虞三代之治望天下者，聖人之心也。不得已而古治不可復見，即僅僅有愛民之心者，史人亦亟與之。此其志甚切，而其爲天下之心甚殷也。何則？天之生民，使君治之，豈徒使之恣睢于上，而淫刑以逞哉？謂其能保育而安全之也。

自胥庭風遠，而慘刻煩興，而庸君世主，日以刀鋸斬刈待天下，使天下之民，嗷然喪其樂生之心。聖人之心，有不勝其惘者，故一見能愛民而恤刑者，既咏歌之，又從而嗟嘆之，而聖人不得已之心見乎辭矣。孔子思狂狷之意，請申論之。

蓋周以仁厚開國，文武成康之際，何其愛民之深，憂民之切也。及穆王之世，日馳八駿，以游八極。車轍馬迹，遍于天下，民之困于下者，莫可控訴，而王復作淫威，以殘民之生，天下之勢，奔潰四出，而不可解救，而吕侯乃作『祥刑』，以寓矜恤之意，此其事誠足嘉者。孔子删書，惓惓而與之，豈無意哉？聖人之心，曰：『我生不辰，不獲見唐虞三代之盛，而祥刑若吕侯亦挽，近代之希覯也。吾不與之，則天下虐用其民者，漫不知警；而有愛民之心者，亦無以表見于天下。』是故與吕侯者，所以勸天下［後］世也。聖人之心，有大不得已者矣。

嗟夫，刑者，盛世之所不免，亦盛世之所藥用者也。堯舜之世，臯繇作士，法律豈不甚備哉？然鯀之方命圮族，治水無功，九年而後加刑，而共工、歡兜輩亦再世而後擯，聖人慎用刑而重民命如此也。後世治不唐虞，法律日慘。鷹鸇爲志者，則笑鳳凰之怯；藥石養生者，則病粱肉之迂；擊斷爲務者，則陋蒲鞭之拙；鼇蹙爲高者，則鄙鳴琴之誕。桁楊相推，桎梏相脱，天下之民，肝腦塗郊，墟膏澤，淪草野。朝廷之上，既無恤民之恩，而有司之奉行于下者，又肆爲督責之術，民奈之何不輕生以就死已，孰有祥刑之作若吕侯者哉？此孔子之所爲取也，此孔子思狂狷之意也。

嗣是而降，嬴秦用商君之術，以屠戮其民。臨渭論刑，渭水盡赤，而秦隨以滅。周家有道之長，與秦無道之暴，其效大略可睹矣。我國家之刑，著在律令者，既有定例，而五刑之具，亦有定式，故必供証詳明，論定而後刑者，法也。今不問是非曲直，捶以五尺之竹，夾以三尺之木，論未定而死者過半矣。甚至片言觸忤，棰以數十，立斃庭下，此殺人不操刃，鷹而爪，虎而剜者也，民重足一迹矣，此今日之刑宜慎也。故因論吕侯祥刑之意，而輒貢其蒲［鞭］之説如此。（徐𤊹《紅雨樓集》册九，《上圖稿本》第四四册，第三七二——三七五頁）

【編年】萬曆十三年乙酉（一五八五）。

【箋】孔子思狂狷之意

○《論語·子路篇》：『不得中行而與之，必也狂狷乎！狂者進取，狷者有所不爲也。』

○徐𤊹題下注：『乙酉年王麟洲宗師考第六名。』

天子建中和之極論

漢孝武皇帝臨位幾年，于兹作制明法，臣下修飭，四海九州，罔不賓服。郊獲神鼎，侈心乃大。欲親巡遠方，登兹太山，周覽東極。乃命諸儒草封禪儀，厥曠遠者，千有餘載，近者百載，闕然湮滅，數年不就。

皇帝曰：『余一人經理宇内，振救黔首，周定四極，刻此樂石，以著經紀。惟兹諸儒，异同參伍，莫稱朕意。惟汝左内史寬，儒雅該博，其爲朕草禪儀，汝尚欽哉，毋方朕命。』

維時臣寬，拜乎稽首，昧死奏聞：『天子建中和之極，兼揔條貫，金聲玉振，順成天慶，爲萬世基。』帝曰：『左内史言是，朕將親製焉。』其以明年爲元封元年，登太山，禪梁父，刻于金石，以爲表經。

維元封元年，時在孟春，陽和方起，皇帝幸緱氏，東巡海上，祠禱入神。又北至碣石，巡自遼西。歷北邊，至于九原，封禪之事成焉。鑾輿睾無有寧歲，百姓怨咨，海内虛耗，輪臺不悔，幾續亡秦。

君子曰：『武帝東封，首于相如，成于内史，非徒順之，又爲之辭。』當寬承命草儀，稽顙闕庭，曰：『古之帝王，鄗上之黍，北里之禾，所以爲盛；江淮之間，一茅三脊，所以爲藉。東海致比目之魚，西海致比翼之鳥，不聞封禪。秦皇帝六王既畢，用生雄心，刻石太山、瑯琊、嶧山、罘山，欲施于後嗣，化及無窮。未幾道病，身死沙丘，爲天下笑。傳甫二世，國亦尋滅。封禪非古，乃秦侈心。自古帝王可法者多，何取亡秦蹈其覆轍？惟陛下更慮之，則封禪之行，庶幾可止。』乃以中和之説，濟其諂諛。遂使東幸之轍，卒不可挽。是帝之封禪，寬有以成之也。

嗟夫，寬漢廷翩翩稱儒雅矣，對武帝數語，何其戾也。語將順其美，匡救其惡，豈倪寬之謂乎？余登太山，觀始皇所封石，有碑無文，其故不可曉，而武帝者，湮滅不稱，則人主何貴封禪哉！（徐𤊹《紅雨樓集》册九，《上圖稿本》第四四册，第三六九—三七一頁）

【編年】萬曆十六年戊子（一五八八）。

【箋】天子建中和之極

○荀悦《漢紀·武帝紀五》：『唯天子建中和之極，兼總條貫，金聲玉振。』

○徐𤊹題下注：『戊子年江太尊彙考第二名。』

子見南子一節

聖人屈于禮而見小君，因疑而援天以自信也。夫見小君者，禮也，則南子之請聖人，惡得而却之哉。宜因數路之不悦，而信之以天也。且禮者，聖人所制，以教天下，故天下亦得以禮而制聖人。聖人爲禮所制，于是不得不委曲以行之，而或者又不吾諒，至于援天以自解焉，則聖人之心始病矣。

夫子仕衛而南子請見，夫古有見小君之禮，而南子竊之以繩聖人，聖人思之，曰：『見小君者，禮也。彼以禮請，吾以禮見，庸何傷？』故夫子之見南子也，非夫子意也，爲禮屈〔耳〕。

夫以孔子之聖，而見此淫亂之人，此其事之大可駭者也，宜子路之不悦矣。以可駭之事，而重之以子路之疑，夫子于此有難以顯言者，始援天以矢之曰：『予所否者，天厭之，天厭之。』夫孔子，大聖也，子路又門弟子中所最親信者也，夫子何爲汲汲然援天以自誓也哉？蓋是非未易以破疑，而吉凶尤足以悟俗。彼方憤吾之所爲，而吾以理自解，則其事近于迂遠，而彼之疑益堅。吾以天自誓，則彼駭于其詞之危，徐而自思之，或者其有所悟也。此夫子自矢之意也，亦夫子不得已之心也。

夫師弟之間，至于假盟誓而收信，吁，亦既薄矣。吾故謂夫子處南子一事，最其所〔逃〕之窮也。

江陰繆尊素太質評：『此君是閩中博古士也。隻字片紙不減夜光。即此一文，何嘗有一字入時否？』（徐𤊹《紅雨樓集》册九，《上圖稿本》第四四册，第三七六——三七八頁）

【箋】子見南子

○《論語·子見南子》：『子見南子，子路不説。夫子矢之曰：予所否者，天厭之！天厭之！』

○徐𤊹題下注：『乙酉年王麟洲宗師考第六名。《慶曆增删》，辛亥年選。』

先伯父友軒公傳

友軒公者，小子熥之先伯父也。大父易叟公舉丈夫子六人，長即伯父。伯父性慷慨，知大體。年十六七，佐大父治産業。余家故貧，伯父營之不遺餘力。其後稍饒，益事大父母，以孝聞。尤愛諸弟。重然諾，與人貿易，得伯父一言，不啻左券，以故人皆多其爲長者。

余家世治生，未有籍名博士者。余父髫齡時不欲卒業，伯父顧謂曰：『大丈夫當以經術鳴世，光我宗祊，安能世事刀錐之末與賈豎伍也？即我徐氏世無顯者，然能鋭志淬礪，王侯將相甯有種乎哉？弟勉之矣！』余父聞之，遂終儒業。伯父沾沾自喜。鹽米升斗之事，以身肩之，不欲以艱難瑣屑妨余父業。余父喜交游，至履滿門户。伯父代爲延欵，有投轄之風焉。及與髦士校藝，供饌楮墨之費，皆伯父所給，毫無吝色。及余父得游黌序，伯父喜甚。再越年，得受餼廩，爲藝士嚆矢，伯父喜又甚。人皆以伯父春秋甚盛，將來食余父，報有日，而伯父遽以無嗣終。疾革時，呼余父謂曰：『我不幸中道而殁，老父年逾六帙，弟能昕夕奉菽水歡，我死且不朽。况弟异日飛采揚芳，光我徐氏，我在九京與有榮也。弟勉之矣！』言乞而瞑。聞者皆爲之悲悼。而余父素所交游者，皆爲詩章以挽之。迨余父登仕籍，伯父墓木已拱，時時爲熥道伯父事，因欷歔泣下，故余爲之傳其大概如此。

熥曰：『吾宗自國初以來未聞有博士起家者，迨余父方得與薦紳之列，雖宦不過爲郎，然亦异于上世以處士終矣。向非伯父翼令就學，寧有是耶？則徐氏以經術鳴者雖自余父始，伯父之功也。熥生晚，不及識伯父，每觀遺像，則愴然悲生焉，故爲之傳，俾後嗣有業經術者知伯父之功，而處兄弟者法云。』（佚名《荆山徐氏譜》，鈔本）

【箋】友軒公　徐熥伯父徐梅，字子魁，號友蔭軒，弘治十八年（一五〇五）生，嘉靖二十九年（一五五〇）卒（據《荆山徐氏譜》）。

易叟公　徐熥祖父徐演。

○《荆山徐氏譜·世系考》：『演，字汝長，號易叟。行一百四十一，振聲公子。承父業。世居省之鼇峰……諸子俱得成名，家聲爲之一振。』

金鳳外傳[一]

陳后金鳳者，閩主王延鈞之后，福清萬安鄉人也。父侯倫，少年美丰姿。唐景福初，事閩觀察使陳岩以色，見嬖，居起輒與共，因得出入卧内。其妾陸氏，與之私，有娠，未幾，岩卒，婿范暉自稱留後，陸托于范，生一女。其夕夢飛鳳入懷，因名金鳳。冒姓陳，及王審知兵入閩，攻殺范氏。金鳳流落民間。岩族人陳匡勝收養之。

梁開平三年，審知封閩王，選良家女充後宫，時金鳳年十八，性度窈窕，善歌舞，通音律，審知聞之，召爲才人，特蒙寵倖，宫室服御之奉，與魯國夫人黄氏比。嘗築水晶宫于西湖傍，列臺榭周迴十餘里。金鳳時扈駕，從子城複道中出游，然不及蕩。

［一］《金鳳外傳》，王宇言此《傳》爲高蓋山農家地下物，握地得之，索回，與𤊹相參訂，則王宇爲整理者。據孫、徐熥侄孫徐延壽言，爲徐熥作。按：王宇撰識語，時在萬曆三十二年（一六〇四），徐熥已去世五六年。周亮工似更相信延壽所言，《傳》爲熥所作爲是。竊以爲，𤊹編熥集删其『太甚』者，此篇涉及宫闈穢事，故删去。而後，𤊹與王宇又以爲是篇與《飛燕别傳》《南部烟花》等同意，亦有存留價值，故由于宇出面作識語，假托地下之物。徐𤊹題記，接續王宇話題，𤊹精于考證，指出《傳》疏失種種。𤊹不便直拆其兄，故借古本説事。熥好奇，有《絳囊生傳》《十八娘外傳》，亦可作爲作《金鳳外傳》之旁證。

後唐同光三年，審知卒，子延翰繼之。延翰妻崔氏陋而淫，性復妒，搜諸宫人之美者，輒幽之别室，繫以大械，刻木爲人手，擊其頰，又以鐵錐刺其臂。一歲中死者八十四人。時金鳳已乞身爲尼，深自匿，故得免。次年，延翰爲周彦琛所弑，而延鈞立。延鈞，審知次子，初娶漢清遠公主，有美色，早世。繼選金氏、劉氏，皆賢而無寵。後宫數百無可意者，内侍李倣極譽金鳳姿色超絶，延鈞御紫宸門，宣見，大悦。封之爲淑妃。

長興三年，延鈞稱帝，國號閩，改元龍啓，進封金鳳爲皇后，追封其假父陳岩爲威武軍節度使，母陸氏爲長樂郡夫人，族人陳匡勝爲殿使，始築長春宫居之。延鈞數于其中爲長夜之宴，每宴，輒燃金龍燭數百枝，環左右，光明如晝。敕宫女數十人擎一杯盤，皆金玉瑪瑙、琥珀玻璃之屬，以次遞進，不設几筵，酒酣張長枕大床，擁金鳳與諸宫女裸卧，隨意幸之。又遣使于日南，造水晶屏風，周圍四丈二尺。延鈞與金鳳淫狎于内，令宫女隔屏覘之，嬉笑爲樂。

三月上巳，延鈞修褉桑溪，金鳳偕後宫雜衣文錦，列坐水次，流觴娱暢，沉麝之氣，環佩之響，燎炬之光，達于遠近。途中絲竹管弦，更番迭奏，清音入雲，觀者塞道不能前。

端陽日，造彩舫數十于西湖，每舫載宫女二十餘人，衣短衣，鼓楫争先。延鈞御大龍舟以觀金鳳作《樂游曲》，使宫女同聲歌之。曲曰：『龍舟摇曳東復東，采蓮湖上紅更紅。波澮澮，水溶溶，奴隔荷花路不通。』又曰：『西湖南湖鬥彩舟，青浦紫蓼滿中洲。波渺渺，水悠悠，長奉君王萬歲游。』游人士女，綺綉夾岸，雜沓如市。夜收宫女入宫，多不知所之者。延鈞亦不問。

有小吏歸守明，弱冠，美皙如玉，延鈞嬖之，常呼爲歸郎。延鈞有風疾，歸郎日侍禁中，夤緣，與金鳳通。又有百工院使李可殷，少與歸郎狎，因歸郎以通于金鳳。可殷聰敏，有智巧，歸郎令造縷金五彩九龍帳于長春宫。織八龍帳，外以延鈞爲一龍，既成，進之。極其華靡。延鈞歡甚，益昵歸郎，日留宿于内不出。國人歌曰：『誰謂九龍帳，惟貯一歸郎。』

初，金鳳因李倣得進。及爲后，倣自矜其功，且微聞九龍帳中事，頗横恣不爲忌。金鳳不能堪，令可殷譖之延鈞，倣聞之，怨金鳳負己謀，所以奪之寵。乃盛飾其妹春燕以進。春燕婉媚絶代，初入宫，年方十五，顧盼舉止，動移上意，遂大見幸，册爲賢妃，封倣爲皇城使，擅愛專席。延鈞從此不復御九龍帳矣。

有言真封宅龍見者，延鈞就其地造躍龍宫。又爲春燕造東華宫，皆以珊瑚爲棁桷，琉璃爲櫨瓦，檀楠爲梁棟，真珠爲簾幕，範金爲柱礎，窮工極麗。宫中供匠作者萬人，用匱不給。倣舉薛文杰充國計使，文杰巧佞，善聚歛，多察民間陰事，致富人以罪，而籍没其資，被榜捶者胸背分受，仍銅斗熨之。建州土豪吴光入朝，文杰利其財物，將求其罪治之。光怒，帥衆叛，奔吴，引吴人攻建州。延鈞遣將救之。兵行在道，不肯進，曰：『得文杰乃進。』延鈞不得已，送文杰于軍中，磔殺之。

金鳳諷右省常侍李洵等上言：文杰導九重淫靡，竭萬户膏脂，天怒人怨，禍亂旦夕，皆由李妃與倣爲戎首。今文杰就誅，妃、倣不宜在上左右。延鈞意猶豫。

明年，元夕御大酺殿，召前翰林學士承旨韓偓、弘文館學士王倜、右補闕崔道融、吏部郎中夏侯淑等觀燈，賜宴，命各賦《大酺樂》，偓感長春宫失寵，賦詩曰：『泪滴珠難盡，容殘玉易消。倘隨明月去，莫道夢魂遥。』延鈞爲之動，因返駕長春宫。李倣知人心罪己，不自安，私與春燕晝全身之策。以太子繼鵬與匡勝有隙，乃言春燕之美于繼鵬。繼鵬入宫問疾，遇春燕于前廡，悦之，就所居烝焉。匡勝聞而白其事。延鈞大怒，與次子繼韜議殺繼鵬。繼鵬懼，與李倣圖之。適醫工陳究從宫中出，言延鈞病不起，倣遽令壯士先殺李可殷于家。質明，金鳳訴之，延鈞强起視朝，詰可殷死狀。倣聞，驚惶，逼繼鵬率皇城衛士入。延鈞聞鼓噪聲，走匿九龍帳中，衛士刺之，不死。宫人不忍其苦，爲絶之。繼韜及金鳳、歸郎，皆遇害。

于是，繼鵬即帝位，改永和二年爲通文元年。立春燕爲皇后，以李倣判六軍諸衛事，繼鵬元妃梁國夫人李氏，同平章事敏之女。繼鵬嬖春燕，欲廢夫人，内宣徽使參政事葉翹諫曰：『夫人，先帝之甥，聘之以禮，奈何以新愛弃之？』繼鵬不聽，翹復上書極争。繼鵬批其紙尾曰：『春色曾看紫陌頭，亂紅飛盡不禁秋。人情自厭芳華歇，一葉隨風落御溝。』放翹歸老，永泰梁國竟廢。

春燕好巫，繼鵬惑之。有妖人譚紫霄以左道見幸，事無大小，皆决焉，紫霄言：『紫薇星臨後宫。』教繼鵬别造紫薇宫爲春燕游幸之所。土木之盛，倍于東華。又築三清臺三層于城中，括民間黄金數千斤，鑄寶皇大帝、元始天尊、太上老君像。日焚龍腦、薰陸諸香數十斤。紫霄導春燕諸後宫作樂其下，晝夜不輟，謂爲繼鵬延年永祚，而媟褻亡忌，國人醜之。後紫霄事敗被戮，倣亦以异志見殺。春燕之寵浸衰。

繼鵬徙居長春宫，夜坐，忽忽不樂，俄聞悲泣聲漸近，彷彿見金鳳銜哀至前，而歸郎、李可殷、陳匡勝自宫外領紅衣執戈矛者數百人，繼鵬大驚，趍而避之。有傾，宫中火起，紫薇、東華、躍龍諸處頓成灰燼。繼鵬疑控鶴都將連重遇縱火，將加誅，重遇懼，夜半統軍圍長春宫。繼鵬挾春燕率黄門衛士斬關出奔，次梧桐嶺，追兵至。執繼鵬歸陁莊，縊殺之。春燕度不能免，觸墻死。時通文四年七月十三日也。葬蓮花山側，號康陵。先是，金鳳與延鈞亦葬是山，號惠陵。

開運中，南唐師敗，李仁達于古城，亂兵發諸陵，剔取寶玉。金鳳、春燕容色如生，鮮血流漬，山爲之赤。後人名其山爲胭脂山云。

予居高蓋山中，有農家握〔一〕地，遇土穴，得銀錢數枚，色黑如漆，石硯一，銅爐、銅刀各一，有篆文乾德五年造。又石匣一，啓視，有抄書一帙，爲《陳后金鳳外傳》，不著姓名，楮墨漫滅，而字迹猶可句讀。農家弗能省，予聞，亟往索歸，參諸史乘諸書，始末多不异，因與友人徐𤊹訂正之。夫《飛燕别傳》出諸壞墻，《南部烟花》檢之廢閣，前代藏秘，後人搜傳，均有意焉。况諸王縱欲召亂，竟亡其國，尤後世之明戒也，是宜傳之，以存野史之一。萬曆甲辰夏五，閩邑王宇識。（徐𤊹《榕陰新檢》卷十五《金鳳外傳》）

【箋】陳金鳳　唐末福唐（今福清）人。福建觀察使陳岩妾陸氏與侯倫之私生女。開平三年（九

〔一〕握，據文意當作「掘」。

○九），爲王審知選入後宮，召爲才人。王延鈞即位，立爲皇后。永和元年（九三五），被殺。今存詞二首。

景福　唐昭宗年號，公元八九二—八九三年。

陳岩　唐邵武人，福建觀察使。

○《〔嘉靖〕邵武府志》卷十二《名宦》『陳岩』條：『按《綱目》：岩，建州人。《閩中記》云富沙人。富沙，即建州。岩慷慨有智略，乾符間，黄巢亂，轉掠閩中諸州，岩聚鄉兵數千，號「九龍軍」，破走黄巢……中和四年，福建觀察使鄭鎰表岩自代……光啓二年，王潮據泉州，聞岩威名，遣使請降。岩以潮能招懷離散，均賦愛民，表以爲泉州刺史。大順十年，疾且病，度可自代者惟潮，遣使召潮，未至而卒』。

王審知　詳卷九《閩王審知墓下作》。

梁開平三年　開平，後梁太祖年號；開平三年，公元九〇九年。

水晶宫　詳卷十三《西湖八景八首》『水晶初月』條。

同光三年　同光，後唐莊宗年號；同光三年，公元九二五年。

延翰　王延翰，字子逸，王審知長子，公元九二五年王審知去世，王延翰繼位，是爲閩國第二任國君。公元九二七年，爲弟延鈞、王審知養子延稟所殺。

延鈞　王延鈞，後改名鏻，王審知次子，延翰之弟，泉州刺史。公元九二七年，殺兄延翰自立，是爲閩國第三任國君。公元九三三年，延鈞稱帝，改年號爲龍啓，國號『大閩』。公元九三五年爲子繼鵬所殺。

長興三年　長興，後唐明宗李亶，長興三年，公元九三二年。

長春宫　晚唐王鏻建。

○何振岱《古迹》『長春宫』條：『《淳熙三山志》：在威武軍内，閩王璘（鏻）建。閩王僭號，改作逾制。通文、永隆間，又有寶皇、大明、紫薇、東華、躍龍諸宫，文明、文德、九龍、大酺諸殿，紫宸、啓聖、應天、東清、安泰、金德諸門。及錢氏内附，廢撤無留。』

韓偓　字致光，號致堯，小字冬郎，萬年（今陝西西安）人。唐代詩人。昭宗龍紀元年（八八九）進士及第，官至度支副使。黄巢入長安，偓隨駕鳳翔，授兵部侍郎、翰林承旨。昭宗遇害後，偓入閩依附王審知，卒葬南安。有《韓偓集》。

崔道融　自號東甌散人，荆州江陵（今湖北江陵縣）人。唐代詩人。官右補闕，避亂入閩。《全唐詩》存其詩約八十首。

繼鵬　王繼鵬，後改名昶，延鈞長子，公元九三五年殺父繼鵬，繼位稱帝，是爲閩國第四任國君。通文四年（九三九），爲堂兄王繼業所殺。《全唐詩》存其詩一首。

永和二年　永和，閩太宗年號；永和二年，公元九三六年。

通文元年　通文，閩太宗年號；通文元年，公元九三六年。

通文四年　通文四年，公元九三九年。

蓮花山　在福州城北，詳卷九《閩王審知墓下作》『蓮花峰』條。

開運　後晋出帝石重貴年號，公元九四四—九四六年。

胭脂山　參見卷九《閩王審知墓下作》『閩王審知墓』條。

高蓋山　在今福州倉山區。

〇曹學佺《大明一統名勝志·福建》卷一《福州府》『高蓋山』條：『萬伯詔傳《山經》云：唐開元間有女真自稱徐水仙第三女，過此，見其地有苦參，采而洗之，皆成甘草。後于山之絶頂上升，今名徐女峰。山有仙壇，壇左有仙井……又有青龍池，一名「天池」。有洞曰「蘆灣」，深不可測。有溪曰「桃溪」。元時有陳億翁者種桃數百，每花時恒眠食其中，花謝乃去。』

飛燕别傳　又作《飛燕外傳》，舊題漢伶元撰，實爲後人僞托。

南部烟花　即《南部烟花記》，舊題唐馮贄撰，實爲後人僞托。

王永啓　即王宇，詳卷十六《龍臺聚業序》。

【附】徐𤊹題《陳后金鳳外傳》：『王永啓既得《陳后傳》于農家，予借録一本，反覆考核，其姓名、事迹、歲月、地理，與史乘符合者勿論，中有少异者。史謂審知節儉，府舍卑陋，何至築離宫自娱？然西湖水晶宫之名，古志有之，豈立國拜王之後，游觀所不廢乎？《五代史》《南唐史》俱謂延鈞妻早卒，繼娶金氏。《通鑒紀事本末》謂延鈞兩娶劉氏，《傳》稱初娶漢王劉岩女，繼選劉氏、金氏。豈歐、馬二公未備載乎？史謂繼鵬因陳后請春燕于延鈞，延鈞與之。《傳》稱延鈞怒，欲殺繼鵬，豈陳后曾請之，延鈞未之許乎？史謂林興教繼鵬造三清臺，《傳》稱出于譚紫霄。豈妖巫之黨、史不一一書乎？抑紫霄實主其謀乎？史謂延翰爲審知養子延稟所殺，《傳》稱出于周彦琛，而《資治通鑑》謂延鈞誅延稟，隨復其姓名，豈史姑從其舊乎？李倣怒金鳳而進春燕，匡勝怒繼鵬而白其奸，雖無可證，然可殷譖李倣于閩主，匡勝無禮于福王，史之所載明甚。豈盡影響乎？金鳳爲陳岩之女，春燕爲李倣之妹，縱無可考，然陳岩奪人之位，而妻子爲人所淫，或亦天道！而李倣不難弒君，何難獻其妹以要寵！豈史氏以其曖昧淫穢而略之乎？他若韓偓《大酺樂》詩，向疑與樂府題不切，乃今知其有指，《傳》之言似不誣也。偓與李洵、崔道融等官爵姓氏，雖史不載，乃于偓本傳及唐《黄滔集》中見之，豈當時諸公來依審知，至延鈞時猶在乎？蓮花山，閩王時陵寢甚多，惠陵、康陵，想亦在其左右，而梧桐嶺、桑溪，宋《三山志》俱有載。胭脂山之名，《閩都記》謂審知女所洗妝水所染，《傳》稱金鳳、春燕鮮血所漬，此皆好事者爲之也。徐𤊹題。』（馬泰來《新輯紅雨樓題記》，第一一二—一一三頁）　馬泰來曰：『質之常理，作僞者應爲王宇。』（《新輯紅雨樓題記》，第一一四頁）　周亮工《閩小紀》卷二『金鳳傳』條：『王永啓曰：「予居高蓋山……以存野史之一。」予在閩，徐存永爲余言，《陳金鳳外傳》是其叔孝廉幔亭氏所爲。幔亭名熥，𤊹弟也。𤊹字興公，皆以文名。乃知近今撰托之書，不獨《天禄外史》爲然，傳之後世，誰復辨之耶！』按：徐熥爲徐𤊹兄，非弟；徐存永，即徐延壽，𤊹子，熥爲其伯，非其叔。此則周亮工誤記。《閩小紀》『徐惟和』條，稱興公爲熥弟，則不誤。

童孝希聞［一］

林逸夫，字元適，古田人，處士林春秀之仲子也。四歲喪母。祖母甘氏鞠育之，處士家貧，逸夫負薪于市，以供菽水。萬曆己亥五月，甘氏疾危。逸夫年十五，籲天涕泣，焚香割股，和藥以進，家人不知也。藥進而甘氏稍蘇，三日，病復篤，逸夫復于舊剜之所重割之。時當皇急刃，不由手入深可寸許，筋露血迸，暈痛幾絶，以掌復肉，悲泣號呼，父母家人始知之，急作羹以進。甘氏復蘇，遺囑後事乃瞑。令延至公庭，大加獎异，上其事于潘臬，諸司復其終身，扁其居曰『童孝希聞』云。（徐𤊹《榕陰新檢》卷一引『孝行』引《幔亭集》）

【編年】萬曆二十七年己亥（一五九九）。

晏子春秋八卷

萬曆戊戌中秋，購于閶門肆中。徐𤊹惟和識。（陸心源《皕宋樓藏書志》卷二十六）

【編年】萬曆二十六年戊戌（一五九八）。

【箋】晏子春秋八卷　藏日本静嘉堂文庫。

［一］　童孝希聞，按：《幔亭集》卷十七有《林孝孫傳》，文字、題目與《榕陰新檢》所引有較大差异，故予重輯。

解學士先生集三十卷

萬曆戊戌初秋三日，自京師南還，舟次淮陰，登岸謁漂母祠，因入城閑步，偶見此種，雖梨棗漫漶，然篋中不可少者，謹藏之。幔亭居士徐熥識。（馬泰來《新輯紅雨樓題記》，第五九頁）

【編年】萬曆二十六年戊戌（一五九八）。

【箋】解學士先生集三十卷　明解縉撰，天順元年（一四五七）黄諫刊本。解學士，即解縉，詳卷十九《趙子昂畫太祖蹴球圖》。

漂母祠　詳卷五《漂母廟》。

升庵詩集九卷

萬曆戊戌清和月八日，市于長安肆中，徐熥識。（馬泰來《新輯紅雨樓題記》，第六一頁）

【編年】萬曆二十六年戊戌（一五九八）。

【箋】升庵詩集九卷　明楊慎撰，嘉靖三十六年（一五五七）刊本。升庵，詳卷十九《赤牘清裁》『楊用修』條。

閩海文獻叢書第二輯

叢書主編　陳慶元

徐熥集編年校箋

〔明〕徐熥　著
陳慶元　陳煒　校箋

下

廣陵書社

中编：晋安風雅

中醫·晉安風叢

晉安風雅凡例

一、晉安爲八閩都會，自洪、永以來迄今日，風雅萃焉。兹不分列品目，但依世次以爲先後而録之。

一、吾郡舊隷邑十，騷雅之士總二百六十餘人，閩得十六，侯官、長樂各得十一，懷、福共得十一，古田、永福、連江僅得十一，若羅源、閩清則風氣未開，或有待也。

一、是編遠規《品彙》，稍拓正聲，惟不離三唐格調者收之，若有華楚奇險詭于唐響者，悉所不取。

一、高氏《品彙》，樂府散在各體，不另立條，兹遵其例。

一、姓氏世次，顯晦不同，科甲歲貢者，以榜次爲後先；如薦僻恩例，戎胄布衣，則考其年代，而間入之，使覽者易核。至于齒序倫次，微有倒置，不能瑣瑣。若同時之士，身所及交游者，又以齒列。

一、姓氏之下，各係邑里、官爵及所著詩集名目。有父子、兄弟嗣芳競爽者，互注下方。其行誼大節，有郡乘在，毋庸贅書。其山林之士，但署布衣而已。

一、貴顯之集廣布，窮賤之文鮮傳，故所輯之多寡縣絶，觀者原焉。

一、吾郡文獻，歷代林然，有未録者未獲其本，録而少者未究其全耳，耳目所及，莫不采摭。間有子姓匪夷，用以覆瓿飼蠹，及宦游羈旅，占籍异地者，無從物色，并故闕也。

一、當代操觚，家珠户璧，篇宜博選，庶彰盛美。第秘者珍藏，鋭者求進，今所未逮，人其舍諸。

一、緒黄之流，雲鶴浮踪，難以掇拾。間得衲子數詩于苔墻蘚，刻之上列之于編。至于羽士，尚謹闕然。

一、婦人之詩，《品彙》總曰『閨秀』，兹編另立『名妓』一目，特嚴薰蕕之别。

詩人爵里詳節

林　鴻　字子羽，福清人。洪武中薦辟，試《龍池》《孤雁》二詩，稱旨授將樂訓導官，終膳部郎中。號閩中十才子。有《鳴盛集》十卷。

張以寧　字志道，古田人。元泰定四年進士，累官翰林學士。洪武二年徵至京，奏對稱旨，仍拜翰林侍讀學士，知制誥，兼修國史。卒年七十。有《翠屏集》二十卷。

吴　海　字朝宗，閩縣人。洪武中布衣，累薦不仕。有《聞過齋集》八卷。

林谷顯　字□□，長樂人。洪武四年鄉薦第一人，官至沔陽知州。

馬　英　字德華，福清人。洪武四年鄉薦，爲泉州同知。

陳仲完　以字行，長樂人。洪武十八年進士，累官至翰林編修、右春坊贊善。卒年六十四。有《蔄齋迂稿》。

唐　震　字士亨，閩縣人。洪武二十一年廷試第二人，官翰林編修。

王　偁　字孟揚，永福人。洪武二十三年鄉貢，永樂初薦授翰林檢討、纂修《大典》總裁。卒年五十八。有《虚舟集》。

林　真　字伯誠，閩縣人。洪武二十六年鄉貢，官至監察御史。

王　褒　字中美，侯官人。洪武二十六年鄉貢，爲翰林修撰，修《高廟實録》、《永樂大典》總裁官。卒年五十四。有《養静齋集》十卷。

林　賜　字伯予，長樂人。洪武二十六年鄉貢第一人，爲溧陽教諭。

唐　泰　字亨仲，閩縣人。洪武二十七年進士，官至陝西按察副史。有《善鳴集》十卷。

董希吕　名渭，以字行，閩縣人。洪武中庠生，兩徵不就。有《雪巢稿》。

陳　郊　字安仲，一字叔恭，閩縣人。洪武三十年廷試第一人，授翰林修撰。

林　旅　字汝衆，長樂人。洪武中薦辟，爲金部員外郎。

羅　泰　字宗讓，閩縣人，洪武中布衣。有《覺非先生集》。

鍾明德　字叔遠，閩縣人，洪武中布衣。有詩名。

鄭　迪　字公啓，閩縣人，洪武中布衣。

趙　迪　字景哲，閩縣人，洪武中布衣。有《鳴秋集》。

林　枝　字昌達，閩縣人，洪武中布衣。有《效顰集》。

游　宗　字從正，閩縣人。洪武中薦辟，官寧府教授。

游　堅　字文固，閩縣人，洪武中布衣。

鄭　定　字孟宣，閩縣人。洪武中薦辟，爲國子監助教。有《浮丘集》。

林伯璟　字懷之，閩縣人。洪武中鄉貢，爲郡學訓導。有《友漁集》。

林　洪　長樂人，洪武中布衣。

右洪武二十五人

洪　順　字遵道，懷安人。永樂二年進士，改翰林庶吉士，歷官山東按察史。

陳　全　字果之，長樂人。永樂四年廷試第二人，授翰林編修。修大典成，升侍講，掌院事。有《蒙庵集》。

陳　良　字從時，長樂人。永樂初薦辟，官至吏部主事。

高廷禮　字彦恢，初名棅，永樂人。永樂初薦辟，授翰林侍詔。卒年七十四。有《木天清氣集》《嘯臺集》，總二十卷。

王　恭　字安中，長樂人。永樂初薦辟，授翰林院典籍，修大典。有《白雲樵唱》《草澤狂歌》《鳳臺清嘯》諸集，總三十餘卷。

周　玄　字又玄，一字徵之，閩縣人。永樂初薦辟，官至禮部員外郎。有《宜秋集》。

黄　玄　字玄之，侯官人。永樂初薦辟，爲泉州訓導。有《鳴秋集》。

馬　鐸　字彦聲，長樂人。永樂十年廷試第一人，授翰林修撰。卒年五十八。

林　志　字尚默，閩縣人。永樂九年鄉試第一人，十年會試第一人，廷試第二人。歷官翰林編修、侍讀右春坊、右諭德。卒年五十。有《蔀齋文集》。

鄭　閻　字公望，閩縣人。永樂十年會試第三人，歷官廣信府教授。有《柳齊集》。

黄　澤　字敷仲，閩縣人。永樂十年進士，歷官浙江布政使。有《旂山集》。

陳　亮　字景明，長樂人，永樂中布衣。有《滄洲集》。

陳　輝　字伯煒，閩縣人。永樂十二年進士，官至廣東副使。有《存庵集》《琴邊清唱》。

鄭　瑛　字希晦，閩縣人。永樂十三年進士，官樂令訓導。有《弦齋集》。

鄭　珞　字希玉，閩縣人，瑛之弟。永樂十三年進士，官寧波知府。有《訥庵集》四卷。

林文秩　字禮亨，懷安人。永樂十三年進士，改翰林院庶吉士，歷官按察司副使。

林文秸　字嘉亨，懷安人，文秩之弟。永樂十三年進士，改翰林院庶吉士，岳州通判。

洪　英　字實夫，懷安人。永樂十三年會試第一人，官巡撫都御史。卒年六十九。

陳景著　名從，以字行，閩縣人。永樂十三年廷試第三人，授翰林院編修。

谷　宏　字未詳，閩縣人，永樂中布衣。

高　淮　字秦仲，長樂人。永樂十五年鄉貢。

周　瑺　字仲器，長樂人。永樂十五年歲貢，官常山教諭。

李　騏　字彦良，長樂人。永樂十六年廷試第一人，授翰林院修撰。卒年四十八。

董　穌　字積中，閩縣人。永樂十六年進士，官至貴州布政使。

吴　源　字叔淵，閩縣人。永樂十六年進士，官當塗知縣。
鄭　憲　字介叔，閩縣人。永樂十六年進士，官户部主事。
林　得　字疑道，懷安人。永樂十六年進士，改翰林院庶吉士，官至户部主事。
馬景約　字自牧，閩縣人。私謚安素先生，永樂中布衣。卒年五十六。
王　肇　字開若，侯官人，褒之子。永樂中薦辟，不就。卒年六十三。有《蒙齋集》。
林　敏　字漢孟，長樂人，永樂中布衣。
鄧　定　字子静，閩縣人，永樂中布衣。有《畊隱集》。
陳叔剛　名棖，以字行，閩縣人。永樂十九年進士，翰林院侍讀，年四十七。有《絅齋集》。
林　慈　字志仁，長樂人。永樂中薦辟，官國子監博士。
右永樂三十三人
王　振　字未詳，永福人，偁之子。洪熙中布衣。
林　炤　字汝恒，閩縣人。洪熙中監生，爲賓州判官。
高起宗　閩縣人。洪熙中監察御史。
薩　琦　字禹珪，閩縣人。宣德五年進士，官至翰林院學士、禮部侍郎。
右洪熙三人
趙　恢　字汝宏，連江人。宣德八年廷試第二人，歷官春坊庶子兼侍講經筵講官。

鄭　亮　字汝明，閩縣人，瑛之子。宣德八年會試第五人，官户部主事。有《蒙齋集》。
右宣德三人
陳叔紹　名振，以字行，閩縣人，叔剛之弟。正統十年進士，官至廣東按察副使。有《毅齋集》。
黄　鎬　字叔高，侯官人。正統十年進士，歷官户部尚書，贈太子少保，謚襄敏。卒年六十四。
王　勝　字子奇，正統間授福州右衛都指揮使，詔旌孝子。
右正統三人
王　佐　字彦弼，侯官人。景泰二年進士，官至廣東参政。卒年五十。有《梅軒集》。
謝士元　字仲仁，長樂人。景泰五年進士，歷官都御史。
右景泰二人
王克復　字師仁，福清人。天順元年進士，歷官副都御史、吏部侍郎。
陳　煒　字文曜，閩縣人，叔剛之子。天順四年進士，歷官浙江左布政使。有《耻庵集》。
楊　成　字成玉，閩縣人。天順八年進士，歷官揚州知府。
張　濬　字哲之，閩縣人。天順三年鄉貢，官饒平知縣。有《孝友堂》遺稿。
王　佐　字廷用，懷安人。天順三年鄉貢，官鄒平教諭，以子鼎贈都御史。有《三留集》。
右天順五人
林　瀚　字亨大，閩縣人。成化二年進士，改翰林院庶吉士，歷官檢討、修撰諭德、國子祭酒、南京兵部尚書，贈太子太保，謚文安。卒年八十六。有《林文安公集》。

陳　紀　字叔振，閩縣人。成化五年進士，歷官副都御史。

陳　焯　字文厚，閩縣人，叔紹之子。成化七年鄉貢，隱居不仕。有《桐山集》。

林　塾　字世調，閩縣人。成化八年進士，歷官吏部郎中、廣東左布政使。有《雙松集》。

林　泮　字用養，閩縣人。成化八年進士，歷官户部尚書。

董宗道　字文英，閩縣人。成化七年鄉貢，官鎮江府教授。

林景清　字□□，閩縣人。成化七年歲貢，官興國州判。

陳　焞　字文盛，閩縣人。成化中由選貢入太學。

鄧　焲　字廷耀，閩縣人。成化十四年會試第五人，歷官翰林院侍講。

陳　烓　字文用，閩縣人。成化十四年會試第三人，歷官監察御史、浙江按察僉事。卒年八十。有《留餘稿》。

王　鼎　字器之，懷安人，佐之子。成化十七年進士，歷官右都御史。卒年六十。

林廷選　字舜舉，長樂人。成化十七年進士，歷官右都御史、南京工部尚書，贈太子少保。有《竹田集》。

林廷玉　字粹夫，侯官人。成化二十年進士，歷官給事中、都察院僉都御史。有《南澗先生集》。

右成化十三人

李廷儀　字鳴鳳，閩縣人。弘治三年進士，歷官南安府同知，私謚夷穆先生。

許天賜　字啓東，閩縣人。弘治六年進士，歷官都給事中。

鄭汝美　字希大，閩縣人。弘治六年進士，官户部員外郎。

林庭㭿　字利瞻，閩縣人，瀚之子。弘治十二年會試第五人，歷官太子太保、工部尚書，贈少保，謚康懿。

林庭模　字利正，閩縣人。弘治十一年鄉貢，官潮州府同知。有《兩江漁唱》。

鄭　鵬　字子漠，閩縣人。弘治十四年鄉貢，官淮府教授。有《編茗集》。

洪　暄　字繼明，閩縣人，英之孫。弘治十四年鄉貢，官郯城知縣。卒年七十。有《鹿溪詩集》。

陳　達　字德英，閩縣人，烓之子。弘治十八年進士，歷官僉都御史。卒年七十三。有《虚窗存稿》。

鄭善夫　字繼之，閩縣人。弘治十八年進士，歷官南京吏部郎中。卒年三十九。有鄭詩、鄭文二十卷。

右弘治十人

吴益夫　字裕甫，閩縣人。正德二年鄉貢，官武學教授。

趙德剛　字崇節，閩縣人。正德六年進士，官武昌府通判。

游　璉　字世重，連江人。正德六年進士，歷官江西參政。

王希旦　字文周，侯官人，佐之孫。正德八年鄉貢，歷官禮部郎中。有《石溪集》。

林　炫　字貞孚，閩縣人，庭棉之子。正德九年進士，歷官通政司參議。有《榕江集》。

林春澤　字德敷，侯官人。正德九年進士，歷官程蕃知府，贈廣東按察使。卒年百有四歲。有《人瑞翁集》。

凌　雲　字應賢，閩縣人。正德十一年鄉貢，官常德府通判。

劉世揚　字實夫，閩縣人。正德十二年進士，歷官吏科都給事中、河南提學副使。

郭　波　字澄卿，閩縣人。正德十二年進士，官户部主事。有《方岩存稿》。

鄭　漳　字世績，閩縣人，亮之曾孫。正德十二年進士，歷官刑部侍郎。

張　經　字廷彝，侯官人。正德十二年進士，歷官總制七省兵部尚書兼右都御史，謚襄愍。有《半洲集》。

陳文沛　字惟德，長樂人。正德十二年進士，歷官行太僕寺卿。

方邦望　字表民，閩縣人。正德十四年鄉貢，官惠州府推官。有《平洲稿》。

林庭枝　字利達，閩縣人，瀚之子。正德十四年鄉貢。有《林孝廉詩》。

高世魁　字紹甫，閩縣人。正德十六年進士，歷官監察御史，贈光禄寺少卿。

林　釴　字克相，閩縣人。正德十六年進士，歷官監察御史。
謝　賁　字惟盛，閩縣人。正德十六年進士，官吏科給事中，贈太常寺少卿。
陳大濩　字則殷，長樂人。正德十六年進士，歷官思恩府同知，以子省封僉都御史。有《雙溪集》。
傅汝舟　字木虛，侯官人，正德中布衣。有《丁戊山人集》。
傅汝楫　字木𠛬，侯官人，汝舟之弟，正德中布衣。有《卧芝集》。
高　瀫　字宗吕，閩縣人，正德中布衣。
右正德二十一人
林　燁　字貞華，閩縣人，庭模之子。嘉靖元年鄉貢，歷官遼府長史，贈户部員外郎。
葉邦榮　字仁甫，閩縣人。嘉靖元年鄉貢，歷官安吉知州。卒年七十八。有《朴齋集》。
王　昺　字文晦，侯官人，佐之孫。嘉靖元年鄉貢，歷官户部主事。有《晴川集》四卷。
王　杲　字文旭，侯官人，佐之孫，嘉靖中布衣。卒年六十三。有《怡漫集》。
祝時泰　字汝亨，侯官人。嘉靖元年鄉貢，歷官户部員外郎、德府左長史。有《九山集》。
張元秩　字經世，閩縣人，濬之孫。嘉靖四年鄉貢，官寧波府通判。有《孝友堂遺稿》。
高廷忠　字允卿，長樂人。嘉靖四年鄉貢，歷官靖江長史。
鄭允璋　字德卿，閩縣人，汝美之子。嘉靖五年進士，歷官廣東僉事。有《少白詩集》。

鄭允珪　字元卿，閩縣人，汝美之子。嘉靖中監生，官海鹽縣丞。

龔用卿　字鳴治，懷安人。嘉靖五年廷試第一人，歷官翰林院修撰、諭德國子祭酒。有《雲岡詩集》。

王德溢　字懋中，連江人。嘉靖五年進士，歷官御史、廣東僉事。

鄧遷　字世喬，閩縣人。嘉靖七年鄉貢，歷官嘉興府通判，贈户部郎中。有《别駕集》。

陳節之　字尹和，閩縣人。嘉靖八年進士，歷官翰林院編修、左春坊中允。

曹世盛　字際卿，閩縣人。嘉靖八年進士，歷官廣西參政。

陳子文　字在中，閩縣人。嘉靖八年進士，歷官湖廣按察副使。卒年四十八。有《于山堂稿》。

林壁　字茂東，侯官人。嘉靖八年進士，歷官廣東僉事。卒年六十六。有《雲溪集》。

林恕　字道近，長樂人。嘉靖八年進士，歷官雲南按察使。有《西橋集》。

張萬里　字廣陵，閩縣人。嘉靖八年歲貢，官湖廣都司經歷。

林垠　字天宇，閩縣人，燁之子。嘉靖十年鄉貢，官户部員外郎。有《世牧堂稿》。

林應亮　字熙載，侯官人，春澤之子。嘉靖十一年進士，歷官户部侍郎。卒年八十六。

薛廷寵　字汝承，福清人。嘉靖十一年進士，歷官吏科都給事中。

王鑛　字公範，閩縣人。嘉靖十三年鄉貢，官思明府同知。卒年七十九。有《冶山稿》。

謝啓元　字本貞，閩縣人。嘉靖十三年鄉貢，以子蒙亨贈工部司務。

薛　欽　字寅甫，福清人。嘉靖十三年鄉貢，官太平教諭。有《薛博士集》。

董伯章　名彭，以字行，閩縣人。嘉靖間布衣，以子廷欽贈奉直大夫。

黄宗器　字時震，閩縣人，澤之孫。嘉靖十四年進士，歷官湖廣按察副使。卒年八十三。有《紫芝摘稿》。

林庭機　字利仁，閩縣人，瀚之子。嘉靖十四年進士，改庶吉士，歷官翰林院檢討，國子監祭酒、南京禮部尚書，贈太子少保，謚文僖。卒年七十一。有《世翰堂稿》。

陳　暹　字德輝，閩縣人，烓之子。嘉靖十四年進士，歷官廣東右布政使。有《掩瓿集》。

許　穀　字仲貽，侯官人，應天上元縣籍。嘉靖十四年會試第一人，歷官太常寺少卿。有《石城文集》。

陳元珂　字仲聲，懷安人。嘉靖十四年進士，歷官湖廣參政。有《陳參藩集》六卷。

馬　森　字孔養，懷安人。嘉靖十四年進士，歷官右都御史、兩京户部尚書，贈太子少保，謚恭敏。卒年七十五。有《馬恭敏公集》。

郭萬程　字子長，福清人。嘉靖十四年進士，歷官刑部主事。有《郭子長集》。

林春秀　字彦甫，閩縣人。嘉靖十六年鄉貢，官廬州府同知。有《麓屏集》。

郭文涓　字稚源，古田人。嘉靖十六年鄉貢，歷官保寧府同知。有《享帚集》。

林　金　字良珍，連江人。嘉靖十六年鄉貢，歷官通山知縣。

何御　字範之，福清人。嘉靖十七年進士，歷官兩淮轉運使。有《白湖草》十二卷。

林紀　字廷肅，閩縣人。嘉靖十九年鄉貢，官石城知縣。

葉繼熙　字兆學，閩縣人。嘉靖十九年鄉貢，官臨桂知縣。卒年八十一。有《篤慶堂稿》。

鄭公寅　字敬甫，閩縣人。嘉靖間鄉貢，官教諭。有《鄭廣文集》四卷。

胡廷順　字貞孚，閩縣人。嘉靖十九年鄉貢，歷官潮州府同知。

林懋和　字惟介，閩縣人。嘉靖二十年進士，改庶吉士，歷官湖廣提學副使、廣東左布政使。有《雙臺詩選》。

鄭渭　字伯清，閩縣人。嘉靖二十年進士，歷官河南按察副使。卒年六十二。有《望川存稿》。

王應鍾　字懋復，侯官人，肇之玄孫。嘉靖二十年進士，改庶吉士，歷官監察御史、河南提學副使、山東參政。卒年九十。有《缶音集》。

陳時範　字敷疇，長樂人，文沛之子。嘉靖二十年進士，歷官雲南左布政使。

劉鵠翔　字宇卿，閩縣人，世揚之子。嘉靖二十二年鄉貢，官靖江府長史。

林玉汝　字于成，長樂人，廷選之子。嘉靖中官生，官惠州府推官。

羅一鸞　字應周，閩縣人。嘉靖二十三年進士，歷官湖廣參政。

林懋舉　字直卿，閩縣人。嘉靖二十三年進士，歷官工科給事中、廣東左布政使。

陳全之　字粹仲，閩縣人，煒之孫。嘉靖二十三年進士，歷官山西右參政。卒年六十九。有《夢宜山人集》。

魏文焲　字德章，福清人。嘉靖二十三年進士，歷官廣西按察使。有《石室私抄》四卷。

鄭鑰　字道啓，閩縣人。嘉靖二十五年鄉貢，歷官監察御史。有《翠竹稿》。

林燫　字貞恒，閩縣人，庭機之子。嘉靖二十六年進士，改庶吉士，歷官翰林修撰、洗馬兼侍講、國子祭酒、吏部侍郎、翰林學士、南京禮部尚書，贈太子少保，謚文恪。有《林學士集》。

亢思謙　字子益，閩縣人，山西臨汾籍。嘉靖二十六年進士，改庶吉士，歷官翰林院編修、四川左布政使。

鄭銘　字警吾，閩縣人。嘉靖二十六年進士，歷官温州知府。年七十九。有《得閑堂集》。

余鐸　字道鳴，閩縣人，嘉靖中庠生。有《閩嵩稿》。

林應標　字廷魁，侯官人。嘉靖二十八年鄉貢，官澄邁知縣。卒年四十一。

林清源　字河靈，侯官人。嘉靖二十八年鄉貢。

王應時　字懋行，侯官人，肇之玄孫。嘉靖二十九年會試第五人，歷官雲南按察使。

江日德　字世高，閩縣人。嘉靖中庠生，以子文沛贈行人司正。

鄒一麟　字仁卿，閩縣人。嘉靖三十年歲貢，官虹縣知縣。卒年六十一。

林鳳儀　字姬臣，永福人。嘉靖三十一年鄉貢，官瀧水知縣。有《明農稿》《瀧水集》十卷。

李應陽　字希旦，侯官人。嘉靖三十一年鄉貢，官曲陽知縣。

陳　謹　字德言，閩縣人。嘉靖三十二年廷試第一人，授翰林院修撰，歷春坊中允。

張　煒　字德南，閩縣人，元秩之孫。嘉靖三十四年鄉貢，歷官南京刑部郎中。有《江干諸集》。

薛廷熙　字朝載，福清人。嘉靖三十四年鄉貢，歷官廣州府同知。

高孝忠　字成甫，閩縣人。嘉靖三十四年歲貢，官周府教授。

鄭雲鎣　字邦用，閩縣人。嘉靖三十五年進士，歷官浙江提學副使、河南左布政使。

張　焯　字雲京，閩縣人。嘉靖三十五年進士，官昆山知縣。

吴文華　字子彬，連江人。嘉靖三十五年進士，歷官總督兩廣右都御史、南京兵部尚書，贈太子少保，謚襄惠。卒年七十八。

林世璧　字天瑞，閩縣人，炫之子，嘉靖中庠生。有《彤雲集》。

林朝儀　字宗嚴，閩縣人，嘉靖中布衣。有《草洲集》。

程　鎰　字則謙，閩縣人，嘉靖中布衣。

袁　表　字景從，閩縣人，嘉靖三十七年鄉貢，歷官中書舍人、黎平知府。卒年五十七。有《逋客集》。

陳學麟　字尚經，侯官人，嘉靖三十七年鄉貢，歷官潮州府同知。有《賢奕稿》。
陳　省　字孔震，長樂人，大濩之子。嘉靖三十八年進士，歷官提學御史、僉都御史、兵部左侍郎。
王應桂　字子英，閩縣人，鼎之曾孫。嘉靖四十年鄉貢，官安慶府通判。有《存愚軒稿》。
林　烴　字貞耀，閩縣人，庭㭿之子。嘉靖四十一年進士，任太僕寺少卿。有《覆瓿集》。
鄭日休　字德卿，閩縣人。嘉靖四十三年鄉貢，官惠州推官。卒年五十一。有《司理集》。
鄭　節　字亨之，閩縣人。嘉靖四十四年歲貢。
徐　棉　字子瞻，閩縣人。嘉靖四十四年歲貢，官永寧知縣。卒年七十九。有《徐令集》。
黄用中　字通理，閩縣人，嘉靖中庠生。
王應山　字茂宣，侯官人，杲之子，嘉靖中庠生。有《帚言摘録》。
林　燆　字貞瑩，閩縣人，瀚之孫，嘉靖中庠生。有《露華軒稿》。
陳輔之　字卿仲，閩縣人，達之子，嘉靖中庠生。卒年二十五。
鄭若霖　字可澤，閩縣人，允璋之子，嘉靖中庠生。有《芝谷山人稿》。
鄭若楠　字可材，閩縣人，允璋之子，嘉靖中庠生。
右嘉靖八十六人
陳巖之　字泰仲，閩縣人，叔紹曾孫。隆慶二年進士，歷官雲南副使。卒年六十五。

陳朝錠　字元之，閩縣人，達之子。隆慶四年鄉貢，歷官永寧府同知。卒年七十二。

王夢麟　字惟振，閩縣人。隆慶四年鄉貢，歷官吉安府通判。卒年七十。有《金粟園稿》。

邵　傅　字夢弼，閩縣人。隆慶四年歲貢，官王府教授。

江文沛　字良雨，閩縣人，日德之子。隆慶五年進士，官至户部郎中。

王應岳　字重甫，侯官人，隆慶中布衣。

陳公選　字仕卿，閩縣人，隆慶中庠生。卒年五十九。

右隆慶七人

林春元　字叔寅，福清人，萬曆元年鄉貢。

吴萬全　字子修，侯官人。萬曆元年順天鄉貢第五人，歷官知縣。有《玉鸞》諸集。

謝　杰　字漢甫，長樂人。萬曆二年進士，任户部尚書。

馬　熒　字用昭，懷安人，森之子。萬曆中官生，官南京左府經歷。

董廷欽　字仲恭，閩縣人，伯章之子。萬曆七年鄉貢，任韶州府同知。有《劍首吟》。

宗　周　字思兼，閩縣人。萬曆中監生，官餘姚主簿。卒年六十九。有《竹林集》。

黄　中　字印坤，古田人。萬曆中歲貢，官延平府教授。有《江上草》。

藍靖卿　字用恭，閩縣人，萬曆中庠生。

陳　椿　字女大，閩縣人，子文之子，萬曆中庠生。卒年六十六。有《景于樓集》八卷。

陳　第　字季立，連江人。萬曆中官薊遼參將。有《薊門稿》。

趙世顯　字仁甫，閩縣人。萬曆十一年進士，官池州府推官。有《山居》《闕下》《入蜀》諸集。

陳鳴揚　字丁子，閩縣人，萬曆中庠生。有《霍露集》。

葉向高　字進卿，福清人。萬曆十一年進士，改庶吉士，任翰林侍讀、南京吏部侍郎。

林世吉　字天迪，閩縣人，爃之子。萬曆中官生，官户部郎中。有《叢桂堂》諸集二十卷。

陳益祥　字履吉，侯官人，萬曆中監生。有《草集》。

王　湛　字汝存，閩縣人，萬曆中歲貢。有《王生詩》。

陳鳴鶴　字汝翔，懷安人，萬曆中庠生。有《泡庵詩選》。

王昆仲　字玉生，閩縣人，萬曆中禮部儒士。

翁正春　字兆震，侯官人。萬曆二十年廷試第一人，任翰林院修撰。

鄧原岳　字汝高，閩縣人，遷之子。萬曆二十年進士，任湖廣參議。有《搔首》《北征》《帝京》《于役》《碧鷄》諸集。

張元芳　字伯華，閩縣人，焯之子。萬曆中監生，歷官大興縣丞。有《燕越稿》諸集。

陳仲溱　字惟秦，懷安人，萬曆中布衣。有《陳惟秦詩》。

陳宏己　字振狂，閩縣人，萬曆中庠生。有《蘆中》《馬東》諸集。

陳邦注　字平夫，閩縣人，朝錠之子，萬曆中布衣。有《釣磯集》。

陳价夫　字伯孺，閩縣人，輔之之子，萬曆中庠生。有《招隱樓稿》《吴越游草》。
陳薦夫　字幼孺，閩縣人，輔之之子，萬曆二十二年鄉貢。有《水明樓集》。
陳　勛　字元愷，閩縣人，萬曆二十九年進士。
馬　欻　字季聲，懷安人，森之子，萬曆中庠生。有《漱六齋集》《廣陵游草》。
王毓德　字粹夫，侯官人，應山之子，萬曆中布衣。有《浪游稿》。
鄭　琰　字翰卿，閩縣人，萬曆中布衣。有《鄭翰卿詩選》。
董養斌　字允叔，閩縣人，廷欽之子，萬曆中監生。有《董叔允詩》。
唐彦登　字元龍，閩縣人，萬曆中庠生。卒年三十六。有《代奕編》《朔方游稿》。
謝肇淛　字在杭，長樂人，萬曆二十年進士，任東昌府推官。有《小草齋》《游燕》《下菰》《鑾江》諸集
徐　㶿　字惟起，一字興公，閩縣人，棉之子，萬曆中布衣。有《紅雨樓集》。
袁敬烈　字無競，閩縣人，表之子，萬曆中庠生。有《卧雪齋集》。
王叔魯　字少文，閩縣人，萬曆中庠生。卒年二十。有《石火篇》。
曹學佺　字能始，侯官人。萬曆二十三年進士，任南京大理寺寺正。有《挂劍篇》《海色篇》諸集。
右萬曆三十七人。

神童

王維琬　閩縣人，嘉靖中神童。六歲能詩，未幾卒。

右神童一人。

衲子

正　淳　字右心，閩縣人，洪武中福州僧。

獨　芳　字宗繁，閩縣人，洪武中鼓山白雲寺僧。

惠　顗　閩縣人，洪武中鼓山寺僧。

法　闡　號方山，閩縣人，鄧定之兄。永樂中鼓山白雲寺僧。

至　剛　閩縣人，永樂中鼓山涌泉寺僧。

古　鑒　閩縣人，成化中鼓山白雲寺僧。

明　秀　侯官人，嘉靖中鍾山寺僧。

右衲子七人〔一〕

閨秀

朱　氏　福清人，禮部員外林鴻妻，見《彤管遺編》。

〔一〕右衲子七人，原文無此七字，據上下文體例補。

林　氏　閩縣人，見《彤管遺編》。

鄧　氏　名齡，字德和，閩縣人，儒士鄭坦妻。坦卒，刲雙耳自誓，詔旌表其門。年八十二。萬曆中以嗣子雲鎬貴，贈宜人。有《風教録》。

陳　氏　閩縣人，嘉靖己未進士潘仲微妻。有《閨中集》。

陳　氏　閩縣人，林世吉妻，贈安人。

林　氏　閩縣人，隆慶中進士馬爕妻，庭機之女。

王女郎　名虞鳳，字儀卿，萬曆中許林紀嫡孫逢隆，年十七卒。有《有罷綉吟》。

右閨秀七人

妓女

張紅橋　閩縣人，洪武中與林鴻倡和。

右妓女一人

晉安風雅卷之一

郡人徐熥選輯
陳薦夫校訂
董養斌編次

五言古詩

林鴻十首

寄衣曲

漢月絓庭樹，胡霜拂城樓。邊人一夜寒，深閨始知秋。起來理征衣，纖手一何柔。雙杵幾不勝，寸心未能休。梧葉下淅淅，草蛩閑幽幽。月明嗟慰意，風急復含愁。白露下蘭心，蘭心亦枯槁。妾家有高臺，下有漁陽道。明發寄征人，三挹蘼蕪草。

曉登金鷄山呈王六博士

劍客無所歡，登高眺清曙。于時值摇落，况乃朋游阻。關河一千里，飛雁杳難度。積水明秋空，蒼山落寒楚。荒涼誰問俗，慷慨即懷古。長嘯歸去來，餘意在蘭杜。

岷峨秋晚

岷峨一千仞，秀色横清秋。雲蟠隴蜀盡，水入巴江流。旭日海上來，蒼蒼樹色浮。陽崖氣已變，石林陰未收。疏鑿有古迹，登臨仍壯游。落日下層巔，懷哉神禹憂。

富春釣臺

維舟富春渚，舒嘯登崔嵬。不見羊裘人，空餘垂釣臺。苔色石上古，秋聲松際哀。清風猶可仰，落日滿蒿萊。

同王六博士宿烟霞觀

昔人煉金鼎，此地餘還丹。至今風篁鳴，猶疑下笙鸞。出嶺訪靈异，投山宿天壇。一片月色古，千秋松影寒。醴泉爲我酒，丹霞爲我飧。都無世人夢，但佇風中翰。夫子苟有意，相期此投冠。到家興未已，更取吾琴彈。

訪玄章師不遇

真僧駐錫處，雲床在西峰。應物無所住，安知來去踪。今來結青謡，又向何山逢。白日無經聲，金飆但鳴松。懸思永今夕，杳靄秋天鐘。

宿黄梅五祖寺

佛祖説法處，迴與諸天鄰。珠宮歷浩劫，桂殿餘真身。登攀訪靈异，禮謁知宿因。地遠泉石怪，人閑猿鳥馴。松杉覆窗户，濕竹清衣巾。花雨出深夜，天香來暮春。久知簪組妄，思與緇錫親。所希慧燈影，爲余照迷津。

同鄭二宣江上泛舟

載酒入江邑，酒多江復長。酣來散予纓，濯向春流香。東壁過疏雨，西崦殘夕陽。猿禽相嘯叫，雲水共清蒼。夕景更泛覽，客程殊未央。魚風葦上起，蚌月波中光。嘗以事泮涣，永期名迹忘。乘槎予豈必，聊復咏滄浪。

九仙山樓觀

仙山有樓觀，虚爽軼浮埃。昔日九仙人，跨鯉兹山來。赤鯉去不返，仙人安在哉。空餘彈棋處，白石生蒼苔。至今羽人居，往往聞風雷。檄雨古壇暝，禮星寒殿開。常聞至人言，内景融春臺。群生若蒭狗，大道如嬰孩。飆車與天接，豈但登蓬萊。

登清泠臺

吟秋宿絓月，際曉登清泠。揮手援碧蘿，騰身栖翠屏。長風吹雨來，不見群山青。鳥度白雲濕，龍歸滄海腥。真僧此岩栖，觀空静襟靈。竹塢見曝衣，花臺聞演經。沃以甘露言，迷途醉而醒。願言割兹愛，永也投禪扃。

張以寧一首

送重峰阮子敬南還

君家重峰下，我家大溪頭。君家門前水，我家門前流。我行久别家，思憶故鄉水。何況故鄉人，相見六千里。十年在揚州，五年在京城。不見故鄉人，見君難爲情。見君情何爾，別君奈何許。送君遽不堪，憶君良獨苦。君歸過溪上，爲問水中魚。別時魚尾赤，別後今如何。

吴海一首

夏日燕東皋亭

展席俯清池，倚檻盻層巘。苗緑滿平疇，草秀被長坂。風度荷氣清，日移樹陰轉。長笑天爲高，況觀心自遠。良時會豈易，莫待歲華晚。

林谷顯一首

西湖

極目睇西岑，楓林杳何許。暝色入高樓，湖山正烟雨。遥憐春水至，鳧雁滿芳渚。少待風日佳，扁舟共容與。

唐震一首

喝水岩贈僧

靈境歛幽寂，玄岩閟林莽。秋風何處來，泠泠百泉響。曇花散天雨，空翠入滄漭。卓錫振梵音，寒流自西往。道人此投迹，風磴時獨上。竹徑清露繁，松關碧苔長。蓮社如有期，攀緣恣佳賞。

王偁九首

車遥遥

車輪何遥遥，西上長安道。不見車上人，空悲道傍草。君行日已遠，恩愛難自保。憂來當何如，一夕夢顛倒。豈無中山酒，一浣我懷抱。但恐三春華，顔色不再好。車聲何轔轔，風吹馬蹄塵。願隨馬蹄塵，飛逐君車輪。

苦别離

瑶瑟對玉卮，中有千萬思。欲彈再三嘆，多是苦别離。妾顔如秋華，零落方在兹。君心如逝水，一去無迴時。皎皎雲間月，幾見圓復缺。月缺有圓時，君胡苦别離。

游小雄澗壑有賦

陰島變殘雪，流澌吐溶溶。偶尋一徑微，獨與采樵同。兩崖濕花霧，衆竅吟天風。雲根濯苔髮，亂篠相冥濛。盤岩折磴道，似各冥搜窮。石門忽中斷，曠望開烟叢。蘿雨澤毛髮，松栝清心胸。了然青洲霞，照影寒潭空。始知人境外，别有仙源通。振舄揮片雲，投情依遠鴻。玄栖極要眇，神游小崆峒。真仙金鵝蕊，一室丹火紅。敕授紫囊訣，永期鸞鶴踪。却憶望城市，白日氛埃中。

入西山訪張隱士

兩崖噴飛瀑，結屋烟蘿裹。山人不冠屨，客至同隱几。獨鶴海上歸，孤雲澗中起。净掃白石床，風來墮松子。

晚至石潭遇孤鶴懷仙

洞口拾瑶草，石流正淙淙。尋源信輕筴，一徑披鴻濛。攀緣雜花島，亂聒松桂風。石床留片雲，玉鏡莓苔空。少焉群壑静，落景明西峰。獨鶴何處來，舞影寒潭中。因之想長馭，乘化入無窮。

送僧歸越中

錫挑龍河雲，衣帶越溪雨。説法方西來，隨緣復東去。松枝偃故房，柏子落庭樹。從此上方遥，人間但凝佇。

送林少府還九江

握手白門下，棹歌莫催發。且沽玉壺酒，共醉金陵月。明日望匡廬，孤舟坐超忽。

宿分水關

凌晨起芻秣，驅馬白雲間。倒窺猿鶴岑，薄暮宿層關。關門閉故色，落日鳴哀湍。我行倦前征，憩息天風寒。下臨群壑陰，仰視星宇寬。攬衣不成寐，脱劍膝上彈。劍歌有餘情，豈爲行路難。

蒼梧道中

驅車九疑道，獨鳥東南飛。看山不覺遠，秋雲生我衣。深谷走群籟，半岑明夕暉。中林有蘭茝，薄暮空芳菲。

林賜一首

題翁石山房

玉澗隨趣深，蘿衣謝時早。幽栖同鹿門，勝地即蓬島。緬懷京國游，却戀雲山好。何日賦歸來，相期拾瑶草。

唐泰二首

古意

洞房掩秋碧，落葉銀井闌。美人芙容服，綉作三青鸞。鏡眉怨深黛，妝泪凄餘斑。惟將明月影，雙繫南金鐶。

次陳山人隱處

獻春始休沐，輕策尋幽風。烟篠不知路，柴扉隱其中。雜花覆小磵，下映流泉紅。冥心聽喧鳥，解帶投芳叢。誰識此嘉遁，心期黄綺同。南軒有餘興，月出鳴絲桐。

陳郊一首

題漁隱

投竿非耴魚，孤榜一乘興。清風松際來，落日鳥邊暝。坐對忘機時，波空釣絲冷。

鄭迪三首

題南澤湖別業草亭

家居無四鄰，繞屋清湖水。潭花與谷鳥，相對衡茅底。樵唱笛邊聞，漁歌鏡中起。麥圃秋既成，瓜田且猶理。時與休芸人，同歸竹林裏。門閑吏不過，黍熟酒還旨。自是羲皇民，吾當慎終始。

送高彦恢歸龍門

朝看江口雲，暮對山前雨。杳靄隔昏鐘，微茫起烟樹。孤帆幾日來，復向霞邊去。别後更思君，龍門在何處。

晚坐西園翫月懷孫景大

庭前佳樹林，夕鳥時驚聒。遥聞精舍鐘，杳靄空中發。門閑草木長，雨過莓苔滑。空園散玉露，碧海生華月。獨此對清輝，憐君向天末。

趙迪一首

秦淮夜泊

凉月夜沉沉，扁舟泊淮甸。微雲逗殘星，澄波凝素練。鐘聲林下來，雁影空中見。回眺泊秦淮，春雨花如霰。

林枝一首

江橋晚坐

危橋臨清流，水影逗寒石。上有千仞松，年深翳蘿薜。杖策諧幽尋，吟嘯終日夕。心與寒流清，迹比浮雲寂。即此湛忘歸，香風滿巾舄。

鄭定一首

望黃鶴樓

黃鶴不可見，高樓霄漢間。仙人度瀛海，黃鶴何時還。長江天際來，驚濤震雪山。欲窮湘漢流，誰啓虎豹關。空餘崔李興，釃酒破愁顔。

高廷禮四首

田家雜興

野老安貧賤，力作不辭苦。把鋤行晨風，南山看禾黍。今秋穀稍登，方思廣場圃。歸來茅檐下，團圞聚兒女。落日在西山，悠然望孤渚。昨宵天始寒，虫聲滿籬户。田家衣食薄，黽勉歲時取。掩關未成眠，東鄰響機杼。

將歸龍門留別冶城諸游好

海水與別意，相看更誰深。長風向東來，吹我東歸心。悵然舊山雲，蒼茫遠洲樹。一雁飛晴空，翩翩又東去。此別非萬里，後游當幾時。銜杯不盡歡，握手翻成悲。我去聽寒泉，君留釣臺月。惟有長相思，因之寄天末。

山泉賞

群嶂横秀氣，飛流落雲中。陰崖瀉古雪，月壑垂長虹。洄注石鏡浄，秋臨遥天空。孤賞憶謝朓，青山度松風。

賦得客中送客

在山每送客，客行思未已。他鄉此别君，離情滿天地。長空一雁飛，落日千里至。故園未同歸，寄君兩行泪。

王恭七首

銅雀妓

朝上銅雀臺，夕弄管弦哀。灑酒望陵樹，悲風千里回。飛縵絓青漢，舞袖空徘徊。君王不可見，玉座成蒼苔。

塞下曲

登埤望烽火，落日烟塵紫。百戰久不歸，空閨泪如水。漢兵十萬餘，盡没長城死。城下有精靈，啾啾月明裏。

明妃曲

行行出塞門，飲血思長安。穹廬凍不暖，雪飛邊草乾。漢國空外殁，胡霜鏡中寒。金鐺煮羊酪，强接單于歡。夜半雁聲急，琵琶哀自彈。

妾薄命

妾家叢臺下，花顔耀青春。嫁得金吾婿，飄飄事邊塵。昨聞羽書至，陣歿交河濱。戰馬委沙迹，兵符屬他人。念此每欲死，淋浪泪沾巾。羅襦爲君解，瑶瑟不復陳。始信古人言，容華多悮身。

秋塘曲

妾家住寒塘，夫婿平原客。白馬五陵游，空閨斷行迹。憶昨别君時，蒲生柳條碧。及此君不歸，登艫感秋色。

擬古

明月照我室，攬衣起中堂。北風卷帷幔，羅襪微有霜。崇蘭委芳質，寒螿啼近床。平生所親者，宛在天一方。相思無由理，况此寒夜長。單居易爲感，不覺涕沾裳。

初秋游崇信蘭若

習静厭紛擾，幽尋給孤園。翛然香林下，似得桃花源。一鳥落天鏡，千花秀禪門。紛吾道機淺，謬接甘露言。月色隱秋思，荷香清夜魂。終希偶緇錫，永矣超塵喧。

周玄二首

送林志道歸山

日暮河水廣，北風屬嚴凉。豈唯歲華晚，顧此道路長。河水尚可涉，子行不能將。賴有琴與瑟，改弦爲君張。請聽游子吟，泠泠悲慨慷。諒無晨風翼，千里共翱翔。去去保令德，别離以爲常。

送浦舍人

秋風木葉下，送客經陽關。離筵帶歸鳥，遠樹當青山。况兹金門客，飄飄驄馬還。群壑雨中暝，孤林江外寒。臨岐欲何贈，遥折青琅玕。

黄玄二首

度陽隥江

暮色入長江，江帆疾于鳥。蒼山白雲外，一望更何有。颯沓風雨來，蕭條夕陽後。張燈照寒爐，且復醉杯酒。長歌滄浪曲，遠應滄浪叟。崖暗古木深，沙虚暮潮吼。發家春序深，去國别情厚。何處有僧廬，殘鍾出溪口。

覽鏡詞

嬌女自憐色，冶容對青鸞。如何春華歇，覽鏡空長嘆。舊質委秋草，芳情變衰蘭。終焉用膏沐，不及君承歡。顧影誤相托，照心徒自寒。白頭歌古調，五起摧心肝。

林志一首

游西峰古寺

石上尋片雲，西山得微徑。松門天路虚，花宇金潭映。落葉飛晝長，垂蘿結秋暝。夤緣遠公社，寄適陶潛咏。三生了群迷，一寂喻澄境。雖云吾喪我，應悟慧生定。

陳亮四首

秋暮懷劉宗魯

海國别來久，長懷瓊樹枝。閑齋坐幽獨，悵望秋風時。自非物外人，邈焉難與期。空傷緑華歇，坐惜白日馳。徘徊孤月明，愴惻蛩聲悲。對此更愁予，勞歌空爾思。

夜泊古崎

寒山夜蒼蒼，清猿數聲響。風生蘆葦鳴，水落洲渚廣。月出知潮來，時聞人蕩槳。

對月憶王至之

白日苦炎敲，良游寄夜永。微風度荷香，霽月散林影。境幽神已澄，坐久慮絶屏。不見心所親，寥寥此清景。

古意

鬱鬱澗底松，離離原上草。春風一吹拂，秀色相映好。金商行素秋，滋蔓已枯槁。大材終不凋，且向岩壑老。娟娟孤生竹，托根在别島。枝幹苦不長，風烟莫能掃。寒暑更代謝，霜雪正傾倒。相期抱幽獨，貞堅以爲保。

陳輝三首

游紸月軒

靈境閟空寂，雲門入中峰。玩奇事幽賞，因得相追從。方以静中趣，共忘塵外踪。攀登散情性，語笑諧心胸。蕭條林木昏，群物生秋容。暝色半潭雨，寒聲雙磵松。行吟送落葉，歸思聞疏鐘。蓮社有佳約，東林期再逢。

秋日同諸公登清泠臺

靈峰起千仞，高臺鬱岑寂。烟蘿窮攀登，林谷恣探歷。憑高一長嘯，頓覺萬緣息。長江天際來，茫茫去無極。黄花點醉衣，葉落滿行迹。萬籟送天聲，連山起秋色。更聽白猿啼，東林澹將夕。

題黄景洙迎潮亭

雅地構疏櫺，虚明復高敞。檐楹落天鏡，寒潮日來往。美人此投迹，于焉愜幽賞。閑拂石上弦，流音共清響。有時坐白晝，猶疑在書舫。端期静心境，所喜遠塵鞅。緣崖徑竹生，繞屋石苔長。即此可爲樂，何必鹿門想。

林文秩一首

賦得龍窟鐘聲

龍窟隱高寺，晨昏但聞鐘。杳杳出澗谷，迢迢度雲松。夜林動栖鶴，秋水驚潛龍。高人玩清聽，卜地求仙踪。

高淮一首

咏秋風

嫋嫋凉氣生，山林轉蕭瑟。寒吹木客衣，遠度桓伊笛。何處最淒凉，刁調五陵柏。

林敏五首

夢秋

狐狸泣海月，檐隙分斜光。陰風颯然來，萬籟秋茫茫。寒聲吊落葉，遠思悲雁行。寂歷夢中語，心魂亂飛揚。雲根秋水浄，石上秋草長。逡巡破陰翳，白景升扶桑。

晦日稍次山谷

清溪殊險豁，石瀨何淙淙。尋源竟莫測，又復登幾重。行處衆壑盡，望中天影空。于焉倏含景，水木相玲瓏。温翠翳中烏，片雲起西峰。忽忽洞深杳，大圓變溟濛。飛湍逗日月，急雨隨蛟龍。洗心投白鳥，息見期青松。願因紫霞秘，永諧鸞鶴踪。

天王寺

珠宫隱上方，載酒一乘興。雨歇瀑水凉，雲歸古松暝。忘機野禽狎，發咏山鬼聽。坐對月明時，空山響烟磬。

江上送鄭山人

祖帳送離人，勞歌暮烟裏。暝來江上宿，殘日照寒水。清尊醉落花，孤棹依蘆葦。雨翳燈影微，風兼笛聲起。後夜有相思，緘書寄雙鯉。

晚次流沙河

湖口寒山蒼，芳草猶未歇。扁舟諧遠尋，曠然向雲闕。北風蘆葦鳴，白日波上没。其時鴻雁來，擁棹蛟龍窟。遂歌滄浪清，而乃濯玄髮。風氣逗天影，蘿雨澤人骨。石上彈玉琴，清響在林樾。到家興未已，夢繞松際月。

鄧定二首

自題畊隱堂

朝畊野外田，暮返溪上屋。青山近閑門，苔徑入深竹。長年事畊稼，服食不願足。觀書懷古人，臨風慕高躅。莘野非隱淪，長沮偶遺俗。出處何必同，各得從所欲。

會龍山

青山何鬱盤，勢若群龍會。高人結茅屋，端居養時晦。門臨野水邊，路出飛靄外。素志樂琴書，浮榮薄軒蓋。望望不可即，企想心所愛。長歌賦招隱，清風激林籟。

陳叔剛一首

題心遠亭

幽興在南山，何須遠城郭。閉目謝喧囂，冥心寄寥廓。檐楹多白雲，杳靄生林薄。日出群峰明，崖傾百泉落。况兹濯塵纓，投閑事畊鑿。機忘沙上鷗，趣愜松間鶴。亦有柴桑人，來同林下酌。始知升平時，烟霞有餘樂。

陳叔紹二首

丹陽湖

積水涵太虛，一望何瀰瀰。風瀾漾輕縠，霞光映文綺。遥山鳥外横，孤棹沙邊艤。漁家夜語聲，深在蘆花裏。

凌歊臺

臺廢已無踪，臺名在人耳。大江天際來，叠嶂雲邊起。空見梵王宫，占斷黄山址。舊碑何處尋，塔影秋空裏。

陳煒一首

宿茅山觀

攬轡茅山陽，林昏月初上。樹古虬影蟠，風迴玉聲響。客夢不成憩，孤懷共誰賞。緬惟故山雲，無由謝塵想。

鄭善夫五首

短歌行

跨馬出郭門，馬疾不俟鞭。長跽挽君馬，聽我歌一言。凉風戒芳樹，白露凄寒蟬。君子有所思，遠游及幽燕。在家人所愛，去家人所憐。朝饔不及飧，豈得戀膝前。下有黄口兒，上用滄浪天。今時何清廉，盡室難遠遷。但願被雲錦，麻枲無弃捐。獨行多辛苦，加餐以延年。

燕歌

雲鴻下雀羅，越客變燕歌。燕歌聲激烈，越客悲奈何。長歌劍斫地，短歌髮直竪。朔風吹易水，四座俱殞泪。少年羞睚眦，壯士重意氣。拔劍殺仇家，生死無顧忌。猛虎欲攫人，不擇愚與賢。食膽中自知，豈避猛虎前。出門遠孤征，雄劍終夜鳴。竄身脱蘆下，亡命入幽并。幽并多豪俠，結交逾平生。杯酒接然諾，信義何分明。白日高漸離，筑聲愴以怦。田光爲君起，片語謀立成。荆卿獨慷慨，舞陽乃輔行。上馬報仇去，土花照青冥。秦庭事一就，千載揚令名。

邊人曲

結髮事遠征，能知邊塞情。長騎汗血馬，調戲郅支營。大小七十戰，金鼓夜自鳴。稽首兩賢王，大開受降城。匈奴不可盡，劍聲自能平。終生獨慷慨，抗言請長纓。

初離京邑留别諸同志二首

其一

陳車遵城闉，振策導廣路。仰盻孤雲征，俯見流波溯。感念平生歡，豈以杯酒故。群居不自覺，相失增怨慕。川河引舟楫，陵陸曠烟霧。重覿難可尋，努力敷襟素。

其二

浮萍戀故波，離鳥思故林。故林既得期，儔侣無遺音。與子共朝夕，奚堪更商參。山河日以邈，霜霰日以深。鴻鱗無時至，安能訴幽襟。晤好諒有時，迅節忽載陰。願言敦明德，白首慰離心。

林春澤二首

暮泛白馬湖懷鄭繼之

返照明春湖，片帆輕烟裏。長空絶鳥飛，汀洲見芳芷。美人望不來，春暮吴江水。

宿淘金驛望陳子虚不至

零落楚江客，夜宿楚江邊。所歡遲不至，嘆息空凄然。千秋尋大雅，至音誰與宣。商飆起林末，獨誦瑶華篇。

凌雲一首

湘潭離思

洞庭秋色來，木落萬山處。飄飄楚客帆，日夕愁風雨。心逐雁鴻飛，極浦空延佇。

郭波二首

冬日郊居

寒冱動郊坰，氣候變晨夕。倏忽天地間，茫然俱改昔。卉木絶時妍，江皋眇行迹。扁舟横隱汀，綸竿卷殘月。偃卧茅茨中，仰視烟波密。

古意

美人隔湘浦，明月遲孤岑。月明照妾影，月弦比妾心。妾心不用鑒，妾影何避陰。懷金者誰子，徒慚桑樹林。

張經一首

望華岳

豈無佳山水，長自憶關中。入關忽瀟灑，太華何其雄。始至詫獨异，諦觀安可窮。諸峰互羅列，蓮花迴尊崇。陰陽變昏曉，日月懸西東。仙掌挂丹壁，玉女臨瑶空。想像金銀闕，内有神人宫。修真吸珠露，煉藥供青童。飄飄乘鶴馭，颯颯來天風。翛然振羽翰，一揖希夷翁。

陳大蒦一首

擬陶還舊居

六年客京邑，鬱鬱但懷歸。今日歸故國，我心愴以悲。溪山雖則是，室廬半已非。出門訪鄰老，往往罕復遺。但見門前柳，含情尚依依。迴看百年内，倏若車輪推。老者日以死，壯者日已衰。但當與鄰曲，杯酒聊共揮。

傅汝舟一首

贈趙

歡會無定端，昔别申今娱。綢繆結心曲，積久言不舒。與子初别離，各言旦夕俱。飄風吹浮雲，六載脱若兹。置酒臨飛閣，澄江蕩我裾。風波浩漫漫，歲月此中狙。仰視高飛雁，俯觀特游魚。飛沉勢自异，執袂起踟躇。

晉安風雅卷之二

郡人徐熥選輯
陳薦夫校訂
董養斌[一]編次

五言古詩

鄧遷一首

田家

田家無四鄰，茅屋半傾倒。村中車馬稀，落葉無人掃。杖策入田家，滿地生春草。日暮牧童歸，斜陽照墟堡。出作入還息，卑栖聊共保。隨處皆自如，徜徉以終老。

［一］董養斌，福建師範大學藏本作『安國賢』。

林恕一首

滇南春暮寫懷

臺署春已歸，風雨連朝夕。庭幽花影沉，砌冷苔痕濕。愁人思轉深，蹄鳥聲偏寂。悵望倚危欄，簾捲湖山碧。

陳遲一首

下邳懷古

泛舟臨古甸，荒郊起遐思。猶聞石家城，復憶圯橋履。滚滚黄河流，蕭蕭馬陵樹。今人更來過，昔人知何處。落日滿津樓，踟躕未能去。

馬森一首

凌歊臺

縹緲黄山巔，興來時縱目。遠翠列群峰，長溪出大陸。獨憐此寢園，無復舊絲竹。歌舞寂荒臺，殘碑不忍讀。

郭萬程一首

送翁源尉

餘雪散彤城，晴雲起溟渤。風光動蚤春，况睹柳條發。北客日歸南，南鴻亦復北。送子出郭門，令人心忽忽。

郭文涓二首

固鎮驛書壁

天陰野無輝，日夕昏氣集。村暝暮靄稠，木落寒飆急。烈炬發郵亭，宵征度原隰。遵歷古丘墟，蕭條今郡邑。微月鑒帷涼，零露沾衣濕。浮生倏如借，流晷遞相及。胡爲勞其生，撫膺倍于悒。

清溪夜泛

兩岸斗懸絶，一水清無滓。舟行明鏡中，人度翠屏裏。花木多佳姿，雲霞變芳紫。高懷塵外踪，長揖丹丘子。

何御五首

長安道

大道直如弦，冠蓋紛如烟。五侯豪俠并，七貴閥閱連。門下竞珠履，坐中傾少年。意氣倘相許，捐軀何足憐。

長門怨

夕坐近凉天，漢宫秋色偏。虫鳴玉階側，草合金屋前。白華自零亂，明月空嬋娟。區區茂陵賦，能使君王憐。

起夜來

涓涓秋露重，亭亭秋夜長。風聲全入枕，月采半侵床。絡緯寒尚織，流黄黯無光。攬衣四五次，腸絶參與商。

獨不見

風吹楊柳陌，月照芙蓉殿。歌吹待宵歡，烟花敞夕宴。三十六離宮，何處承芳薦。趙女次苐來，班姬怨團扇。

古意

君家織素縑，落杼皎如雪。持以贈孤寒，豈不重山岳。向來裁爲衣，歌舞春風渥。未由答君恩，慚愧雙明月。

林懋和二首

曉霽出苑中望西山積雪

通宵侍宣室，候曉出龍城。時當積雪霽，西山皓峥嶸。翹首以延佇，皎潔愜我情。寒光連太白，爽氣浮昆明。玉柯疏澗柏，瓊英綴鳳蘅。六合夜不夕，浩蕩春風生。晃朗極四望，煩襟和且平。悠悠郢中唱，持此嗣芳聲。

夜發中牟宿韓庄鋪

虞淵閟縣景，若木奄餘光。群動偕晏息，我行殊未央。崎嶇驀前軌，曲折遵微行。深涉栗重壑，高凌駭崇岡。仰觀星漢流，清淺還低昂。輕飆嘯林葉，驚栖互回翔。饑劬愴輿隸，驂驪亦玄黄。豈不念嚮晦，勞徠職所將。瞿瞿敬爾位，庶幾營四方。

鄭渭二首

銅爵臺

高臺望不極，漳水日東馳。井幹復摧毁，何由見繐帷。生存暫歡宴，亡没長别離。西陵徒寂寞，松柏空餘悲。

塞上曲

朔風吹漢馬，邊聲動玉門。黄塵暗上郡，雜虜寇河源。烽火夜不息，羽書日夜奔。倚劍望大漠，連營胡騎繁。笳悲隴水咽，旗掣陣雲翻。壯志自輕敵，私心重銜恩。長驅願一戰，生擒吐谷渾。

劉鵠翔四首

遠游篇

膏如湛露晞，粲若疏星没。年命幾何時，六龍不停轂。朝登青雲端，薄暮返幽谷。旦結王朝綬，夕已墮鬼録。失顔不再酡，胡爲自迫促。及我春華敷，將騁萬里足。東臨日觀峰，南吊九疑曲。西行涉流沙，北眺窮朔漠。徘徊蓬海游，紆鬱昆侖矚。左執豐隆袂，右拍羲和軸。輕舉凌帝鄉，翺翔恣所欲。長揖嵩丘山，且爲謝塵俗。

將進酒

置酒叢臺上，臺高俯芳洲。春草已知積，王孫多冶游。畫舸竟長浦，朱輪夾道周。行樂及兹辰，列鼎薦嘉羞。玳筵間珠履，楚舞兼齊謳。聊用窮遠眺，且復蠲煩愁。少壯詎能幾，歲月忽我遒。迴波既東逝，迅景亦西流。華要固多虞，坎壈仍百憂。持此百年内，轉盻成浮漚。達人委大化，視世若贅疣。况值嘉賓會，鹿鳴正呦呦。金卮主稱壽，玉斗客言酬。露晞古有咏，取樂願無休。但畢目前歡，何勞身後謀。君看古賢聖，零落同山丘。

古意

秋露浥叢菊，流芳入蘭堂。佳人杳何許，采采空盈筐。路遠悵莫致，撫兹慘以傷。青鸞不獨舞，白雁必雙翔。而我素心人，一别永相望。感此百念集，喟然摧肝腸。不知疏漏盡，但覺清夜長。清夜尚能旦，愁心殊未央。

妾薄命

東鄰嬌艷女，夫婿羽林郎。容華正春日，灼灼蘭蕙芳。珠簾羅月色，綉帳隱燈光。合懽琥珀枕，連理珊瑚床。高堂綺席散，曲宴歸閑房。繁弦與急管，爲樂未遽央。西家有思婦，凄惻情内傷。悲風送歌聲，入耳摧肝腸。愁人易爲感，豈在宫與商。還寢强成寐，托夢依君傍。君行無處所，妾夢天一方。牛女亦何辜，永夜遥相望。

羅一鷺一首

古别離

爲郎展征衣，泪滴衣痕濕。未行先計歸，翻恐行期及。臨别黯無言，相顧徒于悒。

林熑一首

夏日苑中即事

薰風扇長夏，玄圃肅幽深。萋萋瑶草繁，藹藹珍木陰。游魚戲曲沼，好鳥迎喬林。幸依清禁闥，遥聞虞弦音。

余鐸一首

送徐子瞻之京

潮漲江流平，風驚木葉落。天涯一以望，别思滿雲壑。送君薊北游，且共江門酌。援琴發清商，知音感離索。鴻鵠已高飛，風塵隨燕雀。何當得相從，比翼翔寥廓。

鄒一麟一首

送王夢松分教南陵

長風吹徂暑，荷芰生幽香。皓月正裴徊，行子辭帝鄉。抹馬臨路岐，駕言吕山陽。談經適此志，石室時高翔。嗟余同車轍，聽罷驚亡羊。漫將達士吟，遠慰道路長。再拜三致詞，何必悲參商。出處自有時，顯晦非可量。神龍三冬蟄，霖雨騰春光。至人固明哲，大化何終藏。願言各努力，矯首天風凉。

高孝忠一首

擬昔昔鹽

綠水溢蓮塘，丹霞射桂梁。雙雙飛紫燕，兩兩泛文鴦。窈窕路傍女，徘徊陌上桑。金環約皓腕，錦帶飄香囊。含睇蛾眉蹙，低頭蠶葉芳。祇言別夫壻，徒自守閨房。歲月風霜苦，關山道路長。十三學織綺，二八製衣裳。念昔承君子，歡憐共井鄉。相期固膠漆，那識忽參商。木羨連理樹，鳥看比翼翔。如何馬蹄去，不見雁書將。暗取金錢卜，頻垂玉箸汪。琴非調別鶴，鏡是對孤凰。女子事一室，男兒志四方。迴文悲竇婦，醉酒憶齊姜。婉孌寧足好，宴安詎可常。勛名當自勉，行止任皇蒼。

林世壁二首

早秋宿林浦水檻書懷

凉飆倏已至，颯颯吹林端。曰余懷百憂，蕭瑟驚早寒。朝游南郊外，暮宿清江干。清江送秋色，萬里明波瀾。叢竹繞青樹，疏松鳴碧湍。萬象本何意，對此空摧殘。芳草今已晚，美人會良難。徒令傷宋玉，竟夕發長嘆。

送人之盱江

素月澹清輝，湛湛映江水。雲邊一葉飛，蕭颯秋風起。鳴雁感離筵，寒霜懷故里。飄飄望征帆，惆悵遠游子。

袁表一首

小箬谿舟中望摩天嶺

方舟小箬谿，遥見摩天嶺。雙峰散晴雲，孤川澄落景。江靡有餘清，月明夜方永。駕言遠游遨，結束歷鄉井。遥遥望長安，中懷浩難整。臨流以躊躇，悠然悵嘉境。

徐𤇆三首

釣龍臺懷古

無諸漢雄長，建國甌閩隈。欲吊滄江龍，江干起高臺。白龍去不返，千載徒蒿萊。霸氣今已矣，雄圖安在哉。廢殿寢寒烟，空陵委荒苔。燕雀争營居，猿狖朝暮哀。我來吊遺踪，感慨空徘徊。惟餘滄江水，東流無重回。

田園感興

守拙歸田園，結廬僅容膝。薄田五六畝，三時都種秫。春風動西疇，躬秉鉏犁出。歌咏答良辰，簡編度餘日。二三舊朋好，朝夕往還密。女嫁與男婚，年來願俱畢。俯仰無所求，祇盡杯中物。

晚秋後園閑步

晚秋天氣清，攬衣縱閑步。黄菊明東籬，落葉積山路。商飆入竹林，寒霜着楓樹。山犬隨杖藜，蟬聲助秋思。覽物對景光，吾年始驚暮。何以紓幽懷，林園有佳趣。

黄用中一首

春日游靖藩湘溪園應教

春候既熙和，春光漸盈目。風徐花未稀，雨歇草彌緑。王孫有幽況，結宇清溪曲。蒼苔繞芳徑，榮卉羅華屋。竹色静且深，禽聲斷還續。劇飲緩歌催，歸驂新月促。羈懷此同寫，塵網詎能束。

謝杰三首

戍婦吟

幽輿萎孤芳，空江自零露。陰房啼寡妻，夫爲漁陽戍。盛年曠恩紀，容華委朝霧。妾處折芰荷，蓮心知獨苦。君邊折楊柳，飛作沾泥絮。東岳非主人，焉可卜遲暮。生當白頭婦，死會黄泉路。

班婕妤咏扇

妾手工織紈，辛勤君所見。昨日機上絲，今朝手中扇。仰體明月光，團團照人面。雖得微風生，常畏時節變。月圓還復虧，物窮理必賤。中路成弃捐，相思泪如霰。

張司空閨情

明月燭羅幃，清風動蘭渚。在戚心苦悲，含情獨延佇。懷人參與商，宛若河漢女。玉繩秋正長，盈盈阻天路。平生兒女姿，脉脉向誰語。華髮日以新，朱顔日以故。户虫生網絲，高樓罷眉嫵。湘江日夜流，無梁未可度。契闊終復合，相期在遲暮。

董廷欽一首

游岣嶁峰觀禹碑

晨望岳麓山，悠悠恣登陟。霞彩散崇岡，垂蘿挂蒼壁。路逢樵者言，岣嶁有奇迹。飛翥若鸞龍，云是禹碑石。纍纍七十字，字字不可識。古昇蝌斗文，怪匪斯籀筆。用修好奇士，今文手親譯。緬想治水功，天授非人力。得非宛委藏，神符今散逸。我觀五岳圖，真形甚奇僻。恐是山川形，亦與五岳匹。闕文安可尋，郢詞詎堪釋。爲語夜郎翁，支離太無益。

陳椿二首

感秋

素月出東壁，涼風吹我襟。中夜不能寐，披軒彈鳴琴。物化有代謝，隙駒無停陰。勛名在盛年，即事感何深。燕石既混璞，驪珠復淵沉。誰收爨下材，一以徽黃金。

感遇

朝登北邙坡，載道摧枯松。參差見古墓，寂寞寒烟中。荒隧隱殘碑，傍多狐兔踪。泉臺閉白日，陰壑來悲風。感此長太息，泪下紛無從。城中多甲第，旦夕鳴歌鐘。

趙世顯一首

寄懷袁景從舍人

對酒忽不御，中心悲以傷。悲傷以何爲，行子在他鄉。昔往春草緑，今兹霜葉黄。豈無一札書，欲寄愁路長。思君如饑渴，涕下沾衣裳。願言樹黴猷，惠我以末光。

王湛二首

歲暮有懷

奄忽歲遒盡，百草何凋殘。駕言之遠郊，回飆凄以寒。上山采芳茝，下山采幽蘭。借問采何爲，孅人渺雲端。將欲遠致之，惜哉無飛翰。引領起長嘆，泪下如洄瀾。

古意

與君昔相見，贈妾金琅玕。問何以報之，約腕雙玉環。眷兹綢繆意，矢心同歲寒。奈何忽參差，乃有别離嘆。别離如昨日，芳草倏以殘。芳草何足惜，所惜關山難。關山修以阻，君去何時還。徒有思君泪，無由接君歡。願得凉風生，吹夢見君顔。

陳鳴鶴五首

寄衣曲

秋風忽振條，樹上鳴鵾鴂。胡沙吹玉關，窮陰先積雪。邊人馬上寒，深閨眼中血。征衣中夜裁，燈光半明滅。但得尺寸功，不惜經年别。

古别離

鷄啼東方明，僕夫夙嚴駕。黯然惻以凄，堂上揖鄰舍。遠别或經年，近别歷春夏。去去難重陳，殘月照桑柘。

俠客行

少年耻學劍，氣使諸侯王。千里争爲死，戲殺羽林郎。披面與抉眼，此事亦尋常。薄暮宿張掖，平明立未央。杯酒感知己，刎頸都市傍。

過王用文故宅

草色暗龜湖，冥鴻下烟渚。悠悠千載人，祠廟空延佇。落日數家秋，凉風吹禾黍。

山行

虹界溪邊雨，鳥歸雲外松。樵夫少機事，來往絶高峰。獨卧蒼苔上，山空聞暮鐘。

鄧原岳三首

塞下曲

秋高胡塵飛，萬幕悲笳起。驅車入雲中，諜報隨遷徙。腰間插寶刀，炯炯明秋水。風吹大白旗，飄飄西北指。殺氣暗邊城，斜日照殘壘。

車遥遥

丈夫逐邊勛，遠行不顧身。公家有程役，出戍河陽津。河水聲滮滮，朔風吹黄塵。去者日已遠，離思難重陳。不如道傍花，猶得隨車輪。旅雁哀失群，鷄鳴悲蕭晨。生死當决絶，蛾眉恨誰伸。

發京邑别諸子

驅車上東門，車塵蔽白日。攬轡心彷徨，日暮馬蹄疾。感激平生交，風塵忽相失。眷此一杯酒，相視空佇立。野曠雲四垂，天低河流急。覯見復何時，期君共努力。

陳宏己一首

烏泥坂

男兒志四方，苦樂安得常。朝躋烏泥坂，暮陟黃泥岡。黃泥没我骭，烏泥緇我裳。棘刺鋭匪矜，石稜銛非鋼。圓暉一不耀，陰雲四瀰茫。鴡鳶啼豈休，豺虎横固當。土語豈侏㒧，所遇誰故鄉。故鄉渺何許，益覺東路長。遥遥度千山，兀兀望五羊。跋涉豈吾意，感嘆情内傷。

陳价夫四首

感秋

千崖變故色，萬户分新聲。白日忽已暝，寒溪澹餘清。玉衡指孟秋，繁星燦前楹。往燕既北逝，來雁復南征。嚴風起木末，蟋蟀在軒屏。物化每更代，志士心逾貞。亹亹時過中，淹留蹇無成。

晚過西谿石梁

扶杖度溪橋，橋草映空碧。一徑入層雲，孤亭倚危石。白日行人稀，但有猿鳥迹。落葉滿蒼苔，烟光翠微夕。

古意

藁砧容易别，秋月幾回圓。不見刀頭信，清宵空自憐。愁將離鵲影，對此沉寥天。

淘江津亭送徐七歸冶城

留君不可挽，臨水送將歸。百里未爲遠，所嗟良會稀。悠悠春江上，望望孤帆飛。曉夢結瑶草，暮雲閑釣磯。相思那可道，佇立空斜暉。

陳薦夫五首

擬古怨

涉江采蘅杜，出江逢君子。既無歡愛情，徒然抱心素。蘼蕪晚失時，紈扇秋如水。促織鳴床前，蛄哀砌底。寒霜凋空林，凉月皎沙渚。遺思結晨燈，淫神亂秋杵。失意既無當，惠妍良獻醜。

秋夜遲友人不至

秋宵何沉沉，松陰落寒瓦。蟋蟀喧中堂，繁蛩泣深夜。素月清以涓，白露杳然下。之子望不來，但恐秋風謝。

杞良妻

步出齊城門，悲風起埃氛。舉頭四顧望，沉痛不能分。君使吊妾夫，妾夫自有廬。萬一不獲罪，郊吊非所須。夫死既爲君，妾敢獨愛夫。婦人無外事，下妾當何如。

俠客行

凛然三尺劍，藴義生凄風。疾走遍八紘，而無尺寸功。東出韓相府，西入吴王宫。王宫高且深，疾風厲而苦。豈以獨愛身，傷哉無所取。相遇知者艱，投劍空自舞。旁人涕泗繁，壯士神氣沮。一旦遇知己，斟酒良久語。何論能殺身，吐氣忽如雨。試礪尺八鐵，觴酒留自祖。飲此登前途，願爲知己死。

采蓮曲

采蓮下横塘，兩岸明月光。花陰唱吴歌，驚起雙鴛鴦。一解。
愛彼雙鴛鴦，同飛隔江水。雖則隔江水，寸心良在此。二解。
江水何淼茫，來船愁殺郎。荷花如儂艷，荷葉如儂長。三解。
儂長正如彼，儂艷復如此。今朝荷花開，明朝荷花死。四解。

王毓德二首

賦得何不秉燭游

人生根蒂淺，飄若風吹塵。韶華不可駐，日月如飛輪。少壯匪游豫，老大空酸辛。新人日以故，往事日以陳。秉燭亟爲樂，緬思良吉人。君看北邙上，白骨高嶙峋。不如且歡飲，載酒忘昏晨。

劍浦别馬季聲康元龍

步出城西門，潸潸泪如注。啼痕難重揮，征衣漸以故。賴此行色中，相將有心愫。對酒若鄉園，那知在旅寓。行樂詎有常，中分各岐路。余去吴越游，君當劍州住。念子天一方，日月隔良晤。滔滔灘水流，忽忽白日暮。握手黯無言，躊躕不能去。努力愛寒暄，長懷托章句。

董養斌一首

送别王粹夫

壯歲不出户，焉知行路難。一陳駕言邁，萬事懷辛酸。老親七十餘，稚子行蹣跚。未别泪已零，别久泪不乾。陸行怯鞍馬，舟行愁波瀾。戀戀難决絶，去去摧心肝。朋好久相待，餞設城西端。終然赴前路，無爲徒永嘆。

謝肇淛五首

游子嘆

飄風逐浮雲，雲散隨所向。游子辭高堂，乃在燕臺上。燕臺高突兀，雙闕鬱相望。三月富鶯花，游子空惆悵。鵲巢知天風，燕壘知天霜。相思萬里餘，誰爲授衣裳。别離日已多，鬢髮日已改。新柳飛楊花，故物悲老大。願隨晨風翰，高征向南海。

行路嘆

客夢政還家，鷄鳴何太早。星月落前楹，僕夫催上道。道路曠連綿，遠近無城堡。荒縣茅茨殘，山田禾黍槁。寒日照郊墟，饑民隨梨棗。村店幾家存，寄食殊草草。感此行路難，令人顏色老。歸來武夷山，醉卧層雲島。

采菱詞

儂家太湖西，門前青青柳。别來五作花，摇落君知否。秋風吹菱花，水蕩菱花落。儂貌比菱花，即比秋風薄。

古意二首

其一

高秋生悲風，明月上東林。相思夜苦長，促織啼花陰。之子萬里餘，涕下雙沾襟。欲涉川無梁，江河寒且深。人生如落葉，離合難重尋。女蘿附松柏，可以明素心。我有緑綺琴，拂取寄哀音。

其二

朔風吹高枝，寒霜沾衣裳。群燕辭故壘，耿耿秋夜長。俯視百草零，仰見雁南翔。綿綿悲遠路，游子天一方。行役逾十年，塵埃掩空房。人生非喬松，紅顔詎能常。生當加餐飯，死當歸故鄉。

徐燉四首

感秋二首

其一

拔劍起深夜，風色淒以寒。澹月皎沙渚，哀雁翔雲端。明河影漸落，白露零溥溥。所思在孅人，道路傷渺漫。欲托尺素書，惜哉無飛翰。感此不能寐，灑泪如狂瀾。俯仰若有失，天明復長嘆。

其二

朝出北邙山，夜歸北邙路。北邙草芊芊，纍纍總丘墓。墟風冷松楸，子夜月色苦。傷哉九泉人，一去無回顧。往者既如斯，來者復如故。感嘆往來者，中心實哀懼。知愚雖异類，埋骨只數步。貧賤何足悲，富貴何足慕。寄語賢哲士，令名自當務。

春泛若耶

晨興沂龍門，暮止耶溪宿。樵風送輕橈，南北往來速。千岩高嵯峨，萬壑屢迴複。春色遍平蕪，烟光散林麓。草木何蒙茸，雲霞遞興蔚。斜陽逗遠村，野燒明空谷。客子臨清流，朝莫恣所欲。若際秋冬時，幽懷詎云足。

桑溪禊飲

和氣滿六合，萬彙敷春陽。時禽忽變聲，卉木柔且長。袚除出東郭，同志相携將。茂林蔭長坂，喬松被崇岡。朝陽照我衣，惠風吹我裳。行行抵林麓，山水含蒼茫。桑溪夾叢薄，淺瀨鳴湯湯。奔泉漱石齒，殘溜衝溪光。細草承列坐，餘花逐浮觴。佳景暢幽愫，臨淵羨濠梁。觀瀾恣逸樂，盥濯隨徜徉。微尚既云合，心賞于焉償。嘯咏遵遺俗，游豫思先王。山川宛如昔，陵谷嗟匪常。古人不可作，俯仰成悲凉。寥寥千載外，誰當嗣其芳。

袁敬烈二首

車遥遥

君車出郭門，車聲遥遥去。寒螿啼短墻，明月照孤樹。君行日以遠，妾腸日以斷。君歸弃有待，妾貌須臾改。不若轍中泥，隨君各東西。不若駕車馬，時向車前嘶。安得君意回，驅車便歸來。

塞下曲

駿馬黄金勒，揚鞭出中原。道路阻且修，馳入玉關門。將軍皆赳赳，士卒如雲屯。匈奴倉卒至，征鼓日夜喧。黄沙埋羽箭，朔風捲蓬根。壯士無顔色，黑山兵氣昏。陰霾動笳慘，雪凍馬蹄皴。長城十萬里，明月照孤魂。辛苦不足道，凄切詎可論。蕭蕭此一身，煢煢難獨存。殷勤看寶劍，何日酬君恩。

曹學佺三首

代内別

去歲長安別，經年始云歸。聚歡甫閲季，征車復西馳。形影已相背，憂樂難并知。不如僮與僕，于役長追隨。執手日將夕，且復立須斯。前途約千里，相見猶可期。勿待嚴霜隕，行李無寒衣。

春郊少年行[一]

珊瑚縷豹勒，明珠結猩纓。龍騎五花文，蹀躞游春城。朝入七貴門，暮飫五侯鯖。南威鼓趙瑟，孟娵操秦筝。雕龍卷鸚鵡，金丸彈流鶯。翩翩事游俠，焉知身後名。

[一]《春郊少年行》，此詩原本不載，目録亦不載，據福建師範大學藏本補。

關山月[一]

萬里關山月，寒光燭我床。良人苦行役，去去天一方。昔别春草緑，兹當秋葉黄。含情理刀尺，寄遠裁衣裳。端愁玉門路，迢遞無繇將。臨風再三嘆，永夜心飛揚。

釋獨芳一首[二]

同唐士亨周又玄王孟敭宿靈源洞

振錫入松關，超然有清向。所懷碣石翁，靈迹尚感仰。撫松坐盤桓，漱水揚虛瀁。直登岃崱巔，天高氣明爽。適逢佳節臨，黄花稱幽賞。優游閉禪扉，静夜理琴響。對榻眠白雲，焚香足吟想。一夢猶未醒，晨鐘啓東昶。

釋惠顗一首

登鄰霄臺

平臺屹峰巔，去天不盈尺。雲來隱巉岩，雲散露形迹。長嘯觀大荒，塵襟盡冰釋。不知身世遠，但覺乾坤窄。一勺滄溟浮，萬家烟樹隔。解衣恣磅礴，謝我山水癖。極目送斜暉，遥遥海天碧。

[一]《關山月》，此詩原本不載，目録亦不載，據福建師範大學藏本補。按：此詩曹學佺諸集不載；曹氏别有《關山月》一首，載《古稀集》，爲晚年作品，與此詩無關。

[二]釋獨芳一首，此詩之上福建師範大學藏本目録有『安國賢二首』，正文無詩；底本無目、無詩。

晋安風雅卷之三

郡人徐𤊹選輯
陳薦夫校訂
董養斌編次

七言古詩

林鴻五首

賦得獨樹邊淮送僧之京

君不見，秦淮水流東到海，淮邊獨樹如車蓋。九月微霜赤葉乾，枯枝颯颯鳴天籟。枝上啼鵶散曙烟，枝頭殘照咽寒蟬。離人留飲停車騎，俠客相逢挂馬鞭。南國高僧從此去，駐錫雨花臺下路。一飯淮邊洗鉢時，六時宴坐祇園樹。野鶴孤雲任去還，禪心不道別離難。山中亦有長松樹，待爾青青共歲寒。

為廣上人賦歸雲山房

道山老禪七十餘，閉門不出祇園居。心將明月同清净，迹比閑雲能卷舒。蕭散浮雲閑更閑，因風也或到人間。晴教海上千峰出，暝與天邊一鶴還。歸雲寂寂山房暝，明月蒼蒼僧入定。禪心無着雲無踪，一塵不染諸緣空。山中有僧人不聞，世上流俗徒紛紛。願爲松下小童子，閑與高僧掃白雲。

經綺岫故宮

行人曉飯青山裏，驅馬蒼茫經洛水。昔聞綺岫盛繁華，不謂荒凉今若此。憶昔行宮初構時，梯岩駕壑相逶迤。美人桂殿夜看月，公子柘弓朝射麇。翠華一去金門鎖，露殿飛螢山葉墮。往事吹殘收笛風，危基半入樵人火。今古消沉能幾回，春風依舊野花開。君王巡狩不復見，禾黍空山鳥雀哀。

賦得無諸城送浦舍人源歸晉陽

君不見，昔時無諸城，荒丘斷隴今人耕。陵谷湮沉知幾代，古人精靈竟何在。憶昔無諸全盛時，都城百雉何逶迤。連營國步分秦土，繪衮王章入漢儀。山河巍巍那可恃，躍馬屠龍今已矣。列國猶傳赤帝封，曲臺尚對滄江水。滄江水流去不還，故宮落日不堪看。寶衣夜化空陵火，弓劍秋懸古殿寒。故人西歸從此去，策馬秋蕪城下路。欲將陳迹問行人，落葉紛紛不知處。

巫峽啼猿歌送丘少府歸四明

巫山巫峽連三巴，猿啼三聲客思家。停舟聽之聲未了，却過青枝猶裊裊。野人乍來錦宮城，清秋滿峽啼猿聲。黃牛灘上怨楓落，白帝祠前哀月明。商聲清冽羽聲亂，倏忽東崖復西澗。久客聞之泪欲乾，壯夫聽此魂亦斷。故人歸卧越山雲，憶得啼猿歌送君。扁舟獨宿剡溪夜，叫月三聲誰共聞。

張以寧三首

七夕吟

銀河迢迢向東注，玉女盈盈隔秋渚。金梭飛飛擲烟霧，織作青鸞寄幽素。青鸞織成不飛去，仙郎脉脉愁無語。無語相望朝復暮，白榆摇落成秋樹。藕花香冷鴛鴦浦，天上銀橋寳車度。風清蕊殿開瑶户，雲屏霧褥芙蓉吐。經年香夢遥相許，一夕離腸爲郎訴。羿姬妒人留不住，天鷄角角扶桑曙。龍巾荏苒啼紅露，亂點雲開逗飛雨。伯勞西飛燕東翥，河乾石爛愁終古。翠樓乞巧娉婷女，鏡裏青螺掃眉嫵。博山沉烟裊雙縷，不識人間别離苦。

倦綉篇

蘼蕪葉暗江雲暖，翡翠單飛怨春晚。陳女多情玉鏡分，陸郎薄幸班騅遠。寳鴨團爐百和香，錦鴛方褥五文章。陰陰垂柳籠書幌，點點飛花落綉床。雙鸞欲寄金龜倩，燕月吴雲不相見。柔腸萬轉逐迴文，亂緒千條縈弱綫。海棠枝上燕雙栖，夜合花前思欲迷。停針嘿嘿無人會，但覺春山兩葉低。曉嘶綉勒門前路，夜炙銀燈帳中語。指點香茸舊唾痕，見妾朝朝斷腸處。

洗衣曲

洗衣女郎足如雪，寒波曉浸鴉頭韈。笑移纖笋整緗裙，素腕微鳴玉條脱。羅衣泪粉痕斑斑，欲洗未洗沉吟間。波寒恐洗郎恩去，不洗復恐旁人看。紅顔娟娟照清泚，衹惜芳年駛如水。西風夢冷鴛鴦起，露滴紅香藕花死。洗衣洗衣復洗衣，小姑嗔妾歸去遲。小姑十二芳嬌痴，此恨他年汝自知。

陳仲完一首

空江秋笛

大江白露下，秋氣横中流。倏然一笛響，遠自江上舟。洲前向晚霽涼雨，三弄分明作人語。思逐飛鴻海際來，聲隨白鳥雲邊去。須臾引羽轉清商，蘆葉摵摵蒹葭黄。驚回少婦孤蓬夢，攪斷羈人萬里腸。駐宫又復變流徵，銀河澹澹天如洗。猿鶴秋吟絶島雲，蛟龍夜吼寒潭水。祇今誰識桓伊心，悠悠人世無知音。曲終倚徙重回首，落月蒼茫烟靄深。

王偁五首

古别離

將軍嫖姚北伐時，漢兵五道同出師。使者三河募豪杰，材官半是幽并兒。雁門燕郊一丈雪，交河蹴踏層冰裂。鳥旗遥翻青海雲，蛇弓亂射陰山月。青海陰山若個邊，芳閨桃李爲誰妍。三年玉箸頻啼處，萬里金鉦尚未旋。機中錦字織成久，謾訴相思别離後。鴛被春來夜夢多，龍沙秋盡寒川走。飛書昨夜入咸陽，詔更徵兵屯朔方。苦戰匈奴圍未解，鐵衣着盡邊庭霜。邊庭風霜那可度，望斷關山不知處。衣寬詎惜鸞帶賒，樓高枉盼鴻音暮。自古封侯燕頷身，肯思中婦鳳樓塵。但令疏勒風烟掃，甘作陽臺雲雨人。

怨歌行

弦奏箛天素娥之寶瑟，酒斟流霞碧海之瓊杯。宿君七采流蘇之錦帳，坐我九成白玉之仙臺。臺高帳暖春雲薄，金縷輕身掌中托。結成比翼天上期，不羨連枝世間樂。歲歲年年樂未涯，鵶黄粉白淡相宜。捲衣羞比秦王女，抱衾肯賦宵征詩。參差雙鳳裁筠管，誰信韶華有凋换。魏園未泣龍陽魚，漢宫忍聽長門雁。長門蕭蕭秋影稀，粉屏珠綴流螢飛。苔生舞席塵蒙鏡，空傍閑階尋履綦。宛宛青陽日將暮，惆悵君恩弃中路，妾心如月君不知，斜倚雲和雙泪垂。

短歌行

東風吹花墮錦筵，緑楊半嚲青樓烟。主人自爲鴝鵒舞，小妓更奏鴛鴦弦。當杯入手君不醉，落日已在西山巔。短歌一拍心茫然，請看明鏡高臺上，何須白髮悲芳年。

古劍行贈周辰

殺氣貫牛斗，精光何陸離。風胡不可遇，千載令人悲。憶昔干將初鑄日，五夜龍池飛露霳。秋水芒寒鸊鵜膏，虹光鍔吐蓮花質。當年曾聞易水歌，荆卿不濟當如何。從來相隨赤帝子，颯颯秋郊泣嫠鬼。乃知神物用有時，風雲變化誰能知。祇今蕭條鐔水上，白日往往蛟龍飛。俠客相看魂欲死，一片雄心許知己。别來夜夜匣裹鳴，憶君清泪如鉛水。爲君摩挲君試看，劍歌有曲君莫彈。從來烈士皆如此，茫茫萬古悲風寒。

凌歊臺懷古

朝發石頭渚，暮宿黄山道。携酒眺古臺，離離但烟草。憶昔兹臺何壯哉，宋祖離宫臺上開。臺前寶樹入層漢，臺下炎歊隘九垓。楚山望盡蜀山出，雄跨全吴勢凌突。欲吞銅雀俯中原，不數黄金貴奇骨。三千歌舞宿雲端，公子王孫往復還。秦關捷書不再返，鼎湖飛龍誰復攀。繁華一旦乃如此，寂寂荒臺秋色裏。往事徒悲禾黍場，殘碑半墮滄江水。滄江水流去不迴，空陵劫火變寒灰。欲將霸業問行客，黃山落日清猿哀。

王褒一首

題羽士林栖霞碧蘿猿洞

溪上垂蘿幾百尺，石洞陰陰閟長日。昔人學道居其間，塵世紛紛未嘗識。白猿一嘯下青山，藥瓢丹竈共往還。岩扉自掩明月上，石床不掃白雲閑。伊誰尋真百年後，道妙通玄七閩秀。寶笈仙書入夜看，鐔津霞氣凌晨漱。秋風裊裊吹緑蘿，猿聲時和步虚歌。明年買棹七峰雨，洞中鷄犬知相遇。

唐泰一首

送舒從事歸瓊海

年少不得意，勸君須盡觴。南天七月火雲熱，古道鳴蟬槐葉長。翩翩匹馬辭鄉縣，豈爲臨岐泪如霰。征旆飄飖君莫悲，戎衣慷慨人皆羡。城陰相送白日斜，驛道南登瘴癘賒。夢着還尋北堂草，醉來忘却東園花。行色匆匆爾何苦，世上悠悠焉足數。歲月休將鏡底過，功名好向刀頭取。知君此去壯心横，島夷卉服海塵清。粤王臺上垂楊色，黎母山前斷雁聲。君不聞，絳灌却因屠酤輩，衹今青史傳其名。

董希吕一首

同陳景明林熙績賦得折梅寄遠

故人别我音塵闕，兩見寒梅破香雪。悵望情飛官閣雲，相思夢斷羅浮月。去年花落客辭家，今歲花開天一涯。水遠山長愁不極，思君千里寄梅花。踟躕欲折傷離思，折梅舊是看花處。身似山中瘦影留，魂隨馬上寒香去。折梅莫折盛開時，寄君遥寄未開枝。到時正及花開日，遠道悠悠春信遲。

羅泰三首

寄編修林尚嘿

昔曾夢入蓬萊景，百合流雲翳天影。瑶草春香翠霧凉，石室苔紋紫花冷。羽衣仙子華陽君，手持玉麈揚清芬。飲我丹霞嗽瓊液，授我赤篆書符文。須臾拂袖凌雲去，别鶴離鸞向烟霧。西風吹珮玉琳琅，舉首遥聞共天語。天門樓闕參差開，九龍鬱結黄金臺。神霄雨露一揮翰，三十六地皆風雷。覺來捲幔南山曉，壯心一點秋冰皎。目蕩三神海上山，迴看日下群峰小。

柏臺霜曉

天風吹寒烏府深，乳鴉啼曙臺柏陰。老枝巨幹響靈籟，翠虬乍舞蒼龍吟。龍吟虬舞雲雷起，玉節金貂天上至。白簡霜飛振八閩，冰壺水潔澄千里。臺高浩氣凌青霄，山岳迴看亦動摇。岩林無地隱豺虎，郊原何處藏狐妖。政成藻鑒空中皎，綉衣攬轡金門曉。九重回首望閩關，三山一點青螺小。

虞美人草

朔風吹沙氈帳高，漢軍四面皆楚歌。拔山力盡騅不逝，虞兮顧此將如何。君恩自此良難保，血濺秋霜眉黛鎖。香魂不向陰陵歸，滯魄寧依原上草。妾身托根生路傍，妾心有恨天地長。妾容甘與同朽腐，妾名終與同芬芳。輕寒未歇方春雨，暗緑離披啼不語。高秋欲度風怒號，却憶當年宵起舞。行人過盡已斜暉，馬蹄猶似將軍歸。深藏泣露暮虫響，羞睹雙雙黄蝶飛。

鍾明德一首

題邵京實山居

白雲飛去山色深，白雲飛歸山色陰。時來時去自今古，山亦無語雲無心。有人結廬占巫頂，白石支頤卧雲影。清宵雲起隨飛龍，行雨歸來人未醒。

鄭迪三首

宿超山蘭若贈一中上人

衲衣住在東林久，踪迹人間往來少。碧草閑依石砌深，蒼苔日染松關厚。薄暮時逢上客過，吟詩對酒復如何。山中無復可乘興，蘿月紛紛窗外多。

賦得萬松嶺送友人之京

吳門一道通幽谷，昔種青松作喬木。徑裏還教野鳥啼，林間判與歸雲宿。寂寂那知幾度春，蒼皮剥落勝龍鱗。飛花暗度樵人隧，落葉常隨過客輪。今日旗亭送君去，去時雪滿松間路。牢落無懷故國秋，蒼茫正值青雲曙。嶺頭雪霰已紛紛，最喜青青自拂雲。臨岐何必攀楊柳，折取松枝可贈君。

分得九仙觀送劉司務之天官

青山一徑連花竹，瑶宫璚館依林麓。昔云兄弟九仙人，跨鯉成仙岩下宿。仙人一去竟不來，落葉行迹空蒼苔。石窗無人白雲冷，藥爐有火芙蓉開。春林不辨武陵處，陰崖尚憶瑶池路。仙樂時聞太乙宫，翠禽聲起勾陳樹。鴉浴池邊日未斜，洞門流水秦人家。湖光占處知殘雨，山色晴中見落花。朝來送君即傾蓋，離筵適與群仙會。仙人吹笙期子來，碧桃花下應相待。

趙迪二首

北邙行

北邙山下悲風急，魂車轔轔男女泣。浮生富貴能幾何，請君聽此《薤露》歌。居貧艱難葬獨苦，在富光輝人送多。山前翁仲笑相語，貴賤應須土中去。新墳峨峨土猶濕，日暮狐狸作人立。白楊蕭蕭人已歸，佇看人前生荆棘。魂孤魄暝重泉杳，新鬼大兮舊鬼小。不知新鬼復舊鬼，北邙道上應多少。

長安道

長安道上春如綺，朝來冠蓋如流水。誰人不畏霍家親，甲第雄豪連戚里。望中車馬多如雲，衛青新拜大將軍。腰間金印懸紫綬，門前翠蓋擁朱輪。將軍自是椒房寵，由來天幸承恩重。侍獵長揚赤羽旗，陪游上苑黄金鞚。道傍青青楊柳垂，五陵年少多光輝。蘭階珠彈鳴珂去，柳市銀燈夜醉歸。香塵百里花如霧，乳燕雙飛春欲暮。來往唯聞歌吹聲，行人知是長安路。

鄭定一首

高郵女兒歌

高郵湖水清且幽，高郵女兒能蕩舟。十八梳妝好高髻，二十嫁夫長遠游。青菱鏡破寶釵折，翡翠衾寒叠香雪。芳草王孫去不歸，蟪蛄啼處秦樓月。樓前楊柳飛絮多，門外蛛絲成網羅。高郵湖水增夕波，高郵女兒將奈何。

林伯璟一首

賦得滄浪磯送劉仲謙

古冶城西行二里，大夢山前見湖水。勢接危欄拍斷磯，直似滄浪烟景底。藕花菱葉吹香時，鷄鶒鵁鶄來去飛。丹石凝雲作錦爛，碧沙射日生瓊輝。胡爲同心不共賞，幾度相思成獨往。花宫鐘鼓久寂寥，梵宇樓臺但蒼莽。適君過我自六平，報最又欲趨承明。分攜肯惜磯下醉，留别須題磯上名。

高廷禮四首

老將行

十三身屬執金吾，二十專征破骨都。一生力盡三河外，萬死身輕百戰餘。胡兵長驅度絶幕，漢騎憑陵皆奮躍。勇决寧懷巾幗羞，擒生每作韝門縛。六十年來白髮新，玉關長望苦悲辛。老去廉頗思用趙，憂來王翦尚要秦。一朝謝病衡門下，萬事蹉跎成解瓦。麾下偏裨屬鎮軍，里中俠少輕司馬。落葉空庭鳥雀閑。蒼苔窮巷車輪寡，春山抱瓮向青門，秋水行歌歸緑野。昨夜魂飛到隴頭，壯心未已泪雙流。寶劍匣中光炯炯，驊騮櫪上鳴啾啾。近聞天子掃狼烟，闕下論功皆少年。白首將軍新破虜，黑頭僕射再臨邊。始笑子卿歸屬國，節旄落盡向胡天。

邯鄲少年行

燕趙多奇士，邯鄲俠少年。平生負膽氣，勇决如流泉。黄金如山不足惜，百萬呼盧常一擲。家藏死士不記名，身遇恩仇便輕敵。邯鄲陌上盛繁華，鬥鷄走馬相矜誇。忽報烟塵在東北，回鞭却向平原家。相看一言不合意，歸來縱醉邯鄲市。市人笑我同衆人，擊劍悲歌向誰是。天生俊意自飛揚，不遇知音徒慨慷。君不見，幽并壯士死，千載猶聞俠骨香。

浮亭月下聞李大秦箏歌

孤館夜寂寞，秦聲轉凄然。醉來聞向明月下，客心摇落秋風前。飄飄十指聲猶訴，颯颯長林驟飛雨。激若荆卿易水歌，悲如蘇子河梁語。角羽初停又拂商，四郊黄葉紛飛揚。劍門滴盡邊人泪，鏡閣啼殘少婦腸。西江曾臨吹玉笛，馬上凄凉聽不得。衹今彈得心欲狂，四座相看失顔色。伶倫去後空有思，世上秦聲誰得知。偏同客裏歌楊柳，長伴軍中舞雁兒。轆轤金井梧桐冷，壯士衣寒心耿耿。一杯何處酹平原，酒盡浮亭不堪醒。

古咸陽行

長安古城盡禾黍，故園荒凉變今古。秦帝山河滿夕陽，漢家宫闕隨塵土。咸陽昔時何壯哉，離宫複道飛空迴。五陵白日歌鍾起，三輔紅塵車騎來。一朝坐見繁華歇，冠蓋散爲烟霧滅。草木猶纏戰血腥，丘墟尚帶行輪轍。年代悠悠經幾秋，空餘渭水向東流。回中古道無游輦，關内何門尋故侯。傷心此地不能道，惆悵雄圖成蔓草。唯有終南萬仞青，年年看盡行人老。

王恭十三首

夷門懷古

策馬夷門道，蕭條愁殺人，魏王公子不復見，大梁宫殿隨灰塵。七雄戈劍紛相擊，秦兵已在邯鄲陌。晋鄙難迴朱亥槌，如姬早中侯嬴策。春去秋來百草青，古城落日烟塵生。眼前不見抱關者，世上空傳俠客名。秋天摇落多愁思，信陵原頭木應死。誰見豪門愛士時，唯有東流汴河水。

鷄公壟

荒崗古墓鷄壟邊，蔓草離離生野烟。狐狸養子隱荆棘，烏鳶作巢銜紙錢。石麟埋沉土花濕，雕磚剥落樵人拾。天陰磷火暗復明，月下精靈語還泣。此墳未必無子孫，夙昔傳聞皆宦門。浮榮一去不復盛，空餘古木啼清猿。誰家新冢高數尺，又買西家墳上石。憶過秦中北邙路，喪車轔轔冢無數。黄金買山葬死灰，昨日官車斫墳樹。崩塋斷壙襟苔痕，髑髏無聲眠草根。生前意氣動山岳，身後凄凉邈九原。君不見，羊公峴首石已刻，季子延陵碑尚存。錦袍醉倒長安市，誰招蓓石江心魂。豈知百年後，身世兩俱没。貴賤終同草上塵，升沉且進杯中物。笑矣乎，悲矣乎，眼中之人今有無。

隋堤柳

君不見，長堤柳，何裊娜。廣陵二月三月時，兩堤人看青絲嚲。憶昔繁華大業秋，此地曾經繫彩舟。

鶯聲忽起黎陽變，風光不駐江都游。千年往事東流去，柳色依依舊行路。傷心不必嘆銷沉，回首唐陵幾株樹。

羽林少年行

生少事嫖姚，出身羽林子。力戰三邊豈顧身，報仇千里曾輕死。相看雪刃氣如虹，白日横行都市中。鳴鞭走馬入州縣，紛紛郎吏争趨風。自言家住邯鄲陌，出入金門侍君側。門前不數五侯賓，醉裏常輕而千石。日晚長楸校獵歸，可憐人馬生光輝。自矜恩寵常如此，大笑傍人終布衣。

古從軍行

少小事嫖姚，辛苦烟塵裏。力盡三邊竟未歸，身經百戰常輕死。古戍蒼蒼絶塞邊，黄沙白草暗祈連。將軍金印不得佩，麾下鐵衣金已穿。往來陰迹狼山下，破訥峰南戰初罷。走馬交河雪下時，洗兵瀚海鴻飛夜。戰骨蕭條翳草根，邊烽寂寞照營門。只知邊將封侯貴，不見沙場愁斷魂。

老將行

生小事邊州，罷歸頭盡白。玉門邏迯别來深，雲鳥魚麗舊曾歷。三尺吴鈎兩斛弓，絓在閑門高閣中。羽林一二少年輩，昨日封侯欺老翁。翻思戰場裏，秋霜斷人骨。髑髏夜夜聲滿天，盡是長平舊降卒。

箏人勸酒

新豐美人青樓姬，絳唇素腕嬌雙眉。暫歇秦箏勸郎酒，西凉葡萄金屈卮。郎君但飲休辭醉，百年悠悠夢中是。神血朝凝不復知，日暮青山北邙裏。回身更整十三弦，金雁離離繞鈿蟬。十二闌干月將墜，錦筵紅燭浮青烟。人生歡樂那能久，豈悟星躔倏奔走。妾容未改君少年，日日尊前勸君酒。

長相思

長相思，相思春復秋，秋風撲簾霜入樓。捲簾見月令人愁，鶴關音信長悠悠。絡緯夜啼聲斷續，梧桐蕭颯寒椶緑。秦箏獨抱思繁弦，爲君彈作相思曲。相思復相思，思君君不知。願爲鴛與鴦，雙飛向天池，歲歲年年無別離。君不來，長相思。

望秋月

望秋月，在家見月如等閑。幾度天涯望秋月，明月雖同非故山。舉頭問明月，古往今來幾圓缺。明月如有言，問我少年今白髮。君不見，汾水秋風鴻雁來，鄴中歌舞盡蒼苔。憂歡只問今時月，曾照離宫與露臺。今月應將古月同，古人今在九泉中。誰言金粟西陵下，比見流光到梓宫。

妾薄命

玉釵墜地無全股，雙鳳盤龍兩分去。雖藏匣底終弃捐，欲賣傍人不值錢。轆轤宛轉黄金井，手挽輕瓶繫纖綆。誰知綆斷瓶墮泉，千尺深沉不窺影。銅瓶墮泉釵墮地，君心何得生離异。

去婦詞

刺促何刺促，東家迎鸞西家哭。哭聲休使東家聞，東家新婦嫁郎君。滿堂笑語看珠翠，夾道風傳蘭麝薰。浮雲上天花落樹，君心一失無回晤。明知遣妾何所歸，飲泪還尋出門路。青銅鏡面無光彩，苦心尚在容華改。東家新婦傾城姿，似妾從前初嫁時。

代閨人答輕薄少年

繁華嘯芳年，蔓草對幽思。妾本趙燕姿，誤身任俠子。長安任俠矜少年，五花白馬黄金鞭。平明馳逐新豐市，日晚吴姬壚上眠。玉驄一别知何處，可惜佳期夢中度。笳竹丁香起暮愁，枕屏十二巫山雨。落盡冬青猶未迴，轉頭黄葉委蒼苔。空簾盡日無人見，寂歷黄昏月又來。

孀婦吟

開篋見珠翠，思君前日情。祇言恩愛長相顧，豈誤音容隔死生。東流逝水何時返，倏忽青天彩雲散。銅鏡妝臺不復窺，羅襦綉被荒塵滿。月明繐帳凉如水，燈火熒熒照虚位。寂寞空簾鵲影閑，蕭條窮巷虫聲碎。東鄰車馬如雲屯，西鄰歌舞日紛紛。不羨他家夫婦好，寧甘守節在君門。新墳峨峨倚山麓，春去秋來草應緑。夜半傷心不忍啼，天明獨抱孤兒哭。

周玄三首

揭天謡二首

其一

巨靈吹空南斗死，鬼哭如雲學流水。桂蘭天影白鶴秋，兔光斜墜三泉裏。泉宫暗虫寒草根，土燈燃露絓黄昏。鐵心九回滴秋血，三十六帝聞俱吞。帝遣雙童去不返，楸梧參差牧馬苑。青烟一點吹六龍，芙蓉吐光海波淺。

其二

西池鵲寒墜靈羽，水嘶粼粼湅王母。青娥遏雲紛玉琚，水簾桃花逗香乳。紫元雙眉牽黛光，頹蒿折玉壽齊長。風臺神人鐵作背，哭聲酸骨啼秋裳。彩絲結繩絓秋影，身騎白龍勸天醒。暗魂斜背南山飛，獨立香虫泣空冷。

温泉宫行送夾谷琦之凉州

君不見，温泉宫，朧朧緑樹不可數。粉窗綺樓九天上，日麗鉛華夜歌舞。憶昔長安全盛時，温泉宫中誰敢窺。鶯聲慣識霓裳調，風光偏醉金明枝。驪山一日烟塵起，却嘆温泉乃如此。翻爲戰士牧馬池，不及盼人飲牛水。此去凉州鴻雁回，音書别後醉難裁。經過何處問陳迹，惟見黄河天際來。

黄玄一首

秋夜聽谷大彈陽春白雪遂歌以增

昔聞歌白雪，未知弦上音。看君彈來秋月下，十指如度春風鳴。初聞飄飄下天闕，亂逐回風氣騷屑。湅來深樹梅不開，散入空林竹應折。又如紛紛江上來，流音中節渾相催。灞陵一日幾人度，剡溪半夜孤舟迴。清川帶寒流，野鳥絶繁語。少女歌殘葉共飛，仙郎唱罷花能舞。須臾雪晴風亦遲，按弦問君君不知。聲殘響絶無所見，惟見桐枝秋露垂。

陳亮一首

賦得滄海月別南鄉諸子

我家住在滄海涯，海上長看月出時。海風吹月到天上，清光夜夜長相隨。紫薇峰前秋月白，此時却照禪宫客。南中佳士一時來，幾夜同看明月色。月光自古有盈虧，人生最是多别離。明朝復向滄海去，只應見月長相思。

陳輝二首

青門歌寄居易子

青門橋南二月時，青門城北梨花飛。忽聞啼鳥道鄉信，應念行人何日歸。東風一夜青門道，客舍蕭條但春草。遠樹蒼茫感客情，遥山寥落傷懷抱。酒幔高樓日未斜，參差橋上幾人家。釣艫潮落見歸雁，螺女春深起暮鴉。此中回望南天路，撫劍悲歌水東去。欲問紅樓醉别時，正是青門憶君處。

三峽流泉贈九齡文學

蜀江之水何雄哉，奔騰疑從天上來。飛流直下幾千丈，大壑五月鳴風雷。飄然一望失西北，巫峽清秋起寒色。聲撼長川白日寒，氣蒸大漠青冥黑。我時曾向錦城游，觀濤獨上瞿塘舟。劃然長嘯震林谷，短簫嗚咽回中流。與君對此嘉興發，便欲因之泛溟渤。好挾飛仙汗漫游，孤蓬醉倚西江月。

鄭珞二首

賦得泗亭柳色送周仲義

君不見，泗水亭，繁華已矣成凋零。危基千古夕陽裏，惟見年年楊柳青。淮南三月春已老，柳絮飛飛不堪掃。秀色凝寒淡縷金，長條匝地濃于草。依依裊裊滿河橋，積翠浮光露不消。晴分酒幔迷行騎，瞑拂青樓襯舞腰。我昔西游過淮甸，歌風臺下方飛霰。彷彿隋堤雨裏看，依稀灞岸烟中見。兹辰折柳復臨岐，送君此去心轉悲。應知柳下停舟日，即是都門惜别時。

左掖聞鶯歌應制

蓬萊曙色寒蒼蒼，萬方劍珮朝明光。流鶯舞影過雙闕，遥送新聲出建章。數聲纔度五雲長，百囀還聞上林杪。宫漏沉沉九陌春，禁鍾隱隱千家曉。烟花遠近布春聲，聲聲裊裊如有情。不隨仙仗雲中散，頻逐簫韶花外鳴。流音往來斷復續，晛睆綿蠻聽不足。初訝湘靈鼓素弦，又疑秦女彈新曲。祇今海宇歌升平，九成正爾奏虞廷。岐山尚有來儀鳳，不但鶯聲獨可聽。

陳景著一首

桃源行

扁舟閑棹武陵曲，落紅萬點春波緑。乘興沿流去不窮，夾岸桃花奪人目。山迴溪轉入漸深，縈行幾度隔雲林。遥看林下人家影，近聽村前鷄犬聲。恍然初入非人境，洞裏松蘿白日静。蘭徑春深玉有烟，綺窗晝永花如錦。驚聞客至復相呼，争迎置酒問何如。初從避地潛來此，自後因家成久居。却緣嬴[一]氏行苛法，竟携妻子塵寰别。山中猶著秦衣冠，世上誰知晋年月。世人徒自見山青，青山一徑通仙靈。遥連閬苑千原杳，不見長安戰血腥。歸來擬欲携家往，衹今靈境知何向。翠壁紅泉掩映流，琅玕芝草參差長。萬壑千峰翠黛浮，多情長憶别來愁。回首空山不可問，惟見桃花逐水流。

周瑶一首

賦得湘水暮流深送陳輝之貴竹

三巴三峽連三湘，東流萬里來何長。清澄雲影浸新月，滉漾天光帶夕陽。夕陽新月涵深碧，雲影天光同一色。兩岸平分島嶼青，千尋倒映沙鷗白。江漢滔滔去不窮，洞庭渺渺共浮空。漁人拂釣來天上，行客揚帆入鏡中。故人夙負澄清志，貴竹牂牁望迢遞。湘水東流是别心，請君看此更誰深。

李騏二首

題陳伯煒憲副松風堂

堂下青松鬱相向，横柯老幹虬龍狀。有時大塊播噫聲，陡覺驚濤半空響。非宫非羽亦非商，蕭蕭瑟瑟聲悠揚。乍疑絲竹悲斷絶，彷彿金石鳴鏗鏘。屬州此日無苛政，閑來坐聽心常静。激揚正慕子元風，盤桓莫起淵明興。

[一] 嬴，當作『嬴』。

芝山蘭若

東峰六曲屏峰下，祇樹深沉舊蘭若。施食臺前芝草香，翻經席上甘泉瀉。我昔逃禪于此山，上人飛錫上方還。香床説法天花落，丈室懸燈水月閑。朅來精舍東溪裏，垂帷永日聞流水。四壁烟蘿雨外青，六時鐘梵雲中起。盍簪乘暇更登臨，共愛雲堂花木深。莫道空門俱是幻，片時清净即禪心。

林得一首

題陳伯煒賓月樓

仙郎讀書得清趣，獨構危樓邀月侶。開簾邂逅若故人，入户欣迎迭賓主。有時適興調素絲，明蟾皎皎偏稱宜。指邊未盡睽離思，弦間已示盈虧期。有時陶情對尊酒，素魄娟娟映窗牖。金屑杯中泛復來，桂香席上披還有。家林一别今幾秋，嬋娟千里仍同游。雲逵相會渾如舊，問訊那能舍故丘。

鄧定二首

送鄭彦從太學之京

夜王臺下長江水，到海奔流幾千里。傳聞昔日蛟龍蟠，乘時每逐風雲起。把酒長歌此送君，江亭離思正紛紛。依依楚嶠天邊樹，漠漠閩關山畔雲。鶯花二月金陵道，書劍西游宦情好。紫陌紅塵馬足忙，禁城曙月鷄聲早。此去鵬圖九萬程，臨岐何必重沾纓。行看高步雲霄上，莫忘貧交舊日情。

田家謡

短巷疏籬幾家屋，屋後種麻仍種菽。禾稼登場鷄正肥，白酒盈缸釀初熟。機中有布倉有儲，今年已足公家輸。烹鷄酌酒且爲樂，東鄰父老相歡呼。田家此樂樂何如。

陳叔剛二首

江南曲送周員外歸盧陵

江南路出長干口，萬井千村種花柳。華髪仙郎錦作衣，畫船撾鼓逐潮歸。莫言慣識江南道，一度經過一回好。岸上樓臺臨水開，吴姬白苧曲新裁。商人弃金如弃土，百萬壚頭换歌舞。香飯炊粳食有魚，家家無事但安居。江南風景良不惡，不是少年行亦樂。請君後夜泊舟時，更聽吴兒唱竹枝。

賦得黄鶴樓送林嘉亨之岳州通判

黄鶴高飛度瀛海，青山閑掩危樓在。樓上年年鸛雀飛，黄鶴不歸今幾載。畫棟峨峨入碧空，四時雲霧鎖簾櫳。銀濤涌汹江聲遠，夢澤蒼茫楚望窮。隔波樹色漢陽渡，芳草洲空禰衡墓。百年詞賦未凄凉，兩岸江山尚如故。千里之官賦勝游，樓前訪古暫維舟。登高不用多留咏，崔顥詩成在上頭。

鄭亮一首

送朱州判

君家住在于山麓，門前舊種桑榆緑。遥望葱葱知故家，况有清陰庇鄰曲。記得當年二月時，繅車軋軋蠶初絲。桑影欲斜春社散，榆烟新起午炊遲。故鄉别來今幾載，樹色重重長不改。石砌輕風落小錢，粉墻晚日垂高蓋。憐君近别復何如，依然繞屋青扶疏。感之忽爾有歸思，因買孤舟還故居。

李廷儀二首

春曉詞

繁花落盡鶯聲老，汀洲緑遍王孫草。百尺游絲拂地輕，一爐沉水披香草。長門深閉金鎖合，小殿清幽玉階掃。遥見朱衣小隊來，隔花低唱風光好。

春夜詞

檐鐵鏗風春夢醒，紫綾縮脱冰肌冷。瀼瀼玉露下空階，半窗月弄庭花影。含顰起視牛女星，春山黛簇秋波凝。闌干倚遍不成寐，凄凉何處軥輈聲。

鄭鵬一首

洗衣行

若耶溪中新水滿，女郎浣濯溪邊晚。微波蕩岸濕金蓮，返照侵衣明玉腕。洗衣最恨啼痕多，不洗啼痕將奈何。杵重心忙臂轉弱，斑斑血泪難消磨。徘徊指顧荷花語，妾愁莖内絲千縷。摘來不斷復相聯，誰識蓮中心更苦。洗衣洗衣復洗衣，菰蒲風急鴛鴦飛。鴛鴦雙飛看漸杳，何事人生不如鳥。

鄭善夫五首

猛虎行

玄陰冥冥天欲雨，蒼兕嘷風劈林莽。磨牙下山天爲愁，白日殺人如捕鼠。我忽聞言仗劍出，彎弓却射白石人。吁嗟鳳麟無時來，故使此輩爲民菑。不然驅女渡河去，河北蒼生非草萊。

憶弟

去年蘇臺送女歸，布被獨卧愁依依。畬田力薄霜雪厚，憐女受凍仍啼饑。北有鴻雁南鯉魚，但見風塵不見書。深林大道防豺虎，萬里看雲涕如雨。

朔州行

朔州城頭凝黑雲，朔州城下邊人魂。胡兒悍驕好殺戮，少壯戰死今無存。悲風南下吹觱篥，馬逸飲血太白窟。不見鐃歌入塞門，但見人骨白崒嵂。近來衣冠苦出粟，豈説千朝養精卒。班生介子不應募，願弄胡笳令歸去。

小岷山歌

君不聞，小岷之山連胃婁，雄視西川十二州。青天萬古走蜒蜿，峰迴嶂轉無時休。劍門峨眉各失勢，白帝鳥鼠俯之如浮漚。上有許由瓢，世人不得用。直挂月户二千秋，蒙泉瀉天奔龍湫。之溪湲湲學字流，溯騰入汶江，萬里滄溟收。山中老桂色不滓，芝草琅玕爛成綺。洞口長回聲利車，磐石但坐烟霞侶。宋有蘇長公，隋有劉仙子。采芝斫桂樹，長鑱亂雲裏。小岷山，巉嶒不可攀，劉蘇以後人迹復不到。乃有曾東石，架屋讀易于其間。平生負此滄海志，少年訪道青城山。上餐青城絶壁之流霞，下弄岷峨陰壑之潺湲。黄熊蒼兕不敢迫，猿狖叫嘯情自歡。空谷無人行，蘭草復翻翻。竭來游人世，十載愁朱顔。吁嗟乎，青山信美蒙，泉亦可以洗君耳。君胡爲乎城市，許由之瓢欲何俟。終南有捷徑，北山有俗軌。玄猿獨鶴，暖眼冷眼遥看爾。紅塵白馬有何益，柴桑不負陶彭澤。歸來乎，曾東石。

古劍行贈仇將軍北征

將軍手提三尺冰，乃是鬼國之鐵，大齒之珍。滄溟水枯淬不成，莫邪斷髮躍冶死。而後龜文漫理流天晶，霜鋒閃爍鸊鵜凝。萬金吴鈎拖赭纓，北斗七宿土花發。青天寶匣迴機衡。斬魂斷犀俱細事，此物自是蒼龍精。江翻河亥罔象急，提出白曜摇東溟。飛芒殺白帝，喉下不可嬰。豐城古獄誰識女，斗牛之墟元氣升。沙塞秋高塵壓城，黄龍白狼不肯庭。山甫無人武安死，戰馬西向徘徊鳴。安西都護君好行，此物應世世當平。丈夫叱咤鞭風霆，國難不赴非俊英。劍乎劍乎，吾與女同死生。

張經一首

古浪行

紫崖環抱古浪城，浪草萋萋浪水清。沙邊白骨幽鬼泣，隴上黄雲羌笛鳴。祁連落日半銜山，刁斗相催早閉關。暮色蒼茫連大漠，月明惟有雁飛還。危墩烽火夜深起，胡騎憑陵渡河水。陰風黯黯捲旌旗，此去誰能辨生死。鼓角聲寒萬馬奔，將軍按劍出轅門。不知何處陣雲合，但見十里烟塵昏。家家征婦倚城樓，極目戰場雙泪淥。忽憶藁砧長許國，應教一箭落旄頭。

謝賁一首

楊妃春睡圖

玲瓏樓閣長生殿，紅塵遠隔輕風薦。寶鴨香微午漏沉，翠箔珠簾語雙燕。深宫無事白晝長，銀床冰篁參差光。鴛鴦枕冷翠衾薄，芙蓉帳綴流蘇黄。昨承主恩侍清夜，偎紅倚翠春無價。良宵苦短不成眠，曦馭東方催曉駕。起傍妝臺梳洗慵，菱花照面生春容。鳳笙吹徹紫雲動，瓊箏一曲聲喁喁。海棠欲睡嬌無力，阿監雙雙扶不得。綠鬟飛篷濕片雲，臉痕斜映胭脂色。冰肌玉骨自生凉，雪腕酥胸照洞房。秋波不動兩峰翠，腥唇半點荼蘼香。夢魂飛繞陽臺路，春壓闌干百花吐。胡奴羯鼓且莫聲，沉睡花神恐驚寤。雙雙蝴蝶夢中飛，飛來上苑戀春暉。東皇從此醉傾國，獨領春風歸禁闈。玉顔如花恩如海，高卧知君終不改。吁嗟悔洗影棚兒，碧眼窺春三十載。漁陽鼙鼓動地來，間關蜀道入馬嵬。西風瑟瑟夢初醒，花落黄沙真可哀。

鄭允璋四首

采蓮曲

采蓮湖上誰家女，窈窕朱顔饒笑語。一雙玉腕約金環，轉槳攀枝如鳥舉。白馬翩翩堤上郎，踟蹰立馬傍垂楊。相看日落未忍去，一水盈盈俱斷腸。

美人梳頭歌

寶鴨春宵香霧寒，佳人自起爇沉檀。輕羅袖短腕垂玉，細理鴛鴦一雙足。推臺皎皎鸞鏡光，氍毹舍暖下牙床。解鬟青絲潤照地，蘭麝氤氲絶纖膩。彩繩垂鬟雜五色，春笋嬌柔束未得。金篦輟下盤黑雲，準擬濃妝懶無力。妝成出閣花影斜，蹲向苔階弄碧紗。窈窕側窺微一笑，東風吹折櫻桃花。

老婦嘆鏡

團團寶鏡無明晦，嫁時照面今照背。少顔濃艷老顔醜，昔恐鏡無今恐有。妝臺寂寞任塵埃，正怯光輝當面來。背梳白髪心如搗，鏡自明明人自老。

銅雀臺

峨峨銅雀臺，高枕漳江曲。臺中貯歌舞，窈窕人如玉。可憐一旦繁華歇，西陵猿泣松蘿月。

鄧遷四首

折楊柳

輕風暖日垂楊柳，十二長堤青裊裊。千尺長楊百尺絲，清江古道春光曉。二月三月楊花飛，尊酒陽關送別離。若個倡家不來折，若個行人不共披。曲榭高樓連苑起，往來車馬如流水。輕絮飄飄帶雪飛，柔條婀娜隨風靡。薔薇欲綻日初斜，何處江村咽暮笳。王孫陌上悲芳草，少婦樓中悵落花。一十三月折楊柳，折來折去知多少。霜天摇落送將歸，堤畔青青還在否。

銅雀臺

魏帝用兵神且武，南征北伐定寰宇。五陵松柏起秋風，銅雀高臺漳水滸。霸圖王氣日荒凉，一眺牛山感慨長。綣顧西陵一杯土，秦墳漢寢遥相望。老驥伏櫪志千里，君王壯心猶未已。一朝晏駕輦路荒，美人歌舞漳江水。江水東流不復回，斜陽芳草松聲哀。鄴中宫闕今何在，千載猶傳銅雀臺。

明鏡詞

憶昔新歡玉鏡臺，春風燕爾菱花開。一朵芙蓉照秋水，雙鸞飛去復飛來。一日弃置塵埃積，一片青銅一片鐵。明鏡團團豈若斯，等閑自是人心別。

夜白紵歌

明月滿庭凉夜時，桂宮歌舞爲君施。纖腰裊裊聲遲遲，金蓮銀燭光陸離。瓠犀螓首青峨眉，銅壺玉漏夜何其。酌酒勸君君莫疑，人生樂在心相知。

林春秀一首

關山月

關山月，幾圓缺。野宿鶩揮甲上霜，夢迴泣盡閨中血。令嚴刁斗寒氣振，旌旗掣起看山月。東方高烽火，城頭半明滅。

何御二首

關山月

關山之别春復春，關山有月如車輪。不照人心照長路，含嚬隕涕閨中婦。殷勤寄郎舊着衣，但願郎心新不移。

處女吟

深閨二十不得媒，春風吹花覆錦苔。東鄰處女年十五，已逐簫聲齊鳳舞。誰憐粉黛輕從人，百年易墮千金身。頃筐不怨梅晚落，剪拂雲綃出香閣。

林世璧一首

搗衣篇

西風白晝已漫漫，玉露凄清玉漏殘。冰簟銀床秋弄色，翠幃羅幕夜生寒。年年秋夜何蕭索，幾度芙蓉楚江落。閨閣佳人團扇悲，關山戍客征衣薄。閨閣關山片月明，相思不盡搗衣情。欲知此夕凄涼思，請聽終宵斷續聲。凄涼斷續愁將暮，爲捲珠簾散香霧。翡翠樓邊旅雁過，鴛鴦沼上流螢度。流螢旅雁爲誰飛，飛去飛來泪滿衣。敢惜紅顔凋寶鏡，還將清夢繞金微。金微白雪三千里，寶鏡空懸照秋水。啼鳥飛花怨管弦，青苔緑蘚生羅綺。羅綺弦歌他自愁，春來秋去幾時休。盈盈巫峽悲雲雨，皎皎星河見牛女。星河巫峽傷心絶，天上人間有時别。寶幄空浮蘇合香，羅衣尚掩同心結。此時憔悴令人嗟，摘盡秋霜木槿花。搗得寒衣向西寄，不知何日到龍沙。

張焯一首

吴娃曲

吴宫夜宴飛清商，秦箏弦促春思長。銀蟾三五流素光，玉樓十二生微凉。青綃垂雲盤玉床，博山爐中百和香。虎蒲龍棗及都梁，迴風流雪踏春陽。君王酒酣樂未央，蘭膏欲滅歸洞房。歸洞房，日初出。越兵來，入吴國。古來妖艷傾人都，當年破越猶破吴。君不見，臨春閣，兵初起。擒虎入，麗華死。

袁表二首

淮上吟

楚天月照長淮水，獨挂征帆思萬里。蒼蒼露滴故沙河，冉冉雲開祝其壘。悲自中來不可期，古今萬事總參差。相逢不用盡知己，城下今存漂母祠。

送李六以仁赴京

春風吹客心，秣馬城南隅。頃來乞假歸鄉里，還復鳴珂指上都。十年把臂相親久，擊筑幾酣燕市酒。故人三故隔青雲，賤子浮沉垂白首。送君萬里謁彤庭，緑滿新槐璧水清。莫謂揚雄卑執戟，應知大戴善傳經。朝中元老多相識，舍下諸生久相憶。醉罷高歌易水寒，詩成占斷西山色。此日隨陽雁北飛，秋來準寄尺書歸。故園别後無知己，誰問山中一釣磯。

林煙一首

衡山歌

憶昨北游登泰山，三峰絶頂曾躋攀。天門日觀恍在眼，至今夢寐猶往還。此日西征望衡岳，萬叠芙蓉翠如削。况逢賢令作地主，携我凌虚上寥廓。兹山應宿當南紀，高高半入青冥裹。雲梯肖屴九千丈，山勢周回八百里。初從岳廟開金鎖，奠玉焚香拜神坐。霞裾瓊珮光陸離，羽節霓旌飄婀娜。絶壁扳緣石徑迴，飛泉迸落如奔雷。岩邊佛刹參差見，竹裹禪栖隱映開。半山亭出飛鳥外，茫茫轉覺乾坤大。五嶺南蟠簇作屏，三湘東注縈如帶。覽勝尋幽興未窮，月明猶叩上方鐘。七星垂珠在北户，河漢曳練當西墉。此去璇霄應咫尺，擬聽天鷄觀海日。瀰漫白霧谷底生，萬壑千岩頓如失。峰頭曉謁祝融君，滿袖淋漓盡白雲。山腰杲杲見朝景，始知上下陰晴分。回首群峰七十二，就中洞壑多靈异。薄游未得遂冥搜，役役風塵竟何事，挂冠東去掉扁舟。五岳尋仙恣遠游，羡門安期或可遇。人間富貴焉足求。

晋安風雅卷之四

郡人徐熥選輯
陳薦夫校訂
董養斌[一]編次

七言古詩

林春元[二]一首

蛾眉篇

團團皎月出秦淮，片片凉風入漢街。黯黯蒼苔上綉户，瑩瑩白露下瑶階。飛雲渺渺燕山際，落木蕭蕭楚水涯。樓外嚶嚶鴻雁陣，燈前寂寂鳳皇釵。鳳皇分處花盈島，鴻雁來時霜滿草。十里蒹葭白鷺洲，一聲䴗鴂丹楓道。此時玉寒不勝愁，此際香閨無限惱。錦字重重和泪封，寒衣叠叠連聲搗。搗衣争自寄征夫，封字憑誰送遠途。燕子磯長飛夢共，桃花塢冷斷魂孤。漢陽有客悲窮鳥，虞坂無

[一] 董養斌，福建師範大學藏本作「安國賢」。

[二] 林春元，底本作「林章」，目録作「林春元」，《詩人爵里詳節》作「林春元」。據目録、《詩人爵里詳節》改。

人惜伏駒。君自他鄉裁草茘，妾從何處采蘼蕪。憶妾髮如霧，憐君角已露。八歲詞鋒飛，十歲詩葩吐。立馬能將韓子題，牧羊解把蘇卿賦。未論掘瓮過松陰，已報探環傍桑樹。十二揚鞭走上關，十三獻策論平蠻。花迎紫燕明珠絡，柳拂白虹響玉環。一望斗牛生寶氣，五陵裘馬失華顏。不誇千里錦囊底，却驚一箭畫屏間。畫屏掩映芙蓉褥，錦囊點綴鴛鴦曲。纏綿綉結一團心，綽約絲繩雙裊足。得婿共言似羅敷，愛夫自信如弄玉。琉璃暮暮蘭膏紅，琥珀朝朝竹葉緑。竹葉蘭膏綺閣東，鸞簫鳳吹彩樓中。自未登山和臨水，更曾怕雨復愁風。無端題柱別司馬，無端舉案送梁鴻。蛺蝶園中飛款款，驪駒門外唱匆匆。匆匆自當去，款款誰堪語。舉手牽羅衣，低頭吞玉箸。今年雁叫北門涼，明歲鶯啼東嶺曙。昨日南風撲茘枝，今朝西港吹蘆絮。千山萬山夕陽時，長亭短亭芳草處。雙龍潭外越王城，五虎峰前漢官署。漢署天香動桂柯，越城秋艷擁嫦娥。新郎文史三冬足，故國風雲一日多。只謂青錢選易中，詎知白雪調難和。一從周宴誇聽鹿，幾度秦臺笑畫蛾。蓮萼開遲寧敢怨，柳條折盡不堪歌。却生不爲黄金也，卞氏其如白璧何。白璧獨懷國，黄金多結客。年年王孫游，處處仙郎謫。五岳峰烟屐下青，十洲水樹尊前碧。邊霜襯馬踏三陵，峽雨吹帆浮七澤。澤國跨天梁，陵原繞帝疆。雲霞三楚態，花草六朝香。紫陌胭脂井，紅樓錦綉坊。結廬種修竹，閉户掃長楊。他日聞詩禮，少年誤文章。枇杷空自巧，翡翠向誰光。短鋏羞彈暖，長裾懶曳陽。感時聊避地，懷古更思鄉。自恨不登徐庶薦，自慚不入陸宣莊。一朝忽作陳翔黨，千載能令林類傷。林類翹翹徒自許，陳翔烈烈終何補。錯將蕭艾作蘭看，落得鵷鸞爲鷄侮。樊上自多蠅，市中寧有虎。儻教郭解請公孫，翻把禰衡送黃祖。黃祖乘船事莫論，公孫開閤意猶存。不妨慈母曾投杼，何事孤臣尚戴盆。夫婿豈無三寸舌，君王却有九重門。繞梁不及漢家燕，焚木那堪楚國猿。楚國當年貴薪食，漢家此日賤耕織。令丘谷口鳥啼魂，析木津頭鷄拂翼。幾處長河無水聲，幾處平原無草色。陌頭人哭日昏黃，市上鬼號霧晝黑。倚柱悲愁若得知，當壚辛苦誰曾識。忽傳一疏凛飛霜，豈謂三章深入墨。假虎吼街頭，驚蛇伏草側。含沙真可傷，下石轉堪惻。兩三歲裏[一]盡風波，四千里外無消息。却思少小貌如花，那爲艱難心似蕙。心似蕙，獨在天。南望地北貌如花，誰教秋色送春華。秋烟一片直，秋雨幾行斜。秋樹多驚鳥，秋江總斷霞。白雲樓上雲如水，明月亭前月似沙。十笲娟娟手移在，百花冉冉眼看差。蜘蛛當户網，蟋蟀傍窗紗。數節三經菊，歸期兩誤瓜。篋中悲樂子，鏡裏憶秦嘉。但見門前晝羅雀，不聞户外夜啼鴉。啼鴉天色寒，羅雀人情冷。日日怕黃昏，夜夜惜清景。迢遞倚銀河，淒涼立金井。一庭白榆光，四壁頳梧影。梧葉飄飄空似紙，難將題字傳夫裏。榆花歷歷不成錢，安得買書放兒前。宮漏悠悠歌舞夜，鄰春悄悄亂離年。始知白屋郎偏苦，更信綠窗女可憐。可憐當杼軸，偏苦下帷幄。縱使萬卷藏，不如千金握。高鳳嚇鴟鳶，大鵬笑蜩鷽。殺人端是用蠍蝎，生子寧須誇鸑鷟。夜郎放李豈無才，天禄投揚非不學。蠶室羞生太史遷，馬門餓死東方朔。直鈎難下綸，曲木不爲桷。暗道莫投珠，明時寧買璞。璞鼠未堪猜，珠鵲却須裁。涸鱗得水終生浪，伏鰲

[一] 兩三歲裏，福建師範大學藏本作「三十月來」。

乘春定作雷。乍報西師起，復傳東寇來。鼓鼙沸鼉窟，烽火暗龍堆。市井新兵動，桑麻舊税催。賈生初下涕，郭氏未登臺。撫髀應慷慨，握髮正徘徊。食客不嫌收狗盗，涓人詎肯弃龍媒。佛輪窅窅三身轉，帝網恢恢一面開。晋子有能曾受塊，韓郎何罪不然灰。妾今不恨月邊月，長倚月華瞻漢闕。妾今不恨山上山，遥隨山色盻燕關。勸君莫羡鳥中鷲，鷲爲愛毛投水絶。勸君莫笑草中葵，葵能衛足向陽欹。關上寒來早，客邊衣到遲。床頭知易盡，帶眼怕頻移。本是浮雲婿，寧爲孟浪兒。且看粱畔枕，莫論橘中棋。禍福門無向，窮通路有岐。青雲半流落，紅顔多别離。茂陵風雨千秋夢，楊子波濤一夜悲。也道儂家非鳳頸，那知郎輩是蛾眉。

謝杰一首

金臺送陳明經

陳君揖我河梁下，别緒摇摇不堪把。懷中投我白雲箋，一曲驪駒爲君寫。與君同客黄金臺，今日送君歸去來。春雨池塘幾回草，長笛關山何處梅。燕雲蒼蒼燕樹里，燕山回首還相憶。咫尺思君不見君，勸君惟有加餐食。一葉風帆潞渚秋，烟波日夜正東流。江花落盡無顔色，江岸行過莫上樓。

董廷欽一首

釣臺懷古

君不見，赤帝投竿濉陽涘，二十八龍隨釣起。芳餌争吞茅土封，南陽一穴同魚水。澤中男子着羊裘，絲綸放浪垂千秋。富春山前釣臺下，一鈎不挂東都侯。夢中誤踏赤龍腹，京洛風塵污雙足。歸來濯向臺下流，又恐前溪妨飲犢。妨飲犢，傲巢父，釣臺之名釣千古。

陳椿三首

送鄭生游吴

君不見，仙霞嶺上千峰起，秋日啼猿聒人耳。又不見，錢塘江口八月間，怒濤駕霧將沉山。憐君好游當此日，長揖親知去鄉邑。俠氣飛騰那可羈，孤懷骯髒誰能匹。蒯緱寧論束裝貧，客裏風塵任此身。縱令黄金都散盡，肯將白璧暗投人。三江摇落天如掃，六代繁華萎荒草。吊古還登麋鹿臺，新傳子夜吴歌好。

廢居嘆

誰家舊屋委江濱，門徑荒凉長白蘋。竈突烟寒烏作主，坳堂土耗鬼爲鄰。我來欲一問年代，立馬孤村成感慨。凋零故老無復存，扶疏古樹應長在。君不見，孟嘗君，朱門列戟森于雲。俄然謝病捐人務，墳上纍纍走狐兔。又不見，高陽池，紅妝照水紛葳蕤。繁華何事一朝歇，惟有空梁落明月。長安甲第日日新，雕甍畫桷終沉淪。林花幾度虚迎客，巢燕尋常别主人。由來興廢事非一，漢寢秦封翳荆棘。長歌向夕當路岐，原上悲風轉蕭瑟。

送徐興公游秣陵

脱劍贈行色，揮杯成短歌。世途翻覆有如此，君去客游當奈何。憐君雅有登臨癖，不爲艱危辭遠役。攬勝常携謝朓詩，尋真欲訪茅盈宅。到處逢迎有故人，當杯握手興維新。但言白眼難諧俗，寧論黄金可贈貧。君家孝廉富才藻，題詩舊滿金陵道。看君此去續清游，兄弟機雲名總好。

陳第一首

見楊花

燕山三月飛楊花，滿天白雪隨風斜。客子出門已十載，飄零感此思回家。楊花飛自好，客愁不可道。歲歲楊花飛，飛盡春光老。春光迅速若轉蓬，丈夫建樹難爲功。李廣不侯馬援謗，至今慨嘆傷英雄。傷英雄，徒拂抑，鬢華忽似楊花色。不如匣劍歸去來，南山之南北山北。

趙世顯一首

越王山懷古

君不見，越王全盛時，秉圭開國稱雄奇。都城百雉連雲起，宫殿峨峨俯江水。甲第參差十萬家，提封連亘三千里。形勝豪華那可言，須臾城闕變丘園。白雲秋色寒荒隴，細草輕烟覆斷垣。茫茫天地何終極，古往今來空嘆息。休論滄海與桑田，且把金樽對山色。與君共醉越山頭，越鳥翩翩越水流。極目中原天萬里，狂歌飛遏海雲秋。

林世吉一首

看花詞

花枝繚繞嬌春容，絳雲壓闌春日濃。翠禽銜英隔窗語，唤起春愁千萬重。褰簾走立花陰下，撫景徘徊翻自詫。玉魂不來孤影寒，滿眼酸風泪交瀉。碧衫濺血痕凝紫，參差無聲吹不起。芙蓉香暗白鶴怨，菱花影破青鸞死。銀虬夜泣星在天，强撫氍毹傷獨眠。夢魂願化雙蛺蝶，依舊追飛繞花葉。

陳益祥一首

將進酒爲張擔如賦

去年桃花開，今年桃花開。今年花不賞，明年花又來。花來花去若流水，白髮催人明鏡裏。勸君有酒但飲之，莫待春殘怨花靡。二八小吴姬，當筵錦瑟君莫辭。南威老去容顔改，百舞千歌徒爾爲。

鄧原岳二首

孟嘗君墓下

滕陽城南三尺墳，行人云是孟嘗君。平生俠氣歸何處，寂寞荒阡空白雲。戰國争雄志未已，縱横策士隨風靡。公子門前車騎多，三千賓客皆珠履。珠履翩翩殊可憐，高臺曲榭入雲烟。出關幸不爲秦虜，此日終須食客賢。雍門一説涕如雨，富貴繁華那足數。當時已懷亡國悲，何况于今一杯土。陵谷銷沉知幾回，墓前石虎變成灰。裴徊往事那堪問，禾黍西風鳥雀哀。

黄金臺

君不見，黄金臺，昔時宫闕今塵埃。易水東流去不返，燕王雄豪安在哉。駿骨銷沉易水滸，臺上黄金化爲土。霸圖零落不勝悲，千載風流猶可睹。故鼎西還入薊丘，征東將士盡封侯。臺前飲至天爲動，立馬憑陵海氣秋。朝倏見繁華歇，歌舞荒凉水流咽。百萬秦兵動地來，血灑高臺空巀嶭。傷心往事不堪聞，禾黍蕭蕭飛白雲。試問黄金臺下路，行人但説樂將軍。

陳仲溱二首

賦得姑蘇臺送屠田叔司農之京

姑蘇高臺接天起，輝煌半照西江水。虹梁綉柱逦銀河，綺鳳盤龍映藺弝。珠箔雙鈎乍捲風，流蘇百結綴簾櫳。銅龍緩咽宵方半，銀燭高燒曲未終。就中殊色浣紗女，傾國傾城嫣笑語。粉黛奩前試巧妝，纖腰掌上誇輕舉。妙舞嬌歌樂未休，翠華馳道侍宸游。走狗幾迴過茂苑，鬥鷄隨復向長洲。鬥鷄走狗笙歌沸，鳥旐龜旗紛列隊。内監驚傳鳳輦歸，中宫争看龍顔醉。醉上姑蘇百尺臺，隔江遥見越兵來。沉檀委地皆成土，羅綺薫天散作灰。世事興亡如轉轂，臺前已見游麋鹿。寶鏡空顰西子眉，屬鏤枉抉東門目。霸業蕭條世代非，山川曾見破吴歸。荒臺幾度銷金鏃，義士誰人更錦衣。君今正過姑蘇路，水殿荷花總非故。半夜雲歸響屧廊，中天月照楓橋樹。楓落烏啼易感傷，懷人吊古共凄凉。此時定有吴都賦，好托西風遠寄將。

古别離

纖手拂寶鏡，掩泪理秦箏。秦箏不成調，寶鏡爲誰明。以兹感嘆别離緒，哽咽吞聲不得語。鴛被同歡未浹旬，馬頭一去經徂暑。暑往寒來魚雁稀，將軍何日解重圍。朔雪胡風悲凛冽，隴雲岱月望依微。望斷關山情反覆，空閨仍伴殘燈宿。幾番玉箸枕邊流，九曲迴文夢中續。飲泪緘書泪更垂，憑風遠寄到天涯。君身自許封侯貴，妾命何當輕薄兒。輕薄别離何太苦，胡笳聲慘編行伍。古來白骨委沙場，幾曾金印歸鄉土。朱顔忽似木槿花，朝榮夕瘁堪咨嗟。却羡東鄰夫婦好，年年歲歲不離家。

陳价夫七首

江妃解佩圖

雲輗摇摇漢江曲，紅香蘸破玻璃緑。木難雙佩垂妖光，春風游冶誰家郎。停驂不語調鴛鴦，臨流乞與雙明璫。翠旗忽促凌波武，陽侯裂眦馮夷舞。夜光飛入玄冥宫，漢水千年怨交甫。

緑珠詩

細腰鬒髮春風質，金谷園中夜爲日。滿堂珠翠羅紅妝，一曲迴風頓相失。春慵醉夢起來遲，嬌嗔碎却珊瑚枝。恩深不遣出行酒，二十四朋那得知。伶倫細管于闐玉，暗度新聲斷腸曲。衛尉瓊筵飲未闌，趙王甲士來何促。玉笛重吹作楚聲，清商宛轉若爲情。自慚尤物增君累，却悔從前獨顯名。樓頭半晌飛塵内，三斛明珠一時碎。春草無青恨血殷，玉魂已冷餘香在。紅殘翠歇朱闌下，不愧當時三斛價。至今光彩未全銷，尚有游磷出深夜。

秋夜詞

殘燈隱壁秋魂苦，榕葉翻風桂花雨。誰遣衰蛩上井欄，陳根一一悲相語。崩雲漏兔宵中白，皺縠窗烟鏁寒碧。銅龍咽盡東方高，浮塵穰穰城西陌。

俠邪行

三河年少青絲騎，兩兩争馳不成隊。新豐市上蹴鞠回，轉入胡姬肆中醉。舞袖歌聲不暫停，當壚一擲千黄金。揮鞭使酒出門去，回視五陵芳草深。

新浴詞

蘭湯灧灧澄春緑，暈頰顰眉新睡足。流雲欲墜雪團香，三尺清泉浸寒玉。淺碧琉璃凝翠光，龍眸暗射温柔鄉。侍兒金餅滿懷袖，三十六宫空斷腸。

鏡聽詞

憶昔與君生别離，鏡似樂昌初破時。自嗟桂魄幾員缺，遠人尚自愆還期。轆轤無繩瓶墜井，青燈熒熒照孤影。含愁抱鏡入中厨，呢呢低聲自陳請。漏短不知夜幾更，四鄰已静無人聲。憂疑未决心轉苦，起步明月沿階行。倚欄脉脉望河漢，鸜鵒籠中巧相唤。忽言半月在迴廊，始卜郎回在月半。深深再拜喜不眠，舉頭看月尚未員。回身再問匣中鏡，知汝何時飛上天。

雨後同陸稚望張稚通泛舟登峴山望太湖洞庭

黄梅雨過湖波碧，風撼荻蘆喧摵摵。炎氛消盡水氣凉，招携共理登山屐。五斗葡萄一葉舟，湖光山色澹沉浮。數聲垂柳陰中笛，幾點緑莎汀上鷗。凄凉政感前朝寺，尚喜窪樽堪取醉。閑憑峻閣倚空明，笑指幽軒滴餘翠。試從高處望平蕪，天水茫茫是太湖。眼底洞庭才一抹，斜陽烟樹半饃糊。登臨況復偕同調，拍手仰天應大叫。醉去渾忘羈旅愁，狂來且作蘇門嘯。浮玉山前日暮時，歸舟容與漾清漪。紆迴趁着采菱棹，一路入城聞竹枝。

陳薦夫十首

題仕卿侄蕉雨亭

仲容入林不種竹，繞砌芭蕉發春緑。空亭晝静山雨來，簌簌千聲碎寒玉。清陰翳翳雨泠泠，疏密同歸葉上聽。樹裏飛泉敲暗緑，林間殘雪破深青。新苞引翠瑩如拭，幾陣黄梅蒼欲滴。微風忽送半窗凉，萬斛珠璣灑空碧。夢回覆鹿不聞喧，有客衝泥扣篳門。相對倚欄吟思足，不同深院鎖黄昏。

賦得戲馬臺送屠田叔使君之京

吕梁洪下黄河曲，河水茫茫山簇簇。驚濤濁浪捲彭城，烟火蕭條幾家屋。河上層臺土半傾，離離秋草接雲平。沐猴人去無消息，逐鹿場空只戰争。當年霸氣紛馳鶩，此是都門盤馬處。磴道疏龍杠自高，何曾極目遑西顧。銀鞍玉勒錦纓繁，驅出天閑影欲翻。帳下美人嬌一笑，千群汗血盡承恩。炎炬西來雲棧絶，臺上經年久離別。名駒鐵騎逐戎行，不到臺前重簡閲。軍中夜半楚歌聲，吹散雄心作怨情。此日黑騅猶是戲，驕嘶欲逝不成行。往來陳迹成今古，幾百年來經宋武。九日離筵倒緑尊，千秋霸業餘黄土。黄土無情彙碧花，臺前駐馬久咨嗟。空悲歲月隨河水，不見山川屬漢家。河流瀰瀰風雲散，此去知君腸欲斷。懷古偏當客路中，思鄉并在荒臺畔。使君名宦自無媒，却憾鯫生困草萊。若過當年曾戲處，定收駿骨上金臺。

美人買鐵馬歌

明珠瑩玉垂垂結，八角流蘇響凄切。風前雙挂玳梁高，自有宫商按成節。初聞鳴珮委清都，又似飛泉點玉壺。征人曉泪霜天盡，怨女秋魂夜月孤。東鄰竊聽疑璚玖，琮錚握在良工手。少婦帷中溢價酬，雙鬟簾下分番守。但道清和比玉揚，詎知幽怨結玎璫。重門風雨孤燈暗，悔殺黃金買斷腸。

北邙行

洛陽城東北邙路，纍纍白骨多于土。今人冢壓古人墳，富貴繁華不可聞。素車白馬賓從散，螻蟻烏鳶分强半。寒狐盜著冢中衣，饑鶻搏將盂裏飯。白楊蕭颯風霜老，旒旐飄零弃衰草。野鳥諳歌《薤露》聲，寧知此曲傷懷抱。何年碑字尚熒熒，磨與新墳改勒銘。山鬼讀碑剔磷火，漆燈歲久那能明。城中居人聚如蟻，十九身歸北邙裏。今人争吊昔時人，昔人昔日曾如此。北邙杯土無寸閑，得葬北邙人亦難。君不見，腥風血雨沙場客，欲向此中那可得。

邯鄲少年行

陌上春風塵土飛，邯鄲年少紫羅衣。貂裘獨擁王孫去，珠履雙分公子歸。王孫公子争相羨，寶馬輕車去如電。飛甍畫棟出雲間，舞館歌臺臨水面。楊柳陰中百囀鶯，簾櫳影裏雙飛燕。飛燕流鶯白玉欄，繁弦急管度春寒。舞衣照耀殊方彩，歌扇飄飖雲錦紈。東樓紅粉清絲管，南國金貂坐間滿。當筵莫惜錦纏頭，楚舞吴歌夜不休。年年今日復明日，白髮紅顔遞相失。即今欲見少年時，流水無情不可知。

楊花曲

簾幙重重日影移，欄杆曲曲曉雲垂。緑楊窗外鶯啼後，青草池邊燕語時。鶯啼燕語芳草早，飄落楊花滿春草。遼陽征客心獨傷，東鄰美人亦斷腸。不堪西路音塵絶，愁對東風羅綺香。時時抽妾相思緒，織作衣裳送君去。回文織罷情轉真，請看此物爲妾身。枝上楊花枕邊泪，一夜東風兩相墜。此時君若見楊花，妾與楊花共憔悴。

擣衣篇

涼月墜平林，當階花影深。美人約皓腕，三五敲清砧。清砧裊裊幽思多，征途霜露傷如何。思煩力乏雙杵亂，心緒空催手中緩。玉關但恐體生寒，金屋那堪腸欲斷。柔腸斷復續，寒訊年年促。有信空傳青海陰，無人肯到交河曲。乍遲乍速歇復鳴，秦漢以前無此聲。願因西北晨風起，吹達宸聰向玉京。

浣衣曲

幽荷冉冉新篁密，歘瀫含風波浸日。靚妝融冶紅粉香，淺碧銀塘映花立。雙雙玉腕漾清漪，霧縠摇波光陸離。不因驚起鴛鴦伴，花外玉郎那得知。

東鄰美女行

楊柳如絲雨如霧，東鄰西舍花争妒。憨痴曉起洞房春，雪色樊籠調玉兔。兒家西北是朱樓，冰玉簾閑半上鈎。省得潘郎偷眼看，連環驚起不曾收。

破鏡行爲陳大賦

樂昌寶鏡青銅面，閃鑠光圓才一片。憶從生少遇君時，君情摇蕩妾憨痴。時時并臂迫肩立，持照青閨雙黛眉。銀箏斷風瓶入井，金縷雙鸞不交頸。空持一半表相思，南北分形更分影。妾身不及青蚨血，但使菱花空瓦裂。何因綉閣匣中銅，得似延津波下鐵。

馬欻一首

薄命歌代人寄遠[一]

麗景艷陽天，青驄跨錦韉。崎嶇經隴水，蹀躞度秦川。隴水秦川道路長，緑苔芳草閉蘭房。泪珠暗落葉黄錦，沉水空薰玳瑁梁。庭柳含顰青尚小，砌花裛露媚生香。弄粉柔枝雙蝶拍，送聲隔院兩鶯簧。砌花庭柳争春艷，鶯黄蝶拍鬥春狂。春狂春艷春如許，對景思君益斷腸。不是獻書投鳳闕，非關負羽走龍荒。如何年少輕離别，遮山阻水恩情絶。銀釭照影憐隻身，羅帶同心不成結。别時漫道即相逢，别後那知變時節。春云夏來旋復秋，啾啾織火西流。露華冷濕琉璃帳，月色斜侵翡翠樓。朝來有客傳消息，爲道狂夫喜浪游。妾處凄傷鸞鳳曲，君邊典去鷫鸘裘。黄金與白璧，携走長安陌。踼踘酒家胡，樗蒲俠邪宅。鬥寶碎珊瑚，浮杯光琥珀。半月金花抱倚闌。珍羞綺食列千盤。綉幌重幃那覺曙，薰爐暖閣不知寒。情深不願朱顔老，朱顔縱老情偏好。一生一世同一心，相憐相惜終相保。憶昔妾嫁時，君曾與妾期。蕣華容易謝，松柏歲寒持。私心良自喜，白首可追隨。羅敷總髮面如花。弄玉初笄鬢似鴉，有時流蘇貯金屋，有時步障擁香車。有時踏堤同拾翠，有時臨水共浮槎。

[一]《薄命歌代人寄遠》，以下福建師範大學藏本缺一頁。

歡到別時殊眷戀，別逢歡處便忘家。妾如鶯燕傷儔侶，君似楊花無定處。梭中織錦偏織愁，夢裏爲雲復爲雨。寄與青樓薄幸人，寄與紅妝年少女。漫誇邂逅取綢繆，當識綢繆翻怨苦。緣慳勢阻別離多，尺書欲寄無奈何。空作浴妃來薦枕，可憐織女望填河。啼將紅粉添紅血，塵埋青鏡罷青蛾。妾今薄命無人顧，休把新歡將妾妒。新歡指誓歲復年，故寵輕抛朝且暮。爲言故寵昔曾新，莫使新歡復成故。

王毓德二首

鄴都引

君不見，鄴都昔日盛繁華，宫殿嵯峨逼漢家。綺羅色動漳河水，碧玉光摇太室花。西園清夜遨游節，對酒當歌聲不歇。明珠翠羽日行雲，飛蓋鳴笳宵醉月。雄圖欲得幾千秋，倏忽衣冠瘞古丘。傷心最是繐帷者，故國空傳雀臺瓦。墓田何處問西陵，禾黍離離但原野。

賦得高唐觀送屠辰州之任

君不見，襄王昔幸高唐觀，十二峰巒插霄漢。峰前雲氣黯千重，黛色須臾窮變幻。有情朝暮出陽臺，薦枕時聞神女來。瓌姿瑋態不可悉，宋玉作賦何奇哉。使君剖竹之荆楚，此地行春應吊古。朱輪曉入朝雲祠，畫軾宵過雲夢浦。雲影氤氲鬱不收，還知太守擅風流。筆端自有千秋賦，豈羡當年宋玉游。

鄭琰五首

江上聽琵琶同陳幼甫

久客湘潭憶舊京，孤舟夜發漢陽城。天空野曠浸寒月，不知何處琵琶聲。悲悲切切蘆花曲，颯颯錚錚斷復續。一聲淒絶曉烟青，四弦按破秋山緑。葭菼戰風霜葉飛，年年羞見雁南歸。坐中俱有思鄉淚，不獨江州始濕衣。

賦得荷花蕩同杜美人贈別林從周

晴波碧荇牽風翠，荷花亂落紅衣媚。樹底山城半入湖，雲邊官閣斜連寺。美人摘花湖水邊，花比美人人較妍。美人醉歌花欲語，不采蓮花采蓮子。今年花開人少年，看花載酒夕陽天。明年載酒知誰在，荷花流水空相對。林君林君正華髮，馬蹄踏破鶯聲滑。釣艇春摇震澤波，酒船夜逐吴江月。幾年作客向天涯，看盡春城十萬花。閩南六月無鄉信，鷓鴣千山未到家。日暮竹鷄啼不徹，十頃湖光捲飛雪。美人衰草雨中愁，游子殘燈江上別。此別孤帆入武林，白公堤上柳陰陰。平湖水漲多雙鯉，遥寄相思一片心。

和文太史江南春詞

晴日泥融茁新筍，門掩梨花春院静。寂寞深閨人晝眠，十二珠簾度花影。寒食無烟春樹冷，楊柳輕陰籠萬井。誰家玉勒紫羅巾，陌頭游冶逐芳塵。燕飛忙，鶯語急，落紅雨過胭脂濕。九十春光又將及，躑躅滿江亂山碧。油壁香車出城邑，銷魂游子花間立。世事悠悠江上萍，笑人華髮空營營。

短歌行

君不見，媧皇作天半是石，只今石罅胭脂迹。赤虬吐氣紅氍毹，班騅女郎嫁河伯。掉尾掃却秋空雲，錯落晨星墮空碧。又不見，康王飲馬西天潢，羲和作馭朝紫皇。玉兔犁雲種金粟，曉華濕露凝秋香。人間脉脉翠雲暮，王母冢前生悲凉。草澤生，短歌行。兩年騎馬薊門道，欲歸不歸愁兕觥。

少婦歌

流蘇曉帳胭脂香，寶釵壓枕珊瑚光。合歡錦水羅象床，女郎十五嬌春陽。伯勞飛燕不相將，空房無人愁夜長。

董養斌二首

少年行

長安都少年，白馬紫金絡。雕弓月比彎，寶刀雪爲鍔。脱幘揖王公，笑殺衛與霍。十千斗酒朱顔酡，青樓翠館皆經過。南山射虎白飲羽，下埸鬥鷄紅繫羅。生嗔意氣交知少，那識人間金帛多。游樂春景熙，翻嫌白日遲。吴姬越女歌宛轉，秦筝趙瑟聲参差。醉來侍兒扶不起，綉被横陳寶鈿垂。寶鈿垂，當及時，青絲鬢改空傷悲。

同王粹夫白雲看日出歌寄曹能始廷尉

君不見，天姥奇峰峭如壁，青蓮夢中看海日。又不見，靈隱高樓古寺東，争看滄海出曈曨。詩中盡説奇如此，未及身經徒漫語。我家海上白雲山，東溟萬頃迴狂瀾。朝曦半夜遠可望，相與襆被來同看。天鷄喔喔海波赭，飛熛焕焮扶桑下。東方半壁天欲燃，欲出不出波喧閬。須臾銀濤變成雪，復有如朱赤綫相牽緣。波中烱爍朱輪走，鯤鵬燒死鯨鯢吼。爛如羽客破鼎流神丹，又若火珠燁燁吐出赤龍之焰口。朱霞滅没隱見互神怪，更疑羿射未落波中之烏尚有九。嗚呼！魯陽操戈不敢揮，夸父弃策焉能追。乃知之問謫仙徒想像，豈若我輩今日目擊其神奇。聞君去歲走泰岱，日觀中宵起相待。明年過我白雲山，試與東岳峰頭鬥光怪。

謝肇淛五首

齋中有懷

越鳥御南風，塞馬齕北草。美人隔長天，游子悲遠道。遠道連綿燕復齊，車塵馬足自東西。正是相思腸斷處，王孫草緑子規啼。

采菱詞

長歌短歌采菱詞，飛來飛去青鸕鷀。西風吹波緑于染，羅衣女兒如花面。玉簫一曲初學吹，月白千峰人不見。

賦得三峽猿啼送人之蜀

君不見，蠶叢鳥道連三峽，兩岸清猿啼不徹。凄凄風露月明中，行人聞之心斷絶。送君西行秋已分，正值猿聲日夜聞。一聲一泪一回首，萬里家山空白雲。

秦徑山吊秦美人

鹽官城北山前寺，艷骨香消幾千季。人去空餘草木春，夜來猶識金銀氣。玉輦東巡不復回，六宮歌舞生塵埃。荒墳片石猶堪吊，試問咸陽幾劫灰。

苕溪草堂燕集觀牡丹放歌

苕溪三月春無主，桃花落地柳花舞。草堂晝静午未開，捲簾幾度清明雨。雨過蒼苔花滿園，紅明緑暗鶯聲繁。主人企脚不理髮，安能束帶向朱門。牡丹初綻大如碗，幾枝偏傍南窗暖。亭亭凝笑復含羞，座客見之魂皆斷。姚黄魏紫不足愛，丹霞剪作神仙珮。國色寧容蜂蝶侵，天香未許芝蘭配。日照露浥無不佳，臨風映水尤多態。恍如燭龍銜耀倒挂珊瑚枝，明珠萬斛光琉璃。又如妃子初入浴，香水滑膩流胭脂。三千粉黛見之無顔色，而况與群木百卉争芳菲。主人惜花惜欲死，日日花間卧不起。若使花神解語時，謝公何必東山妓。名花愛客不辭紅，客來莫畏酒杯空。今日看花不盡醉，明朝花落生秋風。君不見，風吹花開還吹落，今日花開不如昨。可憐人面不如花，安能長在花間酌。酌君酒，爲君歌，日月疾于東逝波。人世開口那能多，花乎花乎奈爾何。

徐㘭五首

帝京篇

皇家宫闕紅雲裏，複道層甍稱逶邐。帶礪山河形勢雄，烟花錦綉多佳麗。御爐香氣透璚宫，長樂殿前鳴曉鐘。三衢九陌祥光繞，萬户千門瑞氣濃。瑞氣祥光浮萬象，鳳掖鸞墀環珮響。焕爛晴霞散玉階，曈曨旭日升金掌。積雪輕烟帶曙暉，萬條垂柳影依微。西園廣布鴛鴦幔，北里齊開翡翠幃。西園北里連東院，朝元閣達明光殿。内監三千試舞衣，嬌娃二八調歌扇。舞衣歌扇立瓊軒，一曲霓裳侍至尊。脂粉鉛華期怙寵，明眸皓齒待承恩。六宫怙寵承恩澤，臂上輕紅消蜥蜴。玉指調弦曉達昏，金針刺綉宵爲日。五侯七貴何紛紛，甲第朱門高入雲。吴謳楚舞年年樂，簫鼓笙竽夜夜聞。九天日月開黄道，畫省金扉接青瑣。絲綸熣燦燭三台，劍履尊嚴歸八座。八座尊嚴更九卿，鳴珂佩玉兩班行。雕梁碧瓦雙龍闕，金市銅街五鳳城。鳳城龍闕高無極，翰苑文章亘天日。終王屈宋輒衙官，楊馬鄒枚常避席。上苑黄鸝啼杏花，春風三月綺如霞。錦衣緑綬青雲客，玉勒銀鞍白鼻騧。羽林年少風流者，蹴踘樗蒲縱游冶。朝出韝鷹紫陌中，暮歸刷馬紅樓下。紅樓百萬大堤娼，娟娟綉轂雙明璫。蟬鬢妖嬈雲共薄，孤鸞皎潔月同光。妖嬈皎潔何須羡，行雨行雲情不淺。銀燭光中啓合歡，瑶箏聲裏開華宴。乘醉酣歌夜未闌，羅襦綉帶怯春寒。帳下新詞金縷曲，筵間珍味水晶盤。筵間帳下紛羅綺，月下風前鬥嬌美。兩兩鸞皇翼并栖，雙雙菡萏枝連理。兩兩雙雙樂若何，歡娛調笑意偏多。柘枝翹袖爲君舞，遏雲振木爲君歌。歌舞爲君歡不足，猶買嬌嗔貯金屋。十千美酒醉新豐，三斛明珠换歌曲。滿眼繁華空復情，金張許史意縱横。可憐羈客思田里，愁聽行人説帝京。帝京往事那堪數，立馬燕山更懷古。軒轅昔日有高臺，鄒衍當年此吹黍。荆軻市上别燕丹，俠氣憑陵髮指冠。哀筑悲歌聲寂寞，西風易水至今寒。古往今來祇如此，哽咽躊躇不能語。草野無言達聖聰，布衣何計朝天子。燕昭臺上暮雲浮，燕昭臺下水空流。黄金駿骨誰能市，落魄人間空自愁。

聽笛歌

秋風颯颯翻蘆荻，蘆外何人弄長笛。幾迴嘹喨徹雲霄，吹出滄溟月華白。初聞徵羽鳴嗚嗚，燕山擊筑齊門竽。再聞宮商何慘切，鳳臺簫管湘靈瑟。徵羽宮商不肯休，梅花楊柳更悠悠。征夫塞上腸空斷，戍婦閨中泪暗流。閨中塞上苦如此，我也聞之心欲死。憶遠魂銷轉調中，思親夢斷餘音裏。風露凄凄月倍明，异鄉孤客總傷情。幾時返棹歸山去，任爾江頭長短聲。

姑蘇臺歌

高臺突兀中天起，碧瓦朱甍何壯麗。梯環九曲路千盤，一日能窮三百里。臺中朝夕唱吴歌，宛轉柔聲斂態多。後宫緑袖調絲管，小隊紅妝嬌綺羅。紅妝妖冶紛如許，一道香風吹綉户。倚檻回瞻射鹿臺，擎天遠見盤龍柱。歲歲年年樂未休，洞庭烟水太湖秋。千騎影中看茂苑，百花香裏望長洲。苧羅少婦傾城色，水殿沉酣夜爲日。醉卧流蘇白玉床，千呼不起嬌無力。君王日日上高臺，簫鼓笙竽沸若雷。吴女承恩期怙寵，越兵挑戰渡江來。干戈羽騎東門進，心圖恢復扶椒戰。玉戺瑶階烈炬焚，九歲經營一時盡。尺土王封忽弃捐，含羞不願甬東遷。自拼性命干將下，瞑目應慚見伍員。只今故址斜陽莫，輦路荒凉走狐兔。花落花開紅粉消，春來春去香魂苦。闔閭城上夜啼烏，響屧廊中長緑蕪。霸業千年消歇盡，空餘明月照姑蘇。

李夫人歌

梨花素月流寒影，梧葉陰風綃帳冷。延年歌罷怨何如，燈燭輝煌愁夜永。奠酒杯，開泉臺，魂與魄，來未來，落葉滿地蟬聲哀。

鄴都引

鼎圖去盡英雄死，故都空對漳河水。墓田無主古城荒，慘淡斜陽照殘壘。文石遺宫鳥雀悲，飛雲古殿黍離離。西園明月依然在，不見詞人作賦時。銅雀臺傾鴛瓦碎，蛾眉無復喧歌吹。玉座空傳遺令開，繐帷不滴分香泪。君不見，蜀國山河豈屬劉，吴宫花草翳荒丘。悲風夜吼西陵樹，千古凄凉一樣秋。

袁敬烈一首

賦得幔亭峰送屠使君之京

武夷峰巒三十六，中有幔亭何矗矗。石壁丹梯駕紫烟，金箱玉笈藏仙籙。人傳仙子會蓬瀛，彩屋虹橋非世情。不知幾度曾孫老，明月猶聞笙鶴聲。于今三月桃花落，霞褥雲茵綺相錯。游人誤入武陵源，渡口漁舟何處泊。漁郎日暮引歸舟，一聲鐵笛林泉幽。瓊枝瑶草交明媚，九曲清溪相映流。使君持節趨京邑，此地經過探舊迹。醉後濡毫賦采真，一時題遍峰頭石。

安國賢一首[一]

擊劍行[二]

君當歌，我起舞，世上紛紛那足數。昆吾鐵冶雙龍精，十載鋒鋩暗烟霧。君起舞，我當歌，寸心相知惟太阿。黄塵萬里出門去，城南未許月支和。

[一] 安國賢一首，此條原本不載，據福建師範大學藏本補。

[二] 擊劍行，此首原本不載，據福建師範大學藏本補。

晋安風雅卷之五

郡人徐熥選輯
陳薦夫校訂
董養斌編次

五言律詩

林鴻十八首

出塞曲六首

其一

壯游誰憚遠，西北是臨洮。駿馬銜金勒，行人看寶刀。隴雲吹曙暗，關月倚秋高。早赴防胡壘，三軍待六韜。

其二

单于秋近塞，驃騎遠臨邊。吹角風沙動，揚旗日月懸。鷙雕防獵箭，老馬識烽烟。昨夜旄頭黑，前軍得右賢。

其三

大漠窮陰外，孤城蒼莽間。星河秋近塞，雪雹夜沉山。戍久戎衣綻，時清列燧閑。近聞胡虜騎，不敢問陽關。

其四

衛霍邀勛日，三河聚控弦。陣雲寒壓地，獵火遠燒天。玉帳分旗直，金戈枕月眠。羽書飛報捷，天子在甘泉。

其五

十五薊門行，能探黠虜情。潛兵秋度迹，牧馬夜歸營。苦霧沉旗影，飛霜濕鼓聲。昨來承密詔，東築受降城。

其六

烟塵起西北，驅馬到長城。萬古征人恨，秋風隴水聲。雪埋金甲重，月照寶刀明。昨夜聞胡雁，中原有弟兄。

擬唐太和公主和番

粉涓辭丹禁，紅顏冒虜塵。南天惟有月，北地更無春。笳鼓凝芳夢，軿車掩翠顰。年年桃李月，凄絶舊宫人。

行脚僧

朝衡暮復嵩，那識白雲踪。度迹逢馴象，浮河亢毒龍。衲經何限雪，山過幾多峰。年老無筋力，方懷故院松。

塞上逢故人

五陵携手罷，匹馬各天涯。出塞難爲客，逢君似到家。後期如夢寐，前路正風沙。只好長安陌，垂鞭醉落花。

題福山寺陳鉉讀書堂

窮經不出户，一室古珠宫。燈影秋雲裏，書聲晚磬中。開窗明竹雪，散帙落松風。料得無人到，焚香對遠公。

送陳鍊師歸龍虎山

鶴書歸未久，秋思夢瑶峰。海上看山别，人間何處逢。烟蘿深見月，洞府暗藏龍。辟穀方無術，憑師問赤松。

别蔡秀才原

别離無遠近，暫去亦傷神。正是千山雪，誰悲獨往人。江空螺女夜，花暗冶城春。不見同游侣，酣歌泪滿巾。

送蔡大往汝州尋弟

落葉正紛紛，秋城可路分。知君從此去，遥念鶺鴒群。楚水帆飛雨，荆山路向雲。懸知孤館夕，離雁不堪聞。

送鄭二宣之交州

離亭夕景遲，游子去何之。白髮孤舟别，滄溟萬里期。鄉心春鳥唤，旅泊夜星隨。無限分携意，殷勤唱竹枝。

宿雲門寺

龍宫臨水國，鳥道入烟蘿。海曠知天盡，山空見月多。鶴歸僧自老，松偃客重過。便欲依禪寂，塵纓可奈何。

游方廣岩

玄岩太古色，恍若入鴻濛。一徑攀躋盡，諸天杳靄中。雲歸山殿冷，月出水簾空。境静離言説，泠泠松桂風。

送殷秀才之武功

送君遠行役，省覲入西秦。五月臺江水，孤舟去國人。蒼山低戍壘，對日照行塵。無限同游意，分携泪滿巾。

江上寄巴東故人

我憶巴東客，長爲江上吟。楚雲將夜夢，湘月寄愁心。落日青楓樹，秋風白帝砧。遥傳一緘泪，讀罷想沾襟。

張以寧四首

荆門

車到荆門上，舟移鉅野中。河聲來汶濟，山色見龜蒙。楊柳烟深淺，杏花春白紅。人家桑棗外，猶是古人風。

宿遷縣

今朝宿遷縣，風急棹難停。樹合藏深屋，河移出遠汀。山容雲冉冉，水影日冥冥。柳色無南北，春來不斷青。

泊湖頭

客路春將晚，征帆日又曛。深山昨夜雨，流水滿溪雲。渡黑漁舟集，村空戍鼓聞。故園歸未得，雙泪落紛紛。

安南即景

龍水南邊去，行穿萬竹林。羊腸山險盡，蝸角地蟠深。銅柱千年恨，星槎萬里心。朝來晴景好，緑樹響春禽。

王偁十一首

楊柳枝

春光曉漸饒，楊柳暗宫橋。嫩葉疑愁黛，纖衣倦舞腰。衹應悲戍笛，那解綰蘭橈。更待花如霰，紅顔爲爾凋。

梅花落

青樓嘆落梅，獨自起徘徊。帶雪粘歌扇，因風上鏡臺。晚妝誰更點，邊角正堪哀。望斷尋香徑，依稀滿緑苔。

巫山高

巫山不可望，望極使人悲。樹暗啼猿峽，雲空神女祠。秋聲留别恨，夜月悵佳期。欲問高唐事，唯應宋玉知。

小垂手

秦女騁妖嬈，春風步翠翹。只疑花作臉，更訝柳爲腰。燭暗花鈿墮，風輕羅帶飄。自矜纖弱態，不羡掌中嬌。

隴頭水

隴底望秦關，蕭蕭隴水寒。照人猶帶恨，飲馬不成湍。落日邊塵合，秋風虜騎殘。誰磨三尺劍，直爲斬樓蘭。

詠伎

竹枝歌送君，錦瑟不堪聞。欲識芳心恨，愁將寶帶分。碧峰留楚黛，秋水學湘裙。明日陽臺上，空瞻一片雲。

宋將軍家出妓

歌管沸中天，香風滿四筵。門邀珠履客，座列玉堂仙。良夜金波裏，佳人錦瑟前。爲君回舞袖，半笑落花鈿。

送李校尉還江左

雄劍委龍鳴，關河白髮生。功成百戰後，老去一身輕。夜月桓伊笛，秋風驃騎營。燕歌何處寫，曲罷有餘情。

武昌晨望

不飲武昌水，焉知吴楚風。山川霸氣盡，今古壯心雄。帆去三湘遠，天連七澤空。登臨何所恨，江漢正流東。

怡山蘭若與夏廷簡宿別

别路繞珠林，秋來落葉深。一燈今夜雨，千里故人心。已覺空門幻，還驚旅况侵。坐聞鐘鼓曙，離思轉沉沉。

送沙子進赴禄州別駕

客舍酒初香，都門柳色黄。一官仍別駕，萬里赴炎荒。江路猿聲早，山城榕葉凉。遠人勞撫字，且勿厭殊方。

王褒二首

送僧

都門相送處，無奈柳條長。咒引天花落，經翻貝葉香。浮杯吴水緑，飛錫海天蒼。後夜涵江月，應期到上方。

送人之京

銀缸盛美酒，江上送君行。共惜孤舟別，那知幾日程。關寒逢斷雁，宫曙聽新鶯。早獻金門策，休論漢賈生。

唐泰三首

寄林七欽

千里一爲别，思君遠更親。雲霄心獨倦，江海業長貧。古道迷黄葉，寒汀覆白蘋。秋風如有待，歸計欲垂綸。

過黄玄山居

半生流落意，相見但依依。卧病看春盡，愁心對客稀。砌花飄澗户，畦藥映園扉。莫怪頻來此，滄洲興不違。

題劍閣

開國自蠶叢，嵯峨劍閣雄。長江通灩澦，遠岫接崆峒。鳥道寒雲外，猿聲古木中。征驂何處客，寧不畏途窮。

趙迪一首

塞下曲

朔北寒風起，春來雪作花。黄雲愁隴水，白骨怨胡沙。柳暗邊城暮，營空塞日斜。故園芳草緑，歸夢幾還家。

鄭定二首

塞下曲

結髪事專征，沙場草作城。軍中分虎節，天上錫龍旌。士卒同甘苦，胡兵半死生。至今西域地，還數衛青名。

渭上觀獵

草折渭門霜，蕭蕭獵氣黄。飛弓秋萬里，縱馬日千場。雕霧藏沙迥，鷹風入樹長。將軍驕意氣，射殺白河狼。

洪順一首

賦得鐵甕城送王性存還吴

孫吴分鼎日，曾此築危城。欲擬金湯固，應將鐵甕名。斷基芳草合，古堞暮雲平。到日登臨處，憑虚百感生。

高廷禮三首

寄陳五先輩

春山曾共賞，一别又西東。岐路非關遠，心期恨不同。暮天孤嶂静，秋水夕陽空。爲有相思寄，雲邊送斷鴻。

送許志學北游

聞説幽井地，嚴冬雪做花。長空無過雁，念子獨辭家。朔月迎仙櫂，灤雲引客車。薊門登覽處，顒望憶京華。

送許子之巴西

雙鳧新被命，萬里遠從官。聞説巴西好，何愁蜀道難。峽猿驚印綬，蠻吏識衣冠。聖德懷荒服，賢勞莫憚煩。

王恭十二首

塞下曲四首

其一

鐵騎向邊州，生隨定遠侯。戰餘關月冷，兵盡虜塵秋。萬骨纏沙草，孤魂集戍樓。唯餘忠憤在，須獻月支頭。

其二

百戰皋蘭北，長驅入塞垣。陰雲横虜陣，朔雪度營門。牧馬邊塵黑，鳴笳隴日昏。辛勤看玉劍，猶未落君恩。

其三

十二羽林郎，横行事朔方。陣雲飄塞月，殺氣慘胡霜。戰苦陰山黑，兵殘落日黄。君看射雕手，生繫左賢王。

其四

軍城飛殺氣，虜塞接窮荒。隴笛凄胡月，天兵肅漢霜。鈴聲沙迹曙，馬色玉關凉。辛苦防邊卒，聞笳益斷腸。

題無諸廟壁

野廟大江干，蕭蕭樹色寒。斷碑荒草没，畫壁古苔乾。龍去春潮在，猿鳴海月殘。英雄那可問，東逝更漫漫。

古鏡

匣裏菱花鏡，摩挲恨轉深。土花浮緑暈，秋月閉寒陰。漢女曾窺貌，秦人已照心。蛟龍今剥落，徒爾折黄金。

漂母墓

寂莫淮陰路，荒城接楚原。誰能懷漂母，曾此飯王孫。孤冢今猶在，千金不復論。身慚非國士，玆去向何門。

昭君怨

掩泪向邊州，君恩此日休。身隨胡地遠，心是漢宫愁。雁塞春難度，龍堆草易秋。玉容何足貴，翻作羽林羞。

征婦怨

夫婿遠從征，雲中路幾深。作旗餘帳帛，買劍斷釵金。被綉香蘭淺，妝奩鳳影沉。年年衣上泪，隨恨寄寒砧。

夏夜曲

初月照迴廊，鳴璫出洞房。竹清殘暑氣，荷泛小池香。雪腕宫羅潤，雲鬟夜玉凉。庭前有梧葉，早晚落銀床。

送人之雲南

雲中路不窮，迢遞入烏蒙。馬上看山別，天涯見月同。昆明波淡淡，金齒樹朦朦。异域空相憶，音書幾日通。

送人從海城軍

從軍江海上，征棹去微茫。瘴雨孤城白，秋風大野黃。旌旗連蟹舍，烟火近鮫房。但使封侯貴，何須憶故鄉。

周玄五首

秦家小慧

小小持金鏡，隨妝日幾迴。春光能自媚，飛燕莫相猜。香徑緣花掃，寒窗候月開。長陪雲雨態，學夢楚陽臺。

漢上聞胡人吹笛

不識邊城路，方從笛裏聞。千聲悲漢月，萬里繞秦雲。響入天山動，寒兼隴水分。梅花今夜落，江上正紛紛。

塞下曲三首

其一

天子垂衣日，將軍擁節行。百金驕漢騎，千彀弱胡兵。曉戰霜填角，宵眠雪照營。不經黃迹道，誰悉玉關情。

其二

草檄馳高闕，分符出未央。雕弓秋玉鏤，寶劍夜金裝。馬飲長河白，兵交落日黄。軍中諸校喜，生得左賢王。

其三

羽箭拂雕弓，金鞍駕玉驄。凌秋千騎動，直夜萬夫雄。迹暗胡星落，邊長漢月通。祇今麟閣上，誰數貳師功。

黄玄二首

丹陽道中

五陵爲客久，儒服滿塵埃。望闕無知己，還鄉愧不才。山陰殘雨度，河廣斷雲開。歸去多朋舊，春城共酒杯。

河上立春

故國幾時别，殊鄉今早春。青陽開霽雪，殘日送歸人。漸與雲霄隔，空驚歲月新。不堪零落處，愁泪滿衣巾。

林志一首

送隱士黄聲玉

雙井秋陰合，蓬門石徑斜。殘陽吹過鳥，疏雨落閑花。山帶垂青幔，窗螢照碧紗。不知林下客，幾度醉烟霞。

鄭閻一首

清泠臺

高臺臨絶頂，下界晚鐘和。落葉空山滿，秋聲古樹多。密雲依澗宿，野鳥向人歌。薄暮歸城市，塵氛奈若何。

黄澤一首

晚宿仙霞關

山路繞雲霞，關門夕陽斜。澗流黄葉影，林落紫藤花。行旅通三鎮，居民住幾家。炊烟寒不起，古木有栖鴉。

陳亮一首

西峰寺

西峰鬱林壑，有客始登臨。入寺山偏秀，聞鐘路更深。古松高叠蓋，流水細鳴琴。笑問同游者，誰爲净宇心。

陳輝四首

宿性上人房

聽梵來山寺，逢僧宿石樓。風泉行處滿，花竹坐來幽。暗澗鐘聲晚，空潭樹影秋。東林微月白，相送虎谿頭。

夜泊釣龍臺

烟村帶晚景，落日駐征橈。夜色海中月，秋聲江上潮。漁燈連水岸，霜月映虹橋。明發頻回首，鄉山別望遥。

無諸城觀李驃騎校兵

將軍漢飛將，習戰入長揚。騎草平原緑，緑鷹古戍黄。金戈鳴落日，寶劍拂秋霜。誰奏梅花曲，令人欲斷腸。

挽蔡處士

斯人不可見，我輩復傷心。挂樹無長劍，懸窗有素琴。疏猿連古壠，洛木嘯空林。忍聽山陽曲，蕭蕭泪滿襟。

鄭珞三首

登四明郡城樓

越州開霽色，城上獨登攀。萬室烟中樹，千峰雨後山。江橋潮汐急，海嶼水雲閑。東望三仙島，滄溟杳靄間。

次京口

北固山如畫，南徐月上初。烟消秋水闊，霜重晚林疏。臺榭千年麗，江山百戰餘。興亡總陳迹，搔首獨躊躕。

送高時旭還閩

祖帳連芳樹，征帆挂夕曛。鄉心閩海月，旅夢楚江雲。候館鷄聲早，平蕪雁影分。懸知霄漢上，早晚薦雄文。

董穌一首

初入貴竹

楚將牂牁地，曾經幾戰場。雕題椎髻古，鐵距馬蹄忙。野燒空人境，陰風半鬼方。尋源傷漢使，千載恨偏長。

王肇一首

彭將軍席上聽妓

綺席紅塵暮，華堂緑樹陰。最憐雙袖影，醉殺五陵心。戲蝶欺嬌態，流鶯讓好音。晚來巫峽夢，腸斷夜沉沉。

林敏一首

宫詞

玉溝澄曉色，金屋閉秋塵。鴛被辭君寵，蛾眉妒妾身。掖庭霜葉赤，永巷露苔新。欲寫心中恨，含情祇自顰。

鄧定三首

善溪徐無用山房

幽居多野况，麋鹿自爲群。水向雙溪出，山從絶頂分。松窗朝聽雨，石碓夜舂雲。我亦逃名者，相期避世氛。

東山

東山崖寺古，登眺欲忘歸。猿盜岩前果，僧開竹下扉。澗光摇樹影，石甃沁苔衣。落日蟬聲寂，疏鐘動翠微。

贈隱者

一徑藤蘿合，柴門入萬山。溪深漁艇小，人静草堂閑。野水流花出，松雲載雨還。何時尋舊隱，杖屨重躋攀。

陳叔紹一首

敬亭山

宣城城北際，雄峙敬亭山。鳥度空濛外，雲飛紫翠間。古祠臨洞壑，幽磴入松關。謝朓當年事，悠悠不可攀。

黄鎬一首

游鼓山遇雨

欲到山窮處，中峰阻雨回。鳥穿嵐影去，人逐磬聲來。古刹香拖霧，殘碑字掩苔。東溟未可望，聊待午烟開。

王佐一首

桃源道中

桃源多勝概，此日喜扳躋。漱玉流泉急，飛花古洞迷。雲連春草潤，路繞夕陽溪。避世人何在，山空鳥自啼。

王克復一首

吴門懷古

昔日館娃處，繁華空故丘。楓橋霜落夜，茂苑月明秋。響屧青苔没，香涇錦纜收。傷心歌舞地，最是鹿麋游。

陳紀一首

圓通寺

翠微雲樹擁，亭院俯嵯峨。路轉天梯上，人從木杪過。澗烟眠白鹿，山雨濕青蘿。應識禪堂近，鐘聲向晚多。

林泮一首

薊門懷古

薊門形勝地，吊古問幽州。馬骨不可見，燕臺空故丘。西風元廟廢，斜日漢陵秋。不盡悲歌意，蕭蕭易水流。

鄧瑸一首

早朝

鐘鼓千官曙，金門列雁行。西山含落月，北闕映初陽。御柳蓬萊色，官花太液香。袖中有三策，思欲上君王。

陳烓一首

潞河雨夜

一望碧波深，孤舟柳外林。滿江風雨恨，萬里故園心。對酒思前事，逢人寄遠音。秋聲何處急，茅屋亂鳴砧。

鄭汝美一首

泊魚山驛

蘆洲浮霧翠，麥隴拂雲黄。楚棹三江遠，川流萬里長。龍潭晴亦雨，魚澤夏還凉。風度采蓮曲，誰家游冶郎。

林庭棉一首

阻雨次陳助教

細雨迷行色，江村繫小舟。鄉心愁入夜，客髩易驚秋。聲斷風前雁，機忘水上鷗。親庭在何處，遥望白雲流。

洪晅一首

答林德敷

不奈旅愁絶，那堪暑雨侵。簾低櫓樹濕，門掩砌苔深。孤枕三更夢，殘燈萬里心。感時秋信早，瀟瑟滿疏林。

鄭善夫十首

秋晚直南省二首

其一

南宫秋晚直，更鼓不勝殘。鴻雁夜仍度，風霜天正寒。宫車延北望，越客滯南冠。三輔胡塵裏，聞鷄未敢安。

其二

清宵夢不徹，鴉鳴深樹間。羯胡同漢月，陵寢在燕山。青草乘時長，黄蒢何日還。因風候邊吏，咫尺見天顔。

雙雁

雙雁爲人得，階前相向鳴。已辭關塞遠，猶帶網羅驚。宦情一片影，客泪五更聲。側目窺秋隼，風烟异性情。

發京邑迷路投宿黑莊

東省多年病，南冠百念灰。關山一悵望，天漢獨歸來。行野蒲稗晚，過村笳鼓哀。迷途更幾許，愁絶望鄉臺。

泪泪

泪泪傷秋鬢，依依欲暮年。釣磯滄海上，布被白湖邊。避地親朋弃，憂時夢寐牽。無家杜陵老，且結草堂緣。

登建州浮屠訪僧道林

浮屠秋獨立，千里見氛祲。水閣風長盛，山城日易陰。赤霞留鶴晚，黄葉住僧深。世事宜高卧，空暫支遁林。

送林以乘謫武陵[一]

宜都三峽口，遷客意如何。落日黄陵廟，秋風駭浪多。巴蠻伐鼓祭，江女踏蹄歌。莫唱渝州曲，猿聲近汨羅。

明妃曲

明妃初出塞，宛轉意何窮。上馬琵琶曲，流悲入漢宫。自言妾薄命，萬里去和戎。今日蘼蕪草，青青向隴中。

出塞曲二首

其一

黄金雕鵠印，白馬出榆林。瀚海行人絶，陰山殺氣深。漢恩長北損，胡騎日南侵。一唱丁都護，三軍泪滿襟。

其二

天王開絶域，上將喜邊功。塞外風烟异，軍中苦樂同。龍旂凋朔氣，虎帳卧胡風。未繫单于頸，横戈意氣雄。

[一] 武陵，誤。應作「夷陵」

游璉一首

過伏波祠

漢代中興將，巋然一古祠。江河洗兵甲，雷雨捲旌旗。夷獠威還肅，英雄氣未衰。豐功滿南服，謾説峴山碑。

林春澤二首

聞西山兵捷

自有高凉變，伊余獨苦心。孤城流血地，多壘戰場陰。敢論安危策，聊爲奏凱吟。天威萬里遠，滄海日南深。

舟下沅江

興逐滄洲去，江光處處村。天開雲夢澤，地隱武陵源。洞口桃花老，湖邊竹泪繁。清芬餘草木，風物近中原。

張經四首

趙州懷古

憶昨游燕市，高臺春草生。空悲易水劍，不見信陵人。井邑猶存趙，封疆已屬秦。當年和氏璧，何處泪沾巾。

潼關

秦地誇天府，潼關號鐵城。危峰連鳥没，飛堞與雲平。夾岸翻波浪，緣崖度旆旌。重門猶設險，何處是咸京。

沙井道中

王節出金城，平沙列騎營。雪光浮虎竹，日色動霓旌。黯黯塞雲起，蕭蕭胡馬鳴。清時懷壯志，萬里獨西征。

過魏王城

魏甸今何處，危城有故丘。邙山猶北峙，洛水自東流。野曠寒烟暝，天低遠樹浮。王氣萎蔓草，吾獨慨西周。

陳文沛一首

驛馬關

磴道迴岡麓，烟村擁野城。逢碑欲吊古，剔蘚始知名。關隘三秦轍，江山萬里情。孤燈愁絶處，風雨送秋聲。

方邦望三首

送戴廣文

聞鶯懷故林，騎馬出江潯。共惜先生去，誰知隱者心。春風吹祖席，山月照離襟。他日思安道，悠悠剡水深。

送周子北行

對此窮秋日，還將別友生。霜明殘角曉，風急一帆輕。客路逢來雁，都門聽早鶯。試看入洛者，誰并陸機名。

送何刺史之南中

揮袂別親知，王程宿有期。幾年游嶺海，萬里向滇池。樹擁彤襜轉，花明墨綬垂。遥思政成暇，爲訪碧鷄祠。

林庭枝一首

極樂寺

極樂稱名寺，輝煌殿宇開。不知百年内，尋勝幾人來。隔水雲輕度，巢林鶴乍回。芳尊隨嘯傲，落日更徘徊。

林鉽一首

過滹沱河

故壘經行處，河流非漢家。堤危崩古渡，水漲坼平沙。晚棹歸殘月，征衣引落霞。悲歌愁不極，秋色滿蒹葭。

葉邦榮一首

銅雀妓

銅雀空山暮，漳河恨水長。綺羅留歲月，歌舞憶君王。玉座成秋早，妝樓歇衆芳。雄圖從此去，遺令更分香。

王昺一首

邳州守歲

守歲邳州道，羈孤萬里情。鐘聲郯子廟，樹色項王城。柏葉愁相對，燈花黯不明。難成鄉國夢，風雨破長更。

王杲二首

度吕梁洪晚宿彭城

吕梁洪正急，初度旅魂驚。青入徐山色，黄流河水聲。彭城今夕雨，羞被百年情。無限牽懷思，烟汀鴻雁鳴。

病中寄傳木虚諸子

伏枕滄江上，終朝苦憶君。幾時同夜月，一别已秋雲。霄漢青燈夢，江湖白雁群。閩山與吴水，誰爲寄殷勤。

祝時泰二首

過靈峰寺

寶地布金錢，西來別有天。千山雙樹出，萬法一燈傳。咒鉢成甘露，鳴鐘散瑞烟。靈峰即鷲嶺，何處問真禪。

過縉上人蘭若

東林秋入社，還叩遠公扉。地静鈴相語，風高幡自飛。山留説法座，雲護定僧衣。欲識空中相，鐘聲繞翠微。

高廷忠一首

送人之塞上

擐甲出龍城，防秋夜列營。雕翻邊月落，馬獵塞雲横。沙迹旌旗影，關山鼓角聲。思鄉臺上望，雙泪濕長纓。

龔用卿三首

送縣丞楊大輅官新城

不辭鄉國遠，佐宰近邦畿。雁影横塘度，蟬聲古道稀。邑傳秦郡舊，路入漢關微。别思胡笳夕，秋風木葉飛。

連窩泊舟

纖月孤村岸，微風獨夜舟。星光分野色，檣影漾江流。遠寺鐘聲暮，連山樹色秋。旅懷清不寐，歸思晚悠悠。

神樂觀和夏少師

道院尋春事，悠悠物外心。飛花滿幽徑，蹄鳥在修林。鶴洞風烟古，龍宫歲月深。天香散諸界，笙樂下遥岑。

王德溢一首

雲居寺夜坐

抱膝青松頂，凌秋紫靄層。清泠深澗溜，明滅古堂燈。鶴夢驚虚籟，猿聲落瘦藤。人間更揺落，清夜共山僧。

曹世盛一首

送凌應賢判常德

雄郡開西楚，行旌出北燕。别憐孤館夕，交憶故園年。曉騎驅寒月，春條帶遠烟。離魂與孤雁，共逐洞庭船。

陳子文二首

新城舟中

悠悠千里道，弭棹碧溪陰。易改風霜鬢，難忘去住心。雁聲秋水遠，草色暮雲深。沓沓川原上，一爲游子吟。

送李主簿

相逢十年隔，相送復天涯。來折官河柳，行看岳縣花。千村連海嶼，萬井帶烟霞。异域今多事，殷勤問左軍。

林壁一首

恭謁祖陵

泗水浮天遠，皇輿控地雄。千年磐石拱，萬國幅員同。烏去號哀切，龍來氣鬱葱。鼎湖空有泪，長此景玄宫。

林恕一首

合浦道上

迢遞天涯客，漂零海角行。山連銅柱界，水匯越王城。日落潮聲起，秋高蜃氣清。故鄉回首望，歸雁斷南征。

林垠二首

送嚴參戎巡邊

將軍夜度遼，殺氣寒蕭蕭。金印獨繫肘，寶刀常在腰。弓臨邊月滿，騎逐塞雲遥。萬里長城外，休令胡馬驕。

登河北城樓

古戍烽烟息，孤城對水開。山從三晋出，川向五原回。遠樹依秦堞，殘雲没漢臺。昔人遺恨在，臨眺有餘哀。

林應亮三首

昌平道中

歲晚昌平道，千官歷翠微。霜封陰殿瓦，雲染祀臣衣。騎火通幽谷，岩鐘散御幃。仙游憶空樂，杳杳六龍飛。

彭城懷古

碭石開重險，江城枕上游。雄圖山北聳，王業水東流。碧草留侯廟，荒陵亞父丘。晚來横笛起，猶帶楚歌愁。

流河步月

驛路近津橋，星河接海遥。露塘風折葦，沙嶼月平潮。遠火渡頭急，疏鐘湖外飄。那堪凄斷夕，凉景入寒條。

王鑛三首

到江口

肩輿到江口，十月動新寒。木葉風前亂，鍾聲雲外殘。尋舟出晚浦，帶月下晴灘。竟夕猶飄泊，應悲行路難。

宿荆南普明寺

歇馬叩禪關，浮生得暫閑。龍堂寒月上，虎渡夜僧還。梵磬發清籟，曇花照古顔。應憐此信宿，無夢向塵寰。

渡湘江

湘江此利涉，積水緑于苔。白鳥沙頭去，青山渡口來。空濠猶禹迹，舊苑已秦灰。不作南遷客，臨風首更回。

謝啓元一首

經臨城廢縣

縣荒名不改，城壞土猶存。寂寂南塘路，凄凄北廓門。桑麻空滿市，槐柳半成村。尚有龐眉叟，能談廢置原。

薛欽八首

關山月

虜騎纔宵遁，聞笳上戍樓。如何邊地月，偏動旅人愁。凄切風霜夜，蕭條鴻雁秋。還期猶未得，含涕看吴鈎。

隴頭水

不向樓蘭戍，那經隴水頭。聲將金閣恨，流作玉關愁。月暗聞笳夕，風凄選騎秋。猶聞嗚咽處，更在海西樓。

閨中見月

爲愛長安月，閨中獨見愁。衹緣離别久，無奈死生憂。影落當殘夜，光多况及秋。關山同此恨，應是嘆刀頭。

游鷄鳴寺

古寺浮仙嶂，層甍近帝家。洞香流石乳，僧午飯胡麻。金刹盤飛鶴，丹池浴瑞鴉。忽聞孤磬發，蕭颯滿烟霞。

句容道中

崒嵂盤江甸，遥天紫翠分。風塵應不到，鸞鶴自爲群。曉徑連青靄，秋山徧白雲。可憐勾曲望，不見華陽君。

春日宴魏公東園

結構臨丹甸，乘春列綺筵。眷兹佳麗地，况值艷陽天。芳樹留殘雪，晴花繞瑞烟。忝從珠履後，深愧帝京篇。

送林天宇之桂陽

自昔衡陽外，傳聞少雁過。別君從此去，無那故人何。叢竹行難盡，清猿聽漸多。相思杜蘭夕，秋色滿湘波。

黎陽道中有懷

河上秋風至，蕭蕭不可聞。蟬聲下高樹，雁影出重雲。古道蒼烟斷，平田緑水分。自能悲宋玉，况是惜離群。

董伯章一首

送人之咸陽

勞歌唱渭城，行子赴西京。關月聞鷄落，秦雲帶雁横。花香樊岀夢，柳色灞橋情。莫令歸期晚，秋風白髮生。

林庭機五首

牛首寺

青山開梵宇，直上白雲梯。一望長江小，平臨萬壑低。地幽塵不到，徑轉路仍迷。歷盡群峰勝，松林日影西。

靈谷寺

梵宇烟蘿匝，山門徑路長。琵琶空裹樂，流水澗中香。竹韵通禪榻，松陰覆畫廊。興闌歸騎晚，慧月露霞光。

早朝

宫漏遠微微，殘星落漸稀。鶯從瓊苑出，燕傍玉樓飛。曙色明仙禁，輕霞映衮衣。朝朝瞻聖德，與日共光輝。

孝烈皇后挽歌

坤德紆宸眷，仙游竟不歸。霓旌烟外轉，鳳馭日邊飛。月暗埋妝鏡，雲空斷錦機。徽音驚寂莫，沾酒望宫扉。

莊敬太子挽歌

子晉本仙才，丹霄鳳幄開。忽然龍化去，無復鶴飛來。雲擁蘭宫暗，風生桂殿哀。君王誰問寢，愁切望思臺。

陳暹二首

李陽河夜渡

楚樹風初定，陽河薄莫過。天清雙岸斷，日落遠峰多。隔水見漁火，中流聞棹歌，飄然嘆萍梗，踪迹渺烟波。

齊右别魏子

故郡余之皖，青山子在齊。片帆從此去，杯酒不重携。楊柳隨堤北，蘆花楚水西。相思無處覓，明月滿前溪。

許縠一首

秋夜省直

承恩秋入直，省署正凄清。禁肅知天近，更寒見月明。玉繩斜有影，銀鑰寂無聲。幾視中宵草，方知聖主情。

陳元珂二首

帝京詞

金殿擁蓬萊，朱甍霄漢開。九衢香輦合，夾道綺樓迴。恭默三神會，朝宗萬國來。更憐歌舞夜，彩綉滿燕臺。

七夕詞

微雨洗銀河，輕風動碧波。雲開仙佩轉，橋合彩鸞過。珠斗明金鏡，機絲罷玉梭。由來人代裏，幽恨此宵多。

郭萬程一首

駕幸西山應制

月影稀微見，雲陰點綴生。青山千騎入，黄鉞百神迎。零露隨珠佩，回星轉玉纓。漸看郊色曙，近睹衮衣明。

郭文涓二首

經齊故墟

故都銷霸氣，吊古暫停車。風壤三齊舊，山川百戰餘。城池終草莽，宗社已丘墟。追憶前朝事，寒烟古木疏。

棧道驛中

行行當薄暮，佩劍映疏星。嶺雪通宵白，溪嵐向晚青。征鞍淹石棧，候火續郵亭。隴路腸堪斷，啼猿不可聽。

何御二首

送包子

風雪曉漫漫，臨岐泪不乾。人將匹馬遠，路出太行難。不夜黄沙暗，無春白草寒，防身長劍在，拔向月中看。

潯江舟中

野橋津吏待，小泊散羈愁。江月寒侵閣，山雲黯上樓。人喧城下渡，鼓發驛前舟。暝色蒼蒼遠，風帆何處收。

鄭公寅一首

寓鹿城避暑張太師水閣

太師臨水閣，欄檻倚空明。斜日山當户，微風樹滿城。柳迷歌扇影，花隱洞簫聲。誰道平泉上，偏多物外情。

林懋和八首

寄懷全椒舍弟

濩落無須論，青袍拜命新。離思江雁影，清夢草塘春。邑本唐時舊，官宜漢吏循。醉翁遺迹近，還可揖芳塵。

夏日仝王約齋放舟鳳岡訪少麓劉子四首

其一

故人栖隱地，烟水幾經春。舟楫過應少，泉林日自親。著書堪擬聖，學稼不憂貧。相對忘言處，居然隔世塵。

其二

爲有山陰約，言同王子猷。雲開千樹碧，川抱一村幽。瑞鳥何年降，崇岡此日游。陶然修竹裏，日夕更淹留。

其三

曠達吾知子，襟期誰與同。論交世情外，談道古人中。捲幔微風入，臨橋暗水通。應憐花下酌，相顧各成翁。

其四

嘉樹千章合，精廬一徑通。捲簾看積翠，臨水擘輕紅。不獨嵇康懶，從教阮籍窮。但令無俗擾，歡喜百年中。

銅雀妓

松柏西陵道，秋風日夜疏。妝成空自媚，歌罷怨何如。泪灑羅衣濕，魂銷玉座虚。還期席蟻日，猶得奉恩餘。

昭君怨

驕虜窺龍塞，佳人出鳳城。據鞍重飲恨，攬鏡更含情。沙迹春難度，穹廬夢易驚。倘令天漢重，敢論妾身輕。

隴頭水

無端嗚咽水，分作斷腸流。遠寄思鄉泪，深涵出塞愁。笳悲青海暮，草白玉關秋。何日胡塵盡，銷兵此晝游。

鄭渭三首

交河道中

客行凡幾日，明發又今朝。野曠天連樹，川平水斷橋。風霜侵歲晚，車馬倦途遥。悵望皋蘭北，胡塵暗未消。

送人謫潭州

雲陽南下路，望望獨長征。去割慈親戀，行悲游子情。深山藏古戍，匹馬向孤城。知到江潭日，君應吊屈平。

送夷陵李判官

無論行遠近，同是惜離群。楓樹連巴國，陽臺間楚雲。雁飛空自急，猿嘯不堪聞。欲識征途恨，西風落葉紛。

王應鍾七首

關山月

今夜關山月，雲端轉自明。林烏驚不定，胡馬欲長征。影落桓伊笛，光寒驃騎營。那堪燕賞夜，辛苦戍邊城。

巫山高

巫峽切雲中，岧嶢出半空。地留神女館，夢斷楚王宮。候雁驚寒角，清猿嘯晚風。誰言蜀道易，歷險向巴東。

紫騮馬

騮馬紫絲繮，金鑣鏤玉妝。曾馳竇車騎，追及左賢王。汗血輕千里，嘶風歷戰場。漢家方伐虜，顧影欲騰驤。

折楊柳

洛中春欲暮，楊柳正依依。蕩子從軍去，沙場何日歸。陣雲遮隴塞，邊月到閨闈。折取憐憔悴，含凄獨掩扉。

梅花落

妖冶憐芳樹，繽紛見早梅。花從歲裏去，春向臘中回。曉夢驚殘角，寒香落吹臺。玉英翻不惜，片片下蒼苔。

戰城南

本是幽并俠，投身向武威。城南方接戰，郭北解長圍。突陣憑驍騎，衝鋒貫鐵衣。丈夫元許國，出入敵如飛。

立秋日憩鏡光閣

象閣依清漢，登臨倚落暉。同悲一葉下，遥對白雲飛。竇地圓光滿，金天暑氣微。凄清已如此，不待送將歸。

陳時範一首

鄴都懷古

漳河不作險，問鼎改稱都。東漢已銷歇，西陵還有無。金盤寒濕露，銅雀暮栖烏。莫作登臺賦，臺高思轉孤。

林懋舉四首〔一〕

惠陽曉發

官舍俯江城，紛紛鼓角鳴。孤燈殘雨夢，萬籟早秋聲。海氣分炎溽，嵐光報曉晴。行旌兹戒發，千里白雲平。

別友人還鄉〔二〕

輶軒不可挽，何處度芳春。遠地故人少，窮荒白髮新。行看湘水碧，坐對楚山蘋。有酒不能御，爲君倍愴神。

〔一〕四首，原本作『一首』，據福建師範大學藏本補。
〔二〕《別友人還鄉》，此詩原本不載，據福建師範大學藏本補。

曉行[一]

殘星開曙色，落月盡鷄聲。茆店吹新火，農家趁曉晴。關心懷去路，屈指計歸程。自信青霄翮，□思空復情。

送蕭谷源南歸[二]

□□滄海興，獨下剡溪舟。風勁葉辭木，雲晴霜□□。歸人當此夕，孤雁若爲儔。自笑覊微禄，因□戀舊游。

鄭鑰一首

經桃源洞口

客路已如楚，仙源云自秦。桃花憐往日，禾黍悵兹辰。月照溪邊樹，雲迷洞口津。停車一問訊，何處覓漁人。

[一]《曉行》，此詩原本不載，據福建師範大學藏本補。

[二]《送蕭谷源南歸》，此詩原本不載，據福建師範大學藏本補。

晉安風雅卷之六

郡人徐熥選輯
陳薦夫校訂
安國賢編次

五言律詩

林熑四首

中秋苑中雨後觀月

令節秋應早，嚴更夜未闌。九霄雲忽净，千户月仍團。光射瑶池潔，香飄桂殿寒。清輝憐此夕，還與萬方看。

春閨

金閣曉妝新，含情怨早春。獨攀楊柳樹，遥憶戍樓人。鏡裏朱顔改，花前翠黛顰。殷勤報雙燕，何以度芳辰。

榮淑康妃挽歌

金屋恩方盛，瑶池宴未終。忽驚鸞掩照，竟逐鳳乘空。壟樹凝烟黛，宫花泣露叢。霓旌千騎送，凄惻九原中。

送三兄守左州

芳郊愁遠送，烟柳正垂堤。别酒燕臺北，征途象郡西。春帆芳草緑，候館嶺猿啼。借問南飛翼，何年却并栖。

林應標一首

游西湖

春城花月夜，雙槳蕩平湖。竺寺三明滅，高峰兩有無。荷香深院曲，梅影小山孤。爲買蘇堤醉，青絲繫玉壺。

王應時一首

留侯故城

野色餘衰柳，荒城只故丘。間關思附漢，恬淡乞封留。廢坂牛羊夕，空障草木秋。采蘋聊一薦，千里白雲愁。

江日德一首

阻水汶上野望

汶水逢初夏，言歸萬里船。迷津方未已，争渡更紛然。疏雨來晴野，凉風發暮天。勞歌欲有望，芳草正芊芊。

林鳳儀四首

早發崇安

殘燈猶在壁，别主向前程。不辨近村色，唯聞暗水聲。遠鷄隨漏起，羸馬逐星行。始覺居人貴，衡門掩不驚。

靈鷲寺

靈鷲前朝寺，徒聞有寺名。僧亡香火絶，地古野蒿生。瓦礫畬人銛，壇場故老耕。莓苔封斷碣，鋪路牧牛行。

從軍謡

許國一身小，霜寒劍在腰。西風吹筈矢，北指射天驕。砂迹黄金月，嚴城黑夜刁。親朋捴相送，不到渭南橋。

游山寺

山轉林光合，寒暄過雨分。松根梳暗水，石隙釁春雲。籬落已成趣，鳧鷗自作群。寺僧正齋供，遥有午鐘聞。

陳謹一首

榮淑康妃挽歌

仙旆違慈禁，靈輛出苑墻。魂飛湘月冷，夢繞楚天長。玄室金山外，徽音玉闕傍。他年瞻陟降，風木夜參商。

鄭雲瑩一首

送劉計部守成都

地稱分鼎舊，恩爲剖符行。雲雨過巫峽，烟花向錦城。握蘭違漢署，折柳戀王程。吊古詢遺俗，文翁有令名。

薛廷熙一首

新秋

一雨收殘暑，千山送早秋。蒹葭摇别浦，白鷺下芳洲。何處聞吹笛，誰家獨倚樓。蹉跎雙鬢改，高枕不勝愁。

吴文華一首

桐江秋泛

朝發富春渚，灘流帶棹飛。山迴江勢盡，風静浪花微。葭露凉初入，楓林影漸稀。高人不可見，暫倚釣魚磯。

林世璧六首

關山月

天山今夜月，千里向誰明。弄影窺龍塞，流光接兔城。邊風秋轉急，牧馬夜悲鳴。永夕高樓上，迢遥望漢京。

塞上曲

烽火照關西，邊聲夜慘凄。朔雲連陣捲，胡馬逐風嘶。轉戰清沙漠，休兵罷鼓鼙。長城千里月，一道凱歌齊。

采蓮曲

碧浦明新月，清溪照落霞。美人移桂棹，江上采蓮花。灼灼丹葩艷，田田緑葉斜。只愁秋露冷，零落惜年華。

月

玉露清初墜，天河迴欲流。誰憐今夜月，還似去年秋。影逐寒雲起，光緣暮杵留。關山千萬里，偏照漢家樓。

冬日游西禪蘭若

乘興謁三天，長歌對石筵。幽岩澄霽景，洞壑靄疏烟。講席天花落，香臺寶樹連。夕陽蘿徑晚，歸騎夕陽邊。

鼓山禪院晚眺

蓮峰開寶地，竹徑隱金沙。晝静惟聞鳥，春深滿落花。净心閑水月，幽賞澹雲霞。向夕登臨處，風烟渺萬家。

林朝儀一首

尋隱者不遇

緩步過林壑，斜陽半有無。入山尋野老，迷路問樵夫。竹裏丹爐静，雲邊草屋孤。采芝猶未返，歸鳥自相呼。

程鎰一首

送董仲恭之官岳陽

巴陵物候新，五馬逐征塵。遠道愁分竹，明時嘆積薪。雁迴衡岳曉，猿嘯洞庭春。莫向江潭上，行歌作楚臣。

袁表十首

梅花落

妝樓夕掩扉，獨坐望春歸。忽見梅花落，猶疑隴雪飛。因風點瑶瑟，亂月影羅幃。欲折南枝寄，邊庭驛使稀。

隴頭水

隴坂高不極，征人行未休。如何一派水，從此兩鄉流。木落千岩静，鴻飛八月秋。肝腸空自斷，誰與大刀頭。

銅雀臺

憶昔侍重幃，臨觴試舞衣。蛾眉長宛轉，玉座有光輝。一旦聞遺令，高臺空翠微。如何陵上陌，歲歲識春歸。

明妃怨

旖旎三秋别，辛勤萬里行。那堪揮手處，翻作斷腸聲。部落腥風起，關山漢月明。愁心與孤雁，飄杳共南征。

采蓮曲

妾家大堤北，郎住大江潯。試問横塘水，沿洄信幾深。看妝愁葉亂，蕩槳愛花陰。采罷初回楫，娟娟月滿林。

送茅平仲之薊遼

征馬去嘽嘽，言趨上將壇。客心孤劍在，雪色萬峰看。野戍人烟斷，邊聲木葉乾。漢家終破虜，莫謂弃繻難。

廣慧寺晚憩和盧舍人

晚沐憩郊圻，春游歷翠微。禪房在深竹，清磬出林扉。迸水寒侵坐，雨花晴滿衣。何因謝簪紱，長取化城歸。

春日發昇山憩玄沙古寺

探奇望碧岑，選勝到雙林。野燒千山暮，樵歌一徑深。春回祇樹緑，雲帶石堂陰。歸路沿溪水，泠泠清客心。

送蕭巡檢赴古木鎮

高人隱抱關，征馬去閑閑。驛路花應發，離筵柳可攀。川原逾八桂，謡俗雜諸蠻。行矣無嗟遠，官閑好看山。

秋日轉餉之永平鎮

秋風起北平，轉餉下西京。不作行邊吏，那知遠戍情。月中聞斷雁，天際見孤城。此夕龍泉劍，鏘匣底鳴。

王應桂一首

送戴司理之都勾

文旜辭古皖，霜旆出江干。列郡瞻周典，諸苗仰漢官。猿啼梅洞曉，雲度石門寒。蜀相豐碑處，經過駐馬看。

林烴三首

建昌朝益府賜宴時有册封之慶

王陛分桐日，瓊筵置醴辰。光榮叨晝接，眷命自天申。鄴下文章盛，河間禮樂新。梁園暫授簡，宿昔奉清塵。

益府賢妃挽詩

金閣妝初罷，瑶池使忽迎。仙游何處所，像設儼平生。紫鳳頻銜詔，青烏已卜塋。賢王宵不寐，輾轉爲雞鳴。

東麓亭

憑高初載酒，秋色正蒼然。鍾阜含殘雨，江城起暮烟。遥空時見雁，疏柳不聞蟬。故國千山外，鄉書誰爲傳。

鄭日休三首

白雲寺

古刹開真鏡，乘秋偶憩踪。護經來白馬，聽法至蒼龍。天冥慈雲渡，山陰祇樹封。因之竟行樂，尊酒落疏鍾。

長平旅邸

弭棹長平道，輕車此暫停。灘聲懸夜雨，月色澹烟汀。蛩切鄉心碎，雞催旅夢醒。十年踪似梗，拔劍指明星。

呂梁對月

梁山開晚色，王宇澹雲收。半榻徐風入，清尊片月浮。亂波金漾影，平野緑揺秋。轉憶并州道，心摧庾亮樓。

鄭節一首

仁王寺宴集次林天宇員外

雙林初對酒，一葉已驚秋。花映禪心寂，雲迷寶思幽。林巒浮夕靄，澗谷響寒流。更覺諸天近，相期汗漫游。

徐棉一首

易水送人還鄉

匹馬蕭蕭去，燕山柳色新。自憐爲久客，那忍送歸人。杯酒莫辭醉，行裝寧厭貧。悲歌易水北，惜別泪沾巾。

王應山二首

襄陽道中

萬里悲游子，長歌入楚山。習池非舊昔，漢水自潺湲。燕語紛歸去，馬蹄殊未還。何如鹿門叟，秋隴得餘閑。

滕王閣

昔從南浦望，春雨滯孤舟。今醉高樓上，寒烟鎖暮流。湖山平入眺，蘋蓼澹生秋。豈謂非吾土，烽塵動客愁。

林熺一首

卧雲庵

緑樹亂鳴蟬，空門絶巘前。風光當五月，人境接諸天。過雨驅炎燠，飛花散午烟。慈航如可借，願斷幻生緣。

陳輔之二首

秦中懷古

咸京天府地，東面控諸侯。廢寢無秦樹，殘碑有漢丘。乾坤三輔險，風雨二陵秋。莫問前朝事，傷心渭水流。

送人從軍

送子無家別，孤身向朔方。霜華兼草白，風色帶沙黄。漢骨荒殘壘，秦魂哭戰場。所揮生死泪，不獨爲他鄉。

鄭若霖一首

華林寺

城北華林路，披雲倚杖游。衆峰環寺翠，一水抱門流。斜日疏蘿暮，高風落木秋。竹深成穩坐，却爲老僧留。

陳嚴之一首

送僚友謝病還蜀

北闕辭供奉，西風獨遠行。輕裝歸故國，祖帳愴離情。月落銅梁樹，雲隨劍閣旌。馬卿多渴病，何日賜金莖。

陳朝錠一首

留别汪省郎

投交何太晚，爲别悵匆匆。杯酒長亭上，孤帆湘水東。山花飛暮雨，江草動春風。去去非離索，衡陽有雁鴻。

邵傅一首

泊清淮驛

扁舟依古渡，孤月暗中秋。水色茫茫遠，雲陰黯黯流。風聲沙外樹，燈影驛邊樓。此夜懷京闕，愁聽濟水流。

王應岳一首

送鄭景愛

凄凄風雪裏，之子欲何之。惜别一杯酒，重逢是幾時。霜寒鷄唱斷，天遠雁行遲。隴上梅堪折，憑誰寄所思。

陳公選一首

黄陵廟

中流懷帝子，悵望蒼梧間。目斷江聲急，魂歸月色閑。楚天朝雨歇，湘浦暮雲還。獨有祠前竹，年年染泪斑。

林春元一首

經廢寺

蕭條古道裏，慘澹夕陽前。野鳥音如幻，閑花意亦禪。客來門不掩，僧去磬猶懸。寂寂雙林樹，風霜自歲年。

吴萬全二首

登黄鶴樓

仙人今已遠，此日獨登樓。雲影杳然去，大江天際流。鳳凰還舊路，鸚鵡但空洲。莫聽梅花落，江城玉笛秋。

訪太虛上人

方外無人處，尋師竹徑邊。籬疏容水入，山静枕雲眠。妙義超三昧，明心了萬緣。浮生閑有幾，半日即逃禪。

謝杰二首

謁長陵

文皇多太略，開國表雄圖。寶鼎南遷洛，雕弓北射胡。王孫怨芳草，帝子泣蒼梧。試問湘川竹，啼痕今有無。

送蔡侍御謫尉馬邑

馬邑神仙尉，烏臺侍從臣。片言思悟主，三疏竟危身。花暗邊城月，葭迴黍谷春。鳳雛雖鎩羽，終不落風塵。

董廷欽三首

送王襄甫都諫還朝

承恩還帝里，身上五雲飛。信馬趨青鎖，聞鶯傍紫薇。水寒宫女漏，香暖侍臣衣。漢室方多事，休教諫草稀。

送林廷任侍御赴闕

豈不憚行役，王程畏簡書。青山出衡岳，白雪度淮徐。騎火甘泉外，鯨波屬國餘。封將燈下草，莫問夜何如。

題白雲寺

幻宫臨海岸，空色照禪扉。鉢影滄波净，鐘聲島嶼微。蚌珠明佛火，蜃氣濕僧衣。覺性應無住，晴雲天外飛。

陳椿四首

昭君詞二首

其一

寂莫君王寵，深宫飲恨端。按圖寧召幸，嫁遠若爲歡。沙塞風霜苦，關山道路難。如何漢諸將，空珥紫貂冠。

其二

近接交河使，傳言殺畫師。知君動念日，是妾斷腸時。曲記宫中樂，歌殘馬上詞。黄金餘百鎰，願得贖蛾眉。

狹客行

輕裘白狐腋，寶劍黄金裝。轉出胡姬肆，還投六博場。報仇身不死，然諾膽猶張。笑殺東鄰叟，逡巡大道傍。

應蓮庵

爲愛青蓮宇，縣崖晝掩扉。林中祇樹合，天上雨花飛。香氣浮階澹，鐘聲度嶺微。坐耽空寂境，轉覺世緣非。

王湛二首

擬唐宮中行樂詞

晴雪輝鳷鵲，春雲麗鳳凰。綺筵臨太液，仙樂奏霓裳。繞樹歌黄鳥，緣堤覆緑楊。晚來移玉輦，應復幸昭陽。

石松寺

禪扉晝不關，石澗水潺潺。客到松陰裏，僧眠雲氣間。怪禽喧古木，殘葉點寒山。向夕烟蘿暝，行吟帶月還。

陳第一首

過薊州

燕京八千里，復作薊門行。剩有溪山興，能忘沙塞情。朔風摧短草，寒月近長城。流涕二三策，何人似賈生。

趙世顯四首

宿高唐驛

新秋浮爽氣，遥夜駐山城。急雨岩前度，輕雲檻外生。殘更巴客語，孤枕峽猿聲。莫作高唐夢，徒傷羈旅情。

送林太學

離筵開野岸，芳草滿汀洲。把袂此中別，揮鞭何處游。鶯嬌吴苑樹，花暗越江樓。莫謂春方好，相思易及秋。

宿覺林寺

征途秋色裏，幾度過珠林。去住元無染，行藏詎有心。法堂花雨散，禪榻竹雲深。夜久僧方定，鳴笳何處音。

送吴山人

客心方慘澹，况復對離觴。以我思家泪，送君還故鄉。吴江楓葉冷，燕塞雁聲長。日暮懷人處，凄然天一方。

林世吉四首

同楊侍御張方二省郎登雨花臺

住錫尋香積，携尊集翠微。鶴依雙樹立，僧踏片雲歸。法雨凌空落，曇花繞座飛。六朝餘業盡，吊古一沾衣。

瑞林寺

半壁龍宫啓，長林鳥道分。石潭深印月，嶺樹倒巢雲。複閣穿花入，疏鐘透竹聞。夜看禪誦罷，滿室靄爐薰。

挽法偉上人

杪秋經古寺，一徑掩蒼苔。説法人何在，參禪客獨來。溪雲侵講席，山月暗香臺。階下菩提樹，猶傳手自栽。

石岩寺

尋僧躡翠微，捫葛扣岩扉。樹杪江猿嘯，巢邊海鶴飛。雨花平講席，雲氣濕禪衣。坐覺雙林晚，還乘片月歸。

陳益祥二首

留别袁懋吉

天涯春盡日，游子獨歸時。未即還家樂，翻成别故悲。江空殘照遠，雨細暮帆遲。是處腸應斷，思君君不知。

天津送卞良父南歸

孤劍望神京，離家月四明。那堪鄉夢醒，又送故人行。燃桂黄金盡，看濤白髮生。寄言猿鶴侣，深愧北山盟。

陳鳴鶴三首

銅雀妓

未受生前寵，偏爲死後期。寸心灰寢殿，雙泪滴空帷。舞惜行雲態，歌翻《薤露》詞。西陵看不見，腸斷日斜時。

送僧歸日本

無論潮與汐，一葉信西風。洗鉢鯨波外，翻經蜃氣中。燈傳天竺國，寺對水晶宫。弟子迎船立，鄉音笑不同。

擬送金城公主和番

征蓋向邊州，笳聲出塞愁。夷王迎毳帳，帝子下瓊樓。兵氣凄寒漏，霜威怯曉籌。西戎惟有月，猶似漢宫秋。

王昆仲二首

齊王孫開社迴光寺

西園游已倦，南國社仍開。并奏迎歡曲，言徵托乘才。紅妝明紺殿，白雪涌香臺。莫畏珠林晚，餘光此重回。

留侯祠

下馬尋遺廟，蕭條泗水傍。書傳黃石略，神往白雲鄉。博浪沙痕斷，圯橋履迹荒。亦知曾辟穀，不敢薦馨香。

翁正春一首

賦得首夏猶清和

春歸餘淑氣，夏早尚微和。麥信朝寒度，天清夜雨過。殘花當日麗，高樹受陰多。看取薰風至，應吹帝子歌。

鄧原岳十首

送彭興祖之晉陽

北地風霜早，關門落葉稠。故人從此去，遠道不勝愁。匹馬岢嵐暮，殘雲石室秋。明珠須愛惜，取次莫輕投。

出塞曲二首

其一

羽書秋報警，萬騎出居延。列帳朝吹角，移營夜控弦。雁聲沙迹月，馬色柳營烟。怪得前烽黑，单于已近邊。

其二

孤軍猶轉鬥，千里赴師期。立馬胡塵暗，磨刀隴水悲。腥風吹虎帳，朔雪壓龍旗。却笑漢飛將，無功緣數奇。

銅雀臺

羅衣今寂莫，繐帳委塵埃。陵寢空相望，君王不復來。雲寒依別殿，月冷鎖荒臺。玉貌朝朝落，凄凉遺令開。

折楊柳

榆關人不返，折柳寄相思。恨別三千里，緘愁一兩枝。春歸懷遠道，雁去悵佳期。莫待花如霰，飄零君始知。

采蓮曲

芳心那可問，閨思不勝愁。欲采芙蓉寄，清江碧水流。丹葩明桂檝，緑葉漾蘭舟。只恐花零落，凄凉易及秋。

擣衣曲

惆悵經年別，沙場未解兵。衣裳難寄遠，砧杵若爲情。響逐鳴蛩絶，秋隨落葉井。可憐今夜月，偏照海西營。

明妃怨

玉顏翻引妒，金屋已無緣。忽見胡塵起，猶驚漢月懸。塞雲愁漠漠，隴水去濺濺。馬上琵琶絶，何由續斷弦。

奉使至山海關

被命古榆關，秋風草漸斑。黄金出塞去，白馬度遼還。漢障乾坤外，秦城榛莽間。羽書日報警，翻使劇愁顏。

孤竹謁夷齊廟

落日野城邊，停驂弔昔賢。西山一抔土，千載薄雲天。灤水浮寒月，横林起暮烟。采薇人已遠，懷古更潸然。

張元芳一首

昌平道中

九月昌平道，蕭蕭冷敝裘。關河燕樹曉，風雨漢陵秋。野色隨征馬，寒烟隱戍樓。山城今夜客，沽酒散新愁。

陳仲溱五首

游方廣岩

叠嶂連雲起，層岩不可攀。鳥飛青靄外，人出翠微間。澗水冰綃挂，山門烟霧關。忽聽孤磬響，僧自萬峰還。

寄鄭翰卿

少小誇雄略，論功沙漠間。一丘辭草澤，萬里出榆關。去國春仍夏，離程水復山。行行無限意，應不顧刀環。

從軍行

平生懷慷慨，此日遠從征。出塞雲連旆，防秋月照營。箭隨雕羽落，沙逐馬蹄輕。不顧生還否，惟圖壯士名。

寄懷鄭十四翰卿客邊

孤劍遠横行，凄其游子情。秋風吹黍谷，落日薊門城。黯黯魂千里，蕭蕭葉數聲。客心方寂寞，永夜月長明。

晚泊七里灘

前汀暮靄平，天上客星明。漁艇沿沙泊，山田傍水耕。雲生嚴子瀨，潮到富陽城。嘆息高風遠，停橈薦杜蘅。

陳宏己四首

之粤别劉博士

憐君閩海滯，送我粤鄉游。去住俱成恨，烽烟豈散愁。鶴聲官舍冷，雁影客帆秋。南北方回首，相思莫倚樓。

三河逢故人

古樹三河口，浮萍萬里身。那知此地客，得遇故鄉人。孤劍寒爲伴，方舟夜作鄰。殷勤問閭井，差免旅愁新。

羊城送鄉人之海南河泊

相遇更相違，相看泪滿衣。君猶海南去，我未嶺東歸。官俸愁魚少，家書恨雁稀。還鄉何日得，來往共柴扉。

送張叔弢之官海南

一官如逐客，萬里獨投荒。路出珠崖盡，山過鐵嶺長。瘴烟沉騎黑，毒霧着衣黄。稍喜青氈冷，窮冬免雪霜。

陳邦注一首

邊城

西風摇落後，一騎向邊城。薄暮秋砧起，中宵胡雁鳴。旌旗秦列障，烽火漢諸營。何事江南客，翻爲出塞行。

陳价夫九首

搗衣曲

霜露已如許，征夫尚未還。一燈秋影碧，雙杵泪痕斑。漸識戍心苦，寧知閨力艱。砧聲空斷續，不到玉門關。

從軍行

結髮遠從戎，曾收百戰功。左賢何日遁，大漠幾時空。客夢驚胡馬，鄉心逐塞鴻。何當歸宿衛，早晚大明宫。

塞下曲

单于不近邊，露布入甘泉。天子傳菰矢，將軍罷控弦。鐃歌歸漢月，獵火照胡天。始信金莖露，能銷斥堠烟。

少年行二首

其一

少年曾結客，報主不爲家。一劍收然諾，千金散俠邪。承恩丹鳳闕，走馬白龍沙。擬斬樓蘭首，回看上苑花。

其二

鶯鎖翠堤烟，春殘柳欲眠。錦韉黃騮馬，金勒紫絲鞭。不必知名姓，賢豪甲酒泉。平明持戟入，立在未央前。

閨人曲

結束大夭邪，新妝學内家。兩鬢飛碧霧，雙頰暈流霞。寶鼎銷殘篆，雕闌倚暮花。遼西嗔不到，喚婢打慈鴉。

海北早行

杳靄天南路，蕭森海上山。馬嘶殘月下，身在瘴雲間。未破閨人夢，空凋壯士顔。前林見初日，秋色滿松關。

宿海邊山店

草舍依荒驛，孤村背夕陽。海雲秋漠漠，山靄夜蒼蒼。木客歌畬月，鮫人泣岸霜。誰能當此地，高枕不思鄉。

發吉陽城晚次義寧驛

春雲生馬首，緑草暗平原。獨客愁方破，歸途日正昏。蒟藤荒戍壘，椰葉暗蠻村。却愛停驂處，鶯聲似故園。

陳薦夫六首

出塞曲二首

其一

一劍斬樓蘭，捐軀誓不還。洗兵青海水，走馬白狼山。報國心勞苦，封侯事等閑。羞同漢飛將，生入玉門關。

其二

手詔下三邊，軍中盡控弦。椎牛宵饗士，躍馬曉摧堅。白日軍聲慘，黄雲殺氣連。天驕猶有種，未肯勒燕然。

紫騮馬

駿馬紫騮名，驕嘶出塞聲。寧辭天厩逸，辛苦向長城。勒賜黄金重，蹄翻碧玉輕。所嗟筋力异，沙漠未能清。

銅雀臺

高臺晨望罷，陵樹幾回新。舞退羅衣色，歌殘繐帳塵。雲迷漳水暮，草暗鄴城春。縱有悲歌者，應非昔日人。

送四十一兄之滇南

悵别青山晚，臨岐夕照閑。君行當萬里，道復出諸蠻。百戰干戈後，孤城草莽間。經過莫惆悵，愁損壯夫顔。

少婦行

宛宛生深閣，盈盈入婿家。登樓怨楊柳，乘月采荷花。南陌看歸騎，東湖指落霞。愁來發妝鏡，拭泪滿春紗。

陳勛一首

夏日齋居

端居深結夏，水木澹清光。雨外坐微月，空中聞妙香。事緣身病減，懶與世情妨。那復除諸累，逍遥咏老莊。

王毓德五首

送徐惟和之京

遼薊愁烽燧，孤身北向燕。如雲車騎去，終日檄書傳。行色干戈外，鄉心鼓角邊。憂時條上策，不但賦甘泉。

將游吴越留別故園諸子

亂馬出城闉，言將送遠人。那堪逢歲晚，猶自逐風塵。孤枕連宵夢，扁舟一葉身。欲知臨別語，多爲白頭親。

寄家信

菽水阻承歡，封題泪不乾。微茫鄉國遠，流落世途難。閉目應長念，開緘復再看。都將愁苦意，一一作平安。

夜至新都客舍

歇馬古城隅，城陰噪暮烏。親聞思舊國，客舍問新都。寒杵傳聲切，殘燈照影孤。嚴更妨旅夢，不許向歸途。

送薛君和之金陵

恨別本凄楚，別君情更悲。未分魂已斷，欲語泪先垂。問渡過桃葉，思鄉説荔枝。王孫芳草緑，慎莫滯歸期。

馬欻四首

咏佳人對鏡

宿妝臨曉亂，開鏡態輕盈。楊柳風前倚，芙蓉月下生。春山爲黛色，秋水作波横。一片心相許，菱花照未明。

塞下曲

虜騎乘秋至，將軍出建營。招摇懸殺氣，笳鼓咽邊聲。沙幕黄花戍，雲屯白草城。年年看負羽，何日斬長鯨。

通覺庵

驅塵來梵住，渾似夢中醒。溪干流清磬，花陰冷净瓶。出雲依瀑白，過雨送峰青。三五窺禪鳥，翻飛下聽經。

招隱寺是戴顒隱處

斷橋松影合，細路入珠林。洞古僧留定，泉清客漱心。石床花霧濕，茶臼竹香深。處士今何在，黄鸝尚好音。

董養斌六首

送人之咸陽

念君何所適，鞍馬向關中。驛路三千遠，金城百二雄。月明秦廢苑，花落漢離宫。惜别魂應斷，悠悠渭水東。

送彭兵馬之任

萬里金臺役，秋風早束裝。去巡京邑地，行擁羽林郎。劍氣寒衝月，笳聲曉帶霜。鄉書逢過雁，好寄莫相忘。

舟中漫述

客久舟如屋，心閑夢自長。僧鐘天外静，漁網竹間凉。短棹分秋色，輕裘任晚霜。勞勞塵路者，空老水雲鄉。

江北旅情

西風吹客棹，暮色隱瓜洲。水落蒹葭短，霜繁木葉流。離心隨鷁首，歸夢折刀頭。莫向江南望，天連古潤州。

秦中懷古

金城元設險，函谷路千層。烽火灰秦殿，樵蘇上漢陵。雲埋天府暗，雨宿露臺崩。秋草銅駝卧，行人感廢興。

夜泊宿遷

鄉思愁無那，晨昏信短篷。波寒澄落月，岸曲趁迴風。小港漁燈密，荒村酒幔空。殘更聽不盡，點點夢魂中。

康彦登一首

長水寄謝伯元

歲晚懷人恨，中宵扣角歌。壯心同拓落，鄉夢久蹉跎。潮咽胥江盡，雲寒越嶠多。鄱湖南去路，之子慎風波。

謝肇淛九首

雲陽道中

去去望長安，西風客路難。危橋迎水斷，古木受霜乾。海市層陰合，江帆細雨寒。雲陽天畔月，莫作异鄉看。

彭城曉發

嚴城柝未罷，雲氣滿征衣。殘月欲改色，霜花時暗飛。天涯生計薄，海上尺書稀。苦憶閑居日，科頭卧釣磯。

汶上

所悲摇落日，況復在天涯。曠野日千里，荒城無幾家。高風欺弱柳，瘦馬犯寒沙。故國雲飛處，相思鬢易華。

東平道中

初日上山椒，驅車度石橋。霧銜人面斷，冰蹴馬蹄消。野店餘醪薄，平原記里遥。更憐多病後，瘦盡沈郎腰。

三歸臺

當年人已朽，此地亦丘墟。霸業青山裏，荒臺白露餘。啼鵑春草合，古木夕陽疏。無限登臨意，西風雪滿裾。

賦得新柳送别

短岸復長堤，黄輕緑未齊。曉風吹不定，春雪壓常低。草細偏相妒，鶯嬌未敢啼。年芳君莫問，日落灞陵西。

九月晦日送人之楚

西風吹客鬢，落葉滿孤城。不覺三秋盡，猶爲萬里行。路迷湘浦竹，舟觸楚江萍。别後勞相念，峰前有雁聲。

送人之咸陽

送爾咸陽道，風霜冷不勝。鷄啼將落月，馬怯欲消冰。火後無秦殿，回中有漢陵。斜陽看故國，烟樹鬱層層。

端陽日觀水戲

竹葉泛昌陽，魚龍百戲張。彩絲歌扇伎，錦袖刺船郎。酒氣山花薄，江風水簟凉。嚴城時未閉，簫鼓滿横塘。

徐㓐七首

銅雀臺

日暮悲風起，荒臺掩泪登。妝成空自好，歌罷恨難勝。繐帳成塵土，漳河感廢興。昔時人不見，何忍望西陵。

送人出塞

征馬嘶長路，西山日欲斜。送君臨絶域，萬里盡風沙。朔氣摧秋草，胡霜慘暮笳。懸知榆塞上，定憶故園花。

寄鄭琰

久客住邊城，時聞隴水聲。朔風沙漠道，夜月海西營。烈燧何年滅，哀笳不斷鳴。期君破强虜，莫起故園情。

送人戍邊

天涯秋氣深，行子别家林。客泪月中笛，邊愁馬上砧。風沙連朔漠，鼙鼓散窮陰。後夜相思處，空聞胡雁音。

送人謫巴蜀

謫居雖憚遠，萬里亦君恩。危棧通秦隴，高峰夾蜀門。秋霜巴水雁，夜雨劍州猿。自古難行路，兹行尤斷魂。

送人之燕

燕國八千里，送君離恨增。短衣粘雪片，孤棹觸冰棱。夜鎖沙河栅，寒光土屋燈。故園稀釣侶，秋浦挂魚罾。

送人之咸陽

仗劍辭鄉國，遥遥征馬嘶。烽烟隴水北，雨雪渭城西。驛路逢秋雁，關門聽曙鷄。殘燈孤館夕，客泪幾行啼。

袁敬烈三首

邊上送故人

送君歸故國，而我滯邊州。日落鄉心遠，猿啼關樹愁。秋風沙迹馬，夜月海西樓。羌笛數聲起，那禁雙泪流。

送虛上人故院

隻履歸天竺，浮生感惠休。香留古壇静，月閉竹房幽。孤磬晨昏在，寒溪日夜流。可憐金骨地，春草掩荒丘。

送人之汀洲

送子出鄉關，微茫落照閑。縱然非遠道，亦自黯離顔。勒馬逢殘雪，驅車入亂山。遲回忽不見，矯首白雲間。

王叔魯二首

送徐興公入吴

風急片帆飛，山山夕照微。未揮雙泪别，先問幾時歸。明月關河隔，清宵夢寐違。縱懷陟岵感，還欲戀春暉。

送王孔振入蜀

送客出郊原，迢迢指蜀門。離群半行雁，别泪一聲猿。白雪銅梁曙，青山劍閣昏。長途惟自愛，分手更何言。

曹學佺五首

泊舟大湘

停棹投漁火，人烟自一區。遠行銜月淺，隔水度螢孤。夕露無聲墜，寒猿有泪呼。臨流歸夢促，安得涉江湖。

建州道中寄家

爲客無停況，朝昏惜解携。山容看兩郡，水色别三溪。遠雁銜雲外，殘蟬泣雨西。征途猶未半，歸信豈堪題。

歲暮送鄭知事之蜀二首

其一

暫爾歸仍去，征衣未拭塵。蠶叢行候火，猿峽過沾衣。禄薄奴從懶，官閑吏苦貧。西風吹短鬢，又逐歲華新。

其二

豈不念行樂，重爲王事牽。夕除何店裏，春到故園邊。路更過三峽，人須老一年。凄凉盤嶺夢，正及子規天。

沈氏水亭留別

一時俄聚散，無日不周旋。鍾阜山樓入，秦淮水檻連。落花催去馬，長路計聞蟬。南北看明月，相思幾度圓。

安國賢四首[一]

幽居[二]

自得幽栖處，偏稀長者車。烟蘿三畝宅，水竹數家居。倚檻時調鶴，臨池日種魚。本無奇可問，誰到草玄廬。

紸月蘭若同僧夜話[三]

平生愛空寂，常過雨花臺。雲樹當窗入，山風入竹來。燈明無盡火，爐宿不寒灰。静坐聞名理，青蓮舌上開。

涌泉廢寺[四]

灰燼前朝刹，山門覆亂藤。碑從叢莽認，路向落花登。松火燒畬客，經文演寺僧。廢興那可問，静

[一] 安國賢四首，此條原本不載，據福建師範大學藏本補。
[二] 《幽居》，此詩原本不載，據福建師範大學藏本補。
[三] 《紸月蘭若同僧夜話》，此詩原本不載，據福建師範大學藏本補。
[四] 《涌泉廢寺》，此詩原本不載，據福建師範大學藏本補。

對一龕燈。

訂張叔弢徐興公陳惟秦陳叔度藤山看梅[一]

報道梅花發，春光有幾時。應知爛熳早，莫使樂游遲。酒向山中貰，驢從雪後騎。浮生無定迹，先訂歲寒期。

林氏一首

送員外二兄之官

送兄從此去，相會渺難期。縱有歡娛日，終當離别時。途看花爛錦，川見柳垂絲。莫遣音書少，殷勤慰遠思。

陳氏二首

寄遠二首

其一

許君爲結髮，頃刻豈曾離。悵别三千里，相思十二時。夜深鴛夢冷，天遠雁書遲。不道歸來約，而今已過期。

[一]《訂張叔弢徐興公陳惟秦陳叔度藤山看梅》，此詩原本不載，據福建師範大學藏本補。

其二

自從離别後，愁緒萬千端。懶捉簫鳴鳳，羞將鏡舞鸞。蘋蘩甘妾苦，砧杵念君寒。人道長安近，終朝向日看。

王維琬神童**一首**

至日上彭别駕

至日今朝啓，人間歲序催。暖浮堤上柳，春拂檻前梅。綉閣初添綫，葭宫乍動灰。履陽應有慶，仙露注瑶杯。

晉安風雅卷之七

郡人徐熥選輯
陳薦夫校訂
董養斌編次

五言排律

林鴻五首

王屋山天壇

名岳推王屋，孤標跨杳冥。深窺砥柱黑，高并太行青。分野連三晋，風雲萃百靈。鶴歸松已偃，龍去水猶腥。竈隱燒丹火，龕餘煉髓經。羽人金磬動，應此禮寒星。

送鄭逸人宿西山寺

翠壁開西麓，金宫隱上方。雲霞横鳥道，日月焕龍章。桂殿丹青古，松門草木蒼。潭空窺鳥影，夜静識天香。夢裏觀生妄，閑中歷劫長。千山孤磬雨，一徑落梅霜。無復悲生事，真如禮法王。諦聞龍象喻，初地入清凉。

劍閣秋陰

分野秦封盡，山川蜀國雄。塹江流地底，劍閣起天中。棧險崖頻轉，蘿深月不通。飛揚暫白帝，開闢憶蠶叢。氣候三秋异，猿聲衆壑同。凍雲常礙日，岩樹遞呼風。客路隨飛鳥，鄉心挂落楓。兹非曠達士，應此泣途窮。

秋日同韓玄登宿雲臺

野客滄洲至，乘閑上古臺。江分平野斷，樹盡遠天開。散策尋芳草，班荆坐石苔。秋陰將日去，雁影帶寒來。香積雕胡飯，筵芳竹葉盃。相逢成暫醉，何必問蓬萊。

挽理上人

隻履歸何處，懷師泪滿襟。浮雲生滅性，明月去來心。閲世真如夢，安禪不廢吟。留衣分法侶，寫偈别朋簪。雨蘚侵行迹，風泉想梵音。一燈寒竹暄，雙樹落花深。塔閉蟲粘户，巢空鶴避林。歷峰山下路，從此罷登臨。

王偁二首

送人戍邊

玉勒浮雲騎，雕鞬明月弓。日邊辭帝輦，天際逐沙蓬。百戰兵符動，三門將略雄。戈茅明積雪，旌旆叠高風。朔漠窮陰外，幽關落照中。壯懷何以贈，劍氣欲吹虹。

游海珠寺

絶島波心見，栖身玉鏡中。欲觀鰲背日，還仗鷁樓風。客思員壺外，雲程若木東。蜃光晴作霧，海氣晝成虹。僧刹蛟龍護，神珠水月通。同游多逸侶，歸棹擬乘空。

洪順一首

元夕應制

玉曆頒寅正，彤庭慶歲新。條風迴暖律，淑氣轉洪鈞。壁月生瀛海，旋穹接紫宸。鳳韶陳九奏，鰲極駕三神。火樹珠璣燦，花叢錦綉新。翠華連扆扆，象闕列星辰。香度千門夕，光融五夜春。卿雲開雉尾，瑞靄傍龍鱗。舞隊呈芳曲，班行集遠人。傳柑榮寵厚，錫宴酒杯頻。共賀明良會，歡傳化育均。小臣叨宴賞，歌頌答皇仁。

王恭一首

林景時雲山圖

鷲嶺積蒙茸，連山翠幾重。險疑金粟洞，高訝玉華峰。谿迴雲藏屋，林深雨翳鐘。客帆秋外小，仙珮鳥邊逢。夢繞三花樹，歌殘五粒松。考槃多在澗，惆悵獨迷踪。

黄玄二首

竹岡晴雪

殘雪春天路，高岡竹外晴。玉林行處合，琪樹望中明。瑞氣埋龍影，花紋雜鳳聲。剡溪舟欲渡，湘水佩俱鳴。舞换青禽歇，歌迴翠袖輕。人家開徑曉，僧舍捲簾清。鼎鼐欣時泰，朋樽待歲成。高吟稱寡和，長愧郢中名。

浮亭聞箏

冠蓋乘秋會，林塘候晚開。掃雲鋪露簟，待月送霞杯。樂應空中響，人高物外材。商彈鵾鵖醉，秦奏鳳凰來。舞影疑飄雪，歌聲訝殷雷。湘琴那共聽，楚笛不同哀。促柱紅顔笑，低弦白髮催。將風雕玉樹，吹雨落金苔。師曠時應在，伶倫世復迴。鸞情思度海，鶴夢想登臺。舊恨驚離索，新游得重陪。懷君金石調，何异向蓬萊。

鄧定一首

游寶峰地藏蘭若

長日清齋罷，乘閑訪遠公。未離人境外，已是覺城東。大地開銀界，飛甍接碧空。逶迤瞻寶殿，突兀起珠宫。隔竹分泉入，開林取徑通。地偏禪共寂，心浄趣還同。清梵迎朝日，疏鐘度晚風。片雲生几席，飛翠入簾櫳。虎伏繩床下，龍歸石鉢中。雨花香遠近，寶樹色蒨葱。未脱多生累，當修最上功。空門閑歲月，人世苦樊籠。聽法心方悟，還山興未終。東林如結社，應許一衰翁。

鄭善夫一首

答人問滄海

久作持竿客，滄洲話獨真。潮聲雄度澥，海勢側分閩。星漢涵無地，風雲變有神。蜃樓開弱水，鰲極斷河津。失意歌漁火，離群憶古人。惟應白鷗鳥，浩淼得相親。

王昺一首

夏至日駕祀方澤齋居恭送

澤郊巍北峙，玉輅儼天來。雨洗人間暑，香生輦路埃。九斿扶日轉，六纛拂雲開。奏假登殷士，賡歌得楚材。鳳麟禎再見，海岳貺頻催。一命暫何補，群心亦豫哉。即看坤軸奠，已卜化機迴。願永嵩山祝，微臣敢後陪。

林應亮一首

春日早朝

合殿薰風轉，春陰散杳冥。鐘傳飛宿靄，樓迥帶殘星。仙樂颺清陛，爐烟出御屏。蹌蹌金甲度，隱隱玉珂停。雲綴千年樹，陽生七葉蓂。微臣忝通籍，長此奉朝廷。

林庭機一首

泰陵春祀

龍馭升霄漢，攀號已歲年。賡歌思舜日，熙皞戴堯天。翠柏風霜古，丹丘雨露懸。園陵將歲事，俎豆肅春虔。帝寢神應護，鴻圖澤自綿。深仁徧寰宇，稽首泪潸然。

林懋和一首

内苑聞鶯

紫禁年韶麗，鶯啼春日融。遷喬辭遠谷，求友向芳叢。柳外嬌歌合，花前艷曲通。響飄長樂觀，聲度未央宫。縹緲含風遠，間關隔樹同。鳴皋疑應鶴，似鳳擬栖桐。駐聽情無已，留歡趣不窮。方知蓬島景，俱在帝城中。

林燫二首

閣試上林春曉

太液冰初泮，上林春又迴。鷄聲千户曉，魚鑰九關開。殘月金盤落，輕霞錦綺裁。露凝芳色潤，風暖鳥音催。淑景移靈囿，晴光薄吹臺。穠花開萬樹，應待翠華來。

泰陵春祀

弓劍悲龍馭，衣冠秘鳳藏。蘋蘩春自薦，松柏歲分行。禹儉光前烈，文謨啓後王。直言曾止輦，虚已想垂裳。元氣培千祀，深仁洽萬方。鼎湖攀望日，黎庶慕難忘。

林世璧三首

出塞曲

紫塞入雲中，黄沙捲朔風。征麾臨絶漠，列騎擁元戎。漢月天山上，胡塵翰海東。江猿迎夜笛，山鳥避朝弓。叠鎧明晴雪，千旗拂彩虹。旋看報天子，飛捷大明宫。

紫騮馬

騮馬西關去，將軍北塞征。蕭蕭千萬里，始度朔方城。遠趁旌旗影，遥憐鼓角聲。邊城秋日落，海上曙霜清。寶劍横舟鞚，金鞍簇綉纓。從戎初去國，報主願横行。汗血悲王事，蕭條見旅情。烟青沙浩浩，草白雪盈盈。插羽邊雲緑，彎弓漢月明。凱歌何日返，回首玉關平。

奉陪龔司成登鼓山

仙島鬱嵯峨，乘閑此日過。山花迎羽蓋，谷鳥雜琴歌。梵宇依林樾，岩亭蔭薜蘿。眼中滄海小，衣上白雲多。曠野千峰暮，遥空萬象羅。翻慚賓從後，揮袂接星河。

張焯一首

擬和聖製十五夜燃燈賜宴

四海際雍熙，燈宵樂在兹。酒杯浮湛露，選伎出銅池。路接虹橋近，花明兔影移。九衢陳廣奏，百和溢丹墀。魚鑰通金鎖，龍輿歛御帷。火城通桂殿，香霧繞仙芝。錦炬參差麗，星球點綴垂。游人如畫集，明月讓燈曦。閣駐燃黎叟，珠摇水珮姬。百迴呈妙舞，丙夜進霞卮。泛粥逢嘉夕，祠膏祝聖鳌。太平調玉燭，歲照萬年枝。

謝杰一首

聞蟬

秋歸何太早，物候變鳴禽。那復喈喈語，惟餘嘒嘒音。調隨風漸轉，聲送暑將沉。愁共寒蛩泣，情同促織吟。浩歌燕市筑，凄咽雍門琴。向晚粘高樹，憑虚散遠林。悲增出塞曲，清助搗衣砧。天竅莊生籟，春舒郢客襟。知機如有感，應序本無心。獨憶空閨婦，刀頭思不禁。

趙世顯一首

擬扈駕春祀山陵有述

聖主循彝典，鳴鑾下九天。旂常明日月，笳鼓動山川。陟巘皇風穆，趨陵祀禮虔。馨香聞列祖，明德達重泉。侍衛儀加肅，經過賦許蠲。微臣叨扈從，感激帝恩徧。

葉向高一首

九日扈從登天壽山

宸游臨絶巘，羽蓋入雲看。九日浮佳氣，千官識聖顔。風花吹劍佩，烟樹簇鵷鸞。日月瞻依近，風雲會合難。鳥知迎翠葆，菊自綻雕鞍。却羡登高處，卷阿此日歡。

林世吉三首

擬唐幸太平公主山莊侍宴應制

戚里風光早，瑶池宴賞催。輦從三殿出，筵俯百花開。爐靄浮仙幄，峰霞拂酒杯。林間烏鵲喜，簫裏鳳凰來。冠佩聯星渚，旌旄繞月臺。聖情重敦睦，清蹕未教回。

擬唐和上巳幸望春亭觀禊飲應制

亭倚黄山啓，筵臨碧滻張。風光饒上巳，天仗出昭陽。瑞日明金舸，晴雲繞御觴。鳥隨仙樂轉，花雜舞衣香。睿賞尋河曲，宸章焕柏梁。願持春禊樂，千載奉君王。

元夕長安步月同員外兄賦

令節開元夕，春輝艷帝京。月懸雙闕迥，燈徹萬家明。緹騎填燕甸，香車擁鳳城。雲扶仙子下，花捧玉人行。羅袚芙蓉佩，珠翹翡翠纓。容華嬌夜色，笑語雜歌聲。魚鑰千門啓，鰲山百技呈。彩霞移上苑，紫氣接西清。幾處瓊樓敞，通宵綺幛横。奇芬飄霍納，妙響遞韶韺。東第頻邀客，西園正倒觥。雕章七子賦，寶饌五侯鯖。火樹看蛾繞，星橋訝鵲成。傳柑分楚馥，煨芋剥岷瓊。太液冰猶凍，長安雪乍晴。山河團錦綉，臺館寫蓬瀛。地切連銅狄，宵闌耿玉衡。金吾全弛禁，銀箭不催更。四海昭文化，三邊罷羽兵。吾皇千萬壽，長此樂升平。

陳仲溱二首

登玉皇閣

杰閣稱雄據，登臨望眇然。平臺出霄漢，古樹亂雲烟。玉座紅霞擁，珠宫絳節懸。鰲峰形岝㟧，雉堞勢盤旋。八郡雙門鎖，三山萬井連。馬江環似帶，烏石小如拳。吞吐璚河月，微茫碧海天。香花飄夜夜，瑶草燦年年。青靄沉鐘磬，丹爐煮録鉛。此中臨眺遍，彷彿大羅仙。

賦得宫井轆轤聲送楊參知入賀

靈液宫中出，聲聞玉殿前。銀床遲宛轉，玉綆緩纏綿。香浚晴花裹，甘升温樹邊。幕開分點點，甃冷滴涓涓。清響瑶階入，餘音紫禁傳。汲時看上下，照處見澄鮮。承露輕仙掌，調羹進壽筵。聖君施瀸澤，揚子賦甘泉。忽訝催壺漏，猶疑咽管弦。玉明同井渫，受福荷堯天。

陳宏己一首

游歐陽詹洞室

山色遠堪迷，芳尊近可携。游人多郭内，勝地只城西。洞古鴻濛似，岩高鳥背低。紺宫懸樹小，碧瓦入雲齊。怪石寒生霧，奔泉渴飲霓。水烟攢翠壁，海月挂丹梯。露宿聊陪鶴，天明屢問鷄。昔賢憐寂寂，行旅嘆栖栖。離恨杯中失，新詩夢裏題。青山方戀别，征馬莫頻嘶。

陳价夫一首

早秋宿錦溪别業

暝色繞荆扉，鐘聲在翠微。草深螢暗度，葉落鳥驚飛。石徑穿雲去，溪橋步月歸。夜凉生竹簟，秋露浣荷衣。氣入鮫人室，光摇織女機。客魂銷不盡，仍上釣魚磯。

陳薦夫二首

送人之燕

臨岐更惜别，日暮倚江樓。水落芙蓉國，天寒芳杜洲。斜陽滄浦色，烟樹故園愁。客夢先雲斷，鄉心恨水流。嚴灘同落月，燕市及殘秋。去路萬餘里，誰能賦遠游。

席上贈别歌伎

良會未成歡，徵歌出小鬟。晚妝羞粉黛，春服怯羅紈。寶釧添香撥，銀筝促酒彈。月稜眉蹙恨，雲彩鬢凝寒。屬意遷延久，留情去住難。長才思倚馬，妙吹合乘鸞。别泪揮湘竹，離心贈楚蘭。萍踪隨遠近，蕙質易凋殘。明發如相憶，新辭到處看。

王毓德一首

賦得花隱掖垣暮送楊參知入賀聖節

千花開帝里，縈繞禁垣長。瑞色遮馳道，濃英覆苑墻。龍爐分麝氣，鳳駕碾瓊芳。爛熳青柯綴，妖嬈綺樹妝。傍扉凝瀋靄，沿砌亞斜陽。片落胭脂濕，叢深錦綉張。點來丹陛暈，流過御溝香。密處藏春晝，疏時漏曉光。宫鸞銜出易，厦蝶采歸忙。露浥黄金掌，風傳白玉堂。詞臣行夢筆，使者入稱觴。不用蟠桃薦，寧須巨棗嘗。萬年枝上影，歲歲奉君王。

董養斌一首

送人入蜀

晨裝何所適，遥向錦宫城。有女當壚滌，何人負弩迎。蠶叢山遠近，魚復陣縱横。歲月關河老，烟塵驛路生。瞿塘蟠鳥道，巫峽過猿聲。坂折驅車度，梁危信馬行。峨眉秋雪冷，熊耳暮雲平。草緑萇弘血，鵑啼杜宇名。巴賨器代曲，邛筰漢時程。去矣須珍重，烏蠻未解兵。

徐㶿二首

賦得深閨秋織

深閨秋色早，中婦倚流黄。寒杼傳聲切，殘絲結縷長。壁間聞促織，錦上見鴛鴦。斷綆金刀疾，拋梭玉釧忙。芙蓉叢出朵，蓮子簇依房。緯密經雙引，文迴字幾行。捲絲纏別緒，移軸轉離腸。窗外鳥啼夜，簾前雁帶霜。愁魂縈綺縠，清泪滴縹緗。星斗斜將盡，支機動未央。張弧乘月影，完匹續燈光。竇女思千里，天仙妒七襄。莫辭閨力苦，邊塞待衣裳。

賦得月字臨丹地送楊太參入賀聖節

金繩低北極，秋半桂輪圓。兔闕丹墀外，蟾宫玉殿前。東方流皎潔，西陸出嬋娟。影射瑶階動，光分紫閣妍。素娥開寶鏡，内侍徹金蓮。星野當龍駕，山河拱象筵。禁鍾催未落，宫漏滴猶懸。散彩旌旗下，生輝劍佩邊。掖庭疑璧耀，閶闔儼珠聯。聖誕今宵祝，宸章此夕宣。使槎乘犯斗，封事奏朝天。稽首詞林客，歡呼洞府仙。不須歌舜日，長此拜堯年。

晉安風雅卷之八

郡人徐𤊹選輯
陳薦夫校訂
董養斌[一]編次

七言律詩

林鴻十三首

春日游東苑應制

長樂鐘鳴玉殿開，千官步輦出蓬萊。已教旭日催龍馭，更借春流泛羽杯。堤柳欲眠鶯唤起，宫花乍落鳥銜來。宸游好把簫韶奏，京國于今有鳳臺。

春日駕幸蔣山應制

鍾山月曉樹蒼蒼，鳳輦乘春到上方。馴鳥不隨天仗散，曇花故落御衣香。珠林霽雪明山殿，玉澗飛

[一] 董養斌，福建師範大學藏本作「安國賢」。

泉近苑墻。自愧才非枚乘匹，也陪巡幸沐恩光。

早朝

紫禁初開月欲低，千官待漏五門西。玉階柳色侵朱閣，寶帳香車過御堤。仙仗日臨花氣動，鵷班風急佩聲齊。天顔有喜朝回晚，散步花邊路欲迷。

送高記書之邊

青袍書記去翩翩，紫塞從戎不記年。迹裹倚弓看漢月，雪中走馬入胡天。烏孫部落通烟火，敕勒沙場乏水泉。聞道安西無戰鬥，時時醉向酒家眠。

送人入蜀

把酒長歌蜀道行，高堂千里見君情。微霜半落青楓樹，曙月平臨白帝城。絓席不離江雁影，沾衣多向峽猿聲。錦城莫道無知己，何限居人識馬卿。

宋中送魏萬之安西

梁苑微霜梨葉紅，行人此日發關東。酒邊怨别看長劍，馬上驚心見斷蓬。雲散岳蓮開泰華，月寒郊樹隱新豐。窮秋亦有臨邊使，待爾題詩寄塞鴻。

送宫人入道

温泉宫裹洗鉛華，共訝君恩許出家。阿監别時留佩玦，道流迎處指烟霞。乍抛月殿吹簫譜，學煉星壇伏火砂。幾度春風緱嶺上，步虚閑繞碧桃花。

江上送王悦歸關中

秋風吹冷薜蘿衣，客裏逢君賦式微。楚水別來浮桂櫂，秦川歸去掩柴扉。中天華岳三峰削，獨樹關河一葉飛。我有愁心如斷雁，隨君征路向斜暉。

賦得垂楊送客

客路垂楊最有情，暖風吹緑漸冥冥。雨深煬帝宫前見，月落桓伊笛裏聽。葉暗乍看藏乳燕，花飛終恨化浮萍。分携欲折長條贈，愁絶河橋酒幔青。

浮亭夜集寄華大

南亭高館薜蘿深，此夜思君萬里心。鄉國舊游多怨別，雲山何處獨登臨。寒蕪落雁天低樹，野戍平沙燒隔林。尊酒相逢還寄意，也應知我一沾襟。

送余司馬歸晋中

驄馬朝來欲渡河，宫城把袂惜蹉跎。滄洲舊業驚蓬斷，白首流年倚劍過。梨葉烟村行客少，鷓鴣陵苑夕陽多。天涯相憶知何處，空有愁心對酒歌。

過賈誼宅

少年何事到長沙，此處翻成謫宦家。地濕楚鄉秋雨後，草深甲第夕陽斜。清湘東去人空吊，盛世南遷衆所嗟。我亦爲君長太息，懶將書劍客天涯。

擬宿淮浦寄司空文明

思君深夜百憂新，淮浦東頭問去津。千里楚天初度雁，兩河明月未歸人。從風自嘆成黄葉，臨水空思采白蘋。知己飄零有如此，舊游那復洛陽春。

張以寧三首

吳門懷古

曾見吳王歌舞時，遺臺廢苑不勝悲。秋風雁叫菰蒲葉，夜月烏啼楊柳枝。有客買舟尋范蠡，無人穿冢近要離。館娃宫外繁花發，游女長歌白紵詞。

長蘆渡江往金陵

春日三竿上翠屏，曉風五兩下蘆汀。水兼天去無邊白，山過江來不斷青。沙港潮回平雁迹，海門雨至帶龍腥。升平無復庭花曲，睡起漁歌斷續聽。

過辛幼安神道

長嘯秋雲白日陰，太行天黨氣蕭森。英雄已盡中原泪，臣主元無北渡心。年晚陰符仙蠹化，夜寒雄劍老龍吟。青山萬折東流去，春暮鵑啼宰樹林。

馬英一首

蜀山圖

翠壁蒼崖峭入天，雨餘芳草帶春烟。錦江東去龍門險，劍閣西來鳥道懸。丞相舊圖沙迹裏，文翁遺廟夕陽前。回看匹馬經行處，似有猿聲到耳邊。

陳仲完一首

錢塘懷古

邊塵捲地北風遥，信馬南來駐六橋。汴水故宫空有月，海門沙漱寂無潮。銅駝夜泣霜華冷，銀雁秋飛王氣消。五國城頭魂不返，傷心誰賦楚辭招。

王偁七首

早朝

花擁千官刻漏傳，蓬萊遥在五雲邊。星移北斗當宸極，樂動南薰捧帝筵。遲日漸晞仙掌露，輕風猶裊御爐烟。明朝海上祠金馬，紫鳳丹書下九天。

元夕午門侍宴

臘雪霏微柳外消，天衢香靄逐人飄。千門火樹攢珠斗，五夜笙歌下碧霄。玉醴恩頒春色早，金波影浸漏聲遥。侍臣湛露將何補，願頌康哉答聖堯。

登無諸釣龍臺懷古

高臺遠枕大江流，江上雲屏宿靄收。才子揮毫春作賦，商人酹酒晚移舟。空潭龍去山河改，古殿雲寒劍戟愁。莫向此中多感慨，漢家陵樹已先秋。

過舊游有感

濕雲如醉護輕塵，黃蝶東風滿四鄰。新緑只疑銷晚黛，落紅猶記掩歌唇。舞樓春去空殘日，月榭香飄不見人。欲覓梨雲仙夢遠，坐臨芳沼獨傷神。

登古囊山辟友岩和瓢所居士之作因寄黄八粲

何處秋吟覓遠公，蒼苔古道石林東。月生雙樹聞虚籟，香繞諸天見化宫。萬法已超言説外，此身多在別離中。明朝更寫三生偈，去約忘機海上翁。

送龍河杰首座自五臺歸將赴天台

偶逐孤雲下五臺，又携明月上天台。衣傳异域曾留偈，楓落長江見渡杯。上界經行人世別，天宫説法夢中迴。明朝相憶霞城遠，空仰金繩覺路開。

宿巴陵聞笛

玉笛飄殘月下聲，空江秋入思冥冥。怪來楊柳移關塞，可是梅花落洞庭。半夜旅魂隨調切，誰家少婦倚樓聽。曉來更覓龍吟處，一點君山水面青。

林真三首

送駱泰入蜀省兄

回首鴒原感別離，遠携書劍上巴西。雲深蜀魄呼名語，月冷猿聲向客啼。諸葛祠堂秋草没，杜陵茅屋夕陽低。相思亦有南來雁，莫道音書懶醉題。

元日早朝

暫逐鵷行覲紫宸，九重仙樂奏芳辰。龍樓高拱星河近，鳳曆初頒歲月新。曙色漸分三殿曉，鐘聲散入萬家春。小臣共沐恩波重，願效華封祝聖人。

送郭汝亨歸田

一尊相送思無涯，烟樹蒼蒼入望賒。白首十年嗟去國，青山萬里喜還家。鐔津月冷猿聲斷，螺浦風高雁影斜。君到澤湖應暇日，春來多種故侯瓜。

王褒四首

賀春應制

京兆諸臣早進春，千官此日賀楓宸。衣冠共睹皇圖舊，禮樂應隨泰運新。鍾阜雲開通王氣，掖垣雪霽起香塵。自慚流落黌宫椽，也沐陽和在至仁。

元旦早朝

京國圖開肅萬方，珊珊劍珮儼成行。蓬萊雪涌金渠水，閶闔風迴玉殿香。佳麗山河傳一統，昭明禮樂屬三陽。小臣拜首明光裏，願進南山作壽觴。

元夕進詩賜宴和館閣諸公

十五階蓂换歲年，觀燈敕賜大官筵。光分太乙青藜焰，曲和陽春白雪篇。馳道香塵雙鳳集，禁垣火樹六鰲連。此身今夕雲霄上，始信蓬萊别有天。

元夕觀燈應制

魚鑰春開虎豹關，五雲星斗近天顏。絳河月濕金盤露，火樹香分玉筍班。鳷鵲漏傳花外觀，蓬萊仗列海中山。萬方樂事同元夕，恩賜千官十日閑。

唐泰二首

江上書懷寄周玄林敏

昔年曾共醉蘭舟，明月閑情憶舊游。獨客荒村空向暮，异鄉多病厭逢秋。殘烟古戍聞寒笛，落日楓林見驛樓。爲報别來憔悴甚，漫因尊酒一銷憂。

晚次雪峰寺

微霜落葉度關河，古寺清秋掩薜蘿。輕策獨隨飛鳥去，好山偏向夕陽過。三花祇院逢僧少，獨樹空臺積雨多。暫盍朋簪耽勝果，下方塵土易蹉跎。

林旅一首

游雙澗庵

翠壁晴嵐曉氣澄，臨川高閣白雲層。天涯尊酒何人醉，屋外名山此日登。好鳥迎春偏勸客，空林向晚不逢僧。扁舟要覓漁郎去，誰道桃源隔武陵。

鄭迪一首

送林文節

長歌祖席對斜暉，座上人人愛陸機。春色漸歸江樹變，河冰初泮客帆稀。青雲有路看先達，白社無人笑獨歸。今日與君須盡醉，明朝相憶謾沾衣。

趙迪三首

元夕應制擬作

龍樓賜宴月初斜，寶炬星分照翠華。五夜歌鐘連甲第，千門燈火映皇家。錦筵人醉飄金縷，羅綺春晴散彩霞。自是宸游多樂事，叨陪幾度賜宫花。

擬敕借岐王九成宫避暑

鑾輿遥幸醴泉宫，深入烟蘿翠幾重。雲掩畫屏迎舞袖，風清水殿動歌鍾。飛花香度樓前幕，高柳凉生仗外峰。自是此中多勝概，群仙何處更相逢。

登餘干城

荒原落日過重城，萬里蒼茫感客情。鄉思雨中和雁斷，秋風江上見人行。楓林西入吴江遠，驛路東分楚水平。遥望天涯流落久，暮雲啼鳥自縱横。

游宗一首

楚山春曉

叠叠浮來過雨晴，洞庭西望向天明。烟含曙影千峰斷，花拂晴光百鳥鳴。緑樹人家臨水淺，青楓客路入雲平。年來更有懷鄉感，極目關河萬里情。

游堅一首

送蘇秀才

西風孤棹獨南還，行李栖遲歲欲殘。尊酒且同江上醉，别情偏向客中難。驛程露下砧聲早，澤國秋深雁影寒。岐路暫時分手去，相逢期在白雲端。

鄭定三首

伏波祠懷古

荒祠衰草已凄然，猶有邦人話往年。銅鼓苔生秋雨後，宫墻花落夕陽邊。竹書早著平蠻策，沙井空餘飲馬泉。詞客經過休感慨，雲臺麟閣總寒烟。

六如亭懷古

香魂艷骨瘞崇阿，瘴雨蠻烟奈爾何。苔上舊碑行客吊，草深荒徑野僧過。山花寂寂留妝靨，堤柳青青想翠蛾。落日平湖風乍起，餘情并入采菱歌。

寄紫陽道士

道人曾是紫陽君，冠隱芙蓉帔剪雲。寶匣苔深龍劍躍，石壇花落鳳簫聞。漫傳駕鶴邀王母，幾見籠鵝贈右軍。便欲携琴遠相訪，秋山黄葉落紛紛。

林洪一首

桃花洞

寒岩精舍石林東，冉冉垂蘿洞穴空。宴坐袈裟深杳靄，仙游環珮響崆峒。紅泉雨過花間落，翠篠雲來月下通。掃石焚香頻到此，定逢秦世采芝翁。

陳全一首

元夕觀燈侍宴應制

盛世叨聯侍從班，未央高處覲龍顔。彤雲影落爐烟外，明月光摇火樹間。天樂半空迎鳳輦，禁城雙闕映鰲山。漏深猶自開金鎖，敕賜詞臣醉裏還。

高廷禮四首

擬岑補闕早朝大明宫之作

明光漏盡曉寒催，長樂疏鐘度鳳臺。月隱禁城雙闕曉，雲迎仙仗九重開。旌旗半捲天河落，閶闔平分曙色來。朝罷珮聲花外轉，回看佳氣滿蓬萊。

擬高常侍送王李二少府貶衡巫

曉鐘寥亮雁聲哀，候館鳴鷄曙色催。兩地送君雙別泪，西風駐馬一銜杯。巴山落月啼猿斷，楚水孤帆片雨來。莫愁异鄉成久隔，漢廷還憶賈生才。

送林膳部歸冶城

龍門雨裏識君時，醉度殘春又別離。芳草滿衣愁對酒，青山倚棹共題詩。晴川樹外孤城出，野館花邊匹馬遲。歸去釣龍臺上月，好憑南雁寄相思。

得鄭二宣海南書

番禺天外古交州，念子南行戀舊游。故國又經花落後，遠書遥寄雁來秋。梅邊野飯逢人少，海上青山對客愁。爲報羅浮雲影道，早隨明月引歸舟。

王恭八首

吴城懷古

姑蘇城外刺蘭橈，却憶吴王古市朝。香輦路邊春寂寂，館娃宫外草蕭蕭。千年往事空啼鳥，半夜疏鐘自落潮。明發不堪回首處，暝烟秋雨過楓橋。

賦得白雁送人之金陵

燕山榆葉望秋稀，雪羽瀟瀟向楚微。夜雨蘆花看不定，夕陽楓樹見初飛。影隨漢騎營邊落，夢繞胡兒笛裏歸。君到石城霜漸冷，暮雲聲斷欲沾衣。

廣陵懷古

海門潮落見瓜州，雲樹蒼茫馬上游。千里河山歸禹貢，百重烟水入淮流。蕪城積夢璚花月，隋苑傷心碧草秋。二十四橋人静後，爲誰猶倚木蘭舟。

送僧試經赴金陵

奉詔西游説梵經，秋風應到石頭城。帆飛楚水舟中飯，夢落淮山樹裏行。一錫獨携空界月，三車遥對廣庭聲。禪心彼此隨緣住，塵世空驚遠别情。

江南春盡偶作

郭外空林帶夕霏，海天離思遠依依。流年又逐殘春去，華髮空驚兩鬢稀。啼鳥落花孤夢斷，白雲芳草舊游非。家園此日堪惆悵，况是天涯客未歸。

送人貶海南

官亭幾度飲離觴，此夕憐君謫遠方。馬上看山椰葉暗，津頭沽酒荔枝香。秋深嶺表猶多瘴，臘盡天南尚少霜。憔悴更須懷直道，臨岐何必泪沾裳。

温陵留别陳方山先生

温陵雪後雁聲寒，芳草青青客未還。千里離情江上月，十年鄉思夢中山。荒城對酒應難别，遠路逢春好是閑。滄海故人零落盡，臨岐那忍聽陽關。

送林彦時之建州

黄葉紛紛秋滿天，故人今夜惜離筵。他鄉見月長爲客，别路逢霜半在船。劍浦緑蕪連晚燒，幔亭春樹帶寒烟。明朝碧水丹山下，知爾相思若個邊。

周玄二首

賦得函谷關送賈一

西望長安愴别顔，荒城迢遞白雲間。行人惡聽河聲險，舊路長連草色閑。樹裏月來通漢苑，天邊雪霽傍秦山。憑君如見關門尹，爲問青牛幾日還。

得鄭孟宣書

客裹書回慰所思，開緘忽感别離時。殘春滄海攀楊柳，明月瑶琴怨竹枝。故里風烟三徑掩，舊游心事幾人知。江州司馬歸何處，遥憶青衫泪欲垂。

黄玄一首

送金秀才之温陵

官亭花發酒初香，白馬翩翩大道傍。醉客盡隨歌舞散，寒川空對别離長。紫雲洞裏逢秋月，赤鯉潭邊度早霜。休説故山多少恨，軍中吹角斷人腸。

馬鐸一首

送徐訥省親回澄江

京華三月柳如絲，送子南行惜別離。陌上看山愁對酒，風前携手倦題詩。雲連鐵瓮人烟迥，月滿丹陽客棹遲。粉署嚴親應有待，莫因鄉國緩來期。

林志四首

夜宿黄田驛

早負浮名賦遠游，青山明月共孤舟。渡頭夜市聞方語，樹裏寒燈隱驛樓。年少有情多惜別，秋深無物不關愁。鄉園殘夢蒼茫裏，忽聽舟人起棹謳。

別朱克成將軍

霄漢年來寄此身，承恩却許暫歸閩。停杯最喜逢知己，仗劍那堪别故人。柳拂山城經暮雨，花飛驛路值殘春。舊游别後鼇峰月，兩地相思各損神。

題贊公房

古洞雲歸不見人，閑房空掩緑苔新。清池白石雙林夜，啼鳥飛花半榻春。方外隨緣披紫衲，山中投迹避緇塵。尋師擬結雲門社，鍾磬朝昏老此身。

後灣渡

清溪源發古靈山，小澗縈迴出後灣。竹徑暗通流水入，柴門常對落花關。黄昏問渡行人少，白日隨潮野艇閑。記得舊游曾買棹，一篙春雨逐鷗還。

黄澤一首

岳墳弔古

水落蘇堤見斷橋，栖霞嶺下駐蘭橈。東西兩樹悲風起，南北諸陵王氣消。古廟殘碑春寂寂，卧麟荒冢雨瀟瀟。古今多少登臨意，半付江雲半海潮。

陳亮二首

冶城懷古

東西屹立兩浮屠，十里臺江似帶紆。八郡河山閩故國，雙門樓閣宋行都。自從風俗歸文化，幾見封疆入版圖。惟有越王城上月，年年流影照西湖。

咸陽懷古

群山迢遞走咸陽，王業當年此地昌。天府首開秦社稷，金城已作漢封疆。滬池北入河流去，軹道西連草樹荒。故苑離宫何處是，空合行客弔興亡。

陳輝三首

屴崱峰晚眺

乘幽獨上最高峰，澤國山河四望同。島嶼潮來天接水，海門日落樹連空。僧歸遠寺疏鐘後，木落寒山積雨中。更向岩前一長嘯，松濤十里送秋風。

泛舟螺江憶舊游

曾向江頭倚玉簫，與君同駐木蘭橈。白波千里秋聞雁，凉雨孤舟夜聽潮。幾處人家連竹塢，數行漁笛過楓橋。今來却憶同游侣，烟景蒼蒼轉寂寥。

哭草堂上人

上人隻履歸何處，振錫泉臺去不回。雙樹落花禪榻静，一燈深竹影堂開。池虚殘月餘明鏡，松偃高枝翳古苔。馴鳥不知人事改，捲簾日日去還來。

鄭珞四首

錢塘懷古

天目西崩王氣消，海門三日竟無潮。中宫車駕隨銜璧，南渡衣冠罷早朝。瓊海樓船波渺渺，文山兵馬雨瀟瀟。祇今唯有錢塘月，猶爲游魂照寂寥。

賦得蕭關古道送嚴大赴甘肅

三年裘馬度蕭關，沙草茫茫道路難。古戍日斜人去少，晴川春盡雪初乾。天低隴樹烟塵净，月照邊城鼓角寒。盛世壯游須買醉，謾勞倚望斬樓蘭。

賦得馳道玉聲寒送羅澤御史之南京

禁城鐘鼓漏初殘，珮玉聲中引百官。響度碧雲雙闕曙，清摇秋月九霄寒。花邊振處風霜肅，天上朝回雨露寬。豸史承恩南去日，幾回夢裏聽珊珊。

故宮人

雲雨巫山夢已闌，衰容羞向鏡中看。歌成團扇秋風冷，舞罷霓裳夜月寒。玉箸暗垂今日泪，金蓮空想舊時歡。閑居寂莫誰相問，簾捲黄昏獨倚欄。

谷宏三首

行經華陰

雲間太華倚三峰，積翠遥連渭水東。遠塞雁聲寒雨外，離宫草色暮烟中。秦關日落行人少，漢時天陰古戍空。寂寂武皇巡幸處，祠前松柏起秋風。

寄鄉友汪彦才

浮雲聚散幾悲歡，久客懷歸憶晋安。門對西山朝氣爽，城臨東海暮潮寒。身隨斷雁兼秋遠，夢入疏鐘向夜闌。爲問松蘿舊游處，别來花月共誰看。

登岳陽樓

對酒平臨百尺闌，洞庭南望楚天寬。中流雨散君山出，故國風高夢澤寒。帆挂夕陽鵬際没，波涵新月雁邊看。登臨最易懷鄉土，惆悵滄浪羨釣竿。

吴源一首

凌歊臺

晚風扶醉上凌歊，落日孤城思寂寥。歌舞盡隨王氣散，英雄長恨霸圖消。黄山樹色空啼鳥，采石江聲半落潮。惆悵不須嗟物换，六朝遺事總蕭條。

鄭憲一首

和林宗度御史咏雪

十月金臺六出飛，吴鹽柳絮亂沾衣。邊城萬里銀爲樹，江上群峰玉作圍。鳷鵲晝寒烏影没，蓬萊天近兔光微。同袍此夕堪乘興，絶勝山陰倚棹歸。

王肇二首

登北固山

登高懷古正秋初，極目微茫盡海隅。城郭砧聲喧夕照，汀洲雁影落寒蘆。天分南北長江險，地接荆吴遠嶼孤。憶昔英雄空感嘆，秣陵依舊帝王都。

夜泊直沽

昔年曾説直沽名，今日飄蓬復此行。九月寒風飛積雪，幾家衰柳住空城。東連瀚海潮初落，北望京都路漸平。一片孤帆身萬里，思鄉惆悵不勝情。

鄧定一首

南澗寺

諸天臺閣倚層空，下視扶桑積水東。山色潤含烏石雨，鍾聲低度海門風。萬家井竈吹烟白，幾處江城返照紅。聞道講師曾説法，曇花飛繞梵王宫。

陳叔剛一首

元夕賜觀燈應制

鰲極星橋駕九天，紫微臺殿五雲連。光分彩樹明宸扆，恩賜千官捧御筵。羅綺生香春似海，笙歌成對夜如年。自慚淺薄非枚乘，也得隨班玉陛前。

王振一首

游方廣岩同高起宗

偶從仙客陟層巒，萬壑千峰入望看。洞裏雲歸山色暝，檐前泉瀉雨聲寒。一輪明月禪心净，半榻清風客夢殘。何日終南尋捷徑，也隨環佩綴鵷鸞。

高起宗一首

方廣岩

巍巍樓閣倚雲邊，勝概真成别洞天。岩畔夕陽斜帶雨，望中晴樹遠含烟。長松鶴唳翻秋壑，曲澗龍歸響夜泉。浮世茫茫無往着，何時投迹謝塵緣。

薩琦一首

早朝

鵠立彤墀夜未央，參差環珮覲明光。嵩呼辨得龍顔喜，御坐分來雉尾香。花露暖隨金殿入，柳烟晴引玉階長。招摇乍轉千官肅，遥聽鐘聲出建章。

趙恢一首

長陵陪祀

西山晴日翠華臨，五色雲移輦路陰。梧竹雨朝湘水泪，蘋蘩千載鼎湖心。追陪玉帛叨詞苑，扈從旌旗簇羽林。一自龍飛幽薊後，茂陵松柏日蕭森。

王勝一首

游鼓山

千崖萬壑步烟霞，樹杪逶迤古道賒。柿葉凋時猿獻菓，松風動處鳥銜花。天連海外三千界，地俯城中十萬家。此日勝游臨絕頂，幾回翹首望京華。

王佐字彦弼**二首**

都下送陳世光還閩

黄金臺下始逢君，一曲驪歌手又分。惜别酒斟燕市月，還家路繞越山雲。青青草色連天遠，隱隱河聲隔岸聞。明到故園逢北雁，好題尺牘慰離群。

送人之吴中歸省

幾年官舍念親違，此日君恩暫賜歸。雙珮曉辭丹闕迥，寸心遥逐白雲飛。風前古木秋聲早，雨外荒村夜火微。一棹吴江待明發，承歡寧羡老萊衣。

謝士元一首

楊貴妃

傾城姿色屬三郎，一曲霓裳春晝長。雖喜錦纏娱虢國，忍教鼙鼓動漁陽。六軍擐甲思函首，萬里聞鈴欲斷腸。千古馬嵬坡下路，夕陽衰草正茫茫。

楊成一首

游鼓山

石路無塵野思清，春風扶杖薜蘿情。雲邊萬樹高低出，鳥外群峰遠近明。過客留題崖有篆，老僧入定澗無聲。夜深更向招提宿，十里東林片月生。

王佐字廷用**一首**

登烏石山

百尺峰頭碧樹齊，杖藜遥上白雲梯。一林暮色山如畫，滿地藤花路欲迷。風引磬聲知寺近，霧連岩石覺天低。清游自有無窮興，獨向松陰聽鳥啼。

林瀚三首

越王臺懷古

乘閑獨上釣龍臺，滿目興亡事可哀。宋主行宫惟緑草，越王舊業半蒼苔。樓船東去家何在，陵谷春深花自開。山色不知風景別，還從江上送青來。

平山懷古

翠輦金輿載恨游，豈緣南粤覓丹丘。鐘聲落日孤村寺，海色西風萬里舟。王氣消沉天地老，胡塵溟溟古今愁。傷心最是濂江水，還繞行宫山下流。

金陵感舊

半生事業竟蹉跎，百歲流光奈若何。囊裏黄金緣客盡，鏡中白髮爲愁多。鄉心落日天邊樹，歸夢秋風海上波。不獨多情如宋玉，登樓買醉一悲歌。

林堃一首

潯陽驛

潯陽江上日初斜，蕭瑟西風亂荻花。黑髮幾時休作客，白雲無地不思家。蒹葭淅瀝收殘雨，島嶼微茫接晚霞。隱隱菱歌起愁思，月明猶似訴琵琶。

陳烓二首

無題二首

其一

梧桐一葉起秋風，人在西樓月在東。萬里雁書音信絶，半生鴛帳夢魂通。笑看并蒂芙蓉老，羞折雙頭荔子紅。夫婿不歸容不理，豈無膏沐首飛蓬。

其二

滿地桐陰月有踪，昏鴉飛散景陽鍾。畫屏銀燭秋光冷，仙掌金莖露氣濃。春去枝頭無豆蔻，夜凉池上有芙蓉。笙歌只在東西院，似與珠簾隔萬重。

王鼎一首

早朝

鳷鵲光回北斗邊，珊珊環珮響堯天。柳烟淡蕩摇仙仗，花霧空濛影御筵。箭冷鷄人銅漏咽，扇開貂使玉音傳。侍臣更捧新頒詔，西苑東偏看籍田。

林廷選一首

建溪舟中

征途欲發又羈栖，望入鄉山思轉迷。亂石聲迴溪曲折，閑雲影落樹高低。月斜竹浦疏螢度，風静蘆汀獨雁啼。卧看星河天漸曉，微茫村舍一聲鷄。

林廷玉三首

華蓋殿導駕

珮聲清繞紫宸班，鶴駕從容共往還。五夜星辰隨步履，九霄宫闕隔塵寰。金爐烟裊浮龍衮，寶炬光騰見聖顔。仙樂忽聽雲外響，不知身世是人間。

晚渡咸陽

渭水津頭一葉航，烟波滿目共蒼茫。群鷗散亂投沙渚，遠樹依微挂夕陽。村笛幾聲聞隔岸，漁歌何處起滄浪。紅塵白髮并州夢，謾道相逢説故鄉。

無題

簾櫳摇曳五更風，起看長庚已在東。楊柳暮烟隋別館，梧桐夜雨漢離宫。雲低伏枕愁梳緑，塵滿香奩懶傅紅。又是一春虚負却，幾聲啼鳥夕陽中。

鄭善夫八首

小至

小至風烟催氣候，南州雲物變乾坤。城頭梅柳青春早，海上魚龍白浪昏。萬事艱難悲故國，三年戎馬閉柴門。小山梁苑多才子，漢水襄陽猶隱淪。

泰陵詩

千林松檜鬱相迴，永夜風生瀚海哀。萬國昔曾瞻氣象，五雲空復護崔嵬。古來鳳鳥長難至，天上龍髯定不回。苦憶焚香賜第日，報恩真愧濟時才。

壽日成禮奉天門

初日鴉啼宫樹林，奉天高殿氣駸駸。衣冠况值千秋節，犬馬真懸萬國心。白羽書來兵未解，黄河水落歲將陰。龍斿鳳輦關山道，邊事辛勤風雪深。

至日長陵陪祀

長陵西接黄花鎮，白雪蒼岩夜色遥。陰殿衮龍猶在目，往時松柏已干霄。捻聞一怒風塵起，想見千官選次朝。悵極兩京興廢事，小山何意起漁樵。

曉人左掖

禁城萬木下蕭蕭，海霧陰連金水橋。七廟衣裳還紫氣，九重宫闕自丹霄。喜聞行部風雲陣，轉憶先皇鵷鷺朝。海内何人憂社稷，邇來賢士困漁樵。

長安

洛陽上谷古幽州，王業千年易水流。胡騎遠窺青海月，秦城長建白龍斿。捻愁關塞生多壘，未道蕭墻隱百憂。日短時艱衰病早，幾回簪笏夢滄洲。

順門曉直

城上清鐘散御墀，曙鴉聲動萬年枝。天回閣道星辰迴，雲捧乾清歲月遲。内省尚承東闕旨，從官稀見早朝儀。羈孤愁斷周南日，仙仗新傳到具茨。

秋日病懷

南州落木歲蕭蕭，薊野風烟萬里遥。病後客心惟藥物，秋來人意滿雲霄。平沙雁帶三湘雨，横浦帆歸八月潮。摇落應悲楚公子，不將舊業付漁樵。

游璉一首

迎駕

遥瞻衮冕五雲臺，雉尾輕移寶扇開。馳道天高龍氣繞，火城春動鳳輿來。萬年喜卜過周曆，八昊應知陋漢才。郊祀告成洪慶集，九重曙色滿蓬萊。

王希旦二首

早朝

景陽鍾啓玉關扉，合殿香風出紫微。萬馬不嘶齊鵠立，九龍浮動夾翬飛。鷄人籌報雲樓曉，虎旅班分火樹圍。仙掌祥烏遥抃舞，九天湛露濕宫衣。

清馥殿候駕

宸游南幸駐雕戈，西内傳宣向晚過。水殿日烘龍氣繞，禁城花簇鳥聲和。御橋雲引金魚佩，寶閣風傳玉樹歌。親捧琅函供奉案，拱迎清蹕下星河。

林春澤二首

釣龍臺

偶停舟上越王臺，滄海桑田亦可哀。千古白龍天上去，何年黄鶴月中來。長江日暮潮初落，野樹春深花亂開。爲問無諸秦漢舊，古祠殘碣半莓苔。

早秋登昌平城樓

城上高山凌紫清，山城氣候早凉生。居庸南去蟠三晉，天壽西來奠七陵。秋興又窮湖海望，帝鄉獨繫古今情。登樓不道非吾土，何處林端蕭瑟聲。

鄭漳一首

留侯祠

高祠遥瞰古彭城，汴泗東流不斷聲。隔岸塵生騅馬逝，中宵波起祖龍驚。莓苔夜月尋真路，蘋藻秋風辟穀情。知散長陵朝會日，赤松相過坐吹笙。

張經二首

華清宫

華清池館水漫漫，却憶温泉賜浴寒。惟有雨肥春苜蓿，更無人倚玉闌干。胡來謾恃潼關險，輦去方知蜀道難。凝碧歌鍾俱寂莫，馬嵬秋草自凋殘。

孟縣道中

風吹細雨濕平沙，路入河陽近水涯。高浪短蓬孤客棹，小山叢桂幾人家。野田索莫生秋草，井邑蕭條起暮鴉。何處更逢潘岳令，滿城桃李不開花。

陳大濩一首

宣政殿退朝晚出左掖

九重天上蓬萊殿，五色雲中日月旗。花映紫宸千樹錦，柳垂青鎖萬條絲。早朝正值宵衣日，晚出應忘退食時。獨愧拾遺無寸補，白頭遭際敢辭遲。

高瀔一首

岳陽樓

巴陵城上岳陽樓，樓外長江日夜流。殘雨數峰衡岳曉，暮雲孤樹洞庭秋。仙人夜奏沙邊笛，估客春移樹杪舟。十二危闌閑極目，滿汀楊柳不勝愁。

張元秩一首

泰陵陪祀

鼎湖雲繞竟難攀，陵寢巍巍霄漢間。玉匣光收龍虎氣，瓊闌寒倚竹梧斑。中興猶落蒼生泪，物候應悲聖主顔。陪祀儒臣哀獨壯，蕭蕭風露下西山。

龔用卿二首

奉特旨賜游金海應制

金海承恩特賜游，琉璃萬頃坐仙舟。雲歸苑樹千峰暮，露泫宫梧一葉秋。未信天河能問卜，始知蓬島解消愁。皇心暇豫歡無極，宸藻傳宣玉案頭。

奉天殿放榜聽傳臚用正韵

宮漏頻催曉箭聲，疏星淡月映彤廷。六龍夙駕瞻臨御，三殿宏開聽奏名。宸翰新題黄榜濕，天香高照寶燈明。草茅際遇從今日，薄劣何能答聖情。

陳節之一首

早朝

太平天子御飛龍，百辟鵷班拜九重。花落玉階仙露湛，柳垂金闕御烟濃。祥光漸繞彤墀珮，曙色微催太液鐘。幸際明時暫補報，願陳三祝效華封。

陳子文一首

圓通寺

山寺紆迴一徑微，山前草樹緑依依。坐來法鼓聲初定，閑對風幡影自飛。幾片流雲迷客騎，諸天花雨亂禪衣。從容信宿東林畔，蘭若無殊慧遠非。

林恕三首

夜泊揚州

廣陵城外水雲幽，萬里歸程一葉舟。山勢北來衝海斷，潮聲東去入河流。瓊花觀裏春光暮，楊柳塘邊野色秋。休聽秦淮商女曲，豈知亡國是迷樓。

游崇信寺

巢雲方丈鎖潺湲，流水柴門永日關。萬壑烟光秋雨裏，一庭草色夕陽間。香殘石鼎僧初定，簾捲岩扉鶴未還。暫息雙林了真諦，倚闌邀月獨看山。

宫怨

宫槐露冷雨初收，萬户砧聲月滿樓。天上共傳鳷鵲度，人間空望女牛愁。題詩有泪流紅葉，買賦無金恨白頭。自分此身同畫扇，願隨捐弃奉長秋。

林垠一首

過三閭廟

平蕪漠漠草萋萋，古廟荒凉楚水西。短棹放歌人不見，孤臣遺恨鳥空啼。汨羅江冷秋風早，夢澤天長落日低。一望青山生感慨，春來桃李自成蹊。

薛欽一首

送魏德光赴闕

飛花繞旆出江干，强對離尊不忍看。總爲故人驚遠别，非關芳草惜春殘。津亭柳色凝清晝，御苑砧聲動早寒。計日青雲生羽翰，長垂朱紱接鴛鴦。

董伯章一首

送客

湖上初驚木葉飛，天涯遠道悵多違。已憐芳草迷征路，况值秋風上客衣。渺渺江天鴻影斷，依依洲渚荻花微。知君到處堪乘興，嘆我浮生未息機。

黄宗器一首

淮陰城

王孫征馬尚聞嘶，百戰稱雄汜水西。許國已知心在漢，論功何事計封齊。女墻芳草經行遍，將壘殘烟入望迷。山鳥似憐千古恨，翩翩飛向夕陽啼。

林庭機一首

早朝

千官朝會拂宫烟，羽衛成行夾御筵。五色祥雲扶瑞日，九重仙樂動鈞大。鶯聲曉送金門裏，柳色晴交玉陛前。身際升平暫補報，願將鴻烈續堯編。

郭萬程二首

駕幸西山應制二首

其一

宸游式宴對春暉，複道鑾輿繞翠微。碧澗鏡中移畫舫，錦城天上擁龍旂。行看舞鳳賡歌滿，坐惜觀魚諫草稀。極目鼎湖雲氣在，小臣惆悵欲沾衣。

其二

六飛傳道幸燕山，三月喧闐出漢關。帳殿晴開青甸上，禁鐘清裊翠微間。春深薊苑千花滿，天净胡沙九塞閑。獨有卿雲知帝意，往還長自繞龍顔。

林春秀一首

登擬峴臺

五老峰前楚水濆，更誰重勒峴山文。遠天落日邀歸鳥，近郭寒江入暮雲。墮泪未應懷叔子，離歌何事吊湘君。登臨不獨懷鄉土，牧唱樵歌幾處聞。

郭文涓一首

銅雀臺

銅雀臺荒漳水濱，滿汀蒲柳亂河津。古原寂莫丘烟暮，廢冢凄凉野草春。一代玄宫狐兔迹，千秋黄土綺羅塵。西陵尚挂松楸月，不照當時歌舞人。

林金一首

入雲梯寺

嶺坂岧嶢斜日陰，暮雲鐘磬寺門深。客來不淺登臨興，僧老還多定慧心。落葉隨泉過澗户，西風吹露滴祇林。松窗竹院無人到，坐聽寒蟬處處吟。

何御二首

古意

白苧裁成翻自嗟，春風游子滯龍沙。三年獨種相思樹，一日同開并蒂花。行整鬟蟬拈寶鴨，夢隨宮鳳逐金鴉。雕弦翠管喧喧夜，知是長安第幾家。

過慶原

野燒萋萋帶雨痕，半山斜日近黄昏。驛亭阻絶來時路，烟火蕭條戰後村。倦鳥驚人移浦樹，寒潮帶月上江門。長年書劍催行色，白首慚孤報主恩。

葉繼熙一首

送人之金臺

送君曾憶昔年游，黍谷蕭條易水流。百二重關連雉堞，三千複道繞龍樓。花間寶騎珊瑚勒，柳外珠簾翡翠鈎。此去正當春色早，醉看紅杏曲江頭。

林懋和二首

陪祀康陵

少小曾聞説武皇，橋山此日覲威光。旌旗曉駐風雲色，草木春含雨露香。賸有祠官陳玉帛，任教園令設衣裳。秋山寂莫神宫静，想像金輿泪幾行。

登黄鶴樓

黄鵠磯頭黄鶴樓，昔年曾憶謫仙游。雲開大别窗中見，天帶長江檻外流。極浦帆檣依返照，連山波浪涌新愁。春來滿地蘼蕪緑，何處重尋鸚鵡洲。

鄭渭一首

彭城懷古

霸王勛業舊山河，戎馬東來戰伐多。垓下月明空夜帳，沛中雲氣擁天戈。地分割據歸劉鼎，淚入英雄散楚歌。最是不堪頻悵望，秋風城闕暗烟蘿。

王應鍾一首

東林寺

清秋重喜過東林，惠遠遺踪何處尋。入社人空流水逝，講經臺迥暮雲沉。疏鐘晝掩長廊静，芳草寒生廢殿陰。欲向夜深訊僧定，多慚塵迹雜禪心。

林燫二首

闈試禁中聞鶯

帝京上苑勝蓬瀛，春聽流鶯繞鳳城。三殿花開時并入，萬年枝上每和鳴。好風忽散朱門曉，遲日頻傳紫陌聲。幸沐恩波依禁闥，敢論鄉國解關情。

齋宫即事

月轉秋城漏漸闌，漢家仙樂動長安。空中想像王喬駕，天畔高憑太乙壇。五夜祥雲依帳殿，千門香霧散旃檀。近臣明日還承賜，擎出層霄萬衆看。

亢思謙一首

康陵陪祀

康陵佳氣護崔嵬，望斷鸞輿去不回。雲鎖寢門金碗閉，月高山路翠華來。竹梧掩泣秋垂露，松柏悲號晝捲雷。惆悵龍髯攀不得，小臣長抱鼎湖哀。

鄭銘一首

同陳仲聲游妙空庵

秋老烏山霜葉紅，招携同上翠微中。搜奇不厭探幽壑，聽偈還應叩梵宫。疏樹影低含岫日，晚鐘聲度隔溪風。振衣謾爾凌千仞，極目遥天霽色空。

林應標一首

贈戚元敬總戎

新調玉馬賜彤弓，南北曾收百戰功。雲捲旌旂滄海净，月寒鈴柝戍樓空。勛名高勒燕山石，鐃曲横吹朔漠風。此日梅關迎建旆，舳艫金歌下江東。

林源清一首

無題

臺館蕭條別路長，珠簾空掩對垂楊。驚波夜散鴛鴦侶，猛雨秋開菡萏房。月影忽隨新夢寐，泪痕猶滴舊衣裳。無情最是東風惡，不爲人間理斷腸。

王應時一首

陪祀康陵

親馳八駿向漁陽，獨擁三驅過白羊。夜出期門除警珌，晝參宸幄雜貂璫。南浮江漢天吳避，北幸燕雲虜騎藏。銀海金鳧今已閉，寢園霜露忽沾裳。

鄒一麟二首

立春朝賀

條風應律轉青陽，淑氣先春繞未央。日色漸催韶景動，年華初散歲寒芳。星官候曉書雲物，天子迎陽獻壽觴。薄禄不妨淹日月，對時長祝帝圖昌。

元日早朝

三朔初臨謁建章，九重晴日麗春光。雲開五色移仙仗，花擁千官繞御墻。玉珮鳴隨宮漏徹，金爐香送曉風長。幸叨稽首瞻宸極，深愧無能補衮裳。

林鳳儀七首

無題

翠屏入夜怨秋風，色在楊家姊妹中。促織聲稠金剪澀，守宮砂淺玉肌紅。魂牽曉月殘星帳，身在青槐白石宮。自恨抱衾年已遠，鵲橋猶阻路難通。

沛中即事

青山萬里憶修程，古道無人指驛名。雪後路尋前馬迹，日斜魂斷倦鶯聲。秦雲半覆咸陽樹，漢水迴經沛國城。長劍十年鋒已盡，愧無岐路請長纓。

傷雲處士

曾從少室問山靈，爲報星沉大隱屏。多少鶯花傷舊主，忍看藤蔓束幽銘。鶴歸華表千年別，燕去空堂盡日扃。空戴竹冠人世裏，斜陽風雨子雲亭。

贈道士

自精服食得遐齡，神攝中天太乙星。煮石山房風雨響，步罡華頂鬼神聽。四方盡請行龍水，三代相傳相鶴經。吾欲從師求法秘，陰陽符訣費叮嚀。

傷東瀾德三東泉興五二表兄

憐君兄弟昔綢繆，一掩泉扃已五秋。鷲嶺空堂無舊主，龍津逝水盡東流。門閑夜月羊溝路，簾冷西風燕子樓。兵火十年煨燼後，子孫風雨哭荒丘。

閨情

昨夜梁園風雨收，一番寒信到青樓。蘼蕪草緑王孫怨，豆蔻花殘少婦愁。萬歲日高垂柳院，六宫春散浣花洲。諸姑莫問銷魂泪，灑向長江作水流。

宿法聖寺同净修上人夜話

西岩鍾在暮禪中，蘆暗回汀一笛風。畲客燒痕山半紫，漁舟燈火瀨深紅。通宵讀易驚山鬼，疏雨撩詩響水桐。爲約高僧天竺去，寒猿烟樹許相從。

李應陽三首

彭城懷古

百戰間關恨未平，古城猶在霸圖傾。長河不盡英雄泪，故壘如聞劍戟聲。龍去山空秋月白，蛇亡溝合暮雲横。興衰千古須臾事，不獨歌風感慨生。

舟中阻雪

朔風吹雪楚天昏，日夜維舟欲斷魂。渡水瑶華沉桂櫂，隔林烟火閉柴門。江樓縹緲誰家笛，野樹微茫何處村。流落不堪逢歲莫，一餐那復重王孫。

順德鎮遠樓寫懷

澤國萍踪此暫留，關山何處是閩州。疏燈對酒勞青眼，芳草愁人易白頭。多病却添司馬賦，思歸愁上仲宣樓。桑弧空負當年志，不敢逢人説薄游。

張煒一首

送王僉憲之雲南

殷勤杯酒秣陵城，爲問滇南萬里程。樹色千岩迷貴竹，雁聲九月過湘衡。王褒奉使留奇迹，諸葛平蠻有故營。莫向臨岐倍惆悵，漢家事業屬經生。

張焯二首

秋莫溪上懷古

無諸城闕望中迷，一派江村夕照微。荒草西風吹劍戟，翠華秋露冷宮衣。銷沉帝子龍應遠，寂莫雄圖世已非。老樹不知經歲久，月明猶傍夜烏飛。

擬賜輔臣内苑觀燈應制

鳳城華月麗長空，湛露筵分聖澤濃。一派蕭韶隨輦度，九衢燈火逐仙踪。暗塵冉冉龍文動，香氣飄飄雉影重。擊壤太平今日事，願賡郢曲祝堯封。

吴文華三首

早朝

嚴蹕金輿曙色開，鏘鏘玉佩接三台。逶迤仙仗迎雲合，縹緲壚烟帶霧迴。彩鳳高盤明殿闕，祥烏低繞傍蓬萊。百年幸際升平會，獨點朝班愧匪才。

登牛首山

一望山如涌地蓮，却從仙梵悟塵緣。徑通古洞堪銷日，僧指長松不記年。樹雜烟霞浮萬壑，風傳鍾磬落諸天。三生莫道空纓冕，洗鉢焚香也自禪。

謁岳武穆祠

殘樹蕭森岳廟東，一杯懷古酹西風。凱歌竟負黄龍飲，封誓虚傳白馬功。不見翠華回漠駕，空餘碧草翳行宫。英雄恢復千年恨，望斷西湖烟水空。

袁表三首

虎丘寺贈虚上人

闔閭城北遠公岑，金虎銷殘祇樹林。赤岸舍舟知寺近，青山載酒覺雲深。澄潭月照真如相，花嶼泉流不染心。慚愧十年稱白社，朝朝相送到溪潯。

閣直立春日雪

禁城春仗肅仙曹，御苑同雲散碧桃。色映玉階侵賜履，花飛綸閣引揮毫。飄飄似逐鳴珂盡，錯落還添樹羽高。聖王恩深同侍從，詩成誰奪錦宫袍。

越王臺送從道兄轉運赴河東

越王臺樹枕江濆，載酒看山此送君。匹馬曉衝姑射雪，雙旌遥指太行雲。紅亭落月征鴻斷，碧海清秋下葉聞。兩地相思萬餘里，惟應書札慰離群。

陳學麟一首

送沈參軍之甘州

甘州天險信如何，萬里看君躍馬過。山自殽函高紫氣，水從星宿下黄河。龍旗風動威聲遠，虎竹霜飛殺氣多。寄語匈奴休犯塞，邊城今已用廉頗。

徐棉三首

錢塘懷古

靄靄吴山入望遥，行人空白憶前朝。萬家花柳春光暮，百戰山河王氣銷。湖上草深蘇小墓，江頭風急子胥潮。可憐一片錢塘月，不照繁華照寂寥。

姑蘇懷古

姑蘇臺上吊遺踪，萬古凄涼向此中。春草漸生麋鹿苑，暮雲空鎖館娃宫。千秋霸氣人何在，十里荷香路不通。最是傷心橋畔月，年年依舊照丹楓。

過七溪嶺

一官漂泊厭逢迎，垂老何堪叱馭行。回首忽驚千嶂出，褰帷時見亂雲生。深秋老樹難留葉，絶壁啼猿不住聲。日暮停車山下路，荆榛寒雨滿孤城。

王應山一首

漂母祠

八月維舟漂母祠，當年壯士已堪悲。千金豈望王孫報，一釣應開赤帝基。水滿清淮沉畫壁，雲依芳樹護殘碑。獨憐狂客多漂泊，旅食天涯欲向誰。

陳朝錠一首

送張二赴連州倉曹

敝裘萬里客長安，短鬢蕭疏歲欲殘。寂莫況逢知己去，別離須盡片時歡。河邊匹馬隨冰渡，天外遥峰帶雪看。楚岫吴江人已遠，相思空望路漫漫。

王夢麟一首

維揚吊古

扁舟遥泛廣陵西，聞説隋朝舊御堤。暗草曾迎香輦過，飛鴉還傍錦帆栖。通宵笙鼓花前度，蔽日旌旗柳下迷。回首不堪惆悵處，空山十里鷓鴣啼。

江文沛一首

九龍池候蹕

映空泉水九龍池，香駕乘雲向晚移。銀漢只疑天上落，玉潭全似鏡中窺。樹縈御幄涵清浸，花拂行麾點碧漪。盡説靈源通太液，從容宸玩幸歸遲。

晉安風雅卷之九

郡人徐𤊹選輯
陳薦夫校訂
董養斌編次

七言律詩

林春元五首

潯陽江樓

楚天愁思入秋多，落日危樓奈客何。九派江聲都帶雨，二孤山色半含波。霜前蓽荔猶堪采，露下蒹葭不可歌。曾向漢陽峰頂望，十年踪迹片鴻過。

潞河驛

冷風殘雪潞河灣，十載家鄉一日還。不作揚雄投漢閣，寧爲樂毅出燕關。漠南廬帳連三輔，海上樓船動百蠻。無路報恩空有劍，春明回首泪潺湲。

洪都吊古

當時冠蓋總灰塵，千古登臨獨可哀。下榻誰爲陳仲客，題詩空作子安才。江山黯黯青烟合，城郭迢迢緑樹迴。一自龍泉飛去後，至今紫氣不曾開。

項王廟

大江南北水潺潺，斷送英雄一夢間。戰馬自嘶營草去，渡船空載陣雲還。黄昏雙冢秦時月，青壘孤祠漢代山。莫上高樓西際望，愁人殺氣滿函關。

金陵懷古

長江一洗六朝兵，江北江南無限情。剩水殘山吴故壘，閑花野草晋空城。石頭古樹逢秋落，浦口寒潮入暮生。最是天涯留滯客，不堪商女蹋歌聲。

謝杰四首

愛妾換馬

驕愛時時荷主恩，歲寒岐路不堪論。忍抛一笑黄金重，贏得雙蹄碧玉翻。燕市星移春入幕，陽臺雲散練過門。新愁舊恨縈心曲，行雨追風總斷魂。

愛妾換劍

三尺風塵二八身，雌雄得喪定誰真。青萍自合酬知己，紅粉何緣乞與人。太乙星辰迷下蔡，高唐雲雨鎖延津。龍泉冷落蛾眉怨，别有霜威别有春。

送妓爲尼

潯陽解得白頭吟，便舍琵琶咒梵音。净水洗空無色界，愛河銷盡惜春心。鉛花片片疑飛雨，蓮步徐徐學布金。同樂少年今寂莫，不煩多寶施禪林。

仁聖皇太后挽歌

鳳吹龍斿駕紫鸞，瑶池歸路夜漫漫。花飛秦苑春何在，竹暗湘江泪未乾。天上徽音齊二聖，人間遺詔哭千官。華胥倘問宫中事，不道昭陽日影寒。

董廷欽三首

送林郡丞之官盧龍

胡沙白草曉茸茸，路過灤河樹幾重。漢將雕弓驚伏虎，單于獵灰避盧龍。黄榆關古秋雲慘，孤竹山高朔雪封。分得銅符臨玉塞，烟塵千里息邊烽。

赤壁懷古

旌旗雲散舳艫空，千古波流血色紅。蘆荻遍生征戰處，山川曾閲亂離中。尚餘烏鵲三更月，不見鯨鯢一炬風。欲倚洞簫歌桂棹，水寒烟冷大江東。

泗上懷古

匹馬蕭蕭問泗洲，一鞭遥數古今愁。東周講業三千士，西楚遺墟十二侯。漢德炎來亭廢長，禹功疏後水安流。况逢聖代龍興地，王氣氤氲鬱未收。

陳椿二首

越王臺懷古

釣龍臺枕大江隅，江水茫茫帶緑蕪。城郭昔曾歸霸略，山川今已入皇圖。片帆落日沉孤鳥，畫角淒風起莫烏。欲向斷碑探往事，苔痕半已没龜趺。

弔閩忠懿王墓

騎馬經過古墓傍，悄然停策弔閩王。寒鴉繞樹烟初歛，野兔爲巢寢已荒。遺廟尚聞供伏臘，空山誰復薦馨香。不堪《薤露》歌殘後，歸路蕭條指北邙。

趙世顯三首

江行即事

惆悵南來道路長，扁舟幾日滯江鄉。天邊草色連秋水，樹裏潮聲帶夕陽。隔岸烟巒横北固，沿城風土接維揚。傷心故國音書杳，目斷遥空雁幾行。

入蜀

日日馳驅嘆轉蓬，兹晨漸喜入蠶叢。水分巴字來巫峽，山擁朝雲抱楚宫。守黑向來聞李耳，草玄何處問揚雄。愁心未釋流光换，昨夜秋生江上楓。

初入京早朝

北上長安萬里遥，衣冠重入紫宸朝。九門風動鐘聲杳，三殿雲開扇影摇。爐擁曉烟龍作隊，柳含晴雪玉爲條。微臣幸際登庸會，何必留題駟馬橋。

陳鳴揚一首[一]

關山月[二]

晴雲秋静玉門關，華月宵懸紫漢間。胡騎遠窺青海曲，漢兵潛出大河灣。黄沙死士收殘骨，白首歸丁改壯顔。聞道藁砧征戰後，夢魂能不逐關山。

葉向高三首[三]

莫愁湖

十里平湖帶畫橋，當年歌舞惜妖嬌。空餘菱鏡明秋水，無復蘭舟蕩晚潮。隔岸遠山分翠黛，繞堤垂柳學纖腰。風流未覺穠華歇，一望烟波醉不消。

過應峰舊寺

叢林數轉出層阿，古寺行來感慨多。雲冷佛堂喧鳥雀，春歸村徑發藤蘿。空花零落無僧住，暮雨凄涼有客過。乘興欲窮天際路，數聲鍾磬隔烟波。

[一] 陳鳴揚一首，原本無此條，據福建師範大學藏本補。

[二]《關山月》，此詩原本不載，據福建師範大學藏本補。

[三] 葉向高三首，福建師範大學藏本目録作『葉向高二首』，正文三首。

游靈石寺

靈源深處隱珠林，曲曲溪流抱遠岑。路轉層崖天欲盡，雲歸深樹晝常陰。芒鞋好趁山中約，尊酒能忘物外心。此去武陵應咫尺，桃花洞口好招尋。

林世吉五首

萬壽聖節侍朝

蓬萊宫闕靄祥烟，彩仗晨交玉陛前。日月九天明舜袞，衣冠萬國祝堯年。南山調起迎仙樂，北斗光迴拱壽筵。共喜兹辰沾湛露，抽毫思獻九如篇。

次武林别徐子與赴楚右轄

春山雨過百花明，堤柳青青鳥亂鳴。尊酒不堪吴地别，節旄遥傍楚雲行。才猷共擬周方叔，詞賦元高漢長卿。此去薇垣公暇日，琅玕好寄慰離情。

同李沈二太史過紫霄宫

琳宫雲鎖静無嘩，蘿薜陰森石徑斜。載筆言陪金馬客，探玄同訪赤松家。瑶階晝舞千年鶴，玉碗晴流五色霞。書罷黄庭忘景夕，洞門落盡碧桃花。

皇極殿朝退晚出左掖

璇霄宫闕鬱嵯峨，丹禁氤氲瑞靄多。執戟新從仙陛下，拖紳遥傍掖門過。雲開曙色分金掌，冰斷春聲咽玉河。黼扆更傳明日御，還來紫陌一鳴珂。

擬唐和賈至舍人早朝之作

銀漢星低曉箭催，衣冠萬國集蓬萊。碧宵仗轉雕輿出，紫禁鐘鳴玉殿開。風引御罏香縹緲，日交宮扇影徘徊。螭頭每羡承天語，鳳詔歸看五色裁。

陳益祥二首

留別范二長倩

都門相送解吴鈎，惜別須臾且暫留。牢落此身何處合，風塵旅食幾時休。連天草接長堤柳，落日鴉啼古戍樓。明發思君頻悵望，白雲漠漠水悠悠。

題林用聲草隱

仙家門巷隱垂楊，曲曲清溪瞰草堂。竹外數峰懸瀑布，沙邊一釣挂斜陽。豐年客至供鷄黍，惡歲賓來減鶴糧。欲做杜華與王翰，卜鄰應得共翺翔。

王湛二首

宿昇山寺

檜柏陰陰晝掩扉，深山古寺到人稀。花飄碧澗孤鶯囀，烟鎖青林獨鶴歸。松下月華清客夢，竹間雲氣濕禪衣。明朝又與幽僧別，遥聽鐘聲戀翠微。

送林天迪之京

五雲宮闕帝王州，此去憐君是勝游。細雨緑蕪江上路，淡烟春水雪中舟。興隨明月過吴苑，夢逐飛雲繞御樓。應笑淺才甘偃蹇，小山空戀桂叢幽。

陳鳴鶴五首

馬嵬驛

春雨梨花暗馬嵬，霓裳聲斷不勝哀。鳥啼劍閣空相憶，龍去驪山竟不回。驛路幾時迎翠輦，佛堂千載閉蒼苔。多情惟有華清月，還照宫中歌舞臺。

送人之安南

南天望盡是交州，况復漂零馬上游。一曲匏笙蘇合雨，數聲銅鼓木香秋。山城月冷鼙笳動，海市風腥罟網收。草色茫茫君獨去，瘴雲深處莫淹留。

龍虎山贈五十代天師張心湛二首

其一

水晶簾捲觀門開，太乙壇中侍宴回。籙奏玄都移日月，符飛赤篆役風雷。幢幡影落朝元閣，劍佩聲寒禮斗臺。他日蓬壺懷舊侣，莫忘青鳥寄書來。

其二

老君親授玉鈐篇，不獨丹砂可駐年。號令五雷迎布氣，指麾六甲衛行天。世家舊是韓公子，洞府相傳漢列仙。試向咸陽城上望，長陵無主草芊芊。

虞美人草

八千壯士已無情，衰草猶傳粉黛名。曉露泣餘垓下泪，秋風凄斷帳中聲。楚王宫殿悲摇落，漢國郊原任死生。終勝昭君墳上色，青青不得近長城。

王昆仲一首

金陵懷古

棲霞高嶺翠烟凝，玄武湖光似鏡澄。古渡遠迎蘭槳妓，名山深閉瓦棺僧。藻蘋歲歲功臣廟，松檜葱葱太祖陵。欲問六朝千載事，都人惟解説龍興。

鄧原岳十首

彭城

彭城山下古徐州，霸業銷沉水自流。大澤西連春草合，沛宫東峙夕陽愁。天邊楊柳臨官渡，馬首烽烟直戍樓。風景蒼茫傷往事，旅魂一倍長離憂。

表忠觀

一畝荒祠即故丘，越王香火此湖頭。水犀獨擁三千卒，裘馬横行十四州。畫栱秋風栖鳥雀，空山夜雨冷松楸。英雄一去殘碑在，山下寒泉空自流。

謁岳武穆墳

星落轅門鼓不鳴，誰從四海問干城。金牌晝出甘和虜，鐵騎宵馳竟罷兵。泪盡鐲鏤猶帶血，夜闌刁斗尚聞聲。孤墳獨對西湖水，春去春來草自生。

過淮陰

川原迢遞客魂銷，落日孤帆轉寂寥。十月霜寒漁穴閉，九河風緊雁聲遥。愁雲暮繞田横國，衰草晴連韓信橋。惆悵英雄隨逝水，淮陽城外草蕭蕭。

過清河聞河工告成恭述

聖祖園陵奠泗濱，百川長護屬車塵。艱危正念衣冠地，開濟誰當社稷臣。高闕迴翔龍嘴月，濁流安穩鸛河春。年年霜露還供奉，極目祠宫草色新。

恭謁長陵

文皇定鼎壯燕幽，更卜玄宫枕上游。樂府舊傳朱鷺引，祠官親奉白龍斿。太行逶邐雲邊路，黍谷蕭條塞外秋。聞説關中胡馬動，三犁誰爲掃松楸。

陪祀山陵

西山龍象控崔嵬，檜柏蒨葱輦路迴。雙闕忽從香殿出，五雲偏傍寢門開。風傳野次霜鐘杳，月落峰頭騎火來。盡説祠宫多侍從，賦成誰是子雲才。

古戰場

平原一望思堪迷，沙漠無人去鳥低。殘壁如聞山鬼哭，荒宫惟有野狐啼。秋風處處摧楊柳，夜雨年年長蒺藜。白骨孤魂多少恨，烽烟還照薊門西。

煬帝行宫

龍舸東巡竟不回，白雲空鎖碧崔嵬。江聲已逐繁華去，月色曾經歌舞來。遼左軍容愁駐輦，淮南王氣悵登臺。淒凉往事隨烟滅，落日荒原鳥雀哀。

越王臺懷古

日落汀洲江吐雲，君王遺殿晚氤氲。樓船北出鄱陽道，劍璽東歸威武軍。馬瀆潮平天外直，龍湫泉咽夜深聞。一時霸業堪蕭瑟，愁對青山越水濆。

張元芳一首

早朝領聖諭

九重漏静夜何其，紫陌輕烟鎖玉墀。香噴龍涎浮帝座，班叨鴛序識朝儀。樓頭旭日明仙掌，花底晴雲散羽旗。欣睹聖君勤稼穡，爲傳天語出應遲。

陳仲溱七首

古意

絡緯聲沉漏已殘，空閨無夢度桑乾。星摇太白三秋冷，月照流黄永夜寒。楊柳衹從愁裏聽，芙蓉羞向鏡中看。含情欲剪迴文錦，不用雙雙織彩鸞。

送老卒還鄉

驃騎營中執戟人，論功不遂幾經春。思家無復封侯夢，歸路猶驚出塞身。霜逐劍花生客鬢，月將弓影離胡塵。應知故里逢年少，説盡沙場更愴神。

送妓入道

辭却青樓理素妝，雲霞片片想衣裳。祇爲浮世塵緣斷，不管情人別恨長。玄籙乍看歸古洞，清詞猶似繞空梁。江州司馬休垂泪，弱水蓬萊路渺茫。

臺城懷古

平湖一片浸崔嵬，城近黄昏鳥雀哀。春草自深沽酒市，天花空落講經臺。雲埋故壘誰爲主，水出青溪更不回。六代興亡成舊夢，翠華馳道上蒼苔。

謁閩忠懿王墓

寢園霜露冷蕭疏，七王纔經霸業虚。黄土有靈騎白馬，绿林遺恨發金魚。狐啼荆棘斜陽後，鬼泣松楸落月初。莫嘆古城今寂寞，錢王陵樹亦丘墟。

瑶山寺過僧皎然故居

經臺香火冷斜陽，感慨瑶山舊法堂。曲徑閑雲埋古柏，小橋流水繞殘桑。一時詞客尋精舍，千載名僧説大唐。想到禪心深般若，故留綺語照迷方。

蘇小小墓

渺渺江天響暮潮，西陵黄土葬妖嬈。香魂已逐飛花散，舞態空憐弱柳嬌。風起白楊紅泪冷，露沾蒼柏黛痕銷。錢塘不是高唐路，油壁青驄總寂寥。

陳宏己四首

謁韓昌黎祠

一官遠謫海西軍，千古荒祠寄水濆。佛國尚傳龍象教，蠻方空誦鱷魚文。門屏夜寂來山月，檜樹秋深宿嶺雲。衣食也憐奔走甚，不堪下馬拜斜曛。

登五層樓

炎海高樓切太清，遠標五嶺控三城。地雄粤嶠千峰出，江合扶胥百派明。古堞烟收蠻省闊，空山木落漢臺平。誰堪徙倚魂方斷，目送歸鴻又北征。

和王半刺登無諸城

海上高城接絳霞，登臨誰駐五雲車。中原殘日看歸鳥，故國春風憶落花。萬里烽烟愁作郡，五陵芳草豈無家。不堪吟罷增惆悵，樓閣嗚嗚起暮笳。

三河夜別林廷輔太守

朔風寒雨瘴江陰，畫舫青尊别思深。客已東歸何下泪，人于北去更傷心。斷鴻獨叫迷前浦，落葉紛飛怨故林。此夜相思同不寐，凄凉况聽嶺猿吟。

陳邦注二首

楚中舟夜

誰家長笛遠山前，客路愁聽倍黯然。霜落雁歸衡岳夜，雪晴猿嘯洞庭天。傷心故國三千里，灑泪他鄉二十年。世事悠悠俱是夢，豈堪憔悴楚江邊。

送鄭十南游

江城歲晚惜相違，南望閩山去路微。月冷啼猿雙泪下，雪晴離雁一行歸。停舟問渡同鄉少，勒馬逢人識面稀。極目烟波容易別，思君愁上釣魚磯。

陳价夫五首

夜渡瓊海

五兩斜飛不暫停，長鯨吹浪晚冥冥。虛疑漢使求神藥，漫指仙槎動客星。鄉國每勞瞻北極，風雲今始識南溟。晨潮漸滿扶桑白，一片瓊山島外青。

九月二十四日寄書

海國風高一雁飛，鄉書何日到庭闈。碧梧落盡歲將晚，黄菊開殘人未歸。燈下欲修腸已斷，堂前初折泪重彈。炎方臘月無霜雪，爲報家人莫授衣。

將至珠崖過迴風嶺即事

瓊南漠漠海雲西，瘴嶺秋風客路迷。澗水松蘿猿共飲，夕陽烟樹鳥空啼。黎人射鹿歸深洞，越女乘牛度晚溪。更欲摩崖書別恨，古苔封盡不堪題。

經吴宫故墟

一片平蕪夕照中，路旁人説是吴宫。钃鏤賜後歌臺廢，麋鹿游時寢殿空。秋葉半埋荒草徑，暮蟬高咽古槐風。遠山日日如颦黛，猶似西施恨不窮。

至日客崖州

離魂久折大刀環，别泪遥添翠竹斑。越鳥啼時皆客恨，嶺雲歸處是家山。葭灰始覺微吹管，節序那堪又閉關。八口饑寒身萬里，題詩今日損愁顔。

陳薦夫八首

秋宫怨

珠箔銀屏一様秋，黄昏斜抱玉箜篌。明河夜繞芙蓉帳，水簟凉生翡翠樓。綉户月光秋草合，紅衣露冷芰荷收。禁宫寂寞槐花夢，空得朝朝侍冕旒。

長安曉望

閶闔晨開載筆游，九重高處擁宸旒。轆轤響斷銅街月，環珮朝回玉殿秋。北闕雲來仙仗滿，西山水落御溝流。聖明無事方垂拱，誰念書生策未收。

寄張四

旅游風物易蹉跎，回首方驚歲月多。夢澤寒砧催楚客，洞庭秋水怨湘娥。雲間故國蒼山遠，霜後孤城白雁過。幽鳥啼猿腸總斷，竹枝休向月明歌。

海口城晚望

蒹葭藹藹樹蒼蒼，平楚閑看益渺茫。驛路繞山多落木，孤城臨水易斜陽。潮迴近浦寒生雨，雁度遥天夜帶霜。暫息征鞍瀛海上，烟波千里斷人腸。

彭城懷古

雲龍山色碧崔嵬，曾見河清幾度來。西楚沐猴空有國，東徐戲馬已無臺。原頭血濺虞姬草，冢上雲封亞父苔。魂斷烏江歸不得，錦衣終是夜深回。

燕子樓

劍履塵生繐帳垂，獨眠人愧燕差池。北邙黄土千秋恨，東楚紅樓半夜悲。柳葉疑烟愁縷縷，牡丹含雨泪枝枝。十年多少沉吟意，只有尚書地下知。

送董叔允游雲中二首

其一

朔氣寒生刁斗驚，黄沙漠漠幾人行。雕飛落日翻胡影，馬飲流泉咽漢聲。候館孤燈千里恨，戍樓殘角五更情。思鄉莫上高臺望，蘇武當年有故城。

其二

憐君西去雁門關，愁見黄河色外還。鄉夢不知空迹路，離情難上壯夫顔。胡笳乍急征鴻亂，獵火初歸羽騎閑。莫過漢家遺恨處，斷腸青冢白登山。

陳勛二首

將北行留別徐惟和

將行對酒復聽歌，况值征鴻雪裏過。岐路自傷爲客久，離情偏覺故人多。楓林回首山當驛，柳色驚心春渡河。誰念素衣今盡染，風塵歲月恐蹉跎。

鷄鳴寺

秣陵佳麗憶當年，縹緲城邊得梵筵。雲捧法輪依帝座，樹浮香閣出人天。三春花雨江南思，六代精靈日暮烟。半醉游人下山去，啼烏垂柳白門前。

馬欻四首

滕王閣

崚嶒高閣暮春天，佩玉鳴鑾去杳然。畫棟横空斜度鳥，平蕪倚岸半侵船。章江直瀉吴山雪，梅嶺遥分楚澤烟。帝子風流塵土盡，落霞秋水至今傳。

送鄭承武之齊州

齊州萬里去迢迢，愁折衰楊野外橋。城帶夕陽千樹暝，天連春草一人遥。路經劍渚花爲岸，舟渡錢塘雪壓潮。莫作异鄉留滯客，近來東土漸蕭條。

送康元龍之邊

長城落日薊門陰，北望關山道路深。馬勒桃花銜苜蓿，笳吹蘆葉度榆林。暮天衰草飛雕急，荒壘疏烟白雁沉。經過去年征戰地，忍看枯骨一沾襟。

廣陵懷古

一夜西風唤客醒，倚天長嘯露泠泠。雲留戲馬荒臺白，草翳迎鑾古鎮青。地控三齊元險阻，樓迷九曲盡凋零。古今龍戰知多少，渺渺空江照落星。

王毓德五首

送翁兆震太史還朝

詞臣載筆謁重瞳，玉笋班回禁闕中。衣濕上林花外露，珂鳴太液柳邊風。千秋著述歸黄閣，五夜傳宣入禁宫。天禄莫吹藜杖火，金蓮還捧御烟紅。

送陳惟秦之端州

爲客漂零百粵游，短衣揮泪到恩州。藤邊烟竈猺人峒，樹杪風帆貝客舟。千里瘴雲征馬急，五更殘月嶺猿愁。南飛莫道無鴻雁，只恐歸期不待秋。

送徐興公之白下

西風匹馬向征途，霜冷楓江木葉枯。王氣千秋盤建業，鐘聲半夜響姑蘇。荒臺露草吴宫鹿，廢苑衰楊白下烏。懷古詩成何處所，景陽宫殿石城湖。

賦得浙江潮送屠田叔使君

銀濤遥矗海門開，天外平驅萬馬來。鰲背曉山晴涌雪，虎林秋月夜聞雷。奔騰不散錢王射，嗚咽猶銜伍相哀。此去停舟應有賦，定知枚叔是仙才。

送魯公識還朝鮮

幾回生死到中華，海色連天去路賒。八道傷殘猶有國，一身淪落已無家。夢過遼水驚歸鶴，愁斷開城聽暮鴉。還相舊君如范蠡，十年生聚剪夫差。

鄭琰十首

奉和張司諫左掖夜直

漢殿秋生禁柳黃，露融仙掌色蒼蒼。銅龍水咽鶏人漏，金象烟銷鳥篆香。雲度鐘聲浮苑樹，月臨花影上宮墻。夜聞待詔傳天語，法駕明朝幸建章。

春曉望闕

魚藻門前曉角殘，月斜鳷鵲露華漙。金輿欲動宣宮使，銀鎖初開擁侍官。遼左羽書東海沸，秦京烽火隴雲寒。漢庭何日無封事，不許書生策治安。

和張司諫早朝

春殿晴雲暗紫微，禁城曉啓九龍扉。朝儀初動鸞聲細，宮扇徐開雉影飛。天仗盡披仙掌露，爐烟時傍近臣衣。聖明在上憂何事，敢謂長楊諫草稀。

送鄭司馬經略九邊

闐鼓牙旗紫塞長，老臣憂國鬢如霜。陣開魚鳥麾前纛，劍泣蛟螭出上方。獵火秋高驅探奇，鳴笳月下宴降王。戟門無事衙官散，嘶馬蕭蕭野日黄。

寄薛素

野草城邊油壁車，海棠開盡燕飛初。愁深司馬舟中淚，夢逐蕭娘錦上書。二水雲陰桃葉渡，四橋春暗浣花居。傷心南陌垂楊月，夜夜香塵滿客裾。

黄山道中

微霜風物色淒淒，路人黄山是五谿。帝子不歸汾水上，行人愁過穆陵西。荒原曉露銅駝泣，古驛秋風鐵馬嘶。獨客傷神家萬里，斜陽征雁楚天低。

九陵

九陵松柏晝如雷，王氣晴飛曉色開。仙仗遠隨春樹轉，翠華高擁暮山來。楚天雲凈蒼梧慘，野戍風生玉殿哀。耕鑿敢忘諸帝力，漢廷獨有子雲才。

漢人墓

都護危阡野竹園，藤花葛蔓滿頹垣。千秋涕泪愁山鬼，萬古風烟吊戰魂。獨鳥夕陽依灌木，野人寒食奠芳蓀。窮秋獨客愁心折，更聽蕭蕭澨嶺猿。

月輪山即事

垂楊垂柳映郊原，二月春山啄木喧。騎馬人過蘿薜寺，賣花聲在鷓鴣村。江頭日日漁歸市，渡口家家潮到門。天際片帆何處去，西陵烟雨又黄昏。

逢徐興公話舊

天涯離别九迴腸，今日逢君復异鄉。潞水聞猿雙涕夜，黑山歸馬五年霜。兵戈消息何須問，弟妹漂零且自傷。此會匆匆又分手，暮雲衰草更凄凉。

董養斌三首

和葉都諫春日早朝

天仗晴烟散紫薇，千官馳道掖垣扉。影分雉尾瞻龍衮，香動螭頭拜鎖闈。御柳緑驕中貴馬，宫花紅落侍臣衣。太平天子無封事，欲賦河東抗疏稀。

越王臺懷古

紛紛秦鹿競中原，露草荒臺只獨存。千載松楸啼蜀魄，萬家烟火薦芳蓀。龍江月冷人何處，馬瀆潮來水自喧。見説興亡經幾代，登臨那復嘆銷魂。

石佛閘登玉皇閣晚眺

寒汀木落雁聲哀，上帝高居積翠臺。路入青徐平野合，天連燕薊暮雲開。河流幾曲人烟暝，砧杵千家客思催。却下紫垣隨去棹，清霄何處望蓬萊。

康彦登六首

益殿下賜宴西園應教

望中臺閣鬱葱迴，睿語宣呼雪後來。叠嶂層巒清漢近，瓊枝瑶樹早梅開。雲深睥睨浮朱邸，花亞罘罷影緑醅。授簡梁園千載事，可無詞賦似鄒枚。

秦中懷古

繫馬咸陽古戍郵，關河百二是秦州。天陰玉塞連雲慘，月冷金人泣露愁。廢寢變衰無草木，長城延亘自春秋。興亡千載誰堪問，日暮含情渭水流。

滕王閣晚眺

畫棟朱甍碧漢齊，憑欄極目大江西。千尋積翠匡廬遠，九派分流楚澤迷。柳暗官橋嘶騕褭，沙明漁火亂鳧鷖。豪華往事空銷歇，唯有王郎閣上題。

咏柳

照影盈盈拂自垂，受風縷縷弱還吹。關山笛裏思歸引，灞水橋邊恨别枝。翠黛莫因春去損，纖腰乍向月明移。可憐空傍章臺老，欲惜凋零更有誰。

城西别友

驛樓重發不勝悲，舊友情深怨别時。故國殘年人去遠，亂山疏雨馬行遲。青袍暗濕爲儒泪，緑酒愁聽送客詩。最是關門風雪惡，明朝吹盡鬢毛絲。

送王永啓之武林

送君南浦憶西湖，佳麗當年舊帝都。急管青絲游客舫，靚妝紅袖酒家壚。潮頭勁弩英魂冷，松下輕車艷骨枯。自是登臨堪吊古，不妨迢遞上征途。

謝肇淛十首

度錢塘

十月寒風吹棹遲，青山紅葉正堪悲。鐘鳴野寺霜殘後，潮落江門月上時。雲氣空盤南宋殿，烏啼多傍伍公祠。山河寂寞滄波冷，回首長天有所思。

姑蘇懷古

吴王舊國野花開，歌舞銷沉事可哀。響屧廊中香骨冷，姑蘇臺上霸圖灰。荒城日落啼烏亂，南國霜深獨雁迴。明日寒山西去路，鐘聲夜半度江來。

古意

摇落西風幾雁行，明河如練露爲霜。征人塞上寒應早，少婦閨中夜獨長。菡萏難消千古泪，菱花不照九迴腸。一從紫燕雙飛去，孤負郎家玳瑁梁。

登鹽官秦徑山

獨倚孤峰望野烟，海風吹浪欲浮天。早秋角動軍城戍，落日潮生估客船。霸業東南餘越土，殘碑甲子自秦年。傷心千載興亡地，晴鳥寒猿夕嶂邊。

送程彦之游塞上

擊筑休歌行路難，壯心直爲斬樓蘭。風吹紫塞草欲盡，馬蹴黄河冰未殘。楊柳笛中秋雁斷，芙蓉匣裏夜龍寒。功成露布鞍前草，應在祁連絶頂看。

錢塘贈鄭翰卿

壯士辭家不問年，青袍白馬紫絲鞭。一身作客長看月，五度逢春半在邊。細雨垂楊淮口渡，平蕪荒草薊門烟。更聞西北風塵滿，醉把吴鈎欲倚天。

康元龍自靈武歸談邊事有作

憐君匹馬戰場間，風雪凋零壯士顔。漢地鼓鼙通上郡，秦城烽火近榆關。防秋諸將皆承寵，平夏三軍尚未還。莫向尊前談往事，傷心最是賀蘭山。

送徐興公還家

楓落空江生凍烟，西風羸馬不勝鞭。冰消浙水知家近，春到閩山在客先。斜日雁邊看故國，孤帆雪裏過殘年。憐余久負寒鷗約，魂夢從君碧海天。

蕪城懷古

夾城衰柳浪花浮，猶憶當年帝子游。螢火不知金苑夕，江聲空帶錦帆秋。曲池灰盡銅駝泣，寢殿花飛玉碗愁。二十四橋俱寂寞，斷腸明月照揚州。

過隋宫

玉鈎金屋事凄凉，夜夜愁雲過苑墻。王氣已隨歌舞盡，山花猶作綺羅香。宫城寒雨鳴黄葉，輦路悲風起白楊。最是無情江上燕，獨銜春色上空梁。

徐𤊹九首

銅雀臺

高臺一望碧嵯峨，臺上空餘野鳥過。帳殿有情春草緑，墓田無主夕陽多。風迴輦路寒歌管，雲掩妝樓暗綺羅。昔日繁華向何處，盡隨流水下漳河。

煬帝行宫

維揚佳麗舊隋朝，萬樹垂柳十五橋。熒火光沉閶闔殿，龍舟聲斷廣陵潮。迷樓夜月烟花散，列院春風粉黛銷。玉輦翠華何處所，滿城荒草自蕭蕭。

旅次石頭岸

秣陵城外暫停橈，無那離心萬里遥。極浦蒹葭秋漠漠，隔淮烟雨夜瀟瀟。大江疊浪浮孤島，建業千峰鎖六朝。商女後庭花一曲，歌聲哀怨旅魂銷。

送康元龍之靈武二首

其一

賀蘭山下戰塵收，君去征途正值秋。落日故關秦上郡，斷烟殘壘漢靈州。胡兒射獵經河北，壯士吹笳怨隴頭。城窟莫教頻飲馬，水聲嗚咽動鄉愁。

其二

黄河官路黑山程，羌笛横吹漢月明。漠北烽烟三里寨，隴西鼙鼓十年兵。燕鴻度塞寒無影，胡馬行沙暗有聲。後夜思君勞遠夢，朔風吹過白登城。

過閩王審知墓

八郡封疆一望遥，秋山松柏冷蕭蕭。宫車去國成千古，劍璽傳家歷五朝。石馬嘶風金碗出，野狐穿冢寶衣銷。斷碑猶識唐年月，春雨苔花字半凋。

送俞本之游楚

寒皋木落水連天，雲際孤城望漢川。隔岸數聲湘女瑟，中流千里鄂君船。鷓鴣夜叫黄陵月，猿狖秋啼赤壁烟。挾得離騷經一卷，行吟長對楚江邊。

曹娥廟

寒江如練遠茫茫，秦望山高落木黄。古像有靈祠孝女，斷碑無字辨中郎。千年艷骨沉秋水，九死香魂哭夕陽。惆悵娥眉招不起，西風下馬薦椒漿。

會稽懷古

獨上高城問廢興，萬家鱗次暮烟凝。斷碑碧蘚曹娥廟，古木蒼山夏禹陵。剡雪霏微回客棹，樵風來往送漁燈。越王霸業長消歇，極目荒臺感慨增。

袁敬烈七首

送李太守貶長沙

江干送客易銷魂，况值春明别故園。月滿衡陽空見雁，夜深楚峽厭聞猿。三湘東去皆離恨，萬里南還亦主恩。漢室逐臣應不遠，可能吊古薦蘭蓀。

送客歸江州

楊柳依依拂去旌，秋風幾日豫章城。潯陽浪白潮初上，廬岳山空月正明。客路天寒愁斷雁，江南春早聽啼鶯。可憐一曲驪歌遠，猶望音書寄友生。

擬送馬秀才落第歸江南

憐君失意思依依，江上秋風落葉飛。泪盡尊前千里別，月明淮口一人歸。客懷祇自同王粲，世路誰能薦陸機。莫向天涯嘆離別，不如去采故山薇。

擬送李主少府貶長沙巫峽

嗟君謫宦去悠悠，江上丹楓欲暮秋。楚水月明聞雁度，巫山木落畏猿愁。雲迷玉壘千重樹，浪静秦川一葉舟。遷客此時徒極目，滿天風雨長離憂。

擬宿淮浦寄司空文明

天涯作客幾經春，寂寂孤舟楚水濱。風動秣陵初下葉，月明淮浦未歸人。心知漂泊難爲夢，生計蕭條老此身。獨客孤懷正寥落，忽聞南雁泪沾巾。

送康元龍之靈武

酒醒別館聽鳴鷄，極目關山去路迷。日落健兒驅獵過，秋來胡馬怯寒嘶。幾年戰角連河北，十月悲笳咽隴西。邊路縱然逢驛使，尺書知帶泪痕題。

煬帝行宫

維揚空有故宫名，此日蕭條感客情。月色曾留歌舞地，人家舊是帝王城。長堤楊柳寒烟積，滿路蘼蕪夕照明。玉輦鑾輿今不見，廣陵江上聽潮聲。

曹學佺六首

永安寺

徑入雲蘿百尺懸，鐘聲隱隱度諸天。花深浄室開閑落，僧老禪關失歲年。曲澗潺湲鳩唤雨，叢林迴合鳥巢烟。相尋不是空投迹，冥籙勾除夙世緣。

訪權上人房

禪房幾度訪名僧，喜得逢師最上乘。三徑蘿風鳴夕磬，一巢烟雨暗秋燈。空忘有相超人我，火滅無明斷愛憎。問偈此中高論久，恍疑身在水波澄。

武夷萬年宫

冲佑丹宫古萬年，松篁夾道暗秋烟。十三名姓登仙籍，百二峰巒隱洞天。控鶴岩前雲冉冉，投龍井裏草芊芊。我來重結升真宅，地主難逢魏子騫。

龍虎山同心湛天師泛舟

木蘭同泛列仙群，天外簫聲縹緲聞。幾點江青才過雨，一重林黑乍歸雲。遠村松葉燒漁火，隔岸蘆花蕩水紋。接引玄都看漸近，臨流衣帶繞氤氲。

聞俞使君談夜郎之役

箐林僰道獨長驅，夢斷西南天外無。蠻壘亂離三户少，羌城昏黑一燈孤。馬餐瘴氣中途病，鬼應人聲落日呼。一曲關山齊下汨，尊前相對重踟躕。

臺城懷古

同泰浮屠盛故梁，黄金臺殿總消亡。劫灰尚漬夷人泪，春草全迷石闕章。水落溝塍流忽斷，城連山色路空長。亦知往昔清齋地，不敢臨風酹一觴。

安國賢七首[一]

漁父[二]

萬里青天一釣槎，浮居泛宅即爲家。簑衣着雨明珠纈，篛笠迎風翠蓋斜。浦口得魚收釣竹，磯頭沽酒醉蘆花。平生汗漫江湖慣，身老丹山碧水涯。

九日烏石山登高[三]

振衣選勝陟崔嵬，山閣凌虚綺席開。烏石風高堪落帽，黄花香媚可銜杯。江邊日影蟬催落，天際秋聲雁帶來。滿座登臨能作賦，賓朋原是大夫才。

[一] 國安賢七首，此條原本不載，據福建師範大學藏本補。
[二] 漁父，此詩原本不載，據福建師範大學藏本補。
[三] 九日烏石山登高，此詩原本不載，據福建師範大學藏本補。

贈謝在杭司馬[一]

清朝威望縉雲官，天下無人不識韓。秇苑摛文成鸑鷟，墨池飛草盡龍鸞。鄴中大雅推曹植，江左高名説謝安。千古詞林宗絶匠，願將旗鼓佐登壇。

過廢寺[二]

先代招提一徑分，斷橋流水咽斜曛。殘碑有字藏秋草，古殿無僧鎖暮雲。滿地花茵緣客掃，半爐松子當香焚。給孤勝果何年結，怖鴿悲啼不可聞。

釣龍臺[三]

霸業銷沉事已非，白雲空鎖釣龍磯。荒凉臺榭生春草，寂歷江山下夕暉。歲久尚留遺像在，夜深無復翠華歸。登臨不盡興亡感，徙倚闌干泪濕衣。

送徐興公之金陵[四]

江干草色别魂銷，才子南征訪六朝。河上酒人青雀舫，樓頭歌妓紫鸞簫。月明古渡尋桃葉，烟鎖臺城問柳條。莫忘秣陵佳麗地，故園松菊待逍遥。

[一] 贈謝在杭司馬，原本不載此首，據福建師範大學藏本補。
[二] 過廢寺，此詩原本不載，據福建師範大學藏本補。
[三] 釣龍臺，此詩原本不載，據福建師範大學藏本補。
[四] 送徐興公之金陵，此詩原本不載，據福建師範大學藏本補。

送劉誰譽北上[一]

千金寶劍五花騮，豪氣稜稜向帝州。金印待懸新上將，丹書元襲舊封侯。天邊騎射傳猿臂，塞上聲名説虎頭。别後思君勞遠夢，薊門寒雪潞河舟。

僧古鑒一首

靈源洞

西風林葉滿山飛，片片晴霞綴衲衣。泉咽靈岩妨定境，雲閑幽壑悟禪機。虚亭霧鎖闌干濕，古洞苔封磴路微。世事悠悠誰不道，幾人來此坐忘歸。

朱氏一首

勉外

玉食叨陪近尚方，五雲深處列鵷行。經綸輔國從人仰，竹帛流芳與世長。待漏衣沾仙掌露，朝天身惹御爐香。功名成遂歸寧日，一榻清風緑野堂。

林氏一首

晚春遣興

抛却銀針到小庭，遣情無那獨傷情。高低别院鞦韆影，遠近人家笑語聲。黄鳥曉寒藏翠柳，緑苔春

[一] 送劉誰譽北上，此詩原本不載，據福建師範大學藏本補。

盡點紅英。一年好景仍孤負，堪嘆姮娥老此生。

鄧氏一首

讀岳武穆王傳

英雄誓復舊山河，曾奈奸邪誤國何。鐵馬長驅河洛水，金牌亟返郾城戈。中原父老空遮訴，南渡君臣不耻和。五國城頭烟月慘，千年墳樹盡南柯。

先翁捐世姑氏繼没哀挽一首

自昔諸孤仰母慈，萱花零落最堪悲。衣中忍看縫時綫，機上空餘斷後絲。千載松楸嗟已老，九原霜露不勝思。懸知幾度傷心處，正是烏啼月落時。

王女郎一首

春閨詞

融和天氣喜初晴，爲愛簪花却放針。玉枕夢回人寂寂，瑶琴揮罷院沉沉。緑鴛戲水穿荷影，紫燕銜泥織柳陰。晝静金爐香欲盡，推窗滿地落紅深。

晉安風雅卷之十

郡人徐熥選輯
陳薦夫校訂
董養斌[一]編次

五言絶句

林鴻一首

流沙江夜泛

登艫日向夕，出浦雲已平。月黑渡江處，北風蘆葦鳴。

張以寧二首

渡江

幾載途中月，窺愁酒半酣。送人楊柳色，今日是江南。

[一] 董養斌，福建師範大學藏本作『安國賢』。

揚州旅店

潮落邗江夜，先將夢到家。揚州城上月，獨自照瓊花。

王偁三首

楚調曲

君行巫陽道，妾住渚宫湄。莫戀荆臺樂，輕抛桃李時。

紈扇詞

皎潔渾無染，團圓孰與裁。秋風原不妒，四序自相催。

美人撲蝶

爲惜韶華去，春深出綉幃。撲將花低蝶，衹爲妒雙飛。

陳艮一首

石橋歸牧

跨石作危橋，橋上人來去。愛兹夕照微，牛羊盡歸暮。

王恭六首

俠客

弓騎獵平原，春衣污酒痕。經過無舊主，苔閉孟嘗門。

古鏡

寳鏡何年鑄，龍紋積暗塵。非關磨洗倦，恐照白頭人。

秋獵

獵馬向風飛，雕弓白錦衣。平明射雕去，日暮五陵歸。

送老兵還鄉

解劍辭邊將，蕭條白髮新。無家也歸去，勝作异鄉塵。

送人游燕

勝游何太遠，飛佩入燕京。唯有灤河水，東流是舊聲。

秋陰

寒雲將遠空，落葉與飛鴻。漢苑秦陵外，悲凉是此中。

鄭瑛一首

秋夜泛舟

蒼蒼秋月凉，颯颯寒蘆短。孤舟人未眠，霜花撲窗滿。

鄭珞五首

江南曲

偶逢故鄉人，寄書故鄉去。妾家在洪塘，門前兩株樹。

自君之出矣

自君之出矣，絲桐無復理。思君如轆轤，展轉何能已。

閨思二首

其一

自君之出矣，憔悴不禁秋。思君如永漏，滴滴幾時休。

其二

自君之出矣，無復對妝臺。思君如潮信，早去夕還來。

渡口

返照落平原，孤舟繫疏柳。隔河喚渡人，獨立秋風久。

馬景約二首

明妃曲

家國知何在，風沙滿目愁。惟餘天上月，還似漢宮秋。

山中送友人

舊着薜蘿衣，不識旗亭路。一片白雲心，悠然送君去。

鄭汝美二首

閨情二首

其一

遠戍來何期，對人休自訴。早晚有佳音，鵲噪門前樹。

其二

一夜九迴腸，起來倦梳沐。不分燕雙飛，銜泥污我屋。

林庭模一首

古意

念遠勞魂夢，含愁度歲年。穿花雙蛺蝶，偏傍綉簾前。

鄭善夫二首

古意

寶鏡皎如月，價值千黃金。偏照可憐色，不照可憐心。

楚客

楚客望不返，行坐楚天心。荆門未可涉，洞庭波正深。

林炫七首

古意三首

其一

妾心如古鏡，瑩然無片塵。雖能識君面，那能識君心。

其二

白馬何翩翩，游子不復顧。難將一寸心，日行萬里路。

其三

轆轤上深井，一轉一愁結。井水有時乾，愁心幾時歇。

自君之出矣四首

其一

自君之出矣，衣帶緩莫收。思君如春蠶，纏綿絲中休。

其二

自君之出矣，獨宿寒閨月。思君如子規，啼盡春風血。

其三

自君之出矣，玉鏡多塵埃。思君如鯉魚，永夜雙眼開。

其四

自君之出矣，七换梧桐葉。思君如琵琶，懷抱空悲切。

劉世揚一首

古意

采蓮復采蓮，蓮子已長大。不慮涉江深，只愁蓮葉敗。

郭波三首

古意

君心如車輪，妾心如車轍。輪心自迴轉，轍迹終不易。

夜坐

蟲鳴四壁静，露濕山月冷。雲來鶴不歸，孤松散清影。

宿坪塘埔

逐客厭世路，離人思到家。孤燈清夜夢，隨月到天涯。

傅汝舟一首

月下

月明坐空山，不覺石苔冷。猿嘯摇藤蘿，亂我松桂影。

王杲一首

沛中懷古

帶礪山河盡，長陵豈獨存。大風誰猛士，臺古照黄昏。

龔用卿一首

題道山陳氏水亭

小築向山開，山光自昏曉。清鍾人静時，月出啼山鳥。

陳子文一首

夜泊浣城村舍

孤舟小泊初，遠寺疏鐘起。茅屋兩三家，懸燈深樹裏。

張萬里二首

自君之出矣二首

其一

自君之出矣，愁顔夢中睹。思君如蓮子，零落心獨苦。

其二

自君之出矣，西風吹蕙帷。思君如晝燭，心盡泪雙垂。

林垠一首

沙河行宫

宫殿連雲起，城樓入漢低。寒鴉如望幸，朝夕自悲啼。

陳暹二首

擬古

函中有寶鏡，皎皎如明月。莫使開函照，開函見白髮。

閨情

深夜出閨闥，焚香拜斗牛。聞郎喚妾入，寶鴨不曾收。

林春秀二首

紅葉怨

其一

書罷不勝情，羞向人前語。爲囑溝中流，却向人行處。

其二

心隨紅葉飛，意與流水去。惆悵立多時，含情向誰語。

山中吟

獨坐山中雲，不見山中路。隔林烟火明，疑有前村塢。

何御三首

宮詞

春色入簾幽，花陰當户静。鳥亦識春心，銜花出宫禁。

西湖曲

湖邊多野蠶，纏綿不作絲。稍食桑間葉，翻使儂蠶饑。

送别曲

匹布裁爲衣，袖短不掩手。牽袖立君前，爲歌折楊柳。

林懋和一首

宫月怨

入望月團圞，長攢翠黛看。頻年伴孤影，何日照雙歡。

林熑一首

送黎參將還閩

相逢飲燕市，相送臨易水。日暮征馬嘶，蕭蕭朔風起。

林世璧四首

玉階怨

月色下玉階，盈盈皎如素。顰眉望簾櫳，忽見雙螢度。

古別離

送君江水頭，愁見江水流。江水流無盡，思君無日休。

月

獨上高樓望，迢迢秋月光。誰言秋月好，衹是斷人腸。

咏燭

弄影還驚月，開花不待春。夜深屏幃裏，偏照綺羅人。

袁表二首

子夜歌

七月火西流，蘋末秋風起。儂心不自持，隨風度江水。

湘妃怨

烟波杳何之，汀洲鬱寒翠。一江春水生，是妾相思泪。

陳學麟一首

淮上吟

不盡興亡感，斜陽芳草多。惟餘漂母墓，猶占漢山河。

徐棉一首

落花怨

曉起西園望，空階散落紅。自嗟根蒂淺，不敢怨東風。

鄭若楠一首

響屧廊

盈盈緩步行，屧響細傳聲。莫謂金蓮小，吴城一蹴傾。

陳公選一首

咏史

西施膝上琴，吴王杯中月。白日越兵來，酣歌猶未歇。

謝杰六首

古意

二八誰家姝，看花花不如。不自矜顔色，獨稱夫婿殊。

采蓮曲

歡來蓮始花，并頭嬌欲語。歡去蓮成藕，絲斷不成縷。

聞柝

重門不見人，夜夜聞鳴柝。鄉園未得歸，泪逐寒聲落。

閨情

妾命江雲薄，妾心江水長。如何江上客，不見返江鄉。

雜咏二首

其一

教歡買寶鏡，示歡天上月。如何買雙鈎，波心月乍闕。

其二

歡怨石尤風，盡日留歡住。儂喜風多情，吹歡數回顧。

董廷欽二首

古意

妾如三春蠶，郎如桑樹枝。懷抱飲郎意，纏綿無限時。

山行

暮靄翳孤村，新霜醉江樹。前路有危橋，轉入蒼茫去。

趙世顯三首

見月

昔日巴南客，今朝薊北身。可憐天上月，長照别離人。

淮陰

淮上西風起，年年草自秋。英雄千古恨，不共水東流。

小箬夜泊

曉發竹崎頭，暮倚楓林下。蘿薜挂秋雲，孤亭隱桑柘。

王湛二首

楊白花

楊花不戀枝，飄蕩向南去。願得迴飆生，吹花還故處。

子夜歌

歲月駛如流，奄忽秋雲暮。梧葉已凋零，梧子落何處。

鄧原岳五首

怨詞

一夜西風起，蛩聲處處愁。凄凉霜後葉，怨殺洞庭秋。

宫中怨

君恩不一面，弃置今如此。懊恨大長秋，歲選良家子。

自君之出矣二首

其一

自君之出矣，正值瀟湘秋。思君如盍旦，夜夜啼不休。

其二

自君之出矣，殘燈照孤影。思君如琴弦，秋來轉凄緊。

魏宮詞

月照漳江水，風吹西陵樹。輦路草已荒，夢魂自來去。

陳宏已三首

巢雲岩訪派上人不遇

別久隔烟雲，相尋到林樾。持鉢下春城，禪扉掩山月。

清溪曲

何處白石郎，來唱清溪曲。借問小姑祠，青青在藂竹。

泊黄山驛示王吴一宰

古驛黄山下，孤舟緑水涯。逢人盡鄉曲，獨客似還家。

陳邦注二首

送客

客自太行來，又歸太行去。相見復相離，愁心繞烟樹。

古意

郎住横塘東，妾住横塘西。相思不相見，横塘青草齊。

陳价夫二首

陌上桑

陌上桑條晚，空筐亦暫回。馬嘶金鐸鬧，畏是使君來。

少年子

曉日蘼蕪色，春風楊柳烟。金鞍雙白馬，横過畫樓前。

陳薦夫七首

古别離

身爲燕趙客，仗劍去十里。堂上别親賓，羞對兒女子。

東鄰怨

蘼蕪吴地草，杜宇蜀王魂。三月春風後，東鄰長閉門。

古意

黃蘗種作籬，圍繞合歡樹。不見合歡時，但見生離苦。

子夜歌

不見金鈷鉧，火盛柄自爇。裁衣持寄郎，郎温儂亦熱。

銅臺怨

銅臺不可登，西陵久無樹。年年漳水聲，流妾繁華去。

少年行

楊柳章臺陌，春風馬上郎。清宵歌舞罷，最是玉閨長。

別意

江介多悲風，復此佳人别。離懷難自陳，掩袂泣斜月。

王毓德三首

古意

荷葉映荷花，團團鏡中面。房間抱苦心，照君君不見。

自君之出矣二首

其一

自君之出矣，青鏡流塵滿。思君如江楓，冷落歲華晚。

其二

自君之出矣，錦瑟紅泪滋。思君如新弦，未有斷絶時。

鄭琰三首

江南曲夢馮璚兒

天風吹我衣，吹我江南夢。夢裡馮璚兒，一曲江南弄。

江頭别

江風今夜寒，郎且江邊住。拂曉上樓看，郎船不知處。

古意

今年拜秋月，月比去年好。去年秋月圓，郎在蕭關道。

董養斌二首

采蓮曲二首

其一

湖上采蓮花，花比儂顔色。誰是賞花人，臨風空嘆息。

其二

纖手弄清漪，瓊珠濺蓮葉。鴛鴦葉底游，雙雙妒殺妾。

謝肇淛五首

從軍五更轉五首

其一

一更初安營，望見天邊月。蕭蕭戰馬鳴，凉風吹人骨。

其二

二更夜寂寥，月高露初落。燈前看鐵衣，血腥不堪着。

其三

三更擊刁斗，令嚴無人聲。孤鴻叫天外，雙泪落長纓。

其四

四更斗柄横，霜飛轅門戟。擊火備晨炊，觸指墮寒石。

其五

五更笳角動，荒山無啼鷄。束甲問偵騎，虜在陰山西。

徐𤊹四首

魏宫詞二首

其一

歲歲文石宫，春風吹羅綺。君恩空説深，那似漳河水。

其二

日夕待君王，深宫學歌唱。一旦上陵臺，悲風生繐帳。

艷歌行

春風滿前楹，與郎暫携手。忽報小姑來，欲語不出口。

新嫁娘

與郎見未熟，郎言羞應聲。迴眸捲羅帳，東風無限情。

袁敏烈一首

相思曲

池邊楊柳枝，臨風何旖旎。花落池中泥，狂風吹不起。

安國賢一首[一]

秋怨[二]

夜眠寒□□，□□□□□。□□□□亂，西風入□□。

[一] 安國賢一首，此條原本不載，據福建師範大學藏本補。

[二] 秋怨，此詩原本不載，福建師範大學藏本文字殘缺。

晉安風雅卷之十一

郡人徐熥選輯
陳薦夫校訂
董養斌編次

七言絶句

林鴻四首

寄鄭二

粤國佳人歌竹枝，吴航歸客不勝悲。送君别後秦樓月，猶見清光似昔時。

春詞

夢回明月隱銀屏，香裊微風玉篆青。從此離心無處寫，起來花下拜三星。

寄紅橋舊人

殘燈暗影别魂銷，泪濕鮫人玉綫綃。記得雲娥相送處，淡烟斜月過紅橋。

將之海上群公相餞至龍津

百尺雲帆挂海霞，勞君相送到天涯。重來應恐清秋晚，落盡清泠桂子花。

張以寧六首

夜泊雩浦

雩浦三更潮已平，蕩舟月落唱歌聲。山中應是夜來雨，流出落花春水生。

過桐廬

江邊三月草萋萋，緑樹蒼烟望欲迷。細雨孤帆春睡起，青山兩岸畫眉啼。

焦磯廟

碧殿紅欞翠浪間，江風縹緲動烟鬟。神鶏不逐雲中去，啼殺清秋月滿山。

有感

馬首桓州又懿州，朔風秋冷黑貂裘。可憐吹得頭如雪，更上安南萬里舟。

遇故人胡居敬

共酌寒花細雨前，凄然重見此江邊。停舟莫怪難爲别，能幾人生二十年。

憶亡兒烜

草深北嶺暗寒烟，白骨無人瘞九泉。留得虚名詩滿篋，可憐亂後落誰邊。

王偁五首

黄陵廟

芳洲烟草碧萋萋，古廟雲深落日低。剥盡殘碑無可問，春山惟有鷓鴣啼。

宿鄂渚

禰衡洲古白雲低，庾亮樓空緑樹齊。惟見晚江漁艇火，隨風遠過漢陽西。

夜泊潯陽驛

度盡名山問楚湘，扁舟此夜泊潯陽。琵琶聲斷知何處，江水江烟自渺茫。

雨中過洞庭

昨夜南風起洞庭，曉來湖上雨溟溟。忽看天際驚濤白，失却君山一點青。

寄上清何尊師

雲母屏風月影孤，碧雲琪樹兩三株。道童慣識�天舞，偷向階前教鶴雛。

林真一首

越王臺

屠龍人去幾時歸，空有高臺對夕暉。回首舊時歌舞地，年年春草鷓鴣飛。

王褒一首

夢作

楚山飛雨濕行旌，猶記臨岐唱渭城。横笛江頭聞折柳，斷腸又是别離情。

高廷禮五首

春莫寄林一和

雨裏春衣惜解携，出門愁見草萋萋。憶君只在星溪月，無那青山杜宇啼。

溪上别馮嶼

出門紅葉滿清溪，君向東湖我向西。今夜青山明月在，相思兩地聽猿啼。

江亭别友

春江湛湛白鷗波，一曲陽關爲爾歌。莫向尊前惜沉醉，青山長在别離多。

胡人罷獵

雪净沙場獵騎歸，解鞍相對語寒暉。左賢又獵天山道，正是天山雪片飛。

早雁

凉霜八月塞天寒，飛度衡陽楚水寬。少婦樓頭初掩瑟，一行先向夕陽看。

王恭十三首

送人之北平軍

薊門霜葉正紛紛，不見燕臺只見雲。君去試看臺下草，何人更憶樂將軍。

長信宮落花

深宮花謝使人愁，片片隨風滿御溝。妾命自憐花共薄，君恩那似水東流。

蘭亭懷古

祓禊亭中日漸低，昔人行處草萋萋。多情最是山陰鳥，啼向春風滿會稽。

漁笛

扁舟吹笛度横塘，款乃聲中也斷腸。莫道漁郎無别恨，武陵雖好是他鄉。

采蓮曲

吴姬日暮隔雲歌，玉腕羅裙采芰荷。畫槳浮空看不見，娟娟微月照湖波。

寒塘曲

玉燕古釵墮寒水，曲塘無波深見底。茨菰菱葉爛成泥，惟見芙蓉抱香死。

聞子規

枝上聲聲怨落暉，居人聞此也沾衣。啼時莫近湘山路，更有長沙客未歸。

海城秋晚

西風一雁海城頭，羌笛聲中水亂流。楓葉蕭蕭山月下，戍樓殘火幾家秋。

村居

楓林草屋半蒼苔，寂寂柴扉映竹開。啼鳥數聲春自好，五陵年少不曾來。

訪羽人不值

仙壇花落正紛紛，洞入丹丘半白雲。童子開門不相識，言師西去訪茅君。

胡兒吹笛

雪浄陰山片月孤，數聲羌笛起單于。不堪吹作梅花調，多少中原客在胡。

挽方山闡上人

雙樹花飛送斷香，六時經梵轉凄凉。青山何處堪惆悵，殘月疏鐘下影堂。

訪僧不遇

寺門深閉對青山，何處浮杯更未還。萬壑千峰人不見，滿林霜葉磬聲閑。

周玄三首

十六日湖塘上玩月

玉露寒侵鳷鵲樓，桂花池館恨悠悠。不妨歌舞留人醉，一夜清光減却秋。

送夾谷琦之温陵

粤河臘盡雪澌流，千里離心醉未休。半夜山城聞笛恨，斷腸那似古梁州。

竹枝詞

湖上鴛鴦飛一雙，人生最苦是他鄉。郎舟蕩入荷花水，引蔓牽絲恨更長。

黄玄一首

竹枝詞

螺女磯頭水不波，聞郎江上唱離歌。半天日落無人渡，一鏡紅妝奈别何。

馬鐸一首

送人歸平陽

太行山上西日微，桐鄉城下行人稀。關河萬里愁歸客，汾水秋風孤雁飛。

林志一首

西蜀竹枝詞

竹郎祠前江水流，竹郎祠下同雲收。竹枝歌向雲中去，大小峨眉俱白頭。

陳輝三首

湘潭雨色

凝烟積翠淡如流，萬里蒼茫一望秋。坐對湘潭歸棹晚，亂山殘雨送猿愁。

柳

空塘流水浸長條，細雨疏烟拂灞橋。羌笛數聲人不見，春風斜繫木蘭橈。

江上聞簫

潮落荒洲客未眠，遥聞鳳吹隔晴川。愁來轉憶孤篷夕，赤壁江空月滿船。

林文秸一首

沙浦鳴榔

浦口春潮拍岸平，舟中漁子曉榔鳴。居人慣是忘機客，鷗鳥時聞也不驚。

洪英一首

哭錢檢討

老學柴桑卧一丘，夜臺長别幾經秋。荒山野草新阡處，杜宇聲聲怨未休。

高淮一首

漁父詞

撒網移舟碧浪中，一簑一笠任西風。生平自得烟波興，醉卧蘆花月滿空。

林敏三首

期林大游華藏寺

巾舄行歌接梵筵，偶來松下草芊芊。也知只在秋雲裹，潭水溪花到處禪。

江南意二首

其一

露侵紅粉鏡臺斑，眉黛含愁蹙遠山。長在深閨那識路，夜來夢繞穆陵關。

其二

湘裙剪就茜裙新，愁裹風光病裹身。强整釵符隨女伴，隔簾教唤賣花人。

鄧定三首

江上送客

别酒臨行醉未消，緑楊何處繫蘭橈。知君最是相思處，月落江頭半夜潮。

明君出獵圖

八月天山雪作花，合圍千騎度龍沙。傳呼莫射南飛雁，欲寄平安到漢家。

元夕

花前銀燭更高燒，天上樓臺紫鳳簫。幾度醉歸明月夜，誰家笑語玉人遥。

林慈一首

送人之廣陵

金陵樹裹送行舟，二十四橋春水流。腸斷瓊花天上去，更無歌管下揚州。

林炤一首

宿杉關

雲歛天高爽氣清，蕭蕭客舍百愁生。子規啼徹三更月，一枕家山夢不成。

張濬一首

宫詞

金箔微開掃玉床，離宫初度水風凉。月華滿地笙歌沸，未信今宵更漏長。

林瀚二首

金山寺

金山頂上梵王家，萬里江山四望賒。曙色漸分京口渡，數聲寒雁落霜花。

墩邊漁火

釣罷歸來月滿船，江天人静夜如年。推蓬忽露孤燈影，驚起魚龍不敢眠。

陳焯一首

戲書

花殘春盡草如茵，茆屋閑行有幾人。啼鳥數聲山寂寂，不知客路柳條新。

董宗道一首

客中見新雁

西風初别塞垣秋，迢遞分飛楚水頭。客裏心驚那忍見，故園兄弟更關愁。

林景清二首

無題

倚床何事斂雙蛾，一曲琵琶帶恨歌。我是江州舊司馬，青衫染得泪痕多。

一清軒感舊

往事凄凉似夢中，香奩人去玉臺空。傷心最是秦淮月，還對秋閨燭影紅。

陳焞一首

沙平道中

海北江南兩地賒，驅車遥向楚天涯。逢人更入雲深處，一犬黄昏吠落花。

陳烓四首

咏諸廢宫四首

其一

屬鏤血冷劍池空，游鹿荒臺踏晚風。香徑不歸西子骨，竹枝歌沸月明中。

其二

綺閣珠簾不動塵，龍笙鳳管日臨春。可憐玉樹歌殘後，多少蛾眉泪滿巾。

其三

錦帆不返廣陵舟，一代繁華逐水流。堤柳欲收宫女泪，景陽鍾斷雁聲秋。

其四

千門萬户玉玲瓏，樂奏梨園曲正工。怪殺漁陽鼙鼓動，馬嵬秋雨泣梧桐。

林廷玉二首

姑蘇

姑蘇城邊秋水清，姑蘇城上秋月明。吴王已去姑蘇在，半夜西風吹雨聲。

竹枝詞

西湖女兒唱采蓮，蓮花開放荷葉圓。香風陣陣棹歌發，隔湖摇曳是郎船。

許天賜一首

晚次安南吕塊站

瓊雲歸路正匆匆，十里官亭坐晚風。何事最關孤客思，數聲啼鳥木綿紅。

林庭模一首

太平驛

太平溪上客舟過，坐聽滄浪醉裏歌。無數落花隨水去，前山風雨夜來多。

鄭鵬二首

餘干道中

樹繞前溪水拍堤，白雲極目遠天低。春光已逐飛花盡，猶有多情杜宇啼。

悼亡

獨倚江樓賦大招，潸然雙泪落春潮。潮聲和泪東流急，流到錢塘十五橋。

洪晅一首

戲馬臺

高臺踪迹已荒凉，千古誰知霸業强。莫向此中頻感慨，長陵無主自斜陽。

陳達二首

舟中即事

濕霧濛濛晝不開，扁舟何處越王臺。蘆花淺渚暫停泊，恐有前村風雨來。

岳陽樓送客

湖南烟樹遠依依，百尺闌干倚夕暉。鐵笛一聲人不見，茫茫秋水片帆歸。

鄭善夫九首

金陵

紫禁金門閉寂寥，不聞清樂下丹霄。高皇事業如天地，過客何須話六朝。

竹枝詞

西澗西邊東澗東，千山不斷萬山通。謝豹見春啼出血，王孫上樹捷如風。

櫂歌二首

其一

鴻雁飛來風雪心，鴻雁飛去天山陰。二月天山風雪淺，六月天山風雪深。

其二十

青螺江頭游子吟，黄金臺上秋雲深。風塵一别一萬里，美人駕車傷我心。

送劉侍御謫嶺南

尉陀城外泛雲槎，西望峨眉不見家。若道日南天萬里，歸心一夜過三巴。

蜀中歌二首

其一

巴東春水錦江來，流入荆吴萬里迴。樓船細逐江花去，不見瞿塘灧澦堆。

其二

峽猿啼過下牢關，雪嶺連天三百盤。錦官城外西游客，白日高歌行路難。

巴人曲

峨眉山色下青霄，白帝祠西巴路遥。二月巴江花爛熳，一聲羌笛爲停橈。

若耶溪

山迴水曲若耶溪，八月荷花光映堤。越女勞歌采蓮曲，江南今有杜鵑啼。

吴益夫一首

長干柳枝詞

橋頭春水拍春堤，楊花柳花撩亂飛。長條總被行人折，那復青青上舞衣。

趙德剛一首

廣陵懷古

白石黄流湖上堤，堤邊楊柳有鶯啼。琵琶月伎今何處，二十四橋烟雨低。

林炫一首

宿濟亭

濟水西風萬里征，蓼花湖岸晚烟晴。南來客子情無恨，閑聽吹簫三兩聲。

林春澤一首

天津夜泊

雨歇西山秋水多，風湍淅淅落滹沱。晚來月出潮初上，無數舟人子夜歌。

張經六首

月下聞笳

戍樓笳鼓晚來多，獨坐空庭月影過。莫向今宵動愁思，秋風吹去滿西河。

會盟臺一首

沔池城外會盟臺，石碣猶當古道開。寂莫無人争擊缶，空餘明月去還來。

聞砧一首

月下誰家搗練聲，寒衣長繫玉關情。蕭條我亦河西去，白草黄沙隔渭城。

孟津河上

孟津河上畫船開，白日中流鼓角催。星海西來三萬里，奔流東去幾時回。

塞上曲二首

其一

每歲防秋西戍邊，荒城落日枕戈眠。祁連山下朝朝雪，不識鶯花二月天。

其二

銀鞍白馬羽林郎，狐帽貂裘塞上妝。腰下錦囊斜插箭，隔河射殺左賢王。

高世魁一首

河上醉歌

玉指朱絲響夜堂，當時曾醉美人傍。重來獨倚沙邊棹，目斷溪雲春晝長。

傅汝舟一首

粤中送陳廣文還長樂

送客炎荒萬里程，鬱蒸江上倍含情。開帆願似吴航渡，直到門前潮水平。

傅汝楫一首

山居

竹下焚香對玉屏，春風池上酒初醒。閑箋一卷長生訣，解與溪南白鶴聽。

折楊柳

離離青眼舞腰垂，刺船貫魚高折枝。願郎折腰莫奪眼，欲看春風花倒吹。

林燁一首

吕梁

十月風寒天雨霜，客愁攲枕夜偏長。河流迅似歸心急，落日孤舟下吕梁。

鄭允珪一首

題林貞孚草堂

爲愛湖山靜卜居，石邊花片落春渠。閉門晝寂渾無事，寶鴨烟沉讀古書。

龔用卿四首

夜宿榆關

海天長望戍樓閑，烽火荒原隔暮山。永夜朔風傳漏柝，邊城明月照榆關。

度榆關

朔漠風寒草木枯，桓桓騎士列前驅。夜歸雪滿弓刀白，羌笛一聲山月孤。

送王別駕之蜀

漢水巴山棧道微，江帆渺渺送斜暉。秋風別思增蕭瑟，遥見衡陽一雁飛。

渡江訪陳德英中丞

倚岸成橋通小溪，溪流清淺草萋萋。野花自落春歸去，澗户無人山鳥啼。

林垠一首

過閩王陵

滿地胭脂一派分，樵人空自識王墳。玉魚金碗無尋處，隱隱青山鎖白雲。

林應亮二首

瓜步二首

其一

渡頭風色見空洲，王業惟餘江水流。昔日繁華曾駐馬，斷腸烟火照揚州。

其二

古堠斜陽接楚湘，連檣江影入微茫。客行不道風波惡，此是南朝舊戰場。

薛廷寵一首

吊高麗故宮

當年臺榭醉長春，九陌香車軟緑塵。回首可憐歌舞盡，落花啼鳥揔愁人。

王鑛二首

到揚州

懸帆昨夜發高郵，迢遞湖光接素秋。殘月夢回風亦定，榜人來報是揚州。

青魚灘

青魚灘上野人家，曲徑疏籬夕照斜。漠漠晚風吹不散，鷓鴣飛出木綿花。

薛欽二首

送客之揚州

隋家遺殿鎖塵埃，鳳輦龍舟去不回。君到廣陵江上望，風吹宫柳使人哀。

樵溪送别

秋風吹棹下樵溪，溪水悠悠日欲西。山鳥似憐離别恨，飛來飛去傍人啼。

馬森二首

塞下曲

列戟牙旗五色高，碧油幢裏擁貂毛。可憐營外風沙起，夜夜霜前枕大刀。

從軍行

陰風漠漠塞雲飛，萬里從軍着鐵衣。幾度鄉書傳雁足，家山惟向夢中歸。

郭文涓二首

山行

春曉衝嵐磴道賒，小橋流水抱人家。鷓鴣聲裏東風老，開遍棠梨幾樹花。

閨思

青樓孤枕憶天涯，紫陌垂楊影絳紗。啼罷曉鶯香夢覺，含情愁對海棠花。

何御一首

過徐陽

歲歲春風吹紫霞，徐陽三月見桃花。笙歌一夜隨流水，認得青樓第幾家。

林紀一首

舟行

青山秀色落湖陰，雲樹依微出暮林。寂莫水扉閑釣艇，一川烟雨緑蕪深。

胡廷順一首

舟行

越王城上春草生，越王城下春水平。幽閨夜夢知多少，盡是江南烟雨情。

林懋和一首

宫人斜

春雲漠漠草如烟，無限香魂哭杜鵑。爲語蛾眉謾惆悵，絶勝青冢寄胡犬。

鄭渭三首

塞下曲

大漠驚沙日夕過，邊關烽堠隔長河。胡兒夜遁穹廬徙，漢馬春肥苜蓿多。

鄖陽道中

漢川東下向鄖城。策馬朝來指别程。山色和烟青不斷，隔林飛出竹鷄聲。

秋日書田家屋壁

草徑沿村細路長，數家茅屋蔭柴桑。野田刈盡秋郊霽，籬雀群飛滿夕陽。

林玉汝一首

興田驛

驛亭南下水悠悠，滿目青山片片秋。最是不堪岑寂處，暝烟寒雨一孤舟。

陳全之一首

宋高宗鸜鵒

隴山鸜鵒説還鄉，中貴傳宣出禁墻。漠北有人歸不得，思鄉愁比隴山長。

魏文焲一首

巫峽夜泊

巫峽江流下楚湘，猿聲凄切斷人腸。無端驚起三更夢，恍惚猶疑是故鄉。

林𤐣一首

明妃曲

四面悲笳夜起風，玉顔憔悴對秋空。琵琶欲奏腸先斷，胡月分明照漢宫。

余鐸一首

無量寺懷許元復

齊女城高雲出門，古祠花雨坐黄昏。美人不見傷遲暮，回首南天更斷魂。

林應標一首

金臺懷古

臺傾黄土草萋萋，臺上黄金舊破齊。千古英雄成駿骨，燕昭行處野狐啼。

林鳳儀四首[一]

華清宫

華清宫裏日黄昏，多小紅顔待至尊。三十六宫無當意，馬嵬坡上令招魂。

女郎廟

女郎廟前楓時低，女郎廟裏鷓鴣啼。行人日暮重回首，看盡許多雲隔溪。

采蓮曲

晴湖渺渺緑波深，一唱蓮歌便有心。何事回船羞背面，雙雙驚起水紋禽。

[一] 林鳳儀四首，目録作『林鳳儀一首』，福建師範大學藏本同。正文四首，據正文改。

浣紗曲

閑趁春晴出浣紗，東風吹落鬢近花。郎君行過休相拾，柳下門開是妾家。

張煒三首

秋閨

水滿池塘葉滿臺，洞庭開闊雁飛來。不聞游子車聲返，但見天邊秋色迴。

夔府竹枝詞

估客船頭風浪偏，蜀江女兒茜羅鮮。停橈一曲腸堪斷，儂自無心郎自鄰。

聞笛

雨後閑庭雨氣收，依欄花燭暗香浮。誰家玉笛凌雲起，吹動長安萬户秋。

張焯二首

夜泊姑蘇

館娃宫外繫蘭橈，何處鍾聲夜上潮。露落臺空春樹暗，隔江漁火照楓橋。

出宫人

一自承恩得放歸，夢魂還繞御屏飛。舞衣尚有殘香在，花洛花開獨掩扉。

吴文華二首

真定道中

寒威乍起怯征衣，漠漠同雲旅雁稀。日暮滹沱風正急，雪花楊葉一齊飛。

汴藩書懷

東墅親開萬井烟，海棠花落燕飛前。故人相聚還相憶，汴邸春風又一年。

林世璧四首

湘妃怨

日落湘風凄湘水湄，蒼梧人去暮雲悲。只今一種湘干竹，猶似當年染泪時。

秋宫詞

碧天凉月澹悠悠，獨上高樓望女牛。昨夜西風何處起，宫中何處不知秋。

關山月

北塞西山青海灣，月縣明鏡玉門關。那堪千里沙場影，十萬征人尚未還。

步虚詞

鶴馭鸞車出太清，洞天六六一時行。醉歸漫向銀河渡，手掬寒波洗月明。

袁表二首

題魚梁客舍

魚梁渡頭新雨歇，大竿嶺外飛雲没。遲回不見故鄉人，却見雲間故鄉月。

竹枝詞

大麥黄時小麥黄，吴天行遍楚天長。落花片片隨流水，布穀聲聲似故鄉。

陳省二首

漢祀壇

漢武尋仙似海瀆，乾魚曾祀武夷君。至今人代更如許，猶有空壇鎖白雲。

小桃源

石門一入見田園，手植禾苗數畝村。雨後桃花還幾片，游人争指武陵源。

林烴二首

送李使君謫判茶陵

憐君謫宦向長沙，楚水閩山去路賒。尊酒離亭拚共醉，明朝相望渺天崖。

渡湘潭

瀟湘日夜向東流，萬里西行獨未休。擬吊汨羅何處是，江蘺極目不勝愁。

徐棉四首

送人之巴陵

日暮官亭盡別觴，滿江春水緑茫茫。送君遥指巴陵道，一望雲山斷客腸。

尋隱者不遇

杖藜徐步出荒原，漠漠寒雲掩洞門。流水桃花人不見，孤鶯飛過緑楊村。

北江訪梁逸人不值

日斜遥指北江潯，十里松杉接地陰。聞説主人行藥去，白雲芳草閉門深。

度分水關

滿路鶯聲送夕陽，關門樹色遠蒼蒼。歸人不及清溪水，一夜東流入故鄉。

黄用中一首

錢塘別歌者

飄泊曾經十八年，重來風物總非前。桃花一樹春如許，腸斷相看咽管弦。

王應山一首

宿子規嶺

千盤休嘆路行難，茅舍清幽客夢閑。杜宇不須頻唤醒，明朝馬首是閩關。

林熇一首

度分水關

風雨霏霏客路賒，故園回首已天涯。欲將心事憑流水，百折瀠洄寄到家。

陳輔之三首

太真春睡

卯酒醒來仗侍兒，嬌羞無力拜還遲。馬嵬坡下梧桐雨，不見當年睡起時。

虞姬請劍

美人帳下鉛華冷，壯士軍前霸業空。三尺芙蓉兩行泪，西風吹落九原中。

宮詞

君恩在處覺春長，翠輦經過日月光。同是紫垣青禁裏，莫將長信比昭陽。

邵傅一首

宿雙溝東岸

戲馬臺前正夕暉，吕梁洪下片帆飛。夢魂更急黄河水，萬里關山一夜歸。

王應岳一首

登樓

朱樓日暮捲簾時，紫燕東歸應北飛。不識藍橋今夜月，玉人何處舞羅衣。

晉安風雅卷之十二

郡人徐𤊹選輯
陳薦夫校訂
董養斌編次[一]

七言絶句

林春元四首

渡江詞

不待東風不待潮，渡江十里九停橈。不知今夜秦淮水，送到揚州第幾橋。

楊柳枝

楊柳青青河水濱，春來日日送行人。東風不與長爲主，送盡行人却送春。

春日感舊

春城柳色入東華，繫馬頻過賣酒家。記得去年江上別，風吹二十四橋花。

[一] 董養斌編次，福建師範大學藏本作『安國賢編次』。

清道觀贈道士

三十年來卧白雲，何人知是紫陽君。月明横笛東山頂，吹下長空鶴一群。

謝杰五首

懿文陵

秋盡郊原落木紛，空山日暮鎖愁雲。一從幽薊龍飛後，陵寢何人謁懿文。

明妃曲

花開不見上陽春，遠嫁誰憐萬里人。欲向沙場尋女伴，烏孫公主漢家親。

春閨

郎去京華妾倚樓，數聲羌笛動離愁。寒梅可是相思樹，一夜花開盡白頭。

宫人斜

埋玉空山土一抔，落花飛盡水悠悠。年年灑作啼鵑血，遺恨春風十二樓。

送游太初歸蜀

杜子堂西萬里橋，使君歸去馬蹄驕。詩成莫向啼鵑賦，望帝春魂恐未銷。

馬熒三首

長門怨

永夜巫山夢不成，長門寂寂月初明。强携瑶瑟瓊軒立，腸斷昭陽歌吹聲。

江上逢袁景從

茫茫江水浸平沙，雁影翩翩帶日斜。欲駐扁舟風更急，明朝相憶即天涯。

送陸華父游楚

春水悠悠葭菼青，驪歌清切起津亭。送君遠逐隨陽雁，一夜乘風過洞庭。

董廷欽二首

虎丘懷古

吴王冢上綉莓苔，松柏蕭蕭日暮哀。金虎不來鳧雁寂，茨菰花滿劍池開。

登金山

長江無際接天流，江上孤峰世界浮。日暮鄉心何處切，江南江北揔悠悠。

宗周一首

題畫

孤松千尺挂垂藤，雲際高峰十二層。日暮鳥啼山寺遠，野橋流水獨歸僧。

黄中一首

江上逢李生歸閩

三年孤劍客并州，江上逢君泪自流。君向閩南我燕北，愁心直到水東頭。

藍靖卿二首

長門怨

少小深宮侍至尊，舞衣歌扇夜承恩。一朝花老春光去，長對黄昏空閉門。

湘妃怨

萬頃茫茫湘水沉，湘妃悲怨暮雲深。可憐千古思君泪，猶有餘斑在竹林。

陳椿二首[一]

過越王墓

越王墳前日欲西，斷碑殘碣隱荒溪。可憐松柏催薪後，一徑寒烟鳥自啼。

折陽柳

何處良人阻戍期，陰陰楊柳緑如絲。玉門一望烽烟斷，欲折長條好寄誰。

陳第二首

後出塞

萬里秋風海上生，驅車今復戍檀城。天寒夜渡韋溝水，馬尾凝冰碎有聲。

[一] 陳椿二首，目録作『陳椿四首』，正文二首。福建師範大學藏本同。

游喜峰關

邊日淒淒野色愁，山前流水雪花浮。兒童解唱胡人曲，短笛清笳別樣秋。

趙世顯六首

蜀中寄友

巴水東連江漢流，長天萬里白雲秋。征途未卜歸何日，遥寄相思巴水頭。

宫詞

沉沉别殿自焚香，笑解羅襦拂御床。十二碧闌春寂莫，水晶簾捲月如霜。

宿中山署亭

柏葉青青蕉葉黄，蕉花開盡桂花香。征人重向孤亭宿，一夕西風憶故鄉。

少年行

紫騮玉勒控青絲，挾彈花間歸去遲。雲錦夜筵歌越女，桃花春帳擁吴姬。

楚江懷友

春來夏口起層波，秋到衡陽少雁過。獨夜短橈何處泊，江風蕭瑟月明多。

寄友

日暮狂風吹短橈，寒鴉點點草蕭蕭。故人家在千山外，月落猿啼歸夢遥。

陳益祥二首

尋僧失路

夕陽山下亂蘼蕪，欲訪名僧失問途。芳草斷橋行不得，鷓鴣溪畔又相呼。

山中即事

釣罷歸來萬事慵，松梢一半夕陽春。竹窗讀罷楞嚴偈，月上西山第幾峰。

王湛二首

盤桃嶺有懷

嶺樹參天路渺漫，故人知隔幾重山。征衣不是湘江竹，也有相思泪點斑。

游仙詞

十二樓中曙色分，百花香裏鶴相聞。不知誰唱霓裳曲，散盡遥空萬片雲。

陳鳴鶴四首

烏孫公主歌二首

其一

生長深宫未出門，九千里外嫁烏孫。一聲鼓角一回首，何處天邊是故園。

其二

赤谷城中雨不休，雁聲日暮使人愁。漢家今夜平陽第，宫女如花倚玉樓。

閨人曲

聞君遠在古榆關，此去千山復萬山。終日登樓人不見，開簾惟有燕飛還。

漢祀壇

吸露餐霞絶世氛，石壇親見武夷君。漢家天子多烟火，却把乾魚污白雲。

王昆仲一首

過薛君故城

食客當年此舊疆，蕭蕭衰草對斜陽。心知彈鋏今無主，猶向居人訪孟嘗。

鄧原岳六首

江上别徐惟和兄弟

驛路風吹楊柳枝，江雲江草不勝悲。也知遠道終須别，借得離筵駐片時。

春盡

客舍蕭條對夕暉，更堪春盡野花飛。馬蹄欲逐殘春去，不信春歸客未歸。

楊白華

楊花點點逐殘春，飛出宫墻踏作塵。一望南天消息斷，東風愁殺倚樓人。

蘇小墓

油壁青驄不再逢，西陵猶有幾枝松。傷心怕問錢塘水，潮去潮來無定踪。

長門怨

一入深宫暮復朝，碧雲寂莫夜迢迢。若言衰貌難承寵，何必黄金貯阿嬌。

長信怨

長信秋風暗綺羅，玉顔憔悴泪痕多。空將舊恨題團扇，不及昭陽子夜歌。

陳仲溱四首

緑珠怨

歌舞繁華樂未休，消殘紅粉恨悠悠。明珠縱是餘三斛，難買須臾不墜樓。

楊柳枝

灞陵橋畔柳新黄，吹遍東風自夕陽。欲折一枝寄長恨，柳絲那似妾情長。

魏宫怨

當日銅臺望幸時，西陵今見草離離。夜來一掬傷春泪，惟有漳河流水知。

寄謝在杭

孤館蕭蕭夜不眠，思君夢斷太湖邊。傷心最是樓前月，惆悵清光隔幾年。

陳宏己一首

苦竹派

明月沙頭苦竹青，鷓鴣啼罷水冥冥。嶺南行客腸休斷，不似黄陵廟裏聽。

陳邦注八首

野店逢劉二

野店無人楊柳垂，楊花落盡客行悲。天涯盡處無知己，今日逢君又别離。

湘江

長江寂寂一孤舟，楓葉蘆花下急流。何處漁郎暮吹笛，數聲腸斷夕陽秋。

貢川感懷

孤城寂莫角聲哀，病起登臨日幾回。游子不知爲客久，春來江上見花開。

崖州道中

萬里珠崖道路難，故鄉回首望漫漫。青山半是猿啼處，落日西風海色寒。

會稽經吴氏酒樓

紅粉佳人舊酒樓，管弦零落暮生愁。長堤無限東風起，吹盡楊花滿渡頭。

城南感舊

城南陌上柳如絲，曾共王孫此别離。春色豈堪蕭瑟盡，馬頭今口見殘枝。

竹枝詞

妾住姑蘇第一橋，門前黄葉日蕭條。自從郎去瀟湘後，每憶歸舟看夜潮。

溢浦夜泊

幾點漁燈映水明，漁歌唱斷水雲聲。扁舟横泊沙汀外，霜白雲寒潮未平。

陳价夫七首

送人之長沙

片帆西挂峊江湄，三月楊花怨子規。君到賈生遷謫處，斷腸應在過湘時。

山行聞鷓鴣

楊花似雪草如茵，拂面東風不起塵。無數青山春雨後，鷓鴣聲裏遠行人。

征婦詞

望斷行雲鎖翠蛾，妝停膏沐織停梭。開箱試看同心佩，碧玉無光幽怨多。

燕

暫逐東風别海涯，去年營壘是誰家。春光浪信江南好，到得江南又落花。

楊柳枝

憶别郎時折柳枝，曾憑柳葉畫雙眉。郎今但念眉如葉，莫看長條摇落時。

雜體詩

憶從陌上失金鈿，冷落春風十二年。却恐明珠難久佩，只今牢繫綉裾前。

步虛詞

瑶池曾見許飛瓊，阿母親傳白玉笙。教得紫虛新度曲，一聲吹斷世間情。

陳薦夫七首

立春日感懷

征袖翩翩浥泪痕，别離無計但銷魂。應嗟不及墻東柳，歲歲春風在故園。

柳枝詞

陌上千枝復萬枝，春來誰不寄相思。長安多少堪栽樹，却種桑條引别離。

臨别再呈伯孺兄

臨别無言但損神，孤身游子白頭親。鄉書到處封題便，馬上相逢好寄人。

竹枝詞

荷葉田田柳葉垂，千船萬船多女兒。與郎暗約花間去，不唱竹枝知是誰。

宫詞

雖言逐隊向長門，十載何曾識至尊。命薄不教人見妒，始知無寵是君恩。

寄懷王震甫客蜀

邛郲東望草離離，峽口春歸未有期。懷古思鄉兩行泪，豈堪同在聽猿時。

塞下曲

塞草黄雲萬里哀，胡天漠漠鳥飛迴。漢家幾見封侯印，曾繫沙場白骨來。

王毓德六首

度仙霞嶺

已恨閩天道路賒，更堪回首隔仙霞。潺湲已是他鄉水，縱使東流不到家。

蘭溪夜泊

暮雨孤村繫客船，漁燈相對未成眠。思家泪共蘭溪水，一樣潺湲過枕邊。

渡錢塘江

一片吴山鳥外蒼，三年兩渡過錢塘。分明認得曾游處，莫把扁舟當异鄉。

少年行

裝成七寶匣吴鈎，笑擁胡姬走馬游。半醉直衝馳道過，横鞭遥揖富民侯。

界首湖送人還閩中

落日天涯各問津，蒼茫但見水粼粼。艱危不盡思鄉泪，忍送同鄉歸去人。

凉州詞

風捲狼烟塞日曛，流泉愁向隴山聞。玉門關外平西望，一片黄沙接白雲。

鄭琰九首

泊淮黄

漂母祠前淮水頭，千帆夜泊荻花秋。數聲寒角一聲雁，若個行人不泪流。

毗陵道中有懷

吴王臺上杏花飛，看舞佳人白苧衣。今日毗陵江上路，鷓鴣偏逐客心歸。

石門寨

白草胡沙二月間，窮邊孤客幾時還。欲折梅花寄鄉信，春風吹不到關山。

贈别

花時烟景與同游，君向咸陽妾倚樓。日夜魂隨樓下水，潮來潮去到秦州。

送客

野色蕭蕭官渡頭，亂楓飛盡不禁秋。思君後夜看明月，愁殺烏啼古戍樓。

交河

交河四月未歸人，日暮鶯花傷客神。萬里故園何日到，無邊芳草向誰春。

一雲寺

亂山含雨冷雲飛，石室烟深鶴未歸。獨有桃花千萬片，天風吹落定僧衣。

青樓曲

錦鞍玉勒青絲騎，不惜黄金同買醉。萬樹夭桃二月殘，十指朱弦一聲泪。

龍泉寺五更口示李元之

獻賦論兵事已非，西風却憶故山薇。五更凉雨醒殘夢，愁殺飄零人未歸。

董養斌三首

題蔡文姬歸漢圖

風前勒馬泪潸潸，白草黄雲望故關。細語胡雛腸欲斷，先人丘墓漢家山。

柳枝詞

曾向樓前鬥舞腰，千枝萬葉拂河橋。只因送盡離亭客，雨泣風愁緑暗銷。

夜發彭城

疏鐙短棹下寒流，回首城西月在樓。漢祖故宫狐鼠慣，雲飛風起不勝愁。

康彦登三首

銅雀臺

瓦落臺空野草愁，綺羅香輦但荒丘。二喬不鎖東風妒，遺恨漳河水自流。

靈武道中

作客經時未解鞍，塵沙障面朔風寒。西行重過靈州道，雲樹依稀漢壘殘。

塞上七夕

西樓夜色净如銀，絶塞秋風愴客神。少婦停針心萬里，不知何處是三秦。

謝肇淛五首

宫人斜

落花啼鳥怨青春，生不銜恩死作塵。長信月明秋寂寂，君王只夢李夫人。

宿吴山寄長安舊人

春時相送出燕都，秋到江南一字無。半夜寒燈數行泪，滿天風雨下西湖。

寒食山中

白雲流水净含沙，傍水斜陽三兩家。一夜山中寒食雨，杜鵑啼落刺桐花。

七里灘

七里灘頭雲不開，富春山下水瀠洄。漢家事業成秋草，江月年年上釣臺。

行樂詞

長安春雪未曾乾，錦瑟銀箏帶酒彈。十二重樓寒不到，桃花流水碧漫漫。

徐𤊹十二首

竹枝詞

巫峽之水巫峽流，瞿塘女兒瞿塘舟。低聲學唱巴人曲，唤起江南江北愁。

漢宮春曉

春明乘曉試新妝，玉輦金輿出建章。三十六宮都望幸，車聲先已向昭陽。

秋日送客

八月南天旅雁悲，不堪杯酒惜臨岐。馬頭一去三千里，正是西風摇落時。

宫人斜

空山冥漠夜沉沉，多少芳魂不可尋。莫怨埋香在黄土，長門深似墓門深。

樂游原

荒原渺渺樹層層，立馬斜陽問廢興。何處銷沉生感慨，秦時遺殿漢諸陵。

送鄭先生之漢陽

垂老無家别故鄉，薄游千里只空囊。楚江風浪孤身客，何日漂零到漢陽。

少年行

朝入平康暮酒樓，千金寶劍百金裘。醉來走馬長安道，不暫停鞭避五侯。

寄家兄書

弟兄南北隔關河，貧病侵人歲月過。莫謂异鄉愁作客，在家愁比异鄉多。

得惟和秣陵書

見説風帆出石頭，遠書遥寄雁來秋。不知此地開緘日，又過天涯何處州。

塞上聞笛

連天烽火照高樓，羌笛聲聲怨隴頭。一曲梅花兩行泪，月中齊落古幽州。

涼州詞二首

其一

隴水秋風胡雁鳴，戍樓羌笛動邊聲。朔雲萬里無青草，惟見黄沙接渭城。

其二

雪消城窟水潺潺，月照黄榆飲馬還。烽火臺前聞曉角，思鄉南望漢關山。

袁敬烈六首

春江曲

三月楊花歷亂飛，鵁鶄鸂鶒滿漁磯。春帆片片春江上，空見人歸郎不歸。

送人之蜀

霜落孤城夜柝哀，巴江楚水片帆開。傷心不獨衡陽雁，更有猿聲巫峽來。

春閨

雲母屏前片月明，羅幃綺帳獨傷情。春風忽送雙雙燕，日向雕梁高下聲。

紅葉怨

春水潺湲出御溝，拭將殘泪寫春愁。誰言一葉傳情易，載得愁多却不流。

蘭亭懷古

亭前松柏曉森森，内史遺踪不可尋。獨有剡溪溪上水，空流黄葉下山陰。

懷康元龍客朔方

萬里單車向朔方，春風兩度雁南翔。賀蘭烽火陰山雪，此際能無思故鄉。

曹學佺三首

金鷄洞

莫測幽源别有天，金鷄啼破洞門烟。世人那得尋常聽，一度朝昏幾百年。

送鄧汝高之京

問君此去欲何之，江北江南各一涯。南北即從今日别，銷魂不在渡江時。

送人之邊

雪積遼陽路不通，送君此去遠從戎。家山萬里腸堪斷，最是長城鼓角中。

安國賢六首〔一〕

靈源洞曉起〔二〕

拂曙禪房夢乍醒，數聲啼鳥倚闌聽。海上霞出樹凝紫，天際雲來山斷青。

〔一〕 安國賢六首，此條原本不載，據福建師範大學藏本補。

〔二〕 靈源洞曉起，此詩原本不載，據福建師範大學藏本補。

春日即事[一]

寂寂山窗日色遲，鶯聲未老燕來時。東風無事尋詩坐，半在松門半竹籬。

殘梅[二]

花落花開又一年，半林殘雪半江烟。枝頭留得兩三點，猶待東風伴舞筵。

宮中燈夕詞二首[三]

其一

昭陽元夜月如銀，火樹争開簇簇新。三十六宫歌管沸，就中都作太平春。

其二

九陌燈光接上台，千官劍佩散蓬萊。紫霞杯酒香□□，天上簫韶彩鳳來。

釣龍臺[四]

釣龍臺上鳥飛啼，釣龍臺下水東西。王封霸業今何在，烟雨年年春草齊。

[一] 春日即事，此詩原本不載，據福建師範大學藏本補。
[二] 殘梅，此詩原本不載，據福建師範大學藏本補。
[三] 宫中燈夕詞二首，此二詩原本不載，據福建師範大學藏本補。
[四] 釣龍臺，此詩原本不載，據福建師範大學藏本補。

僧正淳二首

詠苔

青如蚨血染頹垣，漢寢唐陵幾斷魂。莫笑貧家春寂寞，漸隨積雨上朱門。

吊鄭宅孔雀

甘隨故主入泉扃，不管人間失錦屏。惆悵故山明月裏，有人曾拾舊時翎。

釋法闡一首

東村看雲

倚杖東郊望白雲，千村萬落鬱氤氳。試看城市悠悠者，誰更無心得似君。

釋至剛一首

登萬歲寺塔

千尺浮屠倚梵宫，恒河世界有無中。乘閑試出青霄望，一片禪心不礙空。

釋明秀四首

題西禪蘭若

尋幽西到古禪關，樓閣高低紫翠間。山鳥不鳴人境寂，爐烟輕靄白雲閑。

山房秋夜

寒蛩鳴砌夜蕭蕭，一點禪燈伴寂寥。楓落吴江吟不就，那堪凉雨滴芭蕉。

夏日書懷

緑遍庭前雨乍晴，南風一枕篆烟輕。起來散步槐陰下，閑聽幽禽三兩聲。

夢長兄凄然有作

獨夜殘燈一雁鳴，凄凉夢裏似平生。相看無奈幽明隔，枕畔蕭蕭風雨聲。

鄧氏一首

秋夜聞笛

凄風颯颯滿江城，雁叫霜天月正明。永夜蕭條多少恨，不堪更聽斷腸聲。

陳氏三首

寄遠

暮雨沉沉不肯休，知君今夜宿誰樓。可憐楚水吴山外，旅况閨情一樣愁。

懷潘郎

良人挾策上長安，欲訴衷腸隔萬山。乳燕似憐人寂寞，雙雙飛近玉闌干。

感夢

忽夢夫君得意旋，醒來情緒轉凄然。東風不管閨中恨，故送鍾聲到枕邊。

王女郎一首

春日閑居

濃陰柳色罩窗紗，風送爐烟一縷斜。庭草黄錯隨意緑，子規啼上木蘭花。

張紅橋四首

寄林子羽四首

其一

桂輪斜落粉臺空，漏水丁丁燭影紅。露濕暗香珠翠冷，赤欄橋上待歸鴻。

其二

井落金瓶信不通，雲山渺渺暗丹楓。輕羅露濕鴛鴦冷，閑聽長宵嘹唳鴻。

其三

寂寂香閨枕簟空，滿階秋雨落梧桐。内家不遣園陵去，音信何緣寄塞鴻。

其四

衾寒翡翠怯秋風，郎在天南妾在東。相見千回都是夢，樓頭長日妒雙鴻。

下编：附録

附録一　徐熥傳記

徐惟和行狀　陳价夫

始予之與惟和，友也，未甚知其奇，月餘乃覺。身所行事，悉凡陋猥俗，則自厭而遷去者半。久之，臭味始同，匪同也，實忘之也。夫既忘矣，又焉知其奇，故惟和卒，余憒憒然如有所失，每記憶其行事，念其生平，言不可得。嗟夫，向日相歡，真與醉夢中何异哉！抑悲極而昏，理固宜然耶？既改歲，神情稍復，而惟和所爲不朽事，亦稍稍關予心，故抆泪爲之述狀。

按《譜》，徐氏自宣教公五傳至永寧公，始顯。宣教生孔明，孔明生鏗，鏗生演，演生永寧，永寧生熥。熥，即惟和也。永寧公諱棉，字子瞻，兄弟六人，而公居其五，獨永寧公以經學起家，官至永寧令，從祀名宦，具顧道行《墓志》及王伯谷、張幼于《傳》《表》中，故不次。永寧公年五十時，苦無丈夫子，陳孺人爲置側室林，始生熥及𤊹、熛，而惟和最長。永寧公既晚得子，教之不甚操切，而惟和深自刻勵，學既成，不爲若翁所知。年十三，從永寧公宦嶺南。永寧公每課諸生，有所當意，則入以語陳孺人，謂吾子不及某家兒慧，以爲憾。惟和聞之，潛擬所課題，爲文匿笥中，陳孺人取以示永寧，永寧見之，始大駭，如瓌之得頲也。

永寧公既免令，家居，時惟和年十九，始就試，冠諸生，補博士弟子員，凡兩就鄉試，弗利。歲乙酉，王敬美先生督學閩中，惟和試居高等，食諸生廩餼，于是名籍籍起。是歲，試省闈，主司已擬入格，將魁，閩士會有阻之者，竟不果録。惟和乃益厭習公車業，刻意攻古文詞，與陳秀才汝大、汝翔、陳山人惟秦、振狂、鄧學憲汝高、謝司理在杭，及不佞价夫、弟薦夫輩數人，結社賦詩，刺來筒往，殆無虚日。無何，顧學憲道行先生至閩，顧先生風流儒雅，其所識拔士，率類其爲人，而惟和于諸生中，受知獨最。爾時，金大中丞方在艖臬，江大中丞方領郡篆，龔大參知公方按八閩，皆倒屣延接，莫不以國士遇之。戊子，始以《易經》領鄉薦，上春官，不第。往來燕趙吴越間，獲交四方諸名士百餘人，各恨把臂太晚，而惟和益慷慨自喜，嚻嚻然，懼游道之不廣也。辛卯，上春官，既發，永寧公逝。至京，始聞訃，號慟幾絶。未及試，遂奔喪歸。是冬，陳孺人繼歿，惟和哀慕逾于所生。乙未，試南宫，復不第，念禄養不逮考妣，而所生母老且病，將求一氈爲養。會予弟薦夫亦被放，謂惟和之才，何難一第，奈何便圖升斗之養乎？强之南歸。戊戌春試，復不利，念母髮且種種。留滯長安者半載，乞一氈，又弗得。然自是愈益倦游矣。所居九仙山之麓，密竹高齋，俯瞰萬井中，藏圖書數千卷，日與其弟㓜及不佞兄弟、諸同社輩嘯咏其中，商略烟霞，評騭往古，圖爲不朽之業。

歲己亥七月，以事之玉田，遘疾而歸。當惟和疾時，价夫兄弟居山中，遠不及聞。疾亟，以書招予弟兄，將有所托。而予適有他事，未及赴。然不謂精神骨相如惟和，才藻行誼如惟和，而竟得夭數也。越月五日，始入城，視其疾，則已益篤，猶然執予手，如相訣狀。蓋身後之事，旬日前自知不起，已預諄諄屬之介弟矣。林從事志尹者，莫逆友也。惟和自玉田病歸，即移外寢，呼志尹與居。悉屏去婦人，不令近，獨志尹侍湯藥床笫者月餘。至仲秋八日，疾竟不起。嗚呼，傷哉！惟和所生母林已騷然黃髮矣。男子才丱角，女子才八歲。其餘尚呱呱而啼。卒之日，親朋百人哀號震慟，滿城行哭，可謂死而哀者。文時泰予洙男文榜（以上數字疑有誤）。是歲九月，同社諸子爲作木主，祀于烏石山之高賢祠。祠即屠田叔司農丞所建，以祀晋唐以來風雅諸名公者。凡惟和所行事可稱者甚夥，不能殫述。不佞价夫尚擬作《幔亭外紀》以志之，然而每一搦管，輒爲凄然，不知何可冀成帙也。（陳价夫《招隱樓稿》，徐𤊹選，鈔本，藏上海圖書館）

徐熥傳　陳鳴鶴

徐惟和者，閩縣人，名熥。晚以其名犯吴王諱，欲自言春官以字行，別字調侯，未果也——而調侯之聲已著。

熥弱冠補學官弟子，而豪于歌詩，雅不睹經生業。及試，皆异等。諸爲經生業者，咸不敢仰視，而心下之。萬曆十六年，以鄉薦上春官，三試皆不遇。即不遇，而春官所徵士及京師縉紳先生皆走熥，讀其所爲詩歌，皆嘆息，自以爲能不及也。長洲張獻翼稱之曰：『閩中一時諸子，追述大雅，取裁風人，真足馳騁海内，而惟和則獨步當時矣。』甬東屠本畯亦曰：『惟和詩，力贍肌豐，情神注傅，俯仰古今，錯綜名理。』熥有至性，事親而孺子慕者終其身。每伏臘及讀書有感，泪未嘗不簌簌下，幾不自勝。處二弟，通其有無。族人之婚者、喪者，無不仰給于熥。熥好客自喜，所居户外屨常滿。客以急者，亡問知與不知，皆絶甘振之，用是家困如罄，終以澀蓟，即假貸所得，隨手輒盡如故。先是，三教先生謂人曰：『熥有大智慧，終當悟入。』熥由此讀二氏書，服道士衣冠，日從緇黄者游，惟恐其不我欲也。

著詩十卷、文十卷，稱曰《幔亭集》。萬曆己亥熥病侵。有程倉曹者禱于城隍廟，願以餘年代熥。晝夜禱，叩頭，頭盡流血。及熥卒，閩士大夫，四民過客，亡問知與不知，皆爲垂涕。自遠方來吊者，趾相錯，故嘗與熥爲詩者相與祀熥與陳椿于高賢祠。（陳鳴鶴《東越文苑傳》卷六，同治郭柏蔚增訂本）

徐熥傳　喻政　等

徐熥，字惟和，閩縣人。熥少即以詩自命，萬曆戊子舉于鄉。爲文千言立就，獨于詩刻意極思。婉而不靡，麗而不浮，餘音逸響，鏗如也。初，熥父棉苦學力行，免永寧令歸，家故貧。至熥益嗜書好客，客有急來歸，即傾貲賑之，用是家益落。卒年三十九。同時有陳薦夫，能爲六朝文，其詩工麗情至，近體多出中晚格。舉甲午鄉薦，未第卒。（《〔萬曆〕福州府志》卷六十二《人文志》）

徐熥傳　何喬遠

徐熥，字惟和，父棉，以《易》學名家，仕永寧令。熥數上公車不第，與其弟𤊹力詩歌，諸體并擅，所著《幔亭集》二十卷。又歷選閩中諸先詩十二卷，名《晋安風雅》。（何喬遠《閩書》卷一二六《英

舊志》，福建人民出版社一九九四年，點校本）

徐熥傳　王兆雲

徐熥，字惟和，福州閩縣人，中戊子鄉試。多大度，不拘小節，家甚貧，好賓客，凡游閩者無論尊官賤士，無不得見徐君。户外四方之屨，相錯如市。或游困不能歸者，傾索以贈。人咸誚爲『窮孟嘗』云。著有《幔亭集》《絳囊生傳》行于世。年四十，齎志以殁。（王兆雲《詞林人物考》，佚名《荆山徐氏譜·世系考》引）

徐舉人熥傳　布衣𤊹傳　錢謙益

熥，字惟和；𤊹，字惟起，又字興公。閩縣人。永寧令棉之子也。兄弟皆擅才名，惟和舉萬曆戊子鄉薦，十餘年不第，風流吐納，居然名士。其詩爲張幼于、王百谷所推許，有《幔亭集》，屠長卿序之。興公博學工文，善草隸書，萬曆間與曹能始狎，主閩中詞盟，後進皆稱興公詩派。嗜古學，家多藏書，著有《筆精》《榕陰新檢》等書，以博洽稱于時。崇禎己卯，偕其子訪余山中，約以暇日，互搜所藏書，計求放失，復尤遂初、葉與中兩家書目之舊。能始聞之，欣然願與同事。遭時喪亂，興公、能始皆謝世，而余頹然一老，無志于斯文矣。興公子延壽，能讀父書。林茂之云：劫灰之後，興公鼇峰藏書尚無恙也。（錢謙益《列朝詩集小傳》丁集下，上海古籍出版社排印本）

徐𤊹傳　徐熥傳　張廷玉　等

閩中詩文，自林鴻、高棅後，閲百餘年，善夫繼之。迨萬曆中年，曹學佺、徐𤊹輩繼起，謝肇淛、鄧原岳和之，風雅復振焉。學佺詳見後《傳》。𤊹，字興公，閩縣人。兄熥，萬曆間舉人。𤊹以布衣終。博聞多識，善草、隸書。積書鼇峰書舍至數萬卷。（《明史·文苑傳·鄭善夫傳附》，中華書局點校本）

徐熥傳　沈廷芳　等

徐熥，字惟和，閩縣人。永寧令棉子，與弟布衣𤊹俱擅才名。熥舉萬曆戊子鄉薦，有《幔亭集》二十卷，又選《晋安風雅》十二卷。𤊹，字惟起，博學工文，善草、隸書。詩歌婉麗，萬曆間與曹學佺狎主閩中詩壇。性嗜古，家多藏書。有《徐氏筆精》《榕陰新檢》《紅雨樓集》。𤊹子延壽，字存永，詞賦激昂，有《尺木堂稿》；孫鍾震，字器之，有《雪樵集》。（《〔乾隆〕福建通志》卷五十一《文苑傳》）

徐熥傳　徐景熹　等

徐熥，字惟和，閩縣人。永寧令棉之子也。舉萬曆戊子鄉薦，三上不第，風流吐納，居然名士。家貧好客，凡游閩者，無論尊官賤士，無不得見，户外四方之履，相錯如市。或游困不能歸者，傾囊以贈，人咸誚爲『窮孟嘗』云。其詩爲張幼于、王百谷所推許，有《幔亭集》，屠長卿序之。又選《晋安風雅》。年四十，齎志以殁。（《〔乾隆〕福州府志》卷六十《文苑傳》）

徐熥傳　徐日焜　等

諱徐熥，字惟和，號幔亭，行一百六十二，子瞻公長子。穎悟絶倫，諸子百家無所不讀，詩詞歌賦鮮有不通。所作詩文甚多，皆梓行世，而藏板于家。至大清甲寅歲，山賊蜂起，焚毁村墟，公之翰墨版集鮮有存者，故至今僅留什一于千百，總名之爲《幔亭集》。甫弱冠，選入郡庠生，至萬曆戊子科，登潘洙榜，列名第二十二，與彭岐楊茹春同榜。嗣後三上春官，南宫未捷。但所過雲間、姑蘇、燕關等處，縉紳大夫無不敬禮，至于山水人物，皆有詩詞以志之。從此名馳海内，藉藉人間。世居省城鼇峰。父子俱登名坊表，《郡志》、《賢書》既載其實，《才子彙》亦録其行焉。生嘉靖四十年辛酉三月初三日寅時。卒萬曆二十七年己亥十月初十日巳時，年三十九。葬西關外丸店張半洲墳左崙。

贊曰：倚天拔地負大才，嵩生岳降羡奇瑰。七步詩成金玉墜，八乂賦就錦綉堆。名馳天下推高手，涌泉瀉水出心裁。鏖戰棘闈膺鶚薦，先聲翰苑賓興杯。舊時潘陸稱并駕，青史留芳一代新。由來才子不世出，試問閩中有幾人？（佚名《荆山徐氏譜·世系考》，鈔本）

徐熥傳　郭柏蒼

徐熥，字惟和，梠子，㶿兄，莊父，閩縣人。萬曆十六年舉人。有《幔亭集》。入祀烏石山高賢祠。《柳湄詩傳》：熥家貧，好客，人呼爲『窮孟嘗』，累上春官不第。年三十九卒。按：生于萬曆癸酉。素羡武夷幔亭君，《游萬年宫》詩曰：『我亦曾孫今在世，夢中親御紫鸞車。』故以『幔亭』名其集。其詩爲長洲張獻翼、東海屠隆所推許。選福州明詩十二卷爲《晋安風雅》。又按：萬曆二十六年，鹽運同知屠本畯與熥倡建高賢祠于福州郡治烏石山西，祀自唐至萬曆間閩中鄉先生善聲詩者六十餘人。其題名録被無賴擊碎階除間，有『林泉生』三字，元時永福人。明國子監鄭定木主尚在。蒼續修《烏石山志》時，據康熙魏獻鈔本録出，日久乃知鈔本之僞。閲《惠安縣志》，黄克晦與周朴同祀高賢，可知當時亦附流寓，則韓偓、陳陶諸人必與焉。陳薦夫集有《祭陳汝大閩縣陳椿徐惟和陳子卿莆田陳翰臣林初文福清林章初名春元王懋宣侯官王應山入高賢祠》文，是徐熥死後，又復增祀多人。按：懷安袁表入祀高賢，在六十餘人之内。魏憲所載多顯宦，非屠使君、徐惟和意也。《烏石山志》已續刻，不及更正。附記于此。（郭柏蒼《全閩明詩傳》卷三十二，清光緒沁泉山館本）

徐熥傳　何振岱　陳衍　等

徐熥，字惟和，閩縣人。父棉，字子瞻，自號相坡居士，嘉靖乙丑歲貢生，授南安訓導，擢茂名教諭，陞永寧縣，卒。入祀茂名《名宦》。有《徐令集》。熥嘗以其名犯吴王諱，欲自言春官以字行，别字調侯，未果也，而調侯之聲已著。萬曆戊子，舉于鄉，豪于歌詩，甬東屠本畯云：『惟和詩，力贍肌豐，情注神傳，俯仰古今，錯綜名理。』熥好客，所居户外履常滿。客以急歸者，亡問知與不知，皆絶甘振之，用是家困，人目爲『窮孟嘗』。即假貸所得，隨手輒盡。讀二氏書，服道士衣冠，日從緇黄者游。著詩十卷、文十卷，稱曰《幔亭集》。萬曆己亥，熥病，有程倉曹者禱于城隍，願以餘年代熥。及卒，無問知與不知，皆爲垂涕，自遠方來吊者，趾相錯。故嘗與熥爲詩者，相與祀熥于高賢祠。弟𤊹。（《〔民國〕福建通志·文苑傳》卷六）

先兄墓碑陰交游題名記　徐𤊹

有唐柳宗元爲父御史公撰神道表，石陰書先友五十六人，凡天下善士舉集焉，且曰：『信讓而大顯，道博而無雜。』今世之言交者以爲端。余兄三十九而夭，所交海内名公若干人，或以文藝受知，或以詩詞見賞，咸謂知交。㘄竊效子厚先生遺意，録其最相知而最有名者紀其名字、爵里。千秋百歲後，不知其人，則請視其友：

福建提學副使顧大典，字道行，吴江人。
南京太常寺少卿王世懋，字敬美，太倉人。
翰林院修撰楊起元，字貞復，歸善人。
吏部郎中劉學曾，字唯一，光山人。
監察使鄧煉，字文純，南城人。
徐聞知縣熊敏，字汝顔，新昌人。
都御使江鐸，字士振，仁和人。
都御使金學曾，字子魯，錢塘人。
太常卿劉日升，廬陵人。
鄉貢士張鳳翼，字伯起，長洲人。
□□陳繼疇，上虞人。
福建布政使管大勳，字世臣，鄞縣人。
太學生張獻翼，字幼于，長洲人。

太學生王穉登，字百谷，吴縣人。
辰州知府屠本畯，字田叔，鄞縣人。
袁州推官徐桂，字茂吴，仁和人。
處士曹昌先，字子念，太倉人。
江西按察使張鼎思，字睿父，長洲人。
福建按察使楊德政，字叔向，鄞縣人。
鄉貢士胡應麟，字元瑞，蘭溪人。
文學梅守箕，字季豹，宣城人。
貢士梅鼎祚，字禹金，宣城人。
湖廣寧鄉縣主簿梅蕃祚，字子馬，宣城人。
處士吴夢暘，字允兆，長興人。
貢士陸君弼，字無從，江都人。
處士俞安期，字羨長，吴江人。
處士吴運嘉，字叔嘉，長洲人。
都指揮使王元坤，字德載，上元人。
中書舍人曾士鑒，字人倩，南海人。

處士柳應芳，字陳父，通州人。
鄉貢士馮大受，字咸甫，華亭人。
處士沈野，字從先，吴縣人。
處士沈咸，字穉咸，吴縣人。
鄉進士文從龍，字夢珠，長洲人。
鄉進士文震孟，字文起，長洲人。
饒州府推官阮自華，字堅之，桐城人。
都督同知王延世，字思延，信陽人。
中書舍人趙士禎，字常吉，永嘉人。
鄉進士許光祚，字靈長，錢塘人。
太學生吴稼竳，字翁晋，孝豐人。
處士盧純學，字子明，通州人。
處士茅溱，字平仲，丹徒人。
處士張正蒙，字子明，上元人。
處士閔齡，字壽卿，歙縣人。
鄉進士鄧文明，字太素，南昌人。

處士錢允治，字功父，長洲人。
鴻臚寺序班程應衢，字康伯，歙縣人。
光禄寺署正張邦侗，字孺愿，鄞縣人。
鴻臚寺主簿張邦岱，字孺宗，鄞縣人。
處士陸文組，字纂父，吴縣人。
太學生周祖，字叔宗，吴江人。
貢士張應文，字成叔，慈溪人。
鄉進士黄景莪，字仲高，鄞縣人。
處士黄之璧，字白仲，上虞人。
太學生曹志伊，字重甫，青浦人。
處士張振藻，字去華，上海人。
處士王野，字太古，無錫人。
鄉進士李元暢，字惟實，茂名人。
龍南知縣李元若，字惟順，茂名人。
霸州同知張昭，字叔麟，永嘉人。
處士趙我聞，字用拙，安慶人。

太學生吴衛璣，字載伯，孝豐人。
太學生朱宗吉，字汝修，濠梁人。
鄉進士李維極，字本建，景陵人。
鄉進士李維柱，字本石，京山人。
處士吴治，字孝甫，歙縣人。
教授張三極，字函一，臨清人。
沔陽知州鄧良佐，字德咸，南海人。
鄉進士周應愿，字公謹，吴江人。
南寧知府温景明，字永叔，順德人。
□□府通判劉克修，字少己，南海人。
處士鄔子遠，字嘉文，丹陡人。
貢士劉克治，字季德，順德人。
進賢知縣黄汝亨，字貞父，仁和人。
户部郎中王大合，字君密，成都人。
鄉進士袁中道，字小修，公安人。
太學生趙頤光，字凡夫，吴縣人。

處士吴城，字之衛，長洲人。
鄉進士李束純，字玄白，嘉興人。
處士黄嘉芳，字仲華，長洲人。
徽州同知凌登名，字元孚，仁和人。
鄉進士方晋，字寅初，江夏人。
鄉進士張熙德，字曰肩，南宫人。
太學生何思唐，字性中，會稽人。
處士顧愿，字朗哉，吴縣人。
太學生郁承彬，字孟野，上海人。

右名公皆先兄有詩文往復者，隨筆紀之。至于碩卿鉅公、同榜兄弟，雖有交游，此不敢序；若不以文字交而號莫逆者，又不可勝數，以其不在詞人之列，不載。萬曆甲辰弟𤊹記。（《紅雨樓集》册九，《上圖稿本》第四四册，第四〇八—四一七頁）

附録二　哀祭詩文

祭徐惟和文　陳价夫

嗟乎！惟和之死，果天道乎，抑人事乎？天不可測，則取證于人；人不可恃，則憑藉乎天。茲二者兩無當也，則惟和之死，吾滋惑也，滋慟也。凡人之死，必有死徵。相貌尫羸，動履輕佻者，徵死。君體雖瘠，而骨勁；性雖弦，而情柔。舉止安詳，語言暢達，此謂死法乎！文詞槁悴，神情昏沉者，徵死。君運筆如懸河錯綉，注目如飛電流珠，高談名理，竟夕不倦，此謂死法乎！立心儇薄，行已回邪者，徵死。君于彝倫周詳篤厚，待人接物，盎然春温，小善必録，徵過必匡，不愛其軀，赴士之困，此謂死法乎！凡君之奇，不能殫述。第據予所見，皆不在死法中者，而君竟死！謂天乎，謂人乎？將奇葩焕發，鬼神所妒乎；抑山川靈秘獨腴于才名，而瘠于福厚乎？將才忌太露，名忌太盛，數忌太全乎；抑高僧名德，修證未圓，業識猶存，輪回借宅乎？自君之死，天下事俱不可以不理解，俱不可以數測。在天者不可以憑藉，在人者不可以取證，吾滋惑矣，吾滋慟矣！如此人曾不得四十，七閩氣運滋益漓矣。中原旗鼓，終不可復振矣！嗟乎！惟和之死，豈獨關徐氏區區門祚而已耶？奪我良友，喪我哲人，如車存而亡其輔，如影在而失其形。涕非無從，慟非無因，不以薦書之名，不以兒女之親，君之莫贖，奚啻百身！悲哉，秋之爲氣也，寒泉落木，令人相對而沾巾。

嗟乎，惟和！而爾返其真，而我猶爲人。嗚呼，哀哉！（徐㶿選鈔《招隱樓稿》）

祭徐惟和文　曹學佺

噫！予昔送子于潞河兮，河水其漣。子泛泛而歸兮，未及一年。余金陵既謫居兮，子貽我書。余答子以再兮，忽往其虚。余聞訃乃反走兮，爲位而絶。徒恨不得歸兮，今歸何益。既登子之堂兮，復省子之殯宫。欲招子其來下兮，子其不與我同。余感痛于時節兮，奄忽長至。乃告子以文兮，一字一淚。曰：人孰無死兮，獨傷哉乎子也。求四十而不得兮，何景光之甚迫也。爾才太高兮，神明嘯號。爾器太利兮，造物所忌。爾平日其好道兮，死而不以爲夭。爾生前其急人兮，宜其死後而貧。子曠然其無累兮，去世若敝屣。子雖在地下兮，實不忘乎風雅。彼昔人之立名兮，幽何殊于明。子其優以游兮，予後死之有春秋。（《石倉文稿》卷二，又《曹能始小品》卷二）

祭徐孝廉惟和文　鄧原岳

嗚呼！三山秀結，作者雲蒸，十子既往，吏部代興。隆萬之間，舍人振響，建安以降，大曆以上。南風不競，瓦缶雷鳴，舉世嘈嘈，誰知正聲？東海徐生，超超玄著，蚤歲登壇，千言立吐。雅言丈夫，不朽爲期，尚論古人，如親見之。翩翩吾黨，匪朝伊夕，立挽頹波，牛耳遞執。乃馳赤幟，以令四方，前茅所至，吾軍益張。子之談鋒，前無堅陣；子之風流，領袖後進。長篇短牘，古體新詞，矯若龍虎，怪如蛟螭。口爲雌黄，筆代衮鉞，凌厲詞場，勃窣理窟。人或忌才，天或忌名，蘭摧玉缺，大運隨傾。予也二人，實惟臭味，子倡予和，予經子緯。高齋共卧，别墅同游，無言不盡，無語不酬。予歸自燕，旋復西邁，子已卧病，晤言不載。臨發告别，問疾寢門，子猶噯語，努力中原。造次分携，竟成永訣，雙眼欲枯，寸腸盡裂。嗚呼！曹謝少年，累困人言，余幸瓦全，播于蠻天。女大老子，忽爲异物，陳七貧病，僅存皮骨。子復長往，舍我同曹，厄在陽九，傷如之何！予嘗謂子，毋忘歲宴，蚤返初衣，山巔水畔。予且倦游，解組不遲，子先朝露，予復疇衣。想子平生，景慕先哲，烏山之麓，新祠櫱櫱。今并祀子，以繼徽音，龍樓鶴鼙，遂子素心。嗚呼！爾母既喪，爾子尚稚，門户蕭條，後事誰寄？不佞惟友，謝客爲甥，兼有隽弟，内外經營。千秋者名，三尺者土，先行爾集，後襄爾墓。萬里之外，魚雁沈浮，爾肉已寒，當歸荒丘。别有哀辭，聊以當哭，殲我良人，百身莫贖。（《西樓集》卷十六）

祭陳汝大徐惟和入高賢祠文　陳薦夫

嗚呼！往哲既逝，大雅不揚。緬維二君，提挈紀綱。陳則將順，徐實主張。賢祠俎豆，六代有光。評公論協，日吉辰良。敬奉新主，告祔堂皇。生承藝脉，殁主詞場。雙魂永宅，千祀弗忘。尚饗。（《水明樓集》卷十四）

哭徐惟和　王穉登

莫嘆多情死，翻悲生者勞。分釵留□子，□□□□桃。鏡裏紅顔盡，丘中自骨高。古來賢□□，□□□蓬蒿。（《南有堂詩集》卷五）

哭徐惟和孝廉　趙世顯

索居愁緒正紛紜，何處鴻聲慘暮雲。海宇只今崇大雅，明時詎意喪斯文。黄金枉築終遺駿，白玉重開忽召君。瑶島蓬瀛杳難即，墨池秋雨泣離群。（《芝園稿》卷二十）

讀徐惟和詩感懷　趙世顯

荒墳宿草已芊芊，把讀遺編倍黯然。一片白雲千歲鶴，只應往來大羅天。（《芝園稿》卷二十八）

哭徐惟和十二首　鄧原岳

其一

鄉音半載不曾來，偶到開緘意屢猜。忽報徐生凶信至，碧鷄昏黑夜猿哀。

其二

憶得臨行話别時，床前娓娓坐譚詩。單車纔指湘沅路，回首南天事可疑。

其三

屈指交情二十年，高山流水動相憐。眼前無復知音賞，對客那能不斷弦。

其四

長安慷慨酒入群，俠氣憑陵欲吐雲。易水只今寒色甚，悲歌千載不堪聞。

其五

月鎖孤齋萬竹寒，秋風吹斷碧欄杆。筆床茶竈俱塵土，一夜嚴霜摧紫蘭。

其六

平生結客少年場，咳唾如雲語自香。玉樹摧殘人不見，凄凉寶玦夜無光。

其七

當年三謁武夷君，夢入峰頭鸞鶴群。便學徐仙同坐化，罡風吹散幔亭雲。

其八

十年書劍走天涯，五字翩翩五色霞。一自玉樓賦成後，彩毫零落不開花。

其九

一領青衫未破除，誰令曼倩老公車？槿花易謝瓊花死，冷落南州孺子廬。

其十

寂寂幽居郭外扃，憶君命駕坐寒汀。年年烟月無窮恨，都向山陽笛裏聽。

其十一

浪説犁鋤隱是真，眼前丘壑更何人？酒壚雖在河山邈，花落花開不見春。

其十二

西南萬里乞歸遲，他日墳頭哭豈知？留取長松堪挂劍，白雲何處更相期。（《西樓集》卷十）

哭徐惟和四首　陳薦夫

其一

別去家山隔數旬，重來應似夢中身。殘魂幾日相尋我，遺囑先時轉付人。抱女哀號青鬢妾，呼兒酸楚白頭親。斷腸引塵孤燈下，不得留君四十春。

其二

休珍遺翰惜遺文，正是文章夭殺君。只有青年悲管輅，幾曾華髮哭終軍。璧緣白向深淵没，蘭爲香先衆草焚。更恐詞人千載後，重尋大雅破孤燈。

其三

聞説羸軀向玉田，長親瘴霧與嵐烟。文窮孝里千載筆，詩絶香閨七吊篇。岳秀降來終入地，長庚謫去竟歸天。可鄰十子登壇後，一死身開二百年。玉田有林孝子，惟和爲之立傳；又作《香閨七吊詩》寄余。皆絶筆也。

其四

十年京國嘆無媒，恨結青衫死不灰。門客未衰諸弟在，家奴潛散幾人回。玄珠重隕鮫空室，紫玉難留鳳去臺。歲歲桑溪修禊路，杜鵑啼血野棠開。（《水明樓集》卷五）

重過緑玉齋感賦二首　陳薦夫

其一

昔我來山中，高譚徹昏旦。詩書閉廣橱，恣意隨所玩。滔滔逝水流，靄靄停雲散。星霜風九移，重來值秋晏。落葉蟬屢哀，陳根草初蔓。曲榭爲我閉，凝塵使我暗。欲接夢魂遥，神理良已誕。懷哉鄰笛音，山陽有餘嘆。

其二

死者日已遠，生者徒凄其。人生苦鰥獨，戚戚含酸悲。君今有婦子，還爲没世嗤。一揮聊百萬，四壁空無貲。良田既已更，廣厦復已移。平生所愛物，弃置行向誰？觸目感不淺，傷心良在兹。不如泉下人，窈窈無所知。（《水明樓集》卷一）

荆溪舟中夜悼徐惟和　陳薦夫

十載傷心不自知，河山遼邈永難期。凄凉獨對荆溪月，不似中宵倚棹時。（《水明樓集》卷八）

挽徐惟和先生　鄭邦祥

白揚風起泪闌干，天上俄傳下玉棺。廿載江湖多結客，千秋詞賦獨登壇。書藏墓石龍文冷，苔長松門鶴夢寒。一曲招魂人已遠，幔亭霜月夜漫漫。（鄭杰編，郭柏蒼補《全閩明詩傳》卷四十一）

哭徐惟和二首　謝肇淛

其一

遺書揮泪强開緘，修短無從問季咸。四海難容雙白眼，十年空老一青衫。雨中蕉葉鳴新隴，窗外松枝偃舊岩。惆悵高齋龍劍冷，春來誰爲拭塵函？

其二

俠骨昂藏亦可憐，浪游寧問杖頭錢？黄金散盡交知己，白練書多乞少年。舊業祇餘窗竹在，新詩空與世人傳。依稀記得鑾江夜，聽盡殘鷄不忍眠。（《小草齋集》卷二十）

再哭惟和汝大諸子　謝肇淛

當年群從氣如龍，把臂應同物外踪。載酒每邀將落月，尋僧時上最高峰。出山小草真堪笑，委露朝花不可逢。回首風流今頓盡，病魂愁絶聽鳴蛩。（《小草齋集》卷二十）

夢徐惟和　謝肇淛

生别凋容顔，死别摧心肝。昔我同門友，高騫絶世翰。升沉一异域，逝波無回瀾。誰指夢中路，得續生平歡。陰風動羅幕，夜色闃已闌。但識面目是，寧記存亡端。不言復不辭，乘虚倏往還。四顧是耶非？枕上孤燈殘。徘徊淒欲絶，孤雁啼辛酸。（《小草齋集》卷四）

讀惟和詩二首　謝肇淛

其一

新詩成故物，開卷便心悲。身後名成日，人間論定時。紅顔天亦妒，俠骨世空疑。寂寞千秋意，臨流哭子期。

其二

却憶追隨日，先探赤水珠。青雲心自薄，白雲調彌孤。事業名山在，生涯儋石無。何須借玄晏，價已重三都。（《小草齋集》卷十四）

題徐惟和幔亭圖　謝肇淛

雲樹蒼茫濕翠微，山川滿目泪沾衣。虹橋宴後人何在，華表歸來事已非。詞客有靈遺蜕冷，曾孫無主落花飛。可哀一曲滄桑改，霜月凄凉照竹扉。（《小草齋集》卷二十一）

題徐惟和小像　謝肇淛

風雨鑾江話別離，夢中猶見舊璚枝。如今風景非還是，政是羊曇慟哭時。（《小草齋集》卷二十八）

五子篇・徐孝廉惟和　謝肇淛

惟和我渭陽，意不可一世。聰明固天縱，神力亦奔詣。搜討殫九流，匠心游六藝。大雅振式微，逸響流天際。燦若華岳峰，芙蓉映朝霽。快意萬里游，藝苑標赤幟。行年未四十，嚴霜摧芳蕙。西華困負薪，窮交半淪替。人琴今俱亡，腸斷平生契。（《小草齋集》卷六）

過四女樹追憶舊游悵然有懷惟和幼孺　謝肇淛

二十年前望帝京，青衫半已誤儒生。重游渾似三生事，往迹空傳四女名。白馬營寒霜葉盡，黄熊浪静布帆平。江雲渭樹情何限，總付山陽笛裏聲。（《小草齋集》卷二十四）

哭徐惟和　陳鴻

才世原無命，空爲楚些招。夢回春草寂，人隔夜臺遥。姓籍收鄉榜，詩名著國朝。風吹窗外竹，緑玉正蕭蕭。（《秋室編》卷四）

過華嚴東禪兩寺尋梅和徐惟和壁間韵　陳鴻

尋梅滿路著花稀，不見殘年幾點飛。處處寺從田畔久，村村雲自岳前歸。霜禽啼暝争窺席，寒蝶知春欲上衣。爲和壁間詩乍就，松西催落夕陽微。（《秋室編》卷六）

哭徐惟和　黄尚弘

虎豹文章變，龍蛇氣數奇。簡書空有泪，相見永無期。草長新阡裹，花殘暮雨時。遼陽雙白鶴，一唳一增悲。（黄天全《保穀堂》附，《石倉十二代詩選·社集》）

先兄亡後振狂以詩見慰次答　徐𤇍

夢絶池塘不忍言，泣將遺草對君論。千行血泪枯雙眼，一片吟魂落九原。暮雨暗蟲啼竹屋，西風寒雀繞柴門。從今骨肉凋殘後，猶幸同心舊友存。（《鼇峰集》卷十四）

興國寺檢編幔亭集撫卷凄然感而有作 徐𤊹

客堂寒夜檢遺篇，名在人間骨在泉。半世窮愁緣著述，千秋詞翰合流傳。夢中永絶生花筆，篋裏誰分殺竹錢。挑盡孤燈揮泪眼，一番吟咏一潸然。（《鼇峰集》卷十四）

己亥除夕是年有伯兄之喪 徐𤊹

光陰如水急相催，一棹飛從劍浦回。臘火爆殘當户竹，雪花開盡小園梅。蓬門不忍更春帖，椒酒空將滴夜臺。骨肉緣枝零落後，影形相吊獨興哀。（《鼇峰集》卷十四）

普通寺讀惟和兄舊題愴然有作 徐𤊹

桐花開落後，此地昔曾吟。墨迹宛如昨，詩魂安可尋。碧紗無日障，蒼蘚有時侵。因在空門裏，暫忘生滅心。（《鼇峰集》卷十）

懷友詩·惟和兄孝廉 徐𤊹

余少喜吟咏，先後結社談詩，約十數子，文酒過從，匪間也。十年之間，窮達殊途，存亡异路，春雨齋居，孑然無侣，生離繫念，死别攖懷，各賦一首。

半途俄死别，骨肉痛連枝。多少家中事，難令地下知。竹房孤試茗，花徑罷敲詩。不及黄泉路，相隨未有期。（《鼇峰集》卷十）

曹能始臨哭先兄殯宫感而賦答 徐𤊹

連枝中道痛先徂，路隔天閽不可呼。一掬泪痕沾宿草，九泉魂氣鑒生芻。殯宫霜露哀猿狖，荒隧春

秋感蟪蛄。應識山公高友誼，敢將身後托遺孤。（《鼇峰集》卷十四）

庚子除夕　徐熥

浮生如夢太支離，愁病相侵歲月移。篋裏父書貧廢讀，堂前先像遠難追。欲占豐歉求新曆，爲補精神祭舊詩。一自雁行中斷後，不聞佳句咏春池。（《鼇峰集》卷十四）

送沈從先還吴爲吊先兄至閩　徐熥

旅食閩南度一年，薄游寧問杖頭錢。泪痕似雨枯雙眼，行色如雲負半肩。白馬已奔泉下客，金鷄曾訪洞中仙。吴儂自有逢年術，歸種要離墓畔田。（《鼇峰集》卷十五）

梅林對酒因懷陳汝大鄭君大惟和兄　徐熥

對酒吟梅塢，林邊逾短垣。但求花密處，不問某家園。冷月侵香夢，輕烟污粉痕。舊時同賞客，能有幾人存。（《鼇峰集》卷十）

普陀寺訪志若上人因出哀挽先兄詩感而賦答　徐熥

昔于靈隱一尋師，行脚他山識面遲。客到每傳懷素帖，僧來多誦惠休詩。烟霞新侶還堪結，石火浮生信可悲。試問舊房松偃處，十年曾長幾禪枝。（《鼇峰集》卷十六）

宿臨漳驛舍與季聲夜坐同憶元龍惟和次韵（節録）　徐熥

修文天上人何在，夢草池中事已空。坐對寒燈更漏盡，征衫揮泪眼朦朧。（《鼇峰集》卷十六）

題幔亭圖　徐𤇍

一夕仙風掃幔亭，碧峰依舊插天青。語殘白鶴魂何在，叫罷金鷄夢不醒。故友共嗟桑户死，行人共吊草堂靈。生平玩物如雲散，留此遺圖益涕零。（《鼇峰集》卷十八）

初夏宋永延陳伯孺倪柯古過集各賦齋中八物·幔亭圖　徐𤇍

巍巍幔亭峰，參差亂雲樹。無人跨鶴歸，對之長涕泗。（《鼇峰集》卷二十二）

和鄧道協參軍同曹能始陳軒伯林异卿集緑玉齋因憶惟和伯兄（原無題，題爲輯者所擬）　徐𤇍

叢竹青青映小山，故人相念扣柴關。僑居遠卜三吴外，惆悵俄驚八載間。漫道藩羊羸易觸，且看林鳥倦知還。爲官拓落應休問，聊借芳尊一破顔。（鄧慶寀《同曹能始陳軒伯林异卿集徐興公緑玉齋因憶惟和先生》附，《還山草》，崇禎本）

吴門沈朗倩見贈詩畫并詢及伯兄身後感而賦答次來韵　徐𤇍

匹馬南來海上城，休文聲韵夙知名。杯浮竹葉深埋照，紙製桃花濇寫生。頂禮雲門稱法嗣，追思風調問亡兄。詞壇意氣神交久，莫道今朝蓋始傾。（鈔本《鼇峰集》）

先伯兄安葬鹿坪山承諸友會送答謝二首　徐𤇍

其一

故交投贈買山貲，歸骨狐丘豈恨遲。瞻望若堂仍若斧，往還如慕復如疑。許心誰挂延陵劍，拭目争

看有道碑。應待他年遼鶴返，下窺塵世冢纍纍。

其二

窀穸新營魄可存，冥冥泉路永無光。一抔得傍要離冢，千載如臨劇孟喪。後輩吹簫來墓所，故人聞笛愴山陽。薤頭曉露晞何易，腸斷歌聲出北邙。（《荆山徐氏族譜·詩文集》）

十月十五日同元直伯衍登烏石山尋高賢祠拜徐唯和主歷平遠臺夜宿元直家明日出閩　葛一龍

十里烟嵐截半城，苔鎸斑剥古雲傾。殘秋氣色悲朝暮，窮路交情感死生。橘叟荔仙臺榭出，雨師風伯海天晴。燈前落盡明朝泪，乙夜聽猿到五更。（《矯褐吟》，《葛震甫詩集》，崇禎刻本）

哭徐惟和三首　曹學佺

其一

聞君不可諱，轉側自宵頻。只謂言當誤，誰知事竟真。但將爲位哭，猶是未歸人。生死無窮意，含凄難重陳。

其二

賸有烟霞癖，純無世俗情。詩名能自起，儒術竟無成。和樂耽兄弟，艱危赴友生。相關非一事，寧免涕縱横？

其三

夕陽悲已没，寂寂但空山。勝事聊當勉，伊人不可還。魂招滄海外，迹吊白雲間。覽鏡何蕭索，方驚損客顔。（《金陵初稿》）

與從先夜坐遂傷惟和 曹學佺

此夕亦何夕，與子坐共席。忽憶南州生，三人爲莫逆。我子會不易，伊人喪何迫。關河尚可逾，幽宜柰永隔。懷抱千古恨，未消復纏積。哽咽無一言，舉懷不覺擲。（《金陵初稿》）

夢徐惟和 曹學佺

徐生素有烟霞癖，歲歲尋梅穿兩屐。人亡奈與花相辭，千樹梅開爲誰白。梅林昨夜夢君過，問我今年花若何。醒來語君君不見，明日看花泪獨多。（《藤山看梅詩》）

初八日過唐堀送徐惟和葬 曹學佺

故交新歲葬丘樊，會葬江鄉始出門。白壁人非誰不嘆，青山道在久彌尊。友生痛訣皆臨穴，兄弟悲歌切在原。底事可關千古思，萋萋芳草怨王孫。（曹學佺此詩又見其《賜環篇》下）

同曹能始陳軒伯林异卿集徐興公緑玉齋因憶惟和先生 鄧慶寀

八年别去九仙山，此日重來一扣關。但有蒼苔生石上，依然緑竹擁窗間。先人交道知仍在，伯氏吟魂吊不還。自逐微名奔走後，青尊猶愧洗塵顔。（《還山草》，崇禎本）

喜曹能始爲徐惟和下葬　陳仲溱

買得青山葬豈遲，鹿坪春草蕹葳蕤。一抔此日澆高士，六尺當年寄阿兒。文字不忘酬較洽，交情寧爲死生移。千秋華表魂應返，壠上銜恩化鶴知。（《鬻山集》，《石倉十二代詩選·社集》）

徐惟和歸葬鹿坪山　陳仲溱

深松如蓋草如茵，杯酒空澆勺土新。碑上雕龍題幼婦，陵前下馬集詞人。幔亭仙子藏幽壑，丁戊先生結比鄰。從此黃壚永成隔，千秋高誼見情真。（《鬻山集》，《石倉十二代詩選·社集》）

徐惟和會葬詩（原無題，題輯者所擬）　安國賢

予當生挂桑弧日，君正高登仕籍時。璧重連城何早折，玉埋芳家自今悲。低徊下馬摹新碣，仰止雕龍讀舊詩。十里鹿坪山色暮，春風空見草離離。（佚名《荆山徐氏族譜·詩文集》）

題徐惟和先生遺像　陳鴻

空梁落月思依依，五十年餘見面違。顔色忽然逢紙上，對君如夢是耶非？（《秋室編》卷八）

徐惟和會葬詩（原無題，題輯者所擬）　林嘉

羽化俄驚三十年，交深生死誼堪憐。豐碑千載酬知己，短劍今朝挂古阡。白社談詩空哲匠，青山結伴有高賢。匏尊未薦腸先斷，忍聽枝頭泣杜鵑。（佚名《荆山徐氏族譜·詩文集》）

徐惟和會葬詩（原無題，題輯者所擬）　林雲翔

通家高誼説南州，未接豐標思轉愁。馬鬣故交營尺土，騷壇大業歷千秋。偏逢詞客鄰黃壤，獨恨文

人不白頭。回首鹿坪山色裏，夕陽斜映古松楸。（佚名《荆山徐氏族譜·詩文集》）

先伯父會葬詩（原無題，題爲輯者所擬） 徐延壽

三十年來藁殯宫，新春會葬鹿坪中。曼卿喪事貧難舉，范式交情死更通。挽柩歌聲悲薤露，沾夜泪血灑松風。山南山北纍纍冢，千古賢愚自不同。（佚名《荆山徐氏族譜·詩文集》）

徐惟和墓 陳衎

地名鹿坪，與傅丁戊墳比鄰，曹能始捐金所築。

鹿坪山色偃長松，三尺新城肅鬣封。華表昔曾飛一鶴，延津今已卧雙龍。承家有子如崔捐，崔捐，六朝人，不自葬父。受業何人是顧雍。他日墳頭應挂劍，莫令霜露綉芙蓉。（《大江草堂集》卷六）

客玉田初秋游極樂寺村落中能有琴酒之僧即事次壁間徐惟和韵二首 曾异撰

其一

秋爽山中麈話長，佛龕旁倚小匡床。輿沾松路一肩雨，桐引梅花十指霜。病客不辭茶事苦，老僧親汲酒泉香。醉鄉净土隨游戲，未省何如南面王。

其二

荷柄沿階尺許長，也能分緑上胡床。百年棋酒無多日，四十鬚眉一半霜。醉眼不知佛國大，晤言時聽木犀香。清池顧影從吾老，未肯遮羞借釀王。（《紡授堂集》卷五，崇禎刻本）

附録三　序跋提要

幔亭集序　張獻翼

詩豈易言哉！求其成一家言良不易易，况備諸體稱大家乎？蓋工近體者，或弱于古風，長于七言者，或短于五字，即王、孟二氏，盛唐名家，一以清婉稱近體，一以風骨雄古風，且各擅所長，况其他乎！

予友徐惟和氏，永寧令名父之子也，授玄肖諸童烏，屬草方之文考。少即抵掌而談秦漢，奮力以挽風騷，非晋魏之音，絶口不談；非六籍之書，屏目不視。蓋病乎世之决裂以爲體，飣飣以爲詞，故音非朱弦，詞非黄絹，寧弃不屑就也。弱冠嘗循例計偕登臺，展驥都人，欽遲朝列虚左。詩歌本之古《選》，興寄備乎開元，彬彬然名家矣。每停橈見過，輒下榻信宿，凡三視予詩。初見之，已無杜德機矣；再見之，其善者機也。别去三易寒暑，乃出《幔亭集》二帙，予執簡嘆曰：「其衡氣機矣。」夫當其興寄山川，發憤于歲月，周爰于驅馳，宣情于羈旅。由樂府而逮五七言古，由近體而達五七言絶，調匪偏長，體必兼善，力追古則，盡滌時趨，可謂頭頭是道，重重發光矣。又一字之工，聞奇而傾耳，片言之巧，睹縟而躍心。紙價騰涌于都門，蕭譜浸淫于禁掖。雕章綺合，藻思羅開，行且上書鳳鳴解褐，鴻漸探其襟抱，將扶摇宇内，豈區區搶榆所可控而笑哉！閩中時諸子昆弟，咸追述大雅，取裁風人，作者響臻，同好景附，真足馳騁海内，而惟和則獨步當時矣。予歲方遲暮，筆硯都燒，徒有輟翰毁草，烏能述匠心之源、究作者之大概乎！因不愛其敝帚，而答其請之意。

長洲張獻翼幼于撰。（萬曆本《幔亭集》卷首，又《四庫全書》本卷首）

幔亭集叙　顧大典

閩中有徐惟和者，工于舉子業，復賈其餘力以工詩，與余言詩，輒有起予之益。

甲午之冬，三上春官，道經江上，謁余諧賞園中，出其所爲詩一編，題曰《幔亭集》。余讀之，見其儀範古哲，而舒寫襟抱，其創格，則峨然其騰踔也；其構思，則淵然其紆徐也；其摛詞，則鬱然其婉麗也；其遺調，則鏗然其中金石而協宫商也。翩翩欲仙乎！豈從人間來哉？嘗聞武夷有幔亭峰，秦皇帝時玉帝與太姥爲武夷君、王子騫輩設彩屋，雲茵霞褥，鸞笙鳳吹，宴鄉人于其中，而呼爲曾孫，咸登上壽。觀鈐記之所標而洞經之所詑者，不曰峰峻而流紆，則曰林深而籟發，蓋仙境云。乃惟和，則烟霞其思而丹青言，峨然者，非峰巒之巉嶢乎？淵然者，非溪流之沿洄乎？鬱然者，非林樾之榮蔚乎？鏗然者，非清籟之振響于空谷乎？昔人謂詞賦有得于山川之助，非虚語矣。

客曰：『惟和雖閩産，而居會城，其目之所寓、而身之所歷者，武夷蓋無幾焉；且集中所咏諸山者，不得其一二，何以《幔亭》名集也？』噫！詩言志也。志者，意之所通也，故曰：觸境而生者情，托境而生者意。游于迹者，履局塵中；游于意者，神超象外。惟和之詩，蓋意生于所托者、興超于象矣，又奚必身在六六三三之間，而後可掉臂于斯集乎哉！

惟和待奏公車，得時而駕，行將侍從承明，翱翔四海，游日廣，著述日富，《幔亭》一集，何足以盡惟和哉！雖然，語有之立朝而意在東山，又曰勒成一家言以藏之名山，則他日所以休明一世，而不朽千秋者，即概而名之曰《幔亭》，誰曰不可？不然，則兹山名勝甲于寰宇，即在遐陬，猶然欲褰裳濡足以托名名壤，而況近在閩境乎？固知人杰地靈交重而益彰也。

惟和勉矣！毗黎居士顧大典撰。（萬曆本《幔亭集》卷首）

幔亭集題詞　屠本畯

《幔亭集》者，蓋徐惟和之詩，而自命其篇也。

幔亭，當武夷北首，相傳玉帝與太姥爲武夷君、王子騫輩設幔亭彩幄，紫褥雲茵，宴鄉人二千于上，呼爲『曾孫』。雖滄桑互换，靈氣恒披，乃惟和儀度開爽，風襟穆如。朗映玉山，等高情于裴叔；飛霏木屑，托遠韵于王郎。猶冀奏賓雲左右之曲，而曾孫旦暮遇之也。爾其發爲聲詩，力贍肌豐，情注神傅，俯仰古今，錯綜名理，故能彊幟早樹，邏唾不拾，上震尊君大令之菁英，下協令弟興君之蘭茝，人美機、雲，家標謝、陸，後來之彦，鬱然名流矣。昔人稱武夷諸勝，有縝潤如玉立者，莊嚴如正人者，婉麗如美姝者，俯仰如禮容者，突兀如樓臺者，翔踞如龍虎者，即以之狀惟和之詩，其誰是曰不然？是以挹其高情者，霞標六六之峰；誦其雅什者，風動三三之曲也。伊予不慧，謬厠交游，遂弁數語于簡端，用傳同好。

萬曆丙申歲清明日。（萬曆本《幔亭集》卷首）

幔亭集序　謝吉卿

嗟夫！天之生才難；才而究于用，又難；用而亨克有終，尤難。化工之雜揉也，多忌也，緊昔所嘆而關之世運，又復夐別，大都綦隆之世，氣化醇龐，趨尚淳樸，儲才富而鐘澤綿；世衰氣漓，則才之阸于下寮，遁于磐澗，與夫不獲終天年以死也，運固使然，而志十所爲重慨悼也。當觀夫春稣景熙，百昌遂鬯，動植洪纖、肖翹蠕蠢之屬，欣欣各得其適者何限；及夫風飆霜摧之候，群象蕭索，即松筠後凋，不受變于時者，亦黯然無復陽和之象。噫！今何時也？自余賦歸習居田野間，則見十數年來夭喬窮于山，濡沫窮于澤，羽毛窮于藪，穀茹窮于土田，用物窮于巧人，情窮于變，夫非元會一大嚴冬歟？而才之獲遂其時，能與有幾？

徐君惟和負不世才，業已推舉于鄉，淹蹇十餘年，所儲日富，遇日窮，益肆其力于詩章，欲挽頹波，復還正始。君倡閩中，余倡温陵，時時不遠聯社，論心披素，君每扼腕余窮，余亦悵君不偶，詎意其溘然賫志而殁，才不及竟也。悲夫！觀君所纂述，搜奇慱怪，噴霧變霞，樂府古風，浸淫漢魏六朝之遺；律絶諸咏，非唐人不挂齒頰，文追古則，咀華嚼膏，翩翩有致，非苟作者。蓋閩山靈秀，蔚爲人文，時時出没，隱見不可窺測。以今兹氣運，安能久存人間？然達觀疇曩以來，都崇膴，享耄期，究竟與草木澌腐，何可一二計？而卓犖不朽，遺身後名者，喦喦脱然于窮通修短之遭，君蓋審諦之久矣。

烏石山之陽有高賢祠，祀我七閩先輩善聲詩者六十餘人，惟和卒，輿論以惟和之主合祀其中。庚子之秋，余往展謁，吊古驚時，潸然不禁。惟和之弟興公手其所鐫《幔亭全集》若干卷示余，遂書數語首簡，微獨爲惟和慨也，爲世運慨也。

萬曆庚子重陽後五日，前進士温陵友弟謝吉卿書。（萬曆本《幔亭集》卷首）

徐幔亭集先生集序　鄧原岳

徐惟和之起諸生也，余方困公車，慕之甚，蓋獨未定交云。又三年，余與惟和偕計報罷，始以博士業相切劘，然余二人不耑持其家言，時時稱詩，恨相知晚也。

惟和善詩論，好結客，風流爾雅，人羶附之。四方游士，稍號能操觚，至者輒主惟和，惟和亦傾心應之，不爲忤。惟和既不第，度于本業不能無少廢，而其自喜爲聲詩益甚，竟以此没，年才三十九耳。其弟𤊹葺其詩若文章合刻之，而以書抵不佞，曰：『惟和已矣，所不朽者則遺言在，維亡兄平生稱契厚者，莫若子；其所期許以風雅代興者，亦莫如子，吾子將何以肉惟和之骨而千秋之。』不佞受其集，且讀且泣，未嘗不浪浪沾襟也。顧不佞何敢當惟和，藉令不忘平生之言誠在我。余閩自林鴻、王恭輩有名于洪武間，即海内所稱閩中十子者也。歷百餘年而鄭善夫繼之，又四十年而袁舍人表繼之。乃它方之左余閩而持苛論者，猶以吏部之寡于情、而舍人之窮于變以爲恨，今其集具在，試取而隱其名以附于古之作者，吏部之古風，不以爲曹、劉之參駕乎哉！舍人之近體，不以爲高、岑之雁行乎哉！乃惟和稍异是，其學無所不窺，其于古也，無所不濊濯，才有所改必至，則務旁引以盡其才，趣有所必合，則務根極以盡其趣，大抵博于境，麗于情，諧于調，而鶩于采，出入六代之季，而始終唐三百年之間，句不累篇，篇不累格，假之以年，吾未知所税駕矣。

惟和居喜説善夫先生，而其化也亦與之同年，蒲柳先零，豪華都盡，悲乎！惟和又戲謂不佞，吾黨苦心，百歲後當有鑒賞者，願安得神游而聽之。蓋没未幾，而王生若輒爲梓其集而行世，即耳目所及，固知异代之後有尸惟和者矣。

萬曆辛丑秋，友人鄧原岳書于昆明署中。（《幔亭集》卷首；又《西樓集》卷十二，文稍异）

徐幔亭先生集序　屠隆

閩中徐君惟和者，驂鸞度世，禀靈氣于七臺；控鯉朝真，挺仙姿于九潦。幼號奇童，埒蒼舒之稱象；蚤標才子，陋諸葛之題驢。書遇目而誦心，學綜武庫；藝得心而應手，思捷神鋒。故其爲詩，踵漢魏則古質渾龐，儼商箕之皓叟；步齊梁則神光滅没，掩湘洛之靈媛。爲律詩則采唐人之初盛，和雅而鮮怒張；爲絶句則極中晚之才情，穠華而去纖艷。總之，腴而匪腐，肉與骨勻；清而不枯，才以格運。至于爲文，則入西京之堂奥，咀南朝之膏華，渢渢大雅，蔚然名家。蓋不獨雄視南荒，白眉于梓里，抑亦争盟上國，亦幟于藝壇者也。

且其人氣韵蕭疏，映冰壺于霞表；神情朗徹，皎玉樹于風前。尚義好賢，户外之履恒滿；頃貲結客，尊中之酒不空。同堂握手，譽望等于識荆；异代執鞭，意氣深于慕藺。奈何擊水乘天，鵬方奮乎雲翼；短轅長轡，驥早蹶乎霜蹄。感知嘆逝，西州之涕泪無窮；慕義憐才，南國之英靈頓盡。

有弟興公，凄凉客越，登堂膜拜，哽咽徵言。余伏而讀君詩也，心賞絶調，恨未論交于生前；手定遺文，願結相知于地下。嗚嘑！悲哉，君有身後千古，何論眼于中百年矣！

萬曆辛丑歲臘月上澣日。（萬曆本《幔亭集》卷首）

重刻幔亭集跋　徐鍾震

先伯祖幔亭孝廉詩文共廿餘卷，清流王相如先生心懷挂劍，念切典型，損資授梓，廣傳海内已廿有餘秋矣。咏五字之長城，鷄林增價；竭半生之辛苦，騷話名垂光矣。上繼前賢，下開作者，睹今日風雅之盛，寔當年倡始之功。其板舊置蔣氏家塾。丙子火灾，灰燼之餘，半爲群不逞搶掠，被時出贖帖，重價收回，蓋以林用始所收者見贈，尚不及十之三四。悵先業之失傳，恨綿力之寡助，棗梨雙費，不敢以月計，而以歲計。

癸未仲冬，始克竣工，而先祖又復先爾捐弃，何不朽大業摧喪一至是哉！憶杜子美云：「詩是吾家事。」某纍世耽詩，未敢失墜，敬重刻是篇，與先祖《鼇峰集》并行于世。世有知音，九原可作，其以視華亭之競爽、陳郡之金昆，果何如也哉！謹識歲月以垂後云。

崇禎癸未冬十一月望前二日。（《雪樵文集》）

幔亭詩集十五卷　四庫全書總目

明徐熥撰。熥字惟和，閩縣人，萬曆戊子（原作『午』，誤）舉人。負才淹蹇，肆力詩歌，大抵圭臬唐人，而不爲割裂餖飣之習。卷首有張獻翼序，稱其調非偏長，體必兼擅，力追古則，盡滌時趨。

又謝肇淛《五雜組》謂其才情聲調，足以伯仲高季迪，微憾古體不及。朱彝尊《静志居詩話》亦謂其七言絶原本王江寧，多情至語。審閲是集，固非盡出標榜，當明季詩道冗雜，如熥者亦可謂蟬蜕穢濁者矣。王世懋《藝圃擷餘》論閩中詩人，推鄭善夫爲冠。熥生平喜稱善夫，而卒年僅三十九，與善夫正同，亦頗可异。《明史·文苑傳》稱閩中詩文自林鴻、高棅後，閲百餘年，鄭善夫繼之，迨萬曆中年，曹學佺、徐𤊹輩繼起，謝肇淛、鄧原岳和之，風雅復振，不及于熥，惟𤊹傳中附見其名。然𤊹以博學稱，亦復工文；熥以詞采著，亦未嘗無學，二人固未易優劣也。（《四庫全書總目》卷一七《集部·别集類》二五）

幔亭詩集十五卷　四庫全書簡明目録

明徐熥撰。熥刻意吟咏，圭臬唐人，而不爲割裂餖飣之學。于王李、鍾譚，兩無所染，頗能不失正聲。謝肇淛《五雜俎》，稱其才情聲調，是以伯仲高啓，朱彝尊亦稱其七言絶，原本王江寧，多情至語，固非盡出標旁也。（《四庫全書簡明目録》卷十八）

晋安風雅叙　陳薦夫

夫閩自漢稱外藩，唐興學校，騷雅之士，代不乏人。薛令之、歐陽詹鵲躍于前，嚴羽卿、謝皋羽蟬聯于後，間雖有聞于都會，然猶借人材于旁郡也。

國家掃除胡運，文治聿新，時則林膳部、王典籍十子與張、林二學士輩并建旗鼓，指麾中原，自爾以後，飆合景從，雲蒸霞絢，二百餘年，號稱極盛，故陳參知仲聲有《三山詩選》，今鄧司農女高有

《閩中正聲》，皆掇拾菁華，振揚風雅，翼先正之遺音，寄大業于不朽。然陳則蒐羅未弘，率潛輝于鑛璞，鄧則生存弗録，慮致寇于雌黄。美則美矣，而未盡也。

予友徐惟和，弱冠稱詩，窮居卒業，天質爽朗，丰神令上，非性靈不譚，脱餖飣如屣。于是録國家以來，凡吾郡作者，身無顯晦，人無存殁，但取其情采適中，聲調爾雅，詞足千古，體成一家者，得二百餘人，詩若干首，名曰《晉安風雅》。

間有子姓昌華，世其家學者，罔不投進先集，期見采摭。此爲易易耳。若乃成季宣孟，終焉無後；欒却胥原，忽爾代降。文獻寢滅，斯焉取斯，故或搜芳于蠹魚之口，或訪玉于敗書之肆；或展轉關借，重越裳之譯；或仿佛睹記，授伏生之臆。然猶聽斷圭蓽，折衷方寸，故有籍甚當年，而片言無取；埋聲曩代，而連篇可傳。體擅偏長，則網收一目；文僅偶合，亦鼎嘗片臠。可謂衡鑒貯懷，錙銖應手，功掩先達，光啓來祀者矣。

然望非劉吕，篏拱寔難，《春秋》之成，知不塞罪。不佞識慚作者，敢竿斯文？顧風雅宣勞，匪异人任，眷言同調，輒預校讎。網羅纂修，屬草屢易，更端繕寫，寒暑七徂，逮夫成書，足稱快睹。若夫忮者忿見其擯，貪者恣其多，求刻核者目攝其無當，异己者腹誹其僭妄，則徐君敢逃季緒瑣瑣之彈，而不佞亦甘心于韓獻分惡之誼焉。

萬曆戊戌五日郡後學陳薦夫題。（《晉安風雅》卷首）

晉安風雅十二卷福建巡撫采進本　四庫全書總目

明徐熥編。熥有《幔亭詩集》，已著録。是編輯福州一府之詩，其曰晉安者，福州在晉時爲晉安郡也。所録起洪武，迄萬曆，得二百六十四人詩，以體分，姓氏下各載其里居、出處及所著作，并以右某朝若干人列數于左。其例多仿高棅《品彙》。惟閨秀一類另立妓女，以别薰蕕，爲小异云。

（《四庫全書總目》卷一九三《集部·總集類存目》三）

跋徐惟和所書卷後　陳价夫

他日，不佞臨鄭吏部書，徐生笑謂伯孺：『卿何寧馨見拙也？吾且以淳化壓汝耳！』無何，閱繼之真迹，始愀然絶倒，曰：『咄咄！』徐卿乃于墨本中求古人意耶？竟夕揣摩不能下，蒐篋中，得吴生素書卷，横心所搗，一穎千札，畸軌相半，便與繼之傳神，不佞見則大駴，謂徐卿何速肖也！虎兒逼人，遂欲得吾赤幟。不佞自此謹堅壁以待。（《招隱樓稿》，徐𤊹選，鈔本）

跋吴汝學所藏徐惟和書卷　陳价夫

惟和書法，前後數變，始學趙承旨，尋變而文待詔，又變而鄭吏部。到丁酉以後，始匠意《淳化》、《蘭亭》，而筆法乃定，然又時作章體、或顔、蘇，或間出黄、米，隨意命筆，雖不甚亂真，悉皆斐然可觀。筆勢遒宛，無摹臨之迹。吴汝學與之鄰居，伺其濡毫稍愜意，輒出紙經益其興，倦則引去。故汝學得書獨夥，而書皆佳，此紙似是癸巳、甲午以後所書，未及終卷，偶以他事置去，遂不及署年月款識，然猶有鄭吏部筆意，視戊戌以後則迥异也。嗚呼！惟和學鄭吏部書，而卒亦僅得鄭吏部之筭，文人不壽，豈偶然哉！予每見惟和書，輒爲愴然，因作數日惡。汝學其善藏諸！僕不敢復請觀矣。（《招隱樓稿》，徐𤊹選，鈔本）

墨梅卷跋　謝肇淛

萬曆壬寅七月十一日重裝于東郡草堂。憶昔甲午冬與惟和擁爐共閱，嘆吾郡先輩餘風宛然在斷簡殘墨間。曾幾何時，且并唯和作古人矣。不能終卷，爲之一慟。（《小草齋文集》卷二十四）

徐興公家藏扇面手卷跋　謝肇淛

萬曆丁未春，余宅艱家居，興公出此卷共賞。末讀其跋語，爲之嘆惋良久。唯和謝世，未及十年。饘粥糊口之業，半落他人手，非獨篋笥中玩好已也。王摩詰曰：『來者復爲誰，空悲昔人有。』古今一貫，唯和固不必鬱鬱地下耳。（《小草齋文集》卷二十四）

顧道行山水卷　謝肇淛

道行先生畫，從北苑仲圭來，而出以大雅，盡脱丹青家蹊徑。余與唯和爲先生最得意士，而得先生畫各不數紙。今閱此幅神氣鬱勃飛動，與余所得及質甫許者仿佛相肖，非復可以形容筋骨相也。憶丁亥歲與唯和初執經事先生，迄今僅二十年，而先生中道萎謝，即唯和墓木亦且拱矣。與興公展閱未竟，爲之一慟。（《小草齋文集》卷二十四）

徐惟和詩卷跋　謝肇淛

吾友中工七言律者，推惟和爲白眉。今觀此卷，所書雖僅僅十餘首，而才情婉至，風骨遒整，絶世之技已見一斑矣。憶自壬辰迄今有二十有五載，生前風流文采，邈若山河，而遺墨殘編，宛然如昨，則故人死友實持愛護之力也。惟和于是爲不亡矣。（《小草齋文集》卷二十四）

題徐惟和幔亭圖 謝肇淛

雲樹蒼茫濕翠微，山川滿目泪沾衣。虹橋宴後人何在，華表歸來事已非。詞客有靈遺蛻冷，曾孫無主落花飛。可哀一曲滄桑改，霜月淒凉照竹扉。（《小草齋集》卷二十一）

陸士龍文集 徐𤊹

張幼于曾以小陸抄本貽先兄，繕寫明朗，此乃都玄敬與吴士陸元大校刻者。卷末乃留宋人名字，依宋板也。讎對無差，勝今坊間所梓者多矣。萬曆丙午冬杪，徐興公識。（馬泰來《新輯紅雨樓題記》，一一八頁）

文選纂注 徐𤊹

六臣注頗繁，張伯起纂之，信修詞家之捷徑也。伯兄批點斯本，日置案頭，會試北上，携之巾箱。先兄物化十五年，覽此不勝傷悼。陸士衡云：『尋平生于響像，覽前物而懷之。』正謂此也。萬曆癸丑臘月，興公書。（沈文倬《紅雨樓序跋》卷一，第五七頁）

箋注唐賢絶句三體詩法 徐𤊹

《唐三體詩》一册。先君云：『丙寅年在京師得之林天迪先生。中朱筆評駁者，天迪也。』迨萬曆癸未、甲申間，先兄初學時又加批點。既又爲謝在杭借去，亦品騭數則送歸。最後蒲友鄭性之復借覽，乃用墨筆塗抹，以己意射彈。十年前舍弟取觀，遂于題下小注地名。四十年來，已經五人之手，故開卷亂如塗鴉矣。然五人者皆少時事，未免謬悠，不爲中的。偶爾檢及，漫記其後，庶幾後之人見善本書，勿輕點汙也。

萬曆戊申冬十二月十二夜燈下，徐惟起興公書。（馬泰來《新輯紅雨樓題記》，第一六六頁）

聖教序　徐𤊹

先兄惟和，生平喜藏古帖，每計偕北上，行李中書畫半之。戊戌下第南歸，舟過臨清，值郭君猷于旅次，遂捐此帖相贈。未幾先兄不禄，君猷珍若拱璧，凡游湖海，必挾以隨。今歲余客鄱陽，與君猷同寓乾元寺，因出共觀，且爲余道其始末，不勝物在人亡之感。《聖教》多善本，君猷獨寶此者，亦足徵友誼之重也。

萬曆己酉陽月望後三日，東海徐惟起題。（沈文倬《紅雨樓序跋》卷二，第六七—六八頁）

空江秋笛卷　徐𤊹

吾鄉鄭浮邱先生字孟宣，善擊劍，工古篆草書，陳友定辟爲記室，友定敗，亡命交廣間，久之，還居長樂。高皇帝末年，徵授延平訓導、國子助教。著詩數卷曰《澹齋集》，多軼弗傳。《空江秋笛卷》則官助教時，乞諸名公所咏題者也……向余兄惟和得之，以陳伯熗《賓月樓》合爲一卷，作歌題其殿。又逾三十餘秋，裝潢未善，余今分而爲二，正所謂離則雙美者也。天啓六年丙寅初夏，三山徐𤊹興公識于汗竹巢。（沈文倬《紅雨樓序跋》卷二，第七五—七六頁）

鄭繼之手書　徐𤊹

鄭少谷先生以詩名于正、嘉之際，海内知鄭先生者詩耳，不知先生之精于理數之學也。此編自《易》數、河、洛、《洪範》、田制、算法、禽遁、車服，無不究心，又手自鈔定，先生之學，豈尋常口耳章句乎哉！惟和兄向收得之，寶若拱璧。俯仰又逾十年，春日和暢，偶與謝在杭翻檢，遂求在杭跋其後，而余亦記數語，永寶藏之。

萬曆丁未三月，東海徐惟起。（沈文倬《紅雨樓序跋》卷二，第八三頁）

先君子手書詩卷　徐𤊹

先君子喜爲詩而不苟作。萬曆辛卯之秋，先君年七十有九，耄矣。忽一日召熥、𤊹論曰：『汝輩俱以四聲驟響，吾心甚喜，家學不墜，是在汝輩。然吾平生有得意詩百數篇，可出長箋，吾爲汝書之。』熥對曰：『正兒之所深願而不敢請者也。』先君遂檢舊稿，日書數首，而𤊹常侍筆硯（中略）。乙巳夏日，不肖男𤊹拜手恭跋。（沈文倬《紅雨樓序跋》卷二，第九一頁）

伯兄書卷　徐𤊹

昔陸雲贊平原文，謂君苗焚其筆硯；王縉掇拾右丞詩，表而進之于朝；家庭之間，自相敬慕。先伯氏年不稱德，時論歸美，卷中諸詩，大類劉文房、許丁卯，而書則效法《聖教》《興福》，稍雜以行草。林异卿喜摹古帖，得書家三昧，極賞伯氏書有古意，從王元直求爲珍玩。偶出相示，載一披咏，不勝人琴之痛，因爲之掩卷。天啓改元花朝題。（沈文倬《紅雨樓序跋》卷二，第九一頁）

又題伯兄詩卷　徐𤊹

林方壺先生爲諸生日，與伯兄有投分之誼。先生登第，出守茶陵，遂爾仙逝。先兄聞訃，有詩哭之：『文章自昔擅名流，二十分符楚國游。正羨雲逵方發軔，誰知夜壑即藏舟。魂隨岳麓家何在，泪灑湘江恨豈休。華表鶴歸歸未得，雲陽山下不勝悲。』賦此詩時，先兄年才二十三也。先兄既殁，余爲選梓《幔亭全集》，盡弃其少作。偶檢存稿，書呈异卿，异卿又當愴然耳。閏二月十日又題。

（沈文倬《紅雨樓序跋》卷二，第九一—九二頁）

附録四　集評

陳价夫《招隱樓稿》一則

僕之不見二足下半歲耳。僕真善病哉！讀《絳囊生傳》，如看廣陵濤，令人津津色喜。（《與徐惟和惟起》，陳价夫《招隱樓稿》）

鄧原岳《西樓集》二則

當年三謁武夷君，夢入峰頭鸞鶴群。便學徐仙同坐化，罡風吹散幔亭雲。

十年書劍走天涯，五字翩翩五色霞。一自玉樓賦成後，彩毫零落不開花。（《哭徐惟和十二首》其七、其八，《西樓集》卷十）

謝肇淛《小草齋集》三則

惟和吾渭陽，意不可一世。聰明固天縱，神力亦奔詣。搜討殫九流，匠心游六藝。大雅振式微，逸響流雲際。燦若華岳峰，芙蓉映朝霽。快意萬里游，藝苑標赤幟。行年未四十，嚴霜摧芳蕙。西華困負薪，窮交半淪替。人琴今俱亡，腸斷平生契。（《五子篇·徐孝廉惟和》，《小草齋集》卷六）

徐陳里閈久相親，鍾李湖湘非我鄰。丸泥久已封函谷，怕見江東一片雲。（《漫興二十首》其十六，《小草齋集》卷二十九，崇禎刻本）

新詩成故物，開卷便心悲。身後名成日，人間論定時。紅顏天亦妒，俠骨世空疑。寂寞千秋意，臨流哭子期。

却憶追隨日，先探赤水珠。青雲心自薄，白雲調彌孤。事業名山在，生涯儋石無。何須借玄晏，價已重三都。（《讀惟和詩二首二首》，《小草齋集》卷十四，崇禎刻本）

謝肇淛《小草齋文集》一則

吾友中工七律者推惟和爲白眉。今觀此卷所書，雖僅僅十餘首，而才情婉至，風骨遒整，絶世之技亦已見一斑矣。憶自壬辰迄今二十有五載，生前風流文采邈若山河，而遺墨殘編宛然如昨，則故人死友寶持愛獲之力也。惟和于是爲不亡矣。（《徐惟和詩卷跋》，《小草齋文集》卷二十四，天啓刻本）

謝肇淛《小草齋詩話》五則

嘉、隆以來，則有郭丞文涓、林明府鳳儀、袁太守表，皆余先輩。陳茂才椿、趙别駕世顯、林孝廉春元、鄧觀察原岳、陳山人仲溱、徐孝廉熥、熥弟𤊹、陳茂才价夫、孝廉薦夫、曹參知學佺、袁茂才敬烈、林茂才光宇、陳茂才鳴鶴、王山人毓德、馬茂才欻、陳山人宏己、鄭山人琰，皆先後爲余友，皆有集行世。其中豪宕不羈，揮斥八極，則鳳儀爲冠；秀潤細密，步趨不失，則袁、趙名其家；才情宏博，多多益善，則徐氏兄弟擅其場。其他諸子，各成一家，瑕瑜不掩，然皆祢漢宗唐，間出中晚，彬彬皆正始之音也。南方精華，盡于是矣。（《小草齋詩話》卷三）

世傳林天瑞《鼓山詩》：『眼中滄海小，衣上白雲多。』然亦尋常語耳。故不及惟和『松際窺人孤嶂月，山中留客半床雲』也。天瑞詩尚有佳者，如《咏月》云：『玉露清初墜，天河迥亦流。誰憐今夜月，還似去年秋。影逐寒雲起，光緣暮杵留。關山千萬里，偏照漢家樓。』……惜其游于酒人，故不能篇篇盡美。吾郡中似當以徐惟和爲冠。其才情聲調，足伯仲高季迪，所微憾者，古體稍不及耳。鄧女高喜爲雄聲，其源蓋出歷下；陳幼孺工麗宛至，却自中、晚得來。三者皆巨擘也，皆相次夭折，悲夫！（《小草齋詩話》卷三）

嘉靖間，閩龔大司成用卿招諸賓及其婿林世璧同游鼓山，風日恬朗，分韵賦詩。坐客皆逡巡遜讓，林時已醉，奮筆題詩，略不停思，文藻横逸。公及諸客讀之，至『眼中滄海小，衣上白雲多』之句，擊節嘆曰：『吾不及也。』遂不復題。林詩至今尚在壁間，寺僧寶惜，墨色如新。最後徐孝廉惟和讀之，有詩云：『間尋老衲叩禪堂，墨迹淋漓滿上方。一自題詩人去後，白雲滄海兩茫茫。』蓋引林語也。（《小草齋詩話》卷五；又見周亮工《閩小紀》卷四『林世璧』條、朱彝尊《静志居詩話》卷十八『林世璧』條，文字小异）

徐惟和有友鄭君大，豪爽滑稽，喜游山水。嘗至武夷折笋峰，峰有三梯，鄭登其一，懼而下，恐爲衆笑，乃令從者細記景物，歸而詫曰：『吾登折笋矣。』詰之，一一不謬。又數年，惟和復至武夷，宿折笋峰，有詩《懷君大》云：『幾人白首困晨氛，垂老看山獨有君。莫道年高筋力少，芒鞋曾踏一梯雲。』君大見詩，大恚曰：『道人誤我，道人誤我！』蓋當時深囑道人勿泄其事，至是見一梯之語，疑徐得其情也，其言所以，聞者皆爲絶倒。（《小草齋詩話》卷五）

月仙者，武林名妓也，戊子冬徐惟和北上，過而眷之，越數夕，余至，妓詢徐孝廉不去口。翊歲，下第復過，竟諧繾綣，徐作詩云：『匆匆相見未分明，别後逢人便寄聲。萬里歸期看乳燕，一春心事付流鶯。柳枝猶記當年曲，豆蔻難消此夜情。搗盡玄霜三萬杵，夢中還見舊雲英。』越三年上計，復過其地，詢之，則月仙死矣。（《小草齋詩話》卷五）

陳薦夫《水明樓集》一則

大徐吾同調，蚤歲稟英特。居常好遨游，一一窮阡陌。探討了不聞，乃反富經籍。既解匡生詩，亦善梁丘易。起家應孝廉，徒步射奇策。魚目混隨珠，高雲鎩長翮。齊瑟不爲竽，荆山豈終石！物固有推移，君情無怵迫。（《六子詩·徐惟和》，《水明樓集》卷一，萬曆刻本）

徐𤊹《筆精》四則

相思子即今紅豆也。愚按：嶺南、閩中有相思木，歲久結子。色紅如大豆，故名『相思子』。每一樹結子數斛，非即紅豆也。惟和兄惟和兄《子夜歌》：『紅豆落深坑，到底相思子。』（《筆精》卷二『相思子』條，沈文倬點校本，福建人民出版社，一九九七年）

國初唐肅《題陶穀郵亭圖》云：『紫鳳檀槽緑髮娼，玉兒見慣可尋常。作歌未必腸能斷，明日聽歌更斷腸。』先兄惟和曾題《秦弱蘭》一首，足爲陶學士解嘲：『莫笑郵亭一夜春，此身元已落風塵。韓家亦有花如女，枕畔衣裳着向人。』（《筆精》卷四『郵亭圖』條，沈文倬點校本，福建人民出版社，一九九七年）

黄旂山諱澤，字敷仲，閩之侯官人也。永樂辛卯以詩魁省闈，壬辰成進士……公以直道被讒，一去不復，廢居三十年，不忘憂國，其清風勁節，所謂薑桂老猶辣者。鄧汝高《閩中正聲》、徐惟和《晉安風雅》概未之及，豈遺集久湮，不獲寓目耶？余特表出，以志高山之仰云。（《筆精》卷四『黄旂山』條，沈文倬點校本，福建人民出版社，一九九七年。按：此條爲黄居中所補）

朱竹，古無所本，起于明初。宋仲温有一卷，不知何人筆？高季迪題《水龍吟》云：『淇園丹鳳飛來，幾時留得參差翼。簫聲吹斷，彩雲忽墮，碧雲猶隔。想是湘靈，泪彈多處，血痕都積。看蕭疏瘦影，隔簾欲動，應似落花狼藉。莫道清高也俗。再相逢、子猷還惜。此君未老，歲寒猶有，少年顔色。誰把珊瑚，和烟换去，琅玕千尺。細看來，不是天工，却是那春風筆。』此卷舊爲王太史家物。徐惟和收得之，珍若重寶，自題其後云：『根如赬虬髯，葉如丹鳳尾。有時截作釣魚竿，珊瑚亂拂桃花水；有時擲杖化爲龍，白日青天赤鱗起。能將紅霧變蒼烟，産在朱明幾洞天。須臾絳節生彤管，只向松間滴露研。』伯兄卒，卷售他人。（《筆精》卷六『朱竹』條）

徐𤊹《與鄧道協簡》一則

足下謂僕藏生荔枝于巨竹中，神其説，啓後世之惑。此非僕之臆説也。三山元宵最盛，而神廟中各出奇珍。生荔枝留至春時，往往目擊之。家兄《元夕詞》有云：『閩山廟裏賽靈神，水陸珍羞滿案陳。最愛鮮紅盤上果，荔枝如錦色猶新。』此一證也。豈愚兄弟創爲説啓後世之惑者耶？足下居與閩山最近，試詢之鄉長老，則知吾言之不誣矣。到金陵便以語黄明立先生，僕亦非好奇之過耳。（鄧慶寀《荔枝譜》卷三，《閩中荔枝通譜》卷十一）

徐𤊹《鼇峰集》一則

客堂寒夜檢遺篇，名在人間骨在泉。半世窮愁緣著述，千秋詞翰合流傳。夢中永絶生花筆，篋裏誰分殺竹錢。挑盡孤燈揮泪眼，一番吟咏一潸然。（《興國寺檢編幔亭集撫卷淒然感而有作》，《鼇峰集》卷十四）

徐𤊹《竹窗雜録》二則

陳良鼎，字廷器，閩清人。乙太學生需選公車，值世廟南巡，抗疏諫止，詔獄除名，黜爲民。隆慶改元，録言事諸臣，鼎已老矣。福建按察使徐中行贈之詩云：『千官扈從漢江行，宸禮山陵自聖情。總爲扣閽危萬乘，却教止輦讓諸生。精神不爲雷霆拆，肝膽仍逢日月明。世廟諫臣徵欲盡，客星猶復卧孤城。』未幾卒。伯兄唯和挽之詩云：『龍駕南巡日，何人批逆鱗。誰知伏闕者，却是布衣臣。抗疏青雲薄，憂時白髮新。至今遺廟在，蘋藻自千春。』『欲迴江漢輦，痛哭叩重閽。死諫孤臣節，生還聖主恩。青山藏疏草，白日照忠魂。寂寞荒墳上，西風啼暮猿。』夫以太學生抒忠忱而訐朝政，漢惟劉唐、何蕃，宋惟陳東，及鼎四人而已。殁後立廟崇祀。（《榕陰新檢》卷二《忠義》『太學

直諫』條引）

閩王審知墓在蓮花峰下，宣德四年爲盜所發，獲金寶無算。有司仍復修治。今題其墓者甚多，余伯兄惟和一首爲最：『玉輦何年去不回，霸圖千古總成灰。秋深兔穴依寒壟，歲久魚燈暗夜台。故國關河甌越在，遺民蘋藻鼎湖哀。蓮花峰下黄昏月，猶見三郎白馬來。』審知在軍中好騎白馬，人呼白馬三郎。（《詩題王墓》，徐𤊹《榕陰新檢》卷十六《詩話》引）

黄居中《徐氏筆精序》一則

興公箎伯氏惟和，狎主三山社，筆耕心織，盡抽二酉之藏；竹夕花時，足當四面之敵。（《筆精》卷首，沈文倬點校《筆精》卷首，福建人民出版社，一九九七年）

曹學佺《石倉文稿》一則

我隆、萬間，三山稱博雅而攻詩文者，無過徐、謝二家。徐大令相坡先生于謝右相天池先生爲翁婿行。曰熥、曰𤊹，相坡公子也；方伯君肇淛，天池公子也。二君子者，皆能讀其父書，相爲友善。（《明廣西方伯在杭謝公墓志銘》，《石倉文稿》卷七）

曹學佺《金陵初稿》一則

予郡趨風雅，騷壇有弟兄。文章追古則，軒冕薄時榮。念豈山川隔，憂惟日月征。何時遂初志，聚首復班荆。（《寄同社徐興公諸子》，《金陵初稿》）

姚旅《露書》二則

姑蘇沈野作《寒食》一詩：『厨下由來烟火斷，不知寒食是今朝。』徐熥賞其語，往訪之。及進閶門，重門已閉，進退不得，因于檐下坐一夜。沈因是得名。

徐惟和才情藻麗，爲晋安巨擘。其弟惟起《古意新聲十首》，以宋錦裁新衣，彩色奪目，當與并驅。（《露書》卷三《韵篇》上，福建人民出版社，二〇〇八年。第二則，又見周亮工《閩小紀》卷三『徐惟和』條，文字小异）

李時成《白湖集》二則

《後十子詩選》者，以志前也。『前十子』誰？『前十子』則林子羽、王孟敭諸君子，翩起洪、永間，有若親試于臨軒，若運應于辟命，若賁于丘園，若私淑入室者，其集之行也。爰自成、弘以迄隆、萬，又百有餘年，則又有《後十子集》。後者如：鄭吏部繼之、傅山人木虛、林方伯道近、林明府姬臣、袁表太守公景從、林文學天端、林孝廉叔寅、徐孝廉惟和、陳太守元凱、林文學子真，其爲詩也，則予之所選而集者也。

徐熥，字惟和，閩縣人。萬曆十六年鄉薦。熥夙以風雅自命，刻意稱詩，有《幔亭集》二十卷。性好客，客自外至，則傾貲賙之，以故家日落。多結交海内名士，終歲郵筒勿絶也。閩自隆、萬以來，學士大夫尚經學，而詩道浸衰，熥起而勇爲之倡，至今家弦户歌，雅道復興，寔與其力焉。（《後十子詩選序》，《白湖集》卷十二，崇禎刻本）

陳衍《大江草堂二集》一則

徐氏自永家公藻繪文囿，惟和、惟起兄弟遞相雄長，主盟東南一帶……鍾氣一門，聲施當代，如徐氏者，可數見即？（陳衍《二徐詩序》，《大江草堂二集》卷十二）

周亮工《閩小紀》二則

徐惟和才情藻麗，爲晋安巨擘。其弟興公《古意新聲十首》，以宋錦裁新衣，彩色奪目，當與并驅。（《閩小紀》卷三『徐惟和』條）

鄭熼新《題尺木堂集》一則

吾友存永，世以詩名，晋安風雅無出其右者。予總角讀書，每得若父、若伯父編集，未嘗不三嘆而三復之，今觀《尺木堂稿》稿，古色陸離，洋洋大國，非得家學淵源，何以臻此？至于勁骨霞標，發諸性情，直刺唐人心法，晋安風雅，徐氏獨擅其盛。（鄭熼新《題尺木堂集》，徐延壽《尺木堂集》卷首）

吴梅村《魏憲百名家詩選序》一則

閩中山水奇秀甲天下，咸萃于文人之身。自林鴻子羽崛起，談詩一時，相唱和者有『十子』之稱。嗣是鄭繼之俎豆少陵，陳幼孺、伯孺、徐幔亭、鼇峰頡頏一代，爲中原所景仰。（魏憲《百名家詩選》卷首，吉林大學圖書館藏康熙魏氏枕江堂刻本）

朱彝尊《曝書亭集》一則

明自萬曆後作者散而無紀，後之選者不加審擇，甄綜寥寥。嘉靖七子後，朝野附和，萬古同聲，隆慶鉅公，稍變而歸于和雅。定陵初祀，北有于無垢、馮用韞、于念東、公孝與，暨季木先生，南有歐楨伯、黎惟敬、李伯遠、歐用孺、徐惟和、鄭允升、歸季思、謝在杭、曹能始，是皆大雅不群。（《答刑部王尚書論明詩書》，《曝書亭集》卷三十三）

朱彝尊《静志居詩話》三則

徐熥，字惟和，閩縣人。萬曆戊子舉人。有《幔亭集》。

惟和力以唐人爲圭臬，七絶原本王江寧，聲諧調暢，情至之語，誦之蕩氣迴腸。《送人游吴楚》云：『津亭烟柳緑垂絲，萬里關山匹馬遲。去國正當春盡後，登樓多在日斜時。楚江草長悲鸚鵡，吴苑花深走鹿麋。話别何須共惆悵，秋風摇落是歸期。』（《静志居詩話》卷十六『徐熥』條）

興公藏書甚富，近已散佚，予嘗見其遺籍，大半點墨施鉛，或題其端，或跋其尾，好學若是，故其詩典雅清穩，屏去摘浮淺俚俗之習，與惟和稱二難。（《静志居詩話》卷十八『徐𤊹』條，人民文學出版社，一九九〇年）

閩自十才子後，惟少谷小變，而高、傅之外，寥寥寡和。若曹能始、謝在杭、徐惟和輩，猶然十子才調也。（《静志居詩話》卷二十一『曹學佺』條）

杭世駿《榕城詩話》二則

有明選輯閩詩者，閩縣鄧汝高原岳撰《閩詩正聲》、懷安陳仲聲元珂撰《三山詩選》、閩縣徐惟和熥撰《晋安風雅》。徐興公𤊹《榕陰新檢》恒引《晋安逸雅》，其書不可見。（《榕城詩話》卷中）

《晋安風雅》凡十二卷，自洪武迄萬曆總二百六十餘人。凡例云：『閩得十六，侯官、長樂各得什一，懷、福共得什一，若羅源、閩清則風氣未開，或有待也。《序》謂：不論窮達顯晦，皆因詩采拾，至于野狐外道、格律稍畔者，雖有梁、竇之權，不敢濫厠片語，這雅道蟊賊。』（《榕城詩話》卷中）

鄭方坤《全閩詩話》一則

先生（按：指鄭邦祥）遂與在杭謝公、能始曹公、惟和、興公二徐公主持斯文，爲騷壇弁冕。（《全閩詩話》卷八『先曾祖鄭孟麐公』條，文淵閣《四庫全書》本）

沈德潜《明詩別裁集》三則

熥，字惟和，閩縣人。萬曆戊子舉人。惟和近體宗法唐人，在詩道冗雜時遇之，如沙礫中得簡珠也。七言絶尤能作情至語，在李庶子、鄭都官之間。（《明詩別裁集》卷九，上海古籍出版社，一九七九年）（《金陵故宫》）閱五、六知當時初無遜國之事，蓋帝與后同在灰燼中也。史氏《致身録》之誣，神廟時人俱能言之，得錢牧齋諸人辨益明。（《明詩別裁集》卷九，上海古籍出版社，一九七九年）

絶句七章（按：《丹陽遇陳十八》《長門怨》《郵亭殘花》《酒店逢李大》《芋江驛樓送張四之白下》《禦兒舟中别郎公》《寄弟》），詞不必麗，意不必深，而婉轉關生，覺一種至情餘于意言之外。

（《明詩别裁集》卷九，上海古籍出版社，一九七九年）

黄任《秋江集》一則

擬築伊人宛在堂，蒹葭秋水但蒼蒼。傳高合配曹徐謝，待我來分上下床。傅汝舟與高瀫約偕隱西湖，有《擬築宛在堂》詩。（《毗陵潘中丞重浚西湖余暇日出游感今追昔成詩二十首殊愧鄙俚聊當棹歌漁唱云爾》其十，《秋江集》卷五）

葉觀國《緑筠書屋詩鈔》一則

萬玉潭亭緑玉齋，兩家園館占名皆。琮琤細響宵通箔，羃䍥繁陰午覆階。萬玉潭亭，陳山人周别業，在義溪；緑玉齋，徐孝廉熥書室，在鼇峰坊，皆前明人。（《榕城雜咏百首》其八十九，《緑筠書屋詩鈔》卷十）

孟超然《瓶庵居士詩鈔》一則

秋風蕭瑟過頽垣，憑吊詩人一斷魂。莫問高樓臨大道，更無紅雨下荒村。機雲聲譽真無愧，曹旋風流那忍論。謂石倉、在杭兩先生。南望瀟湘蘭芷好，幔亭何處唤曾孫。徐存永，國初移家入楚。（孟超然《紅雨樓遺址》，《瓶庵居士詩鈔》卷一）

徐祚永《閩游詩話》一則

《小草齋詩話》云：『世傳林天瑞《鼓山詩》：「眼中滄海小，衣上白雲多。」然亦尋常語耳。不及惟和「松際窺人孤嶂月，山中留客半床雲」也。』余謂林詩誠未爲佳，然徐惟和二語亦太小，與鼓山不稱。不若傅汝舟一聯，云：『白爲滄海浪，青入島夷山。』（《閩游詩話》卷中）

黃日紀《全閩詩俊》一則

徐熥（底本均誤作燧），字惟起和，閩縣人。萬曆戊子舉人。著有《幔亭集》。其《旅次石頭岸》云：『石頭城下水微茫，回首鄉關驛路長。瓜步烟波連斷靄，秦淮雲樹隔斜陽。秋高落木迷村舍，夜静寒潮到女墻。客裏愁心已如此，一聞南雁更凄凉。』又《客中寒食》云：『去歲燕山道，今朝劍水濱。如何兩寒食，俱作异鄉人。』又《丹陽遇陳十八》云：『丹陽渡口遇同鄉，欲語匆匆怨夕陽。君返江南我江北，雲山千叠斷人腸。』又《酒店逢李大》云：『偶向新豐市裡過，故人尊酒共悲歌。十年别泪知多少，不道相逢泪更多。』又《元夕懷李伯實（底本誤作賢）》云：『往事傷心倍可憐，故人今夜渺雲天。燈光月色鞦韆影，已隔春風二十年。』惟和風格神韵全似中唐高手。其爲張幼于、王伯穀所推許，益信名下果無虚也。（《全閩詩俊》卷五）

莫友棠《屏麓草堂詩話》二則

宛在堂在榕垣迎仙門外之小西湖……今湖心有堂，乃國朝康熙初建也。乾隆初，黄莘田先生立明林子羽、王孟敭、鄭少谷、高宗吕、傅木虚、葉文忠、曹忠愍、徐幔亭、興公、謝在杭十子于堂而祀之。風雅間歇，久被開化寺僧占爲賃槽之所也。道光四年，孝廉王成旗爲捐貲，出停槽，掃除而重新之。增謝雙湖、陳叔度及黄莘田栗主，春秋兩祀，邀同人作竟日之游。（《屏麓草堂詩話》卷二）

東越之詩……在明有張翠屏、林登州、二藍、十子及楊文敏、柯竹巖、鄭山齋、林見素、張襄惠、林方齋、朱損岩、鄭少谷、王遵岩、邱止山、徐惟和、惟起、謝在杭、曹石倉諸人，莫不管領風騷，自開户牖。而錢東澗乃詆晉安一派，則以高廷禮之《品彙》《正聲》終明一世館閣宗之。牧齋釁起争名，語多吹索，登枝捐本，飲水譏原，固哉！蒙叟之爲詩也。（《屏麓草堂詩話》卷十四）

梁章鉅《東南嶠外詩話》四則

《明史·文苑傳》稱：閩中詩文自林鴻、高棅後，閲百餘年鄭善夫繼之。迨萬曆中年曹學佺、徐𤊹繼起，謝肇淛、鄧原岳和之，風雅復振。不及于熥，惟𤊹傳中附見其名。然𤊹以博學稱，亦復工文；熥以詞采著，亦未嘗無學，二人因未易優劣也。（《東南嶠外詩話》卷九『徐熥』條）

沈歸愚稱徐惟和近體宗法唐人，當詩道冗雜時遇之，如砂礫中簡珠也。七絶尤勝，在李庶子、鄭都官之間。按《幔亭集》近體好句美不勝收。五言如：『僧歸殘雨寺，樵度隔雲村。』『花落鳥聲寂，草多熒火繁。』『溪曲斜流月，峰多亂占雲。』『憶弟吟春草，思親望白雲。』『八口蠻烟路，千家野哭聲。』『夢回瓜步月，人隔秣陵關。』『樹影緣山轉，溪流向縣分。』『颶風吹海暗，蠻雨洗天涼。』『雲邊芳草路，花外夕陽山。』『兒女他鄉泪，鶯花故園心。』七言如：『一秋桃葉居淮水，十月梅花夢敬亭。』『彭蠡驚濤雲外聽，匡廬飛瀑月中看。』『二水空舟歸棹遠，三吴秋色一分江。』『緑波春草長途别，白社蓮花半日開。』『去國正當春盡後，登樓多在日斜時。』『暮靄晴飛岩瀑翠，秋烟寒隱石燈青。』『戍樓畫角吹霜落，别浦漁舟棹月還。』洵可謂力追古則，盡滌時趨。若《同陳惟秦夜坐》云：『世味隨年減，浮生到夜間。』《送惟起弟》云：『兩地雁鴻難顧影，一時鸞鶴總離群。』則真至之語，尤爲集中上乘。（《東南嶠外詩話》卷九『徐熥』條）

沈歸愚極賞幔亭《郵花》一絶，云：『征途微雨動春寒，片片飛花馬上殘。試問亭前來往客，幾人花在故園看。』以爲維（按：當作『惟』）和絶句詞不必麗，意不必深，而宛轉關生，一種至情餘于意言之外。按：《幔亭集》中如《芋江樓送友人還白下》云：『春風吹柳萬條斜，極目金陵隔暮霞。不必相思當後夜，片帆開處即天涯。』又《逢李大》云：『偶向新豐市里過，故人尊酒共悲歌。十年别泪知多少？不道相逢泪更多。』《寄弟》云：『春風送客翻愁客，客路逢春不當春。寄語鶯聲休便老，天涯猶有未歸人。』皆能情文兼至，沁人心脾。（《東南嶠外詩話》卷九『徐熥』條）

興公集中警句，清真婉至，足與幔亭抗衡。（《東南嶠外詩話》卷九『徐𤊹』條）

汪端《明三十家詩選》六則

七言律，文成激昂悲感，青邱超妙清華……此外，邊華泉、徐惟和兄弟、曹志節、程孟陽諸家，圓秀娟妍，得衷合度，要皆不失名家也。（《明三十家詩選·凡例》）

五言絶，青邱、昌穀、華泉、茂秦，并得王、韋之髓，王子衡、徐惟和、范東生、林初文，亦有佳制，此外殊寥寥矣。（《明三十家詩選·凡例》）

七言絶……徐惟和兄弟、曹忠節、程孟陽、王介人、范東生、謝在杭、林初文諸人，措詞婉雅，綽有餘妍，斯可與劉賓客、鄭都官把臂入林耳。（《明三十家詩選·凡例》）

𤊹，初字惟起……萬曆中與兄熥，及曹能始狎主閩中詞盟，後進皆稱『興公詩派』。（《明三十家詩選》二集卷七上）

幔亭、鼇峰昆季詩，并以青邱爲矩矱，其古詩固不能逮，近體風度清新，神骨雋昇，頗造其域，而一氣渾成處，亦復相去尚遠，不免有桓宣武似劉司空之恨——此蓋才力所限，非二子之過也。然當霧霾充塞時，獨能不師僞體，遠溯正宗，可謂卓識絶人，超然塵外者矣。（《明三十家詩選》二集卷七上）

明初閩中十才子專學盛唐，萬曆間徐幔亭昆季、曹石倉及在杭諸人則兼法錢、劉、元、白，并洪武諸家，雖前後宗尚微有不同，要皆精研格律，無忝正聲。（《明三十家詩選》二集卷七上）

楊慶琛《絳雪山房詩鈔》一則

金鼇峰下敞軒楹，地爲徐公代擅名。深徑琳琅秋有韵，重簾烟雨緑多情。名山事業千圖卷，福地神仙兩弟兄。好襯小樓香影暮，桃花消瘦碧筠清。（《榕城古迹雜咏·緑玉齋》，《絳雪山房詩鈔》卷十八）

林昌彝《射鷹樓詩話》二則

『諸將漢家騫日月，故人天上動星辰』，此吾閩徐幔亭徐爀《過釣臺詩》也。下語渾成，不可多得，以視『一著羊裘便有心』及『雲臺怎比釣臺高』，『羞見先生面，黄昏過釣臺』等句，相去遠矣！（《射鷹樓詩話》卷九；按：此本作『爀』爲『熥』之訛。『諸將』二句見熥《雪中登富春山》，《幔亭集》卷七）

西湖宛在堂祀明林子羽、王孟敭、鄭少谷、高宗吕、傅木虚、葉文忠、曹節愍、徐幔亭、徐興公、謝

在杭十人，乾隆初黄莘田所立也。（《射鷹樓詩話》卷十，上海古籍出版社，一九八八年）

吾閩前明詩家，自林子羽以下十子總持詩教，及鄭少谷出，乃大振騷壇，雄視一代。繼之者曹石倉、黄石齋、徐㥶亭、徐興公、謝在杭諸君，可稱一時風雅。錢虞山論詩每鄙薄閩中詩派，豈非坐井觀天，蜉蝣撼樹乎！虞山目閩人詩爲林派，謂林子羽也。（《射鷹樓詩話》卷十七，上海古籍出版社，一九八八年）

謝章鋌《賭棋山莊詩集》三則

海内談詩《小草齋》，曹徐里社自分題。（《一自》，《賭棋山莊詩集》卷二）

當年鼎足曹徐謝，巨擘還應讓石倉。淼閣飄零陳叔度，招魂箕尾髮如霜。（《論詩絶句三十首》，《賭棋山莊詩集》卷五）

勞生爲邱壑，此意解何人。詩卷自能古，名山合卜鄰。倘知薦秋水，應與指迷津。香火接空翠，松泉遠有神。（《五賢祠瞻禮先方伯在杭先生并曹徐諸先輩主》，《賭棋山莊詩集》卷六）

謝章鋌《賭棋山莊文》一則

東越之詩，自鄭露、釋惠標後，……在明有張翠屏、林登州、二藍、十子及楊文敏、柯竹岩、鄭山齋、林見素、張襄惠、林方齋、朱損岩、鄭少谷、王遵岩、邱止山、徐惟和、惟起、謝在杭、曹石倉諸人，莫不管領風騷，自開户牖。（謝章鋌《校閲餘話》，《賭棋山莊餘集·文》卷三，陳慶元《謝章鋌集》，吉林文史出版社，二〇〇九年版）

謝章鋌《賭棋山莊詞話》一則

明季閩縣徐熥、徐𤊹兄弟競爽。熥以詩顯，所著有《幔亭集》。𤊹以博洽聞，插架甚富，丹鉛歷落，至今流傳，尚爲世寶。（《賭棋山莊詞話》卷五『徐𤊹』條，《詞話叢編》本，中華書局，一九八六年）

謝章鋌《圍爐瑣憶》一則

在杭侍兒名桃葉，幔亭侍兒名紫玉，俱能詩。（《圍爐瑣憶》，光緒辛丑《賭棋山莊筆記合刻》本）

謝章鋌《課餘續録》一則

明人重聲氣，喜結文社，季世幾、復二社與國運相終始。若閩之之鼇峰詩社，則始于鄭少谷、高石門、傅丁戊，繼之者徐幔亭、興公兄弟、曹能始、謝在杭也。（《課餘續録》卷二）

楊浚《論次閩詩》一則

晉安風雅師前輩，緑玉齋中什襲多。能奉唐人作圭臬，興公詩派幔亭歌。徐熥、徐𤊹。（《論次閩詩九十首》其八十六，《萬首論詩絶句》引《冠悔堂集》，人民文學出版社）

陳田《明詩紀事》五則

惟和才思婉麗，五言近體取法唐人。工于發端，婉轉關生，有一氣不斷之妙。惟和《自題小像》詩云：『五字吟成心獨苦，不知身後得傳無！』可謂甘苦自得之言。《詩綜》未録五言律一篇，豈未見《幔亭》全集耶？（《明詩紀事》庚籤卷三『徐熥』條，上海古籍出版社，一九九三年）

興公七言，可隨肩惟和，五言近體微少變化，應當推乃兄獨步。（《明詩紀事》庚籤卷三『徐𤊹』

條，上海古籍出版社，一九九三年）

伯孺、幼孺兄弟，稱詩品略相似。徐惟和《晋安風雅》有幼孺序云：『非性靈不談，脱飣餖如屣。』知其風旨所在矣。（《明詩紀事》庚籤卷八『陳薦夫』條，上海古籍出版社，一九九三年）

汝高詩音節俊爽，長于七律。與謝在杭、徐惟和輩結社。在杭推爲嘉、隆後閩人之冠，假借云爾。余衡其才品，當在二人之次。（《明詩紀事》庚籤卷十七『鄧原岳』條，上海古籍出版社，一九九三年）

田按：非熊以《秦淮鬥草篇》得名，萬曆末詩家長篇如徐興公《玉主行》、鄭翰卿《半生行》、林初文《蛾眉篇》、徐惟和《帝京篇》，俱有盛名，要不如非熊此篇爲最。（《明詩紀事》庚籤卷二十五『吴兆』條，上海古籍出版社，一九九三年）

郭柏蒼《柳湄詩傳》二則

（鄧原岳）詩與曹、謝、安、陳、二徐并著，時稱『七子』。七子詩以陳薦夫、徐熥、曹學佺爲最，鄧原岳、安國賢次之，謝肇淛、徐𤇆又次之。（《全閩明詩傳》卷三十三）

明代，福州世有著作者，推王、陳、徐、許。王者，侯官王褒之後，及懷安王佐後人；陳即衎家，六代皆有集；徐則棉及二子熥、𤇆，𤇆子延壽、孫存永；許則豸及王必、友、遇、均、鼎也。（《全閩明詩傳》卷四十二引《柳湄詩傳》；按：存永即延壽；孫震，字器之。郭氏誤記。）

郭柏蒼《竹間十日話》一則

謝在杭性吝嗇。陳介夫往姑蘇，告行于徐惟和。和作詩箋贈之，兼簡在杭。囑云：『若告歸日，行囊蕭瑟，取吾箋令見之。』詩云：『離筵酒盡即他鄉，豈爲分携始斷腸。失路客身輕似葉，倚門親鬢白于霜，歸裝不望中人産，内顧先營百日糧。未必綈袍能解贈，秋風先《幔亭集》作『臨行還』。囑寄衣裳。』及往，果如言。在杭挈而觀之，曰：『惟和庋我，我適有不及矣！』留伯孺數時，厚禮而歸之。（《竹間十日話》卷五，光緒刻本）

陳衍《石遺室書録》一則

《石遺室書録》云：熥與弟𤊹齊名，稱『二徐』。此集興公先生所葺。又云熥友陳薦夫所選。詩十四卷，一千六百餘首。大略樂府、五言效漢魏六朝，七言古皆轉韵，另有五言聲詩十餘首。聲詩者，平韵有對，而上下聯失粘者也。五律宗唐賢，七律似前後七子，五言絶句八十首，回環讀者四十首。七絶似劉後村。外詩餘一卷。《千頃堂書目》作二十卷。前有謝吉卿序，言烏石山有高賢，祀七閩先輩善詩者六十餘人，惟和卒，輿論以惟和主合祀其中云。（《〔民國〕福建通志·藝文志》卷六十三）

附録五　徐熥簡譜

凡　例

一、本譜爲《徐熥年譜》之簡編。

一、本譜《徐熥集編年校箋》本互惠参證。

一、本譜大致分爲三部分：一、總述；二、生前；三、身後。

一、總述。交代譜主籍貫、世系、性格、好尚、藝文成績等；各條均有引證材料。實爲筆者重撰之《徐熥傳》。

一、生前。分年編排，逐年交代譜主的各種活動，特別是文學活動和創作情況及交游。凡有倡酬，盡量引述同時作者之作品，以見其异同。

一、身後。分年編排，交代譜主殁後親友的追懷。

一、總述大目下引證縮進兩格，按語縮進四格。

一、生前身後大目爲年，頂格書寫，黑體。子目爲月或春夏秋冬，如四季亦不可别，則置于該年之末；生前以『是歲』標示，身後以『本年』標示；另行，縮進一字。譜主作品，繫于各子目之下，另行，縮進二格，省去『徐熥』二字；引用『徐熥集』，簡稱『集』。譜主以外諸家作品或引證材料，一條一行，縮進三格。間有小考證及説明，用『按』另行標明，縮進四格。

一、譜主一生交游，遠近超過百人。本譜儘可能在親友名字首次出現時略作交代。譜主游經之地，亦略作説明。福建的地名，均省略『福建』二字，如『古田』『莆田』。其他省的地名，著名的如杭州、南京，前邊不再冠以浙江、江蘇。

一、譜主爲一介文人，本譜在時事方面無多記述。

徐熥，字惟和，别字調和，號幔亭。晚欲以字行，不果。閩縣人。

陳鳴鶴《徐熥傳》：『徐惟和者，閩縣人，名熥。晚以其名犯吴王諱，欲自言春官以字行，别字調和，未果也，而調和之聲已著。』（《東越文苑傳》卷六）

按：幔亭，武夷三十六峰之一。徐表然《武夷志略·萬年宫左諸勝》『幔亭峰』條：『與大王峰相去百餘丈，其高稍亞之。頂復平曠，皆仙人故址。又名「鐵佛嶂」。上有宴仙壇。壇前有巨石如香鼎者，尚存。舊《記》云：秦始皇二年八月十五日，玉帝與太姥爲武夷君、魏王子騫輩置酒，會鄉人于峰頂，召男女二千餘人，皆呼爲曾孫。架虹橋，令鄉人跨空，魚貫而上。頂結彩屋數百間，以宴曾孫，設位張樂，極其款厚。酒行畢，命歌師歌以《人間可哀》之曲。』

按：熥繪有《幔亭圖》，殁後，謝肇淛有詩題其圖，詳萬曆三十四年（一六〇六）。

又按：陳价夫擬作《幔亭外紀》似未成。陳价夫《徐惟和行狀》：『不佞价夫尚擬作《幔亭外紀》以志之，然而每一搦管，輒爲凄然，不知何可冀成帙也。』（徐𤊹鈔本《招隱樓稿》，以下引此書，省『徐𤊹鈔本』四字）

始祖曰徐晦，居福建連江。至天一處士由連江遷至懷安荆山，世居。

徐震《荆山族譜序》：『徐氏始祖，出自唐徐晦公，至今七百餘載矣。綿綿瓜瓞，延蔓愈滋。所處之土曰「徐壟」。先塋祭祀存焉，子孫支派蕃焉……余支祖之起天一公也。始少孤，依于懷邑之荆山李氏以鞠，暨長而成立，聿定厥居荆山。』（徐日焜《荆山徐氏譜·序文》，以下引《荆山徐氏譜》省『徐日焜』三字）

按：此序作于洪武二十六年（一三九三），震自稱九世孫。

又按：《族譜凡例》：『徐氏本徐州下邳人。唐穆宗時有徐晦者任閩都團練觀察使，家于連江之徐壟。世次俱已不詳矣。至宋有天一者徙居岊邑七星之荆山。』（《荆山徐氏譜·譜例》）

又按：懷安縣，宋咸平二年置，明萬曆八年（一五八〇）并入侯官。荆山，今屬閩侯縣。

太祖貞（十一世），又名景宗，字三保，謚宣義，孟房信支祖。始自荆山遷至臺江。

《重修徐氏譜序》：『徐族世居懷邑之荆山，自宣義公遷于邑之臺江，年歷二百，人傳九代。』（《荆山徐氏譜·序文》）

按：熥此文作于萬曆二十二年（一五九四），稱十六世孫。

又按：《荆山徐氏譜·世系考》：『貞，又諱景宗，字三保。謚宣義。行一百九，勉之公子。是爲孟房信支祖。』

又按：臺江在福州閩江北岸，今爲臺江區。

高祖旭，字孔明。

《荆山徐氏譜·世系考》：『行一百二十四。三保公四子。幼離祖宅，遷居南臺。』

曾祖鏗，字振聲。遷居鼇峰，遂世居焉。

《荆山徐氏譜·世系考》：『鏗，字振聲。行一百三十一，孔明公子。性好文峰，共沐詩書之教。』徐𤊹《答陳宗九》：『不肖世居鼇峰之麓。』(《紅雨樓集·鼇峰文集》册三，《上海圖書館未刊古籍稿本》第四二册，按：以下引此書，《紅雨樓集·鼇峰文集》簡作《紅雨樓集》，《上海圖書館未刊古籍稿本》簡作《上圖稿本》)

按：九仙山，即于山，峰頂曰鼇峰。

祖演，字汝長。

《荆山徐氏譜·世系考》：『演，字汝長，號易叟。行一百四十一，振聲公子。承父業。世居省之鼇峰……友軒恪及相坡，諸子俱得成名，家聲爲之一振。』

父棉，字子瞻。永寧令。能詩及書，書法頗類鄭善夫；喜藏异書。有《徐令集》《周易通解》《養生纂要》《世説紀稱》；又有未完稿《晋宋人物考》。

《晉安風雅·詩人爵里詳節》：棉有《徐令集》（今佚）。

謝肇淛《故永寧令徐翁詩卷跋》：『外王父子瞻先生喜爲詩，每酒後耳熱，微吟不去口。此卷所書五十餘篇，尤平生得意之作。書法結構，頗類鄭繼之吏部。』（《小草齋文集》卷二十四）

按：徐𤊹《徐氏紅雨樓書目·經類》：『徐氏周易通解八卷，先大令著。』

又按：棉著尚有：《世説紀稱》一卷（《徐氏紅雨樓書目·姓氏》）。

又按：《徐氏家藏書目·年譜》《徐氏紅雨樓書目》卷一有《徐永寧年譜》一卷，無撰人名。

又按：福建省圖書館藏徐棉曾藏之書有：《自警編》九卷，宋趙善璙撰，明嘉靖十九年陳光哲校刻本，四册，有『南州高士儒子之家』『應宿堂』『徐儒子』『徐棉之印』『子瞻』等印記。又《蔡中郎集》，漢蔡邕撰，明嘉靖二十七年俞汝成刻本，一册，有『徐氏藏書』『徐棉私印』『南州高士儒子之家』『子瞻』等印記。

世居九仙山鼇峰下，舊有樓曰『紅雨』，後構齋號『緑玉』。

《緑玉齋記》：『余家九仙山之麓，寢室後有樓三楹，顔曰「紅雨」。樓之南有園半畝，園中有小阜，家大人舊結茅于上，僅遮雨露，而苦于不便卧起，且無以置筆硯書畫之屬。歲己丑，余下第還山，乃易構小齋于山之坪。由園入齋，石磴數十級，曲折逶迤。列種筠竹齋前隙地，護以短墻，蘙以蘿蔓。墻下藝蘭數本，置石數片。齋傍灌木環匝，下置石几一，石榻二。夏月坐陰中，鳥語間關，蟬聲上下，足當詩腸鼓吹。齋止三楹，以前後爲向背，中以延客，左右二楹，差可容膝。余兄弟讀書其中。無長物，但貯所蓄書數千卷而已。山中樹木雖富，惟竹最繁，素笋彤竿，扶疏掩映。窗扉不扃，枕簟皆緑；清風時至，天籟自鳴，故名以「緑玉齋」云。』（《集》卷十七）

按：參見萬曆十七年（一五八九）。

熥《陳伯孺兄弟水明樓春宵聽雨歌》：『我家有齋名「緑玉」，齋前種得千竿竹。』（《集》卷三）

按：陳壽祺《鼇峰宅里記》：『福今爲觀巷，有尼庵。興公昆弟緑玉齋址也。幔亭自爲《記》言：其家九仙山之麓，寢室後有樓三楹，顔曰「紅雨」。樓之南有園半畝，中有小阜，構齋于山之坪。由園入齋，石磴數十級，列種�竹。曹能始尚書捐貲爲興公構危樓藏書，題曰「宛羽」，取「宛委羽陵」之義。』（《左海文集》卷八）

按：宛羽樓，崇禎年七年（一六三四）曹學佺爲熥弟𤊹建。

弱冠，選入郡庠生。

陳鳴鶴《東越文苑傳》卷六：『熥弱冠補學官弟子。』

萬曆十六年（一五九八），成舉人。

《荆山徐氏譜·世系考》：『萬曆戊子科登潘洙榜，列名第二十二。』

上春官，十年三下第。

《下第述懷》：『十年三弃置，中情空自哀。』（《集》卷二）

《出都門答别鄧汝高員外》：『十年三上長安道，闕下獻書俱不報。』（《集》卷三）

豪于詩，踵漢魏，追三唐，諸體兼善，盡滌時趨。

屠隆《徐幔亭先生集序》：『故其爲詩，踵漢魏則古質渾龐，儼商箕之皓叟；步齊梁則神光滅没，掩湘洛之靈媛。爲律詩則采唐人之初盛，和雅而鮮怒張；爲絶句則極中晚之才情，穠華而去纖艷。總之，腴而匪腐，肉與骨勻；清而不枯，才以格運。』（《集》卷首）

陳鳴鶴《東越文苑傳》卷六：『豪于歌詩，雅不睹經生業。及試……而春官所徵士及京師縉紳先生皆走熥，讀其所爲詩歌，皆嘆息。』

張獻翼《幔亭集叙》：『由樂府而逮五七言古，由近體而逮五七言絶，調匪偏長，體必兼善，力追古則，盡滌時趨，可謂頭頭是道重重發光矣。』（《集》卷首）

結社三山、芝山，嗣響風雅，尤工七律，時論歸美。

《陳汝翔泡庵詩序》：『熥與汝翔，三山結社，久爲五字之交。』（《集》卷十六）

謝肇淛《陳汝翔詩序》：『洎吾二三兄弟，相從操觚，本才情以叶宫商，一意祧漢而宗唐，于是

正始之音稍稍大備……余束髮從二三子游，得女大、惟和及汝翔者最早，意氣神情相往還無間。』（《小草齋文集》卷四）

按：陳椿，字女大，又作汝大。

陳仲溱《履吉先生行狀》：『日與袁太守表、趙司理世顯、林民部世吉、王文學湛爲玉鸞社。已，復與徐孝廉熥兄弟、陳孝廉薦夫兄弟、謝水部肇淛、曹參知學佺、族叔鳴鶴及不肖仲溱數十人爲芝山社。』（《采芝堂文集》卷首）

徐𤊹《萍合社草序》：『芝山故有社，先輩鄧汝高、趙仁甫、徐惟和諸公倡酬。』（沈文倬《紅雨樓序跋·拾遺》）

陳薦夫《從子仕卿傳》：『徐惟和兄弟方與余結芝山社，而仕卿以詩謁之，遂往來。文酒間，自比古仲容。惟和贈詩云：「入林無小阮，終少七賢狂。」』（《水明樓集》卷十三）

按：陳公選，字仕卿。

又按：《〔萬曆〕福州府志》卷四：『越王之支曰芝山。在城東北，有芝草生之。』

《酬陳汝大》：『繼之既以逝，大雅聲云殘。吾黨嗣遺音，矢志回狂瀾。旗鼓漸以振，逸軌尚可攀。』（《集》卷二）

《五君咏·陳幼孺》：『大雅久沉淪，俯仰知音鮮。凌厲向詞壇，片語人矜善。』（《集》卷二）

按：幼孺，陳薦夫字。

謝肇淛《徐惟和詩卷跋》：『吾友中工七言律者，推惟和爲白眉。』（《小草齋文集》卷二十四）

徐𤊹《伯兄詩卷》：『先伯兄氏年不稱德，時論歸美，卷中諸詩，大類劉文房，許丁卯。』（沈文倬《紅雨樓序跋》卷二，第九一頁）

按：熥殁後，曹學佺作《祭徐惟和文》：『子雖在地下兮，實不忘乎風雅。』（《石倉文稿》卷二）

又按：《明史·文苑傳二》：『閩中詩文，自林鴻、高棅後，閲百餘年，善夫繼之。迨萬曆中年，曹學佺、徐𤊹輩繼起，謝肇淛、鄧原岳和之，風雅復振焉……𤊹，字興公，閩縣人。兄熥，萬曆間舉人。』

又按：《明史》言閩中萬曆復振風雅首推曹學佺、徐𤊹，次舉謝肇淛、鄧原岳而不及熥。據上文引，萬曆間閩中倡風雅者，當首推鄧原岳、熥，次則謝肇淛。

與弟𤊹、熛齊名，世謂『三蘇繼作』。

《荆山徐氏族譜》：『（熛）邑庠生，性穎悟，好讀書，與友人王永啓等聚業于釣龍臺，交相琢磨，文藝精工，與父永寧公，及幔亭、興公二兄齊名，當世皆以爲「三蘇繼作」。』

名入『晉安七子』『竹林後七賢』、隆萬『後十子』。

陳益祥《晉安七子詩序》：『今讀其詩，汝大之深沉，汝翔之典逸，二孺之藻飾，平夫之平淡，二徐之清婉。』（《吉采芝堂文集》卷十四）

按：『晉安七子』爲陳椿、陳鳴鶴、陳价夫、陳薦夫、陳邦注、徐熥、徐𤊹。

朱景星修、鄭祖庚纂《閩縣鄉土志》：『竹嶼村有……竹林精舍，明人謝肇淛、鄧原岳、曹學佺、林宏衍、陳薦夫、徐熥、徐𤊹等七人吟咏之所，時稱「竹林後七賢」，且建祠祀之，并以名書院曰「東野竹林」。』又云：『左有竹林草堂，明提學鄧原岳讀書處，徐𤊹有詩紀之。』（《地形略》一）

《同林熙吉鄧汝高游錦溪竹林》（《集》卷五）。

鄧原岳《燕市七歌效杜同谷體》其六：『我有古宅在竹林，蒼梧翠柏高十尋。』（《西樓集》卷二）

鄧原岳《同林熙工王玉生徐惟和興公游錦溪竹林》（《西樓集》卷五）。

按：竹林在今福州竹嶼。

李時成《後十子詩選序》：『成、弘以迄隆、萬，又百有餘年，則又有《後十子集》。後者如：鄭吏部繼之、傅山人木虛、林方伯道近、林明府姬臣、袁表太守公景從、林文學天瑞、林孝廉叔寅、徐孝廉惟和、陳太守元凱、林文學子真，其爲詩也，則予之所選而集者也。』（《白湖集》卷十二）

歷七寒暑，輯選《晉安風雅》，有堂號『風雅』。疑又選有《婺賢文軌》四卷。

《晉安風雅序》：『伊余不慧，忝際盛時，目想心游，寔竊有志，屏居之暇，采輯遺編，蒐羅逸刻，得梨棗朽壞之餘，起桑梓敬恭之念，摘爲一十二卷，總二百六十人有奇。上而格合漢魏六朝，下而體宗貞元、大曆……萬曆丁酉暮春六日書于風雅堂。』（《晉安風雅》卷首）

按：參見萬曆十九年、二十五年。

杭世駿《榕城詩話》卷中：『有明選輯閩詩者，閩縣鄧汝高原岳撰《閩詩正聲》，懷安陳仲聲元珂撰《三山詩選》，閩縣徐惟和熥撰《晉安風雅》，徐興公《榕陰新檢》中恒引《晉安逸雅》，其全書不可見。』

杭世駿《榕城詩話》卷中：『《晉安風雅》凡十二卷，自洪、永迄萬曆，總二百六十餘人。《凡例》云：閩得什六，侯官、長樂各得什一，懷、福共得什一，古田、永福、連江僅得什一，若羅源、閩清，則風氣未開，或有待也。《序》謂：不論窮達顯晦，皆因詩采拾，至于野狐外道，格律稍畔者，雖有梁、竇之權，不敢濫厠片語，爲雅道蟊賊。』

陳薦夫《晉安風雅序》：『更端繕寫，寒暑七徂，逮夫成書，足稱快睹。』（《晉安風雅》卷首）

《四庫全書總目》卷一九三：『《晉安風雅》十二卷，明徐熥編。熥有《幔亭詩集》，已著録。』

按：《晉安風雅》卷首有熥自序和陳薦夫序各一篇。卷首題『郡人徐熥選輯、陳薦夫校訂、董養斌編次』。

鄭杰《注韓居書目·集部》一：《婺賢文軌》四卷，明侯官徐熥選（沈祖牟鈔本）。

按：今未見。婺非閩地，熥生平與婺似無太多干係，似不當選婺地之文。此條疑涉上條

《晋安風雅》『徐熥選』而致誤，俟考。

偶畫山水花鳥。

《集》卷六有《題畫菊贈黄博士印坤》、卷十二有《題畫寄閔壽卿一首》、卷十三有《題落日孤舟扇面送幼孺》、卷十四有《題杏花戲贈幼孺》、《題畫芍藥送張叔麟》數首，知熥亦能畫。

按：熥友中善畫者以王昆仲爲最，次則陳价夫；熥弟𤊹亦能畫。

多藏奇書、字畫、古硯。

《王震甫以王叔明山水見貽答謝》：『此圖珍秘幾年所，廉者不求貪不與。知余夙有卧游情，一旦披圖便相許。奚奴捧送神飛翻，山齋賞鑒忘朝餐。』(《集》卷三)

《題賓月樓空江秋笛二卷後序》：『余偶得前輩陳伯煒、鄭孟宣家藏二卷，皆洪永中海内名公之筆，剥落者過半矣。然殘金斷璧自足爲寶，乃合裝一卷而作此歌。』(《集》卷三)

按：熥歿後，《賓月樓》卷歸徐𤊹，謝肇淛《賓月樓卷跋》：『唯和没，卷歸興公。每與諸同好展閲，先輩典刑宛然在目也。』(《小草齋文集》卷二十四)

題《唐詩正聲》：『戊戌歲見于燕市，遂購以歸。』(《集》卷十九)

題《高太史鳬藻集》：『高太史所著……余所藏獨《缶鳴》一種。今日偶于長安市中得《鳬藻

十九）

集》，而扣舷附其後。此書梨棗久腐，一旦入吾笥中，良可喜也。遂秉燭志于簡末。』（《集》卷

徐𤊹《筆精》卷七『宋太祖像』條：『先伯兄舊有趙文敏寫太祖真像《擊球圖》，桑皮紙，游絲金筆，闊僅尺餘。今在泉南丁司寇家。』

徐𤊹《聖教序》：『先兄惟和，生平喜蓄古帖。』（沈文倬《紅雨樓序跋》卷二）

林志尹《王恭草澤狂歌跋》：『王典籍《草澤狂歌》向未登木，徐惟和得自張海城先生。』（曹學佺《石倉歷代詩選》卷二百九十八）

徐𤊹跋《嘯台集》：『余兄弟求之十年，始得之張海城廣文。』（沈文倬《紅雨樓序跋》卷一）

按：參見萬曆三十年（一六〇二）。

鄭王臣《莆風清籟集》卷七『洪希文』條：『予初得徐惟和手録，汝質詩僅數十首，繼又得徐惟起所藏《續軒渠集》計十卷，録十五首以傳。』

鄭杰《注韓居書目·史部》：《武林舊事》六卷，徐維（惟）和藏，棉本。（沈祖牟鈔本）

鄭杰《注韓居書目·子部》一：《晏子》八卷，幔亭藏，棉紙。

鄭杰《注韓居書目·子部》一：《韓非子外傳》十卷，徐維（惟）和藏，元刊，大本，棉紙。

鄭杰《注韓居書目·子部》四：《鶴林玉露》十六卷，徐維（惟）和藏，小字，明初板，棉紙。

龔易圖《大通樓藏書目録簿·子部》（鈔本）：《山中集》四卷，一册，明顧璘撰，明原刊本，有

『徐熥之印』『徐熥藏書』等印記。

葉昌熾《藏書紀事詩》卷三：『武夷神君不可見，幔亭仙樂奏雲軿。欲尋三島人間世，無恙鼇峰汗竹巢。徐𤊹惟起　子延壽存永。』

按：熥有集名『幔亭』，上二句咏熥。熥《武夷十咏·虹橋板》云：『一從仙樂散丹霄，千載長虹亘未消。』（《集》卷十四）鄧原岳《哭徐惟和十二首》其七：『當年三謁武夷君，夢入峰頭鸞鶴群。便學徐仙同坐化，罡風吹散幔亭雲。』（《西樓集》卷十）均可證。

又按：福建省圖書館内熥曾藏之書有：《洪武正韵》十六卷，萬曆三年刻本，五册。有『徐氏惟穌』『緑玉山房』印記。《注韓居書目·經部》作興公藏，誤。又《皇極經世》十卷外編二卷，宋邵雍撰，明刻本，十二册。有『徐熥真賞』『緑玉山房印』記。又《子彙》（二十二種）明周子義釋輯，明萬曆五年刻本，十册，有『緑玉山房』等印記。

謝章鋌《課餘偶録》卷一：『光緒己卯……得見嘉應吴石華蘭修《端溪硯史》三卷，其末卷引《隱拙齋集》所載漁洋結緣硯，旁有「幔亭珍匜」古隸書。幔亭者，吾鄉徐惟和熥也。蓋此硯乃惟和之物，阮亭得之。』

書效法《聖教》《興福》，有古意。

謝肇淛《徐唯和卷跋》：『唯和書初學鄭吏部，而後來稍變之，超超玄詣，未見其止。而天遽奪之年，惜也！此卷白沙舟中爲張道輔書者，雖未盡所長，亦足見一斑矣，道輔與唯和交厚，片紙隻字，寶之逾拱璧。』（《小草齋文集》卷二十四）

徐燉《伯兄詩卷》略云：『書則效法《聖教》《興福》，稍雜以行草。林昇卿喜摹古帖，得書家三昧，極賞伯氏書有古意。』（沈文倬《紅雨樓序跋》卷二，第九一頁）

性疏狂。

《途中感遇效同谷七歌》：『吾生本是疏狂客，幾回落魄長安陌。』（《集》卷三）

《歲暮戲題詩稿後》：『本以牢慅著，多因幽憤成。』（《集》卷六）

《自題小像二首》其一：『却爲疏狂因偃蹇，未忘柔曼轉清癯。違時傲骨貧猶長，對客詩腸老漸枯。』（《集》卷九）

讀二氏書，從緇黄者游。

陳鳴鶴《東越文苑傳》卷六：『熥由此讀二氏書，服道士衣冠，日從緇黄者游，惟恐其不我欲也。』

好客，户外履長滿，人稱『窮孟嘗』。

陳鳴鶴《東越文苑傳》卷六：『熥好客，自喜所居户外履常滿。客以急歸者，亡問知與不知，皆絶甘振之，用是家困如罄。』

《〔乾隆〕福州府志》卷六十《文苑傳》：『家貧好客，凡游閩者，無論尊官賤士無不得見，户外四方之屨，相錯如市。或游困不能歸者，傾囊以贈，人咸誚爲「窮孟嘗」云。』

侍兒名紫玉，能詩。

《西湖秋夜寄紫玉侍兒》詩，見《集》卷九。

謝章鋌《圍爐瑣憶》：『在杭侍兒名桃葉，幔亭侍兒名紫玉，俱能詩。』

年三十九，卒，入祀高賢祠；又入祀西湖宛在堂、鼓山五賢祠。

陳鳴鶴《東越文苑傳》卷六：『祀熥與陳椿于高賢祠。』

陳薦夫《祭陳汝大徐惟和入高賢祠》（《水明樓集》卷四）

姚循義《西湖志》：『乾隆十年……以鄉先生林鴻子羽、王偁孟揚、鄭善夫少谷、傅汝舟木虚、高瀫宗吕、葉向高臺山、曹學佺石倉、謝肇淛在杭、徐熥幔亭、徐㶿興公祔焉。』（沈瑜慶、陳衍《〔民國〕福建通志·名勝志》引）

按：清道光間，福州西湖宛在堂祀鄉先生增陳鴻叔度、趙珣之璧四人，共十四人；同治間增至三十二人，至一九二一年，仿蘇州滄浪亭祀吴中五百賢人例，增至數百人之多。

又按：清咸豐間，熥又入『五賢祠』。鄭麗生《鼓山外紀》卷下『五賢祠』條：『鼓山海會塔附近，有五賢祠，祀曹學佺、謝肇淛、徐熥、徐㶿、林弘衍。清咸豐間，魏杰斥貲所鼎建者也。杰撰有碑記云：「明祚將盡，五賢避世鼓山天鏡岩、白雲洞、吸江蘭若等處，守節完義。」按：所云五賢，曹學佺于福京陷落殉國；林弘衍以遺民終；惟謝肇淛、徐熥、徐㶿皆卒于明亡之前，不當入祀。』（《鄭麗生文史叢稿》，海風出版社，二〇〇九年版，第六七三頁）

葬鹿坪山。

《荆山徐氏族譜・詩文集》：『己巳正月八日會葬徐惟和先生于鹿坪山，墓與丁戊山人相鄰。曹能始相鄰山，爲作《墓志銘》。』

按：丁戊山人，即傅汝舟（一四七六—一五五五後），初名舟，字遠度，又字木虚，以家在丁戊山自稱丁戊山人，侯官人。有《傅木虚集》。

又按：會葬，即移葬。熥卒，先是葬于『西關外丸店張半洲墳左崙』。（《荆山徐氏譜・世系考》）

何振岱《西湖志》卷十七《碑碣》『明徐熥墓碣』條：『在鹿坪山，明萬曆間立，見《冠悔堂筆記》。』

愛妾去帷，家奴遺散。

鄧原岳《寄屠田叔辰州》：『（熥）老母在堂，遺孤未壯，生妻孀苦，愛妾去帷。』（《西樓集》卷十八）

陳薦夫《哭徐惟和四首》，其四：『門客走哀諸弟在，家奴潛散幾人回？玄珠重隕鮫空室，紫玉難留鳳去臺。』（《水明樓集》卷五）

按：『紫玉難留』，即愛妾去帷。

著有《集》二十卷；又撰《閩中舊事》，未成一簣。

陳鳴鶴《徐熥傳》：『著詩十卷、文十卷，稱曰《幔亭集》。』（《東越文苑傳》卷六）

按：萬曆二十八年（一六〇〇）刻《幔亭集》十五卷，一至十四卷爲詩，十五卷爲詩餘；選編者姓氏名字：友人陳薦夫幼孺選、王若相如編。文淵閣《四庫全書》本十五卷。二十九年補刻，在十五卷本基礎上增至二十卷，其中十六至二十卷爲文，曹學佺能始選。二十卷本，台北故宫博物院、美國國會圖書館有藏；復旦大學中國古代文學研究中心資料室有縮微膠卷。傳世殘鈔本十六至二十卷。殘鈔本藏福建師範大學圖書館。

徐𤊹又題《伯兄詩卷》：『先兄既歿，余爲選梓《幔亭全集》，盡弃其少作。』（沈文倬《紅雨樓序跋》卷二，第九二頁）

按：參見天啓元年（一六二一）。《幔亭全集》今未見，疑即《幔亭集》。

徐𤊹《復彭次嘉》：『先孝廉有《幔亭集》二十卷，此番未曾携入橐中，俟弟返舍，覓便寄上。』（《紅雨樓集》册八，《上圖稿本》第四四册，第二九三頁）

黄虞稷《千頃堂書目》卷二十五：《幔亭集》二十卷。

張廷玉《明史·藝文志》卷四：徐熥《幔亭集》二十卷。

徐乾學《傳是樓書目》：徐熥《幔亭集》二十卷。

曹學佺《晋安逸志序》：『惟和亦著有《閩中舊事》，未成一簣。』（《石倉文稿》卷一）

生平喜稱鄭善夫。

《過鄭吏部墓二首》其二：『西郭冢纍纍，經過下馬誰。先生一抔土，詞客百年悲。藤護將崩石，苔封未斷碑。應知靈爽在，嘆我不同時。』（《集》卷五）

徐𤊹《鄭少谷先生全集序》：『先伯氏惟和曾得《少谷雜著》一種。』（《鄭少谷先生全集》，明邵捷春輯）

《四庫全書總目》卷一七二：『王世懋《藝圃擷餘》論閩中詩人，推鄭善夫爲冠。熥生平喜稱善夫，而卒年僅三十九，與善夫正同，亦頗可异。』

母陳氏。

按：生于正德十三年（一五一八）。卒于萬曆二十年（一五九二）。

生母林氏。

按：萬曆三十六年（一六〇八）卒。詳該年。

又按：徐𤊹《祭謝氏姊文》：『丁未、戊申弟婦高、生母林又相繼逝矣。』（《紅雨樓集》册十，《上圖稿本》第四五册，第一〇三頁）

又按：熥與弟𤊹、熛，皆母林氏所出。

仲弟𤊹。

𤊹，字惟起（一五七〇—一六四二），號興公。布衣。著有《鼇峰集》《徐氏筆精》《榕陰新檢》等。

季弟熛。

熛，字惟揚，邑庠生。崇禎三年（一六三〇）卒。詳該年。著有《徐氏易腴》三卷（《徐氏紅雨樓書目·易類》）。

長姐淑，陳氏所出，適謝汝韶，生子謝洙。

謝氏姐淑，適吉府長史謝汝韶（謝肇淛父）。崇禎四年（一六三一）卒。詳該年曹學佺《明廣西方伯在杭謝公墓記銘》：『太淑人，君（謝肇淛）之繼母，徐惟和、興公之女兄也。』（《石倉三稿文部》卷七）

謝肇淛《先考奉政大夫吉府左長史天池府君行狀》：『次洙，母徐氏生，適茂才鄭紹卿子邦祥。』（《小草齋文集》卷十七）

妹潔，林氏所出，適鄒氏。

《途中感遇效同谷七歌·四歌》：『有姊已老有妹貧。』（《集》卷三）

按：鄒氏妹潔，適知縣鄒一麟。天啓七年（一六二七）卒。詳該年。

又按：徐𤊹《祭謝氏姊文》（《紅雨樓集》册十，《上圖稿本》第四五册，第一〇三三頁）稱鄒氏爲仲姊。

妻鄭氏。

《先考永寧府君行狀》：『熥字惟和，娶鄭氏。』（《集》卷十八）

《祭外舅鄭茂才》：『熥爲諸生時，翁最憐愛之，謂富貴可立取。翁居鄰棘闈，熥每就試，皆憩翁家，翁爲治供具，寢不能睫，乃三試而三不利，翁反慰藉之。』（《集》卷十八）

按：鄭氏，庠生鄭仕俊第三女。詳《荆山徐氏族譜》。

子二：莊、夔。

莊，字則敬，又字存重，號漆園，又號齊周。庠邑生。萬曆十二年（一五八四）生，崇禎六年（一六三三）卒。據《荆山徐氏族譜》。聘崖州尉鄭廷用女（《先考永寧府君行狀》，《集》卷十八）。

夔，早亡。

女一：坤。

坤，適程蕃守林春澤子應起男如稷（《先考永寧府君行狀》，《集》卷十八）。

按：林春澤，詳嘉靖四十年（一五六一）。

孫二：鍾泰、鍾俊。

鍾泰，字錦之。莊長子。萬曆四十八年（一六二〇）生，崇禎十六年（一六四三）過飛鸞渡而溺。按：《荆山徐氏族譜》記鍾泰卒年甚亂，既云卒崇禎十六年（癸未），又云甲申（一六四四），又云卒年二十七，待考。以𤊹子陸之孫汝宏嗣。汝宏無子，以汝宏兄汝寧之子國珍嗣。

鍾俊，字秀之，莊次子。天啓三年（一六二三）生，崇禎十六年（一六四三）同兄過飛鸞渡而溺。按：《荆山徐氏族譜》記鍾俊卒年甚亂，既云卒崇禎十六年（癸未），又云甲申（一六四四），又云卒年二十三。

侄陸、阿室、隆、陵（延壽）等。

徐陸，字存羽。𤊹長子。陳衎《徐存羽墓志銘》：『存羽，諱陸，祖永寧知縣棉與父𤊹，皆以博學風雅爲時聞人。存羽生而穎异……生于萬曆庚寅二月廿一日，卒于丙辰三月初六日，得年僅二十有七，娶陳氏，子一，鍾震，即器之也。』（《大江集》卷十九）

阿室，夭。𤊹次子。生于萬曆二十七年（一五九九），次年卒。

徐隆，夭。𤊹三子。生于萬曆三十五年（一六〇七），卒于四十一年（一六一三）。

徐陵（延壽），𤊹季子。『字存永，又字無量，號延壽，行一百七十六。惟起公次子，邑庠生。生萬曆四十二年甲寅八月十七日寅時，卒康熙元年壬寅六月初九日午時，年四十九。葬北門外王墓首鳳山。』（《荆山徐氏譜·世系考》）

按：稱延壽爲次子，誤，當作季子；或以阿室、隆早夭，故稱次子。錢海岳《南明史》卷九十九《文苑》六『曾燦垣傳』附『徐延壽傳』：『徐延壽，字存永，𤍠子，綺歲才藻麗逸，家書比學佺，亂後失之。移家湖廣，道揚州，王士禛讀其詩稱之。』

侄孫鍾震、鍾咸等。

鍾震，字器之，弟𤍠之孫，陸之子。有《雪樵集》《閩疆世紀》。曹學佺選梓延壽及鍾震詩爲《二徐詩集》。

按：《閩疆世紀》不見諸家著録，見陳鴻《徐器之著閩疆世紀成奉贈》，其略云：『編成《世紀》重閩陬，此日全歸史筆收。似歷山川窮八郡，遂令文獻展千秋。』（《秋室編》卷六）郭柏蒼《全閩明詩傳》卷五十『徐鍾震』條：『字器之，棉曾孫，𤍠孫，延壽子，俔見上。閩縣人，崇禎中諸生，有《雪樵集》。』

按：鍾震爲𤍠之孫，陸之子，《全閩明詩傳》誤記。鍾咸，延壽子。

明世宗朱厚熜嘉靖四十年辛酉（一五六一） 一歲

三月初三，生。

《徐𤊹傳》：『生嘉靖四十年辛酉三月初三日寅時。』（《荆山徐氏族譜·世系考》）

是歲，林春澤九十二歲。春澤，字德敷，侯官人。正德九年（一五一四）進士。卒于萬曆十一年（一五八三），壽百有四。有《人瑞集》。

是歲，徐棉（一五一三—一五九一）四十九歲。

是歲，李攀龍四十八歲。攀龍，字滄溟，山東歷城人，嘉靖二十三年（一五四四）進士。明中期『後七子』代表人物。

是歲，熥母陳孺人（徐棉原配）四十三歲。

按：參見萬曆二十年（一五九二）。

是歲，王應山四十一歲。應山，字懋宣，號静軒，侯官（今福州市）人，有《閩都記》。

是歲，王世貞三十六歲。世貞，字元美，號鳳洲，太倉（今屬江蘇）人，嘉靖二十六年（一五四七）進士。明中期『後七子』代表人物。有《弇山堂别集》。

是歲，宗周（一六二八—一五九六）三十三歲。周，字思兼，萬曆中監生，官餘姚主簿。有《竹林集》。

是歲，陳省三十二歲。省，字孔震，初號約齋，更名幼溪，長樂縣江田人。嘉靖三十八年（一五五九）進士。

是歲，陳椿（一五三四—一五九九）二十八歲。椿，字汝大，閩縣人。

是歲，張獻翼二十八歲。獻翼，初名鵬翼，更名獻翼，始字仲舉，改字幼于，號百花山人，長洲人。

是歲，王穉登二十七歲。穉登，字伯穀、百谷，號半偈主人、松壇道人，長洲人。先世江陰（一説武進），移居吴門。

是歲，佘翔二十七歲。翔，字宗漢，莆田人。嘉靖三十七年（一五五八）進士。據鄭王臣《莆風清籟集》卷二十五，佘翔與王百穀同年。有《薜荔園集》。

是歲，王世懋二十六歲。懋，字敬美，世貞弟，太倉（今屬江蘇）人。嘉靖三十八年（一五五九）進士。福建督學副使。

是歲，生母林氏二十六歲。

謝肇淛《祭徐門外庶祖母文》：『七十有三，爾壽既臧。』（《小草齋文集》卷二十六）

按：林氏卒于萬曆三十六年（一六〇八），則生于嘉靖十五年（一五三六）。詳萬曆三十六年。

是歲，袁表（一五三七——一五九三）二十五歲。表，字景從，閩縣人，嘉靖三十七年（一五五八）鄉貢。

是歲，謝杰二十五歲。杰，字繹梅。肇淛從祖。萬曆二年（一五七四）進士。

是歲，謝汝韶二十五歲。汝韶，字天池，熥姐丈；肇淛父，長樂人。嘉靖三十七年（一五五八）舉人。

是歲，李逢二十二歲。李逢，字子時，號慕東。其先江西吉水人，一十五世祖仲榮，始遷廣東高凉茂名縣。

是歲，顧大典二十一歲。大典，字道行，吴江人。二十七成進士，爲會稽博士。萬曆十年，擢山東臬憲，復調督學閩中。無何，遭吏議，即投劾歸家。

是歲，趙世顯二十歲。世顯，字仁甫，侯官人，嘉靖四十三年（一五六四）舉人，萬曆十一年（一五八三）進士。有《芝園稿》。

是歲，周如塤二十歲。如塤，字所諧，莆田人，布衣，有《倚樹吟》。

是歲，屠隆二十歲隆，字長卿、緯真，號赤水，鄞縣人。萬曆五年（一五七七）進士。

是歲，釋洪恩（雪浪禪師）十七歲。釋洪恩，又稱恩上人或恩公，字三懷，居南京長干寺，嘗説法雪浪寺，故又稱雪浪禪師，有《雪浪集》。

是歲，李維楨，十五歲。維楨，字本寧，京山人。隆慶二年（一五六八）進士。

是歲，陳益祥十三歲。益祥，字履吉，侯官人。

是歲，胡應麟十一歲。應麟，字元瑞，一字明瑞，自號少室山房，更號石羊生，蘭溪人。

是歲，王昆仲十一歲。昆仲，字玉生，閩縣人。善畫。曹學佺《王玉生八十衺》（《賜環篇》下），作于崇禎三年庚午（一六三〇），逆推，生于嘉靖三十年（一六五一）。

是歲，林應起十歲。應起，字熙工，侯官人。人瑞翁林春澤之長子，如周之父。隱于錦溪面壁洞。熥女徐坤適應起子林如稷。

是歲，陳公選八歲。公選，字仕卿，陳价夫、薦夫從子。有《蕉雨亭詩》。

是歲，鄧原岳七歲。原岳，字汝高，别號翠屏，閩縣人，萬曆二十年（一五九二）進士，有《西樓集》。『春澤百歲時妾舉一女，配竹嶼鄧遷之子、雲南督學鄧原岳。』（《全閩明詩傳》卷十六引《閩小記》）𤊹女適春澤孫如稷，則徐、鄧間亦有姻親關係。

是歲，陳仲溱七歲。仲溱，字惟秦，懷安人。

是歲，陳士龍七歲。士龍，字仲見。閩縣人，陳椿子。

是歲，林應聘六歲。應聘，字志尹，侯官人。舉人。

是歲，林章六歲。章，初名春元，字寅伯；後更名章，字初文，福清人。萬曆元年（一五七三）舉人，有《林初文詩文全集》。二子君遷、古度，皆有文名。

是歲，陳宏己六歲。宏己，字振狂，閩縣人。説詳上。

是歲，董應舉五歲。應舉，字崇相，一字見龍，閩縣人，萬曆二十六年（一五九八）進士，有《董崇相集》。

是歲，陳价夫五歲。价夫，原名藩，字价夫，後以字行，字伯孺，閩縣人，薦夫兄，有《招隱樓稿》。

是歲，何喬遠四歲。喬遠，字稚孝，號匪莪，人稱鏡山先生，晋江（今泉州）人。萬曆十四年（一五八六）進士。有《鏡山先生集》《名山藏》《閩書》等。

是歲，葉向高三歲。向高，字進卿，號臺山，福清人。萬曆十一年（一五八三）進士。有《蒼霞草》。

是歲，陳薦夫二歲。薦夫，原名藻，字薦夫，後以字行，字幼孺，閩縣人。价夫弟。萬曆二十二年（一五九四）舉人。有《水明樓集》。

是歲，陳勛二歲。勛，字元凱，閩縣人。萬曆二十九年（一六〇一）進士。有《元凱集》《堅臥齋雜著》。

是歲，馬欻生。欻，字季聲，懷安（今福州）人，萬曆諸生，有《漱六齋集》《廣陵游草》。

嘉靖四十一年壬戌（一五六二）　二歲

是歲，謝汝韶授錢塘廣文。

是歲，黄居中生。居中，字明立，晋江人，萬曆十三年（一五八五）舉人。有《千傾堂初集》。

嘉靖四十二年癸亥（一五六三）　三歲

是歲，二月十一日蔡獻臣生。獻臣，同安浯洲（今金門）人，萬曆十七年（一五八九）進士，有《清白堂稿》。

嘉靖四十三年甲子（一五六四）　四歲

是歲，熥配鄭氏生。

《荆山徐氏族譜》：『（熥）配福省貢院前庠生鄭仕俊二女，生嘉靖四十三年甲子七月十七日。』

是歲，謝汝韶還武義令。

嘉靖四十四年乙丑（一五六五）　五歲

是歲，父㭿爲歲貢。

《先考永寧府君行狀》：『歲乙丑，丹陽姜公來督閩學時，昭天下郡縣貢士，毋拘資次，必得年力英茂、經明行修者充選。先君遂以薦上春官。』（《集》卷十八）

鄧原岳《徐子瞻令君傳》：『嘉靖乙丑，僅以貢上春官。蓋先生屢困省試，其文從容醖藉，皆根極理窟，倉卒若不能詳。及被放後，則無不爲徐生申恨者。』（《西樓集》卷十四）

嘉靖四十五年丙寅（一五六六）　六歲

是歲，父㭿于京師得《唐詩三體》一册。

徐𤊹《唐三體詩》：『先君云：「丙寅年在京師得之林天迪先生。中硃筆評駁者，天迪也。」』（沈文倬《紅雨樓序跋》卷一，第五八頁）

按：參見萬曆二十七年（一五九九）、萬曆三十六年（一六〇八）。

明穆宗朱載垕隆慶元年丁卯（一五六七）　七歲

是歲，崔世召生。世召，字征仲，寧德人，萬曆三十七年（一六〇九）舉人，有《秋谷集》《問月樓詩》。

是歲，謝肇淛生。肇淛，字在杭，號武林，長樂人。萬曆二十年（一五九二）進士，有《小草齋集》《小草齋文集》《五雜組》等。

是歲，康彦登生。彦登，字元龍，莆田人。萬曆間庠生，有《代奕編》《朔方游稿》。

是歲，謝兆申生。兆申，字耳伯，邵武人，貢生，藏書家。有《謝耳伯先生初集》《謝耳伯先生全集》。

是歲，葛一龍生。一龍，字震甫，吴（今江蘇蘇州）洞庭人。

隆慶二年戊辰（一五六八）　八歲

是歲，謝汝韶除安仁令。

隆慶三年己巳（一五六九）　九歲

是歲，隨父在江西南安府。

是歲，父棨官江西南安府儒學訓導。

是歲，郭天中生。天中，字聖僕，莆田人，居金陵。布衣。

隆慶四年庚午（一五七〇） 十歲

七月初二，弟𤇆生，生于江西南安府。

是歲，隨父在江西南安府。

是歲，袁中道、李攀龍生。

隆慶五年辛未（一五七一） 十一歲

是歲，隨父在江西南安府。

隆慶六年壬申（一五七二） 十二歲

是歲，隨父在江西南安府。

是歲，姐丈謝汝韶遷郡司馬、同知承天府。

明神宗朱翊鈞萬曆元年癸酉（一五七三） 十三歲

是歲，隨父到茂名。詳下。

是歲，父棉課諸生，熥亦在其中，棉比之爲唐代少年蘇頲。

陳价夫《徐惟和行狀》：『年十三，從永寧公宦嶺南。永寧公每課諸生，有所當意，則入以語陳孺人，謂吾子不及某家兒慧，以爲憾。惟和聞之，潛擬所課題，爲文匿笥中，陳孺人取以示永寧，永寧見之，始大駭，如瓌之得頲也。』（《招隱樓稿》）

是歲前後，父棉日日教熥以經。

按：《讀禮感懷四首》其四：『迴思二十年前事，日日窗前教一經。』（《集》卷七）

是歲或稍後，得識高凉李逢。

按：《邵武府通判李公暨元配林孺人行狀》：『李公諱逢，字子時……年二十五得食廩餼……熥少時乘侍先君子于高凉官署，奉教于公有日。』（《集》卷十八）

是歲，父棉爲廣東茂名儒學教諭。

按：《先考永寧府君行狀》：『萬曆癸酉歲，擢廣東茂名縣儒學教諭。先君時年六十有一。念閩中距高凉遠甚，且海寇陸梁，道路多梗，以熥方髫齔，㶷、熛二弟皆在繦褓。先君謂：「吾甲子已周，三子又俱孱弱，奈何戀此一氈，入瘴癘之境，夜行不休乎？」欲弃官歸。』（《集》卷十八）

是歲，張燮生。燮，字紹和，龍溪（今漳州）人。萬曆二十二年舉人，有《霏雲居集》《續霏雲居集》《群玉樓集》《東西洋考》等。

是歲，陳一元生。一元，字泰始，又字四游，官京兆，萬曆二十九年（一六〇一）進士，有《漱石山房集》。

萬曆二年（一五七四）　十四歲

是歲，隨父在茂名。

是歲，父棉，郡教官試復第一。

徐𤊹題《金精山志》：『及爲茂名學博，在癸酉之歲……次年，巡按御使張□復試《迎春詩》，先子復擬試第一。』（沈文倬《紅雨樓序跋》卷一，第一〇一一頁）

按：參見萬曆元年（一五七三）。

是歲，謝汝韶遷爲吉王相，喪婦。

謝肇淛《先考奉政大夫吉府左長史天池府君行狀》：『以乙亥之八月左遷爲吉王相……時先慈趙安人新喪。』（《小草齋文集》卷十七）

是歲，謝杰成進士。

是歲，曹學佺生。學佺，字能始，侯官人，萬曆二十三年（一五九五）進士，有《石倉集》《石倉十二代詩選》等。

是歲，王宇生。宇，字永啓，閩縣人，萬曆三十八年（一六一〇）進士，有《亦園詩略》《亦園文略》

等。

是歲，王叔魯生。叔魯，字少文，閩縣人。卒于萬曆二十一年（一五九三），年二十。

是歲，鍾惺生。

萬曆三年乙亥（一五七五）　十五歲

是歲，隨父在茂名。

萬曆四年丙子（一五七六）　十六歲

是歲，隨父離開茂名往永寧。詳下。

是歲，父擢永寧令。

《先考永寧府君行狀》：『丙子歲，擢永寧縣令。永寧，岩邑也，界萬山中，土瘠民貧……作令兩載，奪去俸錢者亦幾半。』（《集》卷十八）

是歲，告别茂名友人陳建聖。

《與陳建聖孝廉》：『先君游宦十年，獨于貴郡人士爲膠漆……與諸君子叙十七載契闊之悰。是在諸君留意焉。』（《集》卷二十）

按：此文作于萬曆二十年（一五九二），『十七載』前，即是歲。

是歲稍後，爲道伯父事，因欷歔撰其傳。

按：伯父徐梅，字子魁，號友蔭軒，弘治十八年（一五〇五）生，嘉靖二十九年（一五五〇）卒（據《荊山徐氏譜》）。

是歲，季弟熛生。熛（一五七六—一六三〇），字惟揚。著有《制義》。

萬曆五年丁丑（一五七七） 十七歲

是歲，隨父在永寧。

是歲，林光宇生。光宇，字子真，侯官人，萬曆布衣，有《林子真集》。

是歲，陳鴻生。鴻，字叔度，一字軒伯，侯官人。有《秋室編》。

萬曆六年戊寅（一五七八） 十八歲

是歲前後，爲邑庠生。

陳鳴鶴《徐熥傳》：『弱冠補學官弟子。』（《東越文苑傳》卷六）

按：弱冠爲二十歲左右。《下第呈孫子樂省元》：『十年依舊一儒冠。』（《集》卷七）《下第呈孫子樂省元》，作于一上春官下第之時，即萬曆十七年（一五八九），十年爲約數；《下第後書懷》其一：『誤戴儒冠十七年。』（《集》卷八）《下第後書懷》作于萬曆二十三年（一五九五）二下第之時，『十七年』，逆推，當爲本年或下年。

是歲或下一歲，娶鄭氏女。

按：據熥《祭外舅鄭茂才》（《集》卷十八），熥中舉前已參加過三次鄉試，皆憩翁家。首次鄉試在萬曆七年，則熥娶鄭女當在本年或下一年。前于本年，則熥仍隨父在永寧；娶鄭女當在父辭官回鄉之後。

是歲，父棉辭永寧令。棉過江西鉛山，壁間題留。爲微官十年，僅置宅一區，買田數畝。

《先考永寧府君行狀》：『投牒乞休……弃五斗矣。是歲戊寅，先君年六十有六也。先君在寧，無赫赫功，及去寧後，百姓反思之，謂徐侯長者。』（《集》卷十八）

萬曆七年己卯（一五七九）　十九歲

是歲前後，豪于詩。不喜經生業，然而及試，皆异等。

陳鳴鶴《徐熥傳》：『弱冠補學官弟子，而豪于歌詩，雅不睹經生業，及試，皆异等。諸爲經生業者，咸不敢仰視，而心下之。』（《東越文苑傳》卷六）

是歲，縣考童生第七名，補博士弟子員。

陳价夫《徐惟和行狀》：『永寧公既免令家居，時惟和年十九，始就試，冠諸生，補博士弟子員。』（《招隱樓稿》）

作《爲家不治恒屋論》，題下注：『徐熥，十九歲。黄縣尹考童生第七名。』（《紅雨樓集》册九，《上圖稿本》第四四册，第三五八—三六二頁）

按：此文是童子試之文。黄縣尹，即閩縣知縣黄門。

是歲，府考童生。

作《吴兢直筆論》，題下注：『徐熥，十九歲作。潘府尊考童生。』（載入《紅雨樓集》册九，《上圖稿本》第四四册，第三六三—三六八頁）

按：潘府尊，即福州知府潘頤龍，字躍卿，錢塘人，嘉靖四十四年（一五六五）進士，萬曆初知福州。

是歲，鄉試，不利。

按：《祭外舅鄭茂才》：『翁居鄰棘闈，熥每就試，皆憩翁家，翁爲治供具，寢不能睦，乃三試而不利，翁反慰藉之。最後幸領鄉書。』（《集》卷十八）

又按：萬曆十六年戊子（一五八八）中舉（詳該年），前此，三試不利，即本年、十年壬午（一五八二）和十三年乙酉（一五八五）。

萬曆八年庚辰（一五八〇）　二十歲

是歲，父自營壽藏于閩縣易俗里岳後山。

是歲，謝汝韶致仕。

是歲，林古度生。

按：古度，字茂之，一字那子，林章子，福清人。有《林茂之詩集》。

萬曆九年辛巳（一五八一） 二十一歲

是歲前後，與謝肇淛等往還無間。

謝肇淛《陳女翔詩序》：『謝子曰：余束髮從二三子游，得女大、惟和及女翔者最早，意氣神情相往還無間，酒人市上，少年場中，無不俱也。』（《小草齋文集》卷四）

按：束髮，十五歲左右。

萬曆十年壬午（一五八二） 二十二歲

是歲，鄉試，二不利。

按：詳《祭外舅鄭茂才》（《集》卷十八）。

萬曆十一年癸未（一五八三） 二十三歲

是歲，初學《唐三體詩》，并批點，而未爲中的。

徐𤊹題《唐三體詩》：『《唐三體詩》一册。先君云：「丙寅年在京師得之林天迪先生。中硃筆評駁者，天迪也。」迨萬曆癸未、甲申間，先兄初學時又加批點……少時事，未免謬悠，不爲中的……萬曆戊申冬十二月十二夜燈下，徐惟起興公書。』（沈文倬《紅雨樓序跋》卷一，第五八頁）

是歲，林方壺卒，作《哭林方壺先生》詩。

徐𤊹又題《伯兄詩卷》：『林方壺先生爲諸生日，與伯兄有投分之誼。先生登第，出守茶陵，遂爾仙逝。先兄聞訃，有詩哭之云：「文章自昔擅名流，二十分符楚國游。正羡雲逵方發軔，誰知夜壑即藏舟。魂隨岳麓家何在，泪灑湘江恨豈休。華表鶴歸歸未得，雲陽山下不勝愁。」賦此詩時，先兄年才二十三也。』（沈文倬《紅雨樓序跋》卷二，第九一頁）

按：參見天啓元年（一六二一）。此詩不見《集》。

是歲，林春澤卒，壽百有四。

萬曆十二年甲申（一五八四）　二十四歲

夏，登鼓山。

作《游鼓山集序》（《集》卷十六）。

作《重游喝水岩萬曆甲申年夏》，略云：『當年舊社成陳迹，春雨春花點地斑。』（黄任《鼓山志》

卷十二）

按：《集》所載詩，作年可考者似以此篇爲最早。

是歲，有樵川之役，客邵武通判李逢傳舍半年。于嵩山蘭若識齊將軍，又遇鹿白（守黑）山人作傳。

《邵武府通判李公暨元配林孺人行狀》：『癸未，擢判邵武……及公佐邵也，又客公傳舍者半載，有孔、李之誼。』（《集》卷十八）

謝汝韶《送徐惟和之昭武謁李别駕》（《天池先生存稿》卷四）

按：昭武，即邵武。

是歲，長子莊生。

按：《荆山徐氏譜》：『莊，字則敬，又字存重，號漆園，又號劉周。行一百七十一，惟和公長子，邑庠生。生萬曆十二年甲申八月初十亥時。卒崇禎六年癸酉六月二十三日巳時，壽五十。』

又按：《途中感遇效同谷七歌·五歌》：『男年十五女七歲。』（《集》卷三）此歌作于萬曆二十六年（一五九八），是歲莊年十五，逆推，則生于本年，與《荆山徐氏譜》合。

萬曆十三年乙酉（一五八五）　二十五歲

是歲，王世懋督學閩中，讀熥《易義》，爲之擊節。熥考第六名。省試，已入圍，有阻之者。三不利。自是與陳椿、陳鳴鶴、陳仲溱、陳宏己、鄧原岳、謝肇淛、陳价夫、陳薦夫等結社賦詩，殆無虚日。

謝肇淛《游燕記》：『方先生督閩學……讀惟和《易義》，則擊節欲設皋比以待之。』（《小草齋文集》卷七）

作《孔子思狂狷之意論》，題下注：『乙酉年王麟洲宗師考第六名。』（載入《紅雨樓集》册九，《上圖稿本》第四四册，第三七二——三七八頁）

按：王麟洲，即王世懋。世懋，字敬美，號麟洲，嘉靖三十八年（一五五九）進士。萬曆十三年（一五八五）爲福建督學副使。

陳价夫《徐惟和行狀》：『歲乙酉，王敬美先生督學閩中，惟和試居高等，食諸生廪餼，于是名籍籍起。是歲，試省闈，主司已擬入格，將魁，閩士會有阻之者，竟不果録。惟和乃益厭習公車業，刻意攻古文詞，與陳秀才汝大、汝翔、陳山人惟秦、振狂、鄧憲汝高、謝司理在杭，及不佞价夫、弟薦夫輩數人，結社賦詩，刺來筒往，殆無虚日。』（《招隱樓稿》）

按：《祭外舅鄭茂才》：『熥爲諸生時，翁最憐愛之，謂富貴可立取。翁居鄰棘闈，熥每就試，皆憩翁家，翁爲治供具，寢不能睦，乃三試而三不利，翁反慰藉之。』（《集》卷十八）

是歲，結識莆田游士豪。

按：游士豪，字宗振，莆田人。

是歲，弟𤊹十六歲，題《石鼓文墨本》。

是歲，王世懋爲福建提學副使。

萬曆十四年丙戌（一五八六）　二十六歲

是歲，周之夔生。之夔，閩縣藤山（今福州倉山）人，字章甫，崇禎四年（一六三一）進士。有《弃草集》。

是歲，陳衎生。衎，字磐生，閩縣人，萬曆諸生，《大江集》《大江草堂二集》。

是歲，鄭邦祥生。邦祥，字孟麟，閩縣人。謝肇淛妹婿，有《玉蟬庵集》。

是歲，李時成生。時成，字明六，福州倉山人，有《白湖詩集》。

萬曆十五年丁亥（一五八七）　二十七歲

是歲，登鼓山，重宿靈源洞。

作《重宿靈源洞懷珠上人》（《集》卷五）。

按：黄任《鼓山志》卷十一有『丁亥歲』三字。

是歲，與謝肇淛執經事顧大典。

謝肇淛《顧道行山水跋》：『余與唯和爲先生最得意士，而得先生畫各不數紙……憶丁亥歲與唯和初執經事先生。』(《小草齋文集》卷二十四)

是歲，始交陳邦注(平夫)。時陳价夫(伯孺)客珠崖，陳薦夫(幼孺)病，與『二孺』詩往來。

按：《二孺贈詩卷》：『丁亥歲，余始得交平夫。時伯孺方客珠崖，幼孺卧病義溪，僅以詩往來。』(《集》卷十九)

按：陳邦注，字平夫，閩縣人。价夫、薦夫從兄，布衣，隱居義溪，有《釣磯集》。

是歲，疑舉家有電白之行，遇亂。

作《亂後經電白縣有懷故園》(《集》卷五)。

按：電白，今廣東茂名電白區。

作《樵川道中》(《集》卷五)。

按：樵川，邵武別稱。

是歲前後，郡守江鐸重熥以國士之禮。

徐𤊹《上江中丞》：『爾時先伯兄某方困諸生，台臺拔之儔人之中，重以國士之禮。躬侍函丈，恩義彌深。』(《紅雨樓集》册三，《上圖稿本》第四二册，第三一一頁)

萬曆十六年戊子(一五八八)　二十八歲

是歲，匯考第二名。

作《天子建中和之極論》，題下注：『徐熥戊子年江太尊匯考第二名。』（《紅雨樓集》册九，《上圖稿本》第四四册，第三六九頁）

按：江太尊，即江鐸。鐸，字士振，仁和人，萬曆二年（一五七三）進士。

是歲，成舉人，爲太史楊起元所取士。

陳价夫《徐惟和行狀》：『戊子，始以《易經》領鄉薦。』（《招隱樓稿》）

按：楊起元，字貞復，歸善人，萬曆丁丑進士。

夏，有詩贈伎李儀卿，又制《青樓俠氣卷》。

作《青樓俠氣贈李姬》（《集》卷十三）。

作《青樓俠氣卷》：『萬曆戊子夏，余制《青樓俠氣卷》，贈伎李儀卿。』（《集》卷十九）

作《青樓俠氣詩序》（《集》卷十六）。

按：參見萬曆二十七年（一五九九）。

秋，爲陳邦注詩集作序。

作《釣磯集序》：『余雅知平夫之能詩也。然平夫隱居義溪，足迹不入城市，雖耳其詩名，而不識其面孔……適平夫《釣磯集》殺青方就，余乃携一卷入薊門，俟酒酣後求如荆高輩擊筑而歌之。平夫意氣翩翩在目矣。』（《幔亭集》卷十六）

十一月，與謝肇淛赴京考。陳薦夫有詩送之。途中作《述游篇》（《集》卷三）歷數艱辛。

陳薦夫《燕京篇送惟和北上》（《水明樓集》卷二）

按：『昨夜嚴霜』，閩中地氣暖，已入冬令。又據文意，當作于熥首次上春官時。

十一、十二月，與謝肇淛北上。舟次小箬溪、泛劍津，越何嶺、塔嶺、仙霞、西陽諸嶺，次龍丘。登富春山，過武林，眷妓月仙；過姑蘇，訪王穉登。十二月，廿七日過毗陵，廿九日至雲陽（南徐州），除日于雲陽守歲，凄然有鄉閭之感，與謝肇淛相與欷歔。

作《舟次小箬溪遇邵廣文夢弼話别》（《集》卷五）。

按：小箬溪，即小箬驛，有侯官縣（今福州）。

又按：邵夢弼，即邵傅，閩縣人。隆慶四年（一五七〇）歲貢，官王府教授，有《村巔集》。

作《劍津夜泛》（《集》卷五）。

按：劍津，又名龍津。在今南平市延平區東南。

作《度何嶺憶家》（《集》卷五）。

作《塔嶺道中》（《集》卷五）。

按：塔嶺，在古田肢水口之北。嶺上有庵，庵前有塔。

作《仙霞曉發》（《集》卷五）。

按：仙霞關，在浦城縣北，逾關北爲浙江江山縣。

作《度西陽嶺》(《集》卷五)。

按：黄仲昭《八閩通志》卷十六『地理·建寧府』引《建安志》：『西陽山，宋時，西陽太守全景文所居』《(康熙)建寧府志》卷五：『西陽山，在清湖里。』

作《舟次龍丘遇尹光禄留飲賦謝》(《集》卷五)。

按：龍游(今屬浙江省)縣東有龍丘山。

作《雪中登富春山》(《集》卷七)。

作《西湖立春》(《集》卷五)。

謝肇淛《小草齋詩話》卷五：『月仙者，武林名妓也。戊子冬，徐惟和北上，過而眷之，越數夕，余至，妓詢徐孝廉不去口。』

作《姑蘇懷古》(《集》卷七)。

作《王百谷招飲半偈庵》(《集》卷五)。

按：王百谷，即王穉登，吴縣人。百谷，又作百穀。

作《毗陵道中》(《集》卷五)。

按：毗陵，即常州，漢名毗陵。詳《大明一統志》卷十『常州府』。

作《蘭陵道中寄同社》(《集》卷七)。

按：蘭陵，常州之古名。

作《南徐除夕》(《集》卷五)。

按：南徐，今江蘇鎮江。

謝肇淛《游燕記》：『廿七日過毗陵，廿九日至雲陽，除日于雲陽□歲。』(《小草齋文集》卷七)

是歲，王世懋卒，年五十三。

是歲，陳士龍卒，年三十四。

萬曆十七年己丑(一五八九)　二十九歲

正月，與謝肇淛北上。元日，泊舟京口。二日，由京口過揚子江。三日，過邵伯埭。六日，經淮陰拜漂母廟。八日，過下邳。十日，過彭城；在彭城見一异鏡。十九日，發彭城。廿日至沛，廿一日，渡沙河。廿三日，宿汶上。廿四日，至阿。廿七日，過恩縣，暮抵德州。廿八日，過景州。廿九日，宿河間府城下。

作《金山寺别恩上人》(《集》卷七)。

按：金山，明代在鎮江之北長江江中。

作《煬帝行宫》(《集》卷七)。

按：煬帝行宫故址在今揚州。

作《揚子江望金山寺》(《集》卷五)。

作《漂母廟》(《集》卷五)。

按:漂母廟,在今江蘇淮陰。

作《下邳阻風》(《集》卷十三)。

按:下邳,今江蘇睢寧。

作《彭城元夕懷故園諸友》(《集》卷十三)。

按:彭城,今徐州。

作《馬上姬》《别劉少巳馮希吕》(《集》卷十三)。

作《經黄河寄懷陳平夫》(《集》卷七)。

作《易水道中答謝在杭》:『此去長安應咫尺,與君同賦《帝京篇》。』(《集》卷七)

作《任丘道中》(《集》卷五)。

按:任丘,今屬河北。

作《帝京篇》:『我家京洛何煌煌,山河錦綉軼隋唐。 辮髪文身俱稽顙,雕題黑齒盡梯航。 三載公車計偕吏,嚴樂鄒枚乘傳至。』(《集》卷三)

按:陳田《明詩紀事》庚籤卷二十五『吴兆條』:『非熊以《秦淮鬥草篇》得名,萬曆末詩家長篇如徐興公《玉主行》、鄭翰卿《半生行》、林初文《蛾眉篇》、徐惟和《帝京篇》,俱有盛名。』

謝肇淛《文海披沙》卷八『鏡條』：『戊子冬，余與徐惟和孝廉計偕之彭城，逢市上鬻一鏡，面照如常，背照人影，倒見頣頦向上，當時傳觀驚駭，亦未買之。』

按：戊子冬謝肇淛與徐熥北上，到彭城已是正月中旬，『月既望矣』。

二月，二日與謝肇淛至涿州，四日過潞河，日昃入京師。京士皆走熥，讀其詩，皆嘆息。九日入院試，望後出。疥足呻吟，望與莆人陳翰臣晤談語。聞永陽盗猖獗，憂之。

按：陳翰臣，字子卿，莆田人，萬曆十三年（一五八五）應天舉人，有《三秀集》。

陳鳴鶴《徐熥傳》：『春官所徵士及京師縉紳先生皆走熥，讀其所爲詩歌，皆嘆息。』（《東越文苑傳》卷六）

三月，在京師。清明，與謝肇淛過燕南陳翰臣旅邸。下第，交結天下名士。擬出仕，謝肇淛勸其還山，時橐中金欲盡矣，親識者貸之，日浮于天庭、香山諸寺中。十六日，謝肇淛出都。徐熥後于謝肇淛出都南下。

作《清明日飲陳子卿燕南客舍》（《集》卷七）。

謝肇淛有《清明同徐惟和過陳子卿旅邸得斑字》（《小草齋集》卷十二）。

按：肇淛十六日出都，熥後其數日。

又按：陳价夫《徐惟和行狀》：『上春官，不第。往來燕趙吴越間，獲交四方諸名士百餘

人，各恨把臂太晚，而惟和益慷慨自喜，囂囂然懼游道之不廣也。』（《招隱樓稿》）

作《李惟實過集客舍》（《集》卷五）。

按：李元暢，字惟實，茂名人。萬曆二十年（一五九二）卒。詳該年。

作《下第呈孫子樂省元》（《集》卷七）。

作《出都門懷程五表兄》：『獻策不得意，呼童便束裝。』（《集》卷五）

作《鄚城感舊》（《集》卷十三）。

按：鄚城，鄚城驛，在今河北任丘。

作《進香詞》《月夜》《懷平夫》（《集》卷十三）。

四月，謝肇淛自上月二十七日于彭城遲熥，四晝夜，即本月初二，熥後至。游邵伯湖，六日，過淮陰。九日，抵瓜州。十日，渡江。十一日，抵毗陵。十二日，陟虎丘。十三日，訪張獻翼于曲水草堂，又于諧賞園別顧大典，又訪王穉登。十四日，過婁江，謁王世懋墓，哭之。十六日，宿吴江顧先生家，先生角巾出迎。次日，登舟。二十日，江鐸招游；過杭州六和塔賦詩，欲題壁，遭僧呵叱；復過月仙，贈詩。廿六日，過嚴陵臺。廿八日，泊蘭溪，日與謝肇淛談，鋒甚健；颶風撼舟，波濤淜湃；渡江，舟幾覆。

謝肇淛《彭城遲徐惟和不至》（《小草齋集》卷二十七）

作《平望舟中同在杭晚眺》（《集》卷七）。

按：平望，平望湖，江蘇興化市北。

謝肇淛有《邵伯湖晚望同惟和賦》（《小草齋集》卷十二）。

作《游虎丘寺》（《集》卷五）。

作《同吴之衛馬雲卿飲張幼于曲水草堂》（《集》卷五）。

按：吴城，字之衛。長洲人。馬繼龍，字雲卿，保山人。張獻翼，字幼于，長洲人，太學生。

作《諧賞園别顧世卿》（《集》卷五）。

按：顧大典，字世卿，字道行，吴江人，隆慶二年（一五六八）進士。諧賞園，顧大典家園。

作《王百谷半偈庵贈順公》（《集》卷七）。

作《婁江哭王太常敬美先生》（《集》卷七）。

按：婁江，江蘇太倉。

作《哭王太常墓》（《集》卷七）。

作《贈月仙》（此詩集不載，見謝肇淛《小草齋詩話》卷五，周亮工《閩小記》卷四引，詩原無題，題筆者所擬）

謝肇淛《小草齋詩話》卷五：『翊歲，下第復過（月仙），竟諧繾綣，徐作詩云云。』

按：周亮工《閩小記》卷四：『萬曆己丑，謝在杭與徐惟和下第，過杭州六和塔，愛其幽静，各賦一詩，欲題壁間，而寺僧號呼：「奈何浪汚吾壁！吾且取水滌之。」』

按：是歲三月二十九天，四晝夜後爲四月初二。

五月，四日，抵清湖，五日，過江郎山，越仙霞嶺。六日，至浦城，嶺滑甚，嘆風雨亦來作惡；七日，在浦城觀龍舟。八日，登舟；十日抵建寧（今建甌）。十一日，過黯淡灘。灘巨險，色栗生寒，汗津津下；夜泊吉溪。十二日，至囦溪，夜泛白沙。十三日，至家。

作《午日過江郎山》（《集》卷五）。

按：江郎山，在江西江山縣，傳試氏兄弟三人登山巔，化爲石，故名。

又按：謝肇淛《五雜組》卷四：『閩中自浙之江山入度仙霞嶺，亦自險絶，北人度，汗津津下矣。余己丑夏下第，適天欲雨，暝雲四合，與徐惟和自絶頂直趨至平地，而後雨作。』

作《至家》（《集》卷五）。

謝肇淛《己丑五月至家二首》（《小草齋集》卷十二）

作《述游篇》：『去年仲冬束行李，掩泪辭親赴燕市。今年五月將中旬，方能稅駕歸田里。』（《集》卷三）

作《行脚僧》（《集》卷五）。

七月，夏旱，入秋猶不雨，三農絶望，米價騰涌。

作《旱》《嵩山寺贈净上人》（《集》卷五）。

作《芝山寺逢游元封兼懷宗振》（《集》卷五）。

按：游及遠，字元封，莆田人，萬曆布衣，有《小竹林草》。

夏秋間，于紅雨樓南園中構小齋，名『緑玉』。

作《陳价夫歸自崖州談粵中山水因懷舊游》《送劉司理考績之京》（《集》卷七）。

作《贈蔡景明參知》（《集》卷七）。

謝肇淛有《贈蔡景明參知》（《小草齋集》卷十八）。

作《過邵夢弼廣文山居》（《集》卷七）。

作《送趙仁甫司理左遷之京》（《集》卷七）。

按：趙仁甫，字世顯，閩縣人。萬曆十一年（一五八三）進士。

作《哭邵夢弼廣文二首》（《集》卷七）。

作《緑玉齋記》（《集》卷十七）。

按：參見卷首。

八月，謝肇淛、陳椿、陳薦夫等過緑玉齋，作詩。

謝肇淛《飲徐惟和緑玉齋得喧字》：『緑玉齋頭酒一尊，桃花疑是武陵源。』（《小草齋集》卷十八）

謝肇淛《八月十四夜同陳汝大陳伯孺集緑玉齋》（《小草齋集》卷十八）。

作《中秋飲西湖澄瀾閣觀妓》（《集》卷七）。

按：澄瀾閣，在福州西湖。

八、九月間，經沙溪口，會宗周。經劍浦，重陽前一日至邵武，寓寶嚴寺。

作《挽吴門沈汝明處士》《齊將軍席上聞歌》（《集》卷七）。

作《送熊益中孝廉歸豐城》（《集》卷七）。

按：豐城，今屬江西。

作《贈黄瞻山先生》《贈歌者》（《集》卷七）。

作《沙口夜泊答宗思兼見示》（《集》卷七）。

按：沙口，即沙溪口，沙溪與閩江匯合處。

作《劍浦懷宗思兼先生》（《集》卷十三）。

按：南平，别稱劍浦。宗周，字思兼，閩縣人。萬曆中監生。

作《重陽前一日寓寶嚴寺》（《集》卷七）。

按：寶嚴寺，在邵武。

十二月，江郡守招飲西湖。除夕，同陳宏己過訪曾仕鑒（人倩）。本年雖下第，而除夕盡享天倫之樂，亦是一喜。

作《江郡侯招飲西湖同曾人倩謝在杭分得游字》（《集》卷七）。

按：江鐸，字士振，仁和人，時爲州太守。『春意動』，冬將盡。

謝肇淛《郡守江先生招游西湖同嶺南曾仕鑒家舅徐𤊹賦》(《小草齋集》卷十八)

作《送黄居約司理英州》(《集》卷七)。

按：英州，今廣東英德。

作《己丑除夕迎春同陳振狂過鍾山寺訪曾人倩適瀚上人至同得僧字》(《集》卷七)。

按：曾仕鑒，字人倩，南海人。

作《己丑除夕志喜》：『老親歡膝下，稚子戲燈前。』(《集》卷十)

冬，爲周梁撰墓志銘。

作《周國材先生墓志銘》(《集》卷十八)。

是歲，永福(今永泰)陳令平寇，爲作《録序》。

作《永福陳令平寇録序》(《集》卷十六)。

按：陳思謨，河源人，永福縣令。

是歲，爲莆田周如塤山人作詩序。

作《周所諧詩序》(《集》卷十六)。

按：周如塤，字所諧，莆田人，萬曆隱者。喬卿，如塤子，字千秋。

又按：𤊹《與周喬卿山人》：『遺稿幸備録付僕，且爲删定，謀之有力者行于世。毋令亡者苦心五十年，竟扼腕于地下。』(《集》卷二十)

又按：謝肇淛《周所諧詩序》：『己丑歲，余得《周所諧詩》讀之，業爲之序已。』（《小草齋文集》卷四）

是歲前後，作《烏石山訪虚公》（《集》卷十三）。

按：虚公，烏石山鄰霄臺下太虚庵僧。

是歲，弟𤊹題兄熥緑玉齋。

徐𤊹《緑玉齋叙》（《紅雨樓集》册一，《上圖稿本》第四二册，第四四—四五頁）

是歲前後，陳薦夫作《六子詩·徐惟和》。

陳薦夫《六子詩·徐惟和》（《水明樓集》卷一）

按：據此詩詩意，當在熥第一次下第後所作，有勸勉慰藉之意。故暫繫于此。

又按：『六子』爲陳椿、陳鳴鶴、徐熥、徐𤊹、陳邦注、陳价夫。合薦夫本人爲『七子』。

萬曆十八年庚寅（一五九〇）　三十歲

正月，元日，曾仕鑒過訪；送曾仕鑒回嶺南。

作《庚寅元日曾人倩過訪同謝在杭分韵》（《集》卷七）。

徐𤊹有《庚寅元日嶺南曾人倩集小齋分韵》（《鼇峰集》卷十三）。

作《鍾山寺送曾人倩歸嶺南》（《集》卷七）。

謝肇淛有《庚寅人日同王汝存陳振狂登釣龍臺送曾人倩歸嶺南》(《小草齋集》卷十八)。曾仕鑒有《宿鍾山寺》(《王應山閩都記》卷九，按：以下引此書，省『王應山』三字)。

二、三月間，有南劍(今南平市延平區)之行。此間，謝肇淛同陳鳴鶴過緑玉齋，謝有詩懷𤊹。

作《春興》(《集》卷五)。

作《訪瀚上人》(《集》卷五)。

陳薦夫有《贈瀚上人》(《水明樓集》卷三)。

作《溪行晚眺》《清明客中寄惟起弟》(《集》卷五)。

作《同王玉生惟揚弟登劍州明翠閣因懷宗思兼先生》(《集》卷五)。

按：王昆仲，字玉生，閩縣人。善畫。南劍州，今南平。

作《王臺驛》(《集》卷五)。

按：王臺驛，延平古驛。

謝肇淛《同陳汝翔集緑玉齋兼懷惟和》(《小草齋集》卷十八)

作《劍浦得幼孺書》(《集》卷五)。

秋，歸家。與陳鳴鶴等集陳椿山齋。

作《舟行二首》(《集》卷五)。

作《秋日同女翔伯孺惟起集女大山齋》(《集》卷五)。

徐𤊹有《秋日同陳汝翔陳伯孺惟和兄集陳汝大于山草堂》（《鼇峰集》卷十）。

按：陳价夫，字伯孺，弟薦夫，從弟邦注，閩縣人，萬曆諸生。

作《病中遲陳道育不至》《贈陳元之刺史》（《集》卷五）。

作《慰陳振狂失釣艇三首》（《集》卷五）。

作《送江太守兵備三吴》（《集》卷七）。

謝肇淛有《送郡守江先生備兵吴中》（《小草齋集》卷十八）。

陳益祥有《送江太守兵備蘇松》（《采芝堂文集》卷八）。

作《送謝伯元之金陵》（《集》卷七）。

作《温永叔郡丞以詩見贈賦答》（《集》卷七）。

按：温景明，字永叔，順德人。

作《聞警四首》，其一：『西賊寒盟秋犯邊，黄塵漠漠暗胡天。』（《集》卷七）

謝肇淛有《聞警二首》（《小草齋集》卷十八）。

九月，九日與陳椿登于山；陳宏己等登鼓山，爲作《集序》。

作《游山集序》（《集》卷十六）。

按：參見萬曆十二年（一五八四）。

陳宏己《游鼓山記》（黄任《鼓山志》卷八）。

謝肇淛有《九月八日同陳振狂王玉生徐興公往石鼓泛舟白龍江》《舟泊鼓山下》《望海門》《宿靈源洞》《鼓山歸宿振狂江亭得文字》（《小草齋集》卷十二）。

謝肇淛有《九日登鼓山絶頂》（《小草齋集》卷十八）。

十月，與謝肇淛等訪曾文表。

作《雨中同謝在杭胡德長陳汝翔訪曾文表醉歌行》（詩佚，題筆者所擬）。

謝肇淛《雨中同徐惟和胡德長陳汝翔訪曾文表醉歌行》（《小草齋集》卷八）。

冬，作《歲暮懷鄭六初》《夜坐》（《集》卷五）。

十二月，嘆其貧寒。淫雨經旬。約陳椿、陳鳴鶴、陳振狂、弟徐火票、甥謝肇淛出城至藤山看梅，宿陳宏己之蘆。

作《歲盡》：『吏預催官税，門多索子錢。』（《集》卷五）

作《苦雨三首》（《集》卷五）。

作《約汝大汝翔振狂惟秦在杭藤山看梅二首》，其一：『藤山梅萬樹，冬盡一起開。』其二：『梅塢餘殘雪，疏枝冷不禁。』（《集》卷五）

按：藤山，梅塢，在福州倉山區。

謝肇淛有《藤山看梅六首》（《小草齋集》卷十二）。

作《同女翔在杭看梅先宿蘆中磯二首》（《集》卷五）。

按：女翔，即汝翔，陳鳴鶴字。

謝肇淛有《看梅宿陳七蘆中》（《小草齋集》卷十二）。

按：陳七，即陳宏己。

作《蘆中磯曉起喜汝大惟秦至》《曉起看梅》（《集》卷五）。

謝肇淛《報徐惟和看梅帖二首》（《小草齋集》卷十二）

是歲，悲嘆履歷多險巇。

作《咏懷》：『處世三十年，履歷多險巇。』（《集》卷二）

是歲，源溪黄隱君貽《高秦仲山水圖》，藏之。

是歲，弟𤊹長子陸生。後陸聘陳价夫季女陳懷珮。

按：徐陸，字存羽。

是歲，王世貞卒，年六十五。

萬曆十九年辛卯（一五九一）　三十一歲

春，過宿南臺陳宏己吸江亭、林應起面壁洞。同林應憲、鄧原岳、王昆仲及弟𤊹游錦溪竹林，有詩。

作《春日閑居四首》（《集》卷五）。

作《宿陳七吸江亭》（《集》卷五）。

按：吸江亭，陳宏己居所亭名。

作《烏石山贈僧》《風雨》（《集》卷五）。

作《送陳十二仲溱歸柯嶼幽居》（《集》卷五）。

按：柯嶼，在福州南郊。熥《陳惟秦詩序》略云：『惟秦居南郊之柯嶼，去城三十里而遥。』（《集》卷十六）

作《過白雲寺》（《集》卷五）。

作《送劉季德還嶺南》（《集》卷五）。

徐㶿《送劉季德歸南海辛卯》（《鼇峰集》卷十）。

按：劉克治，字季德，順德人。

作《送張叔弢博士自永嘉還長溪》（《集》卷五）。

按：張叔弢，即張大光，字叔弢，長溪（今福建寧德）人，官羅浮令、夜郎刺史。曾校訂陳鳴鶴《泡庵詩選》《田家儀注》，并爲《田家儀注》作序。

作《懷鄭四琰客邊》（《集》卷五）。

按：鄭琰，字翰卿，排行第四，又稱鄭四，閩縣人。布衣任俠。有《翰卿詩選》《二隰詩稿》。

作《經涌泉廢寺》（《集》卷七）。

陳仲溱《經廢寺》（《閩都記》卷十二）。

按：灰殘六十年，涌泉寺嘉靖二十一年（一五四二）毀于火，至是歲五十年仲溱此詩或後作，或誤記。待考。

徐𤊹《涌泉廢寺》（《鼇峰集》卷十）。

徐𤊹又有七律《涌泉廢寺》（《閩都記》卷十二）。

安國賢《涌泉廢寺》（《晋安風雅》卷六）。

按：曹學佺《北游記》：『明嘉靖壬寅歲六月，橋圮。是年，鼓山涌泉寺先四月灾。』（《石倉文稿》卷六）

又按：熥又有《涌泉廢寺》，詳萬曆二十一年（一五九三）。

作《過大笠僧太虚故居》（《集》卷七）。

按：大笠僧即虚公，熥兩三年前曾造訪，詳萬曆十七年（一五八九）。今虚公已圓寂。

作《贈趙茹霞羽士》（《集》卷七）。

作《吸江亭送林隱之山人還永嘉》（《集》卷七）。

夏，與林應憲、鄧原岳、弟興公游錦溪竹林。

作《同林熙吉鄧汝高游錦溪竹林》《水西遲陳伯孺不至》（《集》卷五）。

按：林應憲，字熙吉。《閩都記》卷十九：『錦溪，在南嶼，旗山之别渚也。』竹林，即竹林山莊、竹林草堂。郭柏蒼《柳湄詩傳》：『鄧定築耕隱堂在東郊竹嶼，原岳仍其地成竹林

草堂。』（《全閩明詩傳》卷三十三引）

鄧原岳《同林熙吉熙工王玉生徐惟和興公游錦溪竹林》（《西樓集》卷五）

按：鄧原岳《行卷小序》：『余既歸自長安，則謝客之竹林舊里，携筆床茶竈往也。庶幾有賢豪命駕者乎，則把臂入林耳。』（《西樓集》卷十二）

徐𤐰《同林熙吉熙工鄧汝高王玉生惟和兄集錦溪竹林》（《鼇峰集》卷十）。

作《錦溪八景爲林熙吉題》（《集》卷十一）。

按：錦溪八景：團青島、積翠臺、五雲岡、七星塢、遷鶯林、宿猿洞、蘿徑門、松風壑。

七月，父棉召熥、𤐰，擬爲書生平得意詩；前此，熥曾爲彙刻一帙。

徐𤐰《先君子手書詩卷》，略云：『萬曆辛卯之秋，先君年七十九，耄矣。忽一日召熥、𤐰諭曰：「汝輩俱以四聲馳譽，吾心甚善，家聲不墜，是在汝輩。然吾生平有得意詩百數篇，可出長卷，吾爲汝書之。」熥對曰：「正兒所深願而不敢請者也。」……先君平生之詩頗夥，熥曾匯刻一帙。』（沈文倬《紅雨樓序跋》卷二，第九一頁）

按：參見萬曆三十三年（一六〇五）。

謝肇淛《故永寧令徐翁詩卷跋》略云：『此卷所書五十餘篇尤平生得意之作，書法結構頗類鄭繼之吏部，書未竟而先生没。』（《小草齋文集》卷二十四）

作《送黃博士典試之楚二首》（《集》卷五）。

作《送周喬卿》（《集》卷五）。

按：周千秋，字喬卿，莆田人。

作《歌者陳郎戲作胡姬妝即席調贈》（《集》卷五）。

八月，六日，離家，二上春官，吐氣如虹。同行者有莆田陳翰臣。謝肇淛、陳鳴鶴等送到芋江驛。過劍溪溯流而上。

謝汝韶《送惟和上春官》（《天池存稿》卷四）。

按：參見次歲《相坡公行狀》。

又按：謝肇淛《遇徐惟和宅艱南奔》：『八月芋江曾送爾，吐氣如虹思萬里。』（《小草齋集》卷八）

陳鳴鶴《送惟和上春宮》（《泡庵詩選》卷三）

作《建溪中秋懷馬季聲諸子》《關門曉發》（《集》卷五）。

作《中秋集周光禄花亭觀妓》（《集》卷七）。

作《送蒼峽王巡檢罷官歸鄉》（《集》卷七）。

按：蒼峽，又作滄峽。在古田縣。

作《寄吴叔嘉》：『作客生涯雲共薄，懷人愁緒月同孤。』（《集》卷七）此爲客中懷人之作。

按：吴運嘉，字叔嘉，長洲人，處士。

九月，次檇李，得疾，卧船不知人者五日。過吴門，偶得疾，不知人者數日，猶索沈野，十日不得；去後有詩懷沈。九日，集于張獻翼曲水草堂，獻翼贈寫本《陸士龍集》，熥有題跋以記其事。又于滸墅逢王穉登。又與閔齡邂逅金山，謂閔齡爲青華之士。至京口。是月，二十一日，父㮒卒于家，年七十九。

按：《先考永寧府君行狀》：『次檇李，熥偶得疾，卧船窗中，不知人者五日。至吴門，疾益亟。吴友張幼于館熥于别墅，爲求良劑，數日後稍愈。九月念一日，與莆友陳子卿宿閶門舟中。是日也，熥意忽忽，如有所失，皮肉俱顫，以爲咄咄怪事。子卿用好言慰藉，熥意稍解，遂不復疑慮。』（《集》卷十八）

又按：《沈從先詩序》：『辛卯歲，余有燕之役，至吴門而病不知人者數日。然神雖昏憒，而心念從先不置，時時從床第間問沈郎無恙乎，索十日不得，竟去矣。』（《集》卷十六）

作《九日集張幼于曲水草堂》《滸墅關逢王百谷》（《集》卷五）。

作《懷沈從先》（《集》卷二）。

作《寄惟起弟》（《集》卷五）。

作《金昌贈錢功父》（《集》卷五）。

按：錢允治，字功父，長洲人。

作《雲間旅情》（《集》卷五）。

按：雲間，今松江（屬上海）。

作《京口夜泊遲陳汝大不至》（《集》卷五）。

按：京口，今江蘇鎮江。

作《同彭正休陳子卿游金山遇張函一孝廉閔壽卿山人恩公若公》（《集》卷五）。

按：閔齡，字壽卿，處士，歙縣人。恩公，即雪浪禪師。若公，即海若禪。

作《金山别閔齡》（《集》卷十三）。

作《陸士龍文集》：『辛卯秋北上，道經吴閶，客張幼于曲水草堂。臨别，幼于出此爲贈。今坊間二陸已有善本，但此寫本尤所難得，又爲張君手披之物，誠爲可珍。况是歲余覆舟吕梁，所載書俱爲波臣所得，獨斯集既已溺去，旋撈得之，不至磨滅，尤奇也。并識。』（《集》卷十九）

按：《蓬累游序》：『憶余辛卯之役，與壽卿邂逅金山，出一漚集見示，則嘔肝劌腎爲之。步驟古人，不失尺寸，余謂君青華之士耳。』（《集》卷十六）參見萬曆二十二年（一五九四）。

徐㶿《祭酒嶺造墳記》：『先子卒于萬曆辛卯九月念一日，壽七十九歲。』（《紅雨樓集》册九，《上圖稿本》第四四册，第四〇一頁）

按：萬曆十九年辛卯（一五九一）七十九，逆推，棉生于隆慶八年（一五一三）。

十月至十一月望，與陳翰臣過廣陵，訪吴運嘉、陸君弼等。發交河，過吕梁洪，疾覆。過東平時于沈刺史席上邂逅歌者周文成。

按：《先考永寧府君行狀》：『越一月，過吕梁洪，熥假寐舟中，夢先君車從輿馬甚都，與吾鄉故博士薛君寅甫者，蹴熥起。熥忽驚寤，即具衣冠過子卿舟，欲述夢中事。未發口而熥舟已覆矣，以此得不死。薛君者，爲先君執友，與計偕溺死吕梁。』（《集》卷十八）

又按：『越一月』之前爲『九月念一日』。詳上。

作《同陳子卿過廣陵訪夏玄成吴叔嘉留飲席上分得燈來二字二首》（《集》卷五）。

作《酬陸無從率而見贈之作》（《集》卷五）。

按：陸君弼，字無從，江都人，貢士。有《正始堂詩集》。

陸君弼有《徐惟和陳子卿兩孝廉過訪時將赴春公試》（《正始堂詩集》卷八）。

按：雙劍氣，喻徐熥、陳翰臣。

作《交河早發》（《集》卷五）。

按：交河，故址在今河北省泊頭市交河鎮一帶。

作《河間宵征》（《集》卷五）。

按：明河間府，治河間縣，今屬河北。

作《憶故園梅花》《北地》《至京》（《集》卷五）。

作《客中憶惟起惟揚弟》（《集》卷七）。

作《東原别歌者周郎》七絶四首（集僅存一首，《集》卷十三）。

按：東原，即東平。周郎，即周文成，詳下。

作《贈歌者周文成詩序》，其略云：『辛卯之冬，道過東平，于沈刺史席上，邂逅青陽歌者周文成。幻質江南，栖踪濟北，聲掩秦青之妙技，衣留韓椽之餘香。風神一片玉同清，眉黛九華山并秀……未遂平原十日之飲。』（《集》卷十六）

作《再至京師》（《集》卷七）。

按：熥至京師在十一月，時父訃已至半月，恐無心緒作此豪壯之詩。此詩當作于入都前。

十一月，望，入京，父棉訃已至京半月。手持衰絰，徒跣奔歸，痛深屠割。是時，鄧原岳至京，尋之于酒人群，而惟和徑歸矣。歸途，遇謝肇淛于平原。

按：《讀禮感懷四首》其三：『素車白馬出燕關，風急雲寒雪滿山。當日已拼成死孝，此身何敢望生還。』（《集》卷七）

又按：《先考永寧府君行狀》：『先君生于正德癸酉十月二十七日寅時，卒于萬曆辛卯九月二十一日申時，得壽七十有九。』（《集》卷十八）

又按：詳次歲《相坡公行狀》。

鄧原岳《徐子瞻令君傳》：『往惟和之入燕也，與不佞好爲約……及不佞抵闕下，尋惟和于酒人群。則徐先生凶問且至，惟和徑歸矣。不佞舉酒酹地，南鄉哭，失聲久之。』（《西樓集》卷十四）

謝肇淛《遇徐惟和宅艱南奔》(《小草齋集》卷八)
除日，作《辛卯除夜姑蔑舟中》(《集》卷五)。
按：姑蔑，今浙江衢州。
是歲，王昆仲爲作《山水卷》。
作《王玉生山水卷》：『往辛卯歲，王玉生爲作此長卷，窮工極變，可謂精絶。』(《集》卷十九)
是歲，爲張圻暨配鄭孺人撰《行狀》。
作《張隱居暨德配鄭孺人行狀》(《集》卷十八)。
按：鄭氏卒于萬曆三年(一五七五)；張隱居圻卒于萬曆十八年(一五九〇)，『卒之明年』，即本年。故知此行狀作于是歲。
是歲前後，開始與陳薦夫等選輯《晋安風雅》。
陳薦夫《晋安風雅叙》：『眷言同調，輒預校讎，網羅纂修，屬草屢易。更端繕寫，寒暑七徂；逮夫成書，足稱快睹……萬曆戊戌五日。』(《晋安風雅卷首》)
按：薦夫《叙》作于萬曆二十六年(一五九八)五日，距動手編《晋安風雅》已歷七寒暑，逆推，約始于是歲。
是歲，鄧原岳有書致熥。
鄧原岳《與徐惟和孝廉》：『不佞抵吴，則已聞足下北矣，爲之躑躅于横塘烟雨間，意極惘惘。

既入燕，便訪足下于酒人群，絶無踪迹也……』（《西樓集》卷十八）

是歲，曾异撰生。异撰，字弗人，晋江人，家福州。崇禎十二年（一六三九）舉人，有《授紡堂詩集》《授紡堂文集》。

萬曆二十年壬辰（一五九二） 三十二歲

正月，奔喪至家，有祭文。

按：詳下《相坡公行狀》。

作《奔喪歸祭先府君》（《集》卷十八）。

陳薦夫有《聞惟和奔喪歸家寄唁》（《水明樓集》卷三）。

正、二月間，與弟𤊹、熛論次父棉生平行事之概，爲父作《行狀》。遷祠龕于紅雨樓。

作《相坡公行狀》（《荆山徐氏譜·詩文集》，《集》卷十八作《先考永寧府君行狀》）。

徐𤊹《遷祠龕記》：『余家向無宗祠，先府君列神主于屋之西偏。府君殁，先兄遷置紅雨樓，新創一龕，稍敞；髹漆丹堊，稍精。以爲可妥先靈于永久。』（《紅雨樓集》册九，《上圖稿本》第四四册，第四〇五頁）

二、三月間，有書致陳邦注，有游九鯉之想。莆田游日益過訪。清明，感念父卒。

作《送郭士龍》《送葉廷蓋》（《集》卷五）。

作《病中得王少文詩》(《集》卷五)。

按：王叔魯，字少文，昆仲之子。

作《哭張隱君》：『先令云亡日，君猶慟哭過。』(《集》卷五)

作《與惟秦夜話因懷惟起客水西》(《集》卷五)。

作《送劉宋卿還家兼訊顧長卿世卿》《送陳仲徽之齊省兄二首》《寄陳子卿》(《集》卷七)。

作《孫子長居湖上别業却寄》(《集》卷七)。

按：孫昌裔，字子長，又字鳳林，承謨子，學稼父，閩縣人。萬曆三十八年(一六一〇)進士。

作《送玉生諸子游方廣岩》(《集》卷七)。

按：方廣岩，在永福(今永泰縣)。

作《喜興公弟游方廣岩歸》(《集》卷五)。

按：此次游方廣岩，除弟㶿外，還有王昆仲等。

作《石嵩廢寺》(《集》卷五)。

陳价夫《晚過石松寺》(《閩都記》卷十九)。

按：石松寺，一名石嵩寺。宋大中祥符三年建。初名靈鳳。萬曆間興復。

作《春暮送周喬卿》(《集》卷五)。

作《送田將軍武薦上司馬二首》(《集》卷七)。

作《游宗謙山人見過》(《集》卷七)。

按：游日益，字宗謙，子騰祖，及遠父，莆田人。有《辟支岩集》。

作《清明日感懷》(《集》卷七)。

作《寒食日熙吉玉生惟秦振狂伯孺少文集緑玉齋》(《集》卷五)。

作《送妓入道二首》《題郭士龍隱居》《送人還九江》(《集》卷七)。

作《與陳平夫》(《集》卷二十)。

按：𤊨游方廣在此歲春。

四月，有詩賀林懋和七十初度。

作《林方伯先生七十初度是日爲吕純陽誕辰》(《集》卷七)。

按：林方伯，即林懋和。《筆精》卷七『藏書』條：『又林方伯公懋和、王太史公應鍾，亦喜聚書，捐館未幾，書盡亡失。』

五月，有書兩通報陳价夫，言自伏苦以來，携二弟挨門稽顙。

作《與陳伯孺》：『僕自伏苦以來，了無所事……近日携二弟挨門稽顙，尚未畢。稍畢，即當渡江至兩君處，一崩厥角，謝區區耳。仲氏吴之役已逼，二足下驪歌不當倚馬就乎？』(《集》卷二十)

作《與陳伯孺》：『吕梁之變，僅以身免，不然得無煩足下賦《公無渡河》兩篇哉。』(《集》卷

二十）

按：此篇與前篇後先作。『呂梁之變』，詳去歲十、十一月。

夏，居喪，追悼亡父。

作《送林宗大之玉田》（《集》卷五）。

按：林宗大，字時中，邑諸生也。玉田，古田縣別稱。

作《送陳道育下第歸玉融》（《集》卷五）。

按：陳陽和，字道育，號元周，湯敬孫，福清人。萬曆七年（一五七九）舉人。

又按：玉融，福清别稱。

作《贈隱者》《贈漁者》《夢》（《集》卷五）。

作《讀禮感懷四首》（《集》卷七）。

六月，弟熥之吴乞父銘，王昆仲同行，十三日出洪江，徐熥、陳仲溱等送至江干。十四日發舟；熥附書致顧長卿兄弟，向顧氏推薦昆仲；又致書土穉登、張獻翼、强善長、謝肇淛；其致張獻翼，言及往日張曾予接濟。二十二日，熥至邵武，有家書。

作《江上送惟起弟》（《集》卷五）。

徐熥有《别惟和兄壬辰》（《鼇峰集》卷十）。

作《送興公弟之吴爲先人乞銘二首》（《集》卷七）。

陳鳴鶴《送惟起入吴爲其先明府乞銘》(《泡庵詩選》卷四)。

陳益祥有《送徐惟起之吴爲永寧公求墓誌》(《采芝堂文集》卷八)。

陳薦夫有《興公之吴乞銘臨送不及》(《水明樓集》集三)。

作《送王玉生游吴》《寄王百谷》(《集》卷七)。

作《送高廣文之蜀二首》,其二(《集》卷五)。

按:『秋風』爲想像之蜀後之詞,故知此詩尚作于夏日。

作《與顧長卿兄弟》《與王百谷》《與張幼于》《與强善長》《與陳伯孺》《與謝在杭》(《集》卷二十)。

七、八月間,弟入吴乞銘,熥屢懷之。

作《得舍弟吴中書》《懷惟起弟》(《集》卷五)。

作《送王大游吴兼訊舍弟》《中秋同惟秦震卿集女大草堂看月因懷惟起客吴》(《集》卷七)。

作《贈方伯書》《贈性言上人二首》《題徐氏池亭二首》《碧山庵逢亮上人》《送李驛使之官雷陽》《過挹翠亭》(《集》卷五)。

作《送陳子卿歸墨潭精舍》(《集》卷七)。

作《雨夜登玉皇閣》(《集》卷七)。

陳仲溱有《雨夜登玉皇閣》(《閩都記》卷五)。

按：玉皇閣在福州于山。

九月，送良上人還金陵。

作《逢慶良上人》《送良上人還金陵静海寺》（《集》卷七）。

陳鳴鶴有《送慶良和尚歸金陵》（《泡庵詩選》卷四）。

陳薦夫有《逢慶良上人》（《水明樓集》卷三）。

按：良上人，即慶良上人。

作《寄顧學憲先生》略云：『舟過垂虹時，正當薄暮。而熥方寸已亂，不能暫停江滸，一候顔色。』（《集》卷二十）

九月，九日，與黄道晦、陳仲溱飲。鄧原岳作《徐子瞻令君傳》。

作《九日大風雨與黄道晦陳惟秦飲屋後小山》（《集》卷五）。

按：黄道晦，人稱黄隱君，侯官溪源人。

作《王百谷爲先永寧表墓寄此答謝》（《集》卷七）。

按：據《吴中記》，熥乞墓表于王穉登。《吴中記》又云，熥九月十二日抵家。《王百谷爲先永寧表墓寄此答謝》當作于熥抵家稍後。

作《蕭山司訓池公墓志銘》（《集》卷十八）。

按：今歲壬辰，故稱『辰龍』。熥父棉卒于去歲，故今歲仍在衰絰之中。此文作于本歲無疑。

九月或稍晚，評謝肇淛《游燕二集》以爲『心計既粗，面目都惡』。

謝肇淛《游燕二集自序》：『戊子，余一游燕矣，越三載而復游也……爲詩如干首。舅氏徐惟和見之，曰：「昔吾與子雖空行空返，猶有似也，其癯也。而子且爲犧矣，心計既粗，面目都惡，何暇唱渭城乎？」余笑而不應，然心沐浴其言，因以爲敘。』（《小草齋文集》卷四）

按：肇淛上年成進士，今年九月歸家，作此序當在本月或稍晚。

秋冬間，聞寧夏事，感嘆生不逢辰，希冀天下太平。

作《得朗公詩却寄》（《集》卷五）。

作《哭林文烈二首》（《集》卷五）。

按：林文烈，莆田人。

作《得寧夏消息二首》，其一：『中原多戍壘，邊郡半胡塵。』（《集》卷五）

按：胡塵，文淵閣《四庫全書》本改爲『征塵』。

冬，友人王孔振之臨邛，以《杜工部集》寄熥。後，孔振竟客死于瀘州。謝肇淛便道還家過訪。

作《送王生之臨邛省州守叔父獻甫二首》（《集》卷七）。

徐𤊹有《賦得蜀道難送王震甫同侄孔振入蜀省刺史兄》（《鼇峰集》卷七）。

按：題《杜工部集》：『杜詩五十卷，杜文二卷，共八册，乃友人王孔振所藏者。壬辰冬，

孔振將入臨卭，恐扃之篋笥，衹以飽蠹，寄余齋中。』（《集》卷十九）

作《讀禮日謝在杭拜官湖州便道還家見訪賦贈》（《集》卷七）。

十月，初三，熥、𤊹、熛徐母陳孺人（棉原配）卒，年七十五。

作《後感懷四首》（《集》卷七）。

陳益祥有《祭徐母陳孺人文》（《采芝堂文集》卷十四）。

曹學佺《陳孺人墓志銘》：『孺人生于正德戊寅年九月初七日，卒于萬曆壬辰年十月初三日。』（《石倉文稿》卷二）戊寅，正德十三年（一五一八）。

作《寄劉季德秀才》（《集》卷二十）。

按：書作于喪母之月。

十、十一月間，致友人書叙母喪之痛；佘翔爲徐棉集作序，熥有書致之。友人李元暘（惟實）、周所諧（如塤）相繼過世，有詩哭之。鄧原岳歸省，與之游。有書致李伯實，希冀父棉能入茂名《名宦》之列。

作《與陳子卿》《與林兆綸》《與陳彥宗秀才》《與佘宗漢明府》（《集》卷二十）。

作《哭李惟實孝廉四首》（《集》卷七）。

作《與池簪南秀才》（《集》卷二十）。

按：《集》目録作『與池簪南秀才』正文作『與池秀才』。

作《寄劉季德》(《集》卷七)。

作《寄許靈長》(《集》卷七)。

按:熥《寄許靈長太學》:『僕三年四過西子湖,竟不得一識許先生。乃反爲仲氏所先,阿奴即此可掩其兄……既辱神交,當爲扼腕。小詩一首奉寄,惟足下彈射之。』(《集》卷二十)

作《寄曠上人》《鄧汝高進士轉餉遼東便道過家見訪喜贈》(《集》卷七)。

鄧原岳《雨中過緑玉齋看惟和兄弟》(《西樓集》卷五)

徐𤊹《鄧汝高轉餉遼東便道過家見訪答贈》(《鼇峰集》卷十三)

作《送在杭司理湖州四首》(《集》卷七)。

陳鳴鶴《送在杭司理湖州》(《泡庵詩選》卷三)

作《寄答沈從先》(《集》卷七)。

作《得胡御長詩却寄》(《集》卷七)。

按:熥《答胡御長》:『僕交君家之季而不識君,君識吾家之仲而不識僕……漫賦一章奉酬,不覺形之穢矣……兹以一緘并詩一紙,上記曹。』(《集》卷二十)

作《哭周所諧四首》(《集》卷七)。

作《與周喬卿山人》:『近方有書報尊君,不意尊君之不及讀也……遺稿幸備録付僕,且爲删

定，謀之有力者行于世』。毋令亡者苦心五十年，竟扼腕于地下。哭章四律，矢口而成，情之所□，寧論工拙。』(《集》卷二十)

作《戲柬謝使君》《贈佘宗漢明府二首》(《集》卷七)。

作《送李廷煒令東莞兼柬鄧香山二首》(《集》卷七)。

按：東莞，今屬廣東。

作《送丁亨文進士司理邵陵二首》(《集》卷七)。

按：丁起濬，字哲初，又字亨文，晋江人，德化籍。萬曆二十年(一五九二)進士。邵陵，明寶慶府舊稱邵陵(治今湖南邵陽市)。

作《與丁亨文司理》(《集》卷二十)。

作《又與丁亨文司理》：『小詩不足重君行李，聊博軒渠耳。乃以佳箋索敝帚，得無與嗜痂者類乎？墨楮之污，誠不知顔之厚矣。』(《集》卷二十)

作《鄧汝高雨中載酒見訪分得園字》(《集》卷七)。

鄧原岳《冬日過徐惟和孝廉緑玉齋》(《西樓詩選》卷下)

作《侯君右來自永嘉喜贈》(《集》卷七)。

按：永嘉，今浙江温州。

作《贈黄道晦隱君二首》《問黄道晦病》(《集》卷七)。

作《寄李伯實太學》《再與劉季德秀才》《寄陳崇禮孝廉》《與陳建聖孝廉》《與王君聖貢士》《答林晋伯》《答王百谷》《寄吴叔嘉山人》（《集》二十）。

按：以上數篇作母喪之當年。

十一月，與林應起、林應憲、陳鳴鶴、王昆仲、弟𤊹、陳价夫、陳薦夫等出游永福方廣岩。二十七日，出洪江，泛舟至南嶼，二十八日，游太平山；二十九日，游勾漏洞。游覽持有持續至下月。

作《至日對客》（《集》卷五）。

作《宿林熙工面壁洞二首》（《集》卷五）。

陳薦夫《宿面壁洞》（《水明樓集》卷八）

徐𤊹《月夜宿面壁洞》（《鼇峰集》卷二十四）

陳鳴鶴《面壁洞贈熙工》《宿面壁洞》（《泡庵詩選》卷四）

按：出游後一日，鄧原岳作《至旗山聞徐惟和陳伯孺先一日游方廣岩寄懷一首》（《西樓集》卷五）。

作《渡峴江訪林熙吉二首》（《集》卷五）。

鄧原岳《渡峴江》（《西樓集》卷五）

按：峴江，福州水西峴山水域。林氏家于此。

作《旗山勾漏洞四首》（《集》卷五）。

陳鳴鶴《同熙工伯孺游旗山勾漏重訪林煉師竹林》（《泡庵詩選》卷四）

按：《游方廣岩記》：『壬辰冬十一月，余與王君玉生謀偕熙丁諸子賫糧往。以二十七日，肩輿出洪江，泛舟至南嶼，抵面壁洞，則汝翔先在焉。遂折簡報伯孺、幼孺，以兩人居遠未來，不得發。二十八日，游太平山。二十九日，游勾漏洞，歸而伯孺兄弟且至。』（《集》卷十七）

又按：面壁洞在錦溪，錦溪在南嶼；南嶼在水之西，又稱水西。

又按：出游方廣岩持續至下月。

十二月，與林應憲、林應起、陳鳴鶴、王昆仲、陳价夫、陳薦夫游方廣岩。初二日，登舟，夜泊瀨下，三日，過赤壁瀨，捨舟游山；夜宿華嚴閣。四日，過登天橋，登捨身崖觀水濂發源處。五日，尋玉泉洞，瑞松塢諸勝不得，觀聽經石。六日，别山僧，離方廣岩，循舊路歸，登舟，至瀨下。七日，昧爽，由楊崎入城。歲暮，鄧原岳過緑玉齋看惟和兄弟。

作《瀨下晚泛》（《集》卷五）。

陳仲溱《赤壁瀨二首》（《閩都記》卷二十八）

陳鳴鶴《瀨下晚泊》（《泡庵詩選》卷四）

按：《游方廣岩記》：『十二月初二日，遂登舟夜泊瀨下。初三日，過赤壁瀨。』（《集》卷十七）

又按：瀨下，即赤壁瀨，在永福（今永泰）。

作《登岸》《山行》《放船》《贈潮上人》《贈波上人》（《集》卷五）。

作《方廣岩》（《集》卷七）。

林應起《尋方廣岩》《初至方廣岩》《再至方廣》《方廣岩二首》（謝肇淛《方廣岩志》卷二）

陳鳴鶴《方廣岩》（《泡庵詩選》卷四）

陳薦夫《方廣岩》（《（萬曆）永福縣志》卷五）

按：林應起萬曆十八年（一五九〇）首倡修復方廣廨院，以上所録林氏五詩，其中或有作于十八年者。

作《宿華嚴閣》《岩中曉望》（《集》卷七）。

按：華岩閣，在方廣岩。

又按：《游方廣岩記》：『方廣岩在永福縣七都……萬曆丁亥歲，友人林熙工、陳汝翔、陳伯孺同釋真潮往游，感故址頹，主之……林熙吉名應憲，熙工名應起，陳汝翔名鳴鶴，王玉生名昆仲，陳伯孺名价夫，幼孺名薦夫，余仲弟𤊹興公者，曾先游兹，以病未與。余則東海氏徐熥惟和也。』（《集》卷十七）

又按：游方廣在今歲，《游方廣岩記》則作于次歲。

又按：永泰縣方廣岩今存林應憲行書『方廣洞天』高約三尺題刻，落款云：『萬曆壬辰秋侯官林應憲與徐熥、陳鳴鶴、王昆仲、徐𤊹、陳价夫、薦夫、應起弟同游，書此。』

又按：據熥游記，游方廣在十一月；又徐㷆病未從游，或以稍前已游之故，石刻亦記其名。

作《游方廣岩絶頂二十四韵》（《集》卷十）。

林應起《宿方廣岩次日登絶頂》（謝肇淛《方廣岩志》卷三）

陳鳴鶴《登方廣岩絶頂》（《泡庵詩選》卷四）

作《别方廣岩》（《集》卷五）。

作《重游錦溪懷鄧汝高進士》（《集》卷七）。

按：郭柏蒼《柳湄詩傳》：『鄧定築耕隱堂在東郊竹嶼，原岳仍其地成竹林草堂。』（《全閩明詩傳》卷三十三）

作《壬辰除夕》（《集》卷七）。

是歲，有詩贈王叔魯。

作《贈王少文》（《集》卷三）。

按：王叔魯，字少文，卒于萬曆二十一年（一五九三），年二十。詳該年。此詩云：『王生今年纔十幾，籍籍香名滿人耳。』

是歲，爲友人陳士龍撰《亡友陳仲見秀才墓表》。

作《亡友陳仲見秀才墓表》（《集》卷十八）。

按：仲見，陳椿子。

是歲，檢父篋中扇面書畫，裝成一卷，并爲跋。

徐𤊹《諸家扇面書畫卷》：『先君弗禄，伯兄檢篋中若干幅，擇其善者裝成一卷，且自爲跋，不惟存手澤，且志孝思也。』（沈文倬《紅雨樓序跋》卷二，第八〇頁）

按：父棉卒于上年末，熥奔喪至家已歲盡，檢篋作跋當在本年。參見萬曆三十二年（一六〇四）。

是歲，與弟𤊹稍究心地理之學。

徐𤊹《祭酒嶺造墓記》：『壬辰有嫡母陳孺人喪，始知雙親體魄不可不慎重而擇吉壤也。方與伯兄熥稍稍究心地理之説，則見東岳壽藏，龍穴沙水四者無一焉。』（《紅雨樓集》册九，《上圖稿本》第四四册，第四〇一頁）

是歲，書七律十餘首，風骨遒整。

謝肇淛《徐惟和詩卷跋》：『吾友中工七律者推惟和爲白眉。今觀此卷所書，雖僅僅十餘首，而才情婉至，風骨遒整，絶世之技亦已見一斑矣。憶自壬辰迄今二十有五載……』（《小草齋文集》卷二十四）

按：參見萬曆四十四年（一六一六）。

是歲，鄧原岳有詩贈之。

鄧原岳《贈徐惟和》：『我愛南州徐孺子，年來安穩卧柴關。』（《西樓集》卷五）

是歲，女坤生。

按：《途中感遇效同穀七歌・五歌》：『男年十五女七歲。』（《集》卷三）此歌作于萬曆二十六年（一五九八），是歲坤七齡，逆推，則生于本年。

是歲，翁正春廷試第一。正春，字兆震，侯官人。萬曆二十年廷試第一人。任翰林院修撰。

是歲，鄧原岳成進士、謝肇淛成進士。

是歲，李元暢卒。

萬曆二十一年癸巳（一五九三） 三十三歲

正月，有詩懷杭妓月仙。游福清石竹（竺）山，讀顧大典（道行）詩碑。約于今歲歲首補記《游方廣岩記》，并作書報林應憲，將游方廣岩文并詩結集名之曰《靈鷲篇》，游石竹者名《蕉鹿篇》。

友人林天茂欲求林應憲書，請熥轉致其意。

作《癸巳元日》《迎春日》（《集》卷七）。

作《春日懷舊》：『千山萬水夢魂遥，簫鼓聲中憶阿嬌。半夜朱樓巫峽雨，幾行紅泪浙江潮。青鸞錦字終難寄，司馬琴心不再挑。一別西湖成隔歲，春風春雨長蘭苕。』（《集》卷七）

按：此詩懷杭妓月仙，參見萬曆十七年（一五八九）。

作《元夕冰燈》（《集》卷七）。

徐𤊹有《咏元夕冰燈二首》（《鼇峰集》卷十三）。

作《春日曉起》《送鄭承武之東魯二首》（《集》卷五）。

作《晚至石竹山》（《集》卷五）。

袁敬烈《晚至石竺》（《閩都記》卷二十七）

按：石竹山，又作石竺山，在福清，傳言禱夢輒應。

作《月夜度石梁登摘星台》（《集》卷五）。

按：摘星臺，福清石竹山之一景。

作《贈岩上人》（《集》卷五）。

作《石竺山遲陳道育不至》（《集》卷五）。

作《讀顧道行先生碑刻》（《集》卷五）。

顧大典《游石竺山》（《閩都記》卷二十七）

按：熥所讀詩當此篇。

作《登石竹山》（《集》卷十，又見《閩都記》卷二十七）。

作《石竺山乞靈疏》：『事筆硯者十年，玷賢書者六載。長安下第，嗟壯志之成灰；燕市遭艱，痛麻衣之如雪。天乎降罰，毋復辭堂，苦已似于茹荼，心頓忘乎捧檄。然家徒四壁，難遽出乎

樊籠；而年逾三旬，竟未知所税駕。敬陳衷悃，上叩仙靈，伏望指我迷途，醒兹大夢。』（《集》卷十九）

按：本篇題目録作『石竺山乞靈告何仙疏』。

作《寄陸無從》（《集》卷七）。

作《寄陸無從貢士》（《集》卷二十）。

作《寄夏玄成》（《集》卷七）。

作《寄夏玄成孝廉》（《集》卷二十）。

按：小詩，即《寄夏玄成》。

作《過鄭惠州墓二首》（《集》卷七）。

作《送趙仁甫令梁山》（《集》卷七）。

徐𤊹《送趙仁父令梁山》（《鼇峰集》卷十三）

按：梁山，今重慶梁平縣。

作《送人游吴楚》（《集》卷七）。

作《淘江舟中送張博士之官鎮海》（《集》卷七）。

按：淘江，在福州。鎮海，鎮海衛，福建海防十一衛之一，在漳州。

作《與林熙吉》：『鄧汝高入南嶼，時僕以倦游故，不能附其青雀，然神未嘗不在錦溪、勾漏間也。不識曾至方廣岩中否？大書已榻幾十紙乎？幸乞分惠。僕舊歲與諸君入岩，近方捃摭爲記，末附以詩，名《靈鷲篇》，并近游石竹者，名《蕉鹿篇》。恨龐公不入城，不得面請正耳。』（《集》卷二十）

按：林熙吉游方廣曾書『方廣洞天』四大字。詳上年。此書言近游石竹，作于游石竹之後無疑。

二月，出東郊，過常思嶺。與陳仲溱等登鼓山，經廢寺，游喝水岩、靈源洞，宿方丈。

作《東郊晚行》（《集》卷五）。

作《過常思嶺憩福海庵次韻》（《集》卷七）。

陳薦夫《游福海庵》（《水明樓集》卷五）

徐𤊹《過常思嶺憩福海庵次韻》（《閩都記》卷十三）

按：常思嶺，又名相思嶺。閩縣與福清縣分界嶺，上有福海庵。

作《紫雲洞》（《集》卷七）。

按：紫雲洞，在福清石竹山。

作《淘江訪林德鳳茂才》（《集》卷七）。

作《東際亭眺》（《集》卷二，又見《鼓山志》卷十）

按：《鼓山志》題有『萬曆癸巳仲春』六字。

又按：東際亭，在福州鼓山涌泉寺東。

作《涌泉廢寺二首》（《集》卷五）。

按：熥又有《經涌泉廢寺》，詳萬曆十九年（一五九一）。

作《喝水岩贈瓢庵頭陀》（《集》卷五；《鼓山志》卷十一）。

陳鳴鶴《同鄭君大林熙工王玉生宿喝水岩聞惟和與惟秦先一日來游》（《泡庵詩選》卷五）

按：《鼓山志》題有『癸巳歲』三字。

又按：徐𤊹《竹窗雜録》『喝水岩』條：『唐僧神晏住鼓山涌泉寺，東西有二澗。晏誦經，惡水聲喧轟，叱之，水逆流西澗，東澗遂涸。』（《榕陰新檢》卷十三『勝迹』引）

作《靈源洞懷謝在杭》（《集》卷五）。

按：靈源洞，在鼓山，多摩崖石刻。

作《擬送僧歸日本四首》（《集》卷五）。

鄧原岳《擬送僧歸日本》（《西樓集》卷三）

徐𤊹《送僧歸日本四首》（《鼇峰集》卷十）

作《病僧二首》（《集》卷五）。

鄧原岳《病僧》（《西樓集》卷三）

徐𤊹《病僧》（《鼇峰集》卷十）

作《宿鼓山寺方丈二首》《重游喝水岩》（《集》卷七）。

徐𤊹有《宿鼓山寺方丈》（《鼇峰集》卷十）。

三月，在鼓山。二十七日，友人王叔魯卒，年僅二十。

作《半山小憩呈惟秦》（《集》卷七）。

作《落花四首》《柳》《白桃花》《桃花片》《花影二首》《水中花影二首》《夕陽》《白雁》《白燕》《弓》《萍》《蝶》（《集》卷七）。

作《虞美人草》《病美人》《老農》《老醫》（《集》卷七）。

作《題王太史家藏孫都護墨菊》（《集》卷七）。

按：王太史，即王應鍾。《筆精》卷七『藏書』條：『又林方伯公懋和、王太史公應鍾，亦喜聚書。』

作《水簾》《壽林天懋母黄太夫人》（《集》卷七）。

作《哭王少文秀才十首》（《集》卷十三）。

陳薦夫《哭王三少文》（《水明樓集》卷五）。

徐𤊹《哭王少文二首》（《鼇峰集》卷四）。

作《江上答客傷王少文》（《集》卷三）。

作《王少文誄》：『萬曆二十一年三月二十七日壬午，友人王少文年甫二十，以疾卒于鳳池里

之故第。』（《集》卷十八）

徐𤊹《竹窗雜録》：『友人王叔魯，幼有异質，喜爲詩，舉清逸雅淡類其爲人。年僅二十卒。』（《全閩明詩傳》卷四十一引）

按：郭柏蒼《柳湄詩傳》：『叔魯美秀而文，兼能書畫，與徐熥兄弟交最深。卒于萬曆二十一年。徐熥爲誄哀之。』（《全閩明詩傳》卷四十一引）

春，追作《方廣岩記》。

作《又與林熙吉》：『僕舊歲與諸君入岩，近方捃摭爲記。』（《集》卷二十）

按：去歲游方廣在十一、十二月間，追記當不至于太晚。

春，代友人林天茂乞字于林應憲。

作《又與林熙吉》：『其蒼頭渡江，代布尺一于門下，請即泚筆，授之以歸，不勝延佇。』（《集》卷二十）

按：此書云去歲游方廣岩，有記。則本文作于是歲。

夏，與鄧原岳集烏石別墅，與鄧原岳、陳仲溱、弟𤊹、袁敬烈、陳薦夫等過鄭善夫墓。

作《集鄭氏烏石別墅二首》（《集》卷五）。

鄧原岳《夏日集烏石別墅》（《西樓集》卷三）

作《法雲寺對月》（《集》卷五）。

按：法雲寺，即南法雲寺，在福州于山之陰。

作《挽陳太學二首》（《集》卷五）。

按：陳太學，即陳良鼎。閩清人。

作《樹下禪僧二首》（《集》卷五）。

作《過鄭吏部墓二首》（《集》卷五）。

鄧原岳《過鄭吏部繼之墓二首》（《西樓集》卷三）

陳仲溱詩《過鄭吏部墓》（《閩都記》卷二十三）

徐𤊹《過鄭吏部墓二首》（《鼇峰集》卷十）

袁敬烈《過鄭吏部墓二首》（《閩都記》卷二十三）

陳薦夫《過鄭吏部墓二首》（《閩都記》卷二十三）

按：鄭善夫，字繼之，閩縣人。弱冠舉弘治乙丑十五年（一五〇五）進士，卒年三十九。徐𤊹《過鄭吏部墓》，郭柏蒼題注：『少谷子墓，在福州城西群鹿山。』（《全閩明詩傳》四十）

作《贈史使君二首》《贈黄生懋政》《過鄭君大白雲莊》（《集》卷五）。

作《夏日靈山堂避暑》（《集》卷八）。

陳椿《靈山堂避暑》（《閩都記》卷八）

按：靈山堂，《閩都記》卷八：『在芝山之東。舊爲開元寺經院。』

秋，與弟𤊟、顔容軒等集鄧道鳴行署；又曾集顔容軒旅館。

作《冶城懷古二首》（《集》卷八）。

按：冶城，福州別稱，相傳歐冶子曾鍛劍于此，故名。

作《越王臺懷古》（《集》卷八）。

陳椿《越王臺懷古》（《閩都記》卷十四）

鄧原岳《越王臺懷古》（《西樓集》卷五）

陳薦夫《越王臺懷古》（《水明樓集》卷五）

徐𤊟《越王臺懷古》（《鼇峰集》卷十三）

按：越王臺，相傳爲閩越王釣龍之處，在福州城南。

作《寄長溪史使君德明》《送林熙工陳女翔陳伯孺潮上人游武夷》《秋日陳女大載酒林氏水亭》（《集》卷八）。

作《送老卒還鄉》（《集》卷八）。

徐𤊟《送老卒還鄉二首》（《鼇峰集》卷十三）

作《經古戰場》（《集》卷八）。

徐𤊟《古戰場》（《鼇峰集》卷十三）

作《贈顔廷愉將軍》（《集》卷八）。

按：顏容軒，原名正色，在軍中改名廷愉，漳州人。少攻詩，又長于騎射。有《鳴劍集》。熥曾爲其《緩帶編》作《序》。

作《秋日居法雲寺瀚上人見訪》（《集》卷八）。

作《秋夜同顏廷愉黎廷彬二將軍王元直秀才觀微上人興公舍弟集鄧道鳴閫帥行署賦得薇垣夜漏同用花字》（《集》卷八）。

徐𤊹有《秋夜同顏廷愉黎廷彬王元直瀚上人惟和兄集鄧道鳴行署賦得薇垣夜漏同用花韵》（《鼇峰集》卷十三）。

作《顏廷愉旅館聞歌》（《集》卷八）。

徐𤊹有《同諸子集廷愉客舍聞歌》（《鼇峰集》卷十三）。

作《陳廉訪先生七十初度》《送陳道育游吴》《得李伯實太學書》《知其移家金陵却寄》《同王元直讀書法雲寺》（《集》卷八）。

作《送林叔度游支提寺》（《集》卷八）。

按：支提寺，在寧德支提山。

作《贈别康孟擔》（《集》卷八）。

按：康當世，字孟擔，莆田人。

作《送陳元凱明經北上兼覲省二首》（《集》卷八）。

按：陳勛，字元凱，閩縣人。鄭善夫外曾孫。萬曆二十九年（一六〇一）進士，有《元凱集》。

陳勛《將北行留别徐惟和三首》（《陳元凱集》卷四）

徐𤊹《送陳元凱應貢之京兼省親二首》（《鼇峰集》卷十三）

作《送葉進卿太史還朝》（《集》卷八）。

葉向高《發三山鄉縉紳祖餞途次寄謝》（《蒼霞草詩》卷五）

按：向高是歲北上補官，次歲初春方成行，向高致謝詩作于次歲。

作《陳汝大六十初度》（《集》卷八）。

作《游仙洞壽陳女大四首》（《集》卷十三）。

謝肇淛有《陳女大先生六十序》（《小草齋文集》卷二）。

按：據謝肇淛《序》，陳椿爲閩中復振風雅的重要詩人之一，以苦吟著稱。

又按：陳鳴鶴《東越文苑傳》卷六載陳椿卒年六十六，椿卒于萬曆二十七年（一五九九），則本年六十歲。

作《送人之邊二首》（《集》卷八）。

徐𤊹有《送人之邊》（《鼇峰集》卷十）。

作《晚泊七里灘》（《集》卷五）。

鄧原岳《晚泊七里灘》(《西樓集》卷三)

按：疑熥見原岳詩，和之。熥此時似不能前往七里瀨并實地作詩。

作《山中古廟三首》(《集》卷五)。

作《元直秀才觀微上人過宿舍》(《集》卷五)。

作《送瀚上人游越三首》(《集》卷五)。

十月，初三，與弟祭陳母，上食，哭聲震天，林木震動；與曹學佺會于竹林，竹林者——緑玉齋也。

曹學佺《陳孺人墓志銘》：『不肖之獲交于徐氏昆弟也。其有母喪，云是時孺人已逝期矣……于是竹林之間，相顧凄然。竹林者，所稱「緑玉齋」也。』(《石倉文稿》卷二)陳母逝，

參見上年。

冬，過曾文表墓。

作《得譚比部寄先永寧書感而賦答》(《集》卷五)。

按：譚比部，即譚忠卿，廣東人。

作《送危博士之官馬平》(《集》卷五)。

按：馬平，在廣西柳州。

作《送陸畫師還錢塘》(《集》卷五)。

作《埔山看梅過曾文表墓》(《集》卷五)。

徐𤊹《峬山看梅》(《鼇峰集》卷十)

按：埔山，在福州郊外。

作《送楊太學之金陵》(《集》卷五)。

作《故黎平太守袁公挽歌四首》(《集》卷五)。

徐𤊹《挽袁景從先生二首》(《鼇峰集》卷十三)

按：黎平袁太守，即袁表。表，字景從，閩縣人。嘉靖三十七年(一五五八)鄉貢，表卒年五十七。與馬熒合選《閩中十子集》。黎平，今屬貴州。

作《甲午迎春》(《集》卷八)。

徐𤊹《甲午元日》(《鼇峰集》卷十三)

按：甲午春入于舊年，故詩作于是年。

作《無題和李義山二首》(《集》卷八)。

按：李商隱，字義山。此詩似隱含憶戀月仙之意。

作《擬劉晨阮肇入天台山效曹唐》《劉阮洞中遇仙子》《仙子送劉阮出洞》《仙子洞中憶劉郎》《劉阮再至天台不復見仙子》《萼緑華將歸九疑留別許真人》《玉女杜蘭香下嫁張碩》《張碩重寄杜蘭香》《織女寄牛郎》(《集》卷八)。

作《與林熙吉》(《集》卷二十)。

按：去歲十一月，𤊹與林熙吉、鄧原岳游錦溪，作有《宿林熙工面壁洞二首》《同林熙吉鄧原岳游錦溪竹林》《錦溪八景爲林熙吉題》。詳該年。

作《歲暮感懷》（《集》卷八）。

作《林伯儀自金陵還莆過訪話别》《癸巳除夕》（《集》卷五）。

冬，築父母墳宫于東岳麥園。

徐𤊸《祭酒嶺造墳記》：『癸巳之冬，築墳宫于東岳麥園，安厝二柩。』（《紅雨樓集》册九，《上圖稿本》第四四册，第四〇一頁）

是歲，弟𤊸代作《全嬰堂集序》。

徐𤊸《全嬰堂集序》題下注：『癸巳年，代家兄作，偶拾出，存之。』（《紅雨樓集》册一，《上圖稿本》第四二册，第一八頁）

是歲，友人趙我聞入閩，與𤊹及𤊸弟游。

按：趙我聞，安慶人，處士。

萬曆二十二年甲午（一五九四）　三十四歲

正月，鄧原岳還朝，與弟𤊸詩送之。

作《甲午元日》（《集》卷八）。

作《送鄧汝高進士還朝二首》（《集》卷五）。

徐𤊹《三日送鄧汝高赴闕》（《鼇峰集》卷十三）

作《送林貞發之漢陽兼寄陳仲敬明府》（《集》卷八）。

春，游通谷洞、烏石山、面壁洞，登鼓山。鄧原岳、曹學佺等過齋頭。

作《游通谷洞》（《集》卷五）。

徐𤊹《游通谷洞因尋宋潘昉探花墓》（《鼇峰集》卷十）

按：通谷洞，《閩都記》卷二十二：『在閩政橋南。其下巖嶂多奇勝……稱十八景。』

作《登烏石山》《同微師至面壁洞》（《集》卷五）。

作《題惟揚弟法雲寺書舍》（《集》卷五）。

陳薦夫有《題徐惟揚法雲寺書舍二首》（《水明樓集》卷三）。

徐𤊹有《題惟揚弟法雲寺書舍二首》（《鼇峰集》卷十）。

作《絕粒僧》（《集》卷五）。

作《送顔廷愉將軍料兵海壇山》（《集》卷五）。

按：海壇山，今平潭，明代屬福清縣。

作《同微公元直興公弟至鼓山》《鼓山寺》《靈源洞與微公賦》（《集》卷五）。

作《趙用拙招游白雲洞迷路而返却寄》（《集》卷五）。

按：白雲洞，在鼓山。謝肇淛《游鼓山白雲洞記》：『鼓山白雲洞，僧悟宗開于丙戌。』（《小草齋文集》卷九）

作《喜果慧禪師見訪》（《集》卷五）。

作《自鼓山曆鳳池尋白雲洞不得誤抵山麓而歸口占寄趙用拙居士》《涌泉寺懷融上人》（《集》卷十三）。

作《宿鼓山寺方丈二首萬曆甲午春》（黄任《鼓山集》卷十二）。

按：此二詩《集》不載。

作《王相如文學千里來訪詩以贈別》《送歐陽霖仲歸鄉》（《集》卷八）。

按：王相如，即王若，清流人。有《文園集》。郭柏蒼《柳湄詩傳》：『遍交諸名士。陳勛、康彦登、曹學佺、鄭琰、徐熥、徐𤊹、王宇諸人多與酬唱，故陳元凱稱其「非盡友天下士，則不止；非歷覽方輿之勝，則猶不愜也」。萬曆時，閩中七子所刻詩文等書，多與參定。』（《全閩明詩傳》卷三十八引）

又按：《集》即王若參定并捐貲所刻。

作《送周公子還金溪》（《集》卷八）。

按：周公子，周兆聖之子，江西金溪人。兆聖，侯官知縣。

作《送徐半剌之官淮陽》（《集》卷八）。

按：淮陽，今屬河南。明陳州別稱。

作《鄧原岳進士張叔弢廣文曹能始孝廉過齋頭》（詩佚，題筆者所擬）。

鄧原岳《同張叔弢廣文曹能始孝廉過惟和齋頭》（《西樓集》卷五）

春、夏間，陳价夫病，問訊。

作《問伯孺病》（《集》卷五）。

作《贈趙用拙居士》《贈張少府二首》（《集》卷五）。

五月，貧民噪呼，餓莩噪通衢。

作《甲午端陽即事》（《集》卷八）。

按：陳价夫《今我傳》：『甲午……是歲大歉。五月，郡城洶洶，白晝掠人錢穀。鄉諸無賴，乘時俱訌，富人遂閉糴，一石幾至百緡。』（《招隱樓稿》）

秋，續修《徐氏家譜》，作《重修徐氏家譜序》。

作《重修徐氏家譜序》（《集》卷十六）。

按：《荆山徐氏譜·共勸宗事》：『明十七世諱熥，字惟和續修家乘。』

七月，三上春官，別親友。弟𤊹與陳鳴鶴等有詩送之。又于芋江別一弟。謝肇淛、陳鳴鶴有詩寄之。

作《甲午赴京留別社中諸子》《別陳惟秦》（《集》卷六）。

作《將發芋江别惟起惟揚二弟》（《集》卷八）。

徐𤊹《驛樓送惟和兄北游》（《鼇峰集》卷十三）

謝肇淛《聞惟和北游寄之》（《小草齋集》卷十九）

陳鳴鶴《寄惟和》（《泡庵詩選》卷四）

七、八月間，陳薦夫、曹學佺亦北上，而熥已先發，故熥有詩留别曹學佺。沿閩江溯流而上，經小箬溪，泊黯淡灘，登觀音寺。經建甌、浦城漁梁驛。夜泛七里灘，曉發桐廬，過杭州，游昭慶寺。泊楓橋，過吴門，尋沈野不遇，與王元直露宿江干；又吊高啓。經毗陵、句容，至金陵。沿途所作詩甚夥。中作書報陳仲溱，憶竹下風景。

作《小箬溪懷邵夢弼》（《集》卷十三）。

作《送張叔弢之官昌化三首》（《集》卷十三）。

陳薦夫《送張叔弢之官昌化二首》（《水明樓集》卷三）

按：昌化縣，今屬浙江。

作《留别曹能始》《與王生對酌》（《集》卷十三）。

作《溪行即事寄女翔平夫》（《集》卷六）。

作《泊黯淡灘登觀音寺》（《集》卷六）。

按：黯淡灘，在今在南平市市延平區東。

作《建溪逢游宗振》(《集》卷三)。

按：建溪，源出武夷山，流經建陽、建甌。

又按：游士豪，字宗振，莆田人。

作《同游宗振陳伯岑集陳季迪齋中》(《集》卷三)。

作《西甌道中寄答伯孺病中見送之作》(《集》卷三)。

按：西甌，今福建建甌。

作《金鳳山逢許道人》(《集》卷六)。

作《漁梁道中懷葉志卿》(《集》卷六)。

按：漁梁，漁梁山，在浦城縣。

作《七里灘夜泛》(《集》卷六)。

按：七里灘，在浙江桐廬。

作《桐柏廬曉發》(《集》卷六)。

作《西湖飛來峰歌》(《集》卷三)。

按：飛來峰，在杭州西湖。

作《靈隱寺尋耶溪上人》(《集》卷三)。

按：靈隱寺，在杭州。

作《紫陽洞》(《集》卷六)。

按：紫陽洞，在杭州吴山。

又按：熥《寄許靈長太學》：『紫陽洞，千岩萬壑，嵯峨壘砢，得足下伊。吾嘯咏其間，當與山川映發耳。』(《集》卷二十)

作《飲黄白仲娑羅館兼柬屠緯真使君》(《集》卷三)。

按：黄之璧，字白仲，上虞人，處士。屠隆，字長卿，又字緯真，鄞縣人。萬曆五年(一五七七)進士。

作《三茅觀尋許靈長不遇》(《集》卷六)。

按：三茅觀，在杭州。

作《過昭慶寺》(《集》卷十三)。

按：昭慶寺，在杭州。

作《湖上書所見》《戲呈朗公》《御兒舟中别朗公》《夜泊即事》(《集》卷十三)。

作《吴門尋沈從先不遇》：『當年踏遍吴門路，十日尋君不知處。年來踪迹雖相聞，鄰人又道移家去……行盡朱門兼白屋，夜深空作窮途哭。出城昏黑迷歸舟，滿天風露江干宿。』(《集》卷三)

按：《沈從先詩序》：『今年余復過吴閶，日已晻㬢，入尋從先所居，則鄰人云已徙去，踉

蹌出閶門，覓舟不得，所與偕者王生元直，露宿舍江干，達旦竟去矣。』（《集》卷十六）

又按：『當年踏遍吳門路，十日尋君不知處』，詳萬曆十九年（一五九一）。

作《寄懷黄道晦二首》《晚至毗陵》（《集》卷六）。

作《句曲道中望茅山》（《集》卷六）。

按：茅山，初名句曲山，在江蘇句容縣。

作《飲胡元瑞蘿月軒》（《集》卷八）。

按：胡應麟，字元瑞，蘭溪人。蘿月軒，胡應麟軒名。

作《寄别幼孺次來韵》《寄贈屠長卿儀部二首》《題公郎寶函樓》《寄懷瀚公》《松陵舟中》（《集》卷八）。

作《吴閶吊高季迪太史》（《集》卷八）。

按：高啓，字季迪，明初詩人。

作《旅次石頭岸》（《集》卷八）。

按：石頭，石頭城，在南京。

作《松陵夜泛》《滸墅懷王百穀》《楓橋夜泊夢鄧汝高進士》《舟中對酒懷陳子卿》《夜雨》《懷任夫》（《集》卷十三）。

作《與陳惟秦》（《集》卷二十）。

按：熥七月便發芋江江干，故云此行苦旱。

九、十月，在金陵，遍游牛首山、鷄鳴寺、瓦官寺、静海寺、靈谷寺、碧峰寺、金陵故宫、清凉寺、浦口珠泉、燕子磯、朝天宫、青溪、桃葉渡、鷲峰諸勝。遇閔齡（壽卿），始信壽卿爲有道之士。與姑蘇陸文組、雲間曹志伊游，爲之作《秣陵倡和稿序》。有詩留别金陵諸友，吴稼竳有詩别之。

作《游牛首山弘覺寺》（《集》卷六）。

按：牛首山，在南京南。

作《牛首山祖堂尋雪浪禪師不遇》（《集》卷六）。

按：祖堂，在牛首山。

又按：雪浪禪師，釋洪恩，又稱恩上人或恩公，字三懷，居南京長干寺，嘗説法雪浪寺，故又稱雪浪禪師，有《雪浪集》。

作《鷄鳴寺贈印空上人》（《集》卷六）。

按：鷄鳴寺，在南京。

作《喜林天懋至得家書》（《集》卷六）。

作《盧子明張子明何性中胡彭舉林叔度小集客舍》（《集》卷六）。

按：盧純學，字子明，通州人，處士。張正蒙，字子明，上元人，處士。何思唐，字性性中，會稽人，太學生。胡宗仁，字彭舉，上元人，隱于冶城山下。

作《瓦棺寺贈全上人》(《集》卷六)。

按：瓦棺寺，即昇元寺，在南京。

作《同陸纂父郭聖僕雨夜集曹重甫客舍得凉字》(《集》卷六)。

按：陸文組，字纂甫(父)，吴縣人。郭天中，字聖僕，莆田人，布衣。曹志伊，字重甫，青浦人，太學生。

作《送何性中還會稽》《送王獻子山人客粤西》《送林宗吾南還時余將入燕》《送林叔度之廬江尋劉使君》(《集》卷六)。

作《題静海寺慶良上人房》(《集》卷六)。

按：静海寺，在南京北。

作《靈谷寺》(《集》卷六)。

按：靈谷寺，在南京鍾山東。

作《咏雨中新草》《不寐感懷示元直》(《集》卷六)。

作《金陵懷古》(《集》卷八)。

作《客中感秋呈王德載盧子明柳陳甫諸公》(《集》卷八)。

按：王元坤，字德載，上元人，都指揮使。

作《送張孺願還四明爲兒娶婦》(《集》卷八)。

按：張邦侗，字儒愿，鄞縣人。四明，寧波府别稱

作《送胡彭舉之衡陽》（《集》卷八）。

作《葛震父招游雨花臺同張康侯姚佩卿諸子》（《集》卷八）。

作《送陸纂父山人還洞庭别業》（《集》卷八）。

作《同吴翁晋姚叔乂諸子集陳公衡衙齋》（《集》卷八）。

按：吴稼竳，字翁晋，孝豐人。陳其志，字公衡，莆田人，萬曆十一年（一五八三）進士。

作《别金陵》（《集》卷六）。

吴稼竳《留别徐惟和》（《玄蓋副草》卷十五）

作《贈李茂承太學》《隔簾美人》（《集》卷八）。

作《同梅季豹林叔度碧峰寺訪如愚上人》（《集》卷八）。

按：梅守箕，字季豹，禹金之叔，宣城人。碧峰寺，在石頭城南。如愚上人，如愚，字藴璞，江夏人。居石頭城南碧峰寺，遂號石頭和尚。

作《同閔壽卿王獻子二山人集王德載都護溪閣同得蕭字》（《集》卷八）。

作《馬姬館贈梅子馬》（《集》卷八）。

按：馬姬，即馬守真，字湘蘭，南京名妓。

又按：梅蕃祚，字子馬，宣城人。

作《壽雪浪禪師九月九日五十初度》《金陵故宫》(《集》卷八)。

作《重陽後顧世卿招游清凉寺翠微亭》(《集》卷八)。

按：清凉寺，明名清凉報恩寺，在南京石頭城。

作《陳彦莊侍御招游清凉寺》(《集》卷八)。

作《送何伯達太學還鯉湖》(《集》卷八)。

按：何伯達，仙遊人。鯉湖，即九鯉湖，在仙遊。

作《燕子磯》(《集》卷八)。

按：燕子磯，在南京長江邊。

作《觀浦口珠泉》(《集》卷八)。

按：珠泉，又稱珍珠泉，在南京浦口。

作《訪梅禹金秦淮客舍》(《集》卷八)。

按：梅鼎祚，字禹金，宣城人。

作《朝天宫贈沈道士》(《集》卷十三)。

按：朝天宫，在南京。

作《桃葉渡訪張幼于》(《集》卷十三)。

按：桃葉渡，在南京秦淮口。

作《青溪逢吴叔嘉投贈》（《集》卷十三）。

按：青溪，在南京，發源鍾山，接秦淮。

作《尋汪堯卿不遇》（《集》卷十三）。

作《鷲峰寺逢趙用拙》（《集》卷十三）。

按：鷲峰寺，在南京。

作《蓬累游序》：『甲午之歲，又遇君（閔齡）于秣陵，讀所謂《華陽編》者。』（《集》卷十六）參見萬曆十九年（一五九一）。

作《秣陵倡和稿序》（《集》卷十六）。

十一月，陳价夫有書致熥。折回吴興，携陳仲溱詩過謝肇淛。又與肇淛泛舟碧浪湖，又與謝肇淛圍爐共閱《墨梅卷》；游道場山，謁孫一元墓。謝肇淛有詩送其北上。復過吴，游虎丘寺；訪得沈野，托請張獻翼、顧大典爲《集》作序。過鎮江，憩甘露寺觀音洞，渡江北上。其間，有書致陳仲溱，論詩當學唐，但不可專一模擬，正音雅道在閩。

陳价夫《寄徐惟和》：『足下此行，行李蕭索，不佞甚爲憂。聞自金陵復過苕川，從謝郎假貸，謝故多情，其如貧不相副何。』（《招隱樓稿》）

作《陳惟秦詩序》（《集》卷十六）。

謝肇淛有《陳惟秦詩序》（《小草齋文集》卷四）。

作《沈從先詩序》：『頃從建業歸，始得與從先把臂而後喜，可知也。』（《集》卷十六）

謝肇淛有《沈從先詩序》（《小草齋文集》卷四）。

按：熥赴京，先過吴，訪沈野不遇，至金陵，然後又折回吴越，故知此作于是時。

作《懷王粹夫》（《集》卷六）。

按：王毓德，字粹夫，應山子，侯官人，萬曆間布衣

作《同温允丈史聲伯集張稚通清遠居分得留字》（《集》卷六）。

作《孝友堂慈竹歌爲張文學賦》（《集》卷三）。

作《天聖寺》（《集》卷六）。

按：天聖寺，在浙江湖州。

作《碧浪湖泛夜同在杭》（《集》卷六）。

謝肇淛《十一月望夜同惟和碧浪湖看月》（《小草齋集》卷十三）

謝肇淛《送惟和北上二首》（《小草齋集》卷十三）

按：碧浪湖，在浙江湖州。

作《苕川尋錢叔達不遇時叔達在閩》（《集》卷十三）。

按：錢行道，字叔達，吴興（今浙江湖州）人。

作《夜坐懷玉生二首》《吴興感懷呈在杭》《咏燕》《過錢功父懸磬室》（《集》卷十三）。

作《再尋王太古不遇》（《集》卷十三）。

按：王野，字太古，無錫人，處士。

作《題顧學憲先生聞禽閣》（《集》卷六）。

陳薦夫《題顧學憲先生聞禽閣》（《水明樓集》卷三）

按：北上時薦夫不與熥同行，南歸同行至松陵舟中别去，至吴作此詩。熥題詩在前，薦夫在後，且同題，故以備考。

作《題顧長卿小影》，略云：『郎君年少稱高格，髮未勝冠纔覆額。』（《集》卷三）

作《贈陳道源參軍》（《集》卷六）。

作《同强善長包蒙吉計仲嘉徐子晋斯學上人集寶林寺鏡公房時蒙吉來自東甌仲嘉歸自燕趙》（《集》卷八）。

按：斯學，字悦支，號瘦山，海鹽慈會寺僧，故稱斯學上人。斯學天分絶高，故吐詞多自然秀拔。

作《爲王百穀悼亡》（《集》卷八）。

陳薦夫《爲王百穀悼妾》（《水明樓集》卷五）

按：薦夫此詩作于次年下第歸途。

作《虎丘寺》（《集》卷八）。

陳薦夫《虎丘懷古》(《水明樓集》卷五)

按：薦夫此詩作于次年下第歸途。

作《晚至甘露寺因憩觀音洞》(《集》卷六)。

按：甘露寺，在江蘇鎮江。

作《與陳惟秦》：『弟客金陵者三月，所交海内同調者頗衆，然多離正音而墮時響。此時雅道，斷當在吾閩中也。但雖當步驟唐人，亦不可過于平淡，方爲作手。若專一模擬古人，而掇其糟粕，有如嚼蠟耳。此僕近來議論，與仲氏向日所談者頗合，第不可偏愛穠纖，落時人窠臼而已。近讀佳作，乃先得我心，必傳無疑，大爲喜慰。過吴門，晤沈從先，敝廬不蔽風雨，且枵腹對二三黄口作伊吾之聲。貧士失職，無如此君。意明年欲携家入閩，藉履吉爲地主。』(《集》卷二十)

按：此文作于訪沈野、王元直南還之後。又云，别家半載，客金陵三月，當仍在吴越而未入京。

謝肇淛《夜讀陳惟秦詩》(《小草齋集》卷八)

謝肇淛《墨梅卷跋》(《小草齋文集》卷二十四)

按：此詩可與熥書、序相發明。

謝肇淛《游道場山記》：『甲午冬，偕徐惟和行治具，盱及巔，暮矣，不能窮山之觀。』(《小草

齋文集》卷七）

本月前後，張獻翼、顧大典爲《集》作《序》。

張獻翼《幔亭集序》（萬曆本《集》卷首，又《四庫全書》本卷首）

按：張序作于本年，説詳下。

又按：《四庫全書》本僅載此序，而顧大典、屠隆、鄧原岳、謝吉卿諸序皆不載；屠本畯《題詞》亦不載。《四庫全書》本僅題『明徐熥撰』，而萬曆本則題『閩中徐惟和著』。萬曆本另有選編者姓氏名字：友人陳薦夫幼孺選、王若相如編。王若，即鄧原岳序中所稱《集》梓者，詳萬曆三十年（一六〇二）。

顧大典《幔亭集叙》（萬曆本《集》卷首）

按：本年熥上春官經吴，托請顧作此序，則上篇張序當亦托請于此時，故二序均題爲《幔亭集叙》，而與熥殁後諸《幔亭先生集序》題异。

作《渡江》（《集》卷十三）。

十二月，于安徽固鎮連城鎮失劍。過彭城、德州、易水。除夕，在汶上。

作《失劍》（《集》卷十一）。

按：此劍次年南歸再過連城鎮，復得。詳次歲。

作《贈彭城蘇姬》（《集》卷八）。

作《初春德州道中有懷故園》(《集》卷八)。

按：德州，今屬山東。

作《甲午汶上除夕》(《集》卷六)。

按：汶上，今屬山東。

是歲，爲林應起詩作序。

作《林熙工面壁洞詩序》(《集》卷十六)。

按：熥撰此序三十四歲，在是歲。

是歲，作書貽謝肇淛，求高迪《缶鳴集》。

作《高太史缶鳴集》(《集》卷十九)。

是歲，在南京爲弟𤏪刻《紅雨樓稿》。

徐𤏪《答王元禎》：『《紅雨樓稿》，是甲午歲先伯兄梓之白門。皆弱冠時所作，十分乳臭。』(《紅雨樓集》册六，《上圖稿本》第四三册，第三〇八頁)

是歲或稍晚，爲福清周翁作《墓志銘》。

作《玉融周翁墓志銘》(《集》卷十八)。

萬曆二十三年乙未(一五九五)　三十五歲

正月，元日，赴京考途中，過交河。十一日，抵京，與鄧原岳、曹學佺，時相過從。

作《易水懷古》（《集》卷八）。

按：易水，在河北西部，源出易縣。

作《交河道中二首》（《集》卷十三）。

按：交河縣，明代屬河間府；今爲交河鎮，今屬河北省泊頭市。

作《旅店感舊》（《集》卷十三）。

按：熥首上春官在萬曆十六年（一五八八），至今已經八年。

作《懷張道輔》（《集》卷六）。

二月，在京城。月初，陳薦夫抵京。與陳薦夫、曹學佺步月長安街。集鄧原岳署中。

作《賦得逍遥游送鄔子遠山人》（《集》卷六）。

陳薦夫《賦得逍遥游送鄔子遠》（《水明樓集》卷三）

按：鄔子遠，字嘉文，丹陡人，處士。

作《題許靈長快雪亭》（《集》卷六）。

陳薦夫《題許靈長快雪亭》（《水明樓集》卷三）

按：許光祚，字靈長，錢塘人，舉人。

作《題吴象文抱膝軒》（《集》卷六）。

作《同幼孺吉甫能始長安街步月》（詩佚，題筆者所擬）。

陳薦夫《同惟和吉甫能始長安街步月》（《水明樓集》卷八）

作《同許靈長太學張去華山人陳幼孺曹能始二孝廉集鄧汝高計部署中賦得長安新柳送張成叔太學還四明》（《集》卷八）。

陳薦夫《同許靈長太學張去華山人徐惟和曹能始二孝廉集鄧汝高民部署中賦得長安新柳送張成叔太學還四明得樓字》（《水明樓集》卷五）

鄧原岳《陳幼孺徐惟和曹能始孝廉許靈長太學張去華山人共集署中賦得長安新柳送張成叔還四明》（《西樓集》卷五）

按：《寄張成叔貢士》：『去春鄧民部署中，得陪卜夜之歡。刻韵分題，片言千古。次日欲謁幸舍，聞馬首遂南，悵然而生。』（《集》卷二十）四明，今浙江寧波。

又按：張振藻，字去華，上海人，處士。張應文，字成叔，慈溪人，貢士。

三月，與陳薦夫同時下第，擬在京謀一職以養生母，陳薦夫强之南歸。鄧原岳有詩送之。曹學佺成進士，留京。

作《下第後書懷二首》，其一：『自是揚雲白未玄，不才那敢怨蒼天。回看故園八千里，誤戴儒冠十七年。貧倚詩書元失計，窮知文字信無權。雄心銷盡囊如水，流落依人面可憐。』（《集》卷八）

鄧原岳《送陳幼孺徐惟和下第南還》(《西樓集》卷五)
徐𤊹《得惟和落第書》(《鼇峰集》卷十三)
陳薦夫《下第後書懷》(《水明樓集》卷五)
作《送張子環下第枉道之楚尋丁亨文法曹》(《集》卷六)。
陳薦夫《送張子環下第游楚》(《水明樓集》卷五)
按:張維樞,字子環,晋江人,本年下第,二十六年(一五九八)成進士,有《澹然齋》等集。丁起濬,字哲初,晋江人,萬曆二十年(一五九二)進士。
作《南還留别許靈長張叔弢馮咸甫鄧泰素文夢珠柯起之諸子》(《集》卷八)。
按:馮大受,字咸甫,華亭人,貢士。鄧文明,字泰素,南昌人,舉人。文從龍,字夢珠,長洲人,舉人。
陳薦夫《將出都留别鄧女高許靈長張叔弢諸子》(《水明樓集》卷五)
陳价夫《徐惟和行狀》:『乙未,試南宫,復不第,念禄養不逮考妣,而所生母老且病,將求一氈爲養。會予弟薦夫亦被放,謂惟和之才,何難一第,奈何便圖升斗之養乎?强之南歸。』(《招隱樓稿》)
三、四月,南歸,不勝途窮身賤之慨。過連城鎮復得去歲所失劍。與陳薦夫同行,春盡,至松陵舟中始分手,有詩懷之并柬謝肇淛及苕上諸友,吴稼竳有詩和之。過仙霞嶺,題名,經浦城歸家。

作《燕南道中懷君大熙吉熙工玉生諸子》（《集》卷十三）。

作《咏道邊柳》（《集》卷十三）。

陳薦夫《南還咏道傍柳》（《水明樓集》卷八）

按：陳薦夫《送惟和北上序》：『乙未之歲，余與惟和并轡南還，譴柳嘲花，傷時感事，或殷憂成更泣，或相樂而行歌。』（《水明樓集》卷八）

作《新城阻雨》（《集》卷十三）。

陳薦夫《新城道中阻雨》（《水明樓集》卷八）

按：新城，明屬濟南府，故址在今山東桓臺縣西。

作《東阿道中》（《集》卷十三）。

按：東阿，今屬山東。

作《陽穀馬上戲作呈幼孺》：『萬樹垂楊送客行，春風三月未聞鶯。』（《集》卷十三）

陳薦夫《東平馬上戲答惟和》（《水明樓集》卷八）

按：陽穀，今屬山東。

作《過東平城北元故丞相墓》（《集》卷十三）。

陳薦夫《過東平城北元故丞相墓》（《水明樓集》卷八）

按：東平，今屬山東。

作《暮出茌平宿二十里村店》(《集》卷六)。

按：茌平，今屬山東聊城。

作《贈瑕丘灌園郭叟》(《集》卷六)。

按：瑕丘，古縣名，治所在今山東兖州縣東北。

作《滋陽道中逢金陵秀峰和尚因訊雪浪耶溪秋園諸上人》(《集》卷六)。

按：滋陽，屬山東兖州。因境内嵫山得名。

作《汶上感舊》(《集》卷十三)。

按：熥去歲除夕在汶上，作有《甲午汶上除夕》，詳上年。

作《謁孔林》(《集》卷八)。

按：孔林，在山東曲阜。

作《同幼孺馬上見桃花》(《集》卷十三)。

按：據薦夫《阜城看桃》，熥此詩當作于曲阜。

作《宿界河驛夢從許靈長索書蘭亭記》(《集》卷十三)。

按：界河驛，在山東鄒縣。

作《過薛君故城》(《集》卷十三)。

按：薛君故城，戰國孟嘗君故城，即薛國城。在今山東滕縣。

作《挂劍臺》(《集》卷十三)。
陳薦夫《挂劍臺》(《水明樓集》卷八)
按：挂劍臺，在今江蘇徐州雲龍山之麓。
作《亞父冢》(《集》卷十三)。
陳薦夫《亞父冢》(《水明樓集》卷八)
按：亞父冢，即范增冢，在徐州。
作《彭城感舊》(《集》卷十三)。
作《戲馬臺今改爲昭烈廟》(《集》卷十三)。
陳薦夫《戲馬臺》(《水明樓集》卷八)
按：戲馬臺，在徐州。
作《燕子樓》(《集》卷八)。
陳薦夫《燕子樓》(《水明樓集》卷五)
按：燕子樓，故址在徐州西北隅，唐貞元中尚書張建封鎮徐州，有妾曰盼盼，爲築此樓以居之。
作《登雲龍山放鶴亭》(《集》卷六)。
按：雲龍山放鶴亭，在徐州。

作《得劍》(《集》卷十一)。

按:陳薦夫《送惟和北上》其四《連城訪劍》小序:『惟和向歲北上時,行次連城鎮,失其蒯緱。比與余歸,從主人訪得之,因賦《得劍》詩,有「神物合雄雌」之句。』(《水明樓集》卷八)

作《漂母祠》(《集》卷十一)。

作《廣陵別陸無從》(《集》卷十三)。

按:熥《寄陸無從》:『向道廣陵,得承下榻,以彌天風雨,急于解維,深懷怏怏。然扇頭佳什,載之俱南。』(《幔亭集卷二十》)

作《歸渡揚子江》(《集》卷十一)。

作《舟抵京口作》(《集》卷十三)。

作《丹陽舟中與幼孺對月時余南還幼孺將客苕川》(《集》卷十三)。

陳薦夫《丹陽舟中對月答惟和》(《水明樓集》卷八)

作《舟中書懷二首》(《集》卷六)。

作《吴門逢鄭四》(《集》卷十一)。

按:鄭四,即鄭琰,字翰卿。

作《將別幼孺》(《集》卷六)。

作《松陵舟中送幼孺入苕川兼柬在杭使君及苕中諸舊游》（《集》卷六）。吴稼澄《徐惟和客苕上賦寄》（《玄蓋副草》卷十五）

作《懷平夫》《懷惟秦》《題落日孤舟扁面送幼孺》（《集》卷十三）。

作《夾浦橋感舊寄謝在杭》（《集》卷十三）。

按：夾浦橋，明代在元和縣。今元和縣已并入江蘇吴縣。

作《書懷》《聞人仲璣卜居西湖詩以寄之》（《集》卷八）。

作《寄聞人仲璣》：『小作二首，聊寄遠懷。』（《集》卷二十）

作《女冠還俗》《戲嘲鄭四效長慶體》（《集》卷八）。

作《重集諧賞園憶歌者陳情二首》（《集》卷十三）。

作《八尺湖夜泊懷李與熙張子環》（《集》卷十三）。

按：八尺湖，在江蘇吴江縣。

作《石門晚泊即事》（《集》卷十三）。

按：石門，在浙江桐鄉縣。

作《寄弟》《對鏡》（《集》卷十三）。

作《舟中懷幼孺》（《集》卷十三）。

作《漁梁街逢陳彦宗》（《集》卷十三）。

按：熥過仙霞嶺至浦城漁梁街，在嶺上題名。稍後，陳薦夫過嶺，見其題名，作《仙霞嶺見惟和題名》（《水明樓集》卷八）。

五月，鄧原岳抵家。

鄧原岳《與王玉生山人》：『不佞以五月二十六日抵家。』（《西樓集》卷十八）

秋，與陳椿、鄧原岳、陳宏己、陳邦注、陳薦夫、袁敬烈及弟𤊹等集緑玉齋，原岳將奉使入浙督餉，徐𤊹亦將有吴越之游。原岳行至古田困溪，有書報惟和兄弟。

作《秋夜汝高振狂伯孺過宿山齋時汝高將赴闕》（《集》卷八）。

鄧原岳《宿徐惟和緑玉齋同陳伯孺作》（《西樓詩選》卷上）

作《送鄧汝高户曹督餉之浙》（《集》卷八）。

葉向高《送鄧汝高督餉兩浙》（《蒼霞草詩》卷五）

陳薦夫《送鄧汝高督餉之吴興》（《水明樓集》卷五）

徐𤊹《送汝高督餉浙中》（《鼇峰集》卷十三）

作《秋日陳汝大鄧汝高陳振狂陳子卿陳幼孺袁無競興公弟集緑玉齋時余與子卿幼孺下第歸自長安汝高將使浙中興公將游白下》（《集》卷八）。

鄧原岳《秋日陳汝大振狂幼孺子卿袁無競集惟和興公緑玉齋時子卿歸自長安幼孺歸自吴興興公將游秣陵余將以使事之浙》（《西樓集》卷六）

陳薦夫《秋日同汝大振狂子卿汝高惟和惟起無競集緑玉齋時惟和子卿下第歸自燕都予歸自吴興汝高將以使事入浙惟起將游吴越》（《水明樓集》卷五）

徐𤊹《秋日陳汝大鄧汝高陳振狂陳子卿陳幼孺袁無競惟和兄集緑玉齋時子卿幼孺惟和下第歸自燕汝高將奉使入浙余亦吴越之游》（《鼇峰集》卷十三）

鄧原岳《與惟（原作『唯』）和兄弟》（《西樓集》卷十八）

八月，弟𤊹有吴越之役，與陳仲溱、陳宏己、袁敬烈附舟往游武夷；𤊹有詩别社中諸子。十三日發白龍江，十五日，遇雨；十六日次囦溪，宏己以病留；廿一日次劍津，登玄妙觀。廿四日次建安，登善見塔、丹青閣；會莆田吴文潛，文潛適從武夷歸，又挾之登舟同往。二十八日次建陽。陳仲溱、吴文潛同游，陳振狂途中病留。

作《游武夷發白龍江四首》（《集》卷十四）。

按：白龍江，今俗稱閩江

又按：《游武夷山記·由萬年宫至茶洞》：『歲乙未，仲弟興公有吴門之役，余遂附舟往游。先期報陳惟秦、陳振狂與俱，以八月十三日發白龍江。』（《集》卷十七，又衷仲孺《武夷山志》卷十七）

作《溪夜時與惟秦興公游武夷》《中秋遇風雨》（《集》卷六）。

作《陳振狂擬游武夷舟次囦溪興盡而返戲嘲之四首》（《集》卷十四）。

按：《游武夷山記·由萬年宫至茶洞》：『十六日次囦溪。振狂以病留囦溪，賦詩而别。』（《集》卷十七）

作《過劍津》（《集》卷十四）。

徐𤊹《宿劍州次韵答無競》（《鼇峰集》卷十三）

按：《游武夷山記·由萬年宫至茶洞》：『廿一日次延津。』（《集》卷十七）

又按：泊延平之前，過黯淡灘，游黯淡寺，弟𤊹作有《題黯淡寺》（《鼇峰集》卷十）。疑熥有同題作。

作《登延平玄妙觀》（《集》卷八）。

徐𤊹《延平玄妙觀》（《鼇峰集》卷十三）

按：玄妙觀，故址在今在南平市延平區。

作《登芝山善見塔》（《集》卷八）。

徐𤊹《同吴元瀚陳惟秦惟和兄游芝山丹青閣》（《鼇峰集》卷十三）

按：芝山，即紫芝山，在建甌。

又按：《游武夷山記·由萬年宫至茶洞》：『廿四日次建安，訪友人陳季迪。』（《集》卷十七）

又按：吴文潛，字元翰（瀚），莆田人，布衣，後爲僧。林堯俞，字咨伯，一字兼宇，莆田人，萬曆十七年（一五八九）進士，改庶吉士。

作《謁馬仙姬廟》（《集》卷八）。

按：馬仙姬廟，在建甌水東。

作《同惟秦興公舟中夜坐》《贈惟秦》《曉發》《贈送黃君甫山人》（《集》卷六）。

作《村中晚步二首》（《集》卷十四）。

按：《同惟秦興公舟中夜坐》至《村中晚步》諸詩，往武夷途中所作。

九月，朔，至武夷，踴躍稱快。初二，至茶洞，過懷仙館。初三，舟次五曲，捨舟至紫陽書院，謁朱先生遺像；夜歸宿雲窩，友人江仲魚自崇安來會。仲魚導游三十六峰。七日，作詩贈安道士。初八日，由水簾洞出赤石街，取道登大王峰，復至萬年宮。初九，溪口送徐𤊹往江西；與吴文潛、陳仲溱買舟歸。在山中凡十日，作《游武夷山記》凡四篇、詩若干篇。過洪江，懷『二孺』，作書書報陳价夫。

作《初至武夷》（《集》卷八）。

按：《游武夷山記·由萬年宮至茶洞》：『九月朔日，未及武夷數里，從舟中望大王、獅子諸峰，巋然天表，各皆踴躍稱快。』（《集》卷十七）

作《萬年宮》（《集》卷八）。

徐𤊹《宿沖祐萬年宮》（《鼇峰集》卷十三）

按：萬年宫，在武夷山。

又按：《游武夷山記·由萬年宫至茶洞》：『既而舟至溪滸，遂舍舟登陸，行松陰中，蒼翠欲滴。越里許，始達萬年宫。』（《集》卷十七）

作《宿冲祐觀》（《集》卷八）。

按：冲祐觀，在武夷山，唐建，名武夷觀。宋賜額『冲祐』，元加『萬年』。

作《宿接笋峰道院》（《集》卷八）。

作《登接笋峰》（《集》卷六）。

按：《游武夷山記·由接笋峰至小桃源》：『既至茶洞，接笋峰在眉睫間，而三梯相續，高可十餘丈。』（《集》卷十七）

作《懷仙館》《懷仙館憶女翔熙工伯孺因覓伯孺所畫烟雨圖不得》（《集》卷十四）。

按：《游武夷山記·由接笋峰至小桃源》：『越里許，達懷仙館，道人劉隱虛、廖東陽、吴中虚出肅客。』（《集》卷十七）

徐𤊹《再宿接笋峰懷仙館》（《鼇峰集》卷十三）。

作《聽劉隱虚道人談玄》《贈羽士》（《集》卷十四）。

按：劉隱虚，懷仙館道士。詳上條。

作《玄都觀尋道士不遇》（《集》卷十四）。

徐熥《游玄都觀》（《鼇峰集》卷二十四）

作《別虚道人》（《集》卷十四）。

按：虚道人，即劉隱虚道人。

作《陷石堂》（《集》卷六）。

按：《游武夷山記·由接笋峰至小桃源》：『過石門……負山爲陷石堂，相傳山多巨石，宋天聖間，一夕掊于雷，故石多縱横，自成經緯，即所經石門是也。』（《集》卷十七）

作《小桃源呈吴元翰陳惟秦江仲魚》（《集》卷十四）。

按：謝肇淛《五雜組》：『武夷之小桃源，居萬峰之中，秀色環抱，石門一徑，可杜可絶，其中豁然，别是一天地，有田有水，又有村落，可以伴伍。』（卷四『地部』）

作《武夷十咏十首》（《集》卷十四）。

按：十首爲：《玉女峰》《架壑船》《仙掌峰》《换骨岩》《大王峰》《徐仙岩》《金鷄洞》《幔亭峰》《投龍洞》《虹橋板》。其《幔亭峰》云：『一曲賓雲酒一巵，共乘鸞鶴醉歸遲。至今五色霞千片，猶似當年結彩時。』

徐熥《武夷雜咏十首》：《幔亭峰》《玉女峰》《仙船岩》《换骨岩》《妝鏡臺》《徐仙岩》《金鷄洞》《仙掌峰》《桃源洞》《鼓子峰》（《鼇峰集》卷二十四）。

作《桃花澗訪吕山人》（《集》卷十四）。

作《紫陽書院》（《集》卷十四）。

按：紫陽書院，朱熹所創，在武夷九曲溪第五曲。

作《宿雲窩贈陳司馬》（《集》卷八）。

按：雲窩，在武夷山接笋峰下。陳司馬，即陳省。

又按：葉向高《通議大夫兵部右侍郎兼都察院右僉都御史幼溪陳公墓志銘》：『道武夷，宿接笋峰上……遂築室其間，名曰「雲窩」，日與諸生講學論文，翛然有以自樂。』（《蒼霞續草》卷十一）

又按：《游武夷山記·由萬年宫到茶洞》：『舟次五曲，舍舟至紫陽書院，謁朱先生遺像，讀陳伯孺、謝在杭、興公弟壁間詩。鄭繼之先生詩題小閣中，筆力遒勁可愛……經數折而入雲窩，雲窩舊爲宋陳丹樞修煉之所，近吴航陳司馬公結廬栖隱其中。』（《集》卷十七）

又按：徐𤊹《竹窗雜録》『紫陽書院』條：『長樂陳少司馬致政還山，結廬于武夷五曲雲窩，隱焉。雲窩占九曲之勝，曲榭危闌，高軒疏牖，莫不精麗。雲窩之左爲朱文公書院。』（《榕陰新檢》卷十六《詩話》引）

又按：《游武夷山記·由接笋峰至小桃源》：『（九月初三）是夜歸宿雲窩，而友人江仲魚自崇安來會。』（《集》卷十七）

作《天游觀》（《集》卷八）。

徐𤊹《宿天游觀》(《鼇峰集》卷十三)

按：天游觀，在武夷山仙掌峰左。

作《贈安道人》(《集》卷六)。

按：安道人，武夷山鼓子峰道士。

作《贈江仲魚》(《集》卷六)。

徐𤊹《筆精》卷四《詩評》『江仲魚』條：『崇安江仲魚，諸生也。予從王粹夫識仲魚。乙未，予之武夷，仲魚導予游三十六峰。』

作《宿鼓子峰道院》(《集》卷八)。

徐𤊹《宿鼓子峰道院》(《鼇峰集》卷十三)

按：鼓子峰，在武夷山。

作《游水簾洞時久不雨飛沫稍微賦得一首》(《集》卷八)。

徐𤊹《咏水簾》(《鼇峰集》卷十三)

按：水簾洞，在武夷山，又名唐曜天岩。《游武夷山記·由水簾洞至大王峰》：『諸客復謀爲水簾洞之游……洞壁高數十丈，穹窿如屋，延袤里許，石皆赤色。登石磴數百級，爲三教堂。右折爲道院，水簾瀉其前。時久不雨，飛沫稍微。』(卷十七)

作《尋和叔道士不遇》(《集》卷八)。

徐𤊹《訪和叔羽士不遇》（《鼇峰集》卷二十四）
　按：和叔，姓佘，和叔爲其字。曾與閔齡隱于武夷。閔、佘詩合集曰《同亭詩蜕》。熥有《同亭詩蜕序》（《集》卷十六）。

作《懷鄭君大》（《集》卷十四）。
　按：謝肇淛《小草齋詩話》卷五：『徐惟和有友鄭君大，豪爽滑稽，喜游山水。嘗至武夷折笋峰，峰有三梯，鄭登其一，懼而下，恐爲衆笑，乃令從者細記景物，歸而詑曰：「吾登折笋矣。」詰之，一一不謬。又數年，惟和復至武夷，宿折笋峰，有詩《懷君大》云云。君大見詩大恚曰：「道人誤我，道人誤我！」』

作《懷顔廷愉》《送興公游吴越》（《集》卷六）。
作《武夷溪口送惟起弟度關二首》（《集》卷八）。
　徐𤊹《武夷溪口别元翰惟秦仲魚》（《鼇峰集》卷十三）
作《武夷送吴元翰還莆》《再送元翰次來韵》（《集》卷八）。
作《同元瀚惟秦雨宿舟中懷惟起弟》（《集》卷十四）。
作《游武夷山記》四篇：《由萬年宫至茶洞》《由接笋峰至小桃源》《由天游觀至鼓子峰》《由水簾洞至大王峰》（《集》卷十七）。
作《題畫菊贈黄博士印坤》（《集》卷六）。

按：黄中，字印坤，古田人。萬曆中歲貢，官延平府教授。創紫陽詩社，有《江上草》。

作《與陳伯孺》：『僕與惟秦、惟起、振狂，同爲武夷之游。至困溪，振狂興盡，先返。至建溪，逢莆友吴元翰，遂與偕往。住武夷者十日，峰則天游、接笋、鼓子、大王。洞則陷石、桃源、水簾。』（《集》卷二十）

九月，自武夷歸後，訪太醫薛煉師思齊。宿鄧汝高竹林山莊；與諸友人送王叔魯葬西郊。

作《陳惟秦爲先人營葬久居永南山寄訊》（《集》卷八）。

作《訪薛煉師思齊》（《集》卷八）。

按：薛煉師思齊，太醫。熥曾于武夷山爲之購仙茅。

作《壽李司理二首》（《集》卷八）。

作《送王懋宣先生之泰順》（《集》卷八）。

按：王應山，字懋（又作『茂』）宣，侯官人。著有《帚言摘録》《閩都記》《閩大記》。泰順，今屬浙江。

作《宿鄧汝高竹林山莊》（《集》卷八）。

徐㶿《宿鄧汝高竹林山莊》（《鼇峰集》卷十三）

作《送王少文藁葬西郊》（《集》卷八）。

陳薦夫《送王少文入城西殯宫》（《水明樓集》卷五）

陳薦夫《秋日過王少文殯館》(《水明樓集》卷八)

徐𤊹《送王少文藁葬西郊》(《鼇峰集》卷二十四)

按：王叔魯卒于萬曆二十年(一五九二)。詳該年。

作《擬積雨輞川莊》《擬長沙過賈誼宅二首》(《集》卷八)。

作《無題十首》，其十：『玉殞珠沉思悄然，明中流泪暗還憐。常圖蛺蝶花樓下，記刺鴛鴦綉幕前。只有夢魂能結雨，曾無心膽似非烟。朱顔皓齒歸黄土，脉脉空尋再世緣。』(《集》卷八)

按：此當爲追念月仙之作。時月仙已逝，故悼之。

陳薦夫《和徐大無題》(《水明樓集》卷五)

按：徐大，即徐熥。

徐𤊹《和幼孺無題》(《鼇峰集》卷十四)

作《烈女吟》《送林觀察備兵金衢》(《集》卷八)。

作《贈車子仁郡侯》(《集》卷八)。

按：車子仁，即車大任。萬曆八年(一五八〇)進士，時爲福州知府。有《囊螢閣草》。

作《寄譚忠卿比部》(《集》卷八)。

秋、冬間，徐𤊹致書曹學佺，賀其獲捷，并叙及徐熥下第落魄不事産業，追逐于貴人之前。

徐𤊹《寄曹能始》：『家伯兄名不見收，敝貂羸馬，落魄還家，何减蘇季、劉蕡之困！竟不以

苜蓿自飽，而彈短鋏，歌無魚于貴人前，得無鍾鳴漏盡乎！』（《紅雨樓集》册三，《上圖稿本》第四二册，第二八〇頁）

冬，有古田之行，游極樂寺。

作《送陳永奉游金陵》（《集》卷八）。

徐𤊹《送陳永奉之留郡謁趙中丞時予將游白下》（《鼇峰集》卷十三）

作《壽大司馬吴公二首》《送薛君大秀才游武林》（《集》卷八）。

作《送孫四之金陵》（《集》卷八）。

作《古田極樂寺》（《集》卷八）。

按：古田縣，今屬福建。極樂寺，唐天寶元年僧志文建。萬曆己丑，僧道煥募造方丈。

作《過鄭樵林山人市隱堂》（《集》卷八）。

冬，徐𤊹在杭州知曹學佺請告將南歸，致書，提及兄徐熥下第，學佺慰藉之，并有資斧之助。弟𤊹在吴越懷熥，有詩寄之。

徐𤊹《寄曹能始進士》：『惟和落羽南歸，得八行珍重，情義懇至，更兼以朱提之惠，感愧駢集。足下貴矣，猶不忘布衣之交，曹丘生誼至高哉！』（《紅雨樓集》册三，《上圖稿本》第四二册，第二八二—二八三頁）

是歲，蒙霍童支提寺天恩法師真受印記。

陳鳴鶴《天恩法師塔志銘》：『乙未歲，應起延師芬子庵，講《楞嚴經》，余與徐孝廉熥、陳文學价夫、陳孝廉薦夫，及余侄仲溱蒙師印記。其後林方伯如楚建石嵩寺，請師駐錫，余輩復侍左右者一年。』（謝肇淛《支提寺志》卷四）

是歲，莆田陳邦注爲預卜葬地。

作《與陳子卿孝廉》：『向歲足下所擇古山葬地，弟已購得之三年矣。言佳者什九，言不佳者什一，以故尚在狐疑，未即營造。』（《集》卷二十）

按：此書作于萬曆二十六年（一五九八），『前三年』，即是歲或下歲。後熥下葬在鹿坪山，非此處。參見崇禎二年（一六二九）。

又按：邦注精于勘輿。

是歲，謝汝韶因謝肇淛秩滿，進奉政大夫。

萬曆二十四年丙申（一五九六）　三十六歲

正月，元日，得弟𤊹書。𤊹此日在杭州。

作《丙申元日得惟起弟越中書聞王玉生客苕消息因柬錢叔達》（《集》卷九）。

二月，弟自吳越歸家。鄭邦衡惠書并詩扇，使君屠本畯過訪，贈書。花朝社集。

作《鄭邦衡以書見貽兼惠玉章詩扇賦此答贈》（《集》卷九）。

作《春夜同錢叔達陳惟秦齋中雨坐》（《集》卷六）。
徐㶿《春夜同錢叔達小齋雨坐丙申》（《鼇峰集》卷十）
作《寄陳平夫》《春日雨中喜惟秦至》《過惟秦幽居》（《集》卷六）。
作《送翁兆震太史册封周潘事峻還朝》（《集》卷九）。
車大任《送翁兆震太史還朝二首》（《邵陽車氏一家集》十卷）
王毓德《送翁兆震太史還朝》（《晋安風雅》卷九）
按：翁正春，字兆震，侯官洪江人。萬曆二十年（一五九二）廷試第一人，任翰林院修撰。
作《送張宗道之金陵兼懷諸舊好》（《集》卷九）。
作《屠田叔使君枉過兼惠藏書賦謝》（《集》卷九）。
按：屠本畯，字田叔，鄞縣人，時爲福建鹽運轉運副使，有《屠田叔詩草》。
作《送陳汝翔建溪書林》（《集》卷九）。
按：建溪書林，指建陽書肆。
作《寄題郭張虚香雪齋》（《集》卷九）。
胡應麟《香雪齋爲郭張虚茂才賦》（《少室山房集》卷三十八）
作《花朝社集送佘宗漢明府之南廉訪楊使君》（《集》卷九）。
按：花朝爲二月十四日。

徐𤊹《送佘宗漢之南康》(《鼇峰集》卷十四)

按：佘翔，字宗漢，莆田人。南康，明治今江西星子縣。

作《送了空禪師歸長干寺是日爲觀音大士初度》(《集》卷九)。

徐𤊹《二月十九送了空禪師還金陵是日爲觀音大士降誕》(《鼇峰集》卷十四)

按：觀音大士初度據傳爲二月十九日。

二月下旬至寒食前，陳价夫之姑蘇，有詩送之并簡謝肇淛。作《分得要離冢送陳伯孺之姑蘇》(《集》卷九)。

陳价夫《今我傳》：『丙申，我乃游吴越。』(《招隱樓稿》)

陳薦夫《分賦百花洲送伯孺家兄》(《水明樓集》卷五)

徐𤊹《分得洞庭霜送陳伯孺之吴門》(《鼇峰集》卷十四)

按：陳价夫《游湖一記》：『歲丙申三月十三日，余始至虎林。』(《招隱樓稿》)

作《再送陳伯孺兼柬在杭》(《集》卷九)。

陳薦夫《送伯孺兄游吴興遂之姑蘇》(《水明樓集》卷五)

徐𤊹《再送伯孺》(《鼇峰集》卷十四)

又按：介夫，即价夫。

作《送陳振狂游玉華》(《集》卷九)。

按：玉華，即玉華洞，在福建將樂。

作《懷吴元翰》（《集》卷九）。

徐𤊹《懷吴元翰》（《鼇峰集》卷十四）

三月，清明，屠本畯爲作《幔亭集題詞》。寒食，與陳椿看海棠。病。某日，與錢叔達、陳椿等及弟興公集袁敬烈水亭。同鄭吉甫過仁王寺。雨中，屠本畯招飲烏石山，屠本畯又過其草堂。雨中，邀黄景莪（仲高）、張邦侗（孺愿）等及弟興公集萬歲寺。吴江顧大典卒，本月或稍晚，爲之作《誄》。

屠本畯有《幔亭集題詞》（萬曆本《集》卷首）。

作《寒食日陳汝大園亭看海棠》《春日同叔達女大惟秦幼孺粹夫能始興公集無競南郊水亭》（《集》卷九）。

陳薦夫《春暮同汝大玉生惟秦惟和惟起能始集無競城南水亭》（《水明樓集》卷五）

按：袁敬烈，字無競，袁表子。

作《同鄭吉甫過仁王寺懷徐仲和久客莆中》（《集》卷六）。

按：仁王寺，在福州郡治烏石山。

作《病》：『一春餘幾日，况復卧文園。』（《集》卷六）

作《病中試鼓山寺僧所惠新茶》（《集》卷九）。

按：《竹窗雜録》『鼓山細茶』條：『王敬美督學在閩評鼓山茶爲閩第一。武夷、清源不及也。同時僚屬陳玉叔、顧道行諸公大加稱賞。』（徐𤊹《榕陰新檢》卷十四『物産』引）

作《雨中屠田叔使君招集烏石山同錢叔達陳幼孺王粹夫曹能始興公弟分得深字》（《集》卷六）。

屠本畯有《鄰霄臺別諸社友》（《閩都記》卷十）。

按：鄰霄臺在烏石山。

徐𤊹《春日雨中屠田叔轉運使招飲鄰霄臺同錢叔達山人陳幼孺孝廉王粹夫文學惟和家兄分得觴字》（《鼇峰集》卷十）

陳薦夫《春日雨中屠田叔轉運使招飲鄰霄臺同錢叔通徐惟和惟起王粹夫分得齊字》（《水明樓集》卷三）

按：薦夫此詩『叔通』誤，當作『叔達』。

作《分得黄金臺送屠田叔轉運使京》（《集》卷三）。

陳鳴鶴《社中分得淮陰市送屠田叔轉運之北京兼呈沈相公》（《泡庵詩選》卷三）

陳薦夫《賦得戲馬臺送屠田叔使君之京》（《水明樓集》卷二）

徐𤊹《分得荆軻市送屠田叔使君之京》（《鼇峰集》卷七）

作《屠田叔雨中過酌草堂分得窮字》（《集》卷六）。

徐𤊹《雨中屠田叔枉集草堂同陳彦宗陳惟秦分得山字》（《鼇峰集》卷十）

作《寄張成叔》(《集》卷六)。

按：張應文，字成叔，慈溪人。

作《邀黄仲高張孺愿錢叔達張公魯陳女大陳女翔陳惟秦干玉生陳幼孺王粹夫顏廷愉曹能始興公弟雨中集萬歲寺即席送徐仲和歸錢唐》(《集》卷九)。

徐𤊹《邀黄仲高張孺愿錢叔達張公魯及同社諸子集萬歲寺因送徐仲和還錢唐》(《鼇峰集》卷十四)。

按：黄景莪，字仲高，鄞縣人。舉人。

又按：萬歲寺，在閩縣治(今福州)東南，唐建中有定光塔及王審知所塑金粟像。

作《鍾山寺訪張孺愿留酌話舊》(《集》卷九)。

車大任《同屠田叔曹能始張孺愿王汝存集鍾山寺得遥字》(《邵陽車氏一家集》卷十)

作《寒食郊行傷少文》(《集》卷十三)。

按：詩作于藁葬之後。

作《三月晦日送人之安南二首》(《集》卷十三)。

按：原刻『三月』作『二月』。據本詩『征馬踏殘花』及徐𤊹詩(詳下)，當作『三月』。

徐𤊹《三月晦日送人之安南》(《鼇峰集》卷二十四)

按：安南，今越南。

三、四月間，得子，五日而殤。

作《悼殤子》：『五日人間世，千秋骨肉情。』（《集》卷六）

作《咏佛手柑》（《集》卷六）。

作《喜康元龍歸自靈武》（《集》卷六）。

謝肇淛《康元龍自靈武歸談邊事有作》（《晋安風雅》卷九）

又按：靈武，在今寧夏。

作《挽周侯官》《柬陳女大》（《集》卷六）。

陳薦夫《侯官周明府挽詩》（《水明樓集》卷五）

按：周侯官，侯官知縣周兆聖，金溪人，萬曆十七年（一五八九）進士。

四月，晦日，邀屠本畯等于西湖觀渡。

作《四月晦日邀屠田叔錢叔達陳彦宗陳汝翔王玉生陳惟秦陳幼孺王粹夫陳正夫曹能始林子真興公弟西湖觀競渡分得寒字》（《集》卷十）。

陳薦夫《四月晦日邀屠田叔及同社集西湖觀競渡分得四支韵》（《水明樓集》卷四）

徐𤊹《陪屠田叔四月晦日西湖觀競渡得飄字》（《鼇峰集》卷十二）

陳鳴鶴《四月晦日西湖競渡》（《泡庵詩選》卷四）

五月，送陳木還松溪。又送黄景莪之漳州。

作《送陳可棟還松溪》（《集》卷六）。
陳薦夫《送陳可棟還松溪》（《水明樓集》卷五）
徐𤊹《送陳可棟還松溪丁酉》（《鼇峰集》卷十）
按：陳木，字可棟，松溪人。善古文詞，有《陳可棟集》。
又按：松溪，今屬福建。
作《送黄仲高之漳州》（《集》卷九）。
五、六月間，曹學佺往江西吊其座師周兆聖，諸子送之。屠本畯招集社中諸子集陳正夫水亭。
作《送陳女翔游龍虎山》（《集》卷六）。
陳薦夫《送陳女翔游龍虎山》（《水明樓集》卷三）
徐𤊹《送陳女翔游龍虎山》（《鼇峰集》卷十四）
按：龍虎山，在今江西鷹潭。
作《送陳彦宗之永嘉》（《集》卷六）。
陳薦夫《送陳彦宗以曹能始書謁永嘉令君》（《水明樓集》卷三）
作《送余印卿秀才還濰陽》（《集》卷六）。
陳薦夫《送余印卿歸濰陽》（《水明樓集》卷三）
按：濰陽，今河南商丘。

作《送曹二進士之金溪吊周明府》（《集》卷九）。

陳薦夫《送曹能始之金溪吊座師周明府》（《水明樓集》卷五）

徐𤊹《送曹能始之撫州吊周令君》（《鼇峰集》卷十四）

曹學佺《留别諸同社》（《挂劍篇》）

按：曹二，即曹學佺。周明府，即周兆聖。

作《賦得廣陵濤送客之維揚》（《集》卷九）。

徐𤊹《賦得金山寺送客之維揚》（《鼇峰集》卷十四）

作《同屠田叔張孺愿錢叔達張公魯及社中諸子集陳正夫水亭分得文字》（《集》卷九）。

徐𤊹《同屠田叔張孺愿張公魯錢叔達集陳正夫水亭分得狂字》（《鼇峰集》卷十四）

作《不寐感懷》（《集》卷九）。

夏秋間，送鄭震卿之吴越尋兄鄭琰（翰卿）。王孔振客死瀘州，有詩吊之。

作《送鄭震卿之吴越尋兄》（《集》卷六）。

陳薦夫《送鄭震卿尋兄之吴中》（《水明樓集》卷三）

徐𤊹《送鄭震卿之錢塘尋兄》（《鼇峰集》卷十四）

作《送林應卿進士理梧州》（《集》卷六）。

陳薦夫《送林穉虚進士赴梧州司理》（《水明樓集》卷三）

徐𤊹《送林穉虚之官梧州》(《鼇峰集》卷十)
徐𤊹《送人之蒼梧》(《鼇峰集》卷十四)
按：林應卿，即林穉虚。
又按：蒼梧，今廣西梧州。
作《送張公魯還甬東》(《集》卷六)。
陳薦夫《送張公魯還家兼游武夷》(《水明樓集》卷五)
徐𤊹《送張公魯歸甬東》(《鼇峰集》卷十)
徐𤊹《送張公魯》(《鼇峰集》卷十四)
按：甬東，今寧波一帶。
作《答贈黄君甫》(《集》卷六)。
作《送朱善侯秀才》(《集》卷六)。
按：朱善侯，延津(今福建南平)人，有《攬莽齋詩》。熥有爲之序。
作《哭王孔振客死瀘州》(《集》卷六)。
按：王孔振于萬曆二十年(一五九二)入瀘州。客死，無子。詳熥題《蘭亭記》《杜工部集》(《幔亭集卷十九)
又按：瀘州，今屬四川。

作《哭顧道行先生》（《集》卷六）。
陳薦夫《挽顧道行學憲》（《水明樓集》卷五）
作《故福建按察司提學副使顧公誄》（《集》卷十八）。
按：謝肇淛有《哭顧道行先生三首》（《小草齋集》卷十九）。
又按：𤊹萬曆二十六年（一五九八），過吴江再哭。詳該年。
七月，陳价夫客吴，有詩懷之。七夕，鄧原岳招集玉皇閣。鄧道鳴招集烏山鄰霄臺。
作《聞伯孺由吴興入姑蘇遥有此寄》《再懷伯孺》（《集》卷九）。
陳价夫《今我傳》：『（丙申）是秋，入吴謁王伯谷，爲先茂才求傳，遂獲交吴越諸名士。』（《招隱樓稿》）
陳薦夫《伯孺兄客吴興》（《水明樓集》卷五）
陳薦夫《懷伯孺兄四首》（《水明樓集》卷三）
徐熥《懷伯孺客吴》（《鼇峰集》卷十四）
作《柬程子暉》（《集》卷九）。
作《七夕鄧女高民部招集玉皇閣同佘宗漢謝修之明府鄧道鳴閫帥錢叔達王粹夫山人陳女大康元龍袁無競秀才陳幼孺孝廉興公舍弟賦分得五歌》（《集》卷九）。
按：謝吉卿，字修之，晋江人。萬曆八年（一五八〇）進士，清江令。徐𤊹殁後，爲《集》作

《序》。

鄧原岳《玉皇閣》(《西樓集》卷五)

陳薦夫《七夕鄧女高民部招集玉皇閣同錢行道佘宗漢謝修之鄧道鳴陳汝大康元龍王玉生徐惟和惟起袁無競分韵時汝高以督餉使浙便道還家》(《水明樓集》卷五)

徐𤊹《七夕鄧汝高計部同佘宗漢謝修之明府鄧道鳴閫帥錢叔達山人陳汝大王粹夫文學陳幼孺孝廉康元龍袁無競茂才惟和家兄集玉皇閣得珠字》(《鼇峰集》卷十四)

作《鄧道鳴閫帥招集鄰邦霄台送鄧女高計部還朝》(《集》卷九)。

鄧原岳《鄧將軍招飲鄰霄臺同温司馬閻别駕劉法曹曹孝廉分韵得仙字》(《西樓集》卷五)

陳薦夫《蚤秋鄧道鳴都閫招集鄰霄臺送鄧汝高民部還朝》(《水明樓集》卷五)

按：陵霄臺，即鄰霄臺。

徐𤊹《初秋鄧道鳴將軍招集鄰霄臺席上送鄧汝高計部督餉還朝》(《鼇峰集》卷十四)

八月，十四日夜，招張邦侗等集于山平遠臺觀燈。

作《八月十四日夜招張孺愿錢叔達謝修之陳女大王玉生袁無競集平遠臺觀萬歲神光二塔燈分得八庚》(《集》卷九)。

徐𤊹《中秋夜邀張孺愿錢叔達謝修之曾波臣陳汝大俞青父袁無競集攬鼇亭觀萬歲神光二塔燈分得七虞》(《鼇峰集》卷十四)

作《送張孺愿還四明》(《集》卷九)。

徐𤊹《送張孺愿歸明州》(《鼇峰集》卷十四)

作《送黄仲高還四明》(《集》卷九)。

徐𤊹《送黄仲高孝廉還四明》(《鼇峰集》卷十四)

作《寄鄧德咸明府》(《集》卷九)。

按：鄧良佐，字德咸，南海人。

九月，送葉體玄還松溪；送陳宏己往汀州。

作《送葉秀才還松溪》(《集》卷六)。

徐𤊹《送葉體玄還松溪》(《鼇峰集》卷十)

按：葉秀才，即葉體玄，松溪人。

作《送陳振狂之汀州》(《集》卷九)。

袁敬烈《送人之汀州》(《晋安風雅》卷六)

按：汀州，今福建長汀。

作《與吴元翰話舊》(《集》卷九)。

徐𤊹《喜吴元翰遠歸過訪》(《鼇峰集》卷十四)

冬，與弟𤊹宿陳薦夫招隱樓，有詩題之。別駕張昭招集鍾。山客舍。

作《爲親乞禄詩贈丁文統邑丞二首》（《集》卷六）。

徐𤊹《題爲親乞禄卷贈丁文統少府》（《鼇峰集》卷十四）

作《題陳幼孺招隱樓二首》（《集》卷六）。

徐𤊹《宿幼孺招隱樓》（《鼇峰集》卷十）

陳薦夫《女翔惟秦惟和惟起無競枉集招隱樓賦答》（《水明樓集》卷三）

按：陳价夫、陳薦夫所居樓名招隱樓。郭柏蒼《全閩明詩傳》卷三十六：『薦夫居福州南門下渡。』

又按：陳价夫集名《招隱樓稿》。

作《偶成》《題博古齋贈蔣子才》（《集》卷六）。

作《張叔麟别駕招集鍾山客舍席上聽伎共限冷香二韻》（《集》卷九）。

陳薦夫《張叔麟别駕及諸同社夜集鍾山客舍聽李姬歌共限冷香二韻》（《水明樓集》卷五）

徐𤊹《張叔麟别駕招集鍾山客舍席上觀妓共得香字》（《鼇峰集》卷十四）

按：張昭，字叔麟，永嘉人。

作《送鄧道鳴參戎東粵》（《集》卷九）。

徐𤊹《送鄧將軍之東粵》（《鼇峰集》卷十四）

作《贈林敷穀公子》（《集》卷九）。

作《送張參戎鎮秦川》(《集》卷九)。

按：秦川，福寧州。

作《送長樂令郁文叔謝病還晉陵》(《集》卷九)。

按：長樂，今屬福建。郁文叔，即郁文周。晉陵，今江蘇常州。

作《贈張太醫》《題芳草王孫卷爲羅生挽所知》(《集》卷九)。

作《丙申除夕》(《集》卷九)。

徐𤏡《丙申除夕》(《鼇峰集》卷十四)

是歲，題劉松年《溪閣納凉小景》、高棅《晚閣溪雲圖》、米芾《春山積雨圖》。

作《題劉松年溪閣納凉小景》《題高漫士晚閣溪雲圖》(《集》卷三)。

作《題春山積雨圖》(《集》卷三)。

按：米芾，字元章，號襄陽漫士，山西太原人，居江蘇鎮江。宋代畫家。

是歲，爲錢叔達作《閩游草序》；徽人閔齡隱武夷，作《送閔壽卿隱武夷》(《集》卷三)，又爲之作《蓬累游序》。

作《閩游草序》(《集》卷十六)。

作《送閔壽卿隱武夷》(《集》卷三)。

鄧原岳《送閔壽卿山人游武夷二首》(《西樓集》卷十)

陳薦夫《閔壽卿山人自金山移居武夷》（《水明樓集》卷五）

徐𤊹有《送閔壽卿山人隱武夷二首》（《鼇峰集》卷十四）

作《蓬累詩序》（《集》卷十六）。

按：據此文，當作于閔初隱武夷之時。參見萬曆十九年（一五九一）、二十二年（一五九四）《𤊹譜》。

是歲，爲屠本畯詩集作序。

作《屠田叔詩集序》（《集》卷十六）。

是歲，陳价夫、陳薦夫母卒。

作《祭陳伯孺母林孺人》（《集》卷二十）。

作《陳幼孺詩卷》（《集》卷十九）。

約于是歲，偶得鄉前輩《賓月樓》《空江秋笛》二卷，爲作《題後》。

作《題賓月樓空江秋笛二卷後》，其《序》云：『余偶得前輩陳伯煒、鄭孟宣家藏二卷，皆洪、永中海内名公之筆，剥落者過半矣。然殘金斷璧自足爲寶，乃合裝一卷，而作此歌。』（《集》卷三）

徐𤊹題《賓月樓卷》：『天啓丙寅初夏，重爲裝裱，漫識于後。』（沈文倬《紅雨樓序跋》卷二，第七七頁）

按：徐𤊹題《空江秋笛卷》：『向余兄惟和得之，以陳伯煒《賓月樓》合爲一卷，作歌題其殿。又逾三十餘秋，裝潢未善，余今分而爲二，正所謂離則雙美者也。天啓六年丙寅初夏，三山徐𤊹興公識于汗竹巢。』（沈文倬《紅雨樓序跋》卷二）

是歲，顧大典卒、宗周卒。

萬曆二十五年丁酉（一五九七）　三十七歲

元日，元日，與閔齡等過光定寺訪樂上人。

作《元日同閔壽卿錢叔達興公弟過定光庵訪樂上人》（《集》卷六）。

作《丁酉元日》（《集》卷九）。

春，閔孝昭送其尊人隱武夷之後回廣陵，𤊹有詩送之。曹學佺赴京謁選，同社諸友有詩送之。

作《閔孝昭送其尊人隱武夷自歸廣陵賦此以送二首》（《集》卷六）。

徐𤊹《送閔孝昭還廣陵二首》《再送閔孝昭還廣陵》（《鼇峰集》卷十）

按：閔孝昭，歙縣人，閔齡之子。

作《送林兆綸游武夷》（《集》卷六）。

徐𤊹《送林兆綸游武夷》（《鼇峰集》卷十）

作《送張叔麟別駕歸永嘉》（《集》卷六）。

徐𤊹《送張叔麟別駕還温州》（《鼇峰集》卷十四）

作《送彭興祖游燕》(《集》卷九)。

徐㶿《送彭興祖還吴》(《鼇峰集》卷十四)

作《分得胭脂井送陳淳夫太學之金陵》(《集》卷九)。

徐㶿《分得邀笛步送陳淳夫之金陵》(《鼇峰集》卷十四)

作《送陳志玄還中都》(《集》卷九)。

按：中都，明安徽鳳陽稱中都。

陳薦夫《送陳志玄還中都兼懷陸無從夏玄成》(《水明樓集》卷五)

徐㶿《送陳志玄太學還中都》(《鼇峰集》卷十四)

作《送黄君甫還劍津》(《集》卷九)。

作《分得宫花一萬樹送曹能始赴闕》(《集》卷九)。

作《再送曹能始》(《集》卷六)。

徐㶿有《送曹能始進士赴闕》(《鼇峰集》卷十四)。

作《分得季子裘送錢叔達歸吴興》(《集》卷九)。

按：季子，即蘇秦，戰國時洛陽人。

作《題黄伯寵秀才歐冶山房》(《集》卷九)。

按：歐冶山房，以歐冶池得名，在福州。

三月，編選《晉安風雅》成，并作《序》。

作《晉安風雅序》（萬曆刻本《晉安風雅》卷首）。

按：陳薦夫有序，見下年。

又按：此文又見沈文倬《紅雨樓序跋》卷一，題作《閩中詩選序》，文中「摘爲一十二卷」作「摘爲八卷」；「總二百六十人有奇」作「總二百人有奇」；「萬曆丁酉」作「萬曆戊戌」。按：萬曆本《晉安風雅》、《晉安風雅序》下題「郡人徐熥惟和撰」，非徐𤊹撰甚明；題亦非《閩中詩選序》；經核《晉安風雅》原刻，卷次與人數也應以該書爲是。熥既編選《晉安風雅》，「風雅堂」之堂名也必爲其堂之名，而斷非𤊹之堂名。又按：《（民國）福建通志·藝文志》卷七十有《閩中詩選》條，以爲𤊹輯有《閩中詩選》，并引𤊹沈文倬《紅雨樓序跋》文爲證，𤊹文即熥此序。不免亦張冠李戴。熥亦無《閩中詩選》之輯。

四月，爲《敦義篇》作《序》；收得《鄭繼之手録雜著》，題之。

作《敦義篇序》（《集》卷十九，又謝章鋌《課餘續録》卷四「敦義篇」條）。

按：熥所序之《敦義篇》，清高兆、蔡容、謝章鋌有跋語，爲諸家所寶。（謝章鋌《課餘續録》卷四「敦義篇」條）

題《鄭繼之手録雜著》：「一日，偶于市肆見廢書數册，皆蟲鼠之餘。余偶索觀，其人謂將用覆瓿，不足觀也。强之，始得觀，則此編在焉。」（《集》卷十九）

徐𤇆題《鄭繼之手書》（沈文倬《紅雨樓序跋》卷二，第八三頁）。

夏，與徐𤇆等過神光寺、西禪寺，避暑仁王寺。又與屠本畯及弟𤇆等避暑平遠臺。又與弟𤇆、吴元翰等過神光庵；與弟𤇆、林子真等過西禪寺。又有詩送黄居中北上。作《荔枝》詞八首。

作《同吴元翰興公弟暮過神光庵》（《集》卷六）。

徐𤇆《同吴元翰惟和兄慶上人過神光庵》（《鼇峰集》卷十）

按：神光庵，即神光寺，在福州城南。

作《同閔壽卿柳陳甫吴元翰興公弟避暑仁王寺因憩天秀岩》（《集》卷六）。

按：柳應芳，字陳父，通州（今屬北京）人。

徐𤇆《夏日同閔壽卿柳陳父吴元翰惟和兄避暑仁王寺》（《鼇峰集》卷十）

作《題吴元翰小像》（《集》卷六）。

徐𤇆《題吴翰畫像》（《鼇峰集》卷十）

作《同蕭二丈林子真興公弟微上人定上人過遇公轉華庵》（《集》卷六）。

徐𤇆《憩轉華庵》（《鼇峰集》卷十）

按：林光宇，字子真，侯官（一作閩縣）人，諸生。

作《西禪寺》（《集》卷六）。

徐𤇆《同惟和兄林子真過西禪寺次壁間舊題韵》（《鼇峰集》卷十）

按：西禪寺，在福州怡山。

又按：𤊹《又與陳惟秦》：『前日偶過轉華庵，乘輿至西禪寺。』（《集》卷二十）

作《夏日偶成柬惟秦》《夏日園居柬履吉》（《集》卷六）。

按：陳益祥，字履吉，侯官人。

作《懷元直客金陵》（《集》卷六）。

作《送陳廣文弃官還温陵》（《集》卷六）。

按：温陵，泉州别稱。

作《送白經歷入覲》（《集》卷六）。

作《夏日邀屠田叔使君佘宗漢明府閔壽卿柳陳父王獻子錢叔達吴元翰諸山人顔廷愉都護興公舍弟避暑平遠臺分得一先韵》（《集》卷九）。

作《送黄明立北上》（《集》卷二）。

徐𤊸《送黄明立北上》（《鼇峰集》卷四）

按：黄居中，字明立，晋江人。萬曆十三年（一五八五）舉人。自上海教諭遷南京國子監。有《千頃齋集》。

作《荔枝浪淘沙八首》，《序》云：『夏日山居，荔枝正熟。偶憶歐陽永叔《浪淘沙》詞，風韵佳絶。遂按調效顰，歌以佐酒。本欲爲十八娘傳神，反不堪六一公作僕矣。』（《集》卷十五）

秋，過王審知墓，諸子有詩。或以爲王審知墓詩不必作，後弟𤊹致書葉向高，力駁之。

作《壽車郡公》（《集》卷九）。

按：車郡公，即車大任。福州郡守。

作《題周朝宲轉運三代榮封册》（《集》卷九）。

作《閩王審知墓下作》（《集》卷九）。

按：王審知墓在福州蓮花峰下。

陳椿《秋日吊閩王審知墓二首》（《閩都記》卷二十五）

陳仲溱《謁閩忠懿王墓》（《晋安風雅》卷九）

袁敬烈《秋日過王審知墓》（《閩都記》卷二十五）

按：疑陳椿、袁敬烈詩與徐熥同時作。

徐𤊹有《過閩王審知墓下二首》（《鼇峰集》卷十四）。

陳鳴鶴有《忠懿王墓》（《泡庵詩選》卷二）。

按：徐𤊹《復葉相公》：『《閩王墓詩》，偶爾游適，興念無情，既不關朝政，又不觸時諱，司空公以爲不必作，何耶？』（《紅雨樓集》册八，《上圖稿本》第四四册，第三〇一頁）

作《送林志尹謁選之京時予將入燕》（《集》卷九）。

徐𤊹《陸沉金馬歌送林志尹之京》（《鼇峰集》卷七）

陳鳴鶴《賦得陸沉金馬送林志尹謁選北上》（《泡庵詩選》卷三）

按：林志尹，即林應聘。

作《送閔壽卿從武夷還金山兼隱華陽洞》（《集》卷九）。

按：華陽洞，在江蘇茅山。

作《秋日偶成》（《集》卷六）。

作《送錢叔達還吴興》（《集》卷六）。

作《聽錢叔達彈琴時叔達將歸吴興》（《集》卷十四）。

徐𤊹《送錢叔達還吴興》（《鼇峰集》卷十）

作《山園雜興》《雨夜讀伯孺詩草》《秋日山行》《感舊》（幔亭集卷十四）。

作《過惟秦響山堂》《經廢寺》（《集》卷六）。

作《送王獻子還袁州》（《集》卷六）。

按：袁州，今江西宜春。

作《寄題鄧國弼貯青亭》《題余伯明龍沙遺讖》《涪州張節婦》《方山嚴孝子》（《集》卷六）。

作《送陳憲伯入覲便道歸省》《送閔孝昭侍尊人還廣陵》《送温永叔郡丞守南寧》《送鄧德咸刺史官沔陽》（《集》卷九）。

作《題黄懋中大學士碩寬堂》（《集》卷九）。

陳薦夫《碩寬堂爲黄懋忠太史賦》（《水明樓集》卷五）

徐𤊹《寄題黄懋中太史碩寬堂》（《鼇峰集》卷十四）

按：黄洪憲，字懋中（忠），嘉興人，隆慶五年（一五七一）進士。

秋、冬之際，將入燕都，諸友有送行詩，彙爲行卷，爲之題卷後。徐𤊹請徐熥轉致曹學佺書，并贈《田園雜興》一帙。

作《將赴京作》（《集》卷十四）。

作《題諸友送行卷後》：『七年三上春官日，各賦詩篇送我行。』（《集》卷十四）

王毓德《送徐惟和之京》（《晋安風雅》卷六）

陳薦夫作《送惟和北上》十絶，《序》：『乙未之歲，余與惟和并轡南還，謔柳嘲花，傷時感事。或殷憂而更泣，或相樂而行歌。日月幾何，居然陳迹。今惟和羸馬單車，復遵斯路……余故追懷舊游，次爲十咏，于其行也，歌以祖之，俾先憂而知遺，庶無累于卒然。』

冬，北上。康彦登、弟𤊹同行，至囦溪，聞林逸人卒，有詩吊之。又與康彦登、弟𤊹等集居本畯三層閣。弟𤊹往古田，康彦登之秣陵。過嵢峽，至延津，經武夷，北上。

作《芋江雪夜留别社中諸子》（《集》卷六）。

按：芋江，芋江水驛，往水口、南平在此驛登舟。

作《哭林逸人四首》（《集》卷十四）。

徐𤊹有《過林逸人幽居》（《鼇峰集》卷十四）。

作《同康元龍惟起弟集屠田叔運丞三層閣適使者來自明州賫海錯家釀至》（詩佚，題筆者所擬）。

徐𤊹有《同康元龍惟和兄集屠田叔運丞三層閣適使者來自明州賫海錯家釀至》（《鼇峰集》卷十四）。

作《不寐》《嵢峽道中即事》《閨情》（《集》卷六）。

作《留别陳叔度》（《集》卷九）。

按：陳鴻，字叔度，一字軒伯，龠孫，侯官人，布衣。

作《興田驛讀鄧汝高題壁詩》（《集》卷十四）。

按：興田驛，即興田水驛，在崇安（今福建武夷山市）南。

作《路經武夷以公車期逼不得重游溪口别壽卿和叔二道友》（《集》卷十四）。

按：溪口，即武夷溪口，萬曆二十三年（一五九五），熥于此與𤊹别。

作《將至武夷》（《集》卷十一）。

按：過武夷，期逼，苦于不得重游。

作《山行口占題建溪驛壁》（《集》卷十一）。

按：熥四次北上，此行發舟最晚，故至武夷已經歲殘。

作《度分水關》（《集》卷六）。

按：分水關。關北江西鉛山，關南爲福建崇安。

十二月，在浙。除夕前夕，與康彦登别。除夕，西寺訪朗公。

作《除夕前二日同康元龍集江參藩先生園亭》《武林驛别康元龍》《語溪舟中除夕用舊韵》（《集》卷九）。

按：語溪，在浙江崇德縣東南，一名語兒。

作《除夕西寺訪朗公》（《集》卷九）。

按：西寺，疑即嘉興水西寺。

是歲或稍早，撰寫以荔枝爲題材的小説兩篇。

作《絳囊生傳》《十八娘外傳》（《集》卷十七）。

按：《荔枝通譜》所載《十八娘外傳》署名『幔亭羽客』，『幔亭』爲𤊹之號。

又按：《荔枝通譜》同卷還載有一篇黄履康的《十八娘傳》，或因撰在前，𤊹在後《十八娘外傳》，故名《外傳》。

又按：荔枝囊爲絳色，故將人格化的主人公稱『絳囊生』。

又按：十八娘，荔枝品種名。見蔡襄《荔枝譜》第七。

是歲，古題田令劉曰暢借閲正德《福州府志》二册。

徐𤊹《福州舊志》：『《舊府志》十二册，先君向所儲也。萬曆丁酉，古田令劉君欲考本邑事，向先兄借二册去。』（沈文倬《紅雨樓序跋》卷一，第一〇頁）參見萬曆四十年（一六一二）。

按：古田令劉君，即劉曰暢，字蓋卿，號葵寅，江西南昌人。舉人，主修《古田縣志》。

是歲，買鼓山半院一穴將爲父母起冢，弗吉，遂寢。

徐𤊹《祭酒嶺造墳記》：『丁酉，伯兄買鼓山半院右隅一穴，將起冢，而友人林熙工相其地，弗吉，力止之，事遂寢。』（《紅雨樓集》册九，《上圖稿本》第四四册，第四〇一—四〇二頁）

是歲，與陳价夫、陳薦夫兄弟十年來酬唱贈答盈篋，憶十年前『二孺』贈詩，因題《二孺贈詩卷》。

作《二孺贈詩卷》（《集》卷十九）。

按：參見萬曆十四年。『二孺』十年。前贈詩，至今十載。

是歲，爲陳鳴鶴《晉安逸志》撰《序》。

作《晉安逸志序》（《集》卷十六）。

是歲，屠本畯贈董解元《西廂記》。

作《董省元西廂記》（《集》卷十八）。

是歲，陳价夫讀《絳囊生傳》，大賞之。

陳价夫《與徐惟和惟起》：『讀《絳囊生傳》，如看廣陵濤，令人津津色喜。』（《招隱樓稿》）

是歲，斯學上人卒。

萬曆二十六年戊戌（一五九八） 三十六歲

正月，仍在赴京趕考途中。元日，在檇李。過吳江，哭顧大典。

作《戊戌元日檇李舟中》（《集》卷九）。

作《吳江哭顧道行先生》（《集》卷六）。

按：萬曆二十四年（一五九六）聞訃，作有《哭顧道行先生》，詳該年。

正、二月間，在京，與陸文組多有酬唱。

作《題鄒子遠扇面山水》《題梅花畫扇》（《集》卷十一）。

作《送鄒子遠還京口時鄒有喪子之戚》《望月有懷陸纂父》《送蔡十戶龔職還吳興》《都門逢湛如和尚》《訪楊山甫》《同陸纂父山人楊山甫保御集程康伯典客衙齋看芍藥》（《集》卷六）。

作《同陸纂父暮酌程康伯花下得枝字》（《集》卷九）。

作《曾人倩雨中過酌》（《集》卷六）。

按：曾士鑒，字人倩，南海人，萬曆十三年（一五八五）舉人。

作《周叔宗郁孟野俞羨長李長白黎慎雨集分得微霽》（《集》卷九）。

按：周祖，字叔宗，吳江人，太學生。郁承彬，字孟野，上海人，太學生。俞安期，初名策，字公臨，更今名，改字羨長，吳江人，有《翏翏集》。

作《張去華席上聽妓》（《集》卷十四）。

三月，三下第，擬謀一職，留滯京城半載。頗有憂時感事之慨。

陳价夫《徐惟和行狀》：『戊戌春試，復不利，念母髮且種種。留滯長安者半載，乞一氈，又弗得。然自是愈益倦游矣。』（《招隱樓稿》）

作《下第述懷》：『十年三弃置，中情空自哀。』（《集》卷二）

作《落第後戲作》（《集》卷十四）。

作《都門送吴允兆還吴興》（《集》卷六）。

按：吴夢暘，字允兆，歸安（今浙江湖州）人。

作《題曹能始計部潞河公署園亭》（《集》卷九）。

作《送金季黄山人游五岳》（《集》卷六）。

作《曾人倩秘書招飲衙齋話舊分得昏字》《寄懷陳伯孺》（《集》卷九）。

作《紀事四首》（《集》卷九）。

按：其一，感嘆世事大變，有王朝末日之懼。其二，中原蕭條，宦官四處搜括。其三，遼事。其四，南憂倭北患胡，呼應其一。

又按：文淵閣《四庫全書》本《集》載此詩多有改篡，如其三首句，改爲『王師一夜報蒼黄』，末句改爲『霜天笳管總悲凉』；其四首句改爲『欃槍夜望射天狼』等。

作《得王元直金陵書却寄》《贈王思延都護》《贈王君密民部》（《集》卷九）。

四、五月間，于燕市得《米元章方圓庵記》；又購《唐詩正聲》，并題之。進退躑躅，決定歸家山，出都門，有詩别鄧原岳

按：《米元章方圓庵記》（《集》卷十九）。

又按：題《唐詩正聲》：『戊戌歲見于燕市，遂購以歸。』（《集》卷十九）

六月，曹學佺送于潞河，作别。出都門與鄧原岳别過臨清，以《聖教序》帖贈郭君猷。河間府連窩舟中與張光大話舊。二十日，題在燕市所購《花間集》，于濟州舟次。渡黄河，飲太白酒樓。泛舟汶縣南旺湖。

作《途中感遇效同谷七歌》（《集》卷三）。

按：同谷體，源于杜甫《乾元中寓居同谷縣七首》。鄧原岳亦曾作過《燕市七歌效杜同谷體》（《西樓集》卷二）。

作《潞河别曹能始四首》（《集》卷六）。

曹學佺《送徐惟和下第二首》《舟中再送惟和》（《潞河集》）

按：曹學佺《祭徐惟和文》：『噫！予昔送子于潞河兮，河水其漣。子泛泛而歸兮，未及一年。』（《石倉文稿》卷二）熥卒于潞河與學佺别後之次年。

作《潞河驛别周叔宗》（《集》卷六）。

作《潞河逢梅子馬時子馬自楚使燕》（《集》卷九）。

作《出都門答别鄧汝高員外》（《集》卷三）。

鄧原岳《送徐七下第還山》（《西樓集》卷二）

按：徐七，即徐熥。熥于萬曆十七年（一五八九）、二十三年（一五九五）及本年三上春官。又于萬曆十九年（一五九一）赴京，父卒，于十一月離京奔喪，未與考。

作《出都門留别茅平仲周思敬朱汝修吴孝甫張孺宗趙凡夫鍾山甫韓兆之吴載伯阮步文張曰肩諸君》（《集》卷六）。

按：茅溱，字平仲，丹徒人，布衣。朱宗吉，字汝修，濠梁人，太學生。張邦岱，字孺宗，鄞縣人。吴治，字孝甫，歙縣人，處士。趙頤光，字凡夫，吴縣人，太學生。吴衛璣，字載伯，孝豐人，太學生。張熙德，字曰肩，南宫人，舉人。

徐𤊹題《聖教序》：『先兄惟和，生平喜蓄古帖，每計偕北上，行李中書畫半之。戊戌下第南歸，舟過臨清，值郭君猷于旅次，遂損此帖相贈。』（沈文倬《紅雨樓序跋》卷二，第六七—六八頁）參見萬曆三十七年（一六〇九）《𤊹譜》。

作《天津道中懷王玉生》（《集》卷九）。

作《連窩舟中與張叔弢話舊》（《集》卷九）。

作《濟上》（《集》卷六）。

按：連窩，連窩水驛，在河北吴橋縣東。

題《花間集》：『萬曆戊戌，得此集于長安，既而買舟南還。時作曼聲以歌，用消旅況。然孤客岑寂，讀此艷詞，益重仳離之感……六月廿日，識于濟州舟次。』（《集》卷十九）

作《太白酒樓》（《集》卷六）。

按：太白酒樓，在山東任城。傳説李白客賀之章之所。

作《南旺湖泛月》（《集》卷十四）。

按：南旺湖，在山東汶縣。

作《別梁玉》（《集》卷十四）。

六、七月間，過彭城，懷陳薦夫。渡淮，七夕至廣陵。至真州逢謝肇淛。謝肇淛此間避地江上，熥與之游天寧寺，彙而集之者十數人；又逢袁中道、馬欻。過江，舍焦山，過惠山。

作《彭城夜泊書事》（《集》卷十四）。

作《舟中望雲龍山有懷陳幼孺》（《集》卷十四）。

按：雲龍山，在徐州。宋時山人張天驥所居。

又按：萬曆二十三年（一五九五），熥與陳薦夫下第，同游此山。

作《逢東征歸卒》（《集》卷十四）。

作《彭城行》（《集》卷三）。

作《吊關盼盼》（《集》卷十四）。

按：關盼盼，唐貞元中尚書張建封鎮徐州，妾曰關盼盼，爲築燕子樓以居之。熥有《燕子樓》，參見萬曆二十三年（一五九五）。

作《吕梁洪》：『吕梁洪下水，已變作安流。安流雖自好，只是滯歸舟。』（《集》卷十一）

作《王粹夫客淮上先歸相尋不值詩以懷之》（《集》卷六）。

按：先是，熥北上，王毓德作《送徐惟和之京》（《晋安風雅》卷六）。去歲，毓德繼而游吴越，作《將游吴越留别故園諸子》，熥南返，毓德已先歸。

作《淮陰舟夜寄懷二雲歌姬》（《集》卷九）。

按：淮陰，今屬江蘇。

作《廣陵七夕聞歌有懷》（《集》卷九）。

作《真州逢謝在杭司理》（《集》卷九）。

謝肇淛《徐惟和自燕歸馬季聲自閩至集余真州草堂分得深字》（《小草齋集》卷二十）

謝肇淛有《惟和下第歸過真州夜話》（《小草齋集》卷二十七）。

按：真州，今江蘇儀真。

作《同謝于楚袁小修汪肇邵詹叔正李季宣陳從訓謝在杭席上贈妓》（《集》卷十四）。

按：袁中道，字小修，公安人。舉人。

謝肇淛有《答惟和觀伎之作》（《小草齋集》卷二十七）。

作《揚子橋別馬季聲》（《集》卷十四）。

按：揚子橋，在江都縣（今江蘇揚州）。

作《夜宿焦山贈道林上人》（《集》卷六）。

按：焦山，在江蘇鎮江。

作《晚過惠山》（《集》卷六）。

按：惠山，舊名九龍山在無今江蘇無錫。

八月，次楓橋，于寒山寺訪旭公，夜泊垂虹，吴門過沈野江居，集王百谷南有堂。中秋，在閶門，購元刊《晏子春秋》。過錢塘，于杭州會司理徐桂。歸後，有書致徐桂，并贈己集一帙，弟㶿、熛著作多種。

作《舟次楓橋寄陳汝大先生》（《集》卷九）。

按：楓橋，在江蘇蘇州。

作《懷李儀卿》（《集》卷九）。

按：李儀卿，福州臺江妓。陳薦夫《青樓俠氣爲李儀卿賦》其三：『白龍臺上引朱弦，萬壽橋西啓玳筵。』（《水明樓集》卷八）

又按：𤊹《青樓俠氣詩序》：『李姬儀卿者，廣陵麗質，越中名姝，幼出良家，長淪伎館。』（《集》卷十六）

作《驛亭夜坐書懷寄内》(《集》卷九)。

作《王百谷招集南有堂》(《集》卷六)。

按：南有堂，王穉登堂名。

作《題姚叔乂玄散齋》(《集》卷六)。

作《贈沈穉咸》(《集》卷九)。

按：沈咸，字穉咸，吴縣人，布衣。

作《同沈穉咸過寒山寺訪旭公》(《集》卷六)。

按：寒山寺，在江蘇蘇州。

作《過沈從先江居》《題沈從先扇面畫蘭》《垂虹夜泊懷陳幼孺》《姑蘇懷鄭翰卿》(《集》卷九)。

作《元刊晏子春秋題記》(題爲筆者所擬)：『萬曆戊戌中秋，購于閶門肆中，徐熥惟稐識。』(陸心源《皕宋樓藏書記》卷二十六『史部』)

作《贈劉會卿保御》《贈沈公繩》《哭鹽官斯學上人》(《集》卷六)。

作《金昌别李二》《舟夜即事》《吴門戲寄陳伯孺》(《集》卷十四)。

作《送張叔弢令羅浮》(《集》卷九)。

按：羅浮，即博羅縣(今屬廣東)。縣有羅浮山。

作《秋日訪徐茂吴司理》(《集》卷九)。

作《無題和徐茂吴司理八首》（《集》卷十四）。

按：徐桂，字茂吴，仁和人，袁州推官。

又按：𤊹《寄徐茂吴司理》：『仲弟《紅雨樓集》一部、《閩畫記》一部、《荔枝譜》一部、《田園雅興》一帙，季弟《制義》一部，統塵巨觀。向許《歐陽行周》《林子羽》二集、王崑崙《荔枝詩》，若有便鴻，想不孤此諾也。外《無題八絶》，漫爾效顰，并録博笑。兹以屠田叔之行，勒狀問起居，冗遽之中，不盡縷縷。』（《集》卷二十）

又按：觀濤在八月。此書作于歸家後。

作《西湖秋夜寄紫玉侍兒》（《集》卷九）。

按：謝章鋌《圍爐瑣憶》：『在杭侍兒名桃葉，幔亭侍兒名紫玉。俱能詩。』

作《錢塘感舊》：『吴山殘黛晚烟低，滿目桃花路又迷。夜夜泪痕悲角枕，年年幽恨閉香閨。分枝菡萏難連理，隔水鴛鴦暫并栖。司馬琴心今漸老，腸斷明月小樓西。』（《集》卷九）

按：此詩懷月仙，參見萬曆十六年（一五八八）。

作《題公朗扇上畫梅》（《集》卷十一）。

作《七里灘懷惟秦》（《集》卷九）。

作《常山道中》（《集》卷六）。

按：常山，今浙江常山縣。

作《葛陽道中》(《集》卷十四)。

按：葛陽，今江西弋陽。

作《經舊游懷康元龍》(《集》卷六)。

按：去歲康彦登與熥北上至杭州。

作《鵝湖晚行》(《集》卷六)。

按：鵝湖，在江西鉛山。

作《游鉛山觀音洞》(《集》卷二)。

按：鉛山縣，今屬江西。

九月，經車盤驛，過武夷訪閔壽卿，自建溪順流而下，重陽，抵家。疑納新妾。

作《車盤驛》(《集》卷六)。

按：車盤驛，在江西鉛山。

作《過武夷訪閔壽卿蘧廬一宿而别兼柬渾然道人江仲魚秀才》(《集》卷九)。

徐𤍠《閔壽卿佘渾然同隱武夷一號爲九曲漁父一號爲三十六峰樵者戊戌二首》(《鼇峰集》卷十)

按：渾然道人，即佘和叔，曾與閔齡隱武夷，號三十六峰樵者。和叔與閔齡詩之合集名《同亭詩》，熥爲之序。

作《歸次建溪聞鄭君大訃詩以哭之四首》(《集》卷六)。

作《寄徐茂吴司理》:『不肖以重陽日還故山。』(《集》卷二十)

秋冬之際,日與弟𤊹同社諸子吟賞烟霞。

陳价夫《徐惟和行狀》:『所居九仙山之麓,密竹高齋,俯瞰萬井中,藏圖書數千卷,日與其弟𤊹及不佞兄弟、諸同社輩嘯咏其中,商略烟霞,評騭往古,圖爲不朽之業。』(《招隱樓稿》)

作《秋日載酒同陳汝翔黄伯龍惟起惟揚二弟訪王玉生郊居》(《集》卷六)。

陳鳴鶴《同黄伯寵徐惟和兄弟過王玉生郊居分得川字》:『躬耕無薄田,一室隱東禪。』(《泡庵詩選》卷四)

十、十一月間,高賢祠落成。此祠爲熥與鹽運同知屠本畯所倡建。聞屠本畯擢守辰州,有詩贈之。

作《冬夜袁無競過酌》(《集》卷六)。

徐𤊹《冬夜無競過山齋夜談》(《鼇峰集》卷十)

作《陪屠田叔使君游仁王寺同康元龍袁無競興公弟分得回字》(幔亭集卷六)。

徐𤊹《陪屠田叔使君游仁王寺與元龍無競興惟和分得衣字》(《鼇峰集》卷十四。

作《送黄若木還莆》(《集》卷六)。

徐𤊹《送黄若木還家》(《鼇峰集》卷二)

按:黄光,字若木,莆田人。

作《高賢祠成答屠使君四首》，其一：『預知百歲後，同得此中游。』（《集》卷六）

按：熥卒後入祀高賢祠。

陳薦夫《謁高賢祠》（《水明樓集》卷三）

徐𤊹《高賢祠落成屠田叔以詩見貽答贈一首》（《鼇峰集》卷十）

按：郭柏蒼《柳湄詩傳》：『萬曆二十六年，鹽運同知屠本畯與熥倡建高賢祠于福州郡治烏石山西，祀自唐至萬曆間閩中鄉先生善詩者六十餘人。』（《全閩明詩傳》卷三十二『徐熥條』引）

又按：郭柏蒼《烏石山記》卷七『人物』：『萬曆二十六年，（屠本畯）與郡人徐熥于烏石山創祠，祀吾閩自唐迄萬曆間詞人有聲者六十餘人，勒碑各載姓氏，名曰「高賢祠」。』

又按：明年熥卒，入祀高賢祠。

作《聞屠田叔轉運擢守辰州寄贈》（《集》卷九）。

按：辰州，治今湖南省懷化市沅陵縣。

作《送陳汝翔游惠州》（《集》卷九）。

按：惠州，今屬廣東。

作《爲屠田叔悼亡姬》（《集》卷六）。

陳薦夫《爲屠使君悼燕姬姬卒于囦溪》（《水明樓集》卷五）

徐熥《爲屠田叔使君悼燕姬》(《鼇峰集》卷十四)
作《自題小像二首》，其一：『平生非俠亦非儒，半世游閑七尺軀。却爲疏狂因偃蹇，未忘柔曼轉清臒。違時傲骨貧猶長，對客詩腸老漸枯。五字吟成心獨苦，不知身後得傳無。』其二：『展卷徒爲老大悲，形容將槁鬢將絲。有時憤世空饒舌，何外談詩不解頤。足爲無車行路健，心因多累記書遲。自知瘦骨宜貧賤，莫怨人間只相皮。』(《集》卷九)
作《寄懷李惟順贊府》(《集》卷九)。
按：李元若，字惟順，茂名人。
作《林子真久客臨汀聞余歸自長安貽書慰藉感而賦答》(《集》卷九)。
按：臨汀，即汀州，今長汀。
十一月，十八日屠本畯之官辰州，自芋江登舟，送至困關。陳平夫室人詹氏卒，爲作祭文。
作《分得九疑山送屠田叔守辰州》(《集》卷三)。
徐𤊹《賦得習家池送屠田叔守辰州》(《鼇峰集》卷七)
陳鳴鶴《賦得二酉山送屠田叔守辰州》(《泡庵詩選》卷二)
王毓德《賦得高唐觀送屠辰州之任》(《晋安風雅》卷四)
王毓德《賦得浙江潮送屠田叔使君》(《晋安風雅》卷九)
陳益祥有《賦得芋江曉渡奉送屠田叔使君赴守辰州》(《米芝堂文集》卷三)。

作《送屠使君至芋江是夕留飲驛亭以梨園佐觴使君首倡依韵奉答》(《集》卷九)。

陳薦夫《送屠使君至芋江留飲驛亭以梨園佐觴使君首唱依韵奉答》(《水明樓集》卷五)

作《仲冬十八日同王玉生陳伯孺與興公弟送屠田叔使君自芋江登舟至困關時積雨初收川原競爽促膝翻書扣舷覓句香繞筆床烟籠茶鼎情景清絶偶憶少陵野航恰受兩三人之句因令玉生繪圖共拆杜句爲韵各賦一體以紀勝游余拈得三字》(《集》卷十)。

陳薦夫《送屠使君至困溪余與二徐玉生伯孺同舟玉生作野航恰受兩三人圖因折杜句爲韵得兩字》(《水明樓集》卷一)

徐熥《仲冬望後屠田叔奉命入楚同社諸子買舟追送余與王玉生伯孺幼孺惟和共載舟中携筆硯書畫之屬相對甚適玉生作野航恰受兩三人畫意各以杜句爲韵余得野字》(《鼇峰集》卷七)

徐熥《送屠使君至芋至驛是夕留飲驛亭以梨園佐觴使君首倡依韵奉答》(《鼇峰集》卷十四)

作《困溪十里橋與屠田叔泣别》(《集》卷六)。

陳薦夫《困溪十里橋再送屠使君》(《水明樓集》卷三)

徐熥《困溪十里橋與屠田叔泣别》(《鼇峰集》卷十)

按:困溪,即困溪水驛,在古田縣。

又按:屠本畯之任辰州,臨岐泣别,反復贈答,又是唱戲,又是作畫,閩中詩人倡和一往情深。

作《困關再别屠使君次來韵二首》(《集》卷九)。

陳薦夫《困溪再和屠田叔使君》(《水明樓集》卷五)

徐𤊹《至水口驛屠使君以詩留别次韵答贈》(《鼇峰集》卷十四)

作《既别田叔歸過困關公署悵然有懷二首》(《集》卷十四)。

作《祭陳平夫室人詹氏》(《集》卷十八)。

十一、十二月間,感嘆時局,以爲東北『時事難高枕』,官兵擾民,米價騰涌。

作《惟秦冬夜偶至擁爐對酌率爾成咏》(《集》卷六)。

徐𤊹《冬夜惟秦偶至擁爐對酌共用燈字》(《鼇峰集》卷十)

作《有感三首》(《集》卷六)。

作《贈本净上人》(《集》卷六)。

徐𤊹《贈本净上人》(《鼇峰集》卷十)

作《題林明府先輩挽詩卷後》《慰陳平夫》《與黄道晦夜坐話舊》(《集》卷六)。

作《崇德令孫先生挽詩》(《集》卷九)。

按:崇德,舊縣名,今并入浙江桐廬縣。李賢《大明一統志》卷三十九『嘉興府』:『崇德縣,在府城西南九十里。本嘉興縣地……後屬嘉興府。』

作《雲陽葛隱君雙壽詩》(《集》卷九)。

徐𤊹《丹陽葛隱居雙壽詩》(《鼇峰集》卷十四)

按：雲陽，丹陽縣舊名雲陽。

十二月，歲暮戲題詩稿，以爲雖窮而名或不朽。

作《作歲暮戲題詩稿後》：『本以牢騷著，多因幽憤成。雌黄招衆口，青紫誤今生。落落無窮意，遥遥不朽名。萬言難卒歲，掩卷獨傷情。』(《集》卷六)

作《與陳子卿孝廉》(《集》卷二十)

作《寄閔壽卿》(《集》卷二十)

按：九月初過武夷，作《過武夷訪閔壽卿廬一宿而别兼柬渾然道人江仲漁秀才》。

作《戊戌除夕二首》(《集》卷九)。

徐𤊹《戊戌除夕》(《鼇峰集》卷十四)

按：比較兄弟除夕詩，兄詩較弟詩有更多的世路滄桑之慨。

是歲，致王應山書兩通，擬于《湖山勝録》之外别撰數卷，以作『志餘』。

作《與王懋宣先生》：『向歲承命撰《帚言序》文，抽毫者屢矣。然以走墨于公輸之門，輒忸怩而止，非敢久方長者之命也。兹且遠别，宿諾繫心，妄撰一篇，欲濫附不朽。語無倫次，識不反隅，惟長者痛削之。幸甚！』(《集》卷十九)

作《又與王懋宣先生》：『《紀勝録》成，遂爲吾鄉佳話。』（《集》卷二十）

按：《晉安風雅》卷首《詩人爵里詳節》『王應山』條，言應山撰《帚言摘録》，而不言《紀勝録》。《晉安風雅》作成書于上年，即萬曆二十六年（一五九八），則此通書信必作于《晉安風雅》成書之後；『屠使君云云』，則必在屠本畯離閩之前。

又按：王應山，字懋宣，侯官人。嘉靖中癢生。有《帚言摘録》《湖山紀勝録》（即《閩都記》）。應山『八十老翁』，『八十』取其成數。

又按：徐𤊹《答屠田叔》：『康元龍于九月之晦，奄然長逝，年才三十有六……王懋宣先生年逾八旬有二，康健如故，所撰者日富。前有《湖山紀勝》一書，今改名《閩都記》，再加删潤，倣田叔禾《西湖游覽志》之例。』（《紅雨樓集》册三，《上圖稿本》第四三册，第三五三—三五四頁）

又按：𤊹書作于萬曆三十年（一六〇二），該年康彦登年三十六，王應山七十八。

是歲，爲季弟熛與王宇等讀書釣龍臺，熥爲之撰《龍臺聚業序》。

作《龍臺聚業序》：『王永啓、林夷侯、高叔可、王渾之及余季惟揚五子者，講業于釣龍臺之上，鐍户下帷，切磋不輟。』（《集》卷十六）

按：此文云『四十無聞，三戰三北』，據語氣，當在本年下第後作。

又按：王宇，字永啓，閩縣人，萬曆三十八年進士。

是歲，陳薦夫爲《晋安風雅》撰序。

陳薦夫《晋安風雅叙》（《晋安風雅》卷首）

按：熥自序見萬曆二十五年（一五九七）。

是歲，藏鄭少谷《鄭繼之手書》卷。

按：詳萬曆三十五年（一六〇七）。

是歲，陳薦夫聞熥下第後，感而有作。

陳薦夫《聞惟和下第却寄》：『人間梯弘九重天，落魄還同十載前。别路草芳歸未得，上林花好看無緣。』（《水明樓集》卷五）

是歲，董應舉成進士。

萬曆二十七年己亥（一五九九） 三十九歲

正月，臨《米元章方圓庵記》數十字，并題之。同弟𤊹等過林應聘書齋。與陳薦夫、弟𤊹由瓊河泛舟至義溪，與陳价夫兄弟于水明樓聽雨。

作《己亥元日二首》（《集》卷九）。

題《米元章方圓庵記》：『元章此記，專效《聖教》，位置甚善，但稍柔耳。戊戌夏日，得于燕市。己亥初春十九日，山齋無事，偶爾檢閲，雜臨數十字，無一肖者，始信古人不可及也。』

（《集》卷十九）

徐𤊹有《春夜同道晦惟和過志尹書齋己亥》（《鼇峰集》卷十）

按：林應聘，字志尹。

作《同幼孺惟起由瓊河泛舟至義溪》（《集》卷九）。

陳薦夫《春日陪惟和惟起由瓊河泛舟至溪上同賦》（《水明樓集》卷五）

徐𤊹《同幼孺惟和由瓊河泛舟至義溪過幼孺水明樓》（《鼇峰集》卷十四）

按：義溪在鹽倉山，溪濱建有大義公館、觀音橋。瓊河，福州内河。

作《陳伯孺兄弟水明樓春宵聽雨歌》（《集》卷三）。

徐𤊹《水明樓聽雨短歌》（《鼇峰集》卷七）

陳薦夫《水明樓答惟和兄弟春宵聽雨歌》（《水明樓集》卷二）

作《水明樓贈陳仕卿》（《集》卷六）。

按：陳公選，字仕卿，閩縣人，价夫、薦夫族子。隆慶中庠生，卒年五十九。

作《賦得繫臂紗送陸姬》（《集》卷六）

按：熥納新姬，疑即此人。

陳鳴鶴有《催妝詩爲惟和賦》（《泡庵詩選》卷五）。

徐𤊹有《和伯孺爲惟和催妝韵》（《鼇峰集》卷十）。

徐𤊹有《題惟和兄百花綃帳歌》(《鼇峰集》卷七)。

按:熥殁後,愛妾去帷,疑即這一位。詳萬曆二十八年(一六〇〇)。

二月,伯孺出王宇所作扇頭,題之。爲宗周作《墓志銘》。又欒然興念助京口金山寺募緣,有延平之行。

作《舊歲與伯孺諸子泛舟白沙分賦野航恰受兩三人之句余已賦排律一章兹伯孺復出玉生所作扇頭前景因重賦絶句題其上己亥二月三日》(《集》卷十四)。

按:白沙,即白沙驛。在侯官縣,其驛在芋江至水口(困溪)之間。

作《送林道魯就婚之楚婦翁王獻父時爲吉藩左相》(《集》卷九)。

陳薦夫《送林道魯就婚之楚》(《水明樓集》卷五)

徐𤊹《送林道魯就婚入楚》(《鼇峰集》卷十四)

按:林如周,字道魯,號孫膚,别號勾漏道人,侯官人,人瑞翁春澤之孫,應起之子,有《林道魯詩集》。

作《山居漫興學晚唐》(《集》卷九)。

作《送朝宗上人還金山》(《集》卷九)。

陳薦夫《朝宗上人以募金造塔入閩却還金山寺詩以送之塔中□舍利子大如菽米,□□□月五日放光亘天》(《水明樓集》卷五)

徐𤊹《送朝宗上人歸金山寺》(《鼇峰集》卷十四)

作《送陳道育之官漢陽》(《集》卷九)。

作《贈呼允齡將軍》(《集》卷九)。

按：呼允齡，將門子。

作《錢連江尊人雙壽詩》(《集》卷九)。

按：錢連江，連江縣知縣錢之珍。

作《送蘇明府擢南計曹》(《集》卷九)。

徐𤊹有《送蘇令公擢南計曹》(《鼇峰集》卷十四)。

按：蘇明府，閩縣知縣蘇兆民。

作《送張宗道之白下》(《集》卷九)。

陳薦夫《送張宗道游金陵》(《水明樓集》卷五)

徐𤊹《送張宗道游秣陵》(《鼇峰集》卷十四)

作《金山持心上人以造塔募緣入閩喜而有贈》(《集》卷九)。

陳薦夫《金山持心上人以募緣造塔入閩贈之》(《鼇峰集》卷十四)

作《祭宗主簿先生》(《集》卷十八)。

作《登仕郎姚江簿宗先生墓志銘》(《集》卷十八)。

題《陳幼孺詩集》：『此帙乃幼孺甲午冬至丁酉冬所作，未刻稿也。甲午上公車，乙未下第還故山，丙申家居，遂有北堂之變。四年之中，離合欣戚，所遭不同，足生感嘆。況其間，多與余同倡合之作，覽之真如夢中事也。己亥二月朔日，寓水明樓，偶爾搜讀，漫識數語于後。』（《集》卷十九）

作《寄渾然道人》（《集》卷二十）。

按：去歲七八月間過武夷，作《過武夷訪閔壽卿廬一宿而别兼柬渾然道人江仲漁秀才》。

三月，曾考《郡志》，以爲桑溪爲漢閩王無諸禊飲之所。與諸賢禊飲桑溪，相與倡和，王昆仲即景繪圖。往延平，似爲生計奔波。

作《桑溪禊飲詩二首》（《集》卷二）。

作《桑溪禊飲序》（《集》卷十六）。

陳薦夫《桑溪修禊詩有引》：『桑溪在閩郡東，故王無諸禊飲之所，惟和考《郡志》得之。日在上巳，約同社流觴，遠循舊事。人賦四、五言各一章。爲圖而系之。』（《水明樓集》卷一）

按：同賦者有曹學佺、徐𤊹、陳价夫、陳薦夫等。

陳价夫《桑溪禊飲》（《閩都記》卷十一）

陳薦夫《桑溪禊飲》（《水明樓集》卷九）

徐𤊹《桑溪禊飲》（《閩都記》卷十一）

徐熥《桑溪禊飲詩》(《鼇峰集》卷四)

按：熥兩章，亦四、五言各一章。《集》無專卷録四言詩，故四言一章亦收于卷二五古中。

作《上楊叔向參知》(《集》卷九)。

徐熥《上楊大參叔向先生二首》(《鼇峰集》卷十四)

按：楊德政，字叔向，鄞縣人，福建按察使。有《夢鹿軒稿》。

作《贈陸延平》(《集》卷九)。

按：陸延平，即陸志孝，平湖人。萬曆二十六年(一五九八)任延平知府。

作《延津逢許然明還武林詩以送之》(《集》卷九)。

作《題普通寺》(《集》卷六)。

陳薦夫《延平八咏》(《水明樓集》卷三)

按：普通寺，在今南平延平區。

又按：是歲冬，徐熥過普通寺，愴然有懷，即此寺。詳十二月。

作《贈黄思衡廣文》(《集》卷六)。

作《送陳二表兄重游高州兼柬諸舊好》(《集》卷九)。

按：高州，今廣東茂名。

作《送陳惟秦客恩州二首》(《集》卷九)。

陳薦夫《送惟秦之端州》（《水明樓集》卷五）

徐𤊹《送惟秦游端州應田參戎之招》（《鼇峰集》卷十四）

按：恩州，即廢南恩州，故址在廣東陽江縣。

作《送邵武李太守擢憲滇南》（《集》卷九）。

作《爲屠田叔太守新姬催妝》詩（《集》卷四）。

作《寄屠田叔太守》（《集》卷二十）。

按：屠本畯去歲十月離閩赴辰州任。今歲正月杪西行，至洞庭、瀟湘當在二三月間。

作《與李與熙同年》《與林吾宗太學》（《集》卷二十）。

春、夏間，陳公選構一亭，熥題曰『蕉雨』；又題宋仲温《朱竹》。

作《題陳仕卿蕉雨亭》（《集》卷三）。

陳薦夫《題仕卿侄蕉雨亭》（《水明樓集》卷二）

徐𤊹《題仕卿侄蕉雨亭》（《鼇峰集》卷七）

按：陳薦夫《從子仕卿傳》（《水明樓集》卷十三）。

作《題朱竹》（《集》卷三）。

徐𤊹《題朱竹》（《鼇峰集》卷七）

按：徐𤊹《筆精》：『朱竹，古無所本，起于國初。宋仲温有一卷，不知何人筆……此卷舊爲王太史家物。伯兄惟和收得之，珍若重寶，自題其後云：「根如赬虬髯，葉如丹鳳尾。有時截作釣魚竿，珊瑚亂拂桃花水；有時擲杖化爲龍，白日青天赤鱗起。能將紅霧變蒼烟，産在朱明幾洞天。須臾絳節生彤管，只向松間滴露妍。」伯兄卒，卷售他人。』（卷五『朱竹』條）

夏，作書報陳价夫，約仁王寺結夏；又以詩約陳价夫、約薛晦叔仁結夏于仁王寺。

作《與陳伯孺》（《集》卷二十）。

按：此書作于三月禊飲之後。

作《約陳伯孺仁王寺結夏效長慶》（《集》卷九）。

作《約薛晦叔仁王寺結夏詩以代柬》（《集》卷九）。

按：薛瑞光，字晦叔。畫家。

作《題薛晦叔小像》（《集》卷三）。

按：崇禎七年（一六三四），徐𤊹《薛晦叔初度賦祝》：『少年談藝與君游，膠漆雷陳晚更投。』（鈔本《鼇峰集》）知薛瑞光早歲與徐氏兄弟游。

作《夏日園居和興公韵二首》（《集》卷九）。

徐𤊹《夏日園居二首》（《鼇峰集》卷十四）。

五、六月間，趙世顯解官歸自蜀。

作《蔡景明參知重游晋安過訪山居話舊詩先永寧殁已九載尚辱垂吊感而賦此》（《集》卷九）。

按：熥父棉卒于萬曆十九年（一五九一），至今九年。

作《趙仁甫別駕解官歸自夔府招同陳履吉陳平夫陳振狂集侶雲堂》（《集》卷九）。

趙世顯《陳履吉振狂平夫徐惟和集侶雲堂》（《芝園稿》卷二十）

按：侶雲堂，趙世顯芝園堂名。又按：趙世顯，字仁甫，侯官人。萬曆十一年（一五八三）進士。有《芝园稿》。

作《五月十二日從羅山堂分得黄金間碧玉竹栽植小園戲作》（《集》十四）。

按：羅山堂在法海寺。

又按：熥有《興復羅山法海寺募緣疏》（《集》卷十九）

又按：本年由私宅復爲寺，故知此詩作于是歲。

作《種蠟梅》（《集》十四）。

作《送善上人募建水月庵》《施仲宣司理招同鄧女高督學飲烏石山分得虚字》（《集》卷九）。

作《過黄印坤廣文故居》（《集》卷九）。

徐㶿《過黄坤印博士墓》（《鼇峰集》卷十）

按：黄中卒于萬曆二十五、六年之間。熥有《題畫菊贈黄博士印坤》，參見萬曆二十三年（一五九五）。

六月，與弟㷊考得《高秦仲山水圖》高秦仲即高淮，題之。在古田，寡歡，作《香閨七吊詩》，有同病相憐之慨，并寄幼孺。病，歸。

作《懷惟秦客粤》：『馬度栟櫚密，鶯啼篔竹疏。』（《集》卷六）

作《山齋獨坐懷惟秦客粤》（《集》卷十四）。

按：陳仲溱客恩州，詳三月。

作《高秦仲山水圖》（《集》卷十九）。

作《霞林樵隱爲梁逸人賦》（《集》卷三）。

陳薦夫有《霞林樵隱歌贈梁生》（《水明樓集》卷二）。

徐㷊有《賦得霞林樵隱贈梁逸人》（《鼇峰集》卷七）。

作《美人買鐵馬歌和幼孺》（《集》卷三）。

陳薦夫有《美人買鐵馬歌》（《水明樓集》卷二）。

徐㷊有《和幼孺美人買鐵馬歌》（《鼇峰集》卷七）。

作《題陳伯孺效漫士山水小景》（《集》卷三）。

按：漫士，高漫士，即高棅。

作《題馬遠山水》（《集》卷三）。

按：馬遠，字欽山，又字遥父，宋河中人，居錢塘。善畫山水、人物、花鳥，畫筆精工。

陳薦夫《題馬遠畫爲惟和賦》（《水明樓集》卷二）

作《贈林子實山人》（《集》卷九）。

按：此篇似爲七律之絶筆。詩中『過此身』、『留身後名』，似對生命有預感。參下陳薦夫《哭徐惟和》詩。

又按：即林春秀字子實，號雲波，古田隱士。

作《林孝孫傳》（《集》卷十七）。

按：《林孝孫傳》又見《榕陰新檢》卷一引《集》，題爲《童孝希聞》，文字稍异。

作《香閨七吊詩》，其《附記》：『己亥夏杪，客居玉田，旅次寡歡，情鍾艷骨，孤燈置想，今夕何年，同病相憐。惟我幼孺，録而寄之，庶其和余。』（《集》卷十四）

徐𤊹《題畫美人十四首》（《鼇峰集》卷二十四）

按：七閨者爲蘇小小、薛濤、霍小玉、崔鶯鶯、非烟、李易安、朱淑真。

又按：此七詩前後順序同熥七詩。

又按：《林孝孫傳》《香閨七吊詩》爲絶筆。陳薦夫作《哭惟和四首》，其三自注：『玉田有林孝子，惟和爲之立傳。又作《香閨七吊詩》寄余，皆絶筆也。』（《水明樓集》卷五）詳下年。

七月，客古田，作書報王若。病，由古田歸福州。以書招陳价夫、陳薦夫兄弟，將有所托。

作《與王相如》(《集》卷二十)。

陳价夫《徐惟和行狀》：『歲己亥七月，以事之玉田，遘疾而歸。當惟和疾時，价夫兄弟居山中，遠不及聞。疾亟，以書招予弟兄，將有所托。』(《招隱樓稿》)

八月，病，友人林應聘自調湯藥與同卧起；病似瘧，不知人。弟日夜惶悸。病篤，有程倉曹者禱于廟，願以餘年代之。八日，卒，百人哀號，滿城行哭。陳价夫以爲熥死，『中原旗鼓，終不可復振』。遺命啓東岳父母壽藏而封。

謝肇淛《林志尹墓志銘》：『余社中兄弟若陳汝翔、伯孺、幼孺、徐惟和、興公，無不與厚善者，而志尹周旋貧賤交甚于富貴，其急人之急，不侵爲然諾，其天性也。惟和自古田歸，病甚，不知人。志尹自調湯藥與同卧起，月餘無倦色。』(《小草齋文集》卷十八)

鄧原岳《寄屠使君辰州》：『惟和似瘧。』(《西樓集》卷十八)

陳鳴鶴《徐熥傳》：『萬曆己亥熥病侵。有程倉曹者禱于城隍廟，願以餘年代熥。晝夜禱，叩頭，頭盡流血。』(《東越文苑傳》卷六)

陳价夫《徐惟和行狀》：『越月五日，始入城，視其疾，則已益篤，猶然執予手，如相訣狀。蓋身後之事，旬日前自知不起，已預諄諄屬之介弟矣。林從事志尹者，莫逆友也。惟和自玉田病歸，即移外寢，呼志尹與居。悉屏去婦人，不令近，獨志尹侍湯藥床笫者月餘。至仲秋八日，疾竟不起。嗚呼，傷哉！惟和所生母林已騷然黃髮矣。男子才丱角，女子才八歲。其餘

尚呱呱而啼。卒之日，親朋百人哀號震慟，滿城行哭。』（《招隱樓稿》）

按：《徐熥傳》：『卒萬曆二十七年己亥十月初十日巳時，年三十九。葬西關外丸店張半洲墳左崙。』（《荆山徐氏譜·世系考》）《荆山徐氏譜·世系考》所記，恐非。陳价夫《招隱樓稿》爲熥弟𤊹所選，上海圖書館藏鈔本鈐有徐𤊹印章。熥卒切确時間當以《行狀》爲是。

陳价夫《祭徐惟和文》（《招隱樓稿》）

按：『兒女之親』，陳价夫季女適熥弟𤊹之子陸，故云。

徐𤊹《祭酒嶺造墳記》：『己亥伯兄病篤，遺命：「先君不禄，家運漸屯，吾死不足惜，恨先人尚在淺土，吾目不瞑。二弟食貧，何以能襄大事。無已，當啓東岳壽藏而封焉。」』（《紅雨樓集》册九，《上圖稿本》第四四册，第四〇二頁）

按：參見萬曆二十一年（一五九三）、二十五年（一五九七）、四十一年（一六一三）。

九月，入祀烏石山之高賢祠。陳价夫擬作《幔亭外紀》，未果。

陳价夫《徐惟和行狀》：『是歲九月，同社諸子爲作木主，祀于烏石山之高賢祠。祠即屠田叔司農丞所建，以祀晉唐以來風雅諸名公者。凡惟和所行事可稱者甚夥，不能殫述。不佞价夫尚擬作《幔亭外紀》以志之，然而每一搦管，輒爲凄然，不知何可冀成帙也。』（《招隱樓稿》）

陳鳴鶴《徐熥傳》：『及熥卒，閩士大夫，四民過客，亡問知與不知，皆爲垂涕。自四方來吊

者，趾相錯，故嘗與熥爲詩者相與祀熥與陳椿于高賢祠。』（《東越文苑傳》卷六）

是歲，所作詩除上已繫者，尚有：

作《題陳伯孺畫》（《集》卷二）。

作《題雜畫七首》《題呂紀雙鷄雛》（《集》卷十四）。

是歲，題戊子歲所製《青樓俠氣卷》。

題《青樓俠氣卷》（《集》卷十九）。

是歲，題董西厢。

題《董解元西厢記》（《集》卷十九）。

按：屠本畯贈書在萬曆二十五年（一五九七），熥隨即上春官，次年下第與薦夫同行，而中途分道。『南劍』，即延平。本年春熥有延平之行。詳上。知此文作于本年。

是歲及稍晚，親友相繼作詩文傷徐熥；劍浦黄見庭有奠章哀之。

趙世顯有《哭徐惟和孝廉》（《芝園稿》卷二十）。

曹學佺有《哭徐惟和三首》（《金陵初稿》）。

曹學佺有《與從先夜坐遂傷惟和》（《金陵初稿》）。

陳薦夫有《哭惟和》（《水明樓集》卷五）。

王穉登有《哭徐惟和》（《南有堂詩集》卷五）。

陳薦夫有《祭陳汝大徐惟和入高賢祠文》（《水明樓集》卷十四）。
鄭邦祥有《挽徐惟和先生》（郭柏蒼《全閩明詩傳》卷四十一）。
謝肇淛《夢徐惟和》（《小草齋集》卷四）。
按：此詩作于真州。
陳鴻有《哭徐惟和》（《秋室編》卷四）。
黄尚弘有《哭徐惟和》（黄天全《保穀堂》附，《石倉十二代詩選·社集》）。
按：黄尚弘，字季重，莆田人，天全之子。
徐𤊹有《先兄亡後振狂以詩見慰次答》（《鼇峰集》卷十四）。
按：陳宏已有詩吊惟和并慰其弟𤊹。詩佚。
又按：徐𤊹《與黄見庭廣文》：『伏睹先生遠寄奠章，哀我伯氏，述其生平，采其詩史，一字一泪，白日無光。且辱手書慰唁，不肖情深義篤，』（《紅雨樓集》册三，《上圖稿本》第四二册，第三一六頁）
十二月，徐𤊹有劍浦之役。𤊹于興國寺檢編《集》，作詩懷熥；除夕，又有詩懷之。
徐𤊹《興國寺檢編幔亭集撫卷凄然感而有作》《己亥除夕是年有伯兄之喪》（《鼇峰集》卷十四）
徐𤊹有《普通寺讀惟和兄舊題愴然有作》（《鼇峰集》卷十）

是歲，林章卒、陳椿卒。

萬曆二十八年庚子（一六〇〇）　殁後一年

春，熥子徐莊之粤訪張大光。徐𤊹齋居，因懷社中舊友及兄熥。

徐𤊹《送莊之粤訪張叔弢疲寄汝翔》（《鼇峰集》卷十四）

按：張大光于萬曆二十六年（一五九八）令羅浮，𤊹有《送張叔弢令羅浮》（《集》卷九）。

徐𤊹有《懷友詩·惟和兄孝廉》：『半途俄死别，骨肉痛連枝。多少家中事，難令地下知。竹房孤試茗，花徑罷敲詩。不及黄泉路，相隨未有期。』（《鼇峰集》卷十）

九月，弟𤊹與佘翔、謝吉卿、謝耳伯等展謁高賢祠；重陽後五日，吉卿應𤊹請，爲作《幔亭集序》。

徐𤊹有《九日邀佘宗漢謝修之謝伯元黄堯衢杜林生集高賢祠》（《鼇峰集》卷十四）。

謝吉卿有《幔亭集序》（萬曆本《集》卷首）。

冬，曹學佺臨哭殯宫，作祭文。

曹學佺作《祭徐惟和文》（《石倉二文稿》卷二）。

徐𤊹作《曹能始臨哭先兄殯宫感而賦答》（《鼇峰集》卷十四）。

除夕，徐𤊹有詩追懷父棉、兄熥。

徐𤊹有《庚子除夕》：『浮生如夢太支離，愁病相侵歲月移。篋裹父書貧廢讀，堂前先像遠

難追。欲占豐歉求新曆，爲補精神祭舊詩。一自雁行中斷後，不聞佳句咏春池。』（《鼇峰集》卷十四）

本年，愛妾去帷，僕奴遺散。

按：詳下鄧原岳《寄屠田叔辰州》。

本年，徐𤊹有書致友人，以爲自兄歿後，已哀慟慘怛，如醉夢中。

徐𤊹《與黃克庭廣文》：『不肖自伯兄不禄之後，哀慟慘怛，神理頓盡。』（《紅雨樓集》册三，《上圖稿本》第四二册，第三二一六頁）

本年，趙世顯讀熥遺編，感而懷之。

趙世顯《讀徐惟和詩感懷》（《芝園稿》卷二十八）

本年，鄧原岳有文祭徐熥，并與𤊹議定，先刻熥集；又作詩十二首哭之。

鄧原岳《祭徐孝廉惟和文》（《西樓集》卷十六）

鄧原岳《哭徐惟和十二首》（《西樓集》卷十）

本年，鄧原岳作致書徐𤊹、屠本畯反復寄哀。

鄧原岳《寄徐惟起》：『阿和聰令穎徹，風流神雋，吾輩中夐然寡儔……卿相而朽也，與孝廉而傳也，孰軒輊哉！……《哀辭》一首，《挽章》十二絶句，托足下讀而焚之靈床，致悠悠之懷，見平生之誼也。先後諸稿，稍暇一一葺録，不佞尚得善地，當爲鏤行。三尺新阡，徐乃議

之耳。』（《西樓集》卷十八）

按：《哀辭》即《祭徐孝廉惟和文》；《挽章》十二絶句，即《哭徐惟和十二首》。

鄧原岳《寄屠田叔辰州》：『得徐惟和凶信，爲之慟哭幾絶……此君風流爾雅，邈然寡儔，令其少延，必有以垂不朽者乎……不佞結同心之誼，托山水之契，那得不顧影自憐，聞歌隕涕也。陳女大先卒，遂并祀于烏石新祠，則此君于使君可謂千秋之誼矣。老母在堂，遺孤未壯，生妻孀苦，愛妾去帷，令人思之不勝荼毒之嘆。使君夙結金蘭，情逾骨肉，何以慰地下靈。敬録《哀辭》一首，《挽歌》十二絶句，情苦鼻酸，不能成聲，附郵筒請教，非徒傷逝，便以當哭也。』（《西樓集》卷十八）

本年，徐𤊹致書江中丞，乞憐熥子。

本年，徐𤊹致書張比台，乞爲熥作挽詩。

本年，徐𤊹致書曹學佺，謀刻《集》。

徐𤊹《寄曹能始》：『屢欲謀梓先伯兄詩文行世，而寒家未有副本，故遲遲不得進呈。兹者録出古近體十四卷，文六卷，伯兄生平事業，都在于此。若湮而弗得傳，九原之目未瞑。交游之中莫逆者，無如足下。當爲伯兄善圖之。尤所願望耳。』（《紅雨樓集》册三，《上圖稿本》第四二册，第三二一——三二二頁）

本年，《集》由清流王若捐金授梓。𤊹致書鄧原岳，乞爲《集》作序，并云熥子莊駑鈍，不堪鞭策。

徐𤊹《寄王百谷》：『不肖自先兄見背之後，拙于居貧，饑無粟，寒無衣。老母七旬，三喪未舉，如此遭逢，如此心事，誰其憐之……清流有王生若，少年豪爽，好行其德，先兄遺詩滿篋，死而無收之者，王生收而梓之，其誼至高。』（《紅雨樓集》册三，《上圖稿本》第四二册，第二九九—三〇〇頁）

徐𤊹《寄張幼于先生》：『清流王生若者，裴家宰之懿親也。少年負跅跑之氣，雅好聲律，舊歲捐金刻先兄遺稿，其友誼當于古人中求之。』（《紅雨樓集》册三，《上圖稿本》第四二册，第三〇一—三〇二頁）

徐𤊹《寄鄧汝高學使》：『伯兄見背，忽爾逾期，門户零丁，八口不給。猶子戔戔，十分駑鈍，不堪鞭策。天既不假以年，而復不昌其後，天道茫昧，豈忍爲知己道哉！伯兄遺稿，承教之後，搜輯諸集，删其太甚者，猶存古近體詩二千餘首，雜文二百餘篇，分爲十六卷。有清流王生名若者，捐金授梓，業已梓成，尚乏玄晏先生爲弁其首。伯兄生平所最莫逆意氣，無若門下；而生平最推轂文字，亦無若門下，取乞一篇，以垂不朽……詩文總名曰「幔亭集」。』（《紅雨樓集》册三，《上圖稿本》第四二册，第三二八—三二九頁）

按：萬曆本《集》各卷卷端第一行爲『閩中徐熥惟和著』，第二行『友人陳薦夫幼孺選』，第三行『王若相如編』。

本年，徐𤊹致書王百谷，以爲與兄熥友于師資，兩者兼盡，作熥《行狀》，乞王氏作銘。

本年，徐𤊹致書屠本畯談及熥好俠喜義。

徐𤊹《寄屠田叔》：『且伯兄生平好俠喜義，賣田結客，典衣鬻書。一旦弃捐，猶子不免負薪之困。』（《紅雨樓集》册三，《上圖稿本》第四二册，第三二四頁）

本年或稍後，謝肇淛爲陳鳴鶴詩撰《序》，憶及陳椿及熥，爲之太息。

謝肇淛《陳女翔詩序》：『二十年來，風塵反側，今女大、惟和既相繼謝世，顧余及女翔亦髮且種種矣。俯仰陳迹，河清幾時，而妄意此不可知之業也。』（《小草齋文集》卷四）

萬曆二十九年辛丑（一六〇一）　殁後二年

三月，謝肇淛爲周母及周如塤撰《墓志銘》，言及因熥而識如塤，而如塤與熥俱逝矣。

謝肇淛《周母太孺人林氏暨仲子山人所諧偕配孺人曾氏祔葬墓志銘》：『不佞之得交所諧，以徐惟和也。茲所諧之松檟拱矣，惟和亦相繼奄逝，蓋不勝河山之感焉。』（《小草齋文集》卷十八）

夏，謝肇淛讀徐熥詩有作。

謝肇淛《讀惟和詩二首》其一：『新詩成故物，開卷便心悲。身後名成日，人間論定時。紅顔天亦妒，俠骨世空疑。寂寞千秋意，臨流哭子期。』其二：『却憶追隨日，先探赤水珠。青雲心自薄，白雲調彌孤。事業名山在，生涯儋石無。何須借玄晏，價已重三都。』（《小草齋集》

卷十四）

夏秋間，沈野前來憑吊。歸吴，徐𤊹有詩紀之。

徐𤊹《送沈從先還吴爲吊先兄至閩》（《鼇峰集》卷十五）

八月，曹學佺返金陵，徐𤊹送之至建州。

秋，鄧原岳爲熥集撰序。

鄧原岳《徐幔亭集先生集序》（萬曆本《集》卷首）

十二月，屠隆爲作《徐幔亭先生集序》。

屠隆《徐幔亭先生集序》（萬曆本《集》卷首）

徐𤊹有《屠緯真先生爲先兄序詩感而賦答》（《鼇峰集》卷十）。

按：萬曆本《集》卷首有屠本畯《幔亭集題詞》、張獻翼《幔亭集叙》、顧大典《幔亭集序》、謝吉卿《幔亭集序》、鄧原岳《徐幔亭先生集序》、屠隆《徐幔亭先生集序》。

冬，徐𤊹本欲北游燕趙，因熥卒，客明州而止，不作遠游；有詩追懷熥。

徐𤊹《明州感懷八首》，其四：『少小念同氣，和合成塤篪。師友相切劘，家庭日怡怡。何期在中路，鴻雁鳴聲悲。飄然失故群，手足傷分離。痛此年命促，嘆茲門祚衰。緘書勖吾季，奮飛當及時。』（《鼇峰集》卷四）

按：本年𤊹客明州，詳《𤊹譜》。

本年，燉致書屠本畯，談及熥歿後已文思荒蕪及《集》事。

徐燉《寄屠田叔》：『喪兄之後，文思荒蕪。詩懷蕭索……先兄生平所著詩，汀州王生請行于世，十之七耳。餘悉冗雜平淡，不灾之木。其所著文四卷，向經明公巨眼品騭，苦乏梓錢，不能一并流布。今往詩集一部，伏乞教正。先兄挽詩，海内寄來頗多，不肖欲附之梓。耑待明公一言，以垂不朽。』（《紅雨樓集》册三，《上圖稿本》第四二册，第三三一—三三二頁）

本年，徐燉致書謝肇淛，談及熥先業廢且盡，累及家人。

徐燉《寄謝在杭》：『先兄舉孝廉十有二載，粥衣結客，賣田買書，不惟不問家人産，即凉薄先業，亦且廢盡。一旦弃捐，萬事瓦解。白頭在堂，黄口在抱。死者已矣，生者能無累乎……《集》已刻完，以無刷便，先寄數種奉覽。詩文總十六卷，尚乏玄晏先生，門下能掇數言于卷首，則有華衮之榮矣！』（《紅雨樓集》册三，《上圖稿本》第四二册，第三三八—三四〇頁）

萬曆三十年壬寅（一六〇二） 歿後三年

七月，謝肇淛作《墨梅卷跋》，憶萬曆二十二年（一五九四）于吴興共閲此卷情景，并追悼熥。

謝肇淛《墨梅卷跋》：『萬曆壬辰七月十一日，重裝于東郡草堂。憶昔甲午冬與惟和擁爐共閲，嘆吾郡先輩餘風宛然在斷簡殘墨間。曾幾何時，且并惟和作古人矣。不能終卷，爲之一慟。』（《小草齋文集》卷二十四）

歲晚，徐𤊹梅林對酒懷亡兄等。

徐𤊹《梅林對酒因懷陳汝大鄭君大惟和兄》（《鼇峰集》卷十）

按：梅塢，在福州倉山，熥生前曾與陳椿、陳鳴鶴、陳振狂及弟等在此尋梅。

本年，林應聘（志尹）爲熥鈔王恭《草澤狂歌》未竟，熥卒後，强泪爲之續鈔畢，并作《王恭草澤狂歌跋》追懷之。

林志尹《王恭草澤狂歌跋》：『王典籍《草澤狂歌》，向未登木，徐惟和得自張海城先生，不啻若拱璧，然乃抄録未竟而逝。予藏篋中，不忍閲視，傷人琴之亡也。傾慮散佚，强泪抄成，仍送之緑玉齋，以成惟和之志。蓋亦效挂劍徐君云爾。萬曆壬寅秋志尹題。』（曹學佺《石倉歷代詩選》卷二百九十八《明詩初集》十八）

本年，徐𤊹致書屠本畯，言先兄見背，七閩雅壇，或失盟主。

徐𤊹《寄屠田叔》：『不幸先兄見背，百事瓦解，不惟寒門零替，殲此喆人，而七閩雅壇，誰爲盟主！』（《紅雨樓集》册三，《上圖稿本》第四二册，第三四六頁）

本年，徐𤊹再次致書屠本畯，言已編熥集，已十去其四，希冀屠氏再爲删去應酬，獨存近古者二册；又言及熥文集正在刊刻之中。

徐𤊹《寄屠田叔》：『先兄詩草，撰述頗多，蓋棺之後，某爲删潤，十去其四，而簡佚猶爲重大，即敝鄉家置一部爲難，况能傳佈海内乎？承教嚴選，實獲我心。明公若不惜針砭，爲選二册，盡去應酬，獨存近古者，則惟和白骨可肉矣。留念留念！所著文章，向已請教，雖不一一步聚古人，亦自成一家，達意而止。某亦不忍弃之不傳。今在殺青，秋初可寄呈也。』（《紅雨樓集》册三，《上圖稿本》第四二册，第三五〇——三五一頁）

本年，徐𤊹致書陳志玄，謝其致挽章，及叙其與兩兄弟情誼。

徐𤊹《答陳志玄司城》：『開緘奉誦，如對故人，且念及先兄，挽章珍重，字字哀傷，而奠儀遠頒，愈增感痛。仁兄之遇不佞兄弟，何啻至親骨肉耶！古云：意氣孚合，不必同堂，比肩始稱兄弟。不佞與仁兄之謂歟？』（《紅雨樓集》册三，《上圖稿本》第四二册，第三一〇頁）

本年，康彦登卒，年僅三十六。徐𤊹致書屠本畯，兼傷兄熥。

徐𤊹《答屠田叔》：『康元龍于九月之晦，奄然長逝……既喪惟和、汝大，再喪子卿，今後殲及元龍，大將子去。』（《紅雨樓集》册三，《上圖稿本》第四二册，第三五三——三五四頁）

萬曆三十一年癸卯（一六〇三）　殁後四年

八月，中秋，阮自華司理大會詞人于福州烏石山鄰霄臺。曹學佺與東海屠隆，莆田佘翔，清漳鄭懷魁，閩郡趙世顯、林世吉并爲長。

萬曆三十二年甲辰（一六〇四）　殁後五年

本年，弟𤊹爲作《先兄墓碑陰交游題名記》：『萬曆甲辰弟𤊹記。』（《紅雨樓集》册九，《上圖稿本》第四四册，第四〇八—四一七頁）

本年，謝肇淛叔祖謝杰卒。鄧原岳卒、張獻翼卒、林光宇卒、游士豪卒。

萬曆三十三年乙巳（一六〇五）　歿後六年

五月，曹學佺序《林子真詩》，引熥詩；熥生前極看重子真。

曹學佺《林子真詩序》：『亡友徐惟和贈之詩曰「眼中之人惟有汝」……乙巳孟夏朔日書。』（《石倉文稿》卷一）

八、九月，徐𤊹擬游吴越。阮自華有詩送𤊹并追思熥。

阮自華《在閩送徐興公入吴因念惟和》：『使君相對恨無衣，萬里誰堪共履扉。吴楚關山迷翠靄，海天雲樹掩彤輝。回首吴門親送遠，迢遞匹練幾時歸。』（《靈霧山人詩集》卷九）

萬曆三十四年丙午（一六〇六）　歿後七年

春、夏間，徐𤊹過普陀寺訪志若上人，上人出挽熥詩，𤊹感而賦答。

徐𤊹《普陀寺訪志若上人因出哀挽先兄詩感而賦答》（《鼇峰集》卷十六）

冬，姊丈謝汝韶卒。

本年，謝肇淛爲熥題《幔亭圖》。

謝肇淛《題徐惟和幔亭圖》：『雲樹蒼茫濕翠微，山川滿目泪沾衣。虹橋宴後人何在，華表歸來事已非。詞客有靈遺蜕冷，曾孫無主落花飛。可哀一曲滄桑改，霜月凄凉照竹扉。』（《小草齋集》卷二十一）

本年，謝肇淛題熥小像。

謝肇淛《題徐惟和小像》：『風雨鑾江話別離，夢中猶見舊璚枝。如今風景非還是，政是羊曇慟哭時。』（《小草齋集》卷二十八）

按：此詩在《舟至芋江丙午》詩後。肇淛本年八月歸家。

本年，謝肇淛入賀。間道過家。報轉司馬郎，不之官；轉南京兵部職方司主事。

本年，屠隆卒。

萬曆三十五年丁未（一六〇七）　殁後八年

春，謝肇淛嘆熥卒未十年，而家業半落他人之手。弟㶿作祭高賢祠文。

謝肇淛《徐興公家藏扇面手卷跋》：『萬曆丁未春……惟和謝世，未及十年，饘粥糊口之業，半落他人手，非獨篋中玩好已也。王摩詰曰：「來者復爲誰，空悲惜人有。」古今一貫，惟和固不必鬱鬱地下耳。』（《小草齋文集》卷二十四）

徐𤊹《丁未春祭高賢祠文》(《紅雨樓集》册二,《上圖稿本》第四二册,第二四〇頁)

按:熥殁後入祀高賢祠,徐𤊹所祭諸賢,熥亦在其中。

三月,徐𤊹題謝肇淛《吴門二十家書畫》,因憶及此卷八九年前原爲熥所藏。偶翻檢熥所藏《鄭繼之手書》,遂求謝肇淛跋其後,已亦記數語。

徐𤊹題《吴門二十家書畫》:『向屬先兄惟和所藏,失去者八九載,今展轉而歸在杭,不惟諸公得异代之知己,而先兄亦可以稍慰于九泉也。萬曆丁未上巳,徐惟起書。』(沈文倬《紅雨樓序跋》卷二,第八〇頁)

徐𤊹題《鄭繼之手書》略云:『惟和兄向收得之,寶若拱璧。俯仰又逾十年……永寶藏之!萬曆丁未三月,東海徐惟起。』(沈文倬《紅雨樓序跋》卷二,第八三頁)

夏,徐𤊹從高景處借得高棅《嘯臺集》,因憶及當年與兄熥求搜集此書情形。

徐𤊹題《嘯臺集》:『《嘯臺集》,乃襄敏公先爲授梓,板今不存,後學之士,無從得觀。余兄弟求之十年,始得之張海城廣文,海城得之林碧田茂才,糜爛醯鷄,不絶如綫……萬曆丁未浴佛日,後學徐𤊹題。』(沈文倬《紅雨樓序跋》卷一,第四二頁)

秋,陳薦夫過緑玉齋,懷熥。

陳薦夫《重過緑玉齋感賦二首》其一:『懷哉鄰笛音,山陽有餘嘆。』(《水明樓集》卷一)

十二月,謝肇淛合葬父謝汝韶及高宜人、趙安人。

冬，徐𤊹往惠州，過漳州，與馬欻同憶熥。

徐𤊹《宿臨漳驛舍與季聲夜坐同憶元龍惟和次韵》（《鼇峰集》卷十六）

按：元龍，即康彥登。

本年，友人陳鳴鶴撰、趙世顯訂正《東越文苑傳》刻印，卷六有《徐熥傳》。

本年，友人謝肇淛與𤊹共展《顧道行山水卷》，念及熥墓木已栱，爲之一慟。

謝肇淛《顧道行山水跋》略云：『憶丁亥歲與惟和初執經事先生，迄今僅二十年，而先生中道萎謝，即惟和墓木亦且拱矣。與興公展閱未竟，爲之一慟。』（《小草齋文集》卷二十）

按：初謁顧在萬曆十五年（一五八七），至本歲在二十、二十　年間。此文在《徐興公家藏扇面手卷跋》後，故知仍作于本歲。

萬曆三十六年戊申（一六〇八）　歿後九年

夏，謝肇淛與徐𤊹等結紅雲會。

本年，友人陳薦夫追懷熥。

陳薦夫作《荆溪舟中夜悼徐惟和》（《水明樓集》卷八）。

本年，熥、𤊹生母林氏卒，年七十三。同社有祭文。謝肇淛祭文言及熥于詞壇先鳴旗鼓。

徐𤊹《祭謝氏姊文》：『丁未、戊申，弟婦高、生母林又相繼逝矣。』（《紅雨樓集》册十，《上圖

稿本》第四五册，第一〇三頁）

謝肇淛《祭徐門外庶祖母文》：『伯氏先鳴，詞壇旗鼓。仲也吹篪，雕龍綉虎。』（《小草齋文集》卷二十六）

本年，沈野卒。

萬曆三十七年己酉（一六〇九） 歿後十年

三月，徐𤊹題《吕梁廟碑》，因憶及熥曾收藏此卷。

徐𤊹題《趙承旨梁廟碑》：『先兄惟和向所收得，今歸高景倩，亦得其所主，實此帖之幸也。萬曆己酉暮春，過景倩木山齋，試鼓山新茶，因此展玩。徐惟起題。』（沈文倬《紅雨樓序跋》卷二，第七二頁）

五月，林應聘卒，年五十四。

夏，徐𤊹與謝肇淛游武夷，見惟和題墨，凄然傷之。

謝肇淛《游武夷山記》：『（己酉）五月二日……循東西廊，觀游人題墨及諸石刻，汗漫林立，其可讀者蓋尠，而惟和、女高、子卿諸詩，閲之又凄凄不勝山河之感也。』（《小草齋文集》卷九）

十月，徐𤊹客鄱陽，寓乾元寺，題《聖教序》，憶及兄熥曾以此卷贈郭君猷之往事。

徐熥題《聖教序》：『先兄……戊戌下第南歸，舟過臨清，值郭君猷于旅次，遂損此帖相贈……今歲余客鄱陽，與君猷同寓乾元寺，因出共觀，且爲余道其始末，不勝人亡物在之感……萬曆己酉陽月望後三日，東海徐惟起題。』（沈文倬《紅雨樓序跋》卷二，第六七—六八頁）

本年，熥子莊不類，既失恒産，復折龕以賣錢。

徐熥《遷祠龕記》：『府君殁，先兄遷置紅雨樓，新創一龕，稍敞；髹漆丹堊，稍精。以爲可妥先靈于永久，不虞其一旦遷移變置耳。歲己酉之冬，兄子不類，既蕩失恒産，復折以賣錢。余自越歸，凄然傷之。』（《紅雨樓集》册九，《上圖稿本》第四四册，第四〇五—四〇六頁）

按：參見萬曆二十年（一五九二）。

本年，徐熥致書黄道元，追懷熥。

徐熥《寄黄道元》：『先兄弃世未久，而先慈、先妻相繼不禄。』（《紅雨樓集》册六，《上圖稿本》第四三册，第三三九頁）

萬曆三十八年庚戌（一六一〇） 殁後十一年

本年，徐熥爲熥作《題幔亭圖》詩。

徐熥《題幔亭圖》：『一夕仙風掃幔亭，碧峰依舊插天青。語殘白鶴魂何在，叫罷金鷄夢不

醒。』(《鼇峰集》卷十八)

徐𤊹《初夏宋永延陳伯孺倪柯古過集各賦齋中八物·幔亭圖》(《鼇峰集》卷二十二)

按：此詩作年不詳，附繫于此。

本年，徐𤊹致書王兆雲(元禎)，謝其將熥事迹編入《詞林人物考》。

徐𤊹《答王元禎》：『先兄惟和，位不滿德，中道而夭，得籍鴻筆，收入《詞林》，不佞而□先兄也，始忘□門下之明德耳。子孫世世之感，永矢弗諼矣。』(《紅雨樓集》册六，《上圖稿本》第四三册，第三〇七頁)

按：王兆雲《詞林人物考》：『徐熥，字惟和，福州閩縣人，中戊子鄉試。多大度，不拘小節，家甚貧，好賓客，凡游閩者無論尊官賤士，無不得見徐君，户外門四方炎屨相錯如市。或游困不能歸者，傾索以贈。人咸誚爲「窮孟嘗」云。著有《集》《絳囊生傳》行于世。年四十賫志以歿。』(《荆山徐氏譜·世系考》引)

又按：《絳囊生傳》見《集》卷十七，僅數百字，似未單刻。

本年，徐𤊹致書鄧汝實，論修《閩清縣志》，因及熥所作梅溪(今閩清縣)詩。

徐𤊹《與鄧汝實》：『先兄惟和《梅溪雜詩四首》，弟舊作三首，録求教正。』(《紅雨樓集》册六，《上圖稿本》第四三册，第四二〇頁)

按：《梅溪雜詩四首》，集不載。

本年，徐熥寄熥集于譚忠卿，言弟熛及子侄俱列青衿。

徐㶿《寄譚華南比部》：『先兄孝廉，曾辱貽書，業有詩章奉寄，刻之集中，附呈教正。先兄見背又復十年，舍弟熛，豚兒陸，猶子陛，皆荷台翁之庇，俱列青衿。』（《紅雨樓集》册六，《上圖稿本》第四三册，第三一五頁）

按：熥卒于萬曆二十七年（一五九九），『十年』，爲成數。

本年，熥子徐莊扶母訟徐㶿、徐熛，以爲『前世冤業，始生此子』。

徐㶿《寄曹能始》：『逆侄邇年尤恣睢凶暴，累欲訟我兄弟二人。日前扶嫂氏具告提學，道批府，尚未問審。婦人生不肖子，反爲護，玷我亡兄，此家門不幸，人倫大變，日惟仰天太息，繼之以泣而已。此亦前世冤業，始生此子，弟亦委之于數耳。』（《紅雨樓集》册六，《上圖稿本職工作》第四三册，第四一四頁）

按：徐㶿游浙、贛，歲暮還家，在去歲，詳《㶿譜》。

本年，弟㶿長孫鍾震器之生。

本年，陳益祥卒、趙世顯卒、佘翔卒。

萬曆三十九年辛亥（一六一一）　歿後十二年

本年，謝肇淛作詩懷熥。

謝肇淛《五子篇·徐孝廉惟和》：『惟和我渭陽，意不可一世。聰明固天縱，神力亦奔詣。蒐討殫九流，匠心游六藝。大雅振式微，逸響流天際。燦若華岳峰，芙蓉映朝霽。快意萬里游，藝苑標赤幟。行年未四十，嚴霜摧芳蕙。西華困負薪，窮交半淪替。人琴今俱亡，腸斷平生契。』（《小草齋集》卷六）

按：『五子』爲陳文學汝大、趙別駕仁甫、鄧憲副女高、陳孝廉幼孺和徐孝廉惟和。

本年，江陰繆尊素選熥《子見南子》，有評語。

熥《子見南子》，題下注：『一節。徐熥。慶、曆增删。辛亥年選。』篇末：『江陰繆尊素太質評：此君是閩中博古士也，隻字片紙不減夜光，即此一文，何嘗有一字入時否？』（《紅雨樓集》册九，《上圖稿本》第四四册，第三七六—三七八頁）

萬曆四十年壬子（一六一二）　歿後十三年

本年，陳省卒、陳薦夫卒。

萬曆四十一年癸丑（一六一三）　歿後十四年

十月，徐㶿三子隆卒，七齡。

十一月，徐㶿、徐熛安葬考妣于祭酒嶺；生母林氏祔焉。

本年，徐𤊹跋《文選纂注》，因憶兄熥批點此書情景。

徐𤊹跋《文選纂注》：『伯兄批點斯本，日置案頭，會試北上，携之巾箱。先兄物化十五年，覽此不勝傷悼。陸士衡云：「尋平生于響像，覽前物而懷之。」正謂此也。萬曆癸丑臘月，興公書。』（沈文倬《紅雨樓序跋》卷一，第五七頁）

萬曆四十二年甲寅（一六一四）　歿後十五年

八月，徐𤊹子延壽生。

本年，謝肇淛有詩懷熥。

謝肇淛《過四女樹追憶舊游悵然有懷惟和幼孺》（《小草齋集》卷二十四）

本年，陳价夫卒。

萬曆四十三年乙卯（一六一五）　歿後十六年

約于本年，謝肇淛作《漫興》詩言及熥；論萬曆間詩，以爲閩中詩人能拒鍾譚。

朱彝尊《静志居詩話》卷十六『謝肇淛』條：『《漫興》詩云：「徐陳里閈久相親，鍾李湖湘非我鄰。丸泥久已封函谷，怕見江東一片塵。」徐指孝廉惟和、山人興公，陳謂文學汝大、孝廉幼孺、山人振狂。』

本年，鄭琰卒。

萬曆四十四年丙辰（一六一六）　歿後十七年

三月，徐𤊹長子陸卒，年僅二十七；陸子鍾震，時方七齡。

本年，謝肇淛作《徐惟和詩卷跋》，盛贊熥書及七律。

謝肇淛《徐惟和詩卷跋》：『吾友中工七言律者，推惟和爲白眉。今觀此卷所書，雖僅僅十餘首，而才情婉至，風骨遒整，絶世之技已見一斑矣。憶自壬辰迄今有二十有五載，行前風流文采，邈若山河，而遺墨殘編，宛然如昨，則故人死友寶持愛護之力也。惟和于是爲不亡矣。』（《小草齋文集》卷二十四）

萬曆四十五年丁巳（一六一七）　歿後十八年

本年，徐𤊹爲陳价夫原配作祭文以爲二徐與二陳情誼如同骨肉。

徐𤊹《祭陳伯孺元配周孺人文》：『昔愚兄弟之與伯孺昆季結社談詩也，誼雖友朋，情實骨肉。既而予與伯孺締爲姻好，不獨味洽芝蘭，且親聯瓜葛矣。』（《紅雨樓集》册二，《上圖稿本》第四二册，第二四五頁）

按：伯孺昆季，即陳价夫、陳薦夫。陳价夫卒于萬曆四十二年（一六一四），𤊹子徐陸卒于去歲；徐陸爲价夫之婿。

本年，林世吉卒；陳第卒。

萬曆四十六年戊午（一六一八） 歿後十九年

冬，徐𤊹過寧德，張大光（叔弢）出示三十年前從熥處所購宋硯。謝肇淛參藩滇南，徐𤊹送至南昌。

徐𤊹《寄張公子叔弢之子》：『尊翁曾以三金購得先兄宋硯一方，用之三十餘年，戊午之冬，不佞過秦川，尊翁出此硯而相示，爾時歲暮，欲令不佞買回，囊空，未能敢許也。言猶在耳。』（《紅雨樓集》册七，《上圖稿本》第四四册，第五八頁）

本年，謝兆申卒。

萬曆四十七年己未（一六一九） 歿後二十年

冬，徐𤊹之滇依謝肇淛。至辰陽得肇淛書知黔中疾疫盛行。殘冬，自辰陽歸閩。

萬曆四十八年、明光宗朱常洛（一六二〇） 歿後二十一年

元月，徐𤊹游滇不果，至楚而；往福安修《志》。

本年，曹學佺作《募緣重修九仙觀疏文》，憶及少年時與熥登九仙山游其觀事，頗有山陽之戚。

曹學佺《募緣重修九仙觀疏文》：『予少年時同徐惟和輩登九仙山，入其觀……迄今三十餘年，再一至止，則羽客銷聲，丹房滅迹，而予友惟和之骨已朽矣，頗懷山陽之戚。』（《石倉文稿》卷之《夜光堂》）

本年，林春秀卒。

明熹宗朱由校天啓元年辛酉（一六二一）　歿後二十二年

二月，林寵從王元直求熥手書詩卷，徐熥把玩吟咏，并作題記。

徐熥題《伯兄書卷》：『先伯氏年不稱德，時論歸美，卷中諸詩，大類劉文房、許丁卯，而書則效法《聖教》《興福》，稍雜以行草。林异卿喜摹古帖，得書家三昧，極賞伯氏書有古意，從王元直求爲珍玩。偶出相示，載一披咏，不勝人琴之痛，因爲之掩卷。天啓改元花朝題。』（沈文倬《紅雨樓序跋》卷二，第九一頁）

按：林寵，字异卿，閩縣人。諸生。工楷書。

閏二月，熥書熥哭林方壺詩，并作題記。

徐熥又題《伯兄詩卷》：『先兄既殁，余爲選梓《幔亭全集》，盡弃其少作。偶檢存稿，書呈异卿，异卿又當愴然耳。閏二月十日又題。』（沈文倬《紅雨樓序跋》卷二，第九一—九二頁）

按：熥哭林方壺詩詳萬曆十一年（一五八三）。

春夏間，葛一龍夢熥，有詩紀之。

葛一龍《夢徐惟和》（《弄閑草》，《葛震甫集》）。

本年，謝肇淛擢廣西按察使。

天啓二年壬戌（一六二二） 歿後二十三年

四、五月間，鍾惺爲福建提學僉事入閩。

天啓三年癸亥（一六二三） 歿後二十四年

本年，袁中道卒、屠本畯卒。

天啓四年甲子（一六二四） 歿後二十五年

七月間，張燮過會城，徐𤊹招其與崔徵仲等集緑玉齋。張燮盛贊𤊹藏書。

張燮《簡徐興公》：『駐榕城十餘日，所不把興公臂者僅二日耳……世上嗜書如賤父子，可謂與興公同癖，惜無從朝夕相對，罄此榷揚耳。』（《群玉樓集》卷六十七）

本年，謝肇淛提調廣西試。卒于萍鄉，年五十八。

本年，鄭邦祥卒，年三十九。

天啓五年乙丑（一六二五）　歿後二十六年

五月，朔，熥妻鄭氏卒。

徐𤊹《答曹能始乙丑夏》：『齊固以五月之望抵舍，先嫂以月朔弃世，不能少待也。』（《紅雨樓集》册八，《上圖稿本》第四四册，第三〇四頁）

按：此書題下注『乙丑夏』。

十月，十五日，葛一龍同王元直等登烏石山謁高賢祠，拜徐熥神主。

葛一龍《十月十五日同元直伯衍登烏石山尋高賢祠拜徐唯和主歷平遠臺夜宿元直家明日出閩》（《矯褐吟》，《葛震甫詩集》）

本年，熥長子莊已逾四十，稍能自立。

徐𤊹《寄李芾泉明府》：『幔亭先生兄所生舍侄，年逾四旬，稍能自立，已生二侄孫。』（《紅雨樓集》册七，《上圖稿本》第四四册，第五六—五七頁）

本年，徐𤊹致書曹學佺，言熥未葬，不勝感愴。

徐𤊹《答曹能始》：『先兄并亡兒、亡妻未葬，力所弗及，中夜思之，不勝感愴。』（《紅雨樓集》册八，《上圖稿本》第四四册，第三〇五頁）

本年，鍾惺卒。

天啓六年丙寅（一六二六） 歿後二十七年

四月，重裝裱《空江秋笛卷》《賓月樓卷》，并分别作題記，因憶及熥合爲一卷及作詩。

徐𤊹題《空江秋笛卷》：『向余兄惟和得之，以陳伯煒《賓月樓》合爲一卷，作歌題其殿……天啓六年丙寅初夏，三山徐𤊹興公識于汗竹巢。』（沈文倬《紅雨樓序跋》卷二，第七六頁）

本年，徐𤊹致書何喬遠，望《閩書》爲熥立傳。

徐𤊹《寄何匪莪司徒》：『昨歲因陳四游書郵之便，曾致先兄文集一部，想入台覽。先兄生平苦心吟咏，破産結客，中道而殂，其言具在。向承台翁許于《閩書》之中立一傳……立言如先兄者，亦頗足采，聞當道方在議梓。仰惟椽筆，爲闡幽光。』（《紅雨樓集》册八，《上圖稿本》第四四册，第二一三頁）

按：《閩書》卷七十四《英舊志·縉紳》有《徐棉傳》；卷一百二十六《英舊志·韋布》有《徐熥傳》。

天啓七年丁卯（一六二七） 歿後二十八年

春，徐𤊹客江西崇仁致書喻政，請求借《集》予彭次嘉《明詩彙韵》采擇。又致書彭次嘉，論當今詩壇，稱熥爲海岳之精英，人中之麟鳳。

徐𤊹《寄喻宣仲》：『彭次嘉近有書云選《明詩彙韵》，而弟拙作業已采入，不勝惶愧。弟此回未曾携得家兄《幔亭集》在橐中，記得兄家有先集，可借與次嘉一選，生死之感也。』（《紅雨樓集》册八，《上圖稿本》第四四册，第二七九—二八〇頁）

按：應崇仁令崔世召之邀，徐𤊹于天啓六年（一六二六）冬至日至崇仁，本年四月抵家。

徐𤊹《復彭次嘉》：『若不肖所交游稱同社者則有：鄧參軍原岳、葉相國進卿、陳民部勛、謝方伯肇淛、陳太學益祥、陳茂才价夫、孝廉薦夫、陳京兆一元、孫學憲昌裔、曹廉訪學佺、馬州倅歘，并家孝廉熥，亦皆有刻集，多者二三十册，少者亦七八册，實海岳之精英，人中之麟鳳也……先孝廉有《幔亭集》二十卷，此番未曾携入橐中，俟弟返舍，覓便寄上。』（《紅雨樓集》册八，《上圖稿本》第四四册，第二九二—二九三頁）

本年，鄒氏仲姊卒。

徐𤊹《祭謝氏姊文》：『丁卯，鄒氏仲姊又逝矣。』（《紅雨樓集》册十，《上圖稿本》第四五册，第一〇三頁）

按：《荆山徐氏譜·世系考》，仲姊名潔，適知縣鄒一麟，有一男，名學閑（又據《祭謝氏姊文》，則甥名良策）。與熥、𤊹、熛俱林出。

本年，鄧慶寀搜徐熥文集，文集之板，熥子莊當于蔣子才家。

徐𤊹《答鄧道協參軍》：『先兄文集板，舍侄當在蔣子才家，承示容即印佳紙寄上。』（《紅雨樓集》册七，《上圖稿本》第四四册，第一三六頁）

崇禎元年戊辰（一六二八） 歿後二十九年

本年，曹學佺憶三山社中先亡諸友，因及熥。

曹學佺《鄧道協詩序》：『余三山社中先亡者，如陳汝大、陳汝翔、陳伯孺、袁元競、林子真，或耄而遷，或少而折，皆不離諸生也。又如徐惟和、陳幼孺則既舉孝廉矣，而不得一第。』（《石倉文稿》卷二）

按：鄧慶寀，字道協，又作道叶，原岳子，有《還山草》。

本年，鄧慶寀由南京還閩，有詩憶及熥；徐𤊹有和詩。

鄧慶寀《同曹能始陳軒伯林异卿集徐興公綠玉齋因憶惟和先生》（《還山草》）

崇禎二年己巳（一六二九） 歿後三十年

正月，徐𤊹與陳仲溱、曹學佺、安國賢、林嘉、林雲翔及子延壽等會葬兄熥；并作《先伯兄安葬鹿坪山承諸友會送答謝二首》。熥墓爲學佺捐金所築。

按：《荆山徐氏族譜·詩文集》：『己巳正月八日會葬徐惟和先生于鹿坪山，墓與丁戊山人相鄰。曹能始相鄰山，爲作《墓志銘》。』

又按：陳仲溱、徐𤊹、曹學佺、安國賢、林嘉、林雲翔、徐延壽、陳衍等有會葬詩，詳《荆山徐氏族譜·詩文集》。

又按：曹學佺與徐熥兄弟情誼至深。除早年倡和之外，熥卒，即有吊詩、懷詩。曹學佺歸家即往哭之，又有祭文。此年捐資爲熥築墳。數年後，又捐資爲𤊹建宛羽樓以貯其書。

七月，徐𤊹六十壽辰，曹學佺爲壽序，憶及徐𤊹少時得于兄熥之教。

曹學佺《徐興公先生六十壽序》：『少長于其父兄之教。』（《石倉文稿》卷三）

崇禎三年庚午（一六三〇）　歿後三十一年

秋，長女貞病卒；弟熛又逝，年五十五。

徐𤊹《祭謝氏姊文》：『去年秋，長女適廖氏，病卒；未幾，季弟維揚又逝……』（《紅雨樓集》冊十，《上圖稿本》第四五冊，第一〇三頁）

按：據《荆山徐氏譜·世系考》，𤊹二女：貞、淑。按排序，長女當爲貞。

又按：《荆山徐氏族譜》：『（熛）生嘉靖四十五年（一五六六）丙寅九月二十一日子時，萬曆四十八年庚申（一六二〇）四月亥時，壽五十五。葬祖墳左畔。』

又按：熛仲兄𤊹生于隆慶四年（一五七〇），熛生年不可能早于此年，《族譜》熛生卒年誤。

又按：據徐𤊹《祭謝氏姊文》：『維崇禎四年四月廿八日……𤊹獨與老姊無恙，差自慰矣。不意姊復舍我而和長往耶！四十年來，哀疢頻仍，骨肉凋零殆盡，自秋徂夏，僅半載。』（《紅雨樓集》冊十，《上圖稿本》第四五冊，第一〇三—一〇四頁）

冬，陳鴻過華嚴東禪兩寺，見壁間徐惟和詩，用其韵和之。

陳鴻有《過華嚴東禪兩寺尋梅和徐惟和壁間韵》(《秋室編》卷六)。

崇禎四年辛未(一六三一)　歿後三十二年

本年，黄居中爲徐𤊹《筆精》作《序》，憶及熥狎主三山社。

本年，謝氏姊卒，年八十七。作祭文，感嘆父母、兄(熥)弟(熛)、姊妹、妻、子先亡。

徐𤊹《祭謝氏姊文》：『維崇禎四年四月廿八日，爲先姊謝門八十七壽，太淑人三七之辰，哀弟𤊹謹以瓣香清酒酌爲文以哭……吾同氣五人，少時父母俱存，兄弟無故，天倫至樂……哭姊者并痛吾骨肉，且悲在杭甥俱入九泉耳。同哭奠者，侄莊、陛、陞、隍、延壽，侄孫鍾泰、鍾震、鍾儁、鍾益、鍾英、鍾岳，侄婿林如稷、王文榜、張廷選、康守廉，甥鄒良策也。』(《紅雨樓集》册十，《上圖稿本》第四五册，第一〇三一—一〇四頁)

按：徐𤊹父母、兄弟、姊妹、妻、子之喪詳萬曆十九年(一五九一)、二十年(一五九二)、二十七年(一五九九)、三十五年(一六〇七)、三十六年(一六〇八)、四十四年(一六一六)、天啓七年(一六二七)及崇禎三年(一六三〇)。

又按：謝氏姊卒年八十七，則生于嘉靖二十三年(一五四四)。

又按：謝氏姊，即謝肇淛父汝韶之繼室。

本年，何喬遠卒。

林欲楫《先師何鏡山先生行略》附何九雲識語：『先君以十二月二十二日子時，未疾而逝。』（《鏡山全集》卷首）

按：十二月二十二日，公曆已入一六三二年。

崇禎五年壬申（一六三二）　歿後三十三年

本年，曾异撰過古田，游極樂寺，見熥題壁詩，和之。

曾异撰《客玉田初秋游極樂寺村落中能有琴酒之僧即事次壁間徐惟和韵二首》（《紡授堂集》詩集卷五）

按：此二詩和熥《古田極樂寺曉起》（《集》卷八）。

崇禎六年癸酉（一六三三）　歿後三十四年

六月，子莊卒。

本年，林應起卒。

崇禎七年甲戌（一六三四）　歿後三十五年

十月，曹學佺捐貲助徐𤊹構藏書樓宛羽樓落成。

本年，吴門沈顥贈𤊹詩，詢及熥身後。𤊹作詩答之。

徐𤊹《吴門沈朗倩見贈詩畫并詢及伯兄身後感而賦答次來韵》（鈔本《鼇峰集》）

崇禎七年乙亥（一六三五）　殁後三十六年

本年，徐𤊹于坊刻中抄得熥制藝一篇。

徐𤊹《與耿克勵》：『先伯兄制藝亦有可觀者，緣弟少時踪迹多四方，而猶子不類，皆致散失。向于坊中刻得一篇，并墨卷奉上，不審可附梓否？』（《紅雨樓集》册三，《上圖稿本》第四二册，第三三八頁）

崇禎九年丙子（一六三六）　殁後三十七年

七月，弟𤊹作《鄭善夫全集序》提及熥所得《少谷雜著》一種。

徐𤊹《鄭善夫全集序》：『先伯氏惟和曾得《少谷雜著》一卷，予得《經世要談》一卷，遺詩一卷，遺文數十篇，尺牘數十幅，皆先生手録者，乃盡授道協彙爲全集。』（《鄭少谷先生全集》，明邵捷春輯，崇禎九年鄭奎光刻本）

本年，蔣氏家塾火灾，置于此的《幔亭集》板灰燼之餘又遭搶掠，存者不及十之三四。

本年，曹學佺爲徐𤊹宛羽樓作記；倡建儒藏。

徐鍾震《重刻幔亭集跋》：『其板舊置蔣氏家塾。丙子火灾，灰燼之餘，半爲群不逞搶掠，被號出贖帖，重價收回，蓋爲林用始所收者見贈，尚不及十之三四。』（《雪樵文集》不分卷）

崇禎十年丁丑（一六三七）　殁後三十八年

八月，徐𤊹與王伯山、陳仲溱、陳宏己、董應舉、馬欻、楊稚實、崔世召、曹學佺結『三山耆社』。

本年，曹學佺爲徐𤊹宛羽樓作記，言每每借書于徐家。

曹學佺《宛羽樓記》：『每每借本于興公，興公之意，略無倦怠。即或他出，厥子若孫亦善體祖父之志。故予遇有乏，若取諸宫中而用之。』（《西峰六四文》）

崇禎十一年戊寅（一六三八）　殁後三十九年

本年，曹學佺所編選《十二代詩選》陸續梓行。

崇禎十二年己卯（一六三九）　殁後四十年

春，徐𤊹與子延壽訪錢謙益于拂水，搜所藏書，并相約讀書山中。錢謙益有詩相贈。

本年，曹學佺爲徐𤊹子延壽、孫鍾震刻集，合爲《二徐詩選》；陳衎爲之序，以爲熥、兄弟遞相雄長，主盟東南一帶。
本年，董應舉卒，年八十三；崔世召卒，年七十三。

崇禎十三年庚辰（一六四〇）　殁後四十一年

春，張燮卒，年六十八歲。

崇禎十四年辛巳（一六四一）　殁後四十二年

三月，徐𤊹在建陽搜秘笈。

崇禎十五年壬午（一六四二）　殁後四十三年

十一月，徐𤊹卒，年七十三；陳宏己卒，年八十七。

崇禎十六年癸未（一六四三）　殁後四十四年

五月，林如周卒。
十一月，徐鍾震重刻徐熥《幔亭集》竣事，其《跋》言詩是吾家事。徐鍾震作《重刻幔亭集跋》：『先伯祖幔亭孝廉詩文共廿餘卷，清流王相如先生心懷挂劍，念切典型，損資授梓，廣傳海内已廿有餘秋矣……癸未仲冬，始克竣工，而先祖又復先爾捐弃，何不朽大業摧喪一至是哉！憶杜子美云：「詩是吾家事。」某累世耽詩，未敢失墜，敬重刻是篇，與先祖《鼇峰集》并行于世……崇禎癸未冬十一月望前二日。』（《雪樵文集》不分卷）

崇禎十七年甲申、清世祖福臨順治元年（一六四四）　歿後四十五年

本年，徐延壽作《甲申紀事四首》《亂後得宗伯錢牧齋先生》等詩（《尺木堂集》）。

明唐王朱聿鍵隆武元年、清順治二年乙酉（一六四五）　歿後四十六年

閏六月，初七日，唐王入福州城；二十七日，唐王朱聿鍵立于福州，改元隆武。進曹學佺尚書，加太子太保。

清順治三年丙戌（一六四六）　歿後四十七年

八月，廿八日清兵入閩，廿九日唐王在汀州被俘；後死于福州。

九月十七日，清兵入福州城；十八日，曹學佺縊于西峰里中堂，年七十三。

明桂王永曆元年、清順治四年丁亥（一六四七）　歿後四十八年

本年，徐延壽作長篇五律《大宗伯曹能始先生挽章一百八十韵》以吊曹學佺。

按：錢謙益《徐存永尺木集序》：『《哭曹能始》長篇，述陽秋、詢琬琰，富矣哉，古良史也！』（《牧齋有學集》卷十八）

清順治五年戊子（一六四八）　歿後四十九年

本年，陳鴻見熥遺像，有詩追懷。

陳鴻《題徐惟和先生遺像》（《秋室編》卷八）

本年，陳鴻卒，年七十二。

清順治七年庚寅（一六五〇）　歿後五十一年

本年或稍早，周亮工將陳鴻與趙璧合葬于福州西湖側，延壽董其事。

順治十年癸巳（一六五三）　歿後五十四年

本年，徐延壽子鍾咸生。

順治十八年辛丑（一六六一）　歿後六十二年

本年，徐延壽與王士禛定交，士禎贈以詩。

王士禎《漁洋詩話》卷下：『徐延壽……亂後，并田園盡失之。將移家湖南，道廣陵，與余定交。』

康熙元年壬寅（一六六二）　歿後六十三年

六月，延壽舉家出閩，赴湘，客死湖南善化；後葬福州北門外王墓首鳳山。

周亮工《哭徐存永》詩自注：『存永客死善化。』（《賴古堂集》卷十）

本年，周亮工有詩哭延壽。

周亮工《十月廿六日城陽寄冠五四首》其三：『徐生新賦鵩。存永没于長沙。』（《賴古堂集》卷六）

參考文獻

經部

魏・王弼、韓康伯注,《周易正義》,北京:中華書局影清阮元校刻本,一九八〇年
漢・毛公傳、鄭玄箋,《毛詩正義》,北京:中華書局影清阮元校刻本,一九八〇年
宋・朱熹集注,《詩集傳》,上海古籍出版社,一九八一年新一版
晋・杜預注,《春秋左傳正義》,北京:中華書局影清阮元校刻本,一九八〇年
楊伯峻編著,《春秋左傳注》,北京:中華書局,一九八一年
魏・何晏等注,《論語注疏》,北京:中華書局影清阮元校刻本,一九八〇年
漢・趙岐注,《孟子注疏》,北京:中華書局影清阮元校刻本,一九八〇年

史部

漢・司馬遷著,《史記》,北京:中華書局,一九五九年
漢・班固著,《漢書》,北京:中華書局,一九六二年

南朝宋·范曄著,《後漢書》,北京:中華書局,一九六五年
晉·陳壽著,《三國志》,北京:中華書局,一九五九年
清·張廷玉等著,《明史》,北京:中華書局,一九七四年
清·萬斯同著,《明史》,清鈔本,上海世紀出版股分有限公司,二〇〇八年
明·何喬遠著,《名山藏》,明崇禎刻本
明·陳鳴鶴著,《東越文苑傳》,清同治郭柏蔚增訂本
清·潘介祉纂,《明詩人小傳稿》,台北:『中央圖書館』印行,一九八六年
周祖譔主編、胡旭副主編,《歷代文苑傳箋證》,南京:鳳凰出版社,二〇一二年
宋·范成大著,《吴郡志》,《宋元方志叢刊》,北京:中華書局,一九九〇年
明·黄仲昭著,《八閩通志》,福州:福建人民出版社,一九八九年
明·何喬遠編著,《閩書》,福州:福建人民出版社,一九九五年
明·王應山著,《閩都記》,北京:方志出版社,二〇〇二年
民國·沈瑜慶、陳衍等著,《福建通志》,一九三八年刻本
宋·梁克家著,《〔淳熙〕三山志》,《宋元方志叢刊》,北京:中華書局,一九九〇年
明·喻政修,林烴、謝肇淛纂,《〔萬曆〕福州府志》,萬曆刻本
清·徐景熹修,魯曾煜、施廷樞等纂,《〔乾隆〕福州府志》,乾隆刻本

清·李拔等纂修，《（乾隆）福寧府志》，清乾隆修，光緒重刻本
清·張琦主修，鄒山、蔡登龍纂修，《（康熙）建寧府志》，清康熙刻本
明·陳讓修，《（嘉靖）邵武府志》，明嘉靖刻本
清·王琛等修，《（光緒）邵武府志》，清光緒刻本
清·曾曰瑛修，《（同治）汀州府志》，清同治刻本
清·黄任、郭庚武修，《（乾隆）泉州府志》，清乾隆刊本
明·閔夢得、袁業泗修，《（萬曆癸丑）漳州府志》，明萬曆刊本
明·陸以載纂，《（萬曆）福安縣志》，北京：中央文獻出版社，二〇〇三年
明·唐學仁修纂，謝肇淛、陳鳴鶴、徐𤊹纂，《永福縣志》，明萬曆刻本
明·夏允彝修纂，《（崇禎）長樂縣志》，明崇禎刻本
明·楊德周纂，游友基點校《玉田識略》，美國紐約：華僑出版社，二〇二二年
明·劉曰暘修，陳薦夫、林春華纂；王繼祀續修，丁朝立、魏煬續纂，《（萬曆）古田縣志》，明萬曆刻本
清·饒安鼎、邵應龍修，林昂、李修卿纂，《（乾隆）福清縣志》，清乾隆刻本
清·朱景星修，鄭祖庚纂，《（光緒）閩縣鄉土志》，清光緒印本
清·胡之禎修，鄭祖庚纂，《（光緒）侯官縣鄉土志》，光緒印本

民國·歐陽英修，陳衍纂，《〔民國〕閩侯縣志》，民國刻本
清·盧建其修，《〔乾隆〕寧德縣志》，清乾隆刻本
清·李再灝、梁輿修，《〔道光〕建陽縣志》，清道光刻本
明·鄭慶雲修，《〔嘉靖〕延平府志》，明嘉靖刻本
明·陳桂芳修，《〔嘉靖〕清流縣志》，明嘉靖刻本
清·李世熊修，《〔康熙〕寧化縣志》，清康熙刻本
清·宫兆麟等修，《〔乾隆〕興化府莆田縣志》，清乾隆刻本
明·徐𤊹著，《雪峰志》，清光緒刻本
明·崔世召著，余式高等編注，《華蓋山志》，長春出版社，二〇〇四年
明·徐表然著，《武夷志略》，明崇禎刻本
明·衷仲孺著，《武夷山志》，明清之際刻本
清·董天工著，《武夷山志》，清乾隆刻本
清·黄任著，《鼓山志》，清乾隆刻本
清·陳文在修，《玉華洞志》，清康熙刻雍正增補本
明·田汝成著，《西湖游覽志》，上海古籍出版社，一九九八年
明·田汝成著，《西湖游覽志餘》，上海古籍出版社，一九九八年

清·郭柏蒼著，《烏山志》，清光緒刻本
民國·何振岱著，《西湖志》，民國初刻本
清·徐日焜等纂，《荆山徐氏譜》，鈔本，福建師範大學圖書館藏
東漢·佚名著，何清谷校注，《三輔黄圖校注》，三秦出版社，二〇〇六年
北魏·酈道元注，楊守敬、熊會貞疏，段熙仲點校，《水經注疏》，南京：江蘇古籍出版社，一九八九年
明·李賢著，《大明一統志》，明天順刻本
明·張燮著，謝方點校，《東西洋考》，北京：中華書局，二〇〇八年
明·曹學佺著，《大明一統名勝志》，明崇禎刻本
清·林春溥編，《榕城紀纂》，鈔本，福建師範大學圖書館藏
清·林楓著，《榕城考古略》，福州：海風出版社，二〇〇一年
明·徐𤊹著，《徐氏家藏書目》，清道光七年劉氏味經書屋鈔本
明·徐𤊹著，《徐氏紅雨樓書目》，上海：古典文學出版社，一九五七年
明·徐𤊹等著，馬泰來整理，《新輯紅雨樓題記·徐氏家藏書目》，上海古籍出版社，二〇一四年
清·黄虞稷著，《千頃堂書目》，上海古籍出版社，二〇〇一年
清·永瑢等著，《四庫全書總目》，北京：中華書局，一九六五年

清·永瑢等著,《四庫全書簡明目録》,北京: 中華書局,一九六四年
清·龔易圖、楊希閔著,《烏石山房藏書簡明目録》,新北市: 臺北大學古典文獻學研究所,二〇〇七年

子部

魏·王弼注,樓宇烈校釋,《老子道德經注校釋》,北京: 中華書局,二〇〇八年
清·郭慶藩釋,王孝魚整理,《莊子集釋》,北京: 中華書局,一九六一年
南朝宋·劉義慶著,余嘉錫箋疏,《世説新語箋疏》,北京: 中華書局,一九八三年
明·姚旅著,《露書》,福州: 福建人民出版社,二〇〇八年
明·徐㶿著,《筆精》,福州: 福建人民出版社,一九九七年
明·徐㶿著,《續筆精》,鈔本,福建師範大學圖書館藏
明·徐㶿著,《榕陰新檢》,明萬曆刻本
明·屠本畯著,徐㶿補疏,《閩中海錯疏》,文淵閣《四庫全書》本
明·鄧慶寀著《閩中荔枝通譜》,明崇禎刻本
清·周亮工著,《閩小記》,清康熙刻本
清·周亮工著,《尺牘新鈔》,上海: 上海書店,一九九八年
清·周亮工著,《書影》,上海: 上海古籍出版社,一九八一年

明·沈德符著,《萬曆野獲編》《補遺》,道清光七年姚氏刻,同治八年補修本
明·顧起元著,《客座贅語》,北京：中華書局,二〇〇七年
清·鄭杰著,《閩中録》,清光緒刻本
清·謝章鋌著,《圍爐瑣憶》《賭棋山莊筆記合刻》,清光緒刻本
清·謝章鋌著,《課餘續録》,光緒刻本
清·郭柏蒼著,《竹間十日話》,清光緒刻本
民國·郭白陽,《竹間續話》,福州：海風出版社,二〇〇一年

集部

宋·洪興祖補注,《楚辭補注》,上海古籍出版社,一九八三年
宋·朱熹集注,《楚辭集注》,上海古籍出版社,一九七九年
明·鄭善夫著,邵捷春輯,《鄭少谷先生全集》,明崇禎九年鄭奎光刻本
明·謝杰著,《棣萼北窗吟草》,明萬曆間刻本
明·謝汝韶著,《天池先生存稿》,明萬曆刻本
明·焦竑著,《澹園集》,北京：中華書局,一九九九年
明·李贄著《焚書　續焚書》,北京：中華書局,一九七五年
明·郭造卿著,《海岳山房存稿》,明萬曆刻本,日本内閣文庫藏本

明·王穉登著,《南有堂詩集》,明崇禎刻本
明·周仕階著,《天寧先生詩選》,明萬曆刻本,日本淺草文庫藏本
明·屠隆著,汪超宏主編,《屠隆集》,杭州:浙江古籍出版社,二〇一二年
明·陳第著,《一齋集》,清道光刻本
明·陸君弼著,《正始堂詩集》,明萬曆刻本
明·李光縉著,陳茗點校,《景璧集》,北京:商務印書館,二〇二一年
明·陳宏己著,《三溪集》(殘),明崇禎刻本
明·蔡獻臣著,陳煒點校,《清白堂稿》,北京:商務印書館,二〇一九年
明·鄧原岳著,《西樓集》《詩選》,明崇禎刻本
明·鄧原岳編纂,《閩中正聲》,鈔本,據明萬曆刻本鈔,福建師範大學圖書館藏
明·許獬著,《許鍾斗集》,明萬曆刻本
明·許獬著,陳煒點校,《許獬集》,揚州:廣陵書社,二〇二二年
明·林章著,《林初文詩文全集》,明天啓刻本
明·陳薦夫著,《水明樓集》,明萬曆刻本
明·徐𤏬著,《幔亭集》十五卷,明萬曆刻本
明·徐𤏬著,《幔亭集》十五卷,文津閣《四庫全書》本

明·徐熥著,《幔亭集》十六卷至二十卷,福建師範大學圖書館殘鈔本
明·徐熥著,陳慶元纂,《徐熥集》,揚州:廣陵書社,二〇〇五年
明·徐熥著,《幔亭集》二十卷,明萬曆刻本,縮微膠卷,美國國會圖書館藏
明·謝肇淛著,《小草齋集》三十卷,明天啓刻本
明·謝肇淛著,《小草齋集續集》三卷,明天啓刻本
明·謝肇淛著,《小草齋文集》二十八卷,明天啓刻本
明·謝肇淛著,陳慶元纂,《謝肇淛集》,南京:江蘇古籍出版社,二〇〇三年
明·謝肇淛著,江中柱點校,《小草齋集》,福州:福建人民出版社,二〇〇九年
明·謝肇淛著,《五雜組》,上海書店,二〇〇一年
明·謝肇淛著《小草齋詩話》,日本國天保二年(一八三一)據明林氏舊藏讀耕齋刻本摹刻本
明·徐𤊹著,《鼇峰集》,明天啓刻本
明·徐𤊹著,《鼇峰集》,舊鈔本,藏福建師範大學圖書館
明·徐𤊹著,陳慶元、陳煒點校,《鼇峰集》,揚州:廣陵書社,二〇一二年
明·徐𤊹著,《紅雨樓文集》,鈔本,藏福建師範大學圖書館
明·徐𤊹著,沈文倬校點,《紅雨樓序跋》,福州:福建人民出版社,一九九三年
明·徐𤊹著,《紅雨樓集·鼇峰文集》,《上海圖書館未刊古籍稿本》,上海:復旦大學出版社,

二〇〇八年

明·陳勛著,《陳元凱集》,明天啓刻本

明·陳鳴鶴著,《泡庵詩選》,明萬曆刻本

明·吴稼竳著,《玄蓋副草》,民國五年影印明萬曆刻本

明·吴非熊、程嘉燧著,王士禛選,《新安二布衣詩》,清康熙刻本

明·陳鴻著,《秋室編》,清順治刻本

明·蔡復一著,《遁庵全集》,明崇禎刻本

明·陳益祥著,《陳履吉采芝堂文集》,明萬曆刻本

明·王宇著,《亦園詩略》,明天啓刻本,日本淺草文庫藏本

明·王宇著,《亦園文略》,明天啓刻本,日本淺草文庫藏本

明·王宇著,《烏衣集》,明天啓刻本,日本内閣文庫藏本

明·陳价夫著,《招隱樓稿》,明徐𤊹鈔本,上海圖書館藏

明·陳薦夫著,《水明樓集》,明萬曆刻本

明·馬欻著,《下雉纂》,崇禎間徐𤊹鈔本

明·周如磐著,《澹志齋集》,鈔本

明·蔣孟育著,《恬庵遺稿》,明崇禎刻本,日本内閣文庫藏本

明·蔣孟育著，王振漢點校，《恬庵遺稿》，《台灣古籍叢編》本，福州：福建教育出版社，二〇一七年
明·黄承玄著，《盟鷗堂集》，明崇禎刻本
明·阮自華著，《霧靈山人詩集》，明崇禎刻本，日本淺草文庫藏本
明·崔世召著，《秋谷集》，明崇禎刻本
明·崔世召著，《問月樓詩集》，明崇禎刻本，日本宫内廳書陵部
明·崔世召著，《問月樓文》，明崇禎刻本，日本宫内廳書陵部
明·崔世召著，《問月樓啓》，明崇禎刻本，日本宫内廳書陵部
明·崔世召著，陳慶元點校，《崔世召集》，揚州：廣陵書社，二〇一〇年
明·邵捷春著，《劍津集》，明崇禎刻本
明·王命璿著，《静觀山房詩稿》，明崇禎刊本，日本内閣文庫藏本
明·丁啓濬著，《平圃詩集》，明崇禎十四年刊本
明·張燮著，《霏雲居集》，明萬曆刻本
明·張燮著，《霏雲居續集》，明天啓刻本
明·張燮著，《群玉樓集》，明崇禎刻本
明·曹學佺著，《石倉全集》，明萬曆至崇禎遞刻本，日本内閣文庫藏

明·曹學佺著,《石倉詩稿》,清乾隆刻本

明·林光宇著,《林子真詩》,周欣平、魯德修主編,《柏克萊加州大學東亞圖書館藏稿鈔校本叢刊》第十五册,上海古籍出版社,二〇一三年

明·顧夢游著,《顧與治詩》,清初書林毛恒所刻本

明·曾异撰,《紡授堂集》,明崇禎刻本

明·周之夔著,《弃草集》,明崇禎刻本

明·商梅著,《彙選那菴全集》,明崇禎刻本,日本内閣文庫藏本

明·商梅著,陳慶元點校,《彙選那菴全集》,揚州:廣陵書社,二〇一九年

明·李時成著,《白湖集》,明崇禎刻本

陳·陳衎著,《大江集》,明崇禎刻本

陳·陳衎著,《大江草堂二集》,南明弘光刻本

明·黄景昉著,《鹿鳩咏》,舊鈔本

明·黄景昉著,陳慶元點校,《甌安館詩集》,北京:商務印書館,二〇一九年

清·徐鍾震著,《徐器之集》,明崇禎至清康熙遞刻、拼湊本

清·徐鍾震著,《雪樵文集》不分卷,稿本

清·徐延壽著,《尺木堂集》,舊鈔本,福建師範大學圖書館藏

明・林古度著，王士禛選，《林茂之詩選》，清康熙刻本
明・林古度著，陳慶元、陳雅男輯，《林古度佚詩》，復旦大學中國古代文學中心《中國文學研究》一〇輯，北京：中國文聯出版社，二〇〇七年
清・周亮工著，《賴古堂集》，清康熙刻本
清・許友、許珌著，鄭珊珊點校，《許友許珌詩文集》，揚州：廣陵書社，二〇一二年
清・朱彝尊著，《曝書亭集》，文淵閣《四庫全書》本
清・黄任著，《秋江集》，清乾隆刻本
清・葉觀國著，《绿筠書屋詩鈔》，清乾隆刻本
清・楊慶琛著，《絳雪山房詩鈔》，清道光刻本
清・孟超然著，《瓶庵居士詩鈔》，乾隆刻本
清・謝章鋌著，陳慶元纂，《賭棋山莊稿本》，南京：江蘇古籍出版社，二〇〇〇年
清・謝章鋌著，《賭棋山莊詩集》，光緒刻本
梁・蕭統纂，清胡克家校，《文選》，北京：中華書局影胡刻本，一九七七年
明・高棅纂，《唐詩品彙》，影印本，上海古籍出版社，一九八二年
清・黄宗羲纂，《明文海》，北京：中華書局，一九八七年
明・袁表、馬熒選輯，苗健青點校，《閩中十子詩》，福州：福建人民出版社，二〇〇五年

明·鄧原岳纂,《閩詩正聲》,舊鈔本
明·徐熥纂,《晋安風雅》,明萬曆刻本,日本内閣文庫藏本
明·徐熥纂,《晋安風雅》,明萬曆刻本,福建師範大學圖書館藏
明·徐𤊹纂,費道用、楊德周等補,《閩南唐雅》,文淵閣《四庫全書》本
明·沈有容著,《閩海贈言》,慎思堂影東京大學東洋文化研究所藏崇禎刻本,一九五六年
明·沈有容著,《閩海贈言》,《臺灣文獻叢刊》本,臺北:臺灣銀行,一九五〇——一九七〇年
明·曹學佺纂,《石倉十二代詩選》,明崇禎刻本,中國國家圖書館藏
明·陳子龍纂,《皇明詩選》,上海:華東師範大學出版社影崇禎刻本,一九九一年
明·陳肇曾纂,《江田陳氏詩系》,明崇禎刻本
清·謝章鋌纂,《東嵐謝氏明詩略》,清光緒刊本
清·錢謙益纂,《列朝詩集》,北京:中華書局,二〇〇七年
清·錢謙益纂,《列朝詩集小傳》,上海古籍出版社,一九八三年新一版
清·朱彝尊纂,《明詩綜》,北京:中華書局,二〇〇七年
清·魏憲纂,《百名家詩選》,吉林大學圖書館藏康熙魏氏枕江堂刻本
清·王夫之評選,陳新校點,《明詩評選》,北京:文化藝術出版社,一九九七年
清·張豫章等編纂,《御選宋金元明四朝诗》,文淵閣《四庫全書》本

清·沈德潛纂，《明詩别裁集》，上海古籍出版社，一九七九年
清·黄日紀纂，《全閩詩俊》，乾隆刻本
清·鄭杰等纂，《全閩詩録》，福州：福建人民出版社，二〇一一年
清·鄭杰原輯，郭柏蒼編纂，《全閩明詩傳》，清光緒沁泉山館本
清·鄭王臣纂，《莆風清籟集》，清乾隆刻本
清·汪端纂，《明三十家詩選》，清同治刻本
清·陳田纂，《明詩紀事》，上海古籍出版社，一九九三年
劉榮平纂，《全閩詞》，揚州：廣陵書社，二〇一六年
宋·嚴羽著，郭紹虞校釋，《滄浪詩話校釋》，北京：人民文學出版社，一九六一年
清·朱彝尊著，《静志居詩話》，清嘉慶刻本
清·朱彝尊著，《静志居詩話》，北京：人民文學出版社，一九九〇年
清·杭世駿著，《榕城詩話》，清乾隆刻本
清·徐祚永著，《閩游詩話》，清乾隆刻本
清·鄭方坤編，《全閩詩話》，文淵閣《四庫全書》本
清·鄭方坤編，陳節、劉大治點校，《全閩詩話》，福州：福建人民出版社，二〇〇六年
清·梁章鉅著，《東南嶠外詩話》，清道光刻本

清·謝章鋌著,《賭棋山莊詞話》,《詞話叢編》本,北京:中華書局,一九八六年
清·謝章鋌著,劉榮平校注,《賭棋山莊詞話》,厦門大學出版社,二〇一三年
清·莫友棠著,《屏麓草堂詩話》,道光刻本
民國·陳衍著,鄭朝宗、石文英點校,《石遺室詩話》,北京:人民文學出版社,二〇〇四年
吴文治主編,《明詩話全編》,南京:江蘇古籍出版社,一九九七年
周維德集校,《全明詩話》,濟南:齊魯書社,二〇〇五年
郭紹虞、錢仲聯、王遽常編,《萬首論詩絶句》,北京:人民文學出版社,一九九一年

今人著述

朱保炯等編,《明清進士題名碑録索引》,上海古籍出版社,一九七九年
譚其驤主編,《中國歷史地圖集》,北京:中國地圖出版社,一九八〇年
周祖譔纂,《隨唐五代文論選》,北京:人民文學出版社,一九九〇年
陳祥耀著,《中國古典詩歌叢話》,臺北:華正書局,一九九一年
蔡景康纂,《明代文論選》,北京:人民文學出版社,一九九三年
福建省地方志編纂委員會編,《福建省歷史地圖集》,福州:福建省地圖出版社,二〇〇四年
林海權著,《李贄年譜考略》,福州:福建人民出版社,一九九二年第一版,二〇〇五年第二版
廖可斌著,《明代文學復古運動研究》,上海古籍出版社,一九九四年

陳慶元著，《福建文學發展史》，福州：福建教育出版社，一九九六年
左東嶺著，《李贄與晚明文學思想》，天津人民出版社，一九九七年
鄭利華著，《王世貞研究》，上海：學林出版社，二〇〇二年
李聖華著，《晚明詩歌研究》，北京：人民文學出版社，二〇〇二年
曾意丹著，《福州古厝》，福州：福建人民出版社，二〇〇二年
黄仁生著，《日本現藏稀見元明文集考證與提要》，長沙：岳麓書社，二〇〇四年
黄霖編著，《文心雕龍彙評》，上海古籍出版社，二〇〇五年
羅宗强著，《明代後期士人心態研究》，天津：南開大學出版社，二〇〇六年
黄榮春著，《水潤集》，北京：方志出版社，二〇〇六年
陳廣宏著，《竟陵派研究》，上海：復旦大學出版社，二〇〇六年
楊正泰著，《明代驛站考》，上海古籍出版社，二〇〇六年
崔建英輯，賈衛民、李曉亞整理，《明別集版本志》，北京：中華書局，二〇〇六
陳世鎔纂，《福州西湖宛在堂詩龕徵録》，福州：福建人民出版社，二〇〇七年
盧美松編著，《福州名園史影》，福州：福建美術出版社，二〇〇七年
沈文凡著，《排律文獻學研究（明代篇）》，長春：吉林人民出版社，二〇〇七年
張慧劍著，《明清江蘇文人年表》，北京：人民文學出版社，二〇〇八年

鄭麗生著，《鄭麗生文史叢稿》，福州：海風出版社，二〇〇九年月
謝其銓，郭斌編纂，《于山志》，北京：大衆文藝出版社，二〇〇九年
鄭寶謙主編，《福建省舊方志綜録》，福州：福建人民出版社，二〇一〇年
謝國楨著，《晚明史籍考》，上海：華東師範大學出版社，二〇一一年
何宗美著，《文人結社與明代文學的演進》，北京：人民出版社，二〇一一
阮娟著，《三山葉氏家族及其文學研究》，上海古籍出版社，二〇一一年
尹恭弘著，《明代詩文發展史》，北京：社會科學文獻出版社，二〇一二年
徐永明、趙素文著，《明人别集經眼叙録》，杭州：浙江古籍出版社，二〇一三年
朱麗霞著，《江南・閩南・嶺南——吴興祚幕府文學年表長編》，北京：中國社會科學出版社，

二〇一三年
陳慶元著，《徐熥年譜》，揚州：廣陵書社，二〇一四年
許建崑著，《曹學佺與晚明文學史》，台北：萬卷樓，二〇一四年
何宗美著，《明代文人結社與文學流派研究》，北京：人民出版社，二〇一五年
鄭利華著，《前後七子研究》，上海古籍出版社，二〇一五年
鄭禮炬著，《明代福建文學結聚與文化研究》，北京：人民文學出版社，二〇一五年
黄霖、陳廣宏、鄭利華主編，《二〇一三年明代文學國際學術研討會論文集》，南京：鳳凰出版

社，二〇一五年
鄭珊珊著，《明清福建家族文學研究——以侯官許氏爲中心》，北京：社會科學文獻出版社，二〇一六年
陳慶元著，《晚明閩海文獻梳理》，北京：人民出版社，二〇一七年
李時人編著，《中國文學家大辭典·明代卷》，北京：中華書局，二〇一八年
陳廣宏著，《閩詩傳統的生成：明代福建地域文學的一種歷史省察》，上海古籍出版社，二〇一八年
陳慶元著，《徐興公年譜長編》，揚州：廣陵書社，二〇二〇年
魏寧楠著，《明代福州林浦官宦世家與文學研究》，北京：中國廣播影視出版社，二〇二二年
陳慶元著，《閩海漫録》，南京：鳳凰出版社，二〇二三年
劉榮平著，《福建詞史》，北京：社會科學文獻出版社，二〇二三年
〔日本〕市原亨吉著，鄭宏譯，《徐𤊹年譜稿略》，原載《入矢教授·小川教授退休紀念中國文學語學論集》，一九七四年；譯文見《福建圖書館學刊》，一九九一年第四期
陳慶元著，《謝肇淛〈小草齋詩話〉及其詩論》，《中國詩學》第五輯，南京大學出版社，一九九七年
陳慶元著，《謝肇淛著述考》，《廣西師範大學學報》，二〇〇五年第一期

陳慶元著，《徐𤊹著述編年考證》，《文獻》，二〇〇七年第四期

楊光輝著，《徐熥佚文五則》，《文獻》，二〇〇八年第二期

陳慶元著，《謝肇淛年表》，《閩江學院學報》，二〇〇九年

陳慶元著，《徐𤊹年表》，《福州大學學報》，二〇一〇年第三期

陳慶元著，《徐𤊹序跋補遺考證》，《文獻》，二〇〇九年第三期

陳慶元著，《林古度年表》，《南京師範大學文學院學报》，二〇一〇年第四期

陳慶元著，《明代作家徐𤊹生卒年詳考——兼談作家生卒年考證方法》，《文學遺産》，二〇一一年第二期

陳慶元著，《曹學佺年表》，《福州大學學報》，二〇一二年第五期

鄭珊珊著，《明清侯官許氏家族文學考論》，《福州大學學報》，二〇一三年第四期

于莉莉著，《鄭振鐸舊藏明鈔本〈芝山集〉作者考論》，《文獻》，二〇一五年第一期

陳慶元著，《徐熥年表》，《福州大學學報》，二〇一四年第五期

陳慶元著，《新輯詩話摭議——以若干晚明詩話爲例》，《文獻》，二〇一五年第六期

陳慶元著，《徐𤊹尺牘稿本考論》，《文獻》，二〇一七年第二期

陳慶元著，《徐興公『編集』理論與實踐》（與林春香合作），《福建師範大學學報》，二〇一七年第五期

陳慶元著，《閩人楚派商梅年表》，《古籍研究》，二〇一八年第二期

陳慶元著，《漁滄舊社虛明月——王若與清溪漁滄社簡論》，《福州大學學報》，二〇一八年第三期

陳慶元著，《徐𤊹修志實踐及其理論》，《閩南師範大學學報》，二〇一八年第三期

陳慶元著，《徐鍾震年譜》，《福州大學學報》，二〇二二年第一期

陳慶元著，《徐延壽年譜》，《古籍研究》，二〇二三年第二期

學位論文

孫文秀著，《曹學佺文學活動與文藝思想研究》，北京大學二〇一一年博士學位論文

吳可文著，《明清福州文學地圖——以三坊七巷爲中心》，福州：福建師範大學二〇一三年博士學位論文

王水彰著，《明代金門籍作家述論》，福州：福建師範大學二〇一四年博士學位論文

張寧寧著，《方志學家黄仲昭的文學研究》，福州：福建師範大學二〇一四年博士學位論文

趙瑩瑩著，《葉向高文學研究》，福州：福建師範大學二〇一五年博士學位論文

王振漢著，《蔣孟育研究》，福州：福建師範人學二〇一五年博士學位論文

張明琛著，《晚明閩籍作家旅游與游記研究》，福州：福建師範大學二〇一六年博士學位論文

張婧雅著，《林弼研究》，漳州：閩南師範大學二〇一七年博士學位論文

李木隆著，《蔡復一研究》，福州：福建師範大學二〇一七年博士學位論文

于莉莉著，《石倉烟景自風騷——曹學佺後期家居文學活動考論》，福州：福建師範大學二〇一七年博士學位論文

王石堆著，《明代浯洲蔡獻臣及其〈清白堂稿〉考論》，福州：福建師範大學二〇一九年博士學位論文

范麗琴著，《明清福建地方詩歌總集研究》，漳州：閩南師範大學二〇二一年博士學位論文

鄭順婷著，《黄景昉及其〈甌安館詩集〉研究》，漳州：閩南師範大學二〇二二年博士學位論文

洪雲媛著，《黄克晦詩歌研究》，福州：福建師範大學二〇一四年碩士學位論文

陳婧媚著，《池顯方研究》，福州：福建師範大學二〇一四年碩士學位論文

曾文莉著，《崔世召研究》，福州：福建師範大學二〇一五年碩士學位論文

王倩著，《董應舉研究》，福州：福建師範大學二〇一六年碩士學位論文

後記

歲月漫長，三十年前，即九十年代中期，福建人民出版社古籍編輯室約我整理徐熥的《幔亭集》，爲『八閩文獻叢刊』中的一種。于是開始尋找工作底本，當年看到的衹有兩種本子，一是影文淵閣《四庫全書》十五卷本，一是福建師範大學圖書館藏萬曆刻十五卷（缺卷）、配殘鈔本。《千頃堂書目》等目録書記載，《幔亭集》二十卷，萬曆刻。顯然，文淵閣本和福建師範大學圖書館藏本都不是好版本，前者非全帙，後者殘缺。出版社催促數次，實在下不了手，衹能付諸闕如。二〇〇五年，福建師範大學圖書館藏本經影印，被列入『福建叢書第三輯』，廣陵書社出版，本人撰寫前言。二〇〇八年，在黄霖主任協助下，我在復旦大學中國古代文學研究中心圖書室見到美國國會圖書館的《幔亭集》縮微膠卷，欣喜若狂，可惜膠卷左右兩行多模糊不清，整理工作仍然功虧一簣。直到數年前，見到北平圖書館寄存臺灣的甲庫本《幔亭集》，基本資料的搜集工作總算有了眉目。

開始涉獵《幔亭集》後，遂不可收，其初以四庫本爲綫索，參照福建師範大學圖書館藏本作了人名索引、地名索引，查到一條，完成一條，可以看作本書箋注工作的發端。隨着積纍的增加，完成兩種副産品：論文《晚明詩人徐熥論——兼論荆山徐氏儒業與文學之興衰》(《中國文化研究》，二〇〇六年第三期)和著作《徐熥年譜》(廣陵書社，二〇一四年)。

人生百年，誰也説不清一生接觸過多少人，誰都有一個或大或小的『人際網』。文學是『人學』，即便是山水田園詩，也常常有主有客。作詩有結社，社有社友，你倡我和，作品互相印證。同一件事，有時作者自己并没有記録下來，他人的作品却有所叙及；自己經歷的事忘了，而他人的詩文却有明确記載，所以，爲一個作家作品編年，除了該作家的作品之外，還要關注同時代與之有關聯者的著作、作品。荆山徐氏，徐棉以下四世能文，徐熥父徐棉有《徐令集》，已佚，可不論。徐熥與弟徐𤊹齊名，稱『二徐』，徐𤊹有《鼇峰集》(天啓刻本)，還有流傳至今的稿本《紅雨樓集》和《鼇峰文集》，藏上海圖書館。從九十年代到二〇〇〇年初，我曾經費了不少力氣，期望一睹稿本真容，未遂人願。二〇〇八年，復旦大學出版社出版《上海圖書館未刊古籍稿本》，徐𤊹《紅雨樓集》和《鼇峰文集》兩部稿本列入其中，編年工作得以取得突破性進展。徐熥侄延壽(𤊹幼子)，有《尺木堂集》；徐熥侄孫鍾震(𤊹嫡長孫)，有《雪樵文集》和《徐器之集》，侄和侄孫輩的作品，偶也叙及徐熥，特别是徐鍾震《重刻幔亭集序》一文，讓我們了解到《幔亭集》不僅有萬曆刻本，而且有崇禎補刻本。徐熥與鄧原岳、謝肇淛、徐𤊹、曹學佺倡導重振閩中風雅，鄧、謝、曹集俱在，然曹學佺《石倉全集》百卷藏于日本内閣文庫，二〇〇〇年初我得到影印本，欣喜若狂，其快意難爲他人道也。社中重振風雅的重要成員皆有文集傳世：陳宏已有《三溪集》，陳汝大有《景于樓集》(佚)，陳鳴鶴有

《泡庵詩集》，陳价夫有《招隱樓稿》（鈔稿本），陳薦夫有《水明樓集》。稍早于徐𤊹的成員：袁表、馬熒輯有《閩中十子詩》，謝杰有《棣萼北窗吟草》，徐𤊹姐丈謝汝韶有《天池存稿》，趙世顯有《芝園稿》《芝園文集》，林章有《林初文詩文全集》。比徐𤊹稍晚的成員：林古度有《林茂之詩選》，商梅有《那庵集》，陳衎有《大江集》《大江草堂二集》等。所以，編年箋注一部《幔亭集》，我們不能不把視角擴大到萬曆、崇禎間的整個閩中詩壇。

隆萬間閩中詩壇不是一個封閉的環境，游宦入閩詩人有督學副使王世美、福州知府江鐸、轉運副使屠本畯、福州司理阮自華。他們都參與了閩中詩社的活動。徐𤊹北上會試，沿途結識不少詩友，江浙一帶，文化積澱豐厚，當代詩人衆多，著名的有顧大典、王穉登、沈野等。福州爲福建會城，徐𤊹在福州結識了莆田的佘翔、金門的蔡獻臣、清流的王若等人。實際上，我們關注的作家，比上述所列還要多得多，讀的集子也多得多，我們也就可以把徐𤊹的集子研究得更深入一些，把《徐𤊹集編年校箋》做得更好一些。從大的背景來説，我們也就可能把徐𤊹所處的時代，以及他所生活的地理環境弄得更清楚一些。

話説回來，《徐𤊹集》的整理，開啓了我晚明閩海文學研究這一新課題。這一課題以二徐、曹學佺、謝肇淛爲中心，擴大到閩中文學，再進一步擴大到整個閩海區域文學的研究。徐、曹、謝詩文集的整理，已經納入國家重點古籍整理的規劃或得到資助，具體説，《徐𤊹集編年校箋》，爲『閩海文獻叢書第二輯』之一種，獲國家古籍整理出版專項經費資助；《謝肇淛全集》《曹學佺全集》，列入二〇二一—二〇三五國家古籍工作規劃重點出版物，曹學佺的《石倉歷代詩選》列入國家『十四五』規劃項目。此外，《徐興公全集》整理是教育部古籍整理項目和江蘇省『十四五』古籍出版重點書。獲得這麽多的資助或項目，都是當初動手整理《徐熥集》之時意想不到的。

在整理《徐熥集》的過程中，我們完成了《徐熥年譜》的撰著。同樣，在整理謝肇淛、徐𤊹、曹學佺詩文集的過程中，我們也完成了《謝肇淛年譜》《徐興公年譜長編》《曹學佺年譜長編》的撰著。在完成這些工作的基礎上，我們將撰寫一部徐、曹、謝綜合研究的著作。我們研究徐、曹、謝遵循的是文獻搜集整理—年譜撰著—專題研究的路子；我們研究漳州霞中詩社『玄雲十三子』及金門『二蔡』（蔡獻臣、蔡復一）也是這個路子；單個作家如福清商梅、寧德崔世召的研究，也是這個路子。

地域文學研究，除了文獻的搜集相對來説稍有優勢之外，另一個有利條件是實地調查比較便利。閩中詩人社集地多在會城名山勝水、寺刹道觀、園林別業，時至今日，當年風光，有的依然可尋。竊以爲，研究地域文學，臨古人曾登臨之山，觀古人曾觀賞之水，對理解古人的作品非常之重要。徐棉、徐熥、徐𤊹父子及兄弟所築之紅雨樓、緑玉齋、宛羽樓，在于山北麓鼇峰坊，徐氏舊居原址雖然不能确指，但是經過我們仔細考察、分析，其址當在今觀巷半坡某處。大致符合徐熥所述，于樓齋之上，『每一流覽，萬井千村，郡峰列岫，吞吐且八九矣』（《緑玉齋記》）。據《徐興公年譜》，萬曆四十八年（一六二〇），徐𤊹往福安修志，四百年後，二〇二〇年我們沿着他的路徑，簡單走了一遍，峰巒、水湄、寺廟、古迹，一一與作品對證，收穫多多。徐熥北上會考，走的是明人常走的路綫，四上春官，作品衆多。省内，徐熥三上武夷、兩赴邵武，其次就是游覽周邊的永泰、福清和古田了。古田縣，今屬寧德市，明屬福州府，徐熥有《古田極樂寺曉起》，爲了尋訪極樂寺，二〇二二、二〇二三年我們先後考察兩次。在古田縣，我們踏訪困關、塔嶺、蒼（嵢）峽，《幔亭集》中有《既別田叔歸過困關公署悵然有懷二首》《塔嶺道中》《嵢峽道中即事》，還有一首《度何嶺憶家》。何嶺，方志無載述。我們到達塔嶺，無意中看到一處路牌，指示通往延平何嶺的方向。原先我們推測，何嶺當距塔嶺、蒼峽不遠，來到實地勘踏，果然如此，喜出望外。實地考察，對我們箋注地名、山水、寺觀建築有諸多裨益。

《幔亭集》箋注，人名方面，我們做了很大努力。但是徐熥有的詩文是爲很普通的鄉人所作，考證其中某些人的里籍事迹，有的還是没有結果，只能暫付闕如，留下遺憾。本書其他疏漏和不足，在所難免，請專家讀者指正。

一部《徐熥集》，從上手準備到完稿，用了三十年的時間。一個人的一生，能有多少個三十年？但是，一個人的一生確實可以做很多事，『閩海文獻叢書第二輯』還有《林古度集》《徐興公書牘》兩部没完成，不過這兩部書都已經有百分之八十的基礎，指日可待。和廣陵書社有約，還有另外兩部書，我們會努力的！

『閩海文獻叢書』前後兩輯的編輯出版，得到廣陵書社社長曾學文、副總編方慧君的大力襄助。

二〇二三年九月，書社還在厦門『海峽兩岸圖書交易會』組織了專場『閩海文獻叢書』分享會，社會反響良好。十分感謝書社領導和其他編輯長期以來的合作、支持和幫助！本書在完成過程中，閩南師範大學博士生楊君玉也做了若干工作，附記于此。

甲辰年吉祥！

二〇二四年二月九日
福州烟山南麓華廬